Karlamagnus Saga Ok Kappa Hans - Primary Source Edition

Carl Richard Unger

Nabu Public Domain Reprints:

You are holding a reproduction of an original work published before 1923 that is in the public domain in the United States of America, and possibly other countries. You may freely copy and distribute this work as no entity (individual or corporate) has a copyright on the body of the work. This book may contain prior copyright references, and library stamps (as most of these works were scanned from library copies). These have been scanned and retained as part of the historical artifact.

This book may have occasional imperfections such as missing or blurred pages, poor pictures, errant marks, etc. that were either part of the original artifact, or were introduced by the scanning process. We believe this work is culturally important, and despite the imperfections, have elected to bring it back into print as part of our continuing commitment to the preservation of printed works worldwide. We appreciate your understanding of the imperfections in the preservation process, and hope you enjoy this valuable book.

KARLAMAGNUS SAGA OK KAPPA HANS.

FORTÆLLINGER

OM

KEISER KARL MAGNUS OG HANS JÆVNINGER.

I NORSK BEARBEIDELSE FRA DET
TRETTENDE AARHUNDREDE.

UDGIVET

AF

C. R. UNGER.

PROGRAM TIL I. SEMESTER MDCCCLIX.

CHRISTIANIA.
TRYKT HOS H. J. JENSEN.
1860.

FORTALE.

Blandt de efter det Franske i det trettende Aarhundrede paa det norröne eller gammelnorske Sprog oversatte Romaner, indtager uden Tvivl nærværende den første Plads med Hensyn til Størrelse og Omfang. Den indbefatter nemlig en Samling af flere Fortællinger, eller Thaatter (þættir), som vore Forfædre kaldte dem, sammenknyttede til et Heelt og grupperede omkring Sagn- og Legende-Helten Karl Magnus, saaledes som denne levede i den tidlige Middelalders Folketro, ganske forskjellig fra den historiske Karl den Store, og ophøiet til en Kristendommens Apostel og en Troens Udbreder blandt de hedenske Folkeslag, og heraf er da fremkommen den religiøs-romantiske Saga om Karl Magnus og hans Kjæmper; derfor lyder ogsaa Overskriften i det Haandskrift af Sagaen, hvor Begyndelsen findes: Í nafni guðs byrjast upp saga Karlamagnús ok kappa hans. En Original, der har indeholdt netop de samme Fortællinger og været ordnet paa samme Maade som denne Samling, har sikkert ikke foreligget den norske Bearbeider; i al Fald er nogen saadan, saavidt bekjendt, endnu ikke udgiven eller paa Prent omtalt, og Ordningen af det Hele synes saaledes ganske at skyldes denne.

Sagaen er egentlig forhaanden i to Bearbeidelser, en ældre, efter al Sandsynlighed fra det 13de Aarhundredes første Halvdel, og en senere fra Slutningen af det samme eller Begyndelsen af det næste Aarhundrede. Vi skulle nu først kortelig omtale disse to Recensioners Forhold til hinanden indbyrdes samt til en dansk Bearbeidelse af Sagaen fra det 15de Aarhundrede, dernæst, saavidt dette har været muligt, paapege den sandsynlige Kilde til de enkelte Fortællinger, og tilsidst omtale de Haandskrifter, som ere benyttede ved denne Udgave.

Af disse to Recensioner kan man bekvemmest benævne den ældre *A*, og den yngre *B*, hver af dem repræsenteres ved to Haandskrifter, hvilke her i Udgaven ere kaldte *A* og *a*, *B* og *b*. *A* Recensionen henpeger ved Sted og Foredrag[1] temmelig tydelig paa Haakon Haakonsøns klassiske Tid, eller den første Halvdel af det 13de Aarhundrede, og eet af de 3 Haandskrifter af Sagaen, hvoraf der opbevares Fragmenter i det norske Rigsarkiv, kan neppe have været yngre end Midten af det nævnte Aarhundrede. *B* Recensionen, der strax ved Stilen og Sproget røber sig som tilhørende en noget nyere Tid, grunder sig væsentlig paa den ældre Recension, som dels her er udvidet ved Tillæg hentede fra andre Kilder, dels paa sine Steder forkortet og modificeret eller tillempet efter de nye tilkomne Kilder. Jeg skal anføre nogle Exempler paa dette.

I den 8de Episode af Sagaen, Kampen ved Ronceval eller Rollants Sangen (la Chanson de Roland), er Erkebiskop Turpin med i Striden og falder tilligemed Rollant og Oliver efter den ældre Recension *A*, hvilket ogsaa stemmer med det gammelfranske Digt. Den yngre har her ved Siden af denne ældre norske Kilde (thi dette maa være de norske Bøger, Norrœnubœkr, som Samleren beraaber sig paa, s. nærv. Udg. S. 525 Var. 13), benyttet Speculum Historiale af Vincent fra Beauvais, i Følge hvilken Turpin ikke var med i Kampen, men selv samme Dag sang en Sjælemesse paa en deilig Eng, hvor Keiser Karl havde slaaet Leir. Paa Grund heraf har *B* overalt, hvor Turpin nævnes i Recensionen *A*, indsat Valter Jarl i hans Sted, og saaledes udelukket Turpin fra Kampen og sparet hans Liv.

Om Maaden hvorpaa Bearbeideren af den yngre Recension undertiden sammendrager og forkorter sin Original, vil Læseren kunne danne sig en Forestilling ved at lægge Mærke til det lange 6te Capitel i samme Episode, sammenlignet med Varianten i *B* og *b*. Til lettere Oversigt hidsættes Capitlet i sin Helhed, saaledes som det omtrentlig[2] lyder i den yngre Bearbeidelse, efter begge Haandskrifterne *B* og *b*.

B: Ok þá mælti keisarinn: Hvern munum vér þangat senda? Kjósit einnhvern barún vel kynjaðan ok vel at sér gervan, þann er gersamliga segi Marsilio konungi mín orðsending ok greiði vel mína sendiför, ok sé vel at

---

[1] Som sproglige Egenheder eiendommelige for en ældre Sprogperiode kan man f Ex. mærke den nægtende Endelse at føiet til Verber: þrýtrat vegand-a vápn nema hugr bili d. e. aldrig mangler den Kæmpende Vaaben, naar hans Mod ikke svigter, S. 406²⁷; sammenlign hermed Varianten 20. [2] Da jeg ikke har taget særskilt Afskrift af *B* og *b* paa dette Sted, kan jeg ikke indestaa for at Texten overalt svarer verbotenus til Haandskrifterne.

sér gerr í bardaga. Rollant svaraði: þar til er Guinelun jarl stjúpfaðir minn. þá mælti Karlamagnús konungr: Guinelun jarl, segir hann, gakk fram þá ok tak við staf mínum ok glófa, því at þat vilja Frankismenn, at þú farir þessa sendiför. þá svaraði Guinelun jarl: því hefir Rollant upp komit, at aldri man ek honum þat fyrirgefa, ok sé ek nú herra, at þér vilit at ek fari. Nú ef þú ferr til Saraguze, þá seg Marsilio þau tíðendi, at hann taki við kristni ok gerist minn maðr ok sæki á minn fund ok haldi af mér hálft Spanialand, en hálft Rollant. En ef hann vill þat eigi, þá man ek vinna landit. Guinelun skal fá í hendr honum bréf þetta ok staf ok glófa er ek sel þér.

b: þá mælti konungr: Hvern vilit þér til kjósa at fara þessa sendiferð, þann sem bæði sé vel borinn ok sæmiligr höfðingi ok kunni vel at flytja mitt örindi fyrir Marsilio konungi? Rollant svaraði: þar er Guinelun jarl stjúpfaðir minn. þá mælti Karlamagnús konungr: Guinelun jarl, segir hann, gakk fram þá ok tak við staf mínum ok glófa, því at þat vilja Frankismenn, at þú farir þessa sendiför. þá svaraði Guinelun jarl: því hefir Rollant upp komit, at ek skal honum jafnan muna. þá svarar Karlamagnús: Nú skaltu fara til Saraguz, ok seg svá Marsilio konungi, at ek vil þau boð þiggja sem sendimenn hans sögðu mér af honum; en ef hann vill þat eigi halda, þá man ek vinna borg hans, þá er hann sitr í. Tak nú hér bréf þat er ek sendir honum, ok þar með fær ek þér staf minn ok glófa.

Til Sammenligning med den ældre Text, nærværende Udgave S. 489—492, anføres nedenfor det Stykke af det gammelfranske Digt,[1] som svarer til sjette Capitel i denne Episode, tilligemed en saavidt muligt ordret Oversættelse.

„Seignurs baruns, qui i enveieruns,
En Sarraguce, al rei Marsiliun?"
Respunt dux Neimes: „Jo irai par vostre dun;
Liverez m'en ore le guant e le bastun."
Respunt li reis: „Vos estes saives hom;
Par ceste barbe e par cest men gernun,
Vos n'irez pas uan de mei si luign!
Alez sedeir quant nuls ne vos sumunt!

„Seignurs baruns, qui i purruns enveier,
Al Sarrazin ki Sarraguce tient?"
Respunt Rollans: „Jo i puis aler mult ben."
— „Nu ferez, certes! dist li quens Oliver;
Vostre curages est mult pesmes e fiers:
Jo me crendreie que vos vos meslisiez.
Se li reis voelt, jo i puis aler [mult] ben."
Respunt li reis: „Ambdui vos en taisez;
Ne vos nen il n'i porterez les piez.
Par ceste barbe que veez blancheer,
Li duze per mar i seront jugez."
Franceis se taisent, as les vus aquisez.

[1] Chanson de Roland udg. af Génin, Paris 1850, S. 21—29.

VI

    Turpins de Reins en est levet del renc
E dist al rei: „Laisez ester vos Francs.
En cest païs avez estet set ans;
Mult ont oüd e peines e ahans.
Dunez m'en, sire, le bastun e le guant,
Et jo [en] irai al Sarazin Espan;
Si'n vois vedeir alques de sun semblant."
„Alez sedeir desur cel palie blanc;
N'en parlez mais, se jo ne 'l vos cumant!"

    Francs chevalers, dist le empereres Carles,
Car m'eslisez un barun de ma marche
Qu'a Marsiliun me portast mun message."
Ço dist Rollans: „Ço ert Guenes mis parastre."
Dient Franceis: „Car il le poet bien faire!
Se lui lessez, n'i trametrez plus saive."
E li quens Guenes en fut mult anguisables;
De sun col getet ses grandes pels de martre,
En est remés en sun blialt de palie.
Vairs out [les iex] e mult fler lu visage,
Gent out le cors, e les costez out larges;
Tant par fut bels tuit si per l'en esguardent.
Dist Rollant: „Tut fol, pur quei t'esrages?
Ço set hom ben que jo sui tis parastres.
Si as juget qu'a Marsiliun en alge?
Se deus ço dunet que jo de la repaire,
Jo t'en muverai un si grant contraire
K'il durerat a trestut ton edage!"
Respunt Rollans: „Orgoill oi jo e folage!
Ço set hom ben, n'ai cure de manace;
Mais saives hom il deit faire message:
Se li reis voelt, prez sui por vus le face."

    Guenes respunt: „Pur mei n'iras tu mie:
Tu n'ies mes hom, ne jo ne sui tis sire.
Carles commandet que face sun servise;
En Sarragnce en irai a Marsilie;
Einz i ferai un poi delegerie
Que jo'n esclair ceste meie grant ire."
Quant l'ot Rollans, si cumençat a rire.

    Quant ço veit Guenes que ore s'en rit Rollans,
dunc ad tel doel pour poi d'ire ne fent;

VII

A ben petit que il ne pert le sens.
E dit al cunte: „Jo ne vus aim nient!
Sur mei avez turnet fals jugement.
Dreiz emperere, veiz me ci en present;
Ademplir voeill vostre comandement.

En Sarraguce sai ben aler m'estoet.
Hom ki la vait repairer ne s'en poet.
Ensurquetut si ai jo vostre soer,
Si'n ai un filz, ja plus bels nen estoet:
Ço est Baldewin, ço dit, ki ert prozdoem.
A lui lais jo mes honurs et mes fieus.
Guardez le bien, ja ne 'l verrai des oilz!"
Carles respunt: „Trop avez tendre coer.
Puis que 'l comant, aler vus en estoet."

Ço dist li reis: „Guenes, venez avant;
Si recevez le bastun et lu guant.
Oït l'avez, sur vos le jugent Franc."
„Sire, dist Guenes, [i]ço ad tut fait Rollans;
Ne l'amerai a trestut mun vivant!
Nen Oliver por ço qu'est sis cumpaun;
Li duze per, por [ço] qu'il l'aiment tant;
Desfi les en, sire, vostre oil veiant."
Ço dist li reis: „Trop avez mal talant.
Or irez vos, certes, quant jo 'l cumant!"
— „Jo i puis aler, mais n'i aurai guarant:
Nul out Basilies ne sis freres Basant!"

Li empereres li tent sun guant, le destre,
Mais li quens Guenes iloec ne volsist estre:
Quant le dut prendre, si li caït a tere.
Dient Franceis: „[E] Deus! que purrat ço estre?
De cest message nos avendrat grant perte!"
— „Seignurs, dist Guenes, vos en orrez nuveles.
Sire, dist Guenes, dunez mei le cungied;
Quant aler dei, n'i ai plus que targer."
Ço dist li reis: „Al Jhesu e al mien!"
De sa main destre l'ad asols e seignet,
Puis li liverat le bastun e le bref.

D. e. „Mine Herrer Baroner, hvem skulle vi sende hen til Sarraguce til Kong Marsilius?"[1] Hertug Neimes svarer: „Jeg skal fare med Eders Orlov; giv mig derfor strax Handsken og Staven." Kongen svarer: „I er en klog Mand; ved dette Skjeg og denne min Knebelsbart, I skal ikke i Aar fare saa langt bort fra mig. Gaa og sid, naar ingen kalder Eder. — Mine Herrer Baroner, siger han, hvem skulle vi sende hen til Saraceneren, som har Sarraguce i sin Magt?" Rollant svarer: „Jeg kan meget godt gaa derhen." „Det skal I saa sandelig ikke," siger Grev Oliver, „Eders Sind er altfor heftigt og vildt, jeg frygter, I vilde indvikle Eder i Strid. Hvis Kongen vil, kan jeg gjerne gaa derhen." Kongen svarer: „Tier stille begge to, hverken I eller han skulle komme paa de Veie. Ved dette Skjeg, som I see bølge ned i hvide Lokker, de tolv Jævninger ville der møde en haard Vanskjebne." Franskmændene tie, og nu holde de sig stille og rolige. — Turpin af Reins reiste sig nu fra sin Plads og sagde til Kongen: „Lad Eders Franker være i Ro. I dette Land har I været syv Aar; mange Lidelser og Gjenvordigheder have de havt. Giv mig, Herre, Staven og Handsken; jeg skal gaa til den spanske Saracener, jeg vil hen at se, hvorledes han seer ud." Keiseren svarer fortrædelig: „Sæt Eder paa den hvide Atlask hist og tal ei mer derom, uden naar jeg befaler det." — „Troe Riddere," sagde Keiser Karl, „saa vælg mig da en Baron i mit Land, som kan bringe mit Budskab til Marsilius." Rollant sagde: „Der er Guenelun min Stedfader." Franskmændene sige: „Ja, han kan godt udføre det! Dersom I tillader ham at reise, vil I ikke kunne sende nogen kløgtigere." — Grev Guenelun gribes herover af stor Sorg; af sin Hals kaster han sit store Maarskinds Pelsværk, og staar der i sin Silkekaabe. Livlige vare hans Øine og stolt hans Aasyn, velskabt hans Legeme og bredt hans Bryst. Saa smuk var han, at han vakte alle sine Jævnliges Beundring. Han talte til Rollant: „Din Tosse, hvi raser du? Enhver veed jo, at jeg er din Stedfader, og du har dømt mig til at drage til Marsilius? Dersom Gud forunder mig at komme tilbage derfra, skal jeg betænke dig med et Uvenskab, som skal holde ud dit hele Liv!" Rollant svarer: „Hvilket Hovmod og Daarskab! Enhver veed godt, at jeg ikke bryder mig om Trudsler. En forstandig Mand maa overtage Sendefærden, dersom Kongen vil, er jeg beredt i Eders Sted." — Guenelun svarer: „For mig skal du ingenlunde reise: du er ikke min Tjener, og ikke jeg din. Karl byder mig at udføre hans Ærinde. Jeg skal drage til Sarraguce til Marsilius; men jeg maa først have en Frist, at jeg kan give min store Harme Luft." Da Rollant hørte det, begyndte han at lee. — Da Guenelun seer, at Rollant leer ad ham, gjør det ham saa ondt, at han næsten brister af Harme, han er nær ved at tabe Forstanden, og siger til Greven: „Jeg elsker Eder ikke, I har vendt en falsk Dom over mig. Retfærdige Keiser, her staar jeg for Eder, jeg er beredt at udføre Eders Bud. — Jeg veed vel, at jeg maa drage til Sarraguce, og den som gaar did kan ikke komme tilbage. Naar alt kommer til alt har jeg Eders Søster til Ægte, og jeg har en Søn, en skjønnere gaves aldrig, det er Baldevin, som tegner til at blive en brav Mand. Til ham efterlader jeg mine Værdigheder og mine Len; vaag over ham, jeg skal aldrig see ham med mine Øine." Karl svarer: „I har for følsomt et Hjerte. Da jeg befaler det, maa I drage afsted." — Kongen sagde: „Guenelun, kom frem, og tag imod Staven og Handsken. I har hørt, at Franskmændene dømme Eder dertil." „Herre," sagde Guenelun, „dette er alt Rollants Værk, og jeg vil hade ham mit hele

---

[1] Den gammelfranske Form af Navnet er i Nominativ **Marsilies**, i objectiv Casus **Marsilium**; saaledes ogsaa **Guenes, Guenelun; Carles, Carlun**.

Liv, og Oliver, fordi han er hans Fælle, og de tolv Jævninger, fordi de elske ham saa høit. Jeg trodser dem alle, Herre, i Eders Paasyn." — Kongen sagde: „Altfor stort Nag bærer I. Nu maa I afsted, for Sanden, naar jeg byder det." — „Jeg kan drage derhen, men ingen Beskytter skal jeg have, ingen havde Basilies og hans Broder Basant. — Keiseren rækker ham sin høire Handske, men Grev Guenelun ønskede sig langt bort. Da han skulde tage den, faldt den fra ham til Jorden. Franskmændene sige: „Gud! hvad kan det betyde? Af denne Sendefærd vil stor Ulykke komme over os!" — „Herrer," siger Guenelun, „I ville høre derom. Herre, sagde Guenelun, giv mig Orlov; da jeg skal drage afsted, har jeg intet mere at nøle efter." Kongen sagde da: „I Jesu Navn og i mit!" Med sin høire Haand gav han ham Absolution og Velsignelsen, dernæst gav han ham Staven og Brevet.

Lignende Bortskjærelser eller Forkortninger af den ældre Recension i den yngre, vil man paa flere Steder finde ved at jævnføre den trykte Text med Varianterne. Exempelvis kunne anføres: Udg. S. 386[19] ok er hann góðr konungr til 386[31] veiðimenn ok þó sjaldan; 422[17] Nú fylkir Karlamagnús til 422[27] yfir hverju 100 liði; 449 mangler hele Capitel 13; 451[17] en því næst féngu til 451[22] aðra kaupför; 454[28] En konungsdóttir Alfanis til 455[16] létta um Oddgeir at ræða.

Undertiden er dog den yngre Text *B* rigtigere og fuldstændigere end den ældre, hvilket maa komme deraf, at den yngre Samler paa enkelte Steder har været nøiagtigere i at udskrive sin Original, end Afskriverne af *A* og *a* i at copiere det dem foreliggende ældre Haandskrift. Saaledes i 1ste Part af Sagaen, Cap. 26 S. 24, har *B* rigtig Belisem, som den af Kongens Søstre, der blev gift med Reimbald, ikke Gilem, hvilket *A* har, nærv. Udg. S. 23. Ved Begyndelsen af Cap. 3 af 8de Fortælling (Ronceval Kampen), S. 485, hvor Kong Marsilius's ypperste Mænd navngives, svarer dette til den franske Text; ligeledes den følgende Side 486[22]—[25], hvor de 12 Jævninger opregnes; paa begge Steder angiver Haandskriftet *a* blot Tallet; ligesaa S. 502[5]—[20] meðan ek lifi — ok liði þeirra öllu, hvilket alt mangler i *a*. I Fortællingen om Oddgeir danske har den yngre Recension enkelte mærkelige Afvigelser, navnligen i Skildringen af Burnament Cap. 37 S. 108, og den tilføier desuden ved Enden af denne Episode af Sagaen 8 Capitler (47—54) som ikke findes i *A* og *a*. Alt dette synes at henpege paa et ældre Bearbeideren af *B* foreliggende Haandskrift, som her har været fuldstændigere end det Afskriveren af *A* har benyttet. Sproget hentyder her ogsaa paa den ældre Tid.

Men det mærkeligste, hvorved den yngre Recension adskiller sig fra den ældre, er dog Meddelelsen af en Episode, som ganske mangler i den sidste, nemlig Fortællingen om Fru Olif og hendes Søn Landres. Sproget her er særdeles godt, men Foredrag og Udtrykamaade henpeger paa, at den er omplantet paa norsk Grund i en sildigere Tid,[1] hvilket ogsaa udtrykkelig angives i de Fortællingen indledende Forord, hvor dens Tilbliven henføres til det 13de Aarhundredes Slutning. Selve Fortællingen synes ogsaa snarere at vedkomme Sagnkredsen om Kong Pipin end Karl Magnus, da her forekomme lutter nye Personer, fremmede for de andre Episoder, naar man undtager ham selv, og han fremstilles ogsaa her i en yngre Alder, end han efter Sagaens Begyndelse skal have, hvor han indføres for Læserne som 32 Aar gammel. Samleren af den yngre Recension har vistnok ogsaa følt dette, og derfor stillet den saa langt frem i Bogen som muligt, og anvist den den anden Plads, da han ikke kunde stille den først, hvilket vel egentlig havde været det rimeligste ved en Begivenhed, der henhører til Karls Ungdomshistorie, eller i al Fald maatte antages at ligge forud for de øvrige i Sagaen fortalte. For Resten staa Episoderne i samme Orden i begge Bearbeidelser.

B Recensionen er bevaret fuldstændig, hvilket paa Grund af Lacuner i Haandskrifterne ikke er Tilfælde med *A* Recensionen, men skjønt denne saaledes er mangelfuld, er den dog som den ældste bleven lagt til Grund, og dens Mangler udfyldte efter *B*, og hvor *A* ligger til Grund, er Varianterne af *B*, saavidt muligt, nøiagtig angivne, og hvor Forskjellen var for stor hertil, er ogsaa Texten af *B* fuldstændig meddelt. Dette var uundgaaeligt ved den lange Fortælling om Agulandus (den fjerde Episode af Sagaen); thi ihvorvel begge Redactioner af denne, hvad Hovedindholdet angaar, stemme, saa er dog Behandlingen og Anordningen af Stoffet i begge meget forskjellig. I *A* synes det som man har den ældste og oprindelige Form, saaledes som den skyldes den første norske Bearbeider. Fortællingen er her sammensat efter to fra hinanden meget forskjellige Hovedkilder, den ene den saakaldte Turpins Krønike, og den anden et gammelfransk Heltedigt (Chanson de geste), den første kort og mere sammentrængt, det andet vidtløftigt og fuldt af de for den Carolingiske Digtcyklus sædvanlige Gjentagelser. Selv om ikke disse to Kilder kunde paavises, er der saa stor Forskjel paa Stilen, at man paa Forhaand, selv uden at kjende dem, kan angive Stedet, hvor de mødes. Den senere Bearbeider af Sagaen har ganske omarbeidet denne Episode, han har bragt Orden og Sammenhæng i den, og man maa tilstaa, at Fortællingen under hans Hænder har vundet særdeles meget og faaet et fuldkommen sagamæssigt Præg uden at tabe synderligt af sit væsentlige Indhold og sin oprindelige Udførlighed.

[1]) Genitiven Karlamagnúsar forekommer her, i den ældre Recension er den lig Nominativ, Karlamagnús (egentlig Karlamagnúss).

At den danske Karl Magnus skrev sig fra en gammelnorsk Original, har allerede Nyerup[1] opdaget, og en anden interessant Opdagelse vedkommende samme Folkebog, skylder man i senere Tid C. J. Brandt,[2] der har godtgjort, at Christiern Pedersen ikke, som hidtil antaget, er Oversætter af denne Bog, men kun Omarbeider af Ghemens 1501 trykte Udgave, og at denne igjen grunder sig paa en Afskrift af en ældre, Aar 1480 i Börglum-Kloster i Jylland skreven Bog, som nu opbevares i det Kongelige Bibliothek i Stockholm. Den Codex, som den danske Oversætter eller Bearbeider har havt for sig, har indeholdt den ældre (A) Recension af Sagaen. Oversættelsen har saaledes ikke Fortællingen om Landres, men derimod Tillægget til Slutningen af Sagaens første Afdeling, som kun findes i A (S. 40—49). Et andet Tillæg har den danske ved Enden af Fortællingen om Roncevalslaget, som nu mangler i den norske, da Haandskriftet *a* her slipper, og Slutningen af Sagaen nu kun er for Haanden i *B* Recensionen. Til Sammenligning med Originalen ville vi af den danske vælge det samme Stykke, som Nyerup har aftrykt, nemlig hvad der svarer til Cap. 48 i første Afdeling af Sagaen, nærv. Udgave S. 42. (Brandt, S. 12).

En Dag stod Keiseren paa Reinsborg i et Vindue og saa ud paa Rin, hvor en Svane svømmede og drog en liden Baad efter sig med et Silkebaand, og i Baaden stod en Mand vel væbnet. Da han kom til Lands, gik Nauilon til hannem og ledde hannem til Keiseren. Han spurde, hvo han var, han kunde intet svare. Et Brev hængde paa hans Hals. Keiseren læste Brevet, der stod udi: Her er kommen Gerard Svan, og skal vorde Keiserens Tjenere. Siden toge de hans Harnisk af, og Keiseren gav hannem kostelige Klæder. Han lærde snart deres Tungemaal. Keiseren havde en Søster, som hed Elisa, hun var føder siden Pipping døde, hende gav han Gerard Svan. Roland spurde Keiseren hveden Gerard kom? Keiseren svarede: Gud sende os hannem. Roland sagde, det er en mandelig Mand. Keiseren gjorde hannem til Hertug og gav hannem et Land, som hed Ardena.

Paa de fleste Steder er Fortællingen betydelig sammendragen og forkortet, men paa eet Sted er den mærkværdig nok udførligere end Originalen, i al Fald saaledes som denne nu foreligger. Dette er Tilfældet ved Gjengivelsen af Cap. 43 af Fortællingen om Oddgeir danske, nærv. Udg. S. 116. Vi meddele ogsaa det hertil svarende Afsnit af den danske efter Nyerup, dog, som ved foregaaende Stykke, med enkelte Forandringer efter Brandts Udgave (jvf. denne S. 28).

[1] Almindelig Morskabslæsning i Danmark og Norge igjennem Aarhundreder. Beskreven af Rasmus Nyerup. Kjøbenhavn 1816. Side 90 ff.
[2] Christiern Pedersens danske Skrifter. Femte Bind udgivet af C. J. Brandt. Kjøbenhavn 1856. Jvf. Udgiverens Anmærkninger til Karl Magnus's Krønike S. 525—531.

XII

Carvel gik til Olger og takkede hannem for sin gode Vilje, og fik hannem den bedste Brynje i den Hær var, og bandt en Hjelm paa hans Hoved, den bedste i alt Hedenskabet var; i samme sad en dyrebar Sten, som hed Adamas, og havde saadan Nature, at hvilken hannem bar, han blev aldrig fattig; han var saa haard, at intet Sværd bed paa hannem, uden han blev smurd med Bukkeblod; i Hjelmen sad og en Sten, hed Cristallus, og gav meget Skin af sig, om han var sat i Guld; der sad og en Sten som kalles Galicia, han hedner aldrig, endog han laa i en brændende Ild; i Hjelmen sad og en Sten, hed Abastor, han kolner aldrig. Han bandt et Sværd ved hans Side, hed Curten, og sagde: Dette Sværd giver jeg dig, og saa hjælpe mig min Gud Mamet, at det skulde ei min egen Fader eller Broder faa for hundrede Pund Guld; med dette Sværd haver jeg overvundet 30 Konger. Det var hærd i en Orms Blod, som heder Basiliscus, og laa fire Aar under en flygende Drage paa Guld, thi skinde det altid som Guld; det haver vel bidet paa hver Mand uden paa dig, og det volder at du har en kraftig Gud.

Tillægget om de vidunderlige Ædelstene paa Hjelmen, samt om Sværdets Hærdelse i Ormeblod findes hverken i den norske Saga eller i det franske Digt af Raimbert (Ogier de Danemarche), som synes at ligge til Grund for dette Afsnit af vor Saga.

Undertiden findes der Feiltagelser i den danske Bearbeidelse, som ikke godt synes at kunne forklares uden ved Misforstaaelser af en norsk Original, saaledes hvor þúsundrað d. e. þúsund (nærv. Saga S. 83²⁸), oversættes med to hundrede (Brandts Udg. af den danske Karl Magnus S. 19⁹); ellers stemme næsten overalt Talangivelserne nøiagtig i begge. Som Exempel paa Overensstemmelse mellem begge kan anføres Stedet i Fortællingen om Agulandus S. 307, hvor Jamunds Spyd omtales, som var af saa seigt Træ, at det ikke kunde briste, og hvor der tilføies: þenna við kalla sumir menn aiol. Paa det tilsvarende Sted har ogsaa den danske (S. 46⁶): det Træ kalledes Ayol. Her menes uden Tvivl det gammelfranske alier, nyfransk alisier, Asaltræ. Tilsidst kan jeg ikke undlade efter Brandt, Anmærkninger til hans Karl Magnus (S. 521) at anføre et Sted, som paa Grund af en Trykfeil hos Ghemen er bleven forunderlig forvansket i de senere Udgaver. I vor Saga staar S. 99¹²: Verði sá níðingr er hirðir, blive den en Niding, som bryder sig om det. Dette er aldeles rigtig i det gamle danske Haandskrift gjengivet ved: blive han en Niding som det vurder. Ved en Trykfeil i Ghemens Udgave staar: blive han en indig som det vurder. Denne Trykfeil indig har Christiern Pedersen rettet til en tig (en Tæve, Tispe); dette forældede Ord Tig har igjen afstedkommet en ny Trykfeil i senere Udgaver (1787), hvor Stedet lyder: blive han en Tid, som det vorder, hvilket Rahbek (Alm. Morskabslæsning I S. 34) har rettet til: „mig lige meget, som dig lyster." Denne sidste Læsemaade har da været den gjængse i senere Udgaver, indtil Brandt opdagede den oprindelige.[1]

Vi skulle nu med nogle Ord omtale de forskjellige Episoder, hvoraf vor Saga er sammensat, angive deres sandsynlige Kilder, saavidt det har været muligt at opspore dem, og tillige meddele enkelte Prøver af disse til Sammenligning med vor Sagas Text.

I.

Den første Episode af denne Saga synes at grunde sig paa flere gammelfranske Digte henhørende til den Carolingiske Cyclus; navnlig have de første Capitler 1—25 Udseende af at være en temmelig nøiagtig Gjengivelse af et saadant, herpaa hentyde Foredrag og Sprog, de vidtløftige Navnelister S. 3—4, 8—9, Opregnelsen af de forskjellige Falke og Jagthunde S. 10, de hyppige Gjentagelser i Fortællingen, saaledes omtales f. Ex. Anslaget mod Karl Magnus's Liv og de nærmere Omstændigheder ved dets Opdagelse temmelig udførlig paa fem forskjellige Steder, S. 3, 7, 12, 19 og 21. Dette franske Digt skal nu ikke længer existere, men der findes Hentydninger dertil i en Krønike[2] af Cistercienser-Munken Alberic des Trois-Fontaines (Albericus Trium Fontium), der ved Aar 788 anfører følgende: „Conjuratio valida facta est ab Austrasiis contra Karolum regem auctore Harderico (vor Sagas Heldri), qua detecta multi aut membris truncantur aut exiliantur; itaque aut duo fuerunt Harderici, aut mendacium est quod Amicus scribitur supra interfecisse Hardericum, et, ut in cantilena dicitur, ad istam conspirationem cognoscendam Karolus magnus monitu angeli ivit de nocte furari." Denne Cantilena (Sang), som her af Alberic siges at omtale Sammensværgelsen mod Karl Magnus, og hvorledes denne, for at opdage samme, efter Engelens Tilskyndelse begav sig ud at stjæle, maa have været en gammel Chanson de geste. Det samme Emne findes ogsaa behandlet i et nederlandsk Digt fra Middelalderen, Caerl ende Elegast,[3] hvilket dog i Enkelthederne afviger betydelig fra vor Saga.[4]

---

[1] Den danske Karl Magnus er i det 17de Aarhundrede bleven oversat paa nyere Islandsk (Kongl. Biblioth. Kjøbenh. ældre Saml. Codex 1002—1003 Fol., Kongl. Bibl. i Stockholm, Codex 37 Fol.), og skal nylig i denne Form være trykt paa Island.

[2] Udgivet af Leibnitz: Accessessiones Historicæ, Hanoveræ 1698. Vol. II. Denne Krønike ender med Aar 1241.

[3] Udgivet af Hoffmann v. Fallersleben i hans Horæ Belgicæ, Pars quarta. Lipsiæ 1836. Jvf. Geschiedenis der middennederlandsche Dichtkunst door Jonckbloet. Eerste Deel, Amsterdam 1851, S. 265 ff.

[4] Mærkeligt er det, at Tyvens Navn i den danske Bearbeidelse af Karl

De følgende Capitler (26—59) af Sagaens første Del synes at være tilblevne ved Uddrag af mange forskjellige franske Digte, og Sammenstilling og Ordning skyldes rimeligvis den norske Bearbeider, som her synes foreløbig at have villet indføre for Læserne de vigtigste af de i de senere Episoder forekommende Personer, samt fremstille de Omstændigheder, under hvilke de først ere komne i Berørelse med Karl Magnus, og endelig meddele i det sidste Capitel (59) Navnene paa de 12 gjæveste af hans Mænd, de saakaldte Jævninger. At angive disse Kilder vilde kun den være i Stand til, der havde Adgang til de franske Bibliotheker, hvor man rimeligvis vilde kunne finde Originalerne. En af disse tror jeg dog at kunne paapege som den sandsynlige Kilde til Fortællingen om Karl Magnus's Stridigheder og Forsoning med Girard af Viana (Cap. 38—42), nemlig det franske Digt om denne Helt, hvoraf en stor Del er meddelt af Bekker i Indledningen til hans Fierabras[1]. Historien om Girard Svan (Cap. 48) er uden Tvivl hentet fra det franske Digt om Svanridderen (Chevalier au cygne), hvoraf jeg kun kjender et Citat fra Reiffenberg, Chronique de Philippe Mouskes[2] II P. CVI, hvor Ridderens første Optræden beskrives omtrent paa samme Maade som her i Sagaen. Keiseren var omgiven af sine tappre Mænd, disse saa svømmende opad Rin en hvid Fugl (d. e. Svane), der om Halsen havde en Kjede og drog efter sig en Baad; de saa tillige en Ridder ligge i Baaden, som havde sit Skjold og sit skarpe Sværd ved Siden:

> Virent amont le Rin un blanc oisel noant,
> El col une caïne et un batel traïant;
> Et virent en la nef j chevalier gisant,
> Dalès lui son escu et s'espée trençant.

I den senere Bearbeidelse af vor Saga (*B*) mangler Slutningen af denne Episode fra Cap. 43; Grunden hertil er maaske den, at flere af de her kortelig berørte Begivenheder senere omtales udførligere og med enkelte Afvigelser andre Steder i Sagaen, saaledes Krigen med Vitakind, Saxernes Konge (Cap. 46, 47, 55), der omhandles senere i 5te Part af Sagaen, hvor Vitakind kaldes Guitaclin,

Magnus ogsaa er Alegast og ikke Basin, som i den norske. Skulde det Haandskrift, som forelaa Oversætteren, have havt Navnet i denne Form, eller skulde man ikke snarere i Danmark dengang have kjendt en Kjæmpevise, der handlede om samme Begivenhed, og hvorfra Oversætteren kunde have taget Navnet Alegast?

[1] Der Roman von Fierabras, Provenzalisch. Herausgg. von Immanuel Bekker. Berlin 1829, qv.
[2] Chronique Rimée de Philippe Mouskes publiée par Le Baron de Reiffenberg, II Tomes, Bruxelles 1838.

ligesaa Krigen i Spanien (Cap. 45, 53) i 4de Part om Agulandus. Dog er ved denne Udeladelse i *B* adskilligt ikke uvæsentligt, vedkommende Sagaen i dens Helhed, gaaet tabt, saaledes Rollants Forhold til Guinelun, og den sidstes indgroede Had til den første, som endelig giver sig Luft i Forræderiet ved Ronceval, 8de Part af Sagaen, hvilket alt finder sin Forklaring ved hvad her fortælles i Cap. 56 om Rollant og Guineluns Kone.

II.

Fortællingen om Olif og Landres[1] tilhører, som allerede ovenfor S. IX, X anført, den yngre Recension af Sagaen *B*. Hvad der i Indledningen til denne Fortælling anføres, at Hr. Bjarne Erlingssøn skal have fundet den paa Engelsk i Skotland, hvor han opholdt sig om Vinteren efter Kong Alexanders Død (1284), for at sikkre dennes Datterdatter den norske Prindsesse Margrete Arvefølgen, og at han ved sin Hjemkomst lod den oversætte, maa vel antages at medføre Sandhed, fornemmelig fordi Stil og Foredrag henpeger paa denne Tid og ganske ligner andre Fortællinger, som tilhøre Slutningen af det 13de eller Begyndelsen af det 14de Aarhundrede, f. Ex. Biskop Jon Haldorssøns Eventyr og især hans Oversættelse af Klarus Keisersøns Saga.

Med Hensyn til Overskriften ved denne Afdeling, saavel som de senere, maa her gjøres opmærksom paa, at de ikke ganske findes i Haandskrifterne saaledes, som de staa i Udgaven; de ere væsentlig formede efter Codex *b* med enkelte Tillempninger for at tilveiebringe Overensstemmelser mellem dem. Codex *b* har ved denne Fortælling følgende Overskrift: 'Annarr þáttr sögunnar, af frú Olifer ok Landres syni hennar. Codex *B* har ingen Overskrift foran Indledningen, men foran første Capitel staar Landres þáttr.

III.

Fortællingen om Oddgeir Danske[2] grunder sig paa et gammelt fransk Digt (Chanson de Geste) om denne Sagnhelt, fra det tolvte Aarhundrede,[3] der udgjør 13,056 Vers, af disse har den norske

[1] Særdeles interessante Oplysninger om dette Fortællingsæmnes Udbredelse ere meddelte af Svend Grundtvig: Danmarks gamle Folkeviser, første Deel, Kjøbh. 1853, S. 177—204, nærværende Fortælling vedkommende, S. 199—201, hvor ogsaa gjøres opmærksom paa en spansk Roman med samme Æmne: Historia de Enrique, fi de Oliua, rey de Jherusalem, Enperador de Constantinopla. Sevilla, 1498.

[2] At Tilnavnet Danois er opstaaet ved en Forkortning eller Misforstaaelse af Ardenois er af nyere Critikere godtgjort og fornemmelig af Rothe i hans Afhandling: Om Holger Danske. Kjøbenh. 1847.

[3] Udgivet af J. Barrois: La Chevalerie Ogier de Danemarche par Raimbert de Paris Poëme de XII siecle, Paris 1842.

Bearbeider dog kun benyttet de første 3035 eller Begyndelsen af dette lange Digt, og fulgt dettes Gang temmelig nøie, rigtignok baade med adskillige Forkortelser og Udeladelser, men ogsaa med enkelte Tillæg og Forandringer hist og her, hvilket for en Del vel maa grunde sig paa en anden Recension af Digtet, forskjellig fra den der indeholdes i de nu existerende Haandskrifter, i al Fald fra dem, der ere benyttede ved Udgaven. Saaledes finder en mærkelig Afvigelse Sted derved, at efter Raimberts Digt storme de Franske Rom, og under dette fældes Ammiral af Hertug Nemes og Danamund af Oddgeir, den største Del af Hedningerne styrte sig i Havet og drukne, og Gloriant falder i de Kristnes Hænder. Karvel befinder sig endnu i den franske Leir, og Karl Magnus foreslaar ham at antage Kristendommen, hvilket han dog stolt afslaar, og drager derpaa, rigelig begavet, med Gloriant til sit Land. Paven holder sit Indtog i Rom, og Karl Magnus vender tilbage til Paris. Dette er en Indholdsangivelse af hvad der i det franske Digt svarer til Cap. 46 i vor Fortælling, som her ved Sammenligning vil findes betydelig afvigende fra den franske Original. De sidste Capitler af denne Episode, 47—54, findes ikke i de nu for Haanden værende Haandskrifter af Sagaens ældre Recension A, men have sandsynlig været tilstede i det Haandskrift, som den danske Bearbeider har benyttet, da de findes i hans Oversættelse. Vi have dem nu kun i Recensionen B, og i det franske Digt findes Intet hertil svarende. Til Sammenligning med Sagaen skal jeg meddele nogle Uddrag af den franske Original.

De cha Monjeu fu Kalles herbergiés;
Il vit le graille e le noif e le giel,
E le grant roce contremont vers le ciel,
„E Dex! dist Kalles, e car me consilliés
de cest passage dont je sui esmaiés,
Car je n'i voi ne voie ne sentier
Par où je voise ne puisse repairier."
Dex ama Karle e si l'avoit mult chier,
Si li envoie un message moult fier:
Parmi les loges vint uns cers eslaissiés,
Blans cpme nois, quatre rains ot el cief.
Voiant François, parmi Monjeu se fiert,
E dist li rois: „Or après, chevalier!
Vés le message que Dex a envoié."
François l'entendent, ainc ne furent si lié;
Après le cers aquellent lor sentier,
Mongieu passa li rois qui France tient,
Ainc n'i perdi serjant ne chevalier,

XVII

Ne mul ne mule, palefroi ne somier;
Huit jors i mist à passer toz entiers.

Li rois herberge de là outre Mongis;
Grans sunt les os qui le resne ont porpris.
Li jogléor ont lor vieles pris,
Grant joie mainnent devant le fil Pepin;
Li rois fu liés, si ot béu du vin,
Ogier demande, son forosté mescin.

D. e. Paa denne Side af Mundinfjeld havde Karl sit Standkvarter; han saa Hagl, Sne og Is, og det store Bjerg kneisende mod Himmelen, „Gud!" sagde Karl, „raad mig dog ved denne Overgang, hvorfor jeg rædles svart, thi hverken seer jeg Vei eller Sti, ad hvilken jeg kan gaa eller komme frem." Gud elskede Karl og havde ham inderlig kjær, og skikker ham et stolt Sendebud. Mellem Teltene kom en Hjort farende afsted, hvid som Sne, fire Takker havde den i Hovedet, i de Franskes Paasyn styrter den op ad Mundiufjeld. Kongen udraaber da: „Nu afsted efter, Riddere, skuer det Bud Gud har sendt." De Franske høre ham, aldrig bleve de saa glade, efter Hjorten bane de sig Vei, Kongen, som behersker Frankrig, drog da over Mundinfjeld, mistede der hverken Svend eller Ridder, Esel eller Mule, Ganger eller Kløvhest, aatte hele Dage tilbragte han dermed. Kongen har nu sit Kvarter paa hin Side Mundinfjeld, store ere de Skarer, som holde Landet besat. Gjøglere have grebet sine Fidler, stor Glæde og Gammen øve de for Pipins Søn. Kongen var glad og havde drukket sin Vin, han lader hente Oddgeir sin arme Gidsel[1].

Paien en Rome enmainnent pris Ogier.
La le desarment desous un olivier.
A grant merveille l'esgardent li paien:
Li Turc e li Persant e li Aufrisien,
Li uns à l'autre l'a au doit ensignié.
A l'amiral comencent à hucher:
„Sire, font-il, or pensés du venger
Tos nos parens qu'il nus ocist l'autr'er."
Dist l'amiraus: „Par Mahon que j'ai cher,
Nel gariroit tos li ors desous ciel
Que je nel pende; ja trestorné n'en iert."
Es Karaheu pongnant tos eslaissiés;
Si ot osté son elme de son cief,
Par ses espaules sa ventaille d'ormier.
A l'amiral est venus tos iriés,
Si l'en apele cortoisement e bien:
„Amiraus sire, mal m'avés engignié;
Je combatoie por la vostre amistié
E por la loi Mahomet esaucier;

[1] S. Franske Digt V. 262—289, nærværende Fortælling Cap. 5. G. S. 78.

XVIII

 Au matinet l'uec en convent Ogier.
N'i aroit garde fors d'un seul chevalier;
Pris l'a vos fix e traï e boisié:
Rendés-le-moi, li tenirs seroit grief."
Dist l'amiraus: „Por noient en plaidiés:
Je nel rendroie à home desous ciel."
Dist Karaheus: Que tant ne me prisiés;
Mais par Mahon! conparé sera chier."
A ses herberges repaire tot iriés.

 Droit à sa gent vint Karaheus pongnant:
Il lor escrie tost et isnelemant:
„Adobés-vos, car je le vos comant.
Ogier a pris Danemons li tirans,
L'amiraus dist nel me rendra niant;
Ja l'assarrai en cel palais plus grant:
Anqui verrai cui sera li bubant."
Adont parla uns paiens Rodoans,
Rois fu d'Egypte une terre mult grant.
„E Karaheus! por Mahon, or entant;
Tes hom sui liges de tot mon fief tenant.
Ne maine mie l'amiral malemant;
Tu es ses hom, sel seis a ensciant;
Mais anuit mais le nus laissiés à tant.
Dusqu' à demain à l'aube aparissant
Fai l' araisner por le mix de ta gent:
Ogier te rende sain e saf e vivant,
Se il nel fait, de cest jor en avant,
Dont ne li soies amis ne bonvoillans."
Dist Karaheus: „Par la loi Tervagant,
A moi n'ara pais ne acordemant
Nulgor en terre se Ogier ne me rant."
Dient si home: „Ne à nus ensement."

 Or fu Ogiers à Rome sous un pin;
Iluec le gardent paien e Sarrasin.
Es Cloriande au gent cors signori . . .

 D. e. Hedningerne føre Oddgeir fangen til Rom, der afvæbne de ham under et Oliventræ. Med stor Beundring betragte Hedningerne ham, Tyrkerne, Perserne og Afrikanerne, den ene gjorde den anden ved Fingerpeg opmærksom paa ham. De begyndte derpaa overlydt at tiltale Ammiralen: „Herre," sige de, „tænk nu paa at hævne alle vore Slægtninge, som han dræbte for os forleden."

Ammiralen siger: „Ved Mahomet som jeg dyrker, alt Guld i Verden skulde ei løskjøbe ham fra at hænges af mig, han skal nu ikke længer slippe derfor." Men her er Karvel ridende i fuld Fart; han havde taget Hjelmen af sit Hoved, ned ad Skuldrene hang hans Visir af purt Guld. Til Ammiralen kommer han i Fyr og Flamme, dog tiltaler han ham høflig og belevent: „Herre Ammiral, I har gjort mig en slem Streg; jeg kjæmpede for Eders Venskabs Skyld og for at hævde Mahomets Lov; i Morges havde jeg Møde med Oddgeir, han ventede der kun een Ridder; Eders Søn har fanget, forraadt og sveget ham; giv mig ham tilbage, at holde paa ham vilde være skjændigt" Ammiralen siger: „Til ingen Nytte taler I hans Sag, jeg vilde ikke give ham tilbage til nogen i Verden." Karvel siger: „I agter mig ei saa meget; men ved Mahomet, det skal blive dyrt betalt." Vred vender han tilbage til sine Telte. — Til sine Mænd kom Karvel ridende, han tilraaber dem strax paa Stand: „Ruster eder, jeg befaler eder det. Tyrannen Danemund har fanget Oddgeir, Ammiralen afslaar at give mig ham tilbage; jeg skal angribe ham i hans største Hal, endnu i Dag vil jeg see, hvem der skal føre det største Ord." Nu talte en Hedning Rodoan, han var Konge over Egypten, et Land saare stort: „Karvel! for Mahomets Skyld, hør mig; jeg er din Vassal for alt mit Len. Fornærm ikke Ammiralen, du er hans Vassal, det veed du vel; men lad ham dog denne Nat over have Ro for os, først i Morgen, naar Dagen bryder frem, lad ham tale til Rette af dine bedste Mænd; han udlevere da Oddgeir frisk og frank og i Live, gjør han ikke det, saa opsig ham fra denne Dag af Venskab og Velvillie." Karvel siger: „Ved Tervagants Lov, for mig skal han aldrig have Fred eller Ro i Verden, dersom han ikke giver mig Oddgeir tilbage." Hans Mænd sige: „For os ikke heller." — Oddgeir sad nu under et Fyrretræ, der bevogte ham Hedninger og Saracener. Nu kommer Gloriant med sin deilige, majestætiske Skabning¹.

Overskriften til denne Fortælling lyder i *A*: þáttr danska Oddgeirs, i *b*: Oddgeirs þáttr, þriði partr Karlamagnús sögu.

IV.

Som ovenfor antydet, foreligger der af Fortællingen om Agulandus 2 forskjellige Bearbeidelser, den ene i den ældre Recension af Sagaen (*A*), har uden Tvivl den Form, hvori Fortællingen oprindelig er tilbleven paa vort gamle Sprog; den yngre (*B*) er rimeligvis en Omarbeidelse af den første, hvorved Bearbeideren har bestræbt sig for at udjævne og bringe en større Overensstemmelse mellem de forskjellige og uligeartede Dele, hvoraf Fortællingen oprindelig er sammensat. Noget er dog ogsaa herved blevet udeladt, navnlig Fortællingen om Billedstøtten Salemcades, (jævnfør S. 131 med S. 266—267), og Rollants Kamp med Ferrakut, S. 277—281, Cap. 15—22. Baade fordi denne Omarbeidelse (*B*) er levnet os fuldstændig, hvilket ikke er Tilfælde med den første, og fordi den er

---

¹) Franske Digt: V. 2001—2054. nærv. Saga: Cap. 32, 33.

udført i et godt Sprog, skjønt noget bredt og udtværet, er den bleven stillet i Spidsen (S. 126—263), den ældre derimod er trykt bagefter (264—370)[1].

Til Grund for denne Fortælling, i dens ældre Form (A) ligger to Kilder, den fabelagtige paa Latin skrevne Turpins Krønike[2] og et gammelfransk carolingisk Digt[3]. Man kunde fristes til at tro, at det Exemplar af Digtet, som har foreligget den norske Bearbeider, har været defekt i Begyndelsen, og at han har erstattet denne Mangel, saa vidt det lod sig gjøre, ved Hjælp af Krøniken, skjønt dette dog er mindre sandsynligt, og man maa vel snarere antage, at det har været Oversætteren magtpaaliggende at benytte til denne Episode af Sagaen saa meget som muligt af den paa hans Tid vel højt anseede og for troværdig antagne Turpinske Krønike, og at han først har tyet til det franske Digt, da Krøniken svigtede ham. Han har dog i et væsentligt Punkt seet sig tvungen til at afvige fra denne. Agulandus, Hovedpersonen i det franske Digt, falder efter Krøniken (Cap. 14) i det store Nederlag paa Saracenerne, som omtales i denne Fortællings Cap. 13, S. 276; dette maatte, som uforeneligt med Digtet, naturligvis forandres, og Oversætteren har saaledes ladet Agulandus flygte fra Slaget tilligemed Kongerne af Sibil (Sevilla) og Korduba. For Resten indeholde de første Capitler af denne Episode i vor Saga, Cap. 1—23, S. 264—282, en temmelig nøiagtig Oversættelse af den Turpinske Krønikes 18 første Capitler. Med vor Fortællings 24de Capitel (S. 282) begynder altsaa den franske Kilde. Dog lægger man her Mærke til Stilen i den første Del af sidstnævnte Capitel, vil man finde, at den harmonerer temmelig nøie

---

[1] Her er ved Uagtsomhed i den fortløbende Titeloverskrift til venstre anvendt Signaturen Karlamagnus Saga IV b, skjønt der heller burde have staaet IV², Læseren bedes godhedsfuld at erindre, at herved menes den ældre Text (A).

[2] Turpins Krønike, efter Foregivende skrevet af Erkebiskop Turpin, hidrører fra en fransk Geistlig og maa være forfattet i Slutningen af det 11te Aarhundrede; den indeholder i alt 32 Capitler, omtaler strax efter de Begivenheder, som vedkomme Fortællingen om Agulandus, Slaget ved Ronceval, og i sidste Capitel Karl Magnus's Død. Trykt i Chronique de Philippe Mouskes I S. 489—518.

[3] Det franske Digt er udgivet af Immanuel Bekker efter et, desværre, mangelfuldt Haandskrift i det kongelige Bibliothek i Berlin i „Abhandl. der königl. Akad. der Wissensch. zu Berlin 1847" under Navn af Der Roman von Aspremont. Naar den fuldstændige Udgave af Digtet engang udkommer i den store Samling af de gamle franske Heltedigte: „Les Anciens Poëtes de la France," der nu er under Udgivelse i Paris efter Keiserens Foranstaltning, vil man bedre være i Stand til at dømme om vor Sagas Forhold til den franske Original.

med det foregaaende, som er hentet fra Krøniken, men at der indtræder en Forandring i denne Henseende ved Midten af Capitelet (S. 283¹) med Ordene En er heiðingjar kómu saman þeir sem eptir lifðu, taka (þeir) herklæði af Jamund reiðir ok hryggvir, sárir ok hugsjúkir, hvor Fortællingen paa een Gang bliver meget udførligere og tydelig røber den franske Original, som her ogsaa kan paavises. Begyndelsen af dette Capitel synes derfor at være et af Oversætteren redigeret Udtog af en foregaaende Del af det franske Digt, for at danne en Slags Overgangsbro mellem Krøniken og dette, deraf vel ogsaa denne pludselige Optræden af Jamund Agulandus's Søn i Capitelets første Linie, som om han allerede skulde være kjendt af Læserne, noget, der er ligesaa usædvanlig i de franske Heltedigte som i vore egne Sagaer, hvor man altid pleier at gjøre mere Væsen af Hovedpersonerne ved deres første Optræden. Fra Midten af Capitelet, efter de ovenfor anførte Ord, synes det franske Digt temmelig tro at være bleven fulgt ligetil det sidste Capitel, 125, S. 369, hvori Oversætteren sandsynligvis atter har givet et Udtog af det franske Digts Slutning¹. I det franske Haandskrift, som har været benyttet af Sagaens Bearbeider, har vel Digtet været inddelt i flere Afdelinger, thi hertil synes vor Fortælling at henpege, naar der ved Slutningen af enkelte Capitler (S. 293, 302, 315, 334, 344, 359) staar, her ender den og den Bog, da Fortællingens Gang, som den foreligger os, paa de fleste af disse Steder ikke synes at berettige til nogen skarpere Begrændsning end ved de andre Capitler².

Til Sammenligning meddeles først nogle Uddrag af Turpins Krønike, og dernæst af det franske Digt:

Epistola beati Turpini archiepiscopi ad Leoprandum.

Cap. I. Turpinus. Dei gratia archiepiscopus Remensis. ac sedulus Caroli Magni imperatoris in Hispania consocius. Leoprando decano Aquisgranensi salutem in Domino. Quoniam nuper mandastis mihi apud Viennam. cicatricibus vulnerum aliquantulum ægrotanti. ut vobis scriberem qualiter imperator vester famosissimus Carolus Magnus tellurem Hispanicam et Gallicianam a potestate Saracenorum liberavit, mirorum gestorum apices ejusque laudanda super Hispanicos Saracenos trophæa. quæ propriis oculis intuitus sum, quatuordecim annos perambulans Hispaniam et Galliciam una cum eo: quod exercitibus suis pro certo scribere. vestræque fraternitati mittere non ambigo. Etenim magnalia divulgata quæ rex in Hispania gessit. in S. Dionysii Chronico, ut

---

¹) Denne mangler i Berliner Haandskriftet, og følgelig ogsaa i Bekkers Udgave.

²) S. 302 ved Slutningen af Cap. 45 staar feilagtigt i Haandskriftet: hefr hér upp hina fimtu bók, hvor der burde staa séttu.

mihi scripsistis, reperire plenarie autoritas vestra nequivit. Igitur auctorem illius (aut pro tantorum actuum scriptura prolixa, aut quia idem absens ab Hispania, ea ignoravit) intentio vestra intelligat minime ea ad plenum scripsisse, et nusquam volumen istud ab eo discordasse. Vivas et valeas et Domino placeas, Amen[1].

De idolo Mahumeth.

Cap. IV. Idola et simulacra quæ tunc in Hispania invenit, penitus destruxit, præter idolum quod est in terra Alandaluf, quod vocatur Salamcadis: Cadis dicitur proprie locus in quo est Isalam, in lingua Arabica Deus dicitur. Tradunt Saraceni, quod idolum istud Mahumeth, quem ipsi colunt, dum adhuc viveret, in nomine suo proprio fabricavit, et dæmoniacam legionem quandam sua arte magica in ea sigillavit: quæ etiam tanta fortitudine illud idolum obtinet, quod a nullo unquam frangi potuit. Cum enim aliquis christianus ad illud appropinquat, statim periclitatur. Sed cum aliquis Saracenus causa adorandi vel deprecandi Mahumeth accedit, ille incolumis recedit. Si forte super llud avis quælibet se deposuerit, ilico moritur. Est igitur in maris margine lapis antiquus opere Saracenico optime sculptus supra terram, deorsum latus et quadratus, desursum strictus, altissimus; scilicet quantum solet volare in sublime corvus: super quem elevatur imago illa de auro optimo in effigie hominis, fusa super pedes suos, erecta faciem suam tenens versus meridiem, et manu dextra tenens quandam clavam ingentem. Quæ scilicet clava, ut ipsi Saraceni aiunt, a manu ejus cadet anno quo rex futurus in Gallia natus fuerit, qui totam terram Hispanicam christianis legibus in novissimis temporibus subjugaverit. Mox ut viderunt clavam lapsam, gazis suis in terram positis omnibus, fugiunt[2].

De bello Ferracuti Gigantis, et de optima disputatione Rolandi.

Cap. XVII. Statimque nunciatum est Carolo, quod apud Nageram Gigas quidam nomine Ferracutus, de genere Goliad, advenerat, de oris Syriæ, quem cum viginti millibus Turcorum Babylonis Admiraldus ad bellandum Carolum regem miserat. Hic vero lanceam aut sagittam non formidabat, vim quadraginta fortium possidebat. Quapropter Carolus ilico Nageram adiit. Mox ut ejus adventum Ferracutus agnovit, egressus ab urbe, singulare certamen, scilicet unum militem contra alterum, petiit. Tunc mittitur ei primum a Carolo Ogerius Dacus: quem mox ut Gigas solum in campo aspexit, suaviter juxta illum vadit, et ilico eum brachio dextro cum omnibus armis suis amplexatus est, et deportans illum cunctis videntibus in oppidum suum leviter, quasi esset una mitissima ovis. Erat enim statura ejus quasi cubiti duodecim, et facies ejus longa quasi unius cubiti, et nasus unius palmi mensurati, et brachia et crura ejus quatuor cubiti erant, et digiti tribus palmis. Deinde misit ad eum causa belli Carolus Rainaldum de Alba Spina, et detulit illum solo brachio ilico in carcerem oppidi sui. Deinde mittitur Constantinus rex Romanus et Oellus comes, et ipsos simul unum ad dexteram et alium ad lævam carcere retrusit. Deinde mittuntur viginti pugnatores, scilicet duo insimul separatim, et illos similiter carcere mancipavit. His itaque inspectis Carolus, cunctis insuper admirantibus, neminem postea ausus est mittere ad expugnandum eum: Rolan-

---

[1] Nærv. Saga S. 264 Cap. I.
[2] Nærv. Saga S. 266—267, Cap. IV.

dus tamen vix impetrata licentia a rege, accessit ad Gigantem bellaturus. At ille Gigas ilico rapuit eum sola manu dextera, et misit eum ante se super equum suum. Cumque illum portaret versus oppidum, resumptis viribus suis, in Domino confisus arripuit eum per mentum, et statim evertit eum retro super equum, et ceciderunt ambo simul de equo prostrati solo: statimque elevantur a terra ambo pariter, et ascenderunt equos. Ilico Rolandus, spatha propria evaginata, Gigantem occidere putans, equum ejus solo ictu per medium trucidavit. Cumque Ferracutus pedes esset, spathamque evaginatam manu tenens ei nimias minas intulisset, Rolandus sua spatha in brachio quo spatham suam Gigas tenebat, illum percussit, et minime eum laesit, sed spatham ejus e manu excussit. Tunc Ferracutus, gladio amisso, percutere putans pugno clauso Rolandum, ejus equum in frontem percussit et laesit, et statim equus obiit. Denique sine gladiis pedites usque ad nonam pugnis et lapidibus debellarunt. Die advesperante impetrabat treugas Ferracutus a Rolando usque in crastinum. Tunc disposuerunt inter se, ut die crastina in bello sine equis et lanceis ambo convenirent, et, concessa pugna, ex utraque parte unusquisque ad proprium remeavit hospitium. Crastina vero die, summo diluculo separatim venerunt pedites in campo belli, sicut dispositum fuerat: Ferracutus tamen secum attulit spatham, sed nihil ei valuit, quia Rolandus baculum quendam retortum et longum secum detulit, cum quo tota die illum percussit, et minime laesit eum. Percussit eum cum magnis et rotundis lapidibus, quibus campus abundanter erat, usque ad meridiem, illo tempore conveniente, sed eum nullo modo laedere potuit. Tunc impetratis a Rolando treugis Ferracutus somno praegravatus coepit dormire: Rolandus vero, ut erat juvenis alacer, misit lapidem ad caput ejus, ut libentius dormiret. Nullus enim christianorum illum tunc occidere audebat, ne ipse Rolandus. Nam talis erat inter eos institutio: quod si christianus Saraceno, vel Saracenus christiano daret treugas, nullus ei injuriam faceret; et si aliquis treugam datam ante diffidentiam frangeret, statim interficeretur. Ferracutus itaque postquam satis dormivit, evigilavit, et sedit juxta eum Rolandus, et coepit eum interrogare, qualiter ita fortissimus et durissimus habebatur, quam ut gladium aut lapidem aut baculum non formidabat. „Vulnerari, inquit Gigas, non possum nisi per umbilicum." Loquebatur ipse lingua hispanica, quam Rolandus satis intelligebat. Tunc Gigas coepit Rolandum aspicere et interrogare eum, dicens: „Tu autem quomodo vocaris?" „Rolandus, inquit, vocor." „Cujus generis, inquit Gigas, es, qui fortiter me expugnas?" „Francorum genere oriundus, inquit Rolandus, sum." At Ferracutus ait: „Cujus legis sunt Franci?" Et Rolandus: „Christianae legis, Dei gratia, sumus, et Christi imperiis subjacemus, et pro ejus fide in quantum possumus, decertamus." Tunc paganus audito Christi nomine ait: „Quis est ille Christus, in quem credis?" Et Rolandus: „Filius Dei Patris, inquit, qui ex virgine nascitur, cruce patitur, sepulchro sepelitur, et ab inferis tertia die resuscitatur, et ad Dei Patris dexteram super coelos regreditur." Tunc Ferracutus: „Nos credimus, inquit, quia creator coeli et terrae unus est Deus, nec filium habuit nec patrem: sed sicut a nullo generatus est, ita neminem genuit: ergo unus est Deus, non trinus." „Verum dicis, inquit Rolandus, quia unus est. Sed cum dicis, trinus non est, in fide claudicas. Si credis in Patrem, crede in Filio ejus, et Spiritu sancto. Ipse enim Deus Pater est, Filius et Spiritus sanctus est, unus Deus permanens in tribus personis." „Si Patrem, inquit Ferracutus, dicis esse Deum, Filium Deum, Spiritum sanctum Deum: ergo tres Dii sunt, quod absit, et non unus Deus." „Nequaquam, inquit Rolandus, sed unum Deum et trinum prædico tibi, et unus est et trinus est. Totæ tres personæ coæternæ sibi sunt et coæquales. Qualis Pater, talis Filius, talis Spiritus sanctus; in personis est proprietas, in essentia unitas, et in majestate adoratur æqualitas. Trinum Deum et unum angeli adorant in cœlis. Et Abraham tres vidit, et unum adoravit." „Hoc ostende, inquit Gigas, qualiter tria unum sint." „Ostendam etiam tibi, inquit Rolandus, per humanas creaturas: sicut in cithara, cum sonat, tria sunt, ars scilicet, chordæ et manus, et una cithara est; sic in Deo tria sunt, Pater et Filius et Spiritus sanctus, et unus est Deus. Et sicut in amygdala tria sunt, corium scilicet, nucleus et testa, et una tamen amygdala est: sic tres personæ in Deo sunt, et unus Deus est. In sole tria sunt, candor, splendor et calor, et tamen unus sol est. In rota plaustri tria sunt, modius scilicet, brachia et circulus, et tamen una rota est. In temetipso tria sunt, corpus scilicet, membra et anima, et tamen unus homo es. Sic in Deo et unitas et trinitas esse perhibetur." „Nunc, Ferracutus inquit, trinum Deum et unum esse intelligo: sed qualiter Pater Filium genuit, ignoro." „Credis, inquit Rolandus, quod Deus Adam fecit." „Credo, inquit Gigas." „Quemadmodum, inquit Rolandus, Adam a nullo generatus est, et tamen filios genuit: sic Deus Pater a nullo generatus est, et tamen Filium ineffabiliter ante omnia tempora divinitus, prout voluit, genuit a semetipso." Et Gigas: „Placent, inquit, mihi quæ dicis, sed qualiter homo effectus est qui Deus erat, penitus ignoro." „Ille, inquit Rolandus, qui cœlum et terram et omnia creavit ex nihilo, ipse fecit humanari Filium in virgine sine semine humano, sed spiramine sacro suo." „In hoc, inquit Gigas, laboro, et qualiter sine humano semine, ut asseris, nascitur de virginis utero." Et Rolandus ait: „Deus qui Adam sine semine alterius formavit, ipse Filium suum sine semine hominis de virgine nasci fecit, et sicut de Deo Patre nascitur sine matre, sic ex matre nascitur sine homine patre. Talis enim decet partus Deum." „Valde, inquit Gigas, erubesco, quomodo virgo sine homine genuit." „Ille, inquit Rolandus, qui fabæ gurgulionem et arboris et glisci facit gignere vermem, et multos pisces et vultures et apes et serpentes sine masculo semine facit parere prolem, ipse virginem intactam absque virili semine facit gignere Deum et hominem. Qui primum hominem sine alterius semine, ut dixi, fecit, facile potuit facere, ut Deus homo factus de virgine sine masculo concubitu nasceretur." „Bene, inquit Ferracutus, potest esse, quia de virgine natus fuit: sed si Filius Dei fuit, nullatenus, ut asseris, in cruce mori potuit. Nasci, ut dicis, potuit, sed si Deus fuit, nequaquam mori potuit; Deus enim nunquam moritur." „Bene, inquit Rolandus, dixisti, quia de virgine nasci potuit, ecce quia ut homo natus fuit. Si natus est ut homo, igitur mortuus est ut homo; quia omnis qui nascitur, moritur. Si credendum est nativitati, igitur credendum est passioni, simul et resurrectioni." „Quomodo, inquit Ferracutus, credendum est resurrectioni?" „Quia, inquit Rolandus, is qui nascitur, moritur; et qui moritur, tertia die vivificatur." Tunc Gigas audito verbo miratus est multum, dixitque ei: „Rolande, cur tot verba inania profers? Impossibile est ut homo mortuus denuo ad vitam resurgat." „Non solum, inquit Rolandus, Dei filius a mortuis resurrexit, verum etiam omnes homines qui fuere ab initio usque ad finem, sunt resurrecturi ante ejus tribunal et accepturi meritorum suorum stipendia, prout gessit unusquisque sive bonum, sive malum. Ipse Deus qui modicam arborem in sublime crescere fecit, et granum frumenti mortuum in terra putrefactum reviviscere, crescere, ac fructificare facit, ille cunctos propria carne et spiritu de morte ad vitam resuscitabit in die novissimo. Leonis mysticam tibi assume.

XXV

Si die tertia leo catulos suos mortuos anhelitu suo vivificat, quid mirum si Deus Pater Filium suum die tertia a mortuis resuscitavit. Nec novum tibi debet videri, si Dei Filius ad vitam rediit, cum multi mortui ante ejus resurrectionem ad vitam redierint. Si Helias et Eliseus facile defunctos resuscitarunt, facilius Deus Pater illum resuscitavit: facile a mortuis resurrexit, a morte nullatenus teneri potuit, ante cujus conspectum mors ipsa fugit, ad cujus vocem mortuorum phalanx resurrexit. Tunc Ferracutus: „Satis, inquit, cerno quæ dicis, sed qualiter cœlos penetravit, ut dixisti, prorsus ignoro." „Ille, inquit Rolandus, qui de cœlis descendit, polos facile ascendit: qui facile per semetipsum resurrexit, facile polos penetravit. Exempla multarum rerum tibi sume: vides rotam molendini quantum ad ima de superis descendit, tantum de infimis ad sublimia ascendit. Avis volans in aere quantum descendit, tantum ascendit. Tu ipse si forte de quodam descendisti monte, bene potes iterum redire unde descendisti. Sol ab Oriente heri surrexit, et ad Occidentem occubuit, et hodie similiter in eodem loco surrexit. Unde ergo filius Dei venit, illuc rediit." „Tali igitur pacto, inquit Ferracutus, tecum pugnabo; quod si vera est hæc fides quam asseris, ego victus sim; et si mendax est, tu victus sis; et sit genti victæ jugiter opprobrium, victori autem laus et decus in ævum." „Fiat," inquit Rolandus. Idcirco bellum ex utroque corroboratur, et ilico Rolandus paganum aggreditur. Tunc Ferracutus ejecit ictum spatha sua super Rolandum, sed ipse Rolandus subsiliit ad lævam, et accepit ictum spathæ in baculo suo. Interea abscisso baculo Rolandi, irruit in eum et ipse Gigas, et illum arripiens leviter inclinavit subter se ad terram. Statim agnovit Rolandus, quod tunc nullo modo evadere poterat. Cœpit igitur implorare auxilium filii beatæ Mariæ virginis, et erexit se Deo juvante paulatim, et revolvit eum subter se, et adjunxit manum suam ad mucronem ejus, et punxit ejus parumper umbilicum, et evasit. Tunc alta voce cœpit Deum suum Gigas invocare, dicens: „Mahumeth, Mahumeth, Deus meus, succurre mihi, quia jam morior." Et statim ad hanc vocem accurrentes Saraceni sustulerunt eum, portantes manibus versus oppidum. Rolandus vero jam incolumis ad suos redierat, et statim christiani una cum Saracenis qui Ferracutum deferebant in oppidum, urbem violento impetu ingrediuntur. Sicque, Gigante perempto, urbs et castra capiuntur et pugnatores a carcere eripiuntur.¹)

> Hiamont s'en vet dolenz et corecous,
> de ses sept rois li ont ocis les dous.
> molt a perdu li paien orguellious.
> paien se claiment chetis maleurous.
> a Hiamont dient „sire, que ferons?"
> „glotons" dist il, „molt iestes ennuios,
> et où sunt or mes bons losengoiors,
> qui en Aufrique en mes pales maiors
> me prametoient de France les honors.
> et en mes chambres en mes pales maiors
> à mes pucelles o les freches colors,
> qui vous donoient les bessiers par amors.
> et beviez de mes vins les melliors.

¹) Jvf. nærv. Saga S. 277—281, Cap. 15—22.

XXVI

  là estiez riches conquereors.
  departiez les viles et les bors.
  mes li François ne sont pas poorous,
  einz fierent bien des lances et des tros.
  mar i crei les mavés vantoiors.
  por lor conseil i pris ge icest cors,
  de coi ge sui vergondous et hontous.
  mes en ma vie ne serai ia ioios."
  Hiamont plura: tant par fu angoissos.

   Va s'en Hiamont, forment a grant ahan.
  "ha las!" dist il, "entré sui en mal an.
  il en apele et Barré et Butran
  et Salmaquin, son neveu Lanudan.
  "alez à l'ost, que nu sache Agolan:
  et si me dites mon seneschal Gorhan
  qu'il me secore et son pere Balan.
  Triamodes et le roi Hesperan,
  li roi Cador et li roi Moisan.
  Salatiel et li roi Boidan..
  bien lor contez la honte et le mehaign.
  que i'ai perdu Mahon et Teruagan."

   "Baron" dist il, "n'alez mie tariant;
  à ceus de l'ost alez hastiuement,
  si lor contez tot le destorbement,
  que i'ai perdu Mahon et Teruagant,
  ma tor perdue que n'i ai mais naient.
  de toz mes hommes i a mais pou viuant.
  dites lor bien, ne lor alez celant,
  c'or me secorent tost et isnelement.
  en sor que tout n'alez mie obliant
  (moult vos em pri, et si le uos commant)
  que ia nu sache mes pere Agolant."
  et cil responent "tot à vostre commant."

   Chascus des mes est montez à cheual.

D. e. Hiamont flyr bedrøvet og ærgerlig. Af hans 7 Konger ere de to dræbte, meget har den stolte Hedning mistet. Hedningerne kalde sig elendige, ulykkelige. de sige til Hiamont: „Herre, hvad skulle vi gjøre?" „Slughalse," siger han, „saare plagsomme ere I, og hvor ere mine herlige Smigrere, som i Afrika i mine store Paladser lovede mig Frankrigs Domæner, og i mine Kamre i mine store Paladser (gjorde Løfter) til mine Piger med den friske Ansigtsfarve. hvilke skjenkede eder Elskovskys? I drak af mine bedste

XXVII

Vine: der vare I kjække Erobrere og delte Steder og Borge. Men de Franske kjende ikke Frygt, tvertimod de slaa godt med Spydene og Stumperne. I en ulykkelig Stund troede jeg de onde Pralere, efter deres Raad fattede jeg denne Plan, hvorover jeg blues og skammer mig. Aldrig i mit Liv bliver jeg glad mere." Hiamont græd, saa sorgbetynget var han. — Hiamont gaar med svær Harm og Kummer. „Ak!" siger han, „jeg er traadt ind i Ulykken." Han kalder Barré og Butran, Salmaquin og hans Brodersøn Lanudan. „Gaar til Hæren, Agolan maa ei vide det, og siger min Senechal Gorhan, at han kommer mig til Hjælp, og hans Fader Balan, Triamodes og Kong Hesperan, Kong Cador og Kong Moisan, Salatiel og Kong Boïdan. Fortæller dem den Skam og Krænkelse, at jeg har mistet Mahon og Tervagan." — „Baroner," siger han, „nøler ikke; til dem ved Hæren iler skyndsomt, og fortæller dem det hele Vanheld, at jeg har mistet Mahon og Tervagant, mistet mit Taarn, at jeg der har intet mere; af alle mine Mænd er der kun faa i Live. Siger dem det rent ud, og skjuler det ikke for dem, at nu maa de hjælpe snart og hurtigt. Fremfor alt glemmer ikke (meget beder jeg Eder derom, ja befaler Eder det), at min Fader Agolant endelig ikke faar det at vide." Hine svare: „Alt, som I befaler." — Enhver af Sendebudene er nu stegen til Hest.[1]

  Quant Girars voit Karlon le fiz Pepin,
  vestuz d'un paile esperoné d'or fin,
  d'un cort mantel affublé ostorin,
  et en son chief un chapel sebelin,
  merveille semble, prince de gentil lin.
  si se repent qu'einz le clama frarin.

  Quant s'est Girars de Karlon aprochié,
  li roi li a son braz au col ploié:
  ilec se sunt andui entrebesié.
  ainz que li rois se fust à mont drecié
  et de son chief son chapel ius ploié,
  Girars s'abesse: si l'en a redrecié,
  profont l'encline à Karlon le rendié.

  Devant Karlon s'estut l'arcevesque Torpin,
  il li remembre de Girart son cosin,
  qui li geta son coutel acerin
  dedenz Viane einz u pales marbrin,
  quant el message ala le fiz Pepin:
  se il penst, il l'eust tret à fin.
  il a pris penne et encre et parchemin:
  si a fet chartre de Rommanz en Latin,
  si com Girars descendi el chemin
  en contre Karle, et com il li fist clin,
  com li tendi son chapel sebelin,
  celui hommage ot Karles en la fin:

[1] Nærv. Saga S. 283. Cap. 21.

XXVIII

> Girars covint que fust en lui aclin.
> por ce dit on. qui a felon voisin.
> par maintes foiz en a mavés matin.
>
> Girart et Karles quant or sunt aprochiez.
> tot li barnages en fu merueilles liez.
> et dist Girart „sire roi, cheuauchiez.
> et si soiez moult seurs et liez:
> car de soixante mil hommes haubergiez
> as noeues targes et à coranz destriers.
> de tant sera vostre criz efforciez."
> Karles respont. qui bien fu enseigniez,
> „sire Girart, granz merciz en aiez."

D. e. Da Girard seer Karl Pipins Søn klædt i Silkestof, med Sporer af fint Guld. indhyllet i en kort Kappe af Ostorin, og paa hans Hoved en Hat med Sobelskind, beundrer han ham som en Fyrste af ædel Byrd, og han fortryder. at han før kaldte ham den Usle. Da Girard kom hen til Karl, lagde Kongen sin Arm om hans Hals. og begge kyssede hinanden. Før Kongen fik rettet sig op. gled Hatten ned af hans Hoved. Girard bøier sig ned. tager den op igjen, bukker dybt for Karl og giver ham den tilbage. — Nær Karl stod Turpin Erkebiskop, han mindes sin Fætter Girard, som kastede sin hvasse Kniv paa ham i Viana fordum i Marmorpaladset. da han der udførte et Ærinde fra Pipins Søn; dersom han havde kunnet. havde han gjort af med ham. Han tog nu Pen, Blæk og Pergament, gjorde en Optegnelse fra Romansk paa Latin om, hvorlunde Girard paa Veien steg af og kom Karl imøde og hvorlunde han bukkede for ham og rakte ham Sobelhatten. Denne Hylding fik Karl tilsidst, Girard tilstod, at han havde bøiet sig for ham. Derfor siger man: den, som har en troløs Nabo, faar mangen Gang en slem Morgen. — Da Girard og Karl havde nærmet sig hinanden, bleve alle Høvdingerne glad overraskede, og Girard sagde: „Herre Konge, rid nu afsted og vær tryg og glad, thi af 60 Tusinde Mænd forsynede med nye Skjolde og vælige Gangere skal nu Eders Banner styrkes." Karl svarer, den vel oplærte: „Herr Girard. hav stor Tak for det."[1]

Som Overskrift foran Indledningscapitelet til denne Afdeling af Sagaen har *B*: Prologus Agulandi þáttar: *b* har her ingen Overskrift, men foran Cap. 1, S. 128: Agulandi þáttr, fjórði partr Karlamagnús sögu. *A* har som Overskrift til Turpins Brev Cap. 1, S. 264: Qveðjusending Turpins.

V.

Til Grund for denne Episode af Karlamagnus Saga ligger uden Tvivl et fransk Digt, skjønt det ikke er Jean Bodels Chanson des Saxons, udgivet af Francisque Michel, Paris 1839, thi dette er meget forskjelligt fra vor Saga. Dette Karl Magnus's Tog mod Saxerne er ogsaa i dette franske Digt henlagt til Tiden efter Ronceval-Slaget,

[1] Nærv. Saga S. 286, Cap. 26.

hvori Rollant faldt, denne, som i vor Saga ogsaa paa dette Tog spiller en vigtig Rolle, har da naturligvis Bodel udelukket fra sit Digt. Der findes i selve vor Fortælling to franske Citater, som Oversætteren synes at have beholdt fra sin Original. Det ene forekommer ved Begyndelsen af Cap. 14, S. 386, og er i Udgaven anført under Varianten 21, og er meningsløst som det staar i Haandskriftet, det kunde maaske i den franske Original have lydt saaledes: Si porte un olifant, unkes melur n'ut, d'une beste salvage qui n'at somme el monde d. e. han bærer et Horn, aldrig gaves der et bedre, af et vildt Dyr, som aldrig i Verden sover. Oversætteren synes her at have havt en liden Spas fore med Læseren eller Tilhøreren, hvem han et Øieblik ligesom har villet forstyrre i Læsningen ved de indskudte fremmede Ord, hvilket synes at fremlyse af det Tillæg, hvormed han derpaa indleder sin Oversættelse af disse Ord: þetta mál viljum vér eigi villa, vi vil ikke forville dette Maal d. e. forstyrre Læseren yderligere ved nogen længere Afbrydelse. Afskriveren af Codex a har udeladt dette. Det andet Citat forekommer allersidst i Cap. 27, S. 402, efter Ordene vel at sér görfum, og er ikke medtaget her i Udgaven, det lyder ordret saaledes: At vbia loyt a pasce lardenais terri elis skot gillimer ebove learde. Dette synes at være, hvad der af den franske Original har svaret til Begyndelsen af næste Capitel, og det maa vel læses saaledes: Adubiet out a pasce l'ardenais Terri e l'eskot Gillimer e Bove barbé d. e. Ardeneren Terri havde slaaet til Riddere i Paasken baade Skotten Gillimer og Bove den skjæggede. Haandskrifterne B og b har udeladt dette Citat tilligemed Begyndelsen af Cap. 28.

Overskriften til denne Fortælling lyder i b: Fimti þáttr Karlamagnús sögu segir af Gvitelin Saxa; B har ingen Overskrift, i A lyder den: Hér hefr upp brúargerð fra . . . . ok G . . . .

VI.

Originalen til denne Fortælling er ligeledes et fransk Heltedigt, der nylig er udgivet i første Bind af Anciens Poëtes de la France under Titelen: Otinel, chanson de geste publiée par Guessard et Michelant. Paris 1859. Vor Fortælling følger nogenlunde tro Gangen i den franske Original, gjengiver denne ofte ogsaa temmelig ordret, men har dog forkortet Slutningen. Det Manuscript, som har foreligget Oversætteren, synes enkelte Steder at have afveget noget fra dem de franske Udgivere have benyttet. Til Sammenligning med vor Saga kan følgende Uddrag af det franske Digt tjene:

XXX

  Sarazin repairent de préer,
Mil e cins cenz, tant i pot hum aismer.
Oient les corns, les busines suner,
Veient les healmes menu estenceler,
E les enseines par amunt venteler.
Rollant les veit, si comence à sifler,
A ses estriers si s'afiche li ber.
Envers Ogier prist li quons à jurer:
„Par cel Seingnur qui Deu se fait clamer,
S'à Durendal me peusse à eus meller,
Tant me verrez occire e decolper
Ke les noveles irreient ultre mer."
— „Seignurs baruns, ço li dit Oliver,
A sages hummes j'ai oï reconter
Hum ne se pot de tut ses mals garder,
Ne hum ne pot tuz jurs senz joste ester,
E quant hum quide grant léesce encontrer,
Idunc est il plus près del desturber."

D. e. Saracenerne komme tilbage fra et Plyndretog, et Tusinde og fem Hundrede, saa mange kan man regne dem til. De høre Hornene og Lurene lyde, de see Hjelmene idelig blinke og Fanerne vaie høit. Rollant seer dem, begynder at fløite, og Helten støtter sig fast i Stigbøilerne. Til Oddgeir vender Greven sig sværgende: „Ved den Herre, som heder Gud, dersom jeg kunde komme dem til Livs med Dyrendal, skulle I see mig dræbe og afkutte saa mange, at Tidender derom skulde sprede sig hin Side Havet." „Herr Ridder," siger Oliver til ham, „af vise Mænd har jeg hørt sige, at Ingen kan vogte sig for alt det Onde, som kan tilstøde ham, og Ingen kan altid være uden Kamp, og naar Nogen tænker at gaa en stor Glæde imøde, da er han nærmest ved at blive skuffet."

Overskriften til denne Fortælling lyder i *b*: Sétti þáttr Karlamagnús sögu segir af Otuel; *A* har: Hér hefr þátt Otuels.

VII.

Det franske Digt, hvorpaa dette Afsnit af vor Saga grunder sig, er udgivet af Francisque Michel under Titel: Charlemagne an Anglo-Norman Poem from the twelfth Century, London 1836. Digtet har følgende Overskrift: Ci comence le Livere cumment

---

[1] S. nærv. Udg. S. 451, Cap. 15. En Rettelse er her foretagen i vor Sagas Text, næstsidste Linie S. 451, i Følge den franske Original, der først kom Udgiveren i Hænde under Revisionen, saaledes at der i Noterne ikke var Leilighed til at gjøre opmærksom paa Forandringen. I Stedet for þá er maðr allra glaðastr er vandræði eru næst, som stemmer med Fransken, har *a*: þá er maðr allra óglaðastr er vandræði eru mest, hvilket ikke her synes at give nogen god Mening.

Charels de Fraunce voiet in Jerhusalem et pur parols sa feme à
Coustantinoble pur vere roy Hugou d. e. Her begynder Bogen om
hvorlunde Karl af Frankrige reiste til Jerusalem og paa Grund af
sin Kones Ord til Constantinobel for at see Kong Hugon. Til Jævn-
førelse med vor Saga kan anføres Slutningen af Digtet:

>   La fille lu rei Hugun i curt tut à bandun
>   Là ù veit Oliver, sil prent par sun gerun:
>   „A vus ai-jo turnet ma amistet e ma amur,
>   Que m'enporterez en France, si m'en irrai od vus."
>   „Bele, dist Oliver, m'amur vus abandun,
>   Jo m'en irrai en France od mun seignur Carléun."

>   Mult fu lied e joius Carlemaines li ber,
>   Ki tel rei ad cunquis sanz bataille campel.
>   Que vus en ai-jo més lunc plait à cunter?
>   Il passent les païs, les estrange regnez,
>   Venuz sunt à Paris, à la bone citet,
>   E vunt à Saint Denis, al muster sunt entrez.
>   Karlemaines se culcget à oreisuns, li ber.
>   Quant il ad Deu preiet, si s'en est relevet,
>   Le clou e la corune si ad mis sur l'auter,
>   E les altres reliques départ par sun regnet.
>   Ilœc fud la réine, al pied li est caiet.
>   Sun mautalent li ad li reis tut pardunet
>   Pur l'amur del sepulcre que il ad aüret.

D. e. Kong Hugons Datter iler skyndsomt did, hvor hun seer Oliver, og
griber ham ved Kjortelfligen: „Til Eder har jeg vendt mit Venskab og min
Kjærlighed, tag mig med til Frankrige, did vil jeg følge med Eder." „Min
Skjønne," siger Oliver, „jeg skjenker Eder min Kjærlighed, jeg drager til
Frankrig med min Herre Karl." Saare glad og fornøiet var Helten Karl
Magnus, som havde beseiret en saadan Konge uden Feldtslag. Men hvortil
skal jeg vel yderligere forlænge min Fortælling? De drage gjennem Landene,
de fremmede Riger, ere komne til Paris, til den gode Stad, begive sig til
St. Denis, og træde ind i Kirken. Karl Magnus, Helten, knæler ned til Bøn.
Efterat have bedet til Gud, reiser han sig op, og lægger Naglen og Kronen
paa Alteret, og fordeler de andre Reliqvier i sit Rige. Der var Dronningen,
hun faldt ham til Fode, Kongen har opgivet hende sin Uvillie for den Gravs
Skyld, hvor han havde holdt sin Andagt.

A har til denne Episode Overskriften: **För Karlamagnús
til Jórsala**; *B* har: **Geipunar þáttr**; *b*: **Sjaundi þáttr
Karlamagnús sögu kallaðr geiplur**. Begyndelsen af denne
Fortælling lyder noget afvigende i *b*, og da denne Variant ved en For-
glemmelse er bleven udeladt S. 466, meddeles den her: þá er virðuligr
herra Karlamagnús keisari hafði sigrat ok yfirkomit hinn heiðna konung

XXXII

Garsie ok drepit mestan lut þess liðs er honum fylgdi, meðr þeim atburðum sem nú hafa greindir verit, bar svá til einn tíma, þá er milli varð þess ófriðar er hann átti við heiðnar þjóðir, at hann sat í hinni ríku borg Paris á Frakklandi, ok átti þar stefnu við alla riddara sína þá er ríki héldu af honum o. s. v.

VIII.

Med Hensyn til denne Fortælling og dens franske Kilde henvises Læseren til hvad ovenfor S. IV—IX er anført. I denne Episode af Sagaen er der i vor Text paa et Sted indkommen en Feil, der er af Interesse, da den tydelig røber den umiddelbare franske Kilde. Denne Feil hidrører uden Tvivl fra en af Sagaens ældste Afskrivere, og maa fra ham have forplantet sig til senere Haandskrifter, og kun neppe lægges Oversætteren af det franske Digt til Last. Det heder S. 520[7] om Blaamændene (Æthioperne), at de ere hundredefold (hundrað hlutum) sortere end andre Mennesker (en aðrir menn); der siges altsaa her, at andre Mennesker vel ere sorte, men Blaamændene dog endnu mangfoldige Gange sortere. Seer man efter i den franske Original paa det tilsvarende Sted (Génins Udgave S. 162), finder man her: Rollans veit la contredite gent, qui plus sunt neirs que nen est arrement, ne n'unt de blanc ne mais que sul les denz. d. e. Rollant seer dette fordømte Folk (Æthioperne), som ere sortere end Blæk, og paa hvem intet Hvidt findes uden Tænderne. Heraf synes det klart, at det har været Oversætterens Mening at beholde det fremmede Ord arrement (atrement) Blæk, og at hans Afskriver har misforstaaet det og deraf gjort aðrir menn; Afskriveren af Codex b har gaaet et Skridt videre og skrevet annat fólk.

— Mod Enden af denne Fortælling ophører Haandskriftet a (S. 531 Note 4), Slutningen haves altsaa nu kun i den yngre Recension B af Sagaen. Heraf maa man rimeligvis forklare sig, at Fortællingen om Audas Sorg og pludselige Død ved Efterretningen om hendes Broder Olivers og Fæstemand Rollants Fald i Ronceval, nu mangler i vor Saga, thi den findes baade i den franske Original og i den danske Bearbeidelse af Karl Magnus, hvilken sidste man har Grund til at antage hidrører fra et fuldstændigere Haandskrift af Recensionen A end de nu for Haanden værende. Her er ogsaa en anden Overensstemmelse mellem den franske Original og den danske Krønike. Det franske Digt ender med en Beretning om, hvorledes Engelen Gabriel om Natten aabenbarer sig for Karl og byder ham at drage med sin Hær til Landet Ebre (efter Genins Conjektur: Sirie), for at understøtte Kong Vivien, hvis Stad Hedningerne beleire. Kongen udbryder da: „Hvor møisommeligt er mit Liv," og begynder at græde og drage i sit hvide Skjeg. Hertil føies da som Slutning: Her ender det Heltedigt, som Turoldus (Theraulde) fortæller:

„Deus, dist li reis, si penuse est ma vie!"
Pluret des oilz, sa barbe blanche tiret.
Ci falt la geste que Turoldus declinet.

Hvorvidt Kongen opfyldte den ham paalagte Mission nævnes altsaa ikke i det franske Digt. Den danske Krønike derimod fortæller ogsaa om dette. Her opfordres Kongen paa samme Maade af Engelen Gabriel til at begive sig til Libia Land for at hjælpe Kong Iven mod Hedningerne, der antaste hans Land. Kongen (eller Keiseren, som han her kaldes) adlyder uden Betænkning, samler en stor Hær i Rom og drager til Kong Iven, hvis Land han befrier og forjager den hedenske Konge Gealver.

Den danske Krønike fortæller endvidere efter denne Bedrift om et nyt Tog til Saxland imod Dronning Sybilla og hendes Søn Justan, der har faaet nyt Mod, da Rollant er død. Keiseren sætter sin Søstersøn Boldevin, Olger Danske og Navilun til Anførere, disse angribe og overvinde Saxerne, Sybilla kristnes og formæles med Boldevin, der bliver Konge af Saxen. Keiseren har det nu roligt i nogle Aar. Derpaa kommer der Sendebud fra Paven om Hjælp mod en Konge af Afrika, Amarus, som skjænder og brænder i Italien. Keiseren, som nu er gammel og svag, sætter til Høvdinger for Hæren sin Søn Carlot og Olger Danske. Disse fægte som Løver. Carlot vil nu kjæmpe med Amarus, Olger beder om Lov til at møde denne, men Carlot vil selv have Prisen for at overvinde ham. Enden paa Striden bliver, at Carlot kastes næsegrus ned i et Dige. Olger kommer nu til, hugger løs paa Amarus og kløver tilsidst hans Hoved ned i Tænderne. Nu flygte Hedningerne. Carlot rider nu mod Olger og overfuser ham, fordi han ikke har villet unde ham Æren af at kjæmpe Kampen ud med Amarus, han stikker til Olger med sit Glavind, og Olger nødes til at værge sig, og kløver tilsidst Carlot til Beltestedet, saa at han styrter død til Jorden. Da Hæren kommer tilbage til Frankrige, bliver Olger greben og dømt til at sidde indmuret i tre Aar. Da de tre Aar er omme, angribes Spanien af en hedensk Konge, Maskabret. Keiseren er nu gammel og syg, og kan ikke faa Nogen til Høvedsmand. Tanken falder nu paa Olger, men Keiseren mener, at han allerede forlængst er død. En Ridder melder dog, at han for tre Dage siden har talt med ham. Keiseren indvender, at han nu vel er saa forhungret, at han ikke kan bære Harnisk, og at han, om han kommer ud, rimeligvis vil ride sin Vei og aldrig komme tilbage. Hertug Nemes, der nu er saa gammel, at han gaar med Krykker, stiller sig selv og alt sit Gods i Pant for at Olger ikke skal undfly. Nu indestaa tretten Hertuger for Olger, og de gaa hen, hvor han var indmuret ved en Kirkevæg, tale til ham gjennem et Hul, og sige Betingelserne for hans Løsladelse. Olger støder nu Muren ud med sin Fod, og erklærer at han forlængst havde kunnet komme ud, havde han villet, men at han for sine Synders Skyld vilde vente, indtil Gud bestemte hans Befrielse. Han gaar nu til Keiseren, som træder ham imøde og kysser ham, skjenker ham sin Tilgivelse og udnævner ham til Hertug og Høvedsmand for sin Hær. "Olger drager mod Hedningerne, dræber Kong Maskabret, og af alle Hedningerne undkomme neppe ti Mænd. Olger drager derefter hjem til Danmark, hvor han bliver Konge efter sin Fader Kong Gøttrik.

Overskriften til denne Episode i vor Saga lyder i b: Áttundi þáttr Karlamagnús sögu, segir af Runziovals bardaga; i B: Runzivals þáttr.

IX.

Originalen til Episoden om Vilhjálmr korneis, d. e. Guillaume d'Orange eller Guillaume au court-nez (Stumpnæse), vil man maaske kunne finde i det franske Digt om denne Helt, der, saavidt vides, endnu ikke er udgivet, og som Ordericus Vitalis i sin Historia Ecclesiastica, skreven Aar 1141, hentyder paa i sin Meddelelse af den hellige Vilhelms virkelige Levnet, hvor han siger, at Jonglørerne havde en Sang om ham "vulgo canitur a joculatoribus de illo cantilena."

Overskriften lyder i b: Níundi þáttr Karlamagnús sögu af Vilhjálmi korneis; i B: Vilhjálms þáttr.

X.

Stoffet til den sidste Del af vor Saga findes i Speculum Historiale[1] af Vincentius Bellovacensis (Vincent af Beauveais), der skrev i den sidste Halvdel af det 13de Aarhundrede. De første 3 Capitler, S. 541—547, omhandlende Karl Magnus's Tog for at understøtte Jorsalaland i Forbund med den græske Keiser, findes i dette Verks 24de Bog, Cap. 4, 5; Biskop Sallinus's Jertegn, Cap. 4, 5, S. 547—552, findes sammesteds Cap. 23, 24, og vor Sagas to sidste Capitlers Indhold findes der i Cap. 25. Som Prøve paa, hvorledes Oversætteren har behandlet sin latinske Original, anføres her, hvad der i denne svarer til Capitel 3, 7 og 8 i vor Saga.

[1] Bibliotheca Mundi seu Speculi Majoris Vincentii Burgundi, præsulis Bellovacensis, Tomus Quartus, qui Speculum Historiale inscribitur. Duaci 1624. folio.

Mox Rex edictum proposuit, ut omnes qui possent arma ferre, irent secum contra paganos, et qui non [irent, ipsi et filii eorum servi quatuor nummorum essent. Jtaque maiorem exercitum, quam ante habuisset congregavit, et profecti sunt. Cum venissent autem Hierosolymam in nemus quoddam, quod vix duorum dierum spatio solet transiri, in quo erant grifones, ursi, leones, et tigres, et aliæ feræ diversæ: Carolus putans se illud transire uno die, ingressus est cum exercitu. Adveniente nocte et exercitu errante, præcepit Carolus castrametari. Transacto autem noctis silentio Rex in lecto suo accubans inchoavit psalmos. Et cum diceret hunc versum: *Deduc me domine in semita mandatorum tuorum, quia ipsam volui,* ecce evidentius vox ad aures eius cuiusdam alitis prope lectum eius clamantis audita est. Quam, qui aderant audientes experrecti sunt. Rex autem psalmos continuavit usque ad illum locum: *Educ de custodia animam meam* etc. Quod cum diceret ales iterum clamavit: *France, quid dicis, France, quid dicis?* Hanc alitem prosecutus est Rex parvula semita, donec recognoverunt callem, quem die præterito amiserant. Peregrini dicunt, quod ab illo tempore cœperunt audiri alites sic loquentes in illa terra. Fugatis paganis, et recuperata terra petivit Rex licentiam repatriandi ab Imperatore Constantinopolitano et Hierosolymitano patriarcha. Quem per unum diem retinuit Imperator apud Constantinopolim, et interim fecit parari ante portam civitatis animalia diversi generis et coloris, et aurum, et gemmas. Carolus autem, ne inurbanus videretur, si nihil acciperet, quæsivit consilium a proceribus suis quid facere deberet. Qui responderunt a nullo debere eum aliquod munus accipere pro labore quem pro solius Dei amore susceperat. Qui laudans consilium, iussit omnibus suis ut omnes res appositas nec respicere dignarentur. Tandem adiuratus et coactus aliquod munus pro amore Dei accipere, petivit de reliquiis passionis Dominicæ. Inito autem consilio indictum est ieiunium triduanum omnibus nostris, et duodecim personis Græcis, quæ electæ sunt ad hoc sanctuarium dividendum.

Turpinus ubi supra.[1] Eram apud Viennam in ecclesia ante altare orans, et cum raptus in extasim psalmum *Deus in adjutorium* cantarem, vidi tetrorum spirituum agmina infinita præterire, et tendere versus Lotharingiam: quos omnes quidam similis Aethyopi insequebatur lento gradu. Cui dixi: Quo tenditis? Aquisgranum, inquit, ad mortem Caroli, ut eius spiritum ad tartara rapiamus. Tunc ego, adiuro te per nomen Domini nostri Jesu Christi, ut peracto itinere ad me redeas. Tunc modicum morati vix expleto psalmo ad me redierunt eodem ordine. Et dixi novissimo cui primum locutus fueram: Quid egistis? Galicianus, inquit, sine capite tot et tantos lapides, et ligna innumera basilicarum suarum in sua statera suspendit, quod magis appenderunt bona eius quam mala, et idcirco animam eius nobis abstulit. Et his dictis evanuit.

Obiit autem 3 Calend. Februarii, et sepultus est Aquisgrani in ecclesia rotunda Beatæ Mariæ Virginis. Ab ipso enim tempore quo ab Hispania discessit, usque ad diem mortis suæ assidue ægrotavit, et pro salute præfatorum in Hispania mortuorum die anniversaria eorum semper 12 millia uncias argenti, et totidem talenta auri, et vestes et cibaria pauperibus erogavit, id est 16 Calen. Julii, et totidem psalteria et missas et vigilias cantari fecit.

In hoc exemplo datur intelligi, quod qui ecclesiam ædificat, regnum Dei sibi præparat.

[1]) Dette er hos Vincent udskrevet af Turpins Krønike, *ubi supra* betyder nemlig her *in chronicis.*

Chronographus. Sepultus est igitur Aquisgrani formosissima toto Romanorum orbe capella honorificentissime Carolus, supra cuius tumulum extructus est arcus deauratus. Interfuerunt ibi Leo Papa cum Principibus Romanis, et Archiepiscopi et episcopi multi. Duces etiam et comites et Abbates aliique innumeri; corpus defuncti vestibus imperialibus quasi festive induentes, auream capiti coronam imposuerunt; deinde super auream cathedram quasi iudicem viventem sedere fecerunt, ac super eius genua textum quatuor Evangelistarum aureis literis scriptum collocaverunt, ita quod manus dextra textum, sinistra vero sceptrum tenebat aureum. Catenulam quoque auream diademati coniunxerunt, et cathedræ super quam sedebat, ne caput defuncti decideret, affixerunt. Sed et scutum aureum quod ei Romani fecerant, ante faciem eius statuerunt, et arcum lapideum in quo sepultus erat preciosis replentes aromatibus monumentum strenue sigillantes clauserunt.

Overskriften til denne sidste Part af Sagaen lyder i *b*: Tíundi þáttr sögunnar um ýmislig kraptaverk ok jartegnir; *B* har blot: Karlamagnús keis.

Da de fuldstændige Haandskrifter man har tilbage af denne Saga ikke ere meget gamle, er deres Orthographi ikke nøiagtig gjengiven i Udgaven. De vigtigste Afvigelser ere: Accenternes Tilføielse over Vocalerne; Adskillelsen af æ og œ; Gjengivelsen af au og o, som Omlyd af a, med ö; Indsættelsen af st for z i den reflexive Form af Verberne, samt i Superlativerne. Enkelte af de orthographiske Egenheder ville dog nedenfor blive anmærkede.

I eet Punkt har jeg dog maattet følge Haandskrifterne, hvor ønskeligt det end kunde have været her at bringe Overensstemmelse tilveie, det er i den forskjellige Maade, hvorpaa Egennavnene (Nomina propria) ere skrevne, men jeg haaber, at den velvillige Læser vil undskylde dette, naar han betænker, hvor vanskeligt det er at vide, hvilken Form er den rette af et Navn, der kan forekomme paa to, tre eller flere Steder i en lidt afvigende Skikkelse. Selv om Originalerne her altid havde været ved Haanden, vilde det havt sine store Vanskeligheder, da de franske Haandskrifter synes at være ligesaa uconseqvente i dette Punkt som vore. Dette gjælder dog i Regelen ikke de hyppigst forekommende Navne; thi her stemmer dog gjerne hvert Haandskrift med sig selv, skjønt de kunne afvige noget fra hinanden. Blandt de almindeligst forekommende vakler Navnet Girard mellem denne Form og Geirard, undertiden Gerard; Guinelun vexler med Guenelun; Otun i *A* skrives Hatun i de øvrige Haandskrifter; Namlun i *A* heder Namulun i *a*, Naflun i *B* og *b*; Nemes i *A* skrives Nemis i *a*, og Nemens i *B* o. s. v.

De Haandskrifter, som ere benyttede ved denne Udgave, findes alle i den Arna-Magnæanske Haandskriftsamling paa Universitetsbibliotheket i Kjøbenhavn. Arne Magnusson har i sin egenhændige

XXXVII

Catalog (AM. 435 qv.) over Pergamentshaandskrifter, som vare i hans Besiddelse før Branden i Kjøbenhavn 1728, antegnet 6 saadanne af Karlamagnús Saga; af disse sex ere fire tabte i denne Brand, to ere i Behold. og af to af de brændte har man Afskrifter tilbage. Man maa beklage, at det Haandskrift i liden Folio, som Arne kalder gamall codex, er blandt de tabte. Samtlige disse Haandskrifter havde han erhvervet paa Island. De to Membraner, man nu har tilbage, findes i Samlingen som Nr. 180c Fol., her i Udgaven kaldet *A*, og Nr. 180a Fol., i Udgaven kaldet *a*; Papirafskrifterne ere Nr. 180d Fol., her i Udgaven kaldet *B*, og Nr. 531 qv., her kaldet *b*. *A* og *a* repræsentere da den ældre Recension af Sagaen, *B* og *b* den yngre. Med Hensyn til Udgavens Indretning, vedkommende Varianternes Forhold til Texten, kan jeg henvise Læseren til min Udgave af Saga Þiðriks konungs af Bern, Christiania 1853, S. XII, da hvad der er sagt ogsaa gjælder her.

A udmærker sig for *a* ved en høiere Alder, den er rimeligvis skreven i den anden Halvdel af det 14de Aarhundrede, *a* sandsynligvis i første Halvdel af det 15de; som Følge heraf har *A* bedre Retskrivning og Ordformer end *a*; men *a* har paa den anden Side det Fortrin for *A*, at *a* synes, hvad Meningen angaar, at have gjengivet sin Text nøiagtigere og fuldstændigere, da *A* af og til røber Tilbøielighed til at forkorte og springe over; dette synes at fremlyse paa de Steder, hvor der er Anledning til at jævnføre vor Saga med dens Originaler. Havde *a* i Begyndelsen været mindre defekt, burde den fra først af været lagt til Grund, dette er dog nu først skeet fra Otvels þátt af, Side 433.

A, en tospaltet Foliant, er det eneste af Haandskrifterne, som har Overskrifter til alle Capitler; disse, der som sædvanlig ere skrevne med rødt Blæk, ere dog ikke medtagne i Udgaven, da de for det meste ere uvigtige og kun i Almindelighed navngive en og anden af de Personer, der optræde i vedkommende Capitel, f. Ex. frá Rollant ok Oliver, frá Dorgant njósnarmanni, frá Karlamagnúsi og lignende; paa enkelte Steder ere de ogsaa ulæselige. I dette Haandskrift fattes nogle Blade foran, det begynder nu først med Ordene til Baldvina, her i Udgaven S. 15[37], og er fuldstændigt indtil Ordene Maðkar ok S. 280[7], hvor der mangler 6 Blade; dog er en Levning af et Blad tilbage, rimeligvis af det sjette, hvis Forsides første Spalte begynder med Ordene hendr ok armleggir S. 290[11], og ender med vel váp[naðr] S. 290[34]; den anden Spalte begynder med af Norðmandi S. 291[1], og ender med vildasta sverði S. 291[27]; Bagsidens første Spalte begynder med hann hefst at S. 291[31], og ender med Alla þá S. 292[31]; den anden Spalte begynder med drukku. En S. 292²⁴, og ender med hins mikla konungs S. 293¹⁶, hvorefter der atter indfalder en Lacune paa flere Blad, maaske 3. Haandskriftet begynder nu atter med Ordene þá mælti S. 302³⁰, og er nu fuldstændigt indtil Ordene Hugon konungr svarar S. 480¹⁰, hvormed det ender. Blandt de orthographiske Egenheder kan mærkes: aa bruges ofte = á; á findes afvexlende med o efter v, svo, tvá, váfn d. e. vápn, dog altid voru ell. voro = váru, kvodu = kváðu; Flertal af kom skrives komu og kvomu, dog i Conjunctiv kvæmi; ö udtrykkes ved o, au og ð; ð bruges ikke, men derfor d og ofte þ: skrydaz = skrýðast, laugþu = lögðu; i den reflexive Form af Verberne findes z, zt og st; Præpositionen fyrir skrives saaledes ikke firir; byskup opløses saaledes et Par Steder, ellers altid forkortet b'p; Ordet orrosta skrives saaledes, samt dels orosta dels orusta. Som Besynderligheder maa mærkes: sylfr undertiden for silfr, fleyja paa to Steder for flýja, jargteign et Par Gange for jarteign, þvit ikke sjelden for því at, oaufusa nogle Gange for aufusa, kongr overalt for konungr. Paa et Sted findes leyfua (at rose) for leifa (efterlade).

Haandskriftet *a*, skrevet helt over Siden, er defekt foran; dets første Blad begynder med Ordene en hann vann S. 34⁴, og ender med ef guð gæfi S. 39²⁴, hvorefter der mangler 4 Blade. Andet Blad begynder med Ordene þeir váru S. 82²⁴, hvorefter der atter fattes et Blad. Det begynder nu igjen med Ordet frœknliga S. 92³⁰, og er nu fuldstændigt indtil Ordene með miklum eig¹ S. 286¹⁶, hvor 2 Blade mangle, der ikke kunne udfyldes, da netop paa dette Sted ogsaa den store Lacune i *A* indfalder. Haandskriftet begynder atter med Ordene merki með ymsum² S. 286¹⁷. Hernæst er Halvparten af et Blad bortskaaren, hvorved to mindre Lacuner ere opkomne S. 300¹ og 300²⁷. Paa samme Maade er ogsaa et andet Blad bleven skamferet, hvorfra de S. 315—318 nævnte Lacuner, hvilke dog ere mindre væsentlige her, hvor man har *A* fuldstændig. Herefter er *a* fuldstændig indtil Ordene þeir inir S. 356¹⁵, hvorefter der mangler 1 Blad. Det begynder igjen med Ordene máttu menn S. 359¹⁴, og vedbliver nu indtil Ordene kómu í heim S. 363², hvorefter der mangler 2 Blade. Det begynder nu atter med Ordene af Frakklandi S. 371³, og da den øverste Del af Bladet er bortskaaren, indfalder her en Lacune efter Ordene eðr eigi S. 372²², der ophører med Ordet þúsund S. 373³¹ indtil Ordene

¹) Jvf. Recensionen *B*, S. 167²⁶.
²) En Ubetydelighed af Lacunen foran disse Ord kan suppleres ved Fragment 2 i Rigsarkivet, se S. 558.

hauka, meðan S. 375⁴, hvorefter der atter mangler 1 Blad. Haandskriftet begynder nu atter med Ordene báða ok reið fram S. 379⁶, og vedbliver indtil Ordene ek þá staddr S. 388⁶, hvorefter der mangler 6 Blade. Fra Ordene báðu þeir allir S. 413⁸ er d igjen fuldstændig indtil úvitrliga S. 466¹¹, hvorefter der mangler 2 Blade. Med Ordet erkibyskup S. 475¹⁴ begynder Haandskriftet atter og fortsætter nu uafbrudt indtil Ordet fjándmönnum S. 531⁶, hvormed det ender. Blandt orthographiske Egenheder kan fremhæves: ö udtrykkes ved au og o, hyppigst ved au; ie bruges almindelig = é: fiell, hier, fiengu; kom har i Flertal kuomu, svaf i Flertal sofu; reyckia staar for rekkja; zt bruges stadig for st i den reflexive Form af Verberne og i Superlativerne; mig, sig staar for mik, sik, dog sædvanlig ek, sjeldnere eg; mykli og myskunn for mikli og miskunn; Endelsen um sædvanlig i Conjunctiv for im; eigi og ekki forkortes paa en forskjellig Maade, det første, eigi, ved e med et overskrevet i, det andet, ekki, ved ei med et overskrevet c.

En Fordel ved Haandskrifterne *B* og *b* er, at de ikke have Lacuner paa de samme Steder, saaledes at de gjensidig overalt udfylde hinanden. Disse Papirhaandskrifter ere, som det synes, afskrevne efter Originalmembranerne i Slutningen af det 17de Aarhundrede.

B har bevaret os Sagaens Begyndelse med Overskriften: J nafni guðs byrjast upp saga Karlamagnús ok kappa hans. Ved Enden af 1ste Capitel findes en liden Lacune, som rimeligvis hidrører derfra, at noget har været bortrevet nederst af Originalmembranens første Blad; foruden de her i Klammer supplerede Ord mangler maaske ikke synderlig mere end Ordet hertoga efter Videluns; det af samme Grund manglende i 2det Capitel, S. 3¹⁵⁻¹⁷, der formodentlig har staaet nederst paa første Blads Bagside, er udfyldt efter *b*. En større Lacune i *B* begynder med Ordene gera Karla S. 14²¹, og ophører med Ordene Marie at þér S. 20¹³. En anden stor Lacune indfalder med Ordene upp 400 manna S. 413⁷, og strækker sig indtil Ordene sárr at heldr S. 444¹¹. Efter enkelte sproglige Egenheder i *B* kunde man fristes til at antage, at dens Originalmembran har været skreven af en Nordmand i Slutningen af det 13de Aarhundrede: sittia, lett for sitja, lét, vider for viðr, hvart for hvert (hvorhen), mér og mit, Flertal og Total af ek, for vér og vit, hyggr, biðr, hefir i første Person af Verberne for hygg, bið, hefi; Omlyden ö skrives almindeligst o, sjeldnere ǫ.

I *B* ere nogle af Episoderne oprindeligt stillede i en anden Orden end den her i Udgaven befulgte, som støtter sig til *b*. Slutnings-Capitlerne 7 og 8 af Xde Part S. 553—555 ere nemlig stillede lige efter den IXde Part om Vilhelm Corneis, derpaa følger IIden Part om Landres, derpaa de 6 første Capitler af Xde Part S. 541—553. Men Sagaskriveren har selv gjort opmærksom paa den rette Orden ved imellem det sidste Capitel (6) af IXde Part og det derpaa følgende 7de Capitel af Xde Part at meddele Læseren følgende Underretning: Hér í milli skal lesa af enu unna kverinu (af det færdigskrevne Hefte) um þat er Karlamagnús keisari sótti helga dóma til Miklagarðs ok af Salino byskupi, ok þá þessa tvá kapitula sem hér standa ok eru næst firir Landres þátt. En Landres þáttr á at standa næst firir Oddgeirs þátt. Ved denne Anvisning er alt kommet i samme Orden som i *b*.

Haandskriftet *b* begynder med andet Capitel af Sagaens første Part. Det har desuden en mindre Lacune fra Ordet nóttina S. 18[11] indtil Ordene Fyrstir af svikarum S. 20[29], samt en større Lacune, der indfalder efter Ordene postola Jacobi S. 154[30] og ophører med Ordet gimsteinum S. 173[30]. Endelig fattes Slutningen af Bogen, hvorved de 3 sidste Capitler af Sagaen mangle, og isteden derfor har man Begyndelsen af en Beretning om et Jertegn, som *b* har indskudt foran Sagaens Slutning. Afskriveren synes at have fulgt sin Originalmembran temmelig omhyggelig, men har tilladt sig en Frihed i Behandlingen af Orthographien derved, at han aldrig har skrevet y, men overalt efter Udtalen nu paa Island istedenfor denne Vokal indsat i.

Det staar nu tilbage at omtale med nogle Ord de i Anhanget S. 556—566 trykte Fragmenter, der ere Levninger af 3 Pergamentscodices af Karlamagnus Saga. Disse Brudstykker ere fundne i det norske Rigsarkiv og have tjent som Rygindfatning til Fogedregnskaber og Mandtalslister, der i sin Tid have været indsendte af vedkommende Embedsmænd. De som Nr. 1, S. 556—558, trykte Fragmenter af to Pergamentsblade, indsendte Aar 1626 fra Nordhordeland, indeholde Brudstykker af Cap. 5—9 af Sagaens VIIIde Part. Den Codex, som vi her have Levninger af, maa være skreven i Norge, maaske noget efter Midten af det 13de Aarhundrede; hver Side har bestaaet af omtrent 32 Linier, skrevne helt over Siden. De under Nr. 2, S. 558—562, trykte Fragmenter ere 12 Pergamentsstumper, indsendte fra Moss Fogderi mellem Aar 1622 og 1625, og indeholdende Brudstykker af Sagaens IVde, VIte og VIIde Part. Denne Codex er sandsynligvis skreven af en Islænding ved Begyndelsen af det 14de Aarhundrede, den har havt to Spalter, hver paa omtrent 35 Linier. De som Nr. 3, S. 562—566, trykte Fragmenter udgjøre 4 Bladstumper, indsendte fra Nordfjord Aar 1610, og indeholde Brudstykker af Sagaens VIIde Part. Den Codex, hvoraf vi her have Levninger, er sandsynligvis skreven paa Island noget før Midten af det 14de Aarhundrede, den har været tospaltet med 40 Linier paa Spalten; her har man nemlig to hele Spalter i Behold, saa at altsaa dette Haandskrifts Format med Bestemthed kan angives. Disse Fragmenter ere her aftrykte saavidt muligt nøiagtigt, dog med Forkortningerne opløste paa den Maade som Sagaskriveren selv har brugt, naar han skriver Ordene helt ud; byskup skrives overalt forkortet b'p, men er her trykt med y, da denne Maade at skrive Ordet paa synes at være sædvanligere end biskup; det sammenslyngede Tegn for av har man af Mangel paa de tilsvarende Typer ikke kunnet udtrykke. For denne og lignende Mangler haaber man, at Læseren vil have nogenlunde Erstatning i det Udgaven ledsagende Facsimile, der indeholder Prøver af alle 3 Haandskrifter.

Til Slutning opfylder jeg en kjær Pligt, idet jeg aflægger min forbindtligste Tak til den Arna-Magnæanske Commissions Medlemmer samt Hr. Professor P. G. Thorsen for den Redebonhed, hvormed de i sin Tid imødekom mit Ønske om at faa laant til Afbenyttelse her i Christiania de under deres Varetægt staaende Haandskrifter, uden hvilken sjeldne Liberalitet Udgivelsen af denne Bog neppe havde været mig mulig.

Christiania i Oktober 1860.

C. R. Unger.

INDHOLD.

I.

Ved Kong Pipins Død er hans Søn Karl 32 Aar gammel. Flere af hans Faders Riddere lægge nu Raad op imod hans Liv, men Gud, som havde bestemt ham en glimrende Lod i Verden, aabenbarer ham ved sin Engel den truende Fare. Han flygter nu med sine Raadgivere til en tro Ridder, Drefia i Ardena, som ogsaa henter Karls Søstre for at tage dem under sin Beskyttelse. Om Natten aabenbarer en Guds Engel sig atter for Karl og byder ham at lade hente Tyven Basin, for sammen med denne at begive sig ud at stjæle, da han derved vilde sættes i Stand til at frelse sit Liv. Basin kommer, og Karl anbefaler sine Riddere Drefia og Namlun at tage sig af sine Søstre, medens han selv er borte (1). Karl og Basin begive sig nu afsted fulgte af Namlun og Drefia. Paa Veien paalægger Namlun Basin ikke at nævne Karl med hans rette Navn, men at kalde ham Magnus, for at undgaa hans Fienders Opmærksomhed. De skilles nu ad, og Karl og Basin drage midt igjennem Ardena, og komme til Staden Tungr, hvor Jarlen Renfrei har sit Slot. Om Natten ride de derhen, Magnus bliver efter hos Hestene, medens Basin gaar ind i Jarlens Hal og forsyner sig af en Kiste med Guld, Sølv og gode Klæder. bringer dette alt ud til sin Kammerat Magnus, og vil nu, at de skulle drage afsted igjen. Herimod protesterer Magnus, da han haaber at faa noget Lys i den Sag, han vil have opklaret, og Basin tilbyder sig at gaa tilbage med ham, for at give ham nogen Anvisning i Tyvekunsten. Efter at have forsørget sine Heste, gaa de ind i Hallen. Basin fører nu sin Kammerat hen til Jarlen Renfreis Seng, og lader ham blive staaende der mellem Væggen og Omhænget, medens han selv gaar i Stalden for at tage Jarlens Hest. Hesten bliver urolig, herved vaagner Jarlen og befaler Hestesvenden at see efter i Stalden, hvad der kan være paa Færde, men denne opdager intet, da Basin har lagt sig langs en Bjælke over Spiltouget. Imidlertid falder alle i Huset atter i Søvn undtagen Renfrei. Mellem ham og hans Kone udspinder der sig nu en Samtale, hvori han aabenbarer hende en Sammensværgelse mod Karls Liv. Han og hans 11 Medsammensvorne have ladet gjøre 12 tveeggede Knive af det haardeste Staal, hvormed de Juleaften skulle overfalde og ombringe Karl og alle hans Mænd i Staden Eis, hvor denne da vil opholde sig i Anledning af sin forestaaende Kroning. Efter fuldbragt Gjerning vil da Reinfrei lade sig salve til Konge i Tungr. Jarlens Kone formaner ham til at afstaa fra dette Forsæt, men til ingen Nytte; imidlertid faar hun vide Navnet paa alle de Medsammensvorne, der samtlige navngives. Renfrei vil selv være Keiser i Rom, og hans Broder Heldre skal være Hertug. Planen er, at alle, hver med sin Kniv skjult i Ærmet, skulle trænge sig ind i Karls Sengkammer og saaledes fælde ham. Da hans Frue udbryder i Beklagelser over deres onde Forsæt og denne for Karl saa uværdige Død, bliver Jarlen opbragt og slaar hende i Ansigtet til Blods. Hun bøier sig frem over Sengen for ikke at bløde paa Klæderne, og Karl opsamler Blodet i sin høire Handske. Imidlertid stiger Basin ned af Bjælken og søvndysser alle i Hallen ved sit Kogleri, kommer til Jarlens Seng, tager hans Sværd og kalder Magnus med sig. Han vil nu atter forsøge at lægge Sadel og Bidsel paa Hesten, men Hesten pruster og er atter urolig. Men da Magnus sadler den op, staar den stille som en Mur. Han stiger nu op paa Hesten (2). Derefter gaa de hen til sine egne Heste og binde alt Godset paa Basins Hest, Magnus rider paa Jarlens Hest, men Basin paa den Karl før havde brugt. De tage ind til en fattig Mand, og her aabenbarer atter Guds Engel sig for Magnus i Søvne, og befaler ham at drage hen at trøste sin Moder og sine Söstre, og underretter ham tillige om, at hans Moder er frugtsommelig og vil føde en Datter, som skal hede Adaliz. Han vaagner strax og rider med Basin til Peituborg: han bliver vel modtaget af sin Moder og forestiller hende Basin som sin bedste Ven. I Samtalens Løb kalder denne ham Magnus, hans Moder ytrer sin Forundring herover. Han siger hende, at det var for hans Fienders Efterstræbelser. Paa hendes Spørgsmaal, hvorledes han opdagede disse, svarer han, at det skeede ved Guds Miskundhed, thi hans Engel bød ham at stjæle sammen med Basin Tyv. I sin Forfærdelse spørger hun, om han er Kristen. Han svarer, at han er døbt, men ikke confirmeret. Da hun hører dette, sender hun strax Bud til Trevisborg efter Rozer Erkebiskup. Dronningen tilkjendegiver at have hentet ham, for at han skal confirmere hendes Søn Karl og forandre hans Navn. Erkebiskopen ifører sig sit Skrud, og spørger derpaa, om han skal hede Karl. Dronningen siger, at dette er hans Døbenavn, men at han selv og Basin have forandret Navnet og gjort det til Magnus. Erkebiskopen erklærer da, at han nu skal hede Karl Magnus (Karlamagnús), og cónfirmerer ham derpaa med dette Navn (3).

Karl, eller, som han herefter heder, Karl Magnus (Karlamagnús), forsegler nu et Brev, som Erkebispen skriver, hvori Navnene paa de Sammensvorne ere optegnede, hvilket Brev befordres til Namlun og Drefia af Dronningens Løber Jadunet (4). Disse to begive sig nu til Peituborg og raadslaa sammen med Karl, Erkebispen og Dronningen om, hvad Foranstaltninger der skal gjøres med Rigsstyrelsen efter hans Fader. Erkebispen raader ham til at sende Bud til Videlun af Bealver, Namluns Fader, og Jarlen Hatun, og tilbyder sig at reise til Prumensborg efter dem. Disse glæde sig over at høre fra Karl, for hvis Skjebne de ængstede sig, og de ile alle tilbage til Peituborg, hvor de modtages paa det hjerteligste (5). Karl gjør dem nu bekjendt med, at hans Daab er bleven confirmeret, og at han nu heder Karl Magnus, og anbefaler Basin til deres Venskab. Opfordret af Namlun forelæser nu Erkebispen Brevet og navngiver alle Forræderne. Alle forbauses herover, og Karl maa nu atter fortælle Maaden, hvorpaa han har opdaget deres Anslag, og udvikle for sine Venner den Plan, som er lagt for at ombringe ham ved Kroningen i Eis. Som Bevis har han da med sig Blodet i Handsken og Hesten, som han har taget fra Renfrei. Basin raader nu til, at man skal stevne sammen alle Høvdinger i Karls Rige. Dette Raad befindes at være godt.

Og nu opregnes ved Navn alle de, som skulle tilkaldes, og først af dem nævnes Pave Milon, og alle skulle møde i Eis med Folk og Vaaben som til en 7 Aars Krig (6). Karl Magnus lader nu Erkebispen opsætte Breve til dem, som skulle tilkaldes, og bestemmer Tiden til anden Pintsedag. Foreløbig sendes Jadunet af Dronningen med Brev til Erkebiskop Frere og hans Broder Hertug Herfe, der anmodes om snarest muligt at ile til Peituborg med 2 Tusinde Mand. Disse drage da afsted med 3 Tusinde, istedenfor to, og Hertugen tager 40 Lendermænd med sig, hvoraf enhver skulde have Høg, eller Falk, eller forskjellige Slags Jagthunde; Erkebispen tager 2 Biskoper, 5 Abbeder, 15 Klerke og halvanden Tusinde Riddere, og alle deres Tjenere. Imidlertid er Erkebiskop Rozer dragen til Rom, Basin til Bretland, og Girard af Numaia til Saxland og Flæmingeland med Kongens Breve (7). Hertug Herfe og Erkebiskop Frere og deres Følge fremstille sig for Karl Magnus og Dronning Berta Morgenen efter Ankomsten til Peituborg, og modtages med Velvillie af disse. Siden fører Dronning Berta sin Søn Karl Magnus i Eenrum, og fortæller ham, at hun i den halve Maaned, som nu er forløben siden Kong Pipins Død, ikke har befundet sig vel, og hun veed ikke, hvad Aarsagen kan være dertil, hvis det ikke er Sorg over hans Død eller Sønnens Fraværelse. Karl Magnus trøster hende med den Aabenbaring, han har havt af Guds Engel, at hun skulde faa en Datter, hvis Navn skulde være Adaliz. Alle ytre sin Deltagelse og Glæde over danne Underretning (8). Karl fortæller nu de Nyankomne sine Gjenvordigheder, gjentager hvad han allerede oftere har fortalt om Forrædernes Plan, og hvorledes den er bleven opdaget, og at Drefia har Hesten han tog fra Hertugen i sin Varetægt. Da Erkebispen spørger, hvorledes han kunde tro Basin Tyv saa vel, siger Namlun, at han er en beleven og dygtig Mand, hvem Karl næst Gud skylder Opdagelsen af Forræderiet, og at han nu er hans Mand (9). Hertug Herfe raader Karl Magnus til at befæste Eis. Denne beder sin Moder Berta ledsage sig, og drager da afsted den tredie Dag tilligemed hende. Paa Veien tager han ind i Ardensborg, hvorhen han lader sine Søstre hente, og anbetror til den ene af disse, Gilem, at forvare Handsken med Blodet. Om Morgenen, efter at have hørt Messen, sender Karl Namlun og Drefia i Forveien til Eis for at foranstalte alt til sin Modtagelse (10). Karl Magnus ankommer nu i Eis med 10 Tusinde Riddere. Efter at have været paa Jagt omkring i Egnen lader han hente 300 Haandværkere. Han lader nu omhugge alle de Pæretræer som findes, og lader Tømmeret henkjøre for at opføre en stor Hal. Det bliver bestemt, at denne skal bygges ved Vandet, Kirken i Skoven, til høire Side en stor Borg, og til venstre Hærberger for hans Stormænd. Kirken bygges nu og indvies af Erkebispen. Derefter velsigner Erkebispen Stedet, hvor Hallen skal staa, Tømmeret, Skoven og Vandet (11). En Mængde Arbeidsfolk ere nu samlede i Eis, og saa meget Sten og Tømmer er der, at alle have nok at bestille. Kirken bliver bygget af Marmor og tækket med Messing, Sølv og Bly, og mange Steder Forgyldninger anbragte. Da den synes Karl noget indskrænket med Hensyn til Plads, bønfalder han Gud om at lade den voxe, for at han kan faa Rum til hele sin Hird, og denne Bøn opfyldes. Han indretter 12 prægtige Herberger, og i en yndig græsgroet Dal lader han indrette kolde og varme Bade (12). Saasnart Renfrei og hans Broder Heldre erfare Karls Byggeri i Eis, drage de af Nysgjerrighed derhen med 100 Mænd. Han indbyder dem da til at overvære sin Kroning der Pintsedag, hvorpaa de drage hjem igjen (13). Imidlertid indtræffer Tiden til Dronning Bertas Nedkomst, og hun føder en Datter, som Erkebispen døber med Navnet Adaliz (14).

Erkebiskop Rozer kommer nu til Rom og overleverer sine Breve til Paven, og melder ham, hvorledes Sagerne staa med Karl Magnus. Paven skal komme, og han sender tillige Bud og Brev til sine Undergivne, at de skulle indfinde sig i Eis (15). Basin drager til Bretland i samme Ærinde til Høvdingen Geddon af Brettolia og derefter til Mester Godfrei i Valland (16). Girard kommer til Flæmingjaland til Baldvin i Arrazborg; denne skal komme og sender Brev til flere andre Riddere, om ogsaa samtidig at indtræffe i Eis. Derefter drager Girard med sin Tilsigelse til Saxland. Vender derpaa tilbage til Eis (17).

En Mand Eim af Galiza begiver sig ogsaa til Eis for at overvære Kroningen, og træffer paa sin Vei Reinbald fra Frisland, disse indlade sig i Kamp med hinanden, slutte derpaa Broderskab og drage sammen til Eis, hvor de nyde en gjestevenlig Modtagelse og faa godt Herberge (18). Nu indtræffer ogsaa Paven og alle de Øvrige, der vare budsendte, i Eis, og faa sine Kvarterer anviste af Namlun. Renfrei og de Sammensvorne indfinde sig ogsaa (19). Tilstrækkelig Proviant føres nu til Torvs. Karl Magnus lader sætte en stor Ørn paa sin Hal til Tegn paa at Valland er ypperst i Keiserriget. Nu anføres, hvorledes de Fremmede ere fordelte i sine Herberger. Herpaa lader Karl Magnus sammensmelte en Hob Jern og Staal i Gaarden, som fører ind til Hallen, hvilken Masse skal benyttes til at prøve Sværdene i. Han giver derpaa Ordre til sine Mænd ikke at tilstæde nogen Adgang uden hans Tilladelse. Nu henter han til sig Paven og de ypperste Høvdinger, hvilke modtages med Venlighed af Karl og hans Moder (20). Karl Magnus oplyser disse om Morderplanen mod ham, og hvorledes den blev opdaget. Maaden, hvorpaa Forræderne skulle paagribes, bliver omtalt. Karl lader dernæst for alt Folk bekjendtgjøre, at Kroningen er berammet til den følgende Morgen, og lader sætte Fred mellem alle Mænd, og den der ved Tyveri eller anden Ondskab forseer sig herimod, skal blive hængt eller miste Hovedet, hvor fornem han end kan være. Denne Fred besværge alle (22). Morgenen efter bliver Karl Magnus slagen til Ridder. Da han herefter var kommen op paa en stor Araber, syntes alle, at han tog sig prægtig ud til Hest, og de takkede Gud, at en saa liden Mand, som Kong Pipin var, skulde have faaet saa stor en Søn som Karl Magnus. Herefter bleve 100 andre unge Mænd slagne til Riddere. Derefter foregaar Kroningen, hvis Ceremoniel omstændelig beskrives. Og efter et festligt Maaltid gaar Kongen til Hvile (22). Nu blive alle Forræderne paagrebne, og Renfrei maa tilsidst gaa til Bekjendelse, da Handsken med Blodet og hans Hest føres frem. De blive nu alle kastede i Fængsel tilligemed deres Folk (23). Den næste Dag dømmes alle Forræderne til at hænges, dog blive de for Renfreis Kones Skyld benaadede med Halshugning i Steden for Hængning (24). Karl Magnus kalder nu Basin, og skjenker ham Tungr og giver ham Renfreis Enke til Kone. Rozer Erkebiskop skjenker han Triversborg, og Paven selv takker ham for hans Gaver til Kirken. Han giver ogsaa Namlun store Forleninger. Forrædernes Undergivne blive som uskyldige i Sammensværgelsen satte paa fri Fod og tilsværge Kongen Troskab (25).

Reinbald af Frisland faar Kongens Søster Belisent til Ægte, og forlenes med de Eiendomme, som Forræderne Tangemar og Tamer have havt. Paven overlader Kongen flere Klerke, blandt disse Turpin, som bliver hans Cantsler. Kongen opretter et Munkekloster og Nonnekloster og udstyrer begge rigeligt. Han opnævner nu et Antal af 20 Mænd, som han stadig vil have om sig, og sex som skulle være hans Raadgivere; 700 Riddere har han i alt daglig hos sig, og desuden Tjenestemænd (26). Han paalægger derpaa alle Høvdingerne at holde Fred i hans Rige, og melder Paven, at han om et Aar vil indfinde sig i Rom for at vies til Keiser. Han takker dernæst alle for deres Nærværelse, og enhver drager nu hjem til sit (28).

Varner af Pirafunt (Pirapont), Broder til en af Forræderne, sætter sig op mod Kongen, bemægtiger sig først Pirafunt, dernæst Orliens, Brettolia og Irikun (28). Eim (Eimar) af Galiza, der havde faaet Irikun, sender Mænd til Varner med Opfordring at underkaste sig Kongen. Varner vredes, sender Eim et Brev, hvori han erklærer Karl Magnus's Kroning for uretmæssig og kalder ham en Tyv, og vil bevise dette ved Holmgang imod Eim eller Reinbald af Frisland. Reinbald faar Lov at møde Varner i Tvekamp. Namlun ledsager ham med 7 Tusinde Riddere for at sikre ham mod Svig. De drage til Irikun, hvor de blive Natten over (29). Om Morgenen sender Namlun Folk til Varner med Opfordring til at hylde Kongen, i modsat Fald skal han miste sit Liv. Varner vredes og truer at stikke Øinene ud paa dem, som senere skulde komme i lignende Ærinde. Han erklærer sig dog villig til Holmgang mod Reinbald, for at bevise sin Paastand, at Kongen er en Tyv. Tirsdagen skulle de mødes (30). Reinbald staar tidlig op Tirsdag Morgen, gaar til Skrifte og modtager Sakramentet. Han iføres sine Vaaben, bestiger en hvid Hest, og alle hans Vaaben ere lyse, og ligeledes han selv (31). Varner gaar ogsaa til Skrifte, hans Hest og Vaaben ere sorte, han rider imod Reinbald og erklærer spottende at ville forliges med Kongen, paa den Betingelse, at han skal beholde de Eiendomme han har tilegnet sig. Efter en kort Ordvexling begynder derpaa Kampen, som ender med at Reinbald gjennemborer Varner. Karl Magnus giver nu Eim Varners Enke til Ægte og skjenker ham Varners Eiendele. Brylluppet staar i Eis. Kong Karl Magnus lader sig derpaa hylde i Orliens, og sender Namlun for at bemægtige sig Amiens og tage Indvaanerne i Ed (32). Da Kongen kommer tilbage til Eis, er Dronning Berta syg, og hun dør 8 Dage efter. Hun bringes til Ariesborg og begraves paa Kirkegulvet ved Siden af Kong Pipin. Reinbald drager nu til Frisland med sin Kone (33).

Bove den skjegløse af Viana kommer nu til Kongen med sin Søn Girard, som bliver slagen til Ridder. Bove begiver sig siden efter Kongens Opfordring tilligemed Hatun af Spolia paa Veien til Rom for at forberede hans Kroning. Paa Hjemveien bliver Bove syg og dør. Kongen paalægger Umant (Vinant) af Lamburg at sørge for hans Søster Adaliz's Opdragelse, den anden Søster Gilem anbetroes til Makarius (34). Kongen drager nu til Rom og bliver kronet der. Da Ceremonien er fuldført, kommer der Bud, at Bove af Viana er død, og ligesaa Biskoperne af Reins og Miliens. Han giver nu Girard Viana efter hans Fader, og formæler ham med Ermengerd, Datter af Varner af Muntasaragia. Denne drager nu med sin Hustru til Viana (35). Kongen giver nu sin Kapelan Turpin Erkebispestolen i Reins, men sin Skriver Rikard Biskopstolen i Miliens. Kongen kommer nu tilbage til Eis, og har utilladelig Omgang med sin Søster Gilem. Senere skrifter han for Abbeden Egidius alle sine Synder, undtagen denne. Medens han synger Lavmessen, kommer Engelen Gabriel og lægger en Seddel paa Patenaen, hvori denne Kongens Synd staar antegnet, og at han skal formæle sin Søster med Milun af Angrs, og syv Maaneder derefter vil hun føde en Søn, som er hans (Kongens), han skal sørge vel for ham, thi han vil trænge til ham. Egidius tager Seddelen, træder frem for Kongen og læser den for ham. Kongen knæler ned og gaar til Bekjendelse, og opfylder senere Brevets Bud, gifter sin Søster med Milun, og gjør ham til Hertug i Britannia. Syv Maaneder efter bliver Drengen født, og i Daaben kaldet Rollant, en Abbed sørger for hans Opdragelse og skaffer ham fire Ammer. Syv Aar gammel bringes han til Karl Magnus, hvem han strax erkjender som sin Morbroder (36). Kongen begiver sig nu til Orliens, hvorhen ogsaa Junker Rollant følger ham med sine to Fosterfædre. Kongen lader ogsaa hente sin Svoger Milun og sin Søster, der begge længes meget efter Rollant. Denne indføres nu af sine Fosterfædre, iført en Kjortel af fint Bugskind, Skjorte af bedste Lærred, og med Korduansko udzirede med Løvefigurer, og ledsaget af 40 fornemme Mænds Sønner. Milun og Gilem faar Lov at tage Rollant med sig hjem til Britannia tilligemed de 40 unge Mænd (37).

Girard af Viana sætter sig nu op imod Kongen og tilføier ham alle optænkelige Krænkelser. Kongen stevner ham til sig, dersom han vil beholde Rige og Liv. Han afslaar dette. Kongen samler forbitret 7 Tusinde Mænd og beleirer Viana. Hertug Milun gjør nu sin Søn Rollant til Ridder (han er saa liden, at han maa hænge Sværdet om Halsen paa ham), og sender ham afsted tilligemed 40 Riddere, og anbefaler dem at søge Kvarter og Raad hos Namlun. Disse ankomme til Viana ved Middagstid (38). En Ridder kommer ud af Staden, Rollant væbner sig og rider ham i Møde; efter en Samtale, hvori det viser sig, at Ridderen er Bernard af Averna, en Frænde af Girard, kommer det til Kamp mellem dem, der ender med at Bernard overvindes og maa bede om Pardon. De ride nu begge til Teltet, hvor Namlun kommer til, og gjør Rollant opmærksom paa, at Karl Magnus har forbudt enhver at indlade sig i Kamp uden hans Bud, og at Overtrædelsen af denne Befaling skulde koste Livet. Han skaffer ham dog Tilgivelse hos Kongen,[1] og denne tager ogsaa Bernard til Naade og gjør ham til Jarl i Averna (39). Viana beleires nu i 7 Aar. Rollant foranstalter et Ridderspil, han reiser et Træ, hvorpaa han hænger et Skjold, og mod dette lader han sine Folk ride med Spyd. Girard og hans Søstersøn Oliver forstyrre denne Leg, det kommer til en Kamp, hvori Oliver tager Lambert til Fange. Da imidlertid Kongen kommer til med hele Hæren, tyer Girard og hans Mænd tilbage til Staden (40). Den følgende Morgen opfordrer Girard Oliver til at begive sig til Karl Magnus tilligemed Lambert for at bede om Naade og overbringe Girards Erkjendelse af hans Uret imod Kongen. Karl Magnus erklærer Girard for en Forræder. Oliver vredes og vil gjendrive denne Beskyldning i Tvekamp med hvemsomhelst. Rollant optager Handsken, og Kampen skal finde Sted under Vianas Mure. Namlun og Lambert ere enige om at misbillige denne Tvekamp (41). Oliver og Lambert drage tilbage til Girard. Lambert raader nu Girard til at gifte Olivers Søster Adein (Auda) med Rollant, og derved forlige disse sammen, og derpaa at gaa Karl Magnus til Haande. Lambert begiver sig nu til Kongen og fremfører dette Forslag, som ogsaa antages. Den følgende Morgen, da de to Kjæmpere væbnede møde frem paa Pladsen, gaar Karl Magnus imellem og afvæbner dem; de tilsværge hinanden nu Broderskab, og Rollant lover at ægte Adein (Auda), dersom Gud vil forunde ham Livet (42).

Kongen og Hertug Girard ere nu vel forligte. Lidt efter kommer Malakin af Ivin og beder Karl Magnus om at slippe hans Broder Abraham udaf det Fængsel, hvor han havde sukket i 14 Aar, og tilbyder i Løsepenge 3 ypperlige Sværd, arbeidede af Smeden Galant i England, og for hvilke Kong

[1] Efter de tre andre Haandskrifter maa Rollant dog finde sig i, først at faa Riis af Namlun, og dernæst som yderligere Straf at faa sine Negle klippede, førend han erholder Tilgivelsen.

Faber havde sat ham i Pant 7 hundrede Bysantiner i Guld. Kongen beder Hertug Girard (hvis Fange han synes at have været) om hans Løsgivelse, hvilket denne villig indrømmer. Kongen overgiver Sværdene til sin Fæhyrde Difa. Hver drager nu hjem til sit, Kongen til Eis (43). Kommen hjem prøver Kongen disse Sværd i den store Staalmasse foran sin Hal. Det første Sværd gjør kun et lidet Indhug i Staalet. Dette er et godt Sværd, siger Kongen, og det skal hede Kurt. Derpaa hugger han med det andet, der trængte en Haandbred eller mere ind, det kalder han Almacia. Dernæst hugger han med det tredie, der tager med sig mere end en halv Mandsfod af Staalmassen. Dette kalder han Dyrumdale (44).

Kongen faar Brev fra Paven, hvori denne klager over de Forurettelser, som Romerne ere udsatte for af Lungbarderne og Bretlandsmændene. Kongen stevner de stridende Parter til sig i Moniardal og forliger dem med Pavens Hjælp. Om Natten efter, da Kongen hviler i sin Seng, aabenbarer Engelen Gabriel ham, at der i hans Sværd findes herlige Reliqvier, en Tand af Apostelen Peter, noget af Mariæ Magdalenæ Haar og af Biskop Blasii Blod, og byder ham at skjenke det til Rollant. Om Morgenen efter drager Paven tilbage til Rom. Rollant og Oliver drage med 200 Tusinde Mænd til Staden Nobilis for at beleire Kong Ful, der var belavet paa at kunne forsvare Staden i 20 Aar (45). Saasnart Kongen er kommen tilbage til Eis, faar han høre fra Saxland, at Kong Vitakind har taget og brændt Mutersborg og lemlæstet Biskopen. Han drager med Hær til Saxland, men standses paa sit Tog af Rinen, hvor der hverken er Bro eller Baad, og hvor man heller ikke kan vade over. Han samler Materiale til en Bro, men det gaar langsomt med Arbeidet, han ønsker at han havde Rollant der, da vilde Broen snart være færdig og Kong Vitakind dræbt (46). Han sender Bud efter Rollant og Oliver, disse tage fat paa Arbeidet, og efter et halvt Aars Forløb er Broen bygget. Rollant og Oliver indtage nu Vesklara og fanger Sævine, Befalingsmand i Staden. Derpaa indtages Staden Trimonie, hvis Mure ved et Mirakel styrte ned, Kong Vitakind fældes og Saxland befries. Bove den Skjegløse sættes til at varetage Landet (47).

En Dag, som Kongen staar ved et Vindue og ser ud paa Rin, faar han Øie paa en Svane, der svømmer med en Silkesnor om Halsen, ved denne Snor hænger der en Baad. En væbnet Ridder staar i Baaden med et Brev om Halsen. Svanen forsvinder, da Ridderen kommer til Land. Namlun fører ham til Kongen. Han forstaar ikke Sproget, og overrækker Kongen Brevet. Dette beretter, at Girard Svan er kommen for hos Kongen at tjene sig til Land og Kone. Rollant ytrer sig med Interesse om den nykomne Ridder. Girard lærer snart Sproget og viser sig som en god Ridder og klog Mand. Kongen formæler ham med sin Søster Adaliz og gjør ham til Hertug af Ardena (48).

Kong Karl Magnus tager til Ægte Adein, Hertug Videluns Datter og Namluns Søster. Efter to Aars Ægteskab faa de en Søn, Lødver, efter hvis Fødsel Kongen lover at besøge den hellige Grav. Han begiver sig afsted og efterlader Girard Svan at styre Saxland, Oliver Kongeriget i Valland, og Rollant Keiserriget i Rom (49). Kongen lægger Veien tilbage om Miklagard, og understøtter Grækerkongen mod hans Fiender, og fanger Hedningernes Høvding. Kong Karl Magnus mister mange Mænd, blandt dem sin Svigerfader Hertug Videlun. Den hedenske Konge Miran bliver tvungen til aarlig at udrede til Grækerkongen 1500 Mærker Guld, 10 Muldyr og 7 Kameler. Grækerkongen tilbyder sig at være Karl Magnus's Vassal, hvilket denne dog afslaar, men udbeder sig nogle Reliqvier. Han faar blandt andet vor Herres Svededug, Spydsodden, hvormed vor Herres Side blev gjennemboret, og den hellige Merkurius's Spyd. Han drager nu hjem og lader forskjellige af Reliqvierne blive tilbage paa forskjellige Steder, Spydsodden tager han selv og anbringer den paa det øvre Hjalt af sit Sværd, hvilket han derfor kalder Giovise, thi han (?) havde givet ham det; derfor raabe alle Riddere, naar de egge hinanden, Mungeoy (50).

En Tid efter Kong Karl Magnus's Hjemkomst aabenbarer Engelen Gabriel sig for ham en Nat og byder ham at drage til Spanien med en Hær. Dette Bud efterkommer Kongen, befaler sine Mænd at belave sig paa et længere Ophold i det fremmede Land og derfor at medtage sine Koner og Børn. De faa 2 Aars Frist til at ruste sig. Det tredie Aar drage de afsted 100,000 Mand stærke, og tage med sig mange Vognladninger Nødder og Korn til Udsæd. Paa Veien komme de til Floden Gerund, hvor de hverken finde Vadested eller Baad at sætte over med, Kongen gjør Bøn til Gud, og strax viser sig en hvid Hind, som vader over Elven, og hele Hæren følger efter. Kongen sender Rollant og Oliver i Forveien med de bedste Folk for at beleire Nobilis (51). Kong Ful møder dem med mange Folk. Kong Karl Magnus har givet Befaling til at spare Kong Ful, men denne bliver ikke desto mindre fældet af Oliver og Rollant, som lade Kamppladsen tvætte og aftørre efter Striden, paa det at Karl Magnus ikke skal faa see Blodet. Efter Stadens Indtagelse kommer Kongen og spørger efter Ful. Rollant siger, at han er dræbt. Kongen bliver vred og slaar ham med sin Handske under Næsen, saa at han bløder, thi han havde befalet ham at bringe Ful levende (52). Næste Dag drage de til Staden Mongardig, som de beleire. Kongen af Korder (Korda) rykker nu imod dem med en stor Hær. Kong Karl Magnus byder sine Mænd hugge sønder Spydskaftene og sætte dem ned i Jorden, strax voxer der ved et Mirakel Grene og Løv paa dem, og hvor før var bar Mark staar nu en Skov. Kongen flygter til sin Stad Korda, og Karl Magnus indtager nu først Mongardig og derpaa Korda, hvis Konge han dræber. Derefter drager han til en Stad midt i Spanien, Saraguz. Kongen i denne Stad, Marsilius, tilbyder at underkaste sig samt antage Kristendommen, dersom han faar beholde sit Rige. Karl Magnus antager dette Tilbud og sender Basin og hans Broder Basilius i denne Anledning til Marsilius. Denne, der kun havde pønset paa Svig, lader begge Brødrene dræbe, til stor Sorg for Karl Magnus (53).

Imidlertid kommer Efterretning om Hertug Miluns Død. Karl Magnus formæler nu dennes Enke, sin Søster Gilem, med Guinelun og giver ham Jarldom i Korbuillo. De faa en Søn Baldvin. Guinelun elsker Rollant som sin egen Søn, og de tilsværge hinanden Broderskab. Nu opdage Præsterne, at Guinelun og Gilem ere beslægtede med hinanden i fjerde Led, de blive da skilte, og Karl Magnus gifter sin Søster med Hertug Efrard, med hvem hun faar to Sønner Adalraad og Efrard. Guinelun faar Hertug Efrards Søster til Ægte (54). Hernæst komme Sendemænd til Karl Magnus, som melde om Ran og Tyveri i Frankrige. Kongen sender Rollant hjem at raade Bod herpaa. Før disse sidst fortalte Begivenheder, strax efter at Staden Trimonia var indtaget og Vitakind dræbt, havde Karl Magnus sendt en Skrivelse til Danmark og truet Kong Jofrey til at tage sit Rige i Len af ham og sende ham som Gidsler sin Søn Oddgeir og sin Mundskjenk Erber (55)

Da Rollant drager afsted, befaler Kongen ham at bringe med sig tilbage Oddgeir Danske og Sværdene Kurt og Almacia. Guinelun beder ogsaa

Rollant at lægge Veien om hans Hjem Kastalandum og bringe hans Kone Geluviz en Hilsen. Rollant kommer nu til Eis, freder Landet, faar med sig Oddgeir Danske og Sværdene. Derefter reiser han til Kastalandum, hvor han modtages paa det bedste af Geluviz. Han siger, at hun vil sende en smuk Pige til ham om Natten. Rollant gjør Indsigelser herimod, da han har lovet Adein sin Tro, men til ingen Nytte. Da den unge Pige forlader ham om Morgenen, viser det sig, at det har været Geluviz selv. Det gaar ham meget nær, at han har sveget sin Kammerat. Da Rollant kommer tilbage til Spanien, træffer han Namlun og fortæller ham, hvad der er passeret mellem ham og Geluviz. Namlun bad ham holde det skjult. Men Rollant har lovet at fortælle Guinelun alle Misgjerninger, som have gaaet for sig i hans Hjem, og maa saaledes sige ham denne, som var den største. Guinelun forsikrer efter denne Tilstaaelse Rollant, at han ingen Uvillie nærer mod ham, da Skylden var hendes, men han bærer dog bestandig efter den Tid Nag til ham (56). Rollants og Oddgeirs Ankomst meldes. Kongen faar nu høre, at alt er roligt i Frankrige. Ved Bordet, hvor han har Rollant paa sin ene Side og Guinelun paa den anden, spørger Kongen om han skal slaa Oddgeir til Ridder. Rollant billiger dette, men Guinelun siger, at det var bedre at hænge ham op. Kongen spørger i sin Forundring om Grunden til denne Mening. Guinelun siger, at Oddgeir elsker Dronningen. Herover bedrøves Kongen. Efter Maaltidet kalder Kongen Namlun til sig og siger ham Guineluns Ytring. Namlun beder ham ikke tro det, og anbefaler ham at spørge Rollant om, hvorledes Guineluns Kone gav ham Herberge. Rollant fortæller Kongen det passerede, og denne skjønner nu, at det er Had til Rollant, der taler ud af Guinelun (57). Kongen væbner nu Oddgeir som Ridder og binder om ham Sværdet Kurt. Der føres nu frem en graa Hest. Da Kongen seer denne Hest, vil han have den selv, og kalder den Tengardus. Der føres nu frem en rød Hest, som Kong Ful havde eiet, den faar Rollant. En tredie Hest ledes da frem, brun af Farve, stor og smuk (Brocklafer, Broiefert), denne giver han Oddgeir, og tildeler ham Ridderslaget. Turpin Erkebiskop forlanger nu Vaaben, for at kjæmpe mod Hedningerne. Kongen væbner ham, giver ham Sværdet Almacia, en sort Hest ledes frem, som han kaster sig op paa. Han rider derpaa fuldrustet frem for Kongen og hilser ham. Han hilses med Jubel af Valerne (de Franske). Med Kongens Tilladelse væbner Rollant til Ridder Teorfa, Broder til Geofrey af Mundegio, og giver ham sin Hest Kastalein, og tildeler siden 19 Andre Ridderslaget (58).

En Dag som Kong Karl Magnus sidder i sin Hal omgiven af sine Riddere, tilkjendegiver han dem, at han vil udvælge 12 af sine Mænd til Høvdinger og Forkjæmpere mod Hedningerne, ligesom Gud havde udvalgt 12 Apostle til at forkynde sit Ord over hele Verden. Disse tolv ere da følgende: Rollant, Oliver, Turpin Erkebiskop, Geres, Gerin, Bæring, Hatun (Otun), Samson, Engeler, Ivun, Iforias og Valter. De skulle staa hverandre bi i enhver Fare og betragte hverandre som kjødelige Brødre (59).

II.

Den Saga som her begynder er ikke, som andre lignende Fortællinger, digtet blot til Morskab, men den siges at medføre Sandhed. Hr. Bjarne Erlingssøn fandt den skreven paa Engelsk, da han opholdt sig i Skotland om Vinteren efter Kong Alexanders Død. Kongeværdigheden efter ham tog Margrete, Datter af Kong Erik Magnussøn i Norge, en Datterdatter af Alexander.

Hr. Bjarne blev sendt vest paa for at sikre og stadfeste Riget under Jomfruen. For at Bogen skulde blive forstaaeligere og interessantere, lod Hr. Bjarne den oversætte fra Engelsk paa Norsk. Man kan her se et Exempel paa, hvorledes Guds Retfærdighed altid tilsidst straffer Ondskaben, om den end fremturer en Stund med Djævelens Tilskyndelse. Fortællingen handler hovedsagelig om, hvorledes en fornem og standhaftig Frue fristedes af den værste Skurk, skjønt mange Begivenheder siden omtales.

En mægtig Konge eller Hertug, Hugon, hersker over Dalen Munon, han mangler til sin fuldstændige Lykke kun en Kone. Samtidig med ham regjerer i Frankrige Kong Pipin, han har en Datter Olif, der er udstyret med mange fortrinlige Egenskaber og har nydt en omhyggelig Opdragelse. Kong Hugon beiler til hende, Faderen, Kong Pipin, giver sit Samtykke, og alle Forberedelser træffes til Bryllupet.(1). Bryllupet holdes nu med stor Pragt og Lystighed. Bruden indtager alle for sig og velsignes af alle, og efter endt Gjæstebud drage alle Gjæster vel tilfredse hjem. Efter nogen Tid føder Dronningen en Søn, der i Daaben faar Navnet Landres (2). Kong Hugon drager nu en Dag ud paa Jagt, og ledsages af alle sine Mænd, paa sin Hushovmester (Stivarð) nær, der skal blive hjemme til Dronningens Opvartning (3). Den onde Milun, som længe havde næret utilladelig Tilbøielighed for Dronningen, benytter nu Anledningen og tilstaar hende sin Kjærlighed; men afvises strengt af hende og trues med Galgen; han gaar da beskjemmet hjem til sit Herberge. Han tager nu frem et kostbart Bæger, hvori han kommer en Dvaledrik, og begiver sig med dette tilbage til Dronningen, foregivende at det Hele kun har været en Spøg af ham, for at stille hendes Dyd paa Prøve. Han faar da strax Tilgivelse, og beder Dronningen til Bekræftelse paa deres Forsoning at drikke med ham af dette Bæger. Han sætter Bægeret for Læberne og lader som han drikker, Dronningen derimod drikker ud, og falder derpaa i en dødlignende Søvn. Milon bærer hende nu til hendes Kammer og lægger hende der i hendes Seng, derpaa gaar han ud i Staden, hvor han træffer en Blaamand, som han indbyder med sig hjem og beværter ham kosteligt, giver ham af Dvaledrikken, og saa snart han er falden i den dybe Søvn, tager han og bærer ham ind i Dronningens Sengkammer, hvor han lægger ham op i Sengen til hende, og lægger Dronningens hvide Hænder om hans sorte Hals (4). Kongen kommer nu hjem og forundres over at Dronningen ikke kommer ham i Møde efter Sædvane. Kongen sætter sig nu først til Bords, og efter Maaltidet spørger han, om Dronningen er drukken, om hun har Hovedpine, eller om hun leger med Landres, siden hun ikke lader sig se. Milun svarer, at hun har faaet sig en ny Brudgom, som beskjæftiger hende, og for at overbevise Kongen om Sandheden af sit Udsagn, fører han ham til hendes Kammer, hvor hun i dyb Søvn hviler ved Blaamandens Side. Milon forsikrer Kongen, at han længe har været vidende om dette Forhold, men har ventet paa en Anledning til at kunne overtyde ham, da han har været bange for ikke at blive troet, naar han ikke havde Beviserne paa rede Haand. Kongen byder at tage Dronningens Hænder fra Blaamandens Hals, hvorpaa han hugger Hovedet af ham. Af hver hans Bloddraabe blev en brændende Voxkjerte. Kongen forbauses herover, men Milun forsikrer ham om, at hun er en Hex, og kan faa Sten til at flyve og Fjæder til at synke. Milun beder ham derpaa ogsaa at afhugge hendes Hoved, hvilken Anmodning Kongen afslaar (5). Dronningen vaagner nu med Forfærdelse, idet hun seer Kongen staa med draget Sværd over sig, hun paastaar sin Uskyldighed og tilbyder at bevise denne ved Guds Dom, som

Lov var i Landet. Hun vil først sætte sig nøgen i en ophedet Kobberkjedel, dernæst lade sig skyde op i Luften af en Valslynge for at styrtes ned paa skarpe Sværds- og Spydsodder. Da ingen af disse Tilbud antages, beder hun om at blive roet i en Baad saa langt, at man ikke kan see Land, for der at kastes ud og ved at redde sig til Land bevise sin Uskyldighed. Milun foreholder Kongen, at hun ved sine Troldkunster kan flyve igjennem Luften uden Vinger, og at alt dette altsaa ikke kunde vidne om hendes Uskyld. Nu harmes Dronningens første Mand, Ridder Engelbert af Dynhart, han farer op og slaar til Milun under Øiet saa haardt, at han styrter frem paa Ilden, erklærer ham for en Løgner og tilbyder sig at kjæmpe uden Vaaben imod ham blot med en tynd Kjep og ridende paa en Mule, Milun skulde derimod være fuldrustet og til Hest. Kongen tillader nu denne Guds Dom (6). Disse to Riddere ruste sig nu. Ved det første Sammenstød styrter Milun af Hesten. Han reiser sig, gaar hen til Kongen, og faar ham til at tro, at alt dette sker ved Dronningens Trolddom. Kongen forviser nu Engelbert fra sit Aasyn. Kongen sammenkalder nu sine ypperste Mænd, og byder dem at bestemme Dronningens Dødsmaade. Hver foreslaar nu sin Maade, tilsidst raader Milun at opbygge et Stenhus til hende, der er saa vidt stort, at hun kan staa og sidde i det. Nu reiser sig en af Kongens Riddere Arneis, og gjør ham opmærksom paa, at Dronningen er en Datter af Kong Pipin, og at han kunde udsætte sig for dennes Hævn, han raader ham derfor til at sende Bud efter hendes Fader og Frænder, og lade dem deltage i Dommen. Dette Raad følger Kong Hugon (7). Kong Pipin og hans Følge indfinder sig nu, de beværtes kosteligen, og den første Ret de nød, havde ved Miluns Kunster den Virkning, at alle glemte sit Venskab for Dronningen. Efter Maaltidet føres Dronningen ind i en tynd, ussel Klædning og barfodet og barhaaret. Milon slæber derpaa Blaamandens Legeme ind, kaster det hen for Dronningens Fødder og haaner hende. Kong Hugon fortæller nu, at han fandt denne Blaamand hvilende hos hende. I sin Fortvivlelse sætter hun sig ned ved sin Faders Fødder, men han sparker til hende, saa at hun styrter om og knækker to Ribben. Milun farer nu op og slaar Landres med en Kjep over Øiet, saa at han siden bestandig havde Ar efter. Hugon opfordrer nu til at bestemme hendes Dødsmaade, alle forholde sig tause (8). Tilsidst reiser sig hendes Broder Karl, der siden blev Keiser Karl Magnus, han bifalder Miluns Forslag, at sætte hende i et Stenhus, hvor hun i 7 Aar skal leve af et grovt Brød og et Kar daarligt Vand, og dersom hun da endnu er levende, vil han holde hende for uskyldig og falskelig anklaget. Milun lægger til, at Huset skal fyldes med Orme og Padder og giftigt Kryb. Alle stemme for denne Dom. Og efter at have kysset sin Søn Landres og paakaldt Guds Bistand, føres nu Dronningen til Stenhuset, hvor hun indmures med et grovt Brød og en Skaal Vand (9).

Da nu nogen Tid er forløben, fordrer Milun, efter Samraad med flere af Kong Hugons Mænd, at denne skal gifte sig, for at skaffe Riget en (legitim) Arving, i modsat Fald ville de støde ham fra Tronen. Kongen erklærer sig villig hertil, efterat Milun har forsikret ham om, at Fru Olif forlængst er død. Kong Hugon lader sig nu besnakke af Milun til at ægte dennes Datter, Aglavia, og holder Bryllup med hende. Paa alle, som tale med hende, gjør hun et ubehageligt Indtryk, og enhver er gladere jo før han kan forlade Bryllupet og reise hjem (10). Kongen og Dronningen faar en Søn, der bliver kaldet Malalandres, som allerede tidlig røber sin Vanart, Landres derimod vinder alles Hengivenhed. Avindsyg herover spørger Milun Kongen, hvor længe han vil beholde hos sig denne Blaamands Søn, og faar ved sine Overtalelser udvirket, at Kongen forviser Landres fra sit Aasyn. Landres tyer nu til sin Fostermoder, en klog gammel Kone ved Navn Siliven, som bor tæt ved hans Faders Slot, hun tager vel imod ham og giver ham Tilhold hos sig. En Dag fortæller hun ham, at der den følgende Dag skal være Lege paa Slottet, og opfordrer ham til at gaa hen og forsøge sin Dygtighed. Landres erklærer sig villig hertil (11). Da nu Dagen kommer, gjør Landres sig færdig, siger Farvel til sin Fostermoder og faar af hende ved Afskeden et Ørefigen, med den Formaning, at han ikke uhævnet skal modtage et saadant af nogen Mand eller Kvinde, undtagen af sin Fader og Moder. Landres rider nu afsted og kommer til Murene af sin Faders Slot, hvor han deltager i Legen, og det lykkes ham tre Gange at gribe den store Bold i den tætteste Klynge. Malalandres møder ham nu og giver ham et kraftigt Ørefigen, Landres mindes sin Fostermoders Ord og tildeler Malalandres et saa vældigt Slag, at hans Kindben kløvner og den største Del af hans Tænder falder ud (12). Landres bliver nu kaldet ind for Kongen, der befaler, at han skal gribes og kastes i Fangehullet, men Ingen vover at lægge Haand paa ham. Han gaar nu til sin Fostermoder, tager Afsked med hende, da han ikke vil udsætte hende for Faderens Vrede ved at forlænge sit Ophold der, og begiver sig afsted med Bue og Pile. Han er en dygtig Skytte, men har ingen Ild at stege sit Vildt ved, og anraaber Gud om at stille sin Hunger. Han faar siden Øie paa fire Dverge, som sidde og spise, lister sig hen til dem, og fratager dem en fortryllet Dug og Krukke, som han af deres Samtale hører altid kan skaffe tilstrækkelig Mad og Drikke. Dvergene flygte forfærdede (13). Han forsyner sig nu med Mad og Drikke, og forsørger Dugen og Krukken vel. Idet han agter at forlade dette Sted, komme to Dverge ud af sin Bolig, nævne ham ved Navn, og bede ham nu at levere disse Ting tilbage, da han har stillet sin Sult. Landres afslaar det. Den ene Dverg siger nu til den anden, at han har 2 slige Duge til, og at Landres gjerne maa beholde denne, da han snart vil træffe sin ulykkelige Moder Olif, som sidder indespærret. Landres hører nu for første Gang, at hans Moder er i Fængsel, og beder Gud at vise sig Vei til hende. Han vandrer nu om i Skoven, indtil han kommer til et mørkt Sted, hvor han finder det lille Stenhus, i hvilket hans Moder er indespærret. Han kan ingen Dør finde paa Huset, men i en liden Glug ser han en Fugl sidde, der synger saa smukt, at det er en Lyst at høre. Han spænder sin Bue og skyder med en but Pil efter Fuglen, men rammer sin Moder i Brystet, der jamrer sig derved. Der udspinder sig nu en Samtale mellem Moder og Søn, hvorunder de gjenkjende hinanden. Det lykkes endelig Landres at faa hugget Hul paa Veggen, saa at han kan komme ind, men farer forfærdet tilbage for alle de Orme og Padder, som ligge omkring hans Moder. Hun beroliger ham, og fortæller ham, at hun skylder disse Krybdyr Livet, da de ved at lægge sig om hende, have holdt Kulden borte fra hende. Efter at nu hans Moder har styrket sig ved Mad og Drikke, som Dugen og Krukken skaffer dem, beder hun Landres begive sig til hans Fostermoder, for af hende at faa Raad, hvorledes han skal bære sig ad med at befri Moderen fra den løgnagtige Anklage, som saa længe har tynget paa hende. Han kommer til Siliven, der lover at raade ham det bedste hun kan (14). Efter hendes Raad skal han begive sig til sin Morbroder Karl Magnus, da Pipin nu er død, og fortælle ham, hvorledes Sagerne nu staa. Hun skaffer ham en god Hest, gode Klæder og Vaaben. Paa Veien træffer han en Pillegrim, der sidder og spiser, denne indbyder ham til at stige af sin Hest og deltage i hans Maaltid. Aldrig saa snart er Landres stegen af og skal til at tage for sig, før Pillegrimen forsvinder, og med ham Landres's Hest og alle hans Vaaben og Klæder, saa at han sidder ganske nøgen, som han kom af Moders Liv. Han har nu ingen anden Udvei end at vende tilbage til sin Fostermoder. Denne trøster ham med, at dette Uheld, som nu er vederfaret ham, er ham paaført ved hans Stedmoders Kogleri. Hun forsyner ham nu atter med Vaaben og Klæder, et udmærket Sværd, Mimung, og en fortrinlig Hest, Kleming. Han kommer nu paa Veien hen til en Slette, hvor der staar en liden Kirke ved et Vand. En gammel Mand kommer ud af Kirken og beder ham stige af Hesten og gaa i Kirken. Landres rider hen mod Kirken, og kommer pludselig ud i en strid og dyb Strøm, hvorfra han kun frelses ved sin Hests Raskhed. Da han igjen kommer paa Land er Kirken og den Gamle forsvundne. Han rider nu videre og møder en Flok Riddere, en af disse, en gammel Mand i sort Rustning, opfordrer ham til et Dystridt. Da Landres rider imod ham, forvandler han sig til en stor Orm, og Landres skylder atter sin Hest sin Frelse, da denne knuser Ormen. Dette er en ny Ham, som hans Stedmoder har paataget sig, og da nu ogsaa denne Gang hendes Troldkunster ere mislykkede, lister hun sig hjem, underretter sin Fader Milun og Malalandres om Landres's Reise til Karl Magnus, og opfordrer dem til at passe ham op, naar han kommer tilbage, og skille ham ved Livet (15). Landres kommer nu til Kong Karl Magnus, alle glæde sig over, at Fru Olif lever og takke Gud derfor. Hans Morbroder byder ham at begive sig den følgende Morgen til sin Fader Kong Hugon, og melde hans (Keiserens) snarlige Ankomst did. Landres drager nu afsted og kommer hjem til Staden. Her træffer han paa Gaden Milun og Malalandres, den første griber hans Hest i Bidslet og lader som han vil tale med ham, medens den anden gaar bag paa ham med et skarpt Sværd. Her skylder han nu atter Hesten sin Frelse, thi denne slaar op med Bagbenene og rammer Malalandres i Hovedet, saa at hans Hjerne farer ud. Milon slipper nu Bidslet og tager Flugten. Landres rider videre og møder nu sin Stedmoder, paa hvem han afhugger Hovedet (16). Keiser Karl Magnus kommer nu med sit Følge og modtages paa det bedste af Hugon. Da de komme ind, finde de Milon siddende paa en Stol paa Gulvet, og saa snart han faar Øie paa Landres, beder han om Naade. Landres lover at spare ham den Dag over, hvis han i alles Paahør vil tilstaa sin Brøde og rengjøre Fru Olif for den hende paadigtede Beskyldning. Milon giver da en oprigtig Tilstaaelse. Efter Landres Forslag bliver han indespærret i det samme Hus, som han selv havde faaet i Stand til Fru Olif. Ikke saa snart er han kommen derind, saa tage Ormene fat paa ham og æde Kjødet af ham lige til Benene (17). Da Fru Olif kommer hjem, gaar Kongen hende i Møde og alle hans Mænd. Hun bestemmer sig til at træde i et Kloster, for at bevise Gud sin Taknemmelighed for sin Frelse. Ikke længe derefter dør Kong Hugon, og Landres tager Riget efter ham og regjerer vel og længe (18).

III.

Der hår længe hersket Uvenskab mellem Kong Karl Magnus og Jofrey, Oddgeir Danskes Fader, hvilket dog tilsidst bilægges saaledes, at Jofrey sender sin Søn som Gidsel for Opfyldelsen af Fredsbetingelserne. Det har denne godt for at gjøre, da han ingen Kjærlighed har til Sønnen. Aldrig saa snart er Oddgeir borte, før hans Fader dræber og hænger Karl Magnus's Mænd (1).

Opbragt herover kalder Karl Magnus Oddgeir og hans Vogter til sig, og erklærer at han skal miste Hænder, Fødder og alle Lemmer. Oddgeir beder om Skaansel, og beraaber sig paa sin Faders og Stedmoder Belisents ringe Kjærlighed til ham. Kongens gjæve Mænd gaa i Forbøn for ham. Alt til ingen Nytte (2). I dette Øieblik komme to Sendebud fra Rom med den Besked, at Kong Ammiral af Babylon har overfaldet Rom og skjændet Kirker og Kapeller. Kongen overgiver Oddgeir til sine Jarler Sølmund og Reiner, byder dem at drage til Rom og paa Veien at hænge Oddgeir paa det høieste Fjeld (3). Karl Magnus stevner Folk fra alle Dele af sit Rige, ingen maa blive tilbage, hverken ung eller gammel, og med denne Hær bryder han op fra Paris og tager første Nattekvarter ved Staden Losena paa denne Side af Mundiufjeld (4). Kongen forfærdes over Fjeldets Steilhed, dets Iis og Sne, og anraaber Gud om Hjælp til at komme over. Gud bønhører ham: en hvid Hjort kommer, løber op ad Fjeldet og viser dem Vei. De følge efter, ere 6 Dage om Overfarten og tage først Natteherberge paa den anden Side af Fjeldet, uden at have mistet en Mand eller et Dyr (5). Kongen opslaar sine Telte, trakterer sig og sine Folk med Vin. Han kalder derpaa Oddgeir og lover at spare ham, indtil de komme hjem til Paris. Alle glæde sig over, at Oddgeirs Liv skal skaanes. Nu kommer en ung Mand, Alori fra Biterna, med sørgelige Tidender fra Rom, Kong Ammiral og hans Søn Danamund have besat Landet og taget Gidsler over hele Apulien. Kongen bedrøves over hans Ord, byder sine Mænd ruste sig og tage Veien til Lungbardaland (6). Franskmændene standse ikke før de komme til Staden Frustra, der møder Karl Magnus Pave Milon, der beklager sig over Hedningernes Ødelæggelse af hans Land. Kongen lover ham Hævn, og stiller sig selv i Spidsen for sine Mænd. Hertug Nemes beder om at faa Oddgeir med sig, hvilket ogsaa bliver ham tilstaaet, naar han indestaar for, at han ikke løber bort. Oddgeir ytrer sin Glæde og Taknemmelighed i Bøn til Gud, og lover, at saa længe han har et Haar paa Hovedet og hans Hest lever, skal ingen gaa længer frem i Fylkingen end han. De drage nu afsted en stor Del af Dagen uden at støde paa Hedninger (7).

Danamund, Hovedkongens Søn af Babylon, rider fra Rom med 20 Tusinde Riddere, disse have bemægtiget sig Karl Magnus's Rige og taget Kvinder og Børn. Folket paakalder Gud, og beder, at Karl Magnus maa komme dem til Undsætning. En Speider underretter Kongen om, at Hedningerne ere beredte til at tage imod ham. Hertug Nemes erklærer, at det nu er nødvendigt at hugge stort og at dyppe Armene i Blod lige til Skuldrene, og vise Fienderne et urokkeligt Mod. Alori faar Banneret at varetage, men til stor Skade for Franskmændene, da der ikke findes nogen større Kryster i hele Kongens Land (8). Nu faa Hedningerne Øie paa Karl Magnus's Hær, og Danamunt opmuntrer enhver til at kjæmpe det bedste han formaar. Nu ser man Bannere af alle Farver, og de Franske skulde nu vinde Seier, hvis ikke Aloris Feighed var (3). De ride nu imod hinanden, Hug vexles paa begge Sider. Alori har Mærket i sin Haand, han gribes pludselig af Skræk, denne smitter ogsaa hans Frænde Gernublus fra Lungbardaland, og de flygte begge med 100 Mand, som fulgte dem. Da Danamunt ser dette, opmuntrer han sine Mænd, og de tage nu til Fange Nemes, Bove og Samson, de ypperste Høvdinger, og mange andre af Karl Magnus's Mænd. En Ridder Sølmund rider nu hen til Kongen, beklager det uheldige Valg af Alori til Bannerfører, og skriver Ulykken paa hans Regning. Kongen opmuntrer vel sine Folk til Fremgang i Kampen, men de blive overmandede den ene efter den anden, indtil Kongen tilsidst befinder sig alene mellem tusinde Hedninger. Han paakalder Guds Hjælp, drager sit Sværd, og værger sig bedre imod Hedningerne end Vildsvinet i Skoven mod Hundene, naar de anfalde det paa det heftigste. Imidlertid kommer en Hob Franske til hans Undsætning, skaffer ham en Hest og frelser ham (10).

- Imidlertid har Oddgeir besteget en Høi og seer derfra Kampen, han opdager Aloris Flugt, og opfordrer sine Kammerater til at sætte efter denne og hans hundrede Lungbarder, for at hindre dem i at medtage sine Vaaben og Heste, og derpaa at ile Kongen til Hjælp. De ride nu imod Alori. Denne fortæller, at Karl Magnus er fangen, og at de derfor flygte. Oddgeir erklærer ham for en Løgner, styrter ham af Hesten og bemægtiger sig hans Vaaben. Hans Kammerater skille de øvrige ved deres Vaaben og Heste, og Oddgeir væbner dem til Riddere med Flygtningernes Vaaben. Hvor der er Mangel paa Skjold, flaa de Barken af Træerne og benytte den. Oddgeir tager nu Kongens Banner og rider til Kamppladsen som Anfører for disse nybakte Riddere (11). Kongen er sted i Nød i Kampen, han beklager Aloris Flugt og erklærer ham for en Forræder. Imidlertid drage Hedningerne sig tilbage til Rom med sine Fanger, som de føre bundne paa Kløvheste. De overrumples af Oddgeir, der opstaar stor Bevægelse mellem Hedningerne, og Oddgeir fælder under dette en hedensk Konge Falsaron, til hvem Fangerne vare anbetroede, og siden fældes mange Hundrede af de hedenske Mænd. Han begiver sig nu hen til Kongen med sine Mænd, denne tror, at det er Alori, som kommer til Undsætning, og at han har gjort ham Uret (12). Kongen erfarer nu, at det er Oddgeir, som har taget Banneret fra Alori og befriet de fangne Riddere, han forfølger Hedningerne ligetil Mundinfjeld og har hele Tiden Oddgeir i sin Nærhed. Kongen forærer Oddgeir en Hest, gjør ham til fornemste Skutilsvend i sin Hal og til stadig Mærkesmand i sin Hær. En hedensk Høvding, Sodome, tiltaler nu Oddgeir, og undrer sig over, at den samme Mærkesmand, som om Morgenen flygtede, nu paa een Gang er bleven saa kjæk. Oddgeir oplyser ham om, at han er en ganske anden Mand end Kujonen Alori, som om Morgenen havde baaret Banneret. Sodome æsker ham til Tvekamp med den tappre Ridder Karvel. Oddgeir tilkjendegiver, at han vil møde ham paa det Sted, hvor Tvekampe i det Land pleiede at finde Sted (13).

Efter Kampen tager Karl Magnus Herberge i Staden Frustra. Her ankommer nu Karlot, Kongens Søn, med en Mængde unge Mænd; han har nylig erholdt Ridderslaget, og modtages med Glæde, da Kongen just trænger til Forstærkning paa Grund af det store Tab, han har lidt (14). Karl Magnus flytter nu sin Leir saa nær Rom, at han seer, hvad der foregaar. Karlot byder den følgende Nat sine Mænd væbne sig. En Mand spørger om Oddgeir skal være med, Karlot svarer, at han selv og hans Mænd ville bære Prisen i denne Kamp. En Speider bliver dem vaer og iler med Underretning til Karvel, denne væbner 7 Tusinde hedenske Mænd for at møde dem. Karl Magnus veed intet om dette Foretagende af Karlot (15). Denne samme Nat, som Karlot drager afsted, har Karl Magnus en Drøm: han synes at være paa Jagt i en Skov med Karlot, Hertug Nemes og Oddgeir; som de have fældet et stort Dyr, styrte pludselig 3 Løver ind paa dem, de overvælde Karlot og Nemes, men Oddgeir tager modig fat paa dem, dræber de to og jager den tredie paa Flugt. Idet Kongen vaagner, slukkes alle Kjerter i hans Telt, Kammertjenerne ile hen til Sengen. Kongen spørger efter Karlot, og erfarer nu, at han er dragen i Kamp mod Hedningerne (16). Hedningerne komme nu over de Kristne før de vente det, en heftig Kamp opstaar, de Kristne ere 7 Hundrede, Hedningerne 20 Tusinde. Karvel kalder paa Oddgeir, som ikke er tilstede, en anden Franskmand optager Udfordringen, de kjæmpe længe med lige Held, indtil deres Mænd skille dem ad. En saaret Mand iler til Karl Magnus og fortæller Franskmændenes mislige Stilling. Paa Kongens Opfordring væbner Oddgeir sig, han drager afsted med 7 Hundrede Riddere, overfalder under en Bakke de hedenske Vagter og dræber dem alle (17). Karlot ønsker nu, at han havde Oddgeirs Hjælp, og i det samme faar han Øie paa dennes Banner og den franske Hær. Hedningerne blive nu slagne paa Flugt. Oddgeir rider mod Karvel og spørger ham om Navn, han navngiver sig og stevner Oddgeir til Holmgang i Rom, seirer han, skal han faa Karvels Kjæreste, den deilige Gloriant, Kong Ammirals Datter. Oddgeir rider nu over Tiberfloden og møder Karl Magnus, der har en Stav i Haanden, hvormed han vil slaa Karlot i Hovedet, men hindres heri af to Hertuger, og Karlot slipper med Skjænd og haarde Ord (18). Karvel foreslaar Kong Ammiral at sende en uforfærdet Mand til Karl Magnus, for at true ham til at drage tilbage til sit eget Rige, og tilbyder at paatage sig dette Hverv, thi han har den Tillid til Karl Magnus, at hans Person som Sendebud vil være ham hellig. Han ruster sig og ifører sig prægtige Klæder, bestiger et Mulæsel, og rider afsted. Han opfordrer nu Karl Magnus til at lade Kong Ammiral beholde Rom i Fred, da dette er hans Arveland, hvortil Karl Magnus ingen Ret har, og imodsat Fald vil han kunne vente end haardere Kampe. Han tilbyder dog endnu en Udvei, at han (Karvel) vil kjæmpe med Oddgeir, og dersom denne seirer i Kampen, skal Ammiral forlade Rom for bestandig. Oddgeir er villig hertil, men Karlot gjør Indvendinger og vil selv kjæmpe med Karvel, og forbyder tilsidst Oddgeir at kjæmpe uden sin Tilladelse. Karlot lader sig dog sige, da man giver ham Udsigt til en Tvekamp med Sodome. Kong Karl Magnus gjør Indsigelser herimod, da Karlot endnu er et Barn af Alder og ikke den Kamp voxen, men giver dog tilsidst sit Minde. Karvel kommer nu tilbage og beretter Ammiral Udfaldet af sin Sendelse (19). Karlot og Oddgeir væbne sig, ride til Tiberen, hvor de stige i Baad og ro over til den Ø, hvor Tvekampen skal foregaa. Alle fire Kjæmper ere nu komne. Dog er der lagt en svigefuld Plan fra Hedningernes Side, ihvorvel Karvel og Sodome ere uvidende derom (20). Kongesønnen Danamunt har nemlig, frygtende den Ulykke som vilde overgaa Hedningerne ved at tabe slige Kjæmper som Karvel og Sodome, ladet skjule væbnede Mænd i en Skov ude paa Øen, og disse skulle da overmande Karlot og Oddgeir, dersom disse gaa af med Seieren i Tvekampen (21). Før Kampen begynder, gjør Karvel Oddgeir opmærksom paa Gloriants Deilighed, der overværer Holmgangen, og tilbyder, dersom han vil træde i Ammirals Tjeneste, at give ham (hende og) Landene Persia og Choruskana og alt, hvad dertil hører. Oddgeir svarer, at han er sendt hid af Karl Magnus for at tilbageerobre hans Arvelande, og at han for Gloriants Skyld skal byde ham en skarp Dyst. De hugge nu dygtig løs paa hinanden og maa tilsidst begge stige af Hestene og hvile sig (22). Kong Sodome rider nu mod Karlot paa sin Hest Bruant og erklærer ham strax for overvunden, og tilføier, at det er en Taabelighed af hans Fader saaledes at ville udsætte Frankrigs Arving for den sikkre Undergang. Karlot svarer, at Sodome udtaler sit eget Hjertes Ønske, men ikke den sande Sammenhæng, han lægger til, at Oddgeir vil vinde Gloriant inden Aften, og han selv vil overvinde Sodome uagtet hans pralende Ord.

Sodome erklærer den for en Niding, som vil tro, at Oddgeir og Karlot skulle seire over Karvel og ham, Karvel, som har beseiret 30 Konger i Holmgang, og kniber det, saa kan han (Sodome) nok hjælpe ham. Karlot mener, han vil faa nok med at hjælpe sig selv, og vil give ham 100 Mark Sølv, dersom han ikke slaar Skjoldet af hans Haand før Aften (23). Oddgeir og Karvel fortsætte paa sin Side Kampen til Fods, og Karvel undgaar, ved at bøie sig tilside, et ødelæggende Hug. Efter en længere Ordvexling kløver Karvel Oddgeirs Skjold, og forestiller ham det unyttige i at fortsætte Kampen, da hans Sværd er af den Beskaffenhed, at dets Saar ere ulægelige, opfordrer ham til at gaa ham til Haande og modtage Halvparten af det Rige, han kort før havde tilbudt ham, og dertil skal han faa Gloriant med en stor Medgift. Oddgeir svarer, at det vilde være skammeligt af ham at svige Karl Magnus, og at Gloriants Fader begik en Daarskab, da han anbetroede hende til ham, som kun kan være hende til liden Hjælp, da han snart knap vil have nok for sig selv, og for hendes Skyld vil han give ham kort Fred, og derfor maa han nu tage sig vel i Agt, da han kun vil have kort Tid til at gjøre Gjengjeld. Kamppladsen oplyses af de Ædelstene, som hugges af deres Skjolde og Hjelme (24). Kampen fortsættes ligeledes mellem Karlot og Sodome, og den første hugger af den sidste den venstre Side af Ansigtet fra Øiet ned i Hagebenet, med den Ytring, at nu har han lettet hans Mænd Arbeidet, thi nu behøve de ikke herefter at rage hans Skjeg paa den venstre Kind, og han vil see forfærdelig ud, naar han i Aften fremstiller sig for Kong Ammiral. Sodome beder ham oppebie Enden før han roser sig af Seieren (25). Kampen mellem Karvel og Oddgeir er nu paa det heftigste. Karvel erkjender, at Oddgeir er den tappreste Mand, han har bekjæmpet, og beder ham om Udsættelse med Striden til den følgende Dag, hvorved han vil erhverve sig Ammirals Erkjendtlighed. Oddgeir afslaar dette, med mindre han vil erklære sig overvunden, overgive sine Vaaben og følge ham til Karl Magnus. Hertil svarer Karvel Nei, og vil atter begynde Kampen, da han føler sig raskere end Hjorten og grummere end Løven. De hugge nu igjen løs paa hinanden, og faa begge saa mange Saar, at de næsten ere ukampdygtige. I dette Øieblik kommer Kongesønnen Danamund frem af sit Skjul i Skoven med 30 Riddere og anfalde Oddgeir og Karlot, men Karvel og Sodome nedlægge Vaabnene, og ville ikke deltage i dette Overfald, der skeer imod deres Villie (26). Karlot og Oddgeir forsvare sig tappert og de fleste af de 30 ere faldne. Den bedste Ridder blandt Hedningerne, Morlant, anfalder Oddgeir og er nærved at overmande ham, da Karlot kommer til Undsætning og hugger Hovedet af Morlant. Imidlertid ride atter 40 hedenske Mænd frem og fortsætte Kampen. Karlot rider nu paa Opfordring af Oddgeir ud i Tiberen, hvor han bliver optagen i en Baad af Karl Magnus's Folk og ført over Elven (27). Oddgeir maa nu tilsidst, efter at have fældet Halvparten af sine Modstandere, bukke under for Overmagten og tages til Fange. Der fortælles om Danamund, at han ikke turde komme Oddgeir nær, saa længe han havde sine Vaaben i Haanden (28). Karlot kommer nu til sin Fader og beretter, at Oddgeir er svegen og fangen af Hedningerne. Karl Magnus beklager sig herover. Karlot trøster ham, og tilbyder sig selv fjerde med udvalgt kjækt Mandskab at rive ham ud af Hedningernes Hænder. Franskmændene ytre sine Betænkeligheder ved dette Foretagende, da Oddgeir er omgiven af mange tusinde Hedninger, og mene, at man maa gaa meget forsigtig til Værks. Hertug Nemes og mange kloge Mænd med ham indrømme det farlige herved, da mange Hundrede ville opofres før man faar Oddgeir fat, men de tilraade dog den dristige Daad, da Oddgeir under lignende Omstændigheder vilde have handlet paa samme Maade (29).

Hedningerne bringe nu Oddgeir til Rom, afføre ham hans Vaaben under et Olitventræ, og alle hedenske Folk, Tyrker, Torkobus og Friser, beundre ham. De føre ham frem for Kong Ammiral, og forlange Hævn over ham for alle deres Slægtninger, som han har dræbt. Ammiral svarer, at han ikke vil lade ham løs for al Verdens Guld. Karvel kommer nu til Kong Ammiral og beklager sig over Danamunds Forræderi, og beder Kongen om at lade Oddgeir i Fred drage hjem til Kong Karl Magnus. Da Ammiral afslaar denne Bøn, erklærer Karvel, at han ikke maa vente nogen Bistand af ham eller de tusinde Riddere, han har under sin Befaling, med mindre han skjenker Oddgeir Friheden. Kongen bryder sig kun lidt om hans Trudsler (30). Karvel rider nu forbitret til sit Telt, befaler sine Mænd at væbne sig for med Magt at befri Oddgeir. Rodan, Konge i Egypten, beder ham ikke at forhaste sig, men tæmme sin Vrede til den følgende Morgen, og forsøge om Kong Ammiral muligens da kan have betænkt sig, men hvis han fremdeles nægter Oddgeir Friheden, da kan han opsige hans Venskab og siden gribe til de Midler, han finder passende, hvortil alle hans Mænd ville understøtte ham (31). Hedningerne beundre Oddgeir for hans Belevenhed. Kongedatteren Gloriant kommer til og taler venlige og opmuntrende Ord til ham, derpaa beder hun sin Fader om at give ham fri. Danamund, hendes Broder, overfuser hende herfor, og ytrer, at han skulde hugge hende op i smaa Stykker med sit Sværd, hvis han torde for Kongen. Kongedatteren tiltaler ham igjen og beskylder ham for Praleri og Feighed, uagtet han var saa mandstærk, vovede han ikke at gaa Oddgeir under Øine, saa længe han havde Vaaben i Haand. Kongen befaler to Skjoldsvende under Livs Fortabelse at passe vel paa Oddgeir (32). Karvel kommer nu tidlig om Morgenen til Kong Ammiral, erindrer ham om de Tjenester han har gjort ham i Krige og Tvekampe, og beder ham at lade Oddgeir drage bort i Fred. Kongen svarer, at han ikke før slipper løs, end Paris og Orliens ere indtagne. Karvel forestiller ham det unyttige i at nære saa stolte Tanker, og at Franskmændene allerede betragte ham som overvunden, og gjentager sit Forlangende med Hensyn til Oddgeir. Kong Ammiral svarer nu, at han den følgende Morgen tidlig vil lade ham hænge. Han byder derpaa sine Mænd reise en Galge. Karvel skynder sig nu afsted til den franske Leir, hvor man forbauses over at see ham og forud glæder sig til at hævne Oddgeir paa ham. Han stiger ikke af Hesten før ved Karl Magnus's Telt, hvor han tilkjendegiver denne, at han frivillig har indfundet sig, for at fralægge sig Mistanken om at have nogen Del i det svigefulde Anslag mod Oddgeir, og at han vil underkaste sig samme Behandling, som maatte falde i dennes Lod. Karl Magnus ønsker ham velkommen og anviser ham hæderligt Sæde (33). Hedningerne ere imidlertid blevne fortvivlede over Karvels Bortfærd, mere end 20 Tusinde Riddere begive sig hen til Kong Ammiral og fordre Ret og Retfærdighed af ham, og at han skal lade Oddgeir drage til Karl Magnus. En Konge ved Navn Galatien fraraader dette, og beder ham ikke slippe Oddgeir løs, da han altid, som hidtil, vil tilføie hans Mænd Skade. Kong Sodome derimod, som havde kjæmpet med Karlot, siger ham imod, tilføiende, at Kong Ammiral har en for stor Kjærlighed til Galatien, der nylig har ombragt 3 af hans ypperste Høvdinger, og lagt Planen til den brave Constants Drab og selv holdt Bækkenen, da han blev aareladt, hvilket voldte hans Død; Karvel er derimod saa ædel en Mand, at han heller selv vil lide

Døden end svige Nogen. Sodome gaar derpaa hen og slaar tre Tænder ud af Munden paa Galatien. To Konger og fire Hertuger lægge sig imellem og forhindre videre Slagsmaal. To Konger, Rodan og den gamle Geosner, og alle de bedste Høvdinger træde nu frem for Kong Ammiral og bede ham om at kalde Karvel tilbage og give Oddgeir fri. Ammiral svarer, at om de end alle forraade ham, skal han inden en Maaned have samlet ligesaa stor en Hær som dem, og han vil da overvinde Karl Magnus og underlægge sig alt hans Rige (34). Karvel er nu i Karl Magnus's Hird vel anseet. Han opfordrer Karl Magnus til hver Dag at kjæmpe med Hedningerne. Nemes giver Karvel Ret heri, Kongen stemmer selv i med og bliver saa indtaget af Karvel, at han opfordrer ham til at tro paa Gud og opgive Hedenskabet. Karvel svarer, at han heller vil lade sig partere Led for Led, end opgive sin Gud Maumet. Karlot ruster sig nu og sine Folk og drager mod Rom med 40 Berserker og ledsages af Karvel. De standse ved en liden Skov. Kongen sender til yderligere Forstærkning 100 Riddere efter dem. Hedningerne blive dem var og ride dem i Møde, der opstaar en Kamp, hvori stort Mandfald, Hedningerne drives tilsidst paa Flugt og flygte forbi et Slot i Udkanten af Rom. Gloriant seer herfra Karlot forfølge Danamund, hun tiltaler Karlot, spørger ham efter Karvel, siger at denne var hendes Kjæreste, men at hun nu har slaaet op med ham, og at dette er hans egen Skyld, hun beder ham ogsaa sige Karvel, at Oddgeir er i hendes Varetægt og har det godt. Hun raader ham derpaa at fly, da 20 Tusinde Hedninger snart kunne ventes. Karlot drager tilbage med sine Folk, hvilket han efter udført Daad uden Skam kan gjøre. Danamund tilskriver Karvel det lidte Nederlag (35).

Kong Ammiral faar nu Underretning om, at en stor Hær er kommen til Undsætning af Folk, der kaldes Robiani og Barbari, og en Konge Feridans af Cordes, samt en Høvding Sveif (Svef) fra Mongandium, de have landet i Baor (Bera) i Apulien, og have utallige Dromunder og Galeier, og de ere barske og uforfærdede, og deres eneste Frygt er, at Kong Karl Magnus ikke skal vove at oppebie deres Komme. Danamund reiser sig og anseer en saadan Frygt for ugrundet, han kjender Karl Magnus af Erfaring, han har holdt 3 store Slag imod ham og i hver af dem mistet 20 Tusinde, og vil ikke indlade sig paa det fjerde, det er derfor hans Raad, at hans Fader vender tilbage til sine Lande og ikke spilder mere Blod. Ammiral svarer, at den, som er saa feig, kan ikke være hans Søn, og naar han har erobret Frankrig og Karl Magnus's øvrige Lande, skal Danamund ikke faa saa meget som en Døit deraf. Danamund fralægger sig nu Beskyldningen for Feighed; der er en halv Maaneds Færd fra Rom til Mundiufjeld, ligesaa langt derfra og til Paris, dernæst er det en lang Vei til den hellige Martins Borg og Briterne ere vaabendygtige Mænd. Dersom han nu, tilføier han videre, befandt sig paa Nordland ved Andres Stuen eller et andet godt Sted, skulde han love aldrig at komme til Rom eller til Antiochia, og heller ikke til Apulien eller Miklagard. Han er ingen Kujon, han har prøvet de Franske, og veed, at ingen Mænd i Verden ere større Helte end dem. Under denne Tale indtræffe de Mænd, hvis Ankomst er bleven forkyndt. Kong Ammiral gaar ud af Staden for at møde dem og takke for deres Komme. Deres første Spørgsmaal gjælder den hvidskjeggede Karl Magnus. Ammiral svarer, at han er færdig til Kamp. De ansee dette for en glædelig Tidende, det er intet de mere attraa end at slaas med den Gamle, og han skal aldrig have havt en varmere Dyst, hvis han holder Stand mod dem (36). Ammirals Hær har nu faaet en betydelig Tilvæxt. Der er kommen en Konge Burnament, der har 20 Tusinde Krigere med sig. Han har tilbragt sit Liv i Krig,[1] og hans Mænd kunne ikke undvære Strid, have de ingen ellers at kjæmpe med, slaas de indbyrdes. Efter at have bivaanet 'Ammirals Husthing, gaar Burnament til sit Telt og væbner sig. Det lyser af hans Brynje som af de herligste Ædelstene, hans Hest Bifolen er den ypperste og har fire Gange kastet sine Tænder, den svømmer paa Vandet ligesaa godt, som den løber paa Land. Han svinger sig op paa sin Hest, og standser ikke, førend han er kommen over Tiberen. Imidlertid have tre af de franske Høvdinger, Hertug Nemes, Jarl Edelun og Jofrey, været paa Jagt med Falke og have fældet en hel Kløvbyrde af Fuglevildt. Da disse nu fare hjem, møder Burnament dem, og der begynder en Kamp mellem ham og Jofrey, hvori denne kastes til Jorden og mister sin Hest. Nemes og Edelun forfølge nu Burnament, men kunne ikke indhente ham og vende tilbage til sine Telte. Syv Hundrede unge Riddere, deres Følge, som imidlertid ere blevne tilbage i Skoven, see nu Burnament ride afsted med Jofreys Hest, sprænge efter ham og tage Hesten fra ham, og han slipper med Nød og Neppe derfra. Burnament møder nu paa sin Vei en ung Mand, hvis Hest han bemægtiger sig. Onde Vætter, rene Djævler, vare farne i Burnaments Hest, og derfor kunde de Franske ikke indhente ham. Han standser først i Rom. Ammiral spørger om Nyt. Burnament svarer, at han har dræbt to kristne Riddere og taget to af de bedste Heste i den franske Hær, og vil nu vise ham den ene, da den anden er løbet fra ham. I sin Glæde priser Ammiral hans Tapperhed og giver ham sin Datter Gloriant, og lover ham Frankrig, da han seer, det vil være ham en let Sag at vinde det. Burnament modtager hans Handske som Pant og takker ham for Gaven. Karvels Hirdmænd beklage, at deres Herre Karvel skal være uvidende om, hvad her foregaar, og at den danske Mand ikke skal være fri, thi han vilde ellers vide at haandhæve Karvels Ret imod Burnament (37). Oddgeir og Kongedatteren spille Skak, da en Hirdmand kommer at berette dem dette. Oddgeir beder Gloriant om at skaffe ham en Samtale med Kongen, for at han kan kundgjøre for ham og den hele Hær, hvor uberettiget Burnament er til en saadan Gave. Kongedatteren begiver sig til sin Fader (38). Kongen hilser sin Datter venlig, og siger hende, at han nu har bestemt hende for den tappreste Konge. Datteren ytrer Tvivl om, at Karvel vil optage dette vel, og spørger derpaa, hvor denne tappre Konge er. Burnament træder da selv frem og besvarer dette Spørgsmaal, og lover hende i Morgengave Frankrig og den overvundne Karl Magnus. Pigen erklærer dette for en god Gave, dersom han magter den, men fortæller ham derpaa, at hendes Fader har en af Karl Magnus's Mænd som Fange, der ikke vil vige en Fodsbred for ham paa Kamppladsen. Burnament vil da udbede sig af Ammiral Lov til at kjæmpe med denne Mand, for den Kjærligheds Skyld han bærer til hende, og lover at bringe hende hans Hoved. Hvis han gjør det, samtykker Kongedatteren i at giftes med ham. Gloriant beder nu sin Fader om at samtale med Oddgeir, og ytrer Haab om at han muligens kan lade sig bevæge til at antage deres Tro. Kongen gaar ind herpaa og sender syv Mænd efter Oddgeir[2] (39).

[1] *B tilføier yderligere om ham:* Han var stor af Væxt og ond af Sind, sort af Haar og Hud, han spiser al Mad raa og drikker sin Vin altid blandet med Blod; han havde gule Øine som Kattene, og saa bedre om Natten end om Dagen. Han var fuld af Galder, Kogleri og Falskhed, og kom han her til Norden, vilde han blive kaldt et Trold.

[2] *B giver her følgende Skildring af Oddgeir:* Han var større af Væxt end andre Mænd, havde et lyst og mandigt Ansigt, rødgult krøllet Haar; han var saa stærk, at hans Kræfter aldrig svigtede ham, naar han havde med naturlige Mennesker at bestille, han var rask og kjæk i al Kampfærdighed, det være nu i Turnering eller Tvekamp.

Oddgeir træder nu frem for Kong Ammiral, og bebreider ham hans utilbørlige Fremfærd mod Karvel, uagtet dennes store Fortjenester, og spaar ham, at den, han har givet Gloriant til, skal komme til at betale hende dyrt, og han selv skal hævne det, hvis ingen anden vil. Burnament byder sig nu til at kjæmpe om Gloriant med ham paa den Ø, hvor Holmgangene holdes. Dette blive de da enige om, seirer Oddgeir, skal Karvel beholde Gloriant, seirer derimod Burnament, skal Karvel opgive alt Krav paa hende (40). Oddgeir sender derpaa Svenden Remund til Karvel for at underrette ham om Tvekampen og dens Aarsag; Karvel udbeder sig nu Orlov af Karl Magnus at drage til Rom (41). Karvel træffer sine Frænder og Venner, beklager sig for dem over Ammirals Færd. Da han kommer til denne, bebreider Ammiral ham, at han har fornægtet Maumet. Karvel benægter dette, og udbryder i Bebreidelser mod Burnament, at han vil tage hans Fæstemø fra ham, og spaar ham ilde derfor. Burnament svarer, at han nu intet har med ham at bestille, da Oddgeir har overtaget Kampen for ham. Der gaar nu Bud efter Oddgeir (42). Karvel væbner nu Oddgeir til Tvekampen og giver ham sit Sværd Kurtein. Karl Magnus sender Mænd ind i Skovene ved Kamppladsen for at forebygge Svig fra Hedningernes Side (43). Burnament ruster sig, og saa snart han fuldvæbnet er stegen paa sin Hest, kommer Kongedatteren Gloriant til og beder ham at skaane Oddgeir. Han lover for hendes Skyld at spare Oddgeir og bringe ham levende til hende. Kongedatteren svarer, at i saa Fald skal deres Bryllup feires. Da han vel er reist, beder Gloriant til Gud, at han aldrig maa komme igjen (44). Tvekampen begynder nu, og de strides en Stund med vexlende Held, dog tilsidst maa Burnament bukke under, og Oddgeir faar hans Hest og Sværd. Oddgeir binder Burnaments Hoved ved sine Sadelremme og bringer det til Karvel og Kongedatteren (45). Karvel begiver sig nu til Kong Ammiral og viser ham Hovedet, han raader ham at drage hjem til Babilon og opgive Striden med Karl Magnus, han for sit Vedkommende er fast bestemt paa aldrig at kjæmpe mod denne eller hans Mænd, i modsat Fald truer Karvel med at ville slaa sig paa Karl Magnus's Parti imod Ammiral. Denne er villig til at følge hans Raad. Ved Afskeden erholder Oddgeir prægtige Gaver baade af Ammiral og Gloriant, han ledsages af Karvel til Karl Magnus, og denne og Pave Milon møde ham i en høitidelig Procession og føre ham til Leiren (46). Paven bestræber sig for at omvende Karvel til Kristendommen, men han vil dog ikke svigte Maumet og Ammiral, hvorvel han indrømmer den kristelige Religions Fortrin (47). Imidlertid kommer en Udsending med et Brev fra Gloriant til Karvel, hvori han underrettes om, at Kong Feridan af Cordes med sin Hær om Natten har overfaldt og myrdet hendes Fader Kong Ammiral, og beder ham ile hende til Hjælp. Oddgeir og Karlot love ham strax Bistand, og han gaar nu at melde Kong Karl Magnus denne Tidende (48). Kongen tilbyder sig at drage afsted med hele sin Hær. Karvel afslaar dog dette Tilbud, og erklærer sig fuldkommen tilfreds med Oddgeirs og Karlots Hjælp. Han har havt en Drøm, hvori det forekom ham, at han skjød tre Pile mod Rom, og at alle tre faldt ned paa det høieste Taarn af det Hus, hvor Kong Feridan og hans mægtigste Mænd holdt til, og det syntes ham, at Ild brød ud der, hvor Pilene vare faldne, og som han vaagnede, spillede Flammen over alle Husene. Denne Drøm udtyder han paa sig og sine to Venner. Med Kongens Samtykke ruste de sig alle tre (49). De ride nu afsted med 3 Skjoldsvende. Paa Veien faar de Underretning af en Ridder om, at Kong Ammiral er falden, Kongedatteren tagen til Fange af

Kong Feridan af Cordes, og Danamund haardt saaret. Ridderen, som bringer denne Tidende, styrter af Udmattelse død af Hesten. De ride nu raskt til, komme til Stedet, hvor Slaget staar, og ved deres Hjælp faar Danamund nu Overvægten over Kong Feridan. En Mand fra Damaskus, Jaskomin, havde først baaret Vaaben paa Ammiral, han har rost sig af, at han aldrig viger for nogen. Hans to Sønner Zoilos og Zabulon ere haardføre og drabelige Mænd (50). Mellem disse tre og Karvel, Oddgeir og Karlot udspinder der sig en Kamp, hvori Jaskomin og Zoilos fældes, men Zabulon flygter til Kong Feridan og beretter sin Faders og Broders Død (51). Zabulon maa nu høre ilde af Feridans Mærkesmand Svef for sin Flugt; han tager til Gjenmæle med grove Ord og bliver dræbt af Svef. Kong Feridans paalægger Svef at bøde dette Drab med en eller anden Bedrift, da han i modsat Fald vil fratage ham Banneret (52). Svef rider nu imod Danamunt og fælder ham. Karvel vil hævne Danamunt og opfordrer Svef til Kamp, men denne vender om og vil ride tilbage til Feridans. Karvel hugger efter ham og fælder Hesten under ham, og ender ikke før han har gjort af med ham selv (53). Oddgeir fælder nu Kong Feridans, og dennes Hær flygter. De storme det Kastel, hvor Gloriant sidder indespærret og befri hende, derpaa ride de ind i Staden, hvor Kong Feridans Hær gaar Karvel til Haande. Karvel drager med Gloriant til Babylon, hvor han tages til Konge. Oddgeir og Karlot drage tilbage til Paris, og Oddgeir var nu Kong Karl Magnus's Bannerfører, saa længe de begge levede, og er der mange andre Fortællinger om Oddgeir (54).

IV.

Turpin, Erkebiskop af Reins, skrev efter Opfordring af Leofrandus, Decanus af Achis, Historien om Spaniens Befrielse fra Saracenerne ved Keiser Karlamagnus. Da Apostelen Jacobus, som først havde prædiket Kristendommen i Spanien, var bleven henrettet i Jerusalem, bragte hans Disciple hans afsjælede Legeme til Compostella i Spanien, og understøttede af hans Mirakler kristnede de hele Landet. Efter lang Tids Forløb blev dette erobret af Saracenerne og Moabiterne, som næsten aldeles tilintetgjorde Kristendommen.

Efter mange Krige vil Karolus Magnus for Fremtiden give sig og sit Rige Ro; men medens han grubler over Synet af en underlig Stjerne, aabenbarer Apostelen Jacobus sig for ham i Drømme og opfordrer ham til at befri Spanien fra Hedningerne og lover ham sin Bistand. Keiseren beslutter nu at bekrige Saracenerne (1). Efter at have rustet sig, rykker han ind i Spanien mod Pamphilonia. Han beleirer den forgjæves i tre Maaneder; men da han nu anraaber Gud og St. Jacobus om Hjælp, styrte Murene ned. De Omboende underkaste sig. Keiseren drager til Compostella og stikker sit Spyd i Pexotium mare. Derefter undertvinger han det øvrige Spanien. Byen Lucrina falder, efter tre Maaneders Beleiring, paa samme Maade som Pamphilonia. Keiseren lyser Forbandelse over Byen, hvorefter en stinkende Kilde fremspringer paa dens Sted. De af Spaniens Indbyggere, som ikke ville lade sig

---

[1] *A tilføier her:* Keiseren lader sønderbryde alle de hedenske Billeder han finder i Spanien, undtagen Billedet Salamcadis i Byen Cadis. Det staar paa Stranden paa Toppen af en Obelisk, og er støbt af „Latun" i menneskelig Skikkelse med en Kølle i Haanden. Dette Billede har ved Maumets djævelske Kunster faaet flere overnaturlige Egenskaber: det kan ikke sønderbrydes af Mennesker; en Kristen, der kommer i dets Nærhed, bliver syg, men en syg Saracener, som tilbeder det, bliver helbredet; dersom en Fugl sætter sig paa det, dør den strax; det mister sin Kølle, naar den Frankerkonge er født, som skal kristne hele Landet, hvorfor Saracenerne flygte fra Landet, naar de se den falde.

døbe, blive dels dræbte dels gjorte til Slaver. Efter tre Aars Ophold i Landet beslutter Keiseren at vende tilbage (2). Keiseren vender tilbage til Frankrig, beslutter at bygge en Kirke i Paris for St. Jacobus og skjænker Gaver til St. Dionisii Kirke (3). Natten derefter vaager Keiseren i St. Dionisii Kirke under Bøn for de Faldnes Sjæle. Da han er falden i Søvn, aabenbarer St. Dionisius sig for ham og trøster ham med, at han ved St. Jacobus's Forbøn har erhvervet Aflad for alle dem, der ere faldne eller skulle falde under Keiserens Krig i Spanien. Keiseren opfører Kirken for St. Jacobus og drager til sin Residents Aqvisgranum. Han opfører flere Kirker og Klostre (4).

I Afrika hersker Kong Agulandus, under hvem 20 andre Konger ere skatskyldige. En Del Folkeslag opregnes, som adlyde hans Scepter. Han har tilstaaet sin Søn Jamund kongelig Krone og eget Hof, men uden Andel i Regjeringen (5). I ungdommeligt Overmod har Jamund taget i sin Tjeneste Mænd, der ere ligesaa unge og ubesindige som han selv, ja endog saadanne, som Faderen har jaget af sin Tjeneste. Imidlertid erfarer Agulandus, at Karl Magnus har erobret Spanien. For det sammenkaldte Raad erklærer han, at han for at skaffe sin Søn Jamund et eget Rige agter at erobre baade Spanien og Italien og gjøre Rom til hans Hovedstad. Sine fire fornemste Guder, Machon, Maumet, Terrogant og Jupiter, vil han medtage paa Toget, men først sende dem til Arabia for at faa dem udstafferede paa tilbørlig Maade. Stærk Akklamation i Raadsforsamlingen (6). Agulandus sender Guderne til Arabia. Den utaknemmelige Jamund har Intet imod, at hans Fader rager Kastanierne af Ilden for ham; han tænker endog paa at benytte Faderens mulige Nederlag til at bemægtige sig hele Riget, som han mener Faderen ikke under ham (7). Agulandus gjør stor Stads af de fra Arabia tilbagekomne Guder, og indskiber dem med sin Hær. Jamund er med; men de egentlige Hærførere ere Kongerne af Arabia, Alexandria, Bugie, Agapia, Marab, Mariork, Mecque og Sibil (8). Agulandus ankommer til Spanien og udrydder Kristendommen i Landet. Grundene til, at St. Jacobus ikke bedre bevarer Spanien, som Keiseren ved sin Afreise har givet i hans Værn, ere: 1) at Keiseren endnu ikke har havt al den Møie for Spanien, som den Krone fortjener, der venter ham i Himmelen, 2) at endnu ikke alle de have ofret sit Liv for St. Jacobus og Kristi Hus, som Apostelen har bestemt, 3) at der er for fuldt af Hedninger i Afrika, og at deres Antal derfor bør formindskes (9). Keiseren erfarer i Aqvisgranum den bedrøvelige Tidende, og sammenkalder alle sine Vassaller med deres Styrke. Førend endnu alle ere samlede, beslutter han at rykke ind i Spanien, for der at oppebie de øvrige, da formentlig allerede hans Nærværelse vil noget standse Hedningernes Hærtog i Landet (10). Keiseren bryder op med følgende Høvdinger: Erkebiskop Turpin af Reins, hvis særegne Kald det er at døbe, indvie Kirker og lære; Hertug Milun af Angler, Keiserens Svoger, som Chef for Livtropperne; Grev Rollant af Ornonia, Keiserens Søstersøn; Grev Oliver af Gebene; Kong Arastagnus af Brittania; Hertug Engiler af Aqvitania; Oddgeir danske; Hertug Nemes af Bealuer; Kong Gundobol af Frisia; Lanbertus af Biturika; Hertug Samson af Burgundia; Grev Eystult af Lingunia. Med disse rykker Keiseren ind i Benona, hvor han vil oppebie Forstærkning (11). Under Keiserens Ophold i Benona giver en døende Ridder Romaticus en anden Ridder det Hverv at sælge hans Hest og give Pengene til de Fattige for Romaticus's Sjæl. Ridderen sælger Hesten, men bruger selv Pengene. Romaticus aabenbarer sig for Ridderen i en Drøm og siger, at ved hans Død havde Gud for hans Almisses Skyld allerede tilstaaet

V

ham Syndsforladelse; men da denne Almisse ved Ridderens Uredelighed ikke er kommen de Fattige tilgode, saa har Romaticus maattet være i Pine indtil da; nu har dog Gud bestemt, at Ridderen skal komme i Romaticus's Sted og denne i Paradisets Hvile. Ridderen vaagner med Forfærdelse og fortæller sit Syn. Da forsvinder han pludselig, under rædsomme Toner fra Luften. Efter 12 Dages Forløb gjenfindes paa et Bjerg, tre Dagsreiser derfra, hans knuste Legeme, nedstyrtet af de urene Aander, der have taget hans Sjæl. Heraf kan man se, hvor stor Synd det er, af Begjærlighed at bemægtige sig de Almisser, som Nogen giver Klostre eller Fattige for sin Sjæl, idet Almissen da heller ikke kan komme Giveren tilgode; og at det er af yderste Vigtighed, at den bestemte Sjælegave udredes snarest muligt, fordi Sjælen maa pines saa længe, indtil Gaven er fuldbyrdet (12). Agulandus erobrer et fast Taarn. som Jamund skal tage i Forvaring. For det Første drager dog denne med Faderen, som gjør Holdt paa en stor Slette ved Floden Segeda. Her hører han, at Keiseren er i Baion. I Krigsraadet stemme Ulien og Madequin for strax at rykke imod Frankerne; men efter Balams Raad beslutter Agulandus at sende en Gesandt til Keiseren for at opfordre ham til Underkastelse, og vælger dertil Balam (13). Balams Gesandtskab mislykkes, men Keiseren skjænker ham ved Afskeden nogle Heste (14). Balam melder Agulandus Udfaldet af sin Sendelse og ytrer sin Beundring over Keiseren og hans Krigere. Da Agulandus hører, at hans egen Hær er dobbelt saa talrig som Keiserens, bortsender han Jamund med Balam og de fire Guder til det erobrede Taarn (15). Keiseren rykker ind i Spanien. Da han nærmer sig Agulandus's Leir, sender han efter Turpins Raad en Parlementær til Agulandus for at erholde en Samtale. Agulandus samtykker deri; men Begge lade dog sine Hære ruste sig som til Kamp (16). I Samtalen, hvori Keiseren til Agulandus's Overraskelse benytter det arabiske Sprog, søge de forgjæves at overtale hinanden til at forandre Religion. Agulandus foreslaar da, at de skulle lade Kampen afgjøre, hvis Religion der er den rette. Heri samtykker Keiseren paa det Vilkaar, at de kjæmpe paa Holmgangevis, 1 imod 1, 20 imod 20 o. s. v. Da nu tilsidst 1000 have kjæmpet imod 1000, og de Kristne stedse seiret, erklærer Agulandus, at han næste Dag skal antage Kristendommen (17). Agulandus kommer den følgende Dag til de Kristnes Leir og træffer Keiseren tilbords med sit Hof. Agulandus undres meget over, at de Tilstedeværende ere saa forskjelligt klædte og beder Keiseren om Forklaring. Keiseren forklarer, at de med ensfarvede Klæder ere Biskopper og Præster, hvis Kald det er at lære, give Absolution og Velsignelse; de Sortklædte ere Abbeder og Munke, der Nat og Dag bede for Hæren; de Hvidklædte ere Kanniker, hvis Levnet er som Munkenes, men som holde Messer ligesom Presterne. Agulandus mener, at der ikke kan være stor Hjælp i at have et sligt Slæng med, og spørger tilsidst, hvad det er for Folk, som sidde yderst paa den blotte Jord uden Bord eller Dug, med knappe Portioner af Mad og Drikke, og slet klædte. Da Keiseren forklarer, at det er Guds Mænd og Sendebud, nemlig Fattige, af hvilke han daglig bespiser 13 til Erindring om Jesus og hans 12 Apostle, erklærer Agulandus fuld af Uvillie, at det maa være en daarlig Tro, der tillader, at man holder sine egne Folk i Pragt og Overflod, men lader Guds Mænd og Sendebud fortære sin knapt tilmaalte Føde paa den blotte Jord, og at han aldeles ikke vil forlade sin Tro for at antage en saadan Lov. Keiseren søger vel at forklare ham, at det ikke gaar an at traktere Almisselemmer med overflødige Lækkerier og Stads; men Agulandus vil Intet høre derom, og tager Afsked, idet han udfordrer Keiseren til almindeligt Slag. — Efter den Tid lader Keiseren de Fattige, som følge Hæren, nyde bedre Behandling. — De Kristne ruste sig til Kamp, og Aftenen før Slaget sætte de sine Spyd i Jorden udenfor Teltene. Om Morgenen ere mange af disse Spyd beklædte med Bark og Blomster, og efterat Skaftene ere afhuggede lige ved Jorden, opskyder der af Rødderne en hel Skov, der især bestaar af Askelunde (18). I det paafølgende Slag ride de, som bære de blomsterklædte Spyd, i Spidsen. De ere alle bestemte til den Dag at vinde Martyrkronen; blandt dem er Hertug Milun. Keiseren kommer i stor Fare i Kampen, idet Hesten fældes under ham. Da Dagen helder, ophører Slaget. Hedningerne have fanget Hertug Nemes af Bealfuer. Balam, som Jamund har sendt for at indhente Efterretninger, løskjøber Nemes og sender ham med en hvid rapfodet Hest som Gave til Keiseren. Fire Markier fra Rom ere komne til Baion med Hjælpetropper. Balam vender tilbage til Jamund (19). Da Agulandus hører, at Keiseren har faaet Forstærkninger, bryder han op og besætter den faste Borg Agenna. Herhen søger han at lokke Keiseren til et Besøg. Denne lover ogsaa at komme og drager afsted med 70 Riddere. I Nærheden af Agenna forlader han sit Følge og drager forklædt, alene ledsaget af en Ridder, til Agulandus, hvem han melder, at Keiseren er i Nærheden med 60 Riddere for at tale med ham. Derpaa vender han tilbage til sit Følge, uden at blive kjendt af Agulandus, og bryder strax op til sin Hær. Agulandus sender 7000 Mand for at fange Keiseren; men de maa vende tilbage med uforrettet Sag (20). Keiseren bryder nu op med Hæren og berender Agenna. Efter 6 Maaneders Beleiring flygter Agulandus en Nat ud af Byen og begiver sig til Byen Santun ved Floden Karant. Keiseren følger efter, vinder et Slag udenfor Byen og indeslutter den undtagen paa Flodsiden. Ad den Vei flygter atter Agulandus ud om Natten og kaster sig ind i Pamphilonia, som nu er bleven forsynet med nye Mure. Der samler han Forstærkning og oppebier Keiseren, men skammer sig for at melde Jamund Sagernes Stilling (21). Keiseren sender fra Santun en Anmodning til Paven om at komme til Spanien og medbringe Hjælpetropper. Fremdeles tilbyder han alle Frankrigs Trælle og Forbrydere Friheden, imod at de slutte sig til Keiserens Hær. Paven drager fra Italien med mange Tropper, der forøges underveis. Da han er kommen i Nærheden af Keiseren, drager denne ham imøde med sine Tropper og ledsager ham til Leiren. Nu er hans Hær bleven saa stor, at den 2 Dagsreiser i Længde og Bredde ganske skjuler Jorden, og at man 12 Mile vidt kan høre Larmen af Folk og Heste. Derpaa drager Keiseren med hele Hæren mod Pamphilonia. Nogle af Anførerne opregnes. Begge Parter ruste sig til Slag; Keiseren har 133,000 Mand, Agulandus 100,000. Begge dele sin Hær i 4 Afdelinger (22). Agulandus taber Slaget og seiler tilbage til Afrika, hvor han tager Ophold i Byen Visa. Nu kan Jamund, mener han, prøve sig mod Frankerne. 2 Konger, Altomant og Ebraus af Sibil, som ere undkomne af Slaget, have tyet til de nærliggende Fjelde med sine Folk. Derfra drage de om Natten ned paa Valpladsen og dræbe 1000 Mand af de Kristne, som hemmelig have plyndret de Faldne, og drage derpaa til Corduba (23). Keiseren holder Slag med Furra, Herre af Nafaria. Om Natten før Slaget beder Keiseren Gud om et Tegn paa, hvor mange der skulle falde af hans Hær. Om Morgenen have alle de til Døden Indviede et rødt Kors paa Skulderen udenpaa Rustningen. Keiseren holder nu alle disse under Slaget indespærrede i sit Oratorium. Af Hedningerne falder Furra og 4000 Mand, af de Kristne ingen. Men da man aabner Døren til Oratoriet, ere alle de Indespærrede døde (24). Kongerne Ebraus og Altomant, som ere undkomne fra Slaget ved Pamphilonia, samle en stor Hær i Corduba og stevne Keiseren til Kamp ved Byen. Keiseren modtager Udfordringen og drager mod Byen. I Slaget blive de Keiserliges Heste skye ved Saracenernes larmende Krigsmusik og selsomme Udseende, saa at hele Hæren jages paa Flugt, uden at en eneste Franker falder. Saracenerne forfølge dem; men da Frankerne have indtaget en fast Stilling paa et Bjerg, trække Saracenerne sig tilbage. Næste Dag lader Keiseren Hestenes Hoveder ombinde med lette Linduge og deres Øren fylde med Vox, og rykker atter mod Corduba. Saracenerne modtage det tilbudte Slag, men lide Nederlag; 8000 falde, deriblandt Ebraus. Altomant med 2000 Mand kaster sig ind i Corduba, men overgiver sig derpaa og lader sig døbe med hele sin Trop (25).

Saasnart Jamund har modtaget Balams Melding, beslutter han at dele sin Hær i 3 Afdelinger. Den ene anfører han selv, og med ham ere de 4 Guder; den anden sender han længere bort under Anførsel af Balam og Triamodes; den tredie lader han blive til Taarnets Forsvar. De 2 Korpser foretage ødelæggende Streiftog (26). Keiseren, som er beskjæftiget paa en anden Kant af Landet, afsender ved Efterretningen herom, Salomon af Bretland og Droim af Gaskhunia med 30,000 Mand for at iagttage Jamunds Bevægelser. De leire sig ved Bjerget Asprement og udstille en Forpost paa 10,000 Mand paa den anden Side af Aasen, hvor de kunne se Jamunds Taarn (27). Jamund vender netop tilbage fra et Streiftog og støder paa disse Speidere. Stolende paa sin Overmagt angriber han dem, men lider et frygteligt Nederlag. Hans Bannerfører falder, og han selv slipper med Nød ind i Taarnet, idet hans Hest ved en Ridders Hug deles i to Dele, saa at den forreste Del med Jamund falder indenfor Porten, den anden udenfor (28). Seierherrerne bemægtige sig det rige Bytte, deriblandt de 4 prægtigt smykkede Guder. De opreise 4 høie Stænger, binde Rendesnarer om Gudernes Fødder og heise dem snart op, snart lade de dem falde ned, for at de Hedninger, som maaske ere i Nærheden, skulle se deres haanlige Behandling. De spytte paa dem og slaa dem med Stokke og Stene. Derpaa vende de tilbage til Hovedkorpset. Her beslutter man, at Keiseren, naar han kommer, skal bestemme Gudernes Skjebne (29).

Den 100aarige Hertug Girard af Burgundia beslutter at kjæmpe for Kristendommen i Spanien og rykker ind med 15,000 Mand. Iblandt disse ere hans 4 Sønner, Bernard, Aemers, Milun og Girard, hvoraf de to første allerede ere Riddere, og hans to Søstersønner, Boz og Clares. Desuden ledsages han af en Mængde unge Mennesker, som endnu ikke have anlagt Ridderrustning. Han rykker frem mod Jamunds Taarn, og det træffer sig saa, at han leirer sig for det netop Natten efter Jamunds Kamp med Speidertroppen (30). Jamund, som anser Girards Hær for hin Speidertrop, beslutter at hevne sig og ruster sig for at gjøre et Udfald. Girard, som mærker hans Hensigt, giver sine Folk Ordre til under Jamunds Angreb at lokke ham bort fra Taarnet (31). Girard udfører sin Plan, afskjærer efterhaanden Jamund fra Taarnet og falder ham derpaa i Ryggen. Hedningerne tabe Slaget og flygte til Borgen Hamne. Jamund selv kastes af Hesten af Girards Søstersøn Clares og frelser sig med Nød over den forbistrømmende Flod. Girard besætter Taarnet (32). Jamund overøser sine Riddere med Bebreidelser for det tabte Slag, og sender Bud til Balam og Triamodes, at de strax skulle komme med sin Hær til Undsætning. Da Balam hører om Jamunds Nederlag og Gudernes Tab, begynder han at tabe Troen paa Afguderne, og beder til de Kristnes Gud, at han maa blive døbt, inden han dør (33). Balam og Triamodes bryde op, samle store Forstærkninger og forene sig med Jamund. Denne erkjender for Høvdingerne sin Ubesindighed i sit Forhold til Faderen og hans Raad. Han ordner sin Hær, som udgjør 700,000 Mand. De vigtigste Anførere opregnes, deriblandt Kongerne Magon og Alfriant,[1] hvem han betror at vogte Hovedbanneret med 100.000 Mand. Han nærmer sig Asperment og slaar Leir i Dalen nedenunder (34). Droim og Salomon, som af Speiderne erfare Hedningernes Nærmelse, finde det nødvendigt at sende Underretning til Keiseren for at paaskynde hans Marsch; men ingen af Ridderne vil fare den Færd, da de anse den for uhæderlig. Endelig paatager Erkebiskop Samson sig Ærendet (35). Keiseren møder Budet paa Veien og forener sig med Droim og Samson. De 4 Guder overgiver han i Skjøgers Hænder. Disse sammenknytte sine Strømpebaand, gjøre Rendesnarer paa dem og binde dem om Gudernes Halse; derpaa slæbe de dem afsted over Bjerge og Klipper, og tilsidst ind i sine Telte, hvor de knuse dem med Køller og dele imellem sig det Guld og Sølv og de kostbare Stene, hvormed Guderne have været smykkede. Men saa mange ere der om det, at hver kun faar 1½ Penning paa sin Part. Keiseren begiver sig med Oddgeir danske, Hertug Nemes, en flandersk Greve og Bæring bretske op paa Bjergryggen for at undersøge Fiendernes Stilling (36). Girard, som fra Taarnet har seet Jamunds Marsch, bryder op for at følge ham, og kommer under Aspermont, netop som Keiseren og hans Følge har forladt Hæren for at speide (37). Keiseren faar nu Oversigt over Hedningernes Styrke og Stilling, og nærmest ved sig ser han Girards Trop. Da han er uvidende om Girards Komme, antager han dem for Fiendens Speidere og afsender Oddgeir med tre andre Riddere for at iagttage dem nærmere. Girard sender sine 2 Søstersønner og 2 ældste Sønner imod dem. De kjæmpe først med Landser, hvorved Oddgeir kastes af Hesten, derpaa med Sværd, hvorved den flanderske Greve bliver saaret. Da endelig Oddgeir spørger om sin Modstanders Navn, opklares Misforstaaelsen og forvandles til Glæde (38). Girard tilbyder at stille sit Korps under Keiserens Befaling; men denne beder ham selv kommandere det. Imidlertid er Keiserens øvrige Hær kommen efter, og Keiseren ordner dem til Kamp. Flere Anførere og Tropper opregnes (39). Keiserens Udseende og Rustning beskrives (40). Keiseren og Paven holde Taler til Hæren. Girard tilbyder sig at agere særskilt imod den fiendtlige Hovedstyrke (41). Hedningernes forreste Slaglinie under Balam og 4 andre Konger brydes af Huge Jarl, Rollant, Oddgeir og Jævningerne (42). Girard angriber Hedningernes høire Fløi (43). Oddgeir og Arnketil af Normandi søge at komme i Haandgemæng med Jamund, men maa trække sig tilbage (44). Efterat Slaget har varet fra Morgen til Aften, ophører Kampen. En halv Mil er Jorden aldeles bedækket med Lig af Mænd og Heste og med Rustninger. Af de Keiserlige ere 2 Konger og over 40 Grever og Hertuger blandt de Faldne (45). De Kristne holde om Natten Vagt tilhest i fuld Rustning paa Valpladsen for ikke at overrumples. Balam raader Jamund til at trække sig tilbage eller overgive sig; men Jamund stoler paa Overmagten (46). Ved Dagens Frembrud fornyer Jamund Kampen og angriber de 4000 Mand, som have holdt Vagt paa Valpladsen. Oddgeir opsøger Keiseren, melder ham Sagernes Stilling og raader ham til at væbne alle de unge Mænd og Tjenere, som ere i Leiren. Keiseren giver Ordre derom til Leiren og rykker med Hovedhæren frem par

[1] Kaldes senere Asperant.

Kamppladsen. Ridder Samson fælder Kong Bordant og bemægtiger sig Luren Olifant, men falder selv for Jamund, der hænger Olifant om sin Hals (47). Hertug Girard giver en Del af sit Korps Ordre til at sidde af Hestene for bedre at komme frem over de Faldne, og angriber imidlertid selv med 2000 Ryttere. Da Fodfolket kommer til, kaste de den fiendtlige Linie og trænge frem til Hovedbanneret, som er betroet til Kongerne Magon og Asperant. Disse flygte ud af Slaget uden at gjøre Melding til Jamund, og vende tilbage til Afrika. Girard erobrer Mærket og jager Forsvarerne paa Flugt (48). Keiseren og Jamund, der endnu ere uvidende om Girards Kamp, standse en Stund Slaget, medens Kampen fortsættes enkeltvis af nogle Faa, der ride frem foran Linierne. Jamunds Frænde Triamodes fælder Hertug Milun, men falder selv for Miluns Broder Bæring (49). Enkeltkampen fortsættes, og en anden af Jamunds Frænder falder. Jamund søger forgjæves Trøst hos Balam og derpaa begynder han atter Slaget (50). En Ridder melder Jamund, at Hovedbanneret er nedhugget og de to Konger flygtede. Jamund sender friske Tropper mod Keiseren, under Anførsel af Kongerne Salathiel og Rodan. Mange Franker falde for Salathiels Kølle og forgiftede Pile; men han fældes endelig af Oddgeir danske, og Rodan falder for Hertug Nemes (51). Der sker atter Ophold i Slaget. Af Keiserens Hær leve endnu 30,000 Mand. En saaret og blodstænkt Ridder melder Keiseren, at Girard har slaaet den fiendtlige Bannerfylking og nedhugget Banneret (52). Imidlertid ankomme fra Leiren de unge Mænd, som have faaet Opfordring til at deltage i Kampen, samt Tjenere, Kokke og Mundskjænke, anførte af Keiserens Pager Estor, Otun, Engeler og Grelent. De væbne sig med de Faldnes Rustninger og Vaaben og gjøre et voldsomt Angreb paa Hedningerne. Fortvivlet giver Jamund Ordre til Tilbagetog; men paa den anden Side angribes han af Girard, og paa en tredie Kant møder han Keiseren (53). Da Jamund ser, at han er omringet, søger han at slaa sig igjennem, og undkommer selv fjerde. Keiseren selv tilligemed Rollant, Oddgeir, Nemes og 4 Vaabendragere forfølge ham. Da En af Jamunds Følge bliver noget tilbage, standser ogsaa Jamund for at forsvare ham, men maa atter flygte forfulgt af Keiseren. Ved dette Ophold blive de 2 af Jamunds Følge dræbte, og den tredie, Balam, fanget af sin gamle Bekjendt Nemes. Rollant bemægtiger sig imidlertid Nemes's hurtige Hest og sætter efter Keiseren og Jamund (54). Jamund fortsætter Flugten forfulgt af Keiseren; men Jamunds Hest er den hurtigste. Da Jamund kommer til en Kilde, lægger han Sværdet ned og tager Hjelmen af Hovedet for at drikke. Imidlertid indhenter Keiseren ham og kommer imellem Jamund og hans Vaaben. Han tillader ham dog at tage dem igjen, og efter en Ordvexling begynde de at kjæmpe. Jamund saares, men angriber desto hidsigere, og Keiseren udmattes mere og mere. Da Jamund faar se de mærkværdige Stene i Keiserens Hjelm, skjønner han, at Keiseren ikke kan dræbes, saalænge han har den paa. Han faar endelig Tag i Hjelmbaandene, og lidt efter lidt glider Hjelmen af Keiserens Hoved. Keiseren holder fast i Baandene paa den anden Side; men tilsidst er Jamund nærved at vriste Hjelmen fra ham. Nu kommer Rollant til. Da Jamund ser ham, hæver han Sværdet for at kløve Keiserens blottede Hoved; men Rollant knuser hans opløftede Arm med Stumpen af en Spydstage, saa Jamunds Sværd falder ned, og kløver derpaa hans Hoved til Tænderne (55). Keiseren takker Rollant. Denne bemægtiger sig Jamunds Hest, Sværd (Dyrumdale) og Lur (Olifant). Imidlertid komme de Øvrige efter; de give Keiseren Vand og tørre Blodet af hans forrevne Ansigt. Derpaa tildække de Jamunds Legeme med et

Skjold. Keiseren priser Jamunds Heltemod (56). Keiseren vender tilbage og gaar ind i Jamunds prægtige Telt. Teltet beskrives. Keiseren og Paven tilbringe Natten der. Næste Dag lader Keiseren Præsterne besprænge Tropperne, Teltet og alle de Ting, som Hedningerne have havt under Hænder, med Vievand. Medens Keiseren sidder tilbords, forestille Nemes og Oddgeir Balam for ham og beder, at han maa blive døbt. Paven døber ham selv i en dertil opkastet Brønd, og giver ham Navnet Vitaclin efter en af Keiserens forrige Høvdinger. Keiseren løfter ham op af Brønden og iører ham Klæderne. Girard, der har fortsat Forfølgelsen til Mørkets Frembrud, fører sin stærkt sammensmeltede Trop tilbage til Taarnet (57).

Medens Kong Agulandus sidder i Borgen Frisa (Visa?) i Afrika og leger Tavl med Kong Bordant, komme de to flygtede Konger Magon og Asperant berette om sit Nederlag og sin Flugt, men vide Intet at melde om Jamunds Skjebne. Agulandus lader dem gribe og befaler, at hans Høvdinger skulle idømme dem Straf (58). Høvdingerne ere uenige, idet Flygtningernes Frænder søge at faa dem frikjendte eller Dommen udsat, men de Voldsomste fordre øieblikkelig Henrettelse. De Sidste bringe ved Trusler det andet Parti til Taushed, hvorpaa Madequin og Ulien melde Agulandus, at de to Konger ere dømte til at sønderslides af Heste og parteres. Dommen fuldbyrdes (59). Næste Dag ankommer Ridder Valdibrun med 1000 saarede Flygtninger fra Slaget og fortæller om Tabet af Guderne og om Hærens Skjebne indtil det sidste Nederlag, hvorfra han veed at Jamund er flygtet selv fjerde; men om han lever endnu, veed han ikke. Agulandus indskiber sin Hær til Spanien, og lander ved Mundingen af den Flod, som gjennemstrømmer Dalen ved Asperment. Dronningen efterlader han paa Skibene; selv slaar han Leir paa Land og deler sin Hær i 5 Afdelinger (60). Medens Keiseren og Paven sidde i Jamunds Telt uden at vide noget om Agulandus's Landing, træder Vitaclin (Balam) ind og beder Keiseren om en hemmelig Samtale med ham og Paven. Han viser dem nu en Egenskab ved Teltet, som de før ikke have bemærket, nemlig at der oppe under Teltknapperne er en Gulddrage med et Speil, hvori man kan se de Begivenheder, der forefalde i Omegnen. Deri se de nu Agulandus's Landing. Keiseren lader strax Hertug Girard hente, og efter at have komplimenteret ham for hans Bedrifter, viser han ham Speilet. Vitaclin giver nu efter Speilets Anvisning Besked om Agulandus's 5 Korpser og deres Førere: Madequin; Acharz fra Amflor med Manuel; Kalades af Orfanie med Floriades; Eliadas med Pantalas; Agulandus selv (61). Girard raader Keiseren til at gjøre alle de unge Mænd til Riddere. Han antager Forslaget og anmoder Paven om ogsaa paa sin Side at samle Tropper. Paven forlader Leiren for at opfylde hans Forlangende. Keiseren slaar alle de vaabendygtige unge Mænd til Riddere og giver dem adelige Rettigheder, hvorimod de love ham Lydighed og Kamp for Kristendommen. Anførselen over dem giver han sin Søstersøn Rollant. Girard vender tilbage til Taarnet og beslutter ogsaa at give sine unge Mænd Ridderslaget. Sine to yngste Sønner sender han til Keiseren med Anmodning om at slaa dem til Riddere. Keiseren opfylder hans Ønske og giver dem Sværd, Rustning og Forlening (62). Paven kommer tilbage med den samlede Forstærkning, hvorpaa Keiseren bekjendtgjør for Hæren Agulandus's Ankomst, og anmoder Paven om at holde Messe næste Dag. Om Morgenen holder Paven Messe, og hele Hæren nyder Sakramentet og faar Absolution, hvorefter Paven fremtager det medbragte hellige Kors og velsigner Tropperne. Keiseren deler sin Hær i 5 Korpser og beskikker Anførere,

Derefter paalægger han Oddgeir danske at holde Øie med Rollant, om hans ubændige Mod skulde bringe hans Liv i Fare (63). Agulandus undres over, at Jamund ikke lader høre fra sig. Efter en Høvdings Raad sender han Kongerne Ulien og Galinger gamle til Keiseren for at kræve Skat og Underkastelse. Galinger skal bruge Overtalelser og Ulien Trusler, om det behøves. Gesandterne træffe Keiseren tilhest, idet han er færdig med Opstillingen af Hæren, og Galinger fordrer nu i Agulandus's Navn: 1) de 4 Hovedguder hele og ubeskadigede, 2) en Skat af 1000 Heste belæssede med Guld og Sølv samt 3) ligesaa mange smukke Piger, 4) at Keiseren barfodet og i ydmyg Dragt skal indfinde sig hos Agulandus, lægge sin Krone i hans Skjød og knælende give sig i hans Vold. Hertil svarer Keiseren: 1) at han aldrig vil lægge sin Ære og sin Krone i Agulandus's Skjød, 2) at saa meget Guld og Sølv findes ikke i hans Eie, 3) at de unge Piger ere forvarede i faste Borge langt derfra, og at det desuden er utilbørligt at give dem i Hedningernes Vold, og 4) at de 4 Afguder ere blevne sønderknuste af Skjøger. Ulien truer nu med, at Agulandus skal føre Keiseren i Jernlænker med sig til Rom, hvor han vil krone sin Søn Jamund, og til Slutning gjentager han utaalmodig Fordringen paa Skat. Keiseren beder dem da vente et Øieblik, medens han spørger sine Mænd tilraads, og begiver sig til sit Telt. Efter Girards Raad lader han hente Jamunds Hoved med Hjelm og høire Arm med Guldring, og tilkalder Gesandterne for at modtage Skatten. Fornøiede træde de nærmere, men maa nu modtage disse 4 Ting at lægge i Agulandus's Skjød (64). Da Galinger og Ulien nedslagne vende tilbage og passere Hedningernes Hærafdelinger, modtages de med Spørgsmaalene: „Hvorledes lever den tykke Karl Magnus, har han sendt os vore Guder? Have de Kristne underkastet sig vore Love? Gik den strenge Konge gladelig ind paa at betale Skatten, eller hvorfor ere I saa faa i Følge? Vare ikke Hestene færdige? Hvor ere de smukke Piger? Vore unge Mænd glæde sig til deres Favnetag." Gesandterne opirres ved disse Spørgsmaal, der lyde som Spot, men bringe Spørgerne til Taushed ved at vise dem Jamunds Hoved. Endelig ankomme de til Hovedkvarteret og fremtræde for Agulandus, der opfordrer dem til høit og lydeligt at berette Udfaldet af deres Ærinde. Først melder Galinger, at Keiseren har lovet at komme, men kun for at holde Slag. Da dernæst Agulandus spørger om Skatten, fremtager Ulien Jamunds Hoved og kaster det for Agulandus's Fødder, „og til ydermere Bekræftelse," siger han, „bærer Galinger der din Søns Arm." Agulandus falder besvimet ned af sin Throne. Da han kommer til sig selv, spørger han efter sine 4 Guder, derpaa om Keiseren og hans Styrke. Galinger fortæller om Keiserens Udseende, og hvad han har hørt om de Kristnes Gud. Agulandus tager Sønnens Hoved i sit Skjød. Stor Sorg i Hedningernes Leir (65). Efter Gesandternes Afsked giver Girard Keiseren Raad med Hensyn til Slaget; selv vil han angribe der, hvor Leilighed gives. Keiseren giver Tropperne Signal til at søge sine anviste Poster. Paven rider frem med et stort Følge og det hellige Kors. Da hans Riddere nødig ville bære dette, fordi de ønske at deltage i Kampen, træder Erkebiskop Turpin frem i fuldstændig Ridderrustning og tager imod det, hvorpaa han strax begiver sig hen i forreste Slaglinie til Rollant og Oddgeir, der modtage Korset med Ærbødighed. I dette Øieblik sendes efter St. Jakobus's Bøn Keiseren Hjælp fra Himmelen, idet 3 Riddere i skinnende Rustninger og paa hvide Heste fare ned af Fjeldet Aspremont og tage Plads i Rollants forreste Linie ved Siden af Oddgeir danske. Paa Oddgeirs Spørgsmaal nævne de sig Georgius, Demitrius og

LXXIII

Mercurius. Da de love, at Rollant aldrig skal føle Frygt i sit Hjerte, beder Oddgeir dem at beskytte Rollant. Rollant, som hører deres Samtale, tager Plads imellem dem (66). Hedningernes første Slaglinie rykker imod dem anført af Madequin, der rider frem for Fronten for at udfordre Frankerne. Paa Opfordring af Georgius rider Rollant imod ham og fælder ham med Dyrumdale, hvorpaa Oddgeir og de 11 Jævninger komme til, og Slaget bliver almindeligt. Da Turpin kommer med det hellige Kors, forfærdes Hedningerne, saa at deres Slaglinie opløser sig (67). Hertug Girard, der imidlertid har væbnet sin Trop, marscherer bagom Keiserens Hær for fra høire Side at naa frem til Agulandus's Hovedbanner. I en Skov støder han paa Agulandus's Forposter, der trække sig tilbage til Agulandus. Da han bliver urolig ved denne Efterretning, lover Ulien, at han med 20,000 Mand skal fælde hele Girards Trop, inden Solen daler; holder han ikke sit Løfte, maa hans Sporer sættes bagvendte paa ham, Toppen borttages af hans Hest, og han selv blive en Gjenstand for Haan. Agulandus lover ham til Gjengjeld Spaniens Rige som Arv efter Jamund. Da Girard ser deres Marsch, danner han en tætsluttet fast Kolonne og rykker fremad. I Begyndelsen indskrænker hans Trop sig til under Fremrykningen at fælde de nærmeste Angribere; men endelig giver han Ordre til almindeligt Angreb, og Hedningerne lide fuldstændigt Nederlag. Ulien maa efter tapper Modstand trække sig tilbage med Levningerne af sin Trop (68). Efterat Rollant har adsplittet Madequins Slaglinie, angriber han anden Linie, der anføres af Acharz af Amflor. Denne gjør kraftig Modstand. Imidlertid rykker Keiserens anden Linie fremad i Stilhed, anført af Kong Salomon og Grev Huge. Da de høre Kamptummelen, rider Grev Huge forud med 1000 af de bedste Riddere og trænge kjæmpende frem til Oddgeir danske. Medens Kampen raser voldsomst, kommer Turpin med Korset, og dette gjør atter Udslaget, idet Hedningerne lammes af Forfærdelse; og da de ligeledes se Salomons Korps nærme sig, opløses deres Slaglinie i vild Flugt. Anføreren Acharz og de, der ikke ere faldne eller jagede til Skov og Fjeld, optages af tredie Slaglinie. Under Forfølgelsen adspredes Frankerne noget. Rollant, de 11 Jævninger, Oddgeir og Huge og en Del af de Tappreste ere forud for de Øvrige, og da de støde paa Agulandus's tredie Slaglinie under Kalades af Orfanie, angribe de strax. De lide stort Tab ved Hedningernes forgiftede Pile, især miste de mange Heste; men nu kommer Salomon til med 4000 Mand og skaffer dem Heste fra fældede Hedninger. Paa Rollants Opfordring bane de unge Riddere Grelent, Estor, Bæring og Othun sig Vei ind til Hedningernes Banner og nedhugge det; Grelent fælder Kalades. Rollant selv trænger frem til Acharz og fælder ham. Da Oddgeir har tabt Rollant af Syne, hugger han sig med Huge igjennem Trængselen og forener sig med Rollant. I dette Øieblik kommer Turpin med Korset og de tre Guds Riddere; da begynde Hedningerne at vige og tage omsider Flugten. En Levning af dem optages af fjerde Slaglinie under Eliadas (69). Da Rollant har naaet Agulandus's fjerde Linie, ere mange af hans Folk faldne, og de fleste Gjenlevende saarede og udmattede, hvorfor han sender en Ridder til Keiseren for at forlange Forstærkning. Imidlertid ordner han sine adspredte Folk og angriber, med Oddgeir og Huge, i Spidsen for de unge Riddere. Under Kampen kommer først Salomon til, dernæst Droim. Der falde mange paa begge Sider, og de af Frankerne, der have deltaget i Kampen fra Morgenen af, blive meget udmattede. Men nu kommer Turpin med Korset og de tre Riddere, hvorpaa Hedningerne vende sig paa Flugt. Førend Eliadas flygter, fælder han en af Jævningerne, men saares af Rollant. Frankerne forfølge de Flygtende med saadan Hidsighed, at Hestene styrte, hvorefter de fortsætte Forfølgelsen tilfods og sammendrive og omringe en Flok Hedninger; men de kunne ikke angribe for Udmattelse, og Hedningerne vove heller ikke noget Angreb. Imidlertid har Rollants Bud meldt Keiseren Stillingen, da han forlod Kamppladsen, og hvad der til da var udrettet. Keiseren takker Gud og St. Jacobus og drager forud med 5000 Mand, idet han befaler Bannerføreren Fagon at følge efter med Hovedbanneret. Da Keiseren kommer i Nærheden af Rollant, forener denne sig med ham, og Hedningerne flygte. Keiseren spøger med Rollant over hans Uvirksomhed, men erkjender, at han har Grund til at være træt. Næste Dag vil Keiseren selv foretage Angrebet (70). Ulien kommer ydmyget tilbage fra Kampen mod Girard og undskylder sig for Kong Agulandus; kun 3000 ere tilbage af hans 20,000. Agulandus gjør ham bitre Bebreidelser. Derpaa kommer den saarede Eliadas tilbage med 3000 Mand, Levningerne af hans 50,000. Han raader Agulandus til at udstille stærke Forposter paa alle Kanter af Leiren for ikke at overrumples om Natten. Agulandus har endnu næsten 100,000 Mand. Kong Amusten, der af Forbitrelse over sine Frænder Magons og Asperants grusomme Henrettelse længe har havt Forræderi i Sinde, gjør nu Aftale med sine Folk; derpaa træder han frem for Agulandus og tilbyder sig at overtage Vagten paa Veien til Søen, for at ikke Frankerne skulle afskjære dem fra Skibene. Agulandus modtager Tilbudet, hvorpaa Amusten strax bryder op med sin Hær. Saasnart Slaget om Morgenen er begyndt, gaa de ombord, opbrænde de efterladte Skibe og seile med Dronningen tilbage til Afrika. Efter hans Afsendelse opstiller Agulandus 3 andre Hærafdelinger til forskjellige Sider og tilbringer selv Natten ved Hovedbanneret, som er beskyttet af tredobbelte Vagter (71). Keiseren og alle hans Mænd blive holdende til Hest om Natten. Ved Daggry mønstrer Keiseren sine Folk; han har kun 30,000 tilbage, og blandt dem mange saarede; tre af Jævningerne ere faldne. Keiseren vil begynde Angrebet med 4000 udvalgte Riddere og beder Rollant at hvile saa længe; men denne forsikrer, at han er fuldkommen udhvilet. Turpin beder Paven at bære Korset, da han selv ønsker at deltage i den afgjørende Kamp. Først angriber Keiseren Gundruns Korps, og strax indfinde sig ogsaa de tre Guds Riddere. Keiseren trænger frem til Gundrun og fælder ham. Hedningerne, som kjende Keiseren, angribe ham nu fra alle Kanter og fælde Hesten under ham. Han reddes af Bæring bretske, hvorefter der bliver et Ophold i Slaget. Hedningerne, som mene, at Frankerne tabe Modet, angribe paany med stor Hidsighed og Fremgang, indtil Paven kommer med Korset, hvilket atter gjør Vending i Slaget, og Hedningerne fældes eller adsplittes. Dernæst kommer Keiseren til den anden Slaglinie under Moadas (72). Hertug Girard, der med sin Trop om Natten har holdt en liden Dal besat i Nærheden af Agulandus's Hovedbanner, sammenkalder om Morgenen Underanførerne og befaler, at 400 af de stærkeste og bedst bevæbnede Folk skulle stige af Hestene og slutte sig tæt sammen med Skjoldene over Hovedet, i fodside Brynjer og med fældede Spyd, at Rytterne skulle omgive dem i en Halvcirkel, og at de saaledes skulle rykke op ad Høien imod den Klippe, hvorpaa Agulandus's Mærke er, men kun bruge sine Vaaben mod de nærmeste Angribere, og ikke bryde sin Stilling. Agulandus antager dem først for Amusten og hans Korps; men Ulien gjenkjender dem fra Gaarsdagen, og han sendes imod dem med 20,000 Mand. Efterat han forgjæves har forsøgt at standse deres Marsch og bryde deres Linie, trækker han sig tilbage til Moadas's Korps.

Da Hertugen har naaet op under Klippen, lader han alle Rytterne stige af Hestene, hvorpaa de tause, med Skjoldene over sig og fældede Landser, begynde Opstigningen. Denne foregaar med Besværlighed og under Kamp, og Mange falde paa begge Sider (73). Paa den anden Side af Klippen er Keiseren indviklet i en blodig Kamp med Moadas's Korps. Oddgeir, Nemes, Salomon og Bæring bretske bryde ind i de fiendtlige Rækker; men Hestene fældes under dem, saa de maa værge sig tilfods, indtil Rollant med 500 Riddere trænge ind, tage Oddgeir og hans Følge imellem sig og skaffe dem derpaa Heste ved at fælde nogle fiendtlige Riddere. Keiseren, som imidlertid har fældet Kong Abilant, blæser nu i sin Lur. Da hans Bannerfører hører det, rykker han frem til Undsætning med 1000 Mand og overlader Banneret til sin Frænde Remund. Fagon angriber med Voldsomhed Hedningernes ene Fløi og bringer den strax i Uorden og siden paa Flugt, efter at han har fældet Moadas. Ulien, som forgjæves søger at standse de Flygtende, falder omsider for Riker. I dette Øieblik kommer Paven med Korset og de tre Guds Riddere, hvorpaa Hedningerne dels adspredes sig, dels trænge sig sammen om Agulandus's Hovedbanner. Keiseren er nu kommen op under Klippen paa den ene Side, medens Girard har begyndt at bestige den paa den anden Side (74). Da Agulandus ser, at han er omringet, drager han sit Sværd og forlader Mærket for at blande sig i Striden, hvorpaa Girard trænger frem til Mærket og nedhugger det efter en heftig Kamp. Fortvivlet søger Agulandus nu at undkomme paa Veien til Risa, men standses ved et bredt Dige, hvorpaa han atter vender sig mod Kamppladsen. Girard forfølger ham først med en stor Flok, og Keiseren følger efter. Hedningerne stimle om Agulandus for at forsvare ham; men da Hesten fældes under ham, opfordrer han sine Folk til at søge Frelse ved Flugten: selv vil han falde med sine Venner. Kjæmpende tilfods fælder han mangen brynjeklædt Ridder, indtil Keiseren kommer til. Nu falder hele Agulandus's Følge, hvorpaa Keiseren lader Kampen standse og byder Agulandus at antage Kristendommen. Han afslaar det og opfordrer de Kristne til Angreb. Klares saarer ham med et Spyd, og Girard kløver hans Skulder, hvorpaa Rollant afhugger hans Hoved. De Kristne opløfte Seiersskrig (75). Da Slaget er endt, forsvinde de tre Guds Riddere. Keiseren takker Gud og St. Jakobus for deres underfulde Bistand. Da Hæren har hvilet, lader han de faldne Kristne begrave. Derefter reiser han omkring i Spanien, befæster Kristendommen og gjenopfører Kirker og Klostre (76).

V.

Karl Magnus har været paa Hærtog i Spanien tre Aar og beleirer siden Staden Nobilis uden Held. Under denne Beleiring indtræffe Sendebud fra Frankrige, som melde, at Saxernes Konge Guitalin har gjort Indfald i hans Lande, brændt Staden Køln og dræbt Biskop Peter. Kongen ytrer for Rollant, at han aldrig bliver glad før denne Skam og Skade er hævnet. Rollant erklærer, at han ikke for alt Verdens Guld vil forlade den Stad, de nu beleire, før den er indtagen. Ærgerlig slaar Kongen hans Næse til Blods. For denne Fornærmelse havde Kongen kommet til at bøde haardt, hvis ikke Rollant havde taget Hensyn til Slægtskab og den kongelige Værdighed. Rollant bliver efter for at fortsætte Beleiringen, Kongen derimod rykker op med sin Hær og kommer til Køln, hvor han tilbringer en lystig Jul (1). Trettende Dag Jul efter Aftensmaden kundgjør Kongen sin Hensigt den følgende Dag at drage over Rin for med Falke at gjøre Jagt paa Traner, Svaner, Gjæs og andre Fugle i

Saxerkongens Land. Hertug Nemes fraraader ham dette, men til ingen Nytte. En Speider i Hæren iler afsted og underretter Kong Guitalin om denne Plan. Efter først at have betvivlet Sandheden af dette, byder Guitalin tilsidst 30 Tusinde Saxere at skjule sig i Skoven Trabia (Trobat), for der at tage Karl Magnus til Fange (2). Ved Daggry staar Karl Magnus op, hører Messen og drager derpaa med Tusinde Riddere over Rin, hvorefter de stige af sine Heste, lade sine Falke flyve op og fange mange Slags Fugle. Imidlertid kommer Kong Guitalin henimod Middag med sin Hær over dem, han bliver rigtignok kastet af Hesten af Karl Magnus, og hans bedste Ven Amalun fældes af Hertug Nemes, og det ser en Stund misligt ud for ham, dog faar han en ny Hest under sig og opretholdes af sin overlegne Magt. Han opmander nu sine Folk til kjækt Angreb og foreholder dem, at de for stedse ville blive til Spot og Latter for Karl Magnus, dersom de nu med hans ringe Styrke lade ham slippe af Hænderne paa sig (3). Hertug Nemes raader nu Kongen til at trække sig tilbage til en Borg i Nærheden. Dette Raad bliver fulgt, og ved at undersøge sine Folk, opdager Karl Magnus, at han ikke har tabt en eneste Mand eller Hest, Hund eller Høg, men Guitalin derimod har mistet fire Tusinde. Guitalin beleirer nu Borgen og opbyder alt, hvad hans Krigskunst formaar. De Beleirede slaa hans Angreb kjækt tilbage, og saa langt fra Borgen, som en Pil kunde naa, bliver Jorden bedækket med hedenske Lig. Mod Aftenen drager Guitalin sine Folk tilbage til Teltene (4). De Beleirede begynde at lide af Hunger og Tørst, og Kongen tager sig deres Ulykke meget nær, da han maa tilskrive sig selv Skylden derfor (5).

En Dag stiger Karl Magnus op paa Borgtinderne, tiltaler derfra Guitalin og beder ham at tilstede dem Udgang af Borgen, imod at erholde Guld, Sølv og Gisler, og lover at gjøre Gjengjeld, hvis Guitalin en Gang skulde befinde sig under lignende Omstændigheder. Guitalin besvarer haanlig hans Ord, han vil føre ham med sig til Vildefrisland, kaste ham der i det værste Fangehul, hvor han skal forsmægte, underlægge sig hans Rige og paalægge hver Mand der Skat. Karl Magnus stiger nu ned fra Murtinderne, byder sine Mænd væbne sig for at gjøre et Udfald og tilegne sig en Del Levnetsmidler, som han har opdaget bliver tilført Fienderne fra en Fjeldfid. Dette Tog faar et heldigt Udfald, til stor Ærgrelse for Guitalin, som just kommer tilbage fra Jagten i det Øieblik Franskmændene med sit Bytte drage ind i Borgen (6). Karl Magnus begynder nu at tale om, at hans eneste Haab staar til Rollant og hans Hær, og at denne uden Tvivl vilde hæve Beleiringen af Nobilis, dersom han vidste, i hvilken Nød hans Landsmænd befinde sig. En Mand ved Navn Hermoen (Ermen), tilbyder sig at bringe Budskab til Rollant, og dette Tilbud modtages med Glæde af Karl Magnus. Hermoen heises nu tilligemed sin Hest ned fra en Glug paa Borgen, og opdages ikke af Hedningerne før han kommer til Hæren (7). Han slipper heldig igjennem, og bemægtiger sig, før han kommer ud af Fiendernes Leir, en Ridders Hest, som han sætter sig op paa, idet han lader sin egen løbe løs, rider over Rin og standser ikke før han kommer til Køln. Her vækker Karl Magnus's Skjebne megen Deltagelse, især lægger Erkebispen sin Sorg for Dagen. Hermoen faar Erkebispen til at skrive et Brev til Rollant i Kong Karl Magnus's Navn, hvori dennes Nød skildres og Nødvendigheden af Rollants Hjælp fremhæves. Hermoen iler nu afsted og standser ikke før han kommer til Nobilis, og har da sprængt 7 Heste, men har sin egen i Behold. Han træffer Rollant i sit Telt spillende Skak, og overleverer ham Brevet. Rollant lader sin Kapellan læse det. Da han hører

Brevets Indhold, skifter han Farve, bliver snart bleg som Bast, snart rød som Blod. Han byder sine Mænd ruste sig og angribe Staden, og erklærer, at enten skulle de indtage denne, eller ikke komme levende derfra (8).

Rollant stormer nu Staden Nobilis, og Indbyggerne overgive sig. Derefter bryder han op med sin Hær og kommer til Køln, hvor han træffer flere af Karl Magnus's Riddere. Paa Veien derfra møde de den hedenske Høvding Perun, som med en Hær drager til Kong Guitalin, han fældes tilligemed alle hans Folk. Nu støder Pave Milun og Erkebisp Turpin til Rollant, og denne lader nu sammenkalde et Husthing. Her reiser Turpin sig og takker dem for den Hjælp, de ville yde Karl Magnus; han fraraader dem at sætte over Rin, da her hverken ere Vadesteder eller Broer at komme over paa, og Guitalin desuden ligger færdig til at tage imod dem med sin store Hær, tilraader dem derimod at angribe Germasie, den største Stad i Guitalins Rige, og dersom Lykken her er dem gunstig, ville de med Held kunne komme Karl Magnus til Undsætning. Dette vinder Rollants Bifald. Han lader Guitalin underrette om sin Hensigt at angribe Germasie, da han ikke vil gaa lumskt til Værks. Kong Guitalin bliver forknyt herover og raadfører sig med sin Dronning Sibilia om denne Sag. Hun styrker hans Mod ved at minde ham om den Hjælp, han vil kunne vente af sin Søn og sin Broder Elmidan. Guitalin bliver atter trøstig (9). En Mand, Margamar, paatager sig at forsvare Staden Germasie mod Rollant og passe paa ved Vadestederne, at ingen Franskmand skal komme Karl Magnus til Hjælp. Rollant og hans Folk lave sig til at angribe Staden ved Daggry. Imidlertid har Hertug Reiner om Aftenen sat over Floden med 2 Tusinde Mand. Disse overfaldes af Hedningerne, der dræbe 15 Hundrede af dem. Dorgant iler med denne Tidende til Guitalin, og fortæller ham, at de have overvundet Rollant og fældet saa godt som hele hans Hær og jaget de overlevende ud i Rin. Til Bevis paa Rigtigheden af sin Beretning, fører han med sig 300 Heste belæssede med Hoveder af kristne Mænd. Guitalin er ude af sig selv af Glæde. Han kalder sin Dronning Sibilia for at meddele hende dette Glædesbudskab. Dronningen advarer ham mod at tro sin Ridders Ord, og beder ham dæmpe sin Glæde, forsikrer ham om, at i al Fald er Rollant i Behold, samt Paven, Erkebispen og mange andre tappre Mænd. Guitalin slaar hende i sin Vrede til Blods og jager hende ud af Teltet. Han rider derpaa hen til Borgen og paakalder høit Karl Magnus's Opmærksomhed. Han beretter ham derpaa hans ypperste Ridderes Fald, og opfordrer ham til Overgivelse. De Franske gribes af Sorg over denne Tidende, men jage dog Kong Guitalin med Pileskud fra Borgen. Nemes søger nu at trøste Karl Magnus, efter Naturens Orden skal jo Mennesket dø, det nytter ikke at sørge, man faar søge sin Trøst i Hævnen, og han haaber paa gode Efterretninger fra Rollant (10).

Reiner er nu haardt saaret kommen tilbage fra sin Flugt, møder Pave Milun og fortæller ham sit Nederlag, hvorledes hans 2 Tusinde bleve overfaldne af 15 Tusinde Hedninger, og hvorledes han mistede 15 Hundrede af Sine. Oliver skjælder ham ud, fordi han, en gammel aflægs Mand, skulde have faret saa uforsigtig frem og paaført dem alle en Skam, som kun en snarlig Seier vil kunne aftvætte (11).

Rollant tilskynder nu sine Mænd til Anfaldet paa Staden, og Paven holder en Tale, hvori han anfører mange opmuntrende Exempler, og slutter med at love alle, som falde i Kampen, evig Salighed. Stormen gaar nu for sig, her udmærke sig især Rollant og Oliver. Staden indtages nu. Foruden

Saxer vare der ogsaa mange andre Folkeslag; disse begive sig paa Flugt tilligemed Margamar, der flygter gjennemboret af et Sværd. De Døde vare utallige (12). Margamar kommer med dette Ulykkesbud til Guitalin, de have faaet at fornemme, at Rollant ikke var dræbt eller druknet i Rinen, som det var bleven sagt. Guitalin er nu ligesaa meget ude af sig selv af Sorg, som før af Glæde. Dronningen trøster ham atter, saa godt hun formaar. En Høvding, Klandare, underretter ham om, at han venter fra sine Lande en Forstærkning af 60 Tusinde haardføre Folk, og at han nærer det sikre Haab ved disses Hjælp at tilbagevinde alle de Lande, der nu ere dem berøvede, og desuden mange af Frankerkongens egne, og ikke vil Rollant da vove at holde Stand (13). I dette Øieblik kommer Guitalins Broder Elmidan med utallige Tusinde af hedenske Mænd, han er en mægtig Konge. Han har et fortrinligt Horn, der heder Olivant, af et Dyr i Indien, der kaldes unicornium paa Latin og paa Norsk einhyrningr. Dette Horn lader han lyde udenfor den Borg, hvor Karl Magnus har tyet hen, og blæser saa stærkt, at Jorden skjælver af dets Klang. Karl Magnus gribes af Rædsel ved denne Lyd og paakalder Guds Hjælp, og erkjender det for at være Kong Elmidans Horn. Hertug Nemes bemærker, at han rimeligvis har mange Folk, og at de snart kunne vente sig en Dyst med ham (14). Speideren Dorgant underretter nu Guitalin om, at Rollant med hele Frankerhæren er kommen over Rin. Efter Samraad med sin Broder sender Guitalin da alle Klenodier, Koner og Børn over Rin, og bryder derpaa op med sin Leir. Dette volder Karl Magnus og hans Mænd stor Glæde, og de yngre Riddere ville strax sætte efter dem (15).

Imidlertid kommer Hermoen, som var sendt til Nobilis, tilbage, og melder Karl Magnus, at Rollant er kommen med saa stor en Hær, at ingen Mand, som kan bære Vaaben, ligefra Mundiufjeld til den skotske Sø, sidder hjemme; at Rollant har indtaget Nobilis, dræbt Høvedsmanden der, hvis Hoved Sendemanden har med sig, og at han nu den foregaaende Dag ogsaa har erobret Staden Garmasie. Karl Magnus løfter under Tak Hænderne mod Himmelen og priser Rollants Tapperhed. Hermoen fortæller derpaa, at den følgende Dag vil Kongen have Anledning til at spørge Rollant selv om Tidender. Alle drage nu ud af Borgen, forfølge og dræbe en stor Del af Hedningerne. Dog opgive de efter Hermoens Raad snart Forfølgelsen, og Kongen drager Rollant i Møde og træffer ham paa en fager Vold i en Fjeldlid, hvor Gjensynets Glæde er stor paa begge Sider. Karl Magnus maa nu høre Bebreidelser for sin uforsigtige Forvovenhed, men han takker Gud, at han ikke har lidt det ringeste Tab, og at tvertimod hans Mænd have vundet 100 Pund Sølvs Værdi af Hedningerne. Han foreslaar derpaa at bygge en Bro over Rin, da denne Flod er slem at vade over. Arbeidere skaffes nu tilveie, og man bliver enig om, at Broen skal bygges af Sten, den skal forsynes med 18 Borge, i hver af disse skulle findes 100 Laasbuer, hvorved Hedningerne skulle fældes, hvis de angribe Broen. Rollant spørger nu efter, hvor mandstærk Guitalin er. Kongen svarer, at han har 24 Tusinde, foruden sin Broder Elmidans Folk, der ere slemme at indlade sig i Kamp med, hvilket Karl Magnus selv har prøvet. Elmidan har ogsaa et Horn, hvis Lyd bringer Fjelde, Dale og Skove til at bæve, indgyder hans egne Folk Mod, men slaar Modstanderne med Rædsel, og dette Horn heder Olifant. Rollant faar strax Lyst til Hornet, og erklærer heller at ville miste Livet end gaa glip af dette. De sætte nu Hæren i Bevægelse og fare op langs Rinen, og gaa til Fods 20 Dage, og ikke kunne de have Rustninger paa, saa slemme ere Veiene (16).

En Dag, som Turpin og Oliver ride langs Rinen med sine Folk, finde de i en Dal en Eneboer. De stige af Hestene, og Erkebispen forretter sin Andagt i Eneboerens Kapel. Derpaa hilser han paa denne. Eneboeren ønsker dem Velkommen. De give sig tilkjende som Karl Magnus's Hirdmænd. Eneboeren fortæller dem, at de endnu have at drage 100 Mile længere, før de finde en Bro, som kan føre dem over Floden, men han har samme Dag i den tidlige Morgenstund seet en liden Flok Røddyr fare over Rin paa et Sted, hvor Vandet ikke naaede dem over Benene. Herover glæde Franskmændene sig, og søge hen til Vadestedet. Turpin rider først over, dernæst Oliver og alle deres Folk. Erkebispen ytrer sin Glæde over at have fundet et Vadested, som er ukjendt af Saxerne. Rollant kommer nu ogsaa til med sine Folk. Erkebispen vil nu sende Bud til Karl Magnus, dette vil dog Rollant ikke tillade, men raader til strax at væbne sig og øieblikkelig at ride imod Hedningerne, og tilføie dem al den Skade, de formaa. Og dette Raad følges (17). Guitalins Sønner drage væbnede ud om Natten paa Speideri og opdage Rollant og hans Folk; de skjule sig nu i Skoven for senere at falde Franskmændene i Ryggen. Disse ride imidlertid raskt til og overrumple Guitalin i hans Leir. Hedningerne ere dog sine Modstandere overlegne i Antal, ti mod een, og Rollant maa flygte. Da de nu søge hen til Vadestedet for at gaa over Floden, ere Guitalins Sønner komne imellem dem og Rinen. Erkebispen ønsker nu denne Færd ugjort. Rollant og Oliver tabe dog ikke Modet, og den første rider imod den fiendtlige Bannerfører og fælder ham død af Hesten, og gjennemborer siden en anden Høvding med sit Spyd. De Kristne maa dog give efter for Overmagten, og Høvdingerne gaa baglænds værgende sig og sine Folk, og komme tilsidst med Nød og Neppe over Rinen (18).

Karl Magnus sover længe om Morgenen. Da hans Skutilsvend vækker ham, fortæller han en Drøm, han har havt om Rollant. Han syntes, at denne var i Ardenerskoven med fire Jægere, og at han havde fældet en stor Vildbasse og havt meget Besvær dermed. I det samme kom, syntes han, Kong Guitalin og bortførte Rollant. Dernæst forekom det ham, som Turpin Erkebisp kom til med 400 Riddere og fik taget Rollant og hans Hest tilbage. Saasnart Kongen har berettet sin Drøm, beder han hente Rollant, da han ikke har seet ham siden den foregaaende Dag. Denne er ikke at finde. En ung Ridder, saaret og med ilde tilredt Rustning, kommer nu farende og melder Karl Magnus Kampens uheldige Udfald. Kongen rider nu med mange Folk Rollant i Møde, bebreider ham hans Overmod og Fremfusenhed. Rollant stoler paa, at Lykken en anden Gang vil være ham gunstigere. Man henter en Læge, som skal forbinde Rollants Saar, der vække alvorlig Bekymring (19). Imidlertid fortælle Guitalins Sønner sin Fader, at de have dræbt alle de Franskmænd, som vare med Rollant, og saaret ham selv dødeligt, og at de nu ikke længer behøve at frygte ham. Guitalin takker dem for deres udviste Tapperhed (20).

Om Morgenen staar Karl Magnus op, og tilkjendegiver Rollant sin Hensigt at drage til Frankrig igjen og opholde sig hjemme en Tid, for at spare sine Folk. Rollant besværger ham dog at bie endnu en Stund, for at han kan erfare, hvorledes det gaar med Helbredelsen af hans Saar, han opfordrer ham tillige til at nedrive den Borg, hvori han har været beleiret, og at paabegynde Brobygningen, han nærer den Forvisning, at hvis der paalægges alle Høvdinger og Riddere hver for sin Del at udføre noget af Arbeidet, vil Broen kunne være færdig om en Maaned. Kongen byder nu Romerne først at tage fat paa Arbeidet. Disse bryde Borgen ned, føre Materialet paa Vogne ned til Floden og begynde paa Brobygningen. De blive dog af Hedningerne drevne fra Arbeidet. Han byder nu et Folk, kaldet Aïlmans, at tage fat, men dem gaar det ikke bedre end de andre, nogle af dem saares, andre dræbes, og de bede sig fritagne for Arbeidet, og forlade ogsaa dette den næste Dag. Han sender en Ridder efter dem for at tvinge dem til at fortsætte, men lader sig dog af deres Bønner bevæge til at skaane dem. Nu beder Kongen Balduin den flamske og et Par andre Riddere, men disse ere ikke heldigere end de forrige, og maa flygte tilbage til Kongen efter et Tab af 5 Hundrede Mand. Kongen beklager, at Rollant nu skal være udygtig, med hans Hjælp vilde Arbeidet gaa fra Haanden. Han beslutter sig da nu til at standse Brobygningen, til stor Glæde for alle, som nu haabe at skulle tiltræde Hjemreisen (21). Nu indfinder der sig hos Karl Magnus to unge Mænd fra Spanien, de ere kunstfærdigere end andre Mænd og kunne tumle sig i Vandet som Fiske, for Venskab og gode Ord ere de villige til at lede Broarbeidet og ville udføre det til Trods for Saxerne. Kongen byder dem nok af Guld og Sølv. Der bliver nu hugget Tømmer og ført ned til Floden, derpaa bygge de et Skib, hvis Mage ikke havde været siden Noas Ark. Det er 500 Fod langt, 300 Fod bredt, og indeholder en Mængde Taarne, hvert af disse indeslutter 100 Riddere i fuld Rustning. Disse Riddere skulle ved at skyde med Laasbuer holde Saxerne borte. Derpaa gjøre de to Stenbuer. Dernæst gjøre de et Billede af Marmor, der er hult indvendig, saa at en Mand kan staa deri; dette Billede ligner livagtig Karl Magnus. Det er ogsaa indrettet saaledes, at den, der befinder sig inden i, kan tage i Skjegget og ryste det, ligeledes kan han bevæge et Guldscepter, som Billedstøtten har i Haanden, og true ad Saxerne dermed. Dette Billede stilles paa den Stenbue, som vender mod Saxerne, og Manden lader Skjældsord hagle ned over disse. Da nu Hedningerne ikke kunne faa sine Pile eller Kastespyd til at bide paa denne Mand, som de indbilde sig at være Karl Magnus, tro, de, at det maa være en Djævel og ingen Mand, og nære nu ingen Tvivl om, at jo Broen vil blive fuldført, og erklære det for en Taabelighed, hvis Guitalin nu ikke vil flygte. Dorgant sendes med denne Besked til Guitalin, som herover gribes af Sorg (22).

Guitalin kalder nu til sig Kong Alkain af Almarieland og spørger om Raad. Denne vil paatage sig tilligemed to andre kronede Konger, hver af disse med 400 Riddere, han selv med det dobbelte Antal, at forbyde Karl Magnus Broarbeidet, og hvis Franskmændene drage over Rin, ville de fælde dem i Hundredevis. Kong Margamar gjør Nar af Alkain for hans Praleri, og tilføier tilsidst, at denne sætter mere Pris paa et Kys af Dronning Sibilia end sit hele Ridderskab. Margamar faar til Gjengjeld høre onde Ord for sin Feighed, da han lod Staden Garmasie i Stikken, som Guitalin havde anbetroet ham, og Alkain ender med at stevne Margamar til Holmgang for de løgnagtige Beskyldninger mod ham og Dronningen (23). Disse ile nu til sine Telte for at ruste sig til Holmgangen, men Guitalin skiller dem ad og forbyder dem Tvekampen. Guitalin udspørger derpaa Dorgant, om det virkelig er saa, at Karl Magnus bygger Bro over Rin. Dorgant sværger, at han har sagt Sandhed, og at hver Mand kan se Karl Magnus paa en Stenstolpe baade Dag og Nat, at alle Skud paa ham ere til ingen Nytte, og at han har svoret ved sit hvide Skjeg, at Guitalin snart ikke skal have saa meget tilbage af sit Rige, som en Spores Værd. Guitalin vil nu selv hen at høre dette af Karl Magnus's egen Mund (24). Guitalin drager nu hen og spørger Karl Magnus, med hvad

Ret han vil bemægtige sig hans Lande. Karl Magnus paastaar, at Saxland er hans Faderarv, ligesaa vel som Køln, thi hans Fader Pipin eiede Saxland. Guitalin udbryder nu i Trudsler og Forbandelser mod Karl Magnus, og fortæller om ham, at han er Örnolfs[1] Barn, at denne avlede ham, da han var kommen fra Jagt, og at han, da han var født, blev slængt for Kirkedøren i St. Denis og der funden som et Almissebarn. Men nu er han ved Djævelens Magt bleven Konge i Frankrig, og han maa takke sin Gud, at han kan faa beholde dette Land og ikke attraa andre Kongers Eiendom. Skulde nogen Ulykke tilstøde ham (Guitalin), har han to Sønner efter sig, der skulle volde Karl Magnus end mere Besvær, og disse venter han snart med 100 Tusinde Riddere. Hans Frænde Estorgant er ogsaa i Vente med de Folk, som kaldes Ungres og Almbrundens, deres Antal er over 100 Tusinde (25). Karl Magnus paastaar sig at være Kong Pipins Søn med hans ægteviede Hustru, men at Pipin dræbte Guitalins Fader af skjellig Grund og underlagde sig alt Saxland, førte Guitalin selv med sig til Frankrig, hvor han antog Kristendommen og afsvor sine Afguder, og fik derpaa Saxland at styre. Aldrig saasnart var han kommen did, saa opgav han Kristendommen og blev Djævelens Tjener. Karl Magnus kalder nu paa sine Riddere af St. Denis og byder dem ruste sig til Kamp, da de nu skulle vinde Saxland og ombringe alle hedenske Mænd. Da Guitalin atter bruger overmodige Ord og navnlig truer at hævne sin Faders Drab, sværger Karl Magnus ved St. Denis, at han skal erobre Saxland eller falde paa Kamppladsen (26).

Guitalin lader nu bygge en stærk Borg ved Broenden, hvori han lægger Esklandart med 20 Tusinde Mand, og tvinger derved Karl Magnus's Mænd til at standse Broarbeidet. Rollant ligger endnu syg af sine Saar og gribes af Fortvivlelse, da han hører den nye Ulykke, som truer Brobygningen, og at Karl Magnus atter ser sig tvungen til Flugt. Trods sine Mænds Indsigelser reiser han sig fra Sygeleiet, væbner sig og iler afsted med sine Mænd og møder paa Veien sin Broder Baldvin (27). Han kaster sig om hans Hals, og de ile sammen hen for at se Broen (28). De kaste sig paa Hestene og komme lykkelig over Floden; tilsammen 8 Hundrede ride de langs en Fjeldside og komme til en Skov, hvor de overrumple Hedningerne; de gjøre saa stort Nederlag paa disse, at de tvinge dem til Flugt, men Franskmændene selv ere nødte til at flygte for ikke at drukne i Blodet af de dræbte Hedninger. Rollant søger nu hen til Borgen ved Broenden, tvinger Esklandart til at flygte, mange af de andre forfølge de Flygtende, og Baldvin sætter efter Esklandart og opfordrer ham til at kjæmpe med sig, hvilket dog denne afslaar, da han før er gjennemboret af Rollants Sværd; Baldvin følger desuagtet efter ham, og de standse ikke før de komme hen til Guitalin, hvor Esklandart styrter ned for dennes Fødder. Baldvin bemægtiger sig hans Hest, som han rider afsted med, forfølges nu af Hedningerne, men undkommer dog tilsidst lykkelig ved Hjælp af sin hurtige Hest (29).

Dronning Sibilia lover Alkain, Ammirals Søn af Babylon, sin Kjærlighed, dersom han vil ride efter Baldvin for at tage den Hest tilbage, han har berøvet Esklandart. Alkain ruster sig og hans uhyre kostbare Hest føres frem (30). Alkain springer op paa sin Hest, rider til Dalen Sorelandes og træffer der Baldvin, og beder ham vende sin Hest og kjæmpe med ham. Baldvin er uforberedt, han har, siger han, sønderbrudt sit Spydskaft og har kun sit Sværd at værge sig med, og beder derfor om Frist. Dette vil ikke

[1] B: Pipins uægte Barn.

Alkain indrømme ham, han skal bringe ham levende eller død til Sibilia. Efter nogen Parlementeren vender da Baldvin endelig sin Hest og de ride tre Gange imod hinanden, og i det sidste Ridt kaster Baldvin Alkain af Sadlen og bemægtiger sig hans kostbare Hest. Alkain bønfalder ham om at faa Hesten tilbage for Dronning Sibilias Skyld. Baldvin er ubevægelig, og efter at han har paalagt Alkain at sige Sibilia, at hun er den Kvinde, han elsker høiest i Verden, skilles de (31). Baldvin rider nu sin Vei og har med sig den kostbare Hest, Alkains Sværd og Dronning Sibilias Guldærme, som Alkain havde havt til Mærke. Han træffer sine Kammerater og egger dem til at holde Stand imod den Saxerhær, som farer efter dem. De andre vise sig ikke mindre uforfærdede end han selv (32). Baldvin og hans Venner vinde nu en glimrende Seier over Saxerne (33). Kong Margamar finder nu Alkain tilfods, og bebreider ham, at han saaledes har ladet sig berøve de Gaver, han havde faaet af Sibilia. Alkain beder ham tage sig selv i Agt, thi der i Skoven er en Mængde Franskmænd, og det kan snart gaa ham ligesaa galt som Alkain. De sætte nu Alkain op paa en Mule og føre ham til Guitalins Telte. Sibilia faar nu Øie paa ham, og spørger hvorledes det har sig med Indfrielsen af hans Løfte, hvor Ridderen er og Hesten, som han skulde bringe hende. Alkain foregiver, at Ridderen er bleven borte for ham i Skoven, og at hans Skjoldsvend har ført Hesten hen at vande den. Sibilia aner dog den rette Sammenhæng, og siger, at Hesten er bedre anbragt nu end før. Efter at hun stiltiende har overført sin Kjærlighed paa Baldvin, bortviser hun haanlig Alkain (34).

Franskmændene ride nu til Karl Magnus's Leir, og Baldvin faar haarde Ord af Rollant, fordi han har ladet sig se af Dronning Sibilia. Baldvin lover, at det ikke oftere skal ske. Karl Magnus modtager sin Frænde Baldvin vel, spørger ham, hvorfra han kommer, og hvem der har givet ham Ridderslaget. Teri af Ardena har gjort ham, tilligemed flere andre, til Ridder, og han har sendt dem til Karl Magnus for at yde ham Hjælp imod hans Fiender (35). Man begynder nu atter paa Broarbeidet, som nu fuldføres i 20 Dage. Brostolperne ere af Marmor. Karl Magnus med alt sit Folk drager nu over Broen, og dette medtager en Uge (36).

Guitalin paa sin Side er ogsaa virksom, han samler om sig alle Konger, Hertuger, Jarler og fribaarne Mænd i sit Rige. En Hovedkonge ved Navn Quinquennas har ogsaa indfundet sig hos ham, han hersker over Landet Sarabla, udmærker sig ved sine forskjelligfarvede Vaaben, saaledes er hans Skjold rødt, hans Brynje blaa, hans Hjælm som Guld o. s. v. Han opfører sig med megen Bram og Overmod, især for at vække Dronning Sibilias Opmærksomhed, og ringeagter Guitalin. Han udæsker til Kamp Berad, Søn af Teri, kaster ham af Sadlen, tager Hesten fra ham og rider bort med den for, som han siger, at vise den for sin Elskede, Sibilia (37). Paa Veien anraabes han af Bove den skjegløse, som beder ham vente paa sig. Quinquennas binder den Hest, han har frataget Berad, ved et Træ, rider derpaa imod Bove og kaster ham af Sadlen, og tager ogsaa hans Hest og rider afsted med. Gillimer den Skotske bemærker dette, kalder paa Quinquennas og beder ham vente sig; de ride mod hinanden. Her vilde Quinquennas have kommet til kort, dersom ikke 15 hedenske Mænd vare komne til Undsætning, og Quinquennas undslipper saaledes. Gillimer anfalder imidlertid den gjæveste af dem, der kom til Undsætning, gjennemborer ham og giver Bove hans Hest. Denne rider imod en anden Hedning, kløver ham ned igjennem Skuldrene og giver hans Hest til Berad. Disse tre ride nu sammen til Teltene og møde paa Veien Baldvin. Berad fortæller ham, hvorledes Quinquennas har skilt ham ved hans Hest, og at han har rost sig af Sibilias Kjærlighed. Herover bedrøves Baldvin, og ønsker Leilighed til at tale et Alvorsord med denne Mand (38).

Quinquennas kommer nu til Guitalins Leir, hvor denne rider ham i Møde og byder ham Borge og Stæder med tilhørende Riger for hans Hjælp. Quinquennas vil ikke en Gang tage imod 30 Tusinde Skjepper Guld, men fordrer Dronning Sibilias Kjærlighed for sin Bistand. Kongen afslaar i Førstningen med Harme dette Forlangende, men gaar dog tilsidst ind derpaa, bevæget ved sine Mænds Bønner, der gjøre Knæfald og foreholde ham Nødvendigheden af Quinquennas's Hjælp (39). Dronningen kommer imidlertid hjem fra Fuglejagt, femten Konger gaa hende i Møde og ledsage hende til hendes Sæde i Guitalins Telt. Guitalin omarmer hende venligen og underretter hende om, at han har skaffet hende en Elsker, hvis Mage ikke findes i Verden, nemlig Quinquennas. Sibilia tvivler ikke om hans Tapperhed, men beder ham vogte sig vel for Rollant og Baldvin. Quinquennas svarer hertil, at han vil give hende sit Hoved til fri Raadighed, hvis han ikke bringer hende disse to Mænd overvundne eller bundne. Quinquennas og Guitalin ere nu glade og tilfredse, dette er ikke Sibilia, hun anraaber tvertimod de Kristnes Gud, at han skal styrke Baldvin og Berad til at overvinde Quinquennas (40). Rollant, Baldvin og Berad staa tidlig op en Morgen og ride hen i en Skov (Klerovals). Her opdage de, at Quinquennas ogsaa er paa Benene med 400 Tusinde væbnede Riddere. Rollant vil nu drage paa Speideri med sine Folk og vise Hedningerne sit Mærke, og byder de to andre holde sig skjult i Skoven, idet han tillige underretter dem om, at han vil give Dronning Sibilia til sin Broder Baldvin, hvilken Ytring vækker alles Latter (41). Rollant rider nu frem og viser Hedningerne sit Mærke. Quinquennas bliver ham vaer, rider hen mod ham og spørger, hvem han er. Rollant fortæller, at han er født i Staden Nafari af Faderen Vafa, han er af ringe og fattig Æt, er nylig slagen til Ridder af Bove den skjegløse, og er stillet paa Post her, for at melde de Kristne, naar Saxerne nærme sig, og beder derfor Quinquennas om i Fred at tillade ham at bringe sine Kammerater disse Tidender. Quinquennas opfordrer ham da til at udlevere sin Hest og sine Vaaben, som han (Quinquennas) vil skjenke sin Hestesvend til Jul eller Paaske. Rollant er fattig og har vanskeligt for at erstatte Tabet af disse Ting, og vil derfor heller friste at taale kolde Vaaben i sit Kjød, end uprøvet give dem fra sig. Da Quinquennas hører ham bruge store Ord, vil han forsøge, hvorvidt hans Dygtighed svarer til hans Ord (42). De hugge nu løs paa hinanden, og Rollant hugger en Del af Hjelmen og Skulderbenet af Quinquennas. Denne besværger ham nu af sige sig, om han virkelig er den, han har udgivet sig for, eller en anden. Rollant vil da ikke længer skjule sit Navn og giver sig tilkjende. Quinquennas beklager sig over, at han har narret ham, han veed, at Saar af Sværdet Dyrumdale ikke kunne læges, og overgiver ham nu sit Sværd, thi han vil ikke kjæmpe med ham, om han end derved udsætter sig for Hirdmændenes Spot. Rollant smiler, da han hører dette, rider hen og tager ham ved Hjelmvisiret og kaster ham af Hesten, fører ham derpaa overvunden efter sig (43). De Franske forfølge nu efter en heftig Kamp Saxerne lige til Guitalins Telte. Sibilia kommer den Dag hjem fra Bad, hun gjenkjender sin egen Hest, der rides af en Frauskmand, som forfølger en hedensk Ridder og fælder ham nede ved Rinbredden. Sibilia besværger ham at sige sit Navn. Han giver sig

VI*

tilkjende som Baldvin og er redebon til hendes Tjeneste. Sibilia fortæller ham, at Gnitalin har givet hende til Quinquennas, og at hun aldrig kan skjenke Baldvin sin Kjærlighed før denne er bragt af Dage. Baldvin melder hende da den glædelige Tidende, at Quinquennas er Rollants Fange. Sibilia og Baldvin vexler nu venlige Ord, indtil Berad og Bove komme til og bebreide Baldvin, at han taler med Sibilia, idet de ytre, at det ikke er raadeligt at tro en hedensk Kvinde (44).

Rollant bringer Quinquennas som Fange til Karl Magnus, han er, siger Rollant, den raskeste Mand og Sibilias Elsker. Karl Magnus svarer, at han vil formæle Sibilia med Baldvin, saasnart Guitalin er overvunden. Hedningerne flygte imidlertid hjem til Guitalins Leir og fortælle ham sit Nederlag og Quinquennas's Tilfangetagelse. Guitalin, der sidder ved Skakbordet, da han faar denne Underretning, overvældes af Sorg. Sibilia kommer under dette hjem og fordrer, saasnart hun faar Øie paa Guitalin, sin Gave, det er Quinquennas af Sorabla (45). Imidlertid kommer Guitalins Farbroder, den tappre Estorgant. Guitalin fortæller ham, at Karl Magnus har sat sin Villie igjennem, han har bygget Broen, saa at hver Mand nu kan gaa over, og Oliver og Rollant have sagt, at Guitalin ikke skal have saa meget af sit Rige, som er værdt en Penning. Estorgant siger, at alle ere Dødsens, som slaas med ham, og i Morgen skal han vise Karl Magnus mere end 100 Tusinde væbnede Riddere. Sendemanden Dorgant bringer nu Udfordring fra Guitalin til Karl Magnus, at han skal levere ham Slag den følgende Dag eller imodsat Fald trække sig tilbage. Dorgant berømmer sine Folk og tvivler paa, at Karl Magnus har nogen, som kunne stilles imod dem. Karl Magnus gjendriver ham, og modtager Kampen (46). Dorgant kommer tilbage med det Budskab, at Karl Magnus skal være færdig til Kampen den følgende Morgen, og at hans Mænd ere mere lystne paa Strid end paa Vin eller Mad, naar de ere mest tørste eller hungrige. Estorgant spaar dem en brat Død. Sibilia beder ham ikke give sig af med at spaa, da Udfaldet først vil vise, hvem der kan rose sig af Seieren. De gjøre nu sine Forberedelser paa begge Sider (47). Karl Magnus selv og hans Frænde Rollant væbne sig. Rollants Hest Velantif føres nu frem, hvilket aldrig fandt Sted uden under tvingende Omstændigheder. Karl Magnus bestemmer nu i hvilken Orden hans Tropper skulle gaa i Kampen (48). Karl Magnus har nu ordnet sine Fylkinger, og givet hver Hundredskare et Banner. Rollant og med ham 20 Tusinde farer ind i en Skov ikke langt fra Rin. Dette var det yndigste Sted i Verden, en fortrinlig Kilde var der og grønt trindtom den, did pleiede Saxernes Kvinder at komme for at drikke og kjøle sig. Sibilia og en Mængde Kvinder med hende ere komne hid for at iagttage Kampen. Herhen kommer nu ogsaa Karl Magnus med sin Hær, han tiltaler sine Mænd, og sætter sin Lid til Gud, som altid før har hjulpet dem, at han fremdeles vil holde sin Haand over dem. Alle Franskmændene bede Gud bevare Kongens Liv (49). Guitalin taler ogsaa til sine Mænd, hvis Karl Magnus fanger ham, vil han ødelægge deres Land og hugge Hovedet af ham med sit Sværd Jovis (Gaudiola), men den samme Skjebne skal ramme Karl Magnus, hvis Guitalin faar fat i ham. Saxerne svare, at før skulle alle Franskmænd blive dræbte, end nogen slig Ulykke skal træffe Guitalin. Kongen takker dem og beder Maumet og Terrogant velsigne dem for deres Ord. Segun, en Mand udmærket ved Stolthed og Overmod, bærer Guitalins Banner, hvorpaa der var malet en gylden Hane, hvoraf der lyste 20 Mil til alle Kanter, naar Solen skinnede paa den (50).

Kampen begynder nu. Baldvin er den første, for hvem der flyder Blod, han kaster en Hedning af Sadlen og fælder ham død til Jorden. Der kjæmpes paa begge Sider med vexlende Held, den stolte Segun fældes til Jorden af Baldvin, til stor Glæde for Franskmændene. Kong Margamar rider derpaa imod en Franskmand og fælder ham død af Hesten, og bemægtiger sig denne. Guitalin takker ham herfor, og ønsker, at det maa gaa flere saaledes (51). Karl Magnus møder i Striden Guitalin og kaster ham af Hesten. Hans Faderbroder Estorgant kommer ham til Hjælp med mere end 10 Tusinde. Dennes mærkelige Hest beskrives. Den havde før været i en Rises Besiddelse, den var født i et Bjerg, hvor en Slange havde opfødt den ved sin Die. Den aad ikke Korn, som andre Heste, men friskt raat Kjød. Vikinger havde taget den i Bjerglandet og dræbt alle dens Vogtere, og siden havde de solgt den for 20 Borge og 20 Stæder med alt tilliggende Land. Den var paa den ene Side af Ryggen sort, paa den anden Side abildgraa, havde et smukt Hoved, og syntes ligesom blomsterfarvet over hele Legemet; dens Top var saa sid, at den naaede ned under Hovskjegget, og den syntes at være af Guldfarve. Estorgant rider hen til Guitalin og sætter ham op paa en anden Hest, og fælder derpaa flere Franskmænd, til stor Sorg for Karl Magnus. Tilsidst kommer dog Baldvin til og bader sit Sværd i hans Hjerteblod. En Stund have nu atter Saxerne Overhaand, og 50 Riddere storme ind paa Baldvin, som nu ogsaa maa af Hesten. Karl Magnus iler ham til Undsætning. I en Kamp med Kong Margamar strax efter overmander Baldvin denne, springer op paa hans Hest, og taler nu haarde Ord til Hedningerne og er bister som en Løve. Guitalin sætter Hornet for Munden og blæser, og nu kommer hans Broder Elmidan ud af Skoven med sin Hær og tuder i sit Horn (52). Ved denne Hornblæst vækkes Rollants Opmærksomhed, han aner, at Karl Magnus behøver hans Hjælp, og rider afsted til Kampen, som nu fornyes. Elmidan blæser i sit Horn, saa at alle Fjelde i Nærheden bæve. Rollant faar Lyst til Hornet, han rider frem og møder Elmidan, giver sig tilkjende for ham, og en heftig Kamp begynder imellem dem. De styrte begge af sine Heste og kjæmpe til Fods, og Enden bliver, at Rollant hugger Hovedet af Elmidan, og tager hans Horn og Sværd. Rollant sætter nu Hornet for Munden og blæser 3 Gange, og nu vide alle Kristne og Hedninger, at han har overvundet Elmidan. Guitalin flygter, og Rollant forfølger de Flygtende (53). Baldvin kalder trende Gange paa Guitalin og beder ham bie. Guitalin vender sin Hest, de ride mod hinanden og styrte begge af Hestene, og kjæmpe nu til Fods. Tilsidst overgiver Guitalin sig til Baldvin (54).

Guitalins Sønner redde sig nu til sin Faders Leir, og skylde de raske Heste sin Frelse. Sibilia spørger dem om Tidender. De fortælle, at Guitalin er tagen til Fange, men Elmidan og Margamar dræbte. Dronning Sibilia flygter nu med sine Sønner ud af Landet. Baldvin overgiver Guitalin til Rollant. Guitalin falder Rollant til Fode og beder om ikke at blive ført frem for Karl Magnus. Rollant betyder ham, at han maa følge med til Paris, for der at faa sin Dom, om han skal leve eller dø. Karl Magnus lader Saxland kristne og indsætter Høvdinge til at styre Landet. Ved Hjemkomsten til Frankrig dømmes Guitalin til Fængsel, en Lænke lægges paa hans Fødder, der er saa tung, at ikke fire Mænd kunne bevæge den. Bedre havde det været for ham at falde i Striden, end at leve med slig Skam og have Døden i Vente. I dette Fængsel lod han sit Liv (55).

VI.

Kong Karl Magnus holder Jul i Paris i Slottet Lemunt med sine Jævninger; der kommer paa Tale at drage med Hær til Spanien mod Kong Marsilius, naar Aaret er saa vidt fremskredet, at Hestene kunne finde det tilstrækkelige Foder paa Veien. Imidlertid kommer en Hedning fra Syrland, Garsia, ridende til Kongens Hal og møder paa Veien tre af Kongens Mænd, hvem han spørger efter deres Herre, læggende til, at han tjener den Konge, der ikke skatter dem høiere end en Spore. Disse vise ham da Vei til Kongen, hvem han kan kjende paa det hvide Skjeg, og beskrive tillige for ham Rollant og Oliver, som han vil finde ved hans Side. Hedningen ønsker alt Ondt over Karl Magnus (1). Han fremtræder da for Kongen, siger hvem han er, og erklærer ingen Hilsen at have til ham fra sin Herre, udstøder Forbandelser over ham og Rollant, hvem han æsker til Tvekamp, vis paa at skulle overmande ham. Rollant smiler ad hans pralende Ord, og tillader ham at bruge hvad Ytringer han vil, da ingen Overlast derfor skal ham vederfares, og tilbyder ham Tvekamp om 8 Dage. Hedningen bruger atter store Ord, og roser sig af med sit Sværd (Curere, Cured) for 8 Maaneder siden at have fældet tusinde Franskmænd. Rollant spørger, hvor det fandt Sted. Han fortæller da, at Rom, Karl Magnus's gode Stad, var ødelagt, og utallige Mennesker der vare dræbte, og han selv havde brugt sit Sværd saa godt, at hans Arm i 9 Dage derefter var hoven. De Tilstedeværende fare nu op, og Estor de Langres styrter ind paa ham med en Stav, men Rollant tager sig af ham og erklærer sig som Borgen for hans Sikkerhed. Imidlertid har en Ridder fra den hellige Gileps (Giles) Stad, d. e. en Provençaler, luret sig paa ham bagfra og kaster ham til Jorden; han er dog snart igjen paa Benene og hugger Hovedet af Ridderen, saa det triller frem for Kongens Fødder. Franskmændene fordre nu hans Død, og Hedningen laver sig til at forsvare sig til det Yderste, men efter Formaninger fra Kongen og Rollant, overgiver han tilsidst sit Sværd til denne sidste, og opfordres af ham til at fremkomme med sit egentlige Ærinde (2). Hedningen fremtræder da for Kongen, og erklærer at hans Ærinde fra Kong Garsia er, at omvende Karl Magnus til Hedendommen, og dersom han falder til Føie, vil han benaade Karl Magnus med Normandi og alle Havne i England, Rollant skal faa Rusland, Oliver Slavonien, men Frankrig har han bestemt for Floriz, Søn af Alie hin røde Konge, denne skal have Frankrig, og hans Arvinger efter ham. Karl Magnus opfordrer sine Høvdinger til at ytre sig i denne Anledning, og alle svare enstemmig, at de aldrig ville taale, at Hedningerne faa fast Fod i Frankrige, og naar de træffe Kong Garsia paa Kamppladsen, skal han ikke slippe derfra med Livet. Herpaa svarer Hedningen med Haan. Hertug Nemes spørger derpaa, hvor de da skulle støde sammen med Garsia, og om denne virkelig drister sig til at holde Slag med Kong Karl Magnus. Hedningen svarer, at Garsia har 100 Tusinde tappre, vel bevæbnede Mænd, og at de skulle træffe ham i Lombardiet ved hans Stad Abilia, der ligger mellem tvende Vande, skjønt han tvivler paa, at mange af Karl Magnus's Mænd tør kjæmpe for ham der. Men hvad Nemes angaar, raader han ham som gammel og skrøbelig at forblive hjemme og passe paa Paris og sine andre Stæder og Slotte, at ikke Krager og Skader og andre urene Fugle skulle antaste dem (3). De heftige Ytringer af Otvel (det er Hedningens Navn) vække Rollants Harme, og han sværger, at han øieblikkelig skulde lide Døden, dersom han ikke selv var Borgen for hans Liv. Otvel opfordrer Rollant til at bestemme deres Tvekamp til den følgende Dag, hvilket denne gaar ind paa. — Karl Magnus vil vide Otvels Slægt. Han nævner som sin Fader Kong Galien den kjække, der har dræbt med sine Hænder ligesaa mange Mænd, som der findes Indvaanere i hele Karl Magnus's Rige; Kong Garsia er hans Frænde og Fernaguli, der raadede for Nazaret, hvem Rollant dræbte, var hans Farbroder, og i Morgen agter han at hævne denne, hvis Maumet vil staa ham bi. Kongen beklager, at en saa gjæv Mand ikke skal være kristen. Karl Magnus befaler derpaa sin Skutilsvend at sørge for hans Herberge og Forpleining, og anbefaler tillige tre af sine Riddere at tage sig af ham (4).

Karl Magnus og Rollant bivaane Messen om Morgenen og ofre i Kirken. Derefter egger Otvel i sin Hidsighed Rollant til Tvekampen. Tyve Hertuger iføre nu Rollant hans Rustning og Vaaben, og alle ledsage ham, efter at han har modtaget Karl Magnus's Velsignelse, til Kamppladsen mellem de to Floder Seine og Marne (5). Otvel anmoder derpaa Karl Magnus om Vaaben, Hjelm og Brynje, Spyd og Merke, thi Sværd og Hest har han, de bedste i Verden. Kongedatteren Belesent med sine Damer iføre ham hans Vaaben, og formaner ham ved Afskeden til at forsvare sig godt mod Rollant. Oddgeir danske og Hertug Nemes ledsage nu Otvel til Kamppladsen, hvor Rollant venter ham (6). Karl Magnus stiger op paa Slotstinderne, hvorfra han giver Signal til Kampen. Kjæmperne hugge da drabeligen løs paa hinanden og fælde hinandens Heste. Karl Magnus, i Ængstelse over den tvivlsomme Kamps Udfald, falder paa Knæ med Bøn til Gud om Seier for Rollant. Rollant opfordrer Otvel til at blive kristen og at modtage af Karl Magnus gode Gaver og hans Datter Belesent. Otvel erklærer den for en Nidding, som lader sig belære af Rollant, og tror selv at være dennes Mester. Striden fortsættes endnu hidsigere (7). Det er nu kommet dertil, at deres Forsvarsvaaben ere aldeles sønderhugne. Franskmændene kaste sig nu paa Knæ med Bøn til Gud om Hjælp for Rollant. Gud bønhører dem, og den Hellige Aand daler som en snehvid Due ned over Otvel og virker hans Omvendelse, Hedningen fornægter sine Guder og bekjender Kristus, og de to Kjæmpende falde hinanden om Halsen. Karl Magnus og hans Høvdinger ile med Glæde hen imod dem. Rollant beder nu Kongen om at kristne Otvel og give ham Belesent til Ægte. Otvel døbes i den hellige Marias Kirke af Erkebiskop Turpin, og Kongen holder ham selv under Daaben (8). I dette Øieblik kommer Belesent til, hun er deilig mellem Kvinderne som Rosen og Liljen mellem de andre Blomster. Kongen tager hendes Haand og trolover hende med Otvel, og giver ham i Medgift med hende, foruden mange andre Lande, hele Lombardiet. Belisent giver gjerne sit Samtykke. Otvel beder om Udsættelse med Bryllupet til han har erobret Lombardiet og Attilia og fældet Kong Garsia og alle dem af hans Folk, som ikke ville antage Kristendommen. Efter et prægtigt Aftensmaaltid begiver man sig til Hvile om Natten (9).

Ved Daggry bivaaner Kong Karl Magnus Ottesangen. Derefter stevner han sine Mænd til sig, og paa dette Møde bestemmes, at man skal være færdig til Toget mod Kong Garsias ved Begyndelsen af April Maaned. Kongen sender imidlertid Breve over alt sit Rige for at udbyde almindelig Leding, og hver den, som paa Grund af Sygdom ikke kunde komme, skulde give fire Penninge til den hellige Dionysius's Kirke (10). Der samler sig nu til Paris bevæbnede Mænd i Tusindevis fra alle Karl Magnus's Riger. Den første April, da Græsset var spiret frem paa Marken, drager Kong Karl Magnus afsted mod Kong Garsia, og tager Veien om St. Denis. Kvinderne græde, bande Kong

Garsia og bede Gud om Seier for Karl Magnus (11). Rollant og hans Folk drage i Spidsen, Hertug Nemes er tilbage for at vogte Landet. Belisent ledsager Otvel, ridende paa et Mulæsel, der i Hurtighed ikke stod meget tilbage for en Galei paa Søen. De drage nu gjennem Burgundien og over Mundiufjeld og komme i Nærheden af Staden Attilia. Her tage de Nattekvarter, sørge for Hestene og pleie de Syge. Karl Magnus er imidlertid ikke ledig, han lader slaa en Bro over Floden. Medens andre efter fuldendt Arbeide gaa hjem til sin Aftensmad, væbne Rollant, Oddgeir og Oliver sig og drage uden de Øvriges Vidende over Broen ud paa Eventyr (12). Imidlertid have ogsaa paa den anden Side 4 Kjæmper væbnet sig, Balsamar af Minan (Ninive), Corsables, Askaner og Klares, og drage ud i lignende Hensigt, de udstøde Trusler imod Rollant og Oliver, især trues Rollant haardt af Klares, som har sin Broder Samson at hævne paa ham (13). Disse støde nu sammen med de tre Jævninger, der opstaar en Kamp, hvori Hedningerne fældes paa Klares nær, der efter forgjæves Forsøg paa at hævne sine Kammerater tilsidst overgiver sig (14). Idet de nu drage afsted med sin Fange, møde de en Hær af et Tusinde, et Hundrede og syv Riddere. De se ingen anden Udvei for sig end at indlade sig med den store Overmagt, og løslade imidlertid sin Fange Klares (15). Der opstaar nu en heftig Kamp, hvori de tre Jævninger gjøre Underverker af Tapperhed og fælde mange Hedninger. Disses Anfører, Karmel af Sarabia, rider nu til, skjælder sine Mænd ud, fordi de lade sig kue af 3 Mænd, farer løs paa Oddgeir, hvem han saarer og kaster af Hesten. Rollant ytrer sin Sorg herover. Nu rider Hedningen Alfage frem, en Frænde af Kongedatteren Esklavenie, der havde skjenket ham et guldsømmet Mærke, han anfalder Oliver og kaster ham af Hesten, dog uden at saare ham. Denne springer rask op paa sin Hest igjen, og Kampen fortsættes til end mere Uleilighed for Franskmændene (16). Oddgeir kjæmper nu tappert til Fods med sit Sværd Kurtein, og befinder sig i stor Forlegenhed, men frelses af sin forrige Fange Klares, der endog dræber Høvdingen Moables for hans Skyld. Klares skaffer ham en Hest og lader ham ved tyve Mænd ledsage til sin Kjæreste, den smukke Kongedatter Alfamis. Hun var med to Damer, Gaute og Belamer, gaaet ud i sin Have at drage frisk Luft. Hun tager vel imod Oddgeir, hendes Damer afføre ham hans Vaaben, de pleie hans Saar, bringe ham til Sengs, og give ham af de søde Urter, som Gud satte i den Have, der heder Heilivaag. Han falder træt i Søvn og vaagner sund og frisk (17). Rollant og Oliver vedligeholde imidlertid Kampen med Hedningerne og fælde endnu 14 af dem, skjønt tvungne at trække sig tilbage for Overmagten (18).

Otvel har imidlertid savnet de tre Jævninger, Rollant, Oliver og Oddgeir, og aner, hvor de ere dragne hen. Han samler sine og Belesents Skarer, 700 Mand, efter at have opfordret Karl Magnus til at angribe Hedningerne, og de drage alle over Broen. Otvel rider et Pileskud foran sine Mænd, han har over sin Rustning et uskatterligt Klæde af fortrinlige Egenskaber, som Ild og Lue ei kan fortære, og som lagt paa en dødelig saaret Mands Legeme, om ei mere deraf end en Penges Værd, øieblikkelig helbreder ham. Han træffer nu Rollant ved en Fiskebæk, og irettesætter ham, fordi han har vovet sig saa faatallig mod Hedningerne, spørger ham, om han agter alene at fortære alle Hedningerne, han tror, at de vilde skaffe dem begge nok at gnave paa. Otvel faar nu Øie paa Oliver, som er haardt betrængt af en hedensk Høvding, han forfølger og fælder denne. Herefter opstaar en heftig Kamp, hvori navnlig Engiler udmærker sig ved at fælde en Mængde Hedninger (19). En Hedning

LXXXIX

Dræfanz (Arapa) fra Florient egger Klares til Kampen, denne fælder nu Foladrælemane (Drol af Alemanne) midt imellem mange Franskmænd. Arapa fælder derpaa Girard af Orliens, men bliver derpaa selv dræbt af Otvel, uagtet han er hans Frænde. Kong Klares fælder mange og trænger sig igjennem Franskmændenes Hær, hvor alt maa vige for ham, og kommer usaaret til sine Folk; han rider afsted med dem til Staden, og møder Hovedkongen Garsias Folk, det var 20 Tusinde, og nu mon Kampen begynde paa ny, dersom Dagen strækker til. Klares hæver atter sit Banner (20). Klares møder nu Otvel, og spørger, hvem han dog er, der i Dag har gjort slig Ødelæggelse paa Kong Garsias Folk. Otvel svarer, at han er Søn af Galien den kjække, hans Moder hed Dia, og at han har antaget Kristendommen, og af Karl Magnus faaet Lombardiet og hans Datter Belesent. Klares formaner ham til atter at ty til Maumet og lover at indlægge et godt Ord for ham hos Kong Garsia. Otvel afslaar det og erklærer, hvis han kan fange ham eller Kong Garsia, at han skal hænge dem i den høieste Galge. Tilsidst enes de om, ved Tvekamp at afgjøre, hvis Magt er størst, Kristi eller Maumets. Herefter skilles de. Franskmændene tage sig Natteherberge, pleie sine Syge og begrave de Døde. Otvel iler nu til Karl Magnus og modtages paa det kjærligste af Belesent. Paa Karl Magnus's Side holde Vagt om Natten Hugo og Alemannerne, Hedningerne holde Vagt paa sin Side og blæse i sine Horn hele Natten til Solopgang (21). Kong Klares staar op i Daggry og væbner sig, hans forskjellige Vaaben opregnes. Kongedatteren Alfamia ønsker Maumets Velsignelse over ham ved Afskeden. Maumets Billede sættes paa en pragtfuld Marmorvogn og føres over Elven. Klares kommer nu saa nær, at han kan overse Karl Magnus's Hær, og der overkommer ham Ængstelse for Kong Garsias Skjebne (22).

Karl Magnus staar tidlig op om Morgenen og begiver sig til Kamppladsen, ledsaget af Rollant, Oliver og Otvel, og en Mængde andre Mænd. En Ordvexling opstaar mellem ham og Klares, hvori denne fortæller ham, at han aldrig vil gjense Frankrig, og at Kong Garsia har skjenket hans Rige og Krone til den tappre Ridder Florient fra Subalis. Otvel beder ham opgive sine pralende Ord, han skal værge Kongens Sag med Vaaben (23). Franskmændene iføre nu Otvel Rustning, og de tolv Jævninger ledsage ham til Kamppladsen (24). Otvel møder nu Klares, og er efter Aftale kommen i Tvekamp at bevise Kristi Magt over Mahon (Maumet), og raader ham til at tro paa Marias Søn og fornægte Maumet. Klares afslaar dette, og begge ride nu mod hinanden, og begges Spydskaft sønderbrydes i Sammenstødet, og efter at begge have tildelt hinanden store Saar, fældes Klares tilsidst af Otvel. Kong Garsia havde sendt 3 Riddere til Kamppladsen for at tage Otvel til Fange, disse blive overvundne af Rollant, Oliver og Ermoen. Karl Magnus byder nu Franskmændene rykke mod Staden, Hedningerne flygte. Kong Garsia og Otvel træffe sammen, den sidste opfordrer Kongen til at antage Kristendommen og at underkaste sig Karl Magnus; da han vægrer sig herved, fælder Otvel ham i Kampen. Faa af Hedningerne undkomme (25). Oddgeir danske skjenker Alfanie Kongedatter Pardon og dem der førte ham til Staden, da Hedningerne tog ham, derpaa iler han til Karl Magnus, og modtages med Glæde af ham og hele Hirden. Derefter feirer Karl Magnus Otvels og sin Datter Belesents Bryllup. Bryllupet staar en halv Maaned, og der vanker Drik og Morskab, som sjelden findes i de nordiske Lande. Derefter drager Karl Magnus hjem til Frankrig, men Otvel bliver efter, og med ham en stor Mængde Riddere.

VII.

En Dag som Karl Magnus har samlet alle sine Mænd om sig og sidder med sin Dronning under et Oliventræ, spørger han hende, om hun vel veed nogen anden Konge i Verden, hvem Krone og Rustning klæder og anstaar saa vel som ham. Dronningen svarer noget uforsigtig, at hun veed En, der er anseligere mellem sine Mænd og som bærer sin Krone høiere. Herover fortørnes Kongen, og uagtet Dronningen ved Undskyldninger og Knæfald søger at stille hans Vrede, truer han hende tilsidst til at navngive, hvem hun mener. Hun nævner da Kong Hugon, Keiser i Miklagard, hvis Rige strækker sig lige til Kappadocien, og mellem Frankrig og Antiochien kan ingen stilles ved Siden af ham undtagen Karl Magnus. Kongen kalder nu sine Mænd til sig og meddeler dem sin Beslutning at drage til Jerusalem for at besøge den hellige Grav, og at han tillige vil lægge Veien om Miklagard for at træffe den Konge Dronningen har omtalt (1). Karl Magnus gjør sig nu rede med sine Mænd, de iføre sig Pilgrimsdragt og begive sig afsted og komme til Jerusalem. Ankommen der gaar Karl Magnus og de tolv Jævninger med ham til Kirken Paternoster, hvor vor Herre selv og hans tolv Apostle sang Messe. Karl Magnus og hans Jævninger sætte sig der i Kirken paa de samme Stole, som vor Herre og hans Apostle havde benyttet. En Jøde kommer til Kirken og gribes ved dette Syn af Forfærdelse og iler til Patriarken med Bøn at blive døbt, da han i Kirken har seet Gud selv og hans tolv Apostle. Patriarken stævner alle sine Geistlige til sig og gaar i Procession til Kirken, hvor Karl Magnus ved hans Komme reiser sig, gaar ham i Møde og kysser ham. Derpaa forklarer han Hensigten med sit Komme, at søge Reliqvier. Patriarken ønsker ham velkommen, og erklærer, at han nu, da han har siddet paa vor Herres egen Stol, herefter skal kaldes Overkonge over alle jordiske Konger. Kongen faar da mange kostelige Reliqvier, som samtlige opregnes (f. Ex. den hellige Simeons Arm, Lazarus's Hoved, af den hellige Stephanus's Blod, af Jomfru Marias Melk). Han lader gjøre et kostbart Skrin, hvor han gjemmer disse kostelige Klenodier, efter at mange Undergjerninger i Forveien ved dem ere skeede. Hernæst lader han en Kirke bygge og opholder sig derefter fire Maaneder i Byen. Han melder derpaa Patriarken sin Afreise, og denne formaner ham til at være en stærk Støtte for Kristendommen mod Hedningerne (2). Patriarken ledsager dem til Jerico, hvor han tager Afsked med dem, og de drage den lige Vei til Miklagard. Paa Veien ske mange Jertegn ved de Helligdomme, som Kongen fører med sig (3).

Karl Magnus kommer nu til Miklagard, og træffer der Kong Hugon, som er i Færd med at pløie; hans Plov er af Guld, og han udfører denne Syssel siddende paa en Guldstol og drivende sine Øxne med en Guldvaand. Kong Hugon tager vel imod Karl Magnus, og indbyder ham til at blive der et Aar og at forsyne sig med saa meget Gods, som han kan ønske. Karl Magnus ytrer, at denne kostbare Plov vel maatte gjemmes omhyggeligt. Hugon svarer, at om den end laa der syv Aar, vilde ingen forgribe sig paa den. Villifer af Orenge (Vilhelm af Oranien), ønsker, at han og Bertram havde Ploven i Frankrig, da skulde de nok ikke spare den. Hugon fører nu Karl Magnus til sin Hal. Denne er overordentlig pragtfuld. Taget bemalet med forskjellige Sagaer; den er rund, en Stolpe hæver sig i dens Midte, som hele Hallen hviler paa, og omkring denne staa hundrede mindre Stolper, alle forgyldte, og paa hver af dem er anbragt en Barneskikkelse af Kobber med et Elfenbenshorn for Munden. Da Stolperne ere hule inden i, trænger Vinden op i dem nedenfra, og ved en særegen Mekanisme frembringe Barnebillederne vidunderlige Toner gjennem Hornene og strække Fingrene smilende ud mod hverandre, som vare de levende. Karl Magnus sanner nu sin Kones Ord om Kong Hugon. Nu opstaar en skarp Vind, Hallen dreier sig nu rundt som et Møllehjul under Toner som af Englesang. Karl Magnus undres og forfærdes over alt dette, og han og hans Mænd kunne ikke holde sig paa Benene. Hugon beroliger dem, idet han forsikrer dem, at Vinden vil stille af mod Aftenen, hvilket ogsaa sker (4). Ved Aftensbordet kan ikke Oliver vende sit Blik fra Keiserens Datter, der er deilig som en Rose og Lilje. Der opvartes med mange herlige Retter af Dyr- og Fuglevildt, som Hjorte, Vildsvin, Traner, Gjæs, Høns, Paafugle, Ænder og Svaner, og med Mjød og forskjellige Slags Vin, og Gjæsterne underholdes med Musik af forskjellige Instrumenter. Efter sluttet Maaltid fører Keiseren Karl Magnus og hans Jævninger til et prægtigt Kammer, hvor der ere Senge af Kobber forgyldt, med gode Sengklæder (5).

I dette Hus er der en hul Stenstolpe, i hvilken Keiseren har anbragt en Mand, der skal lægge Mærke til, hvad Franskmændene tage sig fore om Natten. Saa snart de ere komne i Seng, begynde Franskmændene, efter sin Vis, at more sig med lystig Skjemt, og Karl Magnus foreslaar, at hver af dem skal nævne en Idræt, som han vil udføre den følgende Dag i Miklagaard, og Karl Magnus gjør da selv Begyndelsen. Han vil at Keiseren skal iføre sin kjækkeste Ridder dobbelt Brynje og sætte to Hjælme paa hans Hoved, dernæst skal han sætte ham op paa en fuldkommen brynjeklædt Hest, og da vil Karl Magnus kløve Ridderen og Hesten og hugge Sværdet et Spydskafts Længde ned i Jorden. Rollant vil faa Keiserens Olivanshorn, med dette vil han gaa udenfor Staden og blæse saa haardt, at alle Porte og Døre skulle springe op, og dersom Keiseren tør komme ud, da skal han blæse af ham Haar, Skjeg og alle Klæder (6). Oliver vil hvile hos Keiserdatteren, og dersom han ikke hundrede Gange paa een Nat har sin Villie med hende, maa Keiseren raade for hans Liv. Bernard vil møde 3 Heste i fuldt Løb, løbe over de to og op paa den tredie, og kaste med fire Æbler, medens Hestene ere i fuld Fart, og dersom noget af dem falder ned, da skal han give sit Hoved i Keiserens Vold (7). Villifer vil tage en Guldkugle, som ellers ikke 30 Mænd kunne orke, og løfte den med sin ene Haand, derpaa vil han kaste den mod Stadsmuren, saa at denne skal ramle ned fire, 40, Favne paa hver Kant. Oddgeir vil gribe om den Stolpe, som holder Hallen oppe, og vende den om, saa Hallen skal styrte ned (8). Den gamle Nemes vil iføre sig to Brynjer, med dem vil han hoppe fire Favne høiere end Borgens Høide, og derpaa sætte sig ned hos Keiseren og ryste sig saaledes, at alle Brynjeringene skulle springe fra hinanden som brændt Halm. Bæring vil, at Keiseren skal tage alle de Sværd, som findes i Staden, og stikke deres Hjalter ned i Jorden men sætte Oddene i Veiret, derpaa vil han stige op i det høieste Taarn og lade sig falde ned paa Sværdene, saa at disse skulle sønderbrydes, men han selv skal slippe uskadt derfra. Turpin Erkebisp vil bringe Elven, der falder forbi Staden, til at oversvømme hele Miklagard og fylde hvert Hus, hvorved Keiseren vil blive saa bange, at han skal flygte op i det høieste Taarn (9). Ernald vil sidde i kogende Bly, indtil det er bleven koldt, og derpaa staa op og ryste sig, saa at ikke det mindste Grand af Bly skal hænge ved ham. Eimer har en Hat gjort af en Søfisk, den vil han tage paa sig, gaa hen til Keiseren, naar han sidder til Bords, og spise hans Mad og drikke hans Vin op for ham; derpaa vil han liste sig bagpaa ham og give ham et Nævehug, saa at han skal falde frem over Bordet, og dernæst bringe alle hans Mænd i Haarene paa hinanden (10). Bertram vil faa sig fire Skjolde, med dem vil han drage gjennem alle Dale og Skove og skrige saa høit, at det skal høres fire Mil paa hver Kant, saa at alle Hjorte og Hinde skulle flygte ud af alle Skovene, og ligesaa Fiskene af Vandene. Gerin vil tage et Spyd, som er en Mands Byrde, hermed vil han skyde paa to Sølvpenge, som skulle ligge paa Slotstaarnet, saa at den ene skal falde ned, men den anden skal blive liggende ubevæget; derpaa vil han løbe saa raskt, at han skal tage Spydet i Luften, før det falder til Jorden. Naar Franskmændene ere færdige med sit Skryderi, falde de i Søvn. Speideren, som sidder skjult i Søilen, har hele Tiden gjort sine Bemærkninger til deres Ord (11). Han begiver sig nu til Keiser Hugon og fortæller ham om Franskmændenes Praleri. Keiseren vredes herover, og ytrer, at han har fortjent andet af Karl Magnus for sin Gjæstfrihed end Spot og Haan, og hvis de ikke kunne udføre, hvad de have sagt, vil han hugge Hovederne af dem (12).

Den følgende Morgen kommer Karl Magnus fra Kirke med de 12 Jævninger. Keiser Hugon gaar ham i Møde, foreholder ham deres ubøviske Ytringer den foregaaende Aften, og truer dem med Døden, hvis de ikke udføre sine Idrætter. Karl Magnus anfører til Undskyldning, at de havde taget for meget til sig af Vin, og at det er de Franskes Sædvane, naar de lægge sig om Aftnerne, at tale mangt og meget, baade Visdom og Daarskab. Han skal imidlertid faa vide af sine Mænd, hvad de have talt. Hugon klager over, at de have beskjemmet ham med sine Ord, og det har været Takken for hans Gjæstfrihed, men han vil sørge for, at de lade sligt fare for Eftertiden (13). Karl Magnus gaar med sine 12 Jævninger hen under et Oliventræ, hvor han beklager sig over, at Drukkenskaben saaledes skal have bragt dem til at forløbe sig. Han lader nu sine hellige Reliqvier frembære, kaster sig ned til Bøn tilligemed de andre Franskmænd, og beder Gud hjælpe dem i denne deres Forlegenhed. Gud sender da sin Engel, som forbyder dem for Fremtiden at spotte nogen paa denne Maade, men beder dem dog at være trøstige, da Gud denne Gang vil hjælpe dem til at udføre deres Idrætter (14). De komme nu til Hugon og erklære sig beredte til at staa ved sine Ord, dog foreholder Karl Magnus ham det utilbørlige i saaledes at lade en Speider belure deres Samtale. Hugon byder Oliver først udføre sin Idræt, hvis han ikke vil miste sit Hoved. Han hviler da hos Keiserdatteren om Natten og giver hende hundrede Kys (15). Den følgende Morgen sander Datteren paa Keiserens Spørgsmaal, at Oliver har fuldbyrdet sin Villie med hende. Villifer udfører derefter sin Idræt med Guldkuglen, han skyder den saa haardt mod Stadsmuren, at denne styrter ned 40 Favne paa hver Kant. Hugon beklager denne Ødelæggelse paa sin Stadsmur, og anser de Fremmede for Troldmænd. Karl Magnus spørger, om han vil se udført flere af deres Idrætter. Hugon vil, at Turpin skal fuldbyrde sin Bedrift, at lede Floden ind i Staden. Dette sker ogsaa, Floden oversvømmer Enge og Marker, trænger ind i Staden og fylder alle Huse. I sin Angst flygter Hugon op i det høieste Taarn. Karl Magnus og hans Jævninger have taget Plads udenfor Staden paa en Vold under et Træ. Hugon raaber til Karl Magnus og tilbyder at blive hans Vassal og betale ham Skat, dersom han vil frelse ham fra den truende Fare. Karl Magnus beder da til Gud, at Vandet maa indtage sit forrige Leie, og Gud opfylder hans Bøn (16). Hugon indser nu, at Gud er med Karl Magnus, og erklærer sig i hele Hærens Paahør for hans Vassal. Han ønsker ikke at se flere af Jævningernes Idrætter, da de udførte ere ham fuldkommen nok. Karl Magnus modtager Lenshøiheden over Hugon, de gaa begge i en høitidelig Procession til Kirken, med sine Kroner paa Hovedet. Hugon bærer sin meget lavere, da Karl Magnus er en Fod og tre Haandgreb høiere end Hugon. Franskmændene blive enige om, at Dronningens Ytring om Karl Magnus, at nogen Konge kunde stilles ved Siden af ham, var ubeføiet, thi paa hele Jordrige findes ikke hans Lige (17). Turpin Erkebisp, som den fornemste af de Geistlige, forretter den Dag i Kirken, og efter endt Tjeneste begive alle sig til Hallen, hvor et glimrende Maaltid er anrettet med de herligste Retter og Vine. Hugon tilbyder Franskmændene at forsyne sig af hans Rigdomme, hvilket dog Karl Magnus afslaar, da de allerede have nok. Ved Afskeden give de hinanden gjensidig Foræringer og holder Hugon Stigbøilen for Karl Magnus, medens han bestiger sin Hest, og de kysses til Farvel. Kongedatteren forsikrer Oliver om evig Troskab, og ønsker at følge med ham til Frankrig, dog meldes der ikke, at hun fulgte med ham denne Gang. Efter mange Møisommeligheder og Strabadser paa Reisen kommer Franskmændene hjem (18). Der er stor Glæde i Paris ved Karl Magnus's Hjemkomst. Til Kirken St. Denis forærer han Frelserens Tornekrone og den Nagle, hvormed han blev korsfæstet, og mange andre Helligdomme, og andre Reliqvier skjenke han til andre Steder i sit Rige. . Dronningen faar Tilgivelse for sine uforsigtige Ord (19).

VIII.

Hernæst drager Karl Magnus til Spanien, hvor han i 7 Aar underlægger sig alt langs Havet, saa at der ikke findes en Stad eller Borg, som jo er i hans Magt, undtagen Saraguze, der ligger paa et Fjeld. Der hersker den hedenske Konge Marsilius (1). Denne kalder til sig sine Hertuger og Jarle, forestiller dem sin betrængte Stilling og æsker deres Raad. Ingen svarer ham undtagen Blankandin, der raader ham at sende Karl Magnus kostbare Gaver, at tilbyde sig at antage Kristendommen, og i den Anledning indfinde sig hos ham til Michaels Messe, da han tillige skal hylde ham som sin Lensherre, for herved at bevæge ham til at drage tilbage til Frankrig. Dersom han forlanger Gidsler, maa man sende ti eller tyve, iblandt dem en af Marsilius's og Blankandins egne Sønner. Dette Raad antages (2). Marsilius sender nu ti af sine kløgtigste Mænd, Blankandin som deres Formand, de skulle med Olivengrene i Hænderne, som Tegn paa Fred og Underkastelse, begive sig til Karl Magnus, der beleirer Staden Acordies, og forkynde ham, at Marsilius vil antage Kristendommen og underkaste sig. De drage afsted ridende paa hvide Muler (3). Karl Magnus har just indtaget og ødelagt Acordies, da Sendemændene komme. Han sidder i en Have under Skyggen af et Træ, omgiven af sine Mænd, der more sig med Skak- og Bretspil og Dystrenden. Sendemændene fremføre sit Ærinde. Da Keiseren har Betænkelighed ved at tro paa deres Ord, byde de Gidsler. Om Aftenen blive de Fremmede overflødig trakterede (4). Den næste Morgen raadfører Karl Magnus sig med sine Baroner om Marsilius's Tilbud. Rollant mener, at man ikke bør fæste nogen Lid til Marsilius, som før har vist sig troløs, da han dræbte Keiserens to Sendebud, Jarlerne Basan og Basilies. Karl Magnus sænker Hovedet og stryger sit Skjeg, og Franskmændene ere alle tause, undtagen Guinelun, der taler for Marsilius's Forslag, da den, der ytrer sig herimod, ikke bryder sig om, hvad Død Franskmændene lide. Nemes taler ogsaa for, at man bør vise Marsilius Skaansel, da han er overvunden, og raader at sende en af Baronerne til ham (5). Nemes tilbyder sig at udføre denne Sendefærd og forlanger Handske og Stav. Karl Magnus afslaar hans Tilbud, ligeledes tilbagevises Rollant, Oliver og Turpin, som dernæst tilbyde sig. Han byder nu sine Høvdinger vælge en af Baronerne til denne Færd. Rollant foreslaar nu Guinelun, sin Stedfader. Guinelun bliver nu opbragt paa Rollant og truer ham, men denne ler kun ad hans Trudsler. Han tilsiger Rollant, Oliver og alle Jævningerne sit bestandige Had. Han ængstes for den samme Skjebne, som overgik Basan og Basilies. Da Karl Magnus rækker ham Brevet til Marsilius, falder dette af Haanden paa ham, hvilket af Franskmændene ansees som et ondt Forvarsel (6). Guinelun gaar nu til sit Telt og ruster sig, binder Guldsporer paa og omgjorder sig med sit Sværd Muraglais og bestiger sin Hest Taskabrun, medens hans Frænde Guinimus holder hans Stigbøile. Mange af hans Mænd beklage sig over hans Afreise og ville ledsage ham. Han afslaar dette og ytrer, at det er bedre, at han dør alene, end at hans Mænd ogsaa skulle opofres (7).

Guinelun rider nu afsted tilligemed Blankandin og de øvrige hedenske Sendemænd. Blankandin omtaler med Berømmelse Karl Magnus's Bedrifter, men anser ham nu for saa gammel, at han ikke kan mangle meget i 300 Aar. Guinelun stemmer i med i hans Lovtaler over Karl Magnus, men dadler Rollant for hans Overmod, og siger, at alt Ondt hidrører fra ham, og han er imod Forliget med Marsilius og vil ikke ende, før han har underkuet alle Folkeslag. Begge blive nu enige om Rollants Død (8). De komme til Saraguze, og Blankandin tager Sendemanden ved Haanden og leder ham frem for Marsilius. Guinelun fremfører sit Budskab, at Marsilius, dersom han antager Kristendommen, skal erholde Halvdelen af Spanien, men hvis ikke, skal han bringes i Lænker til Frankrig og lide den forsmædeligste Død. Marsilius vredes og vil i sin Harme slaa Guinelun med en Stav, han holder i Haanden. Denne drager sit Sværd og vil forekomme ham. Marsilius lader sig dog berolige af sine Mænd, og indtager atter sit Sæde (9). Guinelun erklærer, at ikke Frygt for Døden skal afholde ham, fra at røgte sit Ærinde. Han kaster sin Kappe af, holder sit dragne Sværd i Haanden, gjentager sit Budskab og overleverer Karl Magnus's Brev. Da Marsilius læser det, fælder han Taarer af Ærgrelse og drager i sit Skjeg, Brevet indeholder nemlig den Fordring, at han skal udlevere sin Farbroder Langalif, som voldte Basans og Basilies's Død, i modsat Fald bliver der intet af Forliget. Langalif fordrer, at Guinelun skal overgives til ham, at han kan give ham den fortjente Død for hans Stortalenhed. Guinelun sætter sig til Modværge (10). Marsilius samles med sine Høvdinger til Raadslagning, og Blankandin aabenbarer ham, hvad han har aftalt med Guinelun. Han henter derpaa denne, og Marsilius undskylder sin foregaaende Heftighed, og giver Guinelun en kostbar Kappe i Foræring, og byder ham andre Gaver. Han taler derpaa om Karl Magnus's høie Alder, 200 Aar, og om hans Reiser og Erobringer. Guinelun berømmer høit Karl Magnus, hvis Venskab han ikke vil miste, men saa længe Rollant, Oliver og de andre Jævninger leve, vil han ikke slaa sig til Ro (11). Marsilius tror med 400,000 Riddere at kunne overmande Karl Magnus. Guinelun erklærer dette for en Umulighed, det er bedre, at han sender ham Foræringer og Gidsler, da vil han drage tilbage til Frankrig og lade Rollant tilbage med 20,000 Mand, disse vil Marsilius tilsidst kunne faa Bugt med. Naar Rollant er falden, da vil Spanien faa Fred og Ro. De sværge hinanden Eder paa Maumets Lovbog (12). Flere hedenske Høvdinger forære Guinelun Vaaben. Dronning

Baimunde giver ham to kostbare Smykker til hans Kone. Guinelun begiver sig paa Hjemveien, medtagende Gods og kostelige Gaver til Karl Magnus (13).

Karl Magnus er nu kommen til Staden Valterne. Da han, efter at have hørt Messen tidlig om Morgenen tilligemed Rollant, Oliver, Nemes og andre Høvdinger, skal sætte sig til Bords, indtræffer Guinelun. Han bringer Nøglerne til Saragnze, og beretter, at Marsilius sender store Rigdomme og 20 Gidsler; Langalif er med 100,000 Mand, for ikke at paatvinges Kristendommen, flygtet til Havet, hvor han har indskibet sig, og er total forlist; Marsilius vil lade sig kristne og i alt efterkomme Karl Magnus's Villie. Franskmændene bryde nu op og marschere til Runzival, hvor de tage Natteherberge. Hedningerne forberede imidlertid sin svigefulde Plan (14). Om Morgenen efter holder Karl Magnus Husthing med sine Mænd. Her bliver det efter Guneluns Forslag bestemt, at Rollant skal lades tilbage at vogte Landet, skjønt Keiseren meget nødig gaar ind herpaa. Rollant beder om Karl Magnus's Bue, og lover at den ikke skal falde af Haanden paa ham, som Handsken (eller Brevet) faldt af Haanden paa Guinelun. Rollant vil lade sig nøie med 20,000 Mand, og beder Keiseren reise og være ubekymret for hans Folk (15). Rollant, Oliver og de 12 Jævninger med 20,000 Mand ere nu tilbage i Runzival, Valter Jarl stilles som Forpost og har en Fægtning med Kong Amalre af Balverne (16).

Karl Magnus rider nu tilbage til Frankrig med sin Hær over høie Fjelde og gjennem mørke Dale, og saa trange, at i en Strækning af 15 vælske Mil kunde man høre Larmen af deres Vaaben. Ved Skilsmissen fra Rollant kunde Ingen tilbageholde Taarerne, og allermindst Karl Magnus, fordi han havde en Anelse om Guineluns Svig. Hertug Nemes spørger om Grunden til hans store Kummer. Han fortæller, at Guds Engel havde vist sig for ham om Natten og sønderbrudt et Spydskaft mellem hans Hænder, deraf veed han, at Rollant er svegen, og mister han ham, bliver det et uerstatteligt Tab for ham (17).

Marsilius ruster sig nu og samler i 3 Dage 400,000 Mand. Hans Søstersøn faar Lov til at kjæmpe med Rollant, og 12 Andre af Marsilius's Folk skulle stilles imod de 12 Jævninger. Der opregnes nu flere af de Hedninger, der brænde af Begjærlighed efter Kamp med Rollant og Jævningerne (18, 19, 20). Oliver betragter Hedningernes overlegne Antal, og ser, at de Kristne have en liden Styrke at stille imod dem, han beder derfor Rollant blæse i sit Horn, for at Karl Magnus kan blive hans Nød vær og vende om med sin Hær. Han gjentager denne Anmodning 3 Gange, men Rollant afslaar den hver Gang, da han anser det for en Skam at benytte denne Udvei. Oliver mener, at det ikke under disse Omstændigheder kan lægges nogen til Last, da Hedningernes Antal er saa stort, at alle Bjerge og Dale ere opfyldte med dem (21). Rollant, Turpin Erkebisp og Oliver holde opmuntrende Taler til sine Folk (22). Marsilius's Søstersøn rider frem og haaner Franskmændene, men fældes af Rollant. Falsaron, Marsilius's Broder, vil hævne sin Søstersøn og rider imod Oliver, men fældes af denne. Turpin kaster derpaa Kossables død af Sadlen. Nu ere da 3 af de ypperste Hedninger, som havde bestemt sig til Kampen mod Rollant og Jævningerne, faldne (23). Kampen fortsættes med Heftighed, flere hedenske Høvdinger fældes, Rollant, Oliver og Turpin ere altid i Spidsen (24, 25). Mange Undertegn ske i Frankrig, ved Middag bliver der mørkt som om Natten, alt som Forbud paa Rollants Fald. Ved Runzival er der saa mange Døde, at af 100,000 Mand undkommer kun een, Margariz, som melder Marsilius Hedningernes Nederlag (26).

Nu begynder den anden Kamp. En Hedning Klibanus fælder Jarlen Engiler, hvis Død hævnes af Oliver (27). Nu falder ogsaa Hertug Samson for Valdebrun, som til Gjengjeld bliver kløvet tvertigjennem af Rollant. Malkus fælder Angseis (28). Denne sønderhugges af Turpin. Nu falde fremdeles 4 af Jævningerne, Rollant hævner dem, og intet kan modstaa hans Sværd. Hedningerne maa atter sande Franskmændenes Tapperhed, flygte og melde Marsilius sit Nederlag (29).

Marsilius ruster sig nu til den tredie Kamp, og rykker ud med en Hær, bestaaende baade af Spaniere og Blaamænd. Turpin begynder denne Gang Striden. De Kristne maa nu ligge under for Overmagten, de have kun faa Folk tilbage. Rollant siger nu til Oliver, at han vil blæse i sit Horn, for at faa Karl Magnus's Hjælp. Oliver erklærer, at det nu vilde være en Skam at gjøre det, havde han før villet lytte til hans Raad, havde det været en anden Sag; dersom han nu blæser i sit Horn, skal Olivers Søster Auda aldrig hvile i hans Arme. Havde han før fulgt hans Raad, vilde Marsilius have været fangen, Ulykken maa han tilskrive sit Egensind (30). Turpin hører deres Ordvexling, han forestiller dem, at Hornblæsen nu lidet kan hjælpe dem, men at den dog kan kalde Karl Magnus tilbage for at hævne dem paa Marsilius og hans Folk og drage Omsorg for deres Lig. Rollant sætter nu Hornet for Munden og blæser, saa at man kan høre det 15 franske Mile. Karl Magnus og hans Mænd høre det, Guinelun benægter det. Rollant blæser anden Gang, saa at Blodet flyder ham af Munden og hans Tindinger briste. Karl Magnus bemærker nu, at Rollant ikke vilde blæse saaledes, hvis han ikke var stedt i Nød. Guinelun svarer spottende, at Karl Magnus snakker som et Barn, skjønt han er gammel og graa af Alderdom. Nemes vil, at man skal ile Rollant til Hjælp. Karl Magnus lader nu blæse i sine Lure, og byder sine Mænd at ruste sig. Han overgiver Guinelun til sin øverste Kok, der sætter ham op paa en Hest, med Ansigtet vendt mod dennes Hale, og fører ham under Pidske- og Næveslag til et Fangehul. Herefter drage Franskmændene tilbage for at komme Rollant til Undsætning (31).

De fleste Kristne ere nu faldne, og Rollant ytrer, at det anstaar de Øvrige at lade sit Liv ved Siden af dem. Han rider imidlertid ind mellem Hedningerne og dræber 25 efter hinanden, og opfordrer de andre til Flugt, hvis de ikke ville dele hines Skjebne. Senere hugger han Haanden af Marsilius og fælder hans Søn. Nu flygter Marsilius (32). Paa Kamppladsen bliver tilbage Langalif med 60,000 Blaamænd, han hersker over Kartagia, Afrika, Etiopia og Gamaria. Langalif rider mod Oliver og støder sit Spyd igjennem hans Ryg. Oliver har nu faaet sit Banesaar, han hugger imidlertid med sit Sværd Atakle (Hauteclaire) til Langalif i Hovedet og slænger ham død af Hesten. Herpaa rider Oliver frem mellem Hedningerne og hugger rasende til begge Sider, han møder nu Rollant, hugger til denne og kløver hans Hjelm, da han for Blod ikke kan se ud af Øinene. Da Rollant spørger, hvi han gjorde dette, beder Oliver om Tilgivelse, da han ikke har kunnet se ham, og da han føler Døden nærme sig, stiger han af Hesten, falder paa Knæ og beder Gud om Tilgivelse for sine Synder, lægger sig paa Jorden og dør. Rollant gribes af Afmagt, da han ser sin Vens Død, men sidder saa fast i Stigbøilerne, at han ikke kan falde af Hesten (33). Alle ere nu faldne paa Rollant, Turpin og Valter nær. Denne sidste er gjennemboret af mange Spyd, men han vil, siger han til Rollant, dyrt sælge sit Liv. Disse tre fælde nu i kort Tid 1000 Riddere. Imidlertid falder Valter. Der blæses nu i 1000 Horn, og det er Karl Magnus, der nærmer sig med sin Hær. Mange Hundrede af Hedningerne storme nu ind paa Rollant og Turpin, disse værge sig endnu kjækt og dræbe 20 af dem. Hedningerne berede sig nu til Flugt, da de høre, at Franskmændene ere i Anmarsch, de kløve imidlertid Rollants Skjold og Brynie og fælde hans Hest, og flygte med den Ytring, at Rollant har overvundet dem alle (34).

Rollant er nu til Fods, han gaar hen paa Kamppladsen for at opsøge sine faldne Kammerater, han bringer dem alle hen til Turpin Erkebisp. Tilsidst finder han ogsaa Oliver, hvem han trykker til sit Bryst, og synker derpaa afmægtig om af Sorg. Turpin tager da Hornet Olivant og vil ile efter Vand til Rollant, men kan paa Grund af Saar og Blodtab ikke komme af Stedet og styrter død om. Rollant kommer nu til sig selv, da han ser Turpin ligge henstrakt død paa Jorden, hæver han Hænderne mod Himmelen og beder Gud være ham naadig paa Dommens Dag. Han mærker nu sin nærforestaaende Død, han beder Gud sende sig sin Engel Gabriel, vender sig mod Spanien, gaar op paa en Høi, hvor han sætter sig under et Træ mellem fire Marmorstene, og falder i Afmagt (35). En Hedning ligger paa Valpladsen, han har anstillet sig død, men reiser sig nu op, gaar hen til Rollant, griber Sværdet Dyrumdale, sigende at han vil have det med til Arabien, han tager derpaa hans Horn i sin Haand og ryster hans Skjeg. Herved kommer Rollant til sig selv, vrister Olivant af Haanden paa Hedningen og giver ham dermed et Slag i Hovedet, saa at han styrter død til Jorden. Rollant føler nu Døden nærme sig, han gaar hen og hugger Dyrumdale i Klippen, men Sværdet bliver helt. Rollant roser dets Egenskaber, Karl Magnus har faaet det sendt af Gud ved hans Engle, han opregner alle de Bedrifter, han har udført dermed, og alle de Helligdomme, som ere indsluttede i dets Hefte, og vil derfor ikke at Sværdet skal komme i Hedningernes Magt. Tilsidst strækker han Hænderne mod Himmelen, beder Gud om Tilgivelse for sine Synder og opgiver sin Aand. Gud sender sine Engle Michael, Gabriel og Raphael for at bringe hans Sjæl til Paradiset. (36).

Karl Magnus kommer nu til Runzival, hvor han finder Jorden oversaaet med døde Kristne og Hedninger. Han kalder sine Jævninger ved Navn, men ingen svarer. Karl Magnus's og hans Mænds Sorg er stor. Hertug Nemes gjør nu opmærksom paa, at man i en Afstand af to Mile kan se Støvet af de flygtende Hedningers Marsch. Karl Magnus efterlader 3 Jarler med 1000 Mand at tage Vare paa de Døde, og sætter efter Fienderne. Da Aftenen nærmer sig, stiger han af Hesten, knæler ned og beder Gud lade Dagen længes og Natten kortes. En Engel aabenbarer sig og tilkjendegiver ham, at Gud har hørt hans Bøn, Dagslyset vil ikke svigte ham i Kampen, og han skal kun med Iver fuldbyrde sin Hævn paa det hedenske Folk. Han forfølger nu Hedningerne, og fælder dem til begge Sider. Hedningerne standses i sin Flugt af en Flod, de paakalde sine Guder Terrogant, Apollo og Maumet om Hjælp, og styrte sig i Vandet; nogle synke til Bunds, nogle drive døde til Lands, og de der ere tilbage blive dræbte. Karl Magnus kan ikke denne Aften komme tilbage til Runzival, og Franskmændene tage sit Natteherberge der, hvor de nu befinde sig (37). Karl Magnus afører sig ikke sin Rustning, han har sit Skjold ved Hovedet og sit Sværd Jouis om sig. Han falder i Søvn af Mødighed, og en Engel støtter hans Hoved om Natten. Han drømmer 3 Gange. Han synes at være ude i et forfærdeligt Uveir, Storm, Regn, Sne og Lyn, og at hans Folk anraaber ham i sin Skræk om Hjælp, da deres Vaaben ødelægges af Uveiret. Anden Gang synes han at befinde sig midt imellem en Mængde vilde Dyr, der ville fortære hans Mænd; da han iler dem til Hjælp, angriber en Løve ham og faar begge hans Ben i sin Mund; det forekommer ham usikkert, hvem af dem der bliver den Seirende. Tredie Gang synes han at være hjemme i Frankrig i sin Hal, hvor han har Lænker paa sine Fødder; han ser 30 Mænd fare til Staden Ardena, hvilke tale sig imellem og sige, at Karl Magnus er overvunden og vil aldrig herefter bære sin Krone i Frankrig (38). Om Morgenen efter rider Karl Magnus med Franskmændene tilbage til Runzival, hvor han finder Rollant liggende mellem fire Stene, med den høire Haand holder han om sit Sværdhefte og i den venstre har han sit Horn Olivant. Karl Magnus stiger af Hesten, kaster sig ned paa Jorden, kysser Rollant og beklager sig over hans Død. Han falder dernæst i Afmagt og ligger som død. Nemes stænker Vand i hans Ansigt og tiltaler ham med opmuntrende Ord, ingen maa elske en Afdød saa meget, at han derover forsømmer sig selv levende. Kongen reiser sig nu op og byder den stærkeste af sine Riddere at bringe ham Rollants Sværd. Denne er ikke i Stand til at faa det løst. Han sender en anden, men med samme Udfald. Endelig sender han 5, der skulle tage i, hver med sin Finger, men forgjæves. Rollants Kraft og herlige Egenskaber rinde nu atter Karl Magnus i Hu, og han falder paany i Afmagt. Nemes bringer ham ved trøstende Tiltale atter til sig selv; hans Mening er, at man ikke vil faa Sværdet fra ham, før en ligesaa god Mand, som han var, tager i Heftet. Karl Magnus holder nu en lang Bøn, reiser sig derpaa og gaar selv hen at tage Sværdet, hvilket da bliver løst. Han tager Heftet af for de kostelige Helligdommes Skyld, og kaster Klingen ud i Vandet langt fra Land, da ingen er værdig at bære Sværdet efter Rollant. Han finder siden de 12 Jævninger, der alle ligge ved Siden af hinanden, saaledes som Rollant havde lagt dem (39). Han lader Jævningerne svøbe i Liglagen, men er siden meget bekymret med Hensyn til sine øvrige Mænd, at han ikke kan adskille dem fra Hedningerne. Nemes raader ham igjen til at henvende sig til den, som altid hjælper i Nød, Gud. Han vaager derpaa om Natten i Bøn med alle sine Folk, og beder, at Gud vil aabenbare ham, hvilke blandt de faldne vare kristne. Gud gjør da det Underværk, at de hedenske Lig blive overvoxede med Buske, de kristne derimod ligge utildækkede. Han lader derpaa de Kristne begrave, undtagen Rollant og de 12 Jævninger, der blive lagte paa Baarer og førte til Arsis, Hovedstaden i Proventa, hvor Ligene blive bisatte og Sjælemesser sungne for dem i alle Stadens Kirker. En stor Sum (1200 Mark veiet Sølv) bliver ofret før deres Lig stedes til Jorde og betydeligt Jordegods skjødes til det Sted, hvor de hvile. Derpaa drager Karl Magnus hjem til Paris, og bærer Sorg i sit Sind, skjønt man ikke kunde mærke det paa ham (40).

Efter at have været hjemme nogen Tid og udhvilt sig efter dette Tog, kalder Karl Magnus sammen alle sit Riges Høvdinger for at raadslaa om, hvad der skal gjøres ved Guinelun for hans Forræderi mod Rollant og de 20,000 Mand, som faldt med ham ved Runzival. Der bliver talt frem og tilbage, men man kan ikke fatte nogen Bestemmelse, før Hertug Nemes reiser sig og holder en lang Tale, der slutter med det Raad, at Guinelun skal lide den forsmædeligste og værste Død. Dette vinder Karl Magnus's og alle øvriges Bifald. Guinelun bliver nu hentet ud af sit Fængsel, hvor han har hensiddet i Lænker, og bindes mellem to vilde Heste, der slæbe ham viden om Frankrig, saa at han dør med et sønderlemmet Legeme. Herefter lader Karl Magnus frede og styrke sit Rige, sætter Mænd til at styre i sine Lande og til at rydde sine Fiender af Veien. Siden skal Karl Magnus have havt mange Kampe, men seiret i faa, skjønt han beholdt sit Rige til sin Dødsdag (41).

IX.

Karl Magnus har engang dræbt en Konge og erobret hans Stad. Denne Konge har efterladt sig en ung og smuk Kone og to Sønner. Hos Karl Magnus er den Gang en herlig Mand ved Navn Vilhjalm Korneis, der i Tapperhed kun har staaet tilbage for Rollant. Til denne har han skjenket det erobrede Rige og Kongenavn og givet ham den unge Dronning til Ægte. En Dag som Vilhjalm falder i Søvn med Hovedet paa sin Kones Knæ, stryger hun sine Hænder gjennem hans Lokker og opdager et graat Haar i hans Hoved. Ved denne Opdagelse støder hun Hovedet bort med det Udraab: Fy du Gamle! Vilhjalm vaagner og springer op fortørnet over disse Ord, og erklærer, at han vil forlade hende og sit Rige og herefter opofre sig til Guds Tjeneste. Uagtet hendes Undskyldninger og Taarer bliver han ved sit Forsæt, og efter at have anbefalet hende, at hun skal faa sin Broder Reinald til at varetage Riget med sig, kysser han hende til Afsked og rider bort. Han kommer omsider til et Kloster i Sydlandene, hvor han tilbyder Abbeden og Klosteret sin Tjeneste. Dette Tilbud modtages, og han ombytter sin Rustning med Munkehætten. Vilhjalm mærker snart, at Munkene have mere Interesse for verdslig Fordel end Ordensregelen, han gjør Abbeden opmærksom herpaa, men faar Utak til Løn. Naar der komme Gjæster til Klosteret, er Vilhjalm altid for sig selv, hvilket hine antage finder Sted paa Grund af Misgjerninger (1). En Vinter imod Jul er der Mangel paa Kost i Klosteret. To Veie føre til Kjøbstaden, den ene lang, den anden kort men farlig paa Grund af Røvere. Vilhjalm tilbyder sig at udføre deres Ærinde, hans Tilbud antages, og han faar Lov at drage den Vei, han selv vil. Han spørger, om han faar Lov at værge Klosterets Eiendomme. Nei, det faar han ikke Lov til. Skal han da lade Røverne tage Klæderne af sig uden Modstand? Han skal lade dem tage de øvrige Klæder, kun ikke Skjorten. Han lader sig gjøre et Brogbelte besat med Guld. Han drager nu afsted den længere Vei med en Veiviser og to Asener til Kjøbstaden, hvor de gjøre Indkjøb af Malt og Hvede. Da de skulle begive sig paa Hjemreisen, er Tiden saa langt fremskreden, at de ved at reise den længere Vei ikke kunne naa hjem til Julen, de vælge derfor den kortere Vei og fortsætte paa denne lige til Juleaften, da de faa Øie paa Klosteret, og de tro nu at have overstaaet al Fare. Vilhjalm gaar foran med en Stav i Haanden, den anden gaar efter og driver Asenerne. Pludselig løber Veiviseren ind paa ham og siger, at Røvere forfølge dem. Han byder ham gaa i Forveien til Klosteret, han vil vente paa dem. Tolv brynjeklædte Mænd indhente ham nu og spørge ham om Navn, han kalder sig Dartiburt. De forlange derpaa det, han fører med sig. Han siger, at det er Klosterets Eiendom, og beder dem for Guds Skyld være fredsommelige, da det er til deres eget Bedste. En af dem slaar ham nu over Ryggen med den flade Sværdklinge. Vilhjalm beder Jomfru Maria om Taalmodighed til at modstaa Fristelsen. De bemægtige sig nu alt det Gods, han har med sig. Abbeden og hans Munke staa ude og se paa dette. Vilhjalm udtaler sin Forundring over, at Røverne tage Provianten fra ham, men ikke bryde sig om de Kostbarheder, han har under sin Munkehætte. En af Røverne kommer da tilbage og slider af ham Brogbeltet, som han erkjender for en stor Kostbarhed, og slaar ham derpaa om Hovedet med det. Nu vredes Vilhjalm, han farer hen til et af Asenerne, river

VII*

af det den ene Bov og slaar dermed den nærmeste Røver ihjel, den samme Skjebne har en anden, og de øvrige gribe Flugten. Han gaar nu hen til Asenet, føier Boven til, hvor han har revet den fra, beder til Gud, og strax reiser Dyret sig op i god Behold. Da han nu kommer til Klosteret, finder han Portene lukkede, han bryder dem op, opsøger Abbeden og Munkene, der havde skjult sig af Frygt for ham, og pisker dem til Gavns, den ene efter den anden, idet han beder dem at drage sig denne for deres Ugudelighed vel fortjente Tugtelse til Nytte. Derpaa gaar han sin Vei, og man hører nu ikke mere til ham (2).

Karl Magnus har taget sig meget nær af Vilhjalms Bortreise, og har gjort mange frugtesløse Forsøg paa at spørge ham op. Han sørger nu over Tabet af Rollant, sine 12 Jævninger, Oddgeir, Otvel og Vilhjalm, da han selv er gammel og aflægs. Hans Fiender samle nu en Hær for at hævne sig paa ham. Deres Anfører er Kong Madul, Broder af Marsilius, som kjæmpede med Rollant ved Runzival, han falder nu ind i Karl Magnus's Lande, hærjer og ødelægger. Karl Magnus samler ogsaa alle Konger, Hertuger og Jarler, der vare ham lenspligtige, og lader atter anstille Efterforskninger om Vilhjalm baade paa Sø og Land, men alt forgjæves. Han rykker nu imod Hedningerne, men har en langt mindre Hær end dem (3).

Langt syd i Landene ved en Skov bor en Mand Grimaldus med sin Hustru, han er af mere end almindelig Væxt, har stort Skjeg men ikke synderligt Mod, er rig paa Gods, Heste og Vaaben, og driver gjerne selv sin Hjord til Skoven. En Dag træffer han i Skoven en Mand med Munkehætte paa, et Hoved høiere end ham selv, som spørger efter Nyt. Grimaldus fortæller ham, at stor Rædsel behersker alt Folket, og Karl Magnus er ligeledes forknyt, da hans Høvdinger svigte ham, og det ser ud til, at han vil ligge under i Kampen mod sine Fiender, han savner nu Vilhjalm Korneis og kan ikke faa ham opspurgt, alle have faaet Ordre til at slutte sig til ham, men ingen synes om at fare. Den Fremmede tilbyder sig for godt Naboskabs Skyld at drage i Kampen i Steden for Grimaldus, dersom denne vil udstyre ham med Hest og Vaaben, da hans Lyst staar til denne Færd. De enes om dette, og Grimaldus skal ernære Hesten en halv Maaned med Korn. Til bestemt Tid kommer den Fremmede igjen, han tager nu Grimaldus og hæver ham op i Veiret, og spørger, hvad Kongen tager sig til. Grimaldus svarer, at han agter at levere Slag. Den Fremmede spørger derpaa, om Grimaldus staar ved deres Aftale, hvortil denne svarer Ja. Den Fremmede gaar nu hen til Hesten og sparker til den med Foden, den rokkes ikke derved, derpaa rykker han i Sadlen, og Sadeltøiet holder. Han erklærer Hesten for god. Han tager nu paa sig et sort Skjeg, sætter Hjelm paa Hovedet, og lader intet andet end Øinene komme til Syne af sit Ansigt, omgjorder sig med Sværd, tager Spyd i Haand og stiger paa sin Hest, og ser ud som en rigtig Kriger. Han kommer nu til Karl Magnus's Hær og indtager Grimaldus's Plads. Keiseren holder paa Thinget Tale til sine Mænd, hvori han fornemmelig dvæler ved Tabet af Vilhjalm, lover en stor Belønning i Guld til den, som kan give ham Efterretning om denne, samt sin Datter og Jarleværdighed til den, der tilføier Kong Madul Skade, og slutter med at opfordre alle til at gjøre sit bedste i Striden. Grimaldus (d. e. hans Stedfortræder) er i Spidsen for sin Skare, og alle undres over hans Dristighed, da han ikke er bekjendt som nogen Helt. Han rager over alle andre ved sin Høide, han rider saa rask forbi Kongen og saa nær, at dennes Hest vakler, Kongen helder sig til Siden, de se hinanden skarpt i

Øinene, og idet Grimaldus spænger frem i Hedningernes Fylking, smiler Kongen. Han hugger til begge Sider, fælder den fiendtlige Bannerfører og 7 andre Riddere, og tilsidst nedlægger han den hedenske Konge, hvis Hoved han griber i Luften, og raaber, at nu ere Hedningerne overvundne. Karl Magnus forfølger nu de Flygtende, og kommer derpaa tilbage til Valpladsen, hvor han finder den hedenske Konges Krop, som han lader bringe til sit Telt, og vil opfylde sit givne Ord. Flere Riddere komme nu med et Hoved, som de paastaa tilhører dette Legeme, men Karl Magnus lader sig ikke narre og siger, at han kjender den, der har dræbt Kongen (4).

Hættemanden og Grimaldus træffe hinanden atter, og hin byder nu denne, at han skal tage Hovedet med sig og ride til Kongen og bede denne gjøre sig til Jarl, men han skal være sin Hustru tro. Han skal ogsaa være rede til at følge ham senere, naar han opfordres dertil. Grimaldus stiger nu paa sin Hest, kommer til Kongen og foreviser Maduls Hoved, der passer nøie til Kroppen, og navngiver sig. Kongen spørger, hvor den Mand nu er, som han før har seet paa denne Hest. Grimaldus siger, at ingen anden Ridder end han har siddet paa denne Hest, og han gjør nu Fordring paa den lovede Belønning. Kongen mærker nu, at Alderen maa have svækket hans Syn, dersom Grimaldus er den, som rokkede ham paa Hesten. Kongen vil, at han skal sige, hvem der har udført denne Daad, han havde troet at kjende Vilhjalm. Grimaldus gjør Paastand paa Værdigheden, men vil ikke have hans Datter, da han før er gift. Kongen ser nu nøiere paa ham og siger, at det er Frygten, som den Gang har bragt ham til at anse disse Øine for Vilhjalms. Han beder ham sige, hvem der har givet ham Hovedet. Han svarer, at han tog det i Luften, da det føg af Kroppen. Kongen siger endelig, at den vel har anseet sig værdig at raade i denne Sag, som har leveret ham Hovedet, og han spørger nu, hvad han fordrer. Grimaldus forlanger Jarls Navn og tilhørende Værdighed. Dette faar han, og er den ringeste af hans Jarle (5).

Nogle Aar herefter drømmer Grimaldus en Nat, at den Fremmede med Hætten kommer til ham, og beder ham begive sig til Karl Magnus, for sammen med denne at opsøge hans Lig i en Klippehule, som han betegner ham, hvor han har boet 25 Aar. Hans Forlangende er, at Karl Magnus der skal bygge en Kirke. Naar Grimaldus har opfyldt denne hans Begjæring, da vil han have betalt sin Gjeld til ham. Grimaldus vaagner og fortæller sin Kone Drømmen. Hun opfordrer ham til at efterkomme denne Opfordring uden Tøven. Men han er ængstelig for at komme til at forebringe Kongen noget Falskt. Han falder atter i Søvn, og den samme Mand viser sig igjen, og er nu vred og beskylder ham for Utaknemmelighed, det skal gjælde hans Liv, dersom han ikke adlyder. Han vaagner og fortæller atter Konen Drømmen. Hun beder ham ikke at være Befalingen overhørig. Han vredes over hendes Ord og falder tredie Gang i Søvn. Atter viser denne Mand sig for ham og er nu meget opbragt, slaar ham med sin Kjep i Hovedet og siger, at nu skal han miste det ene Øie for sin Forstokkethed. Drømmesynet forsvinder derpaa. Denne Gang adlyder Jarlen, han iler til Karl Magnus og fortæller ham omstændelig denne Aabenbaring. Kongen bryder hurtigt op, de begive sig hen til det angivne Sted, hvor de finde en Mand nylig død, hvis Ansigt vender mod Øst. En herlig Vellugt dufter dem i Møde. Keiseren, som her gjenkjender sin kjære Ven Vilhjalm Korneis, lader hans Lig med Hæder begrave, og opbygger der en Kirke, hvortil han skjenker meget Jordegods og andre Herligheder. Herpaa fratager han Grimaldus Jarlenavnet og sætter ham til

Forvalter der, og han og hans Hustru tjene der Gud, saa længe de leve. Karl Magnus farer hjem til Frankrig med sine Mænd (6).

X.

Keiser Konstantinus i Miklagard gribes af Ængstelse over Karl Magnus's Udraabelse til Keiser i Rom, hidtil har Konstantinopel været den eneste Keiserresidents i Kristenheden. Denne Ængstelse beroliger Karl Magnus ved venlige Breve og ved at befæste Freden mellem Staterne. Ved denne Tid bliver Patriarken Johannes fordrevet af Hedningerne fra Jerusalem og tyer til Miklagard, han ledsages af mange gjæve Mænd. Miklagardskongen tager vel imod ham, men ved at høre Beretningen om Patriarkens Fiender indser han strax, at hans Magt er for liden til at kunne yde denne nogen forsvarlig Bistand, og beder derfor Gud om Hjælp og Raad.. Om Natten i Drømme aabenbarer en Engel sig for ham, han byder ham at kalde Frankernes Konge Karolus til Hjælp, tillige fører han frem for ham en fuldvæbnet Ridder, hvis Rustning og Udseende nærmere beskrives, læggende til, at dette er den Gud har udvalgt. Kongen vaagner og takker Gud for dette Syn. Johannes gjøres bekjendt hermed, og efter Samraad med ham skriver Kongen et egenhændigt Brev til Karl Magnus, hvori han skildrer det hellige Lands Nød og Patriarkens Forjagelse, og slutter Brevet med fem Vers paa Latin, der gjengives i Oversættelse. Dette Brev kommer Karl Magnus i Hænde og vækker hans dybe Medfølelse for Herrens Grav. Turpin Erkebisp oplæser det i Oversættelse for Folket, som strax ivrig forlanger, at Kongen her skal yde sin Hjælp (1).

Karl Magnus samler en stor Hær, kommer vel og lykkelig over Havet og op til Jorsalaland. Her støder han paa en stor Skov, farlig paa Grund af vilde Dyr. Hæren har ingen Veiviser igjennem denne Skov, da han tror at kunne klare den samme Dag. De overfaldes af Natten og forvilde sig i Mørket. Hæren leirer sig nu under aaben Himmel, og Kongen vaager om Natten i sit Telt og synger sine Salmer. Under dette hører han en Fugl pibe lige over sit Hvilested, dens Stemme er saa høi, at den høres over hele Hæren, og hver Mand vaagner. Kongen vedbliver sin Salmesang, og da det lyser af Dagen begynder atter Fuglen at lade sin Røst høre og siger to Gange til Kongen de Ord: Franskmand, hvad siger du? Kongen staar nu op og klæder sig. Denne lille Fugl flyver nu foran og fører dem hen til den Vei, de havde fulgt den foregaaende Dag. Og nu ere de da hjulpne. Pillegrimme fortælle, at siden denne Tid synge Fuglene i den Skov forstaaelige Ord. Han forjager nu og ødelægger Hedningerne, besøger Jerusalem og drager derpaa nordover til Miklagard. Her afslaar Karl Magnus de mange Gaver, som Miklagardskongen byder ham, han har befriet Landet for Guds Skyld og ikke for verdslig Skjenk. Dog lader han sig endelig bevæge til at modtage af den græske Konge nogle Reliqvier fra Kristi Korsfæstelse. Patriarken paalægger alle Franskmændene 3 Dages Faste (2). Karl Magnus skrifter den tredie Fastedag for Biskop Ebroim. Da Biskopen aabner Æsken med vor Herres Tornekrone i, strømmer en saadan Vellugt igjennem Kirken, at alle Tilstedeværende tro sig henflyttede til Paradiset. Karl Magnus kaster sig til Jorden og anraaber vor Herre om at fornye sine Mirakler. Uopholdelig efter hans Bøn kommer Dug fra Himmelen ned over Tornetræet, saa at det begynder at blomstre. Biskopen klipper Blomsterne af og slipper dem ned i et Trækar, som Karl Magnus har faaet i Stand. Medens Blomsterne sprang ud, kommer atter den deilige Duft, saa at alle Syge der i Kirken blive friske; blandt dem er der en Mand, som i 20 Aar og fire Maaneder havde været stum, blind og døv; denne faar sit Syn, idet Tornekronen tages ud, han faar Mælet, da Blomsterne springe ud, og faar endelig sin Hørelse, idet Biskopen berører Blomsterne med Saxen. Biskopen rækker Karret med Blomsterne til Karl Magnus, denne tømmer dem ned i en Handske og giver Karret tilbage til Biskopen, da han nu skal have noget af selve Tornen. Kongen fælder Taarer rørt over Guds Jertegn, og idet han tager imod Tornegaven og har en anden Handske paa rede Haand til denne, vil han give fra sig den første med Blomsterne, rækker Haanden ud og tror at levere den til Biskopen. Dennes Øine ere imidlertid ogsaa blendede af Taarer, og ingen af dem ser klart, hvad den anden foretager sig; Biskopen tager saaledes ikke imod den ham rakte Handske, og denne bliver paa en vidunderlig Maade svævende i Luften en lang Stund. Da Kongen helder Blomsterne af Handsken ned i det for dem bestemte Gjemmested, forvandles de til Manna, som vi kalde Himmelmel. En Mængde Mennesker strømme hen til Kirken, hidkaldte af den søde Duft, idet de udraabe: Her er Paaskedagen, her er Herrens Opstandelse. Karl Magnus faar endnu flere Reliqvier, en Del af Herrens Kors, hans Svøbelsebelte og Svededug, Jomfru Marias Serk og Simeons Arm. Det kan vække Forundring, at disse Ting opbevaredes i Miklagard og ikke i Jorsalaland, men det skeede, fordi de her vare mindre udsatte for Ufred af hedenske Folk. Mange i Grækenland prise Karl Magnus's Komme did, thi mangen drikker nu glad i sit Glas, som før laa paa Sotteseng. Mange Jertegn ske nu paa hans Hjemreise. Da han kommer til Frankrig, fører han Helligdommene til den Stad, som heder Aqvisgranum, hvilken nogle kalde Achis eller Tachin. Her helbredes ogsaa mange Syge. Den 13de Juni indstiftedes som Festdag for disse Helligdomme. I Achis opfører Karl Magnus en Kirke for Jomfru Maria, som han kalder Maria rotunda (3).

Speculum Historiale fortæller, at paa Karl Magnus's Dage forherligedes Sallinus[1] Biskop i Staden Ambianis (Amiens). Denne Stad var anlagt af Keiser Antoni(n)us Pius, der gav den Navn af en Elv, som flyder i Nærheden, og kaldte den Lambon. Siden opslog Gracianus, Søn af Valentinianus, sin Residents der og kaldte den Ambianis, da den paa alle Kanter omgives af rindende Vand. Her levede Biskop Sallinus, en stor Jertegnsmand. Samtidig med ham var i Ambianis Kong Hisperich, der bekjendte sig til Ariuss Sekt, han benægtede de tre Personer i Guddommen, og siger, at han vil kunne bringe Sallinus til Enighed med sig i denne Tro. Dette er dog saa langt fra Tilfældet, at Sallinus, saa snart han hører om dette Kongens Udsagn, erklærer at ville sønderrive og opbrænde den Bog, hvori denne Lære findes. Dette Kjætteris Afskyelighed havde Amphilotus (Amphilochius), Biskop i Iconium oplyst, der levede paa Keiserne Theodosii og Archadii Tider. Dreven af sit Had til Arianiterne kommer han til Keiser Theodosius, for at bevæge ham til ved Lov at bestemme, at disse Kjættere ingen Forsamlinger maatte holde i hans Rige. Keiseren vil dog ikke gaa ind herpaa. Da han er reisefærdig, gaar han ind i det Herberge, hvor Kongerne vare, her hilser han Theodosius, men lader som han ikke ser Sønnen Archadius. Theodosius, som anser dette for Glemsomhed af Biskopen, raaber efter ham. Biskopen vender tilbage og spørger, hvad der vækker hans Misnøie. Kongen siger da, at han ikke hilsede hans Søn. Biskopen siger, at han hædrede Theodosius hans Fader, og det maatte være nok. Kongen tilkjendegiver da, at ingen hædrer ham selv, naar han ikke tillige viser hans Søn den skyldige Ærbødighed. Da udbryder

[1]) Spec. Historiale kalder ham Salvius.

Biskopen: Naar du, en dødelig Mand, synes ilde om, at din Søn ikke vises kongelig Ære, hvorledes maa da vel Gud Fader synes om, at hans eenbaarne Søn mister den ham tilkommende Ære i Arianernes Vantro. Heraf føler Keiseren sig truffen, og han gaar nu i Et og Alt ind paa Biskopens Forlangende vedkommende Arianiterne.

Denne Biskop Amphilotus var en Støtte for Sallinus i hans Foragt for Arianerne. Sallinus var ivrig i sit geistlige Kald og drog viden om at prædike. Overalt førte han med sig en kostbar Embedsornat, den var snehvid og gjennemvirket med Guld, især udmærkede sig det hans Embedsdragt tilhørende Belte, vævet af rødt Guld og besat med kostbare Ædelstene. En Paaskedag, da han havde forrettet i St. Martins Kirke i Staden Valent, bliver han inviteret til den kongelige Gaardsfoged Girards Hus, hvorhen han lader bringe sine Sager og sin kostbare Biskopsskrud. Denne sidste vækker Gerards Søn Vinigards Begjærlighed, og efter Samraad med Faderen lader han Biskopen tilligemed hans tro Tjenestemand kaste i et underjordisk Fængsel, hvor han lader dem dræbe af en Træl. Dernæst lader han hans Legeme grave ned paa et Sted, hvor hans Faders Kreaturer holdtes inde om Nætterne. Dog her ske to Underværker. En af Hjordens Tyre tager sig fore altid at holde det Sted rent og ryddeligt, hvorunder disse to Martyre hvile, og holder alle de øvrige Kreaturer borte med sine Horn. Dernæst viser der sig en lysende Søile over denne Kvægstald, der kan sees langt borte. En Kvinde i en Landsby Berenticum gaar hen til Stedet for nærmere at undersøge denne Lysning, og opdager derinde tvende Lamper, der skinne med en overordentlig Klarhed. Hun passer paa flere Nætter, og ser altid det samme Syn, og indberetter det da til Præsterne (4).

Hele denne Begivenhed aabenbares for Karl Magnus 3 Nætter efter hinanden. Han iler da til Staden Valent, lader gribe Gerard, hans Søn Vinegard og Trællen Vingar, og truer dem til at angive Biskop Sallinus's Hvilested. Derefter lader han stikke Øinene ud paa dem alle tre, og lader desuden Fødselslemmerne afskjære paa Fader og Søn. Han lader derpaa Helligdommene optage og lægge paa en Vogn, for hvilken han spænder mange Oxer, men disse kunne ikke flytte Vognen af Stedet. Nu lader han kun to af dem tilbage foran Vognen, og da disse faa Lov at gaa, hvor de selv ville, drage de uden Vanskelighed Vognen afsted, og standse foran St. Martins Kirke, hvor Biskop Sallinus sang sin sidste Messe. Kongen ser nu, at det er Guds Villie, at den hellige Sallinus skal begraves her. Medens Kongen befinder sig her, kommer en Kvinde til ham, som klager over, at hendes Broder har bedraget hende for hendes Arvelod. Broderen benægter dette. Kongen befaler ham, at fralægge sig Beskyldningen ved at aflægge Ed i St. Martins Kirke paa Sallinus's Legeme. Han er villig dertil. Dog aldrig saa snart har han svoret Eden før han revner tvert over, saa at hans Indvolde velte ud. Om Gerard er det at fortælle, at han angrer sin Brøde, hans Søn derimod er fræk nok til at søge til St. Martins Kirke for at bede Biskopen om Hilsebod, men da han kommer ind i Kirken, begynder denne at ryste som af Jordskjælv, og Manddraberen flygter skyndsomt ud og tyer til et Kloster, hvor han kastes paa Sygeleiet og lider daglig Kval for sin Misgjerning. Trællen Vingar flygter ogsaa til St. Martins Kirke, hvor han med Ydmyghed beder Biskopen om Miskundhed for sin Brøde med Taarer og Knæfald, bekjendende, at han nødtvungen har udført det onde Verk. Som Tegn paa Tilgivelse giver Helgenen ham Synet tilbage paa det ene Øie (5).

En hellig Bog bevidner, at Pave Adrianus havde skjenket Karl Magnus det Privilegium at udnævne Kirkens Formænd over hele Frankrig og Saxland, og hverken før eller siden har Kirken været saa vel betjent. Det samme Privilegium havde hans Efterfølgere, den ene efter den anden, indtil Gregor den Syvende fandt det nødvendigt at tage det tilbage under Pavestolen. Da Karl Magnus er bleven skrøbelig af Ælde, bliver han syg i Aqvisgranum, og som han er Døden nær, tildrager sig det, som nu skal fortælles (6). Som Turpin Erkebisp holder sin Bøn i Kirken i Staden Vienna, kommer der en Døsighed over ham, og under denne har han et Syn. Han ser en Flok Djævle komme farende, og sidst mellem dem en Blaamand, som synes at lede Toget. Turpin spørger ham, hvor de skulle hen. Blaamanden svarer, at de skulle til Aqvisgranum for at hente Karl Magnus's Sjæl til Helvede. Erkebispen beder dem drage den samme Vei hjem for at melde ham Udfaldet af deres Ærinde. Efter en ganske kort Tids Forløb komme de urene Aander tilbage samme Vei meget bedrøvede og nedslagne. Erkebispen spørger, hvorledes det har gaaet dem. Blaamanden svarer, at de en Stund havde haabet et heldigt Udfald for sig, da Karl Magnus's gode og onde Handlinger skulde veies, men pludselig var der kommen en hovedløs Mand fra Galicia, slæbende en Masse Sten og Træ, og alt dette slængte han i Vægtskaalen, saa at denne sank til Jorden, deres Bestræbelser vare derfor til ingen Nytte. Erkebispen kommer herpaa til sig selv, og takker Gud, fordi Karl Magnus's Sjæl var frelst. Turpin Erkebisp melder nu Borgerne i Vienna Karl Magnus's Død (7).

Keiser Karl Magnus hensover i Gud i en høi Alder Kalendas Februarii. Ved hans Død og Ligbegjængelse ere tilstede de ypperste Mænd i Verden, Pave Leo, de gjæveste Høvdinger fra Rom, Erkebiskoper, Lydbiskoper, Abbeder og en Mængde Mennesker, som havde stimlet sammen fra alle Kanter i Aqvisgranum ved Rygtet om Keiserens Sygdom. Hans Bisættelse foregaar med en hidtil i Frankrig uhørt Pragt. Hans Legeme iføres kongelig Skrud og sættes paa en Guldstol opret, ligesom han var levende, en Krone af det pureste Guld sættes paa hans Hoved, og fra denne Krone gaa to Guldbaand bag under Stolbenene, hvorved Legemet holdes i den opreiste Stilling. De fire Evangeliers hellige Text, skreven med Guldbogstaver, lægges i hans høire Haand, men den venstre lægges paa Skriften, ligesom han sidder til Doms, pegende paa Lovbogen. Lige over for ham stilles hans Hærskrud. Gravmælet, der hvælver sig som en Bue over ham, belægges med Guld og lukkes paa alle Kanter, saa at ingen Menneskehaand kan komme ham nær. — Bogen slutter med gode Ønsker for ham, der har skrevet Sagaen eller ladet den skrive, for ham, der har fortalt den, og for alle dem, der have hørt paa den (8).

KARLAMAGNUS SAGA OK KAPPA HANS.

Sá konungr hefir ráðit fyrir Frakklandi er Pippin hét, vitr konungr ok vinsæll ok harðla ríkr; hann átti sér dróttningu er Berta hét, ok var kölluð Berta hin fótmikla. Þau áttu son er Karl hét ok dœtr tvær, hét hin ellri Gilem, en Belesem hin yngri. Þá hafði Karl 2 vetr ok 30, er Pippin konungr andaðist. En eptir dauða konungs vildu þeir menn sem verit höfðu riddarar hans drepa Karl, en allsvöldugr guð, sá er fyrir hafði hugat þessum ágæta konungssyni hina hæstu sœmd konungligrar sœmdar í allri veröldunni, lét þat eigi fram fara, ok sendi engil sinn at segja Karli, at þeir höfðu ráðit honum bana; ok þá fór hann at hitta ráðgjafa sína ok sagði þeim þessa vitran. En þeir urðu fegnir vitraninni, en þótti mjök illa er þessi svik váru brugguð, ok vissu þá eigi fljótliga hvat af skyldi ráða, fyrr en þeir vissi hverir þeir væri. Réðu þeir þá Karli fyrst at forða sér, ok eptir þat fóru þeir brott leyniliga allir saman ok kómu í Ardenam til þess riddara er Drefia hét, ok sögðu honum sín erendi. En hann var góðr maðr ok trúlyndr ok mikils valds ok vel ríkr, ok sagðist aldri skyldu Karli bregðast. Þá spurði Karl, hvert ráð hann skyldi gera fyrir systrum sínum. En Drefia bað hann senda eptir þeim, ok skal ek geyma þeirra, þvíat ek em þinn maðr ok mínir fjárhlutir eru í þínu valdi. Karl svaraði: Ek hefi engan mann at senda eptir þeim, ok bið ek, at þú sendir eða farir sjálfr, ok þó leyniliga, svá at engi várr úvin verði víss um vára hérvist. Ok eptir þat fór Drefia ok sótti jungfrúrnar ok aðrar tvær meyjar með þeim; hét sú önnur Oden ok var dóttir Videluns hertoga, en önnur hét Beatrix, dóttir Valams jarls af Alemavi. Ok þá er þær kómu þangat, varð Karl feginn þeirra komu. Ok er þau váru mett at náttverði, fóru þau at sofa. Ok er Karl var sofnaðr, kom guðs engill einn til hans ok bað hann upp standa ok fara at stela. En honum þótti þat kynligt, at engillinn bað hann þetta gera, eðr hversu hann skyldi at fara, er hann kynni ekki at. Engillinn mælti, at hann skyldi senda eptir Basin þjóf, ok skyldi þeir fara báðir saman, fyrir því at af þessu efni máttu öðlast ríki þitt ok hafa líf þitt ok sœmd, ok er flest til þess vinnanda. En er hann vaknar, segir (hann) drauminn, ok létu þeir þegar leita Basins, til þess er hann fannst. En í fyrstu er Basin sá Karl, hræddist hann; en hann stóð þegar upp í móti honum ok mælti: Velkominn Basin, vit skulum vera kumpánar ok förunautar ok stela báðir samt. Basin svaraði: Lávarðr, ek vil feginn vera þinn þjónostumaðr. Karl játaði því, ok gerðist Basin honum handgenginn. Ok eptir þetta er Karl hafði tekit hann til trúnaðarmanns, þá kallar hann til sín ráðgjafa sinn þann er Namlun hét, ok sagði honum, at hann vildi fara með Basin at stela sér, sem guð hafði boðit honum fyrir engil sinn. Nu vil ek, at þit Drefia báðir samt geymit vel systra minna, meðan ek em í þessarri ferð. Þeir játuðu því ok sóru við guð ok [trú sína] at þeir skyldu þeirra [vel geyma. Namlun] þessi var son Videluns[1] . . . . . .

2. [2]Eptir þat bjoggust þeir Karl ok Basin brott um morgininn eptir, ok fóru þeir Namlun ok Drefia á leið meðr þeim langt brott or[3] bœnum, ok varaði Namlun Basin við, at hann skyldi aldri nefna Karl réttu nafni sínu. En hann spurði, með hverju nafni hann skyldi þá nefna hann; en Namlun svaraði: Magnús skaltu nefna hann, þvíat ef fjándmenn hans verða varir viðr hann, þá óttumst ek þá.[4] Karl sagði, at þetta mætti[5] vel verða. Namlun tók eitt fingrgull af hendi sér ok fékk Karli ok mælti við hann: Þat sem þér berr at hendi, þá skrifa bréf ok innsigla meðr fingrgullinu ok send mér, þá man ek kenna. Síðan mintust þeir viðr Karl klökkvandi ok skildust svá. Riðu þeir nú um miðja Ardenam til þeirrar borgar er Tungr heitir, ok dvöldust um daginn í skóginum undir borginni í húsi hjóna tveggja fátœkra, en um nóttina riðu þeir í borgina undir einn eyðivegg, ok stigu þeir þar af hestum sínum, ok stóð Magnús þar eptir hjá hestunum, en Basin gékk í höllina jarlsins er Renfrei hét. Hann fór hljóðliga ok [hlýddist um, ok[6] sváfu þeir allir er inni váru. Hann gékk til kistu einnar ok lauk upp ok ætlaði sér byrði af gulli ok silfri ok góðum klæðum ok bar þat til Magnús félaga síns, ok bað[7] at þeir mundu brott fara. Magnús svaraði: Eigi skal svá vera; nú skal ek fara ok prófa, hvers ek verð[8] víss. Þá svaraði

---

[1]) *Her er en liden Lacune i Codex B.* [2]) *Her begynder Codex b.* [3]) frá b. [4]) fyrir hans hönd *tilf.* b. [5]) mátti b. [6]) [*saal.* b; hlýddi á B. [7]) kvað b. [8]) verða b.

Basin: Ek skal fara með þér, því at þu stalt¹ aldri enn, ok vil ek þat nú kenna þér. Þeir færðu þá hesta sína í eitt leyni langt í brott, svá at eigi skyldi heyra til þeirra; síðan géngu þeir inn í höllina. Þá mælti Basin við hann: Stattu hér sem ek býð þér ok hrær þik hvergi, til þess er ek kem aptr til þín. Síðan leiddi Basin hann til hvílu Renfreis jarls ok lét hann standa millum þils² ok tjalds. Basin gengr þá til hestahúss Renfreis ok vildi taka hest hans. En er hestrinn varð varr við hann, þá tók hann at frýsa ok at hristast, ok gerði mikit um sik, svá at Renfrei vaknaði við ok bauð hestasveininum at forvitnast hvat hestinum væri. En er Basin heyrði þat, þá réð³ hann upp á bitann ok lagðist þar endilangr.⁴ En hestasveinninn gengr til hestsins, ok vildi hann aldri kyrr vera, fyrr en allir vöknuðu þeir er inni váru. [Renfrei jarl spurði, hvat hestinum væri, en hann varð við ekki varr. Fór sveinninn í hvílu sína, ok sofnuðu allir⁵ nema jarl, hann mælti við [frú sína: Sjá er einn lutr, frú, er ek vil segja þér, ok skaltu honum vel leyna. Herra, segir hon, skyld em ek þess. Hann mælti:⁶ Þú veizt nú, at Pippin konungr er andaðr, en hann á eptir einn son er Karl heitir. Hann er svá ágjarn maðr, at hann vill allar þjóðir undir sik leggja; hann ætlar at láta vígja sik til konungs at⁷ jólum í Eissborg ok bera kórónu. En vér 12 er ríkastir erum í konungsins⁸ veldi, höfum svarit eið, at vér skulum hann sigra ok eigi hans ofsa né yfirgang yfir oss hafa;⁹ ok svá skulum vér at honum vinna, sem nú man ek þér segja: Vér höfum látið gera 12 knífa tvíeggjaða af hinu harðasta stáli, ok á jólakveldit, er hann hefir haldit hirð sína, skulu vér drepa hann ok alla menn hans. Síðan skulum vér saman samna öllum várum vinum, ok skal vígja mik til konungs hér í Tungr. Þá svaraði frúin: Herra, segir hon, ekki stendr yðr svá at gera, fyrir því at þú ok þínir ættmenn hafa æfinliga þjónat hans foreldrum, ok því átt þú hans þjónostumaðr at vera, ok ger eigi þetta hit illa verk, ver heldr vin hans traustr, ella geldr þú þess ok þitt afsprengi. Þegi fól, segir hann, svá skal vera sem ráð er fyrir gert. Frúin mælti: Hverir eru þessir þínir vinir, er þú trúir svá vel til slíkra stórráða, at þér skulut ganga móti réttum konungi, þeim sem borinn er til ríkis ok tignar? Hann mælti: Þar er fyrstr maðr Heldri bróðir minn, annarr Annzeals af Hoenborg, þriði Jsinbarðr af Jref,¹⁰ ok með honum kumpán hans Reiner,¹¹

¹) *saal. b*; stelr *B*. ²) þilis *b*. ³) kleif *b*. ⁴) á sem hann var langr *b*. ⁵) [ok jarl forvitnaðist sjálfr hvat hestinum væri, ok lét tendra kerti; en er hann sá, at þar var ekki, fór hann í hvílu sína, ok sofnuðu þegar allir riddarar í höllinni *b*. ⁶) [*saal. b; Lacune i B*. ⁷) á *b*. ⁸) keisarans *b*. ⁹) líða *b*. ¹⁰) Tref *b*. ¹¹) Remus *b*.

hinn fjórði Segbert af Salimborg: með þeirra fulltingi skulum vér eignast Bealfer ok Alemanniam ok Langbarðaland;[1] þá er hinn sétti Tankemar af Vensoborg ok Tamr[2] bróðir hans, átti Jngelrafn af Rodenborg: meðr þeim þremr skal ek eignast Danmörk ok Frísland; hinn 9di Rozer af Orlaneis, hinn 10di Folkvarðr af Pirapont, hinn 11ti Rezer af Jrikum, hinn 12ti Valam[3] af Brittollis:[4] meðr [þessum fjórum[5] skulu vér eignast Peitu[6] ok Nordmandi, Bretland ok Angiam[7] ok Meniam, Bealfes ok Dukames,[8] Hia, Paris ok Leons ok alla Kartaginem. Heldri bróðir minn skal vera hertogi, en ek keisari í Rómaborg. Frúin mælti: Herra, segir hon, hversu hafi þér þetta ráð staðfest? Hann svaraði: Svá, segir hann, at vér höfum svarit eiða við alla guðs helga menn, at vér skulum allir at einu [ráði vera ok[9] drepa Karl á þann sama dag sem hann er vígðr. Skulu vér ganga inn í svefnhús[10] hans, ok hafa sinn kníf hverr várr í sinni ermi, ok þá skulu vér vega at honum allir í senn. Herra, segir hon, ilt ráð ok armt hafi þér meðr höndum, þar sem þér várut allir handgengnir föður hans Pippin konungi, en hann gerði yðr ríka menn, skemmiliga launi þér honum fagrar sœmdir. Hó hó, Karl, mikill harmr er þat, ef[11] þú skalt svá úvirðuliga deyja. En jarl varð reiðr mjök ok laust meðr hnefa sínum á munn hennar[12] ok nasir, svá at hvártveggja blœddi. En hon laut fram or hvílunni ok vildi eigi láta blœða á klæðin. En Karl sópaði blóðinu í glófa[13] sinn hœgra, en hon lagðist þá aptr upp í hvíluna. En Basin sté þá hljóðliga niðr af bitanum ok gékk um höllina í hring[14], ok gat svá gert með sínum klókskap, at allir menn [í höllinni sofnuðu[15]. Síðan gékk hann til[16] hvílu jarls ok tók sverð hans, ok kom eptir þat til Magnús ok kallaði hann til ferðar með sér, sagði hann þá jarlinn sofa ok alla menn[17] aðra. Basin tók þá[18] söðul ok beisl er jarlinn átti ok fór enn til hestsins ok ætlaði at taka,[19] en hestrinn frýsti[20] sem fyrr ok lét illa, ok mátti Basin eigi nær honum koma, ok varð hann þessu mjök reiðr ok lét sem hann vildi höggva hestinn með sverðinu. En Magnús stöðvaði ok tók af honum[21] beislit ok lagði við hestinn, ok síðan söðlaði hann hestinn. Stóð hann þá svá kyrr sem hann væri grafinn niðr. Síðan sté hann á bak honum. Þá vaknaði frúin ok sá ljós mikit í höllinni, ok vakti hon jarlinn ok sagði honum; en hann hljóp upp við ok í dyrrnar, ok þótti þetta þó kynligt. En Basin hafði lokit upp höllinni, ok váru því opnar dyrr hennar.

[1]) Lungbarðaland *b*. [2]) Tanir *b*. [3]) Valalin *b*. [4]) Bitollia *b*. [5]) [þeim *b*. [6]) *saal. b*; Petta *B*. [7]) Angliam *b*. [8]) Dukamel *b*. [9]) [*saal. b*; at *B*. [10]) svefnhöll *b*. [11]) er *b*. [12]) henni *b*. [13]) *saal. b*; lófa *B*. [14]) kring *b*. [15]) [sofnuðu, þeir sem þar váru inni *b*. [16]) at *b*. [17]) *tilf. b*. [18]) nú *b*. [19]) hann *tilf. b*. [20]) enn *tilf. b*. [21]) sverðit ok svá *tilf. b*.

8. Eptir þetta géngu þeir til hesta sinna, ok bundu fjárluti [sína á hest¹ Basins, en Magnús reið jarls hesti, ok Basin þeim sem Karl hafði riðit áðr. Þeir fóru nú til húsa fátœka manns, er þeir höfðu fyrr með verit, ok dvöldust þar um hríð. Geymdi fátœki maðr hesta þeirra ok þinga. Ok er þeir váru mettir, fóru þeir at sofa; fátœki maðr lauk aptr dyrum.² [Ok enn³ vitraðist Magnúsi guðs engill ok mælti viðr hann: Farðu sem skjótast ok hugga móður þína ok systr, þvíat þær eru mjök hryggvar af þínu brotthvarfi. En móðir þín er með barni, þvíat hon varð hafandi⁴ nökkuru áðr en faðir þinn andaðist, ok man hon meybarn fœða, ok skal hon Adaliz heita. Ok eptir þat vaknaði hann ok þakkaði guði vitran þessa, ok vakti Basin ok bað þá búast. En hann spurði, hvert þeir skyldu þá fara. Til Peituborgar⁵ til móður minnar. Síðan fóru þeir þaðan, ok gáfu fátœka manni mikit af fjárlutunum, ok fóru alla þá nótt. Ok at miðjum degi kómu þeir til borgarinnar ok riðu fram fyrir hallardyrr móður hans, ok stigu þar af hestum sínum. Ok stóð Basin úti ok hélt hestum þeirra, en Magnús gékk inn í höllina til dróttningar, þar sem hon lá. En henni þótti kynligt,⁶ hví hann fór einnsaman, ok stóð upp í móti honum ok kysti hann. Síðan settust þau niðr í hvíluna, ok bað hon hann fara af klæðum sínum. Hann bað fyrst láta hesta þeirra á stall ok ganga eptir félaga sínum. En hon bauð Berarði⁷ hestasveini sínum geyma hestanna ok varðveita vel. Þá vildi Karl ganga eptir Basin, en dróttning spurði, hverr Basin sá væri. En hann sagði, at hann væri hinn bezti vinr hans. Dróttning bað Huga þjonostumann sinn ganga eptir honum. Ok þá er Basin kom inn, stóð Karl upp í móti honum ok bað hann sitja hjá sér í hvílunni. Dróttning mælti: Er þessi félagi þinn? sagði hon. Já, sagði hann, þessi er minn bezti kumpán ok vinr. Basin mælti: Magnús, sagði hann, skulum vit hér dveljast í nótt? Seg vinr, kvað [hon, gefr þú⁸ Karli þetta auknefni? En hann svaraði: þessa nafns⁹ hefir hann allmjök þurft fyrir úvinum sínum, er hann vilja svíkja. En hon spurði hann þá sjálfan, hversu hann yrði þess víss? En hann svaraði: Með guðs miskunn, þvíat engill hans bauð mér at stela með Basin þjóf. En hon varð felmsfull viðr þetta, ok spurði, ef hann væri kristinn. En hann kvazt vera skírðr en eigi byskupaðr. Ok er hon heyrði þat, þá sendi hon þegar menn til Trevisborgar¹⁰ eptir Rozeri erkibyskupi, at hann skyldi koma til móts viðr hana. Ok þá er erkibyskupinn kom, varð hann feginn aptrkvámu Karls. Dróttning mælti við erkibyskup: Því senda ek eptir yðr, herra, at ek vilda,

¹) [á bak *b*. ²) durum *b*. ³) [þá *b*. ⁴) at því *tilf. b*. ⁵) *saal. b*; Pettisborgar *B*. ⁶) undarligt *b*. ⁷) Berarin *b*. ⁸) [dróttning, gaftu *b*. ⁹) þetta nafn *b*. ¹⁰) Triverisborgar *b*.

at þér fermdit Karl son minn ok snerit nafni hans. Erkibyskupinn sagði svá vera skyldu með guðs vilja. Skrýddist hann þá þegar svá sem til messu, ok spurði síðan, ef hann skyldi Karl heita. Hon sagði hann með því skírðan hafa verit, en þeir Basin hafa nú snúit nafni hans ok segja hann nú Magnús heita. Erkibyskup mælti: Vel má hann nú[1] Karlamagnús heita. Ok fermdi hann síðan meðr þessu nafni ok blezaði.

4. Nú eptir þessa luti fylda géngu þau á eintal Rozer erkibyskup ok dróttning ok Karlamagnús, ok þá mælti dróttning: Ljúfi son, sagði hon, nú heitir þú með guðs vilja Karlamagnús; seg nú mér ok herra erkibyskupi, hvar þu hefir verit um hríð. Hann hóf þá upp alla sögu ok segir alt um sína farlengd, svá sem verit hafði. En dróttning bað hann senda eptir Namlun. En hann svaraði því, at hann vildi engan mann láta þat vita, at hann var þar kominn. En erkibyskup sagði, [at hann skyldi[2] þar at sinni á laun vera, ok skal dróttning senda eptir Namlun. Kallar hon[3] þá til sín Jadunet rennara ok bað hann fara meðr bréfi Karlamagnús. En erkibyskup skrifaði bréfit ok setti þar á nöfn allra svikaranna [: Renfrei ok Heldri, Andeals ok Jsinbarðr félagi hans, Segbert, Tankemar ok Tranr, Jngilrafn ok Rozer, Folkvarðr, Rezer ok Vadalin.[4] Karlamagnús spurði, ef Jaduneth væri tryggr, en móðir hans sagði, at eigi mundi annarr maðr[5] tryggvari. Þá tók Karlamagnús bréfit ok innsiglaði með fingrgulli Namluns, ok fékk síðan rennaranum bréfit. En hann færði[6] Namluni ok Drefiu, ok bað þá fara sem tíðast á fund erkibyskups ok dróttningar. En þá er Namlun sá ritit, kendi hann innsiglit ok braut síðan upp bréfit. Ok er hann sá nöfn svikaranna, þótti honum mjök undarligt, at þeir skyldu vilja svíkja hann, sem[7] faðir hans hafði gert ríka menn.

5. Ríða þeir síðan til Peituborgar ok fundu þar Karlamagnús, ok géngu þeir þegar á einmæli, ok Rozer erkibyskup ok dróttning, ok spurði Karlamagnús þá þau öll samt,[8] hversu hann skyldi þá breyta um ríkisstjórn eptir föður sinn. Þá mælti erkibyskup, at hann skyldi senda eptir Videlun af Bealfer föður Namluns ok jarlinum Hatun, þeir eru œztir höfðingjar af Almannia, vitrir menn ok heilráðir. Bauð erkibyskup[9] Karlamagnúsi at fara þessa ferð, en hann sagðist þat gjarna vilja, ok bjóst erkibyskup í stað ok reið síðan til Prumensborgar. Ok váru þeir þar báðir fyrir hertoginn ok jarlinn, [ok váru báðir[10] hugsjúkir um Karl lávarð sinn ok systr hans ok dœtr sínar meðr þeim, er þeir þóttust þá náliga tapat hafa. En meðan

---

[1]) ok *tilf. b.* [2]) [hann skyldu *b.* [3]) *saal. b*; hann *B.* [4]) [þeirra sem fyrr váru nefndir *b.* [5]) vera *tilf. b.* [6]) þat *tilf. b.* [7]) er *b.* [8]) saman *b.* [9]) hann þá *b.* [10]) [mjök *b.*

þeir rœddust þetta við, kom Rozer erkibyskup, ok var þeim mikill fagnaðr í hans þarkvámu, ok stóðu upp í móti honum ok mintust við hann; [settust síðan niðr allir saman, ok spurði[1] Hatun jarl, hvaðan kómu þér til, herra? sagði hann. Erkibyskup svaraði: Ek kom af Peituborg frá dróttningu Bertu ok Karli syni hennar, ok þau sendu yðr guðs kveðju ok sína, ok báðu þess, at þit[2] skyldut til þeirra koma sem skjótast. Þeir urðu þessum tíðendum fegnir ok fóru í stað ok kómu á fund Karlamagnús, ok varð þar mikill fagnafundr meðr þeim, mintust þeir [ok báðir við Basin eptir boði Karlamagnús.[3]

6. Síðan géngu þau öll í eitt herbergi, þá mælti Karlamagnús: Ek em nú vel kristinn ok heiti ek Karlamagnús, þvíat ek var meðr því byskupaðr, ok vil ek at þér vitit þat. En nú bið ek yðr, at þér séð vinir Basins. Ok þeir hétu því allir. Þá tók Namlun bréfit ok fékk erkibyskupi, ok bað hann lesa. Ok hann gerði svá, ok nefndi þá alla á nafn er svíkja vildu Karlamagnús, ok svá hversu þeir ætluðu hann af [lífi at taka.[4] Öllum þeim þótti þetta undarligt, er þessir menn vildu svíkja hann, er honum áttu beztir at vera. Hatun jarl spurði, hversu hann varð þessa víss. En hann svaraði: Með guðs miskunn, kvað hann, ok meðr brögðum Basins. Ok sagði þá allan atburð, hversu[5] þeir fóru at stela, ok hversu þeir urðu vísir, at þeir höfðu látit gera 12 knífa at drepa hann með, Renfrei skyldi vera konungr yfir Vallandi. Þá spurði Videlun: Munu þeir nökkurn kost eiga undan at fœrast. Karlamagnús kvað þá engan kost eiga[6] á því, þvíat sjálfir dœmdu þeir sik. Lávarðr, sagði hann, hversu vartu þessa víss? Af konu Renfrei, kvað hann, hon mælti móti, en hann varð reiðr ok laust hana hnefa sínum á tenn henni,[7] svá at blœddi, en ek tók blóðit ok lét ek í glófa minn af hœgri hendi. En þá er ek fór brott, tók ek hest hans, svá at hann sá á sjálfr, en þat vissi hann eigi, hverr tók. Þá spurði Namlun, hvárt þeir mundu í gegn ganga. Karlamagnús kvað þá eigi dylja mega, fyrir því, sagði hann, at þá er ek kem í Eiss at láta kóróna mik, ok lið mitt er þar komit, ok ek sit í hásæti í höll minni, þá koma þeir allir til mín sem í hlýðni, svá sem við föður minn, ok ætla þá til mín at ráða, er ek em einnsaman ok lið mitt er brottu frá mér, en þeir hafa lið mikit meðr sér. Namlun mælti: Ráð verðu vér hér móti[8] setja. Basin mælti: Ek man ráða yðr heilt, gerit eptir öllum höfðingjum þeim sem í yðru ríki eru, ok látit þá hér koma með miklu liði hvern þeirra, ok gerit síðan[9] ráð allir saman.

[1]) [þá mælti b. [2]) þér b. [3]) [báðir við Karlamagnús eptir boði hans b. [4]) [saal. b; lifa B. [5]) þá er b. [6]) skyldu tilf. b. [7]) hennar b. [8]) at tilf. b. [9]) yðart b.

Namlun sagði þat gott ráð, ok er [gott um örugt at búa. Karlamagnús spurði, hverjum fyrst skyldi bjóða.[1] En erkibyskup nefndi þar til Milonem páfa ok rómverskan lýð með honum. Namlun spurði: Nær vili þér [láta vígjast,[2] herra? sagði hann. Karlamagnús svaraði: Á[3] þriggja missara fresti, sagði hann, á hvítasunnudegi, ef guð lofar ok yðr þikkir þat fallit vera, þvíat þá er [nóg stund[4] eptir liði at senda, eða hvern skal ek senda til Rómaborgar at kalla til vár[5] páfann ok Rómverja? Rozer erkibýskup bauzt til þeirrar ferðar. Karlamagnús þakkaði honum, ok bað hann bjóða öllum lendum mönnum sínum þangat at fara, bið koma Ranzeon af Vizstur,[6] hann er ágæztr[7] af mínum vinum, Huga af Langbarðalandi, Peuin[8] ok Marter af Bonifatius borg ok Huga af Moren, ok Milon hertoga af Pul, ok Maurum af Mundio, Gimen ok Toteam,[9] Drefi[10] konung af Petturs[11] borg, Herburt sterka af Burgoins[12] ok Vildimer[13] bróður hans, Bjarnarð[14] jarl af Markun[15] ok Huga bróðurson hans, Vilhjálm jarl af Clerimunt[16] ok Estvendil[17] jarl. Bið þá [svá koma[18] með liði ok vápnum, sem þeir skuli 7 vetr[19] samt berjast. Erkibyskup [spurði, hvert þeir skyldu koma? Til Eiss segir hann. Þá[20] spurði Karlamagnús, hvern hann skyldi senda til Bretlands. En Basin bauzt[21] at fara. Þá nefnir Karlamagnús höfðingja til ferðarinnar: fyrstan Geddon af Brettollia, ok Jui[22] son hans, ok Theobaldus brœðrungr[23] hans, ok Hoel jarl af Hontes,[24] [Heimir hertogi[25] af Angels, Jofreyr jarl af Suz ok Valtir jarl af Beis[26] borg, Rozer jarl af Andror,[27] [Bernarðr af Gunels[28] bœ, Tebun af Mansel, ok Balduini frændi[29] hans, Roser af Orliens, Vaduin af Beðuers, Guazer af Terus ok Venelun, Hugi hertogi,[30] Folkvarðr[31] af Pirapont, Rozer af Nido, Sebert af Brittollia, Rozalin af Bialfer ok Rikarðr gamli[32] af Norðmandis ok jarl af Akrsborg, Saer hertogi[33] af Romenia ok Konstantinus af Dullo, Varin af Poer ok Beluin jarl af Flæmingjalandi, Ingelrafn af Rodenborg, Tankemar Veisus[34] ok Tanier bróðir hans, ok Vazier af Holandi, Reimbaldr fríski ok Löðver af Uterkr,[35] Folkuini[36] af Testanbrand, Geirarðr af Homedia, Rozer jarl ok Geirarðr jarl af Drefia, Rensalin jarl af Rasel[37] ok Herfi hertogi af Kolni,

---

[1] [um örugt bezt at binda(!) b. [2] [kórónast láta b. [3] At b. [4] [nógr tími b. [5] mín b. [6] Vizir b. [7] ágætastr b. [8] Peum b. [9] Roceam b. [10] Drefa b. [11] Petra b. [12] Burgonia b. [13] Vallimar b. [14] Bjarna b. [15] Malkun b. [16] Olerimunt b. [17] Ostoendis b. [18] [hér koma b. [19] ár í b. [20] [tilf. b. [21] bauð b. [22] Jun b. [23] Theobaldum brœðrung b. [24] Hantes b. [25] [Hænin hertoga b. [26] Boris b. [27] Andros b. [28] [Bernard af Gimels b. [29] Baldvina frænda b. [30] Huga hertoga b. [31] Folkvarð b. [32] Richarð gamla b. [33] hertoga b. [34] Veisu b. [35] Utrekt b. [36] Folkvarð b. [37] Tasel b.

Hollonin[1] jarl af Jmlla,[2] ok Bartholemeus jarl ok Gillibert jarl af Kascna, Vazalin jarl af Trekt, ok Herman jarl af Los, Renfrei af Tunger ok Helldri bróðir hans, Reiner jarl af [Brusalz af Lofagio, hertoginn[3] af Lens, Friðmundr[4] ok Talmer bróðir[5] hans, Markis[6] af Tabar, Vazalin af Flecken[7] ok Folkvin jarl af Kretest, Jofreyr jarl af Thuns[8] ok Vigardr jarl af Dyrbo, Reinir af Fialli ok Erpes[9] jarl af Eysu,[10] Balduini[11] jarl af Vino, Arnulfus af Blancea, Sæuini[12] jarl af Dara[13] ok Fulbert jarl af Tangber,[14] Philippus af Misera [frændi hans, Roðbert[15] af Klerimunt ok Lambert af Munfort, Reimundr[16] af Tolosa, Rikarðr[17] jarl af Provinzia, Geirarðr gamli af Rosilia ok Fremund gamli af Rauðafjalli, Engiler af Gastun,[18] [Jfori ok Jvi, Boui hinn skegglausi[19] ok Landres hertogi af Anzeis, Varun jarl af Means, Segbert af Salernisborg ok Anzeals af Hoenborg, Jsenbarðr[20] af Trifers.[21]

7. Karlamagnús bað nú erkibyskup gera bréf ok nefna alla þessa menn, ok svá at Milon páfi skyldi erkibyskupa ok ljóðbyskupa[22] láta þangat koma ok alla Rómverja sterkliga búna, þvíat ek þarf nú liðveizlu þeirra, ok ef guð vill mik hefja, þá skal ek hefja helga kristni ok efla fátœka byskupstóla, ok klerka hans [þá er hann vill[23] skal ek gera kappa mína ok kapalína í Vallandi. Karlamagnús bað[24] setja kveðju á öll bréfin ok vináttumál[25] mikil, ok bið [at þeir komi allir[26] til mín at öðrum hvítasunnudegi, svá búinn hverr sem bezt má at liði, vápnum ok klæðum, ok vil ek þá vera kórónaðr [til konungs.[27] En erkibyskup gerði bréfin svá sem hann bað, ok setti nöfnin öll á. En þá er ger váru bréfin, bað erkibyskup hann innsigla, ok váru innsigluð öll með innsigli dróttningar ok fingrgulli Namluns. Tók erkibyskup síðan þau er hann skyldi hafa með sér ok geymdi, en Basin þau sem honum heyrðu til. Þá bauzt[28] Namlun at fara til Saxlands, en Karlamagnús vildi þat eigi. Þa bauð [Drefja at fara,[29] en hann kvað þá heima skyldu vera báða at varðveita systr hans, en [ek veit[30] eigi, sagði hann, hvern ek skal þangat senda. En Hatun bað hann senda eptir Gerarði af Numaia, hann er góðr riddari ok vitr[31] maðr ok vin þinn. En Namlun kvað því[32] vel ráðit, ok svá var gert, ok kom hann. Eptir þat sendi dróttning Jadunech

---

[1]) Hervin b. [2]) Juilla b. [3]) [Brusial, hertogann b. [4]) Fridmund b. [5]) bróður b. [6]) Marskes b. [7]) Fleskin b. [8]) Chims b. [9]) Apes b. [10]) Eisu b. [11]) Baldvina b. [12]) Sævina b. [13]) Vara b. [14]) Langber b. [15]) [ok Rodbert frænda hans b. [16]) Reimund b. [17]) Rikarð b. [18]) Gaskun b. [19]) [Jva ok Jvore, Bova hinn skegglausa b. [20]) Jsenbarð b. [21]) Trivers b. [22]) lýðbyskupa b. [23]) [mgl. b. [24]) hann tilf. b. [25]) vináttuorð b. [26]) [þá koma alla b. [27]) [ok til konungs vígðr b. [28]) bauð b. [29]) [saal. b; Dref B. [30]) [þó veit ek b. [31]) trúr b. [32]) þat b.

rennara til Puleis[1] borgar með bréfum. Fór hann ok fram kom, fann [hertogann heima[2] ok fékk honum bréfit. En hann lét[3] Vilbald kapalín sinn ráða. En þat hljóðaði svá: Karl Pippins son ok Berta dróttning senda kveðju guðs ok sína Frera erkibyskupi ok Herfa[4] bróður hans frændum sínum með vináttu. Sú er bœn vár, at þér komit sem skjótast á várn fund [ok verit oss at liði meðr 2 þúsundum, ok svá búnum sem móti heiðnum lýð skuli berjast.[5] Lifit í guðs friði. Hertoginn tók þessu vel, en Freri erkibyskup talaði svá: [Senniliga eigu vér koma,[6] sem Karl beiðir; hann sendir oss orð um 2 þúsundir manna, en vér skulum koma með þremr. En jarlinn sagði, at hann skyldi hafa 40 manna lendra vel búna;[7] hverr þeirra skal hafa annat tveggja val á hendi eða gáshauk eða sparhauk eða af beztum fuglum[8] þrímutaðum, otrhunda fagra, smárakka ok fljóta[9] villisvína hunda. þá mælti erkibyskup: Ek skal hafa[10] meðr mér 2 byskupa ok 5 ábóta, 15 klerka, ok skulu allir vera fríðir menn ok fagrir, ok halft annat þúshundrat riddara ok alla þjóna þeirra, ok alla hestasveina mína ok [fjóra tigi[11] kertisveina, ok skutilsveina ok[12] vínbyrla ok garðvörðu, ok skal ek hafa allan kostnað sjálfr, svá at Karl skal eigi kosta eitt[13] hestverð. En hertoginn sagði: Vel hefir þú til fundit, ek skal ok hafa hálft annat þúshundrat riddara með alvæpni ok hestum, ok alla þjóna þeirra ok hestasveina ok byrla ok constafla ok bogmenn 10 ok alla veiðimenn mína ok öll kyn af hundum mínum, ok fim leikara þá sem skemta skulu hirðinni ok oss. Ok eptir þetta bjoggu þeir ferð sína, eptir því sem þeir höfðu[14] nú ráð fyrir gert, báðu síðan lifa í guðs friði húsfrúr sínar ok heimamenn, lyptu síðan ferð sinni í veg ok riðu brott, létu nú þeyta lúðra sína, ok fylgðu þeim á leiðina 10 þúsundir riddarar, en af ábótum ok munkum, klerkum ok ungum mönnum ok gömlum kunni engi at telja. En þá er þeir váru komnir fjórar mílur brott af[15] borginni, stöðvaði hertoginn hestana ok bað lýðinn[16] aptr snúa, en sendi hestasveina þeirra[17] at taka þeim herbergi. Erkibyskup sté niðr af sínum hesti ok tók stolam ok kross ok blezaði lýðinn áðr aptr hyrfi, en þeir herbergðu[18] í Mystrs borg. En snemma um morgininn eptir söng erkibyskup messu ok fór síðan til Peituborgar, ok var þar fyrir Karlamagnús ok móðir hans ok alt lið þeirra. En þá var Rozer[19] erkibyskup farinn til Rómam, Basin til Bretlands, en Geirarðr[20] til Saxlands ok Flæmingjalands.

[1]) Paleis b. [2]) [saal. b; hann B. [3]) hét b. [4]) hertoga tilf. b. [5]) [með tvær þúsundir riddara ok verðit oss at liði, ok verit svá búnir sem berjast skuli móti heiðnum lýð b. [6]) [Sannliga eigum vér gera b. [7]) [bu(i)nna b. [8]) haukum b. [9]) fleiri b. [10]) tilf. b. [11]) [mgl. b. [12]) 40 tilf. b. [13]) einn(!) b. [14]) hafa b. [15]) frá b. [16]) þá b. [17]) sína fyrir b. [18]) herbergjuðust b. [19]) tilf. b. [20]) Girarð b.

8. Herfi hertogi ok erkibyskup herbergðust[1] sœmiliga í Peituborg um náttina, ok alt lið þeirra. En um morgininn eptir hlýddu þeir messu, ok bauð hertoginn ok erkibyskupinn öllum sínum mönnum, at þeir skyldu sœmiliga þjóna Karlamagnúsi, ok géngu síðan til þeirrar hallar, sem[2] hann sát í ok Berta dróttning móðir hans ok fjöldi liðs þeirra, kvöddu þeir[3] hertoginn ok erkibyskupinn Karlamagnús sœmiliga ok[4] dróttningina, ok varð þar með þeim mikill fagnafundr. En dróttning tók í hönd erkibyskupi, en Karlamagnús[5] í hönd hertoganum, ok settust niðr í svefnhöllinni. En Hatun ok Videlun, Namlun ok Drefia ok byskup af Mystr ok herra Valtir byskup af Jntreitt,[6] ok þeir sem kómu af Saxlandi með erkibyskupi af Kolni, 5 ábótar ok 15 klerkar, géngu allir inn í höllina meðr þeim. Þá mælti erkibyskup: Karlamagnús ok dróttning hafa sent orð, at vér skylim honum at liði verða með 2 þúsundir manna, en vér erum nú komnir með þrjár yðr til sœmdar, ok viljum vér yðr þjóna með öllum várum styrk, fyrir því at þú ert réttr konungr[7] yfir þínum lýð. En dróttning þakkaði honum alla þá sœmd ok virðing, sem þeir veittu Karlamagnúsi hennar syni: En sú er bœn mín til yðar, segir hon, at þér séð honum heilráðir, þvíat þess þarf hann mest. Þá stóðu þeir upp báðir Herfi hertogi ok erkibyskup ok géngu til handa Karlamagnúsi, ok allir þeir menn er inni váru gerðust hans menn; en síðan géngu þeir út í höllina, þar sem riddararnir váru. Ok stóð Karlamagnús upp[8] á einu borði ok fagnaði öllum lýð, er þar var kominn, ok þakkaði þeim öllum góðvilja, er honum sýndu hann. En síðan mælti hann við þá alla saman: Ek vil at þér vitið, at ek em bæði skírðr ok byskupaðr, ok heiti ek nú Karlamagnús; nú vil ek at þér gangit allir senn til handa mér. Ok svá gerðu þeir. Hét hann þeim [þar í móti[9] sínu trausti ok vináttu, meðan hans ríki stœði. Síðan bað hann þá ganga til herbergja sinna, er þeir váru móðir. En Herfi hertogi ok erkibyskup, Videlun ok Hatun, Namlun ok Drefia, Vilhjálmr byskup, ok Valter byskup af Nasten dvöldust eptir meðr Karlamagnúsi. Dróttning Berta tók þá í hönd Karlamagnúsi ok leiddi hann á eintal, ok mælti síðan við hann: Ek veit eigi, kvað hon, hví þat sætir; [þat var nú fyrir hálfum mánaði, at faðir þinn andaðist Pippin konungr, ok síðan[10] hefir mér verit ekki létt, stundum varmt, stundum kalt, neytt lítt matar ok mungáts, hvárt sem þat er sakir andláts hans ok [harma þeirra[11] er ek hefi af brotthvarfi þínu eða af öðru. Karlamagnús svaraði: Móðir mín, sagði hann, ver eigi úglöð, þvíat engill guðs kom til mín, sá

---

[1] herbergjuðust b. [2] er b. [3] saal. b; hann B. [4] svá tilf. b. [5] konungrinn b. [6] Jntrent b. [7] keisari b. [8] uppi b. [9] tilf. b. [10] [at þenna hálfan mánað, síðan Pppin konungr faðir þinn andaðist b. [11] [harms þess b.

er mér sagði, at þú mundir meybarn fœða, ok sagði hann, at sú mær skyldi Adaliz heita, ok man þat vera[1] þér sýn huggan, ok vil ek, at vit segim þat vinum okkrum. Ok svá gerði hann, en þeir þökkuðu guði.

9. Eptir þetta leitaði hann ráðs við þá, hversu hann skyldi breyta sínu ráði, ok sagði þeim sín vandræði, þau er hann átti viðr at sjá. Erkibyskup spurði, hvaðan hann frétti[2] þessa luti. En hann svaraði, at Reinfrei sagði honum sjálfr. Þá spurði Valtir byskup, hvar hann sagði honum. J höll sinni, sagði hann, um nótt er ek var genginn at stela ok vit[3] Basin; hann tók byrði af fé hans, en ek tók hest hans ok blóð er rann af nefi konu hans ok munni; en[4] hann laust hana fyrir þat at[5] hon tók[6] orðum fyrir mik, ok hefi ek hér glófann, [sem í fór[7] blóðit. Ok [er ek fór brott, sá hann á, þó[8] at hann vissi eigi, hverr væri.[9] Erkibyskup spurði,[10] ef hann hefði [at geyma hestinn. Já, sagði hann, geymdr er hann; Drefia konungr lét taka hann[11] í sína varðveizlu, en Herfi hertogi bað Karlamagnús senda eptir liði, en hann kvazt svá gert hafa, ok sagði honum, at Rozer[12] erkibyskup fór til Róms eptir páfanum ok Rómverjum, en Basin[13] til Bretlands, en Geirarðr til Saxlands ok Flæmingjalands eptir höfðingjum mínum,[14] er ek ætla at hér skyli[15] koma á[16] hvítasunnudegi. En Freri[17] erkibyskup spurði, hví hann trúði Basin svá vel þjóf þeim. En Namlun sagði hann vera kurteisan mann ok mikinn skörung, ok með [hans viti ok ráði með guðs miskunn er hann[18] þessa víss orðinn, ok [hann er[19] hans maðr.

10. Þat var einn dag, at Herfi hertogi talar við Karlamagnús: Vér skulum[20] til Eiss ok styrkja hana með kastalum ok torghúsum ok borgarveggium, ok erum vér[21] þá nær Rómaborg at fregna hvat títt er, þvíat eigi er betra lið í ríki þínu, ok munu þá landsmenn flytja þann veg vín ok mat ok [alt þat[22] er nauðsynligt er. En Karlamagnús bað móður sína fara meðr sér. Ok bjoggust þau ok fóru á þriðja deginum með öllu.[23] Dróttning bauð Bartholomeo greifa at varðveita borg sína eptir. En Drefia fór með hestinn leyniliga um náttina til borgarinnar Prumeth, ok bað Roðbert bróður sinn svá geyma hestinn,[24] at engi yrði varr við. En Hatun jarl fór heim ok Videlun at varðveita turna sína ok aðra fjárluti, ok bjoggu ferð sína í tíma til

---

[1]) verða b. [2]) saal. b; spyrði B. [3]) saal. b; vitar (? vit tveir) B. [4]) þá er b. [5]) er b. [6]) svaraði b. [7]) [ok í b. [8]) rett. f. þatt B. [9]) [sá hann á, er ek fór brott, ok vissi þó eigi hverr var b. [10]) þá tilf. b. [11]) [saal. b; blóðit at geyma. Já, sagði hann; Drefia konungr lét tak(a) hestinn B. [12]) tilf. b. [13]) fór tilf. b. [14]) í mínu ríki b. [15]) skulu b. [16]) at öðrum b. [17]) tilf. b. [18]) [guðs miskunn er hann fyrir hans vit ok ráð b. [19]) [er nú b. [20]) fara tilf. b. [21]) tilf. b. [22]) [saal. b; í öllu því B. [23]) liði sínu tilf. b. [24]) hann b.

Karlamagnús bæði með riddarum ok bogmönnum ok þjónostumönnum, [trésmiðum ok járnsmiðum, flytjandi spjót[1] ok sverð, brynjur ok hjálma ok skjöldu, korn ok kjöt, vín ok klæði, ok þá reiðu aðra er þeir þurftu at hafa. Síðan sendu þeir eptir riddarum sínum, svá at þeir höfðu nær þremr hundruðum báðir. Þá báðu þeir konur sínar varðveita jörðum sínum ok svá öðrum fjárlutum með umsjón[1] vina sinna þeirra sem heima váru.[3] Ok blésu [jarls menn[4] í horn sín ok lúðra, ok léttu eigi fyrr en þeir kómu á fund Karlamagnús, en borgarmenn fylgðu þeim á leið til vatns þess er Ermasteis[5] heitir, ok fóru yfir vatnit ok svá um mitt landit til Ardens[6] borgar ok sendu Gothsvin fyrir at búa[7] þeim herbergi. En sem þeir kómu til borgarinnar, þá váru þar[8] Karlamagnús ok dróttning fyrir ok lið þeirra. Lét [Karlamagnús þá senda eptir systrum hans. Fór þá Namlun ok 50 riddara með honum ok sótti jungfrúrnar, ok fóru þær[9] til fundar við móður sína ok bróður, ok varð meðr þeim mikill fagnafundr, [svá at Karlamagnús ok móðir hans géngu út á móti[10] þeim ok kystu þær meðr miklum fagnaði, ok dvöldust[11] þar öll samt um náttina. Karlamagnús mælti við Gilem systur sína, at hon skyldi varðveita glófann hans, ok hon tók við[12] ok hélt í hendi sinni, ok spurði hvat í væri, [ok þótti henni þetta vera kynligt.[13] En hann kvað hana vísa mundu verða þess síðar; ok hon læsti hann í silfrkistli sínum, ok fékk dóttur Videluns jarls at varðveita lykilinn, ok bað hana fá sér, þá er þær kœmi til Eiss. Um morgininn eptir, er þau váru klædd, géngu þau til kirkju, ok söng erkibyskup sjálfr messu ok[14] tók kross sinn ok blezaði alt fólkit. Karlamagnús kallaði þá til sín Namlun ok Drefiu ok alla þiónostumenn, ok bað þá fara fyrir í Eiss at búa þeim tjöld ok herbergi ok [mæla við Macharium[15] brytja ok Vinant, at þeir búi œrnar vistir liðinu.[16] Ok þeir fóru fyrir með 300 manna, ok gerðu alt sem þeim var boðit.

11. Um morgininn kom Karlamagnús í Eiss meðr lið sitt alt, en þat váru 10 þúsundir riddara, var þar vel fyrir búizt ok ríkuliga; [átta daga bjoggu þeir til[17] herbergi sín. En Karlamagnús fór á veiðar ok reið um heraðit at sjást um, ok sýndist mjök skemtiligt ok kvazt þar skyldu opt[18] vera. Síðan sendi hann eptir trésmiðum ok steinsmiðum þeim er hagir[19] váru, ok þar kómu 300 smiða meðr öllum sínum smíðartólum.[20] Þá mælti Karlamagnús við Vinant ok Macharium,

¹) [saal. b; trésmiða ok járnsmiða flytjandi þar með B. ²) umsjó b. ³) eptir tilf. b. ⁴) [þeir nú b. ⁵) Mustela b. ⁶) Ardenam b. ⁷) taka b. ⁸) þau b. ⁹) [hann þá Namlun sœkja systr sínar, ok 200 riddara með þeim. Kómu þá jungfrúrnar b. ¹⁰) [géngu þau Karlamagnús ok dróttning út í móti b. ¹¹) þau tilf. b. ¹²) með b. ¹³) [mgl. b. ¹⁴) hann b. ¹⁵) [segja svá Machario b. ¹⁶) lýðnum b. ¹⁷) [saal. b; Um morgininn bjoggu þeir B. ¹⁸) jafnan b. ¹⁹) hagastir b. ²⁰) saal. b; smíðatólum B.

at þeir skyldu láta höggva perutré þau öll, er þeir fundu,[1] ok flytja þangat öll í vögnum, ok allan þann [bezta við er vér fám[2] flytit til vár; ek skal láta reisa eina stóra höll. Síðan spurði hann ráðgjafa sína, hvar höllin skyldi standa. En Namlun bað setja[3] við vatnit, kvað þar vænst[4] at gera[5] herbergi upp með berginu ok ánni, en kirkjuna í skóginum, en á hœgra veg borg mikla, en á vinstra veg herbergi þau er ríkir menn skulu[6] í vera,[7] er jafnan váru með honum. Ok svá lét hann gera. Ok þá er kirkjan var alger, fór erkibyskupinn til með kennimönnum ok vígði hana til dýrðar heilagri Maríu, ok hann fyrirgaf af guðs hálfu öllum þeim mönnum er at kirkjuvígslunni váru, ok hverr[8] þar kœmi meðr trú innan næstu 12 mánaða, allar syndir [er þeir hefði[9] gert síðan þeir váru skírðir. En hverr sá klerkr er þar var skyldi syngja hvern dag öllu kristnu fólki til hjálpar á þeim 12 mánaðum Gredo ok Pater noster ok 7 psálma, ok sungu Tedeum. En síðan fal hann á hendi Karlamagnúsi ok dróttningu kirkjustöðuna, at þau haldi uppi[10] ok bœti; síðan kallaði hann þá sjálfsetta í bann er þangat kœmi með svikum. Eptir þat fóru þeir þangat sem höllin skyldi standa, ok blezaði erkibyskup hallarstaðinn ok garðsefnit ok skóginn ok vatnit.

12. Svá er sagt at nú væri saman komit[11] í Eiss svá mikit grjót ok viðr, at smiðir ok verkmenn allir hefði[12] (í) nóg at[13] gera. Karlamagnús skipaði þeim öllum starfa; stóðu þá menn í miklu starfi. Svá er sagt at kirkjan væri af engu öðru ger en marmaragrjóti, þökt með mersing ok silfr ok blý, víða gylt þar er bœta þótti. Karlamagnús sá á, ok þótti kirkjan lítil ístöðu, ok bað til guðs at hann léti vaxa, svá at hirð hans öll mætti rúmliga inni vera at biðja sér miskunnar, ok svá varð með guðs vilja. Síðan héldu þeir á smíð sinni, ok lét Karlamagnús gera 12 herbergi harðla sœmilig. Svá er sagt, at þar væri einn harðla vænn grasdalr, ok þar lét hann gera laug, svá at vera mátti hvárt sem vildi köld eða heit, ok um marmaraveggi. Hann bað smiðina vel gera ok sagðist þeim lúka mundu leiguna því betri.

13. Þá er Reinfreir ok bróðir hans Heldri spurðu, at Karlamagnús lét svá sœmiliga húsa í Eiss, fóru þeir þangat með 100 manna at sjást um, ok riðu til landtjalds Karlamagnús ok heilsuðu honum. En hann bað hjálpa þeim guð, eptir því sem þeir væri hans trúir vinir, ok spurði ef þeir væri hans menn. En þeir sögðu svá vera. Hann mælti þá: Ek skal vígjast undir kórónu hér í Eiss at hvítasunnudegi,

---

[1]) fyndi *b*. [2]) [við sem beztan kann fá, ok *b*. [3]) standa *b*. [4]) gott vera *b*. [5]) önnur *tilf. b*. [6]) skyldu *b*. [7]) þeir *tilf. b*. [8]) þeim er *b*. [9]) [þær sem þeir höfðu *b*. [10]) upp *b*. [11]) *saal. b;* komnir *B*. [12]) höfðu *b*. [13]) *Her indfalder en större Lacune i B, der er udfyldt efter b.*

ok vil ek at þit séð hér þá báðir, þvíat engir menn eru ríkari en þit í mínu ríki. Reinfreir stóð þá, hugsaði sik ok svaraði engu. En Namlun¹ leit til Herfa hertoga, ok hvárr til annars. Karlamagnús mælti: Hafit enga öfund til mín, þvíat allan yðarn illvilja má ek ambana. En Heldri svaraði: Herra, koma skulum vit ok gera svá alla luti sem þér bjóðit. Síðan tóku þeir orlof ok fóru í brott.

14. Nú er komit at þeim tíma, er dróttningin skyldi barn fœða, ok með guðs vilja fœddi hon meybarn vænt. Þat var sagt Karlamagnúsi, kom hann til at sjá barnit, ok með honum erkibyskupinn ok Herfi hertogi ok öll hirðin. Þökkuðu nú allir samt mjúkliga guði. Erkibyskup skírði barnit, en Videlun jarl ok ein harðla sœmilig frú veittu því guðsifjar, ok var sú mær nefnd Adaliz.

15. Rozer erkibyskup er nú kominn til Rómaborgar til páfans, ok bar honum kveðju Karlamagnús ok dróttningar. Hann segir honum alla atburði, þá sem fram fóru um háttu Karlamagnús, ok fékk honum bréfit, en páfinn las ok kvazt svá mundu gera sem þau beiddu. Hann sendi bréf sín 12 lendum mönnum í Rómaborg ok bað þá búast vel ok tigulega með honum at fara at króna Karlamagnús í Eiss á hvítasunnudag, ok þar til nefndi hann 6 þúsundir riddara, legata, lýðbyskupa, ábóta ok einkannliga cardinales ok erkibyskupa, ok biðr þá komna vera alla í Eiss áðr hann kemr þar. Þeir gerðu allir svá sem páfinn bauð. Tók þá Rozer erkibyskup orlof af páfanum í brott at fara; en páfinn tók stólam ok kross ok blezaði hann með guðs blezan ok heilags Petri postola, en erkibyskup kysti hönd hans ok fór til herbergis ok bjóst síðan brott.

16. Nú er at segja af ferðum Basin. Hann kom til Bretlands ok fann þar Geddonem mikinn höfðingja ok fékk honum bréf ok innsigli konungs ok dróttningar, en hann fékk til ferðarinnar 6 jarla ok sik hinn 7da. Erkibyskup fór einn með honum ok 12 aðrir byskupar, eptir því sem páfinn hafði skipat, ok 15 þúsundir riddara, sem Karlamagnús hafði boðit í bréfum sínum með Basin. Síðan tók hann leyfi ok fór þaðan til Gajadum ok fann Godfrei meistara í Vallandi; hann afhendi bréfin öllum höfðingjum sem honum var boðit. Ok svá bjoggust þeir hverr eptir sínum mætti, nema Varner af Pirapunt, hann brást sjúkr af ráðum Folkvarðs, ok Rozer af Rikon ok Vazalin af Brettollia.

17. Geirarðr af Numaia er nú kominn til Flæmingjalands ²til Baldvina [Serens í Arraz borg, ok fann hann þar,³ ok bar honum kveðju Karlamagnús ok dróttningar, [svá sem vin sínum skyldi,⁴ at

---

¹) *Dette Navn skrives overalt Naflun i B og b, men er rettet overensstemmende med Skrivemaaden i A og a.* ²) *Her begynder A, som nu lægges til Grund.* ³) [*mgl. b.* ⁴) [*ok bað b.*

hann skyldi koma þangat til vígslu hans með þeirri ást sem hann
hafði [við Pippin konung[1] föður hans, [er honum gipti systur sína.
Ok fékk honum ritit, en Fremundr kapalín hans réð. Hann svaraði,
at hann skyldi fara, en fjölmennari en honum var boðit, ok kvezt
mundu[2] hafa 3 byskupa ok 10 ábóta eptir boði páfans ok 50[3] þúsunda
riddara: Karlamagnús er bróðurson konu minnar, ok vil ek [honum
feginn[4] þjóna. Ek á tvá sonu hans frændr, Örnolf[5] ok Baldvina,
[þeir skulu mér fylgja ok honum þjóna, ok af hans valdi munu þeir
ríkir verða.[6] Sendi síðan 2 riddara með riti ok innsigli sínu til
jarlsins af [Buluina, ok jarlsins af Gines ok jarlsins af Palsborg,[7]
ok Roðbert af Perun ok Bertrams[8] af Henaug[9] [ok til[10] byskupa
ok ábóta af sínu ríki, at þeir fari ríkuliga, sem Karlamagnús hefir
þeim boð sent. Geirarðr tók leyfi ok fór til Saxlands eptir öðrum
höfðingjum, svá sem honum var boðit, ok fékk sitt rit[11] hverjum.
Ok [var þá er saman kom í Eiss alt liðit 400 þúsunda riddara[12]
fyrir utan lið páfans. En Geirarðr fór heim til [Numaia ok bjóst
þaðan kurteisliga[13] ok fékk 20 þúsundir riddara ok fór til Eiss ok
kom mánaði fyrr en[14] annat liðit.

18.[15] Maðr er nefndr Eim af Galiz, einn góðr maðr, hann fór
á fund Karlamagnús, þegar hann frá at hann skyldi vera kórónaðr.
Hann fór til Eiss með 60 riddara. Moysa heitir á sú er á veg hans
var, þar var ekki vað á ok engi brú ok engi farkostr; þá urðu þeir

[1] [til Pippins konungs b. [2] [þá er hann gipti honum systur sína ok
fékk honum ríki. Geirarðr fékk honum bréfit, en hann lét kapalín
sinn lesa. Ok þá er hann vissi hvat á bréfinu var, þá sagði hann
svá: Guð veit, at ek skal koma fjölmennari en hann hefir orð til sent,
ek skal b. [3] 4 b. [4] [gjarna honum b. [5] Arnulf b. [6] [saal. b; ok
verða þeir ríkir af hans valdi A. [7] [Pulsborg b. [8] Bertum b.
[9] Henog b. [10] [tilf. b. [11] bréf b. [12] [váru þá er allir kvámu
saman í Eirs talit 6 þúsundir 100 ok 10 riddarar b. [13] [Numas eptir
sínu liði b. [14] alt tilf. b. [15] *Da dette Capitel lyder noget afvigende i
b, trykkes det fuldstændig nedenunder efter denne Codex.*

---

18. Reimbaldr fríski tók sér 40 riddara ok fór til Karlamagnús í Eirs.
En Heimar af Galizu einn góðr maðr bjóst með gáshauka ok sparhauka
rétta götu í Eirs. Moisa heitir á ein mikil, á henni var engi brú ok ekki
vað ok engi farskostr, því urðu þeir at fara af leið sinni, ok mættust þeir
Reimbaldr ok Heimar, þar sem þeir skyldu yfir fara ána. Þá mælti Heimar
við Reimbald: Þú maðr, lát mik fyrri yfir fara ána. Reimbaldr svarar: Hvat
manni ertu þess, at ek muna þik láta fyrri yfir fara? Sá maðr er ek, segir
Eimar, at ek man ráða hálfri stöngu við þik. Reimbaldr segir at hann mundi
eigi fara at öllu úreyndu. En Eimar bað hann víkja aptr nökkut með lið sitt,
ok ek man svá gera, ok gefum rúm gott, ok sé riddarar okkrir kyrrir, en vit
ríðumst at tveir. Reimbaldr snöri þá aptr hesti sínum um tvau ördrög. Báðir

at fara langt af leið sinni it ytra. Þar mættu þeir þeim manni er Reinbaldr fríski hét. En er þeir fundust, spurði Reinbaldr formann þeirra at nafni. Eim svaraði: Sá einn em ek, at ek mun ráða hálfri stöngu við þik. Reinbaldr kvað hann eigi mundu fyrr ríða sína leið en þeir hefði áðr reynt með sér, hvárr annan bæri afli. Þá mælti Eim at hann skyldi ríða aptr nakkvat með lið sitt, ok ek mun ok svá gera, ok gefum rúm, ok sé riddarar okkrir kyrrir, en vit ríðumst at ok freistum hvárr okkarr meira má, eignist sá okkarr annan sem meira má. Reinbaldr hvarf aptr um tvau örskot, báðir váru þeir vel vápnaðir ok lustu hesta sína sporum ok riðust at, lagði hvárr í annars skjöld, svá sköptin géngu í sundr; þá drógu þeir sverðin or slíðrum, ok hjó hvárr í höfuð öðrum, svá í hjálmunum nam staðar. Þá er Reinbaldr sá at Eim var slíkr riddari, þá gerðist honum vingan við hann, ok dróst á bak aptr fjóra tigi feta, ok spurði hvat hann hét. Hann svarar: Ek heiti Eim af Galiza, ok lát mik ríða yfir ána, ek vil vera þinn vin ok mínir riddarar, þvíat ek vil fara á fund Karlamagnús til Eiss. Reinbaldr svarar: Ek vil ok þangat fara. Eim mælti, at þeir skyldu sverjast í bræðralag; þeir gerðu svá, lögðu niðr vápn sín ok settust niðr ok rœddust við. Síðan fóru þeir til Eis, ok sendu tvá riddara fyrir til Karlamagnús at taka þeim herbergi. Hann sendi þá til Namluns ok Dreflu til herbergis, ok þeir herbergðu þá vel ok tiguliga. Síðan fóru þeir á fund Karlamagnús ok fylgði Namlun þeim til landtjalda hans, ok bað at hann skyldi taka við þeim ok tigna þá. Hann gerði svá, en þeir géngu til handa honum, hann kvezt slíka sœmd þeirra gera skyldu, sem hann féngi ráðgjafa sinna ráð til. Síðan tóku þeir leyfi ok fóru til herbergis síns.

19. Milun páfi sendi [fyrir menn sína á fund Karlamagnús[1] at taka sér herbergi, en [hann vísaði þeim til Namluns ok Dreflu. Þeir tóku honum fagran völl til herbergis ok Dreia konungi af Peitrs þar

[1]) [2 byskupa fyrir til Eirs *b*.

---

váru þeir vápnaðir vel. Lustu þeir síðan hesta sína sporum ok riðust at, lagði hvárr til annars, svá at spjótsköptin géngu í sundr. En er Reimbaldr sá, at Eimar var slíkr riddari, þá mælti hann vináttuliga með hann ok spurði hvat hann héti. Hann sagðist heita Eimar af Galizuborg, ok spurði í móti hvat hann héti. Ek heitir Reimbaldr hinn fríski, sagði hann. Þá mælti Eimar, at þeir skyldu gerast félagar ok sverjast í fóstbrœðralag, ok svá gerðu þeir. Fóru síðan til Eirs ok sendu vini sína 2 at taka þeim herbergi. En Karlamagnús sendi þá til Nafluns ok Dreflu til herbergis, ok þeir herbergðu þá vel ok tiguliga. Síðan fóru þeir til Karlamagnús ok Naflun með þeim ok gerðust hans menn. Síðan tóku þeir leyfi ok géngu aptr til herbergis síns.

í hjá, ok nú ferr páfinn með honum ok þeir af Veskunia[1] ok alt lið þat er af þeirri hálfu[2] kom; [þar næst[3] Geddon af Brettania ok [hans liði, þá Balduina Serins ok öllum Flæmingium ok Söxum ok þeirra liði, þá Rikarðr gamli af Norðmandi ok öllu hans liði.[4] En Namlun vísaði [hverjum í sinn stað sem vera skyldi.[5] Þá kom Renfrei ok Heldri[6] ok þeir tólf félagar.[7] ok 100 þúsunda riddara.[8] Namlun skipaði þeim öllum í miðjan völlinn,[9] en þeir héldu [sinni ætlan, at þeir skyldu því fram koma sem þeir vildu.[10]

20. Nú er öllu liðinu skipat ok [er æfar mart.[11] Þar kómu landsmenn til markaðar[12] með allskonar vistum, svá at eigi skorti. Um[13] nóttina hvíldi Karlamagnús alt til dags, þá stóð hann upp ok fór til hallar sinnar, hon var þá fullger, ok lét setja ara á höllina mikinn með þeirri jarteign, at Valland er hæst í keisara ríki. Ok þau tólf hús eru öll ger er hann bauð: í einu er dróttningar herbergi, í öðru er Herfi hertugi af Kolne, í þriðja Videlun af Bealver, í fjórða Hatun[14] af Alimania, í fimta Balduini Serins, í sétta Dreia konungr af Peites, í 7da Geddon af Brettania, í átta Geofrey af Aldegio, í níunda Rikarðr gamli af Norðmandi, í 10da Rozer erkibyskup, í 11ta Milun páfi; en Karlamagnús[15] sjálfr í höllinni miklu, ok með honum Namlun ok Drefia, Reinbaldr fríski, Eim af Galiza, Geirarðr af Numaia. Um aptan kom Basin ok fór til Karlamagnús, þvíat hann var hans maðr. Þá bauð Karlamagnús öllum járnsmiðum sínum, at þeir skyldu gera haug af stáli, at sveinar skyldi reyna sverð sín í. Þeir færðu þangat tvá stafi af marmarasteini ok lögðu umhverfis, tóku síðan stál ok báru þar á ok brutu smátt ok lögðu milli stafanna. Síðan færðu þeir þangat vagna 10 hlaðna af kolum ok tóku eldingarsteina ok lögðu umhverfis ok báru til eld ok lögðu í, tóku síðan 20 blástrbelgi ok lögðu umhverfis ok blésu, ok varð þar mikill eldr, ok tók alt stálit at vella ok rann í einn haug fyrir garðinum sem inn skyldi ganga í höllina. Þá mælti hann við menn sína, at þeir skyldi varðveita höllina, svá at engi kœmi inn fyrir utan hans leyfi. Síðan sendi hann eptir pávanum ok öllum hinum mestum höfðingium, ok bað þá koma til heilræðis við sik ok móður sína.

[1] [Karlamagnús bauð Naflun ok Drefiu at taka pávanum ok hans hoffólki vænan herbergisstað. Þeir gerðu svá, ok völdu þar til einn fagran völl, ok þar í hjá var Drefi konungr af Pells ok þeir af Valkuma *b*. [2] *saal. b;* álfu *A*. [3] [þá kom *b*. [4] [alt lið af þeirri hálfu, Rikarðr gamli af Norðmandi ok alt hans lið, síðan Balduini ok allir Flæmingjar ok Saxar allir *b*. [5] [þeim öllum í þá staði sem þeim váru fyrirbúnir *b*. [6] bróðir hans *tilf. b*. [7] kompánar *b*. [8] með þeim *tilf. b*. [9] herinn *b*. [10] [hinni sömu sinni ætlan at svíkja konunginn *b*. [11] [var harðla mikit *b*. [12] marknaðar *b*. [13] *Her indfa er n Laoune i b*. [14] Otun *A, her og senere*. [15] *saal. rett.;* kom *A*.

Ok þá er þeir kómu þar, kystust þau öll, ok varð þar fagnafundr mikill.

21. Þá mælti Karlamagnús: Góðir vinir, segir hann, mikla sœmd hafit þér mína gerva í hingatkvámu yðvarri. Nú vil ek segja yðr leynda hluti: hér eru þeir menn komnir er líf mitt vilja hafa á morgin, þeir er ríkir eru af föður míns veldi. Páfinn spurði, hverir þeir væri. En hann nefndi þá alla. Þá signdi páfinn sik ok spurði, hversu hann yrði þess víss. Hann sagði honum, at þeir höfðu svarizt saman, ok skyldi hverr þeirra hafa tvíeggjaðan kníf af stáli gervan í ermi sinni, er þeir kœmi þar at drepa mik með; nú vil ek at þér ráðit mér heilt. Geofrey af Andegio mælti, at Namlun skyldi taka þá alla í þá höndina, er knífrinn var í, ok leiða í klefa einn, ok beri knífana fram fyrir þik, síðan haf við ráð vina þinna, hversu þú skalt gera. Þetta var svá gert sem hann réð. Síðan sendi hann menn at segja öllum lýð, at hann skyldi til konungs vígja um morguninn eptir, ok lét frið setja allra manna millum; en ef nökkurr stæli þar eða gerði aðra illsku, þá væri hann aldri svá ríkr, at hann skyldi eigi uppi hanga eða höfuð af höggva. Þá svarðu allir eiða, at þeir skyldi þenna frið vel at öllum hlutum halda.

22. Um morguninn eptir var Karlamagnús dubbaðr til riddara. Páfinn skrýddi hann með góðum klæðum, sem bezt samdi; Dreia konungr af Peitrs dubbaði hann til riddara ok fœrði hann í brynju ok setti hjálm á höfuð honum ok gyrði hann sverði, ok hengdi skjöld blán á háls honum. Þá tók hann hest einn mikinn rabít ok setti hann þar á, ok sýndist hann öllum mikill á hestinum, ok þökkuðu guði, at svá lítill maðr sem Pippin konungr var skyldi eiga svá mikinn son sem Karlamagnús var. Þá mælti Dreia konungr: Nú ertu riddari, sagði hann, guð haldi þik nú vel. Síðan gerði (hann) 100 riddara annarra ungra með honum. Síðan skrýddist páfinn til messu ok allir lærðir menn hans; síðan tók hann kross sinn ok signdi alla riddarana með vápnum á hestum sínum ok mælti við Karlamagnús, at hann skyldi halda vel guðs lög. Karlamagnús tók spjót sitt ok skaut í brott ok mælti við Geofrey af Andegio, at hann skyldi varðveita merkisburð hans jafnan í móti heiðingjum ok styðja kristindóm. Geddeon af Bretolia fékk hann skjöld sinn, Hatun jarl tók brynju hans, Baldvini Serius tók sverð hans, Videlun af Bealver fékk hann hjálm sinn. Dróttning gerði Namlun ríkan jarl með lofi Karlamagnús. Þá vígði páfinn konungsklæðin ok kórónu af Franz, ok fœrðu Karlamagnús í. Rikarðr gamli af Norðmandi ok Hugi hertogi af Paris géngu á sína hönd honum hvárr. Karlamagnús offraði 40 þorpa inni helgu Maríu til upphalds kapellu sinni í Eiss.

Síðan offraði hann páfanum höfuð sitt ok hyggju ok allan sik ok þar með helgum anda at halda kristindóm ok guðs lög. Síðan leiddu þeir hann til sætis. Dreia konungr sat fyrir honum ok Herfi hertogi af Kolne, en páfinn sjálfr söng messu, Rozer erkibyskup af Triuers las pistil, Freri erkibyskup las guðspjall, ok váru báðir skrýddir, ok Bjarnarðr af Romeis ok erkibyskup af Reins báru kertistikur, en erkibyskupar ok ljóðbyskupar, kardinálar, legátar, ábótar ok allir klerkar sungu vel ok tiguliga. Konungrinn offraði ok 7 hundruð þúsunda riddara hans, ok var allmikil offerenda at messu páfans. J messunni gékk páfinn á kór upp ok fjórir tigir af lærðum mönnum hans hinum ágætustum, en allir menn aðrir þeir sem inni váru sátu hljóðsamir. Páfinn mælti þetta ok mart annat vitrliga: Ek býð yðr öllum í guðs nafni ok heilags anda ok sancte Marie,[1] at þér [séð hlýðnir Karlamagnúsi konungi ok haldit hann vel,[2] þvíat hann er réttr keisari um allan heim. [Ok blezaði þá alla[3] ok fyrirgaf þeim allar syndir er þeir höfðu[4] gert síðan þeir váru skírðir, ok[5] með réttri trú váru þangat komnir, ok öllum þeim er þar kœmi fyrir trú sakir innan tólf mánaða. Síðan [bannsetti hann alla þá er með illum vilja eða svikum váru þangat komnir ok eigi vildu Karlamagnúsi konungi tryggir vera, ok kastaði þrysvar kertinu or hendi sér loganda, gékk síðan til altaris ok söng messu þar til er' lokit var. Síðan fór hann or messufötum ok tók í hönd Karlamagnúsi konungi ok leiddi hann til altaris.[6] Freri erkibyskup af Kolne tók kórónu af höfði honum ok hirði ok öll kórónuklæði, [ok lagði yfir hann hvít skinn;[7] géngu síðan [inn í höllina ok stigu upp yfir borð til matar síns. Páfinn signdi matinn. Síðan gékk konungr í hvíluhöllina, er hann var mettr, ok ríkismenn hans með, ok lét varðveita höllina.[8]

23. Nú váru menn greiddir[9] til at taka þá svikarana [æ sem þeir kœmi inn.[10] [Fyrst kom[11] Renfrei ok Heldri, Namlun ok Makarias tóku þá báða ok knífa þeirra; þá kom Jsinbarðr ok Askalin,[12] þá tók[13] Drefia ok Basin. [Síðan váru menn til fengnir at taka þá

---

[1]) *Her begynder atter B.*   [2]) [haldit hlýðni við Karlamagnús konung *B.*
[3]) [Síðan blezaði hann allan lýð *B.*   [4]) hefði *B.*   [5]) öllum þeim er *B.*
[6]) [var sungin út messa, ok eptir þat afklæðist herra páfinn messuklæðum, ok allir aðrir hans þjónostumenn, ok var Karlamagnús þá leiddr til sætis af sjálfum páfanum *B.*   [7]) [*mgl. B.*   [8]). [til borða. Páfinn sjálfr blezaði mat ok drykk, átu síðan ok drukku með mikilli skemtan. Ok er borð váru upptekin, þá gékk Karlamagnús konungr ok páfinn ok allir aðrir í svefnhöllina *B.*   [9]) fengnir *B.*   [10]) [svá hvern sem inn kœmi *B; her begynder atter b.*   [11]) [Fyrstir af svikarum géngu inn *B, b.*
[12]) Andeals *B;* Anzeals *b.*   [13]) tóku þeir *B, b.*

höndum alla,[1] ok leiddu þá fyrir konung[2] ok lið hans ok tóku or ermum þeirra knífa tvíeggjaða ok sýndu, ok [vissu eigi[3] hverju svara skyldu. Þá mælti Namlun: Hér megit þér sjá svikarana ok knífa þeirra [með þeim,[4] er þeir vildu drepa Karlamagnús konung með. Renfrei kvað hann ljúga. Karlamagnús svarar: Ek skal reyna yðr, sagði hann, ok lét kalla systur sína Gelem.[5] Hon fékk honum glófann með blóðinu. Þá spurði [Karlamagnús Renfrei[6] ef[7] hann kendi blóðit. Renfrei kvað hann undarliga mæla. Karlamagnús svarar: Undarligar hefir þú gert, þetta er blóð konu þinnar. Hann kvazt aldri hafa sét blóð hennar. Karlamagnús mælti: Renfrei, sagði hann, [kemr þér eigi í hug þá[8] er þú látt heima í hvílu þinni í Tungr, er þú kvezt[9] skyldu drepa mik at jólum með þessum knífum, ok bróðir þinn[10] Heldri ok þessir 10, er hér [eru með[11] þér, ok alla hirð mína, ok fara síðan [til Tungrs ok vera þar vígðr til konungs; ok skyldir þú vera keisari,[12] en Heldri bróðir þinn[13] hertugi í Megenz[14] ok Bealver. En konu þinni þótti illa ok bað þik nefna þá félaga þína, er þér réðu þetta, en þú nefndir þá alla sem nú eru hér. Hon [bað þik hætta þeirri[15] illsku, en þú vart reiðr ok laust hana, svá blœddi, [en ek var þar ok[16] lét ek blóðit í glófa minn. En Renfrei kvað konu sína hafa svikit sik. En Karlamagnús sór, at hann laug,[17] þvíat ek var þar, þá er Basin tók fé þitt ok sverð, en ek tók [blóðit ok[18] hest þinn. Renfrei svaraði: Skömm hugða ek [at þér mundi[19] þikkja at stela. Karlamagnús bað Drefiu taka[20] hestinn. Hann gerði svá. Þá spurði Karlamagnús, ef Renfrei kendi hestinn. Hann gékk þá í gegn öllu. [Herfi hertugi bað kasta þeim í myrkvastofu ok hengja um morguninn. Namlun kvað þá hafa mikit lið í hirðinni, ok sagði þá eigi lausa skyldu fara. Karlamagnús spurði, hverr þeim vildi varðveita. En Baldvini Serius ok Dreia konungr af Peitrs ok Geddeon af Brettannia kváðust mundu taka þá á sitt vald. Eptir þat fór Herfi hertugi til með lið þeirra allra[21]

---

[1] [Þá kom Segbert ok Tankimar, þá tók Reinbaldr ok Eimar; þá kom Tanir ok Jngilrafn, þá tók Videlun ok Hatun; en Rozer af Jrikun ok Folkvarð þá tók Herfi hertogi ok Geirarðr; þá kom Rozer af Orlaneis ok Vadalin, þá tók Baldvini ok Vinant *B, b.* [2] keisarann *b.* [3] [vissi engi þeirra *B, b.* [4] [*mgl. b.* [5] Gilem *B, b.* [6] [*tilf. B, b.* [7] hvárt *B, b.* [8] [mantu nökkut til þess *B, b.* [9] sagðist *B, b.* [10] saal. *B, b;* hans *A.* [11] [standa nú hjá *B, b.* [12] [heim í Tungr ok láta taka þik til keisara *B, b.* [13] skyldi vera *tilf. B, b.* [14] Meginzu *B.* [15] [latti þik slíkrar *B, b.* [16] [ok laut hon fram af hvílunni meðan, en ek *B, b.* [17] eigi *tilf. B;* þat *tilf. b.* [18] [*mgl. B, b.* [19] [þér mundu *B* [20] leiða fram *B, b.* [21] [Var þeim þá öllum kastat í myrkvastofu. Naflun kvað þá hafa mikit lið í hirðinni, ok bað hann Karlamagnús, at því mundi eigi lausu slegit. En Karlamagnús bað þá Baldvina ok Drefiu konung ok Geddon taka þá með sínu liði, ok Herfi hertogi fór með þeim *B, b.*

ok tók hvern þeirra í sínu herbergi,[1] þvíat þá kendi hann þá alla. En þeir hugðu at þeim væri leiks, ok spurðu hví þeir tœki þá. Herfi sagði, [at lávarðr þeirra var tekinn, sakir þess at þér hafit svikit[2] Karlamagnús konung. En þeim þótti illa at þeir vissu þat eigi fyrr, ok mundu þeir þá eigi láta takast.

24. Um morguninn gékk[3] páfinn ok Karlamagnús konungr til kirkju ok lið þeirra, ok [lét hann legáta sinn syngja messu, góðan mann ok trúfastan, er hét Gilia ok var fœðingi í Provincia.[4] En páfinn gaf þeim[5] blezan, ok géngu síðan [inn í höllina.[6] Þá gaf Karlamagnús konungr höfðingjum sínum jarðir ok aðra fjárhluti ok þakkaði þeim sinn góðvilja. Páfinn [mælti mörg vináttumál[7] við Karlamagnús konung ok setti hann í hásæti[8] sitt ok bað hann vel varðveita kristin lög. [Síðan talaði Karlamagnús konungr eintal við páfann ok alla aðra ina stœrstu höfðingja, þá er þar váru komnir, ok bað þá heilræðis, hversu hann skyldi fara við þá svikarana, sagðist þá sét hafa alla, at þeir höfðu hér knífana er þeir vildu hann af lífi taka með, heyrðut ér at þeir géngu í móti illsku sinni, ok megu þér sjá hér nú knífana, dœmit þeim nú af því réttan dóm. En allir svaruðu, at þeir vildu at hann sjálfr dœmdi, eptir því sem þín eru sannendi til. Þá nefndi hann til einn höfðingja af liði sínu með 400 riddara at hengja þá tólf. Þeir bundu hendr þeirra á bak aptr með hjartarleðrs þveng ok leiddu þá sem þjófa,[9] at þeir skyldu eigi í braut hlaupa. Þá kom Karlamagnúsi konungi í hug, at konu Reinfreis þótti illa ráð þeirra, ok [bað þá hálshöggva en eigi[10] hengja. Þeir gerðu svá, ok létu þá liggja þar alla eptir, géngu í brott síðan ok aptr til konungs.[11] Þá spurði Karlamagnús[12] hvat gera skyldi við [þá er þeim hefði fylgt.[13] Naflun[14] mælti, at hann skyldi láta varðveita þá.[15]

---

[1]) rúmi *B, b*. [2]) [lávarða þeirra tekna fyrir svik við *B, b*. [3]) eptir géngu Naflun *B, b*. [4]) [söng legátinn messu, góðr maðr ok trúfastr *B, b*. [5]) lýðnum *B, b*. [6]) [heim til hallar *B, b*. [7]) [talaði mörgum sœmdarorðum *B, b*. [8]) sæti *B, b*. [9]) [En Karlamagnús þakkaði herra Miloni páfa ok öllum öðrum höfðingjum sína þangatkomu, ok bað menn ráð til gefa, hversu gera skyldi við svikarana. En jarlinn af Flæmingjalandi svaraði, at fyrir þat at allir höfðu sét knífana, þá er þeir vildu svíkja Karlamagnús með, ok svá heyrðu allir, at þeir géngu með illsku sinni, ok dœmit nú rett af þeim (þá dœmit þeim nú réttan dóm *b*). En þá œptu allir senn á Karlamagnús konung, at hann skyldi dœma réttiliga (dœma þá eptir maklegleikum *b*). En hann bað leyfis til, ok því játuðu allir. Karlamagnús nefndi þá til fjóra höfðingja með fjórum hundraðum riddara at hengja þá 12 svikara, ok váru þá bundnar hendr þeirra á bak aptr ok leiddir sem þjófar *B, b*. [10]) *saal. rett.;* einn *A*. [11]) .[fyrir hennar sakir bað hann hálshöggva þá, ok var svá gert *B*. [12]) Naflun *b*. [13]) [lið þeirra *B*. [14]) Karlamagnús *b*. [15]) ok svá var gert *tilf. B, b*.

25. Karlamagnús kallaði Basin ok fékk honum glófa sinn af hœgri hendi ok mælti: þú skalt hafa Tungrs[1] ok konu Renfreis ok jarldom ok fé hans alt. Basin gékk fram ok tók glófann[2] ok kysti fót[3] hans. Rozeri erkibyskupi gaf hann Triversborg, en páfinn [sjálfr þakkaði honum ölmosu þá er hann gerði kristninni.[4] Namlun gaf hann Ozborg[5] ok Salenborg[6] ok alt fylkit með ok [20 þúsundir riddara í sínu veldi. Hann tók gjöfina ok gékk til fótar hans, ok Videlun faðir hans ok jarlinn af Alimania, Reinbaldr fríski, Eim af Galiza, Basin jarl, Dreia prófastr, ok 300 riddara, allir[7] fyrir ástar sakir við Namlun, ok gerðist konungr glaðr við. Namlun bað konunginn gefa sér fjallit milli Muso[8] ok Sambr at gera kastala í, ok er Franz at ríkari. Hann gaf honum ok skóginn með, ok [hann gaf honum Foma ok skóginn allan ok Faumana með. Ek skal gera þér, sagði Karlamagnús, 3 kastala í millum Moysa ok Ardena. Namlun gaf þeim nafn sitt með leyfi Karlamagnús Namluni til virðingar. Karlamagnús gaf honum spjót ok hvít merki ok með jarlsdóm, ok kallaði kastalann Namrus. Þá mælti Karlamagnús: Sér þú nú at mér er ást á þér? Hann þakkaði honum, ok bað hann gefa sér þá menn er hann hélt í prísund af hans landi, þvíat þeir eru enskis verðir af illráðum. Hann gerði svá. Basin gaf hann sína menn, Rozere erkibyskupi gaf hann sína menn. Þeir þökkuðu honum ok tóku þá út or myrkvastofunni ok létu þá sverja eiða Karlamagnúsi konungi. Eim af Galiza gerði hann konstabl sinn ok lét hann varðveita knífa þeirra svikaranna, hann lét ok alla aðra ganga or myrkvastofunni á sitt vald.[9]

26.[10] Reinbaldr fríski hóf bónorð sitt ok bað Gelem systur Karlamagnús konungs. En sakir þess at konungi var áðr kunnikt bæði ætt hans ok atferð, þá var þat af tekit, at hon var honum gift með miklu landi er Veisa heitir, þat hafði átt Tangemar, ok

---

[1]) Tungrborg *B, b.* [2]) með glófanum *b.* [3]) hönd *B, b.* [4]) [þakkaði honum vel ok allir aðrir *B, b.* [5]) Orzborg *B;* Oezborg *b.* [6]) Salenamborg *B, b.* [7]) [skaltu hafa, kvað hann, 20 þúsundir riddara í þínu valdi. En hann gékk til ok kysti hönd hans ok þakkaði honum gjöfina, ok þar með Videlun hertogi faðir hans ok allr lýðr af Allimania ok Reinaldr fríski ok Eimir (Eimar *b*) af Galizu ok Basin jarl af Tungrs ok 300 riddarar *B, b.* [8]) Musus *B;* Musu *b.* [9]) [bað hann gera kastala 3 millum Moia ok Ardenam, ok síðan gerði Naflun kastala þann er Nafrus er nefndr. Þá bað Naflun Karlamagnús gefa sér þá menn, er hann hafði í prísund, ef þeir eru engis af valdir svikræðum við yðr. En hann gaf honum þegar, ok svá gaf hann Basin þá menn, er Reinfrei höfðu þjónat. Þökkuðu þeir honum báðir ok leystu þá af myrkvastofu, ok sóru konungi eið, at þeir höfðu í engum svikræðum verit við hann *B, b.* [10]) *Da Capp. 26—30 lyde noget afvigende i B og b, gives de nedenfor fuldstændig efter disse.*

alla hans eigu ok eigu bróður hans Tamers, ok fjóra jarldóma með öllu ríki ok alt Lingeraf, ok alt landit frá Flæmingjalandi til Danmerkr, ok þrjú spjót með hvítum merkjum. Karlamagnús bað páfann fá sér klerka sína nökkura til kapalína. Hann gaf honum Gilliam góðan mann ok trúfastan, hann var legatus af Rómaborg, annan Turpin bróður Hatuns jarls, hann skyldi vera kanziler konungs; tvá menn gaf (hann) til at þjóna at kapellu hans, annarr hét Vibald, en annarr Balduini. Ok þakkaði Karlamagnús konungr honum vel. Þá mælti hann við Frerj erkibyskup, at hann skyldi setja kanunka til kapellu hans svá marga sem þarf. Hann skipaði þar til 40 kanunka ok fjóra presta. Karlamagnús konungr gerði munklífi ok nunnusetr, ok hvártveggja auðigt at fé. Síðan dubbaði hann til riddara 80 sveina, þá sem farit höfðu með Freri erkibyskupi ok Herfa hertuga. Þá kaus Karlamagnús konungr eptir hjá sér Bofa inn skegglausa, Jforia ok Jvin, Engeler af Vaskunia, Bæring af Hatun, Gelin ok Gerer, Samson ok Anselin,

26. Karlamagnús keisari kallaði þá enn til sín alla höfðingja sína ok hóf svá sína rœðu: Góðir herrar, sagði hann, ek á tvær systr fyrir at sjá, ok nú vil ek gipta aðra með yðru ráði röskum manni Reinaldi[1] fríska. Öllum þeim þótti þetta vel ráðit. Síðan gipti hann Belisem systur sína Reinaldi fríska með miklu ríki ok eignum, því at þau skyldu eignast öll þau ríki sem Tankemar ok Tamar[2] bróðir hans höfðu átt ok 4 jarldóma með öllu ríkinu ok allt Lingerafn. En þetta ríki var alt af Flæmingjalandi til Danmerkr. Ok hér meðr gaf hann honum 3 spjót með hvítum merkjum. Ok þá gerði (hann) Eimi af Galizu constafl sinn, ok lét hann geyma knífa þeirra svikaranna. Síðan váru þeir allir leystir af myrkvastofunni sem meðr svikarum höfðu verit, ok sóru þeir allir Karlamagnúsi eiða, at þeir skyldu honum vera dyggir[3] ok trúir.

Herra Millon páfi fékk nökkura klerka sína Karlamagnúsi til fylgdar ok sœmiligrar þjónustu: var einn af þeim Gileas góðr maðr ok réttlátr, hann var legatus af Rómaborg, skyldi hann vera kapalín keisarans; annarr var Turpin bróðir Hatuns jarls, hann skyldi geyma innsigli hans ok hafa bréfagerðir, ok því má vel nefna hann konungsins kanceler. Tvá aðra klerka gaf pávinn honum at þjóna í kapellu hans. Síðan skipaði Karlamagnús með herra páfans ráði ok erkibyskupa samþykki fjóra tigi kanunka til kapellunnar, því at þat sýndist þeim vel nœgjast. Svá lét hann ok setja svartmunkaklaustr í öðrum stað ok nunnuklaustr í þriðja stað. Sveina þá alla sem kómu af Kolni með hertoganum ok erkibyskupinum gerði hann at riddarum, en þeir váru nær 80. En þessa kjöri hann meðr sér at hafa: Bofa hinn skegglausa, Jvora ok Jva, Engiler af Gastun,[4] Bæring ok[5] Hatun, Gerin ok[5] Geres, Samson ok[5] Anzilin, Valltara af Akarð ok Hoel, Geofrey ok Hatun, Guenelun af Kastalundum ok Arnald ok Berarð, Oduin ok Vasker. Tólf riddara af þessum hafði hann jafnan með sér, því at þeir váru góðir drengir. En Videlun ok Naflun, Hatun ok Reinald fríska, Turpin ok Giliam hafði hann sér at ráðgjöfum, 7 hundruð riddara hafði hann dagliga með sér ok umfram þjónustumenn í sínum herbergjum. Ok nú hefir hann sýst[6] sér lið, sem hann vill hafa.

1) Reimbaldi b. 2) Tanir b. 3) hollir b. 4) Gascun b. 5) af b. 6) valit b.

Valter af Terins, Akarð af Mesines, Hoel af Naanaz, Geofrey af Orliens, Hatun af Kampaneis, Venelun af Kastalandum, Arned af Bollandi, Beirarðr af Peduers, Odun af Marke, Vaker af Kornelia. Þessa 20 riddara hafði hann jafnan með sér, þvíat þeir váru góðir drengir. Videlun, Namlun, Hatun, Reinbald fríska, Turpin, Gilliam, þá hafði hann sér at ráðgjöfum. Sjau hundruð riddara hafði hann með sér hvern dag, þá tók hann sér þjónustumenn at hafa í herbergjum sínum. Roðbert bróður Dreiu gerði hann meistara yfir hestasveina sína. Nú hefir hann sýst sér alt lið sem hann þarf.

27. Síðan bauð hann öllum höfðingjum, er þar váru komnir, at halda frið í landi hans; þar með bað hann páfann ok alt lið hans, at þeir skyldu vera í Rómaborg á tólf mánaða fresti ok sagðist þá vildu vera vígðr til keisara. Hann hét því þegar. Síðan þakkaði hann þeim öllum þangatkvámu sína, ok gaf þeim leyfi at fara heim hverjum til síns ríkis. Páfinn tók þá stólu sína ok fingrgull ok kross ok blezaði þá alla ok bað þá alla vera hlýðna Karlamagnúsi konungi, ok fór brott eptir þat hverr til síns lands. En Karlamagnús konungr dvaldist eptir ok fyldi kirkjugerð sína til þess er lokit var. Namlun fór heim at styrkja kastala sína ok varðveita land sitt. Eim af Galiza fór í Jrikun með 300 riddara at varðveita kastalann ok alt fylkit, ok Hugi hertugi af Paris fór með honum aptr í sitt land, en Eim fór til Jrikun með liði sínu.

28. Nú hefir Varner af Pirafunt fregit, at Karlamagnús var til konungs tekinn ok hann hafði drepa látit þá er mót honum váru, þá kom honum í hug, at hann þóttist mikit mega ok vera sterkr maðr ok eiga marga kastala ok sterka ok þrjár borgir Reins ok Loun ok Anuens, ok hann var höfðingi af öllum þeim löndum, er um þær borgir eru. Hann heyrði sagt, at konungr hefði tekit Jrikun, ok

---

27. Öllum sínum höfðingjum bauð hann frið at halda hverjum við annan um alt sitt ríki. Síðan birti hann herra páfanum, at á 12 mánaða fresti ætlaði hann sér til Rómaborgar at vígjast¹ þar til keisara, ok herra páfinn hét honum þar at vera meðr allan sinn skara. Ok eptir þat þakkaði hann mikiliga páfanum ok öllum öðrum sína þangatkvámu ok gaf þeim öllum leyfi at fara í sitt ríki. En herra páfinn stóð upp ok blezaði [þá alla² ok bað þá hlýðna vera Karlamagnúsi konungi. Fóru síðan heim í sitt ríki. En Karlamagnús dvaldist eptir ok lét gera kirkjuna til fulls; en Naflun fór heim at styrkja kastala sína ok geyma ríki sín,³ en Eimir⁴ af Galizu fór í Jríkun með 300 riddara ok með honum Hugi hertogi.

28. Nú hefir Varner af Pirapont fregit, at Karlamagnús er vígðr ok hann hefir drepit þá alla sem í móti honum stóðu, ok þóttist hann vera gildr fyrir sér ok mikill kappi, þvíat hann átti marga kastala sterka ok þrjár borgir mjök fjölmennar. Hann heyrði þá sagt, at Karlamagnús hafði látið taka Jrikun

¹) láta taka sik b. ²) [allan lýð b. ³) sitt b. ⁴) Eimar b.

þótti honum þat illa. Hann stóð upp einn morgin ok fór með 100 riddara til Pirafunt ok tók kastalann ok setti lið sitt í, ok sendi síðan eptir liði í land sitt ok fékk tvær þúsundir riddara; fór síðan til Orliens ok bygði kastalann ok tók borgina ok styrkti,[1] ok lét borgarmenn sverja sér eiða ok allan landslýðinn ok lét gæta kastalans. Síðan fór hann til Brettolia ok gerði slíkt it sama ok svá í Jrikun, ok ætlaði at standa móti Karlamagnúsi konungi, sagðist hann fyrr skyldu hafa þessar borgir allar ok landit með, en hann skyldi honum til handa ganga.

29. Eim af Galiza spyrr, at þat land var alt tekit er hann hét konstabl (yfir). Hann sendi þá menn til Varnis, at hann skyldi ganga til handa Karlamagnúsi konungi ok hafa síðan land sitt. Varner varð reiðr við þat, ok sendi Eim rit sitt ok innsigli, ok sagði at Karlamagnús var rangliga til konungs tekinn, þvíat (hann) var þjófr, ok skal ek ganga með því sannmæli á hólm móti Eim eða Reinbaldi fríska. Eim tók rit þetta ok fœrði Karlamagnúsi konungi. Hann spurði: Býðr Varner mér þetta ok kallar mik þjóf, illa gerir hann þat. Reinbaldr spurði, hver orð Varner hefði sent. Hann hefir tekit borgir mínar ok kallar mik þjóf ok rangtekinn til konungs, ok vill þar fyrir bjóða mér hólmgöngu eða mönnum mínum. Reinbaldr mælti: Gef mér eina gjöf! Konungr spurði, hvat gjöf þat væri. Reinbaldr svaraði: Lát mik ganga í mót honum. En Karlamagnús

[1] *r. f.* styrgdi.

---

ok líkaði honum þat illa, ok fór þegar um morgininn til Pirapont meðr hundraði riddara ok setti lið sitt í kastalann, en samnaði síðan at sér liði ok fékk sér tvær þúsundir riddara, fóru síðan til Orliens ok tóku borgina ok bygðu kastalann ok styrktu, létu síðan borgarmenn sverja sér eiða ok allan landslýð; slíkt hit sama fór hann til Brettolliam ok tók hana á sama hátt, ok svá Jrikun, ok sagðist skyldu standa á móti Karlamagnúsi með allan sinn styrk ok afla, en aldri honum á hönd ganga, meðan líf væri með honum.

29. Þetta fréttir Eimir at Varnir hefir undir sik tekit öll þau lönd sem hann var constafl yfir, ok sendi hann menn sína til hans ok bað hann ganga á hönd Karlamagnúsi konungi ok hafa síðan lönd sín í friði En hann varð mjök reiðr við ok sendi Eimi bréf sitt ok kvað Karlamagnús rangtekinn til konungs, því at hann er þjófr, ok skal ek þat sanna meðr minni hólmgöngu viðr þik Eimir eðr Reinald fríska. En Eimir tók þessi bréf ok fœrði Karlamagnúsi konungi, ok er hann sá bréfit,[1] mælti hann: Býðr Varnir þetta ok kallar mik þjóf, illa gerir hann þat. En Reinbaldr spurði, hver orð hann hefði send. Karlamagnús svaraði: Hann hefir tekit borgir mínar ok ríki mitt, en kallar mik þjóf ok segir mik ranglign tekinn til konungs, ok býðr mér eðr mínum mönnum hólmgöngu. Reinbaldr sagði: Gef mér herra eina gjöf! Konungrinn spurði, hver sú væri. Látið mik ganga á hólm við hann.

[1] þau á.

lofaði honum at vinna þat sœmdarverk, ok bað guð at hann skyldi hef(j)a hann til þess. Síðan fór Reinbaldr til fundar við Eim, ok fóru báðir saman með 400 riddara, ok Turpin með þeim, til Namluns ok sögðu honum at Reinbaldr skyldi ganga á hólm við Varni. En Namlun lét kynliga yfir, ok spurði ef tekin væri hólmgangan með þeim. Reinbaldr sagði, at mælt var til. þeir tóku leyfi ok vildu fara. Namlun svaraði: Ek skal fara með yðr með 7 þúsundir riddara, at hann svíki yðr eigi. þaðan fóru þeir allir saman til Jrikun ok váru þar um nóttina.

30. Um morguninn sendi Namlun menn til Luon á fund Varnis, at hann skyldi fara til Eiss ok ganga til handa konungi, en ef hann vill þat eigi, þá skal hann lífit láta. þá er Varner heyrði, þá varð hann reiðr ok sór við krapt guðs, ef hann sendi optar nökkura menn slíkra eyrenda, þá skyldi út stinga bæði augu þeirra. Sendimenn spurðu, ef hann vildi ganga á hólm á móti Reinbaldi fríska um þat at konungr væri rangvígðr eða þjófr. Hann gékk í gegn, at hann kallaði hann þjóf. En Geirarðr af Numaia var sendimaðr; þá er hann heyrði þetta, þótti honum svá illa, at hann fýsti at bregða sverði sínu, en hann vildi þat eigi, fyrir því at þat mundi kallat heimskuverk, ok tók með þeim hólmgönguna. Geirarðr spurði, nær þeir skyldu saman ríða. Varner svarar: Á týsdaginn undir Pirafunt, ok einn í mót einum. Hann sagði þeim, er hann kom aptr.

31. Reinbaldr stóð upp snemma um morguninn á týsdaginn ok bjóst vel, gékk til skripta ok tók húsl[1] ok blezan, en Turpin

[1] guðs líkama *B, b*.

Já, sagði konungrinn, guð styrki þik til at vinna þat sœmdarverk. þeir Reinaldr ok Eimir fóru síðan meðr 6 hundrað manna, ok Turpin meðr þeim, til Nafluns, ok sögðu honum at Reinaldr skyldi ganga á hólm við Varner, en Naflun lét kynliga[1] yfir því, ok spurði ef tekin væri hólmgangan með þeim. En Reinaldr kvað [mælt til.[2] þeir tóku þá orlof ok vildu fara, en Naflun sagði: Ek skal fara meðr yðr með 7 þúsundir riddara, at hann svíki yðr eigi. Nú fóru þeir til Jrekun ok váru þar um náttina.

30. En Namlun sendi mann til Varners á laun ok bað hann fara til Eirs ok ganga á hönd Karlamagnúsi konungi, en ef hann vill þat eigi, þá skal hann lífit láta. Ok er Varner heyrði þetta, sór hann við guðs krapt, at ef sendir verða fleiri menn þessa örendis, skal þeim augun út stinga. En sendimaðr spurði, hvárt hann vildi á hólm ganga móti Reinaldi fríska um þat at konungrinn væri rangtekinn eðr þjófr. En hann gékk með því, at hann kallaði hann þjóf. En Geirarðr af Numax var sendimaðr, ok er hann heyrði þetta, þótti honum illa ok réð at bregða sverði, en því [gerði hann þat[3] eigi, at þat mundi kallat heimskuverk, ok tók hann með þeim hólmgöngu á týsdag undir Pirapont, einn einum móti. Ríðr hann aptr ok sagði at tekin var hólmgangan.

[1] undarliga *b*. [2] [vera mælt til með þeim *b*. [3] [hjó hann hann *b*.

bauð honum af guðs hálfu¹ at ganga á hólm fyrir Karlamagnús konung. Síðan [veitti hann tíðir sínar ok kysti² Reinbald í [þá minning³ er guð kysti postula sína, er hann hafði sigrat helvíti. Síðan blésu þeir í lúðra sína ok fóru í brott af Jrikun fjórar mílur um skóg þann er Eisa⁴ heitir, [ok þar⁵ fór Reinbaldr í brynju sína. Turpin setti hjálm á höfuð honum, Namlun gyrði hann með sverði, en Eim⁶ hengði skjöld á háls⁷ honum, Geirarðr fékk honum spjót. Ljóp hann þá á hest sinn, [Turpin hélt ístigi hans,⁸ hestr hans var hvítr ok öll hans vápn, sjálfr hann var ok hvítr, mikill ok styrkr. Geirarðr tók skjöld hans ok spjót ok gékk⁹ til staðarins, þar sem þeir skyldu berjast. [Namlun hafði vápnat hest sinn ok reið í skóginn, svá at engi maðr mátti sjá hann, sem hann mætti næst komast.¹⁰

32. [Varner er í Pirapunt ok hafði heyrt messu ok tekit skript ok húsl. Hann er svartr, ok svá hestr hans ok öll vápn hans ok klæði ok merki,¹¹ ok reið móti Reinbaldi fríska, ok spurði ef hann vildi sættast við hann af hendi Karlamagnús konungs at þeim kosti, at hann hefði allar eigur sínar ok¹² Pirapunt ok Orliens ok Brettoliam, [ok hæddi at.¹³ Reinbaldr svaraði: Þú hefir talat heimsliga,¹⁴ segir hann, þú kallaðir konunginn þjóf,¹⁵ ok er af því nefnd hólmganga með okkr, [ek skal vera verndarmaðr lávarðs míns Karlamagnús konungs¹⁶ með guðs miskunn; ella far þú til Eiss [ok gerst maðr Karlamagnús konungs ok þigg hans miskunn. En Varner svarar því háðuliga ok kvezt aldri hans maðr vera skyldu. Eptir þat tóku þeir til vápna sinna ok riðust at, ok lagði Varner hann af hestinum þegar ok mælti við hann, at hann skyldi gefast upp ok segjast yfirkominn. Reinbaldr sagðist þat eigi gera mundu. Síðan lagði Reinbaldr spjótinu í lær Varni svá fast, at stóð í, ok brá síðan sverði sínu. En Varnir laut niðr ok tók spjót sitt ok laust Reinbald á hægri hönd. Reinbaldr tók til ok laust í höfuð honum, svá at hann féll af hesti sínum í svima. Síðan lagði hann sverðinu undir brynju Varnis til hjartans,

---

¹) *saal. B, b;* álfu *A.* ²) [sungu þeir tíðir allar, eptir þat kysti hann *B, b.* ³) [minning þess *b.* ⁴) Frisant *B, b.* ⁵) [þeir tóku hvíld ok stigu niðr af hestum sínum, ok síðan *B, b.* ⁶) Eimir *B*; Eimar *b.* ⁷) hlið *B, b.* ⁸) [*mgl. B, b.* ⁹) bar *B, b.* ¹⁰) [Naflun var ok á hest kominn með 7 hundrat (6 þúsundir *b*) riddara, ok riðu í skóginn sem næst hólmgöngunni, ok leyndust þar *B, b.* ¹¹) [þá er Varnir í (af *b*) Pirapont hafði hlýtt messu ok tekit húsl, herklæddist hann með öllum svörtum herfórum, ok svá var hans hestr ok hann sjálfr svartr á hár ok hörund, hljóp hann nú á hest sinn *B, b.* ¹²) *mgl. b.* ¹³) [*mgl. B, b.* ¹⁴) heimsku *B, b.* ¹⁵) ok sagðir hann rangliga tekinn til konungs *tilf. B, b.* ¹⁶) [at ek skal verja lávarð minn *B, b.*

ok hafði hann bana.[1] En Geirarðr tók spjót hans ok skjöld ok hest ok fór brott með, en Namlun tók líkit með [vápnum ok öllum klæðum til Karlamagnús konungs[2] í Eiss, ok báru inn fyrir konung. Þá er Karlamagnús konungr sá þá, þakkaði hann guði.[3] Um morguninn snemma stóð Reinbaldr upp ok 10 þúsundir riddara, ok fóru[4] til Leunz ok [sögðu Manases[5] jarli föður konu Varnes, at hann skyldi [taka dóttur sína Aein ok fara með[6] til Karlamagnús konungs. Hann gerði svá. [En Karlamagnús tók í hönd Aein ok gaf hana Eim af Galiza ok allar eigur Varnes, Jrikun ok Pirapunt ok land sitt sjálft Galiza, ok hann fékk hennar þar í Eiss. En Karlamagnús konungr fór til Orliens ok bar þar kórónu, en sendi Namlun til Ammiensborgar at taka hana, ok lét þá alla sverja sér eiða, at þeir skyldu vera konungi hlýðnir. En Karlamagnús fór aptr til Eiss.[7]

33. [Þá er Karlamagnús kom í Eiss, þá var dróttning sjúk ok lifði átta nætr síðan. En er Namlun kom heim, þá þótti honum mikit andlát dróttningar. Karlamagnús konungr varð ok úglaðr, ok lögðu líkit á börur ok bjuggu vel um ok báru til Arieborgar ok jörðuðu á miðju kirkjugólfinu hjá legi Pippins konungs.[8] Karlamagnús konungr setti til 30 kanoka[9] ok fjóra presta at veita sálutíðir fyrir sálum þeirra, ok fór aptr til Eiss síðan. Reinbaldr tók konu sína Belisent ok fór til Fríslands með.[10]

34.[11] J þetta mund kom Bofi hinn skegglausi[12] af Viana til hirðar Karlamagnús konungs, ok son hans með honum, við 100 riddara

---

[1]) [ok sættizt þit Karlamagnús, ok legg alt þitt mál á hans vald, sá man þér beztr kostr. Varner svarar hæðiliga ok sór um, at sín mál skyldi hann aldri undir Karlamagnús leggja ok aldri honum þjóna. Þá reiddist Reinaldr, ok riðust at djarfliga, ok lagði Reinaldr spjóti sínu í lær Varners, svá at fast stóð. En síðan brá hann sverðinu ok lagði undir brynjuna til hjartans, ok lét Varner þá líf sitt með litlum orðstír. B, b. [2]) [öllum herklæðum (herfórum b) ok færði Karlamagnúsi konungi B, b. [3]) ok Pétri postula tilf. B, b. [4]) fór B, b. [5]) [bauð Manase B, b. [6]) [fara með dóttur sinni B, b. [7]) [Gaf hon (hann b) sik ok sitt góðz í vald konungsins. En hann tók því harðla vel ok gipti hana Eimi af Galizu, ok lét henni fylgja allar eigur, þær sem Varner hafði átt, Jrikun, Pirapunt ok margar aðrar eignir. En lið þat sem Varnir hafði fylgt sór Karlamagnúsi eiða B, b. [8]) [Brátt eptir þetta tekr Berta dróttning sótt, ok lifði 7 nætr upp frá því ok andaðist síðan. En Karlamagnús konungr ógladdist mjök við þat, ok bjuggu um líkit sem prýðiligast ok báru til Ariesborgar, ok var hon (þar tilf. b) jörðuð á miðju kirkjugólfi hjá Pippin konungi B, b. [9]) kanunka B, b. [10]) hana tilf. B, b. [11]) Dette Capitel anföres fuldstændig nedenfor efter B og b. [12]) Dette Ord er i A underprikket, og i Margen skrevet: skeggmikli.

---

34. Bovi hinn skegglausi af Viana, kom til hirðar Karlamagnús konungs með hundraði riddara ok son sinn ok hundrað sveina með honum; hann var

ok hundrað sveina, ok bað konung at hann skyldi gera son hans riddara. Karlamagnús gerði svá, ok alla sveinana með honum fyrir hans sakir. Þá bað Karlamagnús Bofa hertuga, at fara til Rómaborgar ok biðja Hatun konung af Spolia at fara með sér at hvítasunnudegi, ok sagðist þá skyldu vera kórónaðr. En Bofi hertugi fór þegar sem konungr bauð, en Geirarðr son hans var eptir meðan. Bofi hertugi kom til fundar við Hatun konung ok sagði honum orðsending Karlamagnús konungs. En Hatun konungr hét ferðinni. En er Bofi hertugi var aptr á leið, þá tók hann sótt, þá er hann leiddi til bana. En Karlamagnús konungr bað Umant af Lamburg, at hann skyldi fóstra vel Adaliz systur hans, en hann fékk Gelem systur sína í hendr Makario, at hann skyldi hana vel varðveita.

35. [Eptir þat bjó Karlamagnús konungr ferð sína til Róms ok hafði af Saxlandi[1] 100 þúsunda riddara ok hirð sína,[2] ok[3] kómu til Rómaborgar með öllum höfðingjum af Saxlandi. [Roðbert erkibyskup af Reins ok byskupinn af Miliens önduðust í þessi ferð.[4] En Karlamagnús konungr var[5] með hirð sína til Pétrs kirkju ok lét sik þar króna. Páfinn var skrýddr ok tók kórónu ok setti á höfuð honum ok blezaði hann, Hatun[6] konungr af Spolia bar sverð hans, Dreia konungr af Peitrs[7] bar spjót hans, hertuginn af Brettania ok hertuginn af Bealver géngu á tvær hendr honum, er hann gékk til altaris at offra guði sjálfan sik. Síðan leiddu þeir hann til sætis síns, ok sitr hann í sæti Pétrs postula. En páfinn gékk á kór upp ok predikaði, ok þakkaði þeim[8] þangatkvámu ok bauð þeim í guðs hlýðni[9] ok sancte Marie ok Pétrs postula, at þeir skyldu halda vel frið [ok kristni[10] við Karlamagnús keisara af Rómaborg. [Síðan gékk hann til altaris ok söng messu,[11] þá tók hann kórónu af höfði Karl-

---

[1] [Karlamagnús konungr bjóst þá til Rómaborgar af Saxlandi ok hafði B, b. [2] umfram tilf. B, b. [3] þeir b. [4] [ok með honum var í ferð Roðbert erkibyskup af Reins ok annarr byskup af Reinssand B, b. [5] gékk B, b. [6] saal. B, b; Otun, A her og overalt. [7] Petinsborg B, Petrsborg b. [8] fólkinu B, b. [9] nafni B, b. [10] [mgl. B, b. [11] [ok söng síðan út messuna til lykta, en B, b.

---

hertogi, ok bað son sinn gerast riddara ok alla sveina hans með honum fyrir ástar sakir viðr hann. Ok þetta veitti Karlamagnús honum, at hann dubbaði þá alla til riddara. Karlamagnús bað Bova fara til Spoliamborgar til Hatuns konungs, ok bað þá koma báða saman til Rómaborgar at hvítasunnudegi: Ek skal þá vera kórónaðr.[1] Ok hann fór ok fann Hatun konung, ok hét hann ferðinni; Geirarðr son Bova var eptir með Karlamagnúsi. Ok í þessi ferð andaðist Bovi, en Karlamagnús bauð Vinant af Landber[2] fóstra son hans.

[1] til konungs tekinn b. [2] Lamber b.

amagnúsi keisara ok öll kórónuklæði ok hirði,[1] en spjótit ok sverðit geymdi[2] Namlun. Géngu síðan allir inn í höllina. En er þeir höfðu af sér lagt klæði sín, þá kom maðr ok sagði andlát Bofa hertuga ok þeirra byskupanna.[3] En Karlamagnúsi konungi þótti þat mikill skaði, ok gaf þá Geirarði syni hans Vianam[4] eptir [hann ok hertugaríkit ok jarldóm með tveim sveitum ok hvítum merkjum.[5] Síðan gipti hann honum Ermengerði dóttur Varnes af Muntasaragia. Síðan gékk hann til Karlamagnús konungs, ok Hatun konungr með honum ok Dreia konungr af Peitrs,[6] ok [kystu hönd konungs ok þökkuðu honum þá sœmd, sem hann hafði honum gert.[7] Síðan fór Geirarðr til Muntasaragiam ok tók konu sína[8] ok fór til Vianam[9] með hana.

36. Síðan kallaði Karlamagnús konungr til sín Turpin kapalín sinn[10] ok gaf honum erkibyskupsstólinn í Reins, en Rikarði ritara sínum byskupsstólinn í Miliens.[11] Páfinn vígði þá báða, ok tóku síðan allir leyfi ok fóru heim. Karlamagnús konungr fór til Eiss ok fann þar Gelem[12] systur sína ok leiddi hana [í svefnhöll sínu, ok svaf hann hjá henni, svá at hann lagði ást við hana, til þess er lag þeirra varð.[13] Síðan gékk hann til kirkju ok [gékk til skripta við Egidium fyrir allar syndir sínar[14] nema þessa. En Egidius blezaði hann ok fór til messu. En er hann söng lága messu, kom Gabriel engill guðs ok lagði rit[15] á patenuna. En þat [var á ritinu,[16] at Karlamagnús konungr hafði[17] eigi til skripta gengit fyrir allar syndir sínar: hann hefir legit með[18] systur sinni, ok mun hon fœða son er heita skal Rollant. Ok skal hann gipta hana Miluni af Angrs,[19] en eptir sjau[20] mánaði skal hon verða léttari síðan þau kómu bæði í eina hvílu, ok skal [hann þat[21] vita, at hann er hans sun, [ok þó systur sinnar,[22] ok láti hann vel varðveita sveininn, því(at) hann mun hans þurfa. Egidius tók ritit af patenunni ok gékk þegar skrýddr[23] til Karlamagnús konungs ok las fyrir honum. Hann gékk við því[24] ok féll til fóta honum ok bað fyrirgefningar[25] ok hét því, at hann skyldi aldri optar þá synd gera, ok tók skript ok gerði alt

---

[1]) váru þau geymd B, b. [2]) varðveitti B, b. [3]) Roðberts af Reins ok byskups af Reinssand *tilf.* B, b. [4]) Viennam b. [5]) [föður sinn ok hertogadóm meðr tveim merkjum hvítum B, b. [6]) Petrs b. [7]) [60 hertoga ok 200 jarla fyrir elsku sakir við Geirarð, ok þakkaðu Karlamagnúsi keisara þessa gjöf ok allan heiðr, er hann veitti Geirarði B, b. [8]) Ermingerði *tilf.* B, b. [9]) Viennam b. [10]) bróðir(!) Hatuns jarls af Alemannia *tilf.* B. [11]) Nilenis B, b. [12]) Gilem B, b. [13]) [til herbergis síns ok lagði ást viðr hana til lags ok samvistu B, b. [14]) [játaði syndir sínar fyrir Egidio ábóta allar B, g. [15]) bréf B, b. [16]) [stóð þar á B, b. [17]) hefði B, b. [18]) Gilem *tilf.* B, b. [19]) Angres B, b. [20]) *saal.* B, b; tólf A. [21]) [hon B, b. [22]) [*mgl.* B. [23]) með *tilf.* B, b. [24]) öllu *tilf.* B. [25]) hann fyrirgefa sér B, b.

sem ritit bauð honum, gipti systur sína Miluni ok gerði hann hertuga yfir Brettanna.[1] En sveinninn var fœddr 7 mánuðum síðar. Karlamagnús sendi Namlun ok Giliam eptir sveininum[2] ok báru til kirkju í Eiss. En [Ligger ábóti skírði ok kallaði Rollant ok' fékk kanunkum at fœða hann upp, ok bað ábóta guðföður hans, at hann skyldi vel varðveita hann ok kenna honum á bók. Abótinn tók við ok fékk honum 4 fóstrur.[3] En er hann var 7 vetra gamall, þá fœrði ábóti hann Karlamagnúsi. Konungrinn[4] sá, at hann var vænn ok mikill, ok gladdist hann mjök við, ok kallar Rollant til sín ok spurði hann: kennir þú mik, sagði hann. Sveinninn svaraði: Kenni ek þik, lávarðr, segir hann, þú ert móðurbróðir minn. Þá er Karlamagnús heyrði, þá hló hann at [ok mælti til Dreiu[5] prófasts ok Geirarðs af Numaia,[6] at þeir [skyldu varðveita hann.[7] En Namlun bað þá koma opt með sveininn til herbergja hans, því(at) ek em fóstrmeistari[8] hans.

37. Eptir þat fór Karlamagnús konungr til Orliens [ok með honum jungherra Rollant ok varnaðarmenn sveinsins báðir.[9] En síðan lét konungr senda eptir Miluni mági sínum ok Gelem[10] systur sinni, at þau skyldu koma til hirðar, en þau kómu [með 7 þúsundum[11] riddara, ok fundu þar Rollant, er þau lönguðu mest eptir,[12] þvíat þau áttu [ekki barn nema hann.[13] Karlamagnús konungr kystu[14] þau bæði ok setti þau [í hásæti[15] hjá sér ok lét kalla til sín Rollant. Þeir fóstrar hans leiddu hann þangat [vel klæddan í kyrtli, var af kviðhlutum góðum, ok í skyrtu undir af inum bezta líndúki, ok kordúnaskúar mærðir[16] með dýrinu úarga. Geirarðr ok Dreia leiddu hann milli sín, en 40 ríkra manna sonu lét Karlamagnús konungr ganga með honum til skemtanar ok virðingar; þessi eru nöfn þeirra:[17] Balduini ok Aurnolfr[18] systrungar[19] Karlamagnús konungs, Vilhjálmr son Dreia[20] konungs af Peitrs,[21] ok [Estant son Hatuns, ok Anherri af Burgunia,[22] Reinar son hertuga af Paris, Hugi son [Valtirs af

---

[1]) Brittannia B, b. [2]) barninu B, b. [3]) [ábóti einn skírði hann ok kallaði Rollant ok fékk kanunkum at varðveita; en Varin ábóti tók vel við sveininum ok lét kenna honum á bók ok fékk honum fjórar fóstrur. B, b. [4]) fagnaði vel sveininum ok tilf. B, b. [5]) [kallandi sveininn (Rollant b) til sín ok mælti við Drefion B, b. [6]) Numax B, Numas b. [7]) [varðveitti sveininn B, b. [8]) hinn fyrsti meistari B, b. [9]) [borgar ok Drefion prófastr ok Geirarðr af Numax ok höfðu sveininn með sér B, b. [10]) Gilem B, b her og fremdeles. [11]) [ok með þeim 7 hundrut B, b. [12]) til B. [13]) [þá engi börn fleiri B, b. [14]) mintist við B, b. [15]) [niðr B, b. [16]) mder A. [17]) [Geirarðr ok Drefion vel klæddan ok gékk undir sína hönd honum hvárr þeirra, ok 40 ríkra manna synir (með tilf. B) honum til virðingar B, b. [18]) Arnulfr B, b. [19]) systursynir B, b. [20]) Dregvi B, Drefiu b. [21]) Pettes B, Petrs b. [22]) [son Hatuns ok B, b.

Ternis ok Valtir bróðir hans, Bertram ok Eimund af Burdelia, Aumeri af Berin ok Lambert[1] bróðir hans, Manaser[2] son jarls af [Deremunt, Veler[3] af Bealfer bróðir Namluns, Pippin ok Karl bróðir hans synir hertugans af Kolne, Jozelin af Provencia, Baldvini af Blesborg, Bernarðr[4] son [Otram af Pursals, Joceram son Ralfs af Vtrefs,[5] Rikarðr son Rikarðar gamla af Norðmandi, Benzalin son Huga af Puntis[6] ok [Todbertr bróðir hans, Thedbaldr son Segrins af Aspremunt, Roðbert son Roðberts af Angeo, Hugi son Huga af Nenzu ok Reinar bróðir hans, Vazer son Geofrey af Korlin, Makin son hertuga af Ansers, Geirarðr ok Teorfi bróðir hans, Aurnolfr son Geirarðar af Defa, Ornolfr son jarlsins af Los ok Löðfer broðir hans, Gudifrey son jarlsins af Brusela, Fromundr son Aflens, Pétr son Roðberts af Seruni, Segun son jarls af Vegia,[7] Folkvini son konungs af Spolia.[8] Þessir allir fylgðu Rollant [fyrir Karlamagnús konung.[9] Milun stóð upp í móti honum ok tók hann í fang sér ok kysti hann, ok bar til Gilem ok [setti hann niðr á milli þeirra, ok sátu svá meðan veizlan stóð. En at veizlu liðinni bað Gilem konung, at hann mundi leyfa at Rollant færi með þeim í Brittaniam ok láta menn þar ná at kennast við hann. En hann veitti henni þegar þat er hon bað. Síðan tóku þau heimleyfi ok fóru síðan heim, ok allir þessir 40 hinir ríkustu manna synir með Rollant í Vallandi. En er Milun kom heim til Anglers ok Gilem, ok Rollant með þeim, þá var þar skemtan mikil, ok létu varðveita hann ok alt lið hans með inni mestu sœmd er til mátti fást.[10] En Karlamagnús konungr fór aptr til Eiss.

38. Nú tekr Geirarðr af Viana [mikil úskil til, ok tók hvervetna at gera í mót Karlamagnúsi konungi lávarði sínum ok hans mönnum. En er Karlamagnús konungr varð þessa varr, þá sendi hann honum

---

[1]) [Valteris ok Bertram ok Eimund Amon af Bern ok Landbert *B, b*.
[2]) Manases *B, b*. [3]) [Slaremont, Vildri *B*; Klaremunt, Veldre *b*. [4]) Bjarnarðr *B, b*. [5]) [Otrams ok Jozdram (Jozaram *b*) son Rolfs jarls *B, b*.
[6]) Puntif *B, b*. [7]) [Theobaldus bróðir hans ok Theobaldus son Segnis af Fenizu ok Reinir bróðurson hans, Gerpes af Gimunar fjalli, Vallter son Geofreis (Gudefreis *b*) af Torlin (Korlin *b*), ok Makin sonr hertogans af Anteis (Anzeis *b*), Geirarðr ok bróðir hans, Arnulfr sonr Geirarðar ok Arnulfr son jarls af Clos ok Löðver bróðir hans, Gudifreyr son jarls af Brusela ok Fromundr Fromundar son ok Petr Roðberts son, Segun jarls son af Fria *B, b*. [8]) Sublia *b*. [9]) [*mgl. B, b*.
[10]) [settu þau hann niðr millum sín; bað hon þá Karlamagnús at sveinninn færi með þeim ok kendist þar með fólk, ok munu menn at betr unna honum. Hann lofaði þat þegar, ok tóku þau síðan orlof ok fóru heim allir þessir 40 hinna ríkustu manna synir í Valland með honum. En er Milon kom heim til Angvers (Angres *b*) ok Gilem frú hans ok Rollant meðr þeim, þá mátti þar sjá mikla gleði í heimligri mekt *B, b*.

orð, at hann skyldi koma á hans[1] fund til Eiss eða Leons eða Orliens, ef hann vill hafa Vianam eða fé sitt eða líf. En er þessi orð kómu til Geirarðs, þá svaraði hann: Faðir minn átti Vianam ok tók[2] eptir Gundeblif[3] bróður sinn, en[4] hann vann af heiðnum mönnum ok kom[5] aldri í konungs eigu, ok eigi mun ek[6] koma, [höfum vér[7] kynsmenn átt vel 30 vetra.[8] En Karlamagnús varð reiðr mjök[9] ok samnaði liði ok fór til Vianam ok hafði [7 þúsundir[10] riddara, ok sátu um borgina, svá at [komast mátti engi maðr or borginni,[11] ok hann lét kalla ok blása um allan herinn, at engi fœri brott fyrr en hann hefði tekit Vianam,[12] ok bauð öllum [at varðveita boðorð sín[13] ok gæta vápna sinna ok sjálfra sinna, svá at engum stœði mein af, nema hann mælti[14] þat ok sór at skeggi sínu, at sá skyldi dýrt kaupa, ef[15] eigi héldi þat,[16] ok setti grið síðan allra[17] manna í millum. [En Milun hertugi gerir nú Rollant son sinn riddara ok 40 riddara með honum, ok vápnaði þá vel alla ok gyrði sverði. En Rollant var svá ungr ok lítill, at hann hengdi sverðit á háls honum. Hann fékk þeim 4 meistara yfir þjóna sína: einn varðveitti[18] mungát, annan hússýslumann, 3 búsýslumann, fjórða konstabl;[19] ok fékk þeim mikit fé ok sendi þá til Karlamagnús konungs ok bað þá herbergjast[20] hjá landtjaldi Namluns ok enga sýslu aðra hafa[21] en þá er hann réði þeim, ok hafa[22] hann at ráðgjafa. Síðan bundu þeir klæði sín, ok kysti Rollant föður sinn ok móður, ok blésu síðan í lúðra sína ok hljópu á hesta sína, ok tóku leyfi ok fóru brott af Angler ok kómu til Viane at miðjum degi.[23]

[1]) [at gera úskil mikil Karlamagnúsi konungi ok mönnum hans ok ofbeldist nú svá móti herra sínum. Ok er Karlamagnús spyrr þat býðr hann honum á sinn *B*. [2]) hana *tilf. B, b*. [3]) Gundilibolf *B, b*. [4]) [*her begynder 1ste Blad af a*. [5]) hon *tilf. a, B, b*. [6]) hon enn *B, b*. [7]) ok várir *tilf. a*. [8]) [*mgl. B, b*. [9]) er hann spurði þat *tilf. B, b*. [10]) [*saal. a, B, b*; 700 þúsunda *A*. [11]) [engi maðr mátti út komast né inn *a, B, b*. [12]) borgina *a*. [13]) sitt *a*. [14]) lofaði *a*. [15]) er *a*. [16]) [sínum mönnum, at þeir gerði engum manni mein fyrr en hann byði þat, ok sór við skegg sitt, ef þeir héldi þat eigi, at sá skyldi líf láta *B*. [17]) allra sinna *a*; sinna *B, b*. [18]) at varðveita *a*. [19]) constabulum *a*. [20]) herbergja sik *a*. [21]) með honum *tilf. a*. [22]) hafit *a*. [23]) [Milon hertogi gerir nú Rollant son sinn út af ríkinu til fundar viðr Karlamagnús keisara, ok þá 40 sveina með honum, sem honum höfðu þangat fylgt. Hann fékk þeim öllum sœmilig vápn. Þó var Rollant þá svá ungr, at hann fékk varla vápn borit; fjóra röska menn fékk hann til fylgdar við þá, einn at geyma drykk, annan geyma (at fara með *b*) kost, þriðja at taka þeim herbergi, fjórða constafl. Hann fékk þeim mikit fé ok bað þá taka herbergi hjá landtjaldi Nafluns. Síðan kysti Rollant föður sinn ok móður, ok tóku leyfi blásandi í lúðra sína, komandi at kveldi dags til Vianam *B, b*.

39. [Á þeirri tíð[1] kom riddari einn[2] ok reið [yfir Peitenam[3] á mót þeim, ok sá Rollant at hann [herbergðist[4] með öðrum riddurum.[5] Rollant bað fá sér vápn sín, hann vápnaðist skjótt, tók skjöld sinn ok spjót sitt ok merki ok sté á hest sinn ok [reið or borginni[6] at sjást um.[7] Hann spurði hvers þessi riddari leitaði eða hvat hann heitir.[8] Hann kvezt heita Bernarðr af Averna[9] frændi Geirarðs hertuga, [eða hvert er þitt heiti.[10] Hann svaraði: Ek heiti Rollant systurson Karlamagnús konungs, [ok gerum svá vel, at kostgæfum at sætta[11] þá Karlamagnús ok Geirarð, ok gefi hann[12] upp Vianam. Bernarðr[13] svaraði: Mæl eigi þat, sagði hann, því at Geirarði er [engi tíðkan á at sættast,[14] eða komtu [til þess hingat?[15] Nei, segir Rollant, ek kom til þess at vita, hvat ek má. Bernarðr svarar: [Þú mátt nú reyna þik.[16] Rollant hafði numit [í Brettania[17] at skylmast. Þeir hjuggu[18] síðan hesta sína sporum ok hleyptust at, ok lagði hvárr [til annars,[19] svá at spjótsköptin brotnuðu, ok [féll hvárgi[20] af hestinum. Rollant tók þá sverð af hálsi sér ok brá. Bernarðr brá ok sínu sverði, er hann var gyrðr með. En[21] Rollant laust [hann í höfuðit, svá at Bernarðr[22] féll af hestinum ok vissi ekki til sín. [Síðan ljóp Rollant af baki ok laust hann svá annat sinn, at hann vissi lítið í þenna heim, ok gaf[23] upp sverð sitt ok gékk til handa Rollant ok bað [sér grið(a). Rollant hét því ok sté á hest sinn, en Bernarði gaf hann grið.[24] En allir Valirnir[25] [undruðust, hvat manna sjá mundi vera, er með Rollant reið til tjalds. Þeir stigu þá af hestum sínum. Rollant bað Bernarð fara af brynju sinni. Litlu síðar kom Namlun á fund Rollants ok heilsaði honum ok bað hann vel kominn. En svá er háttat, góði félagi, segir hann, at þú hefir brotit boðorð Karlamagnús konungs frænda þíns, þau sem hann hefir sett ok svarit við skegg sitt, at ef nökkurr maðr yrði svá djarfr, at hann misþyrmdi nökkurum manni fyrr en hans boð kœmi til, at hann skyldi eugu fyrir týna nema lífinu; þikki mér ván, at hann sé þér

---

[1] [þessu jafnfram *a*. [2] or kastala (borginni *B*, *b*) *a*, *B*, *b*. [3] [*mgl. B*, *b*. [4] ekki *tilf. a*. [5] [var herklæddr *b*. [6] tjaldbúðunum *a*. [7] [mœtti riddaranum *B*, *b*. [8] héti *a*, *B*, *b*. [9] Auverna *a*. [10] [en hvat heitir þú, segir hann *a*; ok spurði Rollant á móti at nafni *B*, *b*. [11] [kostum ok gerum svá vel, at vér sættum *a*; ok viltu prófa, at mit sættim (fáim sætt *b*) *B*, *b*. [12] Geirarðr *B*, *b*. [13] Riddarinn *B*, *b*. [14] [þat engi sœmd *B*, *b*. [15] [fyrir þat hingat at leita þessa *B*, *b*. [16] [Reynum at því *B*, *b*. [17] [*mgl. B*, *b*. [18] lustu *B*, *b*. [19] [í annars skjöld, *a*, *B*, *b*. [20] [*snal a*; féllu báðir *A*. [21] [brugðu þeir þá sverðum sínum *B*, *b*. [22] [í höfuð riddaranum, svá at hann *B*, *b*. [23] [Ok er hann vitkaðist, gat hann *B*, *b*. [24] [hann eigi drepa sik. Rollant sagðist eigi mundu drepa hann ok sté á hest sinn ok fékk Bernarði sinn hest *a*, *B*, *b*. [25] [*saal ogs. a*; *mgl. B*, *b*.

reiðr vorðinn. Nú skulum vit fara á fund Karlamagnús konungs ok
freista at þit sættizt. Eptir þat gékk Namlun á fund Karlamagnús
konungs ok bað hann gefa sér gjöf eina. Konungr spurði, hver sú
var. Namlun svaraði: Fyrirgef Rollant frænda yðrum ina fyrstu sök,
er hann braut boð yðvart; hann hefir unnit Bernarð af Aferna.
Karlamagnús bað hann ganga eptir honum sem skjótast. Síðan gékk
Namlun ok leiddi þá alla á konungs fund. Rollant hafði Bernarð
með sér. Namlun leiddi Rollant fyrir konung ok mælti: Sé hér nú
systurson þinn, tak nú við honum ok fyrirgef honum þetta verk.
Karlamagnús kysti hann ok varð feginn ok mælti: Ek fyrirgef þér,
góði systurson, þessa sök.[1] Síðan setti hann þá alla hjá sér, ok
spurði hvárt[2] þeir væri herbergðir. Rollant sagði, at þeir væri her-
bergðir hjá Namlun. Karlamagnús bað Namlun [sjá til hags þeirra.[3]
Rollant tók Bernarð ok fékk[4] konungi, ok bað hann þó[5] eigi drepa
hann. Karlamagnús mælti: Bernarðr skal vera með [mér ok eigi
drepinn,[6] þvíat [þú hefir unnit hann,[7] heldr skal ek gefa honum

[1] [undruðu hvat manni (hvat manna *B*) þetta mundi vera. Síðan riðu
þeir til tjalds ok lögðu niðr vápn sín, ok bað Rollant Bernarð fara af
brynju sinni. Þá kom Namulun (Naflun *B, b*) hleypandi til Rollants ok
spurði, hvat hann héti. Hann kvazt heita Rollant systurson Karlamagnús.
Namulun bað hann fara með sér til tjalda. Hann gerði svá. Namulun
ávítaði Rollant mjök, at hann hefði brotit boðorð Karlamagnús, hann
hefir svarit við skeggit hvíta (skegg sitt *B, b*), ef nökkurr riddari tæki vápn
sín, at hann sjálfr skal (þat *tilf. B, b*) rétta, ok mun ek nú skapa þér víti
fyrir, ek skal nú hýða þik. Hann fór or fötum (klæðum *B, b*) sínum ok
lagðist í hvílu hans (ok hann barði hann *tilf. B, b*). En Namulun gékk til
Karlamagnús ok bað hann gefa sér gjöf eina. Konungr spurði, hver sú
var (væri *B, b*). Hann mælti: Fyrirgef þeim manni er braut boðorð þitt
(grið yður *B, b*). Konungrinn fyrirgaf (gerði þat *B, b*) þegar. Þá
sagði Namulun, at þat var systurson hans Rollant (hann tók Bernarð
til sín *tilf. a*); ok þó skal hann eigi vítislauss undanganga (vera *B, b*),
lát skera negl hans (eptir dómi þínum *tilf. a*). Konungr kvað því vel
ráðit, (þá sagði Karlamagnús: vel hefir þú or ráðit ok þat skal vera
B, b) ok gakk þegar eptir honum. Namulun leiddi hann þangat ok
alla þá (hans *B, b*) félaga. Rollant hafði Bernarð með sér. Namulun
leiddi hann fyrir Karlamagnús ok mælti: Sé hér nú frænda þinn, kon-
ungr. Karlamagnús kallaði sveininn til sín ok kysti hann, ok varð
feginn ok mælti við Namulun: Nú er Rollant dœmdr, ger nú sem þú
dœmdir. Namulun skar af nöglum (negl *B, b*) hans ok mælti svá: Nú
er dómrinn gjörr (goldinn *B, b*), kalla nú systurson þinn ok fyrirgef
honum (gef honum upp þessa sök *B, b*). Konungr mælti: Góði syst-
urson, ek fyrirgef þér þessa sök (gef þetta upp *B, b*) ok ek tek af þér
reiði mína. *a, B, b*. [2] ef *a*; hvar *b*. [3] [hugsa til þeirra hags *a*; sjá
um þeirra hag *B, b*. [4] gaf *a, B, b*. [5] *mgl. a, B, b*. [6] [oss vel-
kominn *B, b*. [7] [minn systurson vann hann, yfirkominn mér til handa
B, b.

Aufernam ok þar með jarldóm. Síðan gékk Bernarðr á hönd Karlamagnúsi konungi, ok gaf konungr honum hvítt merki ok spjót ok jarldóm með Jdremunt[1] ok alt Auernaland, ok bað hann[2] vera með Rollant ok styrkja lið hans.

40. [Um morguninn eptir gékk Rollant á fund Karlamagnús konungs frænda síns ok mælti: Gerum svá vel ok förum at herklæða lið várt, ok förum til Vianeborgar, ok freistum at vér megim vinna hana. Konungr segir svá vera skulu. Eptir þat var blásit í lúðra ok sótti liðit at borginni. En hon var svá sterk, at þeir sátu um hana 7 vetr í bili, ok gékk engi sú dagr, er þeir berðist eigi.[3] Rollant gerði einn leik, hann reisti upp eitt[4] tré ok hengdi þar á [einn skjöld,[5] ok lét lið sitt ríða at með spjótum [at skildinum.[6] Geirarðr ok Oliver [systurson hans sátu í borginni með miklu liði. Einn tíma riðu þeir út af[7] borginni með 10 þúsundum riddara [at sjá leikinn. Rollant hafði skipat undir borgarveggjunum[8] með alvæpni 10 þúsundum riddara. Geirarðr ríðr nú til með alvæpni ok höggr ofan[9] leikinn fyrir háðungar sakir. Rollant ríðr [nú til með sitt lið ok slær þegar í hinn mesta bardaga.[10] Oliver ríðr at þeim manni er Lambertr hét ok feldi hann af hesti sínum til jarðar.[11] Geirarðr var góðr riddari ok brá sverði sínu ok [drap margan mann en elti suma.[12] En Rollant tók þá at [kalla úskjálfandi röddu ok styrkti síðan liðit, ok riðust þeir at ok gerðu mikla orrostu[13] Rollant hjó þann mann er bar merki Geirarðs á hjálminn aptan í[14] hnakkann með sverði, svá at staðar nam[15] í nösum. Þá vápnaðist Karlamagnús konungr ok allr herrinn ok fætluðu til at ríða.[16] En er Geirarðr sá þat, ríðr hann aptr í borgina, [ok féllu 19 riddarar af liði hans

---

[1] saal. ogs. a; Klarimont B, b. [2] jafnan síðan tilf. B, b. [3] [Rollant bað konung veita sér eina bœn. Hann játaði því. Lát lið þitt alt vápnast, ok föru(m) til borgarinnar, ok vitum ef vér megum taka Vianam. Síðan fóru þeir til borgarinnar ok váru um hana 7 vetr, ok gékk engi dagr svá, at þeir börðust eigi a; [Rollant mælti: Látið vápnast lið yðvart, herra, ok göngum fast at borginni, ok vitum ef vér getum unnit. Karlamagnús sagði, at svá skyldi vera; ok svá er sagt, at Karlamagnús konungr berðist með liði sínu á þessa borg sjau vetr í samt, ok gékk (kom b) engi sá dagr, at þeir berðist eigi B, b. [4] stórt B, b. [5] [skjöldu a; skjöld sinn B. [6] [saal. B, b, at skjöldunum A; ok skjöldum a. [7] [váru í Viana ok riðu út or a; frændi hans í Viana riðu út dagliga af B, b. [8] borgarveggjun a. [9] [alvápnaðra. þeir hjuggu niðr B, b. [10] [á mót með lið sitt ok barðist við þá a, B, b. [11] ok tók hann síðan ok leiddi hann inn í borgina tilf. a, B. [12] [elti þá marga Valina (hina völsku b) a, B, b. [13] [saal. a; á nýja leik ok gerðu miklo(!) orrosto A; œpa hárri röddu ok styrkti liðit, ok riðust þeir at allsnarpliga B, b. [14] saal. a; á B; ok A, b. [15] gaf B, b. [16] [riðu til a, B, b.

áðr þeir næði borginni. Oliver tók Lambert ok flutti með sér ·í borgina[1] ok skildust at kveldi, ok báru [hvárirtveggju sína menn[2] til grafar. Karlamagnús konungi þótti [mikill skaði er Lambert[3] var tekinn.

41. Snimma um morguninn stóð Geirarðr upp ok kallar Oliver systurson sinn, ok mælti: þú skalt fara á fund Karlamagnús konungs ok hafa með þér Lambert Berfer[4] at biðja oss miskunnar, ok vil ek [gefast (í) hans vald ok miskunn,[5] þvíat ek em hans maðr, ok hann dubbaði mik til riddara ok gaf mér veldi ok ríki, ok[6] vil ek eigi halda frænda hans hér. [Hann[7] fór ok bar[8] konunginum þau tíðendi. Karlamagnús svaraði, at Geirarðr var sannr svikari. Oliver [varð reiðr mjök ok kvað engan þann mann er hann vildi eigi hólmgöngu reyna við fyrir þat at hann var eigi sannr[9] svikari. Rollant varð svá reiðr, [at allar æðar pipruðu móti Oliver,[10] ok sór at Geirarðr hafði fyrirlogit trú sinni. Oliver svaraði: [Ek skal gera þik ljótliga aptr at[11] þessu, ok megum vit reyna með okkr. Síðan tóku þeir með sér hólmgöngu undir borgarveggjum Viane.[12] Lambert jarl kallaði Namlun[13] ok sagði, at [sú ætlan[14] var illa við komin, þvíat Rollant er systurson Karlamagnús konungs, en Oliver er systurson Geirarðs, ok væri betr at þeir sættist, ok hefði[15] Geirarðr Vianam ok allar eigur ok ríki af völdum Karlamagnús konungs. Namlun sagði, at þat var vel mælt. [Hann[16] bauzt at fara til Vianam at finna Geirarð.[17]

42. Síðan fóru þeir báðir Oliver ok Lambert [á fund Geirarðs. Hann[18] spurði, hvat þeir höfðu sýst. Oliver kvað hann vera kallaðan lygimann ok tryggrofa, en ek skal [vera mótstöðumaðr þess máls,[19]

---

[1]) [en þeir Karlamagnús riðu til borgarinnar ok börðust við þá, ok féllu hítján riddarar af liði Karlamagnús, en 11 af Geirarð *a*, *B*, *b*. [2]) [líkin *a*, *B*, *b*. [3]) [illa (mikit *B*) um Lambert, er hann *a*, *B*. [4]) af Berfer *a*; frænda hans *B*, *b*. [5]) [ganga til handa honum *a*, *B*, *b*. [6]) því tilf. *b*. [7]) Oliver *B*, *b*. [8]) [þeir fóru ok báru *a*. [9]) [reiddist við hann, ok kvað engan þann riddara, at hann treysti sér eigi við at heyja hólmgöngu fyrir þat at hann væri eigi *a*; reiddist við þat ok kvaðst engan þann riddara vita með Karlamagnúsi, at hann mundi spara hólmgöngu við at eiga, ok sýna (sanna *b*) meðr því, at Geirarðr væri eigi *B*, *b*. [10]) [í móti Oliver, at allar hans æðar pipruðu *a*; [mgl. *B*. [11]) af *a*. [12]) [at Rollant skyldi aptr at því ganga, ok reynum með okkr tveim, ok leggjum hólmgöngustað hér undir borginni. Ok Rollant játtaði því. *B*, *b*. [13]) til sín tilf. *B*, *b*. [14]) [þessi rœða *B*; þessi ráðagerð *b*. [15]) haldi *B*, *b*. [16]) Lambert *a*. [17]) [Landbert mælti: Förum mið báðir samt með Oliver ok finnum Geirarð, ok vitum hvat hann segir. þeir gerðu svá. *B*, *b*. [18]) [kómu í borgina ok fundu hertogann ok heilsaðu hann. Hann tók þeim vel ok *B*, *b*. [19]) [verja þat (þitt *B*, *b*) mál *a*, *B*, *b*.

ok hefi ek [tekit hólmgöngu móti systursyni Karlamagnús konungs.¹ Lambert² svaraði: [Látum liggja³ þá heimsku, segir hann, þú [átt þér systur, er heitir Adein,⁴ gipt hana Rollant ok verið vinir; gangit⁵ til handa Karlamagnúsi ok gefit⁶ honum borgina. Geirarðr mælti, at hann⁷ skyldi fara aptr ok koma af hólmgöngunni;⁸ ef Rollant er af lífi tekinn, þá mun Karlamagnúsi illa [þikkja; en ef ek missi systursonar mins,⁹ þá verð ek aldri glaðr. [Fái hann Adeini systur(dóttur) minnar ok verum vinir,¹⁰ hon er dóttir Remalds jarls af Laramel, en ek hafi Vianam ok alla sœmd af konungi, ok hans maðr vil ek vera.¹¹ [Lambert jarl fór¹² á fund Karlamagnús¹³ ok bað¹⁴ fella hólmgönguna með þeim kosti, at Rollant fái systurdóttur hertugans Adeini,¹⁵ ok gerist þeir Oliver vinir, því þeir eru báðir góðir drengir. [Namlun kvað þat vera gott sáttmál.¹⁶ Konungr svarar þá: [Sjáit svá fyrir,¹⁷ at systurson minn sé vel sœmdr af. Namlun svaraði: [þér skulut fara til vígvallarins, þá er þeir eru búnir at berjast ok á völl komnir, ok taka af þeim spjótin, því at til þess hafi þér vald. Farið síðan til Viane ok sættumst at heilu. Lambertr fór nú ok sagði Geirarði þessa fyriretlan, en hann játaði því. Um morguninn eptir váru þeir Rollant ok Oliver báðir vápnaðir ok á völl komnir. Þá reið til Karlamagnús konungr sjálfr ok tók spjótin af þeim, ok fór síðan í Vianam. En Namlun ok Lambert leiddu þá Rollant ok Oliver fyrir konung ok kystu báðir hann ok sórust síðan í brœðralag. Rollant sór ok Adeini, at hann skyldi hana eiga at konu, ef guð gæfi¹⁸ honum líf til. En hon sór at eiga Rollant, ok með henni Geirarðr ok Oliver.¹⁹

¹) [tekit hólmgöngu með þeim *a*; lagt hólmgöngu við systurson Karlamagnús *B, b*. ²) *saal. a, B, b*; Namlun *A*. ³) [látit um líða *B, b*. ⁴)-[Geirarðr, átt frændkonu væna mey er jungfrú Auda heitir *B, b*. ⁵) gakk *a, B, b*. ⁶) gef *a, B, b*. ⁷) *saal. a, B, b*; Namlun *A*. ⁸) ek veit *tilf. a*; fyrir því, segir hann *tilf. B, b*. ⁹) [líka; svá ok ef Oliver fellr *B, b*. ¹⁰) [Eignist Rollant Ardein ok verum sáttir *a*. ¹¹) [Ok því vil ek gefa Rollant jungfrú Audu (Audam *b*) systur Olifers til heilla sátta, en hon er dóttir Reinars jarls af Kaliber, at þá munu þeir Rollant ok Olifer bjartanliga elskast þaðan af alla tíma síns lífs; en ek vil halda Vianam ok allri (alla *b*) sœmd af Karlamagnúsi konungi, meðan við lifum báðir *B, b*. ¹²) [*saal. a, B, b*; Namlun ok Lambert fóru *A*. ¹³) ok sagði honum öll orð Geirarðs *tilf. B, b*. ¹⁴) *saal. a, B, b*; báðu *A*. ¹⁵) af Ardein *a; mgl. B*. ¹⁶) [*tilf. a, B, b*. ¹⁷) [Gjörum svá at því, er þit sjáit *a*. ¹⁸) *Her mgl. 4 Blade i a*. ¹⁹) [at þeir skyldu koma til hólms báðir vápnaðir Oliver ok Rollant, þá skulu þér ríða til ok taka af þeim vápnin, þvíat yðvart vald er á því, hvárt þeir berjast eðr eigi. Farit síðan í borgina, þvíat hon er yður. Landbert fór þá í borgina ok sagði Geirarði hvar komit var. En hann játaði því blíðliga. Oliver ok Rollant eru nú báðir vápnaðir ok á völl komnir. Reið Karlamagnús þá til ok

43. Nú er Karlamagnús konungr kominn í Vianam, ok þeir Geirarðr hertogi alsáttir. En litlu síðar kom þar Malakins af Jvin ok bað, at Karlamagnús konungr mundi gefa lausn Abraham bróður hans, þar sem hann hafði í prísund verit meir en 14 vetr, en ek hefi þrjú sverð er bezt munu vera, Galant smiðr af Englandi hefir gert ok veldi 7 vetr í afli, en Faber konungr lagði mér at at veði 7 hundruð bisunda gulls; sverðin váru góð ok heilög. Nú vilda ek gefa þér sverðin ok biðja þik, at þú leystir bróður minn. Karlamagnús játtaði, ef sverðin væri svá góð sem hann sagði. Malakin kvað þau en betri, því engi keisari bar þvílík sverð fyrr. Þá kallaði Karlamagnús konungr á Geirarð hertuga ok mælti: Gef mér eina gjöf. Geirarðr svaraði: Sá er engi hlutr í Viana, at ek man synja þér. Karlamagnús mælti: Gef mér Abraham af Jvin. Geirarðr ok Oliver géngu eptir honum ok leiddu hann fyrir konung. En konungr þakkaði honum vel ok fékk hann í hendr Malakins. Hann gékk til konungs ok þakkaði honum vel, tók síðan sverðin ok fékk honum, fór heim eptir þat. En konungr fékk Difu féhirði sínum at varðveita. Síðan lét hann blása í lúðra sína, ok fór hverr heim til síns lands, en Karlamagnús fór heim til Eiss.

44. Þegar Karlamagnús konungr kom heim, þá kallaði hann til sín Namlun ok bað hann færa sér sverð þau er Malakins af Jvin fékk honum. Síðan dró hann sverðin or slíðrum ok leit á, ok sýndust góð. Eptir þat gékk hann til stálhaugs fyrir höll sinni ok hjó einu sverðinu í handar breitt, ok varð í lítið skarð. Menn veit, segir konungr, þetta er gott sverð, ok skal þetta Kurt heita. Síðan hjó hann í öðru handar breitt eða meira, ok kallaði þat Almaciam ok kvað þat gott at höggva heiðna menn með. Hann hjó þá inu 3, ok hraut af meir en hálfs fótar manns, ok mælti: þetta sverð skal heita Dyrumdali, ok hafði þat með sér, því at þar var honum mikil elska á.

45. Nú er Karlamagnús konungr heima, þá kom rit páfans til hans ok sagði, at úfriðr var mikill af Lungbörðum ok Bretlands mönn-

tók af þeim spjótin ok fyrirbauð þeim at berjast. Fóru síðan allir saman í Vianam. Naflun leiddi Rollant en Lanbert Oliver, ok kystu báðir konunginn ok gerðust svaribrœðr. Geirarðr hertogi bað af sér reiði Karlamagnús konungs, ok gékk þat alt vel til, ok sættust heilum sáttum. Rollant sór jungfrú Audu eið, at hann skyldi enga konu eiga aðra en hana, ef guð gæfi honum líf til; en hon hét honum sinni trú, at hon skyldi hann eiga en engan annan mann með samþykki frænda sinna Geirarðs ok Olifers. Er Karlamagnús nú í Vianaborg, meðan honum vel líkar, ok hélzt vel þessi sætt síðan allra þeirra í milli meðan þeir lifðu B, b; *her slutter förste Del af Sagaen i Haandskrifterne B og b, de fölg. Capp. 43—59 findes kun i A.*

um, ok gera mikit ilt Rómverjum. Konungr úgladdist mjök við þat, ok gerði rit ok bað þá alla er úsáttir váru koma til sín í Moniardal, ok sór við skegg sitt, at sá er eigi vildi koma til sáttar skyldi uppi hanga. Hann fór í brott ok lét blása í lúðra sína. En er hann kom í Moniardal, þá váru þeir allir þar komnir sem hann hafði orð sent. Hann bað þá alla sættast, ef þeir vildi líf sítt hafa, ok bauð páfanum, at hann skyldi rétta með þeim þat sem þá skildi á. Um nóttina eptir er Karlamagnús lá í hvílu sinni, kom Gabriel engill til hans ok sagði, at heilagr dómr dýrligr var í sverði hans: þar er í ein tönn Pétrs postula, ok af hári Marie Magdalene, ok af blóði Blasii byskups, ok skaltu gefa Rollant frænda þínum sverðit, þá er vel niðr komit. Karlamagnús gerði sem engillinn bauð honum, fékk Rollant sverðit ok gyrði hann með ok laust á háls honum ok mælti: Góði systurson, haf nú Dyrumdala ok njót manna bazt í þá minning sem guð gaf postulum sínum paradísar vist. Um morguninn eptir fór páfinn til Róms at sætta þá sem úsáttir váru. En Karlamagnús konungr sendi þá Rollant ok Oliver til Nobilisborgar at sitja um Ful konung, ok fékk þeim 200 þúsunda riddara. Þeir fóru ok sátu um borgina, þar var úfriðr mikill milli Spania ok kristinna manna, en Fulr konungr bjóst við 20 vetra vörn í borginni.

46. En er Karlamagnús konungr var kominn heim til Eiss, kómu honum orð af Saxlandi, at Vitakind konungr hafði tekit Mutersborg ok brenda alla ok tekit byskupinn ok meiddan. En Karlamagnúsi konungi þótti þat svá illa, at hann varð aldri svá úglaðr síðan móðir hans andaðist. Hann sendi þegar eptir liði ok fór til Saxlands. En er hann kom til Rínar, þá mátti hann eigi yfirkomast, þvíat hon var eigi œð, ok engi var brú eða farkostr yfir. Síðan lét hann mæla hversu breið áin var, ok bauð herinum at gera brú yfir. Þeim Lungbörðum ok Pizaramönnum bauð hann at telgja steininn ok fœra til, en Burguniarmenn gerðu tólin, en þeir af Bealver hjuggu eiki ok fœrðu til, en Ardenamenn skyldu gera brúna, en allir aðrir veita lið at, ok höfðu nú sýslu á ok váru þar 3 vetr, ok var ekki at gert nema fengit til. Þá mælti konungr: Mikils er einn góðr maðr verðr, segir hann, ef Rollant hefði hér verit, þá væri nú ger brúin ok drepinn Vitakind konungr.

47. Síðan lét hann senda eptir þeim báðum fóstbrœðrum Rollant ok Oliver ok liði þeirra. Þeir fóru þegar ok fundu Karlamagnús konung, ok varð þar fagnafundr, ok bað þá láta gera brúna. Þeir fóru þegar til ok létu telgja grjótit ok fœra í ána, ok lögðu hvern stein á annan ofan, ok létu steypa blýi á millum grjótsins ok höfðu þat fyrir límit, ok gerðu járnrekendr tvá vega brúarinnar um þvert ok festu endana á landi; ok fékk Rollant ok Oliver gert á einu

misseri, svá at allr herrinn mátti vel yfir fara. Síðan fóru þeir Rollant ok Oliver yfir, ok alt lið þeirra, ok létu skera díki mikit, at Saxar skyldu eigi mega með her yfir komast til Karlamagnús konungs, ok létu gera herbergi sín umhverfis. Þá fór Karlamagnús yfir brúna með her sinn til Vesklaraborgar. En Vitakind konungr var þar ok þorði eigi at bíða þeirra ok fór til Triverisborgar ok sat þar um þrjá vetr. Þá fór Rollant ok Oliver jarl ok Bovi inn skegglausi til Vesklara með 300 þúsunda riddara, ok sendi Rollant Bofa til borgarhliðsins með 10 þúsundir[1] riddara. En sá maðr er yfir var skipaðr borgina hét Sævini, hann fór í mót með borgarlýðinn. En er Rollant sá þat, þá hleypti hann til, ok féngu unnit borgina en tekit Savina höndum. Síðan setti Rollant Bofa eptir í borginni til geymslu með 20 þúsundum riddara, en hann sjálfr ok Oliver fóru aptr til Trimonieborgar, ok fundu þar Karlamagnús konung ok sögðu honum, at þeir höfðu unnit Vesklaram, ok féngu honum Sæfina í vald. En konungr þakkaði þeim ok bað þá fara til Trimonieborgar ok vinna hana en drepa Vitakind konung. Rollant varð við þat glaðr mjök, ok blésu (í) lúðra sína. En guð gerði mikla jartegn fyrir sakir Karlamagnús konungs, at borgarveggrinn féll allr niðr. En Karlamagnús fór í borgina ok alt lið hans, ok drápu Vitakind konung ok frelstu Saxland, ok fóru síðan til Vesklara ok váru þar um nóttina, ok setti Karlamagnús konungr Bofa hinn skegglausa til varðveizlu landsins eptir ok 100 þúsunda með honum. Karlamagnús konungr sendi Geirarð heim til Numaiam a(t) búa veizlu í móti sér, því at hann ætlaði þar at vera at hvítasunnudegi, en hann sjálfr fór fyrst heim til Eiss.

48. Þá er Karlamagnús konungr stóð við glugg einn í höllinni ok sá út á Rín, leit hann hvar svanr einn kom upp í vatninu ok hafði silkistreng um háls sér, ok hékk þar á bátr einn. En á bátinum var riddari einn vel vápnaðr ok hafði rit eitt á hálsi sér. En er riddarinn kom at landi, þá fór svanrinn út aptr, ok sá engi maðr hann síðan. Namlun gékk á mót manninum ok tók í hönd honum ok leiddi hann fyrir konung. Þá spurði Karlamagnús konungr þenna mann at nafni. En hann kunni eigi máli ok fékk honum ritit. En ritit sagði, at Geirarðr svanr var kominn at þjóna honum til lands ok konu. Namlun tók vápn hans ok klæði ok hirði. En Karlamagnús konungr gaf honum skikkju góða ok gékk síðan til borðs. En er Rollant sá þenna hinn nýkomna riddara, þá spurði hann, hvat manna sá væri. Karlamagnús konungr svarar, at þann riddara hafði guð sent honum. Rollant spurði, hvat hann hét. Karlamagnús sagði, at

---

[1] þúsunda A.

hann hét Geirarðr svanr. Rollant svarar: Víst er sá maðr höfðingligr. Konungr bað þjóna honum vel. Geirarðr var vitr maðr ok þjónaði vel Karlamagnúsi konungi, ok þótti hverjum manni hann góðr, ok nam skjótt mál ok var góðr riddari ok vænn maðr. Karlamagnús konungr var honum ráðhollr ok gipti honum Adaliz systur sína ok gerði hann hertuga yfir Ardena.

49. Litlu síðar sendi Karlamagnús konungr orð Videlun hertuga af Bealfer ok bað hann koma á sinn fund til Eiss. En er hann kom, tók Karlamagnús við honum með fagnaði ok kallaði hann á málstefnu ok Rollant frænda sinn, ok Oliver ok Geirarð svan, Herfa hertuga af Kolne ok Freri erkibyskup, Turpin erkibyskup ok byskup af Trivers, Eim af Galiza ok Hatun jarl, konunginn af Peitrs, hertugann af Paris, jarlinn af Flæmingjalandi. Þá mælti Karlamagnús konungr: Góðir vinir, segir hann, ek em nú með guðs miskunn konungr í Franz ok keisari í Rómaborg; nú með yðru ráði vil ek kvángast ok fá dóttur Videluns hertuga af Bealver Adeini systur Namluns. En þeir svöruðu allir, at þeim þótti því vel ráðit. Síðan gerði Karlamagnús konungr til hennar brullaup[1] ok festi hana. Erkibyskupar þrír vígðu þau saman. En er þau höfðu verit á samt tvá vetr, þá áttu þau son saman, er kallaðr var Löðver. En er sveinninn var fœddr, þá hét Karlamagnús Jórsalaför at sœkja gröf dróttins várs ok biðja sér miskunnar ok syndalausnar. Hann bjóst ok réð til ferðar með sér Videlun hertuga mág sinn, Hatun ok Namlun, Turpin erkibyskup ok Geirarð af Numaia, Giliam kapalín sinn ok þjóna sína ok 300 riddara, ok bauð Bova inum skegglausa ok Geirarði svan at varðveita Saxlandi, en Oliver konungsríkit í Vallandi, en Rollant í Rómaborg[2] keisaraveldit.

50. Síðan fór Karlamagnús konungr út til Jórsala ok aptr um Miklagarð. Tyrkir ok heiðit fólk börðust við Grikkja konung í þenna tíma til gersima hans. En er Grikkja konungr sá Karlamagnús konung, þá varð hann feginn ok bauð þeim öllum til sín, ok bað Karlamagnús konung veita sér lið at berjast móti heiðnum lýð. En Karlamagnús sagðist eigi fyrri heim koma en þar væri siðat ok friðr góðr. Keisarinn girzki kunni honum fyrir þat mikla þökk, en heiðingjum þótti þat enskis vert, ok bjuggust mót þeim djarfliga ok börðust, ok féll mestr hlutr af heiðnum lýð. Karlamagnús konungr ok Namlun ok lið þeirra tóku höfðingja alla heiðinna manna ok fœrðu Grikkja konungi. Hér fór Karlamagnús konungr mikinn skaða af manna tjóni; þar féll Videlun hertugi mágr Karlamagnús konungs ok 50 riddara með honum ok þrír aðrir ríkir menn. Miran hét inn

---

[1] brapllaup *A*. [2] ok *tilf. A*.

heiðni konungr, hann vann Grikkja konungi eiða, eptir því sem Karlamagnús konungr skildi fyrir; hann skyldi fá honum á hverjum 12 mánuðum fimtán hundruð marka gulls ok 10 múla ok 7 úlfalda. Síðan tók Karlamagnús leyfi til heimferðar, en Grikkja konungr bauð at gefa honum Miklagarð ok gerast hans undirmaðr. Karlamagnús konungr svaraði: Guð bjóði mér þat eigi at gera, þar sem þú ert keisari ok höfðingi allrar[1] kristni; vil ek biðja yðr heldr, at þér gefit mér helga dóma nökkura at hafa með mér heim í Valland. En keisarinn kvezt þat gjarna vildu. Hann gaf honum af sveitadúk dróttins várs, er hann þerði sér með er hann hafði talt fyrir fólki, ok hosu hans, af krossinum helga, ok oddinn af spjótinu er lagt var í síðu honum, ok spjót hins helga Merkurii. Karlamagnús konungr laut til jarðar niðr, svá at hendrnar tóku gólfit, ok tók síðan leyfi ok fór feginn heim aptr lofandi guð. En Grikkja konungr fylgði honum á leiðina til borgar þeirrar er armleggr ins helga Gregorii er í, ok kystust ok skildust síðan, ok fór Karlamagnús aptr til Franz, ok kómu til Triverisborgar ok fóru þaðan til Eiss, ok létu þar eptir hosuna, en dúkinn í Komparins, krossinn helga í Orliens; spótit ok spjótsoddinn hafði hann með sér ok lét koma undir hjaltit efra á sverði sínu, fyrir því kallaði hann þat Giovise því at hann hafði gefit honum, því kalla allir riddarar, er þeir eggjast á, mungeoy.

51. Nökkurri stundu síðar en Karlamagnús konungr var heim kominn, lá hann í hvílu sinni um nótt heima í Eiss, (þá) kom Gabriel engill til hans ok bað hann bjóða út liði um alt land sitt at stefna í Spanialand. En Karlamagnús konungr gerði sem guð bauð honum; hann sendi boð um alt landit, ok lét svá við búast sem þeir skyldi í braut vera æ ok æ ok hafa með sér konur ok börn. Valirnir kómu til Karlamagnús konungs ok báðu, at konur þeirra ok dœtr skyldu heima vera, at eigi hefði menn at háðungu[2] dœtr þeirra í herinum. En Karlamagnús konungr sór við skegg sitt hvíta, at aldri lægi svá ríkr maðr með úríks manns dóttur, at hann skyldi eigi eiga hana; en ef sá újafnaðr er á, at hann metr sik eigi verðan at fá hennar, þá skal ek dœma yfir með þeim. Síðan gaf hann þeim tveggja vetra frest at búast við. Á þriðja ári váru þeir búnir 10 hundruð þúsunda riddara, ok bað þá Karlamagnús konungr sína menn hafa marga vagna hlaðna af hnotum ok af kornum at sá í Spania, ok sagði þat upp skyldu vaxit áðr þeir hyrfi aptr, ef þeir féngi eigi kristnat landit. Þá fór Karlamagnús á ferð með sitt lið ok kom til ár þeirrar er Gerund heitir, ok fundu þar hvárki vað né annan farkost, ok vissu eigi hversu þeir skyldu yfir komast. Þá féll Karla-

[1] allarar A. [2] háðungi A.

magnús konungr til bœnar ok bað, at guð skyldi greiða för þeirra yfir ána, ef hann vildi för þeirra í Jspaniam. En guð gerði þá jarteign fyrir Karlamagnús konung, at hind ein hvít óð yfir þvera ána, en þeir riðu þar eptir. Þá sendi Karlamagnús konungr þá Rollant ok Oliver fram fyrir ok alla hinu beztu drengi með þeim at sitja um Nobilis.

52. En er þeir kómu þar, þá hafði Fulr konungr skipat mikit lið at móti þeim. Þá mælti Rollant við Oliver: Vilt þú heyra heimsku, félagi, segir hann. Oliver svarar: Ek heff œrna heyrða, eða hvat er þat? Rollant svarar: Karlamagnús frændi minn, sagði hann, bað oss eigi drepa Ful konung, er enn er útekinn. Oliver svarar: Undrum verði sá, segir hann, er hann hirðir, ef ná má honum. Síðan vápnuðust þeir allir ok skipuðu liði sínu í þrjár fylkingar, 100 þúsunda í hverja, Rollant ok Oliver váru í fjórða stað. Fulr konungr var með 7 þúsundir riddara, ok allir vel vápnaðir ok skipaðir í 7 fylkingar. Rollant ok Oliver hjuggu hesta sína sporum ok hleyptu fyrstir fram or fylkingunni á mót Ful konungi. En Fulr konungr laust[1] í skjöld Olivers spóti sínu, svá at fast var. En Rollant hefndi hans vel ok lagði í miðjan skjöld konungs spjótinu í gegnum skjöldinn ok í síðu honum ok bar hann af hestinum. Í því bili hjó Oliver til Ful konunga með sverði sínu í hnakkann í gegnum hjálminn ok höfuðit, svá í hökunni nam staðar. Síðan kom til alt lið þeirra, ok var drepinn mikill hluti af heiðnum lýð, ok jafnvel þá sem í borginni váru, ok tóku borgina ok gættu til handa Karlamagnúsi konungi. Síðan fóru þeir Rollant ok Oliver ok alt lið þeirra ok þógu ok þerðu allan vígvöllinn, at Karlamagnús konungr skyldi eigi sjá blóðit er hann kœmi. Þá kom hann at borginni tekinni ok spurði hvar Fulr konungr var. Rollant sagði, at hann var drepinn. Konungr varð reiðr ok laust glófa sínum á nasar honum, svá at blœddi, þvíat hann hafði boðit þeim at fœra sér hann lifanda.

53. Annan dag eptir fóru þeir til Mongardigborgar ok sátu um hana. En er konungrinn af Kordrs heyrði, at Fulr konungr var drepinn en borgin Nobilis unnin, ok keisarinn af Rómaborg fór at þeim með her ok sat um Mongardig, ok skipuðust við ok fór mót þeim með her miklum. En er Karlamagnús konungr frá þat, þá bað hann lýðinn höggva sundr spjótsköptin ok setja niðr í jörðina alla hlutina. Þá (gerði) guð þá jartegn, at þar uxu af kvistir ok lauf, ok varð þat at skógi sem áðr var völlr. Síðan vápnuðust þeir þar ok riðu at móti þeim ok drápu mikinn fjölda af heiðingjum. En konungr flýði til borgar sinnar Kordu, en Karlamagnús fór til Mongardig ok tók borgina. Síðan fór hann til Kordu ok braut

[1] hlaust A.

borgina ok vann hana ok drap konunginn. Þaðan fór hann til borgar einnar á miðju Spanialandi, hon heitir Saraguz. Konungr sá er nefndr Marsilius er fyrir réð borginni; hann sendi menn á fund Karlamagnús keisara, ok sagðist vildu ganga undir kristni ok honum til handa, ef hann vill mik láta halda ríki mínu. Karlamagnús konungr varð feginn ok þakkaði guði, ok spurði hvern hann skyldi senda at reyna vilja hans. Rollant bauzt til fararinnar. Konungr vildi þat eigi ok sendi Basin ok Basilium bróður hans þessa eyrendis. En er þeir kómu á fund Marsilii konungs, sögðu þeir honum orð Karlamagnús konungs, at hann skyldi hafa land sitt, ef hann vildi kristnast. Marsilius konungr varð við þetta mjök reiðr, ok lét taka þá báða brœðr ok drepa. En Karlamagnús konungr kunni því verki stórilla.

54. Þá kom maðr einn ok sagði Karlamagnúsi konungi andlát Miluns hertuga af Anglers. En konungi þótti þat mikill skaði, ok spurði hverjum hann skyldi gipta Gelem systur sína. En Namlun réð honum at gipta hana Guenelun, því at áðr hafði hann litlu mist konu sinnar. Síðan fékk hann Gelem, ok gaf Karlamagnús konungr honum jarldóm í Korbuillo. Því næst áttu þau son saman, er hét Baldvini. Guenelun unni Rollant sem syni sínum, en Rollant unni Guenelun sem feðr sínum, ok sórust í brœðralag. En síðan fundu lærðir menn frændsemi milli þeirra Gueneluns ok Gelem at fjórða manni hvártveggja, ok váru síðan skild, ok gipti Karlamagnús hana þá Efrarði[1] hertuga, ok áttu þau tvá sonu Aðalrað ok Efrarð. En Guenelun fékk systur Efrarðs hertuga.

55. Þessu næst kómu sendimenn til Karlamagnús konungs af Vallandi, ok sögðu þaðan mikil rán ok þjófnað. En Karlamagnús konungr sendi heim Rollant at siða landit. Þat hafði verit fyrr þá er Karlamagnús konungr hafði unnit Trimoniaborg ok drepit Vitakind konung, þá sendi hann rit til Danmerkr á fund Jofreys konungs, at hann héldi af honum Danmörk, ok skyldi hann senda honum í gísling Oddgeir son sinn ok Erber byrla sinn; ef hann vill þat eigi, þá verðr hann þola her. Þá er Jofrey heyrði þetta, treystist hann eigi at móti mæla, ok sendi þá til Eiss ok bað Karlamagnús ok dróttningu, at þau skyldu vera vel til þeirra, ok þau játuðu því blíðliga.

56. Þá er Rollant fór heim til Eiss, bað Karlamagnús konungr hann bera kveðju sína dróttningu ok Löðvi syni sínum, ok vil ek, at þú fœrir mér Oddgeir danska ok sverð mín Kurt ok Almaciam, ok friða vel landit. Guenelun bað Rollant koma til heimilis síns í Kastalandum ok bera kveðju hans Geluviz konu hans. Rollant tók leyfi ok fór til Eiss ok friðaði landit, ok bar dróttningu kveðju Karlamagnús konungs, ok bað fá sér Oddgeir danska ok sverðin at

[1] Efreði A.

fœra konungi. Síðan tók Rollant leyfi ok fór til Kastalandum. Honum var þar vel fagnat, ok friðaði þar sem honum var boðit, ok bar frúinni kveðju Gueneluns. Þá er þau sátu bæði saman ok drukku Rollant ok Geluviz, þá sagði hon honum, at Guenelun hafði boðit henni, at hon skyldi honum vel fagna: Nú vil ek senda til þín í nótt eina mey væna, er ek á, ok dýrligrar ættar; ok mun hon eigi fyrr koma en sofnat er alt liðit, ok skaltu eiga kost at leika við hana slíkt sem þú vilt. Rollant svaraði: Þess bið ek þik eigi, því at ek hefi svarit Adeini systur Olivers, at ek skal enga konu eiga nema hana, ok ef guð vill, at ek koma heill or Spania, þá skal ek fá hennar. En hon kvezt at vísu mundu senda honum hana. Hann bað hana gera sem henni sýndist. Eptir þat géngu menn at sofa. En Rollant var mœddr ok sofnaði þegar. Þá er allir menn váru sofnaðir, þá stóð upp Geluviss ok tók möttul sinn ok gékk til hvílu, þar sem Rollant svaf í, ok þreifaði um fœtr honum alt upp til knjá, en hann hrœrðist hvergi við. Síðan fór hon í hvíluna ok lagðist sem hon var löng í hjá honum, ok tók at klappa honum ok kyssa hann. Hann snerist til hennar ok átti lag við hana tysvar. Hon talaði við hann ok kvezt mikit unna honum, ok skal ek gera alt þat sem þú vill. Honum þótti þat illa, er hann hafði svarit Adeini, ok þakkaði henni sinn góðvilja. Síðan spurði hann hana, hvat hon hét. Hon sagði, at þar var Geluviz kona Guineluns, ok mátt þú hafa af mér þat alt er þú vill. Hann stóð upp ok iðraðist, er hann hafði svikit félaga sinn, ok bað hana fara í brott. Hann stóð upp snemma um morguninn ok fór í brott ok tók eigi leyfi, ok fór til Orliens ok þaðan í Spanialand, ok kom til Namluns, ok sagði honum öll tíðendi, ok svá þat er konan hafði svikit hann. Namlun bað hann leyna vel ok ganga til skripta, ok sagðist hann skyldu fasta með honum. Rollant kvezt skyldu segja honum sjálfr, því at ek hét at segja honum öll misverk, þau er ger væri at heimili hans, ok er engi jafnmikil sem þessi er ek ger(ð)a. Namlun þótti þat illa. Síðan sagði Rollant Guinelun einum saman allan atburð. Guinelun bað hann leyna vel ok sagðist ekki mundu honum fyrir þetta reiðr vera, þar sem hon olli sjálf. Þaðan af gerðist hugr hans illr til Rollants, ok þóttist aldri mundu verða glaðr, meðan hann lifði, fyrir þá svívirðing er hann hafði honum gerva.

57. Eptir þat géngu þeir Namlun ok Guenelun til Karlamagnús konungs ok sögðu honum at Rollant ok Oddgeirr váru komnir. Karlamagnús bað ganga eptir þeim, ok svá var gert. En er þeir kómu fyrir konung, kvaddu þeir hann. Síðan spurði hann þá tíðenda. Þeir sögðu alt kyrt. Rollant sagðist sýst hafa þat sem honum var boðit. Konungr þakkaði honum þat. En er Karlamagnús konungr

sat undir matborði, ok Rollant á aðra hönd honum en Guinelun á aðra hönd honum, þá spurði Karlamagnús ef hann skyldi dubba Oddgeir til riddara. Rollant kvað þat vel fallit, þvíat hann er bæði mikill ok sterkr. Þá svarar Guenelun ok bað hann heldr uppi hanga. Konungi þótti þetta kynligt, ok spurði hverja sök at hann hefði til þess. Guenelun sagði hann unna dróttningu. Konungr varð við þat úglaðr. En er konungr var mettr, þá kallaði hann Namlun á eintal ok sagði honum hvat Guenelun hafði mælt. Þá svaraði Namlun: Þú skalt því eigi trúa, ek veit annat sannara. Konungr spurði, hvat þat væri. Namlun bað hann leyna. Konungr kvað engan vita skyldu. Namlun mælti: Spyr at Rollant, hversu kona Gueneluns herbyrgði hann. Karlamagnús spurði Rollant, en hann sagði honum hit sannasta. Konungr svaraði? Menn veit, segir hann, Guenelun hatar Rollant. Namlun mælti: Trú honum eigi ok dubba danska mann til riddara. Konungr kvað svá vera skyldu.

58. Eptir þat bað konungr fá sér brynju ok hjálm ok tók sverð sitt Kurt ok gyrði Oddgeir með ok hengdi skjöld á háls honum. Síðan bað hann fá sér hest nökkurn; honum var færðr hestr grár at lit, er hann hafði fengit í Spania. En er konungr sá þenna hest, þá mælti hann: Þenna hest skal ek hafa sjálfr, ok skal hann heita Tengardus. Þá var fram leiddr rauðr hestr mikill, er átt hafði Fulr konungr, ok gaf hann Rollant. Jnn þriði hestr var fram leiddr brúnn at lit, mikill ok fríðr brokkari,[1] þann gaf hann Oddgeiri ok laust hann hálsslög,[2] ok fékk hann síðan riddaraklæði.[3] Turpin erkibyskup bað Karlamagnús konung fá sér vápn at berjast mót heiðnum lýð. Hann kvezt þat gjarna vildu. Síðan færði konungr hann í brynju ok setti hjálm á höfuð honum ok gyrði hann með Almaciam sverði sínu. Síðan var leiddr til hans hestr svartr, er átt hafði konungr af Kords. Turpin erkibyskup ljóp þá á bak hestinum. En Rollant fékk honum spjótit. Síðan reið hann fyrir Karlamagnús konung með vápn sín ok kvaddi konung ok laut honum. En allir Valirnir œptu senn ok mæltu: Almáttigan klerk eigum vér oss. Þá spurði Rollant Karlamagnús konung, ef hann vildi lofa honum at dubba til riddara Teorfam bróður Geofrey af Mundegio. Karlamagnús konungr svarar: Góði systurson, ger sem þér líkar bezt. Síðan gaf Rollant Teorfu hest sinn Kastalein, sá var beztr í öllu Vallandi, með þvílíkum hætti gaf hann honum riddaraklæði, ok dubbaði hann með honum aðra riddara 19 ok alla tiginborna.

59. Einn tíma þá er Karlamagnús konungr sat í höll sinni ok eignarmenn hans með honum, talaði hann til þeirra: Með guðs miskunu ok yðrum vilja þá vil ek velja mér 12 liðs höfðingja fyrir

---

[1]) brocklafer *A*.   [2]) halsslaugu *A*.   [3]) R' *A*.

her mínum ok (til) framgöngu öruggrar móti heiðingjum. En allir svöruðu ok báðu hann fyrir sjá. Þá mælti konungr: Þar vil ek fyrst telja Rollant frænda minn, annan Oliver, þriðja Turpin erkibyskup, fjórða Geres, fimta Gerin, sétti Bæringr, sjaundi Hatun, átti Samson, níundi Engeler, tíundi Jvun, ellefti Jforias, tólfti Valter. Þessa höfðingja set ek til stjórnar móti heiðnum lýð í þá minning sem guð skipaði 12 postulum sínum at predika guðs eyrendi um allan heim; ok svá vil ek, at hverr yðvarr styrki annan ok styði í hverigum háska, sem þér séð holdligir brœðr. En þeir játtuðu því blíðliga. Lýkst hér nú inn fyrsti hlutr sögu Karlamagnús konungs.

ANNAR PARTR KARLAMAGNUS SÖGU AF FRU OLIF OK LANDRES SYNI HENNAR.

Saga þessi[1] er hér byrjast er eigi af lokleysu þeirri, er menn göra sér til gamans, heldr er hon[2] sögð með sannendum, sem síðar[3] man birtast. [Fann þessa sögu herra Bjarni Erlingsson or Bjarkey[4] ritaða ok sagða í ensku máli í Skotlandi, þá er hann sat þar um vetrinn eptir fráfall Alexandri konungs. En konungdóminn eptir hann tók Margrét dóttir virðuligs herra Eireks konungs í Noregi, sonar Magnús konungs, en nefnd Margrét var dótturdóttir Alexandri. Var fyrir því herra Bjarni vestr sendr at tryggva ok staðfesta ríkit undir jungfrúna. En at mönnum [sé því ljósari ok megi því meiri nytsemi af hafa ok skemtan,[5] þá lét herra Bjarni [hana snara[6] or ensku máli í norrœnu. Megu menn ok hér í finna, hversu mikit skilja[7] má at vera dyggr ok staðfastr til guðs, eðr hverja amban sá tekr er reynist [í svikum[8] í öllum greinum, eðr hversu þat endist út þóat um stund þolist með djöfuligri áeggjan. Er[9] þessi saga gör einkanliga af þeirri hœverskustu frú, er staðföstust hefir verit í þann tíma, ok af þeim versta níðingi, er til hefir verit ok hennar freistaði mikiliga, þóat í marga atburði greinist síðar.[10]

1. [Saga þessi byrjast af einum ágætum konungi ok ríkum, er Hugon er nefndr[12] ok þó öðru nafni kallaðr hertogi af þeim dal er Munon hét. Þessum konungi þjónaðu margir ríkir menn, jarlar, barúnar ok riddarar ok aðrir mikils háttar menn. Þessi konungr Hugon var vel kristinn ok flestir hans menn. Sá var einn riddari

---

[1]) [þessi þáttr b.; denne Fortælling findes kun i Haandskrifterne B og b.
[2]) sagan b. [3]) síðan b. [4]) [því at herra Bjarni Erlingsson or Bjarkey fann hana b. [5]) [mætti því ljósara verða ok meiri nytsemd hafa til skemtanar b. [6]) [setja hana b. [7]) saal. b.; skoli B. [8]) [svikari b. [9]) Var b. [10]) síðan b. [11]) [Einn ágætr konungr er nefndr Hugon b.

með konunginum, er Milon er nefndr ok bókin segir at guðs bannsetning hafi fengit af prestum ok persónum [ok öllum þeim[1] er krúnur bera. Þessi konungr hafði fullsælu, utan þat at hann var eigi kvángaðr ok[2] engan erfingja sér getit. Í þenna[3] tíma réð fyrir Frakklandi virðuligr herra Pippin konungr, hann átti dóttur þá er Olif hét; hon var skrýdd ok prýdd mörgum góðum lutum einkanliga tryggleik ok þolinmœði [í þeim raunum[4] er hennar líkami þoldi, sem síðar meir man birtast í sögunni. Olif var með mikilli tign upp fœdd, svá sem til heyrði. Þessi ríki konungr Hugon er vér byrjaðum söguna af spurði til þessarrar jungfrúr[5] hinnar ágætu Olif; því gerir hann sendiboða til Pippins konungs þess erendis at biðja sér til handa jungfrúinnar[6] Olif. Ok er þeir fram koma fyrir Pippin konung, birta þeir honum sín erendi, hverjum hann tekr sœmiliga ok birtir sendiboðum, at hann vill at Hugon konungr komi sjálfr. Fara sendiboðar aptr ok birta[7] þetta konungi. En hann býr þegar sína ferð meðr sœmiligu föruneyti ok ríðr ríkuliga til Pippins konungs, ok er honum þar fagnat meðr allri tign ok virðing. Ferr Hugon konungr eigi fyrr þaðan[8] en hann hefir festa jungfrú Olif dóttur Pippins konungs. Síðan ríðr hertoginn ok býst við sínu brúðkaupi ok sparir þar til enga luti, þá sem hans sœmd var þá meiri en áðr. Býðr hann nú til þessarrar veizlu múg ok margmenni um alt sitt ríki svá vítt sem þat var,[9] ok koma þeir menn allir sem boðnir váru í nefndan tíma.

2. Pippin konungr af Frakklandi ok hans ríkismenn[10] koma at ákveðinni stundu á hertogans garð, er þar í ferð jungfrúin Olif. Ríðr nú hertoginn út í móti þeim með[11] sínum vildarmönnum, heilsar hann Pippin konungi harðla heiðarliga[12] ok þeirri ágætu jungfrú Olif, [er þar var þá komin.[13] Glöddust allir góðir menn, er hennar andlit[14] sá með blíðu yfirliti, heilsaði hon öllum fagrliga ok blíðliga meðr kurteisligum orðum, ok því lögðu allir[15] menn guðs blezan á hana. Meðr Pippin konungi váru ok í fylgð[16] margir aðrir góðir menn, margir erkibyskupar ok ljóðbyskupar,[17] jarlar ok barúnar. Var þetta hoffólk alt saman heiðarliga[12] höndlat ok sœmiliga sett, ok var nú þetta hit bezta brúðkaup fyrir allra luta sakir. Engi maðr var þar svívirðr eðr skemðr, heldr váru þar allir sœmdir í[18] stórum gjöfum. Margr leikari var þar kominn, ok þar mátti sjá mörg klæði gefin, ok margr dýrr réttr kom þar inn, trönur ok elptr ok páfuglar ok margar fagrar villibráðir aðrar, fylgjandi sœmiligr drykkr,

---

[1]) [þeim öllum *b.* [2]) hafði *tilf. b.* [3]) þann *b.* [4]) [*tilf. b.* [5]) jungfrú *b.* [6]) jungfrúr *b.* [7]) segja *b.* [8]) brott *b.* [9]) er *b.* [10]) menn *b.* [11]) öllum *tilf. b.* [12]) heiðrliga *b.* [13]) [*mgl. b.* [14]) *saal. b;* álit *B.* [15]) góðir *tilf. b.* [16]) ferð *b.* [17]) lýðbyskupar *b.* [18]) með *b.*

í stórum gullkerum inn berandi[1] hœverskir skutilsveinar, [margar tortísar[2] ok önnur kerti mátti þar sjá. Ok er menn váru sem glaðastir ok á leið kveldit, var frú Olif til hvílu fylgt, slógu þá ungir menn fagra danza bæði í hallinni ok í svefnhúsinu. Gékk þá ok hverr annarra[3] til síns herbergis meðr mikilli gleði. Endaðist sjá veizla með mikilli[4] prýði, fór síðan hverr heim til síns garðs, skiljandist meðr mikilli vináttu. Konungrinn ok dróttningin váru litla hríð ásamt, áðr þau gátu sér son, [ok er at þeim tíma kom, fœddi hon sveinbarn mikit ok frítt.[5] Urðu allir menn glaðir bæði innan hirðar ok utan af þessum getnaði, ok þessu næst var sveinninn til kirkju borinn ok skírðr ok kallaðr Landres at nafni. Ok er hann kom heim til mœðr[6] sinnar, varð hon mikiliga glöð ok mælti: Landres son minn, segir hon, nú ertu kominn frá skírn ok guði signaðr, nú gef ek þér alla mína blezan. En þat þótti mönnum gott þann tíma at gefa barni sínu blezan til góðra luta. Líða nú svá fram nökkur ár.

3. Svá er sagt [eitthvert sinn, at Hugon konungr sat yfir borðum einnhvern dag,[7] talaði hann[8] svá til sinna manna, er í höllinni váru: Ek vildi fá einn þann mann í minni hirð at[9] út fœri í dag í skóg at veiða mér eina hind, en utan alt kalls vil ek at þér vitit, at sakir skemtanar man ek fara sjálfr í morgin, ok þeir menn með mér sem þat þykkir betra en at vera heima ok boga kunni[10] benda ok örum skjóta. Sem hertoginn hafði svá mælt, stóð upp einn ríkr riddari, er Jngelbert hét, hann var dróttningar hinn œzti vörðr [ok mælti[11]: Herra konungr, ef ek skal með yðr til skógar fara, hverr skal þá þjóna minni frú dróttningunni ok geyma hennar, er þér elskit um alla luti fram. Konungrinn mælti: Herra Jngelbert, segir hann, þú veizt at ek hefir einn stivarð, er geymir allar mínar féhirðslur, hann heitir Milon, guðs reiði hafi hann, segir bókin, er hann skal þjóna dróttningunni, hann hefir ek jafnan reynt at dyggum dreng, segir konungr. En um morgininn þegar er ljóst var, bjuggust allir riddarar ok sveinar til þessa leiks í konungsins skóg til hans tigins veiðiskapar, ok svá görsamliga fór nú allr lýðr í brott, at engi maðr dvaldist eptir heima at þjóna dróttningu utan einn Milon svikari.

4. En svá sem konungrinn var brott farinn, verðr hér sem víðar,[12] at illr eldr ok vándr reykr má eigi svá lengi [hirðast inni,[13] at eigi birtist [nökkut út af[14] um síðir. Svá var ok þessum vándum[15]

---

[1]) *tilf. b.*   [2]) [marga tortísa *b.*   [3]) maðr *b.*   [4]) allskonar *b.*   [5]) [var hann bæði mikill ok fríðr *b.*   [6]) móður *b.*   [7]) [at einhvern dag er Hugon konungr sat yfir borðum *b.*   [8]) *tilf. b.*   [9]) er *b.*   [10]) kunnu *b.*   [11]) [*tilf. b.*   [12]) víða *b.*   [13]) [leynast *b.*   [14]) [hann *b.*   [15]) vánda *b.*

svikara Milon, er hugsaði um þessa stund at hann féngi sínum vélum fram komit. En guð er aldri fyrirlætr sína menn, geymdi [ok varðveitti[1] þessa hina góðu dróttning frá allri veraldligri skömm þeirri sem sjá hinn vándi níðingr vildi gört hafa. Milon hitnar nú af sinni illsku ok gengr til þess herbergis er dróttning var inni, ok er hann finnr dróttningina, mýktist[2] hann í knjánum ok beygði þau,[3] en hjartat ok vilinn [var upp yfir[4] fult[5] undirhyggju. Hann heilsar upp á dróttninguna með þessum orðum: Sitit heilar, mín frú Olif, tryggust allra kvenna ok hin fegrsta er nökkurn tíma var fædd af holdi ok blóði. Lengi hefir ek yðr þjónat ok mikils hafi þér mik metit, en ek man yðr[6] eigi svá lengr þjóna, þó at þat vildi yðvarr húsbóndi, er nú er gamall riddari, svá at hann má yðr ekki gleðja hvárki nætr né daga. En þér sjáit, at ek er ungr ok listugr riddari, ok þér erut [ungar, frú mín,[7] mikil gleði væri okkr saman at búa; [8]skulu þér ok vita, at ek hefi undir minni hendi 15[9] riddara, ok svá mikit gull ok silfr á ek í mínum fjárhirðslum,[10] at ek má eigi vita marka tal. Þessa alla hluti vil ek yðr gefa, [þar til[11] at þér séð mín unnosta[12] leyniliga. Heyrit nú andsvör dróttningar: Hvárt ertu Milon œrr orðinn eðr kantu ekki gott hugsa? Jesus Kristr Maríu son gefi, at ek heyrði slík orð aldri af þínum munni, ok þat skal guð vita, at í[13] dag skaltu hengdr vera fyrir mínu garðshliði. Ok enn mælti hon: Dróttinn Jesu Kriste, þú veizt at ek hefi[14] meira gull ok silfr en ek megi á [vág fœra,[15] hví skylda ek svíkja minn kæra unnusta hertoga Hugon við verra mann en hann er, ok aldri man hann slíkr verða sem sjá illi þrjótr. Ok er Milon trúðr heyrði þvílík orð dróttningar, gékk hann brott sneyptr ok svívirðr, sem verðugt var, heim til síns herbergis. Hann lauk upp einni kistu sinni, þeirri sem í var gull ok gersemar, hann tók upp eitt mösurker fagrt meðr loki. Í þetta ker lét hann koma [þess háttar[16] drykk er kalla má úlyfjan, ok er hann hafði um þenna drykk búit, sem honum líkaði, gengr hann þegar aptr til dróttningar ok fellr á kné fyrir hana ok hvíslaði með[17] hana með sömum orðum sem fyrr hafði hann mælt. En hon frúin nú sem áðr snubbaði hann af sinni vándri eptirleitni.[18] Hann umvendi þá sinni tölu ok mælti: Mín sœta frú, ek bið yðr fyrir guðs sakir, at þau fólskuorð er ek talaði til yðvar áðan fyrirgefi þér, því at svá má ek þrífast, at ek görða þat eigi fyrir öðru en at reyna yðra [staðfasta elsku.[19] Ok er dróttning Olif heyrði þessi hans orð, þá

---

[1]) [svá b. [2]) mýkist b. [3]) saal. b; þær B. [4]) [yfir uppi var b. [5]) með tilf. b. [6]) þér b. [7]) [ung frú b. [8]) þat tilf. b. [9]) 1500 b. [10]) saal. b; hirzskum B. [11]) [til þess b. [12]) unnasta b. [13]) þenna b. [14]) á b. [15]) saal. b; leið koma B. [16]) [þann b. [17]) við b. [18]) eptirleitan b. [19]) [staðfesti b.

hló hon ok mælti: Milon, segir hon, ef þu görðir þat fyrir ekki annat en at freista mín með skemtan, þá vil ek blíðliga fyrirgefa þér. Ok er þessi vándi falsari heyrði þessi orð dróttningar neytti hann[1] í huganum sinnar illsku, ok mælti: Nú hafi þér, mín frú, fyrirgefit mér þessi fólskuorð, ok af því bið ek yðr, at þér sýnit mér yðvart lítilæti ok drekkit með mér af þessu keri, ok[2] þá veit ek, at þér vilit eigi hrópa mér[3] fyrir konunginum, er bæði er hœverskr ok mikils háttar. Dróttningin svarar: Vit þat Milon, segir hon, at ek kann enga pretta,[4] ok því vil ek gjarna drekka með þér af þessu keri, til þess at þú heptir þik at tala slíka fólsku með[5] mik optar. Milon mælti: Drekkit nú hálft til mín, frú, en ek man síðar drekka okkr til sátta. Dróttningin bað hann fyrri drekka. Ok þá tók Milon kerit, lypti sér til manns ok lét sem hann vildi drekka, ok kom honum þó ekki innan tanna þat er í var. Hann fær dróttningu kerit ok biðr hana drekka, sagðist nú hálft hafa drukkit. Dróttning tók með kerinu báðum höndum, en[6] ekki var hugsandi nema gott, setr á munn sér ok drekkr af.[7] Ok [sem hon hefir af drukkit,[8] fellr á hana dauðasvefn svá harðr[9] ok þungr, at hon vissi ekki til sín, ok engan sinn lim mátti hon hrœra. Síðan tekr Milon dróttningu ok fœrir hana af öllum klæðum, ok svá var hon nökt sem móðir bar hana í heim. Ok eptir þat tekr hann hana upp í fang sér ok berr hana í þat svefnherbergi, sem konungssæingin var. Sú sæng var með ríkum klæðum búin, svá sem til heyrði þeim fagra líkama er Olif bar[10] ok nú vildi svikarinn svívirða.[11] En sakir guðs gæzlu þá kom hann því eigi fram nú heldr en fyrr, ok af þessu öllu saman fékk[12] sá vándr[13] trúðr bæði skömm ok harm. Hann gengr nú ofan af herbergi ok út í kaupstaðinn ok mœtir þar einum fátœkum manni þeim er eigi var fagr yfirlits, sakir þess at hann var allr kolblár á sínn líkama. Milon mælti til hans: þú fátœki sveinn, segir han, gakk með mér, ok gef ek þér ríka amban, svá fagrt rautt gull sem legit hefir bezt í konungs féhirðslu, ok hér með fegrstu frú þér til unnostu er nökkurn tíma var fœdd. Þá svarar sjá bláleiti mann,[14] er engi lutr var hvítr á utan tenn ok augu: Ef nökkurir dugandi manna synir líta mik hafa gull mikit, þá láta þeir mik skjótt moldu ausa;[15] eru nú ok meir en 7 dagar liðnir síðan ek kendi[16] mat eðr drykk, ok ljúfari er mér nú ein fylli[17] matar ok drykkjar, en nökkut[18] gull eðr kona. Milon tekr[19] nú þenna blámann með sér til síns kastala,

---

[1]) þegar *tilf. b.* [2]) því at *b.* [3]) mik *b.* [4]) prettu *b.* [5]) við *b.* [6]) er *b.* [7]) alt *tilf. b.* [8]) [eptir þat *b.* [9]) fastr *b.* [10]) hafði *b.* [11]) enn svívirða hana *b.* [12]) saal. *b*; gekk *B.* [13]) vándi *b.* [14]) maðr *b.* [15]) hulinn *b.* [16]) á *tilf. b.* [17]) fyllr *b.* [18]) mikit *b.* [19]) leiðir *b.*

gefr honum síðan þann sœtasta mat, er hann mátti fá. Síðan tekr Milon þat sama ker, er dróttningin hafði áðr af drukkit, ok með þvílíkum drykk íveranda, ok gékk til blámannsins ok mælti þessum orðum: Fátœki sveinn, ver heill. af [þessu keri drekk[1] ek hálft til þín. Blámaðr svarar: Guð þakki yðr herra, at[2] þér virðizt at drekka til mín fátœks sveins. Milon setr nú kerit á munn sér ok lætr sem hann [drykki fyrri,[3] fær síðan blámanninum, [ok hann viðtakandi kerinu sínum svörtum höndum[4] setr síðan á munn sér ok drekkr alt af, því at hann var sárliga þyrstr ok drakk því svá mikit. Ok er kerit var frá munninum, féll þá þegar á hann dauðasvefn, svá at hann[5] vissi engan lut til sín, ok eigi [mátti hann[6] þaðan ganga né upp rísa. Milon lætr eigi minka sína illsku ok údáðir, tekr hann nú blámanninn ok flettir hann klæðum, ok svá var hann nöktr[7] sem móðir bar hann.[8] Ok síðan tekr hann þenna aumliga mann ok berr hann í þat herbergi sem dróttningin svaf í, ok leggr þenna blámann upp í sængina hjá dróttningu, ok tekr hans svörtu hendr ok leggr um hinn hvíta háls frúinnar, hann tekr ok hinar[9] hvítu hendr frúinnar ok leggr um hinn svarta háls blámannsins. Látum þau nú þar liggja bæði sem dauð, en tölum nökkut um Hugon konung.

5. Konungrinn kemr nú heim farandi[10] til staðarins ok[11] til sinna herbergja [berandi mikinn[12] prís, lætr nú frambera fyrir sínar hallardyrr allskyns dýr, er hann hefir tekit.[13] En þat váru þar lög í landi, er enn vilja halda ríkir menn [sumir ok fátœkir,[14] at ef einn riddari kemr heim með nökkurn veiðiskap, þann er hann hefir veitt, skyldi hans unnusta vera fyrir honum ok taka við hans örum ok boga; en ef hann kœmi or annarri herferð, þá skyldi hon taka með[15] hans spjóti ok skildi. Nú missir konungrinn sinnar frú Olif, þvíat hon var vön at mœta honum jafnan, er hann kom heim. Þá mælti konungrinn Hugon: Hvar er Olif mín sœta frú, hví kemr hon eigi inn í höllina millum annarra manna at fagna várri tilkvámu.[16] Þá svarar Milon: [Gangit til herra ok takit handlaug ok[17] síðan til borðs; þá er tími at ganga til dróttningar, er þér erut mettir. Konungrinn tók þegar handlaugar, ok sté[18] undir borð ok allir hans menn. Ok af fyrsta rétt er konungrinn kennir af mat, þá gleymdi hann allri ást við dróttninguna, ok [flestir menn gleymdu elsku með hana,[19] þeir sem í höllinni sátu. Ok er konungrinn var mjök svá mettr, þá mælti hann,

---

[1]) [saal. b; þessum drykk B. [2]) er b. [3]) [drekki b. [4]) [hann tekr við kerinu ok b. [5]) [tilf. b. [6]) [tilf. b. [7]) naktr b. [8]) í heim tilf. b. [9]) saal b; þær B. [10]) mgl. b. [11]) gékk tilf. b. [12]) [með miklum b. [13]) veitt b. [14]) [mgl. b. [15]) við b. [16]) komu b. [17]) [Takit handlaugar, herra, ok farit b. [18]) saal. b; svá B. [19]) [svá flestir menn aðrir b.

svá at allir heyrðu: Hvar er Olif dróttning mín, hví kemr hon eigi[1] til vár, eðr er hon víndrukkin eðr virkir hana í höfuð, eðr leikr hon við Landres son minn, svá at hon má eigi fyrir því af sínu herbergi ganga. Milon mælti: Eigi er hon víndrukkin, ok eigi virkir hana í höfuð ok eigi leikr hon við Landres son þinn, svá at eigi megi hon fyrir því til yðvar ganga, en Jesus Kristr Maríu son veit, at hon hefir[2] annan brúðguma en yðr. En[3] ef þér trúit mér eigi, þá komit til ok sjáit. Milon, segir konungrinn, má[4] ek trúa þér af þessarri sögn, er þú segir mér? ok þat veit guð, ef þú lýgr þetta, at ek skal láta hengja þik við hit hæsta tré. Ok þegar í stað skýtr konungrinn fram borðinu frá sér svá hart, at öll kerin ok silfrdiskarnir hrutu á gólfit fram. Hann tekr sitt hit bitra sverð sér í hönd, ok gengr með honum bannsettr. Milon hinn beinasta veg til þess herbergis er dróttningin svaf í. Ok er þeir koma fyrir sængina, lypti Milon upp silki er lá yfir andliti dróttningar ok mælti: Sé nú herra, hversu þau liggja hér ok sofa. Ok er konungrinn sá þat, mælti hann: Hér er undarliga helmingat af þessum ljóta blámanni ok þessi fögru frú er hér liggja, ok ekki trueg[5] at þessi blámaðr hafi löngu komit til hennar sængr. Milon svarar: Herra, segir hann, hann hefir opt til hennar sængr komit, en eigi þorða ek fyrr at segja en þér sjálfir mættit sjá, því at ek hugði yðr eigi mundu elligar trúa mér utan þér sæit. Konungrinn mælti: Hví munu þau svá fast sofa, at þau kunnu ekki vakna? Herra, segir Milon: Árla váru þau uppi ok géngu út at skemta sér, þá tóku þau soppu af víni ok síðan géngu þau til sængr ok skemtaðu sér, því at þau hugðu yðra heimkvámu eigi[6] svá skjóta vera.[7] Olif, segir konungrinn, mikit[8] hefir ek þik elskat, en illa hefir þú þat launat mér, en þó skal ek eigi í dag þinn banamaðr verða. Milon, segir konungrinn, tak nú þessa hvítu handleggi ok legg frá þessum svarta hálsi, því at nú í stað skal ek höggva[9] þetta svarta höfuð. Milon görði svá. En konungrinn hóf upp sitt hit bitra sverð ok hjó höfuð af blámanninum; ok er blóðit út springr af sviranum, sér konungrinn af hverjum blóðdropa tendrast vaxkerti brennanda.[10] Ok þá mælti konungrinn: Þat veit guð, Milon, segir hann, at þú hefir látit mik gera hann helgan af röngu. Nei, þat veit guð, segir Milon, hann er eigi heilagr maðr, heldr er hon svá mikil görningakona, at [grjótit fljóti en fjaðrar sökkvi[11] til grunna. Ok af því, herra, at yðvart sverð er út dregit, höggit af henni sem fyrst höfuðit. Eigi skal svá vera, segir konungrinn.

[1]) inn *tilf. b.* [2]) sér *tilf. b.* [3]) Ok *b.* [4]) man *b.* [5]) trúir ek *b.* [6]) mundu *tilf. b.* [7]) verða *b.* [8]) mjök *b.* [9]) af slá *b.* [10]) ljómanda *b.* [11]) [hon má láta grjótit fljóta en fjaðrar sökkva *b.*

6. Nú viðr þessi orð svikarans vaknar frúin Olif viðr, þrjá illa atburði sjándi ok hina verstu er vera máttu: [þat hit[1] fyrsta, at hon sá sín sæingrklæði öll af blóði roðin; [þat annat,[2] at hon sá blámanninn liggja dauðan í sinni sæing ok afhöfðaðan meðr lítilli prýði; [þat þriðja,[3] at hon sá sinn herra ok húsbónda standa yfir sér meðr brugðnu sverði ok búinn at höggva hana; eðr hverr mætti hann um þat ávíta? En nú munu þér heyra orð dróttningar hin fyrstu er hon vaknaði: Kristr Jesus blezi oss ok hjálpi! eðr hví er þessi blámaðr hér í minni sæng? Þat veit guð, segir Milon, vánd púta, at þessi er þinn brúðgumi, ok þú hefir langan tíma minn herra konunginn svikit. Dróttningin svarar: Þat veit guð herra himinríkis,[4] fyrir hverjum ekki leynist, at þú segir á mik mikinn hégóma. Eru hér ok sett lög í landi, at konur skulu til skírslu ganga ok undanfœrslu, ef á þeer verðr logit. Herra konungr, segir hon, ek man gera þá undanfœrslu, [at Milon hefir logit á mik: látit[5] gera mikit bál ok heitt af kopar þeim heitasta sem verit hefir, en ek skal vera nökkvið sem móðir bar mik í heim; látit mik sitja þat bál, svá djúpt at taki undir höku mér, ok eigi fyrri þaðan ganga en sá málmr er kaldr allt[6] um mik. Nú ef ek komumst or því báli úbrend ok minn líkami[7] úskemdr, þá megi þér sjá, herra, at logit er á mik ok ek er trygg kona. Konungrinn var optast vanr at játta því sem dróttning bað, en þetta vildi hann þó með engu móti gera eptir vilja hennar sakir hins vánda Milons. Ok er dróttning sá, at hon kom eigi þessu fram, mælti hon: Herra minn, segir hon, nú hefir ek boðit eina undanfœrslu, ok þér vilit hana eigi taka, en nú vil ek aðra bjóða. Yðrir hallarturnar eru mjök háfir, látit þagat bera eina digra valslöngu, en út á völlinn í frá látit setja niðr sem þykkvast sverð ok spjót, ok horfi upp oddarnir; síðan látit kasta mér niðr[8] af þessum turn á þann sama völl yfir þau sverð ok spjót. Má ek svá fara á grasit, at mik saki ekki ok minn [líkama þessi vápn, ok rísa ek heil upp,[9] þá megi þér sjá, herra minn, at ek er trygg kona ok á mik er logit. Ok enn fór svá at konungr vill með engu móti sakir hins vánda Milons, er hann aftaldi. Ok er dróttning sá þetta, vildi hon [með engu móti[10] upp gefast. Hon mælir: Herra konungr, segir hon, nú hefir ek tvennar undanfœrslur boðit, ok vili þér hváriga taka, en nú býð ek yðr hina þriðju, þá at[11] engri hœverskri konu var nökkurn tíma boðin at gera þvílíka. Látit taka bát einn góðan ok fáit þar menn til, kastit

---

[1]) [þann hinn *b*.   [2]) [þann annan *b*.   [3]) [ok hinn þriðja *b*.   [4]) himnaríkis *b*.   [5]) [fyrir þat er Milon hefir logit á mik, at þér látit *b*.   [6]) allr *b*.   [7]) sé *tilf. b*.   [8]) út *b*.   [9]) [líkamr sé heill *b*.   [10]) [þó eigi *b*.   [11]) er *b*.

mér á þenna bát ok látit róa með mik langt á haf út, svá at hvergi
megi til landa¹ sjá. Síðan sé mér kastat í þann salta sjá, en þeir
rói aptr til lands frá mér á þeim sama báti. Ok ef ek má heil til
lands komast or þessu hafi utan nökkurs farkostar, þá megi þér sjá
fyrir guðs miskunn, at ek hefi yðr trúliga elskat ok Milon hefir
á mik logit sem leiðr svikari. Konungrinn vildi þetta með engu
móti heyra, at hon væri trygg. Þá mælti hinn illi Milon: Hlýðit
ekki á, herra,² at hon geri slíka undanfœrslu; ek vil segja yðr, at
hon er hin mesta görningakona, svá at hon flýgr í lopti utan
nökkurra fjaðra, ok þó með engri dvöl at fara svá skjótt³ sem [hon
vill.⁴ Þá hljóp upp einn riddari sem hét Engilbert af Dynhart, hann
var dróttningarinnar hinn œzti vörðr; hann slær Milon fúlan níðing
við augat svá hart, at hann féll [á miðjan eldinn,⁵ ok var því verr
at hann komst upp, ok mælti: Þú vándr níðingr, segir hann, þú
lýgr á mína frú sem leiðr háls, hon er eigi görningakona, sem þú
segir, ok þar til býðr ek mik at gera þessa undanfœrslu fyrir mína
frú⁶ nú í stað. Milon, segir Jngelbert, [gakk nú beint ok⁷ bú þik
sem bezt með járni ok stáli ok öllum hinum beztum herklæðum,
stíg upp á þinn bezta hest, at því djarfligar megir þú at ríða.⁸ En
ek skal koma þar í móti á einum múl utan allra herklæða, ok vil
ek hvárki hafa hosur né⁹ skúa, ok er þat þó hugkvæmligt einum
riddara. Ek vil ok á mínum líkama ekki hafa nema skyrtu ok
brœkr, ok eigi húfu á höfði nema með lausu hári. Ek skal engan
lut í hendi hafa utan einnsaman [vaxinn teinvönd¹⁰ af viði. Ok ef
mit¹¹ komum saman ok má ek fella þik af þínum hesti, svá at
minn herra ok hans riddarar megi þat sjá, þá má hverr maðr þat
vita, at mín frú er frjáls af þessarri lygi. Ok er konungrinn heyrði
þetta, mælti hann: Þenna leik vil ek sjá, ok skulu þit reyna.

7. Nú fara þessir tveir riddarar ok búa sína burtreið eptir
því sem áðr var fyrir sagt. Ok er þeir koma út á völlinn undir
kastalann, ríðr Hugon konungr út til þeirra ok hans riddarar, en
annat fólk gengr í turna ok í vígskörð at sjá þessa atreið. Milon
[hyggst nú skjótt munu¹² sinn vilja gera ok setr fast spora [at hest-
inum¹³ ok ríðr fram sem harðligast, en herra Jngelbert [móti stað-
fastliga¹⁴ á guð trúandi. Ok svá varð hér sem í öllum¹⁵ stöðum,
at sá sem á guð trúir¹⁶ örugglega ok rétt fær jafnan sigr; því at í
fyrstu samkvámu er þessir riddarar kómu saman, görði guð svá
[með sinni¹⁷ miskunn, at Milon varð at steypast til jarðar af sínum

---

¹) lands b. ²) þetta b. ³) snart b. ⁴) saal. b; ek vil B. ⁵) [við b. ⁶) ok
tilf. b. ⁷) [mgl. b. ⁸) ráða b. ⁹) saal. b; ok B. ¹⁰ [teinvönd vax-
inn b. ¹¹) við b. ¹²) [hyggr nú skjótt b. ¹³) [hesti sínum b. ¹⁴) [ríðr
stöðugliga b. ¹⁵) öðrum b. ¹⁶) treystir b. ¹⁷) [mikla b.

hesti, sneyptr ok svívirðr af öllum mönnum. Ok er hann stóð upp, gékk hann [til konungs[1] ok mælti til hans: Herra, segir hann, nú megi þér sjá þat er ek sagða yðr, hversu mikil görningakona hon er, þar sem ek gat eigi einn tíma mínu sverði út brugðit at höggva þenna níðing, ok varð ek niðr falla á jörð, þar sem ek hefig[2] opt mik reynt millum röskra riddara ok sigr haft, sem þér hafit optliga sét ok sögn [haft til.[3] Svá getr sjá hinn vándi níðingr af talt fyrir konunginum [meðr svikum þeim sem hann hafði áðr[4] gört, at þenna góða riddara Jngelbert [gerir hann[5] útlægjan ok fyrirbauð honum at koma í augsýn sér. Nú lætr konungr til sín kalla hina beztu menn er þá váru í staðnum, ok biðr þá alla um dœma, hvern dauða dróttningin skyldi hafa,[6] því at konungrinn vill þat alt fyrir satt hafa er bannsettr Milon hafði sagt. Ok sakir hræzlu[7] við konunginn þorði engi annat dœma né mæla [en hann vildi,[8] báðu nú sumir brenna hana á báli, sumir hálshöggva, sumir báðu draga hana kvika sundr; sitt lagði hverr til, en fáir gott. Þá stóð upp hinn illi Milon, er guð gefi bæði[9] skömm ok svívirðing, ok mælti svá: Engan þenna dóm skal hon hafa, er þér hafit nú nefnt, heldr biðr ek, konungr, at þér látit gera steinhús eitt með [límí ok grjóti,[10] svá rúmt ok mikit ok hátt, at hon megi vel bæði sitja ok standa, lát[11] hana síðan þar í, ok leiðum[12] svá öðrum frúm at svíkja sína herra. Þá stóð upp einn riddari konungsins, sá er Arneis hét, hann var vitr[13] ok hraustr til allra luta, hann mælti til konungs: Ek er skyldugr, herra, at ráða yðr heil ráð, sakir þess at ek er yðarr riddari. Drepi þér eigi dróttningu daglangt með þessum ráðum sem nú [er til lagit,[14] hyggit [görla, at[15] hon er komin af mikilli ætt, Pippin konungr er hennar faðir, er bæði er gildr ok ríkr, en Berta dróttning er hennar móðir, Magnús er hennar bróðir, ok margir aðrir góðir menn eru henni skyldir mágar ok vinir. Nú ræð ek yðr þat, herra konungr, at þér, [segir Arneis[16], sendit[17] eptir þeim öllum ok biðit þá koma til yðvar sakir vináttu ok hœversku, ok fáit þar til góða sendiboða at gera þetta erendi. Ok ef þeir koma allir saman í yðra[18] höll, látit þá framfara [eptir því sem þessir góðu menn leggja til ráðs.[19] En ef þér drepit dróttningu, þá hafi þér úvináttu af þessum öllum hennar frændum. Nú sem konungrinn heyrði orð riddarans, tekr hann þat til ráðs, sem sjá tryggi maðr [réð honum,[20] ok lét þegar

---

[1]) [fyrir konung *b*. [2]) hefir *b*. [3]) [til heyrt *b*. [4]) [ok með svikum sínum *b*. [5]) [*tilf. b*. [6]) þola *b*. [7]) ótta *b*. [8]) [*tilf. b*. [9]) at hafi *b*. [10]) [lím ok grjót *b*. [11]) látit *b*. [12]) leiðit *b*. [13]) maðr *tilf. b*. [14]) [eru til lögð *b*. [15]) [at görla, *b*. [16]) [*mgl. b*. [17]) saal, *b*; sendir *B*. [18]) eina *b*. [19]) [sem þeir góðir menn gefa ráð til *b*. [20]) [lagði til *b*.

bréf skrifa til Pippins konungs ok allra þeirra er nefndir váru, ok biðr þá fagrliga með blíðum orðum til sín koma ok segist mikiliga þurfandi þeirra tilkvámu, en um hvat þat var vildi hann þeim eigi [birta fyrr en þeir kœmi sjálfir.[1] Með þessum orðum gerir hann sína sendiboða, ok gátu þeir allan sinn vilja sýslat í þessarri ferð.

8. Hertugi Hugon lætr nú búa til mikillar veizlu móti öllu þessu liði ok stórmenni. Ok er sá tími kom er þessir allir váru[2] komnir, ríðr konungrinn út í móti þeim með öllum sínum mönnum, ok leiddi hann Pippin konung ok alt hans föruneyti[3] sœmiliga í sinn garð. Ok er þeir váru þar komnir, var höllin sœmiliga skipuð, borð sett ok allr matr til reiðu. Þar næst tók konungarnir handlaugar ok settust upp[4] yfir borðin, var þá höllin skipuð sem þröngast mátti af hinum ríkastum mönnum. Þar var inn borinn [alls kyns drykkr skenktr[5] í stórum gullkerum ok dýrir réttir [framsettir af[6] sœmiligum þjónostumönnum, piment ok clare [ok hit bezta vín[7] skorti þar eigi, ok af fyrsta rétti [af mat[8] er þeir átu, görði sjá hinn vándi Milon svá, at allir gleymdu sínum vinskap er þeir höfðu haft til dróttningar Olif. Ok er konungarnir[9] váru mjök svá mettir, [ok allir aðrir er í váru höllinni,[10] þá mælti konungr Pippin: Hvar er vár dóttir frú Olif, hví kemr hon eigi inn í höllina at tjá sik ok gleðja þetta fólk, er hér er komit? Ok er hinn illi Milon heyrði þessi orð, gékk hann út um dyrr ok dvelst um stund. Ok er Pippin konungr vænti at frú Olif mundi koma með sœmiliga[11] meyjaskara, þá kom hon í höllina einsaman, [nú megi þér hlýða hvat ek segir yðr, hon kom víst einsaman inn, svá[12] sem hon væri sprungin út or steini. Hon var í einum þunnum kyrtli af kamelet,[13] at menn mætti[14] kenna at þat var einnar hœverskrar konu líkami, hon var berfœtt [á því sama grjóti sem höllin var þilin með,[15] hennar hár var vafit um höfuð utan skaut eða húfu. Frú Olif stóð á hallargólfinu svá sem hon væri til þess rekin[16] at vera[17] fól öllum[18] til hlátrs. Milon trúðr vaktar enn sína illsku,[19] ok gengr þar til sem hann vissi blámannsins líkam liggja, tekr hann upp ok berr[20] inn í höllina, þar sem frúin stóð, ok kastar niðr fyrir fœtr henni svá hart, at allar æðarnar brustu upp með blóðrás. Þá mælti sá útryggi háls Milon, [sem guð gefi skömm:[21] Þat veit guð, segir hann, vánd púta, at þessi var þinn brúðgumi, ok leyndir þú lengi minn herra konunginn þessu úráði. Ok er þetta heyrðist í höllinni, þögnuðu

---

[1] [at sinni birta *b*. [2] at *tilf. b*. [3] fólk *b*. [4] *mgl. b*. [5] [hinn bezti drykkr ok skenkt *b*. [6] [*saal. b*; með *B*. [7] [*mgl. b*. [8] [matar *b*, [9] menn *b*. [10] [*mgl. b*. [11] sœmiligum *b*. [12] [*mgl. b*. [13] kalamet *b*, [14] máttu *b*. [15] [*mgl. b*. [16] tekin *b*. [17] eitt *tilf. b*. [18] mönnum *tilf. b*. [19] þjónustu illskufullrar undirhyggju *b*. [20] hann *tilf. b*. [21] [*mgl. b*.

allir menn ok hugðu þetta satt vera. Þá mælti Hugon konungr:
Hér er mörgum góðum mönnum skipat í þessa höll ok hingat komnir
eptir mínu boði. ¹Segir ek yðr þat með sannindum, at þenna blá-
mann fann ek liggjanda í sæng hjá Olif yðvarri dóttur, Pippin kon-
ungr, ok vil ek yðar ráð við² hafa ok allra annarra góðra manna,
hvern dóm hon skal hafa. [Betr hefir sá, segir bókin, er gott efni
kann til handa bera ok eigi verðr fyrir lognu af vándum mönnum;
en þó er sá sæll er rétta sök hefir at verja ok guð er með, því at
æ kemr upp um síðir, hvat sem maðr gerir gott eðr ilt, þó at nökk-
ura stund þolist. Nú³ þeir frændr [sem Olif⁴ sá hötuðu hana allir,
ok sá er áðr var hennar faðir vildi nú eigi vera hennar frændi, ok
allir hennar náskyldir frændr kallast nú enga ætt [við hana⁵ eiga
at telja. Svá var hon nú öllum leið, at engi maðr vildi henni
nökkura huggan gera. Þessi trygga kona frú Olif sá nú görla, at
allir hennar frændr ok vinir hötuðu hana, ok vissi hon eigi hvat
hon skyldi at hafast. Gengr hon þó innar ok sezt niðr fyrir fœtr
föður síns Pippins konungs. Ok er hann sá þat, varð hann svá
reiðr, at hann skaut henni með sínum fœti svá hart á hallargólfit,
at sundr géngu tvau rif í hennar síðu. Landres son hennar var þá
ok inni í höllinni ok lék sér á gólfinu. Milon sá hvat Pippin kon-
ungr görði, at hann skaut Olif hart frá sér á gólfit, hann vildi eigi
þá sína illsku hepta, ok gengr at sveininum Landresi ok sló með
einu refði⁶ á brún honum, svá at hon sprakk í sundr, ok æfinliga
mátti sjá þat örr⁷ meðan hann lifði. Nú biðr enn Hugon konungr,
at allir⁸ skuli hér um dœma, hvern dauða hon skyldi hafa. En
allir þögðu ok þótti⁹ vant til at leggja.

9. Þá mælti Karl bróðir hennar, er síðan varð Karlamagnús
keisari, hann var vitrastr allra þeirra: Þat ræð ek þér, Hugon kon-
ungr, at þú lát¹⁰ flytja hana í þat sama steinhús, sem þit Milon
hafit látit gera, 12 mílur brott af borginni. Ekki skal henni til
fœðu fá utan einn sáðahleif ok eitt ker með¹¹ vatn, látit þetta vera mjök
vánt hvártveggja. Síðan látit hana þar sitja eina samt sjau ár full
eðr meir, ef guð vill at hon lifi, ok er þessi tími er út liðinn, ok
sé hon þá lifandi ok vel fœr kona, þá veit þat guð ok góðir menn,
at ek hygg [yðr hafa¹² logit á hana. Þá segir hinn illi Milon: Þessa
tillögu viljum vér hafa; en þó vantar enn nökkut, [þagat skal samna til
þessa húss öllum¹³ ormum ok pöddum ok eitrkykvendum, [ok skulu þau
öll vera inni hjá henni, hvar sem þau finnast í holtum eðr skógum eðr

---

¹) Nú *tilf. b.* ²) til *b.* ³) [*mgl. b.* ⁴) [Olif sem hana *b.* ⁵) [til hennar *b.*
⁶) *saal. b;* refsi *B.* ⁷) á honum *b.* ⁸) menn *tilf. b.* ⁹) hér *tilf. b.*
¹⁰) látir *b.* ¹¹) *tilf. b.* ¹²) *saal. b;* þá hafi þér *B.* ¹³) [til þessa húss
skal samna *b.*

hreysum.¹ Ok allir játtuðu, at svá skyldi vera, [ok síðan var til farit at gera húsit með sterkum steinum ok lími.² Ok er [þat var alhúit³ ok dróttning skyldi til vera leidd, þá mælti hon til konungs: Herra, segir hon, nú ætli þér mik til þessa húss at flytja, sem þér hafit gera látit, ok mik þar í setja, ok því biðr ek, at þér látit mik ná at kyssa Landres son minn. Konungrinn veitti henni þetta. Síðan kyssir hon son sinn ok mælti svá: Vei er mér, ljúfi son, at ek skal skilja við þik, ok⁴ þat er mér nú mestr harmr. En ef svá má verða með guðs vilja, at ek sjái þik nökkurn tíma, þá má ek þik fullvel kenna, sakir þess at þitt brúnarbein er nú lamit, er mér er útkastat. Hinn illi Milon mælti við konunginn: Látit þessa konu eigi dvelja stundina ok tala við Landres son sinn í allan dag. Dróttning mælti: Nú hafa allir mínir frændr ok vinir mik fyrirlátit, hvert man ek flýja nema til þín, dróttinn Jesu Kristr, er engan fyrirlætr⁵ þann er þik elskar; þér eru kunnigar mínar sakir, þær sem á mik eru bornar, dœm þú, dróttinn minn, alt mitt mál, ok lát hit sanna upp koma um minn hag fyrir þitt heilaga nafn, svá at ek megi⁶ eigi undir fótum troðast þessa illa svikara Milons né mitt afspringi.⁷ Lát hér svá fullan dóm á koma, at þitt hit dýra nafn lofist því öllu⁸ meir, sem þetta [spyrst ok sannprófast⁹ víðara um kristnina. Ok er hon hafði þetta mælt, var hon fœrð til hússins ok þar innsett í,¹⁰ henni var fenginn einn hleifr af hinum verstum sáðum, ok eitt ker af vándu vatni fult.¹¹ Síðan var húsit aptr byrgt sem sterkligast, váru þar engar dyrr. Látum hana nú liggja þar sem dauða, meðan guð lofar, en víkjum rœðunni til Hugons konungs ok hins illa Milons.

10. Litlum tíma héðan frá liðnum lætr Hugon konungr til sín kalla alla mest háttar menn síns ríkis, ok sem þeir eru þar komnir, talar konungrinn við þá um lög ok landstjórn. En Milon hugsar nú enn meðan¹² sinn vándskap; hann kallar einn dag alla þessa ráðgjafa konungs er þar váru komnir í sitt herbergi, ok talaði svá við þá: Góðir herrar, kvað hann, [yðr er nú¹³ kunnigt, at minn herra konungrinn er nú kvánlauss, ok er þat mitt ráð, at vér segim honum, at hann fái sér dróttningu sem fyrst, ella skiljumst vér við hann. Þetta ráð samþyktu þeir,¹⁴ ok báðu þann illa svikara fram bera af þeirra hálfu. Ok einn dag er konungrinn hafði kallat þá í eina stofu, stendr Milon upp ok mælti til konungs: Herra, segir hann, þessir góðir menn, sem hér sitja, hafa beðit mik tala sitt

---

¹) [hvar sem finnast kunna í holtum, skógum eða hreysum, ok skulu þau öll vera inni hjá henni *b*.   ²) [*mgl. b*.   ³) [þetta var svá gört *b*.   ⁴) þvíat *b*.   ⁵) fyrirlítr *b*.   ⁶) mega *b*.   ⁷) afsprengi *b*.   ⁸) *mgl. b*.   ⁹) [birtist framar ok þat spyrst *b*.   ¹⁰) *mgl. b*.   ¹¹) *mgl. b*.   ¹²) um *tilf. b*.   ¹³) [þat er yðr *b*.   ¹⁴) allir *tilf. b*.

erendi ok segja svá, at þeir vilja við yðr skiljast utan þér fáit yðr
dróttningu sem fyrst, því at landit stendr erfingjalaust, ef þér kunnit
frá at falla. Þá svarar konungrinn Hugon: Ek mundi víst þat ráð
taka, ef ek vissi at[1] frú Olif væri dauð. Svikarinn sór um at hon var
löngu dauð. En ek vil at þér vitit, at ek á eina dóttur, hon hefir
ágætt fóstr, [hon er harðla fögr[2] jungfrú er nökkurn tíma var sköpuð
af holdi ok blóði, hon heitir Aglavia; gefi guð henni skömm, segir
bókin; ek hefi undir minni hendi 15 [riddara land,[3] ok svá mikit
gull ok silfr at ek veit eigi sjálfr.[4] Vil ek, minn herra, þetta gefa
alt með minni dóttur. Svá gat hinn illi Milon um talit[5] fyrir kon-
unginum, at hann hlýðir á ok samþykkir [þessu úráði,[6] festir hana
ok heim leiðir úforsynju. Allir þeir er við hana töluðu géngu með
illum orskurð frá henni, ok er hon[7] kom til staðarins, lögðu allir
illa blessan á hana. Nú lætr Milon búa til bruðlaups[8] þess hins
versta, er frá hefir verit sagt, því at allir þeir er þangat kómu váru
mikiliga skemdir, ok er at kveldi kom géngu konungr ok dróttning
í sína sæng, ekki eptir því sem guðs lög buðu heldr eptir ráðum
hins illa Milons. Þar þóttust allir oflengi dveljast at því brúðkaupi,
ok varð því hverr feginn,[9] er fyrr kom heim til sinna heimkynna.

11. Konungr ok dróttning váru litla stund [áðr ásamt[10] en
þeim varð sonar auðit, ok var sá engi [at þat lofaði eða vel þoetti[11]
í konungs húsi. Sjá sveinn var til kirkju borinn ok skírðr ok kall-
aðr Malalandres at nafni. Þat þótti öllum skaði, at sú skroefa vóx
skjótt ok þróaðist, ok er hann var missaris[12] gamall, görðist hann
undarliga kyndugr, hann skreið aptr ok fram með stokkum ok beit
í foetr mönnum ok leggi, ok svá sem hann var ellri, var hann æ
því verri, við ríkra manna sonu vildi hann eigi dagliga berjast, en
við fátoekra manna sonu vildi hann jafnan ilt eiga, ef hann mætti[13]
því fram[14] koma. Jafnan kunni hann at klóast[15] um ok svá at bíta,
alt þat er hann sá með sínum augum þá vildi hann[16] eiga, svá
vandist [sjá skroefa[17] lítt í öllum lutum. Nú vaxa þeir báðir upp
konungs synir í hans garði Landres ok Malalandres, ok líðr svá
fram nökkura tíma.[18] Ok þat bar til einn dag, sem opt kunni til
bera, at Hugon konungr sat í höllinni[19] með sínum riddarum, en
Milon trúðr gengr aptr ok fram at gleðja fólkit, ok var hann spurðr,
hvárr af konungs sonum væri röskari eða ellri. Milon segir Landres
ellra en Malalandres sinn dótturson röskara. Milon heyrir at Landres

---

[1]) *tilf. b.* [2]) [*ok er hin fegrsta b.* [3]) [*hundruð riddara b.* [4]) *markatal
á tilf. b.* [5]) *talat b.* [6]) [*þetta úráði(!) b.* [7]) *hann(!) b.* [8]) *brúðkaups b.*
[9]) *fegnari b.* [10]) [*saman áðr b.* [11]) [*er þat kallaði vel eðr lofaði b.*
[12]) *misseria b.* [13]) *mátti b.* [14]) *við b.* [15]) *klórast b.* [16]) *sjá skroefa b.*
[17]) [*hann b.* [18]) *nökkurn b.* [19]) *höll sinni b.*

er meir lofaðr í öllum lutum en hans dótturson, ok eirir honum þat illa. Ok einn dag gengr hann til konungs ok mælir: Hversu lengi vili þér þenna blámanns son uppfœða á yðrum garði? Svá hjálpi mér guð, at hann var aldri af yðr getinn, ok ræð ek af því at þér látit hann brott frá yðr, [1]þér megit vel glaðir vera, meðan Malalandres yðvarr son lifir. Svá gat sá hinn vándi níðingr talat fyrir konunginum, at hann biðr Landres son sinn í brott verða or sinni augsýn ok eigi aptr koma. Ok er hann heyrir þessi orð föður síns, varð hann mjök hryggr ok gengr út af höllinni, hugsandi hvert[2] hann skyldi fara. Hann minnist nú á sína fóstrmóður, þá er hann hafði fóstrat fyrr. Hon var ein gömul kona vitr ok margkunnig, hon [var kölluð[3] Siliven at nafni, átti hon einn garð ok gótz mikit, var sá garðr nálægr konungs hallinni. Hann snýr þangat nú ferðinni ok fram komandi til sinnar fóstrmóður heilsar hann upp á hana með þessum orðum: Guð geymi yðvar, Siliven mín fóstrmóðir. Ek vil yðr kunnigt gera, at konungrinn faðir minn hefir mik frá sér rekit ok fyrirboðit mér optar í sína augsýn at koma. Ok er hon heyrði þetta, mælti hon: Þú ert velkominn Landres, segir hon, minn fóstrson, ok alt þat gott sem ek má, skal ek þér veita, ok því yrðag[4] fegnust, at þinn þroski yrði sem mestr ok þik mætti margt gott henda. Landres dvaldist þar nú um 7 ár full,[5] ok görði Siliven alla luti [eptir því,[6] sem honum mátti bezt líka. Ok einn morgin er Landres snemma uppi ok ætlaði at skemta sér at riddaraskap, því at hann kunni hann[7] harðla vel, ok er hann var út kominn, mœtti honum Siliven hans fóstrmóðir. Hon heilsaði honum[8] fagrliga ok mælti: Ljúfi fóstrson Landres, þú ert fagr maðr ungr[9] ok vitr ok hinn fríðasti, er [nökkut sinn[10] sá manns auga, gjarna vilda ek gott til þín vita [ok hvat manna þú mant verða.[11] Ek man segja þér tíðendi: á morgun skal vera leikr undir kastala föður þíns, þar skulu[12] saman koma margir ungir menn. Þeir hafa einn svöpp[13] at leika með, ok sá sem rekit[14] færr þrysvar í samt þenna svöpp,[15] svá at engi nái í milli, hann berr prís ok heiðr af öllum. Ok þar skaltu Landres[16] til fara ok reyna, hvert hjarta þú hefir eðr hraustleik. Ok er Landres heyrði þetta, mælti hann [svá: Hjálpi[17] mér guð, fóstrmóðir, at ek skal á morgin koma til þessa leiks ok reyna mik.

12. Nú leið dagr, en nóttin kom, ok ferr hann í sína sæng at sofa. Ok er dagrinn kom, reis hann upp í sín klæði ok býr sik

---

[1]) þvíat *tilf. b.* [2]) *saal. b;* hvert *B.* [3]) [hét *b.* [4]) yrða ek *b.* [5]) *mgl. b.* [6]) [*mgl. b.*
[7]) þat *b.* [8]) hann *b.* [9]) *saal. b;* iungr *B.* [10]) [nökkurn tíma *b.*
[11]) [*mgl. b.* [12]) munu *b.* [13]) böll *b.* [14]) tekit *b.* [15]) böll *b.* [16]) *mgl. b.*
[17]) [: Svá hjálpi *b.*

til leiksins. Ok er hann var búinn, gengr hann til sinnar fóstrmóður ok gaf henni góðan dag, ok mælti síðan: Kæra fóstrmóðir, segir hann, ek vil nú fara til leiks þess er þér sögðut mér frá í gær, man ek koma þegar aptr er ek má. Hon gékk þá brott frá honum litla stund, ok [þegar kom hon[1] aptr ok bað hann bíða sín. Hann snerist[2] þá við henni. Hon mælti þá: Svá vil ek þrífast, Landres, segir hon, at þú skalt hafa erendi mitt til leiks þessa. Hon hefir þá upp sína hœgri hönd ok setr þann pústr undir hans vanga,[3] at hann hugði sín bæði[4] augu út mundu springa, svá var hann mikill. Hon mælti: Til þess gaf ek þér, Landres, segir hon, þessa minning, at ek býðr þér í nafni guðs ok frú sancte Marie, at þú takir aldri pústr af karlmanni né konu utan föður þínum ok móður. En ef nökkurr annarr[5] dirfist þvílíks[6] at gera, þá gjalt[7] grimliga ok gör þat í mína minning. Landres ferr nú heiman frá sinni fóstrmóður ok léttir eigi fyrr en hann kemr undir kástala föður síns á þá völlu sem þar váru. Hann sér þar fyrir sér marga sveina leikandi meðr [einum digrum sveppi.[8] Landres stígr niðr af sínum hesti ok bindr hann viðr eitt tré, gengr síðan fram til leiksins ok þröngvist fram á meðal[9] manna, ok kemr þar nú sem mest var þröngin um svöppinn,[10] ok eigi léttir Landres fyrr en hann kemr höndum á svöpp[11] þenna ok berr út frá þeim. Ok er hann hafði þetta gört, kastar hann annan tíma inn í miðja þröngina ok hleypr eptir sjálfr ok getr enn náð [annat sinn.[12] Þá mælti Landres: Hefða ek brott haft svöppinn[13] fyrsta sinn,[14] er ek fékk hann, mætti þér hafa sagt, at ek hefða ranglíga unnit þenna leik, því at ek er úkunnigr yðr flestum öllum, en nu hefir ek unnit leikinn tveim sinnum; því vil ek honum enn inn[15] kasta millum allra yðvar, ok ef ek fær hann [fengit hit[16] þriðja sinn hér út frá yðr, þá viti þér allir, at ek hefir unnit leikinn meðr réttu en eigi með falsi. Nú kastar Landres þriðja sinn inn þessum sveppi,[17] þar sem mest var þröngin, ok á lítilli stundu getr hann honum náð ok út borit frá þeim, ok varð nú harðla glaðr. Ok svá sem Landres er útkominn af mannþrönginni, mœtir honum Malalandres bróðir hans ok þótti illa er[18] hann gat tekit böllinn, [ok hefir[19] upp sína hœgri hönd ok slær Landres bróður sinn svá gildan pústr, at honum þótti syngja at eyrunum. Hann mintist þá hvat fóstrmóðir hans hafði mælt við hann ok gört, áðr hann fór heiman, ok nú hefir Landres upp sína

---

[1] [kom skjótt b.   [2] mintist b.   [3] kinnbein b.   [4] mgl. b.   [5] tilf. b.
[6] slíkt b.   [7] þat tilf. b.   [8] rett. for svöppi B; [einn digran böll b.
[9] milli b.   [10] böllinn b.   [11] böll b.   [12] [annan tíma b.   [13] böllinn b.
[14] tíma b.   [15] saal. b; nú B.   [16] [unnit í b.   [17] rett. for svoppi B; bolli b.   [18] vera at b.   [19] [hann hefr b.

hœgri hönd ok slær Malalandres svá hart, at [alt hans kinnarbein[1] klofnar í sundr, ok svá sterkr var sá pústr, at mestr þori tannanna er í hans höfði váru, féllu niðr á jörðina. Ok þá mælti Landres: Þat veit guð, bróðir, segir hann, at þessi pústr er ek gaf þér, er verðr við hina þrjá er þú gaft mér.

13. Konungrinn ok hans riddarar stóðu upp í kastalanum ok sá ofan til leiksins, ok þótti vera hin mesta skemtan. Þar var ok hinn bannsetti Milon hjá konunginum ok sér á þeirra viðrskipti brœðranna, ok hann mælti[2] til konungs: Herra, segir hann, sjái þér, at yðvarr hjákonuson sló yðvarn eiginkonuson, nú látit kalla þá báða fyrir yðr sveinana, síðan látit taka þann vánda mann, er yðvarn son sló, ok setja í myrkvastofu. Konungrinn lætr kalla Landres ok með honum aðra sveina,[3] ok er hann kom inn, mælti konungrinn til sveina sinna: Upp skjótt, segir hann, ok takit þenna níðing ok leggit í bönd, síðan kastit honum í myrkvastofu. Þá mæltu sumir, at hann skyldi taka, en sumir mæltu í móti, at hann skyldi pína. Landres mælti þá, er bæði var vitr ok fagr: Þat veit guð Maríu son, ef þér talit þat lengr faðir, segir hann, at ek skuli fara í myrkvastofu, at fyrr skal ek taka þér í skegg svá hart, at í minni hendi skal þat eptir dveljast ok [í brott[4] fylgja svörðrinn. Ok því næst gengr Landres út um dyrr, svá at engi maðr þorði hendr á honum at festa. Lét þá faðir hans segja honum [annat sinn,[5] at hann skyldi eigi optar í hans augsýn koma. Ferr nú Landres brot þaðan ok til sinnar fóstrmóður, heilsar henni vel ok sagði: Eigi þori ek lengr hér at vera, því at faðir minn er mér reiðr, ok vil ek eigi at þú verðir þess gjaldandi, ef hann spyrr at ek dveljumst hér. Sveinninn tekr nú boga sinn ok örvar í hönd sér ok kyssir síðan fóstru sína. En hon var mikiliga harmandi hans vesöld ok biðr hann nú vel fara, iðugliga grátandi ok dróttin biðjandi, at hann vísaði honum þangat sem honum væri mestr fagnaðr í. Sveinninn gengr nú brott á skóg ok ferr nú aptr ok fram um skóginn ok finnr engan mann ok enga bygð, ok í þeim klæðum sem hann gékk á daginn í þeim lá hann á nóttina. [Eina íþrótt hafði þessi ungi maðr, þá sem ek vil nökkut af segja, hann[6] kunni vel skjóta fugla til matar sér. En þá er hann skyldi þessa matar neyta, þá hafði hann engan eld at steikja fyrir sik. Nú þó at hungrinn gengr fast at honum, þá vildi hann þó eigi hrátt eta, því at hann hafði því eigi vanizt. Hann mæltist þá við einnsaman: Hvat skal ek nú at hafast, ljúfari væri mér nú ein fylli[7] matar ok drykkjar en alt þat gull sem liggr í míns feðr garði. Heyr mik nú, dróttinn

[1]) [hans kinnbein *b*. [2]) þá *tilf. b*. [3]) sveinana *b*. [4]) [þar með skal *b*. [5]) [*mgl. b*. [6]) [þessi ungi maðr *b*. [7]) fyllr *b*.

minn almáttigr, ok leys mik af þessum vanda, ok lát mik eigi lengr
pínast, heldr vísaðu[1] mér í nökkurn þann stað, at ek megi hjálpast
af þessum hungri. Sveinninn gengr nú [brott ok[2] fram í skóginn.
Hann kemr þá fram í[3] háfan skóg, ok mátti þar sjá langt ífrá sér,
því at þar var einn sléttr völlr undir niðri. Ok er hann kemr undir
eitt hátt tré, heldr hann upp hœgri hendi fyrir augu sér, því at
sólin skein [á móti[4] honum. Hann sér þá fram á völlinn fyrir sik,
hvar sátu fjórir dvergar ok mötuðust, [ok er hann hafði þat sét,[5]
varð hann harðla glaðr, því at hann vænti sér þar af nökkurs bata.
Stillir nú fram sem hógligast [tré undan tré,[6] ok nemr stað skamt
frá þeim. Hann heyrir þá einn dverginn mæla til annarra kompána
sinna: Etit fast, mínir vinir, því at af þessu handklæði má ek gefa
oss allan þann bezta kost er vér kunnum beiðast,[7] ok or várum
potti allan þann drykk sem vér viljum beztan hafa. Landres mælti
þá: Þessir lutir eru mér nú allnytsamligir, dróttinn minn, segir hann,
at hafa ok eiga. Hugsar nú, at annathvárt skal hann hafa nógan
mat eðr skjótan dauða fyrir þessum dvergum. Herðir nú hug sinn
ok hleypr sem harðast fram[. Sem hann kemr[8] at dvergunum,
grípr hann sinni hendi hvárt handklæðit ok pottinn. Ok er dverg-
arnir líta hann þar kominn [svá skjótt[9] sér á úvart, urðu þeir svá
hræddir, at hverr hljóp í sína holu, ok flýðu brott af augliti Landres.

14. Svá sem Landres hafði náð sögðum potti ok handklæði,
þá vissi hann görla hvat hann skyldi at hafast. Settist hann þá
niðr[10] ok lagði fram fyrir sik handklæðit; [allr sá matr[11] er hann
vildi hafa ok hann til lysti var honum[12] til reiðu á því handklæði,
svá ok eigi síðr [allr sá drykkr er[13] hann vildi hafa var honum
til reiðu í þeim potti. Þikkist hann nú hafa vel sýst[14] ok er harðla
glaðr í hjartanu. Ok er hann er vel mettr ok drykkjaðr, brýtr
hann saman handklæðit sem bezt ok knýtir í skyrtublaði sínu, en
pottinn bindr hann undir belti sér, fyrir því at hann man hans optar
þurfa. Ok er hann ætlaði brott at ganga, kómu út af sínu inni
tveir dvergar ok œptu á hann: Heyrðu Landres, fagr maðr ok vitr,
gef oss aptr handklæði várt ok pott, fyrir því at þú ert nú fullvel
mettr ok drykkjaðr. Nei, segir Landres, [viti guð,[15] at þér fáit
hvárki af mér þetta handklæði né pott, ef ek má ráða. Þá segir
annarr dvergrinn til annars: Ljúfi bróðir, segir hann, látum hann
fara veg sinn, því at ek hefir enn önnur 2 handklæði ok aðra tvá
potta. En ek veit, segir dvergrinn, at hann kemr skjótt til þeirrar

[1]) vísa | ú b. [2]) [mgl. b. [3]) einn tilf. b. [4]) [í augu b. [5]) [við þat b.
[6]) undan trénu b. [7]) beiða b. [8]) [mgl. b. [9]) [mgl. b. [10]) á völlinn
tilf. b. [11]) [saal. b; allan þann mat B. [12]) saal. b; hann B. [13]) [saal. b;
allan þann drykk sem B. [14]) sýslat b. [15]) [guð veit b.

ljúfastu konu er nökkurn tíma var fœdd. Hver er sú? sagði annarr dvergr. Hon heitir frú Olif, segir hann, hin tryggasta kona ok er móðir Landres. Ok er sveinninn heyrði þetta nafn, vissi hann er hann vóx upp heima móður sína svá nefnda, en þat vissi hann aldri,[1] at hon sæti í styrkri[2] myrkvastofu. Landres mælti þá: Þér er kunnigt Jesu Kriste, at ek vissi þat eigi fyrr, at mín móðir [væri svá nauðugliga stödd, at hon [væri í nökkurri[3] myrkvastofu. Nú biðr ek þik, dróttinn minn, sakir þíns heilaga nafns, at þú vísir mér til hennar í dag ok til þess sama húss, er hon er í[4] sett. Landres gengr nú or þeim stað ok í þann mikla skóg, válkast þar nú aptr ok fram. Hann kom þar niðr[5] um síðir, sem hann leit einn myrkvan stað ok þar finnr hann eitt hús af steini gört ok límí, slíkt sá hann aldri fyrr jafnmyrkt.[6] Hann gengr umhverfis húsit ok hyggr görla at ok finnr engar dyrr á því, svá var þat sterkliga aptr byrgt. Hann sér at hér er ekki opit á utan einn lítill gluggr,[7] hann sér í þessum sama glugg sitja einn lítinn fugl ok syngja harðla fagrt, svá at lysti á at heyra. Þetta hafði verit öll hennar gleði [er hon hafði haft,[8] síðan hon var sett í þetta hús. Landres bendir nú boga sinn ok ætlar at slá fugliun. Hann skýtr inn í glugginn, er á var húsinu, ok kom á brjóst móður hans kólfrinn svá hart, at hon kvað við ok œpti: [Jesus Kristr miskunna mér, segir hon,[9] eðr hverr er þessi er mik slær svá sárliga, at aldri fékk ek slíkt skot. Oflengi hefir ek nú verit í þessum skógi, at[10] maðr skal hafa mik fyrir skotspán, ok skýtr at mér með boga ok kólfi. Ok er Landres heyrði þessi orð, mælti hann til hennar: Hvat manna[11] ertu, er hér liggr inni? Þú mant lifa hér við lítinn mat [bæði fœðslu ok drykkjar.[12] En ef þú ert kominn af nökkurri góðri ætt, þá kasta út kólfi mínum. Ok þá mælti frúin: Ek biðr at þú segir mér fyrir þína kurteisi, hverr þú ert eðr hverrar ættar, ok ef þu segir mér,[13] þá vil ek senda þér út kólfinn. Landres mælti þá: Þú biðr mik fyrir kurteisis sakir[14] segja þér hvaðan ek er, en ek vil[15] því eigi leyna. Ek er af húsi hertogans Hugons, er á dalinn Munon, ok af hans herskap flýða ek hingat. Ljúfl maðr, segir frúin, ef þú ert af þess hertoga húsi, þá bið ek, at þú segir mér, ef son hans lifir, sá er Landres heitir, ok at þú heilsir hann[16] fullkomliga af minni hálfu, því at hann er minn eiginn son, ok seg honum, ef ek mætti jafnvel frjáls vera ok liðug ganga sem hann, skyldag[17] sjá hann með mínum augum. Þá segir Landres: Svá vil ek vera utan allra

---

[1] eigi b. [2] mgl. b. [3] [sæti í b. [4] inn b. [5] fram b. [6] saal. b; jammikit B. [7] ok tilf. b. [8] [mgl. b. [9] [ok mælti: Jesus Kristr miskunna þú mér b. [10] er b. [11] manni b. [12] [ok drykk b. [13] þat tilf. b. [14] at tilf. b. [15] þik tilf. b. [16] honum b. [17] skyldi ek b.

skemda, at ek vil eigi mínu nafni leyna fyrir þér. Menn kalla mik Landres son Hugons konungs. Frúin mælti: Fullvel mætta ek kenna þik, ef þú værir minn son, fyrir því at þá er mér var hér inn kastat, var lamit brúnarbein hans[1] af hinum vánda Miloni. Ok svá sem Landres heyrði þetta, [ok skildi at hon[2] var hans móðir, er þar var inni í þessu húsi, hugsar hann um hvat hann skal til taka eðr hversu hann skyldi[3] henni þaðan í brott koma; því at hann hafði hvárki járn né sleggju eðr þau önnur tól, at steinsmíði mætti fyrirkoma. Hann gengr þá út í skóginn ok leitast um, ef hann mætti finna þat tré er linore[4] kallast, en þat er svá hart sem [hit harðasta járn.[5] Gengr hann nú í einn myrkvan stað ok finnr skjótt þetta sama tré ok gerir þat til feginsamliga með sínum knífi, gengr síðan aptr til hússins er móðir hans sat í, ræðr þegar til ok pjakkar sem hann getr fastast vegginn, þar til er hann kemr or einum steini,[6] ok síðan hvern[7] eptir annan, þar til at hann gat sét móður sína ok í nóg var ljóst í myrkvastofunni. Ok nú er hann vildi inn ganga, sér hann marga orma ok pöddur ok önnur eitrkykvendi í húsinu hjá móður sinni, at[8] hann þorði at síðr inn at ganga, at hann [þorði varla[9] sjá sína móður sakir þessarra eitrkvikvenda, er umhverfis hana lágu. Hon mælti þá til Landres: Ljúfi son, ver eki[10] hræddr fyrir þessum eitrkykvendum, [þau vilja[11] þér engan skaða gera, [því at þessir ormar er hér eru, bæði langir ok smáir,[12] ok önnur eitrkykvendi er hingat váru til mín send mér til skaða, þá er ek var í þetta hús sett,[13] nú [skaltu vita[14] fyrir víst, at guð hefir veitt mér svá mikla miskunn [af þessum kvikendum, at um daga hafa þau[15] kropit út í gras sér at mat, en um nætr hafa þau lagzt umhverfis mik ok hulit[16] minn líkama frá öllum kulda, ok ef þessir ormar hefði hér eigi verit, munda ek fyrir löngu dauð. Dróttningin stóð þá upp ok gengr til sonar síns ok kyssir hann ok mælti: Landres, segir hon, vel ertu kominn minn[17] son; hvat hefir þú hér gört í þessum[18] skógi, er þú ferr svá einnsaman utan [nökkurs sveins.[19] Landres svarar: Mín kæra móðir, ek vil eigi leyna þik, hvat því veldr. Faðir minn hefir útlægt mik af sinni augsýn, ok því þorig[20] eigi þar at vera. Frúin mælti: Ljúfi son, segir hon, gjarna vilda ek nú fá mat[21] ok drykk, ef til væri. Mín kæra móðir, segir hann, þat má ek[22] með guðs lofi veita þér, því at ek gat

---

[1]) *mgl. b.* [2]) [skildi hann at þessi *b.* [3]) mætti *b.* [4]) livore *b.* [5]) [stál *b.* [6]) steininum *b.* [7]) hverjum *b.* [8]) *mgl. b.* [9]) [treysti varla at *b.* [10]) eigi *b.* [11]) [því at þau munu *b.* [12]) *rett. f.* smare *B.* [13]) [ok þá er ek var í þetta hús sett, váru þau hingat send mér til meins *b.* [14]) [vit þat *b.* [15]) [at þessi kvikindi hafa um daga *b.* [16]) varðveitt *b.* [17]) eiginn *tilf. b.* [18]) þykka *tilf. b.* [19]) [nökkurn svein *b.* [20]) þorir ek *b.* [21]) vist *b.* [22]) nú *tilf. b.*

fengit í dag af dvergum nökkurum eitt handklæði ok þar meðr einn pott, er yðr skal¹ fullvel fœða. Leggr hann þá fram handklæðit ok svá pottinn fyrir sína móður frú Olif, ok² allra handa kostr meðr vænasta drykk [var þar³ til reiðu, ok harðla sœmiliga matgört. Ok er frúin var vel mett ok drykkjuð, talar hon við Landres son sinn: Nú vantar mik klæði, sonr minn, segir hon. Móðir mín, segir hann, ek skal fá þér minn kyrtil ok syrkot, ok öll mín klæði önnur vil ek þér fá nema skyrtu ok [svá brœkr,⁴ þat skal ek eptir hafa. Megi þér hér af gera yðr klæði, ok fá betri [þá er⁵ guð vill. Ok er⁶ frúin hafði meðr tekit⁷ nefndum klæðum, þá mælti hon: Sonr minn, segir hon,⁸ lifir Siliven þín fóstra? Já, guð veit, [segir hann,⁹ hon lifir vist ok hefir gört mér margt gott, ok hjá henni hefir ek verit um mörg ár. Minn góði son, segir frúin, far nú aptr sem tíðast til þinnar fóstrmóður ok heilsa hana sem bezt minna vegna, ok seg henni at ek [em lifandi¹⁰ ok bið hana kenna þér [nökkur góð¹¹ ráð af¹² þessi álygi, er vér erum í stödd. En ek man [hér við hafast,¹³ meðan þú ferr sem verða má. Gjarna vil ek, segir Landres, alt þat gera eptir yðrum vilja. Hann leggr nú eptir hjá móður sinni hvártveggja handklæði ok pott, ok bað hana vel lifa. Síðan tekr hann boga sinn ok gengr brot ok léttir eigi fyrr en hann kemr aptr til sinnar fóstrmóður, heilsar henni¹⁴ þegar með blíðum orðum. Ok er hon sá hann, varð hon harla fegin ok glöð við hans kvámu, ok þá mælti Landres: Olif mín sœta móðir bað mik heilsa þik mikiliga af sinni hálfu, svá bað hon ok at þú skyldir nökkut ráð á leggja, at hon mætti frelsast af þeirri ljótu lygi, er hon hefir fyrir vorðit, ok at þat¹⁵ mætti af þvást um síðir. Kæri fóstrson, segir hon, þegi þú skjótt, ok ger þik eigi galinn, svá má ek heil vera, at þú minnir mik á þá sorg, sem ek hefir mesta beðit á mínum lífdögum, fyrir því at fyrir mörgum árum var hon dauð. Fóstrmóðir, segir Landres, ek segir þér með sannendum, at hon lifir ok er heil, en ef þú trúir mér eigi, far ok sjá hana með þínum augum. Fóstrson minn, segir Siliven, af því at þú segir þetta með svá miklum sannindum, þá vil ek trúa þér,¹⁶ ok ek skal góð ráð á leggja¹⁷ sem framast kann ek.

15. Nú skaltu búa þína ferð sem skjótast til Karlamagnúsar¹⁸ konungs móðurbróður þíns, því at nú er dauðr¹⁹ Pippin konungr móðurfaðir þinn, ok létt nú eigi fyrr en þú finnr Karlamagnús, ok seg honum at þín móðir frú Olif lifir ok þú hefir hana fundit, seg

¹) kann b. ²) var þá tilf. b. ³) [þar þegar b. ⁴) [línbrœkr b. ⁵) [þegar b. ⁶) saal. b; ef B. ⁷) tilf. b. ⁸) hvárt tilf. b. ⁹) [tilf. b. ¹⁰) [lifi b. ¹¹) [nökkut gott b. ¹²) móti b. ¹³) [saal. b; hefast B. ¹⁴) hana b. ¹⁵) tilf. b. ¹⁶) því b. ¹⁷) með þér tilf. b. ¹⁸) Karlam. b. ¹⁹) andaðr b.

honum ok grein á öllu hvat fram hefir farit síðan. Ek skal gefa þér eitt fagrt ers, þar til[1] góð klæði ok góð[2] vápn, at þú megir þitt erendi gera vel ok skjótt. Ok sem Landres er búinn, tekr hann sitt ers ok biðr vel lifa fóstrmóður sína, ok ríðr þar til er hann kemr í einn villiskóg syngjandi ok gleðjandi sik mikiliga. Ok er hann kom fram á eitt fagrt láð hjá einu stöðuvatni, sér hann [fram fyrir sik[3] sitja einn pílagrím, ok sýnist honum [at vera líkr Jórsalafara,[4] því at palmr[5] hans lá þar hjá honum. Pílagrímr sjá mataðist, ok er Landres kom fram at honum, mælti pílagrímrinn: Fagr sveinn, sagði hann, stíg niðr af þínu ersi ok sit hjá mér, ok snæðum báðir samt, en ers þitt má vel bíta meðan. Landres hugði alt þetta prettalaust[6] ok sté niðr af sínu ersi ok settist hjá pílagrímnum, sakir þess at hann var ekki[7] mettr ok þó lystugr.[8] Nú er Landres skyldi til matar taka,[9] var þessi pílagrímr allr í brott af hans augsýn, svá[10] allr matrinn ok hans góða ers, er þar hafði staðit hjá honum. Eigi síðr var[11] í brottu öll hans klæði, ok svá nöktr sat hann eptir á vellinum sem móðir bar hann í heiminn. Þá mælti Landres: Nú hefir mik þá mestu skömm hent, sem nökkurn tíma hefir [mann hent,[12] ok ef nú kœmi til mín einn vændismaðr ok hefði lurk í hendi, [hann mætti[13] reka mik um alt land, fyrir því at ek hefir engi[14] klæði né vápn. Nú meðr[15] því at Landres hafði lítit til at taka, þá sneri hann aptr til fóstrmóður sinnar, því at þar af hafði hann jafnan huggan fengit. Hann [stendr þá upp ok snýr aptr ok kemr heim[16] til hennar nú nökkviðr, en áðr hafði hann riðit brott sœmiliga klæddr ok á fögrum hesti. Ok er hann ferr at garði, sitr Siliven úti í dyrum[17] ok sér Landres kominn sinn fóstrson. Hon talar til hans: Gef þér ekki um, fóstri minn, því ek veit þetta miklu gör en þú, hverr þik hefir gabbat, ok svá alla atburði.[18] Nú bið ek[19] þik eins hlutar ok haf þat jafnan í þínu minni, lát aldri vin þinn eðr frænda, ef þér þikkir hann góðr, fastandi frá þér fara, [fyrir því þat má þik eigi gabba þá.[20] En þessi fýla er þik gabbaði[21] var þín stjúpmóðir, sú er [í nóg kann mart[22] í kyndugskap, gefi guð henni skömm. Nú vil ek gefa þér eitt ers gott, þat sem þér skal vel duga í allar þrautir, ok þar með góð klæði ok góð vápn, sverð at gyrða þik meðr, er Mimungr heitir, en ersit heitir Klemingr. Nú ef þú ríðr á stræti eðr annan veg, ok

---

[1]) með *b*. [2]) sœmilig *b*. [3]) [*mgl. b*. [4]) [hann vera Jórsalafari *b*. [5]) *saal. b*; palmar *B*. [6]) vera *tilf. b*. [7]) eigi *b*. [8]) matlystugr *b*. [9]) fara *b*. [10]) ok *tilf. b*. [11]) váru ok *b*. [12]) [maðr fengit *b*. [13]) [þá mætti hann *b*. [14]) hvárki *b*. [15]) fyrir *b*. [16]) [kemr *b*. [17]) durum *b*. [18]) þar um *tilf. b*. [19]) *tilf. b*. [20]) [því at þá má hann eigi fyrir þat gabba *b*. [21]) dáraði *b*. [22]) [kann nógu margt *b*.

vill nökkurr léttr maðr [við þik tala eðr¹ þik dvelja, þá tak í
beisl þitt ok snú ersi þínu, svá at þú megir sjá hvat² kyndugum
meistaramanni [þat man vera,³ ok ef ers vill gnaga beislit fast með
sínum tönnum, gá þess sem bezt, ok lát þat hlaupa sem vill, en
drag sverðit or skálpinum, ok ef sú vánda vættr sér þat, sú er þér
vill mein gera, [allr hennar kraptr man⁴ at engu verða. Nú tekr
Landres með því góða ersi ok þeim fögrum klæðum, er fóstra hans
gaf honum, ok ríðr brott annat sinn harla glaðr. Hann kemr um
síðir fram á einn mó, þar var⁵ eitt djúpt vatn, hann⁶ sér standa
eina kirkju litla hjá þessu vatni ok kór fagran af görían, einn gamall
karl gengr út af kirkju á móti honum í svörtum slagningi. Hann
mælti til Landres: Viltu taka af ersi þínu ok létta þér svá at ganga
í kirkju ok hafa⁷ messu, ekki man þér at verr⁸ til takast um þína ferð.
Sem Landres hafði heyrt orð þess gamla manns, tekr hann í beisl
sitt ok hleypir fram at kirkju sem hann gat mest, ok er hann
hugðist at kirkju kominn á sínu góða ersi, var hann kominn heldr
fram í einn stríðan straum ok djúpan, svá at þaðan hefði hann aldri
til lands komizt, ef eigi hefði hans ers svá sterkt ok frækit verit.
Ok er hann kom á land, er horfin kirkja ok svá karlinn, ok ekki
sá hann þar þá utan sléttan völl. Hann ríðr nú brott þaðan ok
kemr um síðir á fagra völlu, hann mætir flokki riddara ok finnr
þar fagra skjöldu lagða niðr á völlinn. Riddararnir buðu honum⁹
þar at vera, en þeir riðu at honum or öllum áttum, sumir fóru at
honum austan,¹⁰ sumir vestan, sumir norðan, ok um síðir kom einn
gamall karl móti honum, ok var hann í svörtum búningi. Hann
sat á hesti svörtum ok öll hans vápn váru svört, hann bar í sinni
hendi eitt digrt tré ok langt. Sá gamli karl mælti til Landres: Svá
séðu heill, turna þínu ersi til mín¹¹ ok halt eitt dust¹² með¹³ mik, þá
mantu¹⁴ reyna hverr reystimaðr þú mant verða eptir okkart viðskipti.¹⁵
Landres tekr nú þegar í sitt beisl ok snýr sínu ersi at þeim gamla
karli at sjá hvat [kyndugum meistaramanni¹⁶ hann væri. Ersit tekr nú
þegar tönnum beislit, hleypr sem skjótast at karlinum gamla;¹⁷ því
at þessi skræfa var yfrit klók ok kunni hölzti¹⁸ mart, bregðst hon
or þeirri mannligri líkneskju, er áðr var hon í, ok varð nú at einum
digrum ormi, ok hafði svá ætlat at drepa Landres. En¹⁹ því at
hans ers var svá gamalt í sínum vitrleik, ok guð hafði sent honum
þat til hjálpar móti þessum görningum, steðjar ersit sem fastast á

¹) [mgl. b. ²) saal. b; hvar B. ³) [sjá er b. ⁴) [þá mun(u) allir
hennar kraptar b. ⁵) saal. b; fra B. ⁶) saal. b; hjá B. ⁷) hlýða b.
⁸) tilf. b. ⁹) allir tilf. b. ¹⁰) saal. b; utan B. ¹¹) saal. b; þín B.
¹²) dyst b. ¹³) við b. ¹⁴) máttu b. ¹⁵) tilf. b. ¹⁶) [saal. b; kyndugr
meistari at B. ¹⁷) ok af tilf. b. ¹⁸) hellzti b. ¹⁹) af tilf. b.

orminn ok lemr í sundr öll hans bein með sínum fótum. Ok þá hafði þessi bannsetta kona ekki annat efni en heim at krjúpa vesaliga, sem [verðugt var,¹ til sinna herbergja, ok² þá kallar hon á Milon föður sinn ok Malalandres son sinn ok mælti við þá: Ek hefir at segja ykkr mikil tíðendi ok ill, því at ek er svívirðliga³ leikin af Landresi, sem nú megi þit⁴ sjá, ok mikit ilt man hann oss gera öllum, ok hugsa um þat faðir, at þú megir halda lífinu, því at Landres er nú farinn at finna Karlamagnús konung frænda⁵ sinn ok alla sína beztu frændr, af⁶ því gerum ráð⁷ at hann verði drepinn⁸ þá er hann vitjar hingat, ok gangit báðir móti honum á stræti ok látit hann eigi fram komast. Gakk þú faðir þá framan at honum ok halt beislinu fast, ok lát sem þú vilir tala við hann, en Malalandres gangi at aptan ok höggi⁹ svá snart, at Landres standi aldri síðan upp. Látum nu þessar skrœfur með talast þat er þeim líkar, en víkjum til Landres þar sem hann gerir sín erendi.

16. Nú ríðr Landres þar til er hann finnr Karlamagnús konung móðurbróður¹⁰ sinn, ok tekr konungrinn sœmiliga við honum. Segir Landres frænda sínum Karlamagnúsi öll sín erendi. En hann kallar til sín marga góða menn ok mikils háttar, birtandi þeim þau tíðendi, sem Landres frændi hans hafði honum flutt,¹¹ at frú Olif liftr. Ok er menn heyrðu þetta, þökkuðu þeir mikiliga guði sína heilaga miskunn, ok báðu nú konunginn gott ráð á leggja með sínum frænda. Karlamagnús konungr játtaði því ok mælti svá: Landres frændi minn man eiga¹² litla dvöl hjá oss at sinni ok skal ríða snemma í morgin heim til föður síns ok birta honum mína þarkvámu, en vær skolum ríða litlu síðar allir samt til [Hugons konungs.¹³ Þegar um morgininn er ljóst var, stóð Landres upp ok klæddist ok bjóst til brottreiðar. Ok þegar hann var mettr ok búinn at öllu tekr hann orlof af Karlamagnúsi keisara, þiggjandi af honum sœmiligar gjafar. Stígr hann síðan upp á sitt góða ers ok ríðr brott af garðinum, margir sœmiligir menn fylgdu honum í veg ok skildust svá með hann. En Landres ríðr nú sem fljótast má hann ok léttir eigi fyrr en hann kemr heim í staðinn, þar at ríðandi sem þeir standa fyrir frændr Milon ok Malalandres á stræti. Ok er Landres kom at þeim, gengr Milon trúðr at honum ok tekr í beisl hans ok segist vilja tala með hann, en Malalandres gengr at aptan með hvössu sverði ok ætlar at höggva hann. Nú var sem fyrr, at þat góða ers, er guð hafði sent honum, hóf upp sína báða fœtr eptri ok sló Malalandres

---

¹) [var þó langt b. ²) er hon kom heim tilf. b. ³) svá sárliga b. ⁴) saal. b; þér B. ⁵) móðurbróður sinn b. ⁶) ok b. ⁷) um tilf. b. ⁸) tilf. b. ⁹) höggvi b. ¹⁰) frænda b. ¹¹) sagt b. ¹²) hér tilf. b. ¹³) [mágs míns b.

svá hart í hans höfuð, at haussinn brotnaði, en heilinn or hans höfði lá á fótum ersins. Ok er Milon sá þetta, lét hann laust beislit, ok varð svá hræddr, at hann hljóp[1] í sín herbergi. En Landres eptir þessa atburði hleypir fram eptir strætinu ok mætir þar næst sinni stjúpmóður, hefir[2] upp sverðit ok slær af henni höfuðit, ok mælti: Guð veit, segir hann, at aldri optar skaltu mik svíkja.

17. Karlamagnús keisari kemr nú[3] meðr sinn skara. Heilsar Landres konunginum sœmiliga ok ganga síðan til hallarinnar, ok þar mætir Karlamagnús Hugon mági sínum með nökkurum riddarum. Ok er þeir fundust, heilsar hvárr öðrum blíðliga ok bauð Hugon hertogi Karlamagnúsi þar dveljast svá lengi sem honum gott þœtti, gengu nú síðan inn í höllina báðir samt með sínum mönnum. Ok svá sem þeir váru inn komnir, fundu þeir þar sitjandi Milon trúð á einum stóli á hallargólfinu, ok þegar hann sá Landres, kallar hann hárri röddu ok mælti: Miskunna mér Landres ok drep mik eigi í guðs nafni ok frú sancte Marie. Þá mælti Landres: Milon, segir hann, ek játtar þat guði, at þú skalt grið hafa fyrir mér ok öllum öðrum daglangt. En þat vil ek, at þú segir at[4] öllum áheyrandum, hversu til hefir borit um þá miklu álygi, er mín móðir hefir af þér fengit, eðr[5] hversu þat byrjaðist í fyrstu. Ok þá gáfu allir menn hljóð í höllinni, ok[6] Milon hóf upp sanna sögu ok sagði alt [svá sem[7] farit hafði í fyrstu, hversu hann vildi lokka dróttningu til saurlifnaðar við sik, ok hver andsvör hon gaf þar í mót; því næst frá því at[8] hann sveik hana í drykk, ok þá hversu hann lagði blámanninn í sæng hjá henni. Ok er hann hafði upptalt allan sinn vándskap, þann er sá leiðr svikari hafði gört við dróttninguna, þá bað Karlamagnús alla þá menn er inni váru um þat dœma, hvat við þenna vánda svikara skyldi gera. Sumir báðu brenna hann, sumir hengja, sumir hálshöggva, sumir báðu at hann væri dreginn kvikr í sundr, en allir samþyktu þat at hann skyldi hinn versta dauða þola, er finnast mætti. Þá mælti Landres: Góðir herrar, ek vil at Milon hafi engan þenna dauðdaga er þér hafit enn um rœtt, hvárki af mér né öðrum mönnum, heldr vil ek at hann hafi þann sama dóm, er hann gaf minni móður, ok skal flytja hann í [þá sömu myrkvastofu[9] er mín móðir hefir í setit, er honum gott eðr ilt, í þá sömu[10] skal hann fara ok þar sitja sjau vetr eðr betr, ef hann man[11] svá lengi lifa, síðan skal hann festa upp á gálga. Ok þetta samþyktu allir, er inni váru. Var nú Milun leiddr í hörð járn ok fœrðr síðan til [myrkvastofu þeirrar er var 12 mílur brott frá staðnum,[12] ok er þeir

[1]) heim *tilf. b.* [2]) hefr *b.* [3]) ríðandi *tilf. b.* [4]) fyrir *b.* [5]) ok *b.* [6]) en *b.* [7]) [hve *b.* [8]) er *b.* [9]) [þat sama hús *b.* [10]) myrkvastofu *tilf. b.* [11]) má *b.* [12]) [myrkvastofunnar *b.*

koma þar, finna þeir [þar hina tryggva[1] konu frú Olif, svá vel hafða[2] sem þann[3] tíma er hon kom þar eðr betr. Þeir taka nú þá hina [tryggva konu[4] dróttning Olif vel ok sœmiliga, ok þökkuðu guði mikiliga sem vert var, at þeir máttu finna hana heila ok úskadda[5] fyrir svá mörgum eitrkykvendum sem þar váru. Þeir tóku þá Milun trúð ok setja hann í myrkvastofu ok byrgja síðan aptr sem fastast. Ok áðr þeir[6] fóru í brott frá myrkvastofunni, heyrðu þeir Milon œpa hörmuliga ok segja, at þá lögðu[7] eitrkykvendin at honum ok átu hold hans niðr at beini, ok lýkr þar nú frá Miloni at segja.

18. Þeir taka nú þá tryggu dróttningu ok fœra hana heim með mikilli gleði til konungs herbergja þess er hennar[8] fékk í fyrstu meyjar. Ok er frúin kom í garðinn, gengr konungr sjálfr móti henni ok allir hans menn meðr mikilli blíðu, ok er þau frúin ok konungr fundust, mælti hann:[9] Olif, segir hann, svá feginn verðr ek þér, sem ek mætti þá verða, er guð sjálfr kœmi, ok mikiliga eigu mið honum at þakka, at hann hefir okkr leyst or þvílíkum vanda, því at eigi munu dœmi til finnast, at svá hafi mönnum verit fyrr gört sem okkr báðum. Ok þá svarar frúin: Lof sé guði allsvöldugum,[10] at hann hefir mik leyst. En eigi fór yðr þat herraliga, at þér trúðut framar svikaranum en mér, ok [hefði dróttinn minn eigi framar sýnt mér[11] miskunn en þú, væra ek löngu dauð, hefir nú ok Landres son minn með guðs vilja rekit minna harma. Nú vil ek, at [þat viti[12] herra Karlamagnús minn kæri bróðir ok minn ljúfi son Landres ok allir aðrir, þeir sem heyra mitt mál, at ek ætlar at ráðast í klaustr ok þjóna þar guði, meðan ek lifir, ok launa [þar guði þat[13] frelsi sem hann hefir mér gefit af þeirri lygi,[14] sem á mik var login, gera[15] slíkar ölmusur sem guð skýtr mér í hug. Fór þat ok svá til, at frú Olif gékk í nunnuklaustr ok endaði þar fagrliga sína æfi. En Karlamagnús konungr fór heim í sitt ríki með sœmd ok sóma gœdd góðum gjöfum. En Hugon konungr andaðist litlu síðar, ok tók Landres ríki eptir hann ok stýrði vel ok lengi ok þótti ágætasti höfðingi, ok lýkr hér nú þessarri frásögu[16] [meðr þeim formála, at Jesus Kristr signi þann er skrifaði ok svá þann er sagði ok alla þá sem heyrðu ok sjá ok gaman vilja sér hér af fá.[17]

[1]) [þá hina tryggu *b*. [2]) til reika *b*. [3]) fyrstan *b*. [4]) [tryggu *b*. [5]) úsakaða *b*. [6]) menn *b*. [7]) lögðust *b*. [8]) *saal. b*; ha *B*. [9]) svá til hennar *tilf. b*. [10]) allsmektugum *b*. [11]) [ef dróttinn minn hefði eigi sýnt mér meiri *b*. [12]) [þér vitit *b*. [13]) [honum svá fyrir *b*. [14]) álygi *b*. [15]) ok *tilf. b*. [16]) frásögn *b*. [17]) [*mgl. b*.

ÞRIÐI PARTR KARLAMAGNÚS SÖGU AF ODDGEIRI DANSKA.

Nú skal segja nökkura stund frá viðskiptum þeirra Karlamagnús konungs ok Oddgeirs danska.[1] Jofrey faðir Oddgeirs danska var [óvinsæll við Karlamagnús konung,[2] fyrir því at hann hafði opt bundit sætt við hann ok hverrn tíma rofit; en [it siðarsta sinn[3] kom þat í sættargerð þeirra,[4] at Karlamagnús konungr skyldi hafa Oddgeir son hans í gislingu.[5] En Jofrey hafði litla ást á syni sínum fyrir sakir [stjúpmóður hans, ok játti hann af því blíðliga.[6] En jafnskjótt sem Oddgeir var í brott farinn, lét faðir hans taka menn Karlamagnús konungs ok drepa[7] suma en suma hengja, ok alt þat sem hann mátti Karlamagnúsi konungi til skemdar gera, [þá gerði hann.[8]

2. Nú stóð Karlamagnús konungr upp[9] einn morgun ok gékk til kirkju ins helga Ordines[10] ok hlýðir messu. En síðan gékk hann í [kastala sinn[11] ok lét kalla til sín Oddgeir danska ok Guenelun[12] gæzlumann hans [ok alla ina ríkustu menn sína.[13] Síðan mælti hann við Oddgeir: Jlla hefir[14] faðir þinn[15] gört við mik ok við menn mína; nú skalt þú þess gjalda, bæði láta hendr ok fœtr ok alla limu þína. Oddgeir svaraði:[16] Með guðs vilja ok [þínum þá muntu betr gera en nú er heitið, fyrir því at þú veizt at þér[17] er lítilræði

---

[1]) *A tilf. her:* Oddgeir átti son er Baldvini hét, þann mann er vænstr hefir verit á öllu Fraklandi ok vinsælastr ámeðan hann lifði; *hvilket mgl. i B og b.* [2]) [hinn mesti úvin Karlamagnús *B, b.* [3]) [at síðarstu *B, b.* [4]) á milli *tilf. B, b.* [5]) gisliug *B, b.* [6]) [konu sinnar stjúpmóður Oddgeirs, ok jáattaði af því blíðliga, at son hans sæti í gislingunni *B, b.* [7]) höggva *B, b.* [8]) [*tilf. B, b.* [9]) snemma *tilf. B, b.* [10]) Andomari *B, b.* [11]) [sína málstofu með sínum vildarmönnum *B, b.* [12]) Guin. *B;* Gilimer *b.* [13]) [*mgl. B, b.* [14]) Jeofreyr *tilf. B.* [15]) enn *tilf. B, b.* [16]) máli konungs *tilf. B, b.* [17]) [yðrum herradómi munu þér betr gera en þér heitið nú, fyrir því at yðr *B, b.*

í at spilla mér. En faðir minn sendi mik því í þessa gisling, at hann hefir litla ást á mér, ok er þat alt [fyrir sakir Belisent[1] stjúpmóður minnar. En síðan hét Oddgeir á göfugmenni konungs sér til liðveizlu,[2] ok biðr þá árna sér griða ok líknar[3] af konungi. En þeir játtuðu[4] því blíðliga, ok féllu á þeirri stundu tólf jarlar [til fóta konungi[5] ok báðu allir Oddgeiri miskunnar.[6] En konungr [sór við skegg sitt,[7] þótt alt veraldar gull væri á mót[8] boðit, þá [skyldi hann eigi grið fá.[9]

3. Á þeirri stundu kómu inn farandi[10] tveir riddarar vænir ok harðligir, þeir váru sendimenn[11] af Rómaborg. En konungr kendi þá þegar ok heilsaði þeim ok spurði þá tíðenda. En þeir sögðu[12] mörg ok mikil: Ammiral konungr af Babilon hefir sezt í Rómaborg, segja þeir, ok engi er sú[13] höfuðkirkja né kapella, at eigi [hafi hann niðr látit brjóta.[14] Við þessa tíðendasögn úgladdist mjök Karlamagnús konungr ok kallar til sín jarla tvá, Sölmund ok Reiner[15] ok fékk Oddgeir danska þeim í hendr til varðveizlu, ok bað þá fara til Rómaborgar at stefna saman göfugmenni,[16] ok reisa upp stóra stólpa á hinu hæsta fjalli er þar væri, ok skal þar við hengja Oddgeir, ok svarði[17] við hinn helga Dionisium lávarð sinn, at [hann skyldi vara annan við at forgisla son sinn.[18]

4. Eptir þetta [lét Karlamagnús konungr bera fram innsigli sín ok gera rit ok jartegnir[19] um öll þau fylki, frá borgarliði því er Orient heitir ok til Kormilie,[20] ok frá Mundíufjalli til [borgar þeirrar er Leutiza heitir, svá mælandi:[21] Siti engi maðr [eptir sá[22] er vápnum má valda, hvárki ungr né gamall. En þá er þetta lið var komit alt til Parísar á fund Karlamagnús konungs, ok svá búit at vápnum sem [til bardaga væri; Karlamagnús konungr fann þar Elou inn bæverska, hann var af landi því er Nautol hét, ok arl Simon ok[23] 20 þúsundir hermanna; þá spurði Karlamagnús konungr hvárt þeir vildi verða honum at liði eða eigi. En þeir mæltu[24] sem eins manns munni, ok kváðust allir honum liðveizlu veita skyldu ok sögðust ok aldri honum bregðast skyldu: því at vér erum þínir menn allir.

[1]) [sakir öfundar ok illra orða Belisentar *B, b*. ²) dugnaðar *B, b*. ³) miskunnar *B, b*. ⁴) honum *tilf. B, b*. ⁵) [fram fyrir Karlamagnús (konunginn *b*) *B, b*. ⁶) friðar *B, b*. ⁷) [vann eið *B, b*. ⁸) honum *tilf. b*. ⁹) [féngi hann eigi grið því heldr *B, b*. ¹⁰) fyrir konunginn *tilf. B, b*. ¹¹) sendir *B, b*. ¹²) kváðust segja *B, b*. ¹³) sá staðr *B, b*. ¹⁴) [sé niðr brotin *B, b*. ¹⁵) Remund *B, b*. ¹⁶) múg ok margmenni *B*. ¹⁷) sór *B, b*. ¹⁸) [svá skyldi hann leiða öðrum at forgisla sína sonu *B, b*. ¹⁹) [váru bréf gör ok innsigluð ok send *B, b*. ²⁰) Kormialr *B*; Konniale *b*. ²¹) [hinnar miklu borgar er Letiza heitir, ok *B, b*. ²²) [sá heima *B, b*. ²³) [þá skyldi þegar til bardaga búast. Þá var þar kominn Elon konungr hinn beverski er réð landi því er Navtes er kallat ok Simon jarl meðr *B, b*. ²⁴) allir *tilf. B, b*.

En síðan létu[1] þeir út af Paris úvígjan her,[2] ok tóku eigi fyrr náttstað en í borg þeirri er Losena[3] heitir, þessum megin Mundíufjalls. Þar tók Karlamagnús konungr náttstað með 20 þúsundir hermanna, en lið hans dreifðist víða um landit ok gerði sér herbúðir ok laufskála.

5. Þá hugði konungr at fjallinu, ok þótti honum [ógurligt yfirfarar fyrir[4] sakir bjarga ok háleika, frosts snæfa[5] ok jökla. Síðan kallaði hann á guð himneskan ok mælti svá: Faðir dýrðar, [ertu ey ok ey[6] vart ok vera munt, hjálp þú mér[7] at ek mega komast yfir fjall þetta, [er ek em svá hugsjúkr um.[8] En guð heyrði bœn hans ok vissi [hvat hann þurfti,[9] ok sendi honum skjótt mikla hjálp ok góðan leiðtoga. Í miðjan herinn kom hlaupandi[10] einn hjörtr hvítr sem snjár,[11] ok hafði fjóra[12] geisla á höfði sér at augsjánda[13] öllum herinum; en síðan rann hann í fjallit upp. En Karlamagnús konungr vissi þegar, at [þeim mundi þat til hjálpar sent. Lét konungr þegar[14] taka upp landtjöld sín ok búðir, lét ok klyfja hesta sína ok múla, ok bjuggust þá til ferðar[15] yfir fjallit. Síðan fóru þeir um fjallit 6 daga alla samfasta,[16] ok týndu hvárki hestum né múlum, skjaldsveinum né embættismönnum,[17] ok er eigi náttstaðar[18] þeirra fyrr getið en[19] fyrir sunnan fjallit.

6. Nú hefir Karlamagnús konungr látit slá landtjöldum sínum, ok alt lið hans, ok drakk[20] vín gott ok gladdi [svá alt lið sitt.[21] Þá kallar hann til sín Oddgeir gisla[22] sinn; [en er þeir fœrðu hann konungi, sem varðveittu hann, konungr mælti þá:[23] Illa hefir faðir þinn gört við mik, segir hann, en þó skaltu í griðum vera, til þess er [ek kem heim[24] til Parísar. Síðan glöddust allir menn við [þau orð, er konungr mælti við Oddgeir, at hann[25] skyldi þiggja líf sitt af honum. [Í þessu bili[26] kom farandi einn ungr maðr, er Alori hét [af borg þeirri er Biterna heitir;[27] hann mælti skjótt, þegar at[28] hann sá konunginn, ok talaði á þessa lund[: Tíðendi mikil ok ill eru yðr at segja, herra, segir hann, at um alt Rómaborgar ríki máttu finna heiðinn lýð; Ammiral höfuðkonungr ok Danamund son

---

¹) leiddu *B, b*. ²) þenna hinn mikla *B, b*. ³) Lutina *B*; Lucina *b*. ⁴) [óyfirfœriligt *B, b*. ⁵) snjófa *B, b*. ⁶) [er jafnan *B, b*. ⁷) nú *tilf. B, b*. ⁸) [því at ek (em) mjög óttafenginn um at ek megi framkomast *B. b*. ⁹) [görla hvers hann þurfti við *B, b*. ¹⁰) bráðliga *B*. ¹¹) snjór *B*. ¹²) 7 *B, b*. ¹³) ásjánda *B, b*. ¹⁴) [þessi hjörtr mundi vera þeirra (hans *b*) leiðtogi ok lét *B, b*. ¹⁵) at fara *tilf. B, b*. ¹⁶) samfast *B, b*. ¹⁷) þjónustumönnum *b*. ¹⁸) náttstaða *B, b*. ¹⁹) þeir váru *tilf. B*. ²⁰) drekka þá (nótt *tilf. b*) *B, b*. ²¹) [hann svá menn sína *B, b*. ²²) *saal. ogsaa B*; gisl *b*. ²³) [ok mælti til hans *B, b*. ²⁴) [vér komum aptr *B, b*. ²⁵) [þessi orð keisarans, at Oddgeir *B, b*. ²⁶) [En á þessi stundu *B, b*. ²⁷) [*mgl. B, b*. ²⁸) *mgl. B, b*.

hans hafa sezt[1] í ríki þitt ok hafa tekit gisla um alt Púlsland. En er konungr heyrði orð hans, þá úgladdist hann mjök við, ok hét þegar á lið sitt, ok bað þá[2] búast hvatliga til herfarar. En þeir herklæddust þegar með góðum brynjum ok allskonar vápnum. Þar mátti sjá margskonar gersimar saman [komnar, ok snerust til Lungbarðalands.[3]

7. Nú ríða Frankismenn frœkniliga ok harðliga ok léttu eigi fyrr en þeir kómu til borgar þeirrar er Frustra[4] heitir. En þar kemr í móti Karlamagnúsi[5] Milon páfi, ok hafði með sér helgan dóm Pétrs postula ok marga aðra. En konungr ok [alt lið hans hnigu[6] honum ok þökkuðu honum vel þangatkvámu sína. Milun páfi sagði Karlamagnúsi þau tíðendi, at heiðingjar höfðu eytt mikinn hlut af landi hans. Konungr svaraði: Guð hefni þeim,[7] ok hefna skal ek þeim, ef ek má. Nú kallar konungr til sín höfðingja þá er svá heita: [Solmundr ok Reiner,[8] Fremund hertuga, Nemes hertuga, Jofrey af Bordela,[9] Rikarð af Mens,[10] [Guenelun valska;[11] þessir eru mestir höfðingjar í [liði hans allra hertuga.[12] Góðir menn, segir Karlamagnús konungr, vér skulum búast[13] at móti heiðnum lýð, ok skal ek sjálfr vera [höfðingi ok leggja mitt líf í ábyrgð.[14] Nemes hertugi mælti þá: Herra, segir hann, lé[15] mér Oddgeir danska, gisl þinn, at bera vápn mín ok vera skjaldsveinn minn í dag, því at Guadamunt[16] systurson minn er sjúkr ok má eigi fylgja mér. Konungr svaraði: Hann er forgisl minn, ok er glœpr í ef hann hleypr frá mér. Nemes hertugi svaraði: Ek skal ábyrgjast hann trú minni ok öllu því ríki er [horfir til handa mér.[17] Svá skal vera, segir konungr. Síðan mælti Nemes hertugi[: Oddgeir,[18] bú þik, [síðan skaltu fylgja[19] mér. En er Oddgeir heyrði orð hans, þá gladdist hann mjök við ok [talaði síðan[20] á þessa lund: Lofaðr sér þú, faðir himneskr, er [ey ok ey[21] vart ok vera munt án enda, at [mál mitt er svá til enda[22] komit, at ek skal nú vera í fylgd með góðum mönnum ok [konungi sjálfum í herför.[23] En ek skal því heita, sem ek skal efna, at [hvargi er[24] vér komum saman ok heiðingjar, at[25]

¹) [til hans: Um alt Rómaríki, herra, segir hann, máttu (muntu b) finna heiðinn lýð, er konungrinn Amiral ok Danamunt son hans hafa sent (sezt b) B, b. ²) menn b. ³) [safnaðar, ok snörust þeir þá síðan til Langbarðalands B, b. ⁴) Sustra B, b. ⁵) keisaranum B, b. ⁶) [allir aðrir lutu B, b. ⁷) þess B. ⁸) [Sölmund ok Remund B, b. ⁹) Borddal B, b. ¹⁰) Mars B, b. ¹¹) [Guarin hinn vaska B, b. ¹²) [hirð hans B, b. ¹³) ok fara tilf. B, b. ¹⁴) [höfuðsmaðr ok leggja líkama minn í hættu B, b. ¹⁵) saal. ogs. b; ljá B. ¹⁶) Guaramund b. ¹⁷) [mér til heyrir B, b. ¹⁸) [við Oddgeir: B, b. ¹⁹) [því at þú skalt vera í ferð með B, b. ²⁰) [mæltist við einnsaman B, b. ²¹) [jafnan B, b. ²²) [mínu máli er nú svá til leiðar B, b. ²³) [með keisaranum sjálfum í her fara b. ²⁴) [hvar sem B, b. ²⁵) ok B, b.

meðan ek hefi eitt hár á höfði eða hestr [minn lifir,[1] at engi skal framar í fylkingu en ek. Nú er konungr búinn ok alt lið hans, ok ríða þeir mikinn hluta dags svá, at þeir verða ekki varir við heiðinn lýð.

8. Nú skulu þér heyra ofmetnuð heiðinna manna. Son Ammiral höfuðkonungs af Babilon, sá er Danamund enn frœkni hét, hann ríðr af Rómaborg með 20 þúsundir riddara; þeir inir sömu hafa [tekit mikit af ríki Karlamagnús konungs bæði konur ok börn ok meyjar.[2] Þetta hit auma fólk kallar á guð[3] sér til hjálpar. ok biðr þess at Karlamagnús konungr skuli koma at leysa [þat af píslum heiðinna[4] manna. Nú kemr maðr til konungs, sá er hann hafði á njósn sendan, ok mælti á þessa lund: Örugt segi ek þér, herra, segir hann, at heiðnir menn eru [í landi þínu ok eru búnir at halda í móti þér orrostu.[5] Þá spurði konungr Nemes hertuga ok aðra höfðingja, hversu [hátta skyldi.[6] En Nemes hertugi svarar fyrstr [allra höfðingja[7] ok mælti hárri röddu: Vér skulum búast til bardaga skjótt ok á þat eina[8] hyggja at [höggva stórt[9] ok at gera blóðgar báðar[10] hendr til axlar upp, ok láta heiðna menn engan bilbug á oss fá.[11] Alori [sá sem fyrr var getið bauzt[12] at bera merki Karlamagnús konungs í orrostu, en hann játti honum,[13] ok er því[14] illa ráðit, fyrir því at engi er meiri regimaðr í allri [landeign konungs,[15] fyrir sakir hans eru Frankismenn spiltir[16] ok á marga vega illa haldnir.

9. Nú sjá heiðnir menn lið Karlamagnús konungs ok merki hans í dæld[17] einni á hœgri hönd sér ok 20 þúsundir riddara vápnaða[18] í hjá. En Danamunt konungs son inn heiðni mælir við her sinn: Hér kenni ek merki Karlamagnús konungs, sœkjum nú fram sem ákafligast,[19] ok vinni hverr[20] þat sem má. Nú mátti þar sjá mörg merki bæði rauð ok blá ok með allskonar litum, ok mundu Frankismenn þann dag hafa[21] sigr, ef eigi [yldi ragskapr Alora.[22]

10. Frankismenn ríða nú með her sinn [í móti heiðnum mönnum, ok svá þeir at móti.[23] Þar mátti sjá mörg högg með sverðum

---

[1] [lifir undir mér *B*. [2] [eytt mikinn luta af landi Karlamagnús konungs ok tekit mikit man (mart manna *b*) bæði karla ok konur, unga sem gamla *B*, *b*. [3] almátkan *tilf. B. b*. [4] [þá frá píslum vándra *B*, *b*. [5] [eigi langt héðan ok eru nú búnir at heyja orrostu á mót þér *B*, *b*. [6] [þá skyldi með fara *B*, *b*. [7] [máli hans *B*, *b*. [8] eitt *B*, *b*. [9] [veita heiðingjum stór högg *B*, *b*. [10] várar *b*. [11] sjá *B*, *b*. [12] [hét einn ríkismaðr (ríkr maðr *b*) af liði konungs, hann býzt til *B*, *b*. [13] því *B*, *b*. [14] þat *b*. [15] [fylgð konungs *B*, *b*. [16] ok ósœmdir *tilf. B, b*. [17] lægð *B. b*. [18] alvápnaðra *B*, *mgl. b*. [19] kappligast *B*. [20] maðr *B*, *b*. [21] vinna fagran *B*, *b*. [22] [væri Alori í ferð *B*, *b*. [23] [á móti heiðingjum, en heiðnir menn á móti þeim *B*, *b*.

höggvin,[1] marga skjöldu klofna ok brynjur slitnar, mörg spjót brotin ok pálstafi[2] ok allskonar skotvápn. Nú hefir Alori merki í hendi sér ok rœðist við einnsaman sem illr[3] dróttins sviki:[3] þessir heiðingjar eru illir ok harðir við at eiga, ok [hér er ills eins[5] ván. Síðan kallar hann til sín höfðingja einn ríkan frænda sinn, sá er heitir Gernublus,[6] hann var ættaðr af Lungbarðalandi.[7] Alori segir honum ætlan sína: þat ræð ek, segir hann, at vit flýim undan með liði okkru, fyrir því at auðsýnt er nú, at [engi man af oss[8] sigrast í þessi orrostu. Síðan flýja þeir undan með [rögu hjarta, ok[9] 100 liðs þat er þeim fylgdi. Nú er Danamunt sá þetta, þá œpti hann[10] á menn sína ok mælti: Sœkjum fram harðliga, nú flýr merkismaðr Karlamagnús konungs, af því megum vér sjá at [þeir flýja nú skjótt allir. Ok því næst[11] tóku þeir höndum Nemes hertuga, [enn bezta[12] höfðingja af liði Karlamagnús konungs, ok annan mann er Bofi[13] hét, ok Samson inn [þriðja höfðingja, ok marga aðra af liði Karlamagnús konungs.[14] Heiðnir menn veittu Frankismönnum harða atsókn, en þeir vörðust vel ok drengiliga. Á þessi stundu kom til konungs góðr riddari, sá er Sölmundr hét, [hann bar þegar skjöld fyrir konunginn ok mælti síðan: Misræði gerðir þú þá, konungr, er þú fékkt Alora merki þitt at bera, hinum versta manni er í þínu liði sé,[15] ok ætla heiðnir menn, at vér munum flýja undan, en vér skulum hér annat tveggja bíða [sigr eða fá[16] bana. Síðan mælti Karlamagnús konungr: Mikla úgleði hefi ek [eptir höfðingja þá[17] er heiðnir menn hafa frá oss numit, Nemes hertuga ok aðra þá er honum fylgja. Síðan mælti konungr: Ríðum fram harðliga[18] ok vinni maðr meðan[19] má.[20] En heiðnir menn eru móti bæði margir ok harðir ok fella á þessi stundu [þann höfðingja er Asketill hét[21] ok Dorunt inn gamla ok enn þriðja Morant bróður hans, ok svá görsamliga fella þeir þat lið er með konungi var, at hann varð einnsaman staddr á fœti í millum þúsundraða heiðinna manna, en síðan hét hann á guð til hjálpar sér ok brá[22] sverði sínu ok hlífði sér með skildi sínum ok varðist betr fyrir heiðnum mönnum en

[1]) ok öxum *B, b.* [2]) *saal. B, b*; pálstafir *A.* [3]) argr *b.* [4]) svikari *B, b.* [5]) [er ills af þeim *B, b.* [6]) Genob *B, b.* [7]) Langbarðalandi *B, b.* [8]) [eigi munum vér *B, b.* [9]) [*mgl. B, b.* [10]) hárri röddu *tilf. B, b.* [11]) [flótti brestr í liði þeirra. Ok í þeirri hríð *B, b.* [12]) [mikinn *B, b.* [13]) Boven *B. b.* [14]) [ríka hertuga ok fjölda annarra manna *B, b.* [15]) [ok sagði svá til hans: Ofmjök missýndist yðr herra, at þér féngut Alora hinum ragasta manni í hönd merki yðvart í dag *B, b.* [16]) [bót eða *B, b.* [17]) [nú fengit af missu höfðingja minna *B, b.* [18]) ok hefnum þeirra *tilf. B, b.* [19]) þat er *B, b.* [20]) ok svá gera þeir *tilf. B, b.* [21]) [þann mann gildan höfðingja *B*; gildan höfðingja *b.* [22]) hjó með *B. b.*

villigöltr í skógi fyrir smárökkum,[1] þá er þeir sœkja hann ákafligast. Þvísa næst koma 7 hundruð manna til Karlamagnús konungs með alvæpni af Frankismönnum ok skutu um hann skjaldborg, ok féngu honum góðan hest at sitja á, sem maklikt var, ok óttaðist hann[2] ekki at sér, því at hann [treystist þá[3] vel liði sínu.

11. Nú verðr at geta Oddgeirs danska; hann var öðrum megin undir skógarnefi nökkuru skamt frá bardaganum, ok með honum þúsundrað[4] skjaldsveina. Hann gekk á hæð nökkura ok sá til orrostunnar, hann sá[5] fámenni mikit með konungi, hitt sá hann annat at Alori flýði undan með merki konungs ok 100 Lungbarða með honum. Síðan skyndi[6] Oddgeir[7] til lagsmanna sinna ok sagði þeim þau tíðendi er hann sá: Nu [ef ek ræð, þá munum vér fara at móti Alora ok láta þá eigi héðan hafa vápn eða hesta; síðan skulum vér verða konungi at liðveizlu ok bíða annat tveggja bót eðr bana.[8] Þeir játtuðu því glaðliga.[9] Síðan riðu þeir at móti flóttamönnum, ok þegar þeir fundust, spurði Oddgeir Alora, hví [þeir flýði eða hvat þeim væri[10] orðit. En Alori svaraði: Karlamagnús konungr var höndum tekinn ok lið várt fallit,[11] ok verðum nú undan at flýja.[12] Oddgeir svaraði honum: Jllmannliga lýgr þú, ok er hitt heldr, at þú þorðir eigi við at haldast,[13] ok ert þú sannr dróttins sviki. Síðan greip hann til hans ok steypti honum af hesti sínum,[14] ok rak hnefa sinn á háls honum ok fletti hann af[15] brynju sinni, ok tók skjöld hans [or hendi honum[16] ok sverð af linda honum alt gullvafit.[17] Síðan hét Oddgeir á sína lagsmenn, [þeir[18] váru[19] þúsundrað skjaldsveina:[20] Tókum þá, segir hann, ok flettum þá af klæðum,[21] látum þá hafa hvárki héðan [hervápn eða[22] hesta. Síðan gerðu þeir svá sem hann bauð. En eptir þat dubbaði hann[23] þá til riddara með vápnum flóttamanna. En þar sem skjöld [skortir ljósta[24] þeir börk af trjám ok höfðu sér fyrir hlífar. Oddgeir tók merki konungs í hönd sér, ok riðu síðan til vígvallar. Oddgeir gerðist höfðingi fyrir því liði, er þá[25] höfðu riddarar görzt [af skjaldsveinum, ok[26] mörgum öðrum riddurum.[27]

---

[1]) veiðihundum *B, b*. [2]) nú *tilf. B, b*. [3]) [treysti nú *B, b*. [4]) 10 hundrat *B, b*. [5]) gat at líta *B, b*. [6]) skundar *B, b*. [7]) aptr *tilf. B, b*. [8]) [vil ek, segir Oddgeir, at vér farim móti Alora ok hans liði, ok látum hann hvárki hafa héðan vápn né hlífar né hesta; síðan skulum vér verða konungi várum at liði ok hafa allir síðan héðan (hafa hér annathvárt *b*) gagn eða bana ella. *B, b*. [9])′allir at gera hans vilja *B, b*. [10]) [flýr þú undan, Alori, hvat er yðr *B, b*. [11]) flýit *B, b*. [12]) halda *B, b*. [13]) standa *B, b*. [14]) *mgl. B, b*. [15]) [*tilf. B, b*. [16]) [*tilf. B, b*. [17]) gullbúit *B, b*. [18]) her beg. 2det Blad í *a*. [19]) saman *tilf. a*. [20]) [*mgl. B, b*. [21]) fötum *a*. [22]) [föt (herfórur *B, b*) né *a, B, b*. [23]) Oddgeir *a, B, b*. [24]) [skorti leystu (lustu *B, b*) *a, B, b*. [25]) nýliga *B, b*. [26]) yfir *tilf. B*. [27]) [*mgl. b*.

12. Nú er Karlamagnús konungr nauðugliga[1] staddr í bardaga, ok[2] heiðnir menn sœkja hann[3] ákafliga. Síðan mælti konungr við sína menn: Sýnt er þat nú, segir hann, at Alori hefir [illa reynzt,[4] því at hann er sannr dróttins sviki. En ef [guð lofar, at ek komumst[5] til Fraklands, þá skal hann eigi svá mikit hafa af ríki[6] mínu, at vert sé [eins penings,[7] ok engi af hans ætt. En nú skulum vér duga sem drengir, [ok vinni maðr sem má[8] meðan nökkurr stendr upp. En [í því bili[9] viku heiðingjar [til Rómaborgar undan.[10] En [Danamunt hefir tekit Nemes hertuga ok Edolon inn gamla, inn þriðja Samson hertuga, ok hefir þá bundna með sér setta á klyfjahesta.[11] En Oddgeir danski var nær staddr,[12] ok urðu þeir[13] eigi fyrr varir við en [þeir œptu[14] heróp á þá. Nú gerðist stökkr[15] í liði heiðinna manna við óp Frankismanna. Síðan reið Oddgeir at heiðnum konungi einum er Falsaron hét, [sá varðveitti þá höfðingjana, er teknir váru af liði Karlamagnús konungs.[16] Oddgeir lagði spjóti sínu at honum ok bar hann af hesti sínum ok kastaði honum dauðum á jörð. Eptir þat [nálgaðist hann höfðingja þá sem herteknir váru, ok feldu þeir mörg hundruð[17] heiðinna manna. Síðan snerist hann aptr til[18] Karlamagnús konungs með öllu liði sínu. Þá er Karlamagnús sá [hvar fram brunaði[19] merki sitt, kallar (hann) til sín Sölmund [ok Reiner[20] ok mælti síðan: Úsynju ámæltum vér Alora, nú er hann hér kominn með [liði sínu[21] oss til hjálpar.

13. Síðan rann fram einn ungr maðr sá er Oddgeir hafði [nýdubbaðan til riddara.[22] En Karlamagnús konungr kendi hann görla, ok kallar hann hárri röddu: Seg mér, riddari, hvaðan eru þessir [liðsmenn komnir?[23] segir hann. En sveinninn svaraði konungi: Þetta er Oddgeir danski forgisl þinn, hann hefir dubbat þúsundrað skjaldsveina til riddara, ok er hann nú hér kominn þér til liðveizlu.

---

[1]) nauðuliga B, b. [2]) því at b. [3]) nú at B, b. [4]) [oss illa gefizt a, B, b. [5]) [ek kem (heim tilf. B, b) a, B, b. [6]) gódsi a. [7]) [þvers fótar a, B. [8]) [tilf. a, B, b. [9]) [litlu síðar a. [10]) [undan ok (á leið a) til Rómab. a, B, b. [11]) [Danamunt konungsson hefir sett alla hertekna menn upp á klyfjahesta ok hefir þá bunna með sér a; [Nemes hertogi var í ferð með þeim ok Edulon jarl hinn gamli ok hinn þriði hertogi Samson, váru þeir allir bundnir ok settir upp á klyfjahesta þeirra B, b. [12]) þar sem þeir fóru tilf. B, b. [13]) heiðingjar a, B, b. [14]) [þeir Oddgeir œptu B, b; hann œpir a. [15]) mikill tilf. a, B, b. [16]) [er geyma skyldi Nemes hertoga ok hans kumpána B, b. [17]) [leysti hann höfðingjana ok frelsti þá af klandi heiðinna manna. Síðan riðu þeir fram ok feldu mörg hundrat B, b. [18]) bardagans til liðs við tilf. A. [19]) [mgl. a, B, b. [20]) [mgl. B, b. [21]) [lið sitt alt a, B, b. [22]) [nýliga gervan riddara a; nýgervan riddara af skjaldsveinum B, b. [23]) [menn a; menn sem nú eru komnir til dugnaðar viðr oss B, b.

Hann hefir sótta[1] höfðingja þína, þá sem heiðnir menn höfðu tekit[2] ok þér hugðut [fallna mundu;[3] hann hefir ok yfirkomit Lungbarða alla þá er[4] flýðu með Alora merkismanni þínum. Þa svaraði Karlamagnús konungr: Guð sé lofaðr [þessum tíðendum.[5] Vel hefir Oddgeir hólpit[6] mér ok mínum mönnum með guðs miskunn; nú skulum vér ríða[7] ákafliga ok verða skjaldsveinum at liðveizlu.[8] Síðan ferr Karlamagnús konungr með her sinn ok rekr heiðna menn alt til Mundíufjalls. En Oddgeir fylgdi konungi jafnan hit næsta.[9] Þá mælti konungr við Oddgeir: Tak hér sœmiligan hest,[10] ok þá [virðing skal ek gefa þér með, at þú sér[11] höfuðskutilsveinn minn í [húsi mínu,[12] ok ráða því öllu með mér sem [þú vilt ráðit hafa,[13] ok þú skalt merkismaðr minn vera um alla daga þína síðan. Oddgeir þakkaði konungi [gjöf sína[14] ok vildi falla til fóta honum. En konungr tók í hönd Oddgeiri ok reisti hann upp ok vildi hann eigi [láta hníga sér.[15] Nú [snýst aptr[16] einn höfðingi, sá heitir Sadome,[17] ok mælti við Oddgeir: Hverr ertu drengr, segir hann, á þeim inum góða hesti, er svá fylgir þráliga flóttamönnum, [kynligt þikki mér um[18] merki þat er þú berr[19] í hendi þér; í morgin snimma dags, þá er vér kómum til orrostu, þá snerist þat merki undan, ok allir þeir er undir váru, en síðan kom þat í annat sinn, ok var þá bardagi miklu ákafari en áðr, ok verðum vér nú at flýja undan. Nú bið ek [þess við guð þann[20] er þú trúir á, at þú seg[21] mér[22] hví þat sætir. Þá svaraði Oddgeir: Alori hét maðr sá er merkit bar fyrst í morgin, ok snaraðist[23] hann undan fyrir sakir hugleysis ok ragskapar; en vér várum skamt frá[24] þúsundrað skjaldsveina, ok spurðum vér þá [at tíðendum,[25] en þeir sögðu oss hörð,[26] ef sönn væri: Karlamagnús konung höndum tekinn, en lið hans [alt fallit.[27] Síðan fœrðum[28] vér þá af klæðum[29] sínum ok tókum [alt þat sem þeir höfðu fémætt, hesta ok hervápn[30] ok svá merki þetta ok bárum[31] aptr til vígvallar, ok höfum síðan gert yðr mikinn skaða.[32] Þá svaraði Sadome: Þessi tíðendi skal ek bera Ammiral höfuðkonungi,

[1]) frelsta B, b. [2]) hertekna B, b. [3]) [at fallnir væri a, B, b. [4]) undan tilf. a, B. [5]) [þessa tíðenda B; fyrir þessi tíðendi b. [6]) hjálpat B, b. [7]) fram tilf. B, b. [8]) liði a, B, b. [9]) í þessarri atlögu tilf. B, b. [10]) sœmiligan (sœmiligra b) hest en þann er þú sitr á B, b. [11]) [tign gef ek þér hér með, at þú skalt vera a, b. [12]) [minni höll a, b. [13]) [ek vil ráða b. [14]) [þessa veizlu B, b. [15]) [láta hneigja sér a; at hann hneigði honum B, b. [16]) [sneri aptr hesti sínum B, b. [17]) Soddome a. [18]) [kynliga þikki mér fara b. [19]) hefir a, B, b. [20]) [þik fyrir guðs sakir þess B, b. [21]) segir B, b. [22]) satt tilf. a, B, b. [23]) snerist a; flýði B, b. [24]) með tilf. a, b. [25]) [tíðenda, a, B, b. [26]) bæði hörð ok mikil a. [27]) [höndum tekit ok flest alt drepit a. [28]) feldum b. [29]) hestum a, B, b. [30]) [öll vápn þeirra a. [31]) [vápn þeirra öll ok bárum síðan merki þetta B, b. [32]) mannskaða B, b.

en ek býð þér hólmgöngu í móti konungi þeim er Karvel heitir, hann hefir [fjölda liðs mikinn[1] allskonar þjóðir, ok hann er virkta[2] góðr riddari.[3] Þá svaraði Oddgeir: Alls þú lofar hann svá mjök at hreysti sinni,[4] þá skunda þér[5] til hans, ok bið hann koma til þess staðar, er hólmganga er lögð [í þessu landi með mönnum.[6] En ef hann vill berjast við mik, þá komi hann þar; ok hafi sá okkarr gagn er guð vill.

14. Frustra[7] hét borg sú er Karlamagnús konungr tók herbergi at [eptir orrostu þessa.[8] Hann rœðir við menn sína ok spurði þá ráða, hversu [hann skyldi þá haga.[9] Sumir eggjuðu at [þeir skyldu[10] fara til orrostu í annat sinn, en sumir [eggja at fá skuli Oddgeir einn[11] í móti Karvel konungi. En[12] þá kom[13] farandi Karlot sun Karlamagnús konungs ok með honum fjöldi ungra manna sjáligra[14] af Frakklandi. Karlamagnús konungr gékk sjálfr í móti honum ok [hvarf til hans[15] ok spurði síðan: Hve nær komtu her[16] til lands frændi, segir hann, eða fyrir[17] hversu löngu vart þú dubbaðr til riddara? Fyrir sex vikum, segir Karlot; enn fyrstu páskadag þá gaf mér Terri hertugi af Ardena vápn[18] þessi ok bað mik síðan fara á yðvarn[19] fund með liði því er ek mætta[20] fá. Guð þakki honum ok svá þér, segir hann,[21] þörf er oss nú góðra drengja, fyrir því at heiðnir menn hafa felt fyrir oss mikit lið. Nú svarar Karlot [föður sínum:[22] Ek skal áðr[23] miðr dagr sé á morgin bera vápn mín til Rómaborgar, ok [skulum freista ok mínir menn[24] við heiðingja, hvárir sigrsælli sé.[25]

15. Nú er at rœða um Karlamagnús konung sjálfan ok lið hans. Hann flytr nú [náttstað sinn[26], svá nær Rómaborg,[27] at hann sá öll tíðendi þangat. En um nóttina næstu eptir, þá hét Karlot á lið sitt ok mælti: Búit yðr sem skjótast ok herklæðizt ok förum til fundar við heiðna menn. Sá maðr svarar konungs syni er Guibilin[28] hét: Köllum Oddgeir danska með oss. Karlot svarar: Verði þat aldri, at hinn danski maðr beri lof af[29] orrostu þessi, ek vil eiga[30] þessa orrostu ok mitt lið. En þegar þeir váru brott farnir, þá mœttu þeir

---

[1]) [mikinn fjölda liðs *a*; lið mikit *B, b*. [2]) harðla *B*. [3]) sjálfr *tilf. a, B*. [4]) ok lið hans *tilf. a, B, b*. [5]) þú *a, B, b*. [6]) [með mönnum hér á landi *a, B, b*. [7]) Sustra *B, b*. [8]) [mgl. *a, B, b*. [9]) [vera skyldi *a, B*; þá skyldi at hátta *b*. [10]) [þá skyldi *b*. [11]) [báðu at fá Oddgeir einn *a*; biðja þess at Oddgeir einn skyldi *B, b*. [12]) er þeir höfðu þetta at rœða *tilf. B, b*. [13]) þar *tilf. B, b*. [14]) mgl. *B, b*. [15]) [mintist við hann *B, b*. [16]) hegat *B*; hingat *b*. [17]) mgl. *a, B, b*. [18]) hervápn *B, b*. [19]) þinn *a, B, b*. [20]) til *tilf. a, B, b*. [21]) konungr *a, B, b*. [22]) [konungs son *B, b*. [23]) en *tilf. a*. [24]) [skal ek ok mínir menn freista *a*; skulum vér freista *B, b*. [25]) eru *a*; verði *B, b*. [26]) [landtjöld sín *B, b*. [27]) borginni *a*. [28]) Guiddilin *a*; Guibel *B, b*. [29]) or *B*. [30]) heyja *B, b*.

heiðingja einum, sá var njósnarmaðr af liði þeirra; hann leit lið Karlots ok skyndi[1] aptr til Karvels ok sagði honum þessi tíðendi, at kristnir menn váru búnir[2] á hendr þeim at berjast við þá. En [er Karvel heyrði þau tíðendi, lét hann[3] kalla til sín tvá höfðingja Masan ok Susabran[4] ok bað þá búa her sinn ok fara í móti Karlot konungs syni. En þeir herklæddust þegar 7 þúsundir [heiðinna manna ok bjuggust[5] at halda orrostu móti kristnum mönnum. En eigi vissi Karlamagnús konungr ætlan sonar síns, því at Karlot vildi [hann eigi láta varan við verða.[6]

16. Á þeirri nótt er Karlot var í brott farinn, þá [var Karlamagnús konungr í landtjaldi sínu ok dreymdi draum[7] um sjálfan sik ok Karlot son sinn ok Nemes hertuga ok Oddgeir danska. Honum þótti sem þeir væri staddir fjórir í skógi einum, ok [höfðu[8] farit[9] at dýraveiði, ok hefði[10] þeir þá banat fjórir miklu dýri. En þá sá þeir fara at sér œsiliga dýrin úörgu þrjú, ok sóttu[11] at þeim ákafliga; en þeir vörðust vel ok drengiliga. En um síðir sýndist honum sem dýrin bæri af Karlot syni sínum,[12] en síðan þar næst af Nemes hertuga. En þá þótti honum sem Oddgeir danski sœtti[13] vel fram, ok í þeirri framgöngu feldi hann tvau[14] dýrin, en it þriðja flýði undan, ok ræki[15] hann þat langt í brott.[16] En í því er konungr vaknaði, sloknuðu öll stafkerti, þau er í landtjaldinu váru ok áðr brunnu, [en 7 rekkjusveinar hans[17] hljópu upp kvikliga ok géngu til hvílu[18] hans. Þá svaraði[19] konungr: Mart hefir fyrir mik borit[20] nú um hríð, segir hann. Síðan spurði hann þá: Hvar er Karlot son minn, segir hann. Þeir sögðu hann farinn á fund heiðinna manna, ok þat ætlum vér, at hann muni fyrr þurfa liðveizlu [þinnar en þú hafir sýn af honum, fyrir því at nú munu heiðnir menn ok hann hafa bardaga.[21]

17. [Heiðingjar ríða nú harðliga, ok verða eigi kristnir menn varir við fyrr en heiðingjar[22] œptu heróp á þá. En síðan [bar saman fund þeirra, ok tóku þá at berjast ákafliga. Á leið daginn í hverri,[23] en svá er sagt, at eigi hafi harðari sókn verit á einum degi en sú

---

[1]) skundaði a, B, b. [2]) komnir B, b. [3]) [jafnskjótt lét Karvel a, B, b. [4]) Kusabran B, b. [5]) [heiðinna manna B, b; hermanna a. [6]) [eigi gera hann varan við a, B, b. [7]) [dreymdi konung draum mikinn a. [8]) mgl. a. [9]) [váru þá farnir B, b. [10]) hafa B. [11]) saal. a, B, b; sótti A. [12]) hans a, B, b. [13]) sækti A, a, b; setti B. [14]) saal. b; 2 a, B; tva A. [15]) rak a, B, b. [16]) á eyðimörk tilf. B, b. [17]) [þetta sá rekkjusveinar hans ok B, b. [18]) rekkju a, B. [19]) mælti a, B, b. [20]) tilf. a, B, b. [21]) [yðra (en þér sjáit hann tilf. B), þvíat nú man hann berjast við heiðna menn B, b. [22]) [Nú er þar til at taka, at heiðingjar ganga harðliga fram móti kristnum mönnum, ok eigi varð Karlot fyrr varr við en heiðnir menn B, b. [23]) hverju a.

er Frankismenn gerðu. Þeir höfðu 7 hundruð manna, en heiðingjar höfðu 20 þúsundir riddara.[1] Þar mátti sjá spjótsköpt brotna[2] en hjálma klofna,[3] [skildir högnir[4] en brynjur rifnar.[5] En í því bili kom Karvel ríðandi ok œpti hárri röddu ok talaði á þessa lund: Hvar ertu Oddgeir inn frœkni af Danmörk, ríð nú fram, sagði hann, at móti mér ok freistum riddaraskaps[6] okkars. Þá svarar honum hertugi sá er Erlant[7] hét inn vitri: Góðr maðr, segir hann, eigi er [hér sá maðr, er eptir spyrr þú; en hvat fyrir því þó hefir hann þann mann settan fyrir sik, er til býst at reyna við þik.[8] Síðan lustu þeir hesta sína sporum, [hleypti þá hvárr þeirra at öðrum, ok brustu í sundr[9] spjótsköpt þeirra, ok kom hvárgi öðrum af hesti. Síðan riðust þeir at í annat sinn, ok klauf hvárr [fyrir öðrum gylta skjöldu,[10] ok léku svá lengi, at hvárgi kom öðrum [á flótta;[11] en um síðir skildu [þá menn þeirra.[12] [Þaðan af fór svá viðrskipti þeirra, at Frankismenn týndu[13] á þeim degi mörgum góðum drengjum með[14] vápnum ok hestum. Nú varð riddari einn af liði Karlots særðr til ólífis ok skildist [svá þaðan,[15] ok létti eigi fyrr en hann [kom fyrir[16] Karlamagnús konung. Nú mælti riddarinn: Herra, segir hann, [í nótt fyrir dag[17] fórum vér héðan 7 hundruð riddara með Karlot syni þínum á hendr heiðnum mönnum, ok [varir mik nú þess,[18] at fátt[19] lifi eptir af þeim. En er Karlamagnús konungr heyrði þessi tíðendi, þá hét hann á Oddgeir danska, [ok bað[20] at hann skyldi verða Karlot at liði. En Oddgeir svaraði honum: Ek vil fúsliga fara[21] hvert sem þér vilit[22] senda mik. Síðan bjóst hann [ok herklæddist[23] ok lét taka merki sitt ok bera fyrir sér, ok reið í brott síðan, ok með honum 7 hundruð riddara, ok létti eigi fyrr

---

[1]) [hlupust þeir á (hleyptu þeir at *b*) meðr ákafri orrostu ok börðust lengi, svá at á leið daginn, ok er svá sagt, at eigi hafi önnur sókn harðari verit á einn dag en sú var er Frankismenn görðu þá, ok höfðu þeir eigi meira lið en 7 hundruð manna, en heiðingjar 7 þúsundir. *B, b*.
[2]) *saal. ogs. B*; brotin *a, b*. [3]) högna *B, b*. [4]) [skjöldu högna (klofna *B, b*), *a, B, b*. [5]) rofnar *a*; rifna *b*. [6]) riddaraskapars(!) *a*; riddaraskapar *B, b*. [7]) Erlon *b*. [8]) [hann hér nú, en þó er hér maðr í stað hans, er nú mælir við þik, ok fyrir vináttu sakir hans bjóðumst ek í móti þér *a*; Oddgeir hér at sinni, en þó alt eins er hér sá maðr í hans stað, er fyrir vináttu sakir viðr hann vill ríða móti þér *B, b*. [9]) [ok riðust at snarpliga, svá at sundr brustu *B, b*. [10]) [annars skjöld *B, b*. [11]) [af hesti *B*; af baki né á flótta *a*. [12]) [menn þá *a, B, b*. [13]) [Nú er orrosta hin snarpasta ok týndu Frankismenn *B, b*. [14]) *mgl. a, B, b*. [15]) [við hann *a*. [16]) [fann *B, b*. [17]) [í morgin árla *B, b*. [18]) [ætla ek *a*; hygg ek *B, b*. [19]) fáir *B, b*. [20]) [*mgl. a, B*. [21]) ok allar nauðsynjar yðvarar *tilf. a*. [22]) her *mgl.* 1 Blað í *a*. [23]) [skyndiliga meðr góðum herklæðum *B, b*.

en hann kom undir hæð nökkura ok tók þar þegar varðmenn heiðinna manna ok lét drepa alla.

18. Nú heitr Karlot [á lið sitt ok¹ á guð allsvaldanda ok mælir svá: Faðir dýrðar [(er) ey ok ey vart ok vera munt,² hjálp mér ok mínu liði fyrir sakir þíns mikilleiks, at vér mættim yfirstíga úvini vára [á þessum degi;³ vildi guð at Oddgeir danski væri hér! Því næst varð honum litið til hœgri handar sér ok sá fram koma or skógi [í dal nökkurn⁴ merki Oddgeirs ok Frankismanna lið. En síðan er Oddgeir var kominn til orrostu, þá urðu heiðnir menn felmsfullir, ok var svá⁵ sem þeir væri hamstola, ok váru⁶ þá illir yfirsýndar. En Frankismenn riðu fram⁷ harðliga, lögðu með spjótum ok hjuggu með sverðum ok feldu fjölda heiðinna manna, ok [vánum bráðara⁸ brestr⁹ flótti í liði þeirra heiðingja. Í þeim flótta flýði undan Karvel, því at hann sá [óvænni ván sinna en kristinna manna. Oddgeir reið þá ákafliga at Karvel ok mælti¹⁰ við hann: Hverr ertu, riddari, segir hann, er fellir lið várt mikit,¹¹ eða hvert er nafn þitt? hví snýr þú nú undan ok bíðr mín eigi? En hann svarar: Ek heiti Karvel, ok ef þú vilt eiga vápnaskipti við mik einn saman, þá stefni ek þér til Rómaborgar [at ganga¹² á hólm við mik. Höfuðkonungr várr á¹³ dóttur eina, er Gloriant heitir, hon hefir ljóst andlit ok fagrt, hon er unnasta mín ok festarmær, ok hon skal vera nær [okkru viðrskipti at sjá¹⁴ leik okkarn. En ef þú sigrast á mér, þá skal ek því valda¹⁵ við Ammiral konung, at [þú skalt hafa¹⁶ meyna, ok skal engi því í móti mæla. Ef þu vilt at þat sé, segir Oddgeir, þá skal ek áðr fara á fund Karlamagnús konungs at taka leyfi af honum fararinnar.¹⁷ En ef [ek fæ leyfi af honum, þá skal þat víst vera, er þú beiðist.¹⁸ Síðan skildust þeir ok fór Karvel í brott með liði sínu, ok léttu eigi fyrr en þeir kómu fyrir Ammiral konung, ok sögðu honum at þeir váru yfirkomnir. En því næst kom Oddgeirr til ár þeirrar er Tifr heitir, ok fór hann yfir ána ok mœtti þar Karlamagnúsi konungi. En konungr reið í gegnum lið þeirra ok létti eigi fyrr en hann fann Karlot son sinn. Konungr hafði sér [sprota einn¹⁹ í hendi ok vildi ljósta í höfuð [honum, ok mundi hafa fram komit, ef eigi

---

¹) [mgl. B, b. ²) [dróttinn Jesus Kristr B, b. ³) [í þessum bardaga B, b. ⁴) [nökkurum B, b. ⁵) því líkt B, b. ⁶) urðu B, b. ⁷) tilf. B. b. ⁸) [vánu skjótara B, b. ⁹) varð B, b. ¹⁰) [lítinn sigr sinn (verða tilf. b), síðan Oddgeir var til kominn (Oddgeir kom til orrostu b). Nú mœttust þeir Karvel, ok mælti Oddgeir B, b. ¹¹) svá mjök B. ¹²) [ok gakk þar B, b. ¹³) sér tilf. B, b. ¹⁴) okkarri hólmgöngu ok sjá á B, b. ¹⁵) ráða B. b. ¹⁶) [hann skal gipta þér B, b. ¹⁷) til hólmstefnunnar B, b. ¹⁸) [hann gefr orlof, þá skal ek víst vera búinn þess er þú beiðir B, b. ¹⁹) [staf B, b.

bannaði tveir hertugar, ok mælti við hann: Jlls¹ manns efni ertu, illa hefir þú sét fyrir liði mínu; nú munu heiðingjar hœlast ok gleðjast, at þeir hafa þik yfirkomit [ok skemma² oss. En Karlot svaraði föður sínum: Vér höfum sigr fengit, en heiðnir menn flýðu undan, ok ver fyrir því eigi reiðr.

19. [Nú er at rœða um Karvel, hann rœðir³ við Ammiral konung: Ek vil ráða þér heilt ráð konungr, segir hann, gör sendimann til Karlamagnús konungs, þann er bæði sé [hraustr ok orðfimr ok sem úblauðastr at öllu⁴; ok bið hann þess, at [hann uni ríki sínu ok hafi ekki af þínu ríki, eða⁵ ella þoli hann her þinn. Konungr svaraði: Hverr mun minna manna vilja fara slíka háskaferð? Þá svarar Karvel: Ek vil fara, ef þú vilt konungr. Þá mælti Ammiral konungr: Ekki þikki mér [þat skapligt,⁶ því ek uggi, at þér verði misþyrmt. Karvel svarar: Karlamagnús konungr er svá góðr⁷ höfðingi, at eigi vill hann vita á sik, at mér sé misboðit heldr en einhverjum⁸ lim sínum. En því næst tók Karvel at búast, hann klæddist ok með inum bezta guðvef, en í yfirskikkju⁹ vissi engi hvat klæði í var, en þat¹⁰ finnst í ey einni í enum syðra hluta heims ok verðr af náttúru orma. Því næst var fram leiddr múll einn söðlaðr, sá var beztr í öllum [her Ammirals konungs.¹¹ Hann ljóp á bak honum ok reið leiðar sinnar ok [létti eigi¹² fyrr en hann kom fyrir Karlamagnús konung, ok heilsaði honum vel ok kurteisliga:¹³ Sá sami guð, er Frankismenn trúa á ok himna dýrð stýrir, blezi ok varðveiti Karlamagnús konung ok alt hans ríki ok [veldi ok yfir alt¹⁴ fram Oddgeir danska. Ammiral höfuðkonungr¹⁵ várr sendi mik hingat [með því boði,¹⁶ at þú látir¹⁷ hann hafa Rómaborg í friði, því at hon er erfðaland hans, [ok áttu enga tiltölu til hennar.¹⁸ En ef þú vill eigi þat, þá sver ek við trú mína, at þér skulut eiga ván¹⁹ orrostu af Ammiral konungi ok hans liði, ok [muntu þá reyna,²⁰ hvárir réttara mæla. [Enn mælti Karvel: Ek á mál við Oddgeir danska, ok gef honum leyfi, konungr, at ganga til einvígis við mik; ok ef svá berst at, at hann komist yfir mik, þá skal Ammiral konungr flýja af Rómaborg, ok skaltu ey ok ey hafa frið fyrir hans mönnum um

---

¹) [syni sínum, en hertogar 2 létu hann því eigi fram koma.. Konungr mælti: Jlt *B, b*. ²) [en skemda *B, b*. ³) [Karvel talar nú *B, b*. ⁴) [merkr ok sterkr, orðfimr ok óhræddr *B, b*. ⁵) [hvárr ykkarr hafi sitt ríki *B, b*. ⁶) [þér sjá ferð háskalaus *B, b*. ⁷) drengr ok mikill *tilf. B, b*. ⁸) einum hverjum *B*. ⁹) hans *tilf. B, b*. ¹⁰) *tilf. B, b*. ¹¹) [hernum *B, b*. ¹²) [stöðvaði eigi hest sinn *B*; létti eigi ferð sinni *b*. ¹³) á þessa lund *tilf. B, b*. ¹⁴) [riddara ok yfir alla *B, b*. ¹⁵) *saal. B, b*; höfðingjakonungr *A*. ¹⁶) [þess erindis *B, b*. ¹⁷) lát *B*. ¹⁸) [*mgl. B, b*. ¹⁹) á *tilf. B*. ²⁰) [man þá sýnast *B. b*.

alla lífsdaga þína.¹ Oddgeir svarar: Búinn em ek til at fremja² þá hólmgöngu. En Karlot mælti við Oddgeir: Mikla skömm [hefir þú mér gert, því at þessa hólmgöngu hafða ek mér ætlat at heyja³ en eigi þér. Þá svaraði Karvel: Mjök ertu [öfundsjúkr, en þat segi ek þér, at móti þér hefi ek eigi orrostu né minn skjöld⁴ at berjast við þik. Þá mælti Karlot við Oddgeir: Ek fyrirbýð þér at berjast við heiðingja fyrir utan leyfi mitt. Þá mælti Karvel við Karlot: Hver er ætlan þín; en alls þú þrást á⁵ hólmgöngu þessa, þá skal ek fá mót þér konung kórónaðan er heitir Sodome;⁶ þit skuluð eiga hólmgöngu ykkar í millum.⁷ Þat [er mitt ráð, segir Karlot, ef Oddgeiri sýnist svá vera mega.⁸ Oddgeir svarar: Góðan vilja legg ek til þess, ef Karlamagnús konungr [leggr sitt leyfi til.⁹ Þá svarar konungr: Þat [þikki mér vel skapfelt, at Oddgeir gangi móti Karvel til einvígis, en eigi þikki mér þat jafnmæli, at son minn gangi í móti Sodomam, því at hann¹⁰ er barn at aldri, ok má hann trautt [vápn bera eða herklæðum valda.¹¹ Þá svarar Karlot: Lítt hœlir þú mér faðir, þar er þú heldr mik fyrir úmannan;¹² en ek sver við hinn helga Pétr postula, at ek skal eigi fyrr aptr koma en ek mœti Sodoma¹³ á vígvelli, ok hafi sá okkarr¹⁴ gagn sem guð vill. Þá mælti Karlamagnús konungr við Karvel: [Hvat sé þá annars en þér finnizt. Síðan fór Karvel¹⁵ í brott ok létti eigi fyrr en hann kom til Rómaborgar. En móti honum fór allskonar lýðr ok spurðu, hversu honum hefði farizt. En hann sagði Ammiral konungi: Bardaga skulum vér hafa¹⁶ ek ok Sodome, en at móti okkr skulu vera tveir góðir¹⁷ drengir Karlot son Karlamagnús konungs ok Oddgeir danski. En ef þeir [sigrast á oss, þá skaltu Ammiral konungr undan flýja ok vera aldri andbrotsmaðr Karlamagnúsi konungi. Því næst herklæddust þeir báðir ok váru búnir til bardaga.¹⁸

¹) [Hinn er kostr annarr, at þér gefit Oddgeiri danska leyfi til at ganga á hólm við mik, ok ef hann vinnr mik yfir, þá skolu þér hafa frið fyrir Ammiral konungi ok öllu hans liði um alla yðra lífsdaga *B, b*. ²) reyna *B, b*. ³) [gerir þú til mín, ek ætlaða mér at heyja þessa hólmgöngu *B, b*. ⁴) [framgjarn maðr, en þat segi ek þér, at á vígvöll kem ek eigi til þess *B, b*. ⁵) þrár svá mjög *B, b*. ⁶) Sadome *B, b*. ⁷) miðil *B*. ⁸) [vil ek, segir Karlot, ef yðr sýnist þat ráð *B, b*. ⁹) [vill þat lofa *B, b*. ¹⁰) [sýnist mér jafnaðarmál, at þeir Karvel ok Oddgeir berist, en Karlot son minn *B, b*. ¹¹) [vápnum valda né herklæði bera móti slíkum kappa sem Sadomi er. *B, b*. ¹²) þat úmannan, at ek geti varla vápn borit *B, b*. ¹³) Sadomi *B, b*. ¹⁴) þaðan *tilf. B, b*. ¹⁵) [Seg svá Ammiral konungi, at ek lofar hólmgöngu meðr þeim skilmála, sem þér hafit fyrir sagt. Síðan reið hinn heiðni maðr *B, b*. ¹⁶) heyja *B*, eiga *b*. ¹⁷) röskir *B*, vaskir *b*. ¹⁸) [sigra okkr, skolu þér afleggja stríð móti Karlamagnúsi konungi ok fara heim í ríki yðvart, en ef við sigrum, þá eignizt þér Rómaborg ok þetta ríki *B, b*.

20. Nú er at segja frá Karlot konungs syni, hann býst við[1] fimliga ok herklæðist.[2] En Nemes hertugi klæddi[3] Oddgeir danska, fyrst með tvefaldri brynju, en síðan setti hann hjálm á höfuð honum, þann er gerr var af inu beztu stáli, [umgjörðin er á var hjálminum var verð 10 punda[4] silfrs. Þá var fram leiddr hestr, sá var beztr í liði[5] Karlamagnús konungs. Oddgeir sté[6] á bak hestinum,[7] tók spjót sitt í hönd sér ok merki [sitt er Gafers het.[8] Nú er hann[9] vel vápnaðr, en Karlot [enn betr, ef þat mátti.[10] Síðan riðu þeir fram til Tifr ok stíga[11] á skip ok fluttust til eyjar þeirrar er hólmstefna var í lögð. Nú eru þessir fjórir kappar[12] komnir til vígvallar. En eigi var þó alt svikalaust með heiðingjum, en þat var at [úvitundum þeim Karvel ok Sodome.[13]

21. Nú er at segja frá Danamunt [konungs syni.[14] Hann gengr til [landtjalds síns[15] ok segir liði sínu ætlan sína: Misgert hefir Karvel við oss, er hann hefir flutt[16] með sér Gloriant systur mína til hólmstefnu at úleyfi mínu; en [þat veit ek[17] at þat er fyrir ástar sakir [þeirra, ok mér þikkir þat þó eigi allilla fyrir þess sakir,[18] at engan dreng höfum vér jafngóðan sem Karvel í öllu [Ammirals konungs ríki, ok vér höfum mikit í hættu, ef vér látum þá tvá berserki sem vaskastir eru, ok mun oss eigi hlýða at eiga bardaga við Karlamagnús konung síðan.[19] Nú er þat mitt ráð, at [vér hafim[20] lið várt í ey þá, er þeir eiga[21] hólmgöngu í, ok skulum vér leynast þar í skógi hjá; en ef vér sjám at várir menn [verði halloki,[22] þá skulum vér [verða þeim at liði,[23] ok munu várir andskotar brátt[24] yfirkomnir. Riddarar Danamunts játuðu [ráðum hans[25] ok fóru síðan til eyjarinnar ok leyndust þar í skógi hjá. En þat var skaði,[26] at þeir Oddgeir ok Karvel vissu þat eigi, [því at þeir mundu þeirra svika hefnt hafa.[27]

22. Nú eru þessir kappar 4 á vígvelli ok búnir til bardaga. Þá lýstr Karvel hest sinn sporum, [hann er fimari[28] en frá megi

---

[1]) um B, b. [2]) herklæðir hann konungr einn. B, b. [3]) herklæddi B, b. [4]) [þenna hjálm kostaði 10 pund B, b. [5]) öllum her B, b. [6]) hljóp B, b. [7]) svá at hann studdist hvárki við ístig (stigreip b) né söðulboga, ok *tilf.* B, b. [8]) [þat er gört hafði dóttir Ginuers (Gimners b) konungs B. [9]) Oddgeir B, b. [10]) [sýnu betr, ef svá mátti vera B, b. [11]) þar *tilf.* B, b. [12]) riddarar B, b. [13]) [óvilja Karvels ok Sadoma ok at þeim óvitandum B, b. [14]) [syni Amirals konungs B, b. [15]) [landtjalda sinna B. [16]) fœrt B, b. [17]) [ek veit B, b. [18]) [*mgl.* B. [19]) [ríki feðr míns, en vér höfum mikit í ábyrgð, ef týnast riddarar báðir, ok þá man oss illa hlýða síðan at halda orrostu móti Karlamagnúsi konungi. B, b. [20]) [fœra B, b. [21]) eigu B. [22]) halloka B; [megi minna b. [23]) [þeim við hjálpa B, b. [24]) verða *tilf.* B, b. [25]) [þessu B, b. [26]) illa B, b. [27]) [at þeim váru svik gör, fyrir því ef þeir hefði vitað, mundi lengi uppi vera, hversu þeir hefði þess hefnt. B, b. [28]) [þann er fimari var B.

segja. Hann ríðr at Oddgeiri ok mælti við hann: Sýna skal ek þér unnustu mína, þá sömu er ek hefi hœlt fyrir þér. Sér þú [olifatré[1] eitt fagrt,[2] er hér er í skóginum, þar sitr hon undir. Nú ef þú vilt ganga af hendi guði þínum ok gerast maðr Ammirals konungs, segir hann, þá mun ek gefa þér land þat er [heitir Persia ok Choruskana[3] ok allar eigur þær er til liggja. Þá svarar Oddgeir: Nú hefir þú mælt mikla fólsku[4] ok údrengskap. Karlamagnús konungr sendi mik hingat af hendi sinni at halda upp lögum hans ok sœkja svá erfðalönd hans til handa honum ok at móti mæla yðru ranglæti ok ágirni. En unnasta þín sýnist mér einkar væn ok kurteis, sem ván er at konungs barn muni vera, ok skal ek fyrir hennar sakir í dag ganga litlu firr þér en brynja þín, ok skaltu nú verða varr við þat, at þú hefir eigi átt vápnaskipti við mik fyrr.[5] Nú [þreytir hvárr þeirra hest sinn sporum[6] ok eigast hart við langa stund, gefr hvárr öðrum stór högg á gylta[7] skjöldu. Svá lengi eiga þeir þetta viðskipti,[8] at hvártveggi verðr af hesti sínum at ganga, ok eru báðir á fœti staddir, ok léttu þeir[9] því sinni ok hvíldust.

23. Nú sá Sodome[10] konungr, at þeir Karvel ok Oddgeir áttust hart við. Hann laust hest sinn með sporum, er var kallaðr Bruant, reið [harðliga á fund Karlots,[11] en konungs son at móti frœknliga,[12] ok[13] lögðu nú með spjótum ok hjuggu með sverðum, ok var nú hart viðskipti þeirra. Nu mælti Sodome inn heiðni konungr við Karlot: Gef upp nú vápn þín, því at ek sé þik[14] yfirkominn, ok gerði faðir þinn [mikla fíflsku,[15] er hann sendi þik[16] til eyjar þessarrar at berjast við mik; eptir hans daga er Frakkland erfingjalaust fyrir [þínar sakir,[17] því at svá skulum vit[18] okkrum leik lúka, at þú verðr aldri síðan [erfingi at löndum.[19] Þú [mælir hvassliga ok heimsliga,[20] segir Karlot, þú mælir þat er þú vildir at væri, en eigi þat er verða mun; þú hefir [lítt freistat[21] af höggum[22] Frankismanna. Sér þú Gloriant konungs dóttur, er hér sitr hjá okkr undir því inu fagra olifatré, hon er bæði fögr ok kurteis;[23] en svá góðr er riddaraskapr Oddgeirs, at hann man sótt fá hana [áðr en aptann[24] komi ok fulla ást af henni hafa. Svá [hefi ek treysta drauma mína ok af inum helga Petro postula,[25] at ek mun yfir þik stíga, ok munu

---

[1]) olifutré *B*. [2]) [þat fagra tré *b*. [3]) [Persida heitir ok þá borg er Choruscana heitir *B, b*. [4]) fíflsku *B, b*. [5]) en nú *tilf. B, b*. [6]) [þreyta þeir ákafliga *B, b*. [7]) gylda *B, b*. [8]) vápnaskipti *B, b*. [9]) þá af *B*. [10]) hinn heiðni *tilf. B, b*. [11]) r. f. Karvels *A*. [12]) [hart at Karlot, en Karlot í móti röskliga *B, b*. [13]) *her begynder atter a*. [14]) vera *tilf. a, B*. [15]) heimsku *a*; [undarliga *B, b*. [16]) hingat *tilf. a*. [17]) [þína skyld *a*. [18]) mit *B*. [19]) [arfi hans at löndum *a*; hans erfingi *B, b*. [20]) [talar sem ofdrukkinn maðr *B, b*. [21]) [lítið kent *B, b*. [22]) várum *tilf. B, b*. [23]) væn *B, b*. [24]) [um þat kveld *B*; áðr kveld *b*. [25]) [hefir mik ok dreymt *B, b*.

hót þín [þér fyrir ekki koma.¹ Þá svarar Sodome:² Verði sá
níðingr, segir hann, er því vill trúa, at [þit skulit bera³ af okkr,⁴
fyrir því at Karvel er svá mikill skörungr ok góðr drengr, at hann
hefir einn áðr yfirkomit 30 konunga allhrausta ok borit sigr af
hólmi. En ek sé nú [at Karvel sitr⁵ á hesti sínum vel ok fimliga,⁶
ok óttast hann ekki at sér, nema [þat ef mér verðr nakkvat;⁷ en
ek skal honum við hjálpa, ef þörf gerist. Þá svaraði Karlot: [Ekki
munt þú honum mega við hjálpa, því at þú mant eigi fá hólpit⁸
sjálfum þér, ok ef ek felli eigi skjöld þinn á jörð áðr [aptann sé,⁹
þá gef ek þér¹⁰ 100 marka silfrs. Þá svarar Sodome: Hafa skalt
þú áðr blóðga síðu¹¹ en ek láta [skjöld minn fyrir þér.¹²

24. Nú er at rœða um Oddgeir ok Karvel. Þeir taka nú í
annat sinn at berjast, ok eru nú allir¹³ á fœti staddir ok ganga í
höggorrostu. Þar er hörð sókn ok áköf, ok veittar litlar hvíldir,
sumir hlífa en sumir höggva. Oddgeir höggr til Karvels ofan í
hjálminn,¹⁴ ok festi eigi at sinni högg í¹⁵ hjálmi hans, en þat nam
þó staðar í skildi hans, ok klofnar ofan til mundriða, ok mundi ofar
hafa fest, ef [eigi lyti Karvel¹⁶ undan. Þá mælti Oddgeir: Heyrðu
Karvel, nærri skaltu ganga ef þú vill hefna þín,¹⁷ [eða þikki þér nökk-
urrar¹⁸ hefndar vert vera þetta högg.¹⁹ Þá mælti Karvel: Enn em
ek heill ok herfœrr, ok at því skal þér verða áðr [lúki²⁰ leik okk-
rum²¹. Þá svaraði Oddgeir: Enn erum vit²² eigi skildir, ok þat
skaltu vita, at Gloriant konungs dóttir sendi mér [kveðju sína í dag,
ok fyrir hennar sakir skaltu hljóta af mér enn gildara högg en áðr
hefir þú fengit. En þat skaltu²³ vita, segir hann, at sýnt er á²⁴
hjálmi þínum, því at af hefi ek höggvit allan búnaðinn²⁵ er á var,
bæði gull ok silfr ok gimsteina, ok ef hann væri eigi af [hörðu stáli,²⁶
þá munda ek nú hafa skilt höfuð þitt við²⁷ búk, ok mundir þú²⁸
lítt þurfa at hrósa²⁹ Gloriant konungs dóttur hvárki fyrir mér né

---

¹) [ok hégómi at engu verða *a, B, b*. ²) Sadomi *B overalt*. ³) sigr *tilf. a.*
⁴) [þú munir yfir mik stíga eðr Oddgeir muni af Karvel bera *B, b*.
⁵) [Karvel sitja *a, B, b*. ⁶) framaliga *a*; frœknliga *B, b*. ⁷) [mér verði
nökkut (til meins *tilf. b*) *a, B, b*. ⁸) [Eigi trú ek at þú hjálpir honum
mikit, er þú mant lítit hjálpa *B*. ⁹) [dagr er allr *B, b*. ¹⁰) *tilf. a,
B, b*. ¹¹) liðu *b*. ¹²) [falla skjöld minn *a*; skjöld minn (falla í gras
tilf. B) *B, b*. ¹³) fjórir *tilf. B, b*. ¹⁴) hjálm hans *a, B, b*. ¹⁵) á *a,
B, b*. ¹⁶) [Karfel hefði eigi lotit *a*. ¹⁷) *tilf. a, B, b*. ¹⁸) nökkut *a*.
¹⁹) [*mgl. B, b*. ²⁰) vit (skiljum ok *tilf. B*) léttum *a, B*. ²¹) [við skil-
jum okkarn leik *b*. ²²) mið *B*. ²³) þó *tilf. a*. ²⁴) saal. *a*; af *A*. ²⁵) [í dag
heilendis kveðju ok bað mik hlífa unnusta sínum fyrir hennar sakir, ok
skaltu fyrir hennar skyld eigi hljóta stœrri högg af mér en nú hefir þú
fengit. En auðsét er þat á hjálmi þínum, at hann hefir hörðu mœtt,
því at af honum er höggvinn búnaðr allr sá *B, b*. ²⁶) [af harðasta
stáli gerr *B, b*. ²⁷) frá *B, b*. ²⁸) þá *tilf. B, b*. ²⁹) fegrð *tilf. B, b*.

öðrum. Þá svarar Karvel: Mismælir[1] þú nú; úsynju skalt þú hœlzt hafa þessu höggvi, því at þér skal skamt vera til annars meira,[2] ef ek má nú því fram koma [sem mér býr í skapi.[3] Þá hjó Karvel til Oddgeirs [ok af flestan búnaðinn[4] skildi hans[5] ok klauf í því höggvi allan skjöldinn niðr í mundriða, ok nam sverðit [eigi fyrr staðar en í jörðu.[6] Þá mælti Karvel við Oddgeir: Ósynju komtu hingat, því at ek sé nú þat á þér, at þú munt nú eigi [undan komast, ok af því veit ek þat, at hverr er sárr hefir vorðit af sverði þessu, þá fylgir sú náttúra því, at eigi fást þeir menn er þat megi grœða.[7] Ek em konungr af Rabitalandi,[8] ok [segst yfirkominn, tak ráð af mér, gef upp vápn þín ok gakk á hönd mér, þigg þá af mér helming ríkis þess sem ek nefnda áðan. Jlt þikki mér at týna lífdögum þínum, jafngóðr drengr sem þú ert;[9] ok á þat ofan skaltu hafa Gloriant konungs dóttur með mikilli heimanfylgju. Þá svarar Oddgeir: [10]Ódrengsskap mælir þú nú, er þú biðr þess, at ek skula gerast dróttins sviki. Gloriant konungs dóttir er fögr ok mikill skörungr, ok [gerði faðir hennar mikla heimsku,[11] þá er hann fékk hana þér til varðveizlu, því at litla hjálp mantu henni veita mega, [þar sem þér mun ekki af ganga áðr skamt líði héðan. En fyrir hennar sakir mun ek gefa þér lítinn frið, gættu þín nú vel héðan í frá, því at þér mun skamt til gjalda.[12] Síðan hjó Oddgeir til Karvels með því inu góða sverði sem Nemes hertugi fékk honum, ok klauf hjálm hans í sundr, svá at staðar nam í herðarblaðinu, ok veitti honum mikit sár. Nú sá[13] njósnarmenninir er í skóginum váru, ok sóru við guð sitt[14] Maumet, at þá sá þeir fall Karvels. Nú lýsir allan vígvöllinn af gimsteinum þeim er [þeir hafa höggvit af[15] skjöldum ok hjálmum.

25. Nú verðr nakkvat at geta viðskipta þeirra Karlots ok Sodome. Þeir sœkjast at í öðrum stað. Nú höggr konungs son

---

[1] mismæltir a. [2] ok skal þat vera sýnu gildara *tilf.* a. [3] [eptir vilja B, b. [4] af *tilf.* a. [5] [*mgl.* B, b. [6] [þá staðar (því at mundriðinn var af stáli görr, elligar hefði hann klofit skjöld hans allan *tilf.* B, b) a, B, b. [7] [á brott komast héðan, því at hverr sá er sárr verðr af sverði mínu, þá fær hann engan þann lækni at þat sár grœði. B, b. [8] *saal.* a; Tabitalandi A; Persidalandi B; *mgl.* b. [9] [tak ráð af mér, gef upp vápn þín ok gakk á hönd mér ok segst yfirkominn, ok þigg í gjöf at mér helming ríkis míns, því at mér þikkir ilt at týna lífi þínu, svá góðs drengs B, b. [10] ofmikinn *tilf.* B, b. [11] [sýndi faðir hennar mikla úvizku B, b. [12] [þar sem þér mun ekki af veita áðr en skamt líði héðan. En fyrir hennar sakir mun ek gefa þér lítinn frið. Gæt þín nú vel héðan í frá. En fyrir hennar sakir mun ek gefa þér lítit slag a; [því at þér man ekki af ganga er skamt líðr; en gættu þín nú vel, því at fyrir hennar sakir mun ek gefa þér lítinn frið. B, b. [13] þetta *tilf.* B, b. [14] sinn a, B, b. [15] [hrutu or b.

til[1] ins heiðna konungs ok[2] af honum [in(um) vinstra megin alt[3] ofan frá augunum,[4] svá at staðar nam í hökubeininu, ok mundi þá alt hafa af gengit, ef eigi hefði hann undan skotizt.[5] Nú mælti Karlot við Sodomam: Nú veitta ek þér þat [skamma stund,[6] er ek hét þér, ok tók ek nú erfiði[7] af mönnum þínum, at eigi þurfu þeir raka[8] skegg þitt inum vinstra megin [um alla daga lífs þíns,[9] ok muntu ferligr þikkja, ef þú kemr þvílíkr[10] fyrir [höfuðkonung yðvarn,[11] sem eigi mantu héðan koma áðr aptann sé.[12] Þá skript skal ek veita[13] þér, at lítið[14] skal þér at haldi koma ván sú, er þú segir at Maumet ok önnur skurguð yðor munu duga þér. Þá mælti Sodome: Hrósa [eigi þú skilnaði okkrum enn, mun þat sýnast,[15] hvárr okkarr berr hærra skjöld.

26. Nú er þat at segja, at þeir Karvel ok Oddgeir taka[16] at berjast, ok var sjá [einna hörðust.[17] Þá mælti Karvel: Víst er þat, at þú ert fullhugi, því at ek hefi felt 30 konunga á hólmi, ok var hverr þeirra öðrum fræknari, ok skipta ek[18] vápnum þeirra [ok klæðum,[19] ok var engi þeirra þinn jafningi hvárki at hug né riddaraskap. Nú vil ek þess biðja þik,[20] at vit hættim aptanlangt[21] ok takim til snimma á morgin, ok muntu nálgast[22] vináttu Ammirals konungs, ef þú gerir[23] svá sem ek bið,[24] ok mun hann[25] gefa þér góðar gjafir. Oddgeir svaraði: Nú [it fyrsta heyri ek þik mæla údrengskap, því at ek kom hingat í embætti Pétrs postula ok Karlamagnús konungs, ok væra ek þá dróttins sviki, ef ek eirða þér nakkvat í því sem til riddaraskapar heyrir.[26] En ef þú játtar því, at þú sér yfirkominn, þá gef upp vápn þín ok [skaltu fylgja[27] mér [fyrir Karlamagnús konung.[28] Þá svarar Karvel: Aldri skal ek á hönd þér ganga, meðan ek má [anda ok[29] upp standa, ok engum öðrum. Hver er ætlan þín, segir Oddgeir, at vísu segi ek þér, at eigi skulum vit fyrr leik okkrum létta,[30] en annarr hvárr okkarr

---

[1]) Sodome (Sadome *B*) *tilf. a, B*. [2]) *tilf. a, B, b*. [3]) [andlitit alt (andlit hans alt hinum *b, B*) vinstra megin *a, B, b*. [4]) auganu *B, b*. [5]) skorizt *B*. [6]) [litla stund *a*; högg *B, b*. [7]) starf *B, b*. [8]) saal. *a, B, b*; taka *A*. [9]) [meðan þú lifir *B, b*. [10]) svá búinn *a*. [11]) [Ammiral konung *a, B, b*. [12]) komi *B, b*. [13]) setja *B, b*. [14]) lítt *a, B, b*. [15]) [þú eigi svá brátt okkrum skilnaði, þat man enn sýnast áðr kveld komi *B, b*. [16]) nú hit þriðja sinn *tilf. a, B, b*. [17]) [allra ákafastr *a*; samkoma þeirra allra áköfust *B, b*. [18]) *tilf. a, B, b*. [19]) [*tilf. a, B, b*. [20]) er okkr berr vel báðum *tilf. a, B, b*. [21]) kveldlangt *B, b*. [22]) eignast *B*; öðlast *b*. [23]) breytir *B, b*. [24]) vil *a, B, b*. [25]) ek *a*. [26]) [heyrir ek þik tala næsta sœðru; ek em hér kominn at berjast sakir Karlamagnús konungs ok í hans þjónustu, ok er ek dróttins sviki, ef ek eiri þér nökkut í því sem riddaraskap okkrum til heyrir. *B, b*. [27]) [fylg *B, b*. [28]) [til Karlamagnús konungs *a, B, b*. [29]) [*mgl. B, b*. [30]) lúka *B, b*.

liggr eptir. Þá svarar Karvel: Tökum nú et þriðja[1] sinni til at berjast, því at ek em[2] fimari en hjörtr[3] ok grimmari en dýrit úarga. Nú berjast þeir ákafliga, ok eru högnar af þeim allar hlífar, hjálmar brynjur ok skildir. Síðan [höggvast þeir nú ok eru mjök sárir,[4] svá at skamt er benja á milli, ok [er nú lítið hvárum til úfœru.[5] En í því bili kom Danamund son Ammirals konungs fram or skógi ok 30 riddara með honum, ok sóttu [jafnskjótt á hönd Oddgeiri, ok er hann nú á fœti,[6] því at hann náði eigi hesti sínum. En jafnskjótt sem þeir sá þat Karvel ok Sodome, þá lögðu þeir vápn sín ok vildu eigi [sœkja á hendr þeim Karlot ok Oddgeiri,[7] því at þat var at úvilja þeirra gört, ok kunnu þeir þeim [illa aufúsu[8] fyrir þetta.

27. Karlot ok Oddgeir eru nú illa staddir, en þó verjast þeir vel [ok drengiliga[9] ok feldu mart [heiðingja um[10] sik, ok gerðu sér byrgi af þeim dauðum; ok eru nú fallnir flestir allir af þeim 30, en þeir sem eptir lifa eru mjök sárir. Þá kemr berserkr einn mjök svá inn bezti riddari[11] af heiðinna[12] manna liði, er Morlant[13] hét; hann sœkir Oddgeir ákafliga,[14] ok er nú [litla hóta[15] áfátt um viðskipti þeirra.[16] Svá gengr sjá fjándi nær honum,[17] at allr váði er at. Nú sér Karlot viðskipti þeirra ok ríðr nú fram at Morlant[18] ok skýtr til hans spjóti sínu ok[19] í gegnum hann miðjan ok höggr af honum höfuð síðan. Því næst koma ríðandi 40[20] riddara af heiðnum mönnum ok lögðu þegar at þeim harðliga.[21] Þá mælti [Oddgeir við Karlot:[22] Sœk undan við svá búit [á fund Karlamagnús konungs,[23] ok seg honum at mik mun ekki saka. Í því bili varð Karlot at flýja undan á ána Tifr, en hestr hans svam undir honum, en guð hlífði [ok sá hjálp koma at móti honum tvá menn af liði Karlamagnús konungs,[24] ok fluttu hann yfir ána.

28. Nú er at segja frá Oddgeiri. Hann er nauðuliga staddr á milli 40[25] heiðingja, ok höggr á báðar hendr[26] ok feldi [af þeim fleiri en hálfa, til þess at þar kemr, at hann er svá móðr, at hann

[1]) fjórða a, B, b. [2]) nú tilf. a, B, b. [3]) björn B, b. [4]) [sœrast þeir mjök B, b. [5]) [eru nú allmjök (gerast þeir fast b) mœddir B, b. [6]) [þegar at Oddgeiri ok þeim Karlot. En Oddgeir var á fœti staddr B, b. [7]) [berjast B, b. [8]) [saal. a; illa oaufuso A; enga þökk B, b. [9]) [tilf. a, B, b. [10]) [heiðinna manna umhverfis a, B, b. [11]) tilf. a, B, b. [12]) saal. a, B, b; heiðna A. [13]) Mordant a. [14]) í ákafa B. [15]) [littla bóta a. [16]) [lítilla bóta ávant um þeirra skipti B; þeirra viðskipti mjök hart b. [17]) Oddgeiri a, B, b. [18]) Mordant a. [19]) tilf. a, B, b. [20]) saal. a, B, b; 30 A. [21]) sem harðast a, B. b. [22]) [saal. a, B, b; Karvel A. [23]) [til fundar við föður þinn B, b. [24]) [honum, ok sá hann hjálp koma á móti sér, eintrjánung einn, ok váru á menn 2 af liði Karlamagnús a; [honum, svá at þá kom honum hjálp, eitt lítit skip ok á tveir menn, þeir váru af liði föður hans B, b. [25]) margra B. b. [26]) sér tilf. a.

varð at leggja vápn sín bæði af sárum ok mœði,[1] þótt honum þœtti mikit fyrir. En svá fór þar[2] sem mælt er, at engi má við margnum. En þat er sagt frá Danamund, at hann vildi eigi svá nær koma[3] Oddgeiri, meðan hann hafði vápn sín í hendi, at oddrinn af sverði hans tœki til hans. [Þá varð Oddgeir handtekinn ok er hann nú undir[4] valdi heiðinna manna.

29. [Nú er tveim sögum fram at fara.[5] Karlot [er nú kominn til föður síns,[6] ok segir honum[7] tíðendi er í höfðu gerzt, at heiðingjar hafa svikit þá í griðum ok [höndum tekit Oddgeir,[8] en ek kómumst undan með beggja okkarra ráðum at segja[9] þessi tíðendi. En [Karlamagnúsi konungi þótti mikill skaði at Oddgeiri,[10] ok mælti: Mikill missir[11] þikki mér vera [at Oddgeiri,[12] segir hann, því at engan [dreng höfum vér jafngóðan í öllu ríki váru,[13] ok eigi er þat sýnt at annarr fœðist upp jafngóðr riddari í Franz um aldr. Þá svarar Karlot: Ver eigi úglaðr, faðir, segir hann, vér skulum hefna hans, Nemes hertogi ok Tere af Vidon[14] ok enn þriði Videlon[15] jarl, en ek skal vera inn fjórði [til farar ok velja ina frœknustu menn til fararinnar, ok skulu vér eptir sœkja[16] ok létta eigi fyrr en vér nám[17] Oddgeiri af heiðingjum, hvárt sem þeim þikkir [vel eða illa,[18] með frœknleik várum. Þá svara Frankismenn: Eigi sýnist oss þat ráð at sœkja Oddgeir á þessa lund, því at hann mun nú staddr vera í millum margra þúsundraða[19] heiðingja, ef hann lifir [heldr en eigi,[20] ok mun oss dýrt verða eins manns líf, ef vér týnum [margra fyrir þat;[21] hœfir oss at fara vitrliga með þessu máli ok leita svá fremi[22] við hefnd þessa, at vér komim framar niðr[23] en gerast til at eins; [ok er svá ilt[24] at hlaupa, at maðr setist[25] aptar niðr en hann ríss[26] upp. Þá mælti Nemes hertugi [ok fjöldi annarra manna, er vitrir váru í hirð Karlamagnús konungs, at[27] meir en 400 skjalda skulu[28]

---

[1]) erfiði a. [2]) [þá 20 af þeim, ok þá var svá komit, at hann var svá móðr, at hann gat eigi varizt bæði sakir sára ok mœði, enda er þat satt (kem þat fram b) B, b. [3]) ganga a. [4]) [Varð Oddgeir nú handtekinn ok verðr nú fyrst at vera í B, b. [5]) [mgl. a, B; a stiller Cap. 29 foran 28. [6]) [ferr þar til er hann finnr föður sinn a; kemr nú til fundar við Karlamagnús konung B, b. [7]) þau tilf. a, B, b. [8]) [handtekit Oddgeir a; Oddgeir var handtekinn B, b. [9]) þér tilf. a; yðr tilf. B, b. [10]) [Karlamagnús konungr varð þessi sögu úfeginn a, B, b. [11]) skaði a, B, b. [12]) [um Oddgeir a, B, b. [13]) [höfum vér jafnröskan dreng eptir, ef vér missum hans B, b. [14]) Vtreut B, b. [15]) Edelun a, B; Odelun b. [16]) [ok síðan skolu vér velja hina frœknustu menn til farar með oss af yðru liði B, b. [17]) náim B, b. [18]) [betr eða verr a, B, b. [19]) þúsunda B, b. [20]) [mgl. B, b. [21]) [mörgum várum mönnum, en náim honum þó eigi heldr en áðr; fyrir því B, b. [22]) mgl. a, B, b. [23]) á leið B, b. [24]) [en ilt er svá fram a, B, b. [25]) komi B, b. [26]) reis B. [27]) [mgl. B, b. [28]) munu a, B, b.

vera klofnir, ok þeir drepnir er bera, fyrr en [vér náim eigi Oddgeiri danska;[1] en þó letjum vér eigi [at þessi ferð sé farin, segir Nemes, því at hefna mundi hann slíkra svika,[2] ef hann ætti þenna hlut máls sem vér eigum, ok fýsum[3] vér heldr þessarrar ferðar.

30. Nú er at segja frá Oddgeiri, at heiðingjar hafa[4] hann til Rómaborgar ok [kómu at skógarhorni einu, þar sem fagrt[5] var, ok settu hann þar niðr ok tóku af honum öll hans hervápn er hann hafði undir því tré er olife heitir, ok þótti þeim hann hafa vel varizt, ok mælti hverr við annan: Vili þér sjá Oddgeir danska inn bezta[6] riddara er verit hefir í Franz. Þar kom margskonar lýðr, ok undruðust hann Tyrkir ok Torkobus,[7] Frísir ok allskonar[8] heiðit fólk. Síðan færðu þeir hann fyrir Ammiral konung, ok mæltu allir sem eins manns munni: Konungr, lát þér hugkvæmt vera þessum manni at hefna þat[9] sem hann hefir við þik misgert ok við oss. Hann drap inn fyrra dag þann mann er beztr var í ætt várri, ok feldi fjölda annarra manna,[10] þeirra er vér ættim[11] allra vel at hefna. Þá [svarar Ammiral konungr:[12] Þó at alt veraldar gull væri við[13] honum boðit, þá skyldi hann [eigi lauss verða, heldr skal ek[14] leysa hann í liðum sundr kvikan. En í því bili kom Karvel [ok nefndi konunginn á nafn:[15] Herra konungr, segir hann, ek gékk til einvígis [fyrir þik[16] at koma löndum undir þik ok halda lögum goða várra Maumet ok margra annarra;[17] en son þinn hefir mik háðuliga gabbat [ok fældan,[18] ok mun ek heita af Frankismönnum únýtr drengr ok sakamaðr.[19] [En síðan er lið hans kom til vígvallarins með ofmetnað sinn at úboðnu eyrendi nauðsynjalaust, þá tóku þeir á braut Oddgeir inn góða dreng með svikum ok engum drengskap.

---

[1]) [Þeir fái sótt Oddgeir danska á þessa lund *a*; vér getim sótt Oddgeir á þessa leið *B, b*. [2]) [at heldr, segir Nemes hertugi, þessarrar farar, ok svá munum vér þessu lúka (svá lýk ek mínu máli *B, b*) at enskis munu vér hefna (heiðingium *tilf. B*), ef vér hefnum eigi þessarra svika, því at hefna mundi hann (vár *tilf. B, b*) *a, B, b*. [3]) hvetjum *a*. [4]) færa *a*; flytja *B, b*; *a forb. dette Cap. (30) med Slutn. af 28 saal.:* undir valdi heiðinna manna ok færa hann til Rómaborgar ok koma *o. s. v.* [5]) einn fagr staðr *a*. [6]) [settu hann síðan niðr í einum fögrum stað ok tóku af honum öll hans hervápn; sat hann þá undir einu olifatré, ok töluðu menn mart um hans ágæta vörn, ok mælti svá hverr við annan: Göngum til ok sjám Oddgeir hinn danska hinn ágætasta *B, b*. [7]) Torkubus *a*; *mgl. B, b*. [8]) mart annat *B, b*. [9]) *saal. ogs. a, B, b*. [10]) þinna *tilf. a*. [11]) áttum *a*. [12]) [sór Ammiral konungr við goð sín *B, b*. [13]) móti *B, b*. [14]) [dauða fá ok *B, b*. [15]) [í þungum hug ok mælti *B, b*. [16]) þínar sakir *a*. [17]) [við þenna mann fyrir yðra skyld til þess eins at sækja lönd undir yðr, ok veitta ek Oddgeiri tryggðir ok grið yðvarra vegna, svá at honum skyldi engi maðr granda *B, b*. [18]) [*mgl. B, b*. [19]) svikamaðr *a*; svikari *B, b*.

En nú herra konungr þá vil ek biðja þik fyrir vináttu sakir, er í millum okkar hefir verit, at þú gefir Oddgeiri inum frœkna dreng leyfi brott at fara í friði heilum ok úsköddum heim til móts við Karlamagnús konung, ok mun þat vera vel virt fyrir þér, konungr, ef þú gerir svá sem ek bið.[1] Síðan svarar Ammiral konungr: Líða mun [áðr þessi mánuðr en ek leyfa þat; ok þat segi ek þér, at[2] fyrir alt veraldar ríki[3] læt ek hann eigi lausan. Þá svarar Karvel: Eina sögu mun ek segja þér, ok skal sú vera sönn, [höfðingi em ek yfir her þessum þúsundruðum riddara, en til mín ok míns liðs þá segi ek þér enga ván, hverigar nauðsynjar er þér gerast á hendi, nema þú gefir Oddgeiri frelsi at fara hvert sem hann vill með öllum búnaði sínum ok herklæðum. Konungr svarar: Verði sá níðingr er hirðir, þótt þú hefnir[4] þat er þú hœtir.[5]

31. Síðan varð Karvel reiðr mjök við orð konungs ok reið[6] til landtjalds síns. En at móti honum géngu inir beztu [hans menn,[7] ok spurðu hann hversu honum hefði farizt. En hann sór við Maumet guð sitt, at honum hefði illa farizt: Oddgeir er svikinn í trygðum, ok hefir þat gert Danamund son Ammirals konungs enn blauðasti maðr í öllu liði váru; herklæðizt[8] sem skjótast, ok sœkjum Oddgeir ok drepum þá alla er fyrir[9] standa, hvárt sem [meira kemr til eða minna.[10] Sá konungr svarar honum er nefndr er Rodan,[11] hann réð fyrir Egiptalandi, þat liggr langt[12] fyrir utan Jórsalaland: Góðr konungr ertu, Karvel, segir hann, ok frœkn, ger eigi Ammiral konung reiðan, [lát standa nótt fyrir bræði[13] ok gef ró reiði þinni; en á morgin snemma dags þá skaltu eiga húsþing [ok stefna öllum inum beztum mönnum þínum til þín,[14] ok gör síðan sendimenn[15] til Ammirals konungs, ok bið þess at [hann láti hendr af Oddgeiri;[16] en ef hann vill eigi þat, þá skaltu [slíta vináttu þinni[17] við konung ok öllum sættum,[18] ok höfumst at síðan [þat sem þér þikkir

---

[1]) [ok kom hann með lið sitt ofbeldisfullr til vígvallar ok at mér úvitanda ok tók Oddgeir góðan dreng brott með svikum ok engum drengskap. En nú biðr ek, herra konungr, at þú gefir Oddgeiri frið ok grið sakir okkarrar vináttu at fara heim til Karlamagnús konungs, ok man þat vel virt fyrir þér þegar af öllum lýð, bæði af kristnum ok heiðnum. *B, b*. [2]) [þessi mánaðr áðr þat fæst ok *B, b*. [3]) gull *a*. [4]) endir *a*. [5]) heitr *a*; [ek em kallaðr riddari yfir þúsund riddara ok skolu vér yðr at engu liði verða, ef þér gefit eigi Oddgeiri grið, hvers (hvar *b*) sem þér þurfit við (vár *b*). Þá svarar Ammiral konungr: Verði sá níðingr at annzar til hvert þér farit *B, b*. [6]) veik aptr *B, b*. [7]) [menn af liði hans *B, b*. [8]) þér *tilf. B*. [9]) í móti *a*; fyrir (honum *tilf. b*) vilja *B, b*. [10]) [hann er meiri maðr eða minni *b*. [11]) Roduam *a*; Roddan *B, b*. [12]) *mgl. B, b*. [13]) [*mgl. B, b*. [14]) [við alla þína menn *B, b*. [15]) sendimann *B, b*. [16]) [Oddgeir danski hafi grið *B, b*. [17]) þína *a*. [18]) [segjast or (fylgd ok *tilf. B*) fylgi við hann ok veita honum aldri síðan lið *B, b*.

ráð,[1] fyrir því at með þér[2] viljum vér bæði lifa ok deyja [allir, ef þess gerist kostr.[3]

32. [Nú er at segja frá Oddgeiri. Heiðingjar undrast hann, gékk annarr flokkr til en annarr frá, ok mælti hverr við annan:[4] afburðar[5] kurteiss er þessi enn danski. En þar næst kom[6] Gloriant konungs dóttir; [hon mælti síðan til Oddgeirs[7] blíðum orðum kurteisliga, ok bað hann eigi vera [úglaðan, því at úgerla veit ek nær batna má um hag þinn.[8] Þá mælti hon við föður sinn: Konungr, segir hon, þessi inn dýri drengr er nú kominn á miskunn þína, [skipa nú[9] vel við hann, því at hann á engan frænda í hirð Karlamagnús konungs, ok mun fám þikkja undir,[10] þótt honum sé misþyrmt, hann hefir hafizt af mörgum sníldarverkum[11] sínum ok svá it sama af margskonar [drengskapar brögðum,[12] ok engan mann vitum vér nú fræknara en hann. En Karvel vin þinn er nú harðla hugsjúkr um þat, er Oddgeir er í höptum [ok at honum tjór ekki fyrir honum at biðja.[13] Ger svá vel faðir, gef honum frið[14] fyrir [mínar sakir, lát hann fara[15] heilan, ok mun þat vel virt vera fyrir þér, svá víða sem þat spyrst.[16] En Danamund var við staddr ok varð reiðr mjök orðum hennar ok mælti: Jlt pútuefni, segir hann, til margt hefir þú rausat,[17] lát af nú þegar í stað; ek sver við Maumet guð várt, [ef eigi væri hér dómr konungs, þá munda ek nú saxa þik í sundr í smá hluti[18] með sverði mínu. En konungs dóttir varð klökk[19] við orð hans ok bliknaði ok mælti á þessa lund: Danamund bróðir, segir hon, þú e t til mikill ofmetnaðarmaðr ok ætlar þú engan mann mega með[20] þik jafnast, en [ríki þitt mun eigi vinnast jafnan;[21] at þarflausu var þér at halda[22] vörð á góðum drengjum, ok fór þér [þá makliga at, er[23] þú týndir 30 riddara, er þar lágu eptir, en þú flýðir undan [af hugleysi[24] at því sinni. Síðan féktu þér 40

---

[1] [slíkt (hvat b) sem yðr lízt B, b.   [2] saal. a, B, b; sér A.   [3] [mgl. a, B, b.
[4] [Oddgeir danski er nú fyrir Ammiral konungi, ok gengr margr til at undrast hann, ok töluðu allir eitt at B, b.   [5] saal. a, B, b; aburðar A.
[6] farandi tilf. a, B; þar tilf. b.   [7] [hon sá Oddgeir úglaðan ok mælti við hann a, b; ok sá Odgeir, úgladdist hon, ok mælti hon við hann síðan B.   [8] [hugsjúkan, úgjörla veit (ek tilf. a) enn nær batna skal (nær batnar B, b) þinn hagr, a, B, b.   [9] [ok er þat nú konungligt at gera (skipa b) B, b.   [10] skipta a, B, b.   [11] snildarbrögðum a, B, b.
[12] [drengskap a, B, b.   [13] [ok honum tjáir ekki at fá hann a; hafðr ok þér vilit eigi fyrir hans orð gefa þenna mann liðugan B, b.   [14] grið a, B, b.   [15] heim tilf. a.   [16] [mín orð, ok man þat vel rómat verða fyrir þér bæði utanlands ok innanlands, ok svá víða sem þat fréttist B, b.   [17] mælt a.   [18] [at þú værir þess verð, at ek saxi þik sundr í smátt B, b.   [19] nökkut óttafull B, b.   [20] við a, B, b.   [21] ofríki þitt mun eigi jafnan (alla b) yfirvinna B, b.   [22] njósn ok tilf. a.   [23] [sem makligt var, at B, b.   [24] [mgl. a, B, b.

riddara ok týndir þeim hálfum, ok gátu þér þó trautt [sótt einn mann, enda þorðir þú aldri at honum at ganga, meðan hann bar vápn sín á lopti, eptir¹ því sem mér sýndist. Ammiral konungr kallaði þá á tvá skjaldsveina² sína Elfidan³ ok Sobin,⁴ ok mælti við þá: Varðveitið Oddgeir til morgins, en ef hann kemst frá ykkr, þá [týnið þit lífdögum ykkrum.⁵ Herra konungr, segja þeir, vit skulum [svá gæta hans, at honum skal lítil ván í brott· at komast.⁶ Þá mælti Gloriant konungs dóttir við þá leyniliga:⁷ Góðir riddarar, segir hon, ek bið [ykkr fyrir mínar sakir, at þit varðveitið vel Oddgeir danska⁸ ok [misgerit ekki við hann.⁹ En þeir játtuðu henni,¹⁰ at þeir skyldu [hans vel gæta sem sín sjálfra.¹¹

33. Nú skal segja frá Karvel. Hann ríss upp snimma um morgininn í dagan ok fór á fund Ammirals konungs, ok mælti síðan: [Þú veizt¹² þat, konungr, [hvat ek hefi fyrir þínar sakir unnit,¹³ mörg lönd sótt til handa þér ok marga hólmgöngu¹⁴ framda. Nú vil ek þess biðja þik, at þú [látir Oddgeir inn góða dreng lausan ok í brott fara¹⁵ í friði. Ammiral konungr svarar: Þess er ván engi, at hann verði [innan mánaðar¹⁶ lauss, ok þat segi ek þér heldr, at hann verðr aldri fyrr lauss en ek hefi París sótta ok Orliens. Þá svarar Karvel: Þat segi ek þér, at [þú sækir aldri París, nema þú njótir annarra manna frœknleiks, hvárki né Orliens.¹⁷ Sér þú eigi, konungr, at Karlamagnús konungr er [kominn hér;¹⁸ ok áttu nú þegar eigi kost at komast or Rómaborg né menn þínir, þó at [þeir vildi, ok hafa Frankismenn þá hugsan,¹⁹ at þú sér nú yfirkominn. En nú vil ek vita um mál Oddgeirs, hvárt [ek skal geta bœn mína eða skal ek enga ván eiga.²⁰ Þá svarar Ammiral konungr: [Þess er lokin ván, því at á morgin er dagr kemr þá skal ek láta hengja hann, ok eigi fyrir inn mesta dal fullan af gulli þá vildir þú eigi hafa slíkan dóm²¹ sem hann skal hafa. Síðan kallar Ammiral kon-

---

¹) [sóttan einn riddara á fœti, at *a, B, b*. ²) skutilsveina *B, b*. ³) Elfidalin *a, B, b*. ⁴) Sodin *a;* Sobim *B*; Sobni *b*. ⁵) [er þat ykkarr bani *B, b*. ⁶) [geyma hann sem sjálfa okkr *B, b*. ⁷) *mgl. a, B, b*. ⁸) [at þit vaktit hann vel fyrir minn bœnastað (mín orð *b*) *B, b*. ⁹) [misþyrmit honum eigi (í engri grein *B, b*) *a, B, b*. ¹⁰) því *tilf. a*. ¹¹) [hann vel plaga ok gera með hann sem þeir kynni bezt *B, b*. ¹²) [görla veiztu *a*. ¹³) [at ek hefi *B, b*. ¹⁴) orrostu *B, b*. ¹⁵) [gefir Oddgeir liðugan ok lát hann fara héðan *B, b*. ¹⁶) [þenna enn næsta mánuð *a, B, b*. ¹⁷) [þú s. a. París nema þú n. an. m. frœknleiks ok eigi heldr Orliens *a*; hvárki mantu sœkja París né Orliens, nema þú njótir annarra við *B. b*. ¹⁸) [kominn með her *a*; hér kominn með múga manns *B. b*. ¹⁹) [þér vilit, ok þat hugsa Frankismenn *B, b*. ²⁰) [hann skal lauss verða *B. b*. ²¹) [engi er þess ván, því at í dag skal hann hanga, ok eigi fæst hann fyrir hinn mesta dal fullan af gulli, ok aldri vildir þú fá slíkan dauða *B, b*.

ungr [menn sína ok mælir, at þeir skyli[1] reisa gálga. En Karvel konungr úgladdist mjök við orð þau ok skildist við konung ok fór til sinna manna. Síðan seinkaði hann eigi ætlan sína ok hljóp á hest sinn ok hleypti á brott skyndiliga, ok létti eigi fyrr en hann kom til[2] Karlamagnús konungs. En Frankismenn urðu þegar varir við kvámu hans, undruðust ok allir, bæði af Peitu ok brezkir[3] menn ok þeir af Norðmandi ok af Angio, ok mælti hverr við annan: þessi inn sami berserkr er hér nú kominn [er barðist við Oddgeir á hólminum, þat er nú vel at hann er hér kominn[4] ok skulum vér nú týna honum.[5] Hann reið ákafliga, ok mátti engi maðr festast[6] við hann, ok sté eigi af hesti sínum fyrr en hann kom [til landtjalds[7] konungs, ok heilsaði honum vel ok kurteisliga ok mælti við hann síðan: Eigi skaltu þat reyna, at ek hafa svikit Oddgeir; nú em ek kominn hingat [til þinnar tignar ok ríkis með þeirri skipan, at þat skaltu vita ok allir menn þínir, at ek em hér kominn at vilja mínum ok sjálfræði, ok skaltu fá mér slíkan dauðdaga,[8] sem þú spyrr at Ammiral konungr fær Oddgeiri, fyrir því at ek vil hvárki at þú né menn þínir mistrúi mik um þat, at eigi hafi[9] ek veldit[10] svikum þeim sem við Oddgeir váru höfð; ok eigi skulu heldr várir menn ætla þat, því at eigi vildi Oddgeir mik [svíka heldr en ek[11] hann. Þá svarar Karlamagnús konungr: Þú skalt vera velkominn vinr. Ok vísaði honum til góðs sess sem vert var.[12]

34. [Nú skal segja frá heiðingjum. Þeir urðu illa við brautför Karvels konungs síns ok lánardróttins, ok samnaðist[13] saman meir en 20 þúsundir riddara, ok gengu allir fyrir Ammiral konung ok mæltu: Herra, [sögðu þeir, haf rétt mál við oss;[14] Karvel var í handsölum við Oddgeir, en Danamund son þinn tók hann með svikum ok údrengskap frá Karvel konungi. Nú ger vel konungr, gef [Oddgeiri gang ok frið[15] ok lát hann fara til Karlamagnús konungs herra

---

[1]) [á sína menn ok biðr þá (bað B) a, B, b. [2]) hers *tilf. a.* [3]) ebreskir B. [4]) [*tilf. B, b.* [5]) *fra* þessi inn *osv. har a:* þenna sama berserk er veldr kvölum Oddg. danska skulum vér nú drepa hann. [6]) festa orð a. [7]) [fyrir landtjald a, B, b. [8]) dauða a. [9]) hefi a. [10]) valdit a. [11]) [svíkja, var þat því eigi rétt, at ek sviki a. [12]) *fra* [til þinnar tignar *osv. har B, b:* á yðrar náðir með þeim vilja, sem þér skulut heyra, at þvílíkan dauða sem þér heyrit sagt at Ammiral konungr lætr fá Oddgeiri, slíkan dauða fái þér mér; fyrir því at ek vil hvárki, at þér né yðrir menn mistrúi mik um þat, at ek hafi valdit svikum við Oddgeir, ok eigi munu várir menn þat tala, því at þat væri eigi réttligt, at ek hefði hann svikit. Karlamagnús konungr mælti: Vel ferr þér, góðr drengr, segir hann, ok skaltu vera velkominn með oss, meðan þú vill hér vera. Ok vísaði honum til sœmiligs sætis, svá sem vert var. [13]) [Svá segist at þjónustumenn ok alt þat fólk, sem Karvel var höfðingi yfir, bar mikla hrygð af hans brottferð, ok söfnuðust B, b. [14]) [hugsit um hvat rétt er B, b. [15]) [upp Oddgeir a.

síns.[1] En konungr[2] einn mælti í móti því, sá er nefndr er Gala-
thien,[3] at Oddgeir skyldi or höptum lauss vera. Hann mælti viðr
Ammiral konung: Ef þú vilt heilt ráð af mér hafa, þá láttu Odd-
geir aldri undan komast, því at engi maðr hefir jafnilt gert á þér
ok þínum mönnum, ok svá mun enn, ef hann [kemst í brott.[4] En
Sodome,[5] konungr sá er á hólm hafði gengit við Karlot son Karla-
magnús konungs, hann [kunni honum illa aufúsu[6] fyrir orð sín,[7]
ok mælti við Galathien: Mikinn údrengskap mælir þú, segir hann,
er þú mælir at móti at gefa grið[8] Oddgeiri danska, ok hefir Ammi-
ral konungr of mikla ást[9] á þér, Galathien, því at fyrir skömmu
draptu þrjá ina beztu höfðingja, er í váru ríki hans, ok alla[10] frændr
hans, ok þín ráð [váru um dráp Constanti ens[11] kurteisa, ok þú
hélt[12] munlaugu, þá er honum var blóð látið ok hann hafði bana.
En Karvel er svá góðr drengr ok kurteiss, at heldr vill hann fá
bana en svíkja menn í trygðum.[13] Ok [Sodome gékk þá fram at
Galathien ok laust á tenn honum, svá at þrjár géngu or höfðinu, en
blóð nam staðar í serk honum.[14] Þá hljópu upp tveir konungar ok
fjórir hertugar, ok [stóðu á milli þeirra ok létu þá eigi ná at berjast
ok gerðu þegar sætt í millum þeirra, svá at eigi varð Ammiral kon-
ungr varr við.[15] Nú standa upp tveir[16] konungar Rodan[17] ok inn
gamli Geosner,[18] ok [allir inir beztu höfðingjar er í váru liði heið-
ingja, ok[19] géngu fyrir Ammiral konung ok mæltu við hann: Illa
[þikkir oss þat, er þú skalt svá hafa týnt Karvel jafnfrægjum[20] dreng,
at hann verðr aldri fulllofaðr. Nú viljum vér leggja til þess ráð, at
Karvel komi aptr til vár, en brottferð sé leyfð Oddgeiri danska.
Ammiral konungr svarar ok lézt illa aufúsu kunna þeim fyrir sitt
eyrendi, er þeir höfðu þá mælt, en þó at þér bregðizt mér allir, þá
mun ek hafa fengit, áðr[21] mánuðr sé liðinn, svá mikinn her sem þér

---

[1]) liðugan ok frjálsan með öllum sínum eigum *tilf. B, b.* [2]) maðr *B, b.*
[3]) Galadirin *B*, Galaditin *b, her og senere.* [4]) [verðr lauss *B. b.* [5]) Sadomi
B, b. [6]) mikla onosu(!) *a.* [7]) [gaf hér til orð *B*; varð reiðr við orð
hans *b.* [8]) ok gang *tilf. a.* [9]) *saal. B, b*; elsku *a; mgl. A.* [10]) váru
allir *a, B, b.* [11]) [drápu ok Constant hinn *a, B, b.* [12]) *saal. ogsaa a,
B;* hélzt *b.* [13]) griðum *B, b.* [14]) [eptir þetta hljóp Sadome at Gala-
dirin ok sló með nefa sínum á hans munn, svá at or géngu 3 tennr,
ok kom blóðit niðr milli klæða honum *B, b.* [15]) skildu þá ok sættu
þá skjótliga *B, b.* [16]) 3 *B, b, a.* [17]) Rodvan *a;* Roboas *B;* Rodoas *b.*
[18]) Geosner (Geofreyr *B, b*) ok Madan *a, B, b.* [19]) [allir hinir ellztu menn
af heiðingjum *a; mgl. B, b.* [20]) jafnfræknum höfðingja ok góðum *a.*
[21]) hálfr *tilf. a. B.*

hafit, ok skal ek þá fara ok taka Karlamagnús konung ok undir mik leggja alt hans ríki.[1]

35. Nú er at segja frá Karvel. Hann er nú í hirð Karlamagnús konungs vel metinn[2] ok hefir þar[3] gott yfirlæti af Karlamagnúsi konungi.[4] Nú mælir Karvel við Karlamagnús konung: Hví gefr þú heiðingjum [svá miklar náðir.[5] Tak ráð mitt, lát fara menn þína hvern dag[6] [á hendr heiðingjum.[7] Þá svarar Nemes hertugi ok þeir Edelun jarl: Satt segir þú, Karvel, segja þeir; ok svá sannaði konungr sjálfr orð þeirra ok lézt aldri hafa sét hans maka,[8] ok mælti við Karvel: Góðr vinr, segir hann, trú á guð ok [lát af fífisku[9] ok gerst minn maðr, ok skal ek gefa þér borg þá er heitir Muntolim.[10] Karvel svarar: Fyrr skal ek láta leysa hvern lim frá öðrum á mér [heldr en ek hafna guði mínum Maumet eða fella ek lög hans niðr.[11] Síðan tók Karlamagnús konungr ráð Karvels ok mælti við Karlot son sinn: Bú þik [skjótt ok lið þitt með þér[12] ok ríð á hendr heiðingjum. [Ok því næst var Karlot búinn ok hafði með sér eigi meira lið en 40 berserkja.[13] Síðan riðu þeir [leið sína[14] til Rómaborgar ok kómu undir [skógarnef nökkurt.[15] Þá herklæddist Karlot ok alt lið hans með góðum brynjum ok hjálmum. En Karlamagnús konungr sendi eptir þeim hundrað riddara, fyrir því at honum þóttu þeir [of fámennir.[16] Heiðnir menn héldu vörð á sér ok urðu þegar varir við þá, ok herklæddust þegar ok riðu í móti þeim. Síðan tóku þeir at berjast, ok mátti þú sjá stór högg, er Frankismenn gáfu ok heiðingjar. Frankismenn eru frœknir ok fimir,[17] en heiðingjar eru sterkir ok úforsjálir. Þar gerðist nú mannspell[18] mikit. En svá luku þeir sínu viðrskipti, at heiðingjar flýðu undan ok sá [sinn kost engan vænna,[19] ok fóru svá fram í hjá kastala þeim, er [liggr[20] í utanverðri Rómaborg.[21] En Gloriant konungs dóttir var í þessum

---

[1] [líkar oss er þú hefir týnt vináttu Karvels þess höfðingja er frœknastr er með oss ok bezt at sér. Nú vilju vér leggja á með yðr heil ráð, at Karvel komi aptr en Oddgeir fari lauss ok liðugr. Ammiral konungr lézt þeim úþökk kunna fyrir þessa málaleitan, ok þó at þér bregðizt mér allir, þá man ek fengit hafa jafnmikinn her um þat (áðr en b) hálfr mánaðr liði héðan, ok skal ek drepa Karlamagnús konung ok leggja undir mik alt hans ríki B, b. [2] virðr B, b. [3] góðan gang ok tilf. a, B, b. [4] ok af allri hirð hans tilf. a, B, b. [5] [ró a; frið B, b. [6] at herja tilf. a. [7] [at berjast við þá því at þess eru þeir verðir B, b. [8] né vitat tilf. B, b. [9] [kasta heiðni B, b. [10] Muntoloim a; Minthoim B, b. [11] [en ek bregðist Maumet guði mínum ● ek hafni hans lögum B, b. [12] [með miklu liði B, b. [13] [tilf. a, B, b. [14] [sem leið lá B, b. [15] [skóg nökkurn B, b. [16] [vera of fáir a; áðr of fáliðir B, b. [17] saal. a, B, b; fimar A. [18] mannfall B, b. [19] [eigi annat líkara B. [20] utan borgar tilf. a. [21] [stóð mjök utarliga í borginni B, b.

kastala ok var gengin í vígskörð at litast[1] um, ok varð henni lítið til viðrskiptis þeirra, ok kennir þar Danamund bróður sinn, ok sá at Karlot son Karlamagnús konungs elti hann. Síðan kallar hon á Karlot blíðliga ok mælti: Hverr riddari ertu, er svá [ert djarfr[2] at þú þorir[3] at elta son Ammirals konungs, ok auðkendr hefir þú verit í dag í[4] öllum herinum. En Karlot nam staðar ok svaraði henni: Hver ertu, in fagra mær, er [svá ákafliga[5] mælir til mín, ek hefi lengi[6] hlýtt til orða þinna. Hon svarar: Ek em Gloriant konungs dóttir, ok vil ek at þú segir mér, ef nökkurr er sá maðr í hirð Karlamagnús konungs, er Karvel heitir; hann var unnasti minn um [hríð, ok vil ek at þú berir honum orð mín, ok segir at ást sú öll er vit höfðum okkar í millum at[7] hann hefir nú hafna endaða, ok tel ek hans völd í því en eigi mín; seg honum þau tíðendi önnur, at ek hefi Oddgeir inn danska í minni varðveizlu, ok er honum enskis áfátt.[8] Nú ræð ek þér heilt, ríð nú undan, fyrir því at nú [eru hingat á för meir en 20 þúsundir heiðingja, ok áttu enga viðstöðu móti þeim.[9] Ok þá veik Karlot undan með lið sitt [ok (kom) farandi í Franz, ok var sá beztr, fyrir því at þá var úsómalaust undan at flýja, ok hann hafði þá unnit sigr á heiðingjum, en lítil ván ef hann hefði lengr við haldizt at hann hefði með lífi brott komizt.[10] En [Ammiral konungr flýði undan til Rómaborgar, en at móti honum kómu 20 konungar, ok spurðu allir hversu honum hefði farizt.[11] Hann svarar: Jlla hefir mér farizt, vér flýðum undan ok höfðum týnt af liði váru mörgum fjölda riddara, ok eigum vér þat engum manni at kenna nema Karvel, því at hann hefir gert mér mikla skömm ok hefir oss selt alla af hendi sér.[12]

36. Í því bili kómu fram farandi 7 sendimenn fyrir Ammiral konung, ok stigu af hestum sínum allir ok mæltu heilsandi: Herra

---

[1]) sjást B, b. [2]) [mikla dirfð berr á þik a. [3]) saal. a, B, b; þorðir A. [4]) af B, b.
[5]) [mgl. B, b. [6]) um hríðar sakir a; um hríð B, b. [7]) saal. a; ok A.
[8]) [stund. En seg honum þau mín orð nú, at enduð er ást með okkr, ok tel ek hann því valda; seg honum ok, at Oddgeir danski er í minni geymslu, ok líkar honum nú vel b, B. [9]) [sækja eptir þér 20 þúsundir heiðingja ok máttu enga mótstöðu veita B, b. [10]) [ok kom farandi til Franz, ok var þá ósómalaust undan at flýja, því at hann hafði þá sigr unnit á heiðingjum þann dag, ok hann hafði gefit pipar blóði blandinn, ok fór síðan til Karlamagnús konungs a; [yfir ána Tifr, ok var honum þá ámælislaust aptr at leita, því at hann hafði unnit á þeim degi fagran sigr; kom hann síðan aptr til Karlamagnús konungs B, b. [11]) til tekizt a.
[12]) [Danamunt konungs son reið til Rómaborgar með því liði sem undan komst, ok til móts við Ammiral konung föður sinn, ok sagði honum, hvat í hafði gerzt. Konungr lét lítt yfir þeirra ferð ok sagði þetta engum manni mega kenna nema Karvel, því at hann hefir oss brugðizt ok gengit á sína trú. B, b.

konungr, ver kátr ok glaðr, því at vér höfum góð tíðendi þér at
segja, þau[1] at liðveizla kemr þér mikil utan af löndum af mönnum
þeim, er kallaðir eru Robiani,[2] ok þeirra[3] er heita Barbare, en kon-
ungr sá er [nefndr Cordes,[4] ok sá höfðingi [annarr er Sueifr,[5] hann
er af landi því er Mongandium heitir. En lýðr þessi var búinn til
ferðar inn fyrsta dag [aprilis mánaðar,[6] þat köllum vér einmánuð.
Eru þeir nú komnir til borgar þeirrar er Baor heitir, hon stendr á
Púlslandi, þar skildumst vér við þá með svá mörgum drómundum
ok galeiðum, at engi má tali á koma, ok er þat fólk svá ilt viðr-
eignar, at síðan Gondoleas risi var í heimi þá hafa engir [jafnhvatir
verit[7] sem þessir eru, ok því einu kvíða þeir, at Karlamagnús kon-
ungr þori eigi at bíða þeirra, ok ætla þeir hann munu þegar flýja,
er hann spyrr [at þeir eru komnir til móts við yðr.[8] En er sendi-
menn luku sínu eyrendi,[9] þá stóð upp Danamund son Ammirals
konungs ok talaði sitt eyrendi á þessa lund: Rangt hafa þeir spurt,
segir hann, er þeir ætla þat sem eigi man vera, at Karlamagnús
konungr muni eigi þora at bíða þeirra. Ek hefi [átt í móti honum
þrjár fólkorrostur, ok týnda ek í hvert sinn meir en 20 þúsundum,
en umfram þei· bardagar er smáir váru í[10] mörgum sinnum; en
því mun ek heita ok þat efna, at ek mun eigi hefja ina fjórðu í
móti honum, ok þat ráð viljum vér eiga með feðr várum,[11] at hann
[viti til landa sinna aptr ok týni[12] eigi fleira af liði sínu en nú hefir
hann áðr týnt, því at þat þikki mér meiri ván, at engum manni
muni þat hlýða at halda orrostu í móti Karlamagnúsi konungi. En
ef hann vill eigi vár ráð taka, þá mun hann fá[13] sér stór lýti ok

[1]) því *a*. [2]) Robians *a*. [3]) þeim *a* [4]) [af landi því er Cordes heitir *a*.
[5]) [með her sínum er Sueipr heitir *a*. [6]) [í mánaði þeim er aprilis
heitir *a*. [7]) [*saal. a*; jafnhvata *A*. [8]) [kvámu þeirra til þín *a*. [9]) *Be-
gyndelsen af dette Capitel hertil lyder i B og b saaledes*: Ok í því er þeir
höfðu þetta at tala, kómu fyrir konunginn 7 menn, þeir stigu af hestum
sínum ok kvöddu hann sœmiliga, ok eptir þat báru þeir fram sín erendi
ok mæltu: Vér höfum herra, sögðu þeir, at segja yðr góð tíðendi,
konungr af Cordes, er Feridan heitir, ok Svef konungr af Mondangim
koma hér skjótt til liðveizlu við yðr; þeir hafa úflýjanda her, ok váru
þeir albúnir heiman fyrsta dag aprilis mánaðar, en vér skildum á Púls-
landi í borg þeirri er Bern hét; þeir hafa galeiðr ok drómunda svá
mart, at eigi má tali á koma, ok er þat fólk svá ilt viðreignar, at eigi
munu grimmari menn, ok því einu kvíða þeir, at Karlamagnús konungr
þori eigi bíða þeirra, ok ætla þeir hann þegar flýja munu, er hann
spyrr þeirra tilkvámu. [10]) í *mgl. a*. [11]) [háit við Frankismenn þrjár
fólkorrostur, ok týndum vér í öllum allmiklu liði, ok hefi ek varla fyrir
fundit röskara fólk, ok því man ek heita ok þat efna, at minn skjöld
ber ek eigi hit fjórða sinn móti Karlamagnúsi, ok þat ráð gef ek föður
mínum *B, b.* [12]) [viki heim til landa sinna ok ríkis ok týndi *a*. [13]) á
tilf. a.

öllu liði sínu. Ammiral konungr svarar syni sínum: þat veit ek víst,[1] segir hann, at hvatki er menn segja, þá ertu aldri minn son, því þú ert æðrufullr ok [illr raunar,[2] ok aldri á konungs son svá at vera, ok þat segi ek þér víst, at þegar er vér höfum lagt Frakkland undir oss ok mikit annat af ríki Karlamagnús konungs,[3] at eigi skaltu hafa svá mikit af því ríki [at vert sé eins pennings[4] [þess er proentun[5] heitir.[6] þá svarar Danamund: [Slíka heimsku heyrða ek aldri fyrr mælta; héðan er hálfs mánaðar ferð til Mundíufjalls, segir hann, en annat slíkt til Parísar í Franz, ok þat skaltu vita, at síðan er enn löng leið til kastala ins helga Marteins, en breskir[7] menn eru vápnslœgir, ok vill engi yðvarr eiga við þá fleira en ek hefi átt. En ef ek væra nú staddr á Norðrlandi at Andres stofu eða í öðrum stað góðum, því skylda ek heita, at ek skylda aldri koma til Rómaborgar eða til Antiochiam, ok eigi heldr til Púlslands né Miklagarðs. En eigi em ek regimaðr eða hugblauðr, þó faðir minn segi þat, fyrir því at ek hefi reynt hug Frankismanna ok riddaraskap, ok veit ek eigi lifandi menn[8] betri drengi en þeir eru. Ok meðan þeir höfðu þetta at tala, þá koma þar farandi þessir menn, sem áðr eru nefndir. Ok jafnskjótt sem Ammiral konungr spurði þeirra kvámu, þá gékk hann út af borginni í móti þeim ok fagnaði þeim vel ok þakkaði þeim þangatkvámu sína. Ok jafnskjótt spurðu þeir hann, hvat hann vissi til Karlamagnús konungs hvítskeggs. En Ammiral konungr svarar: Hann er, sagði hann, á för ok vill eiga við oss orrostu. Þeir mæltu: þat eru góð tíðendi, því at enskis erum vér jafnfúsir sem at berjast við enn gamla, ok þat skal hann segja, at hann fékk aldri jafnharða sókn sem sjá skal vera, ef hann bíðr vár.[9]

[1]) [fari heim aptr til ríkis síns, ef hann vill eigi týna sínu lífi ok sinna manna, því at engum man hlýða at halda stríð móti Karlamagnúsi konungi. En ef faðir minn vill eigi þessi ráð þekkjast, þá mun hann fá miklu meira skaða en hann hefir áðr fengit. Ammiral konungr svarar syni sínum af reiði mikilli: þat veit hinn helgi Maumet *B, b*. [2]) [dáðlausa drengr *B, b*. [3]) slíkt sem vér viljum *tilf. a*. [4]) [sem eitt fótmál *b*. [5]) proventum *a*. [6]) [mgl. *B, b*. [7]) berskir *a*. [8]) í dag *tilf. a*. [9]) [Mjök úheyriliga talar þú, faðir, segir hann, því at ek hygg, at eigi þú ok engi þinna manna hirði fleira at skipa (skipta *b*) við Frankismenn en ek; ok Frakkland munu þér aldri vinna eða önnur ríki Karlamagnús konungs, því at þegar er þú sér merki Karlamagnús konungs, þá þorir þú eigi svá langt fram at ganga, at þat sé þverr fótr (þvers fótar *b*). En ek vænti þess, at fleira man við þurfa en dul ok hól, ef þú sigrast á þeim, ok man þat at sönnu verða, at stóryrði þín munu meira mega í sessi en á hesti. En þóat ek hafi opt úsigr farit fyrir Frankismönnum, þá er þat meir af vaskleik þeirra en af hugleysi mínu, ok man ek þat ætla ok mæla, at eigi sé til traustari menn en þeir eru. En þá er þeir töluðust þetta við, þá kómu þeir sömu konungar sem áðr er af sagt.

37.[1] Nú [hefir mikit vaxit lið Ammirals konungs. Þar er kominn til hans konungr sá er Burnament[2] heitir, hann hefir með sér 20 þúsundir hermanna, hann ræðr fyrir engum löndum, því hann vill eigi; hann hefir allan sinn aldr verit í bardögum ok verit herkonungr mikill, en þat lið sem honum fylgðu[3] má aldri vera fyrir utan bardaga, ok ef eigi eru aðrir til, þá berjast þeir sjálfir. En jafnskjótt sem þessi maðr kom til, þá átti Ammiral konungr[4] húsþing við allan her sinn ok sagði þeim ætlan sína. Ok er því var lokit, fór Burnament til landtjalds síns ok herklæddist, fór fyrst í brynju sína, þá er lýsti af sem af inum dýrstum gimsteinum, ok gyrði sik sverði sínu. En menn hans leiddu fram hest hans, ok höfum vér eigi[5] heyrt sagt frá betra hesti, hann er nefndr Bifolen,[6] hann hefir kastat fernum tönnum. Burnament hljóp á bak honum [ok reið í brott leið sína einn samt,[7] ok nam eigi fyrr stað en hann kom yfir ána Tifr. Hestr hans var [þeirrar náttúru,[8] at honum var jafnkringt at svima [með hann á sjá ok á vatni[9] sem renna á landi.

En Ammiral konungr stóð þegar upp í móti þeim ok fagnaði þeim vel ok þakkaði þeim mikilliga sína þarkvámu. En þeir spurðu þegar, hvar hinn hvíthári væri Karlamagnús konungr. Ammiral konungr svaraði: Hann er nú á ferð kominn hingat ok vill berjast við oss. Þat er góð saga, sögðu þeir, því at vér ugðum þat eitt, at hann mundi eigi þora at bíða vár, en þó gerði hann sem fól, er hann flýði eigi þegar hann spurði til várra ferða, ok skal hann þat sanna, at þá hit fyrsta skal hann fengit hafa bardaga, er vér finnumst. En viðr þessi orð varð Ammiral konungr svá kátr, at hann vissi varla, hvárt hann hafði sik eða aðra *B, b*.

[1]) *Da Capp. 37 og 38 afvige betydelig i B og b, anföres de fuldstændig nedenfor efter disse Haandskrifter.* [2]) [er kominn til liðs við Ammiral konung sá maðr er Burnement *a*. [3]) fylgði *a*. [4]) þegar *tilf. a*. [5]) *tilf. a*. [6]) Berfolinn *a*. [7]) [*mgl. a*. [8]) [með þeim hætti *a*. [9]) [undir honum á sæ eða vötnum *a*.

---

37. Nú skal frá því segja at sá maðr kom til Rómaborgar er Burnament hét. Hann hefir með sér 30 þúsundir riddara, hann réð fyrir engum löndum ok bar þó konungs nafn. En þat lið er honum fylgir má aldri [án vera[1] bardaga, ok ef eigi eru aðrir til, þá berjast þeir sjálfir. En Burnament hefir um allan aldr verit í bardögum, hann var mikill vexti ok illr kosti, svartr á hár ok hörund; hann má engan mat eta nema hrán[2] ok eigi vín drekka nema blóði væri blandat; hann hafði gul augu sem kettir, ok þó enn skygnri um nætr en daga. Þessi maðr var fullr galdra ok gerninga ok flærðar, ok mundi hann tröll kallaðr vera, ef hann kœmi norðr hingat í heim.[3] En þegar er þessi maðr kom til konungs, þá hafði hann þing viðr menn sína alla hina vitrastu. Ok þegar því var lokit, þá gékk hann til landtjalda sinna ok herklæddi sik, ok fór í brynju þá er svá birti af sem af gimsteinum hinum beztum; hon var með átján litum. Síðan gyrði hann sik sverði, því er átt hafði

[1]) [lifa án *b*. [2]) hrátt *b*. [3]) lönd *b*.

En þá tókst¹ illa til kristnum mönnum, er verr var. Nemes hertugi ok Edelon jarl ok Jofrey inn þriði, hann var ok mikill höfðingi, þessir höfðu farit² á veiðar með haukum³ ok höfðu svá vel veitt, at [þar af var klyfjaðr hestr með⁴ fuglum þeim er þeir höfðu tekit.⁵ Nú er þeir fóru⁶ heim til landtjalda sinna, þá kom at þeim farandi Burnament ok æpti hárri röddu á þá ok bað [at þeir mundi bíða hans.⁷ En Jofrey var næst honum staddr, ok sneri aptr⁸ í móti Burnament, ok áttust þeir við um hríð, en svá lauk viðrskipti þeirra, at Jofrey hneig til jarðar, en Burnament tók hest hans. Nemes reið þeim hesti er Mores hét, hann reið eptir Burnament ok þeir Edelon báðir. En Burnament reið þess at⁹ ákafligar undan, en hestar þeirra máttu ekki [fara svá mikit sem hestr Burnaments. En er þeir sá at þeir máttu ekki¹⁰ at færast, þá ríða þeir aptr til landtjalda sinna. En lið þeirra hafði dvalizt eptir í skóginum 700¹¹ riddara er nýliga höfðu verit dubbaðir til riddara. Nú er þeir sá Burnament ok kendu [at hann hafði hest Jofreys með at fara, þá hleyptu þeir eptir honum or skóginum ok tóku¹² af honum hestinn, en hann komst

¹) saal. a; tók A. ²) víða tilf. a. ³) hauka a. ⁴) [þeir höfðu klyfjaðan hest af a. ⁵) veitt a. ⁶) vildu fara a. ⁷) [þá bíða a. ⁸) hesti sínum tilf. a. ⁹) mgl. a. ¹⁰) [tilf. a. ¹¹) 7 hundruð a. ¹²) [hest Jofreys, þá tóku þeir eptir honum or skóginum ok a.

Nabogodonosor konungr, þat var faðms langt á milli hjalta ok höggstaðar, þat hafði aldri numit í höggvi stað. þá var fram leiddr hestr hans, sá er Befoli hét, eigi hefig heyrt sagt af betra hesti, ef hann væri eigi svá tryldr sem hann var. þessi hestr hafði fjórum sinnum kastat öllum sínum tönnum. Nú sté Burnament á [hest sinn¹ ok reið fram til árinnar Tifr. Hestr hans var með þeim hætti, at hann kunni jafnvel at svimma undir manni á sjó ok vatni sem renna á landi. En nú skal segja af Nemes hertoga at hann hafði farit á veiðar ok Edelun jarl ok Jofreyr, sá var einn ríkr maðr. þeir höfðu veitt svá vel, at þeir höfðu klyfjaða hesta sína af fuglveiði. En þá er þeir vildu heim² með veiðina, kom Burnament ríðandi at þeim ok bað þá bíða. En Jofreyr var þá nær staddr ok snýr aptr hesti sínum í móti honum, ok lagði Jofreyr spjóti til hans, en Burnament var þungr fyrir, ok gékk í sundr spjótskaptit³ í skildi hans. En Burnament lagði sverði sínu í lær Jofreys ok lypti honum or söðlinum ok kastaði honum aptr yfir herðar sér svá hart, at [brotnaði í honum⁴ hvert bein⁵ er hann kom á jörð. Burnament tók þá hest hans ok reið í brott með. En þeir Nemes hertogi ok Edelun jarl riðu eptir honum ok gátu eigi tekit hann, ok fóru aptr við svá búit til Karlamagnús konungs. En þeirra lið var sumt í skógi þann dag, ok kendu þeir hest Jofreys, er Burnament reið hjá þeim fram, ok nú ríða⁶ þeir allir samt á Burnament ok taka af honum hestinn, svá riðu þeir at honum hart. En Burnament reið þá⁷ svá fljótt, at á einu augnabragði var hann or augsýn þeim, ok þá mætti hann

¹) [bak honum b. ²) snúa tilf. b. ³) Jofreys tilf. b. ⁴) [hrausinn br. í honum ok b. ⁵) var lamit tilf. b. ⁶) ríða b. ⁷) undan tilf. b.

nauðuliga undan. En er hann reið fram hjá[1] þeim, kom at móti honum ungmenni eitt, er riðit hafði frá borg þeirri er Tokum hét. Burnament reið at honum[2] ok tók hest þann er hann hafði með at fara. En þat er at segja frá hesti Burnaments, at þar váru hlaupnar í meinvættir, djöflar kvikir, ok fyrir þær sakir var hann svá[3] fimr, at Frankismenn máttu [engum kosti hans fund nálgast.[4] En hann létti eigi fyrr en hann kom til Rómaborgar. Ammiral konungr gékk í móti honum ok spurði hann tíðenda. Hann lét vel yfir ferð sinni ok sagði konungi, at hann hafði drepit tvá riddara af kristnum mönnum ok tekit tvá hesta [ina bezta er í eru her[5] Karlamagnús konungs, ok nú hefi ek sýnt Frankismönnum frœknleik minn, en nú vil ek sýna þér hest þann er ek tók af þeim, en annarr komst undan. Þá svarar Ammiral konungr ok mælti við Burnament: Nú má sjá hverr drengr þú ert ok mikill höfðingi; nú gef ek þér Gloriant dóttur mína, ok þitt skal Franz vera, því at ek sé, at þér mun lítit fyrir verða[6] at vinna þat. Nú svarar Burnament: Þetta it sama var ok eyrendi mitt hingat, en ekki annat. Ok tók síðan glófa konungs[7] ok þakkaði honum gjöfina.[8] En hirðmenn Karvels mæltu

[1]) saal. a; frá A. [2]) þeim manni a. [3]) kvikr ok tilf. a. [4]) [eigi koma saman við hann a. [5]) [er beztir váru í öllum herinum a. [6]) mgl. a. [7]) hans a. [8]) vel a

---

ungum manni einum, er riðit hafði hesti lávarðs síns til brunns. Hann reið at honum ok rak hnefa sinn við eyra honum, svá at haussinn brotnaði allr í smátt.[1] Síðan tók hann hestinn ok létti eigi fyrr en hann kom til Rómaborgar. En Ammiral konungr stóð upp í móti honum ok spurði tíðenda. En hann lét vel yfir ferð sinni ok kvaðst drepit hafa 2 riddara af kristnum mönnum ok tekit 2 hesta þá sem beztir eru af hestum Karlamagnús konungs, ok megi þér sjá hér annan. Þessu varð Ammiral konungr feginn ok mælti síðan: Nú má sjá, hverr afreksmaðr er þú ert ok höfðingi; nú gef ek þér Gloriant dóttur mína ok þar með alt Frakland, því at ek sér at lítit verðr þér fyrir at vinna þat af Karlamagnúsi konungi. Þá svarar Burnament: Þat var ok helzt erendi mitt hingat, segir hann, því at mér sýnist engis vert röskum mönnum at berjast við Karlamagnús konung ok við menn hans, ok hefir honum dregit til mikillar úgiptu, at hann dró þá dul á sik at bíða mín heima. Nú fékk Ammiral konungr honum glófa sinn,[2] at þetta skyldi nú haldast sem þeir höfðu talat. En þar váru við staddir hirðmenn Karvels konungs, ok mælti hverr við annan: Þat er nú skaði, sögðu þeir, at herra várr Karvel veit nú eigi hvat til[3] er, at Gloriant konungs dóttir unnosta hans er nú játtuð öðrum manni, ok meiri[4] ván ef hann vissi, at hann mundi launa honum glófann eigi hœgliga áðr hann kœmi á hennar faðm. Þá mælti einn þeirra: Segjum hinum danska til, ok vitum ef hann vill nökkut at gera sakir Karvels konungs.

[1]) smá mola b. [2]) til vitnis tilf. b. [3]) um b. [4]) væri b.

hverr við annan: Skaði er þat mikill, er Karvel höfðingi[1] várr veit eigi þau tíðendi er nú gerast, at Gloriant konungs dóttir unnasta hans er nú gefin[2] öðrum manni. En þat vitum vér víst, ef hann væri lífs ok lauss,[3] at hann mundi gefa[4] honum ilt faðmlag, [ef þeir hittast. Væri svá vel at inn danski væri lauss or myrkvastofu, þá mundi hann gera þat drengskaparverk fyrir sakir Karvels, ef hann spyrr þetta, at verja konungs dóttur fyrir þessum vánda manni Burnament.[5]

38. Nú er svá komit,[6] at þau Oddgeir ok konungs dóttir léku at skáktafli. En þar kom farandi hirðmaðr einn ok sagði þeim þessi tíðendi, hversu hverft Ammiral konungr hafði ráðit. En þau urðu við þat eyrendi bæði illa. Þá mælti Oddgeir á þessa lund: Karvel vin minn ok inn bezti drengr ok inn kurteisasti, illa hefir nú til tekizt, ef annarr maðr skal hafa unnustu[7] þína, en eigi þú. En þat er þó alt fyrir sakir tryggleiks þíns ok drengskapar, er þú lýstir við mik. En nú vilda ek, konungs dóttir, at þú gætir þat af föður þínum, at hann lofaði mér at ek [talaða nakkvat[8] orð við hann, ok vilda ek lýsa fyrir[9] öllum her hans, at þessi maðr Burnament hefir þegit rangliga þessa gjöf, ok á þat eigi at vera at nökkurr maðr fái annars manns festarmey utan[10] dauði hans sé spurðr. Konungs dóttir svarar: Ek skal þat sýst geta, því at eigi er mér þat síðr í hug en þér. Oddgeir þakkaði henni. Eptir þat reis hon upp þegar jafnskjótt ok gékk at finna Ammiral konung föður sinn.

[1]) dróttinn *a*. [2]) ætluð *a*. [3]) ok úbundinn maðr *tilf. a*. [4]) gera *a*.
[5]) [En þat uggum vér nema hinn danski geri drengskaparverk fyrir sakir Karfels, ef hann spyrr þetta, ok svá vel at hann væri þá stund or myrkvastofu *a*. [6]) *mgl. a*. [7]) festarkonu *a*. [8]) [mælta nökkur *a*.
[9]) *mgl. a*. [10]) nema *a*.

---

38. Ok þá gékk sá sami maðr til herbergja konungs dóttur, ok sátu[1] þau Odgeirr at skáktafli. En konungs dóttir spurði þenna mann tíðenda. En hann svarar: Skamt verðr nú tíðenda í millum, þeirra sem ill eru. Hver eru þau nú, segir hon, er Karvel dauðr? Heldr mundi hann vilja dauðr vera en þat vita, at annarr maðr skyldi eignast festarmey hans. Konungs dóttir roðnaði mjök við þessa sögu, ok varð því líkust sem þá er roðar[2] fyrir upprennandi sólu í hinu fegrsta heiði. En Oddgeir skaut taflborðinu af knjám sér ok mælti: Jlla er þat, Karvel konungr hinn bezti drengr, at annarr maðr skal eignast festarmey þína, ok ef ek hefði nú liðugan gang, skyldi þessi maðr fá eitt högg af sverði mínu ok lag af spjóti mínu, áðr þetta [yrði framgengt.[3] En nú bið ek, konungs dóttir, at þú þiggir af föður þínum, at hann lofi mér at tala nökkut við sik, ok man ek segja, at sjá vándi maðr hefir þik rangliga fengit, ok þat á eigi haldast, at neinn maðr taki festarmey annars, nema sá sé dauðr. Konungs dóttir svarar: Ek skal þat fá af honum at vísu. Ok stóð upp þegar ok gékk til föður síns.

[1]) léku *b*. [2]) himinn roðnar *b*. [3]) [féngi framgang *b*.

39. Konungr fagnaði vel dóttur sinni[1] ok mælti við hana á þessa lund: Dóttir, segir hann, ek hefi [gefit þik konungi[2] þeim er frœknastr tekr[3] til hjálms ok brynju, ok eigi gyrðir sik sverði betri drengr.[4] Þá svarar konungs dóttir: [þat er minn fullr vili,[5] at þú sjáir fyrir [mér þat sem sœmiligt þikkir vera;[6] en þat ætla ek, at hann muni mik[7] dýrt kaupa, ef Karvel spyrr þetta; eða hvar[8] er sjá inn frœkni konungr er þú ætlar mér, faðir? Þá svarar Burnament:[9] Hér máttu sjá þann, konungs dóttir, er [þér er ætlaðr,[10] ok skal ek gera brullaup[11] til þín til [virðingar Maumet[12] guði várum, ok skal ek gefa þér [a(t) morgingjöf[13] Frauz, [ok Karlamagnús konung yfirkominn skal ek fá þér í hönd.[14] Þá svarar mærin: Góða gjöf gefr þú mér ok ágæta, ef svá verðr sem þú segir;[15] en þó[16] mun ek segja þér sannyrði citt, [ef þú verðr eigi illa við:[17] Faðir minn hefir í myrkvastofu mann einn af liði Karlamagnús konungs, [ok ætla ek, at hann mun[18] eigi fara á hæl[19] á vígvelli fyrir þér svá langt at þvers fótar sé. Þá svarar Burnament: [þat skulum vit reyna, því at ek skal fá leyfi af Ammiral konungi til þess at vit skorimst á hólm fyrir sakir þeirrar ástar er ek hefi við þik lagða; ok skal ek heita þér því, at ek skal fœra þér höfuð hans hingat með mér af vígvelli ok fá þér í hönd. Konungs dóttir svarar: Vel segir þú, ef svá efnist sem nú er[20] heitið. En þegar þat er sýnt, þá skal skjótt samgangr okkarr verða. Þá mælti Gloriant við föður sinn: Oddgeir danski vill tala við yðr, ef þér vilið leyfa honum, ok væri vel, ef vér kvæmim honum til várrar trú,[21] ok yrði þér, faðir, síðan vel [til hans.[22] Konungr játtaði henni því, ok lét senda eptir honum 7 menn, en þeir sögðu honum at konungr leyfði honum at ganga til tals[23] við sik. Oddgeir gladdist við þat, ok fór síðan á konungs fund ok bjóst um áðr vel ok fimliga,[24] sem honum stóð.[25]

---

[1]) setti hana niðr hjá sér *tilf. B, b.* [2]) [gipt þik manni *B, b.* [3]) *saal. a, B, b;* telz *A.* [4]) en hann *tilf. B, b.* [5]) [því vil ek eigi á móti mæla *a, B, b.* [6]) [kosti mínum slíkt er þér líkar *B, b.* [7]) þat *b; mgl. B.* [8]) hverr *B, b.* [9]) Burmant *her B, ellers* Burnament. [10]) [þú skalt eiga *B*; þik skal eiga *b.* [11]) brúðkaup *B.* [12]) [tignar Terogant *B, b.* [13]) [á morgin at gjöf *a*; at bekkjargjöf *B, b.* [14]) [ok Parísborg ok Karlamagnús konung bundinn ok yfirkominn *B, b.* [15]) heitr *B.* [16]) nú *B.* [17]) [*mgl. B, b.* [18]) muni *a.* [19]) [þann er eigi man á hæl hopa *B, b.* [20]) hefir þú *a.* [21]) trúar *a.* [22]) [við hann *a.* [23]) viðrœðu *a.* [24]) kurteisliga *a.* [25]) *fra* [þat skulum vit reyna *har B og b:* Reynt skal þat verða, ef ek em heill, ok skal ek fá lof af Amiral konungi, at hann fari út af myrkvastofunni meðan vit berjumst, ok skolum mið (við *b*) fremja bardaga sakir ástar þeirrar sem ek hefir á þér, ok ef ek fœri þér eigi höfuð hans í hendr af vígvelli, þá lát þú kasta mér í hina fúlustu myrkvastofu er í Rómaborg er.` Þá mælti konungs dóttir við föður sinn: Oddgeir danski vildi tala með yðr, ef þér gætit orlof til, ok væri mikit

40.[1] En er hann kom fyrir Ammiral konung, mælti hann: Herra konungr, segir hann, illa hefir þú hagat fyrir dóttur þinni, er þú hefir [hana heitit[2] þessum manni en tekit frá Karvel, jafnhvatum dreng sem hann er, ok gert honum svá mikla skömm ok úsœmd; en þú ættir þat eigi at gera við hann, fyrir því at hann hefir mörg lönd þér til handa sótt, ok þat skaltu til segja, at sá er þú hefir hana gefit,[3] hann skal hana hafa dýrt keypt áðr [skamt líði héðan.[4] En þó at engi hefni þess nema ek, þá skal þó hefnt verða. En er Burnament heyrði orð hans, þá varð hann illa við ok mælti síðan: Hlýttu mér, segir hann, ákafliga verr þú þetta mál. En ek hefi þat spurt, at þit eruð félagar [Karvel ok þú ok jafnir kappar,[5] ok fyrir þær sakir fór ek utan um haf, at ek heyrða þat sagt, at engi riddari [þyrfti at[6] bera skjöld sinn í móti þér; en ef þú treystist at berjast í móti mér ok verja unnustu Karvels fyrir vináttu sakir ykkarrar, þá stefni ek þér at ganga á hólm við mik, ok skal ek happ í, ef hann vildi taka við trú várri, sem mik grunar at vera muni. Ammiral konungr játtaði því skjótt, ok var þá Oddgeir danski framleiddr fyrir hann. En Oddgeir var sem fyrr segir meiri vexti en aðrir menn. ok hafði bjart andlit ok karlmannligt, hár hafði hann rauðgult ok liðað- ist alt í lokka; hann var svá sterkr at afli, at honum varð aldri nær aflafátt, ef hann átti við mennska menn, fimr ok frœkn til allrar víg- fimi, hvárt sem reyna skyldi í burtreið eða einvígi. Oddgeir var þá fagrliga klæddr ok vel til reika, svá hafði Gloriant konungs dóttir við hann búit.

¹) *Capp. 40 og 41 anföres fuldstændig nedenfor efter B og b.* ²) [heitit dóttur þinni *a*. ³) ætlat *a*. ⁴) [en héðan sé skamt liðit *a*. ⁵) [ok jafningjar *a*. ⁶) [mætti *a*.

---

40. Hann kvaddi konunginn vel ok kurtejsliga ok mælti siðan: Herra, segir hann, illa hefir yðr nú til tekizt, er þér heitið dóttur yðvarri þeim manni er varla má maðr kallast sakir margrar illrar náttúru, en brugðit einkamálum við konunginn Karvel er vér vitum beztan dreng; ok ætti þér þat eigi at gera, svá þarfr maðr sem hann hefir yðr verit langa æfi ok unnit undir yðr með sínum frœknleika mörg konungaríki; ok ef þér vilit lofa mér at ganga á hólm við þenna mann fyrir hönd Karvels, þá skal hann dýrt kaupa áðr hann fái hana. Burnament heyrði hót Oddgeirs ok mælti til hans: Ákafliga verr þú þetta mál. Ek hefir spurt at þit Karvel erut kumpánar ok jafningjar, ok fyrir þá grein fór ek mest utan um haf, at ek heyrða sagt, at engi féngist slíkr riddari sem þú; ok ef þú treystist at berjast við mik ok verja Gloriant konungs dóttur fyrir vináttu sakir ykkarrar Karvels, þá stefnig þér til hólms at berjast við mik, ok skal ek fá af Ammiral konungi at hann lofi þér, ok ef þú sigrar mik, þá skaltu fara lauss ok liðugr af þeim fundi,[1] hvert sem þér líkar. Ok tak vápn þín ok berjumst í hólmi þeim eðr ey sem hólmganga er lögð. Þá svarar Oddgeir: Koma man ek til hólms eptir því sem mið[2] höfum talat.

¹) brott *tilf. b.* ²) við *b.*

geta leyfi af Ammiral konungi til þessarrar hólmstefnu, ok þat með[1] at þú skalt fara í friði fyrir Ammiral konungi ok öllum heiðingjum, hvert er þú vilt, ef þú kemst yfir mik í okkru viðrskipti. [Gakk ok tak vápn þín, ok skulum vit herklæðast í ey þeirri er hólmganga er mörkuð.[2] Þá svarar Oddgeir: Jafnmæli skal með okkr vera, segir hann. Nú ef þú hefir hærra hlut í okkru viðrskipti, þá skaltu hafa meyna, ok skal Karvel enga ván eiga eða tilkall síðan til hennar.

41. Nú kallar Oddgeir skjaldsvein [Gloriant konungs dóttur,[3] þann er nefndr er Remund ok mælti: Far sem skyndiligast[4] ok legg á söðul á hest[5] ok far til hirðar Karlamagnús konungs, ok létt eigi fyrr en þú hittir Karvel at máli. Seg honum, at ek hefir skorast á hólm fyrir hann í móti þessum manni er Burnament heitir; höfum mit þat svá skilt, at eigi skulum vit þaðan komast báðir kvikir; en þat er fyrir þá sök at hann ætlar sér Gloriant konungs dóttur, en oss væri þat leitt, ef vér [mættim nökkut at gera, at annarr maðr féngi unnustu hans.[6] En Remund dvaldi eigi ferð sína ok létti eigi fyrr en hann kom til landtjalda Karlamagnús konungs. En þeir er vörðinn héldu, spurðu [þeir hverra eyrenda hann færi.[7] Hann kvezt eiga eyrendi[8] við Karvel. Nú var honum fylgt á Karvels fund, ok bar Remund fram kveðju konungs dóttur ok Oddgeirs, ok sagði honum þau tíðendi er hann hafði. En Karvel var úglaðr við þat, er Ammiral konungr hafði brugðit við hann þeim máldaga er mæltr hafði verit þeirra í millum. Síðan gekk hann fyrir Karlamagnús konung ok bað hann leyfis at fara til Rómaborgar ok kvezt eiga þangat skylt eyrendi. Konungr svarar: Far heill ok vel ok kom [til vár er[9] þú vilt.

[1] skal þiggja af konungi *a*. [2] [tilf. *a*. [3] [sinn *a*. [4] harðast *a*. [5] minn tilf. *a*. [6] [féngim nökkut at gert, at hann hefði unnustu þína, Karfel *a*. [7] [hvat tíðenda hann hefði *a*. [8] tíðendi *a*. [9] [hingat þegar *a*.

---

41. Oddgeir kallar nú til sín skjaldsvein sinn, þann er Remund hét, ok mælti við hann: Legg sem skjótast söðul á hest ok ríð til hirðar Karlamagnús konungs ok seg Karvel, at ek hefir játtat mik á hólm fyrir hann viðr þann mann er Burnament heitir, ok hefir hann þat mælt, at mið[1] skyldum eigi þaðan komast báðir lífs; en sú er sök til, at hann ætlar sér Gloriant konungs dóttur, en mér [finnst ekki til þess,[2] ef ek féngi nökkut at gert, at hann tæki unnustu Karvels. En Remund dvaldi ekki ok fór til hirðar Karlamagnús konungs, ok fann skjótt Karvel at máli ok sagði honum þessa nýjung ok þar með kveðju Oddgeirs ok konungs dóttur. Karvel varð úglaðr viðr þetta, at Ammiral konungr hafði brugðit einkamálum þeirra á millum, ok sagði síðan Karlamagnúsi konungi, at hann ætti skylt erendi at fara til Rómaborgar, ok bað hann leyfis, en hann[3] játtaði þegar ok bað hann vel fara.

[1] við *b*. [2] [þikir þat illa *b*. [3] konungr *b*.

42. Síðan [fór Karvel[1] skyndiliga til Rómaborgar. En í móti honum [fóru af borginni meir en 20 þúsundir hans frænda ok vina,[2] ok spurðu allir hversu honum hefði farizt[3]. En hann sagði sem var, at honum hefði vel farizt[3], ok Karlamagnús konungr hafði[4] gefit honum leyfi at fara hvert sem hann vildi. En þat þikki mer [sem Ammiral konungr hafi[5] eigi gert höfðingliga,[6] er hann hefir heitit[7] öðrum manni festarmey mína,[8] ok víst er þat í móti mínum vilja. [Ætlan þá sögðu honum liðsmenn hans sjálfs, at engi kostr væri annarr af Ammiral konungi: en Oddgeir inn bezti drengr sem ván var skoraðist á hólm við Burnament fyrir þína skyld, ok vildi verja Gloriant til handa þér ok leggja líf sitt í ábyrgð.[9] Karvel svarar: Gott verði góðum dreng jafnan;[10] ek skal vera brjóst hans, ok em ek sjálfr makligastr til at heyja þessa hólmgöngu. Síðan gékk hann fyrir Ammiral konung, en allar þær þjóðir er þar váru undruðust hann. En konungr ávítaði hann mjök ok mælti: Jlla hefir þú gert Karvel, segir hann, er þú hefir neitat Maumet guði várum ok trúir á guð kristinna manna. Karvel svarar: Eigi hefir ek þat gert enn, segir hann; en [þat er annat mál, konungr, við vin þinn Burnament, hann[11] hefir dregit á sik[12] of mikla dirfð, þar sem hann hefir ætlat sér festarmey mína at úvilja mínum; ok ætla ek honum þat munu illa hlýða, [því at ek hugða þat,[13] at engi mundi svá djarfr gerast, at þora mundi at berjast við mik á vígvelli.[14] Burnament [heyrði orð hans ok stóð upp ok[15] mælti: Karvel, segir hann, [sœmd þín er brotin, ok á ek við þik ekki mál, því at maðr sá bauzt[17] í móti mér,[18] er Oddgeir heitir, [ok hljóp hann í sýslu þína,[19] ok vil ek þann leik fremja móti honum, sem mælt er, ef þú vilt vera[20] í borgan fyrir hann. Þá svarar Karvel: Öll lönd ok ríki er ek held af Ammiral konungi vil ek í veð setja,[21] at hann skal eigi því bregða, er [þit hafið mælt ykkar í milli.[22] Síðan sendi Karvel fjóra[23] menn eptir Oddgeiri ok [bað hann koma til sín. En jafnskjótt sem þau boð kómu til hans, þá fór[24] hann þegar þangat sem Karvel var, ok [var þegar þat sýst er áðr var talat.[25]

[1]) [bjóst Karvel ok fór *a, B, b*. [2]) [gékk fjöldi manns, frændr hans ok vinir, eigi færra en 20 þúsundir *B, b*. [3]) at farit *B, b*. [4]) hefði *B, b*. [5]) *saal. a*; hafði *A*. [6]) konungliga *a*. [7]) [Ammiral konungr hafa gert úmerkiliga, er hann hefir játtat *B, b*. [8]) minni *a, B, b*. [9]) [þá segja honum menn hans, at Oddgeir danski hinn bezti drengr hét sik á hólm móti Burn. fyrir þik, ok vildi leggja líf sitt í hættu. *B, b*. [10]) fyrir *tilf. a*. [11]) [vinr þinn Burnament *B, b*. [12]) *saal. a, B, b*; þik *A*. [13]) [en þat hugða ek *a*. [14]) [ef ek má ráða *B, b*. [15]) [*mgl. B, b*. [16]) [stafr þinn er brotinn ok á ek af því þetta mál ekki við þik *B, b*. [17]) *saal. a, B, b*; buast *A*. [18]) til einvígis fyrir þik *tilf. B, b*. [19]) [*mgl. B, b*. [20]) ganga *a, B, b*. [21]) leggja *a, B, b*. [22]) [hann hefir talat *B, b*. [23]) sína *B, b*. [24]) [kom *B, b*. [25]) [váru þar framborin mjök góð herklæði *B, b*.

43. Karvel gékk þá fram ok herklæddi Oddgeir með inum beztum vápnum er vera mátti, fyrst með góðri brynju, en síðan setti hann hjálm á höfuð honum allan [settan gimsteinum,[1] ok mælti við hann: Ek gef þér sverð mitt [ok sé ek[2] at þér sómir at bera þat, ok sver ek við trú mína ok Maumet guð várt, at ek gæfa þat eigi[3] bróður mínum né öðrum frændum mínum, þótt þeir byði fram fjóra vagna[4] af[5] gulli. Sverð þat heitir Kurtein, hafðu þat ok njót vel. Oddgeir tók við sverðinu ok þakkaði Karvel gjöf þá, hljóp síðan á hest sinn ok reið til Rómaborgar ok til eyjar þeirrar, er hólmstefna var lögð í. En Karlamagnús konungr [hafði hönd at sýslu ok sendi menn inn í skóga þá er váru í nánd hólmstefnu þeirra, ok bað þá við því standa, at heiðnir menn ætti nú eigi kost á Oddgeiri, sem þeir höfðu fyrr farit með svikum.[6]

44. Nú var Oddgeir til hólmstefnu[7] kominn ok [hafðist þar við.[8] En Burnament herklæddist vel ok skjótt, fór fyrst í brynju sína[9] ok setti hjálm á höfuð sér, þann er átt hafði [Nabagudunosor konungr,[10] ok hann gyrði sik með sverði því er átt hafði [Eleon[11] inn sterki.[12] En þat sverð var faðms langt í millum hjalta[13] ok höggstaðar, ok hafði þat aldri numit í höggvi staðar, hvat sem fyrir varð.[14] En síðan var fram leiddr hestr hans Berfolen[15] allr albrynjaðr,[16] ok steig hann á bak honum.[17] En þá kom Gloriant konungs dóttir þar farandi ok mælti við hann: Burnament, segir hon, mikill skörungr ertu, [kosta nu ok gefst vel ok lát þat spyrjast, ok eir þú[18] Oddgeiri enum danska.[19] Þá svarar Burnament: At vísu [konungs dóttir, segi ek þér þat, at ek skal eigi drepa hann, en fyrir bœn yðra þá skal ek[20] fœra þér hann kvikan. Konungs dóttir svarar: Vel mælir þú nú, Burnament, segir hon, þá skal vera samgangr okkarr, er þat er sýst. Síðan reið hann [í brott til hólmstefnu. Þá hét Gloriant á guð sinn, ok bað þess at hann skyldi aldri aptr koma.[21]

---

[1]) [gyldan ok víða gimsteinum settan *a, B, b*. [2]) [því at ek sé *B, b*. [3]) sambornum *tilf. B, b*. [4]) hlaðna *tilf. b*. [5]) rauðu *tilf. B, b*. [6]) [sendi þúsund riddara í þann skóg sem næstr var hólmstefnunni, ok bað þá koma (geyma *b*), ef Oddgeir féngi sigr, at eigi mætti heiðnir menn optar fá vald á honum með svikligum umsátum *B, b*. [7]) hólms *a, B, b*. [8]) [beið nú þess er at höndum kom *B, b*. [9]) víða ok síða *B, b*. [10]) [Helenus hinn sterki *B, b*. [11]) Elon *a*. [12]) [Nabogodonosor konungr *B, b*. [13]) hjalta *b*. [14]) var *a, B, b*. [15]) Befolen *a*; Befoli *B, b*. [16]) *saal. ogsaa a;* brynjaðr *B, b*. [17]) ok reið síðan til vígvallar *tilf. B, b*. [18]) þó *a*. [19]) [herra, segir hon, ok lát þat nú til spyrjast, at þú gangir vel fram í dag, ok hlíf þó hinum danska fyrir mína skuld *B, b*. [20]) [frú, segir hann, ek veit at ek má drepa Oddgeir í fyrsta höggi, ef ek vil, en fyrir þína bœn skal ek þyrma honum ok *B, b*. [21]) [til hólms, ok þá hét Gloriant á guð allsvaldanda svá mælandi: Heyrðu hinn máttugi

45. [Því næst sá Burnament fyrir sér hvar Oddgeir var,[1] ok œpti hárri röddu ok mælti: Jllu heilli komtu hingat, fyrir því at ek sé nú feigð á þér, [ok með sverði mínu skal ek bana þér. En ef þú vilt gefa upp vápn þín ok neita guði þínum, ok segst yfirkominn sem þú ert, þá skal ek gefa þér líf fyrir sakir konungs dóttur, því at hon hefir árnat þér miskunnar við mik, ef þú vilt þiggja.[2] En Oddgeir [þakkaði honum ok bað hann taka þau[3] laun er honum þœtti mestu skipta; en þó vil ek freista vápna þinna nakkvat áðr, ok segjast eigi fyrr yfirkominn en þat er.[4] Síðan lustu þeir hesta sína með sporum, ok reið hvárr þeirra at öðrum,[5] ok lagði hvárr til annars með spjóti, ok brustu spjótsköptin bæði[6] í sundr, ok kom hvárgi þeirra öðrum af hesti. Síðan drógu þeir sverð sín or slíðrum, ok hjó Burnament til Oddgeirs ok[7] af mikinn hlut hjálmi hans. En Burnament fylgdi eigi mjök höggvi sínu, en Oddgeir laut undan, ella mundi hann hafa drepit hann. En Frankismenn ok heiðingjar er [varðhald höfðu[8] á þeim, sá athæfi þeirra ok ugðu hvárir [sínum manni.[9] Oddgeir reiddist við högg þat, sem Burnament hafði veitt honum, ok þóttist þá vita, at hann var hraustr drengr ok vápnfimr,[10] freistaði hann þá sverðs síns ok [vildi vita, hve gott var at höggva með Kurtein,[11] ok hjó til Burnaments ok[12] af honum hjálminn allan hœgra megin, svá at brúnin fylgdi [í brott hjálmsbrotinu,[13] ok dugði honum lítt Maumet í því sinni, ok nam sverðit [eigi fyrr en í mundriða staðar.[14] Nú mælti Burnament: Bölvat[15] verði þitt líf ok svá líkamr it sama; en aldri fann ek [þann riddara, er mér gerði fyrr stóru[16] sárara en þú. Oddgeir svarar: [Skamt skal[17] þér til verra, [lítit er þetta enn af öðru, ok skal þat

> ok mildi guð, er skapat hefir jörð ok sjó (himin ok jörð *b*) ok alla luti, þá er á jörðunni alast undir himni, ok stýrir ok styrkir með margfaldri miskunn góðs manns vilja til framkvæmdar, en niðrar ok lægir ofmetnað ok illsku vándra manna, steyptu hinni ógorligstu reiði þinni yfir þessa mannfýlu hinn vánda Burnament, ok lát hann aldri aptr koma, nema honum sé þat til hinnar hæðiligstu höfuðskemdar ok hinnar sneypiligstu svívirðingar *B, b*.

[1]) [Nú ríðr Burnament til vigvallar ok sá þegar hvar Oddgeir stóð *B, b*. [2]) [Nú segst yfirkominn, sem þú ert, ok gef upp vápn þín, því at ek vil þér líf gefa fyrir sakir Gloriant konungs dóttur, því at hon bað mik þyrma þér *B, b*. [3]) þá *a*. [4]) [svarar: Varla kann ek upp at gefast at öllu úreyndu, ok munu vit prófa hversu til vill takast, því at vel má ek sjá, hversu sverð þat (þitt *b*) bítr, þó at þat sé mikit. *B, b*. [5]) sem harðast *tilf. a, B, b*. [6]) senn *tilf. a, B, b*. [7]) *tilf. a, B*. [8]) [héldu vörð *a, B, b*. [9]) [um sinn mann *a*. [10]) vígfimr *a*. [11]) [vill nú prófa, hversu Kurteinn dugi *B, b*. [12]) *tilf. a, B, b*. [13]) [hjálmbrotinu *B, b*. [14]) [staðar í mundriða skjaldarins *B, b*. [15]) burtskamt(!) *a*. [16]) [þat sverð fyrr at mér gerði sárara *B, b*. [17]) [Skjótt (Skamt *b*) man *B, b*.

gert vera í þökk við¹ Gloriant konungs dóttur, er þú ætlar unnustu þína vera skulu. Þá svarar Burnament: Ymsir skulum [vér eiga,² segir hann. Síðan hjó hann til Oddgeirs ok³ af honum⁴ nefbjörgina, ok kom þá⁵ eigi sári við hann at því sinni. Þá œpti Burnament hárri röddu ok mælti: Dauðr ertu, Oddgeir, ok er nú konungs dóttir laus frá þinni gæzlu. Oddgeir svarar: Fífisku⁶ talar þú⁷ nú, ok hjó síðan til hans á hjálminn, ok spratt⁸ sverðit af hjálminum, sem verr var, ok nam í jörðu staðar, ok [kom eigi sári við hann at því sinni.⁹ [Þá höggr Burnamend til Oddgeirs ok¹⁰ af honum allan hjálminn ok alt hárit [við svörðinn öðrum megin,¹¹ ok barg guð er eigi nam¹² djúpara, ok rann þá blóð um hann allan niðr. En hann¹³ reiddist mjök við högg þat ok hjó til Burnaments, ok klauf í sundr hjálm hans ok alt ofan í herðar ok [gékk frá¹⁴ honum dauðum. Þá mæltu heiðingjar: Nú er Burnament fallinn, en Oddgeir hefir hest hans ok sverð. Ok var þeim öllum á þessum gripum in mesta elska. Nú ferr hverr¹⁵ þeirra heim síns vegar. En Milon páfi kom þar farandi með tvær þúsundir riddara, ok gékk í móti honum¹⁶ með processíu ok hafði með sér armlegg Pétrs postula ok marga aðra helga dóma.¹⁷ Síðan tók Oddgeir höfuð Burnaments¹⁸ ok batt við [slagálar¹⁹ sér²⁰ ok reið á fund Karvels ok konungs dóttur ok færði þeim höfuðit. En þau þökkuðu honum vel þá fórn.

46.²¹ Síðan gékk Karvel fyrir Ammiral konung ok sýndi honum höfuðit ok mælti svá: Herra, segir hann, tak af mér heilt ráð ok trútt, bú ferð þína sem skjótast heim til Babiloniam ok berst eigi lengr til ríkis annarra konunga, því at ek hefir því heitit fyrir mér,

¹) [ok gerðag þetta fyrir skyld *B, b*. ²) [vit (mið *B*) höggva *a, B, b*. ³) *tilf. a, B, b*. ⁴) hjálminum *B, b*. ⁵) þó *a, B, b*. ⁶) *saal. a*; filmsku *A*; mikla fólsku *B, b*. ⁷) *saal. a, B, b*; þó *A*. ⁸) hraut *a*; stökk *B, b*. ⁹) [varð hann ekki sárr *B, b*. ¹⁰) [en hinum heiðna varð þat högg jarðgengt mjök, ok hjó síðan til hans ok *a*. ¹¹) [öðrum megin með sverðinu *B, b*. ¹²) tók *B, b*. ¹³) Oddgeir *a, B, b*. ¹⁴) af *a*. ¹⁵) *saal. a*; hvárr *A*. ¹⁶) Oddgeiri *a*. ¹⁷) [féll þá Burnament dauðr til jarðar. Ok er heiðingjar litu þat urðu þeir hræddir, ok flýði síns vegar hverr. En kristnir menn œptu sigróp. *B, b*. ¹⁸) *saal. B, b*; Burnamend *A*; B *a*. ¹⁹) slagólar *a*. ²⁰) [söðul sinn, hann tók ok hest hans *B, b*. ²¹) *Dette Capitel og de övrige til Slutningen af denne Fortælling ere tagne af B, b; Cap. 46, hvormed denne Episode af Karlamagnús Saga slutter i A og a, meddeles nedenfor efter disse Haandskrifter.*

---

46. Síðan fór¹ Karvel til fundar við Ammiral konung ok færði honum höfuðit, ok mælti síðan: Þat er mitt ráð, herra, segir hann, at vér farim [heim til ríkis várs ok landa, ok berjumst² eigi lengr til annarra konunga ríkis,

¹) reið *a*. ²) [til landa várra ok síðan heim til ríkis várs, ok berizt *a*.

sem ek man efna, at ek skal aldri berjast móti Karlamagnúsi konungi
eðr mönnum hans. En á hvern konung annan sem þú vill herja,
þá bjóðumst ek til[1] með mína menn. En ef þú vill eigi hlýða
mínum ráðum, man ek fara til Karlamagnús konungs með alt þat
fólk er mér vill fylgja, ok munu vér þá allir samt herja á þik, ok
létta eigi fyrr en vér fáim aptr unnit Rómaborg ok lagt undir hann
alt [Babilonia ríki.[2] Þá svarar Ammiral konungr: Karvel, segir
hann, þú þarft eigi at mæla svá ákafliga, því at ek vil[3] þínum ráðum
fylgja við[4] alla luti, ok ek sé þat at þú ert mér öruggr í alla staði,
en ek bíð þess aldri bætr, ef þú ferr brott frá mér. Þá mælti
Karvel: þess vil ek biðja, segir hann, attu gef[5] Oddgeiri danska
leyfi at fara til Karlamagnús konungs við vináttu þinni, ok leys hann
vel af hendi með góðum gjöfum ok gersemum, sem vert er, því at
hann hefir unnit þér mikla sœmd ok gæfusamliga, er hann rendi
þessu enu illa ráði, er[6] þú skyldir gefa dóttur þína Gloriant hinum
vánda gerningamanni. Þá lét Ammiral konungr fjóra úlfalda klyf-
jaða[7] af allskonar gersimum bæði af hinum dýrustu perlum ok hinum
ágætligustu náttúrusteinum, ok gaf Oddgeiri, ok bað konungr hann
fara í sínu leyfi hvert er hann vildi. Oddgeir þakkaði konungi vel
gjafir sínar, ok bað nú hverr þeirra annan vel fara.[8] Síðan gékk
Oddgeir til Gloriant konungs dóttur ok tók af henni lof til brott-

[1] þess *tilf. b.* [2] [Serkland *b.* [3] *tilf. b.* [4] um *b.* [5] gefir *b.* [6] at *b.*
[7] klyfja *b.* [8] lifa *b.*

því at skjótt segi ok yðr mína ætlan, at aldri eigum vér síðan orrostu í móti
Karlamagnúsi konungi. En á hvert land annat,[1] sem þér vilit fara með her-
skildi, þá bjóðumst ek til með mínum mönnum. [Þess vil ek biðja ok,[2] at
þú gefir Oddgeiri grið[3] ok leyfi at fara heim til Karlamagnús konungs ok með
vináttu yðra, ok leys hann vel af hendi sem góðan dreng skyldi með gjöfum
ok góðum gersimum. En Ammiral konungr hlýddi öllum orðum þessum, [at
hann leysti Oddgeir vel af hendi með sœmiligum gjöfum.[4] Síðan gerði Karvel
för Oddgeirs í brott sœmiliga[5] ok heilsaði[6] vel ok kurteisliga Ammiral kon-
ungi. En Karvel ok [konungs dóttir gœddu Oddgeir mörgum góðum gersi-
mum.[7] Síðan fór Karvel með Oddgeiri ok fann Karlamagnús konung ok tók
af honum leyfi ok vináttu ok öllum hans mönnum, ok hafði þó umfram[8] góðar
gjafir ok margar gersimar. [Eptir þetta sneri Ammiral konungr heim aptr
til Babilonar með öllum her sínum, ok er ekki getið at þeir Karlamagnús
konungr hafi optar orrostur áttar, svá at í þessi sögu sé ritað. En Karla-
magnús konungr fór heim til Frakklands, þá er hann hafði siðat ok í lag
fœrt Rómaríki eptir þann mikla hernað sem áðr hafði þar á legit um stundar
sakir, ok sat þá í náðum nökkura stund. Fellr hér lykt á annan þátt sögu
Karlamagnús konungs.[9]

[1] annarra *a.* [2] [Nú vil ek biðja þik þess er vera skal *a.* [3] gang *a.* [4] [*mgl. a.*
[5] í friði *a.* [6] hann *tilf. a.* [7] [Oddgeir skildust með vináttu, ok gáfu þau konungs
dóttir honum sœmiligar gjafir, ok svá Ammiral konungr. *a.* [8] aðrar *tilf. a.* [9] [*mgl. a.*

ferðar, en hon gaf honum góðar gjafir. En eptir þat fóru þeir Oddgeir ok Karvel á fund Karlamagnús konungs. Þá lét Milon páfi gera processíu[1] á móti Oddgeiri með helgum dómum ok lofsöngum ok[2] gékk á móti honum allr herr Karlamagnús konungs, ok leiddu þeir hann pávinn ok Karlamagnús konungr heim til landtjalda sinna.

47. Þá tók Milun páfi at telja trú fyrir Karveli[3] konungi, ok rœddi þar um mörgum fögrum orðum. En þá er páfinn lauk sinni rœðu, þá svaraði Karvel á þessa leið: Þú hefir mælt fagrt erindi ok snjalt, ok sé ek at mikil náttúra fylgir yðr kristnum mönnum, ok veit ek at átrúnaðr yðarr er bæði betri ok fegri ok hreinligri ok[4] betra krapti en várr átrúnaðr, ok man ek því ávalt vera vinr kristinna manna, þar[5] sem ek em staddr. En með því at ek [hefi þat nafn í sið várn borit, at ek[6] hefir drengr verit kallaðr,[7] þá þurfi þér eigi trú yðra at telja fyrir mér, [ok ek veit áðr,[8] at [sú er[9] betri. En þó vil ek eigi at svá litlu leggja drengskap minn at ganga af hendi Ammiral konungi ok neita Maumet guði mínum, sem[10] bæði hefir faðir minn ok allir frændr mínir trúat á, ok með því at ek hefi[11] mælt, at ek skal engum manni bregðast fyrr í[12] vináttu, þá sýnist mér at þat man eigi vel sama, at ek bregðist[13] guði mínu,[14] þó at ek viti annan meira ok mátkara en hann. En þat er mælt með oss, at þat þikki drengs bót vera, at maðr sé þeim í liðsinni sem[15] minna má, ok [fyrr vil ek segja yðr it sanna til í einu orði, svá sem mér er gefit,[16] þá man ek heldr láta brenna mik í eldi kvikvan[17], en ek vilja neita Maumet guði mínum ok Ammiral konungi.

48. En þá[18] er þeir töluðust þetta við, þá kom maðr hlaupandi, ok var honum gefit orlof at ríða[19] fram, því at þeir sá, at hann var eyrendamaðr. Hann gékk þegar til tjalds[20] þess er Karlamagnús konungr var inni. Hann var spurðr tíðenda, en hann spurði hvar Karvel væri. Þá var honum sagt. Hann[21] gékk þá inn í landtjald ok þangat sem Karvel var, ok bar honum kveðju Gloriant konungs dóttur ok fékk honum bréf í hendr, en hann braut þegar innsiglit ok las bréfit. En þat sagði svá: Hinum kurteisa konungi Karveli vin sínum sendir Gloriant dóttir Ammirals konungs allra góða kveðju með fullkominni ástsemd. Síðan er þit Oddgeir fórut á brott héðan, þá hefir oss at hendi borit[22] bráðlig úgipta ok margföld öfundar áhyggja af svikafullri flærð konungs af Cordes ok þeirra er

---

[1]) processionem *b*. [2]) *saal. b*; a *B*. [3]) Karvel *b*. [4]) af *tilf. b*. [5]) hvar *b*. [6]) [*mgl. b*. [7]) í várum löndum *tilf. b*. [8]) [en veit ek þó *b*. [9]) *saal. b*; þeir eru *B*. [10]) þeim er *b*. [11]) þat *tilf. b*. [12]) *tilf. b*. [13]) bregðumst *b*. [14]) mínum *b*. [15]) er *b*. [16]) [skjótt at segja yðr með einu orði *b*. [17]) kvikan *b*. [18]) í því *b*. [19]) fara *b*. [20]) landtjalds *b*. [21]) *saal. b*; þá *B*. [22]) komit *b*.

í ráðum hafa verit með honum um úráð þat er þeir hafa lengi á
legit. En nú er at fullkominni framkvæmd orðit,[1] því at á hinni fyrstu
nátt er þit Oddgeir várut á brott farnir, þá fóru þeir með öllum her
sínum [til herbergis þess,[2] er inni var Ammiral konungr faðir minn[3]
ok svaf, ok[4] brutu upp hurðir[5] ok drápu konunginn ok alla þá menn
er inni váru. En ek var höndum tekin ok em ek nú í valdi Feri-
dans konungs af Cordes, ok búa þeir nú ferð sína hvern dag ok
ætla heim[6] til fóstrlanda sinna með þessu herfangi, er þeir hafa nú
fengit. En ef þú hefir eigi gleymt nafni [Gloriant konungs dóttur,[7]
þá vil ek þess [nú biðja þik,[8] at þú skyndir[9] ferð þinni sem mest, því
at þat veit hinn máttugi Maumet, at ek vil heldr vera höggvin á
háls með hvössu sverði, en ek [vilja annan mann eiga[10] en þik.
Ok svá [mjök þori ek at mæla,[11] at fyrr skal öll skepna ganga á
móti náttúru sinni en ek skyli þér hafna. Lifit[12] vel. En er hann
hafði lesit bréfit, þá gerðist[13] hann harla[14] litverpr. En Oddgeir
var þá nær staddr ok spurði hvat hann hefði[15] tíðenda frétt. En
hann sagði slíkt sem [hann hafði af bréfinu lesit.[16] Þá mælti Odd-
geir: Félagi, segir hann, ver eigi úglaðr, [fyrir þá sök at[17] ek man
heita þér því, sem ek skal efna, at ek man eigi fyrr mat minn eta,
en [annathvárt er at þessar skemdar verðr[18] hefnt, ella bíða ek bana.
Þar var ok þá viðstaddr Karlot konungs son ok mælti til Oddgeirs
á þessa leið: Þess[19] sver ek við trú mína ok fyrir enn helga Dionis-
ium í Frakklandi, at ek skal fylgja þér í þessa ferð ok eigi við[20]
skiljast, meðan líf er í brjósti mér ok báðum okkr. En Karvel
þakkaði þeim vel orð sín, ok gékk síðan til Karlamagnús konungs
ok sagði honum tíðendin.

49. En konungr bauð honum at fara við allan her sinn at
hefna þessar svívirðingar. [Þá svarar Karvel því, at verðr seint[21]
at þeysa svá margan mann ok mikinn her, ok megu vér þat eigi
fyrir þeim[22] sökum, at Oddgeir hefir þat mælt, at hann skal eigi
fyrr mat eta en þessa er hefnt. En nú vil ek fara í þínu leyfi, ok
Karlot son þinn, ok ætla ek annathvárt at oss muni auðit verða
[við gæfu þína[23] at hefna þessa, eðr ella man ekki af verða hefnd-
inni, því at mik dreymdi í nátt, at ek skyta örum 3 til Rómaborgar,
ok þótti mér sem allar kœmi niðr í enn hæsta turn er á var húsi
því, er Feridans[24] konungr var[25] inni ok allir hinir ríkustu menn hans,

---

[1]) *saal. b*; framkvæmdit *B*. [2]) [í herbergi þat *b*. [3]) hann lá *tilf. b*. [4]) þeir *b*.
[5]) hurðina *b*. [6]) á leið *tilf. b*. [7]) [mínu *b*. [8]) [*saal. b*; um biðja *B*.
[9]) skundir *b*. [10]) [eiga annan mann *b*. [11]) [vil ek segja *b*. [12]) Lif *b*.
[13]) varð *b*. [14]) harðla *b*. [15]) hafði *b*. [16]) [á bréfinu stóð *b*. [17]) [*mgl. b*.
[18]) [þessa er *b*. [19]) þat *b*. [20]) þik *tilf. b*. [21]) [Karvel þakkaði konungi
vel boð sitt, en segir þó seint *b*. [22]) *saal. b*; beina *B*. [23]) [með gæfu
þinni *b*. [24]) Feridan *b*. [25]) *tilf. b*.

ok sýndist mér svá sem eldr kœmi upp eptir, þar sem örvarnar höfðu niðr komit, ok vaknaða ek í því at logi[1] lék yfir öllum húsum; ok veit ek fyrir[2] því at þar munum vér 3 vera við[3] þínum ráðum ok koma þeim eldi á þá, er þeim man at fullu vinnast.[4] [Nú lagði konungr þat ráð til, at svá skyldi vera[5] sem hann vildi. [En nú er at segja frá því, at þeir búast[6] Oddgeir ok Karvel ok Karlot, ok [þarf ekki at segja frá búnaði þeirra nema þat, at svá bar búnaðr þeirra af annarra manna búnaði sem þeir váru framar ok hraustari[7] en aðrir menn þeir er í þann tíma váru í veröldunni.

50. Nú ríða þeir leiðar sinnar ok höfðu eigi meira lið með sér en 3 skjaldsveina. Ok er nú ekki sagt frá ferð þeirra fyrr en þeir koma at skógi einum; þá kom þar maðr hlaupandi á móti þeim, sá var riddari einn af liði Karvels konungs. En hann [var sárr mjök, ok sá þeir þegar, at hann[8] var nýkominn or bardaga.[9] [Þeir spurðu hann tíðenda eða hvaðan hann kœmi eðr hví hann[10] væri svá búinn.[11] En hann sagði at Ammiral konungr var fallinn en konungs dóttir í valdi Feridans konungs af Cordes. En þá er Danamunt son Ammirals konungs varð varr við,[12] þá samnaði hann liði, ok váru vér þar allir þínir menn með honum ok fórum at þeim. En þeir urðu þegar varir við oss ok riðu á móti með öllum her sínum, ok tókum vér þegar at berjast í morgin er[13] vígljóst var, ok var þá fallinn meir en helmingr af váru liði, en ek flýða undan, en Danamunt var sárr mjök. En nú skundit[14] ferð yðvarri, ef þér vilit [nökkurri hjálp at þeim[15] koma, er þar eru staddir. Síðan vísar hann þeim til hvar bardaginn var. Ok þegar er hann hafði þetta mælt, þá féll hann af hestinum ok kom dauðr á jörð. Þá mælti Karvel: Fyrir sakir [slíks manns[16] fékk ek mikla sœmd af Ammiral konungi. Nú ríða[17] þeir ákafliga ok létta eigi fyrr en þeir kómu þar sem bardaginn var.[18] Ok [er svá sagt, at riðu[19] þegar fram í her heiðingja ok tóku sér þar stað allir samt ok feldu á lítilli stundu svá mikinn fjölda af þeim, at þat mundi útrúligt þikja, [ef talit væri.[20] En þegar er Danamunt varð varr við sína menn, þá eggjaði hann herinn[21] ákafliga, ok varð þá hinn harðasti bardagi, féll nú[22] af hvárratveggja liði ok þó fleira af Feridans[23] konungi.

---

[1]) eldr logandi b. [2]) af b. [3]) með b. [4]) vinna b. [5]) [Konungr bað Karvel svá með fara b. [6]) [Nú búast þeir b. [7]) [bar svá búnaðr þeirra af annarra manna búnaði sem þeir váru framar b. [8]) [mgl. b. [9]) ok sárr mjök tilf. b. [10]) [saal. b; Karvel segir hann til bæði hvaðan hann kœmi eðr hann B. [11]) leikinn b. [12]) svikin tilf. b. [13]) saal. b; ok B. [14]) þér tilf. b. [15]) [þeim at nökkurri hjálp b. [16]) [slíkra manna b. [17]) saal. b; reða B. [18]) hafði verit b. [19]) [hleyptu b. [20]) [mgl. b. [21]) hina b, [22]) mikit tilf. b. [23]) Feridan b.

Maðr hét Jakomin[1] hann var æzkaðr[2] af Damasko borg, ok var [mælt, at engi væri betri[3] riddari í allri Damasko. En þessi maðr hafði fyrstr[4] allra manna borit vápn á Ammiral konung, ok hann hefir þat mælt, at hann skal aldri renna fyrir einum, hann á 2 syni[5] ok heitir annarr Þoilos[6] en annarr Zabulon, þeir váru báðir harðir[7] ok illir viðreignar.

51. Þat er nú at segja, at Jaskomin kom at ríðandi, þar sem fyrir var Oddgeir,[8] ok lagði til hans spjóti. En Oddgeir brá fyrir[9] skildi, ok gékk í sundr spjótskaptit í skildinum. Þá lagði Oddgeir til hans ok í gegnum skjöld hans ok brynju, ok svá at á hol gékk kesjan. En Þoilus[10] son hans var nær staddr ok hjó til Oddgeirs ok klauf fjórðunginn af skildi hans ok í sundr spjótit.[11] Þá sá Karvel þetta, ok sneri at hesti sínum ok hjó til Þoilis[12] ok kom á öxlina hœgri, svá [af fauk[13] höndin, en sverðit rendi ofan með síðunni ok kom á fótinn fyrir ofan kné, ok tók[14] þar af. En þá féll Þoilis[15] af hesti sínum ok stóð aldri upp síðan. Nú kom Zabulon þar at ok sá, at faðir hans var særðr mjök en bróðir hans drepinn, þá hjó hann til Karvels. En Karlot konungs son var þar nær staddr at baki honum [ok hjó á höndina, þá er hann reiddi upp sverðit, ok beit af höndina,[16] en Zabulon kom eigi sári á hann.[17] En Jaskomin sat á hesti sínum, því at hann var sárr mjök. Hann sér nú á úfarir sona sinna, ok er þat sagt, at hann hjó til Karvels ok klauf sundr allan skjöld hans, ok sverðit hljóp í lær honum, ok varð Karvel[18] sárr mjök. Þá hjó Oddgeir til hans,[19] ok kom á hálsinn, svá at af beit[20] höfuðit bæði af honum ok svá af hestinum, er hann sat á, ok mælti: Vesöl vanmenna, segir hann, hvaðan kom þér svá mikil dirfð, at þú þorðir at bera vápn þín á móti mér. Nú er Zabulon einn eptir af þeim 3[21] feðgum, ok veik þá undan ok þangat til sem Feridans[22] konungr var fyrir, ok sagði honum fall föður síns ok bróður.

52. [Sá maðr er nú til nefndr er Svef heitir, hann er æzkaðr af landi því er heitir Montagandim, hann er náfrændi Feridans konungs[23] ok merkismaðr hans. Svef mælti til Zabulons á þessa leið: Gnægri höfðu þér frændr kávísi[24] ok lutdeilni, segir hann, en drengskap ok hreysti, ok kom sjá svívirðing yðr til handa mörgum dögum síðar en líkligt var, ok veit ek þat víst, ef Feridans konungr hefði

---

[1]) Jaskomin *b*. [2]) ættaðr *b*. [3]) [hann kallaðr beztr *b*. [4]) *saal. b*; fyrskt *B*. [5]) sonu *b*. [6]) Zoilas *b*. [7]) menn *tilf. b*. [8]) danski *tilf. b*. [9]) við *b*. [10]) Zoilas *b*. [11]) skjótskapt hans *b*. [12]) Zoilas *b*. [13]) [at af gékk *b*. [14]) *tilf. b*. [15]) Zoilas *b*. [16]) [þá er hann reiddi upp sverðit, ok í því hjó hann af honum höndina *b*. [17]) Karvel *b*. [18]) Karlot *b*. [19]) Jaskomin *b*. [20]) fauk *b*. [21]) *mgl. b*. [22]) Feridan *b*. [23]) [Suef konungr, er fyrr var getit, var náfrændi Feridan konungs af Cordes *b*. [24]) *saal. ogsaa b*.

eigi svá mikla virðing á yðr lagt, at fyrir löngu skylda ek hafa gert yðr þá skömm, at sjá væri enkis[1] verð hjá, er nú hafi þér fengit, því at þér várut[2] fullir flærða ok svika ok undirhyggju, illsku ok údáða. Þá svarar Zabulon: Svei verði oflangri tungu ok skemdarfullu höfði! hvar keyptir þú þér þá dirfð, er þú þorðir slíkt at mæla við oss frændr; því at þú veizt þat á þik, at fánýtri maðr fœðist aldri á jarðríki en[3] þú ert, bæði[4] illr raunar ok ásýndar, þú ert huglauss ok hjartablauðr, údyggr ok illgjarn, svikall ok sárorðr, fláráðr ok flærðsamr, ok á alla vega samankallaðr[5] af hinum herfiligstu höfuðskömmum,[6] ok [veiztu þat at þú þorðir aldri[7] slíkt at mæla, meðan vér várum allir frændr heilir ok vápnfœrir, sem þú mæltir nú um hríð. Þá segir[8] Svef: Verða ek slíkr sem þú, ef ek hefni þér eigi þessarra orða. Ok þá hjó Svef til Zabulons, ok kom á [háls honum[9] ok beit náliga af höfuðit. Þá mælti Feridans konungr: Mikinn skaða hefir þú nú gert mér, Svef, segir hann, ok ef þú bœtir mér þetta eigi með nökkuru snildarverki, þá skaltu aldri bera merki mitt síðan. Þá svarar Svef: Ok eigi er ek verðr yðvart merki at bera, ef ek bœti eigi þetta, svá at þér líki vel. Nú er þar ákafr bardagi, ok féll mart af hvárumtveggium, en þó eru[10] þeir auð kendir Oddgeir [ok hans félagar.[11]

53. En nú er at segja frá Svef, at hann ríðr fram þar til er hann mœtti[12] Danamunt[13] konungs syni. En þegar er þeir mœttust, þá lagði Svef til Danamunt með spjóti, en Danamunt[14] brá fyrir sik skildi ok varð ekki sárr at því sinni. Danamunt hjó þá til Svefs[15] [svá hart, at sverðit gékk í sundr undir hjaltinu fremra í hjálminum. En[16] Svef varð ekki sárr at því sinni. Þá mælti Svef: Nú hjóttu í hönd mér merki Feridans konungs. Eptir þat hjó Svef til Danamunt ok klauf allan hjálm hans [ok höfuð,[17] svá at í tönnum nam staðar. Þá œpti Svef hátt ok mælti: Sœkjum nú fram vaskliga, fallinn er Danamunt konungs son. En[18] Karvel heyrði óp hans ok skildi hvat hann mælti, þá segir Karvel:[19] Vili eigi[20] Maumet guð minn, at ek njóta Gloriant konungs dóttur, ef ek skal eigi hefna bróður hennar. Ok veik þá hesti sínum at Svef ok kallaði á hann ok mælti: Ef þú hefir heldr karlmanns náttúru en konu, þá bíð þú Svef. En hann sneri undan ok þangat til sem fyrir var Feridans konungr. Þá hjó Karvel eptir honum ok náði eigi til hans ok kom á bömina

---

[1]) engis b. [2]) saal. b; væri B. [3]) svá sem tilf. b. [4]) ertu tilf. b. [5]) samanballaðr b. [6]) höfuðklækjum b. [7]) [aldri þorðir þú b. [8]) svarar b. [9]) [hálsinn b. [10]) váru b. [11]) [Karlot ok Karvel b. [12]) mœtir b. [13]) saal. b; Damunt B, saal. ogsaa senere. [14]) hann b. [15]) Suef b. [16]) [í hjálminn svá hart, at sverðit gékk í sundr undir fremra hjáltinu, ok b. [17]) [mgl. b. [18]) er tilf. b. [19]) hann svá b. [20]) tilf. b.

hestinum, svá at hann féll undir honum. En Karvel lét þá skamt höggva á millum, ok létti eigi fyrr en hann gékk af Svef dauðum.

54. En nú er at segja af Oddgeiri danska. Hann sitr nú á hesti sínum ok ríðr nú at Feridans konungi, en konungr á móti honum, ok börðust þeir lengi svá, at hvárgi kom sári á annan, því at konungr var allgóðr riddari. Þá mælti Oddgeir: Annathvárt er nú, at þú ert eigi svá góðr kosti Kurtein,[1] sem Karvel sagði, eða ella hefir ek ekki trútt[2] at fylgt hér til, svá sem ek hefi föng á, enda skal nú reynt verða, hvárt heldr er. Þá hjó Oddgeir til Feridans konungs ok klauf hann í sundr í miðju, svá at í söðlinum nam staðar. Þá mælti Oddgeir: Þess var ván, segir hann, at eigi mundi Karvel þetta sverð borit hafa, nema hann vissi at bíta kynni. En er konungr var fallinn, þá flýði allr herrinn [undan, sá er honum hafði fylgt.[3] En Karvel [mælti, at ekki skyldi[4] reka flóttann, því at þetta er[5] alt [mínir menn ok várir,[6] ok allr sá herr er fylgt hefir Danamunt konungs syni. Þá snerust[7] til þeirra Oddgeirs ok Karvels allir þeir sem grið vildu hafa. Ok ríða þeir nú til kastala þess, er Gloriant konungs dóttir var [læst í,[8] ok brutu upp þegar kastalann ok tóku hana þaðan á brott. En síðan ríðu þeir inn í borgina, ok gékk þá til handa Karvel allr herr Feridans konungs. Þá gaf Karvel þeim Oddgeiri ok Karlot margar gjafir enn [á nýjan leik,[9] ok svá Gloriant konungs dóttir, ok fara þeir við þat aptr til Karlamagnús konungs. En nú býr Karvel ferð sína ok fór með her sinn út á Púl, ok svá út yfir haf þar til er hann kom í Babiloniam, ok var þar til konungs tekinn, ok er mikil konungsætt [frá Karvel komin ok[10] Gloriant konungs dóttur. En þeir Oddgeir ok Karlot fóru aptr til Parísborgar í Frakkland með Karlamagnúsi konungi, ok var Oddgeir merkismaðr hans æ meðan [hann lifði ok konungr, ok eru margar aðrar sögur frá Oddgeiri. En vér lúkum hér nú þessarri sögu.[11]

[1]) Kurteinn b. [2]) mgl. b. [3]) [mgl. b. [4]) [bað eigi b. [5]) eru b. [6]) [várir menn b. [7]) saal. b; snýst B. [8]) [inni læst b. [9]) [af nýju b. [10]) [komin frá þeim b. [11]) [þeir lifðu báðir, ok er hann því jafnan við sögu Karlamagnús konungs. En nú lúkum vér hér þessum þætti b.

FIORDI PARTR KARLAMAGNUS SÖGU AF AGULANDO KONUNGI.

nafni dróttins várs Jesu Krists[1] byrjar hér einn part sögu hins frægasta herra Karlamagnús keisara sonar Pippins Frakka konungs, í hverjum greiniliga segir, hversu sagðr keisari Karlamagnús frjálsaði[2] meðr guðligu fulltingi ok árnaðarorði sæls[3] Jakobi Hispaniam ok Galiciam af valdi Saracenorum ok Affrikanorum. En fyrir því frelsti guð með styrkum armlegg Hispaniam, at þat ríki hafði hann fyrirætlat til einsligrar ok ævinligrar virðingar sínum signaða vin Jacobo postola Jóns bróður. Ok meðr því at herra Karlamagnús bauð mikiliga, at þau frægðarverk er guð virðist á hans tímum vinna fyrir sína miskunn ok drengiliga framgöngu kristinna manna, skyldu minniliga haldast guði til lofs ok dýrðar ok öllum eptirkomandum mönnum í veröldina til sannrar kynningar ok dagligrar skemtanar, skrifaði af frjálsing Hispanie hinn heimuligsti keisarans vin ágætr herra Turpin Rensborgar erkibyskup. Váttar byskupinn í því bréfi er hann skrifar til Leofrandum decanum Achisborgar sik hafa verit nálægan þeim stórtáknum, er guð opinberliga [framdi fyrir[4] sínum lýð fyrir bæn ok verðleika blezaðs Jacobi, hvert byskupsins bréf heldr þvílíkan framburð sem hér fylgir.

Turpin meðr guðs miskunn faðir ok forstjóri Renensis kristni, ok samfélagi hins fræga herra Karoli Magni, sendir Leofrando Achisborgar decano ástsamliga kveðju guðs sonar Jesu Krists. Meðr því at þér gerðut mér orð þann tíma sem ek var staddr nökkut sjúkr

---

[1]) Jn nomine domini b. *Da Fortællingen om Agulandus er meget afvigende i de to Recensioner Aa og Bb, er det nödvendigt at give hver for sig; og da Aa paa Grund af udrevne Blade paa enkelte Steder er defekt, meddeles Recensionen Bb som fuldstændig förstː* [2]) frelsaði b. [3]) sæla b. [4]) [sýndi b.

af sárum í borginni Vehenna, at ek mundi skilvísliga skrifa, hversu hinn völdugasti herra Karlamagnús vann Hispaniam undan valdi Saracenorum, en sakir þess at ek var þann tíma nökkut tálmaðr, hvar fyrir ek þóttist eigi mega yðvarn bænastað fullgera, þá minnist ek nú þessa verks fyrst fyrir guðs skyld í himinríki sœmd ok æru heilags Jacobi hverium einkanliga til heyrir þetta efni til ævinligrar frægðar Karlamagnúsi keisara. Ok fyrir því at ek skil yðra góðfýsi þessa beiða sakir ástar við guð, elsku við Jacobum postola, kærleiks við keisarann, set ek í upphafi minnar framsagnar með hvílíkum hætti þetta efni byrjaðist, þar næst greinandi nefniliga sérhverja atburði, er á þeim tíma gerðust in Hispania, ok þau frægðarfullu stórmerki er guð dróttinn opinberaði til styrkingar sinni kristni, þar með þann lofsamliga sigr er keisaranum veittist á guðs úvinum ok sínum, þó at með stórri mœðu ok blóðs úthellingu sinna manna, ok þau dygðaverk sem keisarinn framdi guði til heiðrs ok æru við hinn signaða Jacobum postola í uppsmíði kirkna ok heilagra munklífa, þau fjórtán ár er hann dvaldist in Hispaniis, ok þá hluti sem ek sjálfr sá mínum augum sendir ek yðrum félagskap letri samsetta. En þar sem þér skrifaðut, at þeir hlutir sem fram fóru miðil[1] kristinna manna ok heiðinna in Galicia finnast[2] eigi fylliliga skrifaðir í þeim annál er liggr í staðnum Sendine, má þat vel til bera, at sá sem sagðan annál hefir samsett, væri eigi nálægr þeim hlutum er þar gerðust, ok eigi heyrt svá skilríkra manna framburð þaðan af sem honum þótti eptir skrifanda; en ek væntir guði til sjánda, at eigi muni minn þessi framburðr við sagðan annál discordera. Gæti yðvar sannr guð ok styrki yðvarn mátt ok góðan vilja. Svá segir Turpin erkibyskup byrjandi þessu næst sinn framburð af greindu efni.

Ágætr postoli dróttins virðuligr Jacobus son Zebedei predikaði fyrstr guðs eyrendi vestr in Hispaniis, birtandi[3] dimmum hugskotum skært ljós sannrar trúar, en mikill harðleiki ok stirðr langrar úvenju landsmanna skipaðist lítt til mýkingar fyrir postolans áminning, einkannliga sakir þess at allir ríkisins mestháttar menn risu snarpliga móti sinni sáluhjálp meðr öllu fyrirlítandi hans kenning. Ok meðr því at háleitr guðs ástvin Jacobus skilr sitt starf ok mœðu öðlast lítinn ávöxt í þann þungt, vendir hann aptr meðr sínum lærisveinum til sinnar fóstrjarðar, þat er Jórsalaland, þess eyrendis at fylla þar með guðs vilja fagran sigr dýrðarfulls píslarvættis[4] fyrir harðan grimleik hatrsamra Gyðinga, þolandi fyrir guðs ást sáran dauða meðr pínu snarpeggjaðs sverðs undir glœpafullum konungi Herode Agrippa. En at fyldum postolans sigri leiddi guð dróttinn hans helgasta líkam

---

[1]) millum *b, her og senere*. [2]) finnist *b*. [3]) þar *tilf. b*. [4]) pínslarvættis *b*.

meðr sjau lærisveinum mjök stórmerkiliga brott af Jórsölum[1] fram til Hispanias, skipandi svá með sínu einvaldi, at sú hin sama þjóð, sem fyrr hafnaði sœtri[2] kenning postolans lifanda, skyldi nú við taka sannri hjálp fyrir nálægð hans andaðs líkama, ok at þau lönd ok ríki sem postolinn merkti sér meðr líkamligri návistu,[3] skyldu hans vera, svá lengi sem veröldin byggist. Ok fagrliga fyldist sannleiksins fyrirætlan, því at guðs miskunn samvinnandi háleitisjartegnum Jacobi meðr hjálpsamligri predikan hans lærisveina snerust allar hálfur Hispanie til kristiligrar trúar heiðrandi meðr allri sœmd guðs vinar líkama ok fagrliga leiddu í þeim stað er landsmenn kölluðu [á þeim[4] tíma Librarum Domini en nú nefnist Compostella. Blómgaðist síðan vel ok fagrliga heilög trúa in Hispaniis um langa[5] tíma, þar til at guðrækir Saraceni ok Moabite hermannliga[6] grimmaðust með ránum ok manndrápum upp á fyrr greind ríki, brennandi bæði[7] borgir ok kastala, niðr brjótandi kirkjur ok aðra heilaga staði, hvern mann drepandi er eigi vildi[8] neita sínum guði, ok svá görsamliga eyddu þeir fjándans limir heilagri kristni, at nær fannst sá engi staðr í þeim heroðum, er sönnum guði veitti [makliga sœmd[9] ok hans signaða vin Jacobo, héldu Saraceni Hispanias undir sínu svívirðiligu valdi alt fram á ofanverða daga Karoli Magni, ok sakir þessar fúlastu þoku er á þeim tímum yfirgnæfði öllum fyrrgreindum löndum ok upp gékk af þeirri guðrækiligu þjónostu er hvervitna dagliga framdist í herfiligri fágan bölvaðra skurgoða[10] fálust bjartir geislar skínanda gimsteins, þat er ágæt frægð ok jartegna blóm[11] heilags Jacobi, hverr mætari er hverjum veraldligum thesaur ok á þeirri jörðu hvíldist bæði lágt ok leyniliga, svá lengi sem guðlig[12] forsjá skipaði. Nú er um runnit með skömmu máli, hversu bölvaðir Saraceni féngu vald yfir Hispanie ok Galicie, því byrjar hér næst greina meðr hverri atferð almáttigr guð sníðr brott þyrna meðr illgresi af akri síns elskuligasta vinar virðuligs Jacobi.

1. Með því at hinn frægasti herra er verit hefir á Norðrlöndum Karolus Magnus, hverr fyrstr allra Frakka konunga hélt rómverskan keisaradóm, mundi hafa mörg lönd ok stór konungaríki in Italia lagt undir sik meðr herskildi, Angliam, Franciam, Þýverskuna, Burgundiam, Lotaringiam ok önnur fleiri er liggja miðil tveggja sjófa, þar með útalligar borgir á valdi Saracenorum undirokat rómverskan keisara, þá hugðist hann létta hernaði en taka hvíld eptir mikit erfiði ok hætta eigi lengr sér ok sínum mönnum í orrostum ok úfriði. Nú sem keisarinn hefir sagða ætlan staðfesta með sínu hjarta, gefr

---

[1]) *saal. b*; Afsolum *B*. [2]) *saal. b*; sœta *B*. [3]) návist *b*. [4]) [í þann *b*. [5]) langan *b*. [6]) *saal. b*; harmanliga *B*. [7]) *saal. b*; beyi *B*. [8]) *saal. b*; vildu *B*. [9]) [makligt lof *b*. [10]) skurðgoða *b*. [11]) blómi *b*. [12]) guðs *b*.

honum líta á nökkurri nátt útganganda af sinni sæng einn stjörnuveg
undarligs mikilleika, hverr upp ríss af sjó Frisie ok veittist miðil[1]
Theothoniam ok Galliam, Jtaliam ok Akvitaniam, ok síðan rétta leið
yfir Gaskuniam, Baldam ok Nafariam alt vestr til Hispaniam ok Ga-
liciam. Herra Karlamagnús sem hann sér greindan stjörnugang[2] opt-
liga um nætr, hugsar sem vitr maðr, at svá[3] sjaldsénn hlutr muni
hafa nökkut mikit at[4] merkja. Ok sem hann studerar optliga af þessu
efni, birtist honum eina nátt í svefni virðuligr maðr fagrliga klæddr
með bjartri ásjánu ok blíðu viðbragði, hverr til keisarans talar meðr
kærligum orðum svá segjandi: Son minn sæti, segir hann, hvat
gerir þú?. Keisarinn sem hann heyrir sik svá vel kvaddan með svá
blíðu orðtaki, virðist meðr engum hætti þegjandi í móti, hvar fyrir
hann svarar: Hverr ertu, góði herra, er mik kveðr svá kærliga.[5]
Fríði maðr svarar: Ek em Jacobus postoli fóstrson herra Jesu Krists,
son Zebedei, bróðir Johannis evangeliste. Mik kallaði Jesus son
heilagrar Marie meyjar til sín á sjó Galilee fyrir sína úumrœðiliga
mildi, en Herodes hinn úmildasti konungr lét hálshöggva mik með
sverði. Líkami minn liggr in Hispaniis flestum mönnum úkunnigr í
hálfum Galicie, hver ríki nú haldast [undir háðugligu[6] valdi Sara-
cenorum ok Moabitarum. En mjök þiki mér undarligt, er þú frelsar
eigi land mitt af þeirra valdi, svá mörg ríki borgir ok bœi sem þú
hefir undir aflat rómverska kristni. Ok[7] því skaltu vita,[8] at svá sem
guð hefir gert þik völdugara en nökkurn konung í veröldu, svá hefir
hann ok skipat þik til þess at frjálsa eign mína undan heiðnum
þjóðum, at þar fyrir takir þú bjarta kórónu eilífrar dýrðar. Þat
hefir ok sýnt sá stjörnuvegr er þér birtist, at þú munt fara af þessum
löndum með þinn mikla her fram til Hispanias ok eyða þeirri vándu
þjóð ok leysa þau lönd af hæðiligum þrældómi heiðingja, þar með
[mun þú[9] góðfúsliga vitja mins legstaðar efla ok uppreisa mína
kapellu. Eptir þik munu þangat fara allir lýðir Jtalie pílagríms ferð,
þiggjandi af guði þar fyrir lausn allra synda, lýsandi með guðs lofi
þeim stórtáknum ok fáheyrðum jartegnum, sem hann virðist fyrir
sinn almátt vinna; man þessi ferð haldast alt til heimsins enda. Nú
far sem skjótast, segir Jacobus postoli til Karlamagnús keisara, því at
ek skal vera þinn styrktarmaðr ok þér fullting veita í þessarri ferð
ok þínum nauðsynjum, ok þitt starf skal ek ávaxta í guðs augliti
ok þiggja af honum þér til sœmdar eilífa dýrð himinríkis, ok þitt
nafn skal æ lofast ok svá lengi uppi vera sem veröldin byggist.
Eptir þessi orð líðr postolinn brott af keisarans augliti, en hann
vaknar hugsandi greinda sýn með miklum fagnaði; dvelr þó[10] ferð

[1]) millum *b*. [2]) stjörnuveg *b*. [3]) sjá *b*. [4]) til *f b*. [5]) kurteisliga *b*. [6]) [háðug-
liga undir vándu *b*. [7]) Af *b*. [8]) til *f b*. [9]) muntu *b*. [10]) þá *b*.

Hispanie um lítinn tíma væntandi framar at styrkjast af postolans fyrirheiti, hvat er hann öðlast, því at annat sinn ok þriðja birtist honum Jacobus postoli meðr sama hætti ok fyrsta tíma. En keisarinn styrktr þriðju postolans vitran vill meðr engu móti lengr dvelja sína ferð ok gerir boð um öll nálæg heröð, stefnandi til sín mörgum mikils háttar mönnum, miðil hverra er var ágætr herra Turpin erkibyskup af Rensborg, er þessa hluti hefir fyrst saman setta; hér[1] með kallar keisarinn eigi síðr mikinn almúgans fjölda, ok öllum í einn stað samankomandum boðar hann greiniliga alla vitran Jacobi postola, váttandi þar með, at hann ætlar halda sínum her til landa Hispanie ok eyða því bölvaða illþýði, sem oflengi hefir í legit akri dróttins. ok hans blezaða vinar Jocobi, hvat allir heyrandi menn samþykkja gjarna lofandi guð fyrir sína mildi.

2. Á tiðrkœmiligum tíma sem virðuligr herra Karlamagnús keisari hefir vel ok kurteisliga búit sinn her, lyptir hann sinni ferð út af Francia, farandi þar til er hann kemr inn í heröð Hispanie til þeirrar borgar er kallast Pamphilonia; hon er mikil borg meðr hinum sterkustu múrum. Um hana sitr Karlamagnús þrjá mánaði, en sakir mikils borgarinnar sterkleika verðr hon meðr engri list unnin né nökkurskonar vígvélum. Ok er keisarinn sér, at í þessum stað vinnr ekki mannligr klókleiki, snýr hann til fulltings almáttigs guðs í himinríki svá segjandi: Dróttinn Jesu, heyr bœn mína ok gef þessa borg í mitt vald til tignar þíns[2] blezaða nafns, því at sakir þinnar trúar kom ek í þessor lönd at leysa þau undan svívirðuligu yfirboði heiðinna þjóða. Hér með kallar ek til [þín, virðuligr Jacobus,[3] biðjandi at þú hjálpir nú til ok standir vel frammi, ok ef þat er satt, at þú birtist mér, þá brjót niðr sterka múra Pamphilonie. Ok eptir þessor keisarans orð sjá allir nærverandis menn, at hinir harðastu[4] múrar borgarinnar falla niðr á einu augabragði, svá at nú gefst keisaranum liðugr inngangr meðr sínum mönnum. Verða nú vándir Saraceni borgina upp at gefa nauðgir, þótt þeir vildi eigi. Gerir Karlamagnús keisari þeim nú tvá kosti, taka trú rétta ella þola skjótan dauða. Öðlast þeir sœmd ok frelsi sem trúnni játa, en hina lætr hann alla hálshöggva unga menn sem gamla. Ok er Saraceni þeir sem byggja í nálægum stöðum, frétta hversu múrar Pamphilonie hafa stórmerkiliga niðr hrunit, ok hennar alt hit fyrra afl skjótliga fyrirvorðit, skelfast þeir stórliga mjök í sínum hugskotum, svá framt at sakir þess mikla ótta er guð lætr nú yfirkoma þeirra hjörtu, fara þeir út af sínum herbergjum rennandi fram á veg fyrir keisarann, berandi með sér skyldir ok skatta, gefandi sjálfa sik ok alt þat sem þeir

---

[1]) *saal. b*; hvar *B*. [2]) *saal. b*; síns *B*. [3]) [*saal. b*; mín virðugligan Jacobum *B*. [4]) sterkustu *b*.

höfðu at halda upp undir hans vald ok vilja. Mjök [undraðist heiðin þjóð¹ herlið Karoli sakir fríðleika ok ágæts klæðabúnaðar ok allrar kurteisi, hvar fyrir þeir tóku þessa² hans menn vel ok sœmiliga at uppgefnum sínum vápnum meðr bezta friði. Ferr hann nú skyndiliga hinn beinasta veg fram til legstaðar heilags Jacobi í Compostellam, hver á þeima tíma var eitt harðla lítit ok fornfágat³ borgarreysi. Compostella stendr á vestanverðu landi Galicie mjök nærri því hafi er kallast Perxotium⁴ mare. Því ferr keisarinn til hafsins leggjandi sínu hvassa spjóti í sjóinn, þakkir gerandi almátkum guði ok blezaða postola Jacobo fyrir þat er hann hefir sinn mikla her svá langt leitt í þá heimsins hálfu, sem honum⁵ framast byrjaði. Eptir þetta snýr Karlamagnús sinni ferð aptr á leið frelsandi síðan alt land Hispanie ok Galicie af heiðnum mönnum. Var á þessum tímum í Galicia þrettán borgir með Compostella, en sex ok tuttugu in Hispaniis, miðil hverra er var ein borg er kallaðist Atennoa,⁶ í þeirri hvílir ágætr guðs písnlarváttr Torkvatus,⁷ er verit hafði forðum þjónustumaðr heilags Jacobi postola, hverjum til sœmdar svá er senniliga skrifat, at þat olifutré sem stendr við písnlarváttsins gröf blómgast á hverju ári hans hátíðardag fögru blómi með fullum ávexti fyrir guðliga gjöf. Greindar borgir, þar með öll nálæg heröð, lönd ok ríki, þorp ok kastala lagði keisarinn⁸ undir sik, sum meðr auðveldi ok góðum friði, sum með list ok vitrligum klókskap, sum með miklum háska ok stóru erfiði, sem einkanliga fjórar svá heitandi borgir Venzosam, Kapariam, Sonoram ok Odam, ok hina fimtu til⁹ er kallast Lucrinam, hver stendr in Valle veride, hverja hann umsitr þrjá mánaði í¹⁰ síðastu, ok fékk meðr engarri list né nökkurskonar harðfengi hana unnit, þar til er hann kallar til fulltings heilagan Jacobum, biðjandi at svá lemi hann styrkleik Lucrine sem fyrrum Pamphilonie, hvat er svá gerist senniliga, at engir sterkir borgarveggir mega móti öflgast tilkvámu guðs postola. Ok sakir þess stóra erfiðis er Karlamagnús þoldi fyrir þeim borgum, bölvar hann þeim meðr sínum grundvöllum, hverja hans gerð guð styrkir svá at ein fúlasta kelda hafandi í sér svarta fiska ok illiliga sprettr upp í greindri Lucrina, ok engi maðr þorði síðan byggja þessar fimm borgir sakir keisarans ummæla. Ok þau skurguð, hof ok hörga er keisarinn fann in Hispaniis, lét hann brenna eyða ok niðr brjóta, ok allan heiðingligan lýð er frá vildi snúast fyrri vantrú skírði ágætr herra Turpin erkibyskup meðr keisarans ráði, enn aptr snúandi alla þá til fyrra siðar er fyrirlátit höfðu sína trú er forðum viðtóku þeir fyrir læri-

---

¹) [undraðust heiðnir menn b. ²) hann ok b. ³) forfágat b. ⁴) Perocium b.
⁵) þeim b. ⁶) Acennoa b. ⁷) Torqilatus b. ⁸) hann b. ⁹) mgl. b.
¹⁰) mgl. b.

sveina Jacobi. En þeir allir er svá váru fagnaðarlausir, at heldr vildu þola skjótan dauða en taka trú rétta, váru drepnir eða í þrældom teknir.[1] At þessum hlutum fagrliga fyldum snýr Karlamagnús vestr til Compostella samanlesandi alla smiðu af sínu landi ok[2] hagastir máttu finnast, ok lét reisa eitt[3] stórt mustari með góðum kosti í þakklætis gerð viðr heilagan Jacobum. En er kirkjan er alsmíðuð, sœmir hann hana margri prýði, klokkum góðum, fríðum bókum, sœmiligum skrúða með öðrum bezta búnaði, skipaði[4] henni til dagligrar þjónostu hreinlífra manna samnað eptir reglu heilags Ysidori, leggjandi svá mikit gótz þangat til í föstu ok lausu sem þar þjónandi menn gnógligast hafa þurftu. Hér með lætr hann eigi síðr víða um landit heilagar kirkjur uppreisa, örliga veitandi til þvílíkra gerða þat mikla gull ok silfr sem honum höfðu offrat konungar ok aðrir höfðingjar Hispanie. Sem Karlamagnús hefir þrjá vetr dvalizt í þessum löndum ok starfat þvílíka hluti sem nú hafa mátt heyrast, birti hann fyrir sínum mönnum, at hann ætlar til Franciam heim at ferðast, en gefa Hispanias til varðveizlu allsvaldanda guði ok undir dyggiliga forsjó hins heilaga Jacobi.

3. At frelstu ríki Hispaniarum ok í góða[5] stétt skipaðu heldr ágætr herra Karlamagnús keisari brott af Hispania með sínu liði, hafandi með sér mikit gull ok silfr aptr í Galiciam (!), heim sœkjandi heilagan[6] guðs vin Dionisium er hvílir í frægri borg París, kallandi saman allan borgarinnar lýð ok af nálægum stöðum ok gerir þeim [kunnigt þann[7] fræga sigr, er allsvaldandi guð hefir veitt fyrir árnan heilags Jacobi í frjálsing Hispanialands, segir þat móti líkendum sakir þess litla mannskaða er þeir féngu við svá mikinn múg Saracenorum sem landit höfðu at halda, því eggjar keisarinn á at allir þvílíka hluti heyrandi gefi lof údauðligum guði ok hans elskuligsta vin Jacobo postula höfðingja Hispaniarum; segir ok at í þakklætis [merki ok elskubragð[8] Jacobi[9] ætlar hann kirkju reisa láta honum til dýrðar í borginni París áðr hann fœri brott; þar með birtir hann eigi síðr, at hann vill auka sœmd hins heilaga Dionisii ok hans kirkju í sjálfri París á þeim tíma, ok ambana honum svá þat[10] fullting er hann trúir Dionisium sér hafa veitt í þessarri ferð. Ok svá gerir hann, því at allr lýðr gaf gott samþykki til alls þess er keisarinn vildi.[11]

4. Næstu nótt eptir þessa hluti sem nú váru greindir, [var Karlamagnús keisari genginn[12] inn í kirkju Dionisii, ok vakir þar um nóttina biðjandi sér hjálpar af guði [ok öðrum,[13] biðr keisarinn þess

---

[1]) reknir b. [2]) sem b. [3]) harðla tilf. b. [4]) hann tilf. b. [5]) góðan b.
[6]) háleitan b. [7]) [kunnan hinn b. [8]) [bragð ok elskumark b. [9]) Jacobo b.
[10]) fyrir b. [11]) vera láta tilf. b. [12]) [gengr Karlamagnús keisari b. [13]) [mgl. b.

ok einkanliga með góðfúsu hjarta, at heilagr Dionisius þiggi af guði þeirra manna sálum aflausn synda, sem fallit höfðu in Hispaniis fyrir vápnum heiðingja. Ok eptir bœn[1] algörva sofnar keisarinn, ok þegar birtist honum heilagr Dionisius talandi svá til hans meðr blíðum orðum: Karole, segir hann, heyrð er bœn þín, því at ek hefir þegit af guði fyrir meðalgöngu vinar þíns Jacobi, at allir þeir sem þínum áminningum hlýða ok fallit hafa á þessum tímum in Hispania[2] ok falla munu, skolu öðlast fyrirgefning allra sinna misverka meiri sem minni. Eptir þetta hverfr Dionisius á brott, en keisarinn vaknar þakkir gerandi almátkum guði, ok þegar um morgininn eptir birtir hann vitranina. En allir heyrandi menn lofa allsvaldanda guð fyrir þvílíka miskunn. Síðan lætr keisarinn reisa eina kirkju í París til dýrðar Jacobo. Eptir þat gert ferr keisarinn brott af París til Aqvisgranum, í hverjum stað hann sat optast, þá er hann var heima í Franz, því lætr hann þar reisa eina kirkju harðla mikla með fríðasta kosti er fá kunni til heiðrs ok æru virðuligrar guðs móður jafnan meyjar sancte Marie. Í þessum stað lætr keisarinn upp smíða aðra kirkju til virðingar[3] Jacobo postula, [þriðja kirkja[4] Jacobi smíðast við borg Tholosam, fjórðu kirkju lætr Karlamagnús uppreisa til sœmdar[5] Jacobo miðil borgar Azam ok staðar hins heilaga Johannis er kallast Sordue, hjá þeirri kirkju liggr eitt stræti er nefnist[6] Via Jacobita Hér með gerir hann víða klaustr guði til lofs ok heilögum Jacobo. Nú sem Karlamagnús keisari starfar þvílíkt fyrir íblástr heilags anda sér ok öðrum til sáluhjálpar, skal heyra þessu næst hvat annarr höfðingi af úlíkum anda uppkveiktr vinnr sér til frægðar.

5. Á þessum tíma var yfir Affrica sá heiðinn konungr er hét Agulandus mikill ok sterkr. Hann átti sér eina frú stórrar ættar, eptir því sem þvílíkum konungi byrjaði, hon var vitr kona, kurteis ok harðla væn, svá at engi mátti fríðari finnast í öllu ríki Affrice. Þau Agulandus áttu einn son er hét Jamund, hann var ungr maðr fullr af drambi ok metnaði, stinnr ok sterkr, harðr ok vápndjarfr, sem síðar mun birtast. Agulandus konungr var stórliga ríkr, svá at einum heiðnum konungi byrjaði eigi meira ríki at eignast, því at meir en tuttugu kórónaðir konungar váru undir hann skattgildir, ok réðu þó sumir af þeim mörgum ríkjum. Þeir höfðingjar er í þenna[7] tíma ríktu í Affrica váru margir frændr Agulandi mjök nánir, sumir hans heimuligstu vinir. Margar þjóðir útöluligar gengu undir hans ríkdóm,[8] þótt hér nefni fár, þat er at skilja: Saraceni, Mauri, Moabite, Ethiopes, Nardi, Affricani, Perse; ok svá segja vitringar

[1]) bœnina *b*. [2]) Hispaniis *b*. [3]) dýrðar *b*. [4]) [*saal. b*; þriðju kirkju *B*.
[5]) dýrðar *b*. [6]) kallast *b*. [7]) þann *b*. [8]) ríkdómi *b*.

heiðingja at þótt enn fljótasti múll til tekinn af Jórsalalandi fœri út sumarfullum[1] dagleiðum muni hann eigi fá hans ríki umkringt. Jamund son Agulandi var manna mestr, fríðr sýnum, vel á sik kominn, ok sakir þeirrar elsku er Agulandus hafði á syni sínum gaf hann honum kórónu ok veitir honum til þjónastu marga höfðingja, en [skyldi ríki taka eigi fyrr til stjórnar[2] en eptir hann dauðan.

6. Nú sem Jamund hefir þvílíka sœmd fengit, digrast hann undir höndum ok samnar saman sér til fylgdar unga menn ok úráðna, hverra félagskap Jamund sœkir ok þeirra ráðum gjarna hlýðir, er[3] hvárki kunnu honum góð ráð né sér sjálfum. Því ferr hann nú mörgu fram, er Agulando þikkir mjök í móti, því at þá menn tekr hann undir sína vináttu, sem fyrir fulla sök rákust brott af[4] föður hans þjónastu. En sakir þeirrar ástar er Agulandus hefir á syni sínum ok þess mikla ótta er af honum stendr, þorir engi [nökkut til leggja[5] hans framferða. Því stendr svá búit hans mál, þar til er Agulandus fréttir þat sannliga, hversu Karlamagnús keisari hefir frelst Hispanias með styrkri hendi af Saracenis, hvaðan[6] af hann reiðist ákafliga ok kallar saman alla spekinga ok mest háttar menn í einn stað, ok talar svá sem hér má heyra: Góðir höfðingjar, segir hann, ek trúi öllum yðr kunnigt orðit, at þat várt skattland er kallast Hispania ok várar þjóðir hafa langa tíma haldit, er nú undan gengit váru valdi fyrir ofmikinn uppgang kristinna manna; því at svá er sannliga flutt, at sá þeirra höfðingi er Karlamagnús heitir hafi dirfzt til þeirrar úvináttu við oss ok guði vára at herja upp á Hispanias, ok drepit niðr mennina, eytt borgirnar, hofin niðr brotit, guðina sundr lamit ok allri þeirra fágan görsamliga fyrirkomit, en alt land undirokat þann sið er mínu hjarta er mjök úþekkr. Nú þá er ek heyrði þvílíka hluti, óttast[7] nökkut minn hugr, því at ek veit eigi svá görla hvat yðr sýnist ráðligast, en þess vilda ek nú víss verða. Því næst stendr upp einn konungr Ulien at nafni, hann var þykkr[8] ok sterkligr ok í sínum framburði mjök ákafr ok fljótr til reiði, ef nökkut gerðist honum í móti, digraðist hann af miklum ríkdóm ok stórri ætt, því at hann var systurson Agulandi, hvar fyrir hann talar djarfliga ok segir svá: Agulande,[9] eigi byrjar yðr svá ríkum konungi mikils at virða þótt fátœkasta land Hispania hafi undan gengit yðvarri tign, fyrir þat[10] at svá skjótt sem þér vilit má þat aptr vinna, ok hvat annat af eigu kristinna manna sem þér kjósit, ok margir af yðrum köppum munu þikkjast betri riddarar en ek, ok veit þat Makon, at engi skal svá mikill í Frankismanna liði, at eigi gangi

---

[1]) til sjáfar fullum b.   [2]) [eigi skyldi hann ríki taka til stjórnar fyrr b.
[3]) saal. b; ok B.   [4]) or b.   [5]) [til at leggja nökknt b.   [6]) saal. b;
hveðan B.   [7]) óttaðist b.   [8]) digr b.   [9]) mgl. b.   [10]) því b.

ek djarfliga í móti tveimr eða þremr. Óttizt ekki,[1] herra, at leiða yðvarn her til Hispanias, ek játti yðr senniliga, at alt þeirra megn skal eigi meira standast en þessi litla hálmvisk, er ek saman þröngi minni þykku hendi. Svá talar hinn drambvísi Ulien, er úgörla veit hvat hann segir. Agulandus svarar: Vel talar þú, Ulien frændi, ok svá mun beint vera; framarla má ek treysta þínum riddaraskap ok annarra kappa minna. Ok meðr því at Jamund son minn er höfðingligr maðr, byrjar honum héðan af at halda miklu ríki, en ek vil með engu móti mínu veldi sundr skipta, þá ætla ek vinna eigi at eins Hispanias heldr[2] þar með alla Jtaliam honum til handa ok setja hans sæti í Róma, er beztr[3] staðr kallast í þeim löndum. Ok til þess at svá gerist, skolu vér at hyllast sjálfa guðina, at þeir meðr oss frammi standi ok hefni síns[4] skaða á várum úvinum ok sínum. En þótt margir várir guðir[5] sé miklir, hafa alt eins mestan höfuðburð fjórir af þeim, þat er at skilja, hinn máttugi Machon ok enn völdugi Maumet ok digri Terrogant ok sterki Jupiter; þá fjóra skolu vér láta meðr oss í för verða. Ok til þess at þeir leggi fulla alvöru fram í várt fullting, skolu vér þann mesta heiðr þeim til sœmdar veita, sem vér erum skyldugir, þat er at búa þá alla með skærasta gulli, setja dýrastum[6] gimsteinum, ok grafa með frábærum hagleik. Ok sakir[7] þess at í allri Affrika finnast hvárki svá listugir meistarar né sá dýri kostr sem tilheyriligr[8] sé sjálfum guðunum, skal þá senda fram í Arabiam, er gnógliga grœðist[9] öllum dýrastum auðœfum, gulli ok gimsteinum, til þeirra hagastu smiða er í því landi eru, at þeir prýði vára guða með þeim fríðasta kosti, er þar kann fá, því at senniliga byrjar, at svá sem vér erum meira ríkdóms en nökkurr annarr konungr í veröldinni, svá sé ok þeir guðir[10] sem vér dýrkum hverjum guðum glæsiligri ok með meira kosti. Sem konungrinn hætti sinni rœðu, hlupu[11] allir upp með einu háreysti ok segja svá: Öll guðin hjálpi yðr, góði konungr,[12] ok laði til sinnar vistar fyrir svá mikla sœmd, sem þér veitit þeim til virðingar. Síðan slítr konungr þingit, ok ferr hverr til sinna staða.

7. Nú gerir Agulandus sendimenn til Arabiam með guði sína, dveljast þeir svá langan tíma í þessarri ferð sem líkindi váru[13] á. En í þeirra brottferðar tíma génga[14] margir vinir Agulandi fram eggjandi at sem fyrst haldi hann sínum her til Hispaniam, hverra orðum hann tekr harðla vel, ok segir at svá framt guðin koma heim, skal hann sinn her búa. Hér með er eigi síðr Jamund áeggjaðr af sínum vinum, at hann standi nú langt[15] fram með föður sínum

[1]) eigi *b*.   [2]) ok *tilf. b*.   [3]) hæstr *b*.   [4]) várs *b*.   [5]) guðar *b*.   [6]) með dýrmætum *b*.   [7]) sökum *b*.   [8]) tilhœfiligr *b*.   [9]) *saal.: b*; greiðist *B*.   [10]) guðar *b*.   [11]) hljópu *b*.   [12]) herra *b*.   [13]) eru *b*.   [14]) ganga *b*.   [15]) vel *b*.

ok afli sér ríkis. En hanu gefr sér um fátt, lætr Agulandum einn bera[1] straum fyrir þessarri ferð, þikkir eigi mjök miklu varða, þótt [hann fái nökkura sneypu;[2] ok ef svá verði,[3] ætlar hann sakir mikillar drambsemi ganga fram djarfliga ok vinna alt ríki undir sik með tilstuðning sinna manna, því at hann þikkist þat skilja,[4] at Agulando gengr þat mest til at berjast [til ríkis[5] við kristna menn, at koma honum brott or Affrika, ok virðir svá sem faðir hans vili ræna hann sinni föðurleifð.

8. Nú sem sendimenn nálgast heim, ríðr Agulandus langt á veginn móti þeim með miklum prís til virðingar við goðin, því at mikil forvitni er honum á, hversu þeirra frægð[6] ok prýði hefir skipazt. En þegar sem hann lítr[7] þá svá glæsiliga,[8] sem engir máttu finnast þvílíkir, gengr hann nær or vitinu sakir þeirrar vanstiltrar gleði er hann fékk í hjartanu, því at svá sögðu spakir menn heiðinna þjóða, at með þeim dýrastu gimsteinum, gulli ok silfri, er þessi bölfaðu skurgoð væri með prýdd, máttu auðveldliga kaupast sjau hinar sterkastu borgir. Sem Agulandus kemr aptr til sjálfs síns, er verr var, talar hann svá til þeirra er hjá standa: Hverr sá nökkura guði svá völduga sem þessa? Nei, nei, víst alls engi. Ok ef þessir líta til sinna úvina[9] ok várra reiðum augum ok ygldum brúnum, mun alt þeirra afl í fölska niðr falla; því at nú hafa þeir[10] þegar þat unnit í ömbun várrar gerðar, at Karlamagnús hefir brott farit af Hispania til sinna landa, stendr þat ríki eptir höfðingjalaust, ok því þarf eigi annars en vér sýnim Karlamagnúsi ok Hispanialandi nökkurn lítinn hlut af yárum ríkdómi[11]. En ef nauðsyn biðr[12] meira afls, sem goðin láti eigi vera, þá er gott af gnógu at taka. Allir segja at svá er geranda. Lætr Agulandus nú blása hvellum lúðrum ok samnar saman miklum mannfjölda af nálægum borgum, velr þar af síðan svá margt[13] sér til fylgdar sem honum líkar. Sem herrinn[14] er búinn ríðr Agulandus út af sinni borg með miklum heimsins metnaði fram til sjófar. Eru þá búin skjótliga skip bæði mörg ok stór hlaðin meðr vænasta kosti er hafa þurfti, vist[15] ok drykk, gulli ok silfri, hestum ok klæðum ok alls háttar gœðum. Stígr síðan hverr ok einn út í þat rúm sem ætlat var. Drambar Agulandus konungr mjök[16] af sínum styrk, því at hann þóttist nú öruggr um, at engi hlutr megi honum bella, því at í sinni fylgd hefir hann fyrr greinda guði fjóra, er hann væntir sér af alls fulltings, hvat því verr man gefast sem meir[17] er treyst. Þar er Jamund

[1] brjóta b. [2] [faðir hans fari nökkura sneypuferð b. [3] verðr b. [4] vita b. [5] [mgl. b. [6] fegrð b. [7] sá b. [8] vel búna b. [9] saal. b; vina B. [10] þau b. [11] ríkjum b. [12] beiðir b. [13] lið tilf. b. [14] þessi herr b. [15] mat b. [16] nú mikit b. [17] meira b.

son hans ok margir aðrir höfðingjar, konungar, jarlar, hertogar ok barúnar. En þessir eru einkanliga hersins foringjar sem hér greinast: Gezbin[1] konungr af Arabia, Bacales konungr af Alexandria, Avit konungr af Bugie, Aspin konungr af Agapia, konungr Famni[2] af Marab, Alfingr konungr af Mariork, Manio konungr Mecque, Ebravit af Sibil. Með þessum siglir konungr Agulandus brott or Affrica, er hans ferð hin skrautligasta,[3] því at víða leiptrar af á sjóinn brott, þá er sólin fagrt skein á búnar snekkjur, gyld drekahöfuð, glóandi veðrvita, segl einkar sœmilig með ýmissum litum, rauðum sem blóð eðr hvítum sem snjór. Ok ef Agulandus heldr meðr [svá mikilli[4] mekt heim til Affricam vegnar honum [vel ok[5] betr en skyldi.

9. En þegar þessi guðs úvinr kemr in Hispanias með sínum þjónum, gerast[6] skjótt umskipti, því at Karlamagnús keisari er eigi nærri[7] en heima í Frans, en landit höfðingjalaust, hvar fyrir þessir fjándans limir stríða upp á guðs hjörð ok [hans helgasta postola[8] meðr miklum herskap, brjóta niðr alla kristni, drepandi kristna menn eðr brott reka í útlegð, en skipa í staðinn svívirðiliga heiðni með djöfulligri þjónkan bölvaðra skurgoða. En hvat munum vér ætla mega fyrir hverja [skynsemdar grein[9] blezaðr guðs postoli Jacobus [rœktar þanneg[10] geymslu Hispanie, hverja hann viðrtók þann tíma er Karlamagnús fór heim í Franz, at hann lætr enn sitt land undir gefast vald ok yfirboð bannsettra heiðingja ok leyfir at niðr brjótist kirkjur en hof með hörgum upp reisist; því at görla veit Jacobus, at engi sœmd veitist hans ljúfa meistara Jesu, meðan synir Heli yfirbjóða. Nú þá hvat mun honum til ganga svá mikillar þolinmœði, utan þat at honum þikkir Karlamagnús keisari meðr minni mœðu strítt hafa fyrir Hispanialandi en honum virðist tilheyriligt þeirri krúnu, er keisarans bíðr í himinríki; þat annat, at enn hafa miklu færri gefit sitt líf fyrir frelsi Jacobi af húsi Krists ok Karlamagnús en postolinn hefir ætlat, ok því vill hann at eflist styrkar orrostur ok hann megi alla þá með sér til himinríkis laða, sem honum líkar ok hans land verja; þat þriðja má honum vel til ganga, at suðrhálfan þröngist stórliga mjök af fjöld ok forzi bölvaðra heiðingja, ok því er nauðsyn, at þeir rými nökkut veröldina ok sœki heim til helvítis vini sína Makon ok aðra fulltrúa. Fyrir þvílíkar greinir guðligra skipana gerir Jacobus postoli svá ráð fyrir, at Karlamagnús konungr verðr[11] víss hins sanna hvat Agulandus konungr af Affrika ferr fram móti guði, ok móti þeim tíðendum skipar hann sér á þann hátt er nú skal segja.

[1] Texbin *b*. [2] Fantin *b*. [3] skörugliga *b*. [4] [jafnmikilli *b*. [5] [mgl. *b*. [6] þar *tilf. b*. [7] nær *b*. [8] [hins helgasta postula Jacobi *b*. [9] [grein skynsamliga *b*. [10] [lætr þann veg rœktast *b*. [11] verði *b*.

10. Þenna tíma er þvílíkir hlutir fara fram in Hispaniis, sem nú hafa verit greindir, sitr ágætr herra Karlamagnús í Aguisgranum í Franz, ok er hann fréttir þau hörmungar tíðendi hryggist hann mjök í sínu hjarta ok kveikist meðr miklu kappi guðligs vandlætis, sendir þegar boð ok bréf hvervitna út í ríkit, bjóðandi at allir höfðingjar meðr sínum styrk komi til Aquisgranum sem fljótast. En sakir þeirrar miklu elsku ok sannrar hlýðni er keisarans undirmenn höfðu viðr sinn herra, flýtir hverr ok einn sinni ferð eptir hans boði, meiri maðr sem minni, fram í þann stað sem ákveðinn var; koma þeir fljótast er nálægastir váru. Nú sem margir stórhöfðingjar Frankismanna eru samankomnir í nefndan stað, en þó hvergi nær[1] þeir allir sem kallaðir[2] váru, ríss sjálfr keisarinn upp ok talar svá: Guð ömbuni yðr, góðir höfðingjar, þá auðmjúku undirvorpning, er þér veitit mér fyrir guðs skyld, því at ek játti at margir af yðr væri betr til fallnir en ek þvílíkrar tignar sem ek stendr í, er þér gerit yðr liðuga nótt með degi mínum vilja ok yfirboði, svá at jamglaðliga leggi þér fram yðvart líf firir guðs ást ok vára, sem alt annat er þér hafit halda, hvat yðr gjaldi sannr guð ömbunari allra góðra hluta. En fyrir hverja sök ek hefi nú kallat yðr saman, skal ek birta. Mikit hrygðarefni er at komit mínum eyrum, því at senniliga segist þat, at sú kristni er land Hispanie eign vinar míns heilags Jacobi viðr tók guði samvinnanda meðr várri atgöngu, sé nú görsamliga eydd ok fóttroðin af hundheiðnum konungi Affrice Agulando at nafni. Ok meðr því at ek skil at blezaðr Jacobus mun svá til ætla, at ek ok mínir menn skylim enn frammi standa hans jörðu til lausnar, sér til sœmdar, en oss til sálubótar, þá heyrit, mínir góðu vinir, at þessum her skal ek halda til Hispanialands ok öðlast, hvárt sem guðlig forsjó vill skipa, fagran sigr eða skjótan dauða, því at ek trúir at heilögum Jacobo þiki vér allvel lengi hafa haldit kyrrsetuna. Nú þó at eigi sé allir þeir hér komnir sem guð mun oss til liðveizlu senda, skolum vér alt eins búa þetta várt lið sem bezt at hestum vápnum ok klæðum, ok flytja várn her fram í þann stað Hispanie, sem oss sýnist viðrkœmiligr at bíða þeirra liðsmanna, sem síðar[3] kunna[4] til koma. Væntir ek ok þess, ef heiðingjar frétta at vér sém þeim nálægir, at þeir muni údjarfligar landit yfirganga. Allir er heyrðu þvílík orð keisarans, svöruðu sem einni röddu: Góði herra, segja þeir, gjarna viljum vér yðrum ráðum framfylgja í þetta sinn ok hvert annat, svá lengi sem guð lér oss lifa, því at langa[5] tíma hefir yður[6] forsjó vel dugat bæði til andar ok líkama, ok svá trúum vér enn verða meðr guðs vilja ok fulltingi heilags Jacobi postola.

[1]) nærri b. [2]) nefndir b. [3]) síðan b. [4]) kunnu b. [5]) langan b. [6]) oss þín b.

11. Eptir þetta býr Karlamagnús keisari sinn her vel ok kurteisliga, sem engi um aldr þurfti honum lýti fyrir gefa, lyptir síðan sinni ferð brott[1] af Frans meðr svá prúðum[2] flokki, [at engi var þvílíkr annarr í allri Jtalia.[3] Í þessum her váru dýrir höfðingjar, svá at eigi váru vildri til. Var einn af þeim fyrstr ok fremstr ágætr herra Turpin erkibyskup af Rensborg, er fyrr var nefndr, hverr einkanliga var til þess skipaðr af guði ok keisaranum at skíra menn vígja kirkjur ok hafa fram fyrir lýðnum hjálpsamligar áminningar. Annarr höfðingi var Milun hertogi af Angler mágr keisarans, hverr á þessum tíma er höfðingi yfir hans herliði. Þriði kappi var Rollant systurson Karlamagnús, hann var þá jarl Ornonianensis borgar ok hafði fjórar þúsundir hinna frœknastu riddara. Fjórði höfðingi var Oliver jarl Gebenensis, hann var son Rameri jarls ok hafði þrjár þúsundir vaskra riddara. Fimti kappi var Arastagnus konungr Brittanie meðr sjau[4] þúsundum riddara. Sétti höfðingi var Engiler hertogi Aquitanie borgar. Þessa borg Aquitaniam lét fyrst reisa Augustus keisari eptir sögn[5] fornra manna; undir hana liggja mörg heruð með stórum borgum, ok taka nafn af borginni ok kallast Aquitania. Engiler fylgdu fjórar þúsundir hermanna, er kœnastir urðu[6] til alls vápnaburðar, en þó einkar bezt kunnu þeir af bogum skjóta. Sjaundi var Oddgeirr danski með tíu þúsundir góðra riddara. Áttandi Nemes enn kurteisasti hertogi af Bealuer með fim þúsundir. Níundi Gundabol[7] Frísa konungr með fjórar þúsundir. Tíundi Lanbertus af Biturika ríkr höfðingi með tveim þúsundum. Ellepti Samson hertogi Burgundionensis með tvær þúsundir. Tólfti var Eystult[8] jarl af Lingunia með þrjár þúsundir vígra manna. Með þessum greindum ok mörgum öðrum ferr herra Karlamagnús þar til er hann kemr fram í þann stað eðr borg er Benona heitir, þar dvaldist hann meðr sínum her nökkura[9] biðstundar tíma þeirra höfðingja er síðar fóru. Hvar fyrir greina skal þessu næst þann atburð, er í þessum stað gerðist meðr þeim hætti sem greindr Turpin erkibyskup, er þetta efni hefir samsett, ritaði með sínum framburði ok svá byrjar.

12. Sem Karlamagnús keisari dvaldist í borginni Benona, sýktist einn riddari af herinum Romaticus at nafni, þar til er hann nálægr dauða skriptast ok tekr dróttinligan líkama með annarri guðs þjónastu. Ok eptir þetta kallar Romaticus til sín einn riddara sér skyldan nökkut lítt ok segir svá: Þú góði vin, segir hann, tak þann fríða hest er ek á ok sel fyrir fulla peninga ok gef alt verðit fátœkum mönnum mér til sáluhjálpar, þegar sem ek er dauðr. Síðan sálast Romaticus, en riddarinn selr hestinn fyrir hundrað skillinga silfrs,

---

[1]) út b. [2]) fríðum b. [3]) [mgl. b. [4]) 4 b. [5]) sögu b. [6]) váru b. [7]) Gundebol b. [8]) Gistübert b. [9]) nökkurn b.

hvat er hann tekr til sín ok gefr eigi[1] fátœkum mönnum, heldr eyðir hann öllu reiðskjótans verði á fám dögum fyrir drykk mat ok klæði, en ætlar eigi nökkut minnsta einum[2] fátœkum. Sem liðnir eru þrír tigir daga frá andláti Romatici birtist hann greindum riddara í svefni ok talar svá til hans með stuttu yfirbragði: þar liggr þú ok hefir illa gört við mik fyrir þína ágirni, því at þat skaltu vita, at svá sem ek leið á brott af þessu lífi, hafði lausnari minn fyrirgefit mér allar syndir meðr sinni mildi, fyrir þat er ek gaf minn hest hans limum til hugganar; en sakir þess at þú tókt meðr rangri ágirni undir þik þá ölmosu, ok mistu guðs fátœkir menn þeirrar hugganar er ek gaf þeim mér til sáluhjálpar, þá hefir ek þolat margar pínslir þessa stund alla, er frá er liðin mínu andláti. En nú skipar svá guðlig mildi, at þú skalt á morgin koma í minn stað, en ek man leiðast í hvíld paradísar. Síðan vaknar riddarinn felmsfullr ok birti þegar hvat fyrir hann hefir borit um náttina. En öllum áheyrandum[3] þikir undarligr hlutr ok mjök óttanligr, ok sem þeir tala [þetta efni miðil sín,[4] heyra þeir er hjá standa upp í loptit mikinn úkyrrleik með miklum illum lætum, því líkast sem leones rautaði eða úlfar þyti ok graðungar geldi, ok rétt í því grípst þessi riddari brott af manna augliti,[5] svá at aldri [sást hann síðan[6] lifandi. Ok er þessi fáheyrði hlutr flýgr um herinn, fara margir hans at leita bæði á fœti ok hestum fjóra daga í samt, ok finnst [meðr engu móti.[7] En tólf dögum síðar hittist hans líkami laminn í sundr á einu bergi þrjár dagleiðir brott frá því er hann hvarf í fyrstu. Gaf nú öllum skilja, at sá loptsins úkyrrleiki sem heyrðist, var af úhreinum öndum, hverra grimleikr í þeim stað hafði niðr kastat þess vesla manns líkam, en dregit sálina með sér í fyrirskipaðan stað til eilífra kvala. Af þessum hlutum[8] auðsýniliga birtist, hversu þungr löstr þat er í guðs augliti at draga undir sik meðr ágirni þær ölmosur sem góðir menn gefa fyrir sinni sál, hvárt sem þat gera heldr skyldir menn eða úskyldir, því at eigi geldr maðr[9] þeirrar gerðar með því at sá veröskyldar sér mikinn glœp er[10] gerir, en heilög kirkja eða fátœkir menn þarnast[11] sinnar eignar; þar meðr geldr senniliga sál hins andaða, því at þat sem hon hugði sér til hugganar snýst henni til mikillar hrygðar. Hér af má [þat ok[12] skilja, at hvat sem kristinn maðr gefr lifandi[13] fyrir sál sinni eða annarr eptir hann, þá er höfuðnauðsyn at sem fyrst lúkist, því at svá lengi sem góðgörningrinn dvelst nýtr sálin þess eigi algörliga, þar sem hon kvelst í pínu fyrrum en þat er veitt sem játtat var. Lýkst hér þetta mál, en þessu næst skal víkja aptr til Agulandum.

---

[1] ekki *b.*   [2] hinum *b.*   [3] *sanl. b;* áheyranda *B.*   [4] [millum sín af þessu efni *b.*   [5] augsýn *b.*   [6] [síðar sást hann *b.*   [7] [hann eigi *b.*   [8] lut *b.*   [9] einn *b.*   [10] þat *tilf. b.*   [11] þarfnast *b.*   [12] [ok þat *b.*   [13] *mgl. b.*

13. Nú er at segja af Agulando konungi, at hann gengr yfir land alt Hispanie með herskildi, ferr borg af borg, kastala af kastala, brýtr niðr kristni[1] en skipar í staðinn heiðni, eptir því sem fyrr var sagt. Hann vinnr[2] einn stóran turn af kristnum mönnum meðr svá [sterkjum vígjum,[3] at ef vaskir drengir væri honum til geymslu skipaðir, mundi varla svá mikit afl boðit, at hann vyrði unninn. Þenna turn tekr Jamund son Agulandi til verndar meðr sínum mönnum, en ferr þó framleiðis meðr Agulando þar til at á þeim tíma er Karlamagnús keisari sitr í Baion, koma þeir fram á slétta völlu ok víða, er liggja meðr þeirri á er kallast Segia[4] bk setja þar sínar herbúðir. En þegar Agulandus hefir[5] af sanna frétt, at Karlamagnús er í Baion, kallar hann þegar saman alla sína spekinga ok segir svá: Góðir höfðingjar, segir hann, nú þurfum vér eigi við þat at dyljast, at kristinn konungr Karlamagnús setr þá dul sér yfir höfuð at fara til fundar við oss, en mjök undarlig þikki mér hans ætlan, ef hann hyggst þetta land eignast ok reka oss brott meðr skömm; en því man hann slíkt hugsa, at honum er úkunnigr várr styrkr ok mikill almáttr guða várra. En hvat nú er bezt til framfara, þá leggit ráð til. Sem Agulandus leitar ráðs [til sinna[6] höfðingja, leggja þeir mjök misjafnt til, sumir segja at ekki sé annat ráð til en halda öllum herinum sem fljótast móti Karlamagnúsi ok reka hann nauðgan aptr í sitt ríki eða drepa hann ella, segja at þá tekr hann makliga ömbun sinnar dirfðar. Eru fremstir í þessu tillagi tveir höfðingjar, Ulien er fyrr var nefndr ok Madequin hinn sterki, hann var svá mikill, at líkari mátti hann segjast[7] risa en alþýðligum manni. En þeirra í miðil stendr upp sá konungr er hét Balam; hann var maðr drenglundaðr, vitr ok einarðr, djarfmæltr ok snjallr í framburði. Hann talar svá til Agulandum: Hinn völdugasti höfðingi, segir hann, öllum er þat kunnigt, at yðrum herradómi er lítilræði í at drepa þann litla flokk kristinna manna er Karlamagnúsi man fylgja, en þat yki[8] yðra sœmd ok tign at lokka hann meðr fögrum heitum ok blíðum orðum undir yðvart vald, ok sýnit[9] í því, at yðr þikir[10] til engis vera honum móti stríða; ok ef hann er vitr maðr, sem ek vel trúir, þá mun hann kunna sjá yðvarn svá mikinn góðvilja ok taka yðra gerð með þökkum, gefa sik ok sitt ríki upp í yðra forsjá. Vili[11] hann þat eigi, er vel ok makligt, at hann komi hart niðr. Því er sú tillaga mín, at þér gerit sendimann til keisarans djarfan ok smásmuglan, þann er einarðliga beri fram yðvart eyrendi, hvárt sem líkar betr eða verr, ok glöggliga skili orð keisarans ok hans

---

[1]) kirkjur b.   [2]) vann b.   [3]) [styrkum veggjum b.   [4]) Seggja b.   [5]) þar tilf. b.
[6]) [við sína b.   [7]) þikja b.   [8]) megnaði b.   [9]) synist b.   [10]) þiki b.
[11]) Vill b.

manna. Agulandus svarar: þetta er ráð hit bezta, ok svá skal gera. En engan sér ek til þessarrar ferðar jamvel feldan sem þik Balam, ok því skaltu fara, ok tak svá marga menn til fylgdar sem þér bezt líkar, skoða sem görst hversu mikinn her eðr styrkligan þeir hafa, ok hvat annat er þú sér oss varða. Balam segir þá: Herra, ek er yðvarr undirmaðr ok skyldr yðru boði hlýða, því skal ek gjarna gera¹ þessa ferð eptir [yðrum vilja.²

14. Síðan býr Balam sik ok sína menn með fríðasta búnaði vápna ok klæða, ferr þar til er hann kemr í Baion, stígr af hesti ok gengr fyrir keisarann, þegar sem hann fær orlóf. En þó at Balam hefði eigi fyrr sét Karlamagnús keisara, kennir hann görla hvar hann sitr miðil annarra, því kveðr hann keisarann ok segir svá: Sitit í friði ok góðum náðum, hinn vaski höfðingi kristinna þjóða. Keisarinn tekr honum vel eptirspyrjandi hverr hann sé. Hann svarar: Ek heiti Balam þjónóstumaðr hins öflugasta konungs Agulandi, sendr af honum til yðvars hers orð ok eyrendi fram bera. Því at svá sem herradómr hans frétti yðra nálægð, þóttist hann eigi undirstanda yðvart eyrindi annat en sœkja sinn fund með litilæti, sem yðr byrjar. Ok meðr því at honum þótti þat vera mega, svá sem þér kendut yðr honum meingerð hafa veitta, at varla bæri þér traust á at biðja hann miskunnar, hvar fyrir hann bað mik þat segja, at gjarna vill hann yðr þat upp gefa, [þótt þér gripit³ Hispanias, hver at réttu þikir honum sín eign vera, ok eigi at eins virðir hann engis þá mœðu, er þar fyrir þolir hann, heldr bauð hann þar með, at svá mikit gull ok silfr skyldu þér út taka af hans ríka thesaur, sem yðr bezt þœtti, ef þér vildit nú glaðliga undir ganga hans vald meðr auðveldi ok bœta svá yfir fyrra afbrigði. En ef þér vilit svá friðboð, sem engi öðlaðist fyrr af þvílíkum höfðingja, eigi taka meðr þökk ok reisast meðr ofbeldi móti hans herradóm, þá trú orðum mínum, at engi staðr í allri Hispania er svá öruggr, at yðr viðrhjálpi fyrir hans valdi, ok þó at þér værit miklu sterkari ok hefðit hálfu meira lið en nú, þá stœðizt þér eigi at heldr hálfu ríki Agulandi. Sem Balam hefir þvílíka hluti talat, svarar keisarinn hógliga, sem hann var vanr, þótt honum væri nökkut snarpt talat móti, ok segir svá: Vel ok einarðliga berr þú fram eyrendi þíns höfðingja,⁴ ok því dvelst hjá oss⁵ lítinn tíma ok hvíl þik. En seg mér, góði vin, hvar er Agulandus meistari þinn? Balam svarar: Rétt á þeim slétta velli, er liggr við á þá er kallast Segia, ok bíðr þar yðvarrar tilkvámu. Keisarinn segir þá: Lof sé almátkum guði ok blezaðum Jacobo, því at þagat ætla ek sem fyrst [lofar guð mér.⁶

¹) fara *b*.   ²) [yðru boði *b*.   ³) [er þér griput *b*.   ⁴) herra *b*.   ⁵) um *tilf. b*.
⁶) [þegar guð lofar mér *b*.

En eigi hefir Agulandus þat rétt hugsat, at ek muni eigi þora at biðja mér miskunnar þann sem ek móti geri, en þó eigi Agulandum, heldr dróttin minn Jesum Cristum, hverjum ek væri skyldugr at þjóna svá vel sem ek kynni bezt, því at honum hefir ek mart ok stórt móti gert, en alls ekki Agulando. Síðan skilja þeir sína rœðu, ok dvelst Balam litla hríð meðr Karlamagnúsi, hugleiðir meðr sér háttu ok framferði kristinna manna, ok fellst honum þat vel alt í skap, þikist þat skilja, at miklu er merkiligri þeirra siðr en heiðinna þjóða. Ok sem hann hefir alla þá hluti forvitnazt, er hann fýsir,[1] býst hann til brottferðar. Ok er keisarinn veit þat, lætr hann fram leiða marga hesta væna ok vel búna, ok segir þá til Balam: þú góði vin, segir hann, tak hér af svá marga sem þú vill, en ber þau orð[2] mín Agulando konungi, at ek ætla svá mikit gull ok silfr af hans féhirzlu út taka, sem honum sjálfum þikir í gnóg,[3] ok veita enga sœmd honum í móti.

15. Balam ferr nú þar til er hann kemr til herbúða Agulandi, stígr af sínum hesti úti fyrir konungsins landtjaldi, gengr fyrir Agulandum, kveðr hann ok segir svá: Karlamagnús kristni konungr bar[4] yðr þá kveðju, at þér skyldut bíða hans í þessum stað, ef hugr bilaði eigi.[5] Agulandus fullr af reiði talar þá: Sáttu þann inn digra Karlamagnús? At vísu, segir Balam, heilan ok kátan fyrir allar greinir utan þat, honum þótti oflengi ykkra fundi sundr bera. Engan mann leit ek honum merkiligra, ok yðr satt at segja, hefir hann harla fátt lið hjá yðr, en enga veit ek þeim vaskari né betr at öllum herskrúða búna; en þat eitt heyrða ek þá óttast, at þér þyrðit eigi bíða þeirra. Því væri þat mitt ráð, at [eigi hætti þér á[6] orrostu viðr þá, því at eigi verðr þessi minn framburðr at hégóma,[7] aldri um aldr fái þér þeirra ríki unnit né komit þeim á flótta. Sem Agulandus ok hans menn heyra þvílíkan framburð sendimanns, œðast þeir meðr mikilli ákefð honum í móti, ok segja svá: Senniliga[8] ertu verðr mikillar hegndar fyrir þína údygð, því at þú hefir svikit þinn höfðingja Agulandum, en tekit mútur af kristnum mönnum ok gerzt þeirra vin, því skal engan gaum gefa at þínum framburði. En seg nú, hversu mikinn her Karlamagnús hefir. Balam svarar: Hvat tjóar mér at segja yðr nökkut, þar sem þér vilit því eina[9] trúa, er yðr sýnist. Nú vitit þat vera satt, at meir en hálfu minna lið hefir hann en Agulandus, en þó mun yðr at fullu vinnast. Sem Agulandus heyrir þetta kallar hann til sín Jamund son sinn, ok talar svá til hans: Nú er ek víss vorðinn, at kristnir menn hafa engan liðsáfla hjá því sem vér, ok því skaltu fara brott með lið þitt til þess sterka

---

[1]) fýsist *b.* [2]) boð *b.* [3]) í nóg *b.* [4]) sendi *b.* [5]) *mgl. b.* [6]) [þér hættit eigi til *b.* [7]) ok *tilf. b.* [8]) sannliga *b.* [9]) einu *b.*

húss, er [þú tókt¹ til geymslu, ok varðveit þat sem bezt kant þú. Meðr þér skal fara Balam sendimaðr ok fjórir guðir² várir, því at ek sé at Karlamagnúsi vinnr þörf hirðsveit³ mín einsaman. Svá gerist sem nú var sagt, at Jamund ferr brott frá feðr sínum ok sér hann aldri fyrr en heima í dimma heraði í sjálfu helvíti. Sitr Agulandus nú eptir meðr sínum mönnum á sögðum völlum.

16. Eptir þat er Balam sendimaðr var brottfarinn or Baion, kallar keisari Karlamagnús saman sína höfðingja ok talar til þeirra svá segjandi: Vér höfum nökkurn tíma dvalizt í þessum stað ok beðit várra liðsmanna, en þeir koma enn eigi, ok⁴ meðr því at ek trúir þat Agulando kunnigt vorðit um várar ferðir, er eigi ólíkligt at hann haldi hegat til móts við oss sínum mikla her, ok at eigi byrgimst vér hér inni sem melrakkar í greni, skolum vér héðan brott halda þagat sem guð vísar oss ok blezaðr Jacobus. Svá gerist, at þeir fara meðr alt sitt lið út af borginni ok leita Agulandum mjök listuliga, þar til er þeir koma fram á slétta völlu ok fagra. Á þessum völlum sjá Frankismenn herbúðir heiðingja harla skrautligar⁵ með allskyns litum. Ok þegar Karlamagnús lítr þat, gerir hann þakkir almátkum guði ok blezaðum Jacobo, svá segjandi: Þér sé lof ok dýrð, háleitr guð, er várn her hefir leitt réttan veg til fundar þinna úvina fyrir fullting þíns blezaða postola, hvar fyrir ek heit þér, dróttinn minn, at á þessum völlum skal ek láta kirkju reisa þér til sœmdar, ef ek fær þetta land af heiðnum mönnum hreinsat. Hvert keisarans fyrirheit harla vel fyldist, því at þar reistist upp síðan harla fagrt⁶ musteri meðr keisarans fulltingi, ok vígt tveimr guðs píslarváttum Facundo ok Primitivo. Hér lætr Karlamagnús tjalda búðir⁷ ok at því gerfu spyrr hann eptir vitrastu menn, Turpin erkibyskup ok Rollant frænda sinn ok Milun hertoga, hvat nú sé framfaranda. Turpin erkibyskup svarar: Herra, segir hann, engi maðr þarf yðr ráð at kenna, en segja má ek minn vilja. Þat þœtti mér yðr bezt sama ok mest vinna at koma á stefnu til samtals viðr hinn heiðna konung, ok prófa ef hann vill taka trú rétta eða gefa upp landit ok fara heim við svá búit til sinna ríkja. Vili hann hvárngan þenna upptaka, þá er kostr at reyna þeirra harðfengi með bardaga. Keisarinn segir at svá skal gera. Fara nú menn til Agulandum með þessum eyrendum. En þegar sem Agulandus veit, at Karlamagnús er kominn, verðr hann glaðr ok hugsar at nú man hann skjótt vinna þat er hann vill, býðr síðan⁸ öllum herinum at vápnast ok búa sik sem bezt til bardaga, segir at nú skolu hans menn vinna sér til handa gull ok silfr, lönd ok lausa aura. En er þau boð koma

¹) [þér tókut *b*. ²) guðar *b*. ³) hin sveit *b*. ⁴) Nú *b*. ⁵) sköruligar *b*.
⁶) sœmiligt *b*. ⁷) búð *b*. ⁸) þegar *b*.

fyrir Agulandum, er keisarinn býðr at eiga stefnulag viðr hann meðr friði, þikir honum líkligt, at því geri Karlamagnús þat, at hann vill[1] gefast upp í vald hans, því játtar hann þessu. Koma þeir aptr til keisarans, sem þetta eyrendi báru, ok segja hvat títt var með Agulando, at hann bjó[2] lið sitt til orrostu, en játtaði þó stefnulagi. Keisarinn lætr herklæðast sína menn ok skorti þar eigi hinn fríðasta herskrúða, eptir því sem hverr vildi hafa. Segir keisarinn at þeir skolu[3] ríða friðsamliga á stefnuna en vera búnir[4] hvat sem at hendi kann koma.

17. Nú sem hvárirtveggju eru búnir, ríða þeir fram á völluna er lágu miðil herbúðanna. Ríðr Karlamagnús keisari frammi fyrir liði sínu, en Agulandus af annarri hálfu rétt gagnvert honum í móti, því at hvártveggi þeirra var auðkendr frá herinum sakir vaxtar ok vápnabúnaðar. Ok sem þeir koma[5] svá nær, at hvárr[6] má görla skilja annars orð, talar Karlamagnús keisari til Agulandum ok segir svá: Mikit hefir ek á þik at kæra, Agulande, fyrir þat er[7] þú hefir tekit af mér meðr prettum rangrar ágirni lönd mín Hispanias ok Gaschuniam, þar með drepit alla kristna menn er þú máttir ok á mitt vald vildu flýja, borgir mínar ok kastala hefir þú niðr brotit ok eytt meðr eldi ok járnum alt þetta land, er ek hafði[8] meðr guðs styrk ok heilags Jacobi unnit ok undir kristin lög snúit. En er Agulandus heyrði Karlamagnús tala á þeirra tungu Arabiamanna, er hann sjálfr bezt kunni, gleðst hann harðla mjök ok mælti svá til keisarans: Ek biðr þik, hinn kristni, at þú segir mér, fyrir hverja sök at[9] þú tókt þat land undan várri þjóð, er hvárki áttir þú né þinn faðir, ok eigi föðurfaðir þinn. Karlamagnús svarar: Því at almáttigr guð leysti þetta land brott af yðru valdi heiðinna manna, skipandi þat undir kristin lög, en þér ræntut hann sinni eign, hvar fyrir ek var skyldugr at snúa því aptr til kristinnar þjóðar, ok hvert land annat er ek mátti, því at allar heiðnar þjóðir eiga meðr réttu til at lúta várra laga. Agulandus segir þá: Mjök er þat úverðugt,[10] at vár lönd liggi undir valdi yðvarra þjóða, því at vér höfum miklu mætari lög en þér. Vér dýrkum enn máttuga Maumet guðs sendiboða, ok hans boðorð höldum vér, ok þar með höfum vér almáttig guð,[11] þau er oss sýna meðr boði Maumets úvorðna luti; þau dýrkum vér ok tignum ok af þeim höfum vér líf ok ríki, ok ef þú sér[12] þau, mundi þér mikit um finnast. Karlamagnús svarar þá: Senniliga villist þú, Agulande, í þessarri þinni trú, því at vér höldum guðs boðorð, en[13] þér haldit lygiligan átrúnað. Vér trúum á einn guð,

[1]) vili b. [2]) sik ok *tilf.* b. [3]) skuli b. [4]) við búnir b. [5]) komast b. [6]) hverr b. [7]) at b. [8]) hafða b. [9]) *mgl.* b. [10]) úrétt b. [11]) goð b. [12]) sæir b. [13]) *saal.* b; sem B.

föður son ok heilagan anda, en þér trúit á djöful þann er byggir í skurgoðum yðrum. Sálur[1] várar koma eptir [þann líkamliga[2] dauða til eilífs fagnaðar, ef vér höldum rétta trú meðr góðum verkum, en yðrar sálur, er á skurgoðin trúit, fara til eilífra písla brennandi án enda í sjálfu helvíti; ok má þaðan af skilja, at vár lög eru betri en yður. Því kjós nú um[3] 2 kosti, lát skírast með öllu liði þínu ok hjálp svá þínu lífi, ella kom þú til bardaga viðr mik, ok [mun þú[4] fá þá illan dauða. Agulandus svarar: Þat skal mik aldri henda, at ek láti[5] skírast ok neita svá Maumet vera almátkan; heldr skal ek ok mitt fólk berjast viðr þik ok þína menn meðr þessum skildaga,[6] at þeirra trú dœmist betri sem sigr fá, ok sé sigrinn þeim til eilífrar sœmdar, sem hann öðlast, en hinum til eilífrar skemdar, sem hans[7] missa. Ok ef ek verðr lifandi sigraðr, skal ek ok allr minn herr taka skírn. Þá svarar Karlamagnús: Harðla vel líkar mér, at svá standi; en til þess at eigi kallir þú várn sigr framar gerast af mannligum styrkleik en krapti heilagrar trúar, skal þessi bardagi hafa á sér hólmgöngu hátt, svá at einn gangi móti einum, tuttugu móti tuttugu, ok þann veg síðan svá lengi sem fullprófat þiki vera. Agulandus samþykkir at svá gerist. Síðan sendir Karlamagnús tuttugu riddara fram móti 20 heiðingjum, ok lauk svá þeirra leik, at heiðingjar féllu allir. Því næst gengu fram fjórirtigir[8] af hvárum, ok féllu enn allir heiðingjar. [Eptir þat riðu[9] hundrað móti hundraði, ok fór sem fyrr, at heiðingjar féllu. Síðast reið fram þúsund móti þúsund, ok féllu flestir heiðingjar, en sumir flýðu. Sem hér var komit, lofuðu allir kristnir menn sinn dróttin, sem verðugt var. En Agulandus gékk til Karlamagnús at settum griðum, ok sannaði auðsýniliga birtast í þessum hlut at kristin lög váru meir virðandi en átrúnaðr heiðinna þjóða, hvar fyrir hann játtar at [næsta morgin[10] eptir skal hann koma ok taka trú rétta. Skilja[11] þeir við svá búit ok fara hvárir til sinna herbúða.

18. Sem Agulandus kemr til sinna herbúða, tjár hann þeim er þar váru alt hversu farit hafði meðr þeim Karlamagnúsi, ok hvar nú var komit hans máli, at hann ætlar skírn at taka, ok bað sína menn svá gera. Játtu því margir, en sumir neittaðu. Ok þegar á næsta degi eptir ferr Agulandus fram til herbúða Karlamagnús ok kemr þar rétt á þeim[12] tíma sem hann sat yfir borðum meðr sínum sveitum.[13] En er Agulandus gengr inn í keisarans landtjald, lítr hann umbergis borðin, ok meðr því at alls háttar stéttir[14] sátu upp meðr keisaranum, byskupar, klaustramenn, kanokar, prestar, riddarar,

---

[1]) Sálir b. [2]) [líkamligan b. [3]) tilf. b. [4]) [mantu b. [5]) láta b. [6]) skilmála b. [7]) hann b. [8]) 40 b. [9]) [Síðan reið fram b. [10]) [á næsta morgni b. [11]) Skiljast b. [12]) þann b. [13]) sveinum b. [14]) sveitir b.

undrast hann mjök, at þat fólk er með svá ýmisligum búnaði; því spyrr hann inniliga eptir keisaranum, hvat manna hverir[1] væri. Karlamagnús greinir fyrir honum sérhverja hluti ok segir svá: þeir menn sem[2] þú sér hafa einlit klæði sœmilig, eru byskupar ok prestar ok kallast lærifeðr [laga várra,[3] þessir leysa oss fyrir miskunn guðs af várum syndum ok veita guðliga blezan; en þá sem þú sér í svörtum klæðum eru ábótar ok munkar, þeir biðja fyrir oss nótt ok dag; en þeir er hvítum klæðum skrýðast, kallast kanokar ok eru líkir í siðsemd hinum fyrrum, en hafa tíðir sem lærðir menn. Ekki skilst mér af þvílíku, segir Agulandus, ok eigi munda ek þikkjast liðsinni at nærri,[4] þótt slíkt dragsaðist með mér. En seg mér nú, hvat manna eru þeir er yztir sitja á berri jörðu ok hafa hvárki fyrir sér borð né dúka, en lítiliga mat ok drykk, búnir mjök herfiliga hjá því sem aðrir. Karlamagnús svarar: þetta eru sendiboðar várs herra Jesu Kristi ok kallast einkanliga limir guðs, ok svá marga þrettán at tölu höfum vér dagliga í váru boði í minning várs lausnara ok þeirra tólf postola, er meðr honum váru þann tíma er hann ferðaðist[5] hér á jarðríki. Agulandus segir þá: Allir þeir er upp sitja með þér ok þú kallar þína menn hafa gnógan mat ok drykk ok sœmiligstu klæði, en þeir sem þú kallar einkanliga guðs menn ok hans sendiboða lætr þú á jörðu sitja langt frá þér brott háðuliga haldna bæði at mat drykk ok klæðum. Undarlig gerð, ok illa þjónar sá sínum herra, er svá háðuliga tekr hans sendiboða, hvar fyrir ek kalla lög þín ill, þau er þú lofar ok kallar góð, ok vei verði mér, ef ek læt minn fyrra átrúnað, til þess at leggja mik undir þvílík lög. Karlamagnús svarar: Agulande, segir hann, lát þik eigi þenna hlut frá draga góðri ætlan, því at þat er guðlig skipan en eigi fyrirlitning hans boðorða, at fátœkir menn hafi svá mat ok klæði, at þeir megi lifa við, en seðist eigi dýrum krásum ok gnógligum eðr gangi í ágætum klæðum, því at ef svá væri, mætti þeir eigi fátœkir kallast, ok eigi bæri þeir þá mynd á sér, sem sjálfr lítilætis meistarinn virðist at bera í þessum heimi ok hans lærisveinar. En til þess skipaði hann svá, at þeir skyldu halda satt lítilæti með fátœktinni, en dramba eigi af miklum ríkdómi ok sællífi. Ekki vildi Agulandus þvílíku gefa gaum, heldr biðr hann sér nú orlofs til brottferðar ok býðr þar með Karlamagnúsi almenniligan bardaga, ríðr síðan brott aptr til sinna herbúða. En Karlamagnús keisari lét gera betr við fátœka menn, þá sem fylgdu herinum þaðan af. Hér með biðr hann lið sitt búa vápn sín ok hesta sem bezt. Svá gera þeir. Ok sem allir eru vel búnir, setja þeir sín spjót niðr í völlinn úti fyrir herbúðunum næsta kveld fyrir orrostuna. En um morgininn

---

[1]) *saal. b*; hverr *B*.   [2]) er *b*.   [3]) [*saal. b*; vára *B*.   [4]) nær *b*.   [5]) var *b*.

eptir sem kristnir menn ganga til ok taka hverr sitt spjót, váru mörg af þeim gróin meðr börk ok næfrum ok fegrsta blóma. En allir er þenna atburð sá, undraðust mjök ok eignuðu þetta guðligri miskunn, höggvandi síðan upp spjótsköptin sem næst[1] máttu þeir jörðinni. En svá segist senniliga, at af þeim rótum upphöggvinna spjótskapta, er eptir stóðu í jörðinni, runnu upp fagrir lundar réttir sem sköpt meðr mörgum[2] kvistum ok fögru laufi sem sjá má.[3] Váru þessir lundar flestir af aski, er af skaptunum upp runnu, en svá mörg váru spjótin blómguð, sem fjórum þúsundum manna gnœgði.

19. Nú sem hvárirtveggju kristnir menn ok heiðnir höfðu skipat sínar fylkingar, riðust þeir at með miklum gný ok vápnabraki, því at þar var hvártveggja þeytt horn ok lúðrar. Mátti hér líta snarpligt vápnaskipti. Ríða þeir fremstir í liði Karlamagnús sem báru þau blómberandi spjót sem fyrr váru greind, hafði guð dróttinn svá skipat, at þeir allir skyldu á þeim degi fagrliga kórónast meðr píslarvætti. Var mest háttar maðr af þeim Milon hertogi af Angeler, er í þeim bardaga fóru[4] til guðs. Karlamagnús reið djarfliga fram í fylkingar heiðíngja ok drap margan mann með sínu sverði er Gaudiola hét. En svá sóttu Saraceni at keisaranum, at þeir drápu hestinn undir honum. Varðist hann þá vaskliga meðr tveimr þúsundum sinna manna miðil margra Saracena. En með guðs forsjó ok heilags Jacobi, komst hann heill ok úskaðaðr[5] aptr til sinna fylkinga. Féllu[6] á þeim degi fjöldi heiðíngja, en svá margir af kristnum sem áðr váru greindir. Ok er á leið daginn gefst upp bardaginn, fara hvárir heim til sinna herbúða. Höfðu heiðíngjar þá handtekit hinn vaskasta höfðíngja af liði Karlamagnús Nemes hertoga af Bealfuer. En rétt á þenna tíma kemr Balam sendimaðr, er fyrr var nefndr, til Agulandum, ok var sendr af Jamuud er þá hjó í turninum at forvitnast, hvat fram fœri miðil kristinna manna ok heiðinna, ok er hann varð víss hins sanna, hvat nú hefir[7] skemstu at borizt, at Karlamagnús hefir látit sinn bezta hest í bardaganum, en Nemes[8] einn af hans köppum er nú haldinn af heiðíngjum, kemr honum til minnis, hversu vel Franzeisar tóku við honum ok hversu herraliga keisarinn gerði hann af garði, þá er hann var sendr til þeirra af þeim feðgum, því þikist hann skyldr at gjalda velgerning móti þeirra hœversku, ef hann má viðr komast, ok svá gerir hann. Því at svá sem Agulandus er kominn í sitt landtjald ok Nemes hertogi er leiddr fyrir hans kné ok dœmdr af honum at þola skjótan dauða, gengr Balam meðr sínum fylgdarmönnum fyrir Agulandum ok segir svá: Herra, segir hann, hugsit um, á hvern hátt Karlamagnús gerði

---

[1]) *snal. b*; mest *B*. [2]) fögrum *b*. [3]) mátti *b*. [4]) fór *b*. [5]) úsakaðr *b*.
[6]) féll *b*. [7]) fyrir *tilf. b*. [8]) hertogi *tilf. b*.

við mik, sem ek var af yðr sendr; kost átti hann at láta drepa
mik, ef hann hefði viljat. Nú gerit svá vel fyrir yðra dygð, látit
þenna vaska mann ná[1] sínu lífi ok sendit hann heilan aptr sínum
höfðingja ok sýnit í því yðra mikilmensku. Agulandus svarar:
Nei Balam, segir hann, þat gerist eigi fyrir þín orð einsaman at láta
þenna mann lausan. Balam segir þá: Nú þótt þér vilit hann eigi
upp gefa fyrir orðin[2] einsaman, skal eigi spara fé honum til undan-
lausnar. Takit svá mikit gull ok silfr, hesta meðr vápnum ok dýrum
klæðum fyrir þenna mann sem þér vilit sjálfir. Ef[3] þetta tjóar eigi,
þá vitit þat, at margir yðrir menn skolu rauðu eiga[4] snýta aðr þessi
maðr sé drepinn. Ok er Agulandus heyrir svá fögr orð ok þar með
einarðliga hótan Balams, talar hann svá: Tak mann til þín, Balam,
ok greið oss slíkt fé, sem þú játtaðir. Svá gerir hann, tekr Nemes
hertoga á sitt vald, en lætr svá mikit góz í staðinn sem Agulando
líkaði. því at þótt hann væri nú þann veg kominn til, skorti eigi
gnógan ríkdóm í hans ferð einum manni til lausnar,[5] á hvern hátt
sem helzt vildi hafa, enda var hann svá vinsæll, at hvat var til reiðu
sem hann vildi krefja. Eptir þat gert talar Balam til Nemes hertoga:
Nú far til Karlamagnús ok ber honum kveðju mína, ok meðr því at
ek heyrða hann hafa látit hest sinn, þá haf meðr þér þenna hvíta
hest, er ek vil[6] gefa honum; vænti ek þess, at eigi sé annarr betri
í[7] her heiðingja eðr betr kunni fara með sér í bardaga. Þakkar
Nemes honum sína framstöðu,[8] sem vert var, ok ferr síðan á fund
Karlamagnús, ber honum kveðju Balams meðr hestinum, ok segir
hversu drengiliga hann stóð frammi honum til frelsis. En keisarinn
verðr glaðr, er hann sér Nemes, því at mjök hafði hann hrygzt af
hans brotthvarfi, ok segir svá: Lof sé guði ok heilagum Jacobo, er,
þik, góði vin, frelsti af valdi Saracenorum, ok ef þat væri þeirra
vili, bið ek at aldri komir þú í svá harðan pungt nökkurn tíma.
En mjök er þat harmanda, at svá hraustr drengr skal eigi kenna
skapara sinn, sem Balam er. Sem þeir talast við þvílíka hluti,
segist keisaranum, at fjórir markeisar af Róma eru komnir [honum
til liðveizlu,[9] ok hafa fjórar þúsundir hinna beztu riddara, þessarra
beið Karlamagnús í Baion. Verðr keisarinn nú glaðr af öllu
saman frjálsing Nemes ok þeirra tilkvámu. En af Balam er þat
segjanda, at hann ferr[10] skyndiliga frá her Agulandi, sem Nemes
verðr[11] brottu, þar til er hann fann Jamund, ok sagði honum
þat sem hann varð víss af um viðskipti[12] kristinna ok heiðinna
manna.

¹) halda *b*. ²) orð *b*. ³) En ef *b*. ⁴) *mgl. b*. ⁵) útlausnar *b*. ⁶) man *b*.
⁷) öllum *tilf. b*. ⁸) frammistöðu *b*. ⁹) [til liðveizlu við hann *b*.
¹⁰) fór *b*. ¹¹) var *b*. ¹²) skipti *b*.

20. Sem Agulandus fréttir at fjórir höfðingjar með miklu liði eru til fulltings komnir við keisarann, þikir honum eigi sinn hlutr líkari en áðr. Því snýr hann brott með sínum her ok ferr til þeirrar borgar sem Agenna heitir, því at betra virðist honum þar við at eiga, sem minna afl er fyrir. En þó at þessi borg Agenna væri meðr sterkum múrum, var þar engi afli til mótstöðu, hvar fyrir Agulandus vinnr hana ok sezt þar síðan meðr sinn her; þikist hann nú hafa fengit svá öruggan stað til verndar,[1] at engi man svá ríkr til[2] koma, at né eitt it minsta mætti þeim granda, ok svá er hann nú stappaðr upp af dul ok drambvísi, at nú ætlar hann sér alt auðveldliga ganga eptir sinni fýsi. Því gerir hann menn til Karlamagnús ok býðr honum til sín at þiggja mikit gull ok silfr, til þess at gefa upp ríki sitt ok gerast hans maðr. En er keisarinn heyrir þessi boð Agulandi, tekr hann því eigi fjarri, segir þat líkara at hann muni koma eptir hans boði. Fara sendimenn aptr við svá búit ok segja Agulando, at Karlamagnús tók vel þeirra eyrendum, en hann verðr geysi glaðr við þá sögu, því at nú þikist hann hafa alt hans ráð sér í hendi, ef þeir finnast. En er sendimenn váru brott farnir, smíðar ágætr herra Karlamagnús nýjar ráðagerðir, því at senniliga skilr hann fyrir þann háleita meistara, er hann lærði til sinna framferða, at þetta boð Agulandi var bruggat af údyggu hjarta. Hvar fyrir hann tekr þat ráð, sem guð kendi honum, ríðr brott frá herinum meðr sjautigi riddara leyniliga, þar til er hann kemr upp á þat fjall, er svá stóð nærri[3] borginni Agenna, at þaðan mátti görla sjá fram í staðinn. Hér[4] stígr hann af baki sínum hesti ok leggr af sér allan konungligan skrúða ok klæðist öðrum búnaði, tekr spjót sitt af skapti en leggr skjöldinn miðil herða sér, ok býr sik at öllu upp á sendimanna hátt, hafandi einn riddara sér til fylgdar, gengr síðan ofan af fjallinu frá mönnum sínum, en biðr þá bíða sín í þeim stað. Senniliga var þessi [ferð Karlamagnús[5] af öruggri trú ok miklu trausti guðligrar miskunnar, at hann skyldi ganga[6] við annan mann sjálfkrafi í hendr sinna úvina, þar með vissi hann við liggja sœmd ok frelsi heilagrar kristni, at[7] honum tœkist greitt sín ferð,[8] ok vel er [því trúanda,[9] at hinn heilagi Jacobus hafi eigi verit þenna tíma keisaranum fjarri, því at djarfliga gengr hann fram til staðarins. Renna þegar varðhaldsmenn út af borginni móti honum ok spyrja hvat manna þeir væri. En þeir kváðust vera menn Karlamagnús keisara sendir til Agulandum. Ok þegar sem þat heyrist, eru þeir leiddir í þá höll sem[10] Agulandus sat ok hans höfðingjar, ok sem þeir koma fyrir konunginn, kveðja þeir hann ok tala svá síðan:

[1]) sér *tilf.* b. [2]) at b. [3]) nær b. [4]) þar b. [5]) [ráðagerð b. [6]) fara b.
[7]) ef b. [8]) atferð b. [9]) [þat merkjanda b. [10]) er b.

Vit erum sendir til yðvar af hendi Karlamagnús með því eyrendi at segja yðr, at hann er kominn í þenna stað, er svá heitir, meðr sextigum riddara ok vill gjarna gefa upp sitt ríki ok gerast yðvarr maðr, hvar fyrir hann biðr, at þér komit til tals við hann með aðra sextigi riddara. Ok er Agulandus heyrir þetta, talar hann svá: Vel hafi þit gert ykkart eyrendi; en segit þat Karlamagnúsi, at hann bíði vel, því at ek skal at vísu koma. Gengr keisarinn eptir þat út af borginni ok hyggr gersamliga[1] at, hversu auðveldast væri [borgina vinna,[2] því at þat var hans eyrendi mest til Agennam. Ferr síðan út af staðinum upp á fjallit til sinna manna, stígr á hest ok ríðr sem skjótast aptr[3] til herbúða. En hvat er þat sem nú heyrðum vér utan verk almáttigs guðs, at Karlamagnús kendist eigi af Agulando ok talaði þó við hann, en hafði fyrir litlum tíma áðr hann sét, sem fyrr var sagt. Lofaðr sé guð fyrir þat ok öll önnur sín verk, er hann dásamliga vinnr móti líkendum með sínum almætti. Ok þegar[4] Karlamagnús var farinn út af borginni, kallar Agulandus konungr saman mikinn her ok ferr með sjau[5] þúsundir riddara til þess staðar, sem hann hugði Karlamagnús fyrir vera meðr fá menn, ok ætlaði drepa keisarann. En er hann kemr í nefndan stað, fær hann þar makliga kaupferð, grípr á mis Karlamagnús, en hefir sik opinberat í ádygð ok trúrofi. Því snýr hann aptr til borgarinnar með skömm ok svívirðing, er honum nú miklu verra í hug en áðr sem makligt er, hvat eigi skipist nema versni, ok bíði svá þess sem honum skal[6] skjótt til handa koma fyrir sinn údrengskap.

21. Þegar sem Karlamagnús kemr til sinna landtjalda,[7] býðr hann herinum at búast sem hvatligast, ok heldr síðan til borgar Agennam. En meðr því at hon var sterkliga múruð en hafði mikit afl fyrir innan sér til fylgdar, sitr hann sex mánaði um borgina ok fær ekki at gert, ok á sjaunda mánaði, sem allar þær listir ok smiðvélar sem höfðingjar eru vanir borgir ok kastala meðr at vinna[8] váru vel ok listuliga til búnar, kallar keisarinn á heilagan Jacobum postola, at hann virðist veita kristnum mönnum sitt blezat[9] fullting, svá at þessi borg verði unnin þeim[10] til dýrðar, en dreifist sá úaldarflokkr, er hana hefir ranglega at halda. Ok senniliga heyrði postolinn keisarans bœn, því at svá harða atgöngu veittu Frankismenn með postolans atstöðu, at Agulando sýndist engi annarr vænni,[11] ef lífinu skyldi ná,[12] en flýja brott or borginni með sínum höfðingjum ok öllu liði[13] er því mátti við koma. Ok svá gerist at hann flýr brott or borginni eina nátt með [öllum sínum her[14] farandi út

---

[1]) görla *b*. [2]) [hana at vinna *b*. [3]) *mgl. b*. [4]) sem *tilf. b*. [5]) 4 *b*.
[6]) kann *b*. [7]) herbúða *b*. [8]) brjóta *b*. [9]) blezaða *b*. [10]) honum *b*.
[11]) *saal. b*; grein *B*. [12]) halda *b*. [13]) herliði *b*. [14]) [öllu sínu liði *b*.

um hinar lægstu smáttur staðarins til þess staðar er Santun heitir, strengir sik þar inni sterkliga, þikir honum nú þegar vel, sem hann kemst undan ágangi Franzeisa. En er Karlamagnús veit þat, at Agulandus er út flýðr[1] af borginni, gengr hann inn meðr mikinn[2] prís ok fögrum[3] sigri, lætr drepa alla Saracenos, er eigi vildu taka skírn ok gerast hans menn. Dvelst Karlamagnús í borginni lítinn tíma áðr hann verðr víss, hvar Agulandus sitr með Saracenis. Heldr hann þangat til móts viðr hann sínu liði ok sezt um staðinn. Þessi borg Santun[4] stendr mjök nærri[5] þeirri á er Karant heitir, svá at hon geymdi einn veg hjá borginni. Keisarinn gerir tvá kosti Agulando, at gefa upp borgina eða berjast ella. En Agulandus vill heldr eiga bardaga við Karlamagnús en gefa upp borgina at úreyndu: því búast hvárirtveggju til orrostu. Ríðr Agulandus út af staðnum, en keisarinn í móti, gerðist bardagi þessi hinn harðasti ok féll mart manna af hvárumtveggjum. En meðr því at blezaðr Jacobus postoli stóð með sínum húskörlum, sneri mannfallinu upp á Saracenos, svá at fjöldi hnígr af þeim, því at hvar sem Rollant með sínum kumpánum snerta þá sínum vápnum, þarf eigi umbönd veita, hvar fyrir heiðingjar eru bæði skjótt hræddir ok móðir ok flýja inn aptr í borgina, lykja síðan aptr sterkliga. Setja kristnir menn nú sínar herbúðir umbergis borgina utan þar sem áin var. Ok er Agulandus skilr sik eigi geta borgina haldit, flýr hann [eina nátt[6] út yfir ána, því at engi vegr sýnist honum annarr kjörvísligri til undankvámu. En þegar Frankismenn vita þat, hlaupa þeir á þá meðr miklu afli ok drepa konung af Agabia ok konung Bugie ok nær fjórum þúsundum heiðingja. En Agulandus flýr undan með lið sitt alt til borgar Pamphiloniam, er fyrr var nefnd. Hafði Karlamagnús hana látit upp reisa í annan tíma ok sterkliga múra eptir þá miklu niðrrapan, er hon þoldi fyrir atgöngu Jacobi, svá sem áðr er greint. Ok meðr því at Agulandus skilr þessa borg mjök sterka, hugsar hann hér fyrir at búast. Því gerir hann nú [sína menn[7] í þær hálfur sem honum þótti[8] líkast til liðveizlu, því at í þeim þremr samkvámum, er gerðust miðil Franzeisa ok Saracenos[9] hefir hann látit margt lið meðr mörgum sínum kempum, ok af því stefnir hann til sín miklum her, hvar sem hann kann fá. En sakir þeirrar drambsemi er honum bjó í hjarta, skal engi þora at gera Jamund nökkut kunnigt, hvat fram fari[10] um hans efni, því at eigi þikir honum þat lítil skömm, ef hann svá gamall ok roskinn skal þiggja liðsemd af þessum yngling,[11] ok betra virðist[12] honum at prófa enn í fjórða sinn, hversu

---

[1]) flýinn b. [2]) miklum b. [3]) fengnum b. [4]) Samtun *her og seneře* b.
[5]) nær b. [6]) [mgl. b. [7]) [sendimenn b. [8]) sér *tilf.* b. [9]) Saracena b.
[10]) fór b. [11]) ynglingi b. [12]) þikir b.

viðskiptin fara miðil hans ok kristinna manna. Því gerir hann orð Karlamagnúsi ok segist bíða munu hans tilkvámu í borg Pamphilonia.

22. Karlamagnús keisari sitr nú í greindri borg Santun ok fréttir, hvar Agulandus er niðr kominn, ok dregr at sér mikit lið. Ok af því at heilagr postoli Jacobus hefir mörgum Franzeisum boðit til sín af þeim her sem keisaranum fylgdi til Hispaniam, gerir hann menn [meðr bréfum[1] til Rómam, biðjandi at postoligr herra sjálfr pávinn virðist fyrir guðs skyld at lypta sinni ferð af Róma til frelsis heilagri kristni in Hispania með þann mesta liðsafla er fá kann í Frakklandi. Hér með býðr hann at allir þrælar ok þjónostumenn í Franz skolu frjálsast meðr sínu hyski af öllum þrældómi, ok þeir sem í höptum haldast[2] eða myrkvastofum væri leystir ok liðugir gerfir,[3] en þeir sem áðr höfðu í gengit keisarans misþykt ok úblíðu fyrir gnógar sakir bauð hann nú aptr kallast í sína vináttu; þar með skyldu allir spellvirkjar ok ránsmenn ganga aptr í frið ok náðir, ef þeir vildi fyrirláta sína framferð ok ráðast í fylgd guðs riddara, heitandi þeim at gjalda aptr sínar[4] eignir, er áðr höfðu mist, en gera fátœka ríka; ok meðr skjótum orðum yfir renna, kallar hann til þessarrar ferðar bæði vini ok úvini, [innlendska ok útlendska,[5] lærða ok úlærða, unga menn sem gamla, heitandi[6] at þeir skolu[7] taka af honum [tímaligar sœmdir,[8] en eilífa ömbun[9] af sjálfum guði, sem vel víkiast undir [þetta hans boð,[10] at meðr guðligum styrk ok þeirra liðveizlu megi hann því auðveldligar fyrirkoma guðs úvinum in Hispania. En þegar sem þessor[11] keisarans boð koma herra páfanum, játtar hann gjarna keisarans bœn, ok býðr at þessi hans boðskapr fari sem skjótast yfir Jtaliam, en tekr sér til fylgdar marga burgeisa af sjálfri Róma, var höfðingi yfir[12] þeim Constantinus prosectus.[13] Hér með tekr herra pávinn þann hluta dróttinligs kross, sem dýrkast ok vegsamast í sjálfri Róma, ok ætlar með sér at hafa fram til fulltingis viðr kristna menn, heldr síðan út af Róma með sœmiligri fylgd, sem þvílíkum herra til[14] heyrði. Koma[15] margir höfðingjar dagliga til fylgdar við herra páfann, því at svá skjótt sem þeir heyrðu keisarans boð ok vilja, bjó hverr sik ok sitt lið sem skjótast mátti. Ferr herra páfinn þar til er hann kemr meðr sínu föruneyti í nálægð viðr keisarann. En þegar sem Karlamagnús verðr varr við tilkvámu postollegs herra,[16] lofar hann allsvaldanda guð ok ríðr út af þeim stað, sem hann sat meðr sínu liði, móti herra páfanum ok fagnar honum með fullri ástsemd ok gleði, leiðir hann

---

[1]) [mgl. b. [2]) héldust b. [3]) gefnir b. [4]) þeirra b. [5]) [mgl. b. [6]) játandi b. [7]) skyldu b. [8]) [mikla sœmd b. [9]) miskunn b. [10]) [hans þessi orð b. [11]) þessi b. [12]) fyrir b. [13]) perfectus b. [14]) mgl. b. [15]) Kómu b. [16]) föður b.

heim til sinna landtjalda meðr miklum prís ok fagnaði, segir honum greiniliga alt hversu fram hefir[1] farit miðil þeirra Agulandum, þar til sem nú ér komit. Sem allr herr keisarans kemr saman í einn stað, var þat mikill fjöldi, því at svá er senniliga skrifat, at tvær dagleiðir á lengd [ok breidd[2] huldi hans herr jörðina, en tólf mílur at[3] lengd mátti heyra manna kný[4] ok hesta gang.[5] Þessum her öllum heldr keisarinn til Pamphiloniam. Fór fyrstr sá höfðingi er hét Arnald af Berid með sínu liði; þar næst Eystult[6] jarl meðr sínum her. Eptir þat Aragstanus[7] konungr af Brittania, þá Arinald[8] de Albaspina með sinni fylgd, því næst Gundilber[9] Frísa konungr með sinni hirð, þa Oddgeir danski, ok síðan hverr höfðingi eptir annan, en síðast keisari Karlamagnús ok herra páfinn ok allr almúginn. Sem Karlamagnús kemr til Pamphiloniam, vill hann enn prófa til[10] í fyrstu, ef Agulandus vill upp gefa borgina, ok ef hann vill eigi þat, býðr hann bardaga. En Agulandus kýss heldr orrostu, en[11] biðr Karlamagnús bíða sín [lítinn tíma,[12] meðan hann byggi lið sitt til bardaga, ok þat þiggr hann. Skipar keisarinn fim fylkingar ok gerir höfðingja fyrstu fylkingar Arnald af Berid. Hafði keisarinn meira lið ok betr búit en heiðingjar, ok því gerði Agulandus fjórar fylkingar af sínum her, því at svá segist, at hann hefði[13] hundrað þúsunda, en kristnir menn hundrað þúsunda þrjátigi ok þrjár.

23. Nú sem Karlamagnús hefir skipat fylkingum eptir sínum vilja, eggjar hann herinn mörgum orðum, at hverr ok einn dugi sem drengr er til ok afli sér bæði samt auðœfa þessa heims með sœmd ok góðan orðstír, en af konungi konunga eilífa ömbun án enda. Því næst gengr fram herra[14] páfinn ok blezar allan lýðinn heitandi þar með, at allir þeir sem nú ganga drengiliga fram undir keisarans merkjum skolu[15] þiggja aflausn synda sinna, gefandi alt saman líf ok líkama[16] upp undir vernd almáttigs guðs ok Hans blezaða postola Jacobi,[17] fyrir hvers skyld þessi herr er í þenna stað saman kominn, ok[18] allir játta svá gera sem þeir váru eggjaðir. Þegar Agulandus hefir búit sinn her, ríðr hann út af borginni á slétta völlu. Má nú heyra hark ok mikit vápnabrak, því at hvárigir spara at þeyta sína lúðra með hvellum hornum, œpandi stór heróp, svá at langt ok víða skalf jörðin umbergis í þeirra samkvámu. Gerir Arnald af Berid ena fyrstu atreið í þessum bardaga meðr sinni fylking ok ríðr djarfliga fram móti fremstu fylking Saracenorum. Var hann hinn vápndjarfasti maðr, ok öll hans fylgd stórliga vel búin

---

[1]) hafði b. [2]) [mgl. b. [3]) á b. [4]) gný b. [5]) gnegg b. [6]) Eistul b. [7]) Arastagnus b. [8]) Reinald b. [9]) Gundebol b, [10]) mgl. b. [11]) ok b. [12]) [mgl. b. [13]) hafði b. [14]) hjá b. [15]) skuli b. [16]) líkami b. [17]) her indfalder en stor Lacune i b. [18]) at B.

bæði at vápnum ok klæðum. Því höggr hann til beggja handa, þegar sem herrinn mœtist ok ryðr sér veg í miðjan flokk heiðingja, veitir mörgum manni bana, ok svá snarpliga gengr hann fram meðr sínum fylgdarmönnum, at skjótt rjúfa þeir fyrstu fylking Affricanorum. Ríðr[1] þá þeim í móti önnur fylking Agulandi, ok stendr við lítinn tíma áðr hon ferr þvílíka leið sem hin fyrri. Ok er Agulandus sér mikinn úsigr sinna manna, reiðist hann í hjartanu ok heldr öllu liðinu í senn í bardagann. En er Frankismenn líta þat, vilja þeir nú eigi spara sik til framgöngu ok halda vígvöllinn drengiliga, svá at þeir hringja með sínum her umbergis ok drepa margan heiðingja, höggva meðr sverðum en leggja spjótum ok kvista hvern niðr hjá öðrum sem hráviði, þar til at mikil hræzla kemr yfir Agulandum, því hann sér kristna (menn) fá mikinn framgang í þessum bardaga, en alla völlu hulda af líkum sinna manna, en þá sem lifa skjálfa ok pipra af hræzlu, ok búna brátt at flýja hvern sem fyrr mátti við koma. Því skilr hann at ekki er til annarr en freista brottkvámu. Ok svá gerir hann, flýr nú undan meðr þat litla lið er honum mátti fylgja til skipa sinna, ok siglir hann til Affricam meðr lítilli sœmd en mikilli hræzlu. Þikir honum nú vel, þó at Jamund son hans prófi sína karlmensku við Frankismenn, því sezt hann í þá borg er Visa heitir meðr drottning sinni ok öðru liði. En þegar Franzeisar kenna flótta heiðingja, sœkja þeir vaskliga eptir ok drepa svá títt, at fátt eina komst undan af heiðingjum. Svá miklu blóði var út helt á þeim degi, at tók í ökla. Altomant konungr ok Ebraus af Sibil flýðu brott með litlu liði ok leyndust í nálægum fjöllum; sumir leituðu í borgina Pamphiloniam sér til hlífðar, en þeim varð þat at lítilli hjálp, því at svá sem orrostan laukst, gékk Karlamagnús inn í borgina ok lét drepa hvert manns barn af Saracenis er finnast mátti. Eptir þenna bardaga ok fágran sigr, er guð ok heilagr Jacobus veitti Karlamagnúsi, fór hann meðr herinn til Argue brúar takandi þar náttstað. En á þeirri sömu nótt leyndust nökkurir brott at úvitanda keisaranum þagat til sem valrinn var sakir ágirni, ok gerðu sér miklar byrðar af gulli ok silfri, er í nóg lá um völluna, ok öðrum gersimum, ok sem þeir eru aptr á veg, koma at þeim at úvöru tveir fyrr greindir konungar Ebraus ok Altomant meðr Saracenis er undan kómust, ok sœkja at þeim ok drepa svá görsamliga, at nær þúsund kristinna manna féllu þar. En heiðingjar þóttust allvel hafa leikit ok riðu brott um nóttina, léttu eigi sinni ferð áðr þeir kómu til Cordubam. En keisarinn sem hann vissi hvat gerzt hafði, lét illa yfir þeirra ferð, at Saraceni skyldu fyrir eina saman heimsku ok fjárágirnd sinna manna svá mikit skarð hafa höggit í þeirra flokki.

¹) Ríða *B.*

24. Næsta dag eptir þenna bardaga, er ágætr herra (Karlamagnús keisari) átti við Agulandum, er nú var brottflýðr at sinni af Hispania, spurði keisarinn, at einn höfðingi af Nafaria er hét Furra var kominn undir þat fjall, sem landsmenn kalla Garzdin. þessi höfðingi vildi fyrir eins finna Karlamagnús ok eiga bardaga viðr hann, því at. Furra sem hann heyrði keisarann kominn í Galicia, óttaðist at hann mundi finna sitt ríki Nafariam, því hafði hann liði samnat ok ætlaði at halda til fundar við Karlamagnús ok sigra hann í bardaga, ef svá færi sem hann vildi. Ok er keisarinn fréttir þat, heldr hann þegar til fjallsins sínum her ok býðr Furra at gefast upp í sitt vald. En hann býðr bardaga í móti. því búast hvárirtveggju til orrostu, en á næstu nótt fyrir bardagann vakir keisarinn í sínu landtjaldi ok biðr guð með góðfúsri bœn ok hinn heilaga Jacobum postola, at hann fengi sigr í þessum bardaga, ok þess biðr hann hér með, at guð auðsýndi þat með marki sinnar miskunnar, hversu margir af kristnum mönnum skyldu í þessu stríði dauða þola fyrir heiðingjum. En þessa bœn keisarans virðist almáttigr guð stórmerkiliga birta, því at um morgininn sem herrinn var búinn, sást rautt krossmark á þeirra manna herðum utan yfir herklæðunum, sem guðlig forsjó skipaði feiga. Ok er Karlamagnús keisari sá svá háleitt mark, at eigi mátti við dyljast hversu margir falla mundu fyrir vápnum, ef þeir kœmi í orrostuna, vill hann prófa, hversu þeirra mál skipist, ef annat ráð gerist fyrir þeim, ok lætr samna saman öllum í sitt oratorium er þvílíku marki váru merktir, ok lykja aptr síðan, en ferr eptir þat til bardaga móti Nafaris; ok er skjótt at segja af þeirra viðskiptum, at Furra fellr ok fjórar þúsundir heiðingja með honum, en engi af kristnum mönnum. En er kveldar, víkr keisarinn til sinna landtjalda ok lýkr upp því herbergi, sem riddararnir váru inni byrgðir, ok sér þar guðliga skipan fagrliga fylda, svá at þeir sem þar váru heilir ok hraustir um morgininn innsettir, finnast nú allir dauðir sem til er komit. Birtist þat í þessum hlut, at engi má umganga þá dauðastund sem guð skipar hverjum til handa. Vinnr Karlamagnús síðan undir sik Nafariam meðr þeim heröðum er þar liggja í nánd.

25. Litlum tíma síðar en þeir tveir konungar Ebraus ok Altomant, sem brott kómust or þeim bardaga er Karlamagnús átti við Agulandum síðast, váru komnir í borg Cordubam, sem áðr var sagt, hugðust þeir hefna skyldu þeirrar svívirðu, er Agulandus hafði farit fyrir Karlamagnúsi, ok því samna þeir saman miklu liði af heiðnum þjóðum ok ríkum konungum. því mjök margir váru þeir at eigi treystust sjálfir at stríða mót keisaranum, en sakir þess at vili var í gnóg, styrktu þeir hvern eptir megni, er til þess bar þoran at

halda stríð við hann. því gera greindir konungar orð Karlamagnúsi, at þeir bíða hans tilkvámu við borgina Cordubam. En þegar keisarinn heyrir þat, vendir hann þagat sínum her, ok sem hann kemr í nánd borginni, halda konungarnir út í móti honum um þrjár mílur ok fylkja þar. Frammi fyrir liðinu skipa þeir fótgangandi menn búna mjök undarliga, höfðu þeir svört skegg ok síð, af þeirra höfðum stóðu horn hvervitna, þeir váru illiligir hvar sem þá leit, svá at líkari váru þeir djöflum eða öðrum hræðiligum skrimslum en mönnum. Þessir sérhverir höfðu í sínum höndum stórar trumbur ok holar bumbur, þar með hljóðbjöllur smár ok hvellar. Svá bíða þessir keisarans. En þegar hann kemr svá nærri sem mátuligt þótti, skipar hann þrjár fylkingar af sínum her, setjandi fyrstu fylking af frœknustu mönnum ok ungum ok góðum hestum, aðra gerir hann af fótgangandi mönnum, þriðju af riddarum. Ok er fyrstu fylkingar hvárra megin koma saman, taka greindir heiðingjar til sinnar þjónostu, hlaupa fram móti Franzeisum með miklu ópi ok blístran, grenjan, bölvan ok allskonar illum lætum, berjandi á sínar bumbur, hristandi hljóðbjöllur, þeyta þar með horn ok trumbur, en berja á tabur. Ok svá sem hestar kristinna manna heyrðu svá bölvuð læti þessarra skrimsla ok litu þeirra hræðiligu ásjánur, kasta þeir sér um þegar í stað ok flýja sem œrir ok galnir, svá at riddarar féngu þeim með engu móti aptr snúit til bardagans. Ok svá gera þessir úvinir mikit af sér, at hverr ok einn maðr er á hesti sitr, verðr nú at flýja þótt nauðigr; því at svá hræðiligan gný ok hark ok báreysti gerðu þessir bölvaðu úvinsins limir, at engi þóttist þvílíkt undr hafa fyrrum heyrt. En hvat þarf hér lengra um at gera, en svá reka heiðingjar þrjár fylkingar Karlamagnús, at aldri er hann svá gildr ok mikill fyrir sér, at né eina mótstöðu megi nú veita, ok svá elta Saraceni Franzeisa sem aðra flóttamenn upp á þat fjall er stendr tvær mílur brott frá borginni. Gerðu þá kristnir menn fjallit sér at vígi ok bjuggust til viðtöku, ef heiðingjar vildu at þeim sœkja. Ok er þat sá Saraceni, vendu þeir aptr til borgarinnar. Settu kristnir menn eptir þat landtjöld sín í fjallinu ok biðu svá morgins. En svá hafði guð ok heilagr Jacobus vel geymt sinna manna, at engi lét sitt líf á þeim degi fyrir heiðingjum. Um morgininn árla kallar keisarinn saman hina vitrastu ráðgjafa ok spyrr þá eptir, hvat nú sé til ráða. En allir segja at eigi sýnist þeim mart til útvega, en kveðast því öllu skolu gjarna hlýða, sem hann vill til leggja. Keisarinn býðr at allir ríðandi menn í herinum láti vefja höfuð á hestum með líndúkum léttum, at eigi megi þeir sjá fásén býsn ok ljót ferlíki Saracenorum. En þar með skolu þér fylla eyru hestanna með vaxi eðr einhverju öðru, svá at eigi heyri þeir hark heiðingja ok ill læti. Ok sem svá var gert ríða kristnir menn djarfliga ofan af fjallinu til móts við Saracenos. Verða þeir glaðir við þat, því á einn hátt ætla þeir at leika við Frankismenn sem fyrra dag. En þat gengst þeim eigi, því at þótt þeir hleypi nú fram sínum skrimslum með verstum lætum er þeir máttu við komast, standast hestar kristinna manna vel þeirra umfang. Því gerist nú stórliga orrosta, því at skjótliga sem Frankismenn mega vápnum við koma, þikir þeim vel at fara, gjalda nú þat drengiliga er þeir þóttust heiðingjum ömbuna, því at þat var þeim í hug fyrra dag, þá er þeir nauðgir undan héldu, at hvárki skyldu þeir spara höfuð né bol heiðingja, ef guð gæfi þeim fœri á í annan tíma. Fellr nú stórliga margt af Saracenis, en hverr er má leitar undan viðrskipti Franzeisa, ok þyrpast fram undir höfuðmerki heiðingja. En um þat var svá búit, at einn vagn stórliga vel búinn stóð í miðjum herinum, fyrir honum (váru) átta yxn, en or vagninum stóð upp eitt rautt banel með hárri merkistöng. En þat var siðvani Saracenorum at flýja eigi or bardaga, meðan þeir sæi merkit standa, ok er keisarinn vissi þat, ríðr hann fram í her heiðingja styrktr guðligum krapti á þeim hvíta hesti er Balam sendi honum, ok ryðr sér rúman veg alt undir höfuðmerkit sveiflandi sínu góða sverði til vagnsins ok sníðr sundr merkistöngina, fellr þá niðr merkit sem ván var, heldr þá síðan aptr í sína fylking. En jamfram ok Saraceni líta sitt höfuðmerki niðrfallit, verða þeir felmsfullir ok flýja án dvöl. En kristnir menn sœkja eptir með ópi ok áeggjan ok fella hvern heiðingja ofan á annan, svá at á þeim degi drápu þeir átta þúsundir heiðingja ok konunginn af Sibil. En Altomant komst inn í borgina Cordubam með tveim þúsundum, aptr lykjandi öll port. En um morgininn eptir segir hann mönnum sínum, at þat eitt sé þeim til at gefast í vald keisaranum ok gerast hans menn, ok því játta allir, því at nú var engi annarr líkari. Síðan gefr Altomant upp borgina Karlamagnúsi meðr þeim skilmála, at hann ok allir er honum fylgja skolu skírast láta en halda síðan borgina af keisaranum, svá lengi sem Altomant lifði, ok styrkja keisarann í öllu því er hann mætti. Fór þá svá fram. Nú hefir verit sagt um hríð, hversu viðrskipti hafa farit miðil Karlamagnús ok Agulandum, en hér næst skal á líta hvat fram ferr í öðrum hálfum Hispanie á þessum tímum.

26. Nú skal þar til taka er Jamund son Agulandi skildi við föður sinn ok fór at búa í turninum, at hann gerði Balam sendimann eptir lítinn tíma aptr til Agulandum at forvitnast, hvat með honum fœri fram, eptir því sem fyrr í sögunni mátti heyrast. Ok er Balam kom aptr ok sagði Jamund þat sem hann hafði víss vorðit, vildi Jamund með engu móti svá fram fara lengr at sitja í sama stað með svá mikinn her sem hann hafði. Því skiptir hann sínu

liði sundr í þrjá staði, tekr einn hluta sér (til) fylgdar, váru í þeim
flokki tuttugu þúsundir; fyrir annan hluta liðs skipar hann tvá höfð-
ingja, optnefndan Balam ok Triamodem konung, frænda sinn meðr
mörgum konungum, hertogum ok jörlum; þeir hafa mestan hluta liðs
meðr sér, því sendir Jamund þá ut af turninum í þann hluta ríkis-
ins er firr stóð, en hann ferr sjálfr í þá staði er meir váru í nálægð
við Karlamagnús; hann hefir með sér fjóra höfuðguði sína, er fyrr
váru greindir, undir hverjum at var alt traust þeirra, hvar fyrir
Jamund skipar sitt lið mest af úvönum mönnum ok ungum til stríðs
ok bardaga; þriðja hlut síns liðs, ok er sá minstr, setti hann til
geymslu viðr turninn. Fara nú þessir illskuflokkar víða um His-
panias, ok er þeirra yfirferð allúþörf guðs hjörð, því at þeir drepa
kristna menn en ræna fé, hvar sem þeir mega. En sakir þess at
Jamund er foringi þessa liðs, skal af hans ferðum einkanliga greina,
því at hjá honum er líkast til nökkurra tíðenda.

27. Þegar sem Jamund fór út af turninum, gengr hann at
með miklu kappi (at) svívirða kristna menn ok niðr brjóta, svá at
engi reisir rönd við honum, vinnr hann undir sik margar borgir ok
kastala með eldi ok vápnum, ok svá var hann grimmr ok illgjarn
í sínum framferðum, at svívirðiliga lét hann drepa hina vöskustu
menn, er eigi vildu níðast á guði sínum ok lúta bölfaðum skur-
goðum, en af konum bauð hann brott sníða brjóstin, ef þær sam-
þyktist eigi þeirra fúlum illvilja, hvar fyrir margir snerust til skurgoða
villu. Hér með aflar hann svá mikit gull ok silfr ok aðrar gersimar,
sem eigi mátti telja. En með því at þessi ofsókn, er Jamund gerði,
fór víða um landit, fréttir Karlamagnús keisari þessor tíðendi þar
sem hann er, ok sakir þeirra únáða sem hann átti á þeim tímum í
at standa ok áðr var sagt þóttist hann eigi mega halda til móts við
Jamund; því kallar hann til sín tvá konunga, þá er annarr hét Sal-
omon ok var höfðingi yfir Bretlandi en annarr Droim er stjórnaði
Gaskhuniam. Til þessarra talar keisarinn svá: Meðr því at ek má
eigi svá skjótt sem þyrfti koma til fundar við Jamund son Agulandi
ok rísa móti þeim úfrið er hann gerir landi vinar míns Jacobi, skipar
ek ykkr höfðingja þess liðs er sendast skal á njósn fram fyrir Ja-
mund, at hann geysist eigi at úvöru hingat á oss; ok ef svá berr
til, at þér mœtit nökkurum riðli eigi mjök miklum af þeirra flokki,
þá hafit þvílíkt lið með yðr sem þér þikkizt vel mega móti taka,
en gerit oss sem skjótast orð, þegar þörf gerist ok yðr sýnist svá
betr standa. Þeir samþykkja þessu gjarna, taka sér til fylgdar meir
en þrjátigi þúsunda ok fara síðan þar til at þeim verðr kunnigt af
ferðum Jamundar. Því reisa þeir sínar tjaldbúðir í nánd einu fjalli
er heitir Aspremont ok gera síðan tíu þúsundir lengra fram á vörðinn;

váru þeir harðla vel búnir at öllum herskrúða, ríða þeir upp á þann háls er gekk undan fjallinu, ok svá ofan öðrum megin í hlíðina ok nema þar staðar, því at þaðan mátti víða sjá, litu þeir ok þá turn Jamundar, skipa þeir liði sínu í fylkingar ok vildu búnir vera þess er at höndum kynni koma.

28. Rétt á þessum tíma er njósnarmenn keisarans váru á ferð komnir, sitr Jamund um eina borg, er sá konungr hafði (at) halda, sem Kalabre hét, ok vinnr hana en drepr konunginn. En eptir þat vendir hann aptr á leið til turnsins með sínum mönnum, hœlast þeir mjök ok þikkjast vel hafa leikit, því at mörgum manni hafa þeir snúit til sinna guða en drepit þó miklu fleiri, þar með er svá mikit fé í þeirra ferð sem eigi þurfti meira. Þeir fara nú veg sinn, þar til er þeir finna þá Frankismenn fyrir sér, er á vörð sátu í hlíðinni fjallsins, sem áðr var getit. Jamund sér at þeir hafa fylkt liði sínu, en eru miklu færri (en) hans menn, því eggjar hann höfðingja til framgöngu. En kristnir menn sem þeir líta ferð Jamundar hafa sik kyrra ok staðfasta, breyta meðr engu móti sinni stöðu, ætla heiðingjum atgöngu veita, ef þeim líkar, en sér taka drengiliga í móti ok standa fast ok þrifliga. Ok af því at Jamund kemr eigi í hug at þessi flokkr muni þeim nökkut móti stríða, ef til prófar, lætr hann fram í fyrstu bogmenn ok biðr þá skjóta Franzeisa [hart ok tíðum,[1] þar með ríða at ungir menn með digrum spjótum leggjandi. En Frankismenn hafa svá öruggar hlífar, at engi hlutr gengr á þá hvárki spjótlög né þykk örvaflaug. Ok er Jamund sér þetta ekki tjóa, eggjar hann riddara sína ok biðr þá gera harða atsókn. En er kristnir menn sjá þat at Jamund lætr þat í fram sem til er, bregða þeir sverðum en leggja með spjótum, ok gera svá hart móttak, at þegar brestr flótti á heiðingjum, því at vápn þeirra váru bæði stinn ok örugg, svá at engi hlíf stóð við. Snýr þá mannfalli í lið heiðingja, því at Franzeisar hleypa með svá miklum ákafa ofan or hlíðinni, at hverr sem fyrir varð tók skjótan dauða, ef hann vildi eigi flýja. Því snúa þeir fyrst á flótta er fremstir standa, en sakir þess at þeir stóðu vel, sem eigi höfðu enn kent hversu sárt vápn Franzeisa kunnu bíta, varð í fyrstu þeim sem bleyddust mjök úgreitt um flóttann, því at aðrir géngu at þeim framan, en aðrir stóðu at bakinu, ok þeir þar í miðil. Hvaðan af nú gafst guðs riddarum fœri at sníða höfuð ok hendr heiðingja brott af búkum þeirra. Ok svá ganga þeir njósnarmenn Karlamagnús snarpliga fram, at þeir koma rétt í fylking Jamundar ok drepa merkismann hans er hét Estor, en reka hann af hesti mjök svívirðliga. En er Afrikamenn sjá þessor tíðendi öll saman, bíðr nú engi annars, heldr flýr hverr sem búinn var, sumir

[1] [hanz tíðum *B*.

á fjöll í brott, aðrir leituðu at komast í turninn, en flestir hlupu út á þá á, er féll í gegnum dalinn nálægt bardaganum. En af Jamund er þat segjanda, at eptir mikla bakfall er hann fékk reis hann skjótt upp ok gat náð hesti, er hljóp um völlinn, sté síðan á bak ok hleypti brott or orrostunni sem mest mátti aftaka, fyrirlátandi hæðiliga sjálfa guðina ok allan þann ríkdóm sem áðr hafði hann rangliga aflat, stefnir sinni ferð til turnsins ok vildi fyrir eins honum ná. Ok er þat sér einn frœknasti riddari Frankismanna, rennir hann eptir Jamund meðr brugðnu sverði þeim skjóta hesti er hann sitr á, ok eltir hann alt at turninum. Ok rétt í því er Jamund hleypr í hlið virkisins, kemr riddarinn at utan ok höggr eptir honum, kemr sverðit á hestinn fyrir aptan söðulbogann; Jamund steypir sér fram af hestinum í því er hann heyrði sverðit ríða; var þat högg svá mikit, at ekki hefði hann þurft fleiri, ef þat hefði honum komit í höfuð sem riddarinn ætlaði, því at hestinn tók sundr í miðju, svá at fremri hlutr fylgdi Jamund inn í garðinn, en eptri féll út á völlinn. Skildi svá meðr þeim, at riddarinn reið aptr til sinna manna, en Jamund sat eptir með skömm ok skaða. Höfðu kristnir menn drepit þá hvern er þeir máttu en alla rekit á flótta, svá at vígvöllrinn var með öllu frjáls ok líðugr af liði heiðingja.

29. Géngu Frankismenn síðan til skreytt(r)a vagna, er hlaðnir váru með gulli ok silfri ok öðrum dýrum gersimum, er nú stóðu geymslulausir, áttu þeir nú at skipta miklu herfangi ok fríðu. Kristnir menn sjá nú einn vagn frábæran öllum öðrum, því at þar var yfirtjaldat dýrastum pellum ok búit víða með rauðu gulli. því ganga þeir hér til, lypta tjöldum ok finna þar fjóra fjándr saman í flokki, stendr hverr hjá öðrum, þat eru þeir fjórir guðar heiðinna þjóða, er Agulandus lét til búa meðr mestu mekt áðr hann fór til Hispaniam, eptir því sem fyrr má finnast skrifat. Sem Krists riddarar sjá þessa úvini, þikkir þeim fara at harðla vel, taka til þeirra úþarfsamliga ok steyta þeim ut or vagninum niðr á jörðina. Finna þeir eigi, at svá mjök bregði þeim við, þó at þeir líti í augu þessum skrimslum, sem Agulandus hrósaði þann tíma er þau kómu heim til hans af Arabia, því at þat kvazt honum þikkja líkligt, ef kristnir menn litu þeirra reiðuliga ásýnd, at öll þeirra hugdirfð mundi at engu verða; en þat prófast nú alt öðruvís, því at kristnir menn reisa upp fjóra staura mjök háfa en reka rúmsnöru at fótum guðanna, ok draga þá stundum upp en láta stundum detta langt niðr. En til þess fara þeir þann veg við þá, at ef nökkurir heiðingjar væri nálægir, skyldu þeir sjá mega þeirra hrakferðir. Hér með hrækja þeir á þá ok berja með trjám ok steinum farandi með þá mjök svívirðiliga ok þó makliga. Varð Franzeisum af því öllu saman er guð

11

veitti þeim nú mikil gleði, venda síðan aptr til fyrrgreindra konunga
Droim ok Salomonem, hafandi með sér guðina ok öll önnur auðœfi
er þeir afluðu í þessarri ferð. Birtu þeir greiniliga alt viðrskipti,
hversu gengit hafði miðil þeirra ok Jamundar, sýndu þeim guðina
ok báðu þvílíkt af gera sem þeir vildi. En þat samþykti öllum, at
goðin biði tilkvámu Karlamagnús keisara, ok gerðist sá útvegr á
þeirra máli er honum bezt líkaði. Skolu njósnarfylkingar keisarans
hér hvílast lítinn tíma, en segja þessu næst af einum ágætum herra,
er almáttigr guð ok heilagr Jacobus virðust senda til frelsis sínu
landi en styrks ok fulltings við Karlamagnús keisara.

30. Á þessum tíma er þvílíkir hlutir fara fram í kristni guðs,
sem um stund hafa verit greindir, réð fyrir Borgundia sá höfðingi
er hét Girarð son Bonivi konungs. Herra Girarð sat í þeim stað
er kallast Freriborg, hann var mikils háttar höfðingi, svá at um hans
daga fannst engi vildri herra í þeim löndum, því at hann gékk um-
fram flesta konunga bæði at ríki ok vitrleik. Hann var hinn drengi-
ligsti maðr, harðla vel á sik kominn, þrekligr ok ekki hár, hœveskr
í meðferði, blíðr ok ástsamligr góðum mönnum en grimmr ok stór-
liga harðr móti úvinum. Herra Girarðr var nú mjök hnígandi, svá
at hann hafði hundrað vetra síns aldrs, en áttatigi vetra hafði hann
riddaraligum búnaði þjónat; hann var hinn vápndjarfasti, ok hafði
átt margar orrostur, en svá [mikla gæfu[1] ok sigrsæli veitti guð
honum, at á engan vígvöll kom hann þann at eigi féngi hann fagran
sigr. Hann átti sér ríka frú ok fjóra syni, váru tveir á þessum tíma
frægir riddarar, hét hinn ellri Bernarðr en yngri Aemers; þriði sona
Girarðs hét Milun, en hinn fjórði Girarð, váru þeir ungir ok höfðu
enn eigi tekit herklæði. Herra Girarð átti sér eina systur, en þeirrar
fékk sá höfðingi er Milun hét, gátu þau tvá sonu Boz ok Klares,
þessa tók herra Girarð til sín unga at aldri, fóstraði vel ok heiðr-
liga, kennandi þeim margar listir ok hœvesku, þar til er hann gerði
þá riddara ok setti höfðingja fyrir miklu liði. Nú sem herra Girarð
fréttir þær únáðir sem Affricamenn reisa upp in Hispania, ok þat
með at hinn frægasti herra Karlamagnús keisari er farinn þagat
kristni til frelsis með öllum þeim afla er hann fá mátti, hugsar hann
at þat mundi vera gott verk fyrir guði at fara þagat með sínum
styrk til fulltings við keisarann í endadögum síns aldrs ok stríða
fyrir guðs skyld móti heiðnum þjóðum. Ok með því at ágætr herra
Jacobus postoli sér nauðsynliga landi sínu hertogans tilkvámu, styrkist
þetta svá meðr herra Girarð, at hann kallar saman frítt lið ok mikit
ok býr ferð sína til Hispanialands, veljandi af sínu ríki fimtán þús-
undir hermanna með bezta búnaði vápna klæða (ok) hesta meðr

[1] [mikil gæfa B.

öðrum nauðsynligum hlutum, þar með ferr fjöldi ungra manna þeirra er eigi höfðu enn tekit riddarabúnað; í þessarri ferð váru tveir systursynir hertogans ok fjórir synir hans, er áðr eru nefndir, ok margir aðrir ríkir menn. Ferr herra Girarð meðr flokki sínum þar til (er) hann kemr in Hispania. Ok þegar sem hann kemr þar flýgr honum fyrir eyru hversu grimmliga Jamund son Agulandi fóttreð kristinn lýð, fréttir hann þat eigi síðr, at þann sterkasta turn er í var ríkinu hafði hann at halda, en Karlamagnús keisari var í öðrum stöðum mjök fjarri. Ok fyrir þat at herra Girarð þikist þat skilja, at þar mun vera höfuð ok upprás allra heiðinna manna afls sem er Jamund, vill hann í engum stað fyrri reyna sína framgöngu en þar sem foringinn er fyrir, því snýr hann sinni fylgd til turns Jamundar. En honum berr svá giptuliga til, at á næstu nótt eptir þá miklu svívirðing er Jamund fór fyrir njósnarmönnum keisarans ok fyrr var sagt, kemr hann með sínu liði svá nærri turninum, at eigi var lengra miðil en eitt örskot; reisa þar síðan herbúðir sínar umbergis hjá ok bíða svá morgins. En á næsta dag eptir lætr hertoginn herklæða lið sitt ok biðr at hverr sé búinn til viðrtöku, ef Jamund leitaði út or turninum, ok svá er gört.

31. En af Jamund er þat segjanda, at honum líkar stórum illa, þar sem hann sitr í turninum, sakir þeirra sneypu er hann fékk af fundi kristinna manna í fyrsta tíma er hann átti vápnaskipti viðr þá, hefir látit guðina sjálfa ok mestan hluta þess liðs er honum fylgdi. Ok sem honum er sagt, at kristnir menn hafa reist sínar búðir rétt hjá sínu herbergi, batnar honum lítit í hug viðr þessa sögu, heldr fyllist hann nú upp mikillar reiði, ámælir mönnum sínum á marga vega ok kennir þeirra bleyði ok ragskap þá svívirðing sem hann hefir farit, virðir hann svá sem Frankismenn hælist viðr hann, ok setti því sína bygð svá nálægt, at þeir þikist alt ráð hafa sér í hendi, því at eigi kemr honum í hug at nökkurir aðrir muni hans turni umsátir veita, en þeir sem fyrra dag ráku hann á flótta mjök hæðiliga. Hvar fyrir hann ætlar nú at hefna þeirra hrakfara ok ríða á Frankismenn djarfliga ok reka þá brott meðr harðri hendi, því biðr hann at allir þeir sem turninn byggja búi sik til atsóknar, ok svá gerist. En herra Girarð, sem hann verðr víss, at Jamund ætlar at hleypa á þá sínu liði, talar hann svá til sinna manna: Góðir vinir, segir hann, farit fram mínum ráðum, ok mun þá vel duga. Í fyrstunni sem þeir gunga at yðr út af virkinu, skolu þér ekki taka hart í mót, utan hlífa yðr sem bezt viðr þeirra áhlaupi, ok gefa gott rúm at þeir gangi sem lengst brott frá turninum, því at hann vilda ek geta af þeim unnit á þessum degi með guðs vilja, ok því skolum vér þess geyma, at draga oss æ svá a(t) turninum, sem þeir

firrast, ok ef svá verðr, at vér komumst miðil þeirra ok turnsins, skal hverr ok einn neyta sinna vápna sem drengiligast. Allir játta svá gera sem hann biðr, ok segjast gjarna hans ráðum vilja hlýða ok spara eigi hold ok bein heiðingja.

32. Jamund sem hann er búinn, heldr (hann) út (af) turninum öllu liðinu ok hleypir fram at kristnum mönnum meðr mikilli ákefð, skjóta heiðingjar af tyrkneskum bogum stálhörðum örum, leggja spjótum en höggva sverðum, ok ætla þegar í fyrstu atreið koma Franzeisum fyrir. En menn herra Girarðs hafa þau ráð er þeim váru kend, verjast vel ok standa fast, láta líttat hörfa, til (þess) at því djarfligar gangi heiðingjar fram, sem þeir finna nökkut vikna fyrir, ok svá ferr um stund, at Affricamenn sœkja með ákafa en vinna þó alls ekki, þar til at herra Girarð fær þeim ekki hagligan bakjarl; því at meðan þeir hafa fengizt í sókninni sem harðast, hefir hann dregit sik at turninum með mikinn flokk manna ok kemr nú heiðingjum í opna skjöldu eptir mikit heróp ok eggjar menn sína til framgöngu, ok allir er þat heyra gera skjótt umskipti, bregða sverðum ok höggva bæði ótt ok tíðum, at engi hlíf stendr við. Ok þegar heiðingjar kenna sér ok svíða snarpeggjaðra sverða, er¹ eigi langt at bíða áðr flótti brestr í þeirra liði, ok heldr hverr undan ok varð feginn er því mátti ná, eigi síðr Jamund en aðrir, stefna þeir til þeirrar borgar er Hamne kallast. En kristnir menn reka djarfliga flóttann ok drepa margt af heiðnum mönnum, eru fremstir í flóttarekstrinum tveir systursynir herra Girarðs, er fyrr váru nefndir, Boz ok Clares, ok brytja einkar stórt lið heiðingja. En herra Girarð verr turninn fyrir þeim er þagat vildu hjálpar leita. Jamund sem hann sér menn sína drjúgum falla, h(r)yggist hann bæði ok reiðist ok þikir illa at fara, snýr þeim hvíta hesti er hann reið, ok ætlar at hefna þeirra sem dauðir váru, snarar at sér sinn sterka skjöld sem fastast en tvíhendir þat digra spjót sem hann hélt á, ok keyrir hestinn sporum rennandi fram at einum dygðugum riddara ok leggr til hans. En þessi riddari var Clares systurson Girarðs, ok meðr því (at) hann sér ákafa atreið Jamundar ok skilr at hann er bæði mikill ok sterkr, leitar hann sér ráðs ok hleypir sínum hesti hart í móti; heldr spjótinu fimliga til lags, ok er þeir mœtast, leggr Jamund sem fyrr sagði til Clares, ok kemr sverðit á utanverðan skjöldinn. En Clares víkr hestinum út af, ok stökkr spjótit út af skildinum, svá at hann verðr ekki sárr. En Clares leggr í því til Jamundar meðr svá miklu afli, at hann fellr mjök hneisuliga² af baki, ok flekkaðist þá sá hinn fagri hjálmr er hann bar á höfði bæði af moldu ok sauri. En er Jamund hleypr upp sér hann engan útveg líkara en

¹) ok B. ²) snesuliga B.

hann fleygir sér út á þá á, er fellr rétt hjá ok fyrr var getit, ok kemst yfir hana þó at nauðugliga, ok skilr svá með þeim, at Clares tekr þann hvíta hest er Jamund féll af. Eptir þat er alt lið heiðingja er drepit, en sumt dreift,[1] snýr Clares aptr til turnsins. Hafði herra Girarð tekit hann þá í sitt vald ok drepit þá alla heiðingja er þar fundust. Skorti þar hvárki vist né drykk ok önnur auðœfi, þat gnœgst sem hverr kunni kjósa. Gerist nú mikil gleði í liði Girarðs, því at honum þikir sér vel hafa fallit it fyrsta sinn, er þeir áttu vápnum skipta við Affricanos.

33. En af Jamund er þat at segja, at þegar sem hann komst af ánni, flýði hann í þann stað sem honum þótti vel duga. Dreif skjótliga til hans þat lið sem flýð hafði. Var Jamund stórliga reiðr, en flestir hans menn hryggir hugsjúkir ok sárir, ok sögðu svá miðil annarra hluta: Aumir erum vér ok veslir sakir þeirrar úhamingju, er oss berr til handa, höfum látit guði vára alla, gull ok silfr ok mestan hluta þessa liðs er Jamund fylgdi, hér með bæði konunga, jarla ok aðra mikils háttar menn af váru ríki, eða hvat munum nú at hafast? Síðan ganga þeir þar til er Jamund sitr meðr bleiku andliti, ok fœra hann or herklæðum, því at bæði var hann móðr ok vátr. Eptir þat segja þeir svá til hans: Herra, hvat er nú til ráða? Hann svarar af miklum móði: Vei verði yðr, segir hann, hvat þurfi þér at spyrja mik at ráðum. Aldri meðan ek lifi, verðr ek huggaðr af þeim harmi, er (ek) hefir fengit fyrir yðra údygð. Þér hrósuðut yðrum riddaraskap heima í höllum mínum ok loptum, þá er þér sátuð glaðir ok drukkut it bezta vín mitt, sögðuzt þér skyldu eignast Frakkland ok skipta miðil yðvar allri eigu kristinna manna, en drepa þá eða reka í útlegð. Úsynju trúða ek yðr huglausum hrósurum ok þeirra arm(r)a fortölum er mik eggjuðu at fara til þessa lands með mikinn her ok fríðan, því at nú hafa þeir svikit mik ok gert mér svá mikinn skaða, at Affrika fær eigi bœtr. Sem Jamund hefir þvílíka hluti talat, kallar hann til sín þann mann er hét Butram ok segir svá: Stíg upp á þann fljótasta hest sem þú finnr í várum her, ok ríð hvatliga þar til er þú kemr fyrir konunga vára Balam ok Triamodem, ok seg at þeir komi sem fljótast til móts við oss meðr alt þat lið er þeim fylgir, ok samni hvar við er þeir mega, seg. ok greiniliga öll þau tíðendi er oss hafa at borizt. Sendimaðr gerir sem honum var boðit, stígr á hest sinn ok ríðr dag ok nótt um fjöll ok dali, til þess er hann kemr í her heiðingja, ok kemr fyrst at landtjaldi Goram ræðismanns, ok segir honum alla þá úgæfu er Jamund hefir til borit. Ferr þessi sögn skjótt um herinn. Hvar fyrir saman koma allir hersins höfðingjar. ok segir Butra

[1]) drept *B*.

greiniliga, hvat fram hefir farit síðan þeir skildu, ok svá at Jamund biðr, at þeir komi á hans fund með svá mikinn afla sem mestan kunna þeir fá. Sem Balam heyrir þenna framburð Butra, hugsar hann með sjálfum sér, hversu falsliga er átrúnaðr bölvaðra skurgoða, en styrk ok mikil trúa kristinna manna, hvar fyrir hann kemst við í sínu hjarta fyrir vitjan heilags anda, því at allsvaldandi guð hefir hann fyriræltat sinni miskunn fyrir þann velgerning, er fyrr var greint at hann góðmannliga framdi við Nemes hertoga, þá er hann var í valdi Agulandi ok dœmdr af honum til dauða. Því biðr hann optligri bœn til guðs leyniliga meðr viðkomnu hjarta, sem hér má heyra: Þú hinn hæsti faðir almáttigi guð, er kristnir menn makliga dýrka ok vegsama, ek játti þik vera konung allra veralda ok skapara allra hluta; ok meðr því at ek trúi senniliga, at þeir hlutir, sem nú hefir ek heyrt, hafa nú orðit fyrir þinn krapt móti líkendum, at fáir menn stigi yfir svá mikinn fjölda, þá bið ek þína hina mildastu ástsemd, at eigi komi yfir mik syndugan ógurlig þín reiði eptir mínum makligleikum, heldr bíð þú mín miklu þolinmœði, ok lát eigi fyrr mína önd takast brott or líkamanum, en ek er skírðr ok þér signaðr. Svá segir hann meðr társtokknum augum, hverja bœn guð heyrir gjarna ok lætr fyllast eptir því sem síðar birtist í sögunni.

34. Sem Butran sendimaðr hefir birt heiðingjum boð ok vilja Jamundar, víkjast þeir vel við, svipta landtjöldunum ok fara til fundar við hann meðr alt lið, en senda menn í þá staði sem þeir vissu nökkurs afla ván sér til styrktar. Kemr þar saman, sem Jamund sitr fyrir hryggr ok reiðr, útöluligr fjöldi heiðingja af ýmisligum þjóðum, ok er Jamund veit at þeir eru komnir, ríðr hann í móti þeim með sínum höfðingjum, er hjá honum váru, ok talar til þeirra hátt, biðr at allr herinn nemi staðar á völlunum. Eptir þat kallar hann til sín konunga ok jarla, hertoga ok alla hersins höfðingja ok ríðr fyrir undir skugga eins álmtrés er nálægt stóð, stígr þar af hesti ok sezt niðr í einn háfan stól. Hann var þá bleikr ok litlauss, svá at horfin var öll fyrri frægð hans ásjónu. Síðan segir hann til allra er heyra máttu: Röskir höfðingjar, ek hefir yðr mikil tíðendi at segja, því at ek hefir ratut mikil vandræði, því at þá er vér skildum, fór ek út af turninum, er faðir minn gaf mér í vald meðr mikit lið, ok höfðum vér guði vára til styrkingar. Vildi oss svá vel um tíma, at vér snerum mörgum lýð til þjónostu við guðina, ok tókum harðla mikit fé gull ok silfr með öðrum gersemum. En eptir mánuð liðinn héldum vér aptr á leið ok mœttum vér njósnarmönnum Karlamagnús, tóku þeir svá snarpliga móti, at vér féngum enga viðrstöðu veitt, drápu þeir merkismann minn Estor enn vaskasta riddara ok marga aðra, ok aldri heyrða ek (segja) fyrr mitt forellri,

at fáir¹ menn ræki á flótta svá mikinn fjölda sem vér várum. Ek kómumst þá mjök nauðugliga undan, því at þeir drápu minn vildasta vápnhest er ek reið, en feldu mik háðuliga af baki, ok þegar sem ek fékk annan, skundaði ek í turninn fyrirlátandi guðina ok öll önnur auðœfi. En þeir eltu mik alt til þess er ek hljóp undan því höggi, er mér var ætlat, inn í turninn, en hestrinn hlaut, ok svá mikilli hræzlu kómu þeir á mik, at aldri komst ek svá nauðugliga undan dauða síðan ek kunni vápn at bera. En sakir þess, at ek flýði brott frá Maumeth ok guðunum, lögðu þau á mik sína reiði ok leyfðu, at kristnir menn taki sér náttstað varla frá turninum mér til hermdar ok sorgarauka. En er ek vissi þat, réðum vér á þá ok ætluðum hefna várrar svívirðu, en því síðr vannst nökkut léttir á váru máli, at oss veitti þá hvat þyngra en fyrra tíma, því at margr góðr drengr lét þar sínu lífi, ok þar með reknir brott af turninum, svá at aldri síðan eigum vér hans vánir; flýðum síðan undan bastvesælir, ok var ek þá enn hrundinn af baki svá hneisuliga, at minn bjarti hjálmr saurgaðist alt upp til nefbjargar, fékk ek ekki annat fangaráð en ek fleygða mér út á ána er nálægt féll, vöknaða ek þá allr, ok enga viðhjálp fékk ek fyrr en ek kómumst yfir hana viðr allan leik meðr miklu vási. Þvílíka úgæfu hefir borit til sem nú hafi þér mátt heyra, dugandis menn, ok mjök makliga, því at faðir minn gat aldri refsat mér marga úhlýðni er ek veitti honum; hann vildi jafnan, at ek þýddumst ráð hinna beztu ættmanna minna, en ek lét þá first mér er beztir menn váru, en ek hefir dregit at mér vándra manna sonu ok gefit þeim sœmdir ok sælu, gipt þeim ríkar konur meðr miklum eignum. En þat hafa þeir mér illa launat; því at tveim sinnum reynda ek þeirra þjónostu, ok prófaðist mér illa í hvártveggja sinn. En ef ek kemr heim í ríki mitt, væntir mik at ek skal maklig gjöld þeim veita, því at fyrir þeirra údrengskap hefir ek látit fjóra guði mína, ok því býr mikil harmsút ok syngr mér í brjósti, ok eigi vil ek héðan af laufgjörð bera á mínu höfði, ok eigi skal ek heyra framleiðis fagran fuglasöng né skemtan listugra strengleika, hvárki líta hauka flaug né veiðihunda rás ok eigi beiðast kvenna gleðiligan ástarþokka, því at ek hefir týnt ok tapat mínum máttugustum herrum Maumet ok Terrogant. Ok meðr því at ek mun aldri þá héðan af sjá mega, utan yðvarr reyndr riddaraskapr dugi til, þá bið ek, at þér sœkit þá aptr, ok ef þat verðr unnit, [þá skal² hinn fátœkasti af yðr eignast gnóga fullsælu. Höfðingjar svara þá: Herra Jamund, segja þeir, berit yðr vel ok karlmannliga, sorgir gefa yðr slíka hluti mæla, en vitit þat, at allir kristnir menn, þeir sem djörfung bera til móti oss at stríða, skolu eptir lítinn tíma dauðir,

¹) fari *B*. ²) [at *B*.

ok þú sjálfr skalt þat mega sjá þínum augum, at vér þorum drepa
þá, því dvelit eigi, búit sem fljótast yðvarn her. Jamund þakkar
þeirra fögrum heitum ok stígr á sinn skjótasta vápnhest, er Agu-
landus faðir hans átti, skipar síðan fylkingar ok setr liðs höfðingja.
Fyrir fyrstu fylking gerir hann foringja Balam sendimann, ok meðr
honum fjóra konunga, þeir höfðu sextigi þúsunda liðsmanna, þeir
váru margir vel búnir at vápnum, en aðrir höfðu engar brynjur utan
leðrpanzara sterka; margir váru bogmenn í þeim flokki bæði stórir
ok sterkir meðr stinnastum skeytum. Annarri fylking stjórnaði
Triamodes systurson Agulandi. Hann hafði með sér stórliga mikinn
fjölda ok örugga menn til vápna, í hans fylking mátti líta mjök
bitrlig sverð, góða panzara, öruggar brynjur, fagra hjálma, stinna
boga tyrkneska meðr velbúnum skeytum; hverr þeirra hafði hang-
andi öxi viðr söðulboga. En þó þeir láti nú gildliga ok ætla skoða
njósnar(menn) Frankismanna, munu þeir eigi hrósa eiga sínum hluta.
Þriðju fylking geymdu tveir konungar Rodan ok Salatiel með ríkjum
höfðingjum, þeir höfðu sextigi þúsunda vel búnaða; þar váru hjálmar
settir gulli ok gimsteinum, skildir steindir, digr höggspjót meðr gull-
saumaðum merkjum, fríðir hestar meðr vel búnum reiða. Fjórðu
fylking stýrði Kador konungr ok hans félagi Amandras, ok með þeim
60 þúsundir; þeir báru gylda hjálma (með) silfrligum brynjum ok
smeltum söðlum ok búnum bitlum; þar var margr heiðingi mikilátr
af drambi ok ofmetnaði, hrokaðir af hégómligri brósan, svaðaðir upp
í kurt ok veraldligt skart; en svá miklir sem þeir þikkjast, man
þeirra ofstopi skjótt lægjast. Fyrir fimtu fylking váru tveir höfð-
ingjar Baldam konungr ok Lampas; þeir höfðu bæði mart lið ok
vel búit at öllum herskrúða, vápnum, hlífum, hestum ok klæðum.
Séttu fylking tóku til geymslu tveir konungar Magon ok Alfreant,
þeir váru ríkir ok frændgöfgir. Ok meðr því at Jamund vill eigi
binda sik í nökkurri umhugsan sérhverra hluta, því skipar hann
þessum konungum at geyma sitt höfuðmerki, er mest varðaði at
bezt varðveitt sé. Skipaði hann þeim til styrktar hundrað þúsunda
alla vel búna upp á þeirra hátt, en hann ætlar sér þar helzt fram-
göngu veita sem honum líkar. Hér með er greinanda, at hann hefr
þat sverð, er bezt var borit í þann tíma, er Dýrumdali kallaðist,
þar með hinn hvella lúðr af horni Olifant, hvat er Rollant fékk
hvártveggja eptir hann dauðan. Sem höfðingjum er skipat í herinum,
ríðr Jamund fram ok greinir hverja fylking frá annarri, ok flytja
herinn til þess er þeir koma í dalinn er liggr undir fjalli Aspermert;
váru þar sléttur miklar, mátti langt sjá til þeirra, því at stórliga
vítt land þurfti allr þeirra herr á at standa, ok svá er sagt, at þeir
hefði eigi minna lið meðr öllu saman en sjau sinnum hundrað þúsunda.

Hér lætr Jamund reisa landtjöld væn meðr gnógum kosti, því at svá var mikill ríkdómr heiðingja, at engan þurð eða lítinn sá á, þótt Jamund hefði tveim sinnum áðr verit sviptr miklum auðœfum, því at þat alt höfðu þeir gripit frá kristnum mönnum. En meðr hvílíkum virktum landtjald Jamundar var gert er síðar greinanda. En nú skal birta hvat fram ferr meðr njósnarmönnum Karlamagnús, er fyrr var frá sagt.

35. Eptir þann fagra sigr, sem greint var at kristnir menn þeir sem á vörð sátu féngu á Jamund, fóru þeir til fundar við Droim konung ok Salomon ok sögðu þeim af sinni ferð. En meðr því at öllum þótti líkendi, at Jamund drœgi saman her úvígjan, ef hann mætti, gerðu þeir njósnar(menn) eptir [lítinn tíma¹ upp á fjallit Asprement, at eigi kœmi heiðingjar þeim úvart. Ok skjótliga sem þeir koma á vörðinn, gefr þeim líta víða völlu þakta af her heiðingja, þar með sjá þeir riðul harðla vel búinn nærri fjallinu en annan herinn, ok sakir þess at þeir höfðu enga vissu af þarkvámu herra Girarðs, hugsa (þeir) vera njósnarmenn heiðingja. Hér með heyra þeir mikinn úkyrrleika til hersins. Því ríða þeir ofan af fjallinu ok stefna at landtjaldi Salomons, ok mælti þeirra foringi til konungs: þat veit trúa mín, segir hann, at nú munu vér at vísu eiga bardaga fyrir hendi, því at vér sám her heiðingja, ok er þat svá mikill fjöldi, at víða eru vellir þaktir af þeim, ok oss mjök nálægir. En er þessor tíðendi kómu fyrir kristna menn, gaf margr nú skjótt mark hvílíkr drengr hverr var, því at þeir sem harðir váru ok hugsterkir, glöddust í sínu hjarta at þeir skyldu mœta heiðnu liði, en aðrir bliknuðu ok hræddust þegar fyrirfram. Droim konungr sem hann heyrir heiðingja nálæga, kallar hann til sín Salomonem ok segir svá: Herra, segir hann, gerum sendimann til Karlamagnús konungs, þann² er honum boði hvat um er, nú þarf eigi dyljast við, at heiðingjar ætla vinna undan honum landit, ef hann flýtir eigi móti at rísa, ok sakir þess at allir munu þér hlýðni veita, þá kjós þann til þeirrar ferðar sem þer líkar. Salomon svarar, at þetta ráð sé takanda. Eptir þat víkr Salomon at þeim riddara er Riker hét ok talar svá: Dugandi drengr, segir hann, ger vára nauðsyn ok seg Karlamagnúsi, at hann komi sem fljótast til fulltings viðr oss, því engi maðr er einhverr kærri keisaranum en þú. Riker heyrandi þessor orð roðnar nökkut lítt meðr sjálfum sér ok þrýstir undir sik kyrtlinum, er lá í söðlinum, ok svarar: Vei verði mér hundrað sinnum, ef ek fer at tali³ þínu, Salome, ok hlaupa brott or þessum stað, þar sem ek skal heita riddari, því at þessi ferð byrjar þeim sem enga hjálp kann veita, þótt hér þurfi nökkurs viðr, ok spara

¹) [lítima *B*. ²) hann *B*. ³) fali *B*.

vill líkam sinn ok líf. En ef ek tapar sál minni sakir þurftar viðr minn líkam, má ek lítit ok illa hrósa[1] fyrir guði ok hans helgum mönnum, hvar fyrir er ek skal [eigi amast[2] undan víkja, heldr vinna hvat ek kann ok herbergja mína sál með guðs postolum ok einkanliga Jacobo postola, fyrir hvers sœmd ek ok allir dygðugir menn skolu drengiliga standa, því at þar únáðar mik eigi huglauss maðr. Svá segir Riker, en[3] Salomon kallar einn góðan riddara af þeirri sveit er Manri kallast, hann var vitr maðr ok kurteiss, fœðingi þeirrar borgar er Birra hét, til þess segir Salomon: þú kurteisasti riddari, ríð til keisarans ok ger vára sendiferð. Hann svarar: Heyr þat, konungr, er ek segi þér; í þat mund sem brynja mín er brostin, skjöldr minn klofinn, spjót mitt brotit, sverð mitt svá slætt at þat kunni eigi bíta, líkami minn svá vanmegn ok allr farinn, at ek megi engan dugnað veita, þá skal ek fara þessa ferð; en ef þú vill þyrma líkama þínum, þá far sjálfr þangat sem þú vísar mér. Eptir þat kallar Salomon Gudifrey gamla ok talar til hans: Góði félagi, segir hann, tak skjótt til ráðs ok ríð þeim fljóta hesti, er (þú) sitr á, til keisarans með eyrendi váru. Hann svarar skjótum orðum: Þat veit trú mín, at þat geri ek með engu móti; sér þú eigi at ek hefi góð herklæði ok fríðan hest, ok ef guði líkar, skal ek djarfliga verja þat er guð gaf mér til meðferðar, ok offra honum alt saman sál mína ok líkama, ef hann vill svá skipa; en ef þú Salomon hræðist dauða þinn, þá forða þér með þessarri sendiferð. Sem Salomon heyrir þvílík andsvör, þikir honum sendiferð eigi ganga greiðliga, vill þó prófa lengr ok hugsar at glaðligar mundi undir gengit, ef fé liggr í skauti. Því talar hann við þann mann er hét Antilin rauði, hann var við aldr, ok segir til hans meðr þvílíkum orðum: Þú Antilin, far ok seg konungi várum, at hann hjálpi oss við. Antilin svarar meðr sttuttu máli: Hverjar viðhjálpir þarftu við at sinni? segir hann. Salomon svarar: Veiztu görla, góði vin, at engan styrk höfum vér í móti ofrefli heiðingja, utan hann komi til fulltings viðr oss; en ef þú gerir minn vilja ok farir, skal ek gefa þér kastala ok alt fylki er liggr umbergis ok fleira en fim hundruð riddara þér til fylgdar. Antelin segir þá: Stórliga ríkr konungr mantu vera, meðr því at þú ert svá gjafmildr, en rangt hugsaðir þú, at ek mundi til þess hingat kominn at kaupa svívirðingarnafn með fémútu þinni, ok heyra af kumpánum mínum ok jafningjum at ek flýði sakir bleyði héðan brott. Nei meðr engu móti skaltu svá leika, ek er þér ekki handgenginn, ok eigi kom ek í þenna stað eptir þinni bœn eða vilja, heldr at þjóna almátkum guði fyrir eiginligan vilja, ok því ætlar ek þar þvílíkt fyrir taka með mínum lögunautum sem hann vill oss

¹) rossa *B*. ²) [enghe æmmast *B*. ³) at *B*.

skipa til handa. En ef þú hræðist dauða, þá flý brott sem skjótast nú meðan þú mátt sjálfráði forða þér, at eigi beri síðar svá þungliga til, at þú megir eigi en vilir gjarna. Salomon sem hann heyrir þessor orð Antelins, reiðist hann nökkut lítt með sjálfum sér ok vill eigi at heldr enn upp gefa, því heitr hann í fimta sinn á Bertram af Mutirborg ok segir: þú hinn hæveski riddari verðr at vísu fara ok segja Karlamagnúsi konungi, at hann láti án dvöl koma til fulltings viðr oss tuttugu þúsundir vápnaðra riddara, en fari síðan með alt lið sitt; en ef hann dylst við ok hafnar þessu ráði, fær hann ok allir vér þann skaða, at hann man seint aptr bæta. Bertram svarar: Herra Salomon, segir hann, þú skyldir áðr hafa hugsat en þú bautt mér þessa sendiferð, hvárt ek var þinn þræll eða eigi; því at þeim byrjaði þér þvílíkt bjóða, sem undir þik eru okaðir ok [hefði eigi¹) þoran til móti at mæla, en ekki mér, því at ek vil engan veg undan skjótast fyrr en þessi orrostu er lokit, sem líkligt er at skjótt verði. En hvat er, Salomon, mun þat ekki til sem mér sýnist, at þú sér bleikr ok blóðlauss, fölr ok litlauss af hræzlu, ok fœtr þínir báðir skjálfi ok pipri af hugleysi? Nú ef þú þorir eigi berjast, forða þér með þessi ferð sem þú kant bezt. Viðr þessi svívirðingarorð reiðist Salomon at marki, grípr til vápna, ok svá riddarinn, er nú búit með þeim til váða. þetta sér einn erkibyskup Samson at nafni, ríðr fram djarfliga at þeim ok mælir: Góðir vinir, kvað hann, látit eigi svá ferliga, hafit frammi vizku ok berizt eigi, því at þit erut brœðr, kristnir menn báðir. Heyrit heldr hvat ek segi, því at gjarna vil ek leysa þat vandræði sem ykkar stendr miðil ok fara sendiferð þessa, er eigi vill annarr, því at ek nam aldri at bera kurteisliga riddarlig vápn, ok eigi nökkurn tíma vann ek mann á vígvelli. þeir þekkjast boð erkibyskupsins en setja niðr allan úfrið.

36. Sem erkibyskup Samson er búinn, stígr hann upp á fríðan hest ok ríðr einnsamt brott, þar til er hann kemr í þann stað er Karlamagnús keisari hafði reisa látit sín landtjöld. því at þegar sem létti þeim úfriði sem hann átti móti standa í þeim hluta landsins ok fyrr var nökkut af sagt, hélt hann herinum eptir njósnarfylkingum, er hann sendi móti Jamund. Ok er Samson ríðr at, stendr keisarinn úti fyrir sínu landtjaldi ok festi eitt vænt merki viðr sitt spjótskapt. Samson stígr af hestinum, sem þá var mjök mœddr, ok gengr fyrir Karlamagnús ok kveðr hann svá segjandi: Góðan dag, herra. Droim konungr ok Salomon konungr með allri sinni fylgd sendu yðr kveðju guðs ok sína, ok báðu at þér kœmit til þeirra sem fyrst mætti. Keisarinn lítr til hans blíðri ásjánu ok segir svá: Guð fagni þér, Samson erkibyskup, ok öllum guðs vinum ok mínum.

¹) [hefdu *B*.

En hvat kantu tíðenda at segja, er þú hefir svá fast gaddat þinn
hest með sporum, at hann er víða blóðugr þaðan af? Herra, segir
hann, mart er segjanda, ef tóm væri til, en trúit mér, því at eigi
skal ek ljúga at yðr. Heiðingjar eru mjök nálægir, ok búizt svá
við, at skjótt eigu þér ván bardaga ok yðrir menn. Keisarinn segir
þá: Almáttigr guð sendi oss þagat sem fyrst, ok man þá enn gott
til góðra ráða með fulltingi vinar míns Jacobi. En þó at heiðingjar
vili ræna þeirri sœmd ok æru, er guð veitti honum á jarðríki, mun
þeim eigi þat ganga, því at meðan guð gefr mér líf ok mönnum
mínum, skal ek aldri uppgefa, svá lengi sem þörf[1] gerist, hans land
ok ríki at verja fyrir úvinum, því búi hverr sik til ferðar er vápn
má bera í váru liði. Mátti nú skjótt heyra stóran lúðragang. Her-
klæðast nú allir ok stíga á hesta sína eptir keisarans boði, ríðr sá
fremstr er fyrstr var, en þá hverr flokkr eptir annan; síðast fóru
ungir menn ok þjónustusveinar með landtjöld vist ok drykk ok aðra
þá hluti sem herinum til heyrði. Ferr keisarinn til þess er hann
kemr í þann dal er liggr öðrum megin undir fjalli Asprement, váru
þar fyrir Droim ok Salomon, varð þar mikill fagnaðr í þeirra fundi.
Lætr keisarinn þar nema herinn staðar ok fréttir eptir, hvárt nökkut
hafi gerzt til tíðenda í þeirra ferð, síðan þeir skildu. En konung-
arnir segja hvat fram hefir farit miðil njósnarmanna ok Jamundar,
at Frankismenn svá margir sem áðr er greint mœttu heiðingjum
miðil fjallsins ok drápu mikinn fjölda af Jamund, en ráku hann
svívirðliga á flótta ok féngu stórt herfang ok guði fjóra er heiðingjar
göfgaðu, flýði Jamund þá í turninn, er stendr öðrum megin fjalls
þessa, ok hefir síðan dregit saman útöluligan fjölda heiðingja. Ok
er keisarinn heyrir þetta alt saman, gerir hann þakkir almátkum
guði svá segjandi: Lof sé þér ok dýrð, Jesu son Marie meyjar,
fyrir þín miskunnarverk, því at senniliga játtir ek, at eigi hefði
heiðinn lýðr þvílíkan slag mátt fá af svá litlum flokk þinna riddara,
utan þú viðr hjálpaðir ok sendir þeim til styrks þann lofsamligan
herra Jacobum postula, er þetta ríki hefir eignazt meðr þínum vilja
ok man eignast. Síðan talar hann enn: Góðir vinir, segir hann,
hvern útveg hafi þér gört fyrir bölvaðum skurgoðum? Þeir svara:
Herra, engan annan en vér létum þá bíða yðvarrar tilkvámu. Hafit
þökk fyrir þat, segir keisarinn; berit þau nú fram ok látit oss sjá.
Svá er gört. Ok er keisarinn lítr þau svá glæsilig sem váru, talar
hann: Jlla er kominn sá fríði kostr, er prýðir þessa dólga, ok of
mjök blindar fjándinn þeirra hjörtu er þvílíkt halda sér fyrir guða.
Ok fyrir því at þeir eru eigi svá mikillar virðingar verðir, at þeir
sundr brjótist fyrir hendr gildra karlmanna, taki meðr þeim pútur

[1] þorg B.

ok skœkjur ok geri af þvílíkt sem þær vilja, aflandi sér gull ok silfr ok dýra steina, svá mikit sem þau kunna þeim lána af sínum búnaði. Ok svá gerist. En er guðin váru komin í þeirra vald, vurðu þær glaðar ok þótti sér mikil vegsemd veitt, tóku síðan sín leggjabönd ok brugðu saman gerandi rúmsnöru á endunum ok knýttu um háls guðunum, drógu eptir þat [um berg ok hamra ok um síðir í sínar¹ búðir, ok at því gerfu tóku þær stórar klumbur ok lömdu þá sundr í smá mola, fóru þá at skipta herfangi. Ok svá váru margar í þessu verki, at eigi fékk einhver meira í sitt hlutskipti en verð hálfs annars penings. At þessu lyktaðu lætr keisarinn blása herinum saman, er mjök var áðr dreifðr, ok kallar til sín Fagon merkismann. Þessi Fagon var vitr maðr ok vápndjarfr, því stjórnaði hann mikinn flokk góðra riddara, hann hafði þá verit merkismaðr keisarans þrjá vetr ok þrjátigi, kunni hann vel at þjóna sínum herra, því var keisaranum kært til hans. Hvar fyrir hann talar svá: Herra Fagon, segir Karlamagnús, sé þetta lið hversu frítt lið ok mikit, þat fæ ek í dag í guðs stjórn ok þína umsjó, tak nú við gullara² höfuðmerki mínu, en ek skal ríða upp á hálsinn ok líta yfir her úvina várra, en þú halt hér eptir liðinu. Svá gerir keisarinn, at hann ríðr brott or herinum, takandi sér til fylgdar Oddgeir danska, Nemes hertoga, jarl einn flæmskan ok Bæring brezka með öðrum fleirum. En áðr Karlamagnús kemr yfir hálsinn ok sér hvat öðrum megin fjallsins býr, er nauðsynligt at greina, hvat þeir hafast at á þessum tíma sem turninn byggja.

37. Greint var hversu herra Girarð náði turninum af Jamund ok rak hann á flótta, en settist síðan í turninn at geyma, ok sakir þess at hann trúði lítt heiðingjum, lét hann halda sterk varðhöld dag ok nótt. Ok einn dag sem hans menn eru úti at skemtan sinni, heyrist um langt trumbur ok lúðrar heiðingja, því næst sjá þeir moldreyk stóran leggja upp undan þeirra hestafótum ok mikinn ljóma yfir koma jörðina af gyldum búnaði sinna herklæða. Þat er nú sagt herra Girarð þessor tíðendi, en hann lætr síðan blása sextigum lúðra ok samnar liði sínu út af turninum á sléttan völl ok víðan. Váru þá framborin alls háttar herklæði, brynjur með öruggu trausti, fagrar at sjá en betri at reyna, harðir skildir með ýmissum hætti gerfir, gullsettir hjálmar gimsteinum³ prýddir, sverð bitrlig grœn at líta af snarpri herðu, digr spjót meðr fögrum merkjum ok síðum. Hestar fríðir leiddust ok fram meðr kurteisligum ok tilheyriligum fórum, einkar vel til bardaga tamdir. Bjó hverr sik eptir efnum, settust síðan upp yfir gylta söðla. Herra Girarð býr sik á þann

---

¹) [saal. rettet; hin én hardra um síðar B. ²) gallara B. ³) med dette Ord begynder atter b.

hátt, at hann ferr af[1] sínum undirkyrtli, en klæðist þykkum leðrpanzara, steypandi þar yfir utan brynju fótsíðri, hon var svá [góðr gripr,[2] at aldri bilaði hon nökkurn tíma; hjálm setti hann á höfuð sér, en gyrðir sik með sverði, tekr spjót í hönd sér, stígr síðan á gildan vápnhest. Eptir þat kallar hann hárri röddu á lýðinn, er nú gerðist mjök úkyrr, ok biðr þá hlýða því sem hann vill tala, hvat er skjótt gerist, því at svá var hann vinsæll, at hverr vildi bæði[3] sitja ok standa sem honum vissi bezt líka. Því talar herra Girarð svá til allra sinna manna: Heyrit dýrligir drengir, segir hann, sœmiligir ok signaðir almátkum guði! ek hefir nú átta tigi ára ok vel at því borit skjöld ok sverð sem einnhverr annarr riddari, hefir ek optliga háð[4] orrostur fyrir sakir minnar sœmdar ok heimsligs metnaðar. En guð skapari allra hluta veitti mér svá mikit, at þetta sama merki, er mínir frændr ok forellrar báru, hvert nú er í várri ferð, kom á engan vígvöll þann, at eigi hefði[5] ek sigr. Ok fyrir þat at allan minn [liðinn aldr[6] stóð ek djarfliga frammi mér til heiðrs ok mínu ríki, skil ek svá, at því muni guð hafa mik hingat sent, at hann vill,[7] at ek þjóni honum í endadögum lífs míns í ömbun þeirra hluta, er hann hefir mér veitt um þat fram sem mörgum öðrum. Hér með vil ek þakka yðr, mínir góðir vinir, alla hlýðni ok góðvilja, er þér veittut mér alla tíma, síðan ek átti yðr yfir bjóða, ok þar á ofan biðr ek, at hverr standi nú frammi eptir megni, því at senniliga er þat líf sælt er guði þjónar trúliga; því tökum glaðliga hvárt sem hann skipar oss líf eða dauða, ok góða ömbun eiga þeir fyrir hendi er sitt líf gefa út fyrir guðs skyld í himiríki. En ef honum líkar, at vér komum aptr með sigri í ríki várt, þá hefir ek gnógan ríkdóm þar með fríðar jungfrúr yðr at gefa meðr hinni mestu sœmd sem hverr vill kjósa. Allir þakka honum mikiliga sín fögr heit. Síðan skipar herra Girarð liði sínu í þrjár fylkingar, setr hann fyrir eina tvá systursyni[8] sína Boz ok Klares, en fyrir aðra sonu sína Bernarð ok Reiner, en stjórnar sjálfr þriðju. Hér með lætr hann alla sverja ok taka höndum saman, til þess at engi dirfist brott hverfa or þeirri stöðu sem honum var skipuð án hertogans orlofi, ríða svá búnir brott frá turninum ofan eptir dalnum, til þess at[9] þeir koma á þá sléttu völlu, er liggja undir fjalli Asperment, rétt þann tíma sem Karlamagnús keisari fór með Oddgeiri[10] danska ok öðrum brott frá herinum at forvitnast um lið heiðingja, sem litlu áðr var greint ok nu skal hverfa aptr til.

88. Nú er af Karlamagnúsi keisara þat greinanda, at hann ríðr upp á þá brekku eða háls, er fyrr var getit,[11] ok þar kominn sér

[1] or b. [2] [góð b. [3] gjarna svá b. [4] háið b. [5] hefða b. [6] [aldr umliðinn b. [7] vili b. [8] systursonu b. [9] er b. [10] Oddgeir b. [11] greind b.

hann her heiðingja,¹ þar með turninn er Girarð hafði varðveita, sér hann þá ok eigi síðr merki hertogans, ok hafði hann þá fylkt liði sínu umbergis merkit. Ok sakir þess at keisarinn vissi enga ván hertogans tilkvámu, ætlar hann at sá flokkr sé af heiðnum mönnum ok talar svá: Dróttinn² veri³ lið sitt ok varðveiti, sannliga sér ek⁴ nú heiðingja, ok þessir munu vera sendir af þeim at njósna um [vára hagi,⁵ sem hér sitja á hestum undir hlíðinni, þeir láta mjök ríkuliga; því ríð til, Oddgeir danski, ok prófa hvers háttar standi þeirra ferð, segir keisarinn. Gjarna herra eptir yðrum vilja, segir Oddgeir. Lýstr síðan hestinn⁶ sporum; Nemes hertogi, jarl flæmski, Bæringr brezki fara með honum, snara fast at sér skjölduna, rétta fram digr spjót meðr breiðum⁷ merkjum. En herra Girarð sem hann lítr þessarra manna atreið, kallar hann Boz ok Clares, þar með tvá sonu sína Bernarð ok Reinir, ok tekr svá til orða: Mínir kærastu⁸ frændr, segir hann, nú er tími kominn at byrja upp guði at þjóna; sjáit⁹ fjóra riddara at oss ríðandi, senniliga munu þeir af heiðingjum eigi hinir minstu, ok ef þér kœmit þeim af hestum, væri þat góðr riddaraskapr ok einkanlig frægð, því ríðit fram í guðs nafni. Þeir svöruðu: Gjarna viljum vér þetta gera, sem þér beiðit, þó at dauði¹⁰ væri handvíss; en þeirra hluti sýnist oss aldri líkligri en várr, því verði guðs vili. Ríða þessir fjórir riddarar djarfliga fram at hinum með harðasta atreið. Hlýzt svá til at Clares mœtir Oddgeiri, en hinn danski [leggr spjóti¹¹ til Clares neðan undir mundriða skjaldarins svá hart, at þar stökk sundr, koma hlutirnir hvar fjarri niðr á völlinn; en Clares lagði til Oddgeirs í skjöldinn fyrir ofan mundriðann með svá miklu afli, at skjöldrinn brast, en í brynjunni gnast, ok bilaði hon þó eigi. Ok þó at Oddgeir félli sjaldan af baki í burtreiðum, hné hann eigi at síðr í þat sinn af sínum hesti. Því hleypr Clares af baki, ok bregða þeir báðir sínum sverðum ok eigast við vápnaskipti. En er Boz sér hvat Clares hefst at, hleypir hann at jarli flæmska, koma þeir svá hart saman, at hvárrtveggi þeirra fellr af baki, bregða sverðum, ok höggr Boz jarlinn stórt högg ofan í hjálminn, stökkr sverðit út af ok niðr á öxlina, springr brynjan ok verðr hann mjök sárr, svá at síðan mátti hann eigi vera í næsta bardaga. Því¹² næst ríðr Nemes hertogi at Reiner, en Bæringr at Bernarð; lýkr svá með þeim, at Bernarð ríðst af hesti, en Bæringr stígr or söðlinum ok bregðr sínum vápnum, ok eigast við hart vápnaskipti. Nemes ok Reiner gangast fast at, var þar annarr ungr en annarr nökkut hniginn, svá gengr hvárr þessarra drengiliga fram,

¹) Jamundar b. ²) Guð b. ³) nú tilf. b. ⁴) tilf. b. ⁵) [oss b. ⁶) hest sinn b. ⁷) gildum b. ⁸) vinir ok tilf. b. ⁹) sjái þér h. ¹⁰) dauðinn b. ¹¹) [setr spjótit b. ¹²) þar b.

at engi sparir annan. Þegja um stund hverr at öðrum, horfir þeirra mál til mikils váða, ef eptir því géngi sem nú var stefnt, en svá gætti guð sinna manna, at þótt hvárirtveggju hefði fullan vilja til öðrum[1] fyrirkoma, at engi fékk gert nökkut meira mein, en áðr var greint af jarlinum. Nú með því at guðs miskunn lítr þá, kemr Oddgeiri danska í hug at spyrja nökkurs sinn leikfélaga, ok talar svá: Hvat manna ertu, riddari? segir hann. Riddarinn svarar: Ek heitir Clares systurson hins fræga hertoga Girarðs af Borgunia, er hegat kom undir Aspremont fyrir fám nóttum at þjóna almátkum guði ok drepa heiðingja; en hvat manna ertu? segir Clares. Hann svarar: Ek heiti Oddgeirr fóstrson Karlamagnús keisara. Clares segir: Minn góði vin, segir hann, [vertu vel kominn.[2] Ok fleygir frá sér sverðinu ok gengr at honum meðr fullu lítilæti, en Oddgeir rennr í móti, ok kyssast með fagnaði. Í annan stað spyrr Nemes hertogi sinn lagsmann, hverr hann sé. Ungi riddari[3] svarar: Ek er son herra Girarðs, en nafn mitt kalla menn Reiners,[4] kómu vér fyrir nökkurum dögum undir fjallit at bera [vára skjöldu[5] móti heiðingjum. Þá segir Nemes: Leggjum[6] af, góði vin, þessum leik, því at ek er hinn heimoligsti vin Karlamagnús. Eptir þat kasta þeir frá sér sverðunum ok ganga báðir saman, haldandi upp höndum til vitnis góðs friðar. Þann veg gera þeir[7] riddarar allir. Ok er keisarinn ok Girarð er sét höfðu á þeirra leik [líta þetta,[8] undra þeir mjök ok hleypa fram hvárr frá sínum her, ok sem þeir mœtast ok viðr kennast, gerðist mikill fagnaðr í þeirra fundi af hvárratveggja hendi.

39. Skjótliga sem þeir hittust Karlamagnús ok Girarð, spyrr keisarinn hvat hertoginn kunni segja til[9] heiðingja. En hann svarar: Ekki, herra, utan þat sem yðr er kunnigt, at þeir hafa dregit saman útflýjanda her, ok þar með vil ek segja yðr, at turn þenna[10] er þér megit líta ok Jamund sat í um stund, er í mínu valdi, ok því gef ek hann ok fimtán þúsundir góðra riddara harðla vel búna upp undir yðra forsjá. Keisarinn þakkar hertoganum fagra görð, spyrjandi með hverjum hætti hann [komst at[11] turninum. En hann segir alt it sanna. Karlamagnús talar þá: Lof sé guði ok sælum Jacobo; en svá lízt mér, at engi kunni betri forsjá veita[12] yðru liði en sjálfr þú; vil[13] ek ljá þér turninn ok þá hluti sem honum fylgja, svá lengi sem þú dvelst hér. Girarð þiggr þat. Í því kemr Fagon merkismaðr meðr öllum herinum, gerðist þá mikill kliðr ok háreysti, er svá margr maðr kom saman í einn stað. Keisarinn ríðr þá upp á eina hæð ok talar hárri röddu svá segjandi: Allir guðs vinir ok

---

[1]) at *tilf. b.*   [2]) [*tilf. b.*   [3]) maðr *b.*   [4]) Remer *b.*   [5]) [várn skjöld *b.*
[6]) Látum *b.*   [7]) þessir *b.*   [8]) [*tilf. b.*   [9]) af atferði *b.*   [10]) þessi *b.*
[11]) [náði *b.*   [12]) fyrir bera *b.*   [13]) því vil *b.*

mínir¹ gefi hljóð orðum mínum. Senniliga hefir allsvaldandi guð hér saman lesit [mikit fjölmenni² af ýmissum stöðum sakir elskuligsta síns vinar Jacobi postola, til þess at frelsa lönd hans undan illum yfirgang Affricanorum, ok veit ek at margir eru komnir bæði fyrir guðs skyld ok mína, en sumir fyrir eina saman ástsemd guðs í himinríki, vilja þó margir nú gefa sik upp undir mína forsjó ok höfðingskap, hvar fyrir vér eigum þess biðja, at guð láti oss þat vel gegna ok hans sœmd aukist þaðan af en minkist hvergi. En ef ek kemr heim í Franz meðr sigri, skal hverjum ömbunast sitt starf eptir tilverkan. Herra Girarð svarar: Gjarna viljum vér, frægi herra, yðrum herradómi hlýða, ok væntum þess at þat gagni oss vel bæði til sálu³ ok líkama. Þessu næst skipar keisarinn liðinu í fylkingar, váru í fyrstu fylking fjórar þúsundir, fyrir þessi váru höfðingjar Salomon konungr, Jofreyr ok Ankerin ok Hugi jarl af Eleusborg.⁴ Þeir höfðu tvau merki [hvít sem snjór,⁵ váru þeir stórliga vel búnir at hestum, vápnum ok klæðum. Þeir taka allir höndum saman, at fyrr skulu⁶ þeir liggja dauðir en flýja. Í annarri fylking váru sjau þúsundir, því liði stýrði Gundilber⁷ Frísa konungr. Þar mátti sjá mörg merki með ýmissum litum, hvítar brynjur, skíra hjálma, gljándi⁸ sverð með gullhjöltum, ok rauða skjöldu. Í þriðju fylking váru fimtán þúsundir, þar váru höfðingjar Nemes hertogi, Lampart ok Riker hrausti riddari; þessir höfðu meðr öllu góð herklæði búin víða meðr hreinasta gulli, grœna skjöldu, digr spjót meðr blakandi⁹ merkjum. Í fjórðu fylking skipaði hann tuttugu þúsundir hraustra riddara, var hér foringi góðr herra ok dygðugr Vernes meðr öðrum fleirum; í þeirra liði váru stálharðir hjálmar ok silfrhvítar brynjur meðr gulum merkjum ok rauðum. Þrír tigir þúsunda stóðu í fimtu fylking, þeirra höfðingjar skipaðust tveir konungar, einn hertogi ok tveir jarlar, ok er líkligt at Jamund þurfi báðum höndum til¹⁰ taka áðr þeirra flokkr sé rofinn. Séttu fylking stjórnaði gamall höfðingi ok vitr, Droim konungr af Gaschunia, ok hafði fjóra tigi þúsunda; hans lið var stórliga vel búit at herklæðum ok höfðu frá¹¹ því fljóta hesta sem flestir aðrir, ok allr þeirra búnaðr var sterkligr ok þó kurteiss; stóðu í þeirri fylkingu sjau hertogar allir öflugir ok vápndjarfir. Hina sjaundu fylking skipaðu margar þjóðir, Saxar ok Suðrmenn, Franzeisar ok Flæmingjar, Lotaringi ok meðr þeim riddarar¹² af Púl ok Cicilia; hér var Fagon merkismaðr [ok annarr Oddgeir¹³ or Kastram; í þessarri fylkingu váru sex tigir þúsunda. En þessu liði

---

¹) *saal. b*; sínir *B*. ²) [*saal. b*; aukit fjölmennis *B*. ³) sálar *b*. ⁴) Oleansborg *b*. ⁵) [snjóhvít *b*. ⁶) skuli *b* ⁷) Gundibol *b*. ⁸) glóandi *b*. ⁹) blakandum *b*. ¹⁰) vel fram *b*. ¹¹) *saal. b*; fyrir *B*. ¹²) höfðirgjar *b*. ¹³) [keisarans ok annarr riddari *b*.

skyldi stýra hinn frægasti herra Karolus Magnus son Pippins Frakka konungs; stóðu hér frammi margir ríkir höfðingjar, hertogi Rollant, Oddgeir danski ok aðrir þvílíkir þeirra jafningjar. Nú hefir verit greindr herr kristinna manna; mun Jamund ok faðir hans Agulandus þat prófa, at betra væri þeim heima sitja;[1] því at svá lengi sem guð lofar, munu þessir djarfliga móti þeim fram ganga, svá at öll þeirra ván man görsamliga fyrir verða, ok svá harðan slag munu þeir við taka fyrir sína ágirni, [at þess eins man[2] þá fýsa at bölva þeim ok illa viðrmæla, er þá eggjuðu til þessarrar ferðar.

40. Sem Karlamagnús hefir fylkt liði sínu, stígr hann af besti ok gengr undir einn við, er var með mörgum kvistum ok gaf af sér mikinn skugga. Hann var þá svá búinn, at einn dýran kyrtil af vildasta klæði, er eximi[3] kallast, hafði hann ok þar yfir rauða skikkju af hinu fegrsta cicladi, samdregna[4] snjáhvítum[5] skinnum; hött eða húfu af skinnum sabelin hafði hann á höfði görfan uppá hæversku Franzeisa með síðum böndum eða tuglum unnin með mestu virkt; en skaptit upp af hettinum[6] var með gyltum knappi meistarliga görfum; hosur hans váru af bezta purpura búnar meðr bezta[7] gulli, þar með huldi[8] hans breiða fœtr kurteisir skúar[9] sœmiliga samdir. Karlamagnús leggr af sér skikkjuna, en steypir yfir sik öruggustu brynju görfa með miklum kosti, því at hon var skær ok hvít af hreinastu[10] silfri; sum var hon rauð grœn eða gul, eigi hafði hon nökkurn tíma bilat; þar yfir utan skrýddist hann þykkum leðrpanzara. Hjálmr var honum settr á höfuð, svá mikil gersemi at engan fann þvílíkan hvárki í her kristinna manna né heiðinna; hann[11] var görr af því stáli er harðast mátti smiðrinn finna, ok grœnn at lit, ein gerð[12] lá um þveran hjálminn grafin meðr flúrum ok laufum, ok víða settr dýrastum[13] gimsteinum. Í hjálminum stóðu svá miklir náttúrusteinar, at engi þurfti sinn dauða at óttast, meðan hann hafði hann á höfði. Síðan var hann gyrðr sverði er heitir Jouise;[14] þat sverð var stórliga vænt bæði mikit ok sterkt, ok ritat með gullstöfum fram eptir eggteinunum. Svá búinn stígr keisarinn upp á þann hvíta vápnhest, er Balam sendi honum. Héldu margir ríkir menn í hans ístig, ríðr hann fram í miðjan herinn. En margar þúsundir hugðu at keisaranum, sem hann var herklæddr á hest kominn, því at maðrinn var stórhöfðingligr, kurteiss at líta, ok þó hermannligr, mikilleitr ok fríðr í ásjónu, meðr snörum augum, breiðr á herðar, digr í öllum vexti ok þrekligr, hinn öflugasti, ok kunni

---

[1]) setit *b*.   [2]) [*saal. b*; en þess einsaman *B*.   [3]) *saal. b*; esterin *B*.   [4]) með tilf. *b*.   [5]) snjóhvítum *b*.   [6]) hattinum *b*.   [7]) hreinu *b*.   [8]) huldu *b*.
[9]) skór *b*.   [10]) hreinasta *b*.   [11]) þessi hinn góði keisarans hjálmr *b*.
[12]) gjörð *b*.   [13]) dýrmætum *b*.   [14]) Gaudiola *b*.

einkar vel at bera sinn skjöld. Ok er Girarð lítr keisarann, talar hann til þeirra er hjá honum stóðu: Eigi er þessi herra meðalhöfðingi, at sönnu[1] má hann heita keisari kristinna manna, því at eigi man þvílíkr áðr verit hafa ok líkligt at eigi verði.

41. Karlamagnús keisari sem hann sitr á hesti búinn til bardaga, ok herrinn umbergis svá vel ok kurteisliga herklæddr[2], at réttliga var þeim í mikil prýði er sitt lið jammart bjó þann veg, því engi var sá af þeim mikla flokki, at eigi hefði brynhöttu[3] undir hjálmi, þikist hann[4] nú vita, at skjótt man[5] orrosta takast; því vill hann enn sína menn áeggja[6] fögrum fortölum, þeim til styrktar bæði til sálu ok líkama, ok talar svá: Öllum yðr er vel kunnigt, at almáttigr guð sendi sinn eingetinn son hegat til jarðríkis, ok hann fœddist af heilagri frú ok hreinni mey Marie[7] í þessa veröld til hjálpar öllu mannkyni, er áðr var glatat í synd fyrsta feðrs[8] Adams, hann atferðaðist hér þrjú vetr ok þrjátigi ok tók heilaga skírn af Johanni[9] baptista, hverja hann bauð veitast öllum er hans þjónar vildu gerast, heitandi þeim er hans boðorðum fylgja svá mikla ömbun úþrotnandi sælu, at engi maðr dauðligr fær tjáð né talit, en hótandi þeim hræðiligum píslum eilífs bruna, er þau vili[10] fyrirlíta en ræna hann sinni eign, heilagri kristni, hverja hann merkti sér í úthelling síns dreyra; en nú er öllum auðsýnt, at tveir heiðnir höfðingjar Agulandus ok Jamund hafa nú til þess hingat sótt á hendr oss utan af Affrika at brjóta niðr kristin lög ok svívirða heilaga staði guðs en drepa oss eða reka í útlegð ok setjast síðan í erfð Krists ok þat lán sem hann veitir oss sínum börnum, ok meðr því at hann hefir sent oss hegat at verja hans sœmd ok æru, þá látum oss í hug koma at vér eigum honum at þjóna eða hversu mikit vér eigum honum at ömbuna. Hann tók á sik mart[11] vás ok erbiði[12] sakir várrar hjálpar, en hér á ofan háð ok brigsli [ok áleitni, sár ok[13] kvöl ok krossins pínu, leyfði hann sínar hendr ok fœtr gegnum grafast digrum járngöddum, rann or þeim[14] sárum it skærasta blóð; fimta sár þoldi hann á sinni hœgri síðu af hvassa[15] spjóti, or hverju fram flaut blóð meðr vatni; en sá sem spjótinu lagði, tók þegar skæra sýn, sem hendr hans dreyrugar snurtu hans augu, sem áðr var sjónlauss. Sé góðir vinir, þvílíkt ok svá mikit vann várr lausnari oss til hjálpar, ok fyrir því skolum vér glaðliga ganga fram móti hans úvinum ok setja várt líf fyrir heilaga kristni ok dauða taka af vápnum heiðingja, ef þat er guðs vili; ok ef svá geri þér, bíðr vár

---

[1]) saal. b; sýnum B. [2]) saal. b; fóstraðr B. [3]) brynhött b. [4]) tilf. b.
[5]) muni b. [6]) eggja b. [7]) Maríu b. [8]) feðr b. [9]) Joanne b. [10]) vill b.
[11]) várt b. [12]) erfiði b. [13]) [með aleitan. sára b. [14]) þessum b.
[15]) hvössu b.

ömbun eilífrar sælu, munu vér þá skína í mikilli birtu[1] ok gleðjast allir saman fyrir almátkum guði án enda. Eptir þessi keisarans orð ríðr fram herra páfinn ok talar svá: Hlýðit mér,[2] synir mínir, ek er faðir yðvarr skipaðr af guði góðr læknir sálum yðrum, því[3] trúit mér, ek skal eigi ljúga at yðr. Herra várr Jesus Kristr verandi í þessum heimi valdi sér til fylgdar tólf postola, var þeirra höfðingi Pétr postoli, hverjum guð veitti svá mikit vald, at þat skyldi laust ok bundit á' himni ok jörðu, sem hann byndi eða leysti. Vitið án efa, at hann stendr búinn at [styrkja yðr ok lúka upp porti[4] himneskrar paradísar, ef þér djarfliga gangit fram undir keisarans merkjum, einkanliga þeim er nú vilja iðrast sinna synda; ok til þess at af dragi allan ita yðrum hjörtum, þá leysi ek yðr af öllum syndum meðr því valdi, er guð hefir mér veitt fyrir blezaðan postola Petrum, setjandi yðr þá skript at höggva heiðingja sem stœrst, spara hvárki hendr né fœtr, höfuð eða[5] bol, takandi þar fyrir satt verðkaup með sjálfum guði. Allir játta feginsamliga þessum kosti ok styrkjast mjök af herra páfans fyrirheitum, þakkandi honum ok keisaranum sínar fagrar áminningar. Lyptir herra páfinn upp [sinni hœgri hendi[6] ok blezaði allan herinn, ok ríðr brott síðan klökkvandi. Herra Girarð ríðr at keisaranum ok talar til hans svá segjandi: Nú megi þér líta, herra, görla her heiðingja; því leiðit fram yðra fyrstu fylking þeim í móti, en ek skal halda fram mínu liði, því gjarna vilda ek komast í miðja fylking heiðinna manna, ef þat væri guðs vili, ok prófa hvat þar kunni[7] ek ok mínir menn at hafast. Keisarinn svarar: Far í guðs signan, góði vin, ok finnumst heilir, ef guð vill. Heldr keisarinn liðinu ofan í dalinn neðanverðan ok bíðr þar þess sem at höndum kann koma, alvörusamliga kallandi á guðs miskunn ok fullting síns blezaða herra Jacobi postola.

42. Þessu næst skal hér[8] segja af heiðingjum, at svá sem þeir líta her kristinna manna nálægan, þá ríðr fram fyrsta fylking, er Balam var stjórnari fyrir, ok gerðu þeir svá mikinn gný ok þyt at víða heyrði, blásandi hvellum lúðrum, stórum hornum ok digrum trumbum, berjandi á tabur ok skjöldu; útallig merki létu þeir blása með ymsum litum fyrir vindinum, þar með glóaði þeirra búnaðr, gyltir hjálmar, silfrhvítar brynjur, skínandi skildir, svá at strandirnar birtust á tvær hendr af þeirra vápnum. Frammi fyrir brjóstinu ríðr optnefndr Balam, hafði hann steypt utan yfir sína brynju [einum hjúp af hinu bezta[9] purpurapelli til auðkennis. Meðr honum riðu fram fjórir konungar, er því höfðu heitit upp á sína trú at sœkja aptr fjóra höfuðguði Maumet Machon Terogant ok Jupiter, eða koma

---

[1]) birti b. [2]) allir tilf. b. [3]) þér b. [4]) [lúka upp fyrir yðr port b. [5]) né b.
[6]) [sína hœgri hönd b. [7]) kunna b. [8]) mgl. b. [9]) [mgl. b.

eigi aptr ella. Því hábrókast[1] þessir mikit svá, at allr þeirra búnaðr var rjóðr[2] af gulli. En þegar sem fylkingar koma mjök saman, þeyta kristnir menn hvelt heróp, ok eggjar hverr annan til framgöngu. En í því kemr mikill ótti í lið heiðingja, svá at margir þeir sem fyrir litlu hugðust hvetvetna[3] mega vinna, skulfu nú á beinum ok kvíddu sér, ok ef þeir ganga þann veg hræddir móti Franzeisum, munu þeir fá skjótt makliga gisting. Hugi jarl er fyrir var fyrstu fylking Karlamagnús ok hans fjórir kumpánar ríða fram djarfliga or sinni stöðu móti fjórum konungum, er [fyrr váru greindir,[4] ok uppkveiktir miklu kappi fyrir góðan anda skjóta þeir[5] svá styrku skeyti í þeirra flokk, at þrír konungar liggja dauðir á vellinum. En Balam lagði til Huga jarls ok rak hann af baki, en sakir þess at guð bannaði mátti hann eigi koma blóði út á honum. Fyrir þetta sigrmark er guð ok blezaðr Jacobus veitti sínum lýð í fyrstu[6] athlaupi styrktust Franzeisar mjök ok glöddust, hlupu fram með miklum ákafa. Hófst þá bardagi at marki, gerðist mikill gnýr ok úkyrrligt hark, brak ok brestir í þeirra atreiðum, því at Frankismenn hjuggu svá stórt, at eigi var huglausum gott fyrir[7] verða; svá lögðu þeir hart meðr hvössum spjótum, at engi hlíf stóð við. Margr dramblátr drengr féll nú svívir(ð)liga af hesti, svá at aldri reis hann upp á sína fætr; söðlar týndust, en hestar hlupu er glatat höfðu sínum herrum, hjálmar meðr hausnum klofnuðu, hendr ok fætr [búkunum af fu' u.[8] Svá gékk Franzeisum nú vel, at þeir sem áðr höfðu nökkut bleyðzt[9] gerðust nú svá snarpir ok miklir fullhugar, at engir váru nú djarfari í sinni framgöngu. Því[10] féll almenniliga þat bölvaða fólk, þar til at þeir kómu þar sem stóðu bogmenn heiðingja, þessir vándu hundar taka snarpt í móti, skjótandi bæði hart ok tíðum af tyrkneskum bogum, svá at búinn var váði fyrir hendi, en í því kom at fram hinn kæri keisarans frændi Rollant ok Oddgeir danski með sínum jafningjum ok réðu þegar svá drengiliga móti bogmönnum, at þeir rákust eigi skemra aptr or sinni stöðu en fjögur örskot, stoðandi þeim hvárki stinnir bogar né stálhörð skeyti, því at Rollant verðr þeim stórhöggr, hvar fyrir drjúgan fellr af heiðingjum, en nökkut af kristnum mönnum ok þó fátt hjá því.

43. En af herra Girarð er þat segja, at svá sem hann hafði búit sitt lið, stefnir hann til atsóknar í hinn hægra fylkingararm Affricamanna, ok er auðvíst at eigi gefst þeim setuefni, sem þar eru fyrir. Herra Girarð talar þvílíkum orðum til sinna manna: Höggit stórt, þegar þér mætit herinum, ok prófit hvárt nökkut [kunni þau

---

[1]) dramba *b*. [2]) rauðr *b*. [3]) hvervetna *b*. [4]) [fyrri greindust *b*. [5]) *mgl. b.*
[6]) fyrsta *b*. [7]) at *tilf. b.* [8]) [búkinum af flugu *b*. [9]) dignat *b*.
[10]) þá *b*.

sömu sverð at[1] bíta digrhálsana[2] heiðingja, sem ek hefir yðr til búit, óttizt alls ekki, því at ek er Girarð, er yðr skal drengiliga framfylgja, því at sá er sæll er guði þjónar bæði nú ok at eilífu. Þeir svara: Þat skolu þér sjá mega,[3] at reyna man hvárt [fyrri dignar,[4] vér eða vápnin. Í þessu hleypir fram herra Clares rekjandi sitt merki af digru spjóti, er hann hélt sinni hœgri hendi, keyrir hestinn sporum, þann sem hann tók af Jamund, ok rennir at einum ríkum konungi af Affrica Guilimin at nafni, leggr til hans gegnum skjöldinn brynjuna ok búkinn, skjótandi honum dauðum á jörð, ok kallar hárri röddu svá talandi: Góðir félagar, lítit hérna! þessi hinn drambvísi merkti oss völl með sínu hjartablóði; sœkit at djarfliga, eigi er öðrum at firr, launum í dag þat brauð ok vín, er guð seðr oss með dagliga, sníðum hold með beinum, en blóði útsteypum ok gefum œrit tafn hrafni ok vargi, því at vér munum öðlast sœmd ok sigr. Svá gera þeir sem hann eggjar, bregða sverðum ok veita heiðingjum stór högg ok gildan slag, meðr engu móti eptir spyrjandi, hvárt sá er konungr eðr þræll sem fyrir verðr. Í þessum svifum snarar[5] gamli Girarð at einum miklum riddara, er áðr hafði drepit marga kristna menn, stautar á[6] honum spjótinu ok lyptir honum or söðlinum, fleygjandi á jörðina meðr þvílíkum orðum: Þat veit sá er mik skóp, at aldri héðan af drepr þú mína menn. Ríðr svá síðan karlmannliga fram, at hverr ok einn sá er honum mœtir verðr hníga.[7] Verðr í þessarri hálfu bardagans mikit mannfall, svá at bæði drepast niðr menn ok hestar, fellr ok [nökkut niðr[8] af liði hertogans. Því skal héðan frá snúa at sinni ok geta[9] nökkut af ferðum Jamundar.

44. Sem bardaginn hófst um morguninn hefir Jamund sik fram undan höfuðmerkinu í miðjar fylkingar, bregðandi sverðinu Dýrumdala, ok höggr kristna menn á báðar hendr meðr svá miklu afli, at hvárki hlífir skjöldr né brynja, því at sverð hans klauf jamvel stalla[10] ok steina sem hold ok bein. Hvar fyrir hann vinnr stóran skaða á keisarans sveit; því at svá sem hann sér sínar fylkingar hníga[7] ok vikna, œðist hann æ því meir ok grimmist. Þetta getr líta Oddgeir danski ok talar svá: Almáttigr guð, mikill harmr er mér þat, er þessi vándi[11] heiðingi skal svá lengi lifa ok drepa margan duganda dreng. Hér með snýr hann hestinum, heldr at sér skildinum ok stýrir spjótinu til lags, skundandi þagat sem Jamund var ok einn riddari meðr honum Arnketill or Norðmandi. En er Jamund sér þat, mælir hann til Moram móðurbróður síns: Hér ferr einn maðr lítill

---

[1]) [kunnu þau sverð *b*. [2]) digrhálsaða *b*. [3]) herra *tilf. b*. [4]) [saal. *b*; digna *B* [5]) fram *tilf. b*. [6]) at *b*. [7]) saal. *b*; griga *B*. [8]) [mikit *b*. [9]) segja *b*. [10]) stál *b*. [11]) vándr *b*.

vexti at okkr, frændi, hvat mun hann ætla utan leita dauðans? hann skal honum skjótt koma. Því [ríðr hann¹ móti, ok þegar hestarnir mœtast, leggr hvárr í skjöld annars hörðum lögum með svá miklu afli, at hvárgi mátti sínum hluta hrósa, því at báðir koma þeir hvar fjarri niðr hestunum. Oddgeir bregðr sínu sverði, en Jamund Dýrumdala, má nú sennliga Oddgeirr sýnast uppgefinn, nema guð hjálpi honum. En í því ríðr Arnketill at einum miklum höfðingja ok ríkum er hét Boland, ok hjó til hans ofan í hjálminn svá hart, at haussinn klofnaði niðr í tennr,² hrindr honum dauðum niðr á jörð, en grípr hestinn þann sem hann reið ok fær Oddgeiri, á hvern hann stígr upp bæði skjótt ok fimliga. Skilr svá með þeim Jamund, ríða nú hvatliga aptr til sinna manna.

45. Nú er bardagi stórliga harðr ok mannskœðr, en þó er æ í þá hálfu mest hark at heyra sem Rollant ryðst³ um meðr sínum jafningjum, því stórliga kœnir váru þeir sundr sníða hold með beinum, hvar fyrir hlífar spellast, riddarar meiðast,⁴ hestar þreytast, Affrikar⁵ bleyðast ok vilja undan halda, því at þeirra lið tekr þúsundum falla, en vellirnir eru af manna búkum hestum ok klæðum⁶ víða þaktir, svá at þat var eigi minnr en hálf röst, at hvárki maðr né hestr mátti sínum fœti á bera jörð stíga. En hvat⁷ má hér framar af segja, en þann dag allan, frá því er orrostan háðist árla um morguninn, stóð æ hin sama hríð⁸ alt til þess er náttaði. Bauð hinn helgi Jacobus postoli mörgum kristnum mönnum heim til mikils sællífis á þeim degi af liði Karlamagnús, ömbunandi þeim stinnum mála í eilífri gleði fyrir sitt dagsverk. Nú sem kvelda tekr ok dimma, léttir höggorrostu,⁹ ríðr keisarinn ofan í eitt dalverpi með nökkurum mönnum, er hann þá mjök angraðr, því at tveir konungar hafa látit sitt líf ok meir en fjórir tigir jarla ok hertoga ok margt annarra manna. Eigi¹⁰ angraði hann fyrir þá grein þeirra dauða,¹¹ at hann þœttist eigi þeirra ömbun fyrir vita, heldr fyrir þat at því færri stóðu upp landinu til verndar sem fleiri fóru til guðs.

46. Herra Girarð tekr sér náttstað undir einum hamri, hafði hann látit þrjár þúsundir sinna manna, en allir vildastu riddarar sátu á hestum [í öllum herklæðum mjök móðir af erfiði ok þorsta; en aðrir kristnir menn sátu á hestum sínum á miðjum vígvellinum¹² ofan á dauðum¹³ manna búkum. Engi var nú svá ríkr né¹⁴ mikils háttar, at eigi héldi sínum hesti með beisli, en sverð¹⁵ annarri hendi;

---

¹) [ríðast þeir b. ²) tenn b. ³) ríðr b. ⁴) mœðast b. ⁵) Affricani b. ⁶) herklæðum b. ⁷) hverr b. ⁸) mgl. b. ⁹) höggorrostunni b. ¹⁰) En eigi b. ¹¹) dauði b. ¹²) [sínum á miðjum vígvellinum, mjök móðir af erfiði ok þorsta; en aðrir kristnir menn sátu í herklæðum á hestum b. ¹³) dauðra b. ¹⁴) eðr b. ¹⁵) í tilf. b.

engi fékk svá mikil hægindi at hann leysti hjálminn sér af höfði, hvárki maðr né hestr át né¹ drakk, engum² kom svefn á auga,³ því at allir þóttust skyldir⁴ sjálfs sín at geyma hesta ok vápna, því at ein lítil slétta lá í miðil þeirra ok heiðingja; allir sátu þessa nótt meðr ugg ok ótta. Af heiðingjum skal segja þessu næst, at svá sem á leið daginn ok myrkti af nótt, gerðust margir lausir á velli, lögðu skjöldu á bak sér ok flýðu. En er Jamund sér þat, reiðist hann [ok kallar⁵ á þá ok mælti: Vei verði yðr, vándir þrælar, senniliga hafi þér svikit mik, snúit aptr ok fyrirlátit mik eigi; því at yður ráð eggjuðu mik á þat svell at berjast til lands þessa. En þó⁶ Jamund sé mikill ok kalli hátt, vilja þeir nú eigi aptr hverfa, því at svá hefir þeim at getizt vápnum Franzeisa um daginn, at aldri utan ofríki gangi at munu þeir girnast þeirra viðrskipta. Í því⁷ kemr Balam sendimaðr fyrir Jamund ok styðst á hjaltit⁸ sverðsins, er hann hélt á, ok talar: Þetta ráð hefðir þú upptekit Jamund, ef ek hefði ráðit, at trúa mínum orðum, er ek kom frá Karlamagnúsi, þá er þér sendut mik at forvitnast um lið kristinna manna, heldr en þola slíka svívirðing, sem þú hefir fengit í dag; því at þat skaltu vita, at öll fyrsta fylking, er þú fram hélt í morgin, er gersamliga niðr drepin, ok þó annat litlu minna,⁹ en sumt flýit undan. Nú hefir svá gengit sem ek sagða; bað ek þá at þú skyldir varast, en þú ok menn þínir vildu því síðr veita nökkurn trúnað mínum framburði,¹⁰ at þér sögðut mik til þess hafa tekit fémútur af kristnum mönnum at svíkja yðr, en nú hefir þú nökkut varr vorðit, hvárir sannara töluðu ek eða þeir hrósarar ok mikilátu drambsmenn,¹¹ er sér í hendi kváðust hafa alt þeirra ríki, ok nú prófar þú hversu mikit þeir afla¹² þér. Jamund svarar: Satt er þat, Balam, oflengi hefir ek þeim trúat, en hvat er nú ráðligast, góði vin? Balam svarar: Tveir eru kostir fyrir höndum; sá annarr at halda undan eða gefast upp á vald keisarans, ok ætla ek öllum munu þat betr gegna; hinn er til annarr¹³ at standa¹⁴ karlmannliga ok þola hér dauða; því at eigi verðr þat fals sem ek segir, at Frankismenn stígr þú eigi yfir, ok engi þjóð er þeim jöfn [til hreysti ok riddaraskapar,¹⁵ því at sjá máttu, at þeir sitja á hestum sínum ok bíða yðvar.¹⁶ Jamund svarar: Þat skal mik aldri henda at gefast upp eða brott flýja, meðan vér höfum miklu fleira lið en þeir. Eptir þetta skilja þeir sitt viðrtal.

¹) eðr *b*. ²) manni *tilf. b*. ³) augu *b*. ⁴) til *tilf. b*. ⁵) [kallandi *b*. ⁶) þótt *b*. ⁷) bili *tilf. b*. ⁸) hjalt *b*. ⁹) lið *tilf. b*. ¹⁰) orðum *b*. ¹¹) *saal. b*; drembumenn *B*. ¹²) vinna *b*. ¹³) enn þriði *b*. ¹⁴) ok verjast *tilf. b*. ¹⁵) [í hreysti ok riddaraskap *b*. ¹⁶) svá *tilf. b*.

47. Árla um morguninn þegar sem dagr tekr upp¹ renna, gerir mikinn hélukulda móti sólarinnar uppráa. Bjó Jamund þá² fylking til fyrstu atlögu, er í váru tuttugu þúsundir, ok fylgir sjálfr; en þeim móti fara fjórar þúsundir Franzeisa, ok eru þeir senniliga of liðfáir. Hófst³ þegar bardagi með miklu ópi ok háreysti, váru margir mjök [stirðir af kulda ok sárum,⁴ en féngu þó at sinni úmjúka lækning, hvar fyrir kristnir menn kölluðu á sinn skapara sér til fulltings, því at senniliga hryggðust þeir af falli sinna félaga. þegar sem bardaginn tekst, ríðr Jamund grimliga fram í lið kristinna manna ok ætlar at hefna þess skaða, er hann þóttist fengit hafa hinn fyrra dag, leggr sínu digra spjóti til Anzelin or Varegniborg í gegnum skjöldinn brynjuna ok búkinn, fleygjandi niðr af hestinum, ok hirðir meðr engu móti, hverr hans fall eðr dauða kærir. þar næst ríðr⁵ fram Balam ok leggr einn góðan dreng gegnum skjöld hans ok brynju. En í því kemr at fram Oddgeirr danski meðr mikinn flokk riddara. En er Balam sér þat, kippir hann at sér spjótinu ok vendir aptr til sinna manna. En sá er lagit þoldi varð lítt sárr. Oddgeirr gengr nú djarfliga fram, höggr til beggja handa; sér hann at nú fellr fjöldi kristinna manna, því hvílist hann ekki við, gengr í miðjar fylkingar heiðingja, ok í þessarri sókn fær hann handtekit Butram er fyrr var nefndr. Eptir þat ríðr hann aptr í sína fylking ok fréttir túlkinn, hvat hann kunni segja um⁶ fyriræetlan Jamundar. En hann segir:⁷ Jamund ætlar með þvíliku liði vinna Karlamagnús sem nú hefir hann ok þér megit⁸ sjá. Ok er Oddgeir heyrir þat, hleypir hann þar til er Karlamagnús var meðr sinni fylgd, var hann þá enn eigi kominn í bardagann, því at þeir byrjuðu fyrst bardagann⁹ er á vígvellinum váru um náttina. þegar er keisarinn lítr Oddgeir, heilsar hann honum fyrr ok spyrr, hversu nú gangi.¹⁰ Hann svarar: Vel meðr guðs vilja, herra; en þó fáit þér nú mikinn skaða, því at margr dugandi riddari lætr sitt líf; en vér kumpánar, er fram riðum í morgin, höfum fengit túlk Jamundar, ok segir hann svá, at fyrr ætli Jamund láta hendr ok fœtr en gefast upp eða gera nökkur orð Agulando feðr sínum. Því sendit til herbúða yðvarra ok stefnit hingat öllum ungum mönnum, ok ef þeir koma vel búnir, þá væntir mik, at heiðingjar verði rýrir; því at þótt þeir sé margir, þá eru þeir bæði lítt herklæddir ok illir raunar, þegar með harðfengi er at þeim gengit, en menn yðrir eru margir sárir ok móðir ok¹¹ sœkja svá meðr kappi, at margir heiðnir falla¹² um einn. Ok er keisarinn heyrir orð Oddgeirs, hryggist hann í sínu hjarta ok segir svá: þú

¹) at *tilf. b.* ²) fyrstu *tilf. b.* ³) þar *tilf. b.* ⁴) [sárir ok stirðir af kulda *b.*
⁵) *saal. b*; leggr *B.* ⁶) af *b.* ⁷) at *tilf. b.* ⁸) megut *b.* ⁹) orrostuna *b.*
¹⁰) gengr *b.* ¹¹) at *b.* ¹²) falli *b.*

hinn dýrligi herra almáttigr guð, undir hvers valdi ok yfirboði allir skapaðir[1] hlutir standa, mikill harmr er mér, at þat fólk, sem þú, dróttinn minn, gaft mér til stjórnar, skal drepast niðr í mínu augliti af þínum úvinum, þeim er aldri höfðu ást á þér ok jafnan hata þá heilaga trú, er þú bautt halda ok hafa, en vilja nú fyrirkoma þinni sœmd ok grípa undir sitt níðingligt vald þat ríki, sem þú átt ok[2] þínir vinir. Nú er at velli lagðr mikill fjöldi þinna þjónostumanna, þeirra sem til þess váru ætlaðir at refsa þeim sinn úsóma ok hreinsa heilaga kristni af þeirra yfirgangi, því bið ek þína miskunnu,[3] at þú styrkir oss en kastir þinni reiði yfir þessa úvini. Hér með kallar ek til þín, hinn háleiti[4] guðs postoli Jacobe, biðjandi at eigi víkir þú frá oss því[5] fulltingi, sem mörgu sinni hefir þú vel veitt, síðan vér kómum í þína þjónostu, því at þat veizt þú, at þú ert efni ok upphaf minnar hígatkvámu, ok ef þú lætr hér drepast niðr alla mína hirð, þá mun eigi þat verða framgengt er þú [fyrirhézt[6] þann tíma er þú birtist mér, at þín sœmd skyldi fyrir mína framgöngu aukast í þessu landi. Nú veittu þínum riddarum öruggan hug ok steyp bölvaðum heiðingjum með styrkleik þíns mikla[7] máttar, at þar fyrir lofi allir miskunn guðs ok þína vernd án enda. Sem keisarinn hefir endat sína bœn, talar hann til Oddgeirs danska: þat ráð sem þú lagðir til skal hafa, at senda eptir öllu því liði, er at várum herbúðum dvelst, því kalli til mín Droim konung ok Andelfreum unga. Ok þegar þeir koma fyrir keisarann, segir hann: þit góðir vinir, farit skjótliga til herbúða ok segit þat minn vilja, at allir ungir menn ok þjónostusveinar búi sik til bardaga ok komi síðan á mínn fund. Þeir játtu[8] því gjarna ok ríða brott til herbúða ok gera keisarans eyrindi, eptir því sem síðar greinist. En [keisarinn býr nú sínar fylkingar fram til bardagans ok hafði[9] þá enn mikit lið ok frítt, lætr hann upp setja sitt höfuðmerki, var þar[10] Rollant ok margir aðrir höfðingjar. Ok er Jamund sér gullara keisarans, talar hann til sinna manna: Nú megi þér líta metnað[11] Karlamagnús, at[12] hann heldr enn til bardaga með liði sínu, ok man ætla oss at sigra; því sœkjum vér[13] djarfliga, því at eigi man enn minni liðsmunr en fjórir[14] móti einum, ok þat lízt mér, at þeir menn hafi meira kapp en forsjá, ef þeir þikkjast várum fjölda mega fyrirkoma. Karlamagnús sem hann kemr at bardaganum, eggjar lið sitt at hefna sinna kumpána, er þar lágu dauðir á vellinum. Riddari Salomon byrjaði fyrstr atreið af keisarans liði ok leggr spjóti til þess konungs, er Bordant hét. Þessi

---

[1]) *mgl. b.* [2]) *eðr b.* [3]) miskunnsemi *b.* [4]) heilagi *b.* [5]) þínu *b.* [6]) hétst fyrir *b.* [7]) blezaða *b.* [8]) játa *b.* [9]) [keisarans fylkingar búast fram til bardagans, hafði hann *b.* [10]) með *tilf. b.* [11]) ofmetnað *b.* [12]) er *b.* [13]) framm *b.* [14]) sé *tilf. b.*

Bordant hafði sér á hálsi einn hvellan lúðr Olifant, ok þó at [hann væri[1] mikill at vexti ok vel búinn, féngu herklæðin eigi hjálpat honum, ok skýtr Salomon honum dauðum á jörð, en grípr til hornsins í því ok fær náð. Sem Jamund lítr konunginn fallinn, en lúðrinn brott tekinn, angrar[2] hann mjök ok hleypir eptir Salomon svá segjandi: Betra væri þér, riddari, at hafa eigi verit fœddr, því at nú skaltu tapa þínu lífi, hefir[3] þar með sverðit Dýrumdala hátt upp ok höggr í hjálminn kljúfandi hann í herðar niðr, tekr Olifant ok knýtir um háls sér. En í því kemr at farandi góðr riddari Ankerin at nafni ok ætlar höggva til Jamundar. En hann snarast um[4] fast ok klýfr Ankerin í herðar niðr ok talar svá: Nei,[5] kristinn, segir hann, eigi var þat þitt at vinna mér skaða. Ok er Frankismenn sjá svá stór högg Jamundar, vilja flestir leita sér léttara en fást við hann. Nú gerist bardagi stórliga snarpr. Ok er keisarinn vissi Ankerin fallinn, talar hann: Guð drepi þann heiðingja sem þik drap, minn góði vin, ok gjarna meðr guðs vilja vilda ek þín mega á honum hefna, því at þú vart minn elskuligasti fóstrson af bernskutímanum mér trúliga þjónandi; gleði guð nú þína sál, en vér er eptir lifum skolum því djarfligar[6] framganga sem færri eru [til skipta.[7] Meðr þessum orðum kemst hann við í sínu hjarta, en fyllist þó jamfram meðr guðligu kappi ok kallar Rollant frænda sinn svá segjandi: Treystum[8] nú í guðs miskunn ok gerum heiðingjum svá harða hríð, at þeim taki um alt bak. Hleypr[9] fram síðan með brugðnu sverði ok sníðr sundr heiðingja. Hér með sœkir Rollant at öðrum megin meðr sínum lagsmönnum, snýr skjótt[10] í þessum stað orrostunnar mannfalli[11] á heiðingja. Nú sjá þeir hvassa hildarvöndu gegnum smjúga þeirra hjörtu, hvar fyrir blóðit tekr or undum renna, sárin svíða, brynjur sundrrifna, en seggir hníga,[12] ok meðr því at fullting Jacobi stendr með kristnum mönnum[13] í þessarri hálfu orrostunnar, skal héðan frá hverfa en ryðja annarstaðar til frásagnar.[14]

48. Nú byrjar at segja nökkut,[15] hvat hinn góði hertogi[16] hefst at, því at eigi er þat ætlanda, at hann sofi eða geri ekki til gagns, þá er þvílíkt er at brœra. Snemma um morguninn sem lítt er ljóst af deginum, kallar hann til sín frændr sína Boz ok Klares ok aðra höfðingja, er um nóttina dvöldust sem áðr sagðist undir hamrinum, ok talar svá til þeirra: Mínir kæru frændr ok vinir, segir hann, hvat munu vér nú fá at gört, höfum látit mikit af várum liðsmönnum, en harðr bardagi fyrir hendi, utan þat at gefa oss alla undir guðs

---

[1]) [*tilf.* b.   [2]) angrast b.   [3]) hefr b.   [4]) við b.   [5]) Vei b.   [6]) snarpligar b.
[7]) [eptir b.   [8]) Treystumst b.   [9]) hleypir b.   [10]) nú b.   [11]) *tilf.* b.
[12]) *saal.* b; gnúga B.   [13]) sótt fall *tilf.* B.   [14]) *saal.* b; fagnaðar B.
[15]) frá *tilf.* b.   [16]) Girarð b.

forsjá ok vera búnir at setja várt líf út í dauða fyrir hans skyld, svá sem hann virðist háleitr ok heilagr at þola dauða fyrir várar sakir; því ríðum djarfliga móti údyggum lýð heiðinna manna, ok meðr því at völlrinn er víða þaktr af búkum, svá at eigi má hestum fram koma, skolu fimm þúsundir várra manna láta hér eptir sína reiðskjóta en ganga í bardagann, ok veita oss þvílíkt gagn er ríðum sem þeir viðkomast. Allir játta svá gera sem hann vill standa láta. Eptir þetta ríðr herra Girarð til bardagans ok hefir eigi meira lið í fyrstu en tvær þúsundir; hann slæst í lið fram [á hœgra vég fylkingararms[1] keisarans ok ræðst móti þeim tuttugu þúsundum heiðingja, er þar höfðu fylkt, var hans atreið hin harðasta, því at hvárki var oddvitinn huglauss né þeir sem honum fylgdu. Sem Affrikamenn litu tilkvámu hertogans, grúfa þeir niðr undir hjálma sína ok brynjur. Skjótliga hleypa kristnir menn[2] góðum hestum ok öruggum herklæðum búnir, lögðu með spjótum en hjuggu með sverðum svá hart ok stórt, at heiðingjar máttu ekki annat en hlífa sér við þeirra áhlaupi. En þeir sem firr stóðu skutu með stinnastum skeytum, en hertogans menn hirðu þat eigi, því at svá váru þeir nú styrktir af guði, at engi hinn firsti stóð í móti þeim, því at svá váru þeir geystir, at hverjum þótti því betr [at lengra kom sér[3] fram í lið heiðingja; því geymdu þeir eigi þar fyrir sinnar stöðu ok fóru sem lausir. En herra Girarð þat sjándi, kallar hárri röddu ok segir: Frægir riddarar, geymit yðvar vel ok bindizt eigi[4] meðal vándra heiðingja, höldum[5] saman sem bezt, svá at hverr styði annan fyrir utan þeirra fylking, ok hendum þat sem oss stendr næst, látum þá hörfa undan, ok sœkjum því fastara eptir sem þeir linast meir. Eptir þessor orð lýstr hann sinn sterka vápnhest sporum, hristir spjótit ok leggr ríkan höfðingja er hét Malchabrun í gegnum skjöldinn, panzarann, brynjuna ok búkinn, skjótandi honum dauðum[6] á jörðina fjarri hestinum, yppir síðan merkinu svá segjandi: Lítit, heiðingjar, þenna lagsmann yðvarn, er lúta varð fyrir mér öldruðum. Þar með talar hann til sinna manna: Höggvit stórt, guð man styrkja armleggi yðra, at mega djarfliga sverðunum beita, nú gengr at málefnum,[7] senniliga birtist at vér höfum réttara at mæla. Í þenna tíma koma þær fimm þúsundir í bardagann, sem hertoginn bauð af stíga sínum hestum. Váru þeir herklæddir beztum vápnum, gáfu þeir heiðingjum stór högg með hörðum spjótlögum, sníða höfuðin af bolunum, kljúfa suma í herðar niðr ok kvista hendr ok fœtr; því heyrast nú ill læti til heiðingja, því at vápnlausir hnigu[8] skjótt fyrir þessum riddarum

---

[1]) [hjá hœgra fylkingararmi b. [2]) með tilf. b. [3]) [er sér kom lengra b. [4]) engi b. [5]) oss tilf. b. [6]) niðr tilf. b. [7]) málaefnum b. [8]) saal. b; gengu B.

nýkomnum, þorir engi optar en um sinn at leggja sinn¹ feitan búk [undir þeirra vápn.² Hér með skal greina, at herra Girarð snýr atsókninni þar til at³ stóð höfuðmerki Jamundar, ok sakir hvárstveggja at Affricamenn líta atgöngu stórliga snarpa, svá at nú þikkjast þeir at raun komast, hversu gott ok gleðiligt þat er at reyna vápnaskipti Franzeisa, stökkr hverr undan er má, því at þeir staðir sem nökkurri sókn eða vörn mátti viðkoma váru af þeim haldnir, en heiðingjar þyrptust saman upp á þá hina dauðu, sem þykkvast féngu þeir staðit. Sem hertoginn er at kominn mjök⁴ þeirri fylking, sem stóð umbergis merkit, risu þeir fast móti um stundar sakir, en þegar at⁵ hertogans menn komast at öllum megin, þá viknar skjótt fylkingin. Ok sem konungarnir Magon ok Asperant, er fyrr váru nefndir, í hverra vald ok geymslu Jamund gaf höfuðmerkit, líta hertogann svá nálægt en sína menn falla hvern um annan, tala þeir sín í miðil þvílíkt sem hér má heyra: Satt prófast þat nú, sem Balam forðum sagði af Frankismönnum, at engir munu þeim vera jafnir at hreysti, því at svá miklir kappsmenn eru þeir, at aldri meðan lífit er í þeirra brjósti munu þeir sinn hlut láta. En Jamund gerir nú opinbert sitt dramb ok mikilæti meðr fáheyrðri heimsku, at hann dirfist þess at halda viðr þá bardaga án [Agulando feðr sínum,⁶ er þat⁷ ok líkara, at þessi hans ofmetnaðr stígi honum sjálfum í höfuð, ok allir er hans ráðum fylgja munu þvílíkrar heimsku gjalda. En at vísu megum vér fól kallast, ef vér ætlum nökkut vinna í þessum stað, þar sem Jamund þorir eigi koma hingat oss til hjálpar. En hvers bíðum vér hér utan dauðans? ok meðr því at hann afrækist sitt höfuðmerki, þá tjóar⁸ ekki þótt vit standim; því er þat miklu betra at leita brott or þessum nauðum ok sœkja fund Agulandi ok gera honum kunnigt hvat fram ferr. Hvárt sem þeir tala hér um langt eðr skamt, kemr þat saman meðr þeim báðum, at þeir ríða brott undan merkinu gerandi Jamund enga vissu af sinni gerð, komast brott or bardaga mjök nauðuliga, hleyptu hestum sem mest gátu aftekit, ok er af þeirra ferð [framar ekki⁹ segjanda. Herra Girarð ryðr nú breiða götu, fylgja honum næst systursynir hans Boz ok Klares ok aðrir mest háttar höfðingjar, en síðan hverr hans manna eptir annan, ok höggva til beggja handa, svá at valköstrinn hleðst¹⁰ hátt upp hjá þeim tveim megin, svá ganga þeir fram undir merkit. Sem hertoginn er þar kominn, talar hann til sinna manna: Höggum djarfliga, Affrika konungr hyggst nú hafa unnit yðr ok eyða¹¹ land várt ok ríki, en¹² reka oss í útlegð eða selja hörðum

¹) tilf. b. ²) [sanl. b; þeirra vápnum B. ³) er b. ⁴) mgl. b. ⁵) mgl. b. ⁶) [Agulandi feðr síns b. ⁷) því b. ⁸) þat tilf. b. ⁹) [at sinni ekki framar b. ¹⁰) hlóðst b. ¹¹) eytt b. ¹²) ætlar at tilf. b.

pínslum. Nú mun reynt verða hversu vel þér standit frammi oss at verja, ek em gamall ok því byrjar yðr[1] styðja mína elli ok sœkja því betr sem þér erut yngri. Sem hann er kominn undir höfuðmerkit, sœkir hann meðr svá miklu kappi, at engi þóttist hafa sét þvílíka sókn jamgamals manns, því at hvern þann heiðingja hjó hann til bana í einu höggi,[2] er hans sverð mátti ná, hvar fyrir þeir fella á lítilli stundu meir en tíu þúsundir umbergis merkit. Flýja í[3] brott allir er máttu ok kómu aldri aptr undir þat merki síðan. Stendr þat nú eitt saman upp eptir á vellinum með þeim fjórum olifutrjám er heiðingjar höfðu reist, ok hélt þeim arni[4] er merkit stóð á. Ok er allr sá fjöldi heiðingja var brottu sem merkit höfðu varðveita, sumir flýðir en flestir drepnir, eru menn hertogans margir sárir ok móðir, stígr herra Girarð af hestinum ok stórliga mœddr. Ganga menn þá til hans ok steypa af honum herklæðunum, taka hjálm af höfði honum ok fœra hann or brynjunni, sezt hann niðr móðr[5] af miklu erfiði, stökkr blóð fram[6] or hans nösum niðr á hjálminn, ok menn hans þat sjándi hryggjast þaðan af. En hann talar til þeirra: Verit ekki hryggir fyrir mínar sakir, því at ekki er mér at angri utan þat at heiðingjar lifa of margir; því sœkit fram til bardagans ok veitit drengiliga fullting konungi várum, en þegar er ek hefir niðr steypt þessu merki, skal ek til yðvar koma. Skal nú hverfa héðan brott, en greina hvat annarstaðar ferr fram.

49. Karlamagnús keisari gengr fram einkar vel meðr sínum mönnum, hefir hann enga vissu af, hvat herra Girarð hefst at, því at svá stóð bardaginn þykt ok víða. Ekki vissi ok[7] Jamund, þar sem hann gékk gildliga fram ok drap margan mann með sínu sverði, hvat um leið hans höfuðmerki. Ok sakir þess at hvárigir máttu halda einart sinni sömu sókn,[8] beiddu menn hvíldar ok greindu sundr fylkingar, svá at nökkut lítit hlið varð á miðil; létti þá hinum mesta bardaga, en héldust atreiðir vaskra drengja. Því hleypir Triamodes konungr frændi Jamundar meðr ákafri atreið klæddr dýrum búnaði, haldandi digrt spjót með miklu merki, fram ríðandi at einum riddara Frankismanna, leggr í gegnum skjöld búk ok brynju ok kastar honum dauðum á jörð; ok þegar sem hann hefir sitt hvassa spjót út dregit, hindrar hann eigi sinni framreið, vísar hann því fram annan tíma, leggjandi í gegnum góðan herra Milun hertoga, bróður Bærings brezka ok dregr hans lungu með inniflum út á sínum spjótkrókum, berr hann hátt blóðugt spjótit ok þikist allvel leikit hafa ok hrósar sér fast, ok snýr við svá búit til sinna manna, œpandi hárri röddu svá segjandi: Herra Jamund, segir hann, vertu glaðr

---

[1]) at *tilf. b.*   [2]) *mgl. b.*   [3]) nú *b.*   [4]) *saal. b;* armi *B.*   [5]) *tilf. b.*   [6]) þá *b.*
[7]) *mgl. b.*   [8]) stöðu *b.*

ok kátr, sé hér mitt fríða spjót, hvert fagrliga hefir blómgazt í vörmum dreyra, því at þat hefir nú rétt gegnum smogit hjartaborg tveggja kappa kristinna manna, ok því sækit snarpliga fram, því at þetta ríki er skjótliga alt í yðru valdi, því at aldri héðan af reisa þessir sitt spjótskapt oss í móti sér til verndar. Sem kristnir menn sjá Milun hertoga dauðan, því at hann hafði verit hinn snarpasti maðr til vápna, harma þeir hann mjök, en einkanliga mislíkar þetta Bæringi brezka, hvar fyrir hann fyllist mikillar reiði, keyrir hestinn sporum ok hleypir eptir Triamode svá segjandi: Bíð, heiðingi, [ef þú þorir, því at[1] ek vil hefna bróður míns. En Triamodes lætr eigi sem hann heyri, ok vill eigi við horfa. Því leggr Bæringr, þegar hann kemst[2] í færi, spjótinu aptan miðil herðanna,[3] svá at út gékk um brjóstit, dregr síðan at sér karlmannliga ok lyptir honum upp or söðlinum fleygjandi honum á jörðina, með mikilli hermd[4] svá talandi: Af baki skaltu nú verða at stíga, þó[5] bæði sér þú digr ok feitr, ok aldri örglast héðan af á þína stirðu fœtr; þú drapt bróður minn ok þóttist hafa allvel leikit, en[6] nú hefr þú hann svá dýrt keypt, at aldri um aldr verðr þú hans arfi. En er Jamund sér Triamodem systurson sinn[7] dauðan liggja á vellinum, harmar hann grátandi hans dauða ok talar mörg[8] kveinkanarorð á sína tungu. Tóku[9] Affrikar dauðan líkamann ok báru í faðmi sér í miðjan herinn, grétu þar[10] ok sýttu.

50. Þessu næst riðu fram or fylking kristinna manna tveir riddarar Riker ok Margant, annarr á bleikum hesti kurteisum, en annarr á grám hesti föxóttum. Margant lagði sínu spjóti til konungs þess er hét Muges;[11] hann átti ríki fyrir utan Jórsalaland, fullr af drambi ok miklum metnaði; en þó hann væri mjök þrútinn af eitri drambseminnar, hjálpaði honum þat stórliga[12] lítit, því at it hvassa[13] spjót kunni greiðliga gegnum fljúga hans búk með öllum herklæðum. En Riker lagði spjóti í gegnum náfrænda Jamundar, þessi hafði haft af sínu[14] ríki hinn hvellasta lúðr Olifant, hveru Jamund berr nú á sínum hálsi; ok er Riker leggr spjótinu fyrir brjóstit, ætlar Gizarið[15] at ríða fram[16] undan laginu, en í því bregðr Riker sverði ok hjó utan á hálsinn, sníðandi af honum höfuðit rétt í augliti allra heiðingja. Ríða báðir þessir riddarar vel af guði varðveittir aptr í sinn stað. Sem Jamund sér þessa tvá frændr sína dauða Triamodem ok Gizarið, en alla völlu hulda af[17] líkum sinna manna, því at[18] þar sem bardaginn stóð veitti guð svá mikla miskunn, at

---

[1]) [mgl. b. [2]) kemr b. [3]) herða honum b. [4]) grimd b. [5]) þótt b. [6]) ok b. [7]) fallinn ok tilf. b. [8]) saal. b; mjök mork B. [9]) þá tilf. b. [10]) þá b. [11]) Mates b. [12]) sérliga b. [13]) hvassasta b. [14]) tilf. b. [15]) Gizarð b, her og senere. [16]) mgl. b. [17]) með b. [18]) [mgl. b.

svá hjuggu kristnir menn niðr heiðit fólk sem búfé, því gengr þetta
alt saman mjök á Jamund, svá at hans ásjána sortnaði, kallandi
Balam til sín meðr stóru[1] andvarpi svá segjandi: At sönnu var ek
þá heimskr, er ek trúða eigi því sem þú sagðir mér satt. Hvat mun
nú af mér verða, fallnir eru tveir frændr mínir, er mik eggjuðu til
þessa lands at fara, hugðumst ek treysta mega þeirra riddaraskap,
en nú liggja þeir dauðir; því, góði vin, legg til gott ráð, því at eigi
veit ek hvern enda eiga mun mín úhamingja um síðir. Balam svar-
aði: Hvat undrast þú,[2] þótt þér fari þann veg fram? því at aldri
mun þat vel út seljast, hvárki [meðr þér né nökkurum[3] öðrum, at
una eigi því ríki sem [hann á at[4] réttu, ok ágirnast miklu meira
en hófinu gegni ok rænast til meðr röngu ok[5] grípa annarra eign.
En fyrir þat at[6] þú hefir ágirnina, þá byrjaði þér þat með, ok öllum
þeim er höfðingjar þikkjast vera, at gera sik [styrka ok stöðuga,[7]
kunna vel því sem at höndum kemr, gleðjast eigi of mjök þótt þeir
mikils afli, enda bera karlmannliga þótt nökkut misfalli. En sakir
þess at ek lagði til þau ráð er ek kunni bezt með yðr, ok vildu
þér þau at engu hafa, þá kann ek nú ekki til leggja, mun eigi hverr
fara fram sínum ráðum sem líkar, en aldri muntu kristna menn yfir-
stíga. Jamund svarar: Hversu sem aðrir gera, trúir ek aldri, at
þú bregðist mér. Þrífr síðan lúðrinn er hann hafði á hálsinum ok
þeytir meðr svá miklu afli, at víða kendist jörðin dynja umbergis,
en bregðr sverði sínu Dýrumdala keyrandi hestinn sporum ok ríðr
at bardaganum fram at einum kristnum manni, höggr til hans[8] sverð-
inu ofan í hjálminn ok klýfr niðr í búkinn,[9] ok gerir hér á ofan
harðastu sókn.

51. Hefst orrosta nú at nýju. Ok meðr því at almáttigr guð
vill hepta Jamund at gera[10] skaða á sínum sauðum, vill hann ok
tálma hans tröllskap um tíma[11] ok láta frétta þat sem hertogi Girarð
hefir svinkat, at þaðan af versni honum[12] í hug heldr en batni.
Því kemr einn heiðinn[13] riddari á flugskjótum hesti þar at sem
Jamund sækir at sem harðast, ok leiðir hann brott or mestu þröng,
byrjandi sitt mál svá: Ho, ho, herra Jamund, segir hann, mikil
úhamingja þröngir oss á alla vega; mikil skömm ok svívirðing hefir
þér ok öllum þínum mönnum í dag til borit. Ek er nú einn af
þeim mörgum, er þitt höfuðmerki skyldu geyma, en í morgin kom
at oss einn flokkr, er stórliga[14] mátti lítill sýnast; þeir váru flestir
á fœti, frá því betr hérklæddir en nökkurir aðrir, allar þeirra bryn-

---

[1]) þungu *b.* [2]) þat *tilf. b.* [3]) [þér né *b.* [4]) [maðr á með *b.* [5]) at *b.*
[6]) er *b.* [7]) [*saal. b;* styrkan ok stöðugan *B.* [8]) með *tilf. b.*
[9]) kviðinn *b.* [10]) mikinn *tilf. b.* [11]) *saal. b;* lítíma *B.* [12]) Jamund *b.*
[13]) *mgl. b.* [14]) sérliga *b.*

jur váru tvísettar eða meir, hvítar sem skærasta silfr, svá öruggar at varla kunni spillast, engi var sá hjálmr á þeirra höfðum, at eigi væri gyltr ok settr gimsteinum, sverðin váru grœn af stáli sem gras; lágr maðr [ok þykkr¹ gékk þar fyrir með miklu kappi, hvern ek trúir verit hafa þeirra foringja; ok svá leika þessir við vára menn, at á lítilli stundu drápu þeir meir en tíu þúsundir. Sem hér er komit, vill Jamund eigi bíða lengr ok talar svá: Þegi þú, vándi² maðr ok hinn saurugi þræll, því at þú veizt eigi hvat þú segir. Mun ek nökkut trúa framburði þeim, at sœmd míns höfuðmerkis sé minkuð, þar sem þat tóku til geymslu tveir konungar, er ek bezt trúða, ok eigi minnr en hundrað þúsunda styrkra manna. Hvárt sem þér líkar betr eða verr, skaltu enn heyra þaðan af meira: þeir³ konungar eru báðir brott flýðir, en drepnir þeirra liðsmenn flestir, höfuðmerkit niðr brotit ok komit í vald kristinna manna; nú trú, ef þú vill, þetta verðr þér at sönnu. Ok er Jamund þikist eigi mega við dyljast, fellr svá mikil hrygð honum í kjarta, at næsta fellr hann í úvit. En eptir tíma kallar hann til sín tvá konunga heiðna Salatiel ok Rodan, svá til þeirra talandi með harmsfullu yfirbragði: Góðir herrar, segir hann, svívirðliga eru vér útleiknir á marga vega, höfum látit fjóra guði vára, drepinn er mestr hluti [várs fjölda,⁴ en á þetta ofan erum vér rœntir sjálfu höfuðmerkinu, er faðir minn gaf mér sakir mikillar elsku. Nú meðr því at þit hafit lítt eða ekki komit í bardaga, en hafit gott lið ok vel búit, þá dugit nú sem drengiligast, því at lið kristna konungs er drjúgum fallit, en mart sárt ok mótt ok til lítils fœrt, hvar fyrir þér munut auðveldliga stíga þeim yfir höfuð; en ef þat gerist,⁵ skal ek ykkr mest háttar setja allra minna höfðingja í þessu ríki. Þá svarar Salatiel: Herra Jamund, óttizt ekki vætta, því at áðr kveld komi, muntu sjá Frankismenn alla dauða. Jamund segir: Vel þeim augum er þat liti,⁶ því at allr tregi, harmr með sút hreinsaðist þá í brott or mínu brjósti. Salatiel dubbar sik nú, tekr vápn sín, boga ok örvamæli, ríða eptir þat fram til orrostu með fylktu liði, ok œpa mikit heróp. Eiga guðs riddarar enn at nýju⁷ heyja harðan hildar leik. Gerist þá mikill mannskaði í hvárratveggja⁸ liði, hnígr nú sýnt á Frankismenn, því at þessi heiðni konungr Salatiel, er var bæði harðr viðfangs ok ramr at afli, fór um it ytra sem einn veiðimaðr, gerandi ýmist, at hann lamdi hlífar en braut bein meðr þeim stóra lurk,⁹ er hann hafði sér fyrir spjót, eða af boganum skaut sem tíðast, því at í öllum herinum var engi bogmaðr þvílíkr; hvárki skjöldr né brynja stóðst hans skeyti, því at allir broddar hans örva

---

¹) [tilf. b. ²) rauðr b. ³) saal. b; því at B. ⁴) [liðs várs b. ⁵) gerit b. ⁶) líta b. ⁷) at tilf. b. ⁸) hvárratveggju b. ⁹) lurki b.

13

váru eitraðir, hvar fyrir hverr fékk bana, er hann kom blóðinu út á. Svá berr til, at Oddgeir danski getr líta framferð Salatiels, hvat hann harmar mjök, ok treystandi á guðs miskunn fýsist hann gjarna at koma í leik viðr hann, rennir hestinum sem snarast, ok þegar hann mœtir honum, leggr hann spjóti í hans harða skjöld, ok meðr því at guð sá til með honum, flýgr gegnum skjöldinn, brynjuna ok búkinn, steytandi honum[1] síðan dauðum á jörð. En í þessu hleypti fram Nemes hertogi virðuliga klæddr,[2] sitjandi á enum vænasta hesti ok mœtir Rodan[3] konungi, höggvandi ofan í hjálminn svá hart, at engi hlíf gat hólpit, klauf hann í herðar niðr, hrindr honum síðan af hestinum. Snúa þeir báðir aptr í sína fylking Oddgeir ok Nemes, en Jamund, sem hann sér þessa tvá falla, talar hann: Færri eru vér nú [en fyrir litlu.[4].

52. Eptir fall Salatiels gerist hvíld á bardaganum. Stígr Karlamagnús keisari af hesti sínum ok sezt niðr, samankallandi þá höfðingja, sem eptir lifðu, Rollant, Oddgeir, Nemes, Salomon, Huga, Riker, talandi svá til þeirra: Mínir góðir vinir, hversu mikit lið mun nú standa undir várum merkjum? Þeir svara: Eigi vitum vér þat gerla herra, segja þeir, en þat truum vér, at eigi sé færra en þrír tigir þúsunda. Keisarinn segir: Þat veit guð, at þat er fátt hjá því sem þyrfti, en hvat mun líkast til framferða? Þá svarar Rollant ok Oddgeir: Þat at sœkja sem bezt ok höggva heiðingja svá stórt, at engi hlíf standist, ok ef almáttigr guð sér til kristni sinnar, sem vér trúum, þá mun hann gefa oss sigr á heiðingjum. Sem þeir talast við þvílíka hluti, kemr þar einn riddari, sitjandi á góðum Gaskunia hesti; hann var svá búinn, at eitt digrt spjótbrot stóð í gegnum skjöldinn með fríðu merki ok síðu svá at tuglarnir drógust um jörðina, brynja hans var víða brostin, panzarinn slitinn, hjálmrinn brostinn, blóð rann fram undan hans brynstúkum, því at eitt mikit sár hafði hann miðil herða, hvar fyrir söðullinn var fullr af blóði. Riddarinn kveðr keisarann vel ok kurteisliga, svá segjandi: Guð signi yðr ok styrki, hinn góði herra Karlamagnús keisari. Karlamagnús lítr við honum ok svarar: Guð hjálpi þér, eða hverr ertu, ek kenni þik meðr engu móti. Ek heiti Valterus or borg Salastis, verandi einn af fylgdarmönnum herra Girarðs, er mik sendi til yðvar, en hann sendi yðr guðs kveðju ok sína ok allir hans menn. Almáttigr guð gleði þann[5] gamla herra, en hvar er sá góði vin? Rétt undir höfuðmerki heiðingja, segir Valterus, svá fimr sem fiskr, snarpr sem leó, kátr sem kið, hann hefir niðr höggvit merkit, [drepit suma,[6] en rekit alla á flótta, þá sem þat höfðu[7] varðveita.

¹) tilf. b. ²) herklæddr b. ³) saal. b; Alfami B. ⁴) [eptir en áðr b.
⁵) hann b. ⁶) [mgl. b. ⁷) at tilf. b.

Keisarinn lofar allsvaldanda guð, ok þikir nú fara vel at[. En með tilstuðningi Jacobi mun nú¹ skjótt um batna. Því skal þessu næst segja, hvat þeir fara fram Droim konungr ok Andelfrei, er sendust til herbúða keisarans, sem áðr var getit. En Karlamagnús skal tala við Valterum ok hvílast meðan.

53. Þegar Droim konungr kom til keisarans landtjalda, var sögð orðsending keisarans, at allir þeir er nökkut lið megi² veita skyldu búast, sem bezt væri föng á, ok koma til fulltings við [keisarann ok³ kristna menn, svá herramenn sem riddarar, ráðsmenn ok þeirra sveinar, steikarar, byrlarar,⁴ innverðir ok útverðir, ok hverr er vápnum gat⁵ valdit. En við þetta urðu flestir glaðir, því at í þessu liði var fjöldi ungra manna, þeirra er mikil forvitni var á at sjá skipaðar fylkingar ok prófa sína hreysti. Gerðist nú mikit hark ok skjótt umskipti í herbúðum, greip sá beztan hest með vápnum er fyrst náði, aðrir stigu upp á stirða vetrfáka; hér með skáru þeir fögr klæði, pell ok silki eða hvíta líndúka, gerandi þar af merki, hverr bjó sik eptir því sem⁶ mátti, stíga eptir þat ú sína reiðskjóta. Margir af þeim váru sterkir ok miklir, eru fremstir af þeim fjórir fóstrsynir keisarans, er honum þjónaðu dagliga at borði ok sæng, er svá heita, Estor, Otun, Engeler ok Grelent. Þessir [ríða fyrst⁷ fram á brekkuna, er miðil lá búðanna ok bardagans, ok áðr þeir kúmu til valsins ríða þeir Droim ok Andelfreus⁸ fram fyrir ok koma rétt í þann tíma firir keisarann, sem hann talar við Valterum, ok kveðja hann upp á hátt Franzeisa, svá segjandi: Guð signi yðr, frægasti herra Karlamagnús keisari, son Pippins Frakkakonungs. En hann tekr þeim⁹ brosandi ok spyrr síðan: Eru komin ungmenni vár? At vísu, herra, segja þeir. Hversu mikill afli er þat, segir keisarinn. Þeir svara: Nærri¹⁰ fjórum tigum þúsunda. Sem keisarinn þat heyrandi, heldr höndunum með upplyptum augum til himinsins ok þakkir gerir guði með þvílíkum orðum: Lof sé þér, eilífr konungr dýrðar, ok þínum elskara sælum Jacobo postola, því at nú þikjumst ek vita, at skjótt umskipti man¹¹ á váru máli verða, þá er þessir allir koma á móti liði heiðingja; því köstum niðr öllum¹² angri ok ótta, því at oss man guð veita sitt blezaða fullting. Eptir þat býðr hann Droim konungi víkja aptr móti ungum mönnum ok segja þat,¹³ at hverr taki þat af vápnum ok hestum, þeim sem gnógliga¹⁴ mátti á vígvellinum fá, sem [þætti sér henta.¹⁵ Ok svá gera þeir, kasta¹⁶ nú margir þeim búnaði, sem áðr höfðu þeir, [en skrýðast¹⁷ nýjum

---

¹) [ok hugsar gott til, at nökkut muni b.   ²) mætti b.   ³) [mgl. b.   ⁴) byrlar b.
⁵) fékk b.   ⁶) bezt tilf. b.   ⁷) [ráða fyrstir b.   ⁸) Andelfrei b.   ⁹) saal. b; honum B.   ¹⁰) saal. b; herra B.   ¹¹) muni b.   ¹²) öllu b.   ¹³) mgl. b.
¹⁴) nógliga b.   ¹⁵) [honum þætti sér heyra b.   ¹⁶) hafna b.   ¹⁷) [skrýðandi sik b.

herskrúða, takandi þar með fríða hesta, er látit höfðu sína herra.
Sem allir eru vel búnir at vápnum ok klæðum: hleypit nú fram
drengiliga, segir Droim konungr, ok sækit snarpliga, því at gnógr[1]
er tími at hefna vina várra áðr kveld komi. Þeir gera svá, hleypa
fram at bardaganum meðr miklum geysingi. En er heiðingjar líta
þessarra manna atreið, æðrast þeir at marki í sínum hjörtum, ok
segja svá: Engi hefir oss sannara sagt en sendimaðr Balam, þetta
land verðr aldri unnit, því at hér þeysir nú at oss þat folk sem
eigi[2] hefir áðr í bardagann komit, ok mun eigi gott [fyrir verða
þeirra atgang.[3] Ok er ungu menn koma til orrostunnar, má þar
heyra mikinn gný, óp ok háreysti, því þótt þessir væri eigi dubbaðir
riddarar, kunnu þeir alt eins djarfliga[4] beita bitrum brandi. Halladist
bardaginn þegar í lið heiðingja, svá at hverr fellr um annan, er[5]
nú ekki móttak, verðr þeim nú rétt eptir því sem þeir hugðu til.
Jamund sem hann sér hvat nú ferr fram, at kristnir menn fjölgast
mikit en hans lið gerist nær alt drepit, örvilnast hann í hjartanu, at
hann muni fá sigrinu. Því litast hann um, hvar líkast sé til brott-
kvámu, ok er hann ætlar hneigjast til hægri handar, er þegar[6] á
ferð herra Girarð með tíu[7] þúsundir vaskra riddara; því þikir Ja-
mund meðr engu móti þar greiðligt fyrir, ok brýtr fylking sína á
bak eigi skemra en þrjú örskot. En er þat sér herra Girarð, snýr
hann þar til með mikinn flokk, ok kemr á bak honum[8] þungu hlassi,
drepr enn[9] sem tíðast. Nú sér Jamund at ekki er til hjálpa, dregr
hann sik aptr á leið, ok er þar fyrir Karlamagnús keisari með sínum
mönnum.

54. Sem kristnir menn hafa tekit alt umbergis Jamund, ok
drepa svá gersamliga heiðingja, at fátt stóð upp, en þat flýði sem
því náði, þikist Jamund illa staddr, en hvat sem kostar, vill hann
lífs gjarna undan komast, ef[10] mætti. Því leitar hann til einhvers[11]
staðar þar sem þynst stóðu kristnir menn ok [hélzt bardaginn,[12]
kemst þar út með nauðum ok með honum 2 konungar Goram ok
Mordoam; ok ef hann getr í þetta sinn forðazt hendr Franzeisa, má
hann vel yfir láta ok réttliga segja, at aldri fyrr kom[13] hann or
þvílíkum öngum. Flýr Jamund nú sem sá[14] fríði hestr mátti aftaka,
ríðandi ofan með einum litlum hamri, ok hefir með sér lúðrinn
hvella ok sverðit góða ok et[15] digrasta spjót, svá seigt ok hart, at
eigi kunni at brotna, segist at skaptit væri af þeim viði er ölr kall-
ast. Hann ríðr þrútinn af harmi, kærandi sín vandræði, þegar frá
bar mönnunum, ok segir svá: Aumr ok vesæll er ek vorðinn, svá

---

[1]) nógr b. [2]) ekki b. [3]) [at verða fyrir þeirra ágangi b. [4]) snarpliga b.
[5]) var b. [6]) þangat b. [7]) 20 b. [8]) þeim b. [9]) heiðingja æ b. [10]) hann
tilf. b. [11]) einshvers b. [12]) [mgl. b. [13]) komst b. [14]) hans b [15]) hit b.

mikill ok máttigr sem ek þóttist[1] vera, því at þat hugða ek, at engi mundi sigr á mér vinna, en [eigi hefir mér[2] at því orðit í dag. Betr mætti ek við una, at hafa legit heima í ríki Affrica ok ofmetnazt eigi upp á móti ráðum föður míns. Senniliga gerða ek mik ofdigran, þá er ek lét ekki annat mér líka en bera kórónu á höfði at feðr mínum lifanda. Barn var ek ok illa vanit, er ek hlýdda ráðum úvita. Fyrir þetta alt saman kom yfir mik sorgar dagr meðr svá mikilli bernsku, at aldri mun niðr leggjast. Balam heyrir gerla hvat Jamund muðlar ok tekr svá til orða: þess háttar ummæli sem þú hefir, Jamund, væri konu blautrar náttúru, þeirrar er harmsfull gréti [sinn bónda eða[3] dauða síns eingetins[4] erfingja. En of síð sátt þú þat, at metnaðr meðr miklu kappi ok af annarri hálfu fávizka meðr úgæfu eru eigi samkvæmiligir[5] hlutir sín í miðil, en hvat sem þú kærir, stendr nú svá sem vorðit er. En ef þú lítr á bak þér aptr, mun þér annat sýnast líkara en kæra sem mest, því at átta menn af Franzeisum elta þik ok vilja fyrir eins ná lífi þínu. Jamund sér, at svá er satt sem Balam segir, því at Karlamagnús hafði vorðit varr brottkvámu þeirra ok hleypti eptir sínum fljóta hesti. Fylgdu honum í fyrstu Rollant, Oddgeir, Nemes ok fjórir skjaldsveinar. Ríða nú hvárirtveggju eptir megni, þar til at hestr Mordoans[6] konungs þreytist meðr öllu, svá at hvárki gengr hann fyrir sporanna ístangan né[7] höggum þungra spjótskapta. Þá mælti Jamund: Hvat er nú til ráða, eigi má ek þat þola at láta hér eptir meistara minn Mordoan konung, því snúum karlmannliga móti þeim er eptir ríða, ok rekum þá af baki, fám svá hest kumpáni várum. Eigi man þér þann veg af verða meðr öllu, segir Balam, forða lífi þínu, meðan þú mátt, en lát þann deyja sem dauðr er. Jamund gefr nú engan gaum at[8] orðum hans, snýr aptr hestinum fullr af reiði, snarar at sér skjöldinn en hristi spjótit, ok með því at Nemes hafði skjótastan hest annarr en Karlamagnús, þá mœtir Jamund honum fyrstum, ok leggr til hans spjótinu í gegnum skjöldinn ok panzarann, er hann hafði utan yfir brynjunni. En sakir þess at meðr guðs forsjó bilaði hon eigi, þá féll Nemes af baki fyrir mikilleika lagsins. En í því er Nemes er af baki fallinn, kemr at Oddgeir danski ok höggr til Goram ofan í hjálminn meðr svá öflugri hendi, at höfuðit klofnar ok nemr eigi sverðit fyrr staðar en í kviðinum, hrindr[9] honum síðan dauðum [af baki.[10] En er Jamund sér[11] Goram fallinn, bregðr hann sínu bjarta[12] sverði ok stefnir ofan í miðjan hjálm Oddgeirs. En hann víkr sér undan, ok kemr höggit

---

[1]) þóttumst *b*. [2]) [nú hefir mér eigi *b*. [3]) [*tilf. b*. [4]) *saal. b*; getins *B*. [5]) *saal. b*; samkenniligir *B*. [6]) Mordoan *b*. [7]) fyrir *tilf. b*. [8]) *mgl. b*. [9]) *saal. b*; hrindum *B*. [10]) [á jörð *b*. [11]) lítr *b*. [12]) bitra *b*.

framar niðr en Jamund ætlaði,[1] snertr sverðit hestinn fyrir framan söðulinn ok tekr þar sundr í miðju, fylgir Oddgeir enum eptra hlut til jarðar. En senniliga gætti guð síns riddara, því at ef þat högg hefði staðar numit honum í höfði, mundi Jamund vel hafa hefnt Goram. Jamund víkr nú hestinum ok vill eigi við haldast lengr, snúandi undan hvatliga, því at Karlamagnús var þá at kominn. Sem hann ríðr brott, víkr Balam aptr renuandi hestinum sem snarast, tvíhendir spjótit ok ætlar at leggja til þess kurteisasta keisara Karlamagnús. Ok er hann getr þat líta, lýstr hann sinn hvíta hest sporum, ok berr hann bráðara at[2] en Balam varði, leggjandi fyrr til hans meðr svá styrkri hendi, at Balam fellr af baki, þótt hann vildi eigi. En keisarinn hleypir þegar[3] eptir Jamund, en Balam stökkr skjótt upp ok fimliga, ok ætlar þá hesti sínum, en nú er eigi þess kostr, því Nemes hertogi er þar kominn ok verr hestinn, svá at hann náir honum meðr engu móti, bregðr hvárrtveggi sverðum, ok hefst þar hin harðasta atganga, höggr hvárr til annars svá stórt, at flýgr eldrinn í móti or þeirra hlífum, er stórliga nærri um þeirra riddaraskap. En er Oddgeir sér þat, flýtir hann[4] at ok vill veita Nemes lögunant sínum. En Balam þat sjándi skilr eigi svá búit duga, því talar hann þvílíkum orðum til Nemes: Góði riddari, gef upp at sœkja lengr, því at stórlítit[5] sigrar þú í, þó at þú drepir mik við annan mann, en ek játti þat þeim er mik skóp, at gjarna vilda ek taka skírn ok merkjast heilagri trú; ok ef Nemes hertogi af Bealfer væri svá nálægr, at ek mætta tala við hann, þœtti mér ván,[6] at á þessum degi kœmi hann mínum hag til góðrar hjálpar. Þá mælti Nemes: Hverr [er þú[7] riddari eða hvat á Nemes þér varlaunat?[8] Hann svarar: Ek heiti Balam, mik sendi Agulandus til Karlamagnús at [forvitna herlið[9] hans, þá er hann var staddr í Baion, en engan velgerning á ek at Nemes framar en hann vill gert hafa. Nemes segir[10] þá: Þakkir sé almátkum guði, er [mik varðveitti[11] svá, at ek gerða þér enga smán eða[12] skaða. Sem þeir talast[13] við, kemr Oddgeir at, hristir digrt spjót ok ætlar því gegnum Balam. En Nemes þikkist ofseinn ok grípr skaptit[14] fyrir framan hendrnar svá segjandi: Fyrir guðs skyld ok mína bœn ger þeim manni ekki mein, því at engi mátti öðrum meir at gagni koma[15] en þessi riddari kom mér, ef hann er sá sami Balam, er forðum gékk svá drengiliga fram mér til hjálpar, þann tíma er ek var handtekinn af heiðingjum ok[16] leiddr fyrir Agulandum ok dœmdr af honum til

---

[1]) til *tilf. b.* [2]) *tilf. b.* [3]) fram *tilf. b.* [4]) sér *tilf. b.* [5]) stórliga lítit *b.*
[6]) *tilf. b.* [7]) [ertu *b.* [8]) vanlaunat *b.* [9]) [forvitnast herbúðir *b.* [10]) mælti *b.*
[11]) [hann varðveitti mik *b.* [12]) né *b.* [13]) þetta *tilf. b.* [14]) spjótit *b.*
[15]) *saal. b;* verða *B.* [16]) *saal. b;* var ek *B.*

dauða, því at eigi at eins bauð hann sitt fé mér til hjálpar, heldr var hann búinn at setja sitt líf út fyrir mína skyld, ef þess hefði þurft. Þar með gaf hann keisaranum þann hvíta hest, er nú sitr hann sjálfr á, ok því er ek senniliga skyldr at veita honum þat gagn, sem framast má ek ok hann vill gjarnast þiggja. Balam þakkar hertoganum sín orð, játtandi fyrir þeim at með öllu vildi hann neitta fyrri villu. Ok er svá er komit þeira máli, hleypir Rollant at þeim ok sér standa hest Nemes á vellinum fyrir sér, fyllist hann upp af miklu kappi, því at þat hugsar hann at hertoginn sé drepinn, því grípr hann hestinn ok stígr á bak, hleypandi fram eptir veginum, en sá féll dauðr niðr af mœði, sem [hann áðr reið.[1]

55. Nú er þar til at taka, at Karlamagnús ok Jamund ríða langt frá öðrum mönnum, hleypir Jamund fyrir, ok er nú skipt við hann sœmdunum, því at fyrra dag árla fylgdi[2] honum eigi minnr en sjau sinnum hundrað þúsunda, en nú er eigi eptir einn skjaldsveinn honum til þjónostu. Ok meðr því at hestr Jamundar var hinn skjótasti, er þat um stund at keisarinn kemst eigi eptir, þar til er Jamund ríðr fram undir einn lítinn álmviðar skóg. Þar sér hann keldu litla með skærasta vatni, er upp rann undan rótum [þess olifatrés[3] er þar stóð, ok sakir mikillar mœðu[4] ok erfiðis fýsir hann at drekka, ok eigi var þat án líkendum, því at meir en þrjú dœgr höfðu svá liðit, at hvárki át hann né drakk, ok engi annarr sá er í bardaganum var, ok eigi þorði hann nökkut sinn á þeim tíma hjálminn taka sér af höfði; hvar fyrir hann stígr nú af baki, tekr af sér hjálminn ok skjöldinn, leggjandi niðr hjá olifaviðinum,[5] leggst eptir þat niðr at vatninu ok drekkr. En fyrr en hann rísi upp frá brunninum kemr Karlamagnús at öðrum megin svá skyndiliga, at Jamund náir eigi sínum vápnum, því at keisarinn tekr þau geyma, [þótti honum þat at, er hann hafði þann veg vangeymt sín.[6] Karlamagnús talar þá: Tak vápn þín ok stíg á hest, því at engi móður son skal því bregða mér, at ek drepi vápnlausan flóttamann, en vit þat, at þenna úsynjudrykk skaltu dýrt keypt hafa. Jamund gerir svá, klæðist ok stígr á hest, snarandi sér at brjósti skjöldinn sem fastast, en heldr spjótinu til laga. Ok af því at hann var ungr maðr, rann af mesta mœði hans hjarta viðr þat er hann drakk, svá at nú þótti honum ekki vætta sér mega granda, hvaðan af hann talar svá: Þat veit Maumet, segir hann, at eigi hefir þú, riddari, þann mann fyrir fundit, [at renni fyrir[7] þér einum, en furðuliga skjótan hest hefir þú, er svá langt bar þik brott frá þínum lagsmönnum,[8] ok stórliga vel ertu búinn at vápnum, því at brynja þín er svá fögr

---

[1]) [áðr reið hann *b*. [2]) fylgdu *b*. [3]) [olivotrés *b*. [4]) mœði *b*. [5]) olivoviðinum *b*. [6]) [*mgl. b*. [7]) [er renni undan *b*. [8]) mönnum *b*.

sem apaldrs flúr, en hjálmr þinn er svá góðr gripr, at hverr er slíkan vill[1] fá, mundi honum gjarna móti leggja þrjár ríkastu borgir, ok þú munt vera mikils háttar maðr, því at senniliga hefir þú sýnt mér þat, at aldri [var þú[2] af meðalmanni getinn eðr or litlu kyni kominn, þar sem þú þyrmdir mér vápnlausum ok gerðir mér svá mikla hœvesku, at þú gaft mér aptr mín[3] herklæði, hafandi þau áðr í þínu valdi, ok þat skal ek þér góðu launa; því kjós um tvá kosti, fá mér vápn þín ok einkanliga hjálminn góða, ok far í mínu leyfi aptr til þinna manna sjálfráðr,[4] en ef þú vill[5] neita guði þínum ok gerast minn maðr, skaltu fá miklu vildara, því at allir ættmenn þínir ok vinir skolu vera sælir af þér einum; væri þetta kostaboð af minni hendi engum til reiðu utan þeim sem svá vel til mín gerði sem þú. Karlamagnús svarar: Vel ferr þér, Jamund, en eigi man ek at öllu úreyndu miðil okkar þessum kosti játta. Jamund talar þá nökkut stutt: Hverr ertu, er svá skjótt neitar þvílíku boði mínu, seg mér nafn þitt. Keisarinn svarar: Fyrir ekki kemr mér at dyljast fyrir þér, Karlamagnús heiti ek son Pippins Frakkakonungs, keisari kristinna þjóða. Jamund sem hann heyrir þat, þagnar hann líttat,[6] svá sem varla tryði hann hans orðum, ok talar síðan: Sé þat satt, sem þú segir, þá fellr mér nú eptir því sem ek mundi œskja,[7] ok eigi virði ek allan minn skaða eins hálfs penings, því at á þínum líkama skal ek hefna þeirra harma, er marga vega hafa til komit mínu hjarta af þér ok þínum mönnum, en þó alt eins sé ek, at góð fylgd er í þér, ok því vil ek enn minnast þeirrar hœvesku er þú gerðir mér. Legg nú upp í mitt vald í yfirbót minna skaða, en þér til frelsis ok náða, París, Rómaríki, Púl ok Sikiley, Lotaringiam, Frakkland ok Borgundiam, Brittaniam ok alla Gaskuniam. Karlamagnús svarar: Þat veit guð, segir hann, at þú vill[8] vera stórliga ríkr mangári, ok með engu móti samir þér at stjórna svá miklu ríki, því at þú kant eigi haga því,[9] en þess væntir mik, at guð skipti ríkjum sínum[10] eptir sinni vild á þessum degi, er ok[11] líkara at fleira þurfir þú við en orð einsaman. Jamund keyrir nú hestinn sporum, rennandi at eptir endilöngum vellinum, komandi saman með svá hörðum lögum, at hvárki ístig né söðulgjarðir fá[12] haldit, því[13] falla þeir báðir á jörð. Sprettandi skjótt upp, bregðandi sverðum hátt[14] ok fimliga, sœkir hvárr at öðrum með mestu karlmensku, gerðist svá harðr leikr þeirra á millum, at eigi var þvílík sókn af tveim mönnum. Var[15] eigi alt eins nú jamkomit á með þeim, því at keisarinn var mjök hnignaðr af elli, en Jamund ungr, harðr[16] ok hinn sterkasti at afli. Svá

---

[1]) vildi b. [2]) [vartu b. [3]) vápn mín ok b. [4]) sjálfráði b. [5]) vilt b.
[6]) lítt við þat b. [7]) vilja b. [8]) vilt b. [9]) þér b. [10]) mgl. b. [11]) tilf. b.
[12]) saal. b; fær B. [13]) þar b. [14]) hart b. [15]) þó tilf. b. [16]) herra b.

stór högg veita þeir, at fjórðungum heilum sníðst brott af skjöldunum.
Því næst stígr keisarinn fram sínum hœgra fœti, en hefr upp hátt
sverðit ok ætlar ofan í hjálminn. En í því víkr Jamund undan
höfðinu, ok kemr höggit niðr á hœgri öxlina svá hart, at brynjan
brast ok varð Jamund mjök sárr. En er hann kendi sársauka,
reiðist hann mjök ok veitir sókn því harðari. Karlamagnús kennir
þat, at jafnan er sóknin linaðist rennir Jamund augum til hjálmsins,
er hann bar á höfði, hvar fyrir hann skilr, at honum vildi hann
gjarna ná. Ok þat var satt, því at því optar sem Jamund leit
hjálminn, þá girnist hann því meir at fá hann, hvaðan af hann talar
svá: Mjök virði sá þik, hinn kristni, er þvílíkan hjálm samdi þínu
höfði, því at í honum eru þeir náttúrusteinar, at ek má eigi drepa
þik, meðan þú berr hann; en senniliga ertu klókr ok kœnn í
geymslu við þinn góða hjálm, ef ek fæ hvárki lypt honum né spilt
eða meðr öllu af þér svipt, ok þat veit Makon, at eigi skaltu svá
vel leika, því at fyrir engan mun skal hann vera lengr þinn, ef ek
má sjálfr ráða. Keisarinn segir: Þat veit guð, at hann skal eigi
þinn verða, ok mjök er sá svívirðandi sjálfan sik, er hann gefr þér
upp. Eptir þessor[1] orð fleygir Jamund [frá sér[2] skjaldarbrotinu ok
ætlar at reyna afl við keisarann, heldr annarri hendi sverðinu en
vill grípa annarri til hans. En af því at Karlamagnús kennir sik
mjök mœddan en Jamund sterkan, víkr hann sér undan kœnliga, ok
missir Jamund jafnan, er hann grípr til hans. Ok svá fór nökkurum
sinnum, þar til at[3] Jamund gat gripit í skjaldarsporðinn ok kippir,
en [er þat tjóar honum eigi,[4] grípr hann böndin hjálmsins ok togar,
en keisarinn tekr í öðrum megin ok heldr, gerast nú harðar svipt-
ingar, í hverju[5] er hjálmrinn skriðnar af höfði keisaranum.[6] Togast
þeir nú þann veg um hann, at hvárr heldr í böndin. Nú sem þeir
eigast við þvílíkan leik, skilr keisarinn sik munu verða yfirstiginn,
ef þeir sjást tveir á, því angrast hann í hjartanu rennandi huganum[7]
til guðs í himinríki, at hann sjái nú til með honum, at eigi týnist
öll heilög kristni ok leggist undir úvina vald, einkanliga treystir
hann á sinn kæra vin Jacobum postola, at hann hjálpi til í svá
mikilli hans nauðsyn. Ok senniliga heyrist hans bœn ok ákall, at
eilífr guð fái eigi þvílíkan skaða sem nú[8] horfði til, heldr sendir hann
keisaranum gott[9] fullting meðr þeim hætti, at rétt þann tíma sem
Jamund hafði mjök brottsnarat af honum hjálminn, kemr at fram
Rollant, hafandi [einn stóran spjótkurf ok digran,[10] stökkvandi af
hestinum sem fljótast, ok hefr upp lurkinn ljóstandi stórt högg ofan

[1]) þessi b. [2]) [mgl. b. [3]) er b. [4]) [þat tjóar ekki b. [5]) hverjum b.
[6]) keisarans b. [7]) huginum b. [8]) tilf. b. [9]) saal. b; þat B. [10]) [eitt
stórt spjótskaptsbrot ok digrt b.

í hjálminn Jamundar. En er Jamund sér Rollant, bregðr hann ekki mjök við hans högg, utan talar þann veg til þeirra beggja þrútinn allr ok bólginn af móði: Þat sver ek við Makon ok Terogant ok allan mátt guða várra, at mjök er guð ykkarr kröptugr umfram alla guði aðra, ef þit komizt báðir heilir frá mér. Hefir[1] síðan upp sverðit, er hann hélt á, ok ætlar höggva ofan í bert höfuð keisarans. En í því er hann berr upp höndina, lýstr Rollant öðru sinni meðr lurkinum með[2] öllu afli á handlegginn svá hart, at sverðit hrýtr niðr or hendinni, hvert Rollant grípr ok lætr nú skamt miðil höggva, höggr í[3] hjálminn ok klýfr sundr í miðju ok þar með höfuðit, svá at í neðri[4] tönnum nam staðar. Féll Jamund [þá áfram alt[5] til 'arðar ok stóð aldri upp síðan[6] á sína fœtr.

56. Þegar Jamund er fallinn, sezt Karlamagnús keisari niðr á völlinn yfirkominn af mœði, ok talar til Rollants þvílíkum orðum: Þakkir geri ek þér, almáttigr guð, at[7] þú sendir mér þvílíkan dugnaðarmann, ok mikill giptumaðr vartu nú Rollant frændi, því at Jamund hefði at vísu stigit yfir mik, ef þú hefðir lengr dvalizt. Rollant tekr [best Jamundar, sverð[8] ok lúðr til sín. Kómu þá Frankismenn Oddgeir ok Nemes með sínum félögum ok líta Karlamagnús mjök móðan ok Jamund dauðan. Sem Nemes kemr fyrir keisarann, tekr hann svá til orða: Góði herra, lofaðr sé guð, er ek sé þik heilan [á lífi,[9] en úforsjáliga var þat gört at reka þvílíkan kappa einn samt, sem Jamund var, því at [þér máttut[10] sjá, hversu úflóttamannliga hann skildist við, fellandi mik til jarðar, en hjó í sundr[11] hest míns góða kumpáns Oddgeirs danska, gerandi svá báða okkr[12] at göngumönnum ok til engis fœra. Keisarinn svarar: Minn góði vin, ger þér glatt í hjarta, ok þökkum þat guði ok hans helgum mönnum, er betr er vorðit en mér þótti líkendi [um hríð,[13] því at svá harða sókn veitti mér þessi heiðingi, sakir þess hjálms er ek bar,[14] at ek þóttumst með öllu uppgefinn, ef guð hefði eigi sent mér Rollant frænda minn. Eptir þat [ganga þeir til ok taka[15] hreint vatn ok gefa keisaranum at drekka, þvá síðan blóð ok sveita af hans andliti, því at svá hafði Jamund við leikit, at víða var afhruflat keisarans[16] andliti, er böndin[17] hjálmsins höfðu inn gengit. Síðan fóru þeir þar til er búkr Jamundar lá ok líta sundrbrotinn hans hœgra[18] armlegg, en hausinn meðr hjálminum klofinn niðr í tennr. Hvaðan af Nemes talar til Rollans meðr miklum kærleik: Guð styrki

---

[1]) hefr *b*. [2]) af *b*. [3]) *tilf. b*. [4]) miðjum *b*. [5]) [þegar fram allr *b*. [6]) þaðan af *b*. [7]) er *b*. [8]) [þá sverð Jamundar *b*. [9]) [ok lífs *b*. [10]) [þat máttut þér *b*. [11]) í miðju *tilf. b*. [12]) *tilf. b*. [13]) [á um stundir *b*. [14]) ber *b*. [15]) [taka þeir *b*. [16]) *saal. b;* konungsins *B*. [17]) *saal. b;* borðin *B*. [18]) *mgl. b*.

þá hönd, er svá sterk högg veitti þessum hundingja; því tak þér til eignar þat af herfórum Jamundar sem þú vill, því at vér játtum, at þú ert verðugr at njóta þess, er þú sóttir svá drengiliga. Líkama Jamundar snúa þeir á grúfu ok fœra upp undir olifatré,[1] kastandi yfir hann[2] skildi, ok stíga eptir þat á hesta. En áðr þeir riðu brott, víkr keisarinn at þeim Oddgeir ok Nemes svá segjandi: Ef þessi maðr hefði verit kristinn, fœddist engi drengr í heiminum honum gildari. Nemes svarar: Vei ok svei sé feðr hans, ok móður er hann fœddi, ok öllum þeim er hann [gráta ok sýta,[3] þar sem hann er nú gefinn at eilífu öllum djöflum.

57. Keisarinn ríðr nú aptr til sinna manna. Var alt kristit fólk meðr mikilli hrygð ok harmi, sakir þess er þeir [mistu ok[4] vissu eigi hvat um leið keisarann ok hans fylgdarmenn. Var þá rekit á flótta lið heiðingja, er lífit kunnu[5] fá. Því ríðr Karlamagnús til þeirra landtjalda er þeir höfðu átt, stíga af hestum[6] úti fyrir því stóra landtjaldi, er Jamund átti, gengr þar[7] inn með sínum kempum. Var þar harðla vel fyrir búit, því at [hvatki var[8] þar, gnógar vistir ok hinn vildasti drykkr er hverr kunni sér kjósa, þar skorti eigi gull ok[9] silfr meðr dýrum steinum, góðan borðbúnað smíðaðan[10] bæði eptir gömlum[11] hagleik ok nýjum; í gnóg váru þar hin dýrustu klæði, skorin ok úskorin, svá mikil völ var[12] þar á allsháttar herskrúða, sem eigi er auðvelt at telja. Þótti Frankismönnum hér[13] gott at hvílast eptir langa mœðu ok mikit erfiði. Settist Karlamagnús í sæti ok allir hans vildarmenn. Herra pávinn meðr lærðum mönnum sat hjá keisaranum í þessu landtjaldi, lofandi guð eptir þann sigr er hann hafði veitt sínum þjónum. Náðaðu Franzeisar sik nú vel meðr vist ok drykk, er í gnóg var skemtiligr; gerðist þá mikil gleði í guðs fólki. Þetta landtjald er Jamund son Agulandi hafði flutt or ríki Affrica var gört meðr svá miklum hagleik, at Frankismenn þóttust aldri[14] þvílíka gersemi hafa séna; þar máttu rúmliga inni sitja þúsund riddara, at fráteknum skutilsveinum ok þjónostumönnum. Sjálft tjaldit var af dýrastum vefnaði[15] saumat meðr gull ok silfr, framan í brjóstinu váru settir fjórir karbunkuli, af þeim lýsti um alt landtjaldit, svá at eigi þurfti þar kerti brenna um nætr eða[16] kveldum, heyrðust[17] þar fagr fuglasöngr ok pípnahljómr, þar sýndust töfl sjálf[18] leikast öðrum til skemtanar. Svá mikil birti gékk út af þeim fyrr greindum carbunculis, at umbergis dalinn lýsti af, svá at þeim sem vörð héldu mátti ekki á úvart koma, keisarans menn höfðu ok œrit

---

¹) olivotréit *b.*   ²) einum *tilf. b.*   ³) [*saal. b*; grætr eða sýtir *B.*   ⁴) [*mgl. b.*
⁵) kunni *b.*   ⁶) *saal. b*; hesti *B.*   ⁷) keisarinn *b.*   ⁸) [bæði váru *b.*   ⁹) né *b.*
¹⁰) *saal. b*; smíðaðr *B.*   ¹¹) fornum *b.*   ¹²) váru *b.*   ¹³) þar *b*   ¹⁴) eigi fyrr *b.*   ¹⁵) vefjum *b.*   ¹⁶) um *tilf. b.*   ¹⁷) heyrðist *b.*   ¹⁸) *mgl. b.*

ljós til sinna framferða. Í þessu landtjaldi sefr keisarinn [meðr herra páfanum um nóttina.[1] Um morgininn[2] býðr keisarinn, at vatn vígist af kennimönnum ok dreifist á alt liðit, síðan um tjaldit utan ok innan, ok þá hluti aðra sem heiðnir menn höfðu áðr með höndum haft. Eptir þat gert gengr keisarinn með öllu sínu liði til borðs, sitja ok drekka [um daginn[3] vel glaðir. Ok áðr borð váru upptekin ganga fyrir keisarann þrír menn, Nemes hertogi ok Oddgeir danski leiðandi Balam sendimann miðil sín, ok kveðja hann[4] vel ok kurteisliga. Keisarinn tekr þeim blíðliga eptir spyrjandi, hverr sá þrifligi maðr sé, er þeir leiða. Hann svarar: Ek heiti Balam, er forðum var sendr af Agulando ok Jamund, þann tíma sem þér dvölduzt í borginni Baion, ek sendi yðr einn hest hvítan, ok nú skemstu, svá sem ek fyldumst upp[5] þeirrar dirfðar at ríða yðr á móti, feldu þér mik af baki. Ok meðr því at ek görla undirstendr, fyrir þá hluti marga sem fram hafa farit vár í millum, at sá siðr sem heiðnir menn hafa má heldr kallast villa en nökkur[6] trúa, ok því vil ek nú meðr öllu hana fyrirláta ok taka trú rétta meðr skírn, ef þér vilit þat veita mér; en þat skolu þér vita undir vitni guðs yðvars, at þetta sama hefir löngu áðr verit með mínu hjarta, þótt ek fylgdi mínum lagsmönnum alt higat til. Konungrinn svarar: Ef þér er þetta alvara, [sem þú talar, þá[7] vil ek eigi úgjarnari láta veita þér heilaga skírn en þú[8] viðr taka. Hann svarar: Guð er váttr yfir, at þetta er minn hjartaligr vili. Því næst segir keisarinn hvar komit er máli Balams sendimanns. En herra páfinn lofar almátkan guð ok segir svá til keisarans: Dvelit eigi, herra, at fullgera hans beiðni, því at hverr er sá góðr, er guð virðist brott draga or fjándans kverkum til sinnar kynningar. Keisarinn býðr þegar, at nökkurir Frankismenn búi til djúpan brunn, ok svá gerist. Fara til síðan fjórir byskupar með öðrum klerkum ok vígja brunn þenna, ok at honum vígðum, bað keisarinn [at herra páfinn[9] virðist þessum manni skírnarþjónostu veita, hvat hann gerði gjarna, ok skírði Balam í nafni heilagrar þrenningar gefandi honum nafn, ok kallaði hann Vitaclin eptir einum ríkum herra Karlamagnús keisara, er litlum tíma áðr hafði andazt. Keisarinn lypti honum or skírnarbrunni ok klæddi hann sjálfr beztum klæðum, gefandi honum þar með eina dýrastu[10] skikkju ok lagði yfir herðar honum. Sýndist öllum þessi maðr hinn þrifligasti, því at hann var fríðr sýnum, mikill vexti, sterkr at afli ok kurteiss í meðferði. Er nú úti at segja frá Vitaclin fleira at sinni, en nú skal geta í fám orðum ágæts[11] herra Giratðs

---

[1] [um náttina. ok svá herra pávinn b. [2] sem tími var kominn *tilf. b.*
[3] [*mgl. b.* [4] keisarann b. [5] *mgl. b.* [6] rétt *tilf. b.* [7] [er nú talar þú b.
[8] vill *tilf. b.* [9] [herra pávann, at hann b. [10] fríðustu b. [11] *mgl. b.*

gamla, því at eptir þat er hann hafði unnit höfuðmerki Jamundar, sneri hann til bardagans annat sinn, sem fyrr sagðist, ok svá framt sem hann vissi at Jamund flýði,[1] en Karlamagnús sætti eptir, gerði hann hina snarpastu[2] sókn ok eggjaði sína menn til framgöngu,[3] rekandi [flótta heiðingja[4] langt um þat fram sem aðrir[5]. En er dimma tók af aptni, snýr hann sínu liði til þess sama turns, sem hann vann af Jamund, ok keisarinn gaf upp í hans vald, svá lengi sem hann stæði í stríði á Hispanialandi. Var þá drjúgan fallit af hans sveitungum, en mart sárt, en[6] alt mótt bæði samt af hungri erfiði ok þorsta, tóku nú allir á sik hvíld ok náðir um nóttina. Skal herra Girarð hvílast í turni sínum með menn sína, en herra Karlamagnús skal sitja í landtjöldum með sínu liði, ok láta mœðu[7] renna af heilum mönnum, en grœða sjúka ok sára, ok búast þann veg við þeim lutum sem síðar kunnu at höndum koma. En þessu næst verðr nökkut at segja af Agulando, hversu vel ok drengiliga hann tekr við þeim tveim konungum Magon ok Asperant, er brott flýðu undan höfuðmerki Jamundar sonar hans, þá er þeir koma á hans fund.

58. Sem þvílíkir hlutir fara fram in Hispanis, er nú hafa verit greindir, sitr[8] Agulandus konungr meðr miklum her í þeirri borg ríkis Affrice er Frisa heitir, ok fréttir ekki hvat gerist miðil Karlamagnús keisara ok Jamundar. Því heldr hann nú mikinn prís ok gleði, fyrir þá sök at tveir ríkir konungar eru komnir til borgarinnar með stóran[9] skipaflota, hét annarr Bordant öflugi, er stjórnaði því ríki er liggr fyrir utan Jórsalaland, en annarr Modal. Ok einn dag þeirra þarvistar, leika konungarnir skáktafl Agulandus ok Bordant, ok sem þeir hafa lengi leikit, hallar taflinu á Agulandum, hvat hann þolir lítt ok talar svá með reiði: Gef upp taflit, segir hann, því at þótt ek leggi við [alt Púl,[10] féngir þú þat víst eigi unnit. Konungrinn svá sem brosandi líttat[11] af gráleik talar: Eigi er svá, herra, því at því síðr legða ek ríki út, ef ek sæti í yðru rúmi, at mér þætti betri glófi minn en ván taflsins. Sem þeir talast þessor orð við, koma greindir konungar Magon ok Asperant til hallarinnar, stíga af hestum ok ganga síðan[12] fyrir Agulandum, þar sem hann sitr at taflinu ok kveðja hann. En hann lítr við þeim ok kennir þá görla ok spyrr, hvat þeir kunni segja tíðenda. Þeir svara: Herra, mikil eru tíðendi. Hver þá, segir Agulandus, hefir Jamund son minn unnit Hispanialand, en drepit konung kristinna manna eða rekit á flótta? Eigi er þann veg meðr öllu, segja þeir, son þinn hefir barizt

---

[1]) var flýinn b. [2]) snörpustu b. [3]) atgöngu b. [4]) [heiðingja á flótta b.
[5]) áðr b. [6]) ok b. [7]) mœði b. [8]) saal. b; sér B. [9]) stórum b.
[10]) [saal. b; Fnl B. [11]) lítt þat b. [12]) inn tilf. b.

við Karlamagnús, ok trúum vit[1] at flest þat lið er þú fékt honum til fylgdar sé drepit; en hann fékk okkr til geymslu sitt höfuðmerki ok eigi færra lið en hundrað þúsunda, en annan dag sem bardaginn tókst, kom at oss[2] úvart eitt fólk undarliga snarpleika, var þar foringi lítill[3] maðr vexti ok þykkr, ok drap alt lið várt ok[4] rak okkr á flótta, veitti Jamund enga vernd sínu merki né okkr. Höfum vit farit síðan nótt ok dag til þess sem nú er komit. Agulandus spyrr þá með reiði Asperant: Hvat kantu[5] segja mér til Jamundar? Hann svarar: Þat veit trú mín, at ek kann eigi framar segja en nú hefir ek greint. Agulandus, sem hann heyrir orð konungsins, leypr upp meðr bólginni reiði, hrindr fram á gólfit taflinu, en grípr upp einn stóran fork ok ætlar setja (í höfuð) konunginum, en hann víkr sér undan, ok kom höggit á einn steinstólpa svá hart, at hann brotnaði sundr. Agulandus talar þá: Þit vándu svikarar skolut í stað verða[6] teknir ok hengdir á gálga sem hinu[7] verstu þjófar, eðr þola annan dauða svívirðligra[8] fyrir þann útrúnað,[9] er þit hafit framit við son minn ok móti mér konungi ykkrum. Asperant svarar: Aukast man þín svívirðing því meir, sem makligt er, þótt þú látir drepa okkr fyrir enga sök rétta, en hvárki þú né Jamund þurfit þá dul ykkr at ætla at vinna Karlamagnús. Því næst eru konungarnir gripnir eptir konungs boði, en hann gengr inn í eina stóra höll ok kallar til sín alla höfðingja er váru í liði heiðingja, ok talar svá: Góðir höfðingjar, öllum yðr sé kunnigt, hversu mikinn údrengskap þessir tveir konungar hafa gert við mik, svikit son minn ok flýit brott undan hans höfuðmerki sakir[10] bleyði ok ragmennsku. Nú til þess at engi þori þvílíka údygð at veita sínum höfðingjum, býð ek yðr upp á yðvart líf, at fyrir þat yfirboð er ek á öllum yðr veita, at þér dœmit þessum svikarum réttan refsingardóm ok skjótan, at eigi standi lengi þeirra gerð úhegnd. Höfðingjar svara: Engi úhlýðni skal í þessu máli birtast af oss við yðr sakir nökkurrar úeinarðar. Ganga síðan brott or höllinni tuttugu konungar í eina skemmu, váru margir af þeim bæði frændr ok vinir þeirra tveggja konunga, er nú sátu bundnir. Því var hér sem optliga kann til bera, þar sem um vönd mál er at tala, at eigi sýnist öllum einn veg, mæla sumir með konungunum ok vilja þeirra efni leiða til meiri miskunnar, en aðrir standa á móti ok vilja gera eptir því sem Agulando mætti helzt líka, ok atskiljanligr verðr þeirra[11] framburðr. Skal nú greina með skömmu máli hvat [hverr leggr til.[12]

[1]) vér b. [2]) á tilf. b. [3]) lágr b. [4]) en b. [5]) at tilf. b. [6]) vera b.
[7]) hinir b. [8]) svívirðiligan b. [9]) vantrúat(!) b. [10]) sinnar tilf. b.
[11]) saal. b; hvarar B. [12]) [hverir til leggja b.

59. Nú sem greindir konungar eru í einn stað saman komnir, stendr upp í fyrstu Amustene konungr, því at hann var allra þeirra mest háttar, ok hafði í[1] forræði tuttugu þúsunda herliðs, hann átti tvá sonu vel til manns komna, var hann náfrændi konunganna, ok því vill hann sína rœðu byrja þeim til létta, [ok talar svá[2] með snjöllum orðum: Meðr því[3] at hér eru inni vitrir menn ok spakir, þá er þat til, at hverr heyri annars framburð meðr athuga, ok beri þolinmóðliga þat[4] sem talat verðr; tökum þat[5] af hvers tillögum, sem bezt er ok skynsamligast, látum brott reiði, heimsku ok ákafa, en kjósum oss til handa vizku með hógværi. En sakir þess at Magon ok Asperant eru systursynir mínir, byrjar mér eigi margt[6] tala af þeirra efni, en þess væntir mik, at engi sé sá kominn á þessa stefnu, er[7] þá vili með sínum dómi framar angra en rétt er, því at ek hræðumst, ef þeim verðr nökkut misþyrmt, at allr þessi herr sturlist eigi[8] lítt. Eptir svá talat sezt Amustene niðr, en upp stendr Aquin konungr ok talar með hörðum anda: Stórliga mikit [tekst þú[9] á hendr, herra Amustene, ef þú ætlar því við koma með glysligum orðum, at menn þessir, þótt þeir sé frændr þínir, sé með engum dómi angraðir, því at mér virðist at[10] sjálfra þeirra orð geri þá dauðans verða, þar sem þeir vátta, at Jamund tignaði þá svá mjök, at sitt höfuðmerki seldi hann þeim í vald meðr miklu liði, en allir vér megum nú sjá þá hér komna, ok eru hvergi sárir á sínum líkama, eigi eru skildir þeirra höggnir né panzarar slitnir, hvárki er hjálmr þeirra stokkinn né brynja; hvar fyrir auðsýnt er, at þeir hafa brott flýit sakir bleyði ok hugleysis. Vér sendum þagat sonu vára ok frændr, ok megum vér senniliga um þeirra hag hræddir vera, en þú Amustene hyggst verða[11] glaðr ok feginn í aptrkvámu þinna frænda; en þér skal at öðru verða, því at rétt í [þínu augliti[12] skipar ek þá undir þann[13] dóm, sem allra várra harma sé hefnt í þeirra svívirðligum dauða. [Svá segir Aqvin ok sezt niðr eptir þat.[14] Þessu næst stendr upp mikill höfðingi Galinger gamli, hann stjórnaði miklu ríki ok réð fyrir mikilli borg er Sebastia heitir, hann var skrautligr maðr ok hafði yfir sér eina skikkju af dýrastu[15] klæði, skegg hans var hvítt[16] ok tók niðr á bringu, ok sem hann bjóst nökkut at tala, gáfu allir hljóð, því at hann var hinn málsnjallasti í öllum her heiðingja, hógværr ok úáleitinn ok virðr mikils af öllum. Því byrjar hann svá sitt eyrendi: Göfgir herrar, segir hann, segja vil ek yðr hvat mér lízt um mál þetta; konungar þessir

---

[1]) mgl. b. [2]) [mgl. b. [3]) segir hann tilf. b. [4]) hvat b. [5]) því b. [6]) at tilf. b. [7]) at b. [8]) saal. b; ok B. [9]) [takizt þér b. [10]) sem b. [11]) vera b. [12]) [þinni augsýn b. [13]) þvílíkan b. [14]) [mgl. b. [15]) dýrasta b. [16]) sitt ok fagrt b.

eru mikillar tignar, hraustir menn ok vápndjarfir, nú ef þér vilit at
nökkurr dómr falli með réttu lögmáli á þeirra sök, þá virðist[1] mér
þat betr standa, at þeirra mál bíði þar til, er vér verðum sannleiks-
ins vísir, hversu mjök þeir eru sekir. Kemr Jamund aptr heill meðr
sínu föruneyti, dœmi hann svá mikla þeirra sök sem honum líkar,
en ef Makon gætir eigi síns höfðingja ok fellr Jamund eða verðr
særðr til úlífis, dœmit þá sem [yðr sýnist[2] sannast. Vili þér hafna
þessu mínu ráði, mun ek alls ekki hlutast til yðvarra gerða; þér
vitit sjálfir, at hvárki á þetta mál dœma meðr hrapan eðr ofmiklum
skunda án lögligu prófi né nökkurt annat, skal ek ok engis manns
vilja, hvárki meira né minna, í því þjóna at dœma öðruvís en mér
sýnast[3] réttindin segja, ok þó at mér væri boðit annat ríki jammikit,
sem nú stjórna ek, væra ek meðr öllu eigi verðugr at sitja í minni
sœmd, ef ek dœmdi rangt þat mál, sem mér til heyrði yfir at segja.
Tali sá hér fleira,[4] sem betr heyrist, en þegja man ek at sinni.
Síðan stendr upp Mordanturus konungr ok talar: Undarliga [sýnist
hér taka,[5] at sá maðr, sem ek hugði at kominn væri til fullrar
skynsemdar fyrir aldrs sakir, skal nú vorðinn litlu betri en örvita,[6]
en svá ferr þér, Galinger, sem vitringrinn segir, at svá kólnar hjartat
brott af samvizkunni sem líkaminn þornar af ellinni. Undra ek þat,
hví þér sýnist at dvelja eða lengja dóms atkvæði þessarra konunga,
þar sem þeir eru eigi at eins sekir við Agulandum ok Jamund son
hans, heldr ok jamvel við forna[7] setning hinna fyrri hervíkinga, því
at svá er skipat í[8] hermanna lögum, at engi nýtr drengr skyldi
dirfast lengra flýja or orrostu en fram undir höfuðmerkit ok þola
þar, hvárt sem heldr kynni til bera líf eða dauði. Hefði þessir
konungar verit skipaðir í broddi fylkingar ok flýit brott or bardaga,
svá at þeir hefði eigi geymt höfuðmerkis sakir felms[9] ok hræzlu,
mætti á þetta líta meðr miskunn, en nú meðr engu móti, þar sem
þeir vátta sik hafa verit setta stjórnara merkisins, ok síðan þat fyrir-
látit ok svikit á þann veg sinn meistara. Því játta ek þá sjálf-
dœmda til hæðiligsta[10] dauða. Eptir þessi orð gengr hann til sætis.
En þessu næst ríss upp Gordiant[11] or Galacia,[12] liggr sú út í Gar-
sant, hann var stórliga ríkr, skegg hans ok hár var hvítt af[13] hæru,
breiðr var hann í herðum meðr digrum armleggjum, ríkuliga klæddr
ok höfðingligr. Hann mælti hárri röddu: Göfgir herrar, þér vitit
at hvárki er ek barn at aldri né vitsmunum, ok því megi þér vel
hlýða [mínum ráðum.[14] Þessir konungar er vér erum nú yfirskipaðir
eru góðir riddarar, ok því er þat ofskaði at dœma þá til dauða,

[1]) sýnist *b*. [2]) [þér sjáit *b*. [3]) sýnist *b*. [4]) um *tilf. b*. [5]) [snýr hér til *b*. [6]) örviti *b*. [7]) *mgl. b*. [8]) fornum *tilf. b*. [9]) felmts *b*. [10]) *mgl. b*. [11]) Gordant *b*. [12]) Galizia *b*. [13]) fyrir *b*. [14]) [minni rœðu *b*.

látit þat aldri verða utan sjálfr Agulandus dœmi, allra helzt meðr því at vér vitum eigi hverja raun á beri[1] þeirra máli. En þó at Jamund hefði mörgum hlutum mótstaðligr verit vilja föður síns ok oss [hans höfðingjum,[2] þá eigum vér alt eins virða hann, þar sem hann er einga son höfuðkonungs várs, ok[3] bið ek alla forðast at gera þvílíkan hlut [við hann[4] héðan af. Nú hvat ek tala eða ek vildi at væri, þikki mér líkligt, at sá verði endir þessa máls, sem öllum horfi til mestu[5] vandræða, ok því man ek uppgefa ok tala eigi lengr at sinni. Sem Ulien frændi Agulandi heyrir, hversu sundrleitan[6] framburð konungarnir hafa, vill hann eigi lengr þegja, ríss upp ok hristir sik, talandi með hörðum anda, sem hann var optliga vanr: Heyrit görla, hvat er ek segi. Berliga sér[7] ok, at þér verðit eigi til fulls ásáttir þenna dóm, er konungr várr Agulandus hefir oss öllum til komit, hvers boð vér erum skyldir at fullgera, því at sjálf guðin hafa skipat hann várn yfirhöfðingja. Játir[8] ek, at þat var mikit úvizkuráð, er Agulandus gaf Jamund syni sínum kórónu, ok staðfesti svá með honum dramb ok ofbeldi móti sjálfum sér ok öllum hans vinum. En þó at vér gæfim þar eigi ráð til, þá verðr þat nú at standa sem hann skipaði, hvar fyrir þér megit álíta, góðir höfðingjar, hvílíka svívirðu þessir[9] konungar hafa framit honum í móti, fyrirlátit herra sinn, hafnat ok útkastat ok svá illmannliga við hann skilit, at þá er þeir váru ofmjök tignaðir um aðra fram ok tóku til geymslu hans höfuðmerki, flýðu þeir brott með illsku ok ragskap ok sviku þann veg sinn meistara, því dœmi ek, at þeir hafi fyrirgert lífi ok limum. Nú ef nökkurr er svá djarfr hér inni, at þenna minn dóm kalli rangan, taki hann vápn sín án dvöl ok herklæðist síðan móti mér, en ek skal rétt í stað sníða af honum höfuðit ok sanna svá minn dóm réttan. En ef ek geri eigi eptir því sem [talat er,[10] sé mér kastat niðr í djúpa dýflizu, ok svelti[11] mik þar til bana. Við þessor orð Uliens þögnuðu konungar, ok leit hverr til annars. En hann settist niðr ok veik at þeim konungi, er Pharaon hét, svá segjandi: Nú þikkjumst ek hafa vel fram haldit vilja Agulandi, at engi þorir móti mæla mínum framburði. Sem þögn hefir staðit[12] lítinn tíma, stendr upp Pantalas konungr, hann var með reiðuligri ásýnd, fyrir þat at[13] frændr hans váru til dauða dœmdir, því talar hann meðr hvellri röddu, svá at vel máttu allir inni sitjandi menn heyra: Mikil djörfung ferr fram af munni þínum Ulien, segir hann, attu[14] einn um alla fram gerir þik opinberan í því, at dœma svá hrausta drengi til dauða sem eru Magon ok Asperant.

---

[1]) berr *b.* [2]) [höfðingjunum *b.* [3]) því *tilf. b.* [4]) [fyrir hans menn *b.* [5]) mestra *b.* [6]) *saal. b;* sundrligan *B.* [7]) *saal. b;* segi *B.* [8]) játar *b.* [9]) tveir *tilf. b.* [10]) [ek talar *b.* [11]) svelt *b.* [12]) um *tilf. b.* [13]) er *b* [14]) at þú *b.*

En þessu viltu ömbuna Agulando þat dýra vín, er þú treðr þik með
dagliga, at gera þat eptir hans vilja, sem báðum ykkr mun[1] verða
mikil vanvirða. Nú hverjum sem þat líkar eða mislíkar, man ek
segja hvat mér sýnist líkast um þetta mál, at Agulandus konungr
várr bíði til þess, at Jamund son hans kemr aptr eða hann fréttir
sannleik, hvárt þeir hafa brott flýit or bardaga fyrir fulla sök eða
sakir bleyði einnar saman, því at þat veit Makon, at hvárki Agu-
landus né þú Ulien ok engi annarr má þetta mál at réttu fyrr dœma,
ok ef ek œtta vald[2] svá mikils hers, sem hér er nú saman kominn
í þessarri borg, skyldi engi svá djarfr, at þá þyrði únáða at öllu
úprófaðu. Svá segir Pantalas ok gengr til sætis. Hér eptir[3] ríss
upp Gundrun konungr hinn karueski,[4] hann var forráðsmaðr[5] þess
ríkis, er átti Temprer konungr ok kallat var Birangri,[6] mikit land
ok vel bygt, snjallr maðr í framburði, stórliga fróðr í heiðingja
lögum ok höfuðráðgjafi Agulandi konungs. Gundrun styðst við einn
stólpa ok talar: Eigi samir oss at hafa fyrir ekki orð ok vilja höfuð-
konungs várs Agulandi, þar sem hann bauð meðr sínu valdi, at vér
dœmdim harðan refsingardóm ok réttan þeim tveim svikarum, sem
hér standa [ok þat heimsliga hugsa,[7] at oss muni vel líka sú mikla
svívirðing, er þeir flýðu vándir þrælar ok huglausir frá sínum herra
Jamund, er vald gaf þeim yfir sínu höfuðmerki sem hugdjörfum
kempum, ok meðr því at þeir prófaðust[8] fullir af údáð ok svikum,
þá dœmi ek, at þeir sé hengdir sem dáligir þjófar, ok síðan brendir
líkamir þeirra á báli, því at svá sómir at gera við vánda svikara.
En þó at Pantalas frændi þeirra vili únýta vára dóma, þegar þeir
ganga fram móti hans vilja, gef ek eigi einn frjálsan pening fyrir
hans dramb ok metnað. En ef hann þorir, taki hann sverð sitt ok
berist viðr mik, ok ef ek kvista eigi skjótliga sundr hans búk, brenni
mik í eldi ok kasti öskunni út í vind, en reki brott arfa mína af
sínu fóstrlandi. Eptir svá talat sezt hann niðr. Þá stóð upp kurt-
eiss höfðingi Acharz[9] or Amflor, hermaðr mikill, ok talar svá:
Höldum þat sem í fyrstu var talat, at engi þótti né ofrkapp gangi
inn vár í miðil um þetta[10] mál, heldr tölum meðr hógsemd þat sem
oss virðist satt vera. En betra hefði Agulando verit at sitja heima
í friði ok náðum í ríki sínu Affrica, er svá er vítt ok mikit, at
hverjum einum konungi er í gnóg, en sœkja[11] með ágirni til þess
ríkis annarra konunga, sem eigi er gagn í at hafa, ok fá þaðan af
tjón fjár ok manna. Var þat ok ofmikit skjótræði, at hann skipaði
Jamund son sinn höfðingja svá margra góðra drengja, því at öllum

[1] í *tilf. b.*   [2] ráð *b.*   [3] næst *b.*   [4] karneski *b.*   [5] forráðamaðr *b.*
[6] Hiangri *b.*   [7] [er ok þat heimskliga hugsat *b.*   [8] prófast *b.*   [9] Achaz
her og senere b.   [10] þeirra *b.*   [11] seilast eigi *b.*

má líkligt þikkja, er hans ákefð er kunnig, at eigi at eins muni[1] þessir tveir konungar kenna þaðan af mikils kulda, heldr allir þeir sem hans ráðleysi[2] fylgja. Nú sakir þess at Magon ok Asperant, hverja þér dœmit[3] dauða verða, eru góðir höfðingjar ok optliga reyndir í[4] trúleik ok öruggum riddaraskap, býð ek mik ok mína peninga í vörðslu fyrir þá, at þeir nái[5] lífi ok limum fyrst, þar til er Jamund kemr aptr, en ef þér vilit eigi taka þenna kost, segist ek or allri tillögu um þetta[6] mál. Svá lýkr Acharz sinni rœðu. En Abilant[7] konungr hinn öflugi svarar hans framburð[8] sem hér má heyra: Senniliga ertu Acharz, segir hann, eigi meðr lymskligum orðum áminnandi heldr opinberri ásakan snarpliga hirtandi, ok ef makliga væri[9] gert, ættir þú aldri at koma í auglit Jamundar eða nökkurs virðr vera af hans feðr Agulando, þar sem þú ætlar svá fyrirkoma[10] þínum glysligum boðum, at vér brytim boðskap konungs várs ok svikim hann svá. Hygg af því ok gakk í brott í stað utar í loptit frá [váru augliti[11] ok hvískra þín ráð þeim í eyra,[12] sem þér eru líkir, en vit þat at eigi um aldr skulu heyrast þín tillög þessum konungum til hjálpar, því at eigi samir, at þeirra mál standi lengr úpínt fyrir nökkurs manns bœn eða vilja, ok nú beint í þínu augliti skulu þeir vera bundnir ok barðir, ok eigi eitt it minsta skulu þínar hendr þeim mega við hjálpa, heldr skulu fimtán skjaldsveinar þeim refsa sína údygð, svá at hverr þeirra hafi í sinni[13] hendi stirðan hestavönd samanknýttan meðr stirðum álstrengjum ok berja þá meðr afli, en hverr þeirra sem eigi kemr blóði út á þeirra baki fyrir sitt högg, skal þegar hljóta annat högg af minni hœgri hendi. Síðan þessir svikarar eru þann veg leinir, skal þá [hengja eða binda í tagl ok draga um hóla[14] ok steina ok lemja þá þann veg sundr, en brenna síðan á báli at köldum kolum. Þetta er minn dómr ok allra þeirra er mér vilja fylgja. En þér Acharz ok[15] þeim öðrum, er þeim vilja fylgja eða kalla þetta rangt vera, skulum vér djarfliga þvílíkan dóm dœma, því at alla yðr tel ek sekja[16] af samþykt [þeirra svika.[17] Tali nú hátt ok framliga, ef nökkurr berr þoran til at tala á móti mínu atkvæði. Melkiant konungr stendr þá upp, djarfr maðr í framburði ok einka vin Amusteni konungs, ok talar svá: Bæði er þat, [Abilant, er[18] þú ert mikill ok digr, enda þikkist þú nú[19] svá, þar sem þú hyggr, at engi þori sína tungu hrœra móti þér. En til þess at þú kennir sjálfan þik eigi til svá mikils kominn,

[1]) munu *b*. [2]) fram *tilf. b*. [3]) nú *tilf. b*. [4]) at *b*. [5]) haldi *b*. [6]) þeirra *b*. [7]) Adilant *b*. [8]) framburði *b*. [9]) er *b*. [10]) viðkoma *b*. [11]) [várum augum *b*. [12]) eyru *b*. [13]) *mgl. b*. [14]) [draga bundna í tagli um holt *b*. [14]) eðr *b*. [16]) sekta *b*. [17]) [þessarra svikara *b*. [18]) [Adilant, at *b*. [15]) ok *tilf. b*.

mun ek úskjálfandi tala þat sem mér líkar, svá at þú ok þínir
lögunautar megi gerla heyra. Þagat hefir ek um stund ok heyrt,
hvat hér hefir verit talat, ok virðist mér sem þeir þykist vitrastir,
er mest þyngja mál konunganna, en þeirra dóm skil ek fram ganga
meðr ákefð ok illri úeinurð við Agulandum, sem þá kalla dauða
verða fyrir þat, þótt þeir leitaðu brott or bardaga síðan dauðinn var
handvíss; stóðu þeir eigi lengi ok börðust djarfliga, til þess at fallit
var alt þeirra lið? mundi nökkut tveggja manna snarplig vörn mjök
mikit í þeim stað vinna, ef áðr gátu ekki at gert[1] hundrað manna?
Biðu þeir, ok kom ekki Jamund ok engi annarr þeim til viðrhjálpar.
Nú þá segit einarðliga, hverr yðvarr, er nú sitr[2] hér, mundi svá
snjallr ok mikill fullhugi, at þann tíma sem honum þætti sér ráðinn
dauði, at hann liti[3] eigi um sik alla vega, hvar líkast væri til brott-
kvámu? Ek man svara mér sjálfr, víst engi. Ok því síðr gefi þér
gaum at úskyldum manni, þótt hann væri yðvarr höfðingi, at eigi
mundu þér hugsa um, þótt faðir yðvarr eða móðir væri eptir í
úvina valdi, ef því heldr gæti þér forðat yðru lífi. Þat mætti[4] ok
hugleiða, ef nökkut skyldi at skynsemi leita, hversu optliga kann til
bera þeim sem í orrostu verða staddir, at svá mikill ótti kemr yfir
þeirra manna hjörtu, sem áðr eru mörgu sinni reyndir at hugdirfð,
at engis fýsir þá annars en snúa undan; en þegar þeir eru hólpnir
við mestu hættu, undra þeir sjálfa sik, hví þeir urðu svá sigraðir at
flýja undan vápnum sinna úvina, vildu þeir gjarna[5] miklu heldr hafa
þá þolat skjótan dauða en þolat[6] þvílíka fölnan sinnar fyrri[7] hreysti;
fyrir hvat skiljanligt verðr, ef rétt skal álíta, at þeirra flótti varð
eigi af hugbleyði heldr váveifligum atburð. Í þenna atburð virðast
mér þessir konungar hafa ratat: þeir leitaðu brott síðan þeir sá
engan annan[8] grænna, ok fálust eigi í hellum eða öðrum jarðar-
holum sem hræzlufullir flóttamenn, heldr sóttu þeir á fund sjálfs
höfuðkonungsins, því at þeim þótti engi annarr líkari at veita Ja-
mund fullting en Agulandus faðir hans, síðan hann[9] vissi, hvers hann
þurfti við. Nú dæmi ek þá því[10] síðr dauðans verða fyrir þessa
gerð, at mér þætti þeir makligir góðra ömbuna. Svá lýkr Melkeant
sínu máli ok sezt niðr. Þá ríss upp mikill höfðingi ok ríkr, er hét
Sinapis hyggni, hann stjórnaði stóru ríki er Alpre kallast, var Sina-
his mesti vin Agulandi ok hafði fóstrat langan tíma Jamund son
hans, hann talar á þenna hátt: Þinn framburðr, Melcheant, má
sýnast skynsamligr, ef skjótt er álitit af úvitrum mönnum, en ef
hann er vitrliga[11] skoðaðr, finnst fátt hæft í, því at hann gengr

---

[1]) mörg *tilf. b.* [2]) sitit *b.* [3]) sæi *b.* [4]) mættit þér *b.* [5]) *mgl. b.*
[6]) fengit *b.* [7]) *mgl. b.* [8]) sinn kost *b.* [9]) *saal. b; til B.* [10]) þess *b.*
[11]) inniliga *b.*

fram af þeirri ofmikilli vináttu, er [allir vér vitum, at[1] þú hefir við
þann svikla konung, er ek sé sitja þar hjá steinstólpanum klæddr
rauðu klæði mjök at úverðu, því at hann hefir alla götu[2] lífs á illu
setit ok jafnan verit údyggr sínum höfuðkonungi, en ek hefir æ fylgt
Agulando konungi meðr fullri dygð ok heilleika; en þat er undar-
ligt, at svá vitr maðr sem Agulandus er, þolir honum þat[3] sem hann
ferr fram, því at nú vildi hann undan koma þessum svikarum, er
hann kallar sína systursonu, réttum dómi, eigi at eins fyrir sik, heldr
ok aðra sína jafningja; því væri þat sannr vili minn, at Agulandus
ræki brott or[4] sínu ríki fyrst þann sem er upphaf lymsku ok undir-
hyggju ok alla hans ættingja, þá sem nú opinbera sína úhlýðni við
hann í þessu máli. En þá Magon ok Asperant dœmi ek, at þoli
þann hæðiligsta[5] dauða, sem vér megum þeim verstan fá; eigi skal
þá meðr vápnum drepa sem nýta drengi, ok eigi þola gálga sem
hreinir þjófar, heldr skolu þeir bundnir vera í tagl harðreiðastu hesta
ok dragast um öll stræti, ok síðan niðr verpast í fúlan pytt, at
þeirra sekt verði öllum opinber, ok at eigi frétti Jamund, at vér
haldim hans svikara í friði meðr oss. Skal þenna dóm sem fyrst
er tími til fullgera. En þó at þessi minn dómr þikki þér, Amustene,
rangr, skal svá búit[6] standa, ok gerla skil ek, at þér líkar stórilla
minn orskurðr, því at þú bliknar allr ok sortnar svá sem jörðin;
fyrr muntu þrútna ok digr gerast af bólginni reiði en þú fáir þína
vini[7] frelsta af várum dómi, því at [eigi syn(j)a ek, þótt þú kallir[8]
þenna dóm rangan, skal ek sníða af þér þitt flærðarfulla höfuð ok
hverjum öðrum, er þessu mæla móti. Sem hér er komit máli[9] Si-
napis, talar Madequin sterki: Eigi er þörf, at um þetta mál talist
fleira at sinni, því at þessu öllu vil ek samþykkja, sem Sinapis hefir
dœmt. Stendr upp ok gengr þar til er Ulien sitr, ok tekr í hönd
honum svá segjandi: Göngum fyrir Agulandum ok birtum honum
hvílíkr endir á er fallinn konunganna mál. Þeir gera svá ok finna
konunginn sitjanda í höll sinni á einni silkidýnu, kveðja hann, ok
talar Ulien síðan: Rýmit brott þungum harmi af [yðru brjósti, því
at[10] tveir svikarar hafa rétt þvílíkan dóm, sem yðarr vili stendr til.
Agulandus svarar: Eru þeir til dauða dœmdir? At vísu herra, segja
þeir, ok fyrir þat[11] látit þá án dvöl taka ok binda miðil tveggja
hesta ok þenja þeirra líkama[12] sem mest í sundr, látit síðan hleypa
eykjunum um hvert stræti borgarinnar ok grjót ok hörga, síðan látit
brytja þá í smá stykki ok niðr sökkva í hinn fúlasta pytt. Agu-
landus sem hann heyrir orð Uliens, gleðst hann nökkut lítt ok býðr

---

[1] [mgl. b. [2] síns tilf. b. [3] hvat b. [4] af b. [5] háðugligasta b.
[6] búinn b. [7] frændr b. [8] [ef þú kallar b. [9] tilf. b. [10] [hjarta
þínu, þeir b. [11] því b. [12] líkami b.

svá gera við konungana, sem nú var greint, at þeir váru dregnir mjök grimmliga í augliti karla ok kvenna, svá at hold þeirra ok blóð lá víða eptir á strætum ok steinum. Þótti flestum þessi dómr [mjök harðr,¹ þó engi þyrði þat opinberliga tala; gerðist af þessu efni mikit sundrþykki í her heiðingja.

60. Næsta dag eptir þessa hluti, sem Agulandus sitr² yfir borðum, koma í borgina þúsund flóttamanna af liði Jamundar, fannst engi sá í þeim flokki, at eigi væri mjök sárr. Var höfðingi þeirra einn riddari Valdibrun at nafni, hann gékk fyrir inn í höllina stórum sárum særðr, [hafði hann verit³ lagðr með kesju gegnum brynjuna ok panzarann, svá at í beini nam staðar, flóði or því⁴ sári ok mörgum öðrum⁵ blóð á hallargólfit, þar sem hann gékk. Hann kvaddi Agulandum með lágri raust ok móðri af mikilli blóðrás [ok langri,⁶ svá segjandi: Öll yður guð styrki yðvart ríki, en af miklu tómi hugsi þér,⁷ hvat um líðr Jamund. Hví ertu þann veg leikinn, góði vin, segir Agulandus, eða hvat segir þú tíðenda? Valdibrun svarar: Mikil tíðendi hafa vorðit síðan vér skildum, því at þá er Jamund hafði tekit til geymslu af yðr turninn sterka, þótti oss um tíma horfast á vænliga, því at í fyrstu sem Jamund fór út af turninum með tuttugu þúsundum ungra ok hraustra hafandi til styrktar guðina sjálfa, varð bæði gott til fjár ok manna, snerist þá margr kristinn lýðr til annarrar trúar, brendum vér borgir en píndum konur ok karla. Ok sem þann veg gékk farsælliga várr hagr, vendi Jamund aptr [til turnsins⁸ með miklu herfangi, mættum vér þá njósnarmönnum Karlamagnús í fjallshlíð einni, hugðum vér einn veg gera [þeirra sem annarra manna,⁹ ræna lífi ok eignast fé, en þat fór alt annan veg, því at svá snarpliga géngu þeir í móti, at sú var¹⁰ endalykt várs fundar, at þeir drápu fjölda en ráku Jamund ok alla oss á flótta, tóku gull ok silfr svá gersamliga, at eigi einn minsta pening ætluðu þeir oss, þar með [guðina sjálfa.¹¹ En í annan tíma sem Jamund reið út með lið sitt af turninum at hefna fyrri svívirðingar ok vinna aptr guðin, urðum vér svá háðugliga brottreknir, at turninn var af oss tekinn, svá at vér áttum þangat aldri skjóls leita. Síðan samnaði Jamund saman úvígum¹² her ok fór til stríðs við sjálfan keisarann, ok er þat skjótt at segja, at vér börðumst þrjá daga, ok þó at kristnir menn væri fáir hjá várum fjölda, þá þröngdu þeir svá at oss um síðir, at þat vissa ek síðast til, at þeir ráku Jamund á flótta með þremr¹³ konungum, en drápu hvert mannsbarn, svá at eigi einn komst undan. Þvílík eru mín tíðendi, segir

---

¹) [of harðr *b*.   ²) sat *b*.   ³) [hann var *b*.   ⁴) þessu *b*.   ⁵) mikit *tilf. b.*
⁶) [*mgl. b.*   ⁷) um *tilf. b.*   ⁸) [*mgl. b.*   ⁹) [*saal. b*; sem annarra *B*.
¹⁰) varð *b*.   ¹¹) [guðin sjálf *b*.   ¹²) úvígan *b*.   ¹³) þrimr *b*.

Valdibrun. Agulando þvílíka hluti heyrandi batnar lítit í sínu hjarta, ok af mikilli sorg lætr hann sem eigi hafi hann gerla heyrt, hvat Valdibrun talaði ok talar[1] svá: Eigi mun ek rétt skilit hafa þín orð, riddari, segir hann, en svá heyrðist mér sem þú segðir, at þau glæsiligu guð, sem ek hugði oss mega veita mestan styrk, væri hertekin af kristnum mönnum. Valdibrun svarar: Rétt heyrðist yðr þat, herra, ok því heldr gripust þau brott or[2] váru valdi, at vér sám um langt, hversu [undarliga var með þau[3] farit ok, hér meðr með[4] mikilli sneypu ok svivirðu ráku kristnir menn þau ofan á jörðina or þeim virðuliga vagni, sem þau áðr sútu í, ok gengu á þá[5] ok tróðu[6] undir fótum, hræktu í gullbúin[7] skegg þeirra ok kampa, berjandi[8] lurkum ok steinum, hengjandi þá[9] upp at fótunum sem hæst oss til skapraunar. En aldri sá ek þau þar sýna krapt sinn né mátt, hvárki meira né minna, ok alla tel ek þá svikna, er á þvílíka[10] guði trúa, því at öllum[11] er auðsýnt, at eigi munu þau mikit hirða um annarra þurft,[12] er þau máttu eigi forða sér við þvílíkri sneypu.[13] Agulandus svarar þá[14] meðr miklum móði: Hvat kantu segja mér af Jamund syni mínum, hvárt hann muni[15] vera lífs eða dauðr? Valdibrun svarar: Eigi[16] veit ek til þess, segir hann, en líkast þikki mér, at hann hafi leitat undan til Benaris borgar meðr öðrum flóttamönnum,[17] því at eigi kann ek[18] ætla, at nökkurr hafi upp fyllzt þeirrar djörfungar at drepa Jamund son yðvarn, en þó má eigi alls of[19] synja hvat Frankismenn gera, því at aldri finnast þeim frœknari drengir, ok frá því vel búnir at vápnum sem nökkur þjóð önnur. Mikill harmr er þat hjarta mínu, segir Agulandus, at ek veit eigi, hvat af Jamund er vorðit, en hvert ráð skolum vér nú upptaka? Valdibrun svarar: Annathvárt at setjast um kyrt ok hætta eigi sér né liði sínu undir vápn Franzeisa eða halda sem skjótast á hendr þeim með þann mesta her, sem þér kunnit fá. Agulandus svarar: Þat veit Maumet, at aldri skal mik þat henda at gefa upp þat land ok ríki at sœkja, sem þeir hafa gripit undan mínu valdi, heldr man[20] ek halda til móts við þá ok drepa hvern mann ok leggja[21] svá undir mik öll þeirra ríki. Ok þegar borðin eru uppi, býðr Agulandus saman stefna öllum konungum ok ríkum höfðingjum af borgum ok nálægum þorpum, ok segir svá til þeirra allra, er hans orð máttu heyra: Affrika höfuðkonungar, heyrit orð mín ok linit harmi mínum, búi hverr sik sem fljótast, bleyðizt eigi, blásit hornum yðrum ok hvellum lúðrum, ok

---

[1]) segir b. [2]) af b. [3]) [með þau var b. [4]) tilf. b. [5]) þau b. [6]) tráðu b. [7]) gulli búin b. [8]) þau með tilf. b. [9]) þau b. [10]) slíka b. [11]) oss b. [12]) þörf b. [13]) smán b. [14]) þó b. [15]) man b. [16]) Ekki b. [17]) fleiri mönnum b. [18]) at tilf. b. [19]) um b. [20]) skal b. [21]) koma b.

stefnit til skipa öllu liði váru, því at vér skulum ríða at Frankismönnum ok lægja þeirra dramb ok ofbeldi ok hefna þeirrar svívirðu, er þeir hafa oss á marga vega veitt, ef þeir þora bíða várrar tilkvámu. Madeqvin svarar orðum[1] konungs: Þat veit Makon, segir hann, at ef ek lifi langa stund, eru kristnir menn skjótt dauðir. Þá svarar Valdibrun: Eigi þarftu Madeqvin svá mjök fýsast fund Karlamagnús, því at eigi munu þér úgjarnari yðvarri ferð létta, þótt þar hafi þeir eina þúsund en þér eina ok tuttugu. Þessu næst má heyra [um alla borgina[2] margan lúðr þeyttan, mikit hark ok háreysti, því at hverr býr sik ok sína sveit at hestum ok vápnum sem líkast mátti. Ok at öllum her Agulandi saman komnum, heldr hann út af borg meðr útölulgan fjölda ofan til skipa, settist í fríðasta[3] lypting meðr dróttning sinni, siglandi blíðan byr þar til er hann kemr sínum skipaflota í fríða höfn Hispanie, er gengr upp í þá stóru á, sem fellr ofan eptir dalnum, er fyrr var greint at lægi ofan undan fjalli Asperment, í hverjum þeir börðust Karlamagnús ok Jamund. Ok þegar tími var til, gengr Agulandus af skipum[4] meðr alt liðit, en[5] lætr reisa landtjald bæði mikit ok frítt. [Dróttningu sína lætr hann at skipum dveljast,[6] ok fær henni til geymslu marga menn ok kurteisa. En meðr því at hann hafði nökkura vissu af þeim sem brott kómust or bardaganum, at Karlamagnús mundi í[7] þeim stöðum nálægr vera, þá skiptir hann liði sínu öllu[8] í fim fylkingar, ok skipar fyrir hverja fylking þvílíkum höfðingjum sem síðar greinist.[9] En hversu enn frægi herra Karlamagnús verðr víss tilkvámu Agulandi er þessu næst segjanda.

61. Karlamagnús sitr í landtjaldi Jamundar meðr herra páfanum ok öðru stórmenni, en annat lið er í tjöldum umbergis. Hefir keisarinn enga vissu af meðferði[10] Agulandi, þar til at þann sama dag sem Affrikamenn taka höfn skamt frá herbúðum Franzeisa, gengr herra Vitaclin, er áðr hét Balam ok skírðr var af Karlamagnúsi, sem áðr sagðist, fyrir Karlamagnús keisara, kveðjandi hann vel ok kurteisliga, ok talar síðan leyniliga svá segjandi: Göfugr herra, segir hann, ek bið, at þú ok herra páfinn gangit með mér brott frá öðrum mönnum. Keisarinn gerir svá, tekr í hönd herra páfans, ok ganga þrír samt út or tjaldinu, en aðrir sitja eptir. Vitaclin tekr svá til máls: Meðr því at þat er nú vorðit, sem ek hugsaða löngu áðr, at gerast guðs maðr ok taka heilaga trú, þá sem ek er héðan af gefinn undir vald guðs ok yðvart, Karlamagnús keisari, því[11] byrjar mér eigi at leyna yðr þeim hlutum, sem ek skil nauðsyn

[1] máli b. [2] [mgl. b. [3] fríðustu b. [4] sínum tilf. b. [5] ok b. [6] [Dróttningin skyldi eptir dveljast á skipum b. [7] mgl. b. [8] mgl. b. [9] greinir b. [10] ferðum b. [11] þá b.

til bera, at þér vitið, en ef ek gerði¹ þat, væri² ek sannr svikari. Ek vil segja yðr þá eina list, sem þér ok engi yðvarr maðr hefir geymt, at þessu landtjaldi fylgi. Lítit upp undir knappana ok munu þér sjá í ofanverðu brjóstinu einn dreka gerfan af gulli, í drekanum megi þér líta eitt speculum, þat er þeirrar náttúru, at ef maðr lítr í þat með staðfastri sýn, sér hann þau tíðendi sem gerast á sjó eða á landi í nálægum stöðum. Nú góði herra, sjáit í skuggsjána, ok munu þér skjótliga sjá sigla at landi útöluligan skipastól, drómunda þunga, snekkjur, galeiðr með stórum langskipum, þar er kominn Agulandus konungr með úvígjan³ her, takandi⁴ höfn skamt frá yðrum búðum.⁵ Þar með⁶ megit þér sjá, ef þér vilit, at hann gengr frá sjá⁷ með allan sinn her, ok lætr landtjöld reisa ok skipar liði sínu í fjórar fylkingar, en ætlar sér til stjórnar ena fimtu, ok er auðsýnt at eigi man hann fyrr aptr snúa til sinna ríkja en þér⁸ hafit fundizt. Keisarinn gengr at ok sér þessa hluti alla sanna sem Vitaclin sagði, hvar fyrir hann mælti svá: Lofaðr sé guð, er hann þvílíkan mann skapaði sér til þjónostu, sem þú ert, Vitaclin; en geri⁹ nú skjótt sendimenn til hertoga Girarðs, at hann komi á minn fund. Svá er gert, at menn eru sendir til turns hertogans. Ok þegar er herra Girarð heyrir orðsending keisarans, býr hann sik ok kallar sér til fylgdar systursonu sína Boz ok Claies ok syni sína tvá, er fyrr váru nefndir, ríðr veginn fram til herbúðanna. Ok er keisarinn veit, at hertoginn er kominn, gengr hann móti honum með mikilli gleði ok minnist við hann, takandi sjálfr í hans hœgri hönd, en tveir lendir menn ena vinstri, ok leiða hann svá miðil sín. Karlamagnús talar þá: Guð launi yðr mikla mœðu, sem [þú hefir¹⁰ nú þolat skemstu í [drengiligri frammgöngu ok¹¹ fulltingi við hans kristni; en undra ek þat, hví [þú hefir¹² eigi viðr tekit [konungliga sœmd,¹³ þvílíkr höfðingi. Hertugi Girarð svarar: Eigi vilda ek bera konungs nafn, því at ek þóttumst eigi vera makligr þeirrar tignar, en þótt ek sé¹⁴ einn hertogi, fær ek vel með guðs fulltingi haldit ríki mínu í frelsi ok náðum bæði fyrir kristnum víkingum ok heiðnum. En þeim einum sómir réttiliga at bera tignarkórónu, sem guði líkar, at vaxi til þess at þjóna honum því framar, styðja heilaga kristni ok styrkja lög ok réttindi, en únýta ok fyrirsmá ranga hluti ok guði mótstaðliga, hafa ættgóða menn sér næsta, ok þiggja af þeim gjarna heil ráð, sem hann kennir sér trúa. Konungi byrjar miklu stjórna ok gefa stórum, sá er eigi vill þann veg vera, honum samir [fyrir

¹) gerða *b*. ²) væra *b*. ³) úflýjanda *b*. ⁴) hér *tilf. b*. ⁵) herbúðum *b*. ⁶) *mgl. b*. ⁷) skipum *b*. ⁸) þit *b*. ⁹) ger *b*. ¹⁰) [þér hafit *b*. ¹¹) [drengiligu *b*. ¹²) [þér hafit *b*. ¹³) [konungs nafni *b*. ¹⁴) *tilf. b*.

engan mun¹ konungs nafn bera. Keisarinn talar: Rétt segi þér, hertogi Girarð, en þat trúir ek, at þessa hluti hafir þú. Síðan ganga þeir fjórir saman í einn stað, Karlamagnús, herra páfinn, hertoginn ok Vitaclin. Segir keisarinn þá hertoganum alt, hvar komit er. Hertoginn sér þegar, er hann lítr í speculum, herlið Agulandi ok skipt sundr í fim fylkingar. Hann talar þá til keisarans: At vísu mun Agulandus hér kominn, ok er líkara, at hann ætli² hefna Jamundar sonar síns, en þó at þeirra lið sé útöluligr fjöldi, þá er guð várr svá máttigr, at þat má hann gera fyrir árnaðarorð heilags postola síns Jacobi, at svá dreifist þeirra hundheiðna fólk fyrir vápnum sinna sauða nú³ sem fyrr; en vei verði þeim, er í þessarri nauðsyn skilst við yðr, segir hertoginn til keisarans, heldr skal ek ok mínir menn, þó at vér sém nú alls til fáir, svá harða hríð veita heiðingjum, at mörgum skal fult vinna. Keisarinn þakkar hertoganum sín orð, en mælir⁴ síðan: Bróðir Vitaclin, þú hefir verit lengi með Affrikamönnum, því seg oss ljósliga frá höfðingjum þeirra ok búnaði, ok hverja formenn Agulandus mun skipat hafa fyrir sínar fylkingar. Vitaclin svarar: Sannliga⁵ er mér kunnigt höfðingja val Agulandi, ok því skal ek yðr réttiliga greina hvers þeirra búnað áðr⁶ kveld sé úti, en þér hugsit um, hvat [er ek kann⁷ yðr segja. Keisarinn segir, at svá skal vera. Vitaclin tekr þá til máls: Þér sjáit, herra, at næst oss undir einum skógi standa landtjöld mörg smá af hvítastu⁸ lérептum eða bezta silki, yfir hinu mesta landtjaldi mantu sjá eitt stórt merki af rauðum purpura, þat á enn öflugi Madeqvin, í öllu ríki Affrikanorum finnst honum engi meiri ok sterkari; hann hefir sterka menn ok vígkœna í bardaga. En öðrum megin við ána gagnvert tekr herbergi önnur fylking Agulandi með kurteisum tjöldum, stýrir þeirri, sem ek hygg, völdugr höfðingi⁹ Acharz or Amflor ok hans frændi Manuel, þekki ek þeirra búnað gerla, því at optliga var ek í ráðum meðr Acharz, ok vil ek þat segja yðr, at alla þá¹⁰ harðfengnustu menn sendi hann til Jamundar af sínu liði. Upp undir þann¹¹ stóra skóg ok dimma mantu sjá stór tandtjöld ok ekki¹² mjök skrautbúin, þau byggja undarligt fólk, þeim verða engir illgjarnari ok verri viðreignar, af flestum dugandis mönnum eru þeir hataðir ok fyrirlitnir, svá at engi ann þeim; þeir una¹³ við lítit brauð ok þó úvandat, matast jafnan síðla sem údygðarmenn, engis virða þeir hesta né góð herklæði, fuglar ok dýr er¹⁴ þeirra matr, engir verða þeim betri bogmenn, því at engi fær forðazt þeirra skeyti, eigi treysta þeir sínum¹⁵ spjótum, lítit vápn þikkir þeim í

¹) [með engu móti b. ²) at tilf. b. ³) tilf. b. ⁴) talar b. ⁵) Senniliga b. ⁶) en tilf. b: ⁷) [ek kunni b. ⁸) hvítustum b. ⁹) herra b. ¹⁰) hina b. ¹¹) þeim b. ¹²) eigi b. ¹³) lifa b. ¹⁴) eru b. ¹⁵) stinnum b.

sverðum eða öxum; þeir eru svá fljótir, at engi hestr stendst þeim; reki þeir flótta, þikkir þeim vel at fara, en ef þeir flýja, ýla þeir sem hundar ok verða skjótt yfirstignir; þeirra foringi er ríki[1] konungr Kalades af Orfanie[2] ok annarr Floriades. [Upp með[3] þeim hamri er gengr upp með ströndinni öðrum megin standa stórliga mörg landtjöld með gyldum[4] knöppum, sá lýðr er þau byggir er af einu landi, þeir alast við betra vín ok brauð en aðrar þjóðir, þeir hafa gnœgð gulls ok silfrs meðr dýrum steinum, fríðir eru þeir sýnum ok kurteisir í sínum háttum, vel búnir at öllum herskrúða ok öruggir til bardaga; þeim stjórna tveir höfðingjar ok kappsmenn miklir Eliadas[5] ok Pantalas. Í fimta stað munu þér, herra, glöggliga kenna, hvar upp er reist sjálft höfuðmerkit Agulandi, trúi ek þar undir skipaða[6] honum til verndar marga konunga ok ríka höfðingja, ok svá gersamliga ætla ek hér komna ríkismenn or Affrika, at fáir siti eptir. Nú hefir ek sagt yðr sem ek veit sannast, en þessu næst eigu[7] þér at hugsa, hvat þér vilit upp taka, en tveir sýnast mér nú til, annathvárt at þér gefit ríkit í vald Agulandi eða verja meðr karlmensku, [eptir því sem[8] gefr yðr styrk til. Karlamagnús svarar: Nei, minn góði vin, eigi meðan guð gefr mér at lifa skal ek upp gefa mitt ríki[9] heiðingjum; en haf Vitaclin mikla þökk fyrir þá dygð er þú sýnir oss.

62. Sem Karlamagnús keisari er vorðinn víss hins sanna af her Agulandi, talar hann til herra Girarðs: Legg til ráð,[10] herra Girarð, á hvern hátt vér skolum fram fara, því at nú vitum vér, at Agulandus man skjótt koma á hendr oss með úfriði, svá at eigi verðr tími[11] at senda heim í várt ríki eptir liði; en þó[12] ek hafi lítit herlið, ætlar ek eigi undan[13] flýja. Hertoginn svarar: [Herra, segir hann,[14] guð man styrkja yðvarn góðan vilja ok hans postoli Jacobus; en meðr því at þér hafit marga unga menn líkliga til framgöngu, þá sem eigi prófaðu sik í höggorrostu, fyrir þá sök látit blása um allan herinn ok kallit til yðvar hvern ungan mann, er vápn má bera ok sik kann herklæðum skrýða, meira háttar sem minna, ok gefit öllum herklæði. Keisarinn sendir í alla nálæga staði dygga menn ok stefnir saman lærðum sem leikum, ríkum sem fátækum: látit engan eptir sitja þann sem yðr má nökkura viðrhjálp veita, hvílíks stéttar, valds eða tignar hverr er. Keisarinn þakkar honum sín ráð, því talar hann síðar[15] til herra páfans: Meðr því at ek veit engan af váru liði heitari ást ok meiri hafa til frelsis heilagri[16]

[1]) ríkr *b*. [2]) Orfama *b*. [3]) [Undir *b*. [4]) gyltum *b*. [5]) Abadas *b*. [6]) *saal. b*; skipat *B*. [7]) eigit *b*. [8]) [sem guð *b*. [9]) fyrir *tilf. b*. [10]) *mgl. b*. [11]) til *tilf. b*. [12]) þótt *b*. [13]) at *tilf. b*. [14]) [*mgl. b*. [15]) síðan *b*. [16]) heilagrar *b*.

kristni en yðr, heilagr faðir, þá bið ek,[1] at þér takit yðr sœmiliga fylgd ok kallit til guðs bardaga alt þat fólk sem þér megit við[2] komast, ok búit til orrostu eptir yðvarri vild, því at allir eigu yðru boði at hlýða. Herra páfinn játtar gjarna keisarans bœn, gerandi sína ferð meðr lærðum mönnum. En þegar hann er brottu, kallar keisarinn fjóra lúðrþeytara ok biðr þá blása um allan herinn fyrir hverjum manni[3] meðr greindum boðskap. Ok þegar þessi tíðendi flugu um herbúðir, kómu þeir flestir á keisarans fund, sem í fyrra bardaga höfðu verit, vel búnir at vápnum. Eptir þat skundaði hverr fyrir annan, þóttist sá bezt leika er fljótastr varð, svá at á lítilli stundu var mikill fjöldi ungra manna kominn fyrir keisarans landtjald. Karlamagnús talar þá hárri röddu: Lof sé almátkum guði, segir hann, þessi flokkr er mikill ok líkligr til góðs hlífskjaldar móti úvinum. En meðr því at feðr yðrir eru nú margir dauðir, en þeir sem lifa eru þungaðir bæði af elli ok miklu erfiði, viljum vér at þér rísit upp í stað þeirra ok gerizt riddarar ok takit þvílíka sœmd sem hverr er um[4] kominn; vili þér þessu glaðliga játta, skal ek gera yðr svá vel ríka, at þaðan af skulu yðrir frændr fullsælu eignast, ef guð gefr oss [heila aptr til várra[5] fóstrlanda. Hinir ungu menn urðu glaðir[6] keisarans fyrirheitum ok játtaðu at gera hans vilja. Karlamagnús segir: [Nú þá,[7] farit þar til sem valrinn liggr, ok taki hverr sér þann herskrúða meðr hestum ok öðrum riddaraligum fórum.[8] Þeir gera svá, ríða þagat sem bardaginn hafði verit, [ganga í valit,[9] fundu þar mjök fríð vápn, gylda[10] hjálma, silfrhvítar brynjur, harða skjöldu, sverð hin beztu,[11] þurftu þeir eigi meira kosta þvílíka gripi at fá, en fletta þá hina dauðu er þar lágu. Þar með taka þeir sér fríða hesta meðr smeittum [bitlum ok gyldum söðlum,[12] ríða eptir þat til herbúða ok gáfu hestum sínum œrit korn um nóttina. Enn næsta morgin tók hverr sínar fórur ok stigu á hesta, ríðandi allir senn til landtjalds keisarans. Váru fremstir af þeim fjórir skjaldsveinar Estor, Bæringr, Otun ok Engiler, heyrðu þeir einkanliga til hertoga Rollant unga systursyni Karlamagnús, hvarfyrir hann dubbar þessa fyrst alla til riddara sakir elsku við sinn frænda, en síðan hvern eptir annan. Tókust nú allir þeir er vápnin þágu[13] or þjónostu, en skipaðust frelsi ok sœmdum þeim sem riddarum til heyra, þat er, at vera undanteknir öllum sköttum ok skyldum lýðmanna eða pyndingum valdsmanna. Ok at þessu görvu játtu[14] sik allir undir guðliga hlýðni viðr heilagan postola Petrum ok keisarann,

---

[1]) yðr *tilf. b*. [2]) til *b*. [3]) *tilf. b*. [4]) til *b*. [5]) [aptr til yðvarra *b*. [6]) af *tilf. b*. [7]) [*mgl. b*. [8]) ríðit síðan aptr svá búnir *tilf. b*. [9]) [ok *b*. [10]) gilda *b*. [11]) géngu nú í valit *tilf. b*. [12]) [söðlum ok bitlum gyltum *b*. [13]) höfðu *b*. [14]) játuðu *b*.

Cáp. 62.   AF AGULANDO KONUNGI.   221

kystu eptir þat á hœgri hönd keisarans, gerandi sik honum hand-
gengna, heitandi at fylgja hans boði ok vilja ok styrkja heilaga
kristni eptir megni. Þá kallar Karlamagnús til sín Rollant ok tekr
í hönd honum ok [minnist til hans¹ meðr mikilli ástsemd ok segir
svá: Senniliga ætta ek þik at elska ok framari² sœma en nökkurn
annan, því at guði til sjánda gaftu mér líf fyrir hans miskunn, ok
fyrir þat trúi ek, at guð láti þér mikla giptu til handa bera; því
gef ek alla þessa ungu riddara undir þitt vald, at þeir veiti þér
allan heiðr sem sínum formanni, því at ek vænti, at þá [styrki þeir³
mest mína sœmd í því at fyrirkoma guðs úvinum, ef þvílíkr er odd-
viti þeirra flokks. Rollant þakkar keisaranum fögr orð, en allir játta
gjarna þessu. Eptir þessa hluti tekr herra Girarð orlof til brott-
ferðar, ok ríðr með sínum frændum til turnsins. Géngu allir honum
glaðliga móti, þeir sem þar váru, ok spyrja hversu Karlamagnús
mætti. Hertoginn svarar: Guði sé lof ok dýrð, at hann er bæði
heill ok kátr, en stendr þó nú í miklu starfi, því at hann gerir
fjölda riddara af mörgum kynkvíslum, ok eigi fréttir hann eptir,
hvárt [hann er ríkr eða fátœkr,⁴ því skulum vér þar eptir breyta
ok dubba alla unga menn til riddara, þá sem váru liði fylgja. Allir
svara: Guð styrki þetta várt ráð ok láti vel skipast með yðvarri
forsjá. Girarð kallar þá Ancelin ríkan höfðingja ok talar til hans:
Tak með þér sonu mína Milun ok Girarð ok fylg⁵ til Karlamagnús,
ber honum kveðju mína, ok þat með, at ek beiði at þessa mína
sonu virðist hann til riddara dubba. Ancelin gerir sem honum var
boðit, stíga þeir á hesta ok ríða til herbúða keisarans, ganga fyrir
hann ok kveðja hann sœmiliga. Hann tekr þeim vel. Síðan mælir
Ancelin: Hertogi Girarð sendi yðr kveðju ok bað, at þér mundit⁶
gefa herklæði þessum tveim hans sonum, sem þér sjáit hér standa.
Karlamagnús svarar: Gjarna góði vin, segir hann, skal ek gera hans
bœn, því at engi [finnst honum hraustari drengr vápn (at) bera.⁷ Eptir
þat⁸ tekr keisarinn í hönd [Miluns unga,⁹ hann var þeirra ellri
brœðra, ok talar til hans svá segjandi: Ertu son hertoga Girarðs
af Borgundia? At vísu, herra, segir hann. Karlamagnús talar þá
til Eisants brezka: Fœr oss þat sverð, sem á er lagðr heilagr kross
meðr rauðu gulli. Hann gerir svá, tekr sverðit ok fœr konunginum.¹⁰
En keisarinn bregðr því ok lítr á, talandi þvílíkum orðum til Miluns
unga:¹¹ Meðr því at þú ert sonr hins röskvasta höfðingja, svá at
engi meðr hertoga nafni fœðist þeim¹² vildri, þá er líklegt, at þú

¹) [kyssir hann b. ²) framar b. ³) [styrkit þér b. ⁴) [þeir eru ríkir eða
fátœkir b. ⁵) þeim tilf. b. ⁶) mundut b. ⁷) [drengr honum hraustari
berr vápn b. ⁸) þessi orð b. ⁹) [Milon b. ¹⁰) honum b. ¹¹) mgl. b.
¹²) honum b.

verðir góðr höfðingi, ok fyrir hans skyld skal[1] ek þik sœma; þetta[2] sverð gefr ek þér ok þar með ríki Utili borgar, hvert nú stendr laust undir váru valdi, utan ein ung jungfrú sitr yfir, hon skal vera þín, væntir ek at eigi finnist í þeim stöðum henni fríðari; skaltu jafnan hafa vára vináttu ok skipast miðil minna beztu riddara. Eptir [þessor orð[3] gyrðir hann Milun sverðinu ok klæðir öðrum klæðum, en hann hneigir keisaranum meðr lítilæti þakkandi fögrum orðum þvílíka sœmd. Eptir þat er framleiddr Girarð ungi, hann var drengiligr maðr, kurteiss í vexti, fríðr sýnum meðr sterkligum armleggjum. Keisarinn mælti:[4] Riddari Eisant, fœr mér higat þat sverð, er mest er af þeim sverðum, er mér heyra til. Eisant tekr sverðit ok leggr í kné konunginum. Þá mælti Karlamagnús: þetta sverð átti einn frægasti riddarason, er tekit hafði í arf[5] eptir föður sinn, meðr þessu sverði sótti hann tvær ríkastu borgir Gand ok Lelei, ok þat ríki sem til þeirra liggr. Ok fyrir því at þér, Girarð ungi, er tilheyriligr[6] riddarans réttr, þá gyrði ek þik þessu sverði, þar til leggjandi hin beztu herklæði; gefi guð þér með þessu sverði langt líf ok gott, sigrsæli ok sannan vilja hans kristni at styrkja. Þar með var framleiddr hvítr hestr búinn til stríðs með hinum dýrastum herfórum. Gefr keisarinn þenna[7] Girarð unga með kærri vináttu.

63. Nú er greinanda af herra páfanum, at hann ferr eptir bœn keisarans um borgir ok bœi, þorp ok kastala, kallandi með sér hvern mann er nökkut lið mátti veita, svá ungan sem gamlan, lærðan sem úlærðan, klaustramenn ok þjónostumenn, ríkan sem fátœkan. Flýtir hann þó sem mest ok kemr aptr til herbúða, þá er Karlamagnús hafði lokit at gefa ungum mönnum herklæði, því gengr hann móti herra páfanum, takandi hann sjálfr af baki meðr fullri[8] hœvesku ok leiðir hann inn í landtjaldit, setjast niðr allir samt. Ok sem keisarinn er víss vorðinn, hvat herra páfinn hefir sýslat, talar hann með hárri röddu svá segjandi: Lof sé almátkum guði fyrir sína mildi, því at nú hefir hann margan góðan dreng aptr skipat í þeirra rúm, er féllu í fyrra bardaga, hverjum hann bauð heim til sín undan váru valdi. En til þess at engi undrist, hvat vér förum fram í liðdrætti[9] ok dubban nýrra riddara, sé öllum kunnigt, at Agulandus er kominn oss á hendr meðr úvígan[10] her, er líkligt, at hann þikkist nú eiga gnógar sakir við oss, látit son sinn ok mestan hluta þess liðs, er honum fylgdi. En svá gerði guð með sinni forsjó, at aldri átti Agulandus sigri at hrósa í fyrrum várum viðrskiptum, ok enn vænir[11]

---

[1]) vil b. [2]) saal. b; því at B. [3]) [þat b. [4]) saal. b; svarar B. [5]) erfð b. [6]) saal. b; tilheyriligt B. [7]) þetta b. [8]) allri b. [9]) liðsdrætti b. [10]) saal. b; úvíganda B. [11]) væntir b.

ek, at svá muni¹ verða. Ok þó at vér hafim² stórliga fátt lið hjá honum, skulum vér alls ekki óttast, heldr treysta því framar á guð ok gefa oss upp undir hans miskunn ok árnaðarorð hins heilaga Petri, einkanliga skulum vér nú undir krjúpa meðr alvöru fullting hins mikla vinar míns Jacobi postola, herra ok höfðingja lands þessa, at hann veiti auðsýniliga forstöðu sínum verkmönnum, svá at öllum verði ljóst, at þeir eiga sér öruggan formælara, sem í hans þjónostu vilja drengiliga standa. Ok sakir þess at skjótliga munum vér bardaga eiga, í hverjum engi má öruggr vera hvárt guð dróttinn veitir lengri lífdaga, þá er þat bœn vár ok vili,³ at þér, postuligr herra, syngit messu á morgin sem fyrst er tími⁴ í váru landtjaldi, ok [fórnfœra öllum heimi⁵ til hjálpar dróttinligan líkama ok einkanliga oss, er í þenna pungt stöndum; skulu þá allir várir menn taka af yðvarri hendi heilaga þjónostu, ok styrktir aflausn synda meðr blezan af yðr veittri skulu búast til bardaga; því búist nú hverr ok einn svá við, at hann verði makligr guðligum⁶ stórmerkjum. Herra páfinn þakkar keisaranum sín orð ok allir aðrir ok⁷ játta gjarna hans vilja at gera. En þegar er dagrinn kemr, býr páfinn sik til messu ok aðrir lærðir menn, syngst guðligt embætti vel ok sœmiliga fram um guðspjall, en þá ganga allir nýdubbaðir riddarar til altaris gefandi mikit fé, gull ok silfr,⁸ at einn mátti langan tíma vel af fara, ef geymsla fylgdi. Ok sem þar er komit þjónostu, er lýðrinn skal taka corpus domini, ganga fyrst allir kennimenn til heilags altaris, þar næst keisarinn, ok síðan hverr eptir annan. En áðr herra páfinn gengr frá altarinu, talar hann fagrliga fyrir fólkinu af margfaldri miskunn guðs við mannkynit, sýnandi⁹ ljósliga hvat þeir taka í ömbun, er trúliga þjóna sínum lausnara; þar með birtandi hvílíka eymd ok vesöld þeir eigu¹⁰ fyrir hendi, er hann fyrirlíta ok fóttroða heilaga kristni, alla fögrum orðum áeggjandi, ok einna framast nýju riddara, at allir standi nú karlmannliga undir keisarans merkjum, heitandi öllum þar fyrir aflausn allra sinna synda. Eptir þat lætr herra páfinn frambera heilagan kross dróttins or sinni hirðslu, er greint var snemma¹¹ í þessu máli, at hann flutti með sér af Róma til Hispaniam. Ok sem hann opinberast, falla allir til jarðar með miklu mjúklæti, heiðrandi þat blezaða tákn sem mætara er hverjum dýrasta gimsteini. Herra páfinn talar þá með tárum sínum:¹² Synir mínir, segir hann, lítit meðr yðrum augum þenna háleita heilaga¹³ dóm, er fagrliga dýrkaðist af hreinum [dreyra várs lausnara,¹⁴ á þessum þoldi hann

---

¹) man b. ²) höfum b. ³) ráð b. ⁴) tóm b. ⁵) [fórnfœrit öllum þeim b. ⁶) guðs b. ⁷) tilf. b. ⁸) svá tilf. b. ⁹) ok sýndi b. ¹⁰) eiga b. ¹¹) snimma b. ¹²) mgl. b. ¹³) heilagan b. ¹⁴) [líkama várs herra Jesu Kristi. b.

sáran dauða fyrir várum syndum, undir þessu merki skolu þér nú framganga væntandi, at svá sem úsýniligir várir úvinir leggja fyrir hans krapti á flótta, svá munu[1] ok sýniligir guðs úvinir ok heilagrar kristni hneykiast ok at engu verða allr þeirra máttr, ef guð virðist þeim sýna hans mikla heilagleik. Eptir þessor orð hefr hann upp sína hœgri hönd ok gefr öllum sína blezan. Ferr hverr síðan heim til sinnar búðar, ganga til borðs, eta ok drekka sem líkar. En synir herra Girarðs ríða til turnsins ok segja hertoganum, hversu stórmannliga keisaranum hefir farit til þeirra, ok svá hvat fram hefir farit [síðan með[2] Frankismönnum. En herra Girarð verðr glaðr við þá sœmd, er keisarinn hefir [veitt þeim.[3] Sem keisarinn hefir þvílíka stund setit yfir borðum, sem honum þótti fallit, býðr hann lúðra við kveða, ok þat með at hverr búi sik ok sinn hest til orrostu, ok sem þat er gert, skipar hann fim fylkingar af sínu liði. Í hinni fyrstu fylkingu skipar hann foringja Rollant frænda sinn með tólf jafningjum, leggjandi honum til fylgdar þrjár þúsundir ungra manna. Fyrir aðra fylking setr hann Salomon konung ok Huga jarl, váru þar Bretar, ok höfðu þat sigrmerki, er forðum bar hinn heilagi Milun er hvílir í Bretlandi; var þeirra sveit fim þúsundir. Þriðju fylking skal stjórna hinn hrausti höfðingi Gaskunie Droim konungr ok Nemes hertogi, ok höfðu sjau þúsundir. Fjórðu fylking stýrði góðr höfðingi Gundilber[4] Frísa konungr, Segris ok Enser váru í þeirra fylgd, Saxar ok Normandiar.[5] Sjálfr Karlamagnús ætlar sér ena fimtu til forráðs, var þar Fagon[6] merkismaðr, Vitaklin ok margir aðrir góðir drengir; en svá segir,[7] at eigi hefði[8] hann þá fleira[9] í sinni höfuðfylking en sextán þúsundir eðr litlu meir. Síðan tekr keisarinn einn langan reyrvönd sér í hönd, stígr á vápnhest gildan, ok greinir hverja fylking frá annarri svá langt sem honum sýnist. Ok áðr hann víkr aptr sínum hesti, kallar hann Oddgeir danska ok segir svá: Meðr því, góði vin, at ek veit kapp ok harðfengi Rollants frænda míns, at optliga sér hann eigi fyrir, hversu honum gengr út sakir sinnar hreysti ok góðvilja viðr oss, þá bið ek, at þú sér honum sem[10] næst í þessum bardaga ok hjálpir honum við, hvat[11] sem þú mátt, [því at[12] engum manni ann ek meira, ok því verðr mér þat mikill harmr, ef honum verðr[13] nökkut, því at þótt Rollant sé enn ungr, þá finnst honum engi meiri kappi. Oddgeir svarar: Gjarna, minn herra, skal ek gera yðvarn vilja í því at standa hjá honum, þótt ek sé fyrir enga grein til þess kominn at veita honum nökkura umsjó, því at í öllum hlutum er hann röskvari, þó ek hafi

---

[1]) muni *b*.   [2]) [*saal. b*; miðil *B*.   [3]) [þeim veitta *b*.   [4]) Gundebol *b*.
[5]) Nordmandiar *b*.   [6]) *saal. b*; Magan *B*.   [7]) segist *b*.   [8]) hafði *b*.
[9]) lið *tilf. b*.   [10]) *mgl. b*.   [11]) hvar *b*.   [12]) [*mgl. b*.   [13]) grandar *b*.

vetratal meira, en guð kristinna manna geri við oss alla samt eptir sinni mildi.[1] Skal hér nú fyrst hvílast, en víkja þar til sem fyrr var frá horfit.

64. Agulandus konungr sem hann hefir látit reisa sínar herbúðir ok skipat liði sínu í fylkingar, kallar hann til sín sjau konunga, er vitrastir váru allra hans ráðgjafa, ok talar til þeirra þvílíkum orðum: Mjök undarligt þikki mér, at Jamund son minn kemr eigi til fundar við mik, því at öll líkindi þœtti mér, at hann mundi frétt hafa vára higatkvámu, ef nökkur[2] dveldist hann í nálægum stöðum, ok yðr at segja, hefir ek á mikinn[3] grun, at eigi muni [honum sjálfrátt[4] um sínar ferðir. Þá talar Madequin öflugi: Herra, segir hann, mikil undr hefi ek at segja, engi nótt kemr sú yfir, síðan vér sigldum til lands þessa, at eigi dreymi mik býsn ok údœmi, kristna menn þikkjumst ek sjá svá undarliga klædda, at frá höfði til hæls sýnast mér þeir huldir harðasta stáli, svá at þar fyrir meinar þeim hvárki starf né vökur, [en svá kynliga leika við oss,[5] at hvítt ok rautt, þat er [heili ok blóð,[6] þikki mér þeir samblanda í höfði várra manna. Nú fæ ek eigi skilit, hvat slíkt hefir þýða. Konunginum þótti undarligr hans framburðr, ok vildi þar ekki til tala. Því næst segir Maladien konungr: Margir undra þat, Agulande, um svá vitran mann sem þú ert, hví svá lengi skal dvelja[7] at eiga bardaga við kristna menn, en ríða eigi sem skjótast á hendr þeim, svá fáliða[8] sem þeir eru. Er þat ok sannleikr, at Karlamagnús þessi hefir fengit mikla dirfð af sínum metnaði, er hann treystir[9] sínum litla liðsafla at bíða yðvar, en þat mun til koma, at hann kann eigi hugsa, at þér hafit þvílíkan styrk honum í móti. En þó er váru máli nú þann veg komit, at nógu marga góða drengi þikkjumst vér hafa látit, þó at eigi fœri héðan af fleiri, ef því mætti við koma; því væri prófanda enn um sinn, at þessi Karlamagnús vildi ríða á vit sín ok kennast við sjálfan sik, ok senda til hans skilríka menn, þá er greiniliga útskýri yðvart vald, ríki ok fjölmenni, þar með [beri þeir[10] einarðliga fram yðvarn boðskap. Vill hann yðr undirgefast ok hlýðnast, þá er vel, neiti hann þeim kostum, sem þér bjóðit, sé hann drepinn ok allir Frankismenn, taki þeir þá sitt dramb ok ofmetnað. Þá svarar Ulien: Herra konungr, dvelit sem skemst at fullgera þetta ráð Maladiens konungs, því at þat er vel ok vitrliga tillagt;[11] látit til annan at fylgja mér, ok munum vit[12] þetta eyrendi svá í alla staði vel fylla, sem þér fyrir segit. Agulandus [svarar þeirra orðum ok[13] sendir eptir Galinger gamla ok segir honum þessa

---

[1]) miskunn b.   [2]) nökkut b.   [3]) nökkurn b.   [4]) saal. b; hann sjálfbrátt(!) B.
[5]) [mgl. b.   [6]) [saal. b; heila þar með B.   [7]) fresta b.   [8]) fáliðir b.
[9]) með tilf. b.   [10]) [tilf. b.   [11]) samit b.   [12]) vér b.   [13]) [mgl. b.

ætlan, beiðandi at hann fari þessa sendiferð með Ulien. Hann játtar því gjarna, býr sik vel ok kurteisliga, bindr sér á fœtr gullbúna spora, leggr yfir sik eina dýrastu skikkju ok setr sér á höfuð kórónu gimsteinum setta, stígr síðan á enn¹ sterkasta múl, svá at margir héldu í hans ístig. Ok er sá hinn gamli karl er á bak kominn, fá þeir honum í hendr einn olifakvist til marks,² at hann var sendimaðr með góðum friði. Var maðrinn skrautligr,³ því at skegg hans hvítt fléttaðist langt niðr á bringu, en hárit lokkaðist ofan á herðar undan kórónunni. Ulien snarar⁴ upp á einn fljótan hest, þann er betri var at reyna en [tvá aðra,⁵ hann hafði steypt yfir sín⁶ klæði silkipanzara meðr gullsaumaðum laufum, hann bar gullsmeittan buklara ok hafði hit hvassasta spjót með miklu merki ok fríðu. Riðu þeir brott síðan frá Agulando, annarr skipaðr til þess at bera fram konungsins orð með hógværð ok mikilli snild, en annarr skyldi hóta með snörpum orðum, ef þess þyrfti við. Sé, svá ríða þessir sendimenn Agulandi til þess at þeir nálægjast fyrstu fylking keisarans. Lætr Ulien blaka merkit fyrir vindinum, stíga báðir vel í stigreip, gera sik sem gildasta, at því meira [skoli um finnast⁷ þeim er þá líta. Þeir ríða drjúgliga fram um hinar þrjár fyrstu fylkingar, kveðja engan, enda gaf engi gaum at hvar þeir fóru. Sem þeir koma at meginliðinu ríðr einn mikill maðr ok merkiligr á grám hesti fram fyrir þeim, á hvern Galinger kallar hárri röddu svá segjandi: Þú maðr er þar ríðr, seg mér greiniliga hvar Karlamagnús er, konungr Frankismanna, ek kann engi skil á honum, en vit erum sendir til hans af hinum öfluga konungi Agulando. En þessi sami riddari var hinn kurteisi herra Karlamagnús, ok hafði þá nýgreint sundr sínar fylkingar, sem áðr sagðist. Ok hann heyrandi röddina mannsins,⁸ snýr hann⁹ aptr móti hestinum ok segir: Góðir vinir, segir hann, hér er ek rétt hjá yðr,¹⁰ ok eigi þurfi þér mín lengr¹¹ leita. Þá svarar Galinger: Enga kveðju hefir ek þér at bera,¹² því at enga ást né góðan vilja hefir [konungr várr¹³ á þér né nökkurr hans manna, en heyr þann boðskap, sem ek man fram bera af hans hendi. Gjarna góði vin, segir hann, ger þitt eyrendi svá frjálsliga sem þér líkar, engi minna manna skal ykkr misbjóða. Sakir þess, kvað Galinger, at þú kennist við, hversu þolinmóðr Agulandus er, þá bauð hann, at þú sendir honum fjóra höfuðguði sína heila ok úskadda, ok þar með skatt, þat er þúsund hesta klyfjaðra¹⁴ af brendu gulli ok silfri ok öðrum dýrum gersemum, hér á ofan svá margar

---

¹) einn *b*. ²) merkis *b*. ³) skörugligr *b*. ⁴) snaraðist *b*. ⁵) [tveir aðrir *b*. ⁶) saal. *b*; sik *B*. ⁷) [finnist um *b*. ⁸) mannanna *b*. ⁹) *mgl. b*. ¹⁰) ykkr *b*. ¹¹) lengra *b*. ¹²) af Agulando konungi *tilf. b*. ¹³) [hann *b*. ¹⁴) klyfjaða *b*.

fríðastu meyjar úspiltar; þetta svá mikit skaltu honum leggja þér til lífs ok þínum mönnum. En ef þú vill halda þinni sœmd ok ríki, þá bauð hann, at þú takir[1] kórónu þér af höfði, legðir niðr konungs skrúða, en klæddist hárklæðum ok géngir berfœtr,[2] berandi sjálfr þína kórónu þér í hendi, ok framkomandi fallir á kné ok gefir honum í vald höfuð þitt með lítillæti. Ok ef þú gerir svá, skulum vér hans ráðgjafar með þér fram falla ok biðja þér miskunnar, þikkist ek þat vita, at gjarna[3] gefr hann þér aptr þína sœmd ok kórónu, ef þú vill gerast hans maðr. Karlamagnús heyrandi orð Galinger brosir nökkut lítt í kampi ok talar meðr hógværum orðum: Vel ok skörulega berr þú fram eyrendi þíns höfðingja, en þat veit guð, at mjök þunga þjónostu kýss sá heiðni konungr mér til handa, en[4] illa ömbunaði ek þá dróttni mínum marga sœmd ok mikla, sem hann hefir mér veitt,[5] ef ek gæfa sjálfkrafi sakir[6] lítilmensku hans kristni undir vald ok yfirboð heiðinna þjóða, alls til lengdar[7] hefði Karlamagnús þá lifat, ef hann svá dýrt keypti eins heiðins konungs vináttu, at neita guði sínum[8] údauðligum konungi, en þjóna ok lotning veita bölvaðum skurgoðum[9] dumbum ok dauðum;[10] nei, segir hann, bannar guð, at svá gerist, heldr er ykkr þat satt at segja, at eigi meðan lífit liggr mér í brjósti, skal ek leggja mína sœmd með kórónu í kné Agulandi, en gull ok silfr man eigi finnast svá mikit í váru valdi, sem hann krefr, ok guð láti oss aldri girnast meðr eigingirni[11] utan til styrktar heilagri kristni ok sœmdar [góðra riddara.[12] Meyjar fríðar þær sem Agulandus vildi sér senda láta, eru nú fjarlægar luktar í öruggum borgum ok kastalum svá trúliga, at engi maðr má þeim grand vinna, enda er þat mjök úfallit, at kristnar brúðir selist til samlags ok saurlifnaðar heiðinna manna. Þau fjögur skurgoð er þér kallit [(at) verit hafi guðir yðrir,[13] eru nú eigi til reiðu honum at senda, því at fyrir nökkurum dögum váru þau pútum í vald gefin, ok brutu þær þá sundr í smátt. Sem Ulien heyrir hvat konungrinn talar, reiðist hann ákafliga, lætr síga brýnn, hefir sik úkyrran, reisir upp merkit en hristir spjótit, styðst á söðulbogann, ok segir svá: Hvaðan kom svá mikil dirfð þínu hjarta, at þú tekr þann veg rembiliga eyrendi þvílíks konungs? Fyrir þá eina sök bauð hann þér þetta, at honum þótti, sem er, lítilræði í at láta[14] drepa þik ok þitt lið. En fyrir því at þú kant eigi þekkjast hans góðvilja, þá vir þat ifalaust,[15] at Agulandus er kominn með úflýjanda her ok ætlar at drepa alla þá er þér fylgja, en taka sjálfan þik höndum ok binda

---

[1]) legðir b. [2]) berfœttr b. [3]) þegar b. [4]) enna(!) b. [5]) veitta b. [6]) með b.
[7]) lengi b. [8]) mínum b. [9]) skurðgoðum b. [10]) daufum b. [11]) saal. b; eiginligri B. [12]) [góðum riddurum b. [13]) [verit hafa guði yðra b.
[14]) mgl. b. [15]) efalaust b.

sterkum rekendum, flytja með sér í yðra höfuðborg Rómam ok
kóróna þar Jamund son sinn ok gefa honum til stjórnar alla Jtaliam,
en þik ok alla kristna menn reka í þrældóm, utan [þit vilit¹ þeim
glaðliga hlýða. Keisarinn svarar þá brosandi: Mjök úvitrlig hugsan
at ætla einn ráða öllum heimi, ok ef guð lofar, mun Agulandus því
síðr kóróna Jamund í Róma, at honum skal þess eigi auðit at koma
þar sínum fótum. Galinger talar² þá: Herra konungr, segit mér, í
hverju hafi þér svá mikit traust, er nökkut yðvart lið meira, en þat
sem nú hefir ek sét? mér virðist þat stórliga fátt hjá styrk Agu-
landi, því at í hans fremstu fylking er Madeqvin stýrir [eru tuttugu
þúsunda³ bæði stórir menn ok sterkir, en í hverri annarri fleira; því
fæ ek eigi annat skilit, en svá [breiðist niðr yðvart fólk sem lauf
af viði,⁴ ok þat munda ek hyggja, at feigð tali nú fyrir yðrum
munni. Keisarinn svarar: Verða má at svá sé, en eigi máttu sjá
várn mesta styrk, því hann er hvárki í dauðligra manna höndum
né skurgoðum, senniliga heldr í einum guði ok hans heilagum.⁵
Ulien svarar: Ger boðskap Agulandi, ok lát til reiðu skattinn.
Karlamagnús segir: Bíðit þolinmóðliga litla stund, meðan ek ráðumst
um við menn mína. Skjótliga víkr keisarinn aptr til herbúða ok
gerir orð hertoga Girarð, at hann komi á hans fund. Þegar sem
hertoganum [kemr keisarans orðsending,⁶ ríðr hann án dvöl með
sínum frændum, ok áðr hann kemr fyrir Karlamagnús, stígr hann
af hesti gangandi þar til sem keisarinn sitr, ok fellr á kné minnand-
íst við hans hœgri hönd, svá segjandi: Guð ömbuni yðr, góði⁷
herra, þá⁸ sœmd er þér veittuð sonum mínum. Keisarinn svarar:
Alt var þat með minna móti en þú vart makligr. Eptir þat segir
hann honum, at þar eru sendimenn Agulandi, þar með greinandi alt
þeirra eyrendi. [Sem hertoginn hefir þat heyrt, segir hann:⁹ Góði
herra, margt er enn gott til ráða, sendit Agulando höfuð Jamundar
sonar síns, er honum þó helzti gott ok miklu skapligra at leggja
honum í kné¹⁰ en höfuð yðvart með kórónu, vænir¹¹ ek, at við þá
fórn bregði¹² honum mátuliga vel, er ok því betr er¹³ honum líkar
verr. En óttumst alls ekki at berjast, styrki hverr annan, en guð
alla oss; vei verði þeim er eigi rekr djarfliga þeirra¹⁴ tuttugu þús-
undir á flótta meðr þeim tíu er mér fylgja. Svá gerir keisarinn,
sem hertoginn leggr ráð til, sendir tvá riddara Baldvina ok Riker
til þess olifatrés, er búkr Jamundar lá undir, ok þeir þar komandi

¹) [þú vilir b.   ²) svarar b.   ³) [saal. b; hann tuttugu þúsundum B.
⁴) [dreifist yðvart fólk sem lauf fyrir vindi b.   ⁵) mönnum tilf. b.
⁶) [koma keisarans orðsendingar b.   ⁷) völdugi b.   ⁸) miklu tilf. b.
⁹) [Hertoginn svarar b.   ¹⁰) þat tilf. b.   ¹¹) veit b.   ¹²) bregðr b.
¹³) sem b.   ¹⁴) tilf. b.

hjuggu brott höfuðit af búkinum ok armlegginn hœgra með fingrgulli, höfðu þetta tvent með sér, en létu[1] bolinn[2] eptir liggja, ríða síðan aptr ok kasta niðr á jörðina fyrir fœtr keisarans. Eptir þat kallar herra Karlamagnús á þá Galinger ok Ulien hárri röddu svá segjandi: Komit hingat, sendimenn, [því at nú er skattrinn reiðu búinn.[3] Í fyrstu sem þeir heyrðu skattinn nefndan, urðu þeir geysi glaðir, en svá sem þeir sjá hvílíkt[4] er, bregðr þeim alt öðruvís[5] við en þeir hugðu til. Karlamagnús talar þá til þeirra meðr blíðu andliti: Nú þó at þeir hlutir sé eigi til reiðu at senda Agulando konungi yðrum, sem hann beiddi, þá skal eigi alt eins engis virða orð þvílíks höfðingja, allra helzt[6] er hann sendi þvílíka menn til vár. því takit hér[7] fjóra gripi ok fœrit konungi yðrum, þat er höfuð Jamundar með hjálmi, ok armleggr hans með fingrgulli; segit þar með Agulando, at þetta skal hann fyrr eiga umfaðma en gulliga kórónu Karlamagnús keisara, ok ef guð lofar, ætlum vér þvílíkan at gera hans sem Jamundar. Galinger sem hann lítr höfuð Jamundar þann veg tilbúit, andvarpar hann hátt ok segir: Hó[8] herra Jamund, þunga dagleið áttir þú fyrir hendi, þá er þinn varð[9] þvílíkr gerr; en hvat gerðir þú, hinn bannsetti Makon, er þinn bezti vin skyldi svá háðuliga vera leikinn? Konungrinn svarar: þat var at líkendum, þó at sá veitti enga hjálp öðrum, sem sjálfum sér mátti eigi forða við hrakförum.[10] En tak þú, Galinger, til meðferðar,[11] hvárt sem þér líkar [höfuð Jamundar eðr armlegginn[12] ok fœr Agulando. Nú þó honum væri hvárki mjök viljat, fœrist honum höndin, en Ulien höfuðit, ok sem þat er borit at honum, ýglist hann á[13] höfuðit, blæss hátt ok segir: þat veit Maumet, at mikilla hefnda er sá verðr af Agulando, er þvílíkt[14] hefir unnit at drepa hans einga son; því tak hér glófa minn, talar til konungs, í einvígis veð, ok lát fram í móti hinn vildasta af þínum,[15] ok ef ek sigra hann, takit allir trú vára, en ef hann sigrar mik, þá vil ek snúast til yðvars siðar. En vit þat, ef þit finnizt þú ok Agulandus, at þetta lið er alt til dauða dœmt, hvar fyrir örlög yðr eru þrotin ok með öllu únýt. Karlamagnús svarar: Vel segir þú, stillt lunderni þitt, þá er betr, því at þú hefir nasar[16] svá bráðar, at eigi geymir þú hvat þér byrjar tala; guð rœðr örlögum várum, en eigi orð þín, er þat ok líkara, at hann sýni, hvárr réttara hefir í þessu máli, hann er sœkir þetta land eða ek er þat ver. Nú fœr Agulando höfuðit með þeim orðum, at eigi um

---

¹) saal. b; lætr B. ²) búkinn b. ³) [Nú er til reiðu skattrinn b. ⁴) hvílíkr b. ⁵) öðruvegs b. ⁶) fyrir þat tilf. b. ⁷) saal. b; þér B. ⁸) óhó b. ⁹) var b. ¹⁰) hrakför b. ¹¹) ferðar með þér b. ¹²) [höfuðit ok hjálminn Jamundar eðr armlegginn með fingrgulli b. ¹³) saal. b; ok B. ¹⁴) slíkt b. ¹⁵) mönnum tilf. b. ¹⁶) nasir b.

aldr berr hann kórónu í heilagri Róma. Við þessor orð skiljast þeir, líkar þeim Ulien stórilla.

65. Sendimenn Agulandi ríða nú brott eigi svá kátir sem fyrr, ok meðr minna ríkdómi en þeir hugðu til; eigi gengr Karlamagnús berfœtr[1] fyrir hestum þeirra,[2] eigi fylgja þeim til gleði fagrar meyjar, heldr er sá einn þeirra afli at líta blóðugt höfuð ok fyrir allar greinir lítt fágat, hvar fyrir þeir ríða seint með döprum hug, til þess at[3] þeir koma nálægt fremstu fylking Agulandi, ok mœta fyrst Madeqvin, hann heilsar þá ok segir: Verit góðir af tíðendum, segit með auðveldi, hversu mátti hinn digri Karlamagnús, hefir hann sent oss guði vára? Sem Ulien heyrir hvat Madeqvin talar,[4] reiðist hann ok vill engu svara. Hvaðan af Galinger segir: Hví[5] lætr þú sem galinn maðr? hvárki þína guði né [annat gott[6] mun Karlamagnús láta kúga af sér, dauðr er Jamund,[7] brotnir sundr guðirnir. Madeqvin svarar: Farit með engan hégóma, engi maðr mundi dirfast at gera þvílíka smán[8] ok skapraun konungi várum. Galinger segir: Líttu hér þá höfuð Jamundar, ef þú trúir mér eigi. En forsjóliga[9] gerði Karlamagnús þat, því at hvárki Agulandus né nökkurr yðvarr vissi,[10] at Jamund var[11] dauðr, utan hann hefði látit fylgja skýrar jartegnir, kenn nú þá þat fingrgull, er Jamund berr sér á armlegg. En er Madequin má eigi lengr dyljast við, svarar hann með andvarpan: Alt vill oss til harms snúast, ok létti hárit[12] sér af höfði, ok allir hans kumpánar, er þat fréttu, kveinaðu hátt með illum látum sakir hræðslu ok ótta, er yfir þá kom. Síðan ríða sendimenn fram til annarrar fylkingar, er stýrði Achars or Amflor, ok þegar hann kendi silkimerki Uliens, snýr hann móti honum[13] ok mælti: Velkomnir lögunautar várir, hafa kristnir menn undir gengit meðr sínum höfðingjum vár lög. Galinger svarar: Mikil heimska væri þeim þat, því at alt várt traust verðr oss at engu, en þeir megu alt þat vinna sem þeim líkar. Acharz svarar: Hví beri þit ykkr svá lítt, eigi munu þau údœmi[14] at hendi komin, at Jamund sé dauðr. Galinger segir: At vísu er hann[15] dauðr, sem sjálfr máttu þínum augum sjá; lít hérna hönd hans með fingrgulli. En Ulien hefr höfuðit ok hjálminn, klofit hvártveggja sundr, er Karlamagnús sendi Agulando. Acharz ok allir hans menn urðu svá daprir af þessu efni, at nær vissi engi hvat at skyldi hafast. Fram ríða sendimenn héðan at þriðju fylking, er Kalades stjórnar, hann víkr fyrir þá svá segjandi: Makon signi ykkr; þat var enn ván Ulien, segir hann, at þér mundi sœmdin vilja, enda man Agulando þat

---

[1]) berfœttr b. [2]) tilf. b. [3]) er b. [4]) segir b. [5]) Hér b. [6]) [nökkut annat b. [7]) ok tilf. b. [8]) skömm b. [9]) forsjálliga b. [10]) mundi trúa b. [11]) væri b. [12]) saal. b; hartt B. [13]) þeim b. [14]) tíðendi b. [15]) Jamund b.

bezt líka. Gékk harði konungr glaðliga undir at gjalda skattinn, eða[1] hví fari þit svá fáliða? Váru hestarnir eigi til reiðu? Ulien tekr reiðast við þat spott, er hann þikkist mœta, ok svarar með mikilli reiði: Vei verði yðr, svá mart sem þér rabbit, er þat ok líkara, at þú Kalades ok þínir fylgdarmenn verði skjótliga vísir, hvern eða hvílíkan skatt kristnir menn ætla yðr, ok ef þú nýtr eigi annarra við, mun þér þá[2] at fullu vinnast; en vit þat, at guð vár hafa svikit oss ok látit drepa Jamund, en seljast sjálfa sik í hendr pútum; hafa þær svívirðliga farit með þá ok brotit sundr í smátt. Kalades gékk náliga af vitinu, sem hann heyrði hvat Ulien sagði, ok talar: Bölvaðr sér þú, Makon, [svá lítt geymandi[3] þíns höfðingja! Hverr mun héðan af þagat þurfa til trausts at leita, sem þú ert? Vei verði þér fyrir þinn údrengskap, þeir munu ilt at ömbun taka, er þér þjóna. Síðan ríða þeir fram til fjórðu fylkingar. Ok þegar Eliades ok Pantalas kenna þeirra ferð, snúa þeir móti þeim ok kveðja þá svá segjandi: Velkomnir sendimenn konungs várs, hvar eru þær fríðu meyjar, er Agulandus beiddi? gott eiga ungir menn sér við þeirra faðmlög at una. Galinger svarar: Eigi eru Frankismenn svá auðveldir við at eiga, sem þér ætlit, ok annars hygg ek at þeim þikki þér makligir en at leika[4] at gersemum þeirra. En nú er þat framkomit, Pantalas, sem margir töluðu, þá er Agulandus skipaði Jamund son sinn formann svá góðra riddara, at þat mundi öllum oss horfa til mikillar úgæfu at fara eptir hans ákefð til þessa lands, því at kristin þjóð hefir svá mikit traust í sínum guði, at þeir þikkjast öllu á leið koma, þegar hann hlutast til með þeim, lítit skilda ek af, en mart heyrða ek þá segja af honum; drepit hafa þeir Jamund ok alt [lið hans,[5] tortímt hafa þeir guðunum sjálfum, ok vilja enga sœmd Agulando fyrir unna, þvílíka vanvirðu ok skömm sem þeir hafa gert honum ok öllum hans vinum. Þvílíkt höfum vit at segja, ok þó annat miklu fleira. Pantalas þagnar ok kann engu svara. Þessu næst koma þeir at höfuðmerki Agulandi, fara margir miklir höfðingjar ok spyrja þá æ sem tíðast at tíðendum, en þeir láta mjök drjúgliga ok vilja engum nökkut segja fyrr en þeir koma fyrir[6] Agulandum. En er Agulandus sér þeirra ferð, verðr hann geysi glaðr, heilsaði[7] þeim fyrri, ok spyrr hvar Karlamagnús var[8] eða hvárt hann ætli[9] koma á hans fund, biðr þá segja hátt ok greiniliga sitt[10] eyrendi. Galinger svarar konunginum: Meðr því at þér beiðit þess, skal ok svá gera. At vísu ætlar Karlamagnús at koma[11] á yðvarn fund, ok[12] eigi meðr svá mikilli undirvorpningu at

---

[1]) ok b. [2]) sá b. [3]) [er svá lítt geymdir b. [4]) yðr tilf. b. [5]) [þat lið er honum fylgdi b. [6]) til b. [7]) heilsandi b. [8]) fari b. [9]) nökkut tilf. b. [10]) sín b. [11]) sœkja b. [12]) en b.

gefa upp í yðvart vald sína kórónu með konungligri sœmd, heldr at eiga við yðr bardaga. Er þat ok satt at segja, at engis kyns ótta [sám vit¹ snerta hans hjarta, ok eigi it minsta bregða sínum lit, þá er vit bárum honum yðvart eyrendi, heldr var hann heill ok kátr ok hafði skipat sínum fylkingum. Þá svarar Agulandus nökkut stutt: Sendi hann oss skattinn? Já, herra, segir Ulien, þvílíkan sem nú megi þér sjá. Kastar fram hjálminum með² höfðinu fyrir fœtr honum, ok talar: Þenna sendi Karlamagnús þér skattinn, en engan annan, er þat höfuð Jamundar; ok til þess at þér þurfit eigi lengr³ dyljast við at son yðarr er dauðr, lét hann fylgja skýrar jartegnir, hverjar Galinger [kann yðr at⁴ sýna. Galinger leggr þá fram armlegginn á gólfit fyrir kné konungi. Sem Agulandus sér höfuð Jamundar, visnaði hans hjarta, svá at alt megn⁵ dró brott or hans limum, fallandi fram or sínu sæti yfir höfuðit mjök í úvit, ok liggr þar til þess, at hjástandandi menn taka hann sér í faðm. Ok sem af honum líðr it mesta úmeginit,⁶ talar hann með þungu andvarpi: Hó hó, son minn, til mikillar úgiptu [var þú⁷ fœddr, því at fyrir þitt forsjóleysi stingr⁸ œsiligr harmr hjarta þíns föður; en þó er þat makligt, því at ek veitti þér ofmikit efni til mótgangs við mik, þá er ek setti kórónu þér á höfuð, aldrigi síðan fylgdir þú mínum ráðum, heldr héltu⁹ þeirra félagskap, er hvárki vildu mína sœmd né þína, svá at Estor er mik vildi svíkja, gerðir þú þinn merkismann, ok þökk hafi þær hendr er hann drápu. Eptir þetta talar hann til Galinger: Hvar eru guðir várir fjórir? Hann svarar: Enga ván eigi þér¹⁰ þeirra, herra, því at kristnir menn hafa háðuliga við þá skilit, svá at skœkjur tóku þá í sitt vald, drógu þá ok bundu brjótandi sundr at síðastu, ok undra ek, hví þeir létu [þann veg¹¹ með sik fara, eigi sýnandi né eitt mark¹² síns máttar, en þat mun reyndar, at þeir megu sér miklu minna en vér látum, hefði þeir mátt við gera, þá þyldi þeir aldri [þvílíka smán¹³ hefndalaust. Sem Agulandus heyrir þat, þikkir honum lítit um batna, ok segir svá bæði¹⁴ með hrygð ok mikilli œði: Hví má þann veg til bera? Áðr vér byrjaðum herferð til þessa lands, báðu vér guðina fulltings, er margan tíma höfðu oss vel dugat, ok vér hyldumst þá svá mjök¹⁵ at, at vér sendum þá fram¹⁶ í Arabialand ok létum öll búa með skærasta gulli ok dýrastum gersemum, ætlandi at því öllu framar stœði þeir frammi með oss; en nú er sú ván horfin, at þvílíku sem sjá má. Hvat kantu at segja, Galinger, af Karlamagnúsi? Galinger svarar: Karlamagnús virðist mér hinn merkiligasti maðr ok hafa

¹) [sá ek b. ²) ok b. ³) mgl. b. ⁴) [má yðr b. ⁵) megnit b. ⁶) úmegnit b. ⁷) [vartu b. ⁸) stangar b. ⁹) hélt þú b. ¹⁰) til tilf. b. ¹¹) [svá b. ¹²) merki b. ¹³) [mgl. b. ¹⁴) báði b. ¹⁵) mgl. b. ¹⁶) mgl. b.

svá[1] snörp augu ok mikla giptu. Mart heyrða ek þá segja af guði sínum, kváðu hann hafa niðr stigit af himnum í kvið heilagrar nökkurrar meyjar, þeirrar er þeir nefndu Mariam, segjandi at hon bæri hann í sínum kviði marga mánuðu,[2] ok fœddi síðan sem eitt lítit barn í heiminn, ok þat létu þeir þar fylgja, sem mér þótti móti öllum líkendum, at hon væri jafnhrein mær síðan hon hafði getit hann ok fœtt sem áðr. Þenna piltinn unga sögðu þeir vera sem annan mann ok taka skírn af einum manni, er bygði[3] eyðimörk, ok nefndu hann Johannem. En eptir þat er Jesus var skírðr, sögðu þeir hann predika sanna trú, en þat þoldu Gyðingar illa, ok hefði farit til at pína hann ok negla[4] á kross, ok dœi[5] sem annarr maðr, ok eptir þat risi hann[6] af dauðanum til lífs ok stigi upp aptr til himnanna ok settist í sitt hásæti, byggjandi þar æ síðan. Ok þat sögðu þeir, at sá einn mætti hjálpast, er á hann trýði. Ok þá spurða ek, hvat þeir hefði, er eigi trýði honum, en þeir sögðu þá brenna í eilífum eldi. Í þessum guði sínum sögðust þeir hafa svá mikit traust, at þeir ætlaðu glaðir ganga til bardaga móti yðr, ok þótti sigrinn víss fyrir hendi; en sú þeirra ætlan var mér eigi skiljanlig, því at yðr, herra, satt at segja, mun eigi taka lið þeirra til þriðjungs við yðvarn fjölda. Agulandus svarar: Fyrir þeim mikla harmi er ek þoli fyrir dráp sonar míns, má ek eigi eptir hugsa hvat er þú talar. Eptir þetta er tekit blóðugt höfuðit or hjálminum ok fœrt konungi, en hann minnist við leggjandi á brjóst sér. Endrnýjast þá hans harmr ok angr, ok réttliga mátti þat segja, at um allar fylkingar Agulandi væri hit sama orðtak at heyra, er hverr sagði öðrum: dauðr er Jamund. Þar með störfuðu allir í sorg ok gráti. En meðr guðs lofi man þetta hrygðarefni lítit hjá því, sem þeim man skjótt til[7] bera.

66. Þessu næst er greinanda, at svá sem sendimenn Agulandi váru brott riðnir, talar Karlamagnús við hertoga Girarð: þú minn elskuligsti vin, segir hann, skaltu[8] hafa blítt orlof til þinna manna ok búa þá til bardaga, því at í stað ætlum vér[9] láta blása til atlögu. Hertoginn svarar: Verði vili guðs ok yðvarr, en geymit þess einna framast, at hin fyrsta atlaga yðvarra manna verði sem snörpust, því at ef heiðingjar kenna engan bilbug á yðr, munu þeir skjótt vikna. Ok ef guð gefr þat fyrir sína mildi, at fyrr orkaði á þeirra lut, þá væntir ek, at eigi fái þeir viðfall þaðan af; því at lengstum ferr svá, at þeim veitir erfiðara, er fyrri hliða. Ok [ef hin[10] fremsta fylking gengr fram or sinni stöðu, sœki aðrir því

[1] mgl. b. [2] mánaði b. [3] í tilf. b. [4] hann tilf. b. [5] deyði b. [6] upp tilf. b. [7] handa tilf. b. [8] 'skalt b. [9] at tilf. b. [10] [saal. b; ek man B.

drengiligar eptir, ok styði svá hverr annan, en standi meðan sem bezt, er eigi sér hvern veg ferr. En ek man þar leita til atsóknar meðr mínum mönnum, sem guð gerir ráð fyrir; vilda ek gjarna, at eigi gæfi[1] þeim setuefni[2] sem vér fyrst mœttim. Keisarinn þakkar hertoganum sín tillög, kvazt þess vænta, at vel dugi Rollant frændi hans til með sínum jafningjum. Skiljast síðan, ríðr hertoginn sinn veg, en Karlamagnús lætr blása sínum konungligum lúðri, en er hann heyrist, gerist mikill gnýr ok úkyrrleiki í herinum, skipast hverr þeirra í þá stöðu ok undir þat merki, er hann á at standa. Sem hér er komit, ríðr herra páfinn fram meðr mikla sveit manna, váru þeir flestir herklæðum skrýddir berandi dróttinligan kross. Ok meðr því at enn var eigi ráð fyrir gert, hverr þat dýrmæta merki skyldi um bardagann bera, þá víkr herra páfinn at einum herramanni, er honum var vel kunnigr af þeirri sveit er Mauri kallast, ok segir svá til hans: þú góði vin, skrýð þik sœmiliga ok ber í dag kross dróttins fyrir váru liði. Herra, [segir hann,[3] þér talit undarliga, hversu má ek bera þann blezaða kross úlærðr maðr? Hvat vinn ek þá með þeim vápnum, er þér féngut mér fyrra dag? Ek segi yðr, herra, at eigi skrýðumst ek fyrri öðrum skrúða, en þessi bilar mér. Skolu þér ok þat sjálfir mega sjá, at svá drengiliga skal ek guði þjóna ok yðr, at dýrkeypt munu þau verða heiðingjum. því látit annan bera krossinn, þann sem hans heilagleik sé makligri. Herra páfinn kallar þá til sín mikilsháttar mann ok vel lærðan Ysopem at nafni, ok segir: Son minn, vér viljum at þú berir[4] í dag dróttinlegan kross fyrir váru liði. Heilagr faðir, segir hann, ek játti, at yðru boði á ek[5] hlýða, en bið ek, at heldr fái þér krossinn dróttins öðrum manni til meðferðar, því at alls til fá guðs úvini ok yðra þikkjumst ek mega slá mínu sverði, ef ek ber hann; hvar fyrir ek biðr, at þér gerit mik frjálsan ok liðugan af þessu, skal ek því heita, at eigi gangi heiðingjar þar frjálsliga fram, sem þeir mœta mér. Sem þeir talast þessor orð við, ríðr at einn þrifligr maðr sitjandi á vænum hesti rauðum, stórliga vel búinn at vápnum, kurteiss í vexti [ok hinn hreinmannligsti á hesti, meðr þrifligum herðum ok digrum armleggjum.[6] þessi hneigir herra páfanum ok segir: Guð signi yðr ok styrki, heilagr faðir! heyrt hefir ek á um hríð, at yðr verðr[7] svá sem handbyndi at[8] hinum heilaga krossi, ok fáit eigi þann er hann vili bera; nú meðr yðrum vilja mun ek heita[9] þessu vandræði ok bjóðast til at bera krossinn, er þeir hafa áðr neittat svá sem miklum þunga. Herra páfinn lítr við honum ok

---

[1]) gæfist b. — [2]) setugrið b. [3]) [tilf. b. [4]) saal. b; berit B. [5]) at tilf. b.
[6]) [með þrekligum herðum ok digrum armleggjum, ok hinn hreinmannligsti á hesti lita b. [7]) verði b. [8]) tilf. b. [9]) létta b.

kennir eigi í fyrstu manninn, því at herklæðin huldu hans ásjónu, ok spyrr: Hverr ertu, góði riddari, eða af hverju ríki, er þann veg glaðliga býðst undir at bera [svá háleitan heilagdóm[1] ok létta váru starfi? Hann svarar með gamni: Herra, fyrir norðan Púl var ek fœddr í Frakkakonungs ríki, ek var munkr í klaustri Umages meir en tíu vetr, hvert stendr í borginni Kun, þaðan var ek brott tekinn ok gerr byskup Reimensis[2] kristni; en nafn mitt, herra, man yðr kunnigt, því at ek heitir Turpin. Herra páfinn segir: Son minn, at vísu ertu mér kunnigr, ok viltu bera í dag þetta blezaða merki? Gjarna, segir hann, því at svá byrjar, at vér yðrir þjónostumenn standim karlmannliga frammi í guðs bardaga, en þér biðit oss miskunnar. Eptir þat stígr erkibyskup af hesti ok gengr lítillátliga [kyssandi hœgra fót páfans,[3] en tekr síðan glaðr ok feginn við dróttinligum krossi, stígr á bak ok ríðr síðan alt í fremstu fylking. Ok þegar Rollant ok Oddgeir danski ok þeirra félagar sjá Turpin erkibyskup þar kominn með kross dróttins, stökkva þeir allir af baki, falla til jarðar með miklu lítillæti ok tigna þann háleita heilaga[4] dóm, en stíga síðan á hesta. Sem hér er komit, stendr vel at greina þessu næst, hvílíkt traust ok fullting er allsvaldandi guð auðsýniliga sendir heilagri kristni af sínu himnesku sæti fyrir háleita[5] verðleika síns elskuligsta postola, því at Jacobus sér ástundan Karlamagnús ok heyrt hefir hann keisarans bœn, ok fyrir því at hann skilr eigi nú mega algerliga yfirstígast af sinni jörðu til lokins herskap[6] úvinarins ok hans kumpáns Agulandi með mannligum styrk, því biðr hann sinn háleita meistara dróttin Jesum son Marie meyjar, at hann virðist nökkura senda sér[7] af himneskri hirðsveit, at makliga niðr brjóti[8] ok djarfliga sundr sníði drambsama limu andskotans. Ok þat veitist[9] þegar, því at svá sem kross dróttins várs Jesu Kristi er kominn í fremstu fylking kristinna manna, líta allir, at[10] sjá máttu fyrir þröng manna eða hæðum jarðar, at þrír riddarar björtum herklæðum skrýddir ok á hvítum hestum ríða ofan undan fjalli[11] Aspre-ment svá djarfliga, at eigi taka þeir fyrr sína hesta af skeiði, en þeir nema staðar[12] rétt í framanverðri fylking Rollants takandi sér stöðu hjá Oddgeiri danska. Ok[13] sakir þess at þeir kendust af engum, þá talar Oddgeir til þess er fyrir þeim var, ok undraði hví þeir [riðu þann veg[14] ákaft, ok segir svá: þú riddari, er sitr á þeim[15] hvíta hesti, er ek sá engan stoltara, seg mér nafn þitt eða af hverri borg þú ert kynjaðr, aldri man ek þik mér fyrir augu hafa

---

[1] [þenna heilagan dóm b. [2] Renensis b. [3] [at pávanum kyssandi hans hœgra fót b. [4] helgan b. [5] háleitan b. [6] saal. b; skap B. [7] mgl. b. [8] kvisti b. [9] veittist b. [10] er b. [11] fjallinu b. [12] stað b. [13] En b. [14] [riði svá b. [15] hinum b.

borit, eða hvert ætlar þú, er þú ríðr svá geystr? Nýkomni riddari svarar honum meðr hógværri rödd: Stillt þik vel, góði vin, segir hann, ok tala þægiliga, en þat er líkligt, at fleiri sé menn í heimi en þú berir kensl á alla; en ef þú vill nafn mitt vita, þá nefn mik Georgium, en þeir tveir, sem mér fylgja, heita Demetrius[1] ok Mercurius, skal ek þik ekki leyna því, at vér erum sendir af konungi várum at veita yðr lið, ok ekki skaltu þat undra, þótt ek skipi mér í brjósti fylkingar, því at hvervetna þar sem ek verð í bardögum staddr, gerir ek æ hina fyrstu atreið móti úvinum, en hana vil ek nú gefa þessum unga manni keisarans frænda, sem hér stendr hjá okkr, meðr þeim formála, at aldri skal honum koma æðra í hjarta né bleyðiorð af munni, hvar sem hann verðr staddr. Sem Oddgeir þikkist gerla undirstanda, at þeir eru guðs heilagir menn, lítilætti[2] hann sik sem mest í þeirra augliti ok talar meðr fagnaði: Lofaðr sé sá dróttinn [er vér eigum,[3] er svá miskunsamliga umhugsan veitir sínum sauðum; enn bið ek þik, hinn heilagi guðs kappi, at þú takir þá geymslu yfir Rollant systursyni keisarans, sem hann skipaði mér. Georgius svarar: Ríðum fram djarfliga allir samt, en ger þú[4] ekki orð á fyrir öðrum af váru efni. Rollant heyrir þat sem þeir talast um, ok lofar allsvaldanda guð af öllu hjarta, ok víkr djarfliga fram í miðil þeirra, standa síðan allir samt.

67. Skjótliga sem greindir guðs riddarar eru í komnir fylking Frankismanna, sjá þeir hvar fram ferr Madeqvin mikli meðr sinni[5] fylking. Gerist þá úkyrrleikr mikill, hark ok háreysti, því at hvárirtveggju œpa stór[6] heróp, blása í horn ok þeyta lúðra, berja bumbum en ljósta trumbum, ok svá mikill gnýr varð af öllu saman ópi [ok háreysti[7] mannanna ok miklum hljóm stórra horna, háfum þyt hvellra lúðra, stórum dyn[8] digra trumbna ok allskyns lætum hesta ok múla meðr margri[9] hvískran fagra söngbjallna, at í hverri[10] hæð ok fjalli kvað dvergmála, en langt ok víða skalf jörðin ok ipraði hvern veg út í frá; ok sannliga máttu þeir eigi kallast huglausir, er í þvílíkum úkyrrleik stóðu meðr öllu úskelfðir. Því gaf [guð óumrœðiligan[11] styrk í hjörtu sinna manna, at þeir glöddust ok dirfðust við alt slíkt, svá sem þeir skyldi inn ganga til dýrasta snæðings. En af annarri hálfu kom mikill ótti í hjörtu margra heiðingja, þegar þeir litu fylkingar Franzeisa. Nú síga fylkingar saman, svá at eigi er lengra miðil en eitt örskot, ok áðr en [þær mœtast,[12] rennir Madequin fram á völlinn sínum stóra hesti, sem prófandi ef nökkurr væri svá mikils hugar, at við hann þyrði prófa.[13] En Georgius sem

---

[1]) Demetrius b.   [2]) lítillækkar b.   [3]) [mgl. b.   [4]) þó b.   [5]) sína b.   [6]) mgl. b.
[7]) [mgl. b.   [8]) saal. b; þyt B.   [9]) nógri b.   [10]) saal. b; hverju B.
[11]) [hann mikinn b.   [12]) [saal. b; þeir mœðaz B.   [13]) at reyna b.

hann lítr[1] Madequin, talar hann til Rollants takandi í beislistaumana, ok segir svá: Sé, segir hann, hversu þessi hinn drambláti hrósar sér, hræðst ekki þótt hann sé mikill ok digr, prófa til hversu leikrinn fari, því at þér byrjar[2] heyja fyrstu atreið þessa[3] bardaga. Rollant hneigir sik ok talar: Ef þat er vili guðs ok yðvarr, skal ek gjarna fyrstr manna brand[4] rjóða í heiðingjans blóði. Síðan slær hann þann[5] skjóta hest sporum, er Jamund hafði átt,[6] tvíhendir spjótit, en snarar at sér skjöldinn, ríðandi at sem snarast, ok leggr spjótinu í skjöld Madeqvins, ok sakir þess at hann var stórliga þungr fyrir, fékk Rollant hvárki komit honum af hesti né nökkut sveigðan. Madeqvin leggr spjóti [til Rollants[7] svá hart, at í gegnum gengr skjöldinn, en með því at guð hlífði, brast sundr spjótskaptit í þrjá hluti, en Rollant varð ekki sárr. Rollant fyllist upp af miklu kappi ok bregðr góða sverði Dýrumdala,[8] ok sakir þess at þeirra var svá mikill [vaxtar mun,[9] at Rollant náði varla hans höfði, reisist hann upp sem lengst ok höggr sverðinu ofan í miðjan hjálm Madeqvins, kljúfandi hans digra búk meðr öllum herklæðum alt niðr, svá at í hestinum nam staðar. Varð mikill dyn[10] í vellinum, er hann féll til jarðar. Sem heiðingjar sjá sinn höfðingja fallinn, skelfast þeir stórliga mjök ok tala[11] svá: Herra Madequin, segja þeir, í engu landi fannst þér meiri ok sterkari maðr, en furðuliga mikit afl er gefit þeim litla manni, er þik herklæddan svá ramliga sundr klauf; þat veit Makon, at aldri sám vér einn lágan dverg þvílík högg veita, ok ef aðrir Franzeisar eru jafnsterkir, man Agulandus hart niðr[12] koma, ok skjótt man öll Affrika í eymd sitja. Rollant ríðr eptir Madeqvin feldan[13] djarfliga fram at heiðingjum ok drepr hvern er fyrir verðr. Ok er Georgius sér hvat Rollant hefst at, talar hann: Ríðum fram til fulltings við þenna mann, er svá drengiliga hefir oss rutt til vígvallar. Eptir þat ríða þrír guðs riddarar, Oddgeir danski ok ellifu[14] jafningjar fram tveim megum[15] hjá Rollant, ok öll þeirra fylking, gerist þá hin snarpasta höggorrosta.[16] Þeir guðs riddarar bregða sínum sverðum, er svá váru hrein ok bitrlig at lýsti af, ok höggva niðr heiðingja til beggja handa. Sem bardagi[17] hefir fastliga tekizt ok Affrikar falla, en aðrir verjast vel ok drengiliga, kemr frægr herra Turpin erkibyskup móti heiðnum mönnum berandi þann heilaga kross, er á þessum tíma birtist yfir háleitr kraptr guðligrar miskunnar, at hann skein svá bjart, at alla vega ljómaði af[18] sem sólar ljósi, ok svá sýndist hann guðs úvinum mikill ok ógurligr, at

---

[1]) leit b. [2]) at tilf. b. [3]) í tilf. b. [4]) sverð mitt b. [5]) sinn b. [6]) áttan b.
[7]) [tilf. b. [8]) Dúrumdala b, her og senere. [9]) [munr um vöxt b. [10]) dynr b.
[11]) mæla b. [12]) viðr b. [13]) fallinn b. [14]) hans b. [15]) megin b. [16]) orrosta b. [17]) bardaginn b. [18]) honum tilf. b.

eigi þorðu þeir móti honum líta, heldr sneru þeir undan hans nálægð sem lengst mátti,[1] þar til at öll fylking Madeqvins tekr rjúfast. En Rollant með sínum mönnum drepa svá margan mann á lítilli stundu, at þat var eigi auðvelt tína, því at meðan hans jafningjar váru úmóðir, þurfti engi lífs at vænta, er varð fyrir þeirra vápnum. En meðr því at víðara verðr við at koma, skal Rollant meðr krapti hins heilaga kross ok stuðning þriggja guðs ástvina, er jafnan géngu honum næstir, þann veg dreifa þeirri fyrstu fylking Agulandi, sem guð skipar, en nú skal greina þessu næst, hvat hinn hrausti hertogi Girarð hefst at í þenna pungt.

68. Girarð sem hann skildist við Karlamagnús keisara, ríðr hann sem hvatligast til sinna manna, ok kallar saman alla höfðingja ok býðr til bardaga búast, ok er allir eru búnir at hestum ok vápnum svá vel, at engi flokkr þurfti betr ok fagrligra[2] vera búinn, en sá er hertoginn hafði fóstrat af þeim sœmdum er guð léði honum, talar hann til þeirra ungu manna, er nýtekit höfðu við riddaraligum búnaði, ok segir: Þér ungu menn, segir hann, gerit yðr harða í hjörtum ok vápndjarfa, bili spjótin eða brotna kunni, grípit skjótt til sverðanna, látit [yðr jafnkringt at[3] höggva sem leggja, hvárt sem betr dugir, hræðizt alls ekki Affrika vánda menn ok fúla, rekum djarfliga þeirra flótta, eggi hverr annan til hugdirfðar, því at með vilja lausnara várs skulum vér af þeim vinna alt þat sem þeir [úmakliga hafa[4] halda, lönd ok ríki, gull ok silfr, en vænta þar á ofan meiri ömbuna ok háleitari af almátkum guði fyrir várt starf ok erfiði, því at harla gott er at leggja sitt líf út fyrir hans skyld. Allir játta svá gera sem hann býðr. Boz ok Clares frændr sína skipar hann í fremsta lagi sinnar fylkingar. Ok þegar sem þeir ungu riddarar eru á hesta komnir, ríða þeir ákaft, þóttist sá bezt leika, er fyrst mátti[5] rjóða sinn brand[6] í hörðum heiðingja beinum. Hertoginn stefnir á bak liði Karlamagnús ok ætlar, ef svá vill verða, at komast í nánd höfuðmerki Agulandi, því at þar þikkir honum[7] enn bezt við at eiga, sem mestr er styrkrinn fyrir. Því ferr hann fram um einn lítinn skóg ok vill ekki koma í bland við aðrar fylkingar, ok stefnir á hœgra veg at höfuðmerkinu Agulandi. En á þeim skógi váru nökkurir njósnarmenn Agulandi ok verða varir við hertogans menn, því hleypir einn af þeim til þess er hann kemr fyrir Agulandum, berandi sitt eyrendi með ákefð ok segir: Maumet hjálpi yðr, því at þurfa munu þér nú þess; hér ferr at yðr einn flokkr kristinna manna stórliga vel búinn[8] at herklæðum, ok ef þér búizt eigi við þeim, munu þeir at vísu gera yðr mein. Sem Agulandus heyrir þat, bregðr

---

[1]) máttu b. [2]) fagrligar b. [3]) [saal. b; jafntkungt(!) vera B. [4]) [hafa úmakliga b. [5]) mætti b. [6]) eðr reyna tilf. b. [7]) saal. b; þeim B. [8]) búnir b.

honum við[1] undarliga, því at hann skelfðist í sínu hjarta, ok allir hans höfðingjar er með honum váru saman komnir, ok var þat fyrir guðliga miskunn, at hundrað þúsunda, sem Agulandus hafði skipat undir sitt merki,[2] mætti óttast, hvar sem færi[3] þeim (í) nándir [nökkurr hundraða[4] flokkr. Ok er heiðingjar líta hertogans ferð ok spyrja hvat nú sé til ráða talar fyrr greindr Ulien: Herra, segir hann, hryggizt eigi af þessu efni, þessir hafa fá menn ok engan [liðkost til þess[5] at granda yðvarri sæmd, því at þeirra afl virði ek lítils; fáit mér til fylgdar tuttugu þúsundir riddara, ok skal ek makliga[6] ganga þeim at veita nætrgisting,[7] ok ef ek hefir eigi drepit þá alla áðr sólin sezt, verði rangsnúnir sporar mér á fætr settir, en brott tekinn toppr or mínum hesti, en ek sjálfr hafðr at athvarfi. Agulandus svarar: Þú ert hraustr riddari[8] ok líkligr at veita mér heil ráð með trúrri þjónostu, Ulien frændi, því vættir[9] ek, at þú hjálpir mér við meðr þínum riddaraskap; ok ef vér fám þetta ríki unnit, skal þat gefast yðr til stjórnar, svá sem í arf eptir Jamund frænda þinn. Ulien svarar: Þat veit Machon, at eigi beiði ek framar. Gengr síðan ok kyssir hans hægri hönd. Galinger heyrir hvat þeir talast við ok segir: Undarligt er þat, Ulien, at þú kennist eigi við hvat þú mátt; hygg af því, at þér beri þá giptu til handa at vega sigr á Franzeisum, eða mantu eigi hversu lítit þeir gáfu sér[10] at [hábrókan þinni,[11] heldr [fór þú,[12] þó at nauðigr, með blóðugt höfuð Jamundar, ok vart feginn at[13] þú komzt[14] brott or þeirra augsýn. Ulien reiðist mjök orðum Galingers,[15] ok ef Agulandus væri eigi svá nálægr, mundu þeir prófat hafa sín í miðil, hvárr drjúgari vyrði. Eptir þat sem Ulien hefir tekit orlof af konungi, tekr hann með sér vel tuttugu þúsundir ok fylkir. Flestir af þeim báru engar brynjur né hjálma, sá var þeirra búnaðr, at þeir váru í þykkum[16] leðrpanzarum, ok brynhettur læstar at höfði, boga meðr örvamæli, en öxar héngu við söðulboga; svá búnir ríða þeir móti hertogans mönnum. Sem hertogi Girarð lítr þeirra ferð, kallar hann saman sína menn, er áðr fóru nökkut dreift, ok segir: Geymum vel til ok förum ekki lausir,[17] þröngum oss saman sem mest, ok gerum vára fylking sem þykkvasta, svá at skjöldr liggi við skjöld, en spjót við spjót, látum[18] þá at sækja, en vér tökum móti djarfliga, hlífum oss sem bezt, ok bregði engi sinni stöðu, þar til er heiðingjar taka[19] mæðast, en veitum þá sem drengiligsta atsókn. Svá gera þeir, slá

---

[1]) *tilf. b.*   [2]) höfuðmerki *b.*   [3]) *saal. b;* fera *B.*   [4]) [tíu þúsunda *b.*
[5]) [liðskost *b.*   [6]) fyrir *tilf. b.*   [7]) vetrgisting *b.*   [8]) maðr *b.*   [9]) væntir *b.*
[10]) sik *b.*   [11]) [drambi þínu *b.*   [12]) fórtu *b.*   [13]) er *b.*   [14]) komt *b.*
[15]) Galinger *b.*   [16]) þískum (*d. e.* þýzkum) *b.*   [17]) dreift *b.*   [18]) *saal. b;* lítum *B.*   [19]) at *tilf. b.*

á svá stinna fylking ok þykkva, at langt mundi líða áðr en glófi kœmi til jarðar, þótt yfir væri kastat. Ok er Ulien kemr at, rennir herra Clares systurson hertogans fram á völlinn, er miðil var fylkinganna, ok ætlar fyrst[1] byrja þessa orrostu, ef nökkurr [vili honum móti[2] horfa. En er Ulien sér þat, kallar hann á einn riddara er hét Jafert ok talar [: þú Jafert, segir hann,[3] lít þann hinn kristna, er svá lætr brakstinnliga,[4] [senniliga felmtar[5] hann til dauðans, ríð hann af baki, falli hann fyrir þér, öll þeirra fylking er uppgefin ok í váru valdi. Jafert játar svá gera ok setr [sínum hesti[6] spora ok ríðr sem mest á völlinn ok leggr til Klares digru spjóti í gegnum skjöldinn svá hart,[7] at í brynju nam stað,[8] en spjótit[9] brast sundr í tvá hluti. Sé, riddari, segir Clares, þar fórtu nú. Ok leggr í því til hans ok gegnum járnbundinn skjöld ok brynjuna ok búkinn, fleygjandi honum[10] niðr á jörðina, ok segir hárri röddu: þann veg kendi mér minn gamli meistari at steypa dramblátum. Snarar síðan aptr í sína stöðu. En Ulien eggjar [sína menn[11] til framgöngu, sœkja heiðingjar þá at, ok tekst seint at vinna, því at engu losi koma þeir á hertogans lið, en hverr sem kemr í nánd er skjótliga drepinn; því fýstist[12] engi optar en um sinn undir ganga þeirra högg, fellr margt af heiðingjum, en nær ekki af hertoganum.[13] Girarð kallar þá: Gangit fram djarfliga ok rekit þessa vánda[14] hunda af várum höndum, er engi dugr er yfir. Þeir gera svá, veita hina hörðustu hríð, höggva á tvær hendr með ópi ok háreysti, er hverr eggjar annan, slíðra æ sem tíðast sín snarpeggjaðu sverð í blóðvörmum hjörtum heiðingja. Má þessu næst líta skjót umskipti, Affrikar renna, en hertogans menn eptir sœkja drepandi hvern sem þeir við komast. Ulien gengr hart fram, ok sem hann lítr marga flýja, œpir hann hárri röddu ok talar svá: Skömm bíði[15] þér, vándu pútusynir, hverfit aptr ok svívirðit eigi svá alla oss, at renna meðr bleyði en verjast eigi[16] meðr karlmensku. En þótt Ulien kalli hátt, lætr engi sem heyri. Hertogi Girarð sœkir nú fram at heiðingjum ok [ryðr með öllu[16] þeirra fylking, því at þótt hann sé nú gamall, þarf engi sér lífs at vænta, er honum mœtir. Því fellr á litlu bragði [af Ulien[17] hundrað við hundrað, þúsund við þúsund, svá at víða gerast vellir þaktir af manna búkum. Ok er Ulien sér þann veg fara, en má ekki at gera, talar hann með sjálfum sér: Vesæll er ek vorðinn, hvat mun nú af mér verða? Ek hugðumst á þessum degi vinna undir mik alla Jtaliam ok skipa þat ríki mínum þjónum,

[1] fyrstr *b*. [2] [vill við honum *b*. [3] [svá *b*. [4] bragðstinnliga *b*.
[5] [felmtir *b*. [6] [saal. *b*; sinn hest *B*. [7] *mgl. b*. [8] staðar *b*. [9] skaptit *b*.
[10] *tilf. b*. [11] [*tilf. b*. [12] fýsist *b*. [13] hertogans mönnum *b*. [14] vándu *b*.
[15] bíðit *b*. [16] [ríðr með allri *b*. [17] [*mgl. b*.

en nú verð ek sem fullr úgæfumaðr flýja undan. Nei, verði þat eigi at sinni, at ek hugbleyðumst. Snýr hestinum aptr ok leggr sínu digra spjóti til þess, sem næst honum var, ok hrindr honum dauðum á jörð. Þar með ríðr hann at frægum riddara Valtero, er margan heiðingja drap með sínu sverði, ok leggr til hans í gegnum [skjöldinn ok slítr brynjuna[1] ok kastar honum dauðum á jörð, ok segir: Þat veit Maumet, at eigi verr þú land fyrir oss héðan frá. Hann ríðr nú um hit ytra mjök reiðr af falli sinna manna, hnefandi sverðit með miklu afli ok drepandi margan guðs riddara, suma rekr hann svívirðliga[2] af hestum, en aðra leggr hann sínu spjóti. Ok í þessarri sinni framferð ríðr hann þrettán menn af baki, ok særir flesta til úlífis. Sem herra Boz [bróðir Clares[3] sér, hversu mikinn skaða Ulien gerir, fyllist hann af miklu kappi ok vildi gjarna prófa, ef nökkut féngi hann tálmat heiðingjans tröllskap, því kostar hann ok[4] honum at mœta, ok kallar hárri röddu á Ulien svá segjandi: Bíð mín, segir hann, ek vil fyrir eins finna þik. Ulien lítr til hertogans ok sér, at honum fylgja margir riddarar, hvar fyrir hann vill eigi bíða ok ríðr undan sem ákafast, til þess er hann nemr staðar á einum sandhól, ok víkr aptr hestinum ok kallar[5] herra Boz með þessum orðum: Þú riddari er mik vill finna, kom higat, því at fyrir trú mína skal ek eigi lengra undan þér renna. Boz rennir hestinum sem snarast at honum, en hinn í móti, ok leggr hvárr til annars svá hart, at hvárgi gat í söðli haldizt,[6] ok falla báðir af baki. Varð þá hinn gullbúni hjálmr Uliens víða moldu litkaðr. Þeir stökkva báðir upp skjótt ok fimliga, því at hvárr kostar öðrum fyrr á fœtr[7] komast, grípa til vápna; ok er Ulien litast um, sér hann þar[8] ríða at þeim mikinn riddara flokk til fulltings við herra Boz. Hvar fyrir hann skilr eigi svá búit duga, skundar [sem hvatast[9] til hests síns, stingr undir sik spjótskaptinu ok stökkr á bak, keyrir síðan sem harðast til sinna manna, ok skilr svá meðr þeim Boz at sinni. Flýr Ulien ok allir hans menn[10] er því náðu, en herra Girarð sótti eptir vel ok karlmannliga drepandi flesta af þeirra sveit. Skal hann nú at sinni þvílíkt henda af liði Uliens, sem honum berr fœri á, en hverfa[11] til Georgium ok hans félaga.

69. Rollant sem hann hefir [dreift allri[12] fylking Madequins, drepit flesta en aðra rekit á flótta, kemr því næst at annarri fylking Agulandi, er stýrði Acharz or Amflor, váru þá fáir fallnir af sveit kristinna manna, en mjök mœddir menn ok hestar. Ok er Acharz sér þeirra ferð, þikkir honum undarligt, hversu skjótt þeir hafa

---

[1] [brynjuna ok skjöldinn *b*. [2] *saal. b*; stinnliga *B*. [3] [*mgl. b*. [4] á *b*.
[5] á *tilf. b*. [6] fyrir öðrum *tilf. b*. [7] at *tilf. b*. [8] *saal. b*; því *B*.
[9] [*mgl. b*. [10] þeir *tilf. b*. [11] nú *tilf. b*. [12] [*saal. b*; drepit alla *B*.

gegnum gengit fyrstu fylking, en sakir þess at hans lið var flest hart
viðreignar ok vel búnir[1] at vápnum, þá taka þeir hart móti,[2] svá
at nú er búit við miklum váða, ef eigi koma fulltingsmenn[3] at styðja
Rollant; en hvaðan mannligt traust kemr at skal segja.[4] Karla-
magnús keisari skipar fyrir aðra fylking Salomon konung ok Huga
jarl, ok sem bardaginn hófst, bíða þeir, sem talat var, hvern veg
ferr, utan fara at fram hljóðliga orrostunni. Má þá skjótliga heyra
högg ok stóra bresti, því talar Hugi jarl: Herra Salomon, þú skalt
taka til geymslu lið várt flest með höfuðmerki, en ek ok þúsund
gildastu[5] riddara skal[6] leita í bardagann ok prófa at ek megi nökkut
lið veita várum kumpánum, mik væntir at Rollant ok Oddgeir hafi
í gnóg at starfa, ok guð láti þeim ekki verða til meins. Svá gerist
sem nú var greint, at Hugi jarl ríðr með þúsund riddara,[7] váru þeir
eigi búnir sem fantar, því at þeir höfðu öruggar brynjur ok trausta
hjálma, en sátu á fríðum hestum ok úmœddum. Biðr Hugi, at Sal-
omon konungr haldi eptir djarfliga ok veiti þessum[8] viðrhjálp. Hann
játtar svá gera. Hugi jarl var manna þrifligastr, ok[9] mikill vexti,
en öruggr til allrar hreysti ok karlmensku; hann œpir stórt heróp
ok eggjar menn sína, svá segjandi: Góðir vinir, segir hann, ryðjum[10]
djarfliga oss veg[11] til várra manna, höggum svá stór högg, at engi
hlíf standist, látum þat auðsýnt, at engir verða[12] Frænzeisum betri
drengir. Þeir gera svá, höggva sverðum til beggja handa, en leggja[13]
spjótum bæði hart ok tíðum, ryðja sér veg til þess at þeir koma
þar fram, sem er Oddgeir danski. Ok er Oddgeir sér Huga jarl,
segir hann svá: Lof sé guði, [mjök eru vér kumpánar[14] þurfandi
þinnar tilkvámu. Jarlinn svarar: Gefi guð, at hon[15] verði at gagni,
en nú er ek þar rétt kominn, sem ek munda helzt kjósa. Nú gerist
bardagi hinn harðasti, því at hvárirtveggju bjargast[16] eptir megni.
Fellr nú svá margr riddari af heiðingjum, at víða þöktust vellir af
þeirra búkum, því at senniliga reyndi Rollant, hvárt Dýrumdali kunni
nökkut bíta. Þar með gengu djarfliga fram heilagir guðs kappar
Georgius ok hans kumpánar, hlutu [margir heiðingjar at hníga[17] fyrir
þeirra vápnum. Hugi jarl fréttir [eptir Oddgeir danska,[18] hverir
þeir sé þrír riddarar, er þann veg prýðiliga ganga fram. Hann
svarar: Minn góði vin, þat eru[19] heilagir menn guðs, Georgius, De-
mitrius ok Merkurius, er hann hefir sent til styrktar sinni[20] kristni.
Jarlinn varð stórliga glaðr við þessa sögu ok segir[21] hárri röddu:

[1]) menn *tilf. b*.   [2]) við *b*.   [3]) *saal. b*; fluttingsmenn *B*.   [4]) at *tilf. b*.
[5]) vildastu *b*.   [6]) skulum *b*.   [7]) manna *b*.   [8]) þeim *b*.   [9]) *saal. b*; ekk(i)
B.   [10]) ríðum *b*.   [11]) fram *tilf. b*.   [12]) verði *b*.   [13]) með *tilf. b*.   [14]) [nú
er um vér kompánar mjök *b*.   [15]) *saal. b*; hér *B*.   [16]) duga *b*.   [17]) [*saal.
b*; at ganga *B*.   [18]) [Oddgeir eptir *b*.   [19]) *saal. b*; er *B*.   [20]) heilagri
tilf. b.   [21]) mælti *b*.

Vinnum svá mikit, sem vér megum, réttum langt [armleggina fram, sem vér megum,¹ því at guðs fullting stendr nú fullkomliga með oss. Sem bardaginn stendr sem harðastr,² kemr Turpin erkibyskup með dróttinligan kross fram í fylking heiðingja, gerast þá skjót³ umskipti enn sem fyrr, því at þeir liðsmenn Acharz, er áðr börðust með miklu kappi, taka þegar⁴ bleyðast, er þeir líta kross dróttins, en kristnir menn styrkjast mikit í þeirra⁵ tilkvámu, ok veita svá harða atsókn, at þar⁶ brestr flótti á heiðingjum. Því má nú líta margan skjöld sundr brotna, en heiðingja þúsundum af baki ríðna, aðrir blikna, brynjur slitna, en hjálmar með hausum sundr klofna. Ok er Acharz sér sína menn flýja eða drepast niðr æ sem tíðast, hér með lítr hann hvar Salomon konungr ferr með sína sveit,⁷ í þriðja stað sér hann heilagan kross fram kominn með skínandi birti, fyrir hvat alt saman honum virðist⁸ þungt veita, ok talar til þeirra er honum standa⁹ næstir: Mikil undr birtast hér í dag, því at vér eigum eigi at eins móti¹⁰ vega gildum mönnum, hér verðr oss annat þyngra viðreignar. Hverr um aldr sá þvílík býsn, at eitt tré, þat er [ek ætla kristna menn¹¹ kalla kross, skal svá mikilli hræzlu á koma gilda karlmenn, at þeirra máttr verðr at engu; því at síðan hann birtist várri fylking, er því líkt sem [vér sém¹² vitlausir, því at með skygnum augum sjám vér ekki, ok engum kosti megum vér móti líta hans birti eða nærri koma hans krapti, um snýr váru viti, ok förum sem œrir menn ok hamstolnir,¹³ því optar sem vér lítum til hans, þeim mun meir vaxa vár vandræði; ok ef dróttinn kristinna manna hefir verit píndr á þessu tré, þá samir þeim at sönnu þann vegsama, því at aldri nökkurn tíma birtist þvílíkr máttr yfir várum goðum, ok þat veit Maumet, at eigi stend ek hér lengr. Ok snýr hestinum ok flýr sem hvatast, ok allir hans menn, svá at engi stendr eptir. En Frankismenn reka flóttann svá snarpliga, at þeir drepa hvern er þeir mega,¹⁴ svá at tíu þúsundir fella þeir í flóttarekstrinum. Dreifist þá mjök lið Franzeisa, því at [hverr (drepr) hvern þann undanflýjanda, sem honum var nálægastr¹⁵ ok elta¹⁶ heiðingja víðs vegar um hölkn ok skóga, en flestir flýja til þriðju fylkingar, ok nema þar stað. Rollant var fremstr í eptirsókninni, ok ellefu jafningjar, Oddgeir danski ok Hugi jarl ok margir aðrir, þeir sem frœknastir váru. En þrír guðs riddarar fóru síðar í svig við Turpin erkibyskup ok hinn heilaga kross. Þessu næst koma Franzeisar at

---

¹) [fram armleggina *b*. ²) harðast *b*. ³) fljót *b*. ⁴) at *tilf. b*. ⁵) hans *b*. ⁶) því næst *b*. ⁷) menn *b*. ⁸) sér *tilf. b*. ⁹) stóðu *b*. ¹⁰) at *tilf. b*. ¹¹) [þeir *b*. ¹²) [*tilf. b*. ¹³) *saal. b*; halfstolnir *B*. ¹⁴) megu *b*. ¹⁵) [hvern þann mann undanflýjanda, sem þeim var nálægr, drepa þeir *b*. ¹⁶) þeir *tilf. b*.

þriðju fylking heiðingja, hverri stýrði Kalades konungr af Orphanie, var með honum mikill fjöldi, því at í hans fylking stóð nú Acharz ok margir þeir sem undan kómust meðr honum. Þá talar Rollant til þeirra, er honum fylgdu: [Víkjum fram[1] djarfliga at þessum vándu[2] hundum, er hér standa fyrir oss, því at varla er þat[3] at þeim vinnanda sem dugandis mönnum. Þeir virða engis hjálma gylta né silfrhvítar brynjur, betra þikkir þeim [eitt rotit súrepli[4] en gildr[5] vápnhestr meðr sínum fórum; látum þá vísa verða, at kristnir menn kunna sverðum beita. Œpa síðan allir mikit heróp ok sœkja meðr mesta ákafa. En þó at þeir sem fyrir váru væri ekki skrautbúnir með dýrum herskrúða, taka þeir allt[6] eins snarpliga móti, því at svá er þeim fimr sinn bogi, at nær sýndust [þrír eða tveir[7] kólfar af fljúga þeirra strengjum í senn; þar með eru þeir svá harðskeytir, at trautt fannst sú hlíf, at eigi smygi í gegnum;[8] því vinna þeir mikit skarð á liði Rollants, einna mest fyrir því[9] at margr góðr drengr verðr nú at láta sinn reiðskjóta fyrir þeirra eitruðum örum, hvat er horfði[10] til mikils váða, utan guðs miskunn liti til sinna manna. Ok svá er, því at rétt í þenna pungt kemr Salomon konungr með fjórar þúsundir hinna hraustastu riddara, ok gera þeir heiðingjum harðan slag, reka margan svívirðliga af baki, megu[11] þá kristnir menn, þeir sem áðr váru á fœti, fá sér góða hesta.[12] Gerist nú á nýja leik hinn harðasti bardagi, spörðu hvárigir þá af því sem[13] máttu. Allir Frankismenn börðust drengiliga, svá at optliga rjóða þeir sín [björtu vápn[14] í rauðum dreyra lœkjum, en þó mátti einna mest dásama, hvílíka hreysti Rollant sýndi[15] í þessum bardaga, því at svá hefir hann snart[16] hjarta sem leó hit grimmasta dýr; hann reið flokk or flokki beitandi svá sínu sverði, at hinn harði hildarvöndr braut[17] margs manns hjartaborg knáliga í sundr, ok svá lagði hann margan heiðingja við velli, at þat mátti nær móti líkendum kallast, því at sitt sverð reiddi hann með svá miklu afli, at stóra menn alvápnaða klauf hann sundr í miðju, svá at sér hvárr hlutrinn féll tveim megin niðr hjá hestinum.[18] Allir hans jafningjar ruddust um fast, Oddgeir danski, Salomon konungr ok Hugi jarl spörðu hvárki hold né bein heiðingja. Sem Oddgeir sér, hversu Rollant sœkir fram, talar hann: Guð styrki þína armleggi, sá hefir betr, er þér stendr nærr en firr. Kalades konungr hafði reisa látit sitt merki í miðri fylking sinni, ok þat getr Rollant

---

[1]) [*saal. b*; Vitkum *B*. [2]) dauðum *b*. [3]) *mgl. b*. [4]) [róttré með súr epli *b*. [5]) góðr *b*. [6]) *saal. b*; allir *B*. [7]) [tveir eða þrír *b*. [8]) þeirra skeyti *tilf. b*. [9]) þat *b*. [10]) horfir *b*. [11]) mega *b*. [12]) reiðskjóta *b*. [13]) er *b*. [14]) [sverð *b*. [15]) *tilf. b*. [16]) snarpt *b*. [17]) klauf *b*. [18]) hestunum *b*.

sét ok kallar til sín fjóra unga riddara, Grelent, Estor, Bæring ok Othun, hverir fyrr váru nefndir, ok segir til þeirra: Góðir félagar, hvat er nú ráð,[1] ek sé hvar stendr merki hins vánda Kalades, ok vilda ek gjarna þat niðr brjóta, ef vér mættim því á leið koma, þá mundi skjótt þessi fylking rjúfast. Grelent svarar: Ráðum til sem karlmannligast, ok munum vér þat sannliga fá niðr brotit, því at þeir sem þat [hafa at[2] geyma, hafa herklæði engu nýt. Rollant segir: Guð ömbuni þér þína hreysti, ok ef hann veitir oss lífs aptr[3] koma til várra eigna, skal þér veitast mikil sœmd. Eptir þat hleypa þessir fjórir[4] kappar brott frá sínum mönnum fram í miðja fylking heiðingja meðr svá mikilli atreið, at hverr ok einn hrökk[5] langt frá þeim, svá hræddir ok felmsfullir,[6] at engi vissi frá sér góðan fagnað. Fór sem Grelent ætlaði, at margir váru lítt búnir við þeirra höggum eða lögum, höggva niðr merkit en drepa þá alla er gæta[7] skyldu. Ok er Kalades sér þat, reiddist hann í sínu hjarta ok stefnir móti Grelent ok ætlar leggja hann í gegnum, en Grelent snarar út undan laginu, en leggr spjóti í gegnum Kaladem, ok í því sem hann ætlar hrinda honum brott[8] or söðlinum, brestr sundr spjótskaptit, en Grelent bregðr sverði ok höggr af honum höfuð, svá talandi: Vei verði þér, vándr heiðingi,[9] svá þungr sem þú ert, at[10] þar fyrir brotnaði sundr mitt góða spjótskapt, en alt at einu fékktu nú þat sár, er engi læknir kemr sá til[11] or Affrika, at þat kunni grœða. Rollant hleypir sem snarast sínum hesti ok mœtir Acharz or Amflor, lætr síga merkit en leggr spjótinu í gegnum skjöld ok brynju, svá at [stendr í hjarta[12] ok segir svá: Þú riddari þóttist vel leika, flýjandi brott or fyrri fylking, en nú vil ek segja þér, at eigi skaltu héðan af þína fœtr hrœra. Því næst brá Rollant sverðinu ok höggr til beggja handa. Sœkja þeir fram svá vel, at á lítilli stundu drepa þeir 60 heiðingja ok tvá konunga umfram, en láta eigi lausan einn blóðdropa.[13] Sem Oddgeir missir Rollants, hryggist hann mjök, ok óttast at hann muni vera af hesti riðinn eða drepinn, ok kallar á Huga jarl svá segjandi: Minn góði félagi,[14] leitum sem hvatligast várs bezta kumpáns, því at svá er Rollant brott horfinn, at ek veit eigi hvat af honum er vorðit. Gjarna, segir jarlinn. Þröngast[15] nú þagat í bardagann, sem at heyra var mikit hark ok stóra bresti. Þá kallar Oddgeir: Lof sé guði, at vísu sér ek, hvár hinn hvíti hjálmr Rollants tekr upp hér fram fyrir okkr, flýtum þangat ok hjálpum honum við. Þeir gera svá, ryðja veginn til þess at[16] þeir

---

[1] til ráða b. [2] [mgl. b. [3] at tilf. b. [4] saal. b; þrír B. [5] saal. b; hraut B. [6] felmtsfullir b. [7] geyma b. [8] mgl. b. [9] níðingr b. [10] er b. [11] mgl. b. [12] [í hjartanu nam staðar b. [13] blóðsdropa b. [14] -vin b. [15] Þröngvast b. [16] er b.

koma þar at, er Rollant sœkir með sínum félögum í ákafa. Rollant talar: Vel komnir, góðir kumpánar, stöndum hér allir samt. Oddgeir svarar: Aldri um aldr hefði mitt hjarta gleði fengit, ef ek hefði þín mist. Í þenna pungt kemr Turpin erkibyskup með hinn helga kross, fylgjandi honum þrír guðs riddarar ok ástvinir. Kemr þá mikill stökkr í fylking Kalades, hrökkvast heiðingjar allir saman ok grúfa í skjöldu sína, þegar þeir sjá þat blezaða mark, drógust á bak aptr ok tóku flótta meðr ópi ok illum lætum. En Frankismenn sœkja eptir þeim ok veita makligan bakslett höggvandi þá niðr sem búsmala, ok drepa í þessum rekstri meir en þúsund, ok elta þá um dali ok hamra. Flýja sumir til skjóls í fylking Eliadas, en sumir á fell[1] í brott sem villisauðir.[2] En hverr má öðrum skýra þann fagnað, er allsvaldandi guð veitti sínum þjónum fyrir þat stórmerki, er hann sýndi á þeim tímum; því at þótt heiðingjar stórir ok sterkir stœði eptir megni ok náttúrligum riddaraskap móti kristnum mönnum um stundar sakir, þá bráðnaði sundr öll þeirra karlmenska ok at engu varð, þegar guð dróttinn sýndi þeirra augum krapt síns heilaga kross, veitandi þar með, at hans vinir skyldu sjá mega líkamligum augum heilaga menn sína,[3] hverja hann virðist þeim senda, því at svá styrktust[4] kristnir menn í hvern tíma við þeirra nálægð ok ásýnd dróttinligs kross, sem Affrikar viknaðu.[5] En þó hafa í þessarri svipan margir fallit af kristnum mönnum, en þó stórliga fátt hjá því sem líkendi máttu sýnast eptir mannligum hætti.

70. Sem þrjár fylkingar Agulandi eru með öllu af kristnum mönnum yfirstignar, kemr Rollant því næst at fjórðu fylking, er stýrðu Eliadas ok Pantalas. Þeir váru hinir mestu bardagamenn, ok váru aldri vanir at flýja ór orrostu, þeirra lið var frá því vel búit at vápnum ok klæðum, hreysti ok harðleik, sem nökkut annat í her Agulandi. Ok[6] er þeir heyra mikit hark ok stóra bresti, en sjá hlaup ok eltingar alla vega hjá sér, undra þeir mjök ok [talast þeir við[7] þvílíkum orðum: Hvat mun[8] hér um? Eigi man svá illa, at hér sé komnir Frankismenn rétt at oss, ok hafi þann veg skjótt í gegnum gengit þrjár fylkingar várra manna, ok ef þat er, stendr várt mál þungliga; en hversu sem öðrum[9] hefir farit, munu aldri þau úsköp oss til handa koma[10] at gerast ragir ok huglausir fyrir kristnum mönnum, því at í[11] fyrrum fylkingum þrimr mundi eigi hinn líkasti jafnvel búinn at hreysti ok vápnum sem í váru liði er hinn lægsti. Sem Rollant hefir rekit flótta ok er kominn mjök at fjórðu fylking, sýnist hann vera liðþurfi[12] sakir þess at drjúgan

---

[1]) fjöll *b.* [2]) sauðir flugskjarrir *b.* [3]) hans *b.* [4]) styrkna *b.* [5]) *saal. b*; vaknaðu *B.* [6]) En *b.* [7]) [tala *b.* [8]) man *b.* [9]) áðr *b.* [10]) bera *b.* [11]) hinum *tilf. b.* [12]) liðspurfi *b.*

höfðu hans kumpánar fallit, en flestir þeir sem lifðu váru móðir bæði af sárum ok erfiði. Því kallar hann til sín einn riddara ok talar svá til hans: Far til Karlamagnús keisara ok ber honum kveðju mína, ok þat með, at hann komi hvatliga [oss til dugnaðar;[1] seg honum greiniliga hvat fram ferr, ok einkanliga hversu mikit fullting almáttigr guð veitir honum í dag fyrir heilagan[2] kross ok sína háleita[3] riddara. Hann ferr sinn veg, en Rollant setr svá sterka fylking af sínum mönnum, því at í herlaupinu hafði hon losnat; eigi var þá enn kominn Salomon konungr, því var fylking Rollants of lítil móti svá miklum fjölda,[4] því at Eliades hafði aukit fimtíu[5] þúsunda í fyrstu, ok þat alt umfram sem síðar kom til af flóttamönnum. Rollant ok hans jafningjar, Oddgeir ok Hugi jarl, stóðu fremstir af kristnum mönnum, œpa þeir stórt heróp. Gerist þá hit fjórða sinn hin snarpasta orrosta, risu þessir heiðingjar svá hart móti, at eigi þóttust Frankismenn fyrr á þeim degi hafa komit í þvílíka raun, því at bæði váru þeir mjúkir til orrostu ok djarfir, enda höfðu vápn yfrit[6] góð. Rollant eggjar menn sína ok [einna fremst nýja[7] riddara, höfðu í fyrrum atlögum þat eina af þeim fallit sem minst háttar var, en þeir stóðu hraustir[8] sem lifðu. Grelent sparir eigi at veita heiðingjum stór högg, var hann hinn sterkasti maðr at afli. Sem[9] bardaginn gengr sem harðast, tala þeir riddarar[10] miðil sín: Lof sé almátkum guði, segja þeir, ok þeim góða herra Karlamagnúsi keisara, er oss tók brott or þrældom[11] ok allri ánauð. Gæfusamliga hefir oss til tekizt, ok sœkjum sem ákafligast, meðan guð lér[12] líf til ok mátt, því at miklu er betri skjótr dauði með hreysti en þola þat, at várum höfðingja sé ger nökkur skömm eða svívirða. Œpa síðan allir í senn með hárri röddu, svá segjandi: Verði sá aldri taldr miðil dugandis manna, er nú hlífist við svá mikit, at þat sé vert eins grápenings, hér með höggva þeir svá stórt, at hvárki stendr fyrir[13] hjálmr né brynja. Í þessarri svipan kemr Salomon með sína sveit ok veita snarpa atreið. Mátti hér sannliga sjá drengi hafa áratazt, en með guðs vilja falla heiðingjar æ sem tíðast ok drjúgan af kristnum mönnum. Rollant tekr þá [með miklu magni at sœkja (at) þeim (er) þar[14] stóðu. Margt gott sverð brotnaði sundr í þessum bardaga, spjótin stökkva svá hart ok tíðum, at því var líkt sem örfadrif, margir hraustir drengir rákust háðuliga af hestum, skildir klofnaðu svá snögt, at margir létu sitt líf, ef fyrir urðu þeim lutum, er af þeim hrutu; brynjur slitnaðu, rifnaðu hjálmar,

---

[1] [til dugnaðar við oss *b*. [2] háleitan *b*. [3] heilaga *b*. [4] afla *b*. [5] 50 *b*. [6] *saal. b*; yfrin *B*. [7] [einkar framast hina nýju *b*. [8] hraustliga *b*. [9] Ok er *b*. [10] riddararnir *b*. [11] þrældómi *b*. [12] oss *tilf. b*. [13] við *b*. [14] [mœðast af mikilli sókn, ok þeir er hjá honum *b*.

[en seggir[1] bliknaðu, en mœddust armar. Sem þann veg hefir gengit um stund, kemr til orrostunnar Droim konungr meðr sjau þúsundir, váru þeir vel búnir at vápnum, hefr hann þar þegar [til atsóknar sem fyrr[2] kemr hann at. En meðr því at mikit ofrefli var við at eiga, þá sá lítinn þurð[3] á fylking Eliadas, ok sakir þess at almáttigr guð vill Franzeisum auðsýna, at þeir eru[4] dauðligir menn, ok hvat þeir eiga undir sér sjálfum, ok þat annat at fyrir þeirra sveit fjölgist himnesk hirð, því þreytast þeir mjök, sem í fyrstu kómu til bardagans um morguninn, nökkut af sárum en þó mest af hita ok miklum sveita, er þeir lausan létu af svá miklu erfiði, þar með þreytast hestarnir, svá at margir verða þá fyrirláta. Ok sem þeirra[5] mál stendr þann veg, kemr ágætr herra Turpin erkibyskup [í ljós[6] meðr sitt háleita merki, fylgjandi honum þrír guðs riddarar. En þó at liðsmenn Eliadas þœttist miklir, bregðr þeim á einn veg[7] við krossins kvámu sem öðrum fyrr, hvaðan af þeir tala meðr sér: Vei verði þeim merkismanni, sem higat er kominn, því at hans merki er svá háttat, þat tekr himnana, en svá bjart ok ógurligt, at engi má móti sjá. Lítit man várr hagr batna við hans nálægð, ok þótt vér eigim erfitt áðr at berjast við Franzeisa, var þat alt eins hraustum mönnum þolanda, en nú er engum viðveranda. Því gerum svá vel, stöndum aldri svá lengr[8] hér, því at hverjum er víss dauði, sem eigi leitar undan. Svá gera þeir, kasta skildinum[9] á bak sér, taka flótta, en rjúfa fylkingina. En þegar kristnir menn sjá þat, sœkja þeir eptir djarfliga ok fella hvern hjá öðrum. Ok er Eliadas lítr sína menn renna, en Franzeisa öllum megin at þyrpast, talar hann: Eigi svá langan tíma sem ek mátti standa miðil hraustra drengja, kom þvílík eymdartíð yfir mik, ok þat er sannleikr, miklir eru þeir sem á hvíta Krist trúa [fyrir sér,[10] því at alt munu þeir vinna mega [eptir sínum[11] vilja. Ek ætlaði engan því skyldu á leið koma, at ek flýði or bardaga, en nú er þó þann veg vorðit, at sá er illr, en hverr annarr verri; en vel þeim [at nökkurn legði áðr við velli[12] af stórum köppum Karlamagnús. Ok eptir þat snýr hann hesti sínum þar til sem váru tólf jafningjar, ok drápu Affrika æ sem tíðast, ok leggr því[13] digra spjóti til þess sem hann fyrst mœtir, svá hart, at slitnar brynjan ok[14] gnestr í hjartanu, fellir hann dauðan á jörð, ok talar síðan hárri röddu: Þat veit Makon ok öll guðin, at nú er eigi viðveranda lengr, trúir ek margra minna manna hefnd[15] á þessum, sem nú hlaut at hníga. Slær hestinn

---

[1]) [menn *b*.   [2]) [atsókn er fyrst *b*.   [3]) stað *b*.   [4]) sé *b*.   [5]) þetta *b*.
[6]) [fram *b*.   [7]) hátt *b*.   [8]) saal. *b*; lengi *B*.   [9]) skjöldunum *b*.   [10]) [mgl. *b*.
[11]) [þat er þeir *b*.   [12]) [er áðr lagði við velli nökkurn *b*.   [13]) sínu *b*.
[14]) en *b*.   [15]) hefnt *b*.

sporum ok rennir sem snarast á flótta. Rollant getr sét hvat Eliadas hefir unnit ok harmar mjök fall síns jafningja, ok segir: þat veit guð, sá er mik skóp, at eigi skyldir þú, hinn versti heiðingi, komast undan, ef hestrinn[1] væri eigi svá móðr,[2] en þó skaltu fá litla minning. Grípr eitt spjót ok snarar eptir honum ok kemr [aptan í[3] söðulbogann. Verðr Eliadas sárr nökkut. Þá talaði einn riddari, er honum fylgdi: Sending fékktu þar, Eliadas. Hann svarar: Sú var mér úþörf, sem sá[4] mundi vilja, er[5] sendi, því at ef hon hefði svá komit at framan, sem nú aptan, væra ek at vísu dauðr; en ríðum sem hvatast ok bíðum eigi annarrar. Frankismenn reka flótta meðr svá miklu kappi, at þeir verða eigi fyrr varir[6] en hestarnir detta niðr dauðir;[7] verðr þá[8] neyta fóta, því at æ meðan þeir mega sínar hendr fram rétta, letjast þeir aldri at drepa niðr heiðingja ok þeim at fylgja. Hvat þarf hér lengra,[9] en af verðr Rollant stíga sínum hesti, ok margir aðrir hans kumpánar, sœkja síðan eptir einum riðli heiðingja langt frá öðrum, ok svá segist, at þeir sömnuðu þeim saman í eina hvirfing, kringdu síðan umbergis. Váru þeir þá svá yfirkomnir af mœði, at eigi höfðu þeir megin til at sœkja at þeim, enda þorðu hinir[10] með engu móti at ráða til þeirra, því standa þann veg hvárirtveggju um stund. Verða þeir svá búnir bíða, en segja nökkut af þeim riddara, sem Rollant sendi til keisarans,[11] því at hann reið skyndiliga, sem áðr var sagt, [til þess[12] er hann fann Karlamagnús[13] ok kvaddi hann þvílíkum orðum: Guð hjálpi yðr, frægi herra, Rollant frændi yðvarr sendi yðr kveðju ok bað[14] sem fyrst koma þínum[15] mönnum til hjálpar. Keisarinn tekr honum vel ok segir: Mjök er mœddr hestr þinn, riddari, en hvat hefir þú oss at segja í tíðendum? Margt, herra, segir hann; þat fyrst at rofnar eru þrjár fylkingar heiðingja, drepinn mestr hlutr liðs, en öllu komit á flótta. Hér með er þat segjanda af Rollant frænda yðrum, at svá mikinn riddaraskap sýnir hann í dag, at þat er móti líkendum; því at frá því sem hann hóf[16] í morgin, heldr hann sömu ákefð í allan dag, þar til er ek skildumst við, var hann þá kominn at fjórðu fylking, stóð þar fyrir mikit ofrefli. Með þessu er þat greinanda, sem þó er mest háttar, hversu óumrœðiligt fullting almáttigr guð veitir yðr í dag, því at hans[17] hinn heilagi kross birtist[18] svá miklum stórtáknum, at fyrir þat falla fleiri heiðnir menn en telja megi. Hér á ofan kómu í morgin snemma þrír riddarar, ok géngu þeir alldjarfliga fram, drepandi hvern heiðingja at öðrum.

---

[1]) hestr minn *b*. [2]) mjök mœddr *b*. [3]) [í eptra *b*. [4]) hann *b*. [5]) mér *tilf. b*. [6]) við *tilf. b*. [7]) undir þeim *b*. [8]) at *tilf. b*. [9]) lengja *b*. [10]) *saal. b*; þeir *B*. [11]) Karlamagnús *b*. [12]) [þar til *b*. [13]) keisarann *b*. [14]) yðr *tilf. b*. [15]) yðrum *b*. [16]) orrostu *tilf. b*. [17]) *mgl. b*. [18]) með *tilf. b*.

Eigi veit ek, hverir þeir eru, því at ek hefir ekki við þá talat, en þat heyrða ek orð nökkurra, at þeir væri heilagir menn sendir af guði yðr til fulltings. Sem keisarinn hefir heyrt orð riddarans, verðr hann fegnari en frá megi segja, ok fellr á kné í guðs augliti ok segir svá með upplyptum höndum: Miklu meira lof ok margfaldari þakkir ætti[1] ek þér at veita, almáttigr guð, en ek megi tungu til koma. Senniliga er þín miskunn um alla hluti fram. Blezaðr sér þú hinn ágæti herra, Jacobe, því at allan þann krapt sem guð sýnir oss í þessu landi, veitir hann fyrir þínar háleitar[2] bænir ok verðleika. Eptir þat tekr hann fim þúsundir vaskastu riddara með sér, en lætr Fagon geyma þess[3] sem eptir var hjá konungsins[4] höfuðmerki, bjóðandi at hann fari meir af tómi. Keisarinn ríðr nú fljótliga með sína fylgd fram um völluna er valrinn lá. Undraðust allir hversu mikit mannfall er[5] þar hafði vorðit á einum degi. Eigi léttir herra keisarinn fyrr, en hann kemr þar at sem Rollant stendr yfir vörðum eyri, sem fyrr var sagt, því at hvar sem Karlamagnús[6] mætti sínum mönnum, frétti hann hvar Rollant væri. En þeir sögðust þat eigi görla vita. Sem Rollant sér keisarans nálægð, víkr hann móti honum meðr sínum mönnum. En heiðingjar neyta þegar fóta ok flýja á brott, ok sakir þess at dagrinn var mjök áliðinn, var þeim engi eptirför veitt. En er keisarinn sér Rollant [mjök yfirkominn,[7] talar hann svá sem með gamni: Hvat veldr nú, frændi, at armleggir yðrir eru svá mjök þungaðir, at þeir mega eigi sverðum beita, eða eru vápnin svá sljá,[8] at þau kunna eigi at bíta? Rollant svarar: Ek ætla herra, at hvárttveggja sé nökkut. Karlamagnús segir þá: Margs manns [öfl þreytast[9] fyrir minna en þér hafit unnit í dag, ok hafi guð þar lof fyrir. En nú skal hætta fyrst í nótt at berjast, ok mun hvíldin hvárki verða löng né hœg, en á morgin skulu þér hvílast, en ek ok mínir[10] skulum[11] þá veita heiðingjum atreið. Þeir svara sem[12] einum munni: Komi sú skömm aldri yfir oss, at vér kreysimst í landtjöldum, en þér berizt, betra þikkir oss at standa hjá yðr ok falla, ef guð lofar.

71. Þessu næst skal segja frá Ulien, at eptir þat er hann féll af baki fyrir herra Boz, ríðr hann sem hestrinn gat af tekit, ok þeir hans menn sem undan kómust hertoga Girarð. Ulien stígr af hesti undir höfuðmerkinu ok gengr fyrir Agulandum; hafa[13] hertogans menn svá miklu á leið komit, at drambsemi hans ok ofmetnaðr hefir nökkut lægzt. Því [krýpr hann nú[14] ok biðr Agulandum

¹) á b. ²) háleitu b. ³) þat lið b. ⁴) hans b. ⁵) mgl. b. ⁶) fór ok hann tilf. b. ⁷) [yfirkominn mjök svá af mœði b. ⁸) sljó b. ⁹) [afl þreytist b. ¹⁰) menn tilf. b. ¹¹) skulim b. ¹²) með tilf. b. ¹³) höfðu b. ¹⁴) [nú krýpr hann b.

miskunnar, svá segjandi: Jlla ok úgiptusamliga hefir mér til[1] tekizt í dag, því at lið sem þér féngut mér, er flest drepit, því at þeir kristnir menn eru með svá miklu kappi, at sinn hlut[2] munu þeir fyrir engum manni[3] láta. Agulandus sem hann heyrir orð Uliens, talar hann: Ulien frændi, segir hann, hví syngr nú svá lítill[4] fugl yfir þínu skipi, hefir þat eigi vel enzt sem þú hézt oss í morgin, at þeir kristnir menn sem þú fórt móti[5] í morgin, skyldu allir verða[6] drepnir, áðr[7] sólin settist. Þat kemr mér nú í hug, at þinn fagrgali ok glyslig orð muni alt[8] til langt hafa mik í þetta mál fram leitt, ok fór ek mest til þessa lands, at ek treysta mjök þínum riddaraskap ok annarra þeirra sem þá sögðust vinna mundu hvervetna, en þat reynist mér[9] öðruvís. Ok segja skal ek þér, Ulien, hverju líkt mér virðist farit hafa með okkr. Sá maðr sem trúir blautligum kvenna orðum, á eigi með réttu at stýra miklu ríki, því at konan sitr æ um þat at blekkja manninn, ok ef hon finnr hann nökkut eptirlátan sínum vilja, stundar hon á[10] því meir ok léttir aldri af hans at freista, til þess at hon fær svikit hann ok í sett snöruna. Á þenna hátt hefir farit með okkr. Þú[11] hefir mik elskat kvenna lunderni, drukkit hefir þú vín mitt [en etit brauð,[12] tœmt hefir þú fésjóða mína en dregit frá mér dýrliga menn ok trygga, þú hefir spanit undir þik með mínu gózi vánda menn, en þetta alt hefir ek þolinmóðliga borit[13] sakir mikillar frændsemi ok þess at ek hugða þik þvílíkan vera, sem þú hrósaðir optliga. En seg mér þat, Ulien frændi, sem ek man spyrja: hver er sök til þess, at þinn hvíti hjálmr er allr moldugr,[14] sem þú héfðir á höfði staðit. Ulien svarar: Annat man yðr nauðsynligra en svívirða mik í orðum, því at þótt ek hafi eigi vel farit, munu aðrar kempur yðrar vinna litlu meira sigr. Ok ef kristnir menn mœta yðr, má vera at þá prófist, hverir drjúgastir verða, því at af tuttugu þúsundum er mér fylgdu, hafa þrjár[15] undan komizt, en eigi meir. Sem þeir hafa þvílíkt [at talast við,[16] kemr Eliadas fyrir Agulandum, honum fylgdu 3 þúsundir. Eliadas hafði eigi[17] tekit spjótit or sárinu, er Rollant skaut eptir honum, sem sagt var, hafði mjök blœtt, svá at söðullinn var fullr undir honum, ok rann niðr um hestinn. Hann kveðr Agulandum, en konungrinn kennir hann eigi í fyrstu, [hverr maðrinn var,[18] ok spyrr hann at nafni. Eliadas svarar: Herra, vera má at ek sé úkenniligr, en sét [hefir þú[19] mik fyrri: hér er kominn Eliadas son Nabors konungs frænda yðvars. Agulandus svarar þá

¹) nú b. ²) hluta b. ³) mgl. b. ⁴) lítit b. ⁵) snemma tilf. b. ⁶) vera b. ⁷) en tilf. b. ⁸) alls b. ⁹) nú tilf. b. ¹⁰) æ b. ¹¹) saal. b; Nú B. ¹²) [ok etit mitt brauð b. ¹³) umborit b. ¹⁴) svá tilf. b. ¹⁵) þúsundir tilf. b. ¹⁶) [við talazt b. ¹⁷) brott tilf. b. ¹⁸) [mgl. b. ¹⁹) [hafit þér b.

með reiði, eigi trúandi því sem honum var sagt: Hversu máttu vera
Eliadas, þar sem ek skipaði hann foringja þeirrar fjórðu fylkingar,
sem næst er oss. Eliadas segir þá í annan tíma: Þessu megu[1] þér
trúa, er[2] ek má segja enn framar, at aðrar fjórar eru með öllu
rofnar, ok svá gersamliga sundr dreifðar, at engi stendr eptir, flestir
drepnir, en allir flýðir. Ríða hér meðr mér 3 þúsundir, en annat
ætla ek fátt lifa [af þeim[3] fimtigum þúsunda er þér féngut mér at
stjórna, er þó sá engi af þessum, at eigi sé nökkut sárr, ok aldri
kom ek fyrr í þann stað, er [þann veg væri þungr[4] við at eiga.
Agulandus varð hljóðr við þessa sögu, ok talar eptir tíma liðinn:
Þung tíðendi berr þú, frændi, oss til eyrna. En hvat kantu segja
til Madequins? Eliadas svarar: Hann er senniliga dauðr, ok svá
var mér sagt, at hann félli fyrstr várra manna. Hvat er þá[5] ráða,
segir Agulandus, mun Karlamagnús treysta at sœkja á várn fund?
At vísu, segir Eliadas, munu vér til þess hugsa[6] mega, en þó hefir
hann fátt lið, því at margt hefir hann látit í dag, en svá hafa þeir
snarpt hjarta, at fyrr liggja þeir dauðir en flýja né leggja sína
hreysti. Því er þat eitt ráð, at setja njósnir á fjóra vega frá höfuð-
merkinu, at eigi megi þeir í nótt koma oss á úvart, en halda til
bardaga á morgin, utan þér vilit flýja til skipa ok sigla brott við
svá búit. Agulandus talar[7] meðr reiði: Tala engi firn, at ek munda
renna undan Karlamagnúsi, ok gefa honum upp þat ríki, sem ek á
með réttu, þar sem ek hefir enn [hálfu fleira lið ok meir en hann.[8]
En þann kost skal upp taka at skipa varðhald alla vega frá oss.
Svá segist, at Agulandus hefði þá eigi [minna her[9] en lítit fátt í
hundrað þúsunda með öllu saman. Váru þar margir konungar kór-
ónaðir, miðil hverra var Amustene, er fyrr var nefndr, meir með
undirhyggju ok ótta við Agulandum en nökkurum góðvilja, sem
hann gaf skjóta[10] raun, því at eigi er[11] honum or minni gengit,
hversu háðuligan dauða tveir fyrr greindir konungar Magon ok Aspe-
rant náfrændr hans þoldu, ok því sitr hann um at launa þat Agu-
lando ok þeim sem þar áttu mestan hlut í, ef fœri gæfist á. Hvaðan
af hann gengr til vina sinna ok frænda, ok talar svá til þeirra:
Öllum oss er nú kunnigt vorðit, hvat nú hefir framfarit í dag, at
mestr hlutr várs afla [er niðr[12] drepinn, en Agulandus hefir birt, at
hann ætlar eigi[13] flýja or þessum bardaga; því trúum vér hvárki
hann né nökkurn þeirra, er honum fylgja, aptr koma til sinna eigna.
Hér með vil ek lýsa fyrir yðr frændum mínum ok vinum, at sú
smán ok svívirða, sem Agulandus gerði oss öllum samt í háðuligum

---

[1] megit *b.* [2] ok *b.* [3] [*tilf. b.* [4] [þvílikt væri þungt *b.* [5] til *b.*
[6] ætla *b.* [7] svarar þá *b.* [8] [meira en hálfu fleira lið *b.* [9] [minna
lið *b.* [10] skjótt *b.* [11] var *b.* [12] [hefir niðr verit *b.* [13] at *tilf. b.*

dauða Magon ok Asperant frænda várra, liggr mér stórum illa, ok ef hann kennir[1] í engu; hvárt oss líkar þat mjök eðr lítt, gerumst vér miklir ættlerar, dáligri hverjum flóttamanni. Nú vil ek segja af mér, at ek skal svá búit eigi lengr standa láta, því er þat mitt ráð, at í þenna pungt skiljum[2] vér við Agulandum ok siglum heim [til Affrica,[3] skiptum ríki oss til handa ok yðrum ættmönnum. Skal þetta þann veg gerast, at hann hafi enga grunsemd á þessu ráði, ok ef þér samþykkit, mun ek svá til stilla, sem mér líkar, en þér skolut því fylgja sem ek vil fram fara. Allir játa þessu,[4] kalla[5] hit mesta snarræði at forðast svá hendr kristinna manna, en hefna sinna svívirðinga. Gengr Amusten þegar fyrir Agulandum upp á þat berg sem merkit stóð á, ok segir svá: Herra, heyrt hefir ek tillögu Eliadas, ok sýnist mér svá geranda; en meðr því at sú úhamingja veitir oss mestan skaða, ef kristnir menn komast miðil vár ok skipanna ok taka þau meðr valdi, þá bjóðumst ek at fara með mína sveina á þann veg er þagat liggr, treystir ek eigi öðrum betr til at hrinda Franzeisum af hendi, ef þeir koma þar fram. En ef í öðrum stað gerist meiri þörf liðs, þann tíma sem bardaginn tekst, skal annathvárt ek eða synir mínir fara þann veg [yðr til fulltings.[6] Agulandus tekr þessu vel ok segir: þú hefir gott lið, Amusten, ok því máttu oss veita mikinn styrk, ok ger sem þú sagðir.[7] Amusten víkr brott ok hneigir konungi, fylgja honum sjau höfðingjar undan höfuðmerkinu, þeir sem honum til heyrðu, váru þar þrír konungar kórónaðir, lætr hann blása saman öllu liði sínu. Er þat af Amusten segjanda, at þegar um morgininn sem bardaginn hófst, fór hann til skipa, gékk þar á með sína menn ok siglir[8] í brott af Hispania til Affricam, en lagði eld í eða lét höggva á[9] stórar raufar á þau skipin, sem hann mátti eigi með komast, því at svá vill hann fyrir sjá, at Agulandus eigi þar engrar hjálpar ván, þótt til þurfi[10] taka. Svá skilst Amusten við sinn höfðingja, flytr dróttninguna með sér ok mart annarra kvenna. Hefði aldregi trúr maðr ok drenglyndr þann veg skilizt við sinn formann; en þat er þó trúanda, at þetta hafi verit fyrir nökkura hálfu guðs skipan ok heilags Jacobi, því at margan kristinn riddara[11] hefði þeir niðr drepit, sakir þess at engi sveit var eptir þvílík[12] með Agulando fyrir hreysti ok vápnabúnað. Er Amusten or þessarri sögu. En þegar hann var brott genginn frá Agulando, skipar Agulandus annan veg frá merkinu Gundrun konung, sinn hæsta ráðgjafa, fándi honum meir en tuttugu þúsundir, í þriðja stað skipar hann höfðingja Moadas son Aufira

---

[1]) þat *tilf. b.* [2]) skiljumst *b.* [3]) [í Affricam *b.* [4]) svá gera *b.* [5]) þetta *tilf. b.* [6]) [til fulltings við yðr *b.* [7]) segir *b.* [8]) sigldi *b.* [9]) *mgl. b.* [10]) at *tilf. b.* [11]) mann *b.* [12]) slík *b.*

konungs ok Abilant, skipandi þeim þrjátigi þúsunda; í fjórða veg stendr Ulien, ok með honum tuttugu þúsundir. Agulandus sitr undir sínu höfuðmerki, eru þar settar tvennar verndir eða þrennar umbergis. Má senniliga sýnast eigi auðveldligt fám mönnum at hrœra þessa alla or stað, er þann veg hafa ramliga fyrir skipazt. Svá sitja þeir um nóttina, var meiri hræzla[1] uggr ok ótti í þeirra brjósti en nökkurs kyns gaman eða gleði. Því skal þessu næst greina nökkut af Karlamagnúsi keisara.

72. Keisari Karlamagnús ok allir hans menn sitja á hestum um nóttina, þar sem þá var hverr kominn; en þegar sem fyrst lýsti, samnaðuzt allir saman í einn stað, kom þar herra páfinn með sína sveit ok Fagon merkismaðr. Kannar keisarinn þá lið sitt, ok er[2] eigi fleira en þrír tigir þúsunda, höfðu hinn fyrra dag fallit þrír af tólf jafningjum, váru margir sárir af liðinu. Karlamagnús býr sik til orrostu ok hefir fjórar þúsundir hinna gildastu manna, ok ætlar sjálfr at heyja fyrst[3] orrostu um daginn, en biðr Rollant frænda sinn hvílast fyrst. [En hann svarar:[4] Nei, segir hann, ek segi yðr satt, at fyrir guðs miskunn er ek nú eigi minnr tilfallinn sverði mínu beita en í gær. Sem keisarans lið er búit, gengr Turpin erkibyskup til herra páfans ok segir: Ek biðr yðr, postoligr herra, at þú takir nú við heilagum krossi dróttins várs, en ek vildi standa frammi með mínum mönnum í dag ok sverði snarpliga beita, því at ek hefir heyrt Karlamagnús ok alla hans menn svá segja, at á þessum degi skal annathvárt gerast með vilja guðs, at þeir liggi allir drepnir eða þetta land frelsist af valdi heiðingja. Herra páfinn svarar: Gjarna, son minn, segir hann, vil ek taka dróttinligan kross ok sjálfr bera, en þú far í guðs geymslu ok allir þér, ok dugit sem bezt. Eptir þetta lætr keisarinn halda fram öllu liðinu, utan setr Fagon eptir til geymslu síns merkis. Má þá heyra margan lúðr þeyttan, var þetta rétt í þann tíma, er sólin tekr fyrst at rjóða. Ok þegar heiðingjar heyra hvellan lúðragang en líta fram koma fylking Franzeisa, þar með glitar á gullbúin vápn, skjöldu ok hjálma, er morginsólin skein á, slógust þeirra hjörtu úætlanligum ótta, ok tala miðil sín einkanliga: Þetta er undarligt, í gær féllu margir keisarans menn, en nú sýnist hans lið at enga minna en þá. Karlamagnús hleypir fram frá liði sínu, ok þær fjórar fylkingar er fyrr váru greindar, með svá miklu athlaupi, at þegar bognaði fylking Gundruns konungs, þar sem þeir kómu fyrst at. Bregðr keisarinn þá konungligu sverði, ok hans menn, ok höggva bæði hart ok tíðum, svá hverr hlýtr hníga, sem fyrir er, eðr flýja. Hefst þessi bardagi með miklu harki, háfum brestum ok miklu[5] háreysti. Eigi er því gleymanda, at þegar

---

[1]) *mgl. b.* [2]) *þá tilf. b.* [3]) *fyrstr b.* [4]) [*mgl. b.* [5]) *stóru b.*

orrostan tekst,[1] kómu fram í fylkingar þeir[2] guðs riddarar, Georgius, Demitrius ok Mercurius, sœkjandi alldjarfliga. Rollant ok hans kumpánar, Oddgeir danski, Samson ok Salomon, Hugi jarl, Droim konungr, Gundilber,[3] Nemes hertogi gerðu harða sókn. Sneri þegar mannfallinu í lið heiðingja. Keisarinn ríðr fram meðr svá mikilli hugprýði, at hann hlífði engu, hleypir brott frá sínum mönnum í miðja fylking heiðingja ok mœtir Gundrun, höggr til hans ofan í hjálminn, bítr sverðit snarpliga, ok klýfr hann sundr herklæddan niðr í kvið. En er Affrikar kenna keisarann, sœkja þeir at[4] öllum megin ok drepa hestinn undir honum. Er Karlamagnús nú á fœti staddr háskasamliga, utan guðs miskunn sé honum mjök fulltingjandi. Þat er ok, því at svá drengiliga varðist hann snúandist æ sem skaptkringla, at engi þorði honum tilræði veita. Frankismenn sem þeir missa keisarans, hryggjast stórliga mjök, sem ván var, ok einn af þeim Bæringr brezki getr sét, hversu nauðuliga hann er staddr, rennir hann sem snarast fram at, svá segjandi: Almáttigr guð, segir hann, sjá nú til með þinni miskunn. Ok í því leggr hann spjóti til ríks höfðingja ok í gegnum hann, hrindr honum sem skjótast niðr[5] á jörð ok grípr hestinn, ok skundar þar til sem keisarinn svá harðliga varðist, at heiðingjar hrjóta út ífrá, stökkr af hesti sínum ok segir: Guð sjái til, minn völdugr herra, gerit svá vel, stígit sem skjótast á hestinn, er stendr hjá yðr. Keisarinn gerir sem hann beiddi, tekr annarri hendi í söðulbogann fremra, en stingr niðr spjótinu, ok stökkr svá sköruliga á bak, at engi riddari mátti þat gera kurteisligar. Heldr Bæringr meðan í hans ístig, en hleypr síðan á þann hest sem heiðinginn[6] hafði átt, ok ríða síðan[7] aptr til sinna manna. Verða þeir fegnari en frá megi segja, sjándi sinn herra heilan[8] á lífi; gerist nú lítil sú hvíld í þeim[9] stað. Þessu næst kemr fram einn mikill konungr heiðinn ok eggjar fast Affrika, svá segjandi: Þessi skömm, sem oss ber til handa, mun fljúga yfir hvert land, at fáir einir menn skulu vefja saman harðla mikinn fjölda várra manna, latum þat aldri verða, sœkjum fram djarfliga; sjái þér eigi, at kristnir menn rýma vígvöllinn yðr til handa, því[10] gera þeir svá, at þeir þikkjast yfirkomnir. Affrikar gera sem hann eggjar, velja or sinni fylkingu þá sem sterkastir váru ok bezt búnir at vápnum, hlaupa þeir fram á kristna menn með brugðnum sverðum ok veita svá harða hríð, at margr guðs riddari hlaut nú hníga. Heldr nú við sjálft at þeir vikni. Ok sem Karlamagnús sér þat, talar hann: Dróttinn minn; hversu ætlar þú nú til, hvat fram skal

[1]) tókst b. [2]) þrír b. [3]) Gundibol b. [4]) honum tilf. b. [5]) dauðum b.
[6]) höfðinginn b. [7]) við svá búit b. [8]) ok tilf. b. [9]) þessum b.
[10]) þat b.

fara, hvern veg má[1] kristni öðlast frelsi í dag, ef hennar verndarmenn skulu svá drepast niðr sem sauðir? Styrk oss, dróttinn minn, at vér megum leggja[2] ok niðr setja drambsemisfullan ofstopa þinna úvina. Sem hann hefir [þessor orð[3] talat, kemr herra páfinn með kross dróttins ok víkr fram at keisaranum, ok segir: Góði herra, hryggist eigi fyrir guðliga skipan, því at þótt nökkut gangi annan veg en þér mundut kjósa, þá er þat ekki annat en guð vill prófa yðr í þolinmœði, en yðr ætlar hann alt eins sigrinn, ok verðr því háleitari, sem hann veitist með meiri[4] guðs stórtáknum.[5] Lítit, herra, með [hversu miklu[6] blómi þessi háleiti kross skínn, hvaðan af vér styrkjumst allir í guðs miskunn. þegar kross dróttins kemr í auglit heiðingja, birtist hann með þvílíkum krapti eða meira sem hinn fyrra dag. því snúa þeir Affrikar fyrst undan, sem honum stóðu[7] næstir, en þegar Franzeisar kenna þat, dirfast þeir ok[8] sœkja eptir djarfliga.[9] Karlamagnús fylgir fram sínum mönnum ok kallar hárri röddu: Berizt drengiliga,[10] ok hefnit frænda várra ok vina. Rollant rekr flóttann, var í þessum [rekstri svá[11] margr heiðingi drepinn ok svívirðliga[12] leikinn, sem makligt var. Hvat þarf lengra hér frá[13] at segja, en öll þessi fylking heiðingja dreifist gersamliga, flýja aðrir upp undir höfuðmerki Agulandi, en aðrir í sveit Moadas ok Abilans. Var nú at heyra til Affrikamanna ill læti, óp ok gaulan, því at margir þoldu lítt sárin. Kemr Karlamagnús keisari því næst at fylking Moadas. Verðr nú þó fyrst at hverfa héðan frá at sinni.

73. Nú er at segja frá hinum hrausta herra hertoga Girarð, at hann dvaldist um nóttina í þeim litla dal, er lá hœgra veg skamt frá höfuðmerki Agulandi. En um morgininn kallar hann sína höfðingja til tals, ok segir:[14] Nú er líkligt, góðir riddarar, at með vilja guðs gerist í dag einhverr endir á váru máli, því skulum vér nú engan veg þyrma várum líkamum. Ek veit at vér erum nær staddir því bergi, sem á stendr höfuðmerki heiðingja, ok fyrir því at þagat man erfit at sœkja, skulu þér hlýða mínum ráðum. Fjögur hundruð þeirra sem sterkastir eru af oss ok einna bezt at vápnum búnir skulu stíga af hestum ok skipast saman, sem næst hverr öðrum,[15] halda skjöldunum sem þykkvast upp yfir höfuð sér, vera gyrðir sverðunum, í fótsíðum brynjum, reisa spjótin fram fyrir sik; skulu þér þann veg ganga upp undir hamarinn, en þeir sem á hestum sitja skulu kringja at[16] utan öllum megin,[17] ok ef guð gefr þat, at

---

[1]) þín *tilf.* b. [2]) lægja b. [3]) [þetta b. [4]) meirum b. [5]) stórmerkjum b. [6]) [hverju b. [7]) váru b. [8]) at b. [9]) röskliga b. [10]) djarfliga b. [11]) [flóttarekstri b. [12]) illa b. [13]) af b. [14]) svá *tilf.* b. [15]) ok *tilf.* b [16]) um b. [17]) megum b.

vér komimst með svá skipaðan flokk upp undir höfuðmerkit, mun
í nóg at vinna, ok fyrirbýð ek, at nökkurr minna manna geri
nökkura framreið, hvat sem móti oss kann koma, utan hlífim oss
sem bezt ok þröngumst þann veg fram miðil þeirra; er þat hugboð
mitt, at lítit fái þeir at gert. Allir [kveðast gjarna[1] svá gera vilja,
hvern hátt sem hann skipaði. Eptir því[2] gerist sem nú var sagt,
at gangandi menn skipaðust fyrst saman, en þar síðan hjá utan
riddarar á hestum sem þykkast, greiða þann veg sína ferð upp á
brekkuna, er miðil var þeirra ok heiðingja. Ulien getr líta þeirra
ferð ok gengr fyrir Agulandum, ok segir: Alla vega koma nú at
oss vandræði, hér ferr nú at oss flokkr sá er ek mœtti í gær, ok
eru þeir at vísu dauðir, sem þeim mœta. Agulandus svarar: þar
mun vera Amusten kumpán várr með sína fylgd. Nei, segir Ulien,
ek kenni gerla, ok því gerit í móti þeim, at þeir komist eigi higat
at yðr. Agulandus segir: Haltu, Ulien, móti þeirra liði. Ulien
gerir svó þótt nauðigr með tuttugu þúsundir, ok hleypir fram með
miklu ópi ok háreysti. Ok sem hertogi sér þat, talar hann til sinna
manna: Gefum[3] ekki ópi þeirra gaum né harki, höfum oss vara ok
kyrra, látum þá umfást sem þeim líkar, stöndum við svá ok greiðum
vára ferð, þegar vér megum því við koma. En sjáit þann er þar
hleypr[4] geystr fram undir gulum skildi, sá hljóp í gjár[5] á oss [mjök
ákaft;[6] en guði sé lof fyrir, at þá gerðum vér honum maklig skil
þeirrar skuldar sem oss byrjaði honum at gjalda, ok enn segir mér
vænt hugr um, at hann öðlist litlu betra skatt nú en í gær; því at
þess bið ek alla yðr, sem ek ætlar gera, at þér drepit hvern þann
sem þess[7] dirfist at koma svá nærri,[8] at vápn yður taki til, en
bregðit engan veg yðvarri stöðu, takit þá æ sem næstir eru hendi.
þeir játta svá gera. Ulien eggjar fast til framgöngu,[9] ok ætlar nú
hefna þeirrar svívirðingar sem hann fékk fyrra dag. Affrikar œpa
þá mikit heróp, skjóta örum, en leggja spjótum, höggva sverðum,
slöngva steinum. En þótt þeir fœri þvílíku fram, vann þeim stór-
lítit,[10] því at eigi breyttu þeir it minsta sinni stöðu, en drápu fjölda
heiðingja; átti engi frá tíðendum at segja, er fyrir varð þeirra vápnum.
Ok er Ulien sér ekki stoða þvílíkt, en Affrikar bleyðast ok forðast
at koma þeim í nánd, þikkir honum[11] sem léttara muni í öðrum
stað viðreignar, snýr brott[12] annan veg, kemr fram í fylking Moadas,
tekr sér þar stöðu. En hertogi Girarð ferr eptir því sem hann
hafði ætlat, því at heiðingjar hrökkva æ svá undan, sem [hans
menn sœkja[13] eptir, þar til at hertoginn er [alt kominn[14] upp undir

1) [kváðust b. 2) þat b. 3) gefit b. 4) hleypir b. 5) í gær b. 6) [með
ákefð b. 7) mgl. b. 8) nær b. 9) atgöngu b. 10) allítit b. 11) svá
tilf. b. 12) þar fyrir b. 13) [hann sœkir b. 14) [kominn alt b.

hamarinn, er merkit stóð á. En heiðingjar eru þá komnir upp at merkinu ok segja svá Agulando: Ef þeir¹ menn verða eigi sigraðir, sem hér fara at yðr, munu yðrir menn skjótt dauðir. Sem hertoginn er þann veg nálægr, talar hann: Lof sé guði, vel hefir hans miskunn vár geymt, [en engan mann höfum vér² látit, en steypt mörgum heiðingja, því stígum af hestum ok göngum djarfliga at heiðingjum. Ek heyri öðrum megin hamarsins mikit hark ok stóra bresti, man keisarinn þar kominn, dugum nú sem hverr er drengr til; þat man guð veita ok hinn heilagi kross, at vér fáim sigr um síðir. Þeir ráða nú upp at heiðingjum með þykkri fylking þegjandi, halda skjöldum fyrir sér, en reisa fram hvassar kesjur, en Affrikar géngu³ í móti. Hefst at nýju þar hinn harðasti bardagi. Sœkist hertoganum seint, því at erfitt varð hans mönnum at sœkja⁴ í gegn upp, fellr því margt hans lið, en⁵ miklu fleira af heiðingjum. Var [þá hildar leikr hinn harðasti.⁶ Þeir sem næstir váru hjuggu sverðum hart ok tíðum, svá at dýrir steinar stukku langt ok víða [, vel búnir hjálmar sundr⁷ klofnuðu, en brynjur brustu, stálin hrukku, en drengir bliknuðu af stórum sárum, er hvárirtveggju veittu öðrum. En áðr nökkut gerist tíðendavænligt í sókn⁸ hertogans, skal aptr hverfa til keisarans, ok greina hvat hann hefst at með sínum mönnum.

74. Sem Affrikamenn líta kristna menn drepit hafa ok sundr dreift alla fylking Gundruns konungs, ráðgjafa Agulandi, ríða fram með mikilli reiði þrír tigir þúsunda, [váru þeirra höfðingjar⁹ Moadas ok Abilant, svá digrir ok dramblátir, at engan mann virðu þeir sér jafnan. Því blása þeir stórum lúðrum ok gera sem mest hark ok háreysti með ópi ok vápnabraki, ok ætla með því at skelfa hugprúð hjörtu Franzeisa, benda stinna¹⁰ boga, skjóta svá hart at gall í strengjum. En kristnir menn verða eigi svá skelfir, sem þeir hugðu, því at svá sem Rollant heyrir þeirra¹¹ hark, tekr hann sinn hvella lúðr Olifant, setr sér á munn ok blæss svá hátt,¹² at heyrði fram undir höfuðmerki Agulandi ok um allan herinn. Svá gerðu allir Frankismenn, at hverr þeytti sinn lúðr,¹³ er til hafði. Varð heiðingjum miklu¹⁴ kynligra við heróp þeirra en ætla mátti,¹⁵ því at margir af þeim fyldust ótta ok hrædlu. Þessi bardagi hefst með háfum gný ok hörðum samkvámum hraustra drengja. Karlamagnús keisari sœkir með mikilli hreysti, en hinir verjast karlmannliga. Þrír guðs riddarar vinna stóran skaða¹⁶ heiðingjum, ríðast nú

¹) þessir b. ²) [er vér höfum engan mann b. ³) ganga b. ⁴) vega b. ⁵) þó *tilf.* b. ⁶) [þessi orrosta hin harðasta. b. ⁷) [or gyltum hjálmum, skildir b. ⁸) fylgð b. ⁹) [var þeirra höfðingi b. ¹⁰) stóra b. ¹¹) þetta b. ¹²) hart b. ¹³) sá *tilf.* b. ¹⁴) langt um b. ¹⁵) mætti b. ¹⁶) á *tilf.* b.

margir af sínum hestum bæði kristnir menn ok heiðnir, fellr[1] hverr ofan annan svá þykkt, at hátt hlóðust valkestirnir. Oddgeir danski, Nemes hertogi, Salomon ok Bæringr brezki ríða hart fram í flokk heiðingja. Verðr svá, at [allir eru[2] af hestum feldir, ok er Karlamagnús sér þat, líkar honum lítt, ok kallar í loptit upp svá segjandi: Hvat gerir þú nú, minn göfugi herra Jacobe guðs postoli, [skulu þrír[3] mínir kappar drepast fyrir sjálfs míns augum? Harmr mikill er þat, ok at sönnu segi ek þér þat, ágæti[4] guðs kappi, at eigi ber ek glaðan dag síðan. Hleypir fram síðan meðr mikilli reiði, höggr til beggja handa, þar til er hann mætir Abilant, höggr með sínu bitra sverði ofan í hjálminn, svá at eigi nemr fyrr staðar en í miðjum kviði, kastandi honum á jörðina niðr. En í því kemr Rollant þar at, sem Oddgeir danski með sínum kompánum verst á fœti vel ok drengiliga, fylgdu Rollant ok Grelent, Othun ok nökkurir af jafningjum með fim hundruðum riddara. Ok sem hann sér [þann veg[5] standa sína lagsmenn, talar hann: Ho ho mínir góðu vinir, þat veit guð, at þér erut nú komnir í harðan pungt; vel þeim manni er[6] lina mætti yðrum nauðum. Þeir hrinda heiðingjum tvá vega út ífrá, en kringja um þá alla vega. Grelent tekr til orða: Minn meistari Rollant, furðu góða hesta sitja heiðingjar þessir, vinnum þá ok fám várum mönnum, þeim sem þurfa. Rollant svarar: Gerum eptir því sem þú talar. Því næst hleypir hann at einum digrum heiðingja, leggr spjótinu í gegnum skjöldinn brynjuna ok búkinn, lyptandi honum or söðlinum, ok segir: Þú hinn hundheiðni, far til þíns heimilis. Fleygir honum síðan dauðum á jörð, en grípr hestinn ok fœrir Oddgeiri með þessum orðum: Marga hœversku hefir þú mér sýnt optliga, ok því er ek skyldr at ömbuna þat góðu. Tak hér, góði vin, fríðan hest, er guð gaf mér, ok stíg á sem hvatligast. Oddgeir gerir svá. Grelent reið fram í öðrum stað at öðrum riddara,[7] slœmir til hans sverðinu aptan á hálsinn svá hart, at sundr sneið brynjurokkinn [með brynju, þar með[8] hálsinn, svá at höfuðit fylgdi ok kemr hvar fjarri niðr; þrífr hestinn ok fœrir Nemes hertoga. Er ok skamt at bíða áðr þeim Salomon ok Bæringi eru fengnir hestar. Ríða síðan djarfliga fram allir samt, ryðjast fast um, kljúfa heiðingja í herðar niðr, af sumum fjúka [höfuðin, sumum[9] hendr ok fœtr, hrýgja[10] hverjum ofan á annan, ok eigi gefa þeir gaum at, hvárt þeir liggja opnir eða á grúfu. Er nú þar komit, at Affrikar þurfu eigi[11] geta til, hversu stór högg Franzeisar kunnu veita, því at allúspart brytjuðu þeir[12] til þess djúpa ketils, sem þeim

---

[1]) fellir *b*. [2]) [þeir eru allir *b*. [3]) [er þessir *b*. [4]) ágætr *b*. [5]) [í þvílíkri hættu *b*. [6]) at *b*. [7]) heiðingja *b*. [8]) [þar með brynjuna ok *b*. [9]) [*mgl. b*. [10]) hlaða *b*. [11]) at *tilf. b*. [12]) heiðingja *tilf. b*.

var fyrir búinn, [þat er helvíti,[1] í hverjum aldri þverr né þrýtr óð[2] uppganga steikjandi vellu. Þann veg gengr Rollant at með sinni fylgd, til þess at þeir ríða fram á tvær hendr keisaranum. Ok er hann lítr þá Oddgeir ok Nemes, gleðst hann ok segir: Lof ok dýrð sé þér, hinn háleiti herra Jacobe, senniliga gladdir þú nú mitt hjarta, sækjum nú, Rollant frændi, vel ok drengiliga, skjótt mun almáttigr guð oss sigr veita. Tekr síðan sinn konungligan lúðr, þeytir síðan[3] bæði hátt ok hvelt, svá at Fagon merkismaðr heyrir gerla, þar sem hann er með sína sveit. Hvar fyrir hann talar til sinna manna: þat veit guð, at Karlamagnús þikkist nú þurfa fulltings, at sönnu heyrða ok hljóð hans konungliga lúðrs; því búum oss ok ríðum sem skyndiligast, hjálpum keisaranum eptir megni, mætum[4] heiðingjum með hörðum höggum,[5] at öll þeirra hugdirfð hverfi þeim. Þeir svara: Herra Fagon, ríðum þann veg, sem þér gerit ráð fyrir; jafnskjótt sem údyggir Affrikar kenna vár viðskipti, munu þeir flýja sem andarsteggi undan[6] gáshauki, ok þá skulu þeir fá örlög sín ok liggja opnir undir hrossafótum[7] með gapanda munni. Herra Fagon ríðr með þúsund[8] riddara, váru þeir harðla vel búnir at vápnum ok klæðum, ok áðr þeir taka at berjast, talar Fagon við Remund frænda sinn: Tak við merki keisarans ok geym sem bezt, en ek man prófa, hvat mitt góða sverð kunni bíta. Fagon sat á góðum gaskunia hesti, hafði bezta hjálm sér á höfði, settan dýrum steinum. Hann kemr til orrostu þar sem Moadas var fyrir, œpir mikit herop til hugdirfðar sínum mönnum. Veita þeir í fyrstu svá hart athlaup, at þeir sem næstir stóðu, hrukku undan[9] þeim ok vöfðust saman. En Fagon mœtir Moadas ok leggr til hans spjótinu í skjöldinn svá hart, at hann brestr ok þolir eigi, smýgr þá gegnum brynjuna ok gnestr í hjartanu, lyptir honum or söðlinum, svá segjandi: þar fórtu, mikli maðr, ok er eigi öðrum at firr. Fleygir honum af fram, en snýr hestinum vel ok fimliga, bregðr sverðinu ok höggr[10] í hjálm Matusalems konungs, kljúfandi hann í herðar niðr, kallar síðan hárri röddu á menu sína: Gerit svá vel, sparit hvárki sverð né spjót við heiðingja, látum þá prófa, at vér kunnum fleira en eta ok drekka. Svá gera[11] þeir sem hann beiddi,[12] ok lögðu[13] til jarðar þrjár þúsundir heiðingja. Brast því næst flótti á Affrikamönnum í þann arm orrostunnar. Ulien gengr fast fram, var hann nú kominn sem áðr sagðist í fylking Moadas, sér hann[14] Affrikamenn með öllu bleyðast ok undan leita eptir fall sinna foringja; því kallar hann á þá, svá segjandi: Jlla launi þér Agulando mikla virðing, er hann lagði á

---

[1]) [mgl. b. [2]) öll b. [3]) mgl. b. [4]) veitum b. [5]) svá tilf. b. [6]) fyrir b. [7]) hestafótum b. [8]) hraustustu tilf. b. [9]) fyrir b. [10]) ofan tilf. b. [11]) gerðu b. [12]) bauð b. [13]) feldu þá b. [14]) mgl. b.

yðr, at þér rennit frá honum; gerit eigi þá opinbera skömm at
flýja lengra en fram undir hans höfuðmerki, hvert þér sjáit enn
standa. En þótt hann tali þvílíkt,[1] gefa þeir at því engan gaum,
heldr leitar hverr sér þangat sem líkast þótti til hjálpar. Ulien
keyrir hestinn sporum, hleypir at einum góðum riddara Edvarð at
nafni, ok klýfr hans hjálm [ok höfuð,[2] svá at í tönnum nam staðar.
Eptir þat mœtir hann hrausta[3] riddara Riker, ok leggr spjótinu í
gegnum skjöldinn, ok er hann[4] finnr þat, snarar hann skjöldinn á
vígsl með svá miklu afli, at spjót Uliens stökk sundr fyrir ofan falinn,
en höggr sverðinu ofan í hjálminn, ok í því sem hann brestr, talar
Riker: Vara þik, riddari. Fylgir síðan högginu svá drengiliga, at
hann klýfr Ulien [ofan í herðar,[5] fellr hann þá til jarðar. Í þenna
tíma kemr herra páfinn með dróttinligan kross fram í fylkingar, eru
þar með honum þrír guðs riddarar. Þarf þá eigi um at binda, því
at svá mikill ótti [ok hræzla[6] kemr yfir alt lið heiðingja, at hverr
fyrirlætr sinn stað, flýja sumir á fjöll eða[7] skóga, sumir undir höfuð-
merkit til Agulandum, ok eggja hann[8] flýja. Gerist [þá nú[9] mikil
þröng, því at keisarinn er nú[10] kominn með sitt lið neðan undir
hamarinn, flýja[11] allir upp undan[12] at höfuðmerkinu, en öðrum meg-
um sœkir[13] hertogi Girarð, ok á eigi lengra til stöðu merkisins en
tvau örskot eða varla svá.

75. Agulandus sitr enn undir höfuðmerki sínu, ok þikkir þung-
liga á horfa. Hafa kristnir menn þá tekit alt umbergis. Því gengr
hann fram á bergit ok bregðr sverði sínu ok höggr til beggja handa
svá stórt, at [eigi skorti.[14] Herra Girarð sœkir at djarfliga ok kemst
at höfuðmerkinu skjótliga, sem Agulandus var undan genginn, ok
höggr niðr, eggjar sína menn sem ákafast. Féll í þeim svifum áðr
merkit varð niðr höggit meir en þúsund riddara. Sem Frankismenn
sjá niðr höggit merkit, vóx[15] þeim dirfð ok áræði, ok hlaða heið-
ingjum hverjum ofan á annan. Gerðist þá mikill gnýr umbergis,
sem allir kómust[16] í einn stað saman. Ok er Agulandus sá merkit
falla, gékk hann náliga af vitinu, bíðr eigi svá lengi, at nökkurr
haldi í hans ístig, stökkr síðan á einn stóran hest, ok stefnir brott
or þrönginni svá reiðr ok hamstoli, at varla vissi hann hvar hann
fór. Agulandus stefnir á þann veg, er liggr til Risu borgar, ok
verðr fyrir honum eitt stórt[17] díki, svá stórt ok breitt, at hann mátti
engan veg yfir komast. Verðr hann þá brott hverfa, þótt nauðigr.
En er hertogi Girarð varð þess varr, at Agulandus hefir brott kom-

---

[1] slíkt b. [2] [mgl. b. [3] hraustum b. [4] Riker b. [5] [í herðar niðr b.
[6] [mgl. b. [7] ok b. [8] at tilf. b. [9] [þar með b. [10] þá b. [11] þeir
tilf. b. [12] saal. b; undir B. [13] at tilf. b. [14] [býsnum gegndi b.
[15] vex b. [16] kómu b. [17] mgl. b.

izt, kallar hann hárri röddu, svá [segjandi, ok[1] heyrðu hans menn ok keisarans: Sækjum eptir Agulando, því at brott er hann flýðr; látum oss aldri þá skömm til handa bera, at hann komist brott, því at eigi man annat sinn gefast líkara fœri til at gjalda honum skattinn en nú. Hann keyrir eptir þat sinn hest með sporum ok ríðr [eptir honum[2] með mikinn flokk, þar til sem Agulandus var, því at svá sem hann komst eigi yfir díkit, sneri hann aptr á vígvöllinn til sinna manna, [þyrptust Affrikar þar[3] þá at honum öllum megin ok vörðu hann, er hertoginn sækir at, koma skjótliga eptir þeim Boz ok Klaris ok margir[4] af Franzeisum. Hefst í þeim stað hinn harðasti bardagi, vurðu þá[5] snarpar samkvámur, falla heiðingjar æ sem tíðast, en þeir flýja, sem því máttu við koma. Má nú sjá hlaup ok eltingar um völluna, er Affrikar runnu undan, en kristnir menn sóttu eptir. Karlamagnús keisari ferr með mikinn flokk sinna manna til fulltings við hertogann. Ok áðr keisarinn kemr, hleypr fram einn dygðugr riddari Antonen[6] at nafni, ræðismaðr hertogans, ok drepr hestinn undan Agulando, snarar síðan aptr til sinna manna.[7] Er Agulandus nú á fœti[8] ok sér menn sína alla vega falla hjá sér, en suma flýja, þar með lítr hann Karlamagnús ok Franzeisa at sér[9] ríða; þikkir honum nú hvert vandræði koma á bak öðru, hvar fyrir hann talar: Vesæll er ek orðinn, ek hugðumst eignast mundu alla Franz; [eigi veit ek mér nú sigrs ván[10] né undankvámu; hjargi þeir lífi sínu er megu, en mér stendr ekki annat en verjast, meðan megn er til, því at betr samir mér at falla hjá vinum mínum en flýja lengr yfirkominn af þessum vígvelli. Hér eptir fleygir hann frá sér skildinum ok tekr meðalkafla sverðsins báðum höndum, höggvandi svá at hverr hefir bana er fyrir verðr, þar til at sverðit þolir eigi ok stökkr sundr undir hjöltunum. Var þar[11] næst fengit honum annat sverð af sínum mönnum, fór þat sömu leið ok[12] it fyrra, ok með svá miklum tröllskap gékk hann [at um stund, fékk[13] þat ekki, at eigi bryti hann sundr. At lyktum féngu Affrikar honum eina öxi furðuliga stóra, var hon engum vápnhæf utan[14] sterkastum mönnum. Svá segist, at skapt öxarinnar væri af horni, styrkt með mörgum járnvöfum. Stóð nú hvárki við honum járnbundnir skildir né tvífaldar brynjur. Karlamagnús keisari er nú kominn með sitt lið, drápust heiðingjar svá görsamliga, at einn samt[15] stóð Agulandus upp,[16] veitti hann frábæra vörn ok drap margan riddara, til þess at keisarinn bannar at sækja at honum. Stendr hann þá einn samt[17] ok heldr á öxinni.

[1]) [at bæði b. [2]) [mgl. b. [3]) [því at Affrikar þyrptust b. [4]) aðrir tilf. b.
[5]) þar b. [6]) Anton b. [7]) kompána b. [8]) staddr tilf. b. [9]) mgl. b.
[10]) [en nú væntir ek mér eigi sigrs b. [11]) því b. [12]) sem b. [13]) [fram, at um stund fékk hann b. [14]) nema b. [15]) saman b [16]) uppi b. [17]) saman b.

Keisarinn lætr bjóða Agulando at taka við kristni ok játa sönnum guði. En hann svarar því eyrindi skjótt: Ekki vinnr slíkt, segir hann, mér nú at bjóða, því at við engum nýjum sið[1] vil ek taka ok neita goðum mínum fyrir sakir hræzlu, því sækit at drengiliga sem hraustir riddarar, enn mun öx mín taka til þess er fyrstr sækir at. Í því hleypr at Claris, en Agulandus höggr til hans ok höggr[2] skjöldinn niðr í gegnum, svá at sínum megin fellr hvárr hlutrinn, ok áðr hann fái at sér tekit öxina, leggr Claris til hans spjóti svá hart, at brynjan bilar, ok fær fóðrat í hans líkama. En Agulandus þrífr í skaptit ok brýtr sundr fyrir ofan falinn. Því næst höggr hertogi Girarð ofan í hjálminn, ok kemr á utarliga, stökkr niðr á öxlina ok klýfr niðr í brjóst, lítr Agulandus þá niðr[3] við höggit. Var þá eigi langt at bíða, áðr Rollant snarar at ok höggr á hálsinn sínu góða sverði Dýrumdala með svá miklu afli, at höfuðit með hálsinum flaug brott af búknum. Féll Agulandus þá dauðr til jarðar, þótt hann vildi eigi. Œptu kristnir menn þá mikit sigróp ok kölluðu svá hátt dauða Agulandi, at heyrði[4] um allan herinn. Gerðist þá mikill fagnaðr ok gleði í hjörtum kristinna manna, ok gáfu margir[5] þakkir almáttigum guði.

76. Eptir fall Agulandi settist Karlamagnús keisari niðr á völlinn, því at hann var mjök mæddr, ok allir aðrir. En þat verðr eigi auðvelt at tína, hversu mörgum þakklætisorðum hann lofaði dróttin Jesum ok hans háleita postola Jacobum fyrir þat opinbert fullting af þeim stórtáknum, er dásamliga birtust yfir heilaga krossmarki, þar með[6] sýniliga framgöngu þriggja guðs ástvina; því at öllum var þat efalaust, at allsvaldandi guð hafði þá senda af sinni himneskri sveit, sakir þess at þegar at[7] lokit var bardaganum, hurfu þeir brott af manna augliti ok fundust hvergi. Hvat víða finnst lesit í sögum heilagra manna, þar sem himneskir kraptar hafa birzt í nökkurri hjálp eða þjónustu við góða guðs ástvini. Karlamagnús fór síðan til sinna landtjalda, býðr[8] hverjum[9] at taka hvíld[10] ok náðir eptir mikit erfiði. Ok sem tími var til, býðr hann ganga um valinn ok kanna þar sem hans menn hafa[11] fallit, ok gékk eigi fyrrum[12] frá, en öllum kristnum mönnum, þeim sem fallit höfðu í þessum bardaga ok hinum fyrra, var veitt hin sœmiligasta greptrar[13] þjónusta. En at því lyktaðu fór hann um öll heruð Hispanie ok endrbœtti kristnina, þar sem[14] þurfti, en reisir upp klaustr ok kirkjur, þar[15] sem Agulandus ok sonr hans Jamund hafði[16] áðr niðr brotit.

1) siðum b. 2) klýfr b. 3) áfram b. 4) heyrðist b. 5) margar b. 6) fyrir b. 7) mgl. b. 8) bjóðandi b. 9) manni tilf. b. 10) frið b. 11) höfðu b. 12) fyrri b. 13) graftar b. 14) þess tilf. b. 15) þær b. 16) höfðu b.

1.[1] Turpin með guðs miskunn erchibyskup af borginni Reins, samfélagi [Karlamagnús konungs ins mikla í Hispania,[2] sendir Leofrando dekano Akis [q. guðs[3] Jesu Cristi. Því at þú sendir mér orð til, þá er ek var staddr í borginni Venna sjúkr nökkut svá af sárum, at ek ritaða hversu várr inn mikli ok inn [frægi Karlamagnús keisari friðaði[4] land í Hispania ok Galicia af ofrgangi[5] Saracina, þá vil ek skilvísliga skrifa ok yðr senda letri samansett[6] þau inu undarligu stórmerki ok þann lofliga sigr, er hann vann á Saracinum í Hispania ok vér sám várum augum, fylgjandi honum þau fjórtán ár er hann fór með her sinn of[7] Hispaniam ok Galiciam. Nú með því at þér rituðut svá til mín,[8] at þau in frægju stórtíðendi er keisarinn gerði í Hispania fundut þér eigi fullkomliga skrifuð[9] á þeim annál[10] er liggr í staðnum Sendine, þá meguð þér þat vel skilja, at sá sem þann annál ritaði var eigi nær þessum tíðendum; en þó skal þetta verk ekki við þann annál diskorda. Guð gefi yðr langt líf með góðu megni.

2. Virðuligr guðs postuli Jacobus predikaði fyrstr kristni í Galicia. Eptir þat fór hann til Jórsalalands ok var þar hálshöggvinn af Herode konungi Agrippa. En lærisveinar hans færðu hans inn helga líkama aptr í Galiciam ok styrktu þá enn heilaga kristni með sínum kenningum. Nú er [liðu stundir,[11] eyddist mjök kristni í Galicia, svá at náliga var þar engi kristindómr[12] á dögum [Karlamagnús konungs.[13] Þessi inn sami Karlamagnús[14] keisari inn mikli, síðan er hann hafði með miklu starfi ok stríði lagt undir sik mörg ok stór konunga ríki, England ok Frakkaríki, þýverskt land, Bæjaraland ok Burgun ok Latorigiam ok Jtaliam, ok enn fleiri ríki í millum tveggja sjáfa,[15] þau sem hér eru eigi greind, ok útaligar borgir lagði hann undir sik af Saracina valdi ok undir rómverskan keisaradóm, þá hugði hann at gefa sér frið ok hvíld eptir margan sveita ok langt erfiði ok hætta eigi sér lengr eða sínum mönnum í úfriði ok orrostum. Ok jafnskjótt sá hann á himni einn stjörnuveg[16] þann er upp hófst af Fríslands[17] hafi ok veittist alt milli þýðverks[18] ríkis ok Galiciam, Jtaliam ok Aquitaniam, ok síðan rétta leið yfir Gaskuniam ok Basdam, Nafari ok Hispaniam alt til Galiciam, þar sem var heilagr dómr ins helga Jacobi postula mjök úkunnigr flestum mönnum í þenna tíma í því landi. Nú er Karlamagnús konungr sá

---

[1]) *Her meddeles Fortællingen om Agulandus efter Haandskrifterne A d. Se ovenfor S. 126.* [2]) [hins mikla Karls keisara í Spania *a*. [3]) [kveðju *a*. [4]) [frægasti keisari Karl frjálsaði *a*. [5]) valdi *a*. [6]) samansettu *a*. [7]) um *a*. [8]) vár *a*. [9]) skipuð *a*. [10]) annáli *a*. [11]) [stundir liðu fram *a*. [12]) kristni *a*. [13]) [Karls keisara hins mikla *a*. [14]) Karl *a*. [15]) sjóa *a*. [16]) *saal. a*; stjörnuvegg *A*. [17]) *saal. a*; Frakklands *A*. [18]) þýverks *a*.

þenna stjörnuveg optliga um nætr, þá hugsaði hann fyrir sér, hvat þetta mundi[1] merkja. Ok er hann studeraði í þessu með mikilli hugsan, birtist honum [þess háttar sýn[2] í svefni, einn herra í fagri ásýn, ok mælti við hann á þessa lund: Son minn, hvat gerir þú? Hann spurði í móti: Hverr ertu, herra? Sá[3] svarar: Ek em Jacobus postuli, fóstrson Jesu Kristi, son Zebedei, bróðir Johannis guðspjallamanns. Mik kallaði guð til sín á Galilea sjá,[4] en Herodes konungr Agrippa lét halshöggva mik með sverði. Minn líkamr liggr nú mjök mönnum úkunnigr í Galicia[5] landi, þar sem Saracinar hafa[6] háðuligt vald yfir. Ok þikki mér mjök undarligt, er þú frelsar eigi land mitt af [valdi úfriðarmanna,[7] þar sem þú hefir mörg stór lönd ok margar stórar borgir undir þitt ríki lagt. Ok fyrir því vil ek þér kunnikt gera, at svá sem guð gerði þik völdugra en nökkurn annan veraldligan konung, svá kýs ek[8] þik til þess af öllum konungum með fyrr sýndri leið at leysa land mitt af úfriði[9] Moabitarum, at þar fyrir þiggir þú af honum kórónu eilífrar ömbunar.[10] Þat merkir ok stjörnuveg þann er þú sátt undir himni, at þú mant fara af þessum löndum með þínum mikla her í Galiciam ok fyrirkoma þeirri heiðingjaþjóð ok frelsa svá landit ok vitja minnar kapellu ok legstaðar. Eptir þik munu fara [allar þjöðir[11] millum tveggja sjáfa[12] pílagrímsferð þiggjandi af guði lausn synda sinna, lýsandi guðs lofi ok kröptum ok undarligum hlutum, þeim sem hann gerir. Þessa ferð munu þeir fara upp af þínum dögum alt til enda veraldar. Far þá nú sem skyndiligast,[13] því at ek skal vera þinn fulltingjari í öllum hlutum, ok þitt starf skal ek ávaxta ok þiggja af guði þar fyrir þér kórónu í himinríki, ok til siðurstu daga skal þitt nafn vera lofat. Með þvílíkum orðum birtist inn sæli Jacobus postuli Karlamagnúsi konungi þrim sinnum. En konungr[14] styrktist mjök af fyrirheitum postulans, ok dró saman mikinn her ok fór í Hispaniam at eyða heiðnum þjóðum með sínum styrk.

3. Pampilonia heitir borg sú er Karlamagnús konungr sat fyrst um þrjá mánaði ok fékk eigi unnit, svá váru hennar múrar sterkir. Þá bað Karlamagnús konungr til guðs svá mælandi: Herra Jesu Kriste, gef mér í vald borg þessa til tignar nafns þíns, því at fyrir sakir trúar þinnar kom ek [til þjóða þessarra í þessi lönd.[15] Heyrðu, inn sæli Jacobus postuli, lát mik vinna borg þessa, ef þat er satt at þú birtist mér. Þá hrundu niðr allir borgarveggirnir til grundvallar með guðs gjöf ok bæn ins sæla Jacobi postula, ok vann

---

[1]) hafa at *tilf. a.* [2]) [*mgl. a.* [3]) Hinn *a.* [4]) sjó *a.* [5]) Galilea(!) *a.*
[6]) mjök *tilf. a.* [7]) [Saracina valdi *a.* [8]) hann *a.* [9]) valdi *a.*
[10]) dýrðar *a.* [11]) [allir lýðir *a.* [12]) í *tilf. a.* [13]) skjótast máttu *a,*
[14]) keisarinn *a.* [15]) [í þessi lönd af vantrúaðri þjóð *a.*

Karlamagnús konungr með þvílíku móti þessa borg. Konungrinn[1] gaf líf öllum Saracinum þeim er skírast vildu láta, en alla þá sem eigi vildu láta skírast[2] lét hann drepa.[3] Ok er Saracinar spurðu þessi[4] tíðendi, lutu þeir honum hvar sem hann fór, ok sendu á vega[5] fyrir hann skatta ok skyldir ok gáfu í hans vald borgir ok heruð. Saracina þjóð undraðist mjök keisarans fólk fyrir sakir fríðleiks ok ágæti[6] klæðabúnaðar, ok af því tóku þeir hann ok hans her at uppgefnum sínum vápnum sœmiliga ok friðsamliga. Fór Karlamagnús konungr svá fram rétta leið til legs ins helga Jacobi postula. Ok þegar hann kom til hafsins, lagði hann sínu spjóti í sjáinn[7] ok þakkaði guði ok inum sæla Jacobo postula, er hann hafði leitt sinn inn mikla her í þá hálfu[8] heims, svá langt sem hann mátti framarst. Turpin erkibyskup skírði þat fólk alt í Galicia með ráði Karlamagnús konungs, er af hafði gengit kristni þeirri er sett hafði Jacobus postuli[9] ok hans lærisveinar, eða þá er eigi höfðu áðr trú[10] tekit. En þá alla menn er eigi vildu við skírn taka, lét hann annathvárt hálshöggva eða gefa í vald kristinna manna til þrældóms ok ánauðar. Eptir þetta vann Karlamagnús konungr alt Hispaniam sjáva í millum, í þeirri ferð vann hann af borgum ok stórþorpum fim hundruð í Galiciam ok umfram alt landit í Hispaniam. Lutu nú undir ríki Karlamagnús konungs öll þau lönd er byggvast[11] vestr af Afrika til sjáfar. Öll þessi lönd [borgir ok staðir eru nú í hans valdi, ok[12] tók hann með friði, en sum með[13] stríði ok inni mestu list, utan eina borg er var af inum sterkustum borgum í þeim löndum, er Luctena heitir á norœnu, hana fékk hann eigi unnit í fyrstu umsát. Hon stendr þar sem grœna dalr heitir á norœnu. Enn síðarsta tíma er hann sat um þessa borg fjóra mánaði, þá bað hann til guðs ok ins [sæla Jacobs[14] postula, ok af því [féllu niðr[15] þessarrar borgar veggir,[16] ok er[17] hon jafnan síðan úbygð alt til þessa dags. [Einn keldulœkr[18] spratt upp í miðjum stað þessum með svartu vatni, ok sýnast þar í svartir fiskar. Þessar borgir yfirkomnar með þungu starfi,[19] [Luctuosam, Venzosam, Capariam,[20] Odam, Sonam, þorði engi maðr at byggja eða upp reisa alt til þessa dags fyrir sakir þeirrar bölvanar, er konungrinn[21] lagði á borgirnar. Öll þau skurgoð ok líkneskjur[22] Saracina ok heiðingja, er Karlamagnús konungr fékk í Hispania, braut hann niðr utan eina líkneskju [í landi[23]

---

[1]) Keisarinn a. [2]) né taka rétta trú *tilf.* a. [3]) hálshöggva a. [4]) undarligu *tilf.* a. [5]) veg a. [6]) ágæts a. [7]) sjóinn a. [8]) álfu a. [9]) *saal.* a; postula A. [10]) við skírn a. [11]) liggja by(g)ð a. [12]) [ok staði a. [13]) miklu *tilf.* a. [14]) [helga Jacobus a. [15]) [*saal.* a; fella A. [16]) múrar a. [17]) *saal.* a; eru A. [18]) [Ein kelda a. [19]) af Karlamagnús konungi *tilf.* a. [20]) [Luktenam, Venosam, Caparan a. [21]) keisarinn a. [22]) líkneski a. [23]) [*mgl.* a.

Alandaluf. Sú líkneskja hét Salemcadis;[1] staðrinn heitir Cadis sá er sú líkneskja var í, Salam heitir guð á tungu Arabialands manna. Svá segja Saracinar, at sá Maumet er þeir dýrka, gerði þessa líkneskju [í sínu nafni, ok með galdralist læsti hann í þessi líkneskju eins kyns djöfla fylki, þau sem eignuðust með sínum styrk þessa borg ok líkneskju,[2] ok af því mega eigi menn hana brjóta. Ef nökkurr maðr kristinn kemr í nánd henni, þá verðr hann sjúkr; en ef [sjúkr Saracinus kemr[3] til hennar ok tignar hana ok biðr sér miskunnar, hann ferr heill á brott. En ef nökkurr fugl sezt á hana,[4] þá deyr hann þegar. En svá er búit um sjálfa líkneskjuna, at steinn ferstrendr stendr á sjáfar ströndu, þar sem hrafn er vanr at fljúga; hann er gerr með Saracina list ok því mjórri sem ofar er. Á þeim stólpa stendr þessi líkneskja er steypt er eptir manns mynd af inum bezta latuni. Hon horfir í suðr ok hefir í[5] hendi klumbu mikla. Svá segja Saracinar, at þessi klumba mun falla or hendi líkneskjunni á því ári, er sá Frakka konungr er fæddr er kristna skal alt Hispanialand á síðustum tímum veraldar. Ok jafnskjótt sem Saracinar sjá þessa klumbu niðrfallna,[6] þá flýja þeir brott allir af Hispanialandi. Gull þat er [konungar gáfu Karlamagnúsi konungi ok aðrir höfðingjar,[7] lagði hann til þess at auka musteri ins helga Jacobi postula, ok prýddi hann [þat musteri[8] með sœmiligu ok dýrligu kirkjuskrúði ok skipaði þar til byskup ok kanoka eptir reglu Ysodori byskups. En með afganga[9] þess mikla gulls ok silfrs, er hann fékk í Hispania, lét hann gera margar kirkjur ok klaustr í Þýðversku[10] ok Franz ok Gaskoniam, ok af þeim öllum lét hann flest vígja Jacobo postula til dýrðar ok lofs.

4. Nú svá sem Karl[11] konungr kom heim í Franz, þá kom einn heiðinn konungr af Affrika sá er Agulandus heitir í Hispaniam ok vann þat ríki alt undir sik með myklum her. Hann braut þar niðr alla kristni þá er Karlamagnús konungr hafði þar sett, ok drap alla kristna menn eða rak af landi. [Ok þá[12] er Karlamagnús konungr spurði þessi tíðendi, fór hann annat sinn í Hispaniam með her sinn, ok hertugi Milo[13] af Angleriz var stjórnari hersins. Til þess rita ek þenna atburð, at menn viti hver ábyrgð í er at taka undir sik lögligar gjafir, þær er menn gefa fyrir sál sinni í banasótt.

5. Þá er Karlamagnús konungr var staddr við borgina Baion með her sinn, þá gaf einn riddari er Romarik hét hest sinn fyrir

---

[1]) Salamkades a.   [2]) [tilf. a.   [3]) [saal. a; sjúkir Saracinar koma A.
[4]) þessa líkneskju a.   [5]) hægri tilf. a.   [6]) niðrfalla a.   [7]) [þeir gáfu Karlamagnúsi konungi Saracinar, konungar ok höfðingjar, í Spania á þeim 3 árum er hann dvaldist þar a.   [8]) [þá kirkju a.   [9]) afhlaupi a.
[10]) Þýversku a.   [11]) Karlamagnús a.   [12]) [En a.   [13]) rettet; Nisto A, Justo a.

sál sinni skriptaðr ok húslaðr. En eptir andlát hans seldi frændi hans hestinn fyrir 100 skillinga silfrs, sá sem hann hafði umboðit at gefa hestverðit fátœkum mönnum, en hann sjálfr eyddi þessu fé á fám dögum fyrir mat ok drykk ok klæði. En eptir 30 daga birtist honum inn [framliðni maðr, ok mælti við hann[1] þessum orðum: Ek fal þér á hendi mína peninga at gefa fátœkum mönnum fyrir sál minni, þá skaltu þat vita, at guð [gaf mér upp[2] allar mínar syndir; en fyrir þat er þú tókt rangliga ölmosu mína, þá hefi ek verit í hörðum píslum 30 daga, en á morgin muntu koma í minn stað, en ek í paradisum. Nú sem menn heyrðu draum hans of morgininn, [þótti flestum ógurligr þessi fyrirburðr.[3] Því næst heyrðu menn upp í loptit yfir hann sem león rautaði eða úlfar þyti eða griðungar gneldi.[4] Ok í því var þessi vesli maðr tekinn í loptit upp, svá at engi maðr sá hann síðan lífs. Fjóra daga var hans leita farit á hestum ok fótum, ok fannst[5] eigi. [Nú sem liðnir váru tólf dagar[6] eptir þenna atburð, var fundit lík hans á bergi einu brotit alt í sundr, fjórar dagleiðir frá þeim stað er hann [hafði í brott horfit,[7] djöflar höfðu honum þar niðr kastat grimlega.

6. Svá sem Karlamagnús konungr ok Milo[8] hertugi kómu í Hispaniam með her sinn, þá sóttu þeir eptir Agulando konungi, ok svá sem þeir leituðu hans listuliga, fundu þeir hann við á þá, er heitir Segia[9] á inni fegrstu eng ok sléttu. Þar lét Karlamagnús konungr setja [ina fegrstu[10] kirkju ok vígja guðs píslarváttum Fakundo ok Primitibo, ok [lagði þar til eitt ríkt þorp ok setti þar[11] ágætt klaustr. Ok svá sem hvárr þeirra kom nær öðrum, þá bauð Agulandus konungr Karlamagnúsi konungi at berjast við sik, hvárt er hann vildi at kœmi 20 í mót 20, eða 40 í mót 40 af hvárs liði, eða 100 í mót hundraði[12] eða þúsund í mót þúsund, eða tvá í mót tveimr, eða einn í mót einum. Þá sendi Karlamagnús konungr hundrað í mót hundraði[12] riddara Agulandi[13] konungs, ok féllu allir Saracinar. Eptir þat senda þeir 200 riddara hvárr, ok féllu allir heiðingjar þeir er Mauri heita. Nú eptir þetta sendi Agulandus konungr 2 þúsundir[14] riddara í móti 2 þúsundum[15] riddara Karlamagnús konungs, ok féllu enn sumir [af riddorum Agulandi, en sumir flýðu.[16] Á þriðja degi eptir rak Agulandus konungr frá sér kempur sínar[17] leyniliga, ok þóttist nú víss vorðinn, at Karlamagnús konungr hafði

---

[1] [framgengni riddari með a. [2] [hefir fyrirgefit mér a. [3] [þá þótti þeim hans fyrirburðr harðla undarligr a. [4] gylli a. [5] hann tilf. a. [6] [En 12 dögum a. [7] [hvarf a. [8] Justo a. [9] Seggia a. [10] [mikla a. [11] [lét þar setja eitt ríkt þorp ok a. [12] hundrað A; 100 a. [13] Agalandus a. [14] 300 a. [15] 300 a. [16] [, en sumir af riddörum Karlamagnús konungs a. [17] allar a.

minna lið en hann, ok bauð þá almenniliga bardaga á næsta degi eptir; ok þessu játtaði Karlamagnús konungr. Nú búa kristnir menn vápn sín til bardagans. Ok þann sama aptan fyrir orrostuna stungu þeir niðr spjótsköptum sínum í völlinn úti fyrir hallardyrum.[1] En snemma[2] of daginn eptir er menn kómu til at taka hverr sitt spjót, þá fundu allir þeir er féllu of daginn eptir í bardaganum með píslarsigri sín spjótsköpt með börk ok blóma. Þeir undruðu þetta æfintýr ok eignuðu[3] guði þenna atburð. Þeir hjuggu síðan upp spjót sín sem næst máttu þeir jörðinni; en af þeim rótum upphöggvinna spjótskapta er eptir stóðu í jörðunni, runnu upp fagrir lundar réttir sem sköpt með mörgum kvistum ok fögru laufi, svá sem sjá má. En þessir lundar váru flestir af aski, er af þessum sköptum runnu upp. Hertuginn Milon faðir Rollants fékk píslarvættis pálm í þeim bardaga með þeim píslarváttum guðs, sem áttu þessi blómguðu spjótsköpt, er nú fyrr var frá sagt. Í þessum bardaga lét Karlamagnús konungr hest sinn. Ok svá sem keisarinn var nauðugliga staddr með tvær þúsundir fótgangandi kristinna manna í millum [margra þúsundraða[4] Saracina, þá brá hann sverði sínu er Gandiola[5] hét ok hjó með því fjölda Saracina sundr í miðju. Ok er leið á daginn skildust kristnir menn ok heiðingjar, fóru þá hvárir heim til sinna herbúða. Á næsta dag eptir kómu af Róma herr, [4 marchisar með[6] fjórar þúsundir riddara allgóðra, til liðs við Karlamagnús konung. Ok svá sem Agulandus konungr vissi þat, sneri hann í brott með öllum her sínum. En Karlamagnús konungr fór heim í Franz með sinn [inn mikla[7] her.

7. Eptir þetta dró Agulandus konungr saman útalligar þjóðir, Saracinos ok Misturios,[8] Moabitas ok Ethiopes, Pardos ok Affrikanos, Persas. Í þessum her váru þessir höfðingjar, Texphin[9] konungr af Abia, Bakales konungr af Alexandria, Avid[10] konungr af Bugia, [Ospin konungr af Agapia, Partin konungr af Marak,[11] Alfing[12] konungr af Maiork, Mamonon konungr af Meana,[13] Ebrauid[14] konungr af Sibili,[15] Estimaior[16] konungr af Korduba. Nú sem Agulandus konungr hafði unnit borgina Agenne með þeim inum mikla her, þá sendi hann orð Karlamagnúsi konungi með fám riddorum ok hét at gefa honum 40[17] hesta hlaðna með gulli ok silfri ok enn önnur auðœfi, ef hann vildi undir hans ríki ganga. Fyrir því mælti hann þetta, at hann vildi kenna Karl[18] konung at vexti ok áliti, ef[19] hann mætti því léttligar við komast at drepa hann, ef svá kynni til at

---

[1]) herbúðunum a. [2]) árla a. [3]) saal. a; eignaði A. [4]) [mgl. a. [5]) Gaudiola a. [6]) [tilf. a. [7]) [mgl. a. [8]) Misterios a. [9]) Terhpin a. [10]) Avit a. [11]) [tilf. a. [12]) Alfuskor a. [13]) Mekua a. [14]) Ebiauin a. [15]) Sibil a. [16]) Altumaior a [17]) 60 a. [18]) Karlamagnús a. [19]) ok ef a.

bera, at þeir fyndist í orrostu. Ok svá sem Karlamagnús konungr undirstóð hans [inú falsligu¹ boð, þá reið hann or ríki sínu með tvær þúsundir inna vöskustu² riddara ok setti svá nær borginni Agenne sín landtjöld, þar sem Agulandus konungr sat með her sinn, at eigi var³ meir en fjórar mílur fram til staðarins. Þá fór Karlamagnús konungr leynilega frá liði sínu með 60 riddara upp á fjall, þat er svá var nær, at sjá mátti þaðan staðinn, ok lét þar eptir þessa riddara ok sín konunglig klæði, en tók upp verri klæði ok lagði opinn skjöld sinn í milli herða sér ok spjótlauss, sem siðr er til sendimanna at fara höfðingja í millum í úfriði, ok svá fór hann fram til staðarins, ok með honum einn riddari. Nú sem menn kómu í mót þeim af staðnum ok spurðu hvat manna þeir væri, en þeir kváðust vera⁴ sendiboðar Karlamagnús konungs ins mikla keisara til Agulandum konungs. [Nú sem þessir menn⁵ kómu fyrir Agulandum konung, þá mælti Karlamagnús konungr [við Agulandum konung:⁶ Karlamagnús konungr sendi okkr til yðvar at segja yðr, at hann [vill gjarna gerast yðarr maðr, ok er hann hér kominn með 60 riddara, ok því biðr hann, at þér komit til tals við hann með 60 riddara⁷ í friði. En er konungr heyrði þessi orð, herklæddist hann þegar skjótt ok bað þá segja Karlamagnúsi konungi, at hann skyldi bíða hans. Agulandus konungr [sér görla keisarann en kendi hann með engu móti.⁸ En Karlamagnús konungr kendi görla Agulandum konung, ok hugði at hvar bezt væri at vinna borgina. Hann sá þá alla konunga, er í váru staðnum. Síðan fór hann upp á fjallit til riddara sinna ok svá aptr til liðs síns. En Agulandus konungr með 7 þúsundir riddara reið út af staðnum sem skjótast mátti hann, ok vildi Karlamagnús konung drepa, ef honum gæfist færi á. En hann reið undan ok heim í ríki sitt, ok dró at sér mikinn her ok vendi síðan aptr í Hispaniam, ok kom til borgarinnar Agenne, ok sátu um staðinn sex mánaði. En á 7 mánaði svá sem Karlamagnús konungr hafði til búit allar þær listir ok smiðvélar sem höfðingjum er títt at vinna borgir með ok kastala, þá lét hann veita harða atgöngu. Þá flýði Agulandus konungr með þeim konungum ok höfðingjum, sem þar váru, ut of⁹ inar lægstu smáttur staðarins eina nótt leynilega, ok kómust þeir svá undan valdi Karlamagnús konungs at því sinni. En inn næsta dag eptir reið Karlamagnús konungr inn í staðinn við miklum prís ok fögrum sigri, váru þá margir Saracinar drepnir.

¹) [falslig a. ²) frœknustu a. ³) váru a. ⁴) menn ok *tilf.* a. ⁵) [þessir menn váru leiddir inn í staðinn, ok er þeir a. ⁶) [ok hans félagi a. ⁷) [er kominn með 60 riddara til tals við hann a. ⁸) [kendi eigi keisarann, þó at hann mælti við hann a. ⁹) um a.

8. Agulandus konungr settist nú í þann stað er Santunes heitir. En er Karl[1] konungr frétti þat, þá sótti hann eptir honum, ok bauð at hann skyldi gefa upp staðinn. En hann vildi eigi gefa upp borgina, ok bauð at fara út af staðnum ok berjast við hann með því móti, at sá þeirra ætti staðinn er sigraðist í orrostunni. Um kveldit síðla fyrir bardagastefnuna at settum landtjöldum ok skipuðum fylkingum á eng þeirri, er verðr í millum árinnar[2] Karant ok kastrum er heitir Talaburg, þá settu kristnir menn spjót sín í völlinn fyrir landtjöldum sínum. En um morguninn fundu þeir kristnir menn spjótsköpt sín með næfrum ok laufi, er féllu of daginn eptir í orrostu með píslarsigri.[3] Þessir riðu út fyrstir of daginn eptir ok drápu marga Saracina, ok féllu þó allir. En þat váru 4 þúsundir manna. Þar lét Karlamagnús konungr hest sinn, ok svá sem hann var á fœti staddr í millum margra heiðingja fékk hann styrk af sínum mönnum ok drap þá mikit fólk af Saracinum, þar til er þeir móðir ok sigraðir flýðu í borgina. Ok nú setti Karlamagnús konungr herbúðir sínar umhverfis borgina, nema þar sem áin var. Um síðir flýði Agulandus konungr út á ána með her sinn á einni nótt. Ok þegar Karlamagnús konungr varð við þat varr, þá setti[4] hann eptir honum ok drap konunginn af Agapia[5] ok konunginn af Bugia ok nær fjórum þúsundum heiðingja. Agulandus konungr flýði nú undan of [Portos Sephereos[6] alt til borgarinnar Pampilon, ok sendi[7] orð Karlamagnúsi konungi, at hann kœmi [þann veg[8] til orrostu við hann. Svá sem Karlamagnús konungr heyrði þetta, fór hann heim í ríki sitt ok stefndi nú [at sér[9] öllum þeim her, sem hann mátti mestan fá í sínu ríki.

9. Karlamagnús konungr bauð nú, at allir þrælar í Franz skyldu frjálsir vera með öllu sínu hyski, ef þeir vildi[10] fara í herför þessa með honum til Hispanialands. Ok [í þessa herför[11] leysti hann út þá menn er í myrkvastofum váru læstir,[12] en þeim gaf hann fé[13] er áðr váru fátœkir, illgerðamenn tók hann í frið, en gaf aptr eignir sínar þeim er áðr höfðu mist. En alla þá sem vel váru vápnaðir ok vígir gerði hann riddara, ok jafnvel þá sem hann hafði réttliga kastat út af sinni [þjónustu ok vináttu[14] tók hann aptr í [þann stétt, sem fyrr höfðu[15] þeir. Ok með fljótum orðum um at fara þá kallaði hann með sér til þessar herferðar bæði vini ok úvini, innlenska ok útlenska, at hann mætti því heldr fyrirkoma guðs úvinum í Hispania. Nú svá sem þessi herr kom saman, þá

---

[1]) Karlamagnús *a.*   [2]) ánna *a.*   [3]) píslarvætti *a.*   [4]) sótti *a.*   [5]) Agabia *a.*
[6]) [Portus Cepheros *a.*   [7]) þá *tilf. a.*   [8]) [þangat *a.*   [9]) [til sín *a.*
[10]) vildu *a.*   [11]) [til þessarrar herferðar *a.*   [12]) *mgl. a.*   [13]) peninga *a.*
[14]) [eigu ok þjónustu *a.*   [15]) [sína stétt sem fyrr váru *a.*

leysti Turpin erkibyskup allan herinn meðr sinni blezan af öllum sínum syndum. Byrjaði nú Karlamagnús konungr ferð sína í Hispaniam á mót Agulando konungi. En [þessi váru nöfn höfðingja þeirra er frœknastir váru til hernaðar yfir herinum[1] meðr Karlamagnúsi konungi: Turpin erkibyskup af Reins; Rollant [er var hertugi yfir herinum, jarl[2] af Cenoman ok herra af Clave,[3] systurson Karlamagnús konungs, son Miluns hertuga af Angleir ok frú Bertu[4] systur Karlamagnús konungs, hann hafði fjórar þúsundir[5] hermanna; Olifer var ok hertugi yfir herinum, hann var hinn hraustasti ok hinn vígkœnsti riddari [ok hinn sterkasti at leggja með glafel,[6] hann var jarl af Gibben[7] ok son Reiners jarls, hann hafði 4[8] þúsundir góðra hermanna; Eystult jarl af Lingun, son Otun jarls, hafði 3 þúsundir hermanna; Arakstan konungr af Brittannia, hann hafði 7 þúsundir hermanna; var þá ok annarr konungr í Brittannia sá er vér segjum nú ekki af; Engeler hertugi af Aqvitaniam hafði fjórar þúsundir hermanna, þessir váru vel kœnir á allskonar vápn ok bezt á bogaskot; þessa borg Aquitaniam, er landit heitir alt af þat er undir liggr, gerði fyrst Augustus keisari, en eptir fráfall Engeler[9] hertuga eyddist þessi staðr ok fékk enga uppreist síðan; þar var ok Jofrey[10] konungr af Bordal með 3 þúsundir hermanna; [Gerin ok[11] Golias, Salomon (félagi) Eystults ok Baldvini bróðir Rollants; Gandebeld Frísa konungr með fjórar þúsundir riddara; Del jarl af borginni Narras með tvær[12] þúsundir riddara; Arnald af Bernald[13] með 2 þúsundir góðra hermanna; Naunan[14] hertugi af Beiare[15] með fimm þúsundir góðra hermanna; Oddgeir Dana konungr með 10 þúsundir góðra hermanna, af honum er svá sungit í kantilena til þessa dags, at hann gerði útalliga undarliga hluti; Lambert prinz af Biturika með 2 þúsundir hermanna; Samson hertugi af Burgunia með 2 þúsundir hermanna; Constantin prefectus af Róma með 20 þúsundir hermanna; Romald[16] af Albaspania; Gauter af Termis ok bróðir hans Vilhjálmr; Gara hertugi af Loringa[17] með fjórar þúsundir hermanna; Begon ok Alfrig af Burgunia; Bernard af Nobilis, Guinard, Esturmid,[18] Þiðrekr, Juor, Bæring, Haro, Guinelun[19] er síðan varð svikari. Herr Karlamagnús konungs sjá er nú var taldr váru ríðandi menn einir, en á fótfarandi mönnum var engi tala höfð. Þessir höfðingjar er nú váru nefndir váru inir frœknustu heims kempur ok guðs riddarar í millum kristinna manna á sínum dögum.

[1]) [þessir váru höfðingjar frœknastir til hernaðar a. [2]) [saal. a; jarl er v. h. y. herinum A. [3]) Slave a. [4]) Gilim a. [5]) góðra tilf. a. [6]) [tilf. a. [7]) Gilin a. [8]) 3 a. [9]) Engilers a. [10]) Jofreyr a. [11]) [Gescir af a. [12]) 4 a. [13]) Berit a. [14]) Naunal a. [15]) Berare a. [16]) Rombald a. [17]) Lotoringia a. [18]) Estorant a. [19]) Guilulun a.

10. Þessi herr kom saman, þar er heitir Borddalr. Þat váru tvær dagleiðir á lengd ok á breidd, er þessi herr huldi jörðina, ok tólf mílna lengd mátti heyrra hesta gnegg ok gný¹ af reið þeirra. Arnald af Bernald² fór fyrstr³ út um Portos cisereos⁴ ok til Pampilon; ok þegar fór jarlinn Eystult eptir honum með sinn her; þar næst Oddgeir Dana konungr með sínum her, ok Constantin hertugi af Róma með sínum her, þar næst Arastang konungr ok hertugi Engeler með sinn her, ok því næst Gandebol konungr með sínum her. Síðarst fór sjálfr Karlamagnús konungr með öllum meginherinum. Ok þá er Karlamagnús konungr kom til borgarinnar Pampilonia, bauð hann Agulando konungi at gefa upp borgina, fyrir því at hann kvezt eptir hennar fall⁵ hafa upp reist þessa borg ok síðan kastolum styrkta, ella bað hann konung halda bardaga við sik ok ganga út af staðnum. Nú sem Agulandus konungr sá, at hann fékk eigi haldit staðnum, þá kaus hann at berjast við Karlamagnús konung með því móti, at Karlamagnús konungr gæfi honum grið til at búa her sinn ok saman at kalla, þann sem í⁶ námunda var, til þessa bardaga með fullkomnum frið.⁷ En þat var Agulando konungi undir þessu, at hann vildi kenna Karlamagnús konung, ef hann mœtti honum í orrostu, ok vildi fyrir því eiga stefnulag við hann, ok [þegar játaði Karlamagnús konungr þessum orðsendingum.⁸

11. Agulandus konungr svá sem hann var búinn, reið hann út af borginni með allan her sinn, ok er hann var skamt kominn af staðnum, lét hann eptir herinn, en reið fram með 60 riddara ina frœknustu á fund Karlamagnús konungs. Ok svá sem þeir fundust, þá mælti Karlamagnús konungr: Mikit hefi ek á yðr at kæra, ef þú ert Agulandus, er mín lönd Hispaniam [ok Galiciam⁹ ok Gaskuniam hefir með prettum af mér tekit, er ek hafða með guðs¹⁰ styrk undir mik unnit ok undir kristin lög snúit. Ok þar með hefir þú drepit alla kristna menn er á mitt vald vildu flýja¹¹ ok þú máttir ná. Mínar borgir hefir þú niðr brotit ok kastala ok eydd lönd mín með eldi ok járni.¹² Ok svá sem Agulandus konungr heyrði Karlamagnús konung mæla á Arabiamanna tungu, þá sem hann kunni¹³ bezt, þá gladdist hann mjök ok undraðist ok mælti til Karlamagnús konungs: Ek bið þik, at þú segir mér, fyrir hví þú tókt þat land af várri þjóð, er hvárki hafði átt þú né þinn faðir eða hans faðir?¹⁴ Karlamagnús konungr svarar: Þá er várr herra Jesus Kristus skapari himins ok jarðar skipaði kristna þjóð yfir allar heimsins þjóðir; ok

---

¹) kný a. ²) Bernind a. ³) tilf. a. ⁴) Portus cisterios a. ⁵) niðrfall a.
⁶) mgl. a. ⁷) griðum a. ⁸) [þessu játaði Karlamagnús konungr a.
⁹) [mgl. a. ¹⁰) miskunn ok tilf. a. ¹¹) saal. a; fleyðu A. ¹²) járnum a.
¹³) tilf. a. ¹⁴) né þess faðir tilf. a.

af því lagða ek á sem mestan hug at snúa yðvarri þjóð til várra laga. Þá mælti Agulandus konungr: Því[1] er mjök úverðugt at vár þjóð sé undir [yðvarri þjóð,[2] at vér höfum mætari lög en þér; vér dýrkum Maumet guðs sendiboða ok hans boðorð höldum vér, ok þar með höfum vér almáttig guð, þau er oss sýna með boði Maumets úorðna hluti, þá dýrkum vér ok tignum, ok af þeim höldum vér líf ok ríki. Karlamagnús konungr svarar: Í [þessum átrúnaði[3] villist þú, Agulandus, fyrir því at vér höldum guðs boðorð, en þér haldit lög eins[4] hégómamanns; vér göfgum[5] ok trúum á einn guð, föður ok son ok helgan anda, en þér trúit á djöful þann er byggir í skurgoðum. Sálur[6] várar fara[7] eptir dauðann til eilífs fagnaðar fyrir vára trú, en yðrar sálur[6] fara til eilífra písla í helvíti, ok má fyrir þat sjá, at vár lög eru betri en yður. Tak þú nú hvern kost er þú vilt, at þú lát skírast með öllu liði þínu ok hjálp svá [liði þínu ok lífi,[8] eða kom til bardaga við mik ok muntu[9] fá illan dauða. Agulandus konungr svarar: Þat skal mik aldri henda, at ek láta skírast ok neita svá [guði mínum[10] Maumet almáttigan vera, heldr skal ek ok mitt fólk berjast við þik ok þína þjóð meðr þeim skildaga, at þeirra trúa er betri [sem sigrast,[11] ok sé sigrinn til eilífrar sœmdar þeim sem fá, en hinum til eilífrar skemdar[12] er missa. Ok ef ek verð lifandi sigraðr, þá skal ek ok alt mitt fólk skírn taka. Því næst sendi Karlamagnús konungr 20 riddara í mót 20 riddorum Saracina á velli þeim, er bardaginn var lagðr, ok féllu allir heiðingjar. Nú því næst sendi Karlamagnús konungr 40 riddara í mót 40 Agulandi manna ok fór sem fyrr. Þar næst sendi hann 100 riddara í mót 100 riddara Agulandi, ok fyrsta tíma sem flótti brast á kristnum mönnum, þá féllu þeir allir, því at þeir höfðu meira traust á riddaraskap sínum en guðs miskunn. En því næst kom þúsund í mót þúsund, ok féllu [allir inir heiðnu.[13] Þá váru grið sett, ok kom Agulandus konungr til tals við Karlamagnús konung, ok sannaði þá, at betri váru lög kristinna manna en Saracina, ok hét því, at hann skyldi skírast láta of morgininn. Ok svá sem hann kom til liðs síns, sagði hann konungum ok höfðingjum,[14] at hann vill skírn taka, ok bað þá svá gera, ok því játtuðu sumir en sumir neituðu.

12. Á næsta degi eptir fór Agulandus konungr á fund Karlamagnús konungs ok ætlaði þá skírn at taka. Ok er hann kom fyrir borð Karlamagnús konungs, sá hann þar standa mörg borð skipuð

[1]) þat *a*. [2]) [yðvarrar þjóðar valdi *a*. [3]) [þessu *a*. [4]) *saal. a*; ens *A*.
[5]) tignum *a*. [6]) Sálir *a*. [7]) koma *a*. [8]) [lífi þínu *a*. [9]) þá *tilf. a*.
[10]) [*mgl. a*. [11]) [*tilf. a*. [12]) skammar *a*. [13]) [enn allir Saracinar *a*.
[14]) þeim sem þar váru *tilf. a*.

ok þá menn er yfir sátu borðunum með ýmisligum búnaði. Sumir höfðu byskupligan búnað eptir kristnum sið, sumir riddarligan búnað, sumir svartan munkabúnað, en sumir hvítan, sumir veraldarklerka búnað ok margan annan klæðnaðar hátt með ýmsum siðum. Þá spurði Agulandus konungr Karlamagnús konung inniliga,[1] hvat manna hverir væri í sínum búnaði. Karlamagnús konungr segir: þeir menn sem einlit klæði hafa eru prestar ok lærifeðr laga várra, þessir leysa oss af syndum ok gefa oss guðs blezan; en þeir sem þú sér í svartum kápum eru ábótar ok munkar helgari hinum [fyrrum, er vér nefndum,[2] þeir biðja fyrir oss[3] dag ok nótt; en þeir er hvít klæði hafa eru [kanokar, er ina beztu regulu halda ok allar tíðir syngja.[4] Eptir þat sá Agulandus konungr sitja í einum stað samsætis tólf fátœka menn með stafkarla klæðum á jörðu, höfðu hvárki borð né dúk[5] ok lítilliga[6] mat ok drykk. Ok nú spurði Agulandus konungr, hvat manna [þeir væri inir herfiligu.[7] Þá svarar Karlamagnús keisari: þetta er guðs fólk ok sendiboðar várs dróttins Jesu Kristi, svá marga höfum vér[8] í boði váru hvern dag, sem váru með honum sjálfum hans[9] postular. Agulandus konungr mælti þá: þessir allir sem upp sitja yfir borði sem þú, eru þínir menn ok hafa góðan drykk mat ok klæðnað, en þeir sem þú kallar með öllu guðs menn vera ok hans sendiboða, þá [lætr þú[10] sitja á jörðu langt í brott frá þér háðuliga haldna at mat ok drykk ok klæðum. Illa þjónar sá sínum herra, er svá háðuliga tekr hans sendiboða, ok sé ek af því lög þín ill vera, þau sem þú lofaðir. Nú [vil ek fyrir því með engu móti skírn taka. Ok bað sér svá búit heimleyfis ok kvezt enn berjast skyldu við hann áðr en saman gangi þeirra sætt.[11] Karlamagnús konungr skildi nú, at fyrir því vildi Agulandus konungr eigi skírn taka, [er fátœkir menn váru svá illa haldnir, þeir er guðs sendiboðar skyldu vera.[12] Lét hann nú af því geyma, at þeir væri [sem bezt[13] bæði klæddir ok fœddir er í váru herinum. Af slíku má skilja, at [mikil synd[14] er at halda fátœka menn illa.

13. Um morgininn eptir kom hvártveggi herrinn á skipaðan völl[15] til bardaga með sama skildaga sem fyrr var lesit. Karlamagnús konungr hafði 100 þúsunda, ok 30 þúsunda ok 4 þúsundir. En Agulandus konungr 100 þúsunda. Kristnir menn skipuðu her

---

[1]) eptir *tilf. a.* [2]) [er fyrr nefnda ek *a.* [3]) til guðs *tilf. a.* [4]) kanunkar ok hafa hina beztu reglu ok syngja allar tíðir *a.* [5]) dúka *a.* [6]) lítilátliga *a.* [7]) [þetta væri *a.* [8]) af þessum *tilf. a.* [9]) 12 *tilf. a.* [10]) [sé ek, at þú lætr þá *a.* [11]) [vildi hann með engu móti skírn taka, heldr bað hann sér heimleyfis við svá búit, ok bað Karlamagnús konung berjast við sik *a.* [12]) [at kristnir menn héldu háðuliga fátœka menn, þá sem þeir skyldu fyrir guðs sakir fœða ok klæða *a.* [13]) [sœmiliga *a.* [14]) [mikill glœpr *a.* [15]) vígvöll *a.*

sínum í fjórar fylkingar, en heiðingjar[1] í fimm. Nú sem saman kómu inar fyrstu fylkingar, þá [unnu kristnir menn skjótt yfir þá.[2] Fór þá fram önnur fylking, ok fór[3] sem fyrr. Ok er Saracinar sá svá mikinn úsigr sinna manna, fóru þeir út af staðnum með öllum her sínum til bardaga. En Karlamagnús konungr kringdi um þá með sínum her. Arnald af Bernald veitti ina fyrstu atrás[4] með sínum her, ok ruddu[5] sér veg í miðjan her heiðingja; hann hjó til beggja handa með myklu afli ok veitti mörgum manni skaða. Varð þá óp mikit ok hark í hvárratveggju[6] liði, ok géngu kristnir menn öllum megin at [heiðingjum ok drápu niðr, svá at fáir kómust undan.[7] Flýði Agulandus konungr undan ok konungr af Sibil, Astumaior konungr af Korduba með fá[8] liði. Var þá út hellt miklu blóði á þeim degi, svá at[9] tók í ökla, ok birtist svá í þessum bardaga kraptr [várs herra Jesu Kristi ok heilagrar[10] trúar, því at hennar sæmd var lögð við sigr kristinna manna, en Saracina villa niðrbrotin undir þeirra sigr. Eptir þenna bardaga[11] fór Karlamagnús konungr með her sínum til Argue brúar, ok tók sér þar náttstað. Á þeirri nótt at úvitanda Karlamagnúsi konungi fóru nökkurir af kristnum mönnum [þann veg[12] sem valrinn lá, ok tóku þar gull ok silfr ok allskonar gersimar, sem mestar máttu þeir flytja,[13] ok héldu síðan aptr til herbúða sinna. Astumaior af Korduba leyndist af flóttamönnum[14] í fjöllum þeim er váru við veg þessarra kristinna manna, [hann sá nú ferð þeirra ok kom[15] á úvart með Saracina, ok drápu alla svá görsamliga, at eigi komst einn undan. En þat var þúsund manna er þar féllu.

14. Á næsta degi eptir spurði Karlamagnús konungr, at einn höfðingi af Nafar var við fjallit Garðin [sá er fyrir eins vildi stríða við hann. Ok svá sem Karlamagnús konungr kom til fjallsins Gardin,[16] þá stefndu þeir bardaga næsta dag eptir.[17] Þetta sama kveld fyrir bardagann bað Karlamagnús konungr til guðs, at hann sýndi[18] honum mark á þeim mönnum er félli[19] í þeim bardaga. Ok er allr herr Karlamagnús konungs var búinn til orrostu, var sét rautt krosmark á herðum utan yfir vápnum þeirra manna, er feigir váru. Ok er Karlamagnús konungr sá þetta, þá lét hann alla þessa menn byrgja í kapellu sinni, ok hugðist svá skyldu geyma lífs þeirra,

---

[1]) Saracinar a. [2]) [sigruðu kristnir menn skjótt fylking Saracina a. [3]) varð enn a. [4]) atsókn Saracinum a. [5]) ruddi a. [6]) hvárutveggja a. [7]) [Saracinum ok hjuggu niðr sem þeir vildu, svá at fátt eitt komst undan af heiðingjum a. [8]) litlu a. [9]) kristnum mönnum tilf. a. [10]) [várrar a. [11]) ok sigr tilf. a. [12]) [þannig a. [13]) með sér tilf. a. [14]) ok lá tilf. a. [15]) [ok sjá nú ferð þeirra ok koma a. [16]) [mgl. a. [17]) síðan Karlamagnús konungr kom til fjallsins tilf. a. [18]) skyldi sýna a. [19]) falla skyldu a.

at þeir féllu eigi í bardaganum. Á þvílíkum atburðum má marka, at leyndir eru dómar guðs. Karlamagnús konungr [fékk sigr,[1] en þar féllu 4 þúsundir af Nafaris ok Saracinis. En svá sem Karlamagnús konungr kom til herbúðanna aptr, þá fundu þeir 100 ok fimtugu sinna manna þeirra er [Karlamagnús konungr[2] hafði látit[3] inni byrgja í sínu bœnahúsi, ok váru allir dauðir. Karlamagnús keisari vann þá staðinn við [fjallit Garzin[4] ok þar með alt Nafari.

15. Skjótt eptir þetta var sagt Karlamagnúsi keisara,[5] at risi einn af Kuerni ok af kyni Goliath var kominn af Siria til borgarinnar Nager með 20 þúsundir Tyrkja ok Armenia. Hann hét Ferakuth[6] ok var sendr af Ammiral Babilonie[7] á mót Karlamagnúsi konungi; hann hræddist hvárki skot né spjót, hann hafði afl 40 styrkra manna. Ok fyrir þessa sök fór Karlamagnús konungr skjótt til staðarins Nager. Ok er Ferakut vissi hans tilkvámu, fór hann út af staðnum í mót Karlamagnúsi konungi ok bauð þess háttar einvígi, at einn riddari kœmi í mót einum. Ok svá sem þeim samdist þetta mál,[8] þá sendi Karlamagnús konungr Oddgeir danska til einvígis við risann. En er risinn sá hann, [fékk hann honum blítt faðmlag ok tók hann léttliga undir hœgri[9] hönd sér ok bar hann inn í staðinn sem hógværan sauð. Því næst sendi Karlamagnús konungr til einvígis Reinbald[10] af Albaspania. Ok jafnskjótt sem risinn kom til móts við hann, tók hann Reinbald[11] til sín annarri hendi ok bar hann inn í staðinn ok kastaði[12] í myrkvastofu. Því næst váru sendir tveir herrar Constantin af Róma ok Eleon[13] jarl. En Ferakut tók þá undir sína hönd sér[14] hvárn þeirra ok bar þá svá inn í staðinn ok kastaði þeim í myrkvastofu. Eptir þetta sendi keisarinn tólf til einvígis við risann, ok æ tvá senn. [En hann[15] kastaði þeim öllum í myrkvastofu. Ok er Karlamagnús konungr hafði sét þessi viðrskipti, þá vildi hann eigi hætta fleirum sínum mönnum undir afl risans. Rollant bað sér nú leyfis[16] at berjast við risann, ok fékk tregliga[17] af Karlamagnúsi konungi.

16. Nú svá sem þeir mœttust herra Rollant ok risinn, þá tók risinn hann undir hönd sér ina hœgri ok setti hann á hest sinn [fyrir framan sik[18] ok ætlaði svá at fœra hann í staðinn heim. En svá sem Rollant fékk[19] aptr sitt afl ok traust af allsvaldanda guði, greip hann um háls[20] risanum ok fékk snúit risanum aptr á bak

---

[1] [vann sigr í þessum bardaga a. [2] [hann a. [3] tilf. a. [4] [fjallgarðin a.
[5] konungi a. [6] Ferakurtt a, her og senere. [7] [konungi af Babilonia a.
[8] mgl. a. [9] [gékk hann til hans blíðliga ok meðr sinni hœgri hendi faðmaði hann ok í öllum hervápnum sínum, ok tók hann léttliga undir a.
[10] Reinald a. [11] herra Reinald a. [12] honum tilf. a. [13] Elon a.
[14] mgl. a. [15] Risinn fór sem fyrr ok a. [16] orlofs til a. [17] orlof tilf. a.
[18] [frammi fyrir sér a. [19] hafði fengit a. [20] höku a.

hestinum, ok féllu þeir báðir af hestinum til jarðar. En er þeir kómu á fœtr, hljópu þeir á hesta sína. Rollant brá þá sverði sínu ok hugðist skyldu drepa risann, en hann hjó hestinn í sundr í miðju. Nú var risinn á fœti staddr [með brugðnu sverði[1] ok ógnaði Rollant [stóru höggvi.[2] Þá hjó Rollant á þann handlegg risans, er hann hélt á sverðinu svá hart, at sverðit féll or hendi risans, en hann varð ekki sárr. Nú sem risinn hafði látit sverðit, sló hann hest Rollants með hnefa sínum í ennit, svá at þegar dó hestrinn. Ok sem þeir váru báðir á fœti staddir, börðust þeir með hnefum ok grjóti alt til nóns, ok[3] beiddist Ferakut griða til morgins.

17. Of morguninn kómu þeir báðir til vígvallar vápnlausir, svá sem skilt var áðr. Ferakut hafði sverð sitt með sér, ok kom honum þat [lítt at gagni,[4] fyrir því at Rollant fékk þat leyfi af risanum at slá hann með krókstaf er hann [hefir haft[5] til vígvallar með sér ok grýta hann með því böllótta grjóti, er þar [lá gnótt[6] til. En [risann sakaði ekki hans högg, ok stóð hann þó hlífarlauss alt til miðs dags.[7] Þá tók hann at syfja ok bað Rollant gefa sér grið[8] at sofa nökkura stund. En með því at Rollant var ungr at aldri ok kvikr á sér ok kurteiss í öllum sínum hætti, þá tók hann einn stein ok lagði undir höfuð risanum, at hann mætti þá[9] hógligar sofna[10] en áðr. En svá hafði Karlamagnús konungr boðit, at öll þau lög,[11] er kristnir menn ok heiðingjar setti[12] sín í millum skyldi svá einarðliga halda, at sá skyldi engu fyrir týna[13] nema lífinu, er á þau grið gengi, ok fyrir því þorði engi mein at gera risanum, meðan hann svaf.

18. En er Ferakut vaknaði, sat Rollant hjá honum ok spurði hann at, hverrar náttúru hann var svá sterkr ok harðr, at honum grandaði hvárki járn[14] né steinar eða lurkr.[15] Risinn svarar[16] á spænsku, en þat skildi Rollant: Mik má hvergi særa nema of[17] naflann. Ok svá sem hann leit til Rollants, þá mælti risinn: Af hverri ætt ertu kominn, er þú barðist svá styrkliga við mik. Ek em, sagði Rollant, af Franzeisa kyni. Ferakut spurði: Hvat lögum [hefir sú þjóð?[18] Rollant svarar: Vér[19] höldum með guðs miskunn kristin lög ok boðorð Jesu Krists, ok fyrir hans trú berjumst vér í mót [heiðinni þjóð.[20] Ok sem risinn heyrði Krists [nafns getið,[21] þá spurði hann: Hvar er Kristr sá, er þú trúir á, eða hverr er

---

[1]) [mgl. a. [2]) [stórum höggum a. [3]) þá a. [4]) [at engu haldi a. [5]) [hafði í hendi a. [6]) [var nógt a. [7]) [risinn stóð fyrir alt til miðdags svá at hann sakaði ekki þessi bardagi Rollants a. [8]) ok orlof til tilf. a. [9]) því a. [10]) sofa a. [11]) grið a. [12]) settu a. [13]) koma a. [14]) vápn a. [15]) lurkar a. [16]) honum tilf. a. [17]) um a. [18]) [hafa Franzeisar a. [19]) höfum ok tilf. a. [20]) [Saracinum ok heiðnum mönnum a. [21]) [nafn a.

hann? Rollant svarar: Son guðs föður af meyju fœddr ok[1] á krossi píndr, ok at herjuðu helvíti reis hann upp af dauða á þriðja degi eptir píning sína, ok á fertuganda degi steig hann til himna, ok sitr nú á hœgra veg guði feðr. Þá mælti Ferakut: Vér trúum svá, at skapari himins ok jarðar er einn guð [ok átti hvárki föður né son, ok sem hann var einn af engum getinn, svá gat hann ok engan, ok því er hann einn guð[2] en eigi þrennr. Rollant svarar: Satt segir þú þat, at hann er einn guð, en af því ertu haltr mjök í trúnni, at þú trúir eigi at hann er einn guð ok þrennr. Ef þú trúir á guð föður, þá trú þú á son ok á helgan anda, hann er sjálfr guð faðir ok sonr ok helgi andi 3 persónar. Ferakut mælti: Ef þú kallar föður guð ok son guð ok inn helga anda guð, þá kallar þú vera þrjá guða, er eigi má, en eigi einn guð. Rollant mælti: Eigi segi ek þat, heldr trúi ek á einn guð í þrenningu. [Þrír persónar[3] í guðdómi eru [jafneilífir ok samjafnir,[4] í persónum er eiginligr í eining ok eilífligr í valdinu. Þrennan guð ok einn göfga englar á himnum, ok Abraham sá þrjá engla ok laut einum þeirra.

19. Risinn mælti: Sýn mér hversu þrír hlutir mega vera einn hlutr. Rollant svarar: Þetta má ek sýna þér á [jarðlegum hlutum:[5] svá sem eru í einni hörpu, þá er hon er slegin, þrír lutir, þat er list strengir ok hönd, svá er í guðdómi faðir ok son ok inn helgi andi einn guð; ok svá sem í einni amendasnot[6] þat er skurn ok skur[7] ok kjarni,[8] svá eru þrjár persónur[9] í guðdómi einn guð. Í þér sjálfum eru ok þrír lutir, þat er líkamr limir ok sála, ok ertu þó einn maðr, svá máttu í guðdómi eining ok þrenning prófa. Ferakut mælti: Skilst mér nú þat, at guð sé einn ok þrír, en þat veit ek eigi hversu hann mátti son geta. Trúir þú, kvað Rollant, at guð skapaði Adam? Því trúi ek víst, segir risinn. [Þá mælti Rollant:[10] Svá sem Adam var af engum getinn ok átti hann þó börn, svá er guð faðir af engum getinn, ok gat hann þó son af sjálfum sér guðliga, svá sem hann vildi ok umfram þat sem nökkur [jarðlig tunga megi greina.[11] Risinn mælti: Vel líkar mér[12] þat er þú segir, en þat er[13] guð varð maðr, þat skil ek með engu móti. Rollant svarar: Sá inn sami guð, sem gerði himin ok jörð af engu efni, mátti gera með sínum helga anda, at hans son tœki manndóm af mannligu holdi fyrir[14] utan karlmanns sáð.[15] Risinn mælti: Í því studia[16] ek nú, hversu guðs son mátti berast af meyjar kviði fyrir[17]

---

[1]) *tilf. a.*   [2]) [*mgl. a.*   [3]) 3 persónur *a.*   [4]) [jafneilífar ok samjafnar *a.*
[5]) [veraldligum skepnum *a.*   [6]) amundasnot *a.*   [7]) skurur *a.*   [8]) *saal. a;* kjarri *A.*   [9]) *saal. a;* persónar *A.*   [10]) [*tilf. a.*   [11]) [mannlig tunga kunni frá at segja *a.*   [12]) *tilf. a.*   [13]) þú segir at *tilf. a.*   [14]) *mgl. a.*   [15]) návist *a.*   [16]) studdera *a.*   [17]) *mgl. a.*

utan karlmanns návistu. Rollant svarar: Guð sjálfr er Adam skapaði utan sáð nökkurs manns, sá inn sami lét sinn son berast af meyju utan karlmanns návist, ok svá sem guðs son var getinn af feðr fyrir utan móður, svá var hann ok fœddr af móður utan mannligan föður, ok þvílikr getnaðr hœfði ok sómdi[1] guði.

20. Risinn mælti: Mjök undrumst ek hversu mær mátti barn geta. Rollant svarar: Maðkar ok[2] fiskar, fuglar ok bý ok mörg önnur skriðkvikendi verða ok kvikna af holdi eða viði, eða af nökkuru öðru leyndu efni guðligs máttar utan nökkut sáð eiginligs kyns, svá mátti skír mær með guðs vilja utan karlmanns sáð fœða bæði guð ok mann. Vel má þat vera, segir risinn, at hann væri af meyju fœddr, en með engu móti mátti hann á krossi deyja, ef hann er guðs son sem þú segir. Rollant svarar: Með því at guðs son var fœddr sem maðr, þá dó hann sem maðr, því at alt þat er í þessarri veröldu er ok fœðist, þá hlýtr at deyja. Ok ef þú trúir burðinum, þá skaltu trúa píslinni ok svá dauðanum ok upprisunni.

21. Hversu má ek, segir Ferakut, trúa hans upprisu? því at sá guðs son, segir Rollant, er fœddr var hlaut at deyja ok á þriðja degi eptir dauðann upp at rísa. Nú svá sem risinn heyrði þessi orð, þá undraðist hann mjök ok mælti til Rollants: Hví viltu svá mörg orð segja mér, þau er til enskis koma, þat er úmáttuligt, at dauðr maðr megi annat sinn lifna. Eigi at eins, segir Rollant, reis sjálfr guðs son af dauða, heldr skulu ok allir menn af dauða rísa, þeir sem verða frá upphafi ok til heims enda, ok taka þá ömbun sinna verka góðra ok illra fyrir guðs dómstóli. Sá hinn sami guð er vaxa lætr af lítilli viðarrót digrt tré, ok hveitikorn í jörðu mjótt ok fúit lætr endrnýjast ok ávöxt gera, maðr ok fúit hold ok bein ok at moldu orðit lætr hann ok endrnýjast ok kvikna ok samtengja þeirri sálu ok anda, er sá líkamr hafði fyrr haft á efsta dómi. Hugleið merkiliga leóns náttúru, ef þat lífgar með sínum blæstri dauða unga sína á þriðja degi eptir burð sinn, þá lát þér eigi þikkja undarligt, at sjálfr guð faðir reisti son sinn upp á þriðja degi eptir dauðann. Ok er þat (eigi) nýlunda at guðs son risi af dauða, því at margir menn risu af dauða fyrir hans upprisu, ok ef guð lofaði Elie ok Eliseo at reisa menn af dauða, þá máttu skilja, hversu frjálsliga hann mátti reisa sinn einka son af dauða. Ok sjálfr várr herra Jesus Kristr er dauða menn reisti upp, mátti auðvelliga af dauða rísa, því at dauðinn mátti ekki á honum halda, ok hans álit flýði dauðinn, ok við hans raust risu upp flokkar dauðra manna. Þá mælti risinn: Skilst mér þat er nú segir þú, en þat skilst mér eigi, hversu hann mátti í gegnum himna fara. Sá hinn sami, segir

---
[1]) heyrði a. [2]) *Her mangle 6 Blade i A.*

Rollant, er auðvelliga mátti ofan stíga af himnum, steig ok auðvelliga upp yfir himna. Tak þér dœmi margra veraldligra hluta: mylnuhjól þá er þat veltist, stígr jafnléttliga upp sem niðr, fugl flýgr í lopti jafnléttliga upp sem niðr, svá steig ok guðs son eptir dauðann þangat sem hann var áðr. Sól rann upp í austri í gær, ok settist í vestri, ok slíkt sama í dag.

22. Þá mælti Ferakut: Nú vil ek berjast við þik með þessum skilda(ga): ef ek verð sigraðr, þá er þín trúa betri en mín, en ef þú verðr sigraðr, þá er vár trúa betri, ok hvárs okkars sigr skal vera sinni þjóð til sœmdar, en úsigr til úsœmdar at eilífu. Rollant játaði þessu. Hófu þeir bardaga sín á meðal. Risinn hjó með sverði til Rollants, en hann snarast undan til vinstri handar ok bar af sér höggit með staf sínum. Nú sem stafrinn gékk í sundr, þá tók risinn léttliga til Rollants ok lagði hann undir sik. Ok svá sem Rollant kendi, at hann mátti ekki komast undan risanum, þá kallaði hann á sjálfan guðs son ok hina sælu Mariam sér til hjálpar, ok þegar með guðs gjöf fékk hann sik nökkut upp reist ok velti risanum af sér ok niðr undir sik, ok fékk náð með sinni hœgri hendi sverði risans ok lagði hann í naflann, ok skildi svá við hann. Risinn œpti hárri röddu ok mælti svá: Maumet, Maumet, guð minn, því at ek dey nú. Við þetta óp risans hljópu til hans Saracinar ákafliga ok báru hann inn í staðinn. En Rollant kom heill til sinna manna. Kristnir menn fylgdu Saracinum, þeim er risann báru í staðinn, með ákafligu áhlaupi ok unnu þegar staðinn ok kastalann, ok váru þá allar kempur Karlamagnús konungs teknar út af myrkvastofum.

23. Litlu síðar var sagt Karlamagnúsi konungi, at Ebrahum konungr af Sibil ok Altumant er flýit hafði or bardaganum við Pampilun, sem var sagt, ok biðu hans við borgina Corduban ok vildu halda bardaga við hann, ok höfðu fengit styrk af 7 borgum, Sibil, Granant, Satin, Dema, Verben, Dabola, Baena. Vendi þá Karlamagnús konungr þangat öllum herinum í móti þeim. Ok sem hann kom námunda borginni Corduban, þá fóru konungar þessir út í mót honum með her sinn um 3 mílur búnir til bardaga. Þá skipaði Karlamagnús konungr (f) 3 fylkingar her sinn, setti hann í ena fyrstu fylking hina röskvasta menn sína, en í annarri fylking váru fótgangandi menn, í þriðju fylking höfðu(st við) riddarar; Saracinar skipuðu sinn her á sömu leið. Ok svá sem hinar fyrstu fylkingar géngu saman, þá fóru fyrir fylkingum Saracina margskonar fótgangandi bísn gört á Saracina sið hyrndir ok líkir djöflum, ok börðu styrkliga tabur. Ok svá sem hestar várra manna heyrðu óp ok hark þessarra skrimsla ok sá á þeirra grimligar ásjónur, þá köstuðu þeir um ok

flýðu sem þeir væri œrir ok galnir orðnir, svá at riddararnir féngu þeim eigi aptr snúit til bardagans. Ok sama úsigr fóru þær 2 fylkingar várra manna er eptir váru. Urðu Saracinar harla glaðir ok rák(u) vára menn sem flóttamenn upp á fjall hátt 2 mílur frá borginni. Gorðu þá kristnir menn sér fjallit at vígi ok bjuggust þar til viðrtöku, ef heiðnir menn vildu upp á þá. Ok sem Saracinar sá þetta, vendu þeir aptr.[1] Settu þá kristnir menn landtjöld sín ok biðu þar til morgins. Um morguninn eptir átti Karlamagnús konungr tal við allar kempur sínar, ok tók þat til ráðs, at allir ríðandi menn í herinum skyldu láta vefja með dúkum höfuð hesta sinna, svá at þeir mætti eigi sjá ljót ok fásén bísn[2] Saracina. Þeir skyldu aptr teppa eyrun á hestum sínum, at hestarnir mætti ekki heyra tabur Saracina. Ok svá sem herrinn var með þessu móti búinn, börðust Saracinar við kristna menn frá sólar uppráss til miðdags, ok feldu stór lið af þeim, því at hestar várra manna heyrðu hvárki né sá gnegg tabura né álit skrimsla Saracina. Ok svá sem þeir kómu saman í skara, þá var í fylking þeirra miðri einn vagn dreginn með 8 yxnum,[3] ok stóð upp or rautt banel með hárri merkistöng. Þat var siðvandi Saracina at flýja eigi or bardaga meðan merkit stendr. Ok svá sem Karlamagnús konungr vissi þetta, klæddist (hann) úsigrligum vápnum ok styrktist[4] guðligum kröptum, þá gékk hann í fylkingar Saracina ok skaut þeim frá sér til beggja handa, þar til er hann kom at vagninum ok hjó í sundr merkistöngina með sverði sínu. Brast þá flótti á Saracinum ok flýðu hingat ok þangat. Varð þá mikit óp í herinum ok féllu af Saracinum 8 þúsundir, ok þar féll konungr af Sibil, en Altumant konungr komst inn í borgina með 2 þúsundir riddara Saracina ok lukti aptr öll port. En um daginn eptir gaf hann upp borgina Karlamagnúsi konungi með þeim skildaga, at hann skyldi skírn taka ok halda borgina af Karlamagnúsi konungi.

24. Þá er Jamund son Agulandus konungs spyrr þau tíðendi, at Ebraus konungr af Sibil er fallinn, en Altumant konungr hefir gengit á hönd Karlamagnúsi konungi ok tekit við kristni, verðr hann reiðr mjök ok heitr nú á Maumet guð sinn ok Terogant, at þeir gefi honum styrk til at hefna sínum úvinum. Jamund stefnir nú at sér liði sínu ok fjölmenni sem hann má. Koma til liðveizlu við hann 7 konungar, þeir eru harðir ok hinir mestu bardagamenn, hverr þeirra hafði með sér mikit fjölmenni. Þeir segja svá Jamundi konungs syni, at þeir skulu taka af lífi Karlamagnús konung ok Rollant systurson hans, ef vér mœtum þeim á vígvelli; en þér skulut taka ríki hans öll undir yðr. Hann þakkaði þeim vel orð sín. Ok samna nú þessu liði öllu ok ferr á fund Karlamagnús konungs. Nú verða

[1]) eptir a. [2]) pisn a. [3]) ysknum a. [4]) styrktr a.

njósnarmenn Karlamagnús konungs varir við her Jamunds ok snúa nú ferð sinni til móts við Karlamagnús konung ok segja honum þessi tíðendi. Konungr tekr nú tal ok ráðagerð við menn sína ok segir svá, at hann vill stefna her sínum í móti Jamundi. Þessu játuðu allir hans menn, ok farast nú í móti hvárirtveggju. Ok er fundr þeirra verðr, gengu saman fylkingar ok berjast harðliga, ok um síðir snýr mannfallinu í lið heiðingja, kemr svá at þeir snúa á flótta. Fellr þá mikill hluti liðs þeirra, ok taka kristnir menn þar mikit herfang ok svá goð þeirra Maumet ok Terogant. Svá mikit hlutskipti gulls ok silfrs féngu kristnir menn nú, at arfar þeirra verða aldri fátœkir. En er heiðingjar kómu saman þeir sem eptir lifðu, taka (þeir) herklæði af Jamund reiðir ok hryggvir, sárir ok hugsjúkir. Nú eru 2 konungar af 7 konungum hans drepnir ok af 100 þúsunda allir hinu vildustu ok hinir vöskustu, ok fallinn allr hinn dýrligasti hlutr þess liðs er Jamundi fylgði. Heiðingjar kölluðust þá veslir ok aumir, ok mæltu þeir þá til Jamunds: Herra, segja þeir, hvat skulum vér nú at hafast? Hann svarar: Þér erut alls of angrsamir, hvar eru þeir nú hinir vildustu gjafarar ok hinir ríku hrósarar, er í höllum mínum í Affrika ok í loptum mínum, er gullsteind váru með laufum, hœldust fyrir fríðum jungfrúm ok gáfu þeim sœta kossa ok nýja ástarþokka ok drukku hinu vildustu vín mín. Þá létuzt þér vera harðir sóknarmenn, þar tóku þér við orðum yðrum allar sœmdir ok ríki Frakklands höfðingja, ok skiptit meðal yðvar öllu þeirra ríki því er þeir halda af náttúrligu foreldri sínu, en (sögðuzt) þeir menn er eigi af láta hvárki fyrir rauðum né hvítum. Úsynju trúða ek huglausum hrósurum, af þeirra áeggjan ok vándri ráðagerð tók ek þessa ferð á hendr mér. Svei verði yðr, segir hann, aldri ámeðan ek lifi, verð ek huggaðr af þessum harmi. Jamund kallaði þá til sín Butran túlk sinn ok sendimann ok mælti: Skunda nú, segir hann, til liðs várs, ok seg herra Goram, at hann komi til mín, ok Balan föður hans, svá ok Triamoddis ok Asperam konungum, ok Edopt Egipta konungi ok Jone konungi ok Salatiel ok Bordani konungi, ok seg þeim at nú er mér kominn vesaldar ok vandræða vetr, ok at ek hefi týnt Makon ok Terogant ok Apollin ok hinum mikla Jubiter. Sendimaðr hljóp[1] þá (á) hest sinn ok hleypti sem hann mátti skjótast at fullgera boðorð hans.

25. Nú er sendimaðr á skjótum hesti ok ferr yfir fjöll ok dali, ok reið hann þá nótt alla, ok kom í dagan er fuglar tóku at syngja í her heiðingja, ok sté hann þá af hesti sínum fyrir landtjaldi ræðismanns ok taldi honum alla úgæfu þeirra ok misfarar, ok hversu mikill fjöldi fallinn var af, 7 þúsundir ok hundrað þúsunda,

[1] hiolp a.

allir hinir vildustu, ok síðan hina mestu úgæfu þeirra er þeir höfðu látit alla guða sína. Agulandus konungr var þenna tíma í Viciborg ok sat í einni myklu höll ok dróttningin hjá honum, ok vissi hann ekki til slíks ok engi tjáði honum, ok talar þá Balan sendimaðr alt þat er títt var ok hver orð honum váru send. Hann hafði með sér 60 þúsunda liðsmanna vaskra ok vel ættaðra. Sem Balan hafði skilt þenna atburð, þá kallaði hann á almáttigan guð af öllu hjarta ok mælti svá: Enn hæsti faðir almáttigr guð, á þik kalla ek af öllu hjarta, þú ert minn görvari ok skapari, þú ert hinn hæsti konungr allra valda ok skapari allrar skepnu, ok svá sem ek trúi þetta trúliga, þá bið ek þik ok þína hinu helgustu ástsemd, at eigi látir þú önd mína taka or líkam mínum fyrr en ek sé þér skírðr ok signaðr. Ok grét hann þá báðum augum með iðranda hjarta. Triamodis hét systurson Agulandi konungs ok hafði hann valit sér hit vaskasta lið, hann hafði 60 þúsunda ok 100 hinna hörðustu manna. Þar mátti sjá mörg bítandi sverð ok marga góða panzara, öruggar brynjur ok skínandi hjálma, ok marga tyrkneska boga með vel búnu skoti, ok hverr þeirra hafði öxi hangandi við söðulboga, ok fór þá Triamodis njósnandi (eptir) Frankismönnum úsynju, því at þeir veslir ok hataðir hundar sá, at hvárki kœmist í brottu af þeim ungr né gamall. Hit þriðja fylki varðveitti Roduan, ok stökk Salatiel í flokk með honum, ok höfðu þeir báðir 60 þúsunda vel vápnaðra. Þar váru margir góðir skildir ok margir gimsteinaðir hjálmar, þykkvar brynjur ok panzarar, hvöss spjót ok dugandi sverð, mörg gullsaumuð merki af enum dýrustum pellum. En svá mikill ljómi stóð af gyltum skjöldum þeirra ok öðrum skínundum herklæðum, at strandirnar birtust af á báðar hendr. Fyrir hinni 4 fylking var Kador konungr ok Amandras hans félagi, ok með þeim 60 þúsunda; þar mátti sjá marga fríða hesta með allskyns litum, öll váru þeirra herklæði búin með gulli ok gimsteinum. Þar var margr mikillátr heiðingi ok drambsamr hrósari ok hégómligr skartari, en undir hendi Aspermunt mœta þeir dauða sínum. Fyrir hinni 5 fylking réðu 2 höfðingjar Lampas konungr ok Baldan ok höfðu 60 þúsunda þess hins hataða fólks. Þá váru svá margir gyltir hjálmar, skínandi skildir, bjartar brynjur, gullmörkuð merki, at dalir ok fjöll skinu af ljósi því. Hina séttu höfðu 2 höfðingjar Asperan konungr ok Magon, þeir höfðu 60 þúsunda hinna hörðustu heiðingja. Þessir hafa hina beztu hesta er í heiminum váru, svá at engir váru jafngóðir í öllum herinum. Þessir segja, at þeir skulu láta leita þeirra Appollin ok Makon, ok aldri aptr koma fyrr en þeir kœmi þar sem Pétr postuli lét gera kirkju sína. Þá kom Jamund með 4 konungum, þeir höfðu 4 hundruð þúsunda; þessi var hinn ríkasti ok hinn kurteisasti alls hersins, höfðingjar 10 þúsundir váru með honum þeirra er vel váru herklæddir góðum brynjum, stinnum hjálmum ok þykkum skjöldum, sverðum ok spjótum or stáli, ok eigi váru 3 í þeirri fylking, þeir er eigi höfðu merki í öllu því enu mikla liði. Ok þá kom Jamund hleypandi fram fyrir fylkingar ok mælti, at allr herrinn skyldi nema staðar, ok kallaði síðan til sín alla höfðingja þá er váru í liðinu at segja þeim tíðendi sín ok ráðagerðir. Jamund sté þá af hesti sínum ok stóð í skugga eins palmtrés, ok sömn(uð)ust saman til hans allir konungar ok höfðingjar, jarlar ok hertugar ok enir ríkustu lendir menn. Engir riddarar váru kallaðir til þeirrar stefnu. Herra Jamund settist þar niðr í einn háfan stól, hann var bleikr ok litlauss í andliti ok honum horfin öll hans frægð: Lendir menn, segir hann, ek em kominn í mikla villu ok vandræði, þá er Agulandus konungr faðir minn fékk mér turninn at varðveita með 100 þúsunda heiðingja öllum vel búnum at klæðum ok vápnum, ok höfðum vér guða vára með oss til gæfu ok gæzlu várrar tignar, ok snerum vér til guða várra ok trúar várrar miklum fjölda kristinna manna, ok tókum svá mikit fé, at aldri sá ek meira í einum stað. Sem mánuðr var liðinn, þá snerumst vér aptr ok mættum þá 10 þúsundum Frankismanna, þessir váru á njósn af hendi Karlamagnús konungs ok riðu þeir svá til vár vaskliga, at vér fengum enga viðstöðu, ok drápu þeir þar Estor hinn vaskasta riddara er í var öllum her várum, ok engi var sá er við gat staðit, ok aldri heyrða ek mitt foreldri segja fyrr, at svá mikill fjöldi sem vér várum mætti flýja fyrir 10 þúsundum manna, ok komst ek svá nauðugliga undan, at þeir drápu undir mér hinn vildasta vápnhest minn. Ok er ek fann annan, skundaða ek í turninn, ok ráku þeir þá Jamund alt til þess er hann hljóp undan höggvinu, því er hestrinn fékk fyrir turns dyrunum, þá er Jamund hljóp inn. Hvat þarf yðr fleira frá því at segja, svá kómu þeir mikilli hrezlu á mik, at aldri komst ek svá nauðugliga undan dauða, síðan kunna ek vápn at bera. Eigi vil ek optar hafa laufgjörð á höfði mér né blóma, ok eigi vil ek heyra framleiðis fugla söng né strengleiks skemtan né sjá hauka flaug eða hunda veiði né beiðast kvenna ástar, þar sem ek hefi týnt Maumet mínum máttuga herra. Sem Jamund talaði þetta, þá var honum eigi fýst á at hlæja: Dýrligir herrar, segir hann, angr ok harmr ok reiði býr mér í brjósti, vér höfum tapat Maumet várum herra. Höfðingjar svara: Sorgir gera þér slíkt at mæla, fyrir þetta kveld skulu allir þessir kristnir menn deyja; ok þat skaltu sjálfr sjá þínum augum, ef þú þorir hjá at vera ok sjá oss drepa þá. Þá svarar Jamund: Vér höfum tapat Maumet, en hann er mér reiðr at fullu, hann lét svívirða mik í augliti sínu, þá er Frankismenn tóku herbergi sín varla eitt örskot frá turni mínum, ok vér riðum á þá ok ætluðum at hefna svívirðinga várra ok hrakfara, þar féngu vér mikinn mannskaða, ok aldri síðan skal ek koma í turn várn. En nú hefi ek eigi svá mikit af mínu öllu fé, at vegi einn talinn pening, ok flýðum vér þá undan ofan til Hamne borgar, ok tóku Frankismenn flótta várn drepandi marga menn mína fyrir augum mér, ok er ek snerumst aptr at hjálpa þeim, þá var ek hrundinn af hesti mínum svá hneisuliga, at hjálmr minn stóð í moldu ok sauri til kinnbjarga, ok er ek hljóp upp, flaug ek þegar út á ána ok vættumst ek allr upp til augnanna, ok fékk ek enga viðrhjálp fyrr en ek komst yfir ána með miklu vási. Faðir minn gat aldri refsat mér eða ráðit, hann vildi jafnan, at ek þýddumst til hinna beztu ættmanna minna ok rœkta ek hina vildustu menn, en ek lét þá first mér er dugandi menn váru, ok hefi ek dregit fram vándra manna sonu ok engrar ættar menn, gefi(t) þeim sæl(d)ir ok sœmdir ok gipt þeim ríkar konur með miklum eig[1] . . . . merki með ýmsum litum, hvítar brynjur, skíra hjálma, hinu vildústu sverð með gullhjöltum. En nú viti at vísu Agulandus konungr ok Jamund, at aldri vinna þeir Valland[2] meðan þessir eru lifandi at verja. Í þriðju fylking váru 15 þúsundir, fyrir þessum váru höfðingjar Lampart or Freriborg ok Nemes or Bealferborg, ok hinn þriði hinu hrausti Riker. Í þessi fylking váru með öllu góð herklæði. En mjök hugðist Agulandus konungr þá auka sitt ríki, er hann fluttist utan af Affrika at vinna allan Franz, en hann lifir aldri svá lengi at (hann) sé einn pening þaðan takandi. Svá mun hér öll hans vápn falla honum gersamliga, at hann mun bölva þeim er þetta úráð gaf honum. Í 4 fylking váru 20 þúsundir hraustra riddara, fyrir þeim var herra Vernis hertugi, ok fyrr en Agulandus konungr fái Franz í sitt vald, þá munu þessir gefa honum úbœtilig vandræði; 30 þúsunda váru í hinni fimtu fylking, ok váru höfðingjar fyrir þessum her 2 jarlar ok einn hertugi ok 2 konungar. Fyrr en Agulandus konungr vinni Frakkland, þá munu þessir gera honum þau vandræði er honum mun seint at bœta.

26. Herra Girarð leit þá Karlamagnús konung son Pipins konungs. Hosur hans váru af enum bezta purpura ok brendu gulli saumaðar, hann hafði dýran kyrtil af enu vildasta osterin ok skikkju af siklatum fóðraða af hvítum skinnum ok á höfði skinnhúfu af safelin, band hattarins var af brendu gulli með virktum ofit, en skaptit upp af hettinum ok gullknapprinn yfir görr með þungum skukkum gullsmiðligs hagleiks, ok sýndist Geirarði konungr hinn tiguligasti höfðingi þeirra er hann hafði sét, ok hann iðraðist er hann hafði kallat hann dvergson; 2 synir Geirarðs váru þá fegnir mjök. Ok þá

[1] *Her mangle 2 Blade i a.* [2] valda *a.*

kom herra Girarð at konungi en konungrinn lagði hendr sínar um háls honum. Girarð stóð er konungr laut honum, ok kystust þeir með mikilli ástsemd. En fyrr en konungr réttist upp, þá skriðnaði hattrinn af höfði honum. Þá hneigðist herra Girarð til ok tók upp hattinn ok fékk honum ok laut honum. Nú var öðrum megin Turpin erkibyskup, ok er honum kom í hug, hversu hann kastaði knífinum at honum, þá hefði hann drepit hann, ef hann mætti við komast. Hann krafði þá bleks ok bókfells ok ritaði or völsku í latínu, hversu Girarð sté af hesti sínum á veginum ok tók upp hatt konungs ok fékk honum, ok lét erkibyskup þetta fylgja: Sá er á dáligan granna ok illgjarnan, hann mun illan morgun hljóta. Þá mælti herra Girarð til Karlamagnús konungs: Óttizt nú ekki, ek hefi í fylgd með mér 15 þúsundir hinna vildustu riddara ok eru þeir vel búnir at herklæðum öllum, svá at hinn fátœkasti af þeim þarf engu at kvíða. Girarð, segir Karlamagnús konungr, þú skalt hafa fyrir þat miklar þakkir.

27. Þá er Girarð hafði talat við Karlamagnús konung ok upp gefit turninn í vald hans, þá þakkaði konungr honum ok mælti: Gefit hljóð orðum mínum. Guð hefir hér samnat saman mikit fjölmenni or kristnum löndum, ok eru þeir eigi allir fyrir mínar sakir samnaðir, heldr fyrir sakir ástsemdar almáttigs guðs. En þér hafit mik gert höfðingja yðvarn til þess, at guð láti oss þessu starfi vel lúka. En þá er guð sendir mik aptr í Franz ok ek kem í mitt ættarríki, þá skal ek yðr vel ömbuna góða fylgd. Þá svarar Girarð: Þat viljum vér gjarna gera. Ok er hann heyrði þat, þakkaði hann honum vel ok steig síðan ofan undir einn við, er hafði marga kvistu ok fjarri gaf skugga, ok fór hann í brynju góða ok utan yfir í leðrpanzara ok læsti um höfuð sér gyltan hjálm ok gyrði sik hinu góða sverði Jouise, er alt var ritat gullstöfum, ok steig síðan á einn hvítan vápnhest. En þeir héldu í ístig hans. Síðan héldu þeir fyrir honum skildi hans. En þann hvíta hest er konungr sat á sendi honum Balam sendimaðr. Síðan reið konungr í miðjan herinn ok skipaði fylkingum. Hann var mikilmannligr í andliti, breiðr í herðum, ok hann var hinn mestr at vexti ok hinn öflgasti ok kunni einkarvel at bera skjöld sinn. Betri en 3 þúsundir manna hugðu vandliga at honum þann dag. Ok er Girarð leit konung herklæddan, þá mælti hann til sinna manna: Þessi maðr er eigi meðalhöfðingi, hann má at sönnu heita keisari yfir öllum kristnum konungum. Þá mælti konungr öllu liðinu áheyranda: Síðan Agulandus, segir hann, tók at eyða öllu ríki mínu ok útlægt fólk mitt, ef þetta dagstarf væri honum fyrirgefit, þá mætti hann mjök hæða mik ok spotta. Girarð svarar: Þér segi ek satt, herra, ok guð lofi oss at hefna vár á honum ok hans mönnum. Ok enn mælti hann til konungs:

Herra, segir hann, ek sé nú ferð heiðingja ofan ríða af hamrinum, þeir hafa svá mikinn fjölda, at eigi má telja. Nú skulut ríða at hinni fyrstu fylking, en ek vil ríða til minna manna ok hugga þá, ok því næst munu vér koma við þá at eiga með mínu liði. Ok ef ek mætta komast í gegnum fylking þeirra með mínu liði, þá munda ek lítit um hirða þá er eptir eru. Sá (er) eptir lifir þenna dag, honum samir eigi at lifa ok gleyma þessum degi. Í hinni séttu fylking váru 60 þúsunda. Þat váru hinir vildustu riddarar, herklæddir góðum brynjum ok hjálmum, skjöldum ok allskyns góðum hlífum. Fyrir þessu liði var Droim konungr ok 7 hertugar öflgir menn ok vápndjarfir. Ef guð vill ok hans helgi kraptr, þá munu aldri þessir allir vera yfirkomnir af heiðingjum. Hina sjaundu fylking gerðu Saxar ok Suðrmenn ok með þeim riddarar or Cisilia ok Rómaríki ok af Púli, Frankismenn ok Flæmingjar ok riddarar or Loingeri ok Loreingi ok Bretar. Herra Fagon reið fyrir þeim ok bar merki þeirra, ok annarr merkismaðr Oddgeir or Karstram. Í þessum felagskap váru 60 þúsunda. Þetta er fylking hins máttuga Karlamagnús konungs. Sá er þar væri undir völlum á Asperment, þann tíma er Karlamagnús konungr steig ofan af þeim hvíta hesti, ok fékk hann þá einum lendum manni skjöld sinn ok sverð, ok tók hann þá með glófuðum höndum einn staf ok sté hann þá á einn grán hest mikinn, er í Saxland var sóttr, hinn skjótasti undir vápnum, ok reið hann þá tiguliga ok skipaði fylkingum sínum ok talaði þá hárri röddu: Herrar, segir hann, nú erum vér svá margir samnaðir saman sem þér sjáit. En Agulandus ok Jamund fara nú hér at oss, er taka vilja eignir várar með rangindum. En nú bið ek, at svá sem guð sendi oss hingat, verjum hans tign ok sæmd á þessum völlum. Þá mælti pávinn: Skundit eigi svá mjök, ek vil enn ræða nökkut við yðr, með því at þér berizt vel ok réttliga undir merkjum Karlamagnús konungs ok til frelsis heilagri kristni, þá skal ek yðr hjálpa með guðs miskunn eptir fremsta mætti mínum. Þá lypti hann upp sinni hægri hendi ok blezaði þá alla, ok reið síðan í brott klökkvandi.

28. Þá riðu fram fyrir brekkuna öðrum megin 60 þúsunda Affrika, heiðingjar þessir gerðu svá mikinn gný ok þyt, er þeir blésu lúðrum ok hornum, trumbum ok taborum, at náliga var engi sá er eigi hefði horn eða lúðr, trumbu eða tabor. Balam var foringi fyrir þessum á hvítum hesti, ok hann hafði yfir brynju sinni einn hjúp til einkenningar af hinu bezta purpurapelli með 3 gullofnum leónum. Ok váru þar 4 konungar fyrir þeirri fylking, þessir 4 fara at sœkja aptr goð sín, einn leitar Maumets, annarr Apollin, þriði Terogant, fjórði Jouis hins mikla. Hverr þessarra var auðkendr

at vápnabúnaði sínum, er glóaði af gulli ok björtu stáli. Sem þeir litu fyrir sér fylkingar Frankismanna, þá var engi svá sterkr at hug í öllu því liði, at eigi hræddist ok skipti hug sínum, ok ef þeir fara svá hræddir at Frankismönnum, þá mun skjótt lúkast þat er þeir hafa at tala. Fjórar þúsundir Frankismanna váru í fylking þeirri er fyrst fóru ok riðu fram, 4 riddarar af þeim á góðum ok skjótum hestum. Brynjur þeirra váru með brendu silfri, gull ok stál skein á hjálmum þeirra. Þessir hleyptu hestum sínum svá ákafliga ok með svá mikilli reiði, sem þeir vildi á þeim degi alla heiðingja sigra í guðs ástsemd. Á móti þessum 4 hleyptu 4 konungar hinir heiðnu með metnaði ok drambi, en hinir at þeim sem skjótast, ok mættust með svá hörðum leik, at þeir tóku þegar af þeim 3 konunga. En Balam lagði til Huga or Eleandsborg ok feldi hann af hesti, en eigi mátti drepa hann, ok hófst þá bardaginn með miklum hörkul. Þar mátti sjá marga konunga ok riddara ok liggja blóðga ok suma með öllu dauða.

29. Mikill ok ógurligr var sá hinn harði gnýr er gerðist í atreiðum þeirra, spjótin brustu ok gullsteindir hjálmar, tæmdust söðlarnir ok flýðu hestarnir, þar hjuggu ok lögðu Frankismenn með svá mikilli reiði ok afli, at engar hlífðir heiðingja gátu staðizt högg þeirra. Ok margir af þeim Frankismönnum er í fyrstunni hugbleyddust, féngu síðan þá hugdirfð, at varla váru um síðir vápndjarfari né betr gáfust en þessir. Þá feldu kristnir menn fjölmenniliga þat heiðna fólk, því at í þeirra fylkingum var mikill fjöldi þeirra er engar höfðu brynjur. Þá géngu fram bogmenn þeirra með tyrkneskum bogum ok skutu svá skjótt ok þykt, at náliga var þá búit við miklum váða. En þá kom með fylking Frankismanna fóstrson Karlamagnús konungs, er guð signdi ok þangat sendi, ok réðu þegar á heiðingja ok ráku þar aptr betr en 4 örskot. En herra Girarð af Franeborg ok hans hinir vösku systursynir ok 15 þúsundir hinna vöskustu riddara á vápnhestum, herklæddir hinum vildustum herklæðum, riðu þá ofan af brekkunni ok stefndu á hinn hœgra arm fylkingar heiðingja, ok munu þeir at vísu þar vas(k)liga til ráða. Herra Klares ok Basin bróðir hans með 10 þúsundir sinna félaga héldu fram fylking sinni. En Klares reið fram fyrir fylking sína, þá breiddi hann í sundr merki sitt af hinu digra spjótskapti, er hann hélt á hœgri hendi, ok sat hann þá á hvítum hesti, er hann tók af Jamund, ok hleypti þá at[1] Giulion, hann var ríkr konungr af Affrikalandi ok lagði hann í gegnum skjöldinn ok brynjuna ok skaut honum dauðum or söðlinum. Þá hét hann á lið sitt ok mælti hárri röddu: Herra, segir hann, sækit at fast, ok guð mun vilja oss sœmd

[1] af a.

ok sigr, sælir eru þeir er á hann trúa. Girarði fylgdi svá mikil gæfa, at aldri kom hann á þann vígvöll, at hann fékk eigi sigr. Hann mælti þá djörfum orðum til sinna manna: Óttizt alls ekki, segir hann, ek heiti Girarðr, ok em ek úhræddr at ganga fram fyrir yðr; sá er hólpinn er á þessum vígvelli deyr, ok er sá sæll er góðum herra þjónar.

30. Undir Aspermunt í neðanverðum dalnum kómu saman kristnir menn ok heiðingjar, alla þá 2 daga alt til þess er liðit var aptansöngsmál hins siðara dags frá því er vígljóst var hinn fyrra daginn. Þá váru gefin mörg hörð slög ok stór högg, svá margar hendr[1] ok armleggir ok höfuð af höggvin, at betr en hálfa röst var hvergi jörðin ber, svá at einn hestr féngi [eigi stall sinn í.[2] Hvártveggja lágu skildir ok hjálmar ok sverð, brynjur ok buklarar, panzarar ok dauðir menn. En Jamund hyggst hér hafa unnit sér mikit ríki; en fyrr en hann hafi þat frjálsat ok höfuð sitt kórónat af þeim sem honum fylgdu þangat, munu fáir fegnir heim koma í sitt ríki,[3] látit herra sína ok höfðingja, land ok ríki. Svá mun þeim gefast er í vöggum liggja, því at þeir þurfu fyrr fóstrs en þeir kunni[4] sverðum bregða.

31. Þá nótt [féngu þeir[5] angrsöm herbergi er sárir váru, þoldu harm ok meinlæti. Agulandus konungr gerðist þá alls of ágjarn, er hann hóf þat at ræna kristna menn sæmdum sínum ok eignum. En fyrr en hann geti undir sik frjálsat ok friðat Frakkland ok arfar hans í skipaðir,[6] þá mun svá lúka þessi sverðaleikr, at allir munu fátækir ok þurftugir verða, er af hans liði eptir lifa, ef þeir verða nökkurir er sér megi forða. Um nóttina var ein slétta lítil milli kristinna manna ok heiðingja, engi [dalr ok engi brekka, ok engi af hvár(u)tveggja liðinu át né drakk[7] á þeim degi né nótt, hvárki slátr né brauð né víndrykk, ok engi hestr var sá þar er bergði hvárki á korni né hey,[8] hverr sem einn hélt sínum hesti með beisli ok annarri hendi brugðnu sverði. Herra Girarð inn hrausti riddari hafði ofan felt einn riddara af hesti sínum ok blóðgaði spjót sitt í hjartablóði hans, ok féll sá dauðr til jarðar.

32. Triamodes kom þá hleypandi vel vápnaðr[9] ok með öruggum búnaði, með digru spjóti ok ríkuligu merki, ok lagði þegar í gegnum skjöld ok brynju Ansæis ok skaut honum or söðlinum í augliti Frankismanna, ok í öðrum flokki Frankismanna kom þá

---

[1]) Med dette Ord begynder Levningerne af et Blad i den store Lacune i A. [2]) [stall sinn á a. [3]) ok fóstrland tilf. a. [4]) megi a. [5]) [áttu þeir hörð ok a. [6]) skiptir a. [7]) [var dalr né brekka ok eigi einn fylsnisstaðr, ok engi át né drakk af hvárigu liðinu a. [8]) heyi a. [9]) herklæddr a.

hleypandi Oddgeir ok með honum Anketill af Norðmandi. En Jamund son Agulandi konungs gerði mikit mannspell í fylking[1] Frankismanna. Hann hjó á báðar hendr, ok engi var hans maki, því at sverð hans bilaði aldri. Almáttigr guð, kvað Oddgeir, harmr er mér, er[2] heiðingi þessi lifir svá lengi. Hélt þá skildinum sem næst sér ok lagði spjótinu til lags ok skundar þann veg sem Jamund var. Ok er Jamund leit kvámu hans, þá mælti hann við Morlant móðurbróður sinn: Hér ferr nú maðr leitandi dauða síns, ok fagnaði mjök ok reið í móti honum. Ok er hestarnir mœttust með skjótum athlaupum, þá lagði hvárr annan í[3] skjöldinn með svá [miklum styrkleik,[4] at hvárgi kunni sér hrósa þar, ok[5] báðir kómu fjarri[6] niðr af hestinum. Oddgeir hljóp þegar upp með brugðnu sverði ok hélt fyrir sér skildinum, en Jamund hélt á inu mikla sverði Dýrumdala. En í því reið Anketill at Morlant,[7] hann var ríkr maðr ok mikill höfðingi, ok hjó Anketill hann [með svá miklu höggvi,[8] at hann klauf höfuð hans í tenn ofan ok hratt honum dauðum á jörð ok greip þegar þann sama[9] hest ok fékk Oddgeiri. En [hann sté[10] á hann sem hann mátti skjótast, ok ef þeir hefði þar dvalizt lengr, þá hefði þeir aldri síðan sét Frankismenn.

33. Svá lengi sem heiðingjar máttu við standast, þá stóðu þeir, en þeir sem [fyrstir kómu til þessa bardaga váru til lítils fœrir annan daginn.[11] Ok er Frankismenn fundu at hinir biluðu, þá feldu þeir mikinn fjölda. Ok í þeirri sókn féllu ok[12] Frankismenn er guð kallaði til sín 20 þúsundir ok hundrað. Ok er Jamund sá at lið hans sóttist upp, þá óttaðist hann. [Vígvöllrinn var huldr líkömum ok herklæðum ok vápnhestum betr en hálfa röst, er þeir biðu sinna herra.[13] Jamund hélt á hinu vildasta sverði Dýrumdala. Dauðr er hverr er þess bíðr, því at sverð hans bilaði aldri. En ef hann er lengi lifandi, þá vinnr hann at vísu ríki Karlamagnús konungs nema almáttigr guð sé hann styðjandi.

34. Nú er at segja frá herra Girarð hvat hann hefst at um morguninn. Hann var hinn ráðgasti maðr, um hans daga fannst eigi vildri höfðingi, honum kunni aldri svá mislíka at hann hrygðist né bleyddist. Hann ok herra Clares ok Basin bróðir hans höfðu hvílzt um nóttina undir einum hamri í nökkurum runnum ok höfðu látit af sínum félögum þrjár þúsundir riddara. Allir þeir er ríkastir váru sátu á hestum sínum klæddir brynjum ok [læstir hjálmum ok

---

[1]) liði *a.* [2]) þat, *ef a.* [3]) ok í gegnum *a.* [4]) [miklu afli *a.* [5]) því at þeir kómu svá hörðum lögum saman, at *a.* [6]) hvar fjarri *a.* [7]) Bolant *a.* [8]) [svá mikit högg ofan í hjálminn *a.* [9]) góða *a.* [10]) [Oddgeir steig *a.* [11]) [hinn fyrra dag kómu fyrstir, váru ok litils fœrir hinn síðara *a.* [12]) *tilf. a.* [13]) [*tilf. a.*

gyrðir sverðum, skildir um háls ok kyrtlana vafða undir sik í söðlunum, hallandi sik á ýmsar hliðar yfir söðulboga.[1] Þá grét herra Girarð fall sinna manna ok mælti: Herra guð, segir hann, þú þoldir fyrir várar sakir mörg sárlig meinlæti, píslir ok grimman dauða, ok em ek kominn hingat undir Aspermunt fyrir sakir þinnar ástar,[2] en nú kann ek enga aðra rœðu[3] lengri at gera. En svá sem þú þoldir dauða fyrir várar sakir, svá viljum vér ok deyja fyrir þínar sakir. Ok mælti síðan til sinna manna: Heyrit hinir rösku riddarar, búimst[4] sem fljótast[5] ok gjöldum guði þat er vér eigum. Þeir svöruðu allir hans menn, [sögðust þat gjarna vilja.[6] Síðan bjoggust þeir[7] til bardagans.

35. Herra Girarð reið nú ofan í hamarsdal með liði sínu ok sendi fyrir sér fim hundruð riddara, en eptir váru 10 hundruð þeim til viðrhjálpar. En Karlamagnús keisari var þá mjök angraðr ok áhyggjufullr, hann hefir nú tapat tveimr konungum ok fleira en 40[8] hertuga sinna ok jarla, ok fyrr en [hann skildist[9] at aptni, þá þurfti hann allra. En er kvelda tók, reið hann með liði sínu í dal nökkurn sér til hvíldar, en aðrir kristnir menn sátu [um vígvöllinn[10] á hestum sínum, undir fótum þeirra lágu hvervetna dauðir heiðingjar. En [engi var svá ríkr eða ágætr höfðingi[11] at eigi hélt sjálfr sínum hesti með beisli.[12] Alla þá nótt vöktu kristnir menn, ok var engi sá í öllum herinum er svá mikil hœgindi féngi at hjálm sinn leysti af höfði né skjöld sinn tœki af hálsi, eða eigi hefði nökkurs konar harm ok meinlæti, ok eigi átu hestar þeirra né drukku. En Jamund fékk þá enga sœmd, því at lið hans var mjök sárt ok meir en hálft[13] drepit þar á vígvellinum. En mikill fjöldi [hélt þá undan[14] svá huglausir ok hræddir, at eigi koma þeir optar [til vígvallar[15] nema ofríki nauðgi[16] þá. Ok er Jamund leit þá undan flýja[17], þá mælti hann ok œpti eptir þeim hárri röddu: Hinir vándu þrælar, segir hann, sárliga hafi þér svikit mik, því at yðvar ráðagerð eggjaði mik hingat. Ok er hann hafði þetta mælt, þá kom Balam at honum farandi ok studdist[18] á hjaltit sverðs síns ok mælti: Eigi er undarligt, kvað hann, þó[19] at þú reiðist; þá er þú sendir mik til Kárlamagnús konungs, ok er ek kom aptr, sagða ek þaðan slíkt sem ek vissa sannast, eða hvar eru nú þeir rósarar,[20] er mik kölluðu þá

---

[1]) [saal. a; allskonar hervápnum A.   [2]) ástsemdar a.   [3]) af því tilf. a.
[4]) búizt a.   [5]) skjótast a.   [6]) [þat viljum vér gjarna gera a.   [7]) ok riðu sem skjótast tilf. a.   [8]) 60 a.   [9]) [þeir skildust a.   [10]) [á miðjum vígvelli a.   [11]) [vígra manna var engi svá ríkr né ágætr a.   [12]) beislum a.
[13]) saal. a; half A.   [14]) [var í brottu haldit a.   [15]) [á vígvöll a.
[16]) saal a; nauðga A.   [17]) halda a.   [18]) hallaðist a.   [19]) mgl. a.   [20]) ok hinir miklu rembumenn tilf. a.

falsara¹ ok fyrirdœmdu mik ok sögðu [mik hafa tekit mútur² af hans mönnum, ok sögðust þeir hafa sét alt þeirra ríki. .[En ef þeir hefði dvalizt hér til dags, þá mundu þeir at vísu verða varir við, hversu mikit þeir mætti vinna.³ Þá mælti Jamund: Of síðla hefi ek refst þeim ok alls of lengi hefi ek fylgt þeirra ráðum ok áeggjan. Þá mælti Jamund harðliga ok grimliga: Mjök er oss nú misboðit,⁴ segir hann, höfum látit fjóra guða vára, er alt várt traust⁵ stóð á, ok ef vér fám eigi sótt þá á þeima degi, þá munu vér aldri vinna it sœta Frakkland or þeirra valdi. Þá svarar Balam: Herra, kvað hann,⁶ hyggit nú at, hvar þeir eru hinir vándu lygimenn ok hrósarar, er mín orð fyrirdœmdu ok sögðu vera mundu fals ok hégóma. En nú megit⁷ þér sjá hér fyrir yðr Frankismenn, er enskis annars beiðast⁸ en yðvar. Hér eru nú tveir kostir fyrir höndum, sá annarr at vér verðum hér deyja, [eða elligar verðum⁹ vér at verja oss¹⁰ sköruliga. Nú lýkr hér hinni fjórðu bók [sögu Karlamagnús keisara hins mikla konungs.¹¹

36. Þá er tók at daga gerðist kuldi mikill, ok er sólin rann upp þá veinaði hon sér Jamund þangat komanda, ok birtist þá bardagi vánum bráðara. Jamund bjó þá fylkingar sínar, ok váru í þeim eigi færra en 20 þúsundir riddara, ok riðu þegar ok skunduðu ferð sinni. En er kristnir menn sá þá ok urðu at bíða þeirra, ok klöktu þá allir, er hræddust at láta félaga sína, ok hétu þá allir á guð, at þeir sem undan kómust skyldu aldri höfuðsyndgast meðan þeir lifðu, ok riðu þá 3 þúsundir í móti svá miklum her, ok mikill harmr at þeir eru svá fáliða í móti þeim, ok varð þá mikill gnýr í samkomu þeirra. Jamund reið þá fram fyrir fylking sína ok hélt skildinum at sér ok breiddi í sundr merki sitt, ok lagði til Anteini í Varigneborg í gegnum skjöldinn, ok falsaði brynju hans, ok blóðgaði Jamund spjótskapt sitt í líkama hans ok hratt honum dauðum af hestinum, ok hirti ekki um hverr hans fall kærði. Ok því næst reið fram or sinni fylking Balam sendimaðr ok lagði einn vaskan mann í gegnum buklarann ok sleit brynjuna. Ok þá kom herra Girarð til viðrhjálpar honum. Þá sá kristnir menn at vígvöllrinn spiltist mjök, ok féll þá óp þeirra ok lagðist, ok var þá svá mikit mein af beinum er svá lágu hátt (ok) þykt, at þeir sem á hestunum¹² váru máttu lítt hjálpast. Hestarnir fóru með tómum söðlunum um

¹) ok svikara *tilf. a.* ²) [at ek hefða tekit mútu *a.* ³) [*tilf. a.* ⁴) misfallit *a.* ⁵) ok trú *tilf. a.* ⁶) S(k)ilit þat er (ek) sagða, þá er þér senduð mik til Karlamagnús. ok er ek kom aptr, þá sagða (ek) yðr, sem ek vissa sannast, ok þat mun yðr eigi at talsi reynast, at aldri verði Frankismönnum hraustari menn *tilf. a.* ⁷) megut *a.* ⁸) beiða *a.* ⁹) [ella hljótum *a.* ¹⁰) vel ok *tilf. a.* ¹¹) [þessarrar sögu *a; her mangle flere Blade i A.* ¹²) hestinum *a.*

alla völluna, ok mátti þar fá góð hestakaup ok œrna fyrir ekki. Ganter konungr stóð þá fyrir Karlamagnúsi konungi ok hinn öflugi Gernarð or Bostdemborg, Anzelin hertugi, Samson ok Eimer ok fjöldi annarra, þeirra er vér kunnum eigi alla at nefna. Sem konungr sá at þeir stóðu fyrir honum, þá varð honum svá mikill harmr ok angr, at tár hans vætti kampa hans. Hann kallaði þá til guðs ok mælti: þú hinn dýrligi herra, segir hann, almáttigr guð, undir þinni stjórn lifa allar skepnur; þú gaft mínu veldi stjórn þessa fólks, er ek sé nú niðr höggvit fyrir mínu augliti af inu bölvaða fólki er aldri hafði ást á þér, ok hata þá ena helgu trú, er þú kendir mannkyninu at hafa ok halda; en þessir úvinir þínir vilja fyrirkoma vinum þínum ok setjast í þitt it helga ríki, er þitt it háleita nafn helgast á, ok aldri at heldr elska þik né tigna. Nú hefi ek tapat mikinn hluta þeirra þinna manna, er þeim refsa ok þitt ríki hreinsa; nú fyrir því bið ek til þinnar miskunnar, at þú styrkir oss ok kasta reiði þinni á þessa úvini þína, er oss vilja fyrirkoma. Ok sem konungr hafði þetta mælt, þá kom Oddgeir þar farandi, ok var skjöldrinn höggvin til únýts, svá at ekki var eptir nema þat er hann hélt á. Hjálmr hans var ok höggvinn ofan til handanna, ok brynja hans svá vandliga af honum rifin at mörgum stöðum, ok gaus blóðit or hinu hvíta holdi hans, ok bar sverð sitt nökt í hendi sér ok mælti til konungs: Herra, segir hann, ríðit nú sem skjótast, vér höfum tekit Butram túlk hans ok sendimann, ok hefir hann sagt oss alla þeirra ætlan. Jamund vill at engum kosti senda eptir Agulando konungi feðr sínum, ok fyrr vill hann láta hendr ok fœtr. Nú ef þér vilit koma hræzlu á þá, þá sendit skjótt menn til herbúða yðvarra (at allir komi) á yðvarn fund til viðrhjálpar ok at hefna vina sinna. Þá mælti Karlamagnús konungr: Þetta ráð er þú hefir ráðit, Oddgeir, er heilt ok vel geranda. Ok þakkaði honum.

37. Sem Karlamagnús konungr hafði heyrt rœðu Oddgeirs, þá sendi hann til herbúða sinna herra Droim ok Andelfræi ok mælti: Segit svá her várum, at hverr sem einn komi hingat til mín sem skjótast, ok sá er eigi hefir vápnhest, ríði hann á gangvera. Þeir svöruðu ok sögðust þat gjarna skyldu gera. Síðan reið Karlamagnús konungr ok fór með fylking sinni. Hinn fátœkasti riddari sá er var í hans fylkingu var harðla vel búinn at öllum vápnum. Ok sem Jamund leit gullara keisarans yfir merki hans, þar váru 7 höfðingjar hans trúir með honum ok hafði hverr þeirra 7 þúsundir riddara í sinni fylking, Jamund þá: Hlýðit mér, herra(r), segir hann. Hvat, meguð þér sjá nú ofmetnað Karlamagnús konungs, er hann ríðr nú með miklu liði á hendr oss! En þó at þeir sé margir, þá erum vér þó miklu fjölmennari, at 3 af várum mönnum eru á móti einum

þeirra. En ek sé nu at þat sannast, þat sem Balam sagði, ok em ek at sönnu heimskr, er ek tortrygði orð hans, þó at ek finna þat síðla. Karlamagnús konungr reið þá fram með fylking sinni, þar sem valrinn lá, hann lét liggja þá sem dauðir váru. Í hans fylking váru 30 þúsunda hinna vöskustu riddara, ok 2 þúsundir váru fyrir ríðandi konungs fylking, ok váru foringjar fyrir þeim Anketill ok Alemund af Normandi. Þá reið fram Salamon ok lagði til þess manns er Bordant hét, hann var konungr yfir Nubialandi, ok gátu herklæði hans ekki hlíft honum. Salamon lagði spjótinu í gegnum hann ok bar hann dauðan af hestinum. Hann rétti fram hönd sína ok tók Olivant hinn hvella lúðr af hálsi honum. Sem Jamund leit at konungr var fallinn, ok tekit horn af hálsi honum, þá angraðist hann mjök ok mælti hárri röddu á sína tungu ok mælti: Þú hinn kurteisi riddari, segir hann, harmr mikill er þat, er þú vart fœddr. Hann hélt á Dýrumdala ok klauf hinn þegar ofan í herðar ok af honum hina hœgri öxl,[1] svá at sverðit nam staðar í söðlinum, ok í öðru höggi hjó hann Ankirim ok klauf hann í herðar niðr, ok tók hornit ok hengði á háls sér, ok sneri síðan aptr til sinna manna, en hinn féll dauðr af hestinum. Ok er þetta sá Frankismenn, þá var engi svá vaskr, at eigi hræddist þau banahögg er hann gaf. Ok ef hann væri á himna guð trúandi, þá væri engi höfðingi í kristninni hans maki. Þá er konungr sá, at Ankerim var fallinn, þá harmaði hann fall hans ok mælti svá: Vinr, kvað hann, mjök harma ek fall þitt, ok guð felli þann er þik feldi. Ek fóstraða þik or barnœsku þinni, þér þekkiligri var engi maðr mér þjónandi, ok ef guð vildi nökkuru sinni mína bœn heyra, þá bið ek með öllu hjarta þér miskunnar. Ok œpti konungr þá heróp ok mælti: Höggvit úvini yðra. Þeir gerðu svá sem konungr mælti, ok veittu nú harða sókn ok lögðu með spjótum ok hjuggu með sverðum, ok ef þeir hefði svá lengi fram haldit, þá yrði aðrir hvárir skjótt fyrir at láta. Tveir sendi(menn) Karlamagnús konungs, þeir sem hann hafði senda til herbúðanna, skunduðu ferð sinni ok kvámu því næst til liðsins ok sögðu orðsending konungs, at (hann) bað alla koma til sín, þá sem honum megu lið veita, svá at engi siti eptir hvárki herrar né riddarar, engi þjónustumaðr né rekkjusveinn né skjaldsveinn, innvörðr né steikari, stigi sá á reiðhest er eigi hefði vápnhest. Þar mátti sjá skjótan umbúnað, þeir hlupu í landtjöldin ok skáru lérept ok gerðu sér merki ok festu á spjótin, einir tóku dúka ok aðrir rekkjublæjur, svá at þeir únýttu rekkjublæjur. Þar váru fyrstir í flokki 4 fóstrsynir keisarans, Estor ok Otun, Bæringr ok Rollant, ríðandi

[1] hauxl *a*.

einum harðreiðum fákhesti betr en 2 örskot fram frá öllum öðrum. En þeir sem eptir fóru váru saman 40 þúsunda.

38. Nú er at segja fra herra Girarði. þá er hann kom til bardagans, þá slóst hann í fylking konungs hjá hinum hœgra fylkingararmi í móti 20 þúsundum, er þar höfðu fylkt, ok var herra Girarð eigi huglauss, þar sem hann reið með hinni hörðustu atreið, svá fáliða, at hann hafði 2 þúsundir en hinir 20. Sem Affrikamenn litu til Frankismanna, þá tóku þeir at grúfa undir hjálmum ok skjöldum betr en 20 þúsundir Frankismanna, ok hleyptu[1] þá á þá með góðum hestum ok vel búnir at herklæðum, ok hófst þá bardagi mikill. þá skutu heiðingjar sem tíðast af tyrkneskum bogum, en kristnir menn hræddust þat ekki ok géngu í gegnum fylkingar þeirra, ok váru þá gefin mörg stór högg, ok hjuggu þá höfuð ok herðar, brjóst ok bak, þar sem þeir váru berir er kómu í flokk þeirra er herklæddir váru, þá kendu þeir varla hvára frá öðrum ok seldu þá Frankismenn hesta þá er þeir höfðu látit fyrir skotum heiðingja. Girarð mælti þá hárri röddu til sinna manna: [Góðir félagar,[2] segir hann, bindumst eigi svá í millum heiðingja ok höldumst saman utan fylking þeirra, ok hendum af þeim slíkt er vér megum. Ok látum þá aldri[3] koma oss á flótta, heldr skulum vér gefa almátkum guði lof ok verum honum ömbunandi þat er hann var oss skipandi. Ok er hann lauk sinni tölu, þá laust hann [með sporum[4] vápnhest sinn ok hristi spjót sitt ok breiddi í sundr merki sitt ok lagði Malkabrium einn ríkan höfðingja í gegnum skjöldinn ok panzarann ok skaut honum niðr fjarri hestinum öllum heiðingjum ásjándum, ok ypti merki sínu ok mælti til sinna manna: Riddarar, segir hann, höggvit nú stórt, vér eigum rétt at mæla. Fyrr en þeir væri í komnir bardagann, þá stigu 5 þúsundir hans manna af hestum ok féngu þá til gæzlu, því at eigi mátti ríða fyrir valnum, ok kómu skjótt í bardagann herklæddir hinum beztum herklæðum, ok gáfu þá heiðingjum stór högg ok klufu þá höfði ok herðum, limi ok líkami, ok géngu þeir sem kvikir váru á hinum er dauðir váru. Nú (er) þeir sem berir váru kómu í millum þeirra er herklæddir váru, ok þeir höfðu reynt þeirra viðrskipti, þá þorðu þeir eigi síðan svá mjök fram at bjóðast. Girarð œpti þá á sína menn ok mælti: Herra(r), segir hann, höggvit stórt, Affrika konungr hyggst nú hafa unnit yðr ok vill land várt eyða ok fólk várt útlægja. Nú mun reynast, hversu þér vilit oss ok land várt verja. En ek em, svá þér vitit, nökkut við aldr, ok eigi at síðr, ef þér fylgit mínum ráðum, þá mun yðr jafnan sœmd af standa, meðan þér lifit, þá munu þér aldri mega óttast um yðr. þeir svöruðu þegar allir: Óttizt eigi, herra,

[1] hleypti a. [2] [Góðr félagi a. [3] aldri eigi a. [4] [mateplum a.

um oss, segja þeir, aldri skulum vér bregðast þér, meðan einn várr lifir.

39. Affrikamenn váru þá at raun komnir, at kristnir menn tóku þá alla staðina fyrir þeim, ok snerust þá at þeim Arabiamönnum Tyrkir Persar. Ok váru þá allir staðir fullir af líkum, vápnum ok hestum, nema í þeim stöðum er Frankismenn höfðu tekit fyrir þeim, mátti nökkut við hjálpast ok varast, er Frankismenn váru svá nær komnir höfuðmerkinu. Þeir mæltu þá sín í millum Magon ok Asperant, þeir váru konungar í heiðingja landi: Slíkt sem nú má sjá, sagði oss at sönnu Balam sendimaðr frá Frankismönnum, at þeir eru kappsmenn miklir ok munu aldri láta sína hreysti meðan þeir lifa. En Jamund gerir nú opinberliga mikilæti sitt, ok heimska mikil ok dirfð, er hann þorir þenna barda(ga) at halda án Agulande feðr sínum. Eigi mun sólina fyrr kvelda at hann mun at vísu finna, at þessi metnaðr mun honum illa hlýða, ok heimsku hans munu margir gjalda, alls enskis verðum vér vísir né virðir, ef vér hneigjum (eigi) nökkut undan höfuðmerki váru. Nú sem herra Girarð var kominn at höfuðmerki heiðingja, þá sótti hann með hinu mesta kappi, því at aldri varð honum hugdjarfari höfðingi. Þá váru liðnir vel 100 vetra hans aldrs, en varla var sá nökkurr undir höfuðmerkinu, er hann hjó eigi, svá vel þúsund manna af heiðingjum féllu umhverfis höfuðmerkit. Þá mælti hann til sinna manna: Herra(r), segir hann, almáttigr guð styrki yðr. Nú megu vér at sönnu vita at oss sönnu fallit, ef ek gæti haldit skildi mínum, þá mundum vér sigrast á þessum Affrikum. Herra Girarð at komanda höfuðmerkinu heiðingja, hann hafði með sér hinu hraustustu riddara. Hann hafði ok svá góða brynju, aldri bilaði hvárki þá né fyrr. Hans 2 systursynir er hann hafði fóstrat or bernsku með mikilli vild ok virðingu gerðu svá rúman veg í fylkingu heiðingja, at hverr sem einn hélt undan ok fyrirlétu[1] höfuðmerkit. Svá fóru þeir báðir þaðan hræddir ok huglausir, at aldri kómu þeir aptr undir merkit. Þá mælti Esperam konungr til Mordans konungs: Víst megum vér halda oss fyrir fól ok heimska menn. Jamund þorði nú eigi hér at koma at hjálpa oss nökkut við í slíkri þurft, nema lét oss sjálfa fyrir oss sjá. Maðr mun svá lengi vilja höfðingja sínum fylgja, at hann sé bæði tapandi sér ok honum. Þeir kómust þá nauðugliga á sína hesta ok héldu þegar undan sem hestarnir máttu mest hlaupa. Undir Aspermunt var þessi hinn langi bardagi.[2] Ok sem Karlamagnús konungr barðist við Jamund son Agulandi konungs ok Asperant flýði undan sem skjótast á 2 vápnhestum, ok fyrirlétu Jamund ok höfuðmerkit. Hann barðist í miðjum[3]

---

[1] flettu *a*. [2] bardade *a*. [3] milium *a*.

herinum, engi orð sendu þeir honum um sína brottreið ok létu standa merkit eitt saman á vígvellinum, er heiðingjar báru þangat á 4 olifutrjám. Sem Girarð hafði sótt höfuðmerkit, þá sté hann af hesti sínum, ok tóku þá menn hans hjálm af höfði hans ok skjöld hans af[1] honum, ok géngu þeir þá undir hendr honum ok leiddu hann. Brynja hans var hin þröngvasta, ok varð honum orðit mjök heitt af þungum vápnum ok snarpligri sókn. Þeir leystu þá sverðit af honum ok settu hann á hjallinn þann er gerr var undir höfuðmerkinu, ok rann þá blóð or nasraufum hans ok niðr í munninn. Allir menn hans þeir sem þetta sá, andvörpuðu með miklum harmi. Þá mælti hann til þeirra: Verit aldri fyrir mínar sakir hryggir, sœkit heldr þat sem eptir er sœmda yðvarra. Nú berst undir Aspermunt Jamund son Agulandi konungs við Karlamagnús konung. Þá kallaði hann til sín Oddgeir ok Nemes ok Desirim, Riker, Fagon ok Bœring, Milon ok Drojs konung ok Salamon, því at eigi fundust þar þá fleiri höfðingjar. Þessir váru hjá konungi fyrir landtjaldi hans, en Jamund öðrum megin ok með honum Balam ok Goramaron ok Triamodes. En af Affrika konungum Kadon ok Safagon, Salatiel ok Lampalille. Þessir rœddu sín í millum ok mæltu: Dýrligr drengr er Karlamagnús konungr ok aldri sigruðumst vér á honum.

40. Nú skal segja frá konungum þeim er undan kómust. Þeir riðu sem mest máttu þeir, alt þar til er þeir fundu Agulandum konung, ok segja þeir honum öll tíðendi sín. Þá vildu sumir, þeir sem fyrir váru, fyrirdœma þá þegar, er þeir höfðu flýit undan höfuðmerkinu, ok segja þá verðuga dauða, er þeir höfðu svívirðan sinn herra. Þá stóð Melkiant konungr (upp) ok mælti svá at allir heyrðu: Þat veit Maumet, segir hann, at þér mælit svá heimsliga, at þér dœmit dugandi menn til dauða, þar sem þér vitit enn eigi hversu bardaginn kann skipast eða hvárir sigrast. Svá mjök er mér kunnigr Jamund, œska hans ok dirfð, áræði ok mikilæti ok metnaðr, at hann[2] mundi eigi heim orð senda né þeim viðrhjálp veita né í þeirra þurftum þá hugga. En hvat var þat kynligt, at þeir flýði undan, þá er þeir höfðu látit alt sitt lið. En ef þeir hefði þar lengr dvalizt, þá væri þat engi hreysti né riddaraskapr, heldr hin mesta heimska, því at þar var en(s)kis at bíða nema dráps ok dauða, ok féngi aldri vinir þeirra[3] bœtr þeirra lífláts. En þó at þeir hefði varazt, þá hefði þeim þat ekki tjáð. Nú gerit þér fyrir því rangt, at þér dœmit þá fyrir öngvar sakir, en mál þeirra eru sannprófuð, því at ef þeir hefði þar lengr dvalizt, at alt þessa heims gull féngi eigi frjálsat. Þá stóð upp Kalides konungr yfir Orfanie, hann var ríkr maðr ok fésterkr, undir hans valdi váru 4 konungsdómar:

[1]) at a. [2]) honum a. [3]) þá tilf. a.

Herrar, kvað hann, berit þolinmóðliga þat sem hér er talat. Þá er vér höfum heyrt þat er þeir mæla, þá tökum þat af, er vér finnum bezt vera, fyrirlátum heimsku en kjósum vizku. Agulandus konungr hafði alla Affrika í sínu valdi, því at hon er réttfengin hans föðurleifð. Hver nauðsyn rak Agulandum hingat at fara? Hans ríki er svá mikit ok vítt, at hinn bezti múll er vér höfum hér af Jórsalalandi, þó at hann færi hvern dag sem mest mætti hann hina mestu dagleið, þá mætti hann eigi á 7 vetrum fá farit yfir ríki Agulandi konungs. Nú er hann enn vel heill ok hestfærr, sterkr ok vápndjarfr, ok sá riddari, at engan veit ek í öllu yðru liði, þann er skjótara geti brotit digrt spjót en hann, eða betr kunni at höggva með sverði. En um einn hlut hefir hann mjök misgert, at hann vildi króna son sinn at sér lifanda ok gefa honum ríkit, meðan hann er heill ok kvikr; því at síðan Jamund tók við ríki föður síns at ráða, þá skipti hann ríkinu ok gaf þeim er öllu tapaði fyrir sakir heimsku sinnar. Jafnan síðan hirti hann lítt um yðvarn félagsskap. Nú eru hér komnir njósnarmenn hans or hinu sæta Frakklandi. En þér vitit at sönnu, at kristnir menn trúa á son heilagrar Marie ok hafa sannfregit alt þat er hér er títt með oss, ok hví Jamund þrætir til þessa lands ok fór hingat um haf með hinu mesta skipaliði. Þat sem Jamund hefst nú at mislíkar föður hans, því at hann heldr með sér alla ena yngstu menn ok hit vildasta lið. En Karlamagnús konungr hefir með sér lenda menn ok alla hina göfgustu menn ok alla þá er elztir váru. En þat fólk er nú berst hann við, ef þeir koma honum í háska ok lætr hann líf sitt, þá munu þeir sjálfir skipta ríki sínu sem þeim líkar. Nú höfum vér mörg lönd ok ríki fyrirlátit ok spilt fyrir sakir þessa lands, ok er eigi þetta mætara en eins keisara ríki, ok er þetta ríki mjök gagnstaðligt váru ríki, er vér látum nú á baki oss.

41. Síðan stóð upp hinn gamli Galingrerir, hann var miklu ríki valdandi, hann réð fyrir Sebastiam hinni dýrligu borg, ok hafði hann yfir sér ríka pellsskikkju ok ágætan búnað undir. Hann hafði hvíta kampa ok hvítt skegg hangandi á mitt brjóst með þríkvísluðum fléttingum. Ok er hann tók at tala, þá hlýddu allir, í öllum herinum var engi honum málsnjallri maðr: Herrar, kvað hann, ef yðr líkar at hlýða, þá vil ek sýna yðr nökkut af því sem mér lízt. Þessir 2 konungar várir eru mikillar tignar, hraustir menn ok vápndjarfir, ok ef þér vilit hafa þat at framkvæmd sem þér hafit dæmt um þeirra mál, þá er betr fallit, at þeirra mál standi til þess er vér fregnum sannindi. Ef Jamund kemr heill aptr ok hans föruneyti, þá sé þetta mál dæmt eptir því sem hann er til segjandi. En ef Makon gerir sinn vilja ok fellir Jamund, eða verðr særðr til úlífis,

þá dœmit þá eptir því sem þér sjáit sannast ok þeir[1] . . . . . .
konungr ok mælti: þat veit Makon, kvað hann, at þetta þikir mér
undarligt. Hverr kann segja mér at þeirra dómr er rangr. Með
því at Jamund fékk þeim höfuðmerkit at gæta, þá samdi þeim eigi
annat en flýja aptr undir, þó at þeir hefði fyrir ofreflí stokkit; því
at engum manni samir lengra at flýja en undir merkit, ok eigu aldri
þaðan at hverfa fyrir sakir einskis dauða ok svíkja svá sinn herra.

42. þá mælti Talamon með mikilli reiði, hann var grimmr sem
león er öll dýr hræðast, hann var ríkr maðr ok forstjóri mikils
valds, hann (var) konungr þess lands er heitir Mememunt; hann
var rauðr í augum með hlæjanda ok blíðu andliti, hinn öflugasti
un(d)ir vápnum á hesti: Herrar, segir hann, ek veit at sönnu, at
þetta sé eigi þolt þeim lengi, er 2 konungar várir hafa illa gert við
sinn höfðingja ok alla oss, þeir fyrirlétu herra sinn er þá fram dró
ok sœmdi ok gaf þeim vald yfir miklu liði. Nú vitit at vísu, at
mér er mikill harmr af þessu, ok fyrir því at mik væntir at þetta
sé eigi, hvárt Jamund er vel fallit eða illa, en þó bíðum vér þolin-
móðliga ok látum standa þetta mál til þess er vér fregnum sannindi,
síðan dœmit þá eptir yðrum vilja, ok á báli brennit eða aðrar píslir
[þola látit, því[2] at þat veit Makon, segir hann, er öll mín sœmd
horfir til, ef þér vilit eigi svá gera, þá mun leikr várr illa fara, því
at 20 þúsundir manna af þessum sökum verða blóðgir, fyrr en kon-
ungarnir sé fyrirdœmdir. Ulien konungr vildi þá eigi lengr þegja
ok mælti til allra áheyrandi: Herrar, segir hann, gefit mér hlýðni
ok hljóð; ek sé berliga, at þér deilit allir um einn dóminn at gera.
Til hvers konungr komtu öllum oss á þessa stefnu? þá er minn herra
hafði her sínum samnat áðr en hann fœri hingat[3] . . . .
þeir hafa fyrirlátit sinn nátturligan herra er fékk þeim höfuðmerki
sitt at varðveita ok sœmdir sínar at verja, en þeir flýðu sem
vándir þrælar ok huglausir, höfnuðu Jamund herra sínum, er vald
hafði yfir þeim. Nú dœmit með réttu, hverjum sem mislíkar, at
þeir sé hengdir sem hinir dáligustu þjófa(r), ok síðan látit á báli
brenna líkami þeirra, því at svá sómir at gera við dróttins svika.
En þó at Pantalas frændi þeirra, er ek sé þar sitja, vili únýta dóma
vára, þá gef ek eigi einn frjálsan pening fyrir hans dramb ok of-
metnað. Ef ek hefi sverð mitt í hendi ok þorir hann at verjast
mér ok tek ek eigi þegar höfuð af honum, þá brennit mik í
eldi ok kastit ösku minni í vind ok rekit brott arfa mína or ríki
mínu.

[1]) *Her er over Halvdelen af et Blad afskaaren, hvorved omtrent 20 Linier
ere tabte i a.* [2]) [þolet svá a. [3]) *Her mangle atter 20 Linier af nys-
anførte Grund.*

43. Þá kallaði Pliades með mikilli reiði sem león mjök angraðr fyrir sakir síns herra, honum jafnungr maðr var aldri vaskari: Ek veit at vísu, segir hann, at minn herra mun nú heimsliga fara fyrir sakir þessarra svikara. En Makon gerir sína reiði á þeim, svá at þeir komi aldri fyrir sinn herra Jamund, er svá illmannliga fyrirlét(u) hann í bardaga. Þessir svikarar hafa fyrirgert lífi sínu ok limum, at menn brenni þá í eldi eða þeir deyi öðrum jafnbáðuligum dauða, svá at hestar dragi þá dauða í augliti alls hers várs, ok síðan kasta þeim í fúlan pytt, svá at allir þeir er þetta spyrja sjá við at gera slíkt. Ek segi upp at sönnu ok réttum dómi, at þat veit Makon, er sál mína á sér einkaða, at ef þeir eiga sér nökkurn þann frænda eðr vin, at þetta mál vili fyrir mér verja ok segja svá, at ek dœmi þetta af hatri en eigi eptir tilverkum, þá standi sá nú upp, ef hefir nökkura hugdirfð at verjast ok mæla á móti þessum dómi, ok segi með hverjum hætti at hann sé rangr. Ok ef ek tek eigi með þessu sverði, er ek ber við síðu mér, jafnskjótt höfuð af honum öllum yðr ásjándum, ok sýna yðr hann upp gefinn ok yfirkominn, þá verði svei mínum herra, ef hann lætr eigi höggva mik skjótt.

44. Því næst stóð upp Gorhant or Florence, miklu ríki valdandi, hann var höfðingi yfir Kipr ok Barbare, hann var hinn illgjarnasti ok hinn lymskasti, engi var hans jafningi at svikum ok metnaði, svá at engi riddari þorði við hann at eiga. Hann var bróðir Musteni yfir Karsialandi, hann angraði mjök er frændr hans váru svá mjök fyrirdœmdir, ok er hann tók at tala, þá þögnuðu allir: Pliades, segir hann, þú ert alt of heimskr, er þú vilt ræna þessa 2 konunga lífi sínu, því at þeir hafa til einskis dauða þjónat, ok eigi væntir mik at þér drepit þá svá búit, því at herra Jamund ok hans lið vildu þeim ekki við hjálpa; svá lengi stóðu þeir undir höfuðmerkinu, at engi vildi þeim við hjálpa. Af 100 þúsunda er þeim váru fengin at verja merkit, þá kómust eigi 2 undan. En þá er þeir máttu eigi lengr standast, þá vildu þeir forða lífi sínu, ok váru þá hvárki svik né illska né hugleysi.

45. Síðan stóð upp Malavent konungr, hann var höfðingi til austrættar af Affrikalandi. Fyrir utan hans ríki veit engi maðr hvat títt er, hvárt nökkur skepna lifir austar eða engi, nema þat at (þar) er ok vindr ok himinn yfir. Hann átti hit auðigasta ríki, fyrir utan hinar ríkustu borgir betr en 100 kastala. Hann var hinn blíðasti maðr ok hinn fríðasti ok jafnan hlæjandi, hár at vexti ok grimmr at reiði, mjór um mitt en breiðr í herðum með löngum ok digrum armleggjum, hvítr á höndum sem snjór með liðmjúkum fingrum ok hœverskligri brynju, þá er hann sat á hesti sýndist hann maðr hinn

mesti; hann var tiguligr ok klæddr ríku purpurapelli með snjóhvítum skinnum, skikkja hans var gullsaumuð ok sett gimsteinum, svá at hon var eigi lakari en 100 marka silfrs. Þessi mælti djarfliga öllum áheyrundum: Þat veit Makon, segir hann, herra Amuste, at yðar kynkvísl vill spilla várri ætt. Ek em nú búinn at sanna þat, at hvárgi þessarra konunga er verðugr dauða, svá sem ek segi, svá skal ek sanna; en ef ek geri eigi svá, þá láti minn herra hengja mik upp. Þá hlupu upp betr en 40 hundraða heiðingja, ok vildu þeir allir sanna með honum. Þá mælti hann: Komit, segir hann, at þér sannit orð yðar með eiðum; en ef þér vilit eigi þat, þá mun illa fara með oss. Eptir þetta skildu þeir svá, at engi varð lykt á dómum þeirra. Ok hefr hér upp hina fimtu bók, er leiðir oss aptr at vita hvat líði bardaganum.

46. Triamodes kom þá hleypandi með ákafri atreið ok breiddi í sundr merki sitt af enu digra spjóti sínu. Hann lagði til Miluns hertuga í gegnum skjöldinn ok brynjuna ok hinn hvíta skinnkyrtil hans ok dró or honum innyflin fyrir framan söðulbogann, ok hörmuðu kristnir menn mjök fall hans, því at hann var góðr höfðingi ok hinn vaskasti riddari. Triamodes sneri aptr sem skjótast, ok reisti spjót sitt með merkinu er hann hafði blóðgat í brjósti hertuga, ok œpti þá hárri röddu: Herra Jamund, segir hann, sækit kostgæfliga þetta ríki, því at aldri mun þessi maðr gera oss síðan mótstöðu. Ok sem hann mælti þetta, þá kom Bæringr hleypandi svá skjótt sem hans hinn góði hestr gat borit hann ok hristi spjótit með mikilli reiði ok lét síga merkit, ok í því angri er hann hafði þá mundi hann náliga í sundr hrista spjótit. En Triamodis kunni eigi aptr at snúast í móti honum, ok lagði Bæringr hann í millum herðanna, svá at spjótit stóð út fyrir brjóstinu, ok tjáðu honum eigi herklæði hans, þat er vert væri eins glófa, ok bar hann dauðan or söðlinum. Ok er hann dró spjótit or honum dauðum, þá[1] mælti hann: Ofan skaltu stíga, segir hann, hinn vándi maðr, ok héðan skaltu aldri upp rísa, því at þú drapt bróður minn. En nú hefir þú svá dýrt keypt hann, at aldri nýtr þú þeirra eigna er hann átti. Triamodes lá þá dauðr á vellinum. Ok er Jamund sá þat, harmaði hann grátandi fall hans ok mælti á sína tungu mörg hörmulig orð. En Affrikamenn kærðu með mikilli hörmung fall hans ok báru hann dauðan í [faðmum sínum,[2] ok margir féllu í úvit á lík hans af sorg. Því næst riðu fram or konungs fylking Riker ok Marant, [annarr á bleikum hesti en annarr á grám,[3] ok lagði annarr til þess riddara er Mates[4] hét, hann var konungr yfir því landi[5] er liggr fyrir utan

[1]) *Her begynder atter A, som nu igjen lægges til Grund.*   [2]) [faðmi sér *a*.
[3]) [*tilf. a.*   [4]) Marant *a*.   [5]) ríki *a*.

Jórsalaland. Hann var metnaðarmaðr mikill, en öll herklæði hans
tjáðu honum ekki, því at hann bar hann af hestinum á spjóti sínu
ok kastaði honum dauðum á jörð.[1] En Riker lagði til Garisanz,
hann var frændi Jamund son Meysanz, hann hafði Olivant inn hvella[2]
lúðr [á hálsi sér[3] utan af Affrikalandi. Riker lagði hann í brjóstit,
ok flaug[4] spjótit í gegnum hann. Ok er hestrinn bar hann umfram,
þá brá hann sverðinu. Sem páfinn leit til þeirra,[5] þá signaði hann
þá ok mælti: Hinn helgi Pétr postuli, kvað hann, í þína miskunn
gef ek þessa tvá menn.

47. Sem Jamund sá tvá frændr sína fallna ok allan völlinn
huldan af líkum, þá sortnaði alt andlit hans ok andvarpaði hann þá
hörmuliga ok mælti: Herra Balam, segir hann, hvat mun nú af mér
verða, þessir tveir konungar[6] eggjuðu mik mest at fara hingat, ok
hugða ek at þeir skyldu vinna mér alt þetta ríki, er ek sé nú hér
liggja dauða. Þá svarar Balam: Undarliga mæli þér; sá er eigi
vill una því ríki er honum er heimilt ok girnist með röngu þat sem
annarr á, mun aldri vel endast. Svá samir ok öllum er höfðingjar
eru, at kunna eigi of illa, þó at þeim misfalli, verða ok eigi of
fegnir, þótt þeir sé mikils aflandi, ok þat sem at þikkir vera segja
þeim[7] vinum sínum, er nökkura [hjálp megu honum[8] veita. Þú
sendir mik í Valland at gera sendiferð þína at stefna Karlamagnúsi
konungi til þín, ok sagða ek honum þat sem þér mæltuð, ok óttaðist
hann við engi þau tíðendi, er ek kunna[9] segja, ok ógnaða ek honum
[þat alt[10] er ek mátta. En þegar jafnskjótt lét hann fram leiða 100
hinna beztu hesta fyrir mik, at ek skylda kjósa af hvern[11] er ek
vilda. Ok fann ek jafnskjótt, meðan ek var með þeim, at þeir
váru hinir hörðustu riddarar ok [at aldri mundu[12] þeir undan flýja.[13]
Sem ek var aptr hingat kominn, þá hugðumst ek segja yðr alt þat
er mér fannst sannast í, ok varaða ek yðr alla við at sjá[14] þeim
vandræðum, en þér létuð þá allir sem ek hefða svikit yðr. En
nú vil ek eigi optar sýna yðr minn vilja, nema nú leiti hverr fyrir
sér ok bjargi lífi sínu, aldri munu kristnir menn flýja. Þá svarar
Jamund: Aldri samir þér at bregðast mér. Ok tók þá Olifant [ok
blés at[15] hugdjarfa menn sína með svá hvellri röddu, at jörðin þótti
dynja undir vel þriggja fjórðunga lengd umhverfis. Ok reið hann
þá aptr til bardagans ok stefndi at einum kristnum manni ok hjó hann
ofan í hjálminn,[16] sverðit nam eigi fyrr staðar en í miðjum búk hans.

---

[1]) völlinn *a*. [2]) hvellasta *a*. [3]) [*mgl. a.* [4]) fló *a*. [5]) *mgl. a.* [6]) *mgl. a.*
[7]) þeir *a*. [8]) [viðrhjálp megu *a*. [9]) honum at *tilf. a*. [10]) [alt þat *a*.
[11]) þá *a*. [12]) [aldri munu *a*. [13]) ok aldri verða þeir reknir or sínu
ríki *tilf. a*. [14]) við *tilf. a*. [15]) [ok setti á munn sér ok blés ok vildi *a*.
[16]) ok svá at *tilf. a*.

48. Svá sem Jamund kom[1] í bardagann, þá váru höggvin mörg stór högg. Herra Girarð [þá er hann hafði sótt[2] höfuðmerki heiðingja, hann var farinn or brynju sinni ok öllum herklæðum sínum at hvílast. Þá sendi hann eptir 2 systursonum sínum Booz ok herra Klares, ok kómu þegar sem hann mælti. Hann rœddi við þá: þit skulut nú taka, segir hann, með ykkr 400 af váru liði ok ríða sem skjótast í bardagann með liðinu[3] fylktu. En jafnskjótt sem ek hefi upp tekit merkit[4] ok rækt allan þeirra[5] stað, þá kem ek til yðvar. Gjarna herra, sögðu þeir. Einn þeirra heiðingja er undan höfðu[6] komizt var hinn fimasti maðr, hann hljóp þegar á hinn skjóta[7] hest, er svá flaug ákafliga sem in [skjótasta svala eða valr[8] sœkir bráð sína. Ok er hann kom [fyrir Jamund, talar hann svá til hans:[9] Herra Jamund, kvað hann, mikill harmr ok angr er oss [gerr ok yðr mikil[10] svívirðing. Nökkurir menn kristnir kómu at oss[11] á fœti, aldri sám vér menn svá herklædda, þeir höfðu enga þá brynju er eigi væri þreföld ok hvítari hinu skírasta silfri, svá at aldri fölsuðust þær fyrir vápnum; í þeirra liði var engi sá hjálmr er eigi sé[12] gyltr ok settr gimsteinum, ok léku þeir svá við vára menn undir höfuðmerkinu með sverðum sínum, at öll váru svá grœn[13] sem hit grœnasta gras, ok drápu þeir fyrir oss meir[14] en þúsund manna undan höfuðmerkinu. Sem Jamund skildi[15] orð hans, leit hann [við honum[16] með grimmum augum ok mælti: Þegi, kvað hann, hinn saurgi ok hinn syndugi maðr, þú veizt eigi hvat þú mælir. Ek fékk höfuðmerki mitt [til varðveizlu tveimr konungum ok tíu þúsundum[17] riddara. Þá svarar hinn heiðni:[18] Alla hafa kristnir menn þá drepit ok ráku oss undan höfuðmerkinu ok tóku þat í sitt vald. Þá tók Jamund at hryggjast ok kallaði til sín Salatiel konung ok Rodan[19] hinn harða: Herrar, kvað hann, vér erum nú svívirðuliga sviknir, fjórir guðar várir eru í brott teknir frá oss, ok hafa þeir jafnan hatr á oss fyrir þat. Kristnir menn hafa nú engan styrk, sumir eru fallnir, en sumir sœrðir til úlífis ok hestar þeirra únýtir, en þér erut enn eigi í bardaga komnir, ok hestar yðrir heilir ok þér vel herklæddir. Á þessu sumri skal ek vera kórónaðr í Rómaborg, fellum nú þetta fámenni er eptir er. Salatiel konungr laut honum ok mælti: Óttizt[20] alls ekki Frankismenn, segir hann,

---

[1]) var kominn a. [2]) [er sótti a. [3]) öllu a. [4]) höfuðmerkit a. [5]) saal. a; þenna A. [6]) hafði a. [7]) fljóta a. [8]) [skjótasti valr sá er a. [9]) [at liðinu þar sem þeir börðust, þá reið hann þegar þar sem þröngin var mest ok spurði hvar Jamund var. Ok er honum var sagt, þá tók hann í hönd honum ok leiddi hann með sér ok mælti a. [10]) [orðinn ok yðr gerr nú mikil skömm ok a. [11]) ok allir tilf. a. [12]) var a. [13]) af stálinu tilf. a. [14]) betr a. [15]) hafði skilt a. [16]) [til hans a. [17]) [í gæzlu 2 konunga ok 10 þús. a. [18]) mgl. a. [19]) Roddan a. [20]) óttast a.

þetta kveld skaltu alla þá sjá dauða. Hann tók þá skjöld sinn ok boga ok örvamæli[1] með sér, ok riðu síðan allir með fylktu liði í bardagann.

49. Sem þessir tveir konungar kómu í bardagann, þá blésu þeir hornum ok lúðrum ok börðu á tabor, ok gerðist þá mikill gnýr[2] í hvárstveggja[3] liði. Þá mælti páfinn: Nú er ekki annat til[4] en gefa alla oss almátkum guði, er sálur várar frjálsaði með dauða sínum. Sá er nú gefr hér stór högg [til friðar heilagri kristni,[5] allar hans syndir meiri ok minni tek ek upp á mik á þessum degi. Þá kom Oddgeir leypandi fram or Frankismanna liði með digru spjóti huldr góðum skildi. En Salathiel reið[6] sem veiðimaðr hjá bardaganum meiðandi Frankismenn með [sínu skoti[7]. Engi maðr gat staðizt hans skot, því at allir váru eitraðir broddar hans, svá at [sá hafði engi[8] líf er hann [gat blóði or komit.[9] En Oddgeir leitaði hans, ok því næst mætir hann honum, ok hjó þegar til hans í skjöldinn með svá miklu höggvi, at [hann klauf þann illa hund í herðar niðr ok kastaði honum dauðum á jörð. En er Jamund sá Salathiel konung fallinn, þá harmaði hann dauða[10] hans með miklum harms gráti. Eptir þetta kom fram hleypandi herra Nemes hertugi yfir Bealver vel ok virðuliga herklæddr á Mozeli hinum vildasta vápnhesti sínum. Engi hestr þess [hins mikla fjölda[11] kunni síðr at mœðast en hann, ok engi riddari var sá er síðr kunni[12] hræðast en hertugi Nemes. Ok er hann reið at fylking heiðingja, þá mœtti hann fyrst Fulfinio[13] konungi, ok hjó hann þegar [í sundr í miðju ok skaut honum dauðum í miðjan valinn. Sem Jamund leit fall ins heiðna,[14] þá mælti hann: Nú eru enn færri várir menn en váru. Þá sneri herra Nemes aptr í lið Frankismanna. Þá kallaði Karlamagnús konungr til sín Oddgeir ok Nemes, Riker ok Fagon, Drois konung ok Salomon konung, ok mælti hann við þá: Hversu mikinn fjölda riddara eigu vér um höfuðmerki várt. Þeir svöruðu: 30 þúsunda. Karlamagnús mælti þá: Guð veit, segir hann, þat er alls of fátt. Góðir riddarar, segir hann, hvat er oss ráð hafanda? Þá svarar Oddgeir: Vér viljum vaskliga verjast ok svá [stór högg veita,[15]

---

[1]) örmel *a*. [2]) ok mannskaði *tilf. a*. [3]) hvárutveggju *a*. [4]) ráðs *tilf. a*. [5]) [á þessum velli *a*. [6]) svá *tilf. a*. [7]) [skotum sínum; aldri varð honum betri bogmaðr í öllu heiðingja liði *a*. [8]) [engi hafði sá *a*. [9]) [mátti blóði or koma *a*. [10]) [öll hans herklæði tæðu honum eigi þat er vert væri eins glófa, ok skaut honum dauðum or söðlinum fjarri á völlinn, ok kærði Jamund mjök fall *a*. [11]) [hans lið *a*. [12]) at *tilf. a*. [13]) Alfamen *a*. [14]) [svá miklu höggi, at engar hlífar gátu hólpit honum, ok skaut hann honum or söðlinum. Sem Jamund leit, at hann féll dauðr af hestinum *a*. [15]) [stórt höggva *a*.

at engar hlífðir¹ skulu við standast, ok ef guð ann heilagri kristni, þá mun hann gefa oss sigr á heiðingjum.

50. Sem þeir töluðu þetta, kom sira Valteri á einum góðum Gaskunie hesti ok hafði á spjótbroti sínu svá mikit merki, at hann dró eptir sér tuglana² á jörðinni, spjótbrot³ stóð í gegnum skjöld hans, brynja hans⁴ fölsuð ok slitinn panzari hans, ok lágu [brynjuböndin slitin⁵ á höndum hans⁶ ok hjálmr hans í mörgum stöðum bilaðr, ok rann blóðit undan brynju hans, svá at söðulboginn var fyrir honum allr blóðugr, ok leggir hans ok fœtr með sporum, ok hann var sárr mjök milli herða ok hélt⁷ blóðgu sverði sínu í hendi sér. Ok er hann leit Karlamagnús konung, þá mælti hann: Guð signi [þik, Karlamagnús konungr.⁸ Konungr svarar: Guð fagni [þér, riddari.⁹ En eigi kenni ek þik, ok seg mér nafn þitt. Hann svarar: Menn kalla mik Valteriom¹⁰ af Salastius borg. Herra Girarð [Boy son¹¹ sendir yðr guðs kveðju, ok hans systursynir herra Boz ok Clares, ok vér höfum sótt höfuðmerki heiðingja. Sira Valteri, segir Karlamagnús konungr, lifir enn sá inn rausti maðr. Guð veit, segir hann, at svá er hann heill sem fiskr ok kátr sem kið, svá at engi hans manna höggr stœrra¹² en hann. Þá mælti konungr: Hvar er nú herra Girarð? Þá svarar Valteri: Rétt¹³ undir höfuðmerkinu sjálfu heiðingja, er hann sótti af þeim, ok höfum vér [gert þar svá mikinn haug af heiðingjum, at þeir liggja betr en 10 þúsundir¹⁴ dauðir hverr á öðrum. Dauðr er Jamund nema hann sé betr at sér, aldri bíðr hann kvikr þetta kveld. Ok þá kom Andelfræi á eplóttum hesti. Sem hann sá Karlamagnús konung, þá kvaddi hann konung í Frankismáli ok mælti: Guð signi yðr, Karlamagnús konungr, son Pippins konungs. Guð fagni þér, Andelfræi ungmenni, segir konungr, ok hér fara nú, segir konungr, sveinar várir. Já, segir Andelfræi, guð veit, segir hann, at [fim tigir þúsunda eru í hinni fyrstu fylking, ok¹⁵ er engi svá vanbúinn í öllum þeim¹⁶ fjölda, at eigi hafi silkimerki gott, ok flestir allir silfrhvíta hjálma ok önnur góð herklæði. Sem konungr skildi [hvat Andelfræi sagði,¹⁷ þá lypti hann höndum til himna ok þakkaði guði [með tárum. En er þetta lið kom fram, þá¹⁸ stóð þeirra fylking tvá fjórðunga. Nú er þar kostr þeim er hesta vilja fá at taka svá góða sem bezta vilja or

---

¹) hlífar a. ²) tyglana a. ³) eitt *tilf. a*. ⁴) var *tilf. a*. ⁵) [brynjuslitin a. ⁶) honum a. ⁷) á *tilf. a*. ⁸) [Karlamagnús konung hinn ríka a. ⁹) [herra riddari a. ¹⁰) Valteri a. ¹¹) [*mgl. a*. ¹²) stœrri högg a. ¹³) þat veit trú mín, beint a. ¹⁴) [þeim gert svá mikit högg, at betr en 10 þúsundir liggja a. ¹⁵) [50 í þessarri hinni fyrstu fylking a. ¹⁶) þeirra a. ¹⁷) [þetta a. ¹⁸) [. þá er Albanie sveinar kómu á vígvöllinn a.

100 þúsunda, þeir er [þurfi er herklæða þurfu eigi meira fyrir at hafa[1] en taka af þeim er dauðir liggja.

51. Nú svá sem þeir váru allir vel herklæddir ok á góðum Gaskunie[2] hestum eigi færri en fjórtán þúsundir, en[3] í enni síðarri fylking váru 60[4] þúsundir. En [Droim hertugi[5] af Stampesborg reið þegar at móti þeim ok mælti: Enn megu þér í góðum tíma, segir hann, hefna vina yðvarra. Nú riðu þeir ofan fyrir brekkuna ok glitraði gull ok stál í móti sólskininu, ok gerðist þá[6] mikill moldreykr undan [hesta fótum[7] þeirra. Þá mæltu heiðingjar: Engi maðr sagði oss sannara en Balam sendimaðr, aldri verðr þetta land sótt af várri hendi oss til sœmdar. En ef Jamund hefði sent eptir feðr sínum í dagan, þá væri nú Valland[8] í hans valdi, ok nú verðr þat aldri sótt. Nú samir hverjum at unna[9] hesti sínum er góðan á. Sem hinir kómu at þar er bardaginn var, þar mátti þá heyra mikinn gný ok ógurligan hörkul. Ok er Jamund sá at bardaginn hallaðist á hans menn, þá hætti hann at ljósta [eða heitast við þá, ok þó hét hann þeim at þarflausu fé[10] ok ríki. Því næst leit hann á hœgri hönd sér þangatferð herra Girarðs ok við honum 10 þúsundir riddara,[11] ok dró hann þá á bak fylkingar sínar betr en þrjú örskot. En inn gamli Girarðr lagðist[12] með þungu hlassi á bak þeim ok [feldi sem tíðast[13] af þeim mikinn fjölda. Ok er Jamund fann at ekki var til viðrhjálpar, þá dró hann at sér beisl[14] sitt ok skundaði alt þat er hann mátti til aptrferðar.

52. Svá sem Jamund sá, at kristnir menn höfðu tekit umhverfis hann betr en 10 þúsundir hinna vápndjörfustu riddara,[15] þetta var fylking herra[16] Boz ok Clares, ok leit hann [þá á bak sér ok[17] sá [á hœgri hönd sér Karlamagnús konung sœkja fast fram, ok snerist hann[18] þegar or flokki þeirra, ok ef hann getr forðat sér sem hann hyggr, þá má hann at sönnu segja, at aldri komst hann fyrr or slíkum háska. Nú flýr Jamund undan berandi spjót sitt ok merki í hendi sér, ok var þat harmr er þat spjót var svá seigt,[19] at hvárki[20] kunni bogna né brotna. Þenna við kalla sumir menn aiol.[21] Þetta spjót ok tvau önnur þess hins sama viðar hafði hann með sér [til bardagans.[22] Hann sat á[23] svá skjótum hesti, at [í

---

[1]) [þeirra þurfa, en til herklæða þarf ekki meira at vinn(a) *a*. [2]) *mgl. a.* [3]) hinir *tilf. a.* [4]) 40 *a.* [5]) [herra Droim *a.* [6]) svá *a.* [7]) [fótum hesta *a.* [8]) alt land *a.* [9]) inna *a.* [10]) [þá né hœta þeim, þá hét hann þó at þarflausu gjöfum *a.* [11]) hinna hörðustu manna *a.* [12]) þá *tilf. a.* [13]) [*tilf. a.* [14]) *tilf. a.* [15]) manna *a.* [16]) þeirra *a.* [17]) [*tilf. a.* [18]) [at Karlamagnús konungr rak hann, ok snerist á hœgri hönd ok fór *a.* [19]) ok hart *tilf. a.* [20]) aldri *a.* [21]) niol *a.* [22]) [þangat í bardagann *a.* [23]) einum *tilf. a.*

öllum þeim fjölda var engi hans maki,[1] ok reið hann þá ofan hjá bergi nökkuru ok kærði um vandræði sín ok mælti:[2] Vesall ok syndugr em ek nú, segir hann. Ek þóttumst vera svá mikill ok máttugr, at aldri mundu[3] menn á mér sigrast, en nú í dag hefir mér eigi svá gefizt. Ek gaf þeim rangar sakir er[4] eigi lifa, ok misgerða ek í því, at ek vilda[5] bera kórónu [föður míns[6] at honum lifanda. Sá gerir sér[7] at sönnu harm ok skaða, er barn er ok barna [ráðum vill fylgja.[8] Þá svarar Balam: [Heyr, kvað hann,[9] ertu kona er kærir dauða [einka barns síns.[10] Metnaðr ok ofrefli eru samlíkir félagar. Sá er í flestum úgæfum hefir sinn trúnað, lendir jafnan í þann vanda, er of seint verðr at kæra. En nú[11] með því at þér vildi illa[12] fara, þá samir betr at aðrir kæri [fyrir þik[13] misfarar þínar, en þú sjálfr [kveinir sem börn eða hugveykar konur.[14]

53. Nú ferr Jamund leiðar sinnar, ok fylgja honum þrír konungar. Hann hallaðist í úvit á söðulbogann aptr, ok leit hann þá á bak sér ok sá at Karlamagnús konungr rak hann ok Nemes hertugi ok Oddgeir, ok fylgdu þeim fjórir skjaldsveinar Estor delangres[15] ok Rollant á grám hesti,[16] Otun[17] ok Bæringr. Því næst stóð[18] hestr Magons konungs svá mæddr ok sprengdr, at hvárki gékk hann fyrir sporum né höggum. Þá mælti Jamund: Nú kann ek sízt at sjá hvat til [ráðs sé,[19] ef Magon minn meistari ok fóstrfaðir skal hér eptir liggja, ok er mér mikill skaði ok skömm at láta hann. Snúumst[20] við þessum, er hér fara eptir, ok ríðum þá af [hestum sínum ok tökum einn þar af.[21] Þá svarar Balam: Þat mun lítt tjá oss, þó at þú klandir[22] ríki þeirra; en þeir munu fylgja þér ok drepa þik, ef þeir megu með nökkurum hætti ná þér. En Jamund [gaf eigi gaum at[23] hvat hann sagði, ok [tók þegar skjöld sinn ok hélt at sér sem fastast, ok lypti spjóti sínu ok hristi með svá miklu afli, at náliga braut hann í sundr, ok[24] hleypti þegar fram hestinum ok lagði spjótinu til herra Nemes ok hjó[25] ofan í hjálminn ok or allan fjórðunginn, ok ef eigi hefði brynjan verit svá örugg,[26] þá hefði hann at vísu drepit hann, ok síðan[27] skaut hann honum or söðlinum. Oddgeir danski hjó til Gorham[28] með svá [styrkri hendi, at hann

---

[1] [varla mátti nökkurn finna í öllum þeirra fjölda, at jafngóðr væri sem sjá *a*. [2] vei mér *tilf. a*. [3] myndi *a*. [4] *tilf. a*. [5] skylda *a*. [6] [Agulandus *a*. [7] *mgl. a*. [8] [ráði vilja trúa *a*. [9] [Sjám, kvað hann, kærandi slíkt *a*. [10] [barns þíns *a*. [11] *mgl. a*. [12] nú illa at *a*. [13] [*mgl. a*. [14] [látir of illa *a*. [15] delagres *a*. [16] vápnhesti *a*. [17] Utun *a*. [18] stöðvaðist *a*. [19] [ráða er *a*. [20] Snúizt *a*. [21] [hestunum, ok vinnum einn af hestum þeirra *a*. [22] klandrir *a*. [23] [hirti eigi *a*. [24] [*mgl. a*. [25] hann *tilf. a*. [26] at hon bilaði eigi *tilf. a*. [27] því næst *a*. [28] Goram *a*.

klauf höfuð ok herðar til beltisstaðar ok skaut honum dauðum á
jörð. Sem Jamund leit fall síns meistara ok ræðismanns,[1] þá brá
hann þegar sverði sínu ok ætlaði [mitt ofan í höfuð Oddgeiri.[2] En
sverðit flaug ofan á[3] söðulbogann ok tók af höfuðit hestinum. En
ef þetta högg hefði tekit hinn danska, þá mundi Jamund vel hafa
hefnt ræðismanns síns. Ok þá dró hann at sér beislit ok sneri
undan. Balam sneri þá aptr ok hnefaði spjót sitt sem hann mátti
fastast, ok hleypti fram á[4] hinum góða hesti sínum ok stefndi at
leggja til Karlamagnús [konungs hins kurteisa.[5] En konungrinn varð
skjótari ok lagði [til hans með svá miklu afli, at hann kastaði
honum langt[6] af hestinum saurgandi hin silfrhvítu herklæði hans.[7]
Balam hljóp því næst upp ok ætlaði hann at komast á hestinn, ok
er herra Nemes sá þat, brá hann sverðinu sem skjótast at verja
hestinn fyrir honum, ok hófst[8] þar svá hörð atganga, at horfði til
mikils váða; hvárr hjó til annars með þeim inum góðum sverðum
svá styrkliga, at fjarri flaug eldrinn or [hlífum þeirra.[9] Sem Balam
sá at Oddgeir skundaði þangat haldandi ok skakandi þat it digra
spjót, ok með honum Estor delangres, Otun ok Bæringr ok Rollant
á sínum hesti, þá sá hann, at honum mundi eigi duga at verjast,
ok mælti þá til herra Nemes: Herra riddari, segir hann, nem staðar
ok hætt at berjast, þú sigrast lítt í því at þú drepir mik. Ek vilda
láta skíra mik ok signa[10] guði ok heilagri trú, ok ef ek mætta finna
herra Nemes hertuga or Bealfer, þá mundi hann þenna dag mér til
hjálpar koma. Þá mælti hertugi Nemes: Hvat manna ertu, segir
hann? [Herra, segir Balam, ek em[11] sendimaðr, sá er var í Franz
at gera sendiferð Agulandi konungs. Þá svarar herra Nemes:
Almátkum guði[12] þakkir. Ok þá mælti hann til Oddgeirs: [Gerit
honum ekki mein, engi maðr var honum raustari; ok þá er ek var
fyrirdœmdr til dráps ok dauða af hermönnum Agulandi, þá varð
þessi maðr mér at hjálpa í mínum þurftum, ok hann frjálsaði mik
í augliti þeirra, ok lét bera fyrir mik svá mikit fé gulls ok silfrs, at
engi maðr hirti sér fleiri né betri gersimar at kjósa né œskja. Hann
gaf Karlamagnúsi konungi hinn hvíta hest. Heyr góðr riddari,

---

[1]) [öflugri hendi ofan í skjöldinn, at hann klauf at endilöngu, ok bilaði
brynjan fyrir högginu, ok blóðgaði hann sverð sitt í miðjum búk hans
ok skaut honum hundheiðnum fjarri af hestinum, ok féll hann dauðr á
jörðina. Ok sem Jamund leit þenna atburð um meistara sinn ok ræðis-
mann a. [2]) [hann ofan í hjálminn í mitt höfuðit a. [3]) í a. [4]) mgl. a.
[5]) [hins kurteisa keisara a. [6]) [fyrr til hans svá styrkri hendi, at ekki
ístig gat honum haldit, ok feldi konungr hann a. [7]) sín a. [8]) er a.
[9]) [annars hlífum a. [10]) mik tilf. a [11]) [Ek em Balam a. [12]) geri ek
tilf. a.

segir hann,¹ viltu halda nú þat sem þú hefir mælt? Já herra, segir
hann, þat vil ek at vísu ok þess em ek biðjandi. Ek gef mik guði
ok undir yðra gæzlu, at ek vil trúa á almátkan guð, er hin helgasta
mey² María fœddi í Betlemborg. Þá svarar Nemes hertugi: Guð
veit, segir hann, at þat vil ek gjarna veita þér. Þá kom Rollant
ríðandi á einum farahesti³ svá móðum ok nær sprungnum af erfiði,
ok leit hann þá Morel⁴ standa á [miðjum veg sínum,⁵ ok spurði
ekki at nema hljóp þegar á [bak honum,⁶ ok fékk hann þá svá
mikinn harm, at aldri fékk hann meira, því at hann hugði at Nemes
væri fallinn.

54. Nú flýr Jamund reiðr ok hryggr, því at nú er umsnúit
valdi hans. Í gær árla er daga tók, þá hafði Jamund undir sínu
valdi 7 sinnum 100 þúsunda, nú er eigi eptir hans lið af öllum
þeim enn minsti skjaldsveinn. Karlamagnús⁷ rekr hann ok getr eigi
farit hann⁸ innan mikilla fimm fjórðunga, ok kom Jamund þá at
nökkurum skógi litlum álms eða olifaviðar, þar sem hit skírasta
vatn spratt upp undir rótum viðarins. Sem hann sá þat, þá fýsti
hann mjök til, fyrir því at hann var móðr mjök af erfiði ok vöku;
því þá váru liðnir þrír dagar síðan hann bergði [á nökkuru hvárki
at eta né drekka,⁹ ok aldri þess í milli þorði hann hjálm sinn af
höfði at taka, ok þá steig hann af hesti sínum ok skaut því inu
mikla sverði með skálpinum niðr, ok setti skjöld sinn [niðr við
viðinn, ok batt¹⁰ hest sinn, ok gékk til keldunnar ok lagðist niðr
at drekka, ok drakk svá mikit sem honum líkaði. En fyrr en hann
væri upprisinn, þá kom þar Karlamagnús konungr at honum svá
skyndiliga, at Jamund mátti eigi ná vápnum sínum eða¹¹ hesti, ok
þótti honum skömm¹² er hann hafði svá mjök vangætt sín. Þá
mælti Karlamagnús konungr: Ef guð vill, þá skal engi maðr mega
brëgða mér því at ek drepa flóttamann slyppan, tak vápn þín ok
[stíg á hest þinn,¹³ því at ek em kominn at klanda¹⁴ kéldu þessa
af þér, ok úsynju [drakk þú af þessi keldu¹⁵ ok þenna drykk skaltu

¹) [Gör honum aldri mein, engi varð öðrum meir at gagni en þessi
riddari varð mér í mínum þurftum. Þá mælti hertugi Nemes: Ertu
sá Balam, segir hann, er svá mjök vart mér at hjálp fyrir Agulando
konungi, þá er þeir dœmdu mik í heyrn minni sjálfs undir dráp ok
dauða, en þú frjálsaðir mik í augliti þeirra ok lézt bera fyrir mik svá
mikit fé gulls ok silfrs, svá margar hvítar brynjur, svá marga gylta
hjálma ok svá mörg vel bítandi sverð, ok svá marga góða hesta, at
engi maðr hirti sér fleiri né betri gersimar at kjósa né œskja. Þú gaft
ok Karlamagnúsi konungi hinn hvíta hest. a. ²) mær a. ³) fararhesti a.
⁴) morel eitt a. ⁵) [vellinum miðjum a. ⁶) [hann a. ⁷) konungr tilf. a.
⁸) mgl. a. ⁹) [nökkurri fœzlu né drykk a. ¹⁰) [at viðinum ok festi a.
¹¹) né a. ¹²) í tilf. a. ¹³) [saal. a; steig á hest sinn A. ¹⁴) klandra a.
¹⁵) [drapt(!) þú a.

dýrt kaupa. Þá tók Jamund skjótt vápn sín ok hljóp þegar á hest sinn, ok hélt fram inum stinna skildi sínum at brjósti sér sem fastast ok[1] inu digra spjóti sínu til lags, ok mælti: Þat veit Maumet, herra riddari, segir hann, syndir þínar eggja þik til slíks, sem nú hefir þú gert. Eigi em ek sá maðr, er þú megir reka á flótta. Sé ek, at þú hefir fríðan hest ok skjótan,[2] er svá fjarri hefir borit þik öðrum mönnum; hvít er brynja þín sem apaldrs flúr, svá at engi vápn fá[3] henni spilt, en hjálmr þinn er [grœnn sem gras,[4] gerr af inu bezta stáli ok settr gimsteinum, ok sá er slíkan vildi fala,[5] mætti kaupa við verði [þriggja hinna ríkustu borga[6] ok kastala. En þat hefir þú mér berliga sýnt, at aldri vartu getinn af meðalmanni né af[7] litlu kyni, er þú þyrmdir mér, meðan ek var slyppr fyrir,[8] ok gaft mér hest minn ok vápn. Þú hefir svá kurteisliga þjónat mér, at þessi þjónusta skal þér vel duga, en hér verðr þú at játa mér klæði þín, ok gef ek þér leyfi aptr at fara úspiltum. [En ef þú vill af kristni ganga ok guði neita, þat veit Maumet at ek skal gera þik svá ríkan, at allir frændr þínir skulu af þér ríkuliga auðgast.[9] Þá svarar Karlamagnús: Þessum kosti, segir hann, sem nú hefir þú gert,[10] játa ek þér eigi svá búit, ok svá finnst mér í, sem ekki[11] vilir þú mikit fyrir[12] hafa at sœkja mik. Þá mælti Jamund: Hvat [er nafn þitt, segir hann?[13] Guð veit, segir Karlamagnús, aldri [vil ek leyna fyrir þér[14] nafni mínu. Karlamagnús heiti ek keisari kristinna höfðingja, mér þjóna Frankismenn ok [Alimanie Bealveri ok af Loerenge,[15] Mansel ok Rómverjar. Þá þótti Jamund undarligt, er hann var þar einn, ok mælti: Nú er mér [eptir því[16] fallit sem ek vilda œskja, því at nú virði ek eigi minn skaða eins lágs penings, fyrir því at þinn líkami skal gjalda þess harms ok trega, er býr í mínu brjósti af falli minna frænda ok höfðingja.[17] Jamund spurði í annat sinn: Ertu sá Karlamagnús er [felt hefir fyrir mér fim hundruð þúsundir fráteknum[18] þeim er undir merkinu féllu. Nú vil ek at þú gefir mér upp Paris til umbóta skaða míns, Rómaríki,[19] Púl ok Sicili, Tutalis[20] ok Loereng, Bealver ok Alimanni, Frakkland ok Burguniam, Nordmandi ok Brittaniam ok alla [Gaskuniam, ok[21] til landamæris í Spáni. Þá svarar Karlamagnús keisari: Þat veit guð, at þú vilt vera ríkr mangari, þér samir eigi at eiga

---

[1]) hélt *tilf. a.* [2]) fljótan *a.* [3]) geta *a.* [4]) [grasgrœnn *a.* [5]) falan láta *a.*
[6]) [hans 3 hinar ríkustu borgir *a.* [7]) or *a.* [8]) *mgl. a.* [9]) [*mgl. a.*
[10]) mér *tilf. a.* [11]) eigi *a.* [12]) við *a.* [13]) [heitir þú, seg mér nafn þitt *a.*
[14]) [leyni ek *a.* [15]) [Alemaner, Peito ok Bretanie *a.* [16]) [svá *a.*
[17]) [Nú virði ek eigi skaða minn eins penings, því at á þínum líkam skal ek hefna minna skaða ok harma. *a.* [18]) [svá margan ríkan félaga hefir felt fyrir mér 5 hundruð þúsunda at ótöldum *a.* [19]) Romaniam *a.*
[20]) Putalis *a.* [21]) [Gaskon-út *a.*

mörg lönd; er svá vilt latliga sœkja. En mik væntir, at vit munum svá skipta, at í·skilnaði okkrum mun annarr hvárr[1] okkarr lítt lofa sinn lut. Jamund var ungr maðr, stinnr ok sterkr, harðr ok hugdjarfr í viðrskipti. En keisarinn[2] var hygginn ok forsjáll, tryggr ok inn vaskasti. Síðan létu þeir hlaupa hesta sína at endilöngum vellinum, svá [sem þeir máttu mest af taka,[3] ok lagði hvárr [til annars svá styrkliga, at þeir[4] féllu báðir senn af hestunum til jarðar, ok var engi sá herbúnaðr keisarans[5] er eigi [vörgaðist af moldunni í[6] falli þeirra. Jamund ljóp þegar upp ok brá Dýrumdala, en konungr brá Jonise konungligu sverði, ok gerðist þá svá hörð atganga í millum þeirra tveggja, at aldri varð þvílík milli tveggja dauðligra manna, ok hjoggust þeir þá svá stórum höggum, at þeir klufu skjölduna, svá at fjarri flugu fjórðungarnir í brott. En konungr steig þá fram fœti ok hjó[7] Jamund ofan í hjálminn, ok flaug sverðit ofan hœgra megin ok sleit brynjuna[8] af öxlinni ok særði hann miklu sári. Sem Jamund sá[9] blóðit renna um sik, þá sprakk hann náliga af harmi ok angri, ok þat sá hann, at konungr ætlaði honum þegar annat högg, ok at[10] hann vildi með engum kosti stað sinn láta fyrir honum. Þá sá hann gullgjörð er ger var um hjálm konungs settan[11] með hinum dýrstum gimsteinum, ok mátti hann þá eigi lengr leyna því er honum var í hug, ok mælti:[12] Þú hinn kristni, gott [tóm ferr[13] þú þá, ef ek fæ eigi af þér slitit hjálminn þann enn góða, ok [ek geta[14] hvárki lypt honum né spilt; því eigi má ek drepa þik, meðan þú hefir hann á höfði, ok þat veit Maumet, eigi skaltu hans kunna gæta fyrir mér. Nú veit konungr at Jamúnd tekr hann höndum, nema almáttigr guð dugi honum ok heilagr andi. Þá getr hann eigi staðizt honum, ok veik hann þá herðum sínum undan honum, er hann vildi grípa hann höndum, ok misti[15] hans jafnan. Nú sá Jamund at konungr varðist honum, ok er hann leit opt á hjálminn, girntist hann æ þess meir,[16] er hann leit[17] hann optar, ok mælti þá: Þú hinn kristni konungr,[18] segir hann, mjök virði[19] sá þik ríkuliga, er svá virðuliga bjó þinn hjálm. Þetta er smíð Salomons konungs hins ríka. Ek segi þér, at í þínum hjálmi eru þeir steinar, at sá er þá getr sótt, hann mun eigi sœkja mætra,[20] ok þat veit Maumet, at [aldri skal hann þinn vera lengr.[21] Þat veit guð,

---

[1]) tveggja *a*. [2]) konungr *a*. [3]) [mjök sem þeir gátu skjótast keyrt þá *a*. [4]) [annan í skjöldinn svá hart, at engi söðulgjörð né ístig né brjóstgjörð gat þeim haldit ok *a*. [5]) konungs *a*. [6]) [vorgaðizt í moldunni af *a*. [7]) til *tilf. a*. [8]) ofan *tilf. a*. [9]) leit *a*. [10]) ef *a*. [11]) setta *a*. [12]) síðan *tilf. a*. [13]) [rom fær *a*. [14]) [ef ek get *a*. [15]) hann *tilf. a*. [16]) til hans *tilf. a*. [17]) sá *a*. [18]) maðr *a*. [19]) virti *a*. [20]) mætara *a*. [21]) [þinn skal hann aldri verða *a*.

segir konungr, aldri skal hann þinn verða, ok mjök er sá svívirðr er fyrir þér lætr hann.

55. Undir olifatré[1] gerðust þessir atburðir. Þessir tveir höfðingjar börðust með hinni hörðustu atgöngu.[2] En hvert sinn er Jamund veitti áræði Karlamagnúsi konungi, þá tók hann[3] svá vaskliga við honum, at hann fékk[4] ekki unnit at honum. Þá greip Jamund í skjaldarsporðinn ok vildi slíta[5] af honum. Ok er hann gat þat eigi gert, þá greip hann í böndin ok vildi slíta af honum hjálminn, ok var þá höfuð konungs bert. En Karlamagnús hélt[6] á hjálminum, ok tókust þeir þá höndum. Ok er Jamund hafði náliga tekit hjálminn af Karlamagnúsi konungi, þá kom Rollant ríðandi ok steig þegar af hestinum undir viðinum, ok hafði í hendi spjótsbrot eitt digrt. Ok er Jamund sá hann, þá [gaf hann ekki gaum at honum, því at hann var[7] hinn mesti ofmetnaðarmaðr ok[8] hugði engan dauðligan mann sinn jafningja vera mundu. En konungr var þá mjök angraðr, ok ef guð sendir honum eigi skjóta viðrhjálp, þá er alt ríki hans týnt ok tapat. En í því kom Rollant hlaupandi þangat, ok hafði í hendi sér mikit spjótsbrot,[9] ok laust þegar á hjálminn Jamunds svá mikit högg sem hann mátti mest. Þá sór Jamund við Machun[10] ok Terrogant ok allan þeirra mátt ok styrk, ok mælti: Allmjök verðr þá guð yðvarr kröptugr[11] yfir alla aðra guða, ef þit komizt báðir heilir frá mér, sem þit eruð hér tveir komnir. Jamund var sterkr, grimmr ok illgjarn, en Karlamagnús konungr var eigi barn í sínum athæfum. Þá hnefaði Rollant spjótsbrotit[12] báðum höndum ok ætlaði sér annat högg[13] í þann hvíta hjálm, ok skaut Jamund við hægri hendi, ok kom svá mikit högg á armlegg hans, at it hvassasta sverð flaug [langt or hendi[14] honum. Sem Jamund kendi at hann hafði ekki í hendi nema brynglófann tóman, þá minkaði metnað hans ok bliknaði hann þá. En Rollant greip þegar sverðit ok hjó til Jamunds í gegnum hjálminn, svá at þegar flaug blóðit ok heilinn af[15] munni hans, en sverðit nam staðar í hinum neðrum tönnum, ok steyptist hann með svá miklu falli, at aldri síðan stóð hann upp á sína fœtr. Nú hefir Jamund fundit þat er hann hefir lengi leitat. Keisarinn[16] settist þá niðr at hvíla sik ok mundi lítt hrósa sínum hlut nema [at því er[17] Jamund var dauðr; fyrir því ef guð hefði eigi sent honum slíka viðrhjálp, þá bæri hann aldri[18]

---

[1]) olifaviði a. [2]) hvártveggja gefandi ok viðrtakandi tilf. a. [3]) konungr a. [4]) gat a. [5]) skjöldinn tilf. a. [6]) þá tilf. a. [7]) [hirti hann ekki um hann, því at hann var þrútinn af reiði ok a- [8]) svá st. hann a. [9]) spjótskaptsbrot a. [10]) Makon a. [11]) kraptigr a. [12]) spjótkurf sinn a. [13]) ofan tilf. a. [14]) [fjarri höndum a. [15]) or a. [16]) Konungrinn a. [17]) [í því at a. [18]) optar tilf. a.

kórónu. Rollant tók þá [hest sinn[1] með öllum búnaði, ok kómu
þá Frankismenn, Oddgeir ok Nemes, ok stigu þegar af hestum sínum
ok fundu Karlamagnús konung móðan ok blóðgan [um andlit.[2]

56. [Oddgeir ok Nemes stigu þegar af baki. Sem Nemes sá
Karlamagnús konung, þá varð hann hryggr ok mælti:[3] Jlla ok úforsjáliga
gerðir þú, er þú rakt hann einn,[4] þar er þú sátt, at hann
feldi mik af hestinum ok hjó í sundr hest Oddgeirs með sverðinu,
ok gerði okkr báða með kynligum hætti sem peðmenn eða göngumenn.
Þá fór hann eigi sem [flóttamaðr, heldr sem hinn mesti
víkingr.[5] Þá svarar konungr: Herrar, kvað hann, ek mun nú
framleiðis við sjá slíkum háska, en nú má engi únýta þat sem gert
er. Hann veitti hina hörðustu mótstöðu fyrir sakir hjálms míns,
er hann girntist [mjök til,[6] ok ef guð hefði eigi sent mér Rollant,
er mín hefndi á honum, þá [væra ek at vísu[7] til dauða dœmdr.
Þá tóku þeir lík Jamunds ok sneru opnu. En Rollant hafði svá
ákafliga sótt hann, at hann hafði í sundr lostit hinn hœgra armlegg
hans fyrir framan ölbogann. Þá [kysti Nemes hertugi Rollant þrysvar[8]
ok mælti: Þessa gripi er þú hefir nú sótt, játum vér þér görsamliga,
því at[9] þú ert verðugr at njóta þess er þú hefir svá drengiliga
til sótt. Fyrr en konungr stigi á hest sinn, þá þógu þeir blóðit
ok sveitann af andliti hans, ok báru Jamund undir olifatré citt ok
lögðu hann þar niðr. En Rollant hafði svá mikit högg lostit hann
í hnakkann, at bæði augu hans lágu[10] á kinnum úti, en heilinn með
blóðinu var ofan siginn í augastaði[11] hans. Þeir sneru honum á
grúfu ok köstuðu yfir hann skildi. [Þá mælti konungr:[12] Herra
Nemes, segir hann, ef þessi væri kristinn, aldri fœddist honum vaskari
maðr, síðan Kristr kom í heiminn. Nemes svarar: Vei sé þeim
er hann grætr, ok svá [þeirri konu er slíkan son[13] fœddi, þar sem
hann er nú gefinn öllum djöflum.

57. Síðan riðu þeir Karlamagnús konungr til liðs síns ok
fundu hvern mann hugsjúkan ok hryggvan,[14] því at engi vissi hvar[15]
konungr var kominn. Hestarnir váru svá mœddir,[16] at náliga váru
til enskis nýtir. En ef hann[17] hefði lengr dvalizt, þá væri alt þeirra
traust týnt. Sem konungr var þar kominn, þá sté hann af hestinum,
ok leiddu þeir hann til [landtjalds Jamunds[18] ok tóku af honum

[1] [hestinn *a*. [2] [í andliti *a*. [3] [þeir stigu þegar af hestum sínum ok
fundu þegar Karlamagnús ok mæltu *a*. [4] á flótta *tilf: a*. [5] [hræddr
flóttamaðr, er hann reið okkr báða af hestunum *a*. [6] [*saal. a*; hann *A*.
[7] [hefða ek at vísu verit *a*. [8] [lagði Nemes hertogi báðar hendr um
háls Rollants ok kysti hann 3 sinnum *a*. [9] *saal. a*; því *A*. [10] *tilf. a*.
[11] au(g)nastaði *a*. [12] [Ok þá kallaði Karlamagnús ok mælti *a*.
[13] [þeirri er hann *a*. [14] *saal. a*; hugrakan *A*. [15] Karlamagnús *tilf. a*.
[16] meiddir *a*. [17] konungr *a*. [18] [landtjaldsins *a*.

hans herklæði, tóku þá Frankismenn [sitt herbergi.[1] En hinn gamli Girarð rak flótta heiðingja betr en röst, ok komst enginn þann veg kvikr í brott, en allir vellirnir váru huldir af[2] líkum ok vápnum, svá at eigi mátti ríða [fyrir eða fram komast.[3] En svá mikit fé var þar, at hverr er vildi fyldi [skjöld sinn ok hosur sínar[4] af gulli ok silfri.[5] En hinn gamli Girarðr steig þá af hesti sínum fyrir turninum, ok váru allir hinir vildustu mjök angraðir, fyrir því at þeir höfðu vakat ok fastat fjögur dœgr, ok var þá öllum mikill fagnaðr á, er þeir féngu hvíld, ok settist Karlamagnús konungr þá til matar. En ef Agulandus konungr[6] vissi þat sem nú var þar tíðenda, þá mundi hann verða bæði styggr ok reiðr.

58. Agulandus konungr var þann tíma í borg þeirri er Frisa heitir, ok váru þar þá landfastir orðnir Bordant konungr hinn máttugi, hann[7] var af því landi er liggr fyrir utan Jórsalaland, ok Modas konungr með mikinn her; ok gerðu þar mikinn fagnað ok skemtan, ok settust til skáktafls at leika við Agulandum konung, ok tóku[8] til um morguninn snemma,[9] en gáfu eigi upp fyrr en nón var liðit. Ok er Agulandus sá at dáligri var hans hluti í taflinu, þá varð hann mjök reiðr ok mælti: Til enskis dvelr þú þetta tafl, ek legg við alla[10] Púl í móti þínum[11] hœgra glófa. Þá hló hinn at, ok mælti: Gef ekki Púl,[12] sverð ok spjót eru fyrir oss at verja þat. Síðan daga tók[13] hefir Jamund fram riðit, ok með honum sjau[14] þúsundir riddara, en þat veit ek eigi, hversu þeim hefir tekizt. Nú lýkr hér hinni séttu bók, sem Karlamagnús konungr var til hvíldar kominn ok lið hans eptir it mikla starf ok meinlæti hins mikla bardaga, ok er nú sagt í hinni sjaundu bók frá athæfum Agulandi, síðan Magon ok Asperam kómu til hans, þeir er flýð[15] höfðu undan höfuðmerki Jamunds.[16]

59. Magon ok Asperam konungar koma nú ríðandi sveitugum[17] hestum til Frise borgar, þar sat Agulandus konungr hinn öflugi.[18] Hestar þeirra váru blóðugir af spora höggum, þeir kvöddu konung með tiguligum orðum, þegar þeir kómu fyrir hann, er hann sat yfir[19] skáktafli. Hvat gerir þú, sögðu þeir, sonr þinn hefir barzt[20] við

---

[1] [herbergi sín a. [2] mgl. a. [3] [þar né fram koma a. [4] [skaut sín ok hosur a. [5] En þá er þeir höfðu sem þeim líkaði, þá var enn svá mikit eptir, at þá angraði at sjá tilf. a. [6] Her fölger et Blad i a, hvoraf Halvparten er bortskaaren, saa at de nederste 26 Linier mangle; og dernæst er den levnede Halvpart igjen skaaren tvers over, saa at kun det halve af de tilbageblevne 16 Linier er tilovers. [7] er kominn a. [8] taka a. [9] árla a. [10] allan a. [11] hinum tilf. a. [12] því at tilf. a. [13] í gær tilf. a. [14] hundruð tilf. a. [15] flýit a. [16] Jamundar a. [17] sveittum a. [18] [hinn ö]flugasti konungr a. [19] at a. [20] barizt a.

Karlamagnús konung, vit höfum tekit[1] við höfuðmerkinu ok hundrað þúsunda með; þá kómu at úvöru á hœgri hönd oss eitt fólk, ok foringi þess liðs var einn lítill gamall maðr, ok drap alt lið várt ok kom okkr á flótta, ok af þeim tuttugu þúsundum er eigi einn sá er skjöld megi bera. Þá svarar Agulandus: Asperam, kvað hann, hvar er son minn? Herra, segir hann, þat veit trú mín, at vér erum þess enn eigi sannfróðir. Sem Agulandus heyrði þat, þá hljóp hann náliga or viti sínu ok greip þegar staf einn, er lá hjá honom, ok skaut upp ok kastaði at honum. En er hann sá stafinn fljúga at sér, veik hann undan sem skjótast. En þat it mikla högg tók á brott hálfan stólpann þann sem hann kom á. Þá mælti Agulandus: Hinn gamli svikari, kvað hann, aldri skulu vér því trúa, at nökkurr maðr sá er við kristni hefir tekit muni koma syni mínum á flótta. En fyrir ykkarn útrúnað skal ek láta hengja ykkr báða sem hina verstu þjófa. Þá svarar Asperam: Skilit hefi ek orð yður, herra, segir hann, en ek vænti, at þat mun yðr eigi upp gefast vetrlangt, er þér segit mik stolit hafa. Þá stefndi Agulandus til sín öllum höfðingjum er í váru liðinu, ok kómu þeir allir samt fyrir hann í hina miklu höll, er Jerimias konungr hafði átt. Þá talaði Agulandus ok mælti: Herrar, kvað hann, heyrit hvílíkan údrengskap þessir tveir konungar hafa lýst við mik, svikit son minn ok illmannliga svikit hann. Nú býð ek yðr, at hverr yðvarr dœmi þat sem rétt er um þetta mál. Þeir svöruðu: Eigi skulu þér þess missa, herra. Þá géngu or höllinni 20 konungar ok sömnuðust í eitt lopt. Þessir váru mestir höfðingjar, Almazor ok Amustade. Nú talaði Amustade fyrstr: Herrar, segir hann, þessir tveir konungar eru ættingjar mínir ok systursynir. Mik væntir, at engi sé sá á þessa stefnu kominn er þá vili með sínum dómi angra, því at þeir eru hinir vöskustu riddarar, ok hræðumst ek mjök, ef þeim verðr misþyrmt, at allr þessi herr sturlist ok sundrþykkist.

60. Þá stóð upp Akvin konungr ok rœddi sem reiðr maðr: Herra Amustade, segir hann, mikit taki þér yðr á hendr, er þér segit, at engi skuli angra þessa menn í dómi. En með því at þeir hafa flýð undan merkinu, er herra Jamund fékk þeim til gæzlu, eigi á líkam sárir ok engi þeirra vápn spilt eða fölsuð, þá er þat hverjum manni sýnt, at þeir hafa sik sjálfir fyrirdœmt. En vér sendum þangat syni vára ok brœðr ok náskylda frændr, ok erum hræddir ok[2] hryggir um þeirra hag, en þú vilt vera feginn ok hafa frændr þína frjálsa. En nú beint hér í augliti þínu skulu þeir vera

---

[1]) Her mangler Resten af förste Side af det overskaarne Blad i a. [2]) Her begynder anden Side af det overskaarne Blad i a.

fengnir í vald þessarra höfðingja,[1] at slíkr dómr se görr um þá, at vér sém allir hefndir af.[2]

61. Þá stóð upp Ankaris konungr or Amflors ok mælti hárri röddu: Herrar, segir hann, verit eigi svá mjök angraðir, þat vitum vér, at mikil ok víð er Affrika, ok margir eru þar fémiklir menn, er aldri girntust annarra konunga ríki. Betr sœmdi Agulando, at hann væri nú heima í Affrika eða í öðrum stöðum síns ríkis, hann mætti ríða á veiðar með hundum ok veiðimönnum at allskyns dýrum, eða með haukum at allskyns fuglum. En Jamund son hans ok þessir nýju riddarar, er fyrir skömmu tóku herklæði, ok vér[3] berserkir ok kappar er[4] hér erum samankomnir mundum sœkja ok vinna sœmdir ok ríki, ef mikilleti rósara slíkra, er nú töluðu áðr, teldi sik eigi hverjum manni vildri ok vaskari. En Magon konungr ok Asperam rauði er þér vilit nú fyrirdœma, þá eru eigi hraustari menn um allan riddaraskap í allri Affrika né öflgari[5] at fyrirkoma várum úvinum, [þá væri þat of[6] skaði, ef þeir væri drepnir eða spiltir. En ef konungi líkar, þá göngu vér[7] í vörzlu fyrir þá, til þess er [sannendi koma[8] upp, hvárir sigrast hafa í bardaganum.

62. Síðan stóð upp Abilant konungr hinn öflgi[9] ok mælti: Ankaris, [segir hann, sannliga sýnir þú þik eigi réttan um þetta mál.[10] Gakk í brott utar í loptit ok haf ráð þín við þann er þér líkar, ok seg þat er þú heyrir, en aldri skaltu fyrir þessa menn í vörzlu ganga, því at eigi samir at þetta mál standi lengr.[11] Ok nú [fyrir sjálfs þíns[12] augliti skulu þeir vera bundnir ok barðir, hvárki skulu þeim tjá[13] fœtr né hendr; þeim skulu fylgja fimtán skjaldsveinar, ok skal hverr þeirra hafa í hendi einn hestavönd görfan með hörðum knútum af hinum seigustum álum, en hverr þeirra er eigi kemr blóði út or baki þessarra svikara við hvert högg, þá skal sá hljóta it mesta högg af minni hœgri hendi. Eptir þat er þessir svikarar eru svá leiknir, skulu vér láta hengja þá ok því næst á báli brenna. En ef þér látit illa yfir, þá skulu várar tungur jafndjarfliga þann sama dóm yðr dœma.

63. Þá talaði Amustene yfir Fameborg, þessi var hinn hyggnasti maðr ok inn auðgasti, ríki hans liggr umhverfis Galliam ofan með sjónum endilöngum. Hann mælti á þessa leið: Lendir menn, segir hann, heyrit hvílíka svívirðing þessir konungar hafa gert, er

[1]) til þess *tilf. a.* [2]) á þeim *a.* [3]) *saal. a;* váru *A.* [4]) *saal. a;* ok *A.*
[5]) listuligri *a.* [6]) [þat væri ok *a.* [7]) [vilj]um vér ganga *a.* [8]) [satt kemr *a.* [9]) öflugi *a.* [10]) [kvað hann: Opinberum orðum ertu þat . . . . þú Agul. konung né Jamund *a.* [11]) . . . né leysist með vörzlu, ok aldri eign þeir at bera kórónu ne . . . . . *tilf. a.*
[12]) [beint í þeirra *a.* [13]) *Her mangler Resten af anden Side af det overskaarne Blad i a.*

Maumet ok allir guðar várir bölfi þeim, þeir ganga við mikilli illsku ok ragskap, þeir hafa hafnat sínum herra af hugleysi. Þessa gerði Jamund höfðingja ok fékk þeim mikit ríki ok tignaði þá með viðtöku höfuðmerkis síns, ok hafa þeir við gengit at þeir flýðu undan, ok engi sá er viti hvat líði um svá mikinn her ok mannfjölda. Nú er sá minn dómr sannligr, at þeir hafi fyrirgert lífi ok limum. En ef nökkurr mælir móti þessum dómi, þá standi hann upp til einvígis í móti mér; ok ef ek tek eigi höfuð af honum fyrir þetta kveld, þá gef ek honum upp alt ríki mitt. Ok var engi sá er í móti honum mælti.

64. Samnel konungr svarar þá af mikilli reiði: Herra Amustade, segir hann, þú mælir of heimsliga, allir vér vitum, at þú vart aldri vinr várs afsprings. En nú vil ek segja þér, hversu þín ætt hefir æ vára ætt hataða. Þat var fyrir því at þeir kómu eigi því fram, er þeir vildu, fyrir því at várir frændr ráku þína frændr af sér, ok fýsti þá aldri optar við þá at eiga. En faðir minn gerði vilja sinn ok gaf upp löndin ríkuliga. Asperam er inn ágætasti höfðingi, ok svá Magon félagi hans. En ef þú hatar þá með illsku þinni, þá samir þér eigi at fyrirdœma þá svá svívirðliga, enn veiztu eigi hvárir sigrazt hafa; þeir eigu ok svá marga frændr ríka ok vini, at engum kosti þola þeir, at þú fyrirdœmir þá fyrr en vér vitum hvat títt er um vára menn.

65. Hinn hyggni Sinapis stóð þá upp, hann var höfðingi yfir Alfre, hann réð turninum í Antiochia, hann var hinn mesti vin Agulandi ok Jamunds, hann hafði verit fóstrfaðir Jamunds: Herrar, kvað hann, heyrið hversu mikit þessir tveir ættingjar Norons hafa[1] misgert, er systursynir eru þess hins svikala konungs, er ek sé þar sitja undir steinstólpanum klæddr rauðu ciclatun.[2] Hann hefir lengi á illu setið, en ek hefi jafnan konunginum fylgt. Konungr várr skyldi reka þessa í brott Akari ok Lampalilla, Salatiel ok Safagon konung, Esperigam ok Managon konung, Estor[3] ok Malgernin konung ok alla ættingja þeirra bölvaða. En svikara dœmu vér at hengja[4] sem þjófa ok brenna þá síðan á báli í augliti alls lýðs, [at hverr maðr viti ok sakir ok syndir þeirra.[5] En ef Amustene kallar þetta rangt, þá skal honum[6] rangt en oss rétt. Í gær árla reið Jamund á hendr kristnum mönnum ok skipaði þessum svikorum undir höfuðmerki sitt,[7] en nú sjám vér[8] þá hér komna heila ok úsára; eigi þurfum vér at gefa þeim svikara sök, þeir ganga sjálfir við, ok dirfast svá, at þeir sjálfir segja upp svikin, ok fyrir því

---

[1] *Med dette Ord begynder atter* a.   [2] siklatun a.   [3] hinn rauða *tilf.* a.
[4] þá *tilf.* a.   [5] [*tilf.* a.   [6] vera *tilf.* a.   [7] ok foringja fyrir lið sitt *tilf.* a.   [8] allir *tilf.* a.

samir oss at skunda þessum dómi, at eigi spyri Jamund þat til vár, at vér höldum svikara hans. En þú Amustene,[1] er ek sé þar sitja, bleyðist þú nú ok bliknar allr, jörðu ertu líkr sem dauðr maðr. Nú ef þú vilt þenna dóm falsa ok þínir frændr er nú heyrit orð mín, þá gangit til vápna yðvarra, en ek mun stíga á hest minn herklæddr, ok ef ek get eigi sannat þenna dóm í aftöku höfuðs þíns, þá láti konungr hengja[2] mik sem hinn versta[3] þjóf er til galga er dœmdr. Af þessum orðum urðu allir svá dumbi, at engi þeirra kvað eitt orð upp.

66. Ulien ok Madekvin[4] konungr stóðu þá báðir upp, ok tók hvárr í hönd öðrum, ok géngu or loptinu inn í höllina ok fundu Agulandum [konung sitjanda á einni silkidýnu ok[5] andvarpanda kappsamliga. Ulien sór þá við Makun ok Apollin ok mælti til Agulandum: Hugr þinn, herra, er alls of [blautr við þessa svikara[6] hins bölvaða kyns Kains,[7] er jafnan hafa [svik gert,[8] látit nú draga þá kvika at hestahölum í sundr. Agulandus konungr [gékk þá með þeim út í loptit til dómsmanna ok[9] mælti hárri röddu: Eru dœmdir þessir svikarar? segir hann. Já, sögðu þeir. Fyrirkomit þeim þá sem skjótast, segir hann, hestar skulu draga þá í gegnum herinn at[10] augliti alls lýðs, svá karla sem kvenna, ungra ok gamalla. Síðan látit [saman samna öll þeirra stykki ok kasta[11] í hinn fúlasta pytt. Samnit þá saman pútum [90 eða hundrað,[12] þeirra er seljast fyrir silfr, ok munu þær gjarna koma, ok gefit hverri þeirra bisund[13] gulls, ok mígi þær ok saurgi ofan[14] á þá, svá at hverr maðr sjái þat. Tendrit síðan mikinn eld þá[15] í at brenna. Sá er [öðruvís refsar[16] svikorum, þá sœmir sá[17] þá of mjök er á gálga hengir.[18] Síðan váru fram leiddir þessir tveir konungar, er fyrirdœmdir[19] váru. Þá mælti Agulandus: Hinir vándu svikarar, kvað hann, hvat hafi þit gert af syni mínum? Kunnit þit nökkut at segja mér hvat af honum er orðit? Nei herra, segja þeir, vit várum eigi þar svá lengi, at vit vissim hvat [um hann[20] varð síðarst. [Einn gamall maðr lítill á miklum vápnhesti grám var foringi eins fólks, svá vel kunnandi at berjast, at engi skepna gat staðizt honum, ok ráku oss þegar frá merkinu ok hjuggu þegar niðr í augliti okkru 20 þúsundir. En Jamund var þá í öðru liði ok barðist í móti þeim, er þar váru, ok kunnum vér alls ekki frá honum at segja.[21] Þat veit Makon,

---

[1]) Samnel a. [2]) leika a. [3]) dáligasta a. [4]) Madikun a. [5]) [tilf. a. [6]) [blauðr, þessir 2 svikarar ættingjar a. [7]) Tames a. [8]) [at svikum verit a. [9]) [mgl. a. [10]) ok síðan um alla borgina í a. [11]) [bera stykki þeirra öll saman ok kastit a. [12]) [áttatigum eða 100 a. [13]) saal. a; pisund A. [14]) mgl. a. [15]) þeim a. [16]) [aðra leið þjónar a. [17]) hann a. [18]) hangir a. [19]) dœmdir a. [20]) [af þeim a. [21]) [tilf. a.

segir Agulandus, at víst em ek fól, ef ek spyr ykkr fleira. Ok krafði [þá fjögurra hesta ok lét binda[1] Asperam milli tveggja en Magon millum annarra tveggja, ok hljópu þá þjónar [til ok keyrðu hestana[2] þegar sem þeir horfðu um berg ok hamra, svá at hvervitna var vegrinn blóðugr ok grjót af blóði þeirra ok holdi. Eptir þat váru þeir kastaðir í hinn saurgasta pytt, [ok feldu þá portkonur á þá hland ok annan saur líkama sinna at öllum herinum ásjánda.[3] En eptir þetta fúla[4] starf tók hver þeirra bisund gulls. Eigi lauk leiki þeim fyrr en kvelda tók, ok gerðist [mikil umræða í liði heiðingja, ok mælti hverr við annan:[5] Jlla hefir Jamund þeim[6] við hólpit.

67. Þá er Agulandus konungr hafði til borða[7] sezt, þá stigu af hestum sínum í konungs garði ein þúsund af flóttamönnum, ok fannst engi í þeirra liði sá er eigi væri[8] sárr, [ok hestar þeirra mjök sárir,[9] skildir þeirra klofnir at únýtu, ok gékk sá fyrir er ríkastr var inn í höllina fyrir konungs borð. En hann var lagðr með kesju í gegnum brynjuna ok pansarann, ok [féll blóðit um alt hallargólfit or sárinu.[10] Hann mælti lágt, því hann mátti eigi hátt: Herra, segir hann, þú mant alt of lengi hér dveljast ok of seinn verða. Síðan Jamund son yðvarr fór at búa í turninum, þá riðu vér með þrjár þúsundir riddara [ok útalt bogmanna lið várt,[11] ok fór Jamund þá fyrir liði váru at fá oss vistir, ok höfðu vér guða vára með oss at snúa kristnum mönnum undir lög vár. Vér sóttum borgir ok kastala, alla hina ágætustu menn er eigi vildu guði sínum níta,[12] lét Jamund drepa, ok brjóstin skera af konum þeirra. Í þeirri[13] ferð tóku vér it mesta fé. Sem [Jamund var við oss skilinn ok vér snerum[14] aptr, mœttum vér þá njósnarmönnum Karlamagnús konungs,[15] ok[16] þá hugðumst vér gera skyldu atreið á hendr þeim, ok tœði alls ekki hvárki bogaskot né spjótalög. Þar féll Entor merkismaðr várr, ok þá létu vér fjóra guða vára, en í ánni druknuðu svá margir af várum mönnum, at þurrum fótum mátti [fara á líkum[17] þeirra, ok sá ek þá einn Frankismann reka Jamund til þess er hann kom í garðshlið[18] turnsins, ok drap hann þá hestinn

[1] [hann þá 4 hesta harðreiða ok bundu *a*. [2] [á hestana ok keyrðu *a*.
[3] [en þá kómu portkonur öllum herinum ásjánda ok feldu á þat sem eptir var af líkömum þeirra hland ok annan saur líkama sinna *a*.
[4] saurga *a*. [5] [hvíslan mikil, ok í Affrika liði mælti hverr til annars *a*.
[6] þessum 2 *a*. [7] borðs *a*. [8] var *a*. [9] [*mgl. a.* [10] [gaus blóðit or sárinu, svá at alt gólfit var blóðugt, ok hjálmr hans var höggvinn ofan til banda, svá at hlutirnir lágu á herðunum *a*. [11] [at útöldu liði bogmanna várra *a*. [12] neita *a*. [13] þeirra *a*. [14] [mánuðr var liðinn, snerum vér *a*. [15] í hirðinni *tilf. a*. [16] sem vér riðum ofan af fjallinu *tilf. a*. [17] [ganga á líkömum *a*. [18] garð *a*.

undir honum¹ ok tóku þeir þá af oss² alt þat er vér höfðum saman dregit, ok höfðum vér allir eigi svá mikit, at vert væri eins penings.

68. Þá svarar konungr: Er þat satt, Valdebrun, eru fjórir guðar várir teknir? Já, sagði hann, vér höfum nú barzt³ þrjá daga við Karlamagnús konung; fáir eru Frankismenn, en eigi munu aðrir finnast vaskari. [Þeir tóku höfuðmerki várt ok ráku oss á flótta, ok ekki tjáði oss allr fjöldi várr;⁴ en Jamund dvaldist eptir með fjórum konungum, Balam ok Gorham, Mordruin⁵ ok Sinagern. Þá er þeir tóku guða vára,⁶ þá börðu þeir þá með spjótsköptum⁷ ok með hvössum hégeitlum oss ásjándum, ok drógu þá þegar af fjórum [olifatrjám ok⁸ niðr á jörð ok sneru höfðunum⁹ niðr¹⁰ en fótunum upp, ok lýstu þeir eigi þar [mátt sinn¹¹ né krapta, ok alla tel ek þá svikna er [sér trúa slíka guða hjálpa mega.¹² Herra, kvað Valdebrun, skilit þat er ek segi yðr, vér sám gerla [lið Frankismanna ok¹³ njósnarmenn þeirra, foringjar eru tólf hertugar ok tveir konungar kórónaðir, en lið þeirra er fjórirtigir¹⁴ þúsunda,¹⁵ en fylking sjálfs konungsins er hundrað þúsunda, en vér höfum drepit¹⁶ fjórðung liðs þeirra. Nú herra, ef þér vilit þetta land sœkja, þá ríðit sem skjótast ok hryggizt eigi, því at þeir hafa [ekki liðsfjölda í móti yðr at standa.¹⁷ Ef þeir væri gerðir¹⁸ oss til matar, þá mundu þeir eigi vinnast oss til hálfrar fylli. Þá svarar konungr: Valdebrun, segir hann, þú fyllir mik harms,¹⁹ þú kant ekki segja mér frá Jamund. Víst ekki, segir hann, nema þat, ef nökkurir eru kvikir, þá eru farnir til Beiuere²⁰ borgar at taka²¹ þar hvíld.

69. Agulandus konungr reiddist þá ok mælti: Hau,²² kvað hann, Affrikamenn, verit eigi nú harmafullir²³ eða latir, góðir riddarar, blásit nú hornum ok lúðrum ok ríðit sem skjótast á hendr þeim, ok takit með yðr 20 þúsundir riddara. Fyrir þessum skulu vera höfðingjar Madekvin²⁴ ok Almazor, en fyrir annarri fylking skulu vera²⁵ Akarð or Amflor ok Ulien, þeim skulu fylgja þrírtigir þúsunda. Þessir skulu mér fylgja at gæta líkama míns ok sœmda minna, Modes rauði ok Galingres gamli, Ambilant hinn mikilláti ok

---

¹) ok ef höggit hefði tekit hann hálfan, þá þurfti hann eigi meira *tilf. a.* ²) honum *a.* ³) barizt *a.* ⁴) [Allir hafa þeir brynjuhött undir brynjum ok brynjur fótsíðar. Þessir keyrðu oss ok þröngdu, at ekki téði oss allr fjöldi várr, ok tóku þeir höfuðmerki várt, en vér flýðum *a.* ⁵) Mordium *a.* ⁶) frá oss *tilf. a.* ⁷) spjótkurfum *a.* ⁸) [alifantum *a.* ⁹) *saal. a;* höfðinu *A.* ¹⁰) á þeim *tilf. a.* ¹¹) [sínar jarteignir *a.* ¹²) [á slíka guða trúa ok slíkt hyggja sér mega hjálpa *a.* ¹³) [*mgl. a.* ¹⁴) 60 *a.* ¹⁵) riddara *tilf. a.* ¹⁶) vel *tilf. a.* ¹⁷) [lið til at halda viðstöðu í mót yðr *a.* ¹⁸) görvir *a.* ¹⁹) því at *tilf. a.* ²⁰) Befueris *a.* ²¹) fá *a.* ²²) Ho *a.* ²³) hugblauðir *a.* ²⁴) Madekun *a.* ²⁵) foringjar *tilf. a.*

Amuste ok með honum tveir drambsamir synir hans. Vér skulum ríða at Frankismönnum ok lægja dramb þeirra ok metnað. En ef vér hefðim Jamund son minn með oss, þá mundu vér skjótt verða vísir, hverir vildastir væri. Þá svarar Valdebrun: Herra, segir hann, vitið at vísu, at þér þurfið eigi svá mjök girnast at leita [Frankismanna, væri þeir þúsund, en þér tveir ok 40 þúsunda, þá mundu þeir eigi síðr leita[1] yðvar en þér þeirra. Agulandus stóð þá grátandi fullr af harmi ok plukkaði skegg sitt. En herr hans allr tók at blása ákafliga ok riðu or borginni 100 ok 40 þúsunda, ok létu þó eptir mikit lið at gæta skipanna ok [hina fríðu dróttningu Agulandi, henni til þjónustu váru fengnir tuttugu þúsundir riddara.[2]

70. Madeqvin konungr talaði þá við sína menn: Þat veit Maumet, ef ek má nökkura stund lifa, at allir eru kristnir menn dauðir, er fyrir mér verða. Í annarri fylking eru 30 þúsunda. Þar mátti sjá [mörg góð hervápn,[3] yfir þessi fylking váru höfðingjar Akart af Amflor ok Manuel systrungr hans, yfir annarri fylking var höfðingi Floriades, hans lið var með[4] öðrum hætti vápnat, þessir höfðu eigi brynjur né panzara, heldr hin beztu spjót. Ef þessir reka flótta, þá ætla þeir nær at sækja, en ef þeir verða reknir, þá eru þeir hundum skjótari, yfir þessum var annarr foringi Chalides hinn ríki. Hina 3 fylking varðveitti Eliades,[5] hans lið var vel[6] vápnat, þeir eru saman 40 þúsunda hinu[7] mestu ofmetnaðarmenn.[8] En í fylking sjálfs Agulandi var Ulien ok Moadas inn mikli, Galingres gamli ok Abilant. En Amustene ríðr[9] andvarpandi, fyrir sakir systursona sinna mikinn harm hafandi, er með hestum váru í sundr dregnir fyrir[10] augliti sjálfs hans. [En ef Amustene vildi lýsa[11] sínum hug eptir því sem var, þá ætlar hann at vísu Affrikamönnum hefndina.[12] Í þessi fylking váru allir vel herklæddir ok höfðu marga tyrkneska boga með hinu vildasta skoti. En ef eigi hjálpar[13] guð nú kristnum mönnum, þá munu eigi margir eptir lifa af þeim[14] þat mund er þessir mæta þeim [í bardaga.[15]

71. Nú hafi þér heyrt, hversu Agulandus leitar kristinna manna, þar til er hann finnr þá. En nú er segjanda frá athæfi Karlamagnús konungs ok hans manna.[16] Þá nótt herbergðist Karlamagnús konungr í landtjaldi Jamunds, ok hafa þeir þar svá nógar

---

[1]) [*mgl. a.* [2]) [varðveita hina fríðu dróttning. Aldri væri enn fríðari kvennmaðr, ef hon tæki kristni ok tryði á guð, 20 þúsundir riddara varðveittu hana ok þjónuðu henni. *a.* [3]) [marga panzara, hvítar brynjur, gylta hjálma, góða hesta, hinu hvössustu sverð, hina beztu boga *a.* [4]) *tilf. a.* [5]) Eleadas *a.* [6]) klætt ok *tilf. a.* [7]) hinir *a.* [8]) ok hinir grimustu, þessir gera kristnum mönnum skaða nema Kristr stöðvi þá. *tilf. a.* [9]) upp *tilf. a.* [10]) í *a.* [11]) *saal. Fragment í norske Rigsarkiv;* lymska hug sinn *a.* [12]) [*tilf. a.* [13]) helpr *a.* [14]) í *tilf. a.* [15]) [*mgl. a.* [16]) liði *a.*

vistir ok góðan drykk, at í öllum heiminum þurfa þeir eigi [nógari né vildri[1] at leita. Hit mesta gull ok silfr var þar samankomit, hin dýrstu pell, hinn mesti fjöldi gullkera ok silfrkera, ok allskyns önnur gögn af brendu silfri ok gör með hverskyns hagleik fornra smiða ok nýrra. Svá mikit val var þar á digrum spjótum ok hvössum sverðum ok allskyns vápnum dýrum, at aldri sá dauðlig augu svá úumræðiligan fjölda; ok þó höfðu þeir keypt at harðri kaupstefnu, því at þeir mönguðu þau með varningi holds ok blóðs líkama sinna. [Annarr hlutr var í sá er þá huggaði, er þeir höfðu hefnt sín á Affrikum. þeir vörðu sik þá sem bezt með allskonar góðum mat ok drykk ok féngu hina hógværustu hvíld.[2]

72. Keisarinn vildi[3] þá eigi lengr dveljast ok sendi þá eptir einum erkibyskupi ok lét vígja vatn ok bað kasta yfir alt liðit, ok settist hann þá til dagverðar borðs í landtjaldi Jamunds, ok géngu þá þúsund riddara at því hendr sínar, en allir máttu rúmliga sitja í því landtjaldi, ok þó rúmliga skutilsveinar ok [byrlar at sinni þjónun ganga.[4] En vant er at telja hversu mörgum[5] hagleik þetta landtjald var gert, því at engi lifandi maðr hafði þvílíkt[6] sét; 4 karbunculi steinar váru í knöppunum[7] á landtjaldinu, ok lýstu [ok birtu[8] allan dalinn umhverfis; þar váru fuglar jafnan syngjandi. En um kveldum [at náttverði ok fyrir ok eptir[9] er þar leikit með allskyns skemtan.[10] Engi þurfti kerti at tendra, ok ef ránsmenn fara it efra eða it ytra at brjóta borgir eða kastala eða at öðrum ránföngum, þá megu þeir engan veg undan víkja, at eigi megi sjá, ef þeir[11] við snúast at berjast. Svá gáfu steinar af sér ljós um nætr sem hinn ljósasta dag.

73. Mjök er sá sendimaðr lofandi, er kom í Franz til Karlamagnús konungs at segja honum tíðendi ok konungr feldi af hesti sínum.[12] Hann kom nú gangandi [fyrir Karlamagnús konung[13] ok mælti: Herra, segir hann, látit nú skíra mik, síðan vil ek segja yðr þau tíðendi, er yðr hæfir [með skyldu[14] at vita. Vinr, kvað konungr, viltu svá mjök skunda til þess? Já, sagði hann, guð er váttr minn, at mik hefir lengi til þess fýst. Guð sé lofaðr, segir Karlamagnús. þann[15] sama dag sem konungr var mettr, þá gerðu Frankismenn skírnarbrunn, ok kom þar páfinn at tala[16] við Karlamagnús. Herra, segir keisarinn, séð[17] hér sendimann Agulandi konungs, er hann sendi til mín í Franz at gera sendiferð sína, Oddgeir ok Nemes færðu hann hingat,[18] en nú vill hann við kristni taka. Páfinn svarar: Lof sé almátkum guði. Síðan vígðu fjórir fontinn,

---

[1]) [nægri né vildari a. [2]) [tilf a. [3]) þar tilf. a. [4]) [þjónostumenn a. [5]) margföldum a. [6]) fyrr slíkt a. [7]) klöppunum a. [8]) [þeir a. [9]) [tilf. a. [10]) töflum a. [11]) vilja tilf. a. [12]) mgl. a. [13]) [ok stóð fyrir konungi a. [14]) [at vísu a. [15]) hinn tilf. a. [16]) ræða a. [17]) sjáit a. [18]) þangat a.

ok gékk þá páfinn til at gera sína þjónustu. En Balam af klæddist[1] öllum klæðum nema línklæðum,[2] ok drektu þeir honum þrysvar.[3] Þá kom Karlamagnús ok tók hann or vatninu. En sá er kaupa vildi krismuker þat er þar var fram borit,[4] féngi eigi keypt[5] fyrir þúsund marka[6] silfrs. Þá mælti páfinn til Karlamagnús konungs: [Herra, segir hann, sœmit nú ok tignit þenna mann, er guði er gefinn, ok gerit yðr hann kæran vin.[7] Konungr svarar: Guð veit, at þat skal ek gjarna gera. Í skírninni sneri Karlamagnús konungr nafni hans ok gaf[8] honum ríka skikkju. [En hann var mikill maðr ok öflugr, sterkr ok harðligr, í öllum her kristinna manna var eigi fríðari riddari, hann kunni vel í söðli at haldast, hann var hinn vildasti maðr. En pávinn skírði hann,[9] ok var hann kallaðr Vitaclin[10] eptir einum lendum manni konungs ok vin. Hann tók þá í hönd Karlamagnúsi konungi, ok þá gékk páfinn með þeim út af landtjaldinu, ok þá mælti Vitaclin: [Eigi samir mér nú at leyna, at ek em gefinn guði ok ykkr.[11] Guð veit, segir Karlamagnús konungr, í því hefir þú vel gert, ok fyrir þat muntu öðlast[12] sœmiliga ömbun af guði.

74. Þá mælti Vitaclin: [Ykkr vil ek engu leyna. En nú lítið[13] upp in speculum landtjalds yðvars, er undir er knöppunum, er drekinn stendr á. Séð[14] nú þat hit mikla skipalið[15] er siglir í höfnina, svá at útalligr herr er. Nú megum vér sjá turninn í Risaborg ok öll útvígi borgarinnar. Nú megum vér sjá fimm fylkingar, ok eigi munu þeir aptr snúa[16] fyrr en þeir mœta[17] oss. Nú takit ráð, hvat vér skulum at hafast, hvárt ver skulum bíða eða undan halda. Þat veit guð, segir Karlamagnús, at eigi em ek hér kominn undir Aspramunt[18] til þess at flýja eða[19] upp at gefa heiðingjum ríki mitt. Þá leit Karlamagnús í skuggsjó landtjaldsins, ok[20] sá hann galeiðr ok langskip ok drómunda [ok hafskipa fjölda údœmiligan fljóta,[21] ok þá leit hann turninn í Risaborg ok stólpa ok vígskörð, ok andvarpaði hann þá af harmsfullu hjarta. [Þá sá hann at páfinn grét ok illa lét, svá at vötnuðust bæði augu hans[22] ok runnu tár af kinnum hans. Þá mælti Karlamagnús til páfans: Hætt sem skjótast ok lát eigi svá, í slíku[23] máttu hryggja allan her várn, skunda heldr til Girarðs hertuga ok seg honum, at hann komi til

[1]) þá *tilf. a.* [2]) línbrókum *a.* [3]) 3 sinnum *a.* [4]) þá *tilf. a.* [5]) þat *tilf. a.* [6]) brends *a.* [7]) [Takit nú þenna mann ok tignit, guði gefinn *a.* [8]) fœrði *a.* [9]) [*tilf. a.* [10]) Vitaklin *a.* [11]) [því at ek em nú guði gefinn, ok samir mér nú eigi at leyna *a.* [12]) fá at vísu *a.* [13]) [Ef ek leyni ykkr, þá em ek sannr svikari. Lítit nú *a.* [14]) Sjáit *a.* [15]) skip ok lið *a.* [16]) snúast *a.* [17]) finna *a.* [18]) Aspermunt *a.* [19]) né *a.* [20]) sá at páfinn grét, ok þá *tilf. her urigtig A.* [21]) [fjölda ok hafskipa údœmiligan flota *a.* [22]) [*tilf. a.* [23]) slíkum látum *a.*

mín sem skjótast at rœða við mik. Þá svarar páfinn: Þat geri ek gjarna. Með því ráði er Karlamagnús sagði honum, fór páfinn þegar brott, ok fylgdu honum fjórir erkibyskupar. Sem þeir kómu heim, þá stigu þeir þegar af hestum sínum, ok er þeir kómu til turnsins, þá stóð herra Girarðr ok þvó hendr sínar, albúinn til dagverðar. Þá kom páfinn ok blezaði þá[1] ok mælti: Karlamagnús keisari er oss sendi hingat, hann [sendi yðr þau orð er vér leynum eigi. Hann[2] bað at þér [skyldut koma[3] sem skjótast á hans fund, fyrir því at hann vill yðrum ráðum fylgja. Þá svarar hertuginn: Þat má vel vera, segir hann; en ek verð nú fyrst at matast ok mitt lið, því at vér bergðum [á öngri fœzlu[4] á þessum þrimr dœgrum;[5] en þegar[6] ek em mettr, þá skal ek fara; sé sá svívirðr, er í þessarri þurft bilar. Þegar er hertuginn er mettr, váru framleiddir hestar þeirra söðlaðir, ok steig þá herra Girarðr á hest sinn með tveimr systursonum sínum ok 2 sonum sínum ok riðu upp um brekkuna. Ok er þeir kómu meðal herbúðanna, þá sá þeir þar mikil auðœfi gulls ok silfrs ok útalligan fjölda góðra hesta.[7] Herra Girarðr steig þá af hesti sínum, ok héldu ístigi[8] hans Droim ok Amfræi, ok tók þá Karlamagnús konungr í hönd honum hina hœgri, en í aðra tveir[9] lendir menn, ok heilsaði hann þá Karlamagnúsi konungi með hollum[10] trúnaði. Þá mælti Karlamagnús konungr til herra Girarðs: Fyrir hví vartu eigi konungr? Þá svarar Girarðr: Eigi vilda ek, herra, því at ek em eigi verðugr svá mikillar tignar, ok hefi ek eigi þann er þat gerir mér, en ek held í friði ríki mitt. Hinn ríki keisari, fyrirkunnit mik eigi,[11] þeim einum samir at bera kórónu, er guði líkar at vaxi ok bœtist til þess at þjóna kristni heilagri en únýta röng lög, en alt gott styðja ok styrkja, ættgóða menn hafa jafnan sem næst[12] sér er góð tilbrigði eigu, ok hversu honum samir konungdómi at stjórna, heita fá ok gefa stórum. Sá er eigi vill svá lifa, honum samir eigi at bera kórónu. Þá svarar páfinn: Þeim samir at vísu þínum orðum at hlýða, er vit ok vizku vilja sér hirða. Karlamagnús keisari sendi mik eptir þér, hann vill undarligan atburð segja yðr,[13] aldri [heyrða ek[14] annan þvílíkan. Þessir þrír höfðingjar ok Vitaclin var hinn fjórði, [ok engi annarra vissu hvat þeir ætluðu,[15] þeir géngu vel 3[16] örskot frá öllu liðinu, ok [þá mælti[17] páfinn: Sjáit herra Girarðr, segir hann, undir knappinum á landtjaldinu í skuggsjó, þaðan máttu[18] sjá alla ströndina, sem áin fellr

---

[1]) alla *tilf. a.* [2]) [*tilf. a.* [3]) [komit *a.* [4]) [eigi á mat né drykk *a.* [5]) dögum *a.* [6]) er *tilf. a.* [7]) vápnhesta. Sá er aldri hafði fyrr jafngóða, hann mátti nú fá þar œrna *a.* [8]) í ístig *a.* [9]) ríkir *tilf. a.* [10]) öllum *a.* [11]) því at *tilf. a.* [12]) næsta *a.* [13]) þér *a.* [14]) [heyrðir þú *a.* [15]) [*tilf. a.* [16]) 4 *a.* [17]) [mælti þá *a.* [18]) mátti *a.*

ofan í sjá, svá margar galeiðr, langskip ok knerri[1] ok drómunda, [at trautt verðr tölu á komit.[2] Sér þú Affrikamenn[3] er upp ganga af þessum skipum, þeir hafa fimm[4] fylkingar ok fyrir utan þá er undir höfuðmerkinu eru. Nema guð vili nú sjá til vár, þá munu oss of síðla koma aðrir til hjálpa. Karlamagnús konungr sýndi honum með fingri sínum þat er títt var [in speculo.[5] Þá mælti hann lágliga[6] í eyra honum: Mæl ekki þat er her várum sé[7] til angrs. Þá svarar Girarðr: Herra, segir hann, þat játa ek yðr gjarna. Karlamagnús konungr mælti þá:. Er eigi þetta[8] Agulandus konungr ok[9] hér höfuðmerki hans? Hér hljótum vér[10] bardaga. Vitaclin bróðir, segir hann, gör mik sannfróðan, svá at ek mega vita meðferð þeirra [ok hversu viðvarit er um þeirra búnað.[11] Já herra, segir hann, guð veit at þat kann ek vel greina,[12] því at ek verð nú hér dveljast með yðr, ok hefi ek enga [ástundan til þeirra aptr at[13] koma, ek hefi látit[14] son minn. En hvat þarf ek yðr þetta langt at gera, ek skal yðr alt þetta fyrir kveld sýna, svá at þér skuluð[15] yðrum augum sjá sjálfir.

75. Sjái þér herra, segir hann, undir þeim fyriskógi, þar taka þeir nú herbergi hinir fyrstu heiðingjar með svá mörgum landtjöldum af hinu bezta silki [ok hinum hvítustum léreptum.[16] Ok þar er þér séð[17] hit mesta [merki purpura gert,[18] þat á hinn öflugi Madekuin, í öllu Affrikalandi fær[19] öngan hans maka, ok svá eru Affrika höfðingjar hér görsamliga komnir, at eigi einn ríkrar ættar er eptir sitjandi, ok allir hinir beztu riddarar er nú váru í Affrika, þá hefir hann með sér, ok ætlar sér at hefna þeirra er í gær féllu; hann hefir ok sent eptir Jamund frænda sínum. Þá svarar páfinn: Þat veit sú hin helga trú, er ek á at gjalda hinum helga Martino,[20] at sannliga samir Karlamagnúsi keisara at sœma þik ok einkannliga at elska. Þá mælti Vitaclin: Lítit nú, herra, undir vínviðarskóg öðrum megin gegnt við ána, er rennr í gegnum dalinn, þar tekr önnur fylking heiðingja herbergi, þetta er fylking Akarz or Amflor. Ek var optliga í ráðagerðum með honum. Hann sendi hvern riddara þann er nökkur var hreysti at til Jamunds, en allir þeir sem hann sendi sínum herra Jamund váru gersamliga drepnir í gær [á þessum velli.[21] En hinn veg hjá skóginum[22] tekr nú herbergi eitt undarligt fólk, [þat er mjök er illgjarnt.[23] Svá [er þeim háttat,[24]

[1]) knörru a. [2]) [mgl. a. [3]) Affrika a. [4]) 4 a. [5]) [innan spekulum a. [6]) með lágum orðum a. [7]) er a. [8]) þessi a. [9]) er tilf. a. [10]) 5 tilf. a. [11]) [tilf. a. [12]) gera a. [13]) [ván né vilja optar til þeirra a. [14]) einka tilf. a. [15]) skulit a. [16]) [tilf. a. [17]) sjáit a. [18]) [purpura merki a. [19]) á hann a. [20]) Marteine a. [21]) [hér á vellinum a. [22]) þeim mikla skógi a. [23]) [þeir er engir verða illgjarnari a. [24]) [eru þeir háttaðir a.

at þeim ann engi, ok engi gerir þeim gott; þeir hafa lítit brauð ok
matast sílla,[1] þeir virða enkis góð herklæði né vápnhesta ok eigi
eins fúins eplis alt bóndastarf, þeir allir lifa við skógar veiði. [Engir
í heiminum eru[2] svá góðir skotmenn,[3] engi kemst undan skoti þeirra,
en ef þeir taka flótta[4] ok fellr þeim boginn, þá treystast þeir spjót-
um sínum, ok engi hestr er þeim jafnskjótr.[5] Þessir eru liðsmenn
Calades af Orfanie. Séð enn, herra, [undir hamrinum[6] hjá keld-
unni mörg rík landtjöld [sett gullörum;[7] þetta fólk er af[8] hinu sign-
aða landi, þar vex[9] hit bezta brauð ok vín, hit nógasta gull ok silfr,
hvít skinn ok grá, ok hinir vildustu vápnhestar. Þessir eru hinir
kurteisustu menn, ok konur unna þeim mjök, ok þeir eru kvenna-
menn miklir, Eliadas ok Pantalas konungar eru höfðingjar ok herrar
þeirra. Nú herra, óttizt[10] ekki, allir þeir sem með þeim váru vild-
astir riddarar liggja hér með félögum sínum drepnir á þessum velli.
Þá mælti páfinn: Þat veit heilög trú, segir hann, at vér skulum
vera þínir vinir. Herra, kvað Vitaklin, skilit vel orð mín. Þá er
yðrir menn höfðu [keyrt ok sveift vára menn,[11] þá sem Jamund
hafði[12] með sér, ok tóku fjóra guða vára, þá þreifst aldri síðan vár
ætlan. Nú, herra, ef þér vilit hafa ríki yðvart í friði,[13] þá ríðit
sem skjótast á hendr þeim; en ef þér vilit flýja undan ok gefa þeim
upp ríki yðvart, þá munu þeir gjarna taka við. Eptir þessi orð
lagði keisarinn hendr um háls honum, ok mælti: Ef þú ert staðfastr
í þessu, þá skaltu vera mér kærastr ok [jafnan við mína ráðagerð.[14]

76. Girarðr hertugi tók þá at tala: Herra konungr, segir
hann, látit nú blása um allan herinn, at allir hinir yngstu menn komi
til yðvar sem skjótast, þeir sem vápn[15] bera ok brynjum ok hjálm-
um kunnu[16] klæðast. En ek vil nú fara til minna manna ok hugga
þá, því at ek vil búa þá til ráðagerða várra. Þá svarar konungr:
Þat er vel geranda. Síðan kallaði hann til sín fjóra [af beaueis[17]
at blása um allan herinn ok bera orð hans ok boð. [Fjórir beaueis-
menn[18] riðu um allan herinn œpandi ok lýsandi konungs boð:
Komit allir til konungs[19] ungir ok vápnfœrir, þjónostumenn, skjald-
sveinar, steikarar, dyrverðir, rekkjusveinar, ræðismanna þjónar ok[20]
skutilsveinar, undirbyrlar ok kertasveinar;[21] þér skulut allir herklæði
taka, er til nökkurrar viðrhjálpar erut fœrir, ok þeim er vel duga í
þessarri hans þurft, þá hefir hann heitit at gera yðr ríka.[22] Þegar

1) síðla a. 2) [Eigi eru í heiminum a. 3) veiðimenn a. 4) þá tjáir ekki
tilf. a. 5) at þá geti tekit *tilf. a.* 6) [við hamarinn a. 7) [eða gullara
þá hina stóru er á standa knöppunum a 8) or a. 9) finnst a. 10) ótt-
ast a. 11) [rekit vára menn ok svipt a. 12) heiman *tilf. a.* 13) frelsi a.
14) [í viðrsetu ráðagerða minna a. 15) megu *tilf. a.* 16) at *tilf. a.*
17) [bauægismenn a. 18) [þessir a. 19) hans a. 20) eða a. 21) kerti-
sveinar a. 22) menn *tilf. a.*

kómu þessi tíðendi um allan herinn, ok kómu þeir fyrstir er í hinum fyrra bardaganum höfðu verit, brynjaðir¹ ok hjálmaðjr. Þá mælti konungr: Ef guð sendir mik heilan í Franz² fóstrland várt, þá skal ek gera yðr svá mikla menn ok ríka, at [alt yðvart fólk skal af yðr³ tignast. Þá gerðust þeir fegnir ok riðu betr en röst þangat sem bardaginn hafði verit, ok fundu þar mörg fríð vápn, gylda hjálma, silfrhvítar brynjur, harða skjöldu, hin beztu⁴ sverð, ok tóku þegar til sín ok kusu⁵ hina vildustu hesta⁶ með gyldum söðlum. Síðan riðu þeir til herbúða sinna ok tóku af hestunum söðlana, ok hvíldu þá um nóttina með nógu⁷ korni ok fóðri.

77. Fjórir fóstrsynir keisarans⁸ Rollant ok Estor, Bæringr ok Otun frágu alt þat er títt var. Þeir rœddust þá við allir saman ok mæltu: Hvat skulu vér nú at hafast, keisarinn heldr oss sem hertekna menn. Nú er engi svá vándr knapi, at konungr gefi eigi⁹ herklæði, ef hann vill hafa. Förum nú ok vitum, ef vér skulum nökkur herklæði af honum hafa, en ef hann synjar oss, förum í brott ok skiljumst við hann. Þá svarar Rollant: Guð sígni [yðra ráðagerð,¹⁰ ok gerit svá sem þér segit. Rollant steig þá á hest sinn ok hans félagar með honum. Þeir fundu konung sitjanda með fámenni, því at öngir menn váru þá hjá honum nema hertugar hans Oddgeir ok Nemes ok Flovent. Konungr andvarpaði þá¹¹ með harmsfullu hjarta ok tárin runnu [ofan á kinn honum.¹² Hertugarnir mæltu þá við hann: Hættit, herra,¹³ harmi þessum, dauðr er Agulandus, ef hann mœtir oss. Herrar, segir hann, mælit eigi slíkt; þá er vér börðumst á fyrra velli, höfðum vér konunga ok jarla ok hertuga mikla ok máttuga höfðingja; hina ríkustu af þeim höfum vér látit [sjau hins fjórða tigar¹⁴ ok 300. En nú verð ek at hafa þeirra viðrhjálp, er áðr¹⁵ váru þjónustumenn annarra, ok fyrir því springr náliga hjarta mitt af harmi. Ok þá vildi hann ekki [fleiri um¹⁶ tala, því at páfinn ok herra Girarðr höfðu fyrirboðit honum at segja [nökkut af því sem hann hafði¹⁷ sét. En í því kom Rollant ok steig af hesti sínum, ok er hann leit Nemes hertuga, þá tók hann í skikkjuskaut hans¹⁸ ok annarri hendi í beltissprota Oddgeirs, ok leiddi þá skamt í braut þaðan¹⁹ er keisarinn var. Þá mælti Rollant í reiðu skapi: Hvat segir Karlamagnús? Hví heldr hann oss sem hertekna menn? Vér fórum í her þenna með honum sem göngumenn, ok reið ek á einum svá harðreiðum verkfák, at náliga

¹) allir *tilf. a.* ²) í *tilf. a.* ³) [öll ætt yður skal af mér *a.* ⁴) björtu *a.* ⁵) kjöru a. ⁶) vápnhesta *a.* ⁷) œrnu *a.* ⁸) Karlamagnús konungs *a.* ⁹) góð *tilf. a.* ¹⁰) [vára ætlan *a.* ¹¹) mjök *tilf. a.* ¹²) [honum á kinnr *a.* ¹³) ok látit af *tilf. a.* ¹⁴) [7 ok 30 *a.* ¹⁵) fyrr *a.* ¹⁶) [fleira *a.* ¹⁷) [nökkurum þat er þeir höfðu *a.* ¹⁸) honum *a.* ¹⁹) frá því *a.*

hristist¹ or mér allar tenn, svá skók hann mik, at aldri kenda ek slíkt. Nú ef Karlamagnús konungr vill eigi fá oss herklæði, þá munu vér skilja við hann. Þá tók Oddgeir hann í faðm sér ok kysti hann ástsamliga² ok mælti: Þér skulut [fullkomliga hervápn bera.³

78. Nemes hertugi ok Oddgeir danski knésettust⁴ fyrir Karlamagnús konung. Þá mælti herra⁵ Nemes: Herra konungr, segir hann, systurson yðvarr vill gerast riddari. Guð veit, segir Karlamagnús, þat má [enn vel gerast í góðu⁶ tómi, en Rollant frændi várr er enn of ungr vápn⁷ at bera. Þá mælti hinn ungi Rollant: Guð má miskunna mér; en þó at ek sé ungr, þá em ek þó eigi huglauss, ok sótt hefi ek it bezta sverð. Ek hefi ok þjónat yðr með borðkeri at matborði, en Estor delangres hefir skorit mat fyrir yðr. En ef þér vilit eigi gera oss fjóra félaga riddara, þá sýslit yðr aðra þjónustumenn, en vér munum leita fyrir oss. Rollant, segir konungr, eigi mun ek yðr þetta synja, enn minnir mik, þá er ek var undir olifaviði, ok sá ek þik þá hlaupa af hestinum svá skjótt sem [leóns hvelpr,⁸ ok hafðir í hendi [af spjótbroti lítinn kurf ok laust Jamund⁹ svá mikit högg, at fjarri flaug [sverðit or hendi honum, þá er hann hugðist mik skyldu höndum grípa. Nú¹⁰ ef þú biðr mik nökkura bœn, þá þarf hvárki til¹¹ at hlutast Oddgeir né Nemes. Bið fyrir 20 eða 30, hundrað eða þúsund, allir skulu af þínum bœnum vápn taka, er [vilja ok bera kunna.¹² En er Rollant heyrði keisarann svá mæla, þá vildi hann á kné falla. En Karlamagnús konungr tók í hönd honum ok kysti hann með mikilli ástsemd ok mælti: Mér samir sannliga at elska þik, góði systurson, um hvern dauðligan mann fram, því at þú¹³ gaft mér líf¹⁴ guði tilsjánda. Þá lét Karlamagnús keisari blása fyrir öllum landtjöldum, at allir skyldu [fyrir hann¹⁵ koma. Þar mátti sjá hina ungu menn til ganga kistna sinna, ok drógu þá fram sjóða sína með nógu¹⁶ gulli ok silfri ok pellum, ok ætluðu þá gjafir sínar, fyrir því at hverr þeirra hafði þar¹⁷ fengit svá mikit fé, at þeir vissu eigi hversu þeir skyldu fyrir sjá.

79. Nú ferr herra Giraðr or konungs hirð ok með honum herra Booz¹⁶ ok Clares, ok stigu af hestum sínum fyrir landtjaldi

---

¹) hristi a. ²) með mikilli ástsemd a. ³) [brátt bera herklæði a. ⁴) þá tilf. a. ⁵) hertugi a. ⁶) [vel vera af a. ⁷) herklæði a. ⁸) [mjóhundr a. ⁹) [spjótkurf af apaldri til mín, ok er Jamund hugðist reiða sverðit í höfuð mér, þá laustu hann a. ¹⁰) [honum sverðit, þat er hann hugðist halda á, ok armleggr hans gékk í sundr fyrir framan ölbogann, svá at síðan nýtti hann aldri sína hönd. En a. ¹¹) í a. ¹²) [megu bera ok hafa vilja a. ¹³) fannt mik ok tilf. a. ¹⁴) með tilf. a. ¹⁵) [til hans a. ¹⁶) gnógu a. ¹⁷) mgl. a. ¹⁸) tilf. a.

Girarðs, ok géngu þá í móti þeim jarlar ok lendir menn ok spurðu hversu keisarinn mætti. Þá svarar Girarðr: Lof sé guði, at hann má vel ok er heill, ok skulu nú allir þjónustumenn verða[1] riddarar, ok svá[2] skulu vér allir gera eptir sama hætti. Þá svöruðu allir: Guð signi ætlan vára ok láti vel skipast eptir yðru ráði. Nú kallaði Girarðr [til sín[3] systursonu sína ok tvá sonu sína, ok mælti: Herrar, kvað hann, nú skulu allir [vápn bera, þeir er megu;[4] ok ef guð sendir mik í mitt ríki, þá skal ek þat vel yðr launa. Sem herra Girarðr hafði búit þá, þá var flokkr þeirra þrjár þúsundir. Þá mælti hann til [sona sinna[5] Miluns ok Girarðs, þá[6] fékk hann í hendr Ancelin hertuga, ok mælti:[7] Þú skalt fara á fund Karlamagnús konungs ok bera[8] honum guðs qveðju ok mína[9] vináttu. Seg honum, at hann gefi sonum mínum herklæði, ok haf þá síðan með þér til mín aptr. Þá svarar hertuginn: Þat geri ek gjarna, herra. Síðan ljópu þeir á hesta sína ok kómu[10] til hirðar Karlamagnús konungs, ok fundu þeir þar ríka [höfðingja ok margt annat fólk þeirra, er gera létu[11] riddara brœðr sína ok sonu ok aðra þjónustumenn sína, ok mælti. Þá Karlamagnús, at hertugar ok jarlar skyldu sjálfir dubba menn sína. Þá mæltu höfðingjar sín á millum: Víst hefir Karlamagnús konungr fengit oss þetta starf at þarflausu. Ok vissu þeir eigi hvat þeir mæltu, því at þeir vissu eigi [hers at ván.[12]

80. Keisarinn er nú í landtjaldi Jamunds ok gerði fjölda[13] riddara af ýmsum[14] kynkvíslum, ok ekki fór hann at því,[15] hvárt þeir váru ríkra manna synir eða fátœkra.[16] Öllum hefir hann nú gefit gott frelsi ok sœmdir sem riddorum, öllum er frelsi gefit fyrir bœjar tökum ok konungs skyldum. Sem þeir höfðu [skilt þat[17] frelsi, ok at fyrir sakir Rollants váru þeir frjálsaðir,[18] þá handgéngu þeir konungi ok gáfu sik almátkum guði ok hinum helga Petro postula, ok mæltu við Karlamagnús konung: Herra konungr, sögðu þeir, látit oss nú æ sem fyrst finna þat hit bölvaða fólk, vér skulum svá slátra þeim í augliti yðru, at aldri skulu þeir fá bœtr [sinna skaða ok svívirðinga.[19] Keisarinn skundaði þá starfi sínu, ok valdi af[20] flokki þeirra 300 ok 30 ok sjau menn. Meðan þessir lifa, þá munu þeir verja guðs lög ok [sœmd keisarans[21] ok í hans augliti munu þeir eptir mætti höggva höfuð af heiðingjum. Sem Karla-

---

[1]) vera a. [2]) mgl. a. [3]) [á a. [4]) [riddarar vera, þeir er vilja ok vápn megu bera a. [5]) [sinna manna a. [6]) þessa a. [7]) til hans tilf. a. [8]) segit a. [9]) sína a. [10]) þá tilf. a. [11]) [jarla ok hertuga ok mikinn fjölda þeirra manna, er nú létu gera a. [12]) [vónir hers. a. [13]) saal. a; fjöldi A. [14]) mörgum a. [15]) spyrja a. [16]) fátœkir a. [17]) [skilit þetta a. [18]) frjálsir a. [19]) [sins skaða ok svívirðingar a. [20]) or a. [21]) [líkam keisarans ok gæta hans ríkis a.

magnús konungr sá[1] yfir sveinana, þá kom honum[2] í hug um feðr
þeirra, er fallnir váru. Þessa verðr hann at hafa þangat með sér,
sem hann væntir varla sjálfr[3] í brott at komast, ok gerðist honum
af þeirri[4] íhugan svá þungr harmr, at engum kosti mátti hann á
fótum standa, ok settist hann niðr á[5] pell ok hallaðist á hœgindit
ok andvarpaði af [miklum harmi.[6] Droim konungr ok Salomon kon-
ungr, Nemes hertugi ok Oddgeir, þessir leiddu Rollant unga fyrir
Karlamagnús keisara, ok létu þeir þá fram[7] bera 300 sverða. Eitt
var þat sverð, er eigi sómdi[8] huglausum knapa at bera; en Nizant
brezki bar þat sverð í hendi sér. Þá brá Karlamagnús keisari
sverðinu ok mælti til Droims konungs: Hér er ekki sverð jafngott
né jafnfrítt þessu. Þá mælti Oddgeir: Herra, segir hann, freistum
sverðsins [í steininum er stendr fyrir landtjaldi yðru.[9] Þá svarar
konungr:[10] Þat skulum vér eigi gera. Sem Karlamagnús hélt á
[hinum hvassa[11] Dýrumdala, þá stakk hann honum í slíðrar[12] ok
því næst gyrði hann Rollant frænda sinn með honum, ok mælti til
hans hlæjandi með blíðum orðum: Ek gyrði þik þessu sverði með
þeim formála, at þat tigni þik í hreysti ok riddaraskap, meðan þú
ert lifandi. Sem Karlamagnús keisari [hafði þetta mælt, þá signaði
páfinn hann, ok allir aðrir þökkuðu guði. Sem Karlamagnús[13] hafði
gyrt Rollant með þessu sverði, þá féll[14] Nemes hertugi á kné ok
batt hinn hœgra spora á fót honum, en Oddgeir hinn vinstra. Fyrr
en Rollant leysti af sér hjálm sinn eða sverð, þá gengu skyndiliga
300 ok sjau menn ok 30 manna, ok tók þá Karlamagnús þau sverð
sem eptir váru, ok gyrði fyrst með[15] Estor delangres, því næst
Otun ok Bæring, Huga ok Jofrey ok [Angler af[16] Gaskunia, ok
síðan alla þá er þeim fylgdu; þá gerði Karlamagnús alla at riddorum
ok mælti þá til Rollants frænda[17] síns: Mjök ertu lofandi, segir
hann, þessa alla fæ ek í þitt vald. Ok gerðust þeir þá allir Rollant
handgengnir með fullkomnum trúnaði ok úskaddri konungs sœmd
ok þjónustu. Ok þá mælti konungr: Ef guð sendir mik heilan í
Franz, ok mér líkar at hvílast ok fara á veiðar, þá skulu þér fara
með mér at temja úspaka menn til ríkis míns.

81. Keisarinn samnaði þegar þeim[18] ellifu riddorum, er hann
vissi vaskasta, ok lagði þá báðar hendr um háls [Rollant, ok mælti:[19]
Góði systurson, segir konungr, þér tólf skulut vera jafningjar; þessir

---

[1]) leit a. [2]) þegar tilf. a. [3]) mgl. a. [4]) saal. a; þeirra A. [5]) eitt tilf. a.
[6]) [öllu hjarta a. [7]) tilf. a. [8]) samdi a. [9]) [hér nú í steininum fyrir
landtjalds dyrum a [10]) Guð veit, segir hann, at tilf. a. [11]) [hinu
hvassasta sverði a. [12]) slíðrir a. [13]) [mgl. a. [14]) settist a. [15]) mgl. a.
[16]) [Angiler or a. [17]) systursonar a. [18]) mgl. a. [19]) [þeim ok mælti
til R. a.

skulu fylgja þér þangat sem þú vill, ok gera þat er þú vill. Ef guð sendir mik heilan aptr í Franz, þá skulu þér fylgja mér at hreinsa ríki mitt. En nú vil ek eigi at sinni segja þér fleira, nema þú vilir mínum ráðum fylgja ok minn kærleik þekkjast. Sem Karlamagnús keisari var í landtjaldi sínu, þá tók hann í hönd Milons unga ok mælti: Ungmenni, segir hann, satt samir at segja þér; þú ert son herra Girarðs af[1] Burgunia; aldri verðr[2] honum vildri hertugi, sá er með [vápnum herklæðist,[3] aldri mun hans ættingi vera nema góðr maðr. Ek skal gefa þér ríki ok sœmd í Miliborg, þar er nú engi arfi til nema ein dóttir; ef hon er slík sem mik væntir, þá mun eigi finnast henni jafnfríð í öllum hálfum[4] heimsins, þér skal ek gipta hana með miklu ríki. En þú ok Nemes ok Oddgeir ok Fagon skulut fylgja mér ok vera ráðgjafar mínir í hirð minni. Þá kallaði Karlamagnús konungr til sín Eisant hinn brezka ok mælti: Hvar er sverðit þat it bezta, er gullkrossinn er á settr? Hann tók þá sverðit ok fékk honum á kné fallandi ok honum tiguliga lútandi. Sem konungi var fengit sverðit, þá brá hann því ok hugði at vandliga, ok kallaði síðan til sín Nemes hertuga ok Oddgeir: [þit sáð,[5] segir hann, at ek var í gær gyrðr með þessu sama sverði, þá er ek lét leysa af höfði Jamunds hjálminn ok leggja hann undir olifatré. En nú, Milon bróðir, segir hann, mjök samir þér at tignast, þetta sverð gef ek þér með jungfrúinni;[6] þú ok Nemes ok Oddgeir skulut vera höfuðráðgjafar mínir ok mér [jafnan þjónandi.[7]

82. Dann sama dag sem keisarinn stóð í landtjaldi sínu, þá tók hann í hönd Girarðs unga, hann var hárfagr ok inn fríðasti, hann hafði digra armleggi ok sterka, ok mælti þá Karlamagnús ástsamliga til hans: [þú ert, segir hann, Girarð sonr hins vaskasta riddara. Þá mælti hann til Eisant:[8] Eisant bróðir, fœr mér þat sverð[9] er mest er af fjórum mínum sverðum. Hann kom þá ok lagði sverðit á[10] kné konungi. Ok þá mælti konungr: Herrar, segir hann, þetta sverð átti einn riddara son, hann sótti með þessu sverði Gandri ok Lalei hinar ríkustu borgir ok Gullaran, ok alt ríki er til liggr borganna, í engu landi finnst vildra sverð. Ok gyrði konungr hann þá sverðinu í augliti mikils fjölda. Nú sem konungr hafði gyrt hann með sverðinu, þá mælti hann: Með þessu sverði var sótt alt Gandreborgar ríki.[11] Kristni var náliga fyrirkomin[12] ok í úfriði niðrfallin, en þetta sverð guði tilsjánda reisti upp ok friðaði ok styrkti alla kristni vára. Nú gefi þér guð með þessu sverði sigrsælu ok langlífi. Þar var settr konungs söðull á einn hvítan hest, ok gaf

[1]) yfir a. [2]) er a. [3]) [sverði gyrðist ok a. [4]) álfum a. [5]) [þeir sá a. [6]) jungfrúnni a. [7]) [þjónandi at borði a. [8]) [tilf. a. [9]) hingat tilf. a. [10]) í a. [11]) hlið a. [12]) yfirkomin a.

konungr honum með [gyldum söðli ok[1] beisli. Sem konungr hafði gefit honum þann inn blómhvíta hest með svá ríkum búnaði, at hundrað marka féngi eigi keypt reiða hans, þá skundaði páfinn sinni sýslu, ok með því at þar var hvárki kirkja né musteri, þá vígðu [fjórir erkibyskupar[2] allan völlinn þar umhverfis, ok settu [kapalin hans[3] landtjöld pávans,[4] ok bjóst [þá páfinn[5] til messu. Aldri síðan söng hann þá messu, er jafnmargir nýgervir riddarar væri[6] á heyrandi. Páfinn söng messuna, en pistilinn las Bendikt[7] erkibyskup.[8] Sjálfr páfinn las guðspjall, en fjórir erkibyskupar leiddu Rollant systurson Karlamagnús konungs til offerendu.[9] Hann offraði þar svá [ríka offerendu,[10] at hinir sterkustu múlar gátu eigi borit. Þá talaði páfinn: Lendir menn, segir hann, lýðit mér. Þá er várr dróttinn frjálsaði[11] ok minkaði vald úvinarins ok rak hann brott or himinríki, guð mælti þá ok hét at[12] fylla þat skarð, er gerðist á[13] flokki englanna. Hann skapaði á sex dögum alla hluti, en á hinum sjaunda degi hvíldist hann af sínum verkum. Eigi tók hann á[14] með starfi handa sinna. Adam föður várn skapaði guð[15] af moldu ok gerði hann eptir sinni líkneskju, af rifi hans[16] skapaði hann Evam,[17] ok gaf þeim vald yfir öllum skepnum, nema eitt aldin fyrirbauð hann [þeim at eta. En jafnskjótt sveik andskotinn Evo,[18] ok var Adam heimskr, þá er hann lét at hennar áeggjan. Sem allr heimrinn var skapaðr, þá kom guð í þenna heim, ok lét skírast af Johanne baptista. Síðan þoldi hann dauða [fyrir oss.[19] Því næst krafði hann þann hluta ins helga kross, er [hann hafði með sér ok[20] dróttinn var píndr[21] á. Sem páfinn hélt upp krossinum, þá féllu allir á kné ok lutu[22] með mikilli ástsemd með helgum bænum ok hreinu hjarta, ok blezaði páfinn [allan lýðinn[23] ok gaf þeim [leyfi í brott at fara,[24] ok tóku[25] þeir þá vápn sín ok herklæði.

83: Nú höfum vér heyrt, hversu Rollant var gerr riddari ok hans félagar. En nú verðr at segja nökkut frá Agulando.[26] Hann sendir eptir sex[27] konungum, ok kómu þeir til hans. Hann mælti þá: Herrar, kvað hann, mjök þikki mér kynligt um Jamund son minn; hann hefir nú [þrjá daga barzt[28] við Frankismenn ok sendir mér engi orð. Þá svarar Abilant konungr: Þat veit Maumet, hann gerir sem[29] úviti, þeir hafa látit fjóra guða vára. Blandeqvin[30]

---

[1]) [gyltu *a*. [2]) [erkibyskupar hans *a*. [3]) [kappellanar páfans *a*. [4]) hans *a*. [5]) [hann þá *a*. [6]) váru *a*. [7]) Bendictus *a*. [8]) hann var bróðir Droims konungs *tilf. a*. [9]) altaris *a*. [10]) [miklu fé ok hans félagar *a*. [11]) frelsaði *a*. [12]) hann skyldi *tilf. a*. [13]) í *a*. [14]) *mgl. a*. [15]) hann *a*. [16]) Adams *a*. [17]) Evu *a*. [18]) [Ewu. En andskotinn sveik hana *a*. [19]) [oss til lausnar *a*. [20]) [*mgl. a*. [21]) krossfestr *a*. [22]) *saal. a*; bœn *A*. [23]) [þá alt lið *a*. [24]) [þá brottleyfi *a*. [25]) *tilf. a*. [26]) konungi *tilf. a*. [27]) 7 *a*. [28]) [3 sinnum barizt *a*. [29]) barn ok *tilf. a*. [30]) Maddikvin *a*.

mælti þá til Agulandum: Herra, kvað hann, mjök þikki mér undarligt,[1] engi nótt er sú, er eigi dreymir mik undr ok údœmi. Kristnir menn eru [skyndiliga ok[2] kynliga herklæddir, ofan af höfði [til hæla[3] eru þeir huldir stáli ok járni, þeim meina hvárki starf né vökur; þeir hafa bæði saman blandit [af várum mönnum[4] hvítt ok rautt, heilann ok blóðit. Því næst talaði Maladient[5] konungr: Herra, segir hann, þér gerit mikit úráð, með því at Karlamagnús konungr hefir lítit lið, er[6] þér ríðit eigi [sem skjótast[7] á hendr honum. Hann hefir fengit [ofmikit ofdramb ok hefir hann ofmikit traust á[8] litlum liðsafla, er hann þorir [í mót yðr at stríða.[9] Nú sendit til hans fyrst ok biðit,[10] at hann gefi oss upp fjóra guða vára, neiti sínum guði ok taki við várum lögum. Látit hann ok lifa, ef hann gerir yðr[11] skatt af þessu ríki, sjau hundruð múla ok úlfalda klyfjaða alla með brendu [gulli ok silfri, ok 400 meyja hinna fríðustu[12] í yðvart vald, ok gefit þeim sem yðr líkar, ok gangi berfœttr í ullklæðum til fóta yðr ok gefi yðr upp kórónu sína. Ef hann vill eigi þenna kost, þá sé hann drepinn sem skjótast. Þá mælti Ulien: Vér munum oflengi þetta ráð[13] dvelja. Látit nú þegar annan stíga á sinn hest at fylgja mér, ok skulu vit fara tveir þessa sendiferð. Ok þá sendi Agulandus þegar eptir Galingri hinum gamla. Ok er hann var þar kominn, þá tók hann gullspora á fœtr sér, ok klæddu[14] hann ríkri skikkju ok settu[15] gullkórónu á höfuð honum gimsteinaða,[16] ok steig hann þá á hinn bezta múl, ok héldu þeir í[17] ístig hans, meðan sá inn gamli karl steig upp. Síðan féngu þeir honum einn olifakvist merkjandi sendiferð hans. Hann var hvítr á skegg, hinn fríðasti sýnum,[18] engan gamlan mann máttu þeir finna honum jafnan. Ulien steig þá á einn eplóttan hest, í öllum her heiðingja váru eigi [honum 10 hestar[19] vildri. Hann var klæddr silkipanzara með gullsaumuðum laufum ok bar einn gullsteindan buklara ok it hvassasta spjót með miklu merki, hann var mikill ok öflugr. Þessir váru sendimenn Agulandi konungs. Hér lýkr inni sjaundu bók ok hefr upp ina áttu.

84. Heyrið nú hvat Karlamagnús inn kurteisi keisari hefst at. Hann gerir fimm fylkingar ok ætlar þeim 5 bardaga. Rollant systurson hans gerir hina fyrstu fylking; en Oddgeir hertugi var þann dag merkismaðr keisarans, ok eru í fylking Rollants tvær þúsundir riddara, allir ungir menn ok öflugir. Í annarri fylking var Salomon

---

[1] kynligt a. [2] [mgl. a. [3] [ok til fóta a. [4] [mgl. a. [5] Maladin a. [6] at a. [7] [tilf. a. [8] [ofdirfð af metnaði sínum ok hefir ofmikla dul af a. [9] [at ríða í mót yðr svá fámennir a. [10] beiðit a. [11] enn tilf. a. [12] [silfri, ok 300 fríðra meyja a. [13] þjóðráð a. [14] klæddi a. [15] setti a. [16] gimsteinda a. [17] mgl. a. [18] í andliti a. [19] [10 hestar honum a.

konungr, ok með honum riddarar or Norðmandí ok Peitu ok Gask-
unie[1] höfðingjar. Erkibauth ok Hugon [inn harði yfir Hispania gerðu
ina þriðju fylking[2] ok herra Nemes hertugi, Jerimias jarl ok Rikarðr
inn hrausti. þá skundaði páfinn sínu liði, ok bjó hann þá fjórða
bardaga svá vandliga, at hvárki sat eptir steikari né skutilsveinn,
eigi dyrverðr[3] eða rekkjusveinn [né ræðismenn, klerkr né prestr,[4]
engi sá er nökkura [hjálp mátti veita. Alla gerði keisarinn nú heiman
með hjálmum ok brynjum, sverðum ok góðum hestum. Svá hefir
hann þá vel búit, at engi þarf honum (um) þat brigzla,[5] at sitt lið
hafi betr búit en hann. J hinni fimtu fylking var Gundilbol[6] ok
[Segis, Enser,[7] ok Norðmandiar þeir er eptir váru, ok or Saxlandi
þeir er þar[8] lifðu. Ok lagði Karlamagnús niðr[9] skjöld sinn ok tók
í hœgri hönd sér einn langan vönd, ok reið þá [ok skipaði[10] fylk-
ingum sínum.[11] Nú mælti Karlamagnús konungr, at menn hans
skyldu [búast við bardaga, ok skildi hann þá fylkingar sínar hver-
jar[12] frá annarri, ok hætti eigi fyrr en hann var kominn frá inni
fyrstu til hinnar síðurstu.

85. Í[13] því bili kómu sendimenn Agulandi konungs, Galinger
berandi olifakvist. Hann hafði hvítt skegg; skikkjan var svá síð,
at [hann dró hana mjök svá jafnsítt hælunum;[14] hár hans var fléttat
mjófum fléttingum ok hékk á báðar herðar. En Ulien sat á einum
eplóttum hesti, hann féngi eigi keypt með jafnvægi hans af brendu
gulli. Hann var í panzara ok hafði hvítan hjálm á höfði, sverð vel
bítanda með hvössu spjóti [af apaldrs[15] skapti, ok lét hann blása[16]
it mikla merki sitt fyrir vindinum. Hann var mikill maðr fyrir sér
ok fullvaxinn með sterkum armleggjum, ef hann væri kristinn, þá
væri engi svá [fríð frú, at honum mundi kunna[17] synjast. þessir
váru komnir at fremja sendiferð Agulandi[18] konungs, annarr at heit-
ast, en annarr at berjast, ef nökkurr vill við hann eiga. Konungr
ríðr nú[19] fyrir liði sínu, minnir þá á at verja lönd sín ok guðs lög,
ok skipaði hverri fylking svá sem samdi fram at ríða. þá kallar
hann til sín Oddgeir nökkut [svá hlátri við lögðum[20] ok mælti:
Herra Oddgeir, segir hann, halt þat er þú hézt mér, at gæta systur-
sonar míns, því at hann er barn ok ungmenni, en engi hlutr er sá

---

[1]) Gaskuniu a. [2]) [. Hina þriðju fylking gerðu hinn harði höfðingi yfir
Spania a. [3]) saal. ogsaa a. [4]), eigi ræðismaðr né klerkr ok eigi prestlingr
ok a. [5]) [viðrhjálp mætti veita. Engi sá er betr búinn, ok engi þarf
honum at brigsla um þat, a. [6]) Gundulbit a. [7]) [Ensis a. [8]) þá a.
[9]) þá a. [10]) [at skipa a. [11]) Alla gerði nú keisarinn með hjálmum ok
brynjum, sverðum ok góðum hestum tilf. a. [12]) [skipa fylkingum sín-
um, ok skildi hann hverja a. [13]) saal. a; Á A. [14]) [hon huldi allan
búnað hans a. [15]) [apaldr at a. [16]) á tilf. a. [17]) [fríðr at honum mundi
kunna at a. [18]) Agulandus a. [19]) ok talar tilf. a. [20]) [andvarpandi a.

lifandi, er ek em svá.[1] unnandi. Þá svarar Oddgeir: Heyr hvat Rollant mælir, aldri meðan hann lifir kvezt hann vera vilja minn vin, nema hann höggvi it fyrsta högg í þessum bardaga. Guð veit, segir Karlamagnús, þat vil ek gjarna gera, ok gef ek hann í gæzlu guðs almáttigs. Ok signaði[2] konungr þá ok reið í brott klökkvandi.[3]

86. [Þá kómu sendimenn ok[4] riðu um þær fylkingar er næstar váru, ok kómu at meginliðinu, ok þá mælti Galinger fyrst: [Bróðir riddari, þú[5] á enum grá hesti, er ríðr fyrir fylkingum þessum, sýn mér Karlamagnús Frankismanna konung, ek kann eigi skil á honum; vit erum sendimenn Agulandi konungs ins öfluga. Þá svarar Karlamagnús hárri röddu: Hér em ek, sagði hann, eigi þurfi þit mín lengr[6] at leita. Þá svarar heiðingi: Enga kveðju ber ek þér, því at mér er engi ást á þér né góðvili. Send Agulando Machun[7] ok Terrogant, Apollin ok [Jupiter inn mikla,[8] ef þú vilt lífi þínu halda. Vinr, sagði Karlamagnús, herra þinn hefir grimt hjarta ok illgjarnt, ef hann vill slíkt mæla. Galinger svarar: Vit erum sendimenn ok komnir at segja þér þessa sendiferð; látit nú fá oss guða vára, ok búit sem skyndiligast þúsundrað ok sjau klyfjahesta, ok ger þeim full hlöss af brendu gulli ok silfri, ok svá margar meyjar úspiltar. Ok þú skalt fara berfœttr ok í ullklæðum ok bera kórónu þína í höndum þér, ok einn skaltu vera af þeim er keyra hestana ok eykina með fénu. Sem þú kemr til Agulandum, þá skaltu falla á kné fyrir honum, ok ef þú vill neita guði þínum ok taka við lögum várum, þá muntu frjálsa ríki þitt ok sjálfan þik; ok þá er þú hefir þetta gert, þá skulum vér biðja [várn herra[9] miskunna þér, ok mun hann þegar gefa þér kórónu þína. Dróttinn guð, sagði Karlamagnús, þessi heiðingi býðr mér harða þjónustu, því at ek hefi eigi numit at ganga berfœttr. En gull ok silfr [er þú krefr, verðr[10] hvílast, en meyjarnar eru svá vel hirðar í öruggum kastalum, er[11] engi maðr kemst at þeim. En fyrir tveimr dögum fengu várir menn [fjóra guða yðra í vald pútna ok brutu þá í sundr handa þeim.[12] Þá tók Galinger at heitast ok skók svá olífakvistinn, at náliga flaug[13] allr í hluti[14] sundr.[15] En Ulien lét síga brýnn sínar

---

[1]) meir *a*. [2]) signdi *a*. [3]) *Codex a henfører den sidste Halvdel af dette Capitel (85) fra:* Konungr ríðr nú fyrir liði sínu, minnir þá *á til det foregaaende Capitel (84), og forbinder første Halvdel af dette med næste Capitel saaledes:* Þessir váru komnir at fremja sendiferð Agulandus konungs, annarr at heitast, en annarr at berjast, ef nökkurr vill við hann eiga. Þeir riðu um þær fylkingar er næstar váru *o. s. v.* [4]) [Þeir *a*, *se foregaaende Note*. [5]) [þú riddari *a*. [6]) lengra *a*. [7]) Maumet *a*. [8]) [Jubiter *a*. [9]) [konung várn *a*. [10]) [verðr at *a*. [11]) at *a*. [12]) [í hendr pútum guða yðra 4 ok brutu þær þá í sundr. *a*. [13]) fló *a*. [14]) *mgl. a*. [15]) þá tók Galinger at mæla við Ulien *tilf. a*.

ok reiddist ok var óðum manni líkari, skók spjótit svá at náliga flaug járnit af, reisti merki sitt upp ok hallaðist á spjótit ok mælti: Karlamagnús, sagði hann, Agulandus er mik[1] sendi hingat á alla Affricam. þá er hann sendi herinn í Eropam,[2] þá sendi hann njósnir sínar fyrir sér ok[3] fjóra guða vára, ok Jamund son hans sat fullan mánað í Sueriborg.[4] Sem þeir fóru heim, þá tóku [þér fjóra guði[5] vára frá þeim. Agulandus ferr nú at leita þín [þar til[6] er hann finnr þik; hann skal hafa þik með sér til Rómaborgar, þar skal hann[7] kóróna Jamund son sinn,[8] ok alla drepa þá er á Krist trúa. þat veit trú mín, sagði Karlamagnús, þat skal hann aldri gera, ef guð vill. En hvárki skal hann hafa gull né silfr né meyjarnar; þá vittu þat, at þær eru[9] enn úfœddar er honum munu gjaldast. þá mælti Galinger: Herra konungr, segir hann, hefir þú nökkut meira lið en þetta sem nú sé ek hér? J hinni fyrstu fylking eru fáir menn, ok þau vápn er þeir bera áttu várir menn. Mandeqvin konúngr frændi Agulandi konungs hefir í móti [þessum er ek sá hér[10] 20 þúsundir í sinni fylking fráskildr[11] öðrum fylkingum, þat veit Machun, [þá eru allir[12] þeir teknir sem aldin af viði. Herra konungr, [segir Ulien,[13] stöðvit reiði yðra. Hingat ríða nú tvau hundruð ok 10 ok fimtigir þúsunda. En ef þér værit sem[14] slátr ok brytjaðir til steikarahúsa, þá eru vér svá margir,[15] at eigi væri hálft lið várt fult af yðr, en konungr várr hefir þat boðit öllum at taka þik höndum, til þess at hann drepi þik sjálfr. Keisarinn sendi þá[16] Nemes ok Oddgeir ok Salomon skyndiliga til herra Girarðs, at hann ok synir hans kœmi til konungs.[17] Ok[18] þeim þar komnum gékk konungr út á völlinn með þeim: Herrar, segir hann, hlýðit mér litla stund. Sé þér[19] sendimenn Agulandi konungs, þeir krefja guða sinna ok [sjau ok þúsundrað[20] klyfjaðra hesta af gulli ok silfri, ok svá margar meyjar, ok at ek ganga berfœttr sjálfr ok í ullklæðum, ok lúta honum ok leggja kórónu mína þá sem á heilög kristni ok halda lög hans.

87. Hinn gamli Girarðr tók þá at svara: Herra, segir hann, eigi samir yðr at angrast. Nú eru liðnir 80 vetra síðan er ek tók hjálm á höfuð mér. Sendit nú upp undir olifatré eptir líki Jamunds ok fœrit Agulando,[21] þat er honum maklig fórn, því at þá mun hann angrast ok reiðast. En hverr várr styrki annan at hefna sín, en guð[22] alla oss. Vei sé þeim er eigi rekr með tíu þúsundruðum

---

[1]) oss *a*. [2]) Eyropam *a*. [3]) *mgl. a*. [4]) Sueri *a*. [5]) [þeir guða *a*. [6]) [til þess *a*. [7]) koma at *tilf. a*. [8]) með kórónu *tilf. a*. [9]) *saal. a*; munn *A*. [10]) [þeim *a*. [11]) fráskildum *a*. [12]) [allir eru *a*. [13]) [kvað hann *a*. [14]) *mgl. a*. [15]) heiðingjar *tilf. a*. [16]) páfann ok *tilf. a*. [17]) hans *a*. [18]) At *tilf. a*. [19]) hér *a*. [20]) [1000 ok 7 *a*. [21]) Agulandus *a*. [22]) styrki *tilf. a*.

22

tuttugu þúsundir þeirra manna. Þá géngu þeir eptir líkinu Baldvini ok Ríker. Ok þá kómu sendimenn at deila við konung, ok mæltu: Látit búa skatt várn. Vinr, kvað Karlamagnús, ek lét nú menn til fara at búa.[1] Konungs menn kómu undir olifatré ok fundu Jamund ok hjuggu í sundr armlegg hans, þar sem brotinn var, ok tóku eigi fingrgull af hendi honum né af höfði honum hjálm, ok reiddi Ríker líkit, en félagi hans bar skjöldinn ok hönd hans ok höfuð, kómu á völlinn þar sem konungr[2] var, ok lögðu niðr lík Jamunds. Sem Galinger leit þat, þá varð hann felmsfullr, ok[3] sem hann var áðr málugr,[4] varð hann þögull. [Sem Ulien sá hann, kendi hann[5] hjálminn ok þat it mikla fingrgull er hann bar. Undarligt högg gaf Rollant, þá er bæði augu flugu or höfði honum ok lágu á kinnunum. Þá mælti Ulien: [Makun, kvað hann,[6] hvat gerðir þú, er þú sýndir[7] eigi krapt þinn. Vinr, [kvað Karlamagnús,[8] þú hefir at vísu týnt guði[9] þínum. Í gær árla var hann uppgefinn pútum, með stórum járnsleggjum ok hvössum stálpíkum hafa þær brotit allan líkam hans, en ek hefi skilt at þú hefir heitazt við mik. Nú tak hér við skattinum, höfði hans armlegg ok skildi, er af metnaði sínum[10] barðist við mik; aldri fær þú annan skatt af mér. Þú ok Galinger er hingat fórut at heitast við mik, segit inum öfluga konungi yðrum, at skattr sá er hann krefr,[11] fjóra guði sína gull ok silfr ok meyjar, þat er skaði[12] at gefa þær heiðingjum til pútna, ok [kóróna mín af inu skírasta gulli ger,[13] þá fær hann aldri, meðan hann [er lifandi[14] ok ek em sverði mínu valdandi. En fjóra [guði þá er þú[15] krefr, þá hefi ek engan þeirra, því at [ek lét þá gefa[16] pútum, ok brutu þær þá[17] í sundr ok drógu þá[18] eptir sér um herbúðir sínar, ok hlaut hver þeirra svá lítit[19] af þeim, at eigi stóð hálfan annan pening. En aldri átta ek svá mikit fé sem hann krefr, ok aldri láti guð Frakka konung [eiga svá mikit fé,[20] nema þegar taki við hinir hraustustu riddarar mínir.[21] Nú þá farit til Agulandum ok fœrit honum höfuð Jamunds með hjálmi armlegg ok fingrgull, ok ef guði líkar, þá skulu vér slíkan gera hann sjálfan sem Jamund. Ulien sat á hesti en Galinger á múl, ok litu höfuð Jamunds ok blóð rennanda or munni hans,[22] bæði augu hans lágu á kinnum, heilinn rann út um eyrun. Annarr grét en annarr andvarpaði. Ok þá dró Ulien hinn hœgra glófa af hendi sér ok gékk fyrir Karlamagnús ok

[1]) sœkja skattinn a.   [2]) Karlamagnús a.   [3]) svá tilf. a.   [4]) þá tilf. a.
[5]) [Ok sem Ulien kendi líkit ok a.   [6]) [Makon, Makon a.   [7]) sendir a.
[8]) [saal. a; segir hann A.   [9]) guðum a.   [10]) saal. a; þínum A.   [11]) heimtir a.   [12]) of skaði a.   [13]) [kórónu mína af hinu skírasta gulli a.
[14]) [lifir a.   [15]) [guða er hann a.   [16]) [er (ek) vil ekki við þik fást, þá lét ek gefa þá a.   [17]) alla tilf. a.   [18]) alla tilf. a.   [19]) mikit a.   [20]) [girnast svá mikils fjár a.   [21]) hans a.   [22]) ok tilf. a.

mælti: Tak hér við glófa mínum í einvígis veð móti þeim er þú fær[1] vildastan; ef ek yfirkem félaga minn á vígvelli, þá skaltu ok þínir menn trúa á guða vára; en ef hann drepr mik, þá skulu allir heiðingjar trúa á sannan guð. Þá mælti Karlamagnús: Stöðva lunderni þitt, ok seg Agulando at nú hefir son hans fengit þat sem hann fór[2] leita. Ek hefi horn hans, sverð ok hest, ok gaf ek Rollant frænda mínum. Nú seg Agulando, at ek sendi honum höfuð sonar hans ok armlegg fram frá ölboganum, ok fyrr en þetta kveld sé komanda, þá verðr annarr okkarr vitandi, hvárr réttara er hafandi, ek þetta ríki verjandi [eðr hann[3] tilsækjandi. Ulien leit þá skjöldinn ok armlegginn ok andvarpaði þrysvar[4] ok skók höfuð sitt: Hó, herra Jamund, segir hann, þessi var hörð dagleið. Seg,[5] kvað hann, hvaðan eru knapar þessir er þér fylgja; alt þetta lið [it litla[6] er til dauða dæmt ok öll lög þín únýt. Vinr, kvað Karlamagnús, örlög vár eru í guðs valdi, en eigi undir orðum þínum. Ber höfuðit til Agulandum af minni hálfu, seg, at aldri skal þetta höfuð kórónat vera í Rómaborg.

88. Herr keisarans var þá allr fylktr, ok blésu [þeir þá hálft hundrað lúðra[7] til framreiðar ok ríða á brekkuna. Ok er þeir váru ofan komnir í dalinn, þá sá þeir at alt var landit hulit[8] af heiðingjum, svá mikill fjöldi at engi kunni[9] telja. Nú ríða sendimenn skjótt ok mættu Madeqvin fyrstra manna: Komit heilir sendimenn, sagði hann, hversu líkar Karlamagnúsi hinum harða keisara, hefir hann sent oss fjóra guða vára ok skattinn? Sem Ulien heyrði, þá reiddist hann, er hann spottaði þá. Þá svarar Galinger: Þú mælir, sagði hann, sem galinn maðr. Þeir gáfu guði vára pútum sínum, er með stórum járnsleggjum brutu þá í sundr. Dauðr er Jamund. Þá svarar Mandeqvin: Farit eigi með þessum[10] hégóma, því at engi er svá harðr maðr, at [nökkur mundi þora[11] at misgera við minn herra. Þá [svarar Galinger:[12] Hættit þrætu þessi, því at lík hans liggr undir olifaviði. Þeir hjuggu af honum höfuð ok armlegg, [hér máttu sjá höfuð hans í þessum hjálmi.[13] Þeir vildu eigi taka hjálm af höfði honum né fingrgull af fingri hans, því at þeir vildu at sá kendi hann, er fyrst kórónaði hann. Þá svarar Mandeqvin: Alt snýst oss nú til harms. Ok fékk hann þá svá mikla hugsótt, at hann sleit hárit af höfði sér. Sem lið hans sá þetta, þá lustu allir höndum saman ok hörmuðu svá, at allir í þeirri fylking fengu hræzlu ok hugleysu.[14] Síðan riðu sendimenn fram um lítinn skóg, ok kom

---

[1]) finnr *a*. [2]) at *tilf. a.* [3]) [en hann er *a*. [4]) 3 sinnum *a*. [5]) Karlamagnús *tilf. a.* [6]) [*mgl. a.* [7]) [í lúðra hálft hundrað *a*. [8]) hult *a*. [9]) at *tilf. a.* [10]) slíkum *a*. [11]) [nökkut þori *a*. [12]) [mælti Ulien *a*. [13]) [*tilf. a.* [14]) hugleysi *a*.

þá Ackars or Amflor [í móti þeim,¹ ok kendi hann þegar silkimerkit Uliens ok reið þegar í móti þeim ok mælti: Vel komnir félagar várir, hafa kristnir menn við tekit lögum várum? Ulien svarar: Þat væri [mikil þín² heimska. Þá er Jamund tók Kalabre borg, þá sneri hann mörgum kristnum mönnum til várrar trúar, ok hafði hann með sér tuttugu þúsundir manna. Því næst kómu Frankismenn hinir hörðustu riddarar at honum með tíu þúsundir; sem þeir áttu við vára menn, þá tóku várir menn undan ok létu fjóra guði sína. En kristnir menn tóku þá í³ sitt vald, ok seldu þeir þá pútum sínum, ok brutu þær þá í sundr, ok fékk hver þeirra lítit af. Dauðr er Jamund ok alt lið hans. Sem Akarz heyrði þat,⁴ þá sortnaði hann allr ok bliknaði, ok allir hans liðsmenn⁵ váru svá daprir, at engi vissi hvat mæla skyldi til annars. Enn ríða⁶ þessir sendimenn. Sem Kaladis konungr kendi ferð þeirra, þá reið hann þegar í móti þeim ok mælti: Vinir, kvað hann, Maumet signi yðr. Eru kristnir menn til várra guða snúnir? Þá mælti Ulien: Guðar várir hafa svikit oss. Þá er Jamund sótti Kalabre borg, þá sneri hann mörgum til sinnar trúar. Hann hafði með sér 20 þúsundir. Sem Frankismenn höfðu komit þeim á flótta, þá tóku þeir fjóra guða vára ok gáfu þá pútum sínum, ok skiptu þeir sín í millum. Dauðr er Jamund en vér svívirðir. Sem þeir höfðu sagt Kalade sendiferð sína, þá gékk hann náliga af viti sínu ok mælti: Maumet herra! bölvaðr sér þú, samþykkjandi at Jamund skyldi vera drepinn. Ok slitu þeir þá fylking sína. Nú riðu sendimenn fram. En Eliades ok Pantalas systrungr hans kómu þá leypandi í mót þeim ok mæltu: Sendi Karlamagnús oss nú skattinn ok meyjarnar? Ulien svarar: Frankismenn eru eigi svá auðsóttir. Þá mælti Galinger: Pantalas bróðir, segir hann, til mikillar úgæfu var Jamund [kosinn hingat yfir oss, ok þá einkannligast er hann⁷ eggjaði oss at vinna þetta land. Kristnir menn hafa trú sína ok traust á almátkum guði, syni heilagrar Marie. Þessi er sá er krossfestr var ok dauða sinn fyrirgaf Longino, er í gegnum hjarta hans lagði með kesju. Jamund tapaði fjórum guðum várum, gulli ok silfri, sjau sinnum hundrað þúsunda heiðingja hafa Frankismenn drepit fyrir oss [ok gert mikla skömm ok svívirðing vinum várum ok frændum.⁸ Dauðr er Jamund ok fjórir systrungar hans. Sendimenn riðu í brott þaðan ok fram um fylkingarnar ok kómu at [höfuðmerkinu. Þar var Agulandus konungr⁹ ok inn öflugi konungr Abilant, ok með þeim Rodant konungr inn

¹) [mgl. a. ²) [þeim mikil a. ³) á a. ⁴) þetta a. ⁵) menn a. ⁶) riðu a. ⁷) [kominn yfir oss, er hingat a. ⁸) [mgl. a. ⁹) [höfuðmerki Agulandus, þar var hann sjálfr a.

sterki ok Madien, Modal konungr inn ungi ok Laufer[1] inn harði. þessir kendu fjarri [komandi sendimenn.[2]

89. Sendimenn riðu fúsir heim ok vildu gjarna telja tíðendi sín. Ok er konungr leit þá, fagnaði hann kvámu þeirra. Ok er sendimenn stigu af hestum sínum undir höfuðmerkinu, þá mælti fyrst Modas konungr: Ulien ok Galinger, segit skjótt, skulum vér fá[3] skattinn? þá svaraði Galinger: þú ert of bráðskeyttr. Vit riðum betr en fim fjórðunga eins vegar, þar sem fleira liggr en 100 þúsunda líkama. Karlamagnús er heill ok vel haldinn, hann er inn vápndjarfasti maðr, hann hafði fyrir löngu skipat fylkingar sínar. Hann sendir þér at vísu skattinn; með þessum gullsteinda [skildi ok laufsteindum hjálmi[4] sendir hann þér höfuð sonar þíns ok armlegg hans hinn hœgra, ok at þeir sé eigi lygimenn er þenna skatt sendu þér, þá fylgir fingrgull fingri hans. Agulandus leit höfuð sonar síns. En Rollant gaf honum svá mikit högg, at augu hans lágu [úti á kinnunum,[5] ok í sundr armleggr hans. Sem konungr kendi fingrgullit, þá visnaði alt hjarta hans ok alt megn hans, ok lagðist ofan á skjöldinn, ok tóku þeir hann í faðm sér. Ok sem hann vitkaðist, þá mælti hann: Hvar eru komnir fjórir guðar várir, er þoldu at son minn væri drepinn? þá svaraði Galinger: Herra, kvað hann, þá er kristnir menn ræntu oss guðum várum, þá gáfu þeir þá pútum, ok brutu þá í sundr. Alla tel ek þá svívirða er á slíka guða trúa, ok aldri má ek því trúa, at þeir geri jartegnir. Sem konungr heyrði [þessi tíðendi,[6] þá sprakk hann náliga af harmi, ok leit hann þá opt á höfuð sonar síns Jamunds, ok sortnaði hann allr, svá at hann var sóti svartari, en áðr [var hann[7] hverjum manni fríðari. Sonr, kvað hann, mikill er minn harmr, fyrir þínar sakir kom ek hingat í herför; fríðr son, ek kórónaða þik, en þú snerist í móti mér mjök úráðliga, aldri síðan þú fékkt kórónu fylgdir þú mínum ráðum, heldr hafðir þú þeirra úráð, er hvárki vildu mína sœmd né þína. Nú ef þeirra ráð drápu þik, þá skulu þeir ok vera drepnir. Galinger bróðir, segir hann, seg þú mér athæfi Karlamagnús. Galinger svarar: Engi maðr [er sá[8] lifandi, segir hann, ef Karlamagnús sér til reiðum augum, at eigi muni hræðast andlit[9] hans, ok mikil ógn stendr af honum, ok mikil gæfa ef hann heldr viti sínu. Kristnir menn trúa á einn guð, þann er ofan kom af himnum til hjálpar mannkyninu; hann klæddist mannligri mynd af líkam[10] heilagrar Marie. þessi hin helga mær gat hann svá guðdómliga án allri fýst til karlmanns, hon fœddi hann í Bethleem,[11] hann var skírðr [af

---

[1]) Lemferr a. [2]) [sendimenn komandi a. [3]) hafa a. [4]) [hjálmi ok steinda skildi a. [5]) [niðri á kinnum hans a. [6]) [þat a. [7]) [tilf. a. [8]) [tilf. a. [9]) augu a. [10]) líkama a. [11]) Bedelem a.

Johanne baptista í ánni[1] Jordan ok bauð síðan helga kristni, ok hverr sem trúir á þenna guð fullkomliga, hann skal vera[2] hólpinn á dómadegi.

90. Þá er sendimenn kómu til Karlamagnús, þá hugðust þeir mundu fá skattinn, ok gera kristna menn þræla skurgoða sinna en sér at knöpum ok hestasveinum, en ina ríkustu drepa svívirðuliga; en þeir féngu eigi í skattinn fjóra falspenninga, heldr fóru þeir aptr með makligum skatt ok færðu Agulando höfuð Jamunds. Agulandus sjándi höfuð sonar síns gerðist þá óðum manni líkari í reiði sinni, ok mælti: Sonr, kvað hann, mikill angr[3] er mér, er þú komt mér í þessa ferð. Vér báðum guði vára af öllu hjarta, at þeir skyldu oss við hjálpa; ek valda til smíðar þeim in skírustu gull mörg af[4] Arabialandi ok ina dýrustu steina, er finnast í heimi; með verði þessarra [dýru steina[5] mætta ek keypt hafa sjau inar ríkustu borgir. Með þessum gimsteinum lét ek búa armleggi ok fótleggi, háls ok herðar, fœtr ok fingr, bak ok brjóst, síður ok lendar, ok alla líkami þeirra frá hjassa[6] til ilja. Þú gerðir Entor merkismann þinn, er mik vildi reka or ríki mínu ok leggja undir sik Affrikam, en nú féll honum svá makliga, at hann féll í inum fyrsta bardaga; vel sé þeim höndum er honum bönuðu. Síðan lét Agulandus taka höfuð or hjálminum; ok er honum var fengit bleikt ok blóðugt ok litlaust, er lifandi var fagrt ok frítt, þá kysti Agulandus munninn blóðgan, þar sem heilinn rann or; hann faðmaði höfuðit ok lagði á brjóst sér. Þá mátti sjá Affrikamenn af harmi ok hugsótt hnípa ok gráta, [allir inir vaskustu skulfu[7] af hræzlu.

91. Nú teljum vér frá Karlamagnúsi konungi ok hans athæfum. Hann hefir nú albúnar fylkingar sínar, ok hann sjálfr vel búinn, ok var þá in fyrsta fylking upp komin á brekkuna. Ok er Affrikamenn[8] sá þá, þá var[9] engi svá harðr í öllu liði þeirra, at eigi minkaðist máttr hans ok megn[10] af hræzlu. Þá sá heiðingjar, at þrír riddarar riðu ofan af fjallinu fyrir fylkingum með silfrhvítum brynjum ok inum beztum herklæðum, ok leyptu at inni fyrstu fylking heiðingja. Oddgeir er merkismaðr ok [Rollant, þessir váru foringjar fyrir þessi fylking, er or fjallinu reið ofan.[11] Karlamagnús kallaði þá páfann til sín ok mælti:[12] Komit hingat Mauri, segir hann, guðs vinir ok mínir. Lof sé almátkum guði, [segir páfinn,[13] ek hefi mikinn hlut[14] af krossi [dróttins, þeim er líkamr hans[15] var píndr á. Nú skaltu, herra Mauri, skrýðast ok bera þenna inn helga kross.

[1] [í a. [2] tilf. a. [3] harmr a. [4] or a. [5] [mgl. a. [6] hjarsa a. [7] [alla hina vöskustu skjálfa a. [8] saal. a; Frankismenn A. [9] varð a. [10] megin a. [11] [Rollant er foringi fyrir fylking þeirri a. [12] þá pávinn tilf. a. [13] [mgl. a. [14] hluta a. [15] [þeim er líkamr dróttins várs a.

Þá svarar Mauri: þú mælir kynliga; þú fékkt mér herklæði, brynju, hjálm ok skjöld, ok sit ek herklœddr á hesti þessum ok heill. Þat segi ek þér, at ek skal eigi [skyldast messufötum at skrýðast¹ fyrr en þessi bila mér, ek skal svá vaskliga þjóna guði ok þér, at heiðingjar skulu vápn mín dýrt kaupa. Þá mælti páfinn: Hví ertu svá horfinn mér? Eigi em ek horfinn yðr, herra, segir hann, nema nú verðr svá at vera fyrst² at sinni. Þá kallar páfinn til sín Ysopum:³ þú ert, kvað hann, inn besti klerkr, þú skalt taka með⁴ þessum helgum dómi. Þá svarar hann: Herra, segir hann, þú ert of bráðskeyttr. Til hvers tók ek þessi vápn ok herklæði? fá mér þau vápn er ek var vígðr í, í guðs nafni þá skal ek gera [allan yðvarn vilja.⁵ Herra erkibyskup hlýddi til orða þeirra, ok sat hann á einum rauðum vápnhesti inum vildasta.⁶ Þessi erkibyskup var öfluglega vaxinn, hinn fríðasti maðr sýnum.⁷ Hann reið þá fram í miðjan flokkinn ok mælti til páfans: Herra, segir hann, lengi hefi ek hlýtt til orða yðvarra. Vér erum allir búnir at biðja fyrir oss, en þér getit eigi þess, at vér skulum berjast. Mjök sé ek yðr áhyggjufulla⁸ um einn lítinn hlut; ef þér fáit mér þann inn dýra helgan dóm, er þessi nítaði⁹ við at taka, [þá vil ek gjarna við taka, því at ek væntir at mér man engi tálman af því standa.¹⁰ Þá svarar páfinn: Vinr, kvað hann, hvar vartu fœddr? Herra, segir hann, fyrir norðan fjöllin í Frakkakonungs ríki. Ek var munkr lengi¹¹ í Norðmandio í borg þeirri er Kum¹² heitir, í munklífi því er Uniages heitir. Þar var ek betr en 10 vetr, ok vildu þeir gjarna kjósa mik til ábóta yfir sik. Þar var ek kosinn ok fyrir því brott tekinn¹³ ok gerr erkibyskup í Reims borg. Ok þat skaltu [vita ok fullkomliga¹⁴ reyna, at þér skal líka mín þjónusta fyrir þetta kveld. Þá mælti páfinn: Guð veit, kvað hann, þú mælir forkunnar vel, leyn mik eigi, hvat þú heitir. Herra, segir hann, Turpin kalla menn mik. Þá mælti páfinn: Guð blezi þik ok [gefi þér góða hamingju.¹⁵ Ertu svá hraustr maðr, at þú vill bera merki fyrir liði váru? Já, [segir hann,¹⁶ þess bið ek at þér gerit svá; ok ef þér vilit mínum ráðum fylgja, þá hefi ek þúsund riddara, er fyrir mér þjóna at borði, ef þér vilit at þeir fylgi mér, þá vil ek vera í fylking Oddgeirs ok Rollants, ok æ meðan nökkurr gerir mínum herra úfrið, ok má ek sjálfr með mínum vápnum¹⁷ hjálpa, þá vil ek í orlofi þat vinna. Sem ek kem til kirkju minnar, þá vil ek vera í allri þjón-

---

¹) [skrýðast öðrum messufötum a. ²) mgl. a. ³) Ysope a. ⁴) við a. ⁵) [mgl. a. ⁶) sterkasta a. ⁷) í andliti ok allr vaskligr a. ⁸) áhyggjufullan a. ⁹) neitaði a. ¹⁰) [mgl. a. ¹¹) marga daga a. ¹²) Kuin a. ¹³) rekinn a. ¹⁴) [mgl. a. ¹⁵) [láti þér gæfu fylgja a. ¹⁶) [guð veit, herra a. ¹⁷) ráðum a.

ustu svá[1] sem ek em til vígðr. Þá svarar páfinn: Vant er um þetta[2] at tala, [nú vill þú bæði erkibyskup ok riddari vera.[3] Erkibyskup svarar þá: Eigi þori ek, herra, at deila við yðr, ef þér vilit eigi þessu játa, þá aflit[4] yðr annan merkismann. Þá mælti páfinn: Þú skalt þetta leyfi þiggja, en dýrt muntu kaupa.

92. Þá sá þeir Affrikamenn nálgast, ok géngu þá horn ok lúðrar, trumbur ok tabor, [ok gerðist inn mesti gnýr[5] í hvárutveggju[6] liðinu. Sem erkibyskup fékk þetta leyfi, þá kysti hann[7] hœgra fót páfans, ok fékk páfinn honum krossinn. Erkibyskup laut þá páfanum ok tók þá krossinn með miklum fagnaði, ok fylgdu honum sjau þúsundir riddara. Sem [erkibyskup kom til Oddgeirs með krossinn,[8] þá sté hann af hestinum, ok alt lið hans, [ok lutu krossinum með miklum góðvilja ok grétu af fagnaði. Þá mælti Oddgeir: Rollant, segir hann, ek festi þér trú mína tryggliga, at Agulandus er at vísu dauðr, ef hann bíðr vár. Oddgeir inn hrausti riddari sté þegar á hest sinn, ok alt lið hans,[9] ok riðu þeir þá ofan af brekkunni. En þrír riddarar kómu þá skundandi fram fyrir fylkingar til liðsins, ok mæltu ekki, fyrir því at engi orti orða[10] á þá. Ok er þeir kómu í framanvert brjóstit, þá mælti Oddgeir til þeirra hárri röddu: Þú maðr á hinum hvíta hestinum, hví skundar þú svá mjök, eða hvat heitir þú? Þá svarar hann: Still þik, segir hann, ok mæl hœverskliga; Georgium kalla menn mik, þar sem ek var. Ek em hvertvitna[11] vanr at gera ina fyrstu atreið í bardaga, en nú hefi ek gefit ina fyrstu atreið þessum[12] unga sveini með þeim formála, at aldri skal honum bleyðiorð or munni koma. Sem Oddgeir fann, at þessi var at sönnu Georgius inn helgi, er talaði við hann, þá mælti hann: Herra, kvað hann, ek gef hann í guðs gæzlu ok þína. Ok lýkr[13] hér inni áttandu[14] bók ok hefr upp ina níundu.

93. Nú ríða öðrum megin í móti þeim Affrikamenn ok láta ganga horn ok lúðra. Kristnir menn höfðu ok yfrin[15] góð horn ok hvella lúðra. Madeqvin[16] sat á inum skjótasta hesti, svá at engi var vildri[17] vápnhestr í [öllum her Affrikamanna.[18] Hann var í góðum panzara ok á höfði silfrhjálmr,[19] gyrðr löngu sverði. It ríka merki hans blakaði fyrir vindinum. Inn helgi Georgius reið fram með Rollant ok hélt í[20] beisl hans ok mælti: Hræzt eigi[21] þó at hann sé hár ok mikill. Þá svarar Rollant: Heill[22] herra, segir hann,

---

[1] minni a. [2] mál tilf. a. [3] [því at þú vilt bæði vera erkibyskup ok riddari a. [4] fáit a. [5] [mgl. a. [6] hvárutveggja a. [7] þegar tilf. a. [8] [Oddgeir leit erkibyskup með krossinum a. [9] [mgl. a. [10] orð a. [11] hvervetna a. [12] hinum tilf. a. [13] lyktar a. [14] áttu a. [15] yfrit a. [16] Mandikvin a, her og senere. [17] vildari a. [18] [öllu Affrikalandi a. [19] silfrhjálm ok a. [20] mgl. a. [21] hann tilf. a. [22] Heilagr a.

þat skal ek gjarna gera. Sem Rollant hafði þenna mann[1] sét ok heyrt orð hans, er guð virðist[2] til hugstyrks ok hjálpar honum at senda ok kenna honum riddaraskap, ok játtaði honum ina fyrstu atreið, at engi skyldi honum mega standast, þá leit hann Madeqvin, er reið or fylking sinni at leita þess er [hann vildi fyrst við[3] eiga. Rollant hélt spjótinu til lags ok skildinum sem fastast at brjóstinu, ok keyrðu báðir[4] sem skjótast[5] hestana ok lagði Madeqvin fyrr[6] til Rollants í hinn efra fjórðung skjaldarins ok í gegnum skjöldinn; en brynjan bilaði eigi, ok brast[7] þá spjótit í 3 hluti. En Rollant lagði til hans af öllu afli, ok dugðu [honum lítt vápn hans; því at Rollant blóðgaði alt sverð sitt í líkama hans. Sú var lykt á viðrskiptum þeirra, sem nú má heyra, at í fyrstunni sem Rollant lagði til hans spjótinu, þá var spjótskaptit svá hart at eigi brotnaði, en hann ungr ok úvanr við riddaraskipti, ok varð svá búit at vera, ok eigi gat hann riðit hann af hestinum. Ok því næst greip hann til Dýrumdala ok brá ok skundaði at höggva hann. En Rollant (var) lítill, en hinn mikill sem risi, at varla náði hann sverðinu upp á háls honum ok hjálm, en þó tók sverðit brott allan hlut hjálmsins er fyrir varð, ok svörðinn af hausnum ok af honum hit hœgra eyra, svá at heilinn fylgdi. Hann hafði armleggi digra ok langa. Sverðit sleit brynjuna tvefalda ofan á lendar honum, ok nam eigi staðar fyrr en í hestinum. Allr sá hlutr líkama hans sem sverðit tók var í sundr klofinn ok slitinn.[8] Sem[9] inn helgi Georgius ok inn helgi Demetrius ok[10] Merkurius ok Oddgeir merkismaðr þeirra sá Rollant svá vaskliga gefast, at hann reið at einni fylking heiðingja ok hjó niðr alla[11] er hans biðu,[12] sem þeir kómu til hans, þá hjuggu þeir svá stórt, at allir féllu er fyrir þeim vurðu. En þat veit engi, hvárt þeir váru með fullu dauðir, er þessir inir helgu menn feldu, nema svá lágu þeir kyrrir, at eigi hrœrðust [á þeim nökkurskonar þeirra limir.[13]

94. Nú eru þeir þrír riddarar í komnir bardagann, er á hvítum hestum riðu ofan or fjallaklofanum.[14] þar var hinn helgi Georgius ok Demetrius ok Merkurius. Rollant hafði þá höggvit it fyrsta högg, sem inn helgi Georgius hafði lofat honum. Eigi vissu menn dœmi til, at slíkr maðr hjoggi[15] svá stór högg. þar mátti þá sjá fjórtán höfðingja búklausa liggja[16] hjá Madeqvin. En Oddgeir feldi sex menn, ok kristnir menn skunduðu svá mjök, at Affrikamenn kómust

---

[1]) sendimann *a*. [2]) virðir *a*. [3]) [vildi við hann *a*. [4]) *tilf. a*. [5]) fastast *a*. [6]) fyrri *a*. [7]) flaug *a*. [8]) [*saal. a*; *A ganske kort:* lítt vápn hans honum, ok hratt Rollant honum dauðum á jörð. [9]) Ok sem *a*. [10]) hinn helgi *tilf. a*. [11]) þá *tilf. a*. [12]) ok *tilf. a*. [13]) [þeir né upp risu. *a*. [14]) fjallinu *a*. [15]) hyggi *a*. [16]) *mgl. a*.

eigi í brynjur sínar. En Frankismenn eru vel herklæddir, kómu at þeim er berir váru, ok feldu þykt heiðingja. Kristnir menn váru eigi fleiri en tvær þúsundir ok sjau hundruð riddara, en inir heiðnu váru saman 20 þúsundir. Þar sýndi guð kristnum mönnum sína miskunn. Heiðingjar slitu fylking sína, svá at aldri síðan koma þeir í mót Frankismönnum. Sem Affrikamenn sá, at þeir höfðu látit höfðingja sinn, þá féngu þeir mikla hugsótt ok mæltu: Madeqvin herra, segja þeir, í öngu landi var þér jafngóðr höfðingi; þessi er lítill sveinn er þér banaði, mikit afl var gefit svá litlum dverg, at hann klauf inn mesta mann herklæddan, ok ef aðrir eru jafnsterkir, þá mun Agulandus hart niðr koma, ok öll Affrika mun snúast í harm ok [hugar ekka.[1]

95. Turpin erkibyskup bar þann dag inn helga kross, í öllum herinum var engi[2] ágætari heilagr dómr. En svá sýndist Affrikamönnum hann mikill ok ógurligr ok bjartari sólar ljósi, at[3] af því féll hræzla[4] á þá. En nú eru várir riddarar komnir at fylkingu Akarz[5] or Amflor. [Í fyrstu fylking Affrikamanna[6] váru tuttugu þúsundir. Þessir gerðu Madekvin merkismann sinn, er Rollant drap[7] í augliti þeirra. Þessir fjórir er honum fylgdu, feldu svá marga, at engi kunni[8] telja. Þessi hinn helgi kross var svá bjartr, at allan dalinn lýsti af hans ljóma ok ljósi. En Akarz or Amflor þótti[9] undarligt ok kynligt, með hverjum hætti þeir kómu svá skjótt á hendr honum ok réðu til hans manna. En Rollant með brugðnum Dýrumdala hjó svá stór högg á báðar hendr sér, at hann hræddist enga ógn síðan er hinn helgi Georgius styrkti hann, ok þat er frá honum [at segja sannast,[10] at aldri síðan gerði hann svá mikit mannspell [í þessum bardaga.[11]

96. Girarðr hertugi or Satreborg[12] inn hraustasti[13] höfðingi hann gerði af sínum mönnum þrjár fylkingar til 3 bardaga af ungum mönnum vöskum ok vel vápnuðum. Þér inir ungu menn, segir hann, verit harðir ok vápndjarfir, ok þá er spjótin brotna, takit skjótt til sverðanna. Hræðizt alls ekki Affrikafólk, þeir eru vándir[14] villumenn, ok ef ek rek þá eigi á flótta tuttugu þúsundir heiðingja með[15] tíu þúsundum, þá látit eigi optar at mínum orðum. Girarðr hefir nú skipat liði sínu, hann talaði fyrir þeim, eggjaði þá ok hugdirfði ok mælti:[16] Dýrligir drengir, segir hann, Affrikamenn eru vándra manna sveit, únýtir ok huglausir, ek skal vinna af þeim þat er þeir sitja á ok auðga af fé þeirra land várt ok ríki. Nú skulu

---

[1]) [sút *a*. [2]) eigi *a*. [3]) ok *a*. [4]) saal. *a*; hrælzo *A*. [5]) Akadz *a*, *her og senere*. [6]) [Affrikamenn hinnar fyrstu fylkingar *a*. [7]) hjó *a*. [8]) at *tilf. a*. [9]) undi *a*. [10]) [segjanda *a*. [11]) [mgl. *a*. [12]) Sakrisborg *a*. [13]) ágæti *a*. [14]) ok *tilf. a*. [15]) þeim *tilf. a*. [16]) svá *tilf. a*.

vér vaskliga þjóna guði, er alt hefir í sínu valdi, at vér aflim oss
eilífan fagnað. Þeir svöruðu honum ástsamliga ok játtuðu allir hans
vilja [at gera í öllu.[1] Boz ok Clares váru foringjar þeirra ok merkis-
menn, ok váru þeir þá þúsund ok fim hundruð inna [ríkustu ridd-
ara;[2] hverr þeirra skundaði fyrir annan at sýna sína hreysti. Þá
stalst einn njósnarmaðr heiðingja ok reið skyndiliga í gegnum einn
lítinn skóg, ok stefndi sem hann mátti[3] skjótast at höfuðmerki Agu-
landi. Ok sem hann sá konung, þá œpti hann hárri röddu: Herra
Agulande, segir hann, Makun signi yðr; hér ferr nú, segir hann,
[á hœgri hönd yðr[4] einn riddaraflokkr, í öllum herinum finnast[5] eigi
fríðari menn né betr herklæddir; þessir trúa á son innar helgu Maríu.
Sem Affrikamenn heyrðu þessi tíðendi, þá bræddust þeir allir við,
ok er þeir litu merki hertugans ok alt liðit herklætt, þá fékk þeim
mikla ógn. En er Agulandus leit þá ríðandi, þá fýsti hann [hvárki
at læja[6] né leika. Girarðr hertugi reið nú at þeim með öflugum
sterkleika,[7] ok er atreið hans eigi sem[8] huglausra manna. Hann
ætlar nú heiðingjum svá harðan leik, at aldri fyrr höfðu þeir slíkan.
Séð[9] hversu vápndjarfr hann var, at hann þorði at eiga viðskipti[10]
við þann konung, er fimtigi konungdóma hafði í[11] sínu valdi; í hans
fylking váru hundrað þúsunda heiðingja[12] ins vildasta liðs, er honum
fylgdu.[13] En sá var[14] vitr at vísu ok vaskr höfðingi, er slíkr var
sem Karlamagnús konungr, er með sextán þúsundum[15] þorði á hann
at ríða, ok fyrr en Agulandus fái[16] sótt Franz, þá verðr hann at
vísu hryggr ok reiðr.

97. Hertuginn Girarðr,[17] hœferskr, harðr ok grimmr úvinum,
reið ramliga at þeim ok gerði þrjár fylkingar, herra Boz ok Clares
váru foringjar þeirra. Í hinni fyrstu fylking var[18] þúsund ok fim
hundruð riddara, [ok riðu þeir þá svá þröngt, at eigi mátti einn spör-
haukr fljúga í millum spjóta þeirra.[19] Affrikamenn sá kristna menn
nálgast ok vápn þeirra glóa [af skínandi sólu, ok[20] riðu þegar at
segja Agulando. Sem hann heyrði þetta, þótti honum kynligt, ok
mælti Ulien þá til konungs: Herra, kvað hann, óttizt ekki, þeir
hafa öngan liðskost til þess at gera þér[21] skaða, hálft lið várt er
meira slátr í eitt mál en þeir eru allir, alt afl þeirra er eigi vert
eins glófa;[22] ef þér fáit mér 20 þúsundir riddara, þá skal ek svá
verja[23] þeim er nú fara hér, at allir skulu dauðir liggja áðr[24] þér farit[25]

---

[1]) [mgl. a. [2]) [hraustustu manna a. [3]) gat a. [4]) [at yðr á hœgri hönd a.
[5]) eru a. [6]) [eigi hlæja a. [7]) styrk a. [8]) lík a. [9]) Sjáit a. [10]) vápna-
skipti a. [11]) undir a. [12]) heiðinna riddara a. [13]) fylgdi a. [14]) er a.
[15]) þúsundir a. [16]) geti a. [17]) var tilf. a. [18]) váru a. [19]) [tilf. a.
[20]) [tilf. a. [21]) herr (!) a. [22]) penings a. [23]) veita a. [24]) fyrr en a.
[25]) at tilf. a.

sofa. Ef ek geri eigi svá, þá sé allir sporar mínir af hendi[1] skornir ok toppriun klýptr or enni hesti mínum; svá samir at þjóna huglausum riddara. Þá svarar Agulandus: Þú ert hraustr maðr ok mjök lofandi, þú ert minn systurson. Nú vil ek, at þú hjálpir mér við í ráðum þínum ok riddaraskap; ef vér megum þetta ríki vinna, þá gef ek þér þat skattalaust ok skylda. Þá svarar Ulien: Ekki beiði ek meira, segir hann. Ok [gékk þegar ok kysti[2] hönd hans. En inn gamli Galinger vildi[3] öngum kosti því játa, ok mælti: Herra, segir hann, mjök angrar mik nú; þér sendut[4] mik til Karlamagnús konungs, ok fór ek sem sendimaðr yðvarr at krefja réttar yðvars ok at heitast við þá ok víss verða liðsfjölda þeirra. En Karlamagnús konungr er [inn mesti kappi, ok allir þeir er honum fylgja,[5] ok fyrr láta þeir alla sik höggva í sundr kvika[6] en þeir neiti guði sínum;[7] þeir eru eigi bleyðimenn, fyrr en þú kemr þeim [af þessu landi,[8] þá veita þeir harða viðstöðu. Trú [með engum hætti hvat Ulien rósari segir. Þá mælti Ulien ekki,[9] hann skalf allr, ok brann hann sem eldr [væri lagðr á hann,[10] augu hans glóuðu sem glœðr, er hann heyrði hvat Galinger talaði, ok lét þegar saman blása liðinu, ok mundu þeir þá illa deilt hafa, ef eigi hefði Agulandus konungr í þat sinn stöðvat þá.

98. Sem Ulien gékk ífrá konungi, þá mælti hann hárri röddu: Fylgit mér,[11] segir hann, þat veit Makun, at ek skal svá fagna þeim sem ek kann. Hann [hafði þá við[12] sér svá mikit lið, sem honum líkaði, ok [var þat lið[13] betr en tuttugu þúsundir riddara. Agulandus dvaldist eptir undir[14] höfuðmerkinu, ok með honum Abilant ok Meliades konungr ok Moadas mikli ok Amuste með tveim sonum sínum. Sem Ulien hafði fylkt liði sínu, þá gerði hann Jafert foringja fyrir inn fyrsta fylkingararm. Þessi fylgdi konungi utan um hafit, en þeir váru eigi svá viðbúnir sem inir fyrri, því at þessir höfðu hvárki brynjur né hjálma, nema[15] boga ok örvamel[16] á baki ok brynjuhetti læsta á höfði ok öxar bundnar við söðulboga. Í allri þeirra[17] fylking váru eigi önnur hervápn.[18] Ein fylking kom þá í móti þeim ríðandi [af Frankismanna her,[19] aldri sá maðr jafnmarga menn betr búna sem þá fylking, er herra Girarðr hafði fóstrat með sœmdum þeim er guð [gaf honum.[20] Sá er foringi þeirra var leiddi þá í svá [þykkva þröngd fylkingar,[21] at þó at eitt epli væri kastat

[1]) *saal. ogsaa* a. [2]) [kysti hœgri a. [3]) með *tilf.* a. [4]) *saal.* a; sendit A. [5]) [hinn harðasti maðr ok hinir vöskustu menn þeir er honum fylgðu a. [6]) *mgl.* a. [7]) ok trú sinni a. [8]) [or þessu ríki a. [9]) [eigi, kvað hann, Ulien hrósara. Þá mátti sjá Ulien reiðast a. [10]) [lægi á honum a. [11]) allir *tilf.* a. [12]) [tók þá með a. [13]) [hafði hann a. [14]) *tilf.* a. [15]) heldr a. [16]) örvamæli a. [17]) þeirri a. [18]) herklæði a. [19]) (Frankismanna a. [20]) [hafði gefit a. [21]) [þykkri fylking a.

í millum þeirra, þá mundi löng morginstund líða áðr þat félli á jörð. Ok þá reið[1] Clares einn or fylkingunni vel lásboga skot fram frá öðrum ok reisti upp merki sitt. Þá mælti Ulien við Jafert félaga sinn: Þessi [er fylking öll oss[2] gefin, öll Affrika skal sœmd af [þeirra vápnum. Þá bað Jafert at gera ina fyrstu atreið, ok þat játaði honum Ulien,[3] ok riðust þegar at ok leyptu hestunum[4] sem mest máttu þeir hlaupa, ok lagði Jafert í skjöld Clares, svá at skjöldrinn bilaði, en brynjan spiltist eigi, ok brast þá spjótit í tvá hluti. En Clares lagði til hans í járnbundinn skjöld, ok dugðu honum engar hlífðir,[5] því betr en [faðm af spjótinu setti hann[6] í gegnum hann. Affrikamenn réðu[7] þá til kristinna manna, en þeir[8] vel búnir inum vildustu herklæðum ok vápnhestum[9] ráku þá vaskliga af sér. En Affrikamenn höfðu engar brynjur nema leðrpanzara, ok gerðu kristnir menn þá úbœtiligan skaða á Affrikamönnum, klufu höfuð ok herðar, limi[10] ok líkami, svá at allir vildu þá flýja. Ulien œpti þá á [sína menn þrim[11] sinnum ok mælti: Inir vándu pútusynir, sagði hann, illa svívirði[12] þér oss, [er þér bilit nú[13] í svá mikilli þurft. Þar lágu svá margir drepnir ok af hestum fallnir, at allir váru vellirnir huldir[14] af þeim. Frankismenn eru vel herklæddir, en Affrikamenn eru vápnvana[15] ok berir. Ok þegar sem herra Girarðr kom með sínum fylkingum, þá sleit hann þegar flokk heiðingja. Affrikamenn máttu [eigi lengr við standast,[16] er þeir sá sína menn svá í sundr klofna, at vellir[17] váru huldir af líkum þeirra. Þá mælti Ulien: Vesall em ek, segir hann, hvat skal af mér verða. Ek hugða[18] alla Eyropam undir mik ok mitt vald leggja mega ok skipta því ríki í millum minna manna,[19] ok alla kristni únýta ok svívirða, en vár lög tigna ok styrkja; nú [verða várir úvinir yfirsterkari, en vér úgæfumenn ok huglausir verðum[20] undan at flýja. Í því snerist hann aptr á þeim inum góða hesti, er varla fannst nökkurr jafngóðr. Hverr sá er honum mœtti fékk hart viðrskipti. Sem hann leit Valter mikinn skaða gera[21] heiðingjum, þá stefndi hann at honum, ok lagði hann í skjöldinn ok brynjuna ok herbergði spjótit í hjarta hans ok skaut honum dauðum af hestinum. Sem Clares sá þetta, þá andvarpaði hann af öllu hjarta, en Affrikamenn feldu þá kristna menn. Þar mátti þá sjá marga góða hesta, er fyrirlátit höfðu sína herra, ok géngu þar um völluna slítandi beislin. Ulien sat á rauðum hesti

[1]) réð *a*. [2]) [fylking er oss öll *a*. [3]) [vápnum várum, ok bað þá Jafert gera hina fyrstu atreið, ok þat játaði hann honum vel *a*. [4]) hestarnir *a*. [5]) hlífar *a*. [6]) [en faðmr á spjóti hans gékk *a*. [7]) riðu *a*. [8]) váru *tilf. a*. [9]) ok *tilf. a*. [10]) limu *a*. [11]) [þá á *a*. [12]) svívirðit *a*. [13]) [tilf. *a*. [14]) klæddir *a*. [15]) vápnvani *a*. [16]) [þá eigi standa við lengr *a*. [17]) allir vellirnir *a*. [18]) hugðumst *a*. [19]) riddara *a*. [20]) [verð ek sem úgæfumaðr ok huglauss *a*. [21]) á *tilf. a*.

svá góðum, at engi[1] mátti finna annan betra, ok reið hann þá or þrönginni[2] harmandi skaða sinna manna ok spjót sitt öllu afli hefjandi.[3] Spjótskapt hans var or Affrikalandi, þess viðar er Affrikamenn[4] kalla dand,[5] þessi viðr kann varla bogna né brotna. Spjót hans var ok it hvassasta. Hann reið þá ok fann engan svá dramblátan, ef Ulien mœtir, at lofar né hrósar sínum hlut; ef hann höggr eða leggr, þá [stenzt honum hvárki ístig[6] né söðulgerð. Í þeirri framreið feldi hann fjórtán menn af hestum, ef hann væri kristinn, þá væri [hvárki Rollant né Oliver honum vildri riddari.[7]

99. Þá kom Basin[8] hertugi hleypandi, er allan dag leitaði hans, ok œpti hárri röddu á bak honum: Ef þú snýst við undan flýjandi, þá mantu falla. Sem Ulien leit hertugann komanda, er allan dag hafði leitat hans, ok hélt spjótinu til lags, ok eptir honum fara þúsund ok fimm hundruð riddara, ok mátti ekki at gera, þá stefndi hann sem skjótast or þrönginni[9] ok létti eigi fyrr en hann kom á [brekku nökkura,[10] ok tók þá skjöldinn ok hélt sem fastast at[11] sér til hlífðar ok festi fœtr sína með ístigum af[12] öllu afli, ok œpti þá hárri röddu á herrá Basin ok mælti: Þat veit [trú mín,[13] segir hann, fyrir dauðan halt mik, ef ek fær[14] þér eigi félaga. Þá kom hertuginn á[15] einum föxóttum Gaskunie[16] hesti, er Droim konungr gaf honum. Sem þeir mœttust á flugskjótum[17] hestum, þá lagði hvárr til annars með hörðum lögum,[18] svá at hvárgi gat sér í haldit söðlinum, ok féllu báðir svá at beggja þeirra axlir lágu í sandinum. Sá er þar væri undir hamrinum hjá olifatré ok sæi, hversu þessir tveir riðust af hestunum, þá mætti hann ok[19] sjá, at þeir ljópu skjótt upp ok tóku skjölduna ok hnefuðu spjótin. Nú sá Ulien at kristnir menn nálguðust hann ok at hann mundi dauða síns þar bíða. Þá skundaði hann til hestsins ok kom sér á hann, svá at hann [studdist á spjótit allr[20] meðan hann steig upp. Véi sé því ístigi er við honum tók. Þá kómu Affrikamenn fjórar þúsundir ok snerust umhverfis Ulien at verja hann. En Clares gat eigi nálgazt hann at því sinni. Þá kómu sendimenn leypandi fram at höfuðmerki Agulandi ok œptu hárri röddu: Herra Agulande, sögðu þeir, alt snýst oss[21] til vandræða [á þessum degi;[22] kristnir menn eru svá járni klæddir ok stáli, at engi maðr kemr sári[23] á þá, þér munut eigi[24] sjá fjóra yðra menn aptr komna. Sem konungr skildi

---

[1]) eigi a.   [2]) þröngunni a.   [3]) hnefandi a.   [4]) Affrikar a.   [5]) dant a.
[6]) [heldr honum hvárki stigreip a.   [7]) [Rollant ok Oliver eigi vildri riddari en hann. a.   [8]) Bosin a, her og senere.   [9]) þröngunni a.
[10]) [brekkuna a.   [11]) mgl. a.   [12]) mgl. a.   [13]) [Makon a.   [14]) sæ a.
[15]) saal. a; at A.   [16]) Gaskuniar a.   [17]) flaugskjótum a.   [18]) ok höggum tilf. a.   [19]) nú a.   [20]) [allr á spjótinu a.   [21]) nú a.   [22]) [í dag a.
[23]) sárum b.   [24]) fyrir (!) a.

[orð þeirra,[1] þá reiddist hann ok lét búast 80 þúsunda er í hans valdi váru.

100. Nú verðum vér at [rœða um[2] athæfi Karlamagnús ok hins helga Georgii, er með 3[3] mann kom hversdagliga til bardagans undarliga digr [ok drambsamr,[4] öflugr ok vápndjarfr ok vel hugaðr. Hann mælti til sinna manna: Herrar, segir hann, hvat gerit þér eða hvat hræðizt ér,[5] fyrir hví sœki þér eigi at[6] þessum mönnum erfðir þeirra ok sœmdir, er þeir ok forellrismenn þeirra hafa á setit? af þeim [skulum vér[7] verða ríkir við takandi sælum þeirra ok sœmdum, vér skulum skipta í millum vár eignum þeirra ok ríki. Vér erum vel 100 í móti [þeirra tveimr.[8] Vitið at vísu, ef þér látið undan komast einn þeirra, þá verð ek aldri feginn, meðan ek lifi. Því næst gerðist bardagi svá harðr, at hvárki gat hlíft hjálmr né brynja. Kristnir menn váru þá mjök angraðir, hestar þeirra mœddust ok máttu ekki laupa, margir féngu eigi hlaupit um[9] röst. Ef eigi sendir guð þeim nú skjóta viðrhjálp, þá mun Karlamagnús bæði verða hryggr ok reiðr ok þúsund barna í hans ríki föðurlaus ok fátœk. Því næst kom Salomon konungr ok með honum [Angiomenn ok Oransel[10] ok Bretar. Þeir riðu spakliga ok gerðu öngan gný, til þess er þeir kómu svá nær bardaganum, at eigi var lengra til en örskot. Þá mælti Hugi jarl: Herra Salomon, segir hann, þú skalt hér dveljast með drekamerki váru,[11] en ek vil fara at sjá athæfi kristinna manna várra. Rollant er barn en Oddgeir er dugandi maðr, ok hræðumst ek mjök at vér týnum Rollant. Nú ef vér verðum[12] þurfi, þá hjálpit[13] oss við. Þá mælti konungr: Farit í guðs signan ok fagnaði. Þá reið jarlinn í brott með þúsund riddara hraustra. Þessir váru eigi herklæddir sem knapar, þeir höfðu svá öruggar brynjur, at aldri fölsuðust þær fyrir vápnum, ok sátu þeir á [góðum hestum, svá[14] at eigi váru vildri í heiminum, ok œpti þá jarlinn sigróp Karlamagnús keisara, er hafði leóns hjarta. Þessi jarl var inn fríðasti ok inn vaskasti, hann mælti þá við sína menn: Góðir riddarar, segir hann, ryðjum veg várn ok stefnum at höfuðmerki heiðingja; ek bið[15] yðr, at þér höggvit [stórt, svá[16] at engar hlífðir standist höggum várum, ok[17] Frankismenn sém einkendir at sœmd. Jarlinn gat eigi[18] svá mikit at sýst, at hann yrði jafningi Oddgeirs danska,[19] þó gáfu þeir stór högg Samson ok Riker. Ok [þá mælti[20] Oddgeir: Herra Hugi jarl, sér þú riddara þann er sitr á hvítum

---

[1]) [þat a.   [2]) [telja a.   [3]) þriðja a.   [4]) [tilf. a.   [5]) þér a.   [6]) af a.   [7]) [skulu þér a.   [8]) [tveimr mönnum þeirra a.   [9]) hálfa a.   [10]) [Angikarmenn ok Mansel a.   [11]) várt a.   [12]) lið tilf. a.   [13]) saal. a.; hjálpi A.   [14]) [svá góðum hestum a.   [15]) beiði a.   [16]) [svá stór högg a.   [17]) at vér ok a.   [18]) þar tilf. a.   [19]) ok tilf. a.   [20]) [mælti við a.

hesti ok¹ drepr tíðum heiðna menn? Þat er inn helgi Georgius, ok með honum tveir riddarar Demetrius ok Merkurius, er guð hefir hingat sent af himnum til þess at styrkja kristni vára.

101. Akarz or Amflor fann þá at hans menn hugbleyddust, en Frankismenn feldu þá sem tíðast, ok leit hann þá fylking Salomons konungs atríðandi ok kristna menn drepa heiðingja ok inn helga kross skína ok glóa. Þá mælti hann við sína menn: Fjórir guðar várir eru eigi verðir eins falspenings, þeir gáfust í vald [úvina várra;² nú eru þeir allir muldir í sundr. Mjök samir kristnum mönnum at tigna³ sik ok lofa⁴ sinn guð; séð⁵ hér kross er hann var píndr á, vér getum eigi sét í móti honum, ok⁶ engum kosti megum vér⁷ nær koma hans krapti, um snýr hann⁸ öllu viti váru, vér förum œrir ok⁹ hamstolnir; því optar sem vér sjám þenna kross, þeim mun meir vaxa vandræði vár, ok þat veit Maumet, at eigi [verjumst ek lengr. Ok hélt hann¹⁰ þá undan sem skjótast. Akarz or Amflor flýr nú sem skjótast ok hans lið með brugðnu sverði bleikr ok huglauss,¹¹ en Frankismenn eptir þeim¹² œpandi ok leggjandi með spjótum en höggvandi með sverðum, ok svá mikit unnu þeir á¹³ þeim, at betr en 10 þúsundir heiðingja lágu þar þá dauðir. Frankismenn fylgdu þeim um einn lítinn skóg drepandi þá sem tíðast, ok kómu þeir því næst at fylking Calides or Orfanie.¹⁴ Hugi jarl œpti þá hárri röddu ok mælti: Nú samir oss hreysti vára at sýna; höggvit stórt þetta it bölvaða fólk,¹⁵ þessir virða enskis hjálma né brynjur, ok eigi meta þeir enn vildasta vápnhest eins súrs eplis. Þessir taka¹⁶ við várum mönnum vaskliga, ok ef eigi sér nú guð til þeirra ok sendir Salomon ok hans lið, þá töpum vér nú Oddgeir ok jarlinum [it sama.¹⁷

102. Nú kómu 2 fylkingar kristinna manna at enni þriðju fylking heiðingja, ok hjuggu þá Frankismenn af öllu afli, ok kom þá Salomon konungr svá vaskliga þeim viðr hjálpandi,¹⁸ at honum fylgdu fim þúsundir ins vildasta liðs með öruggum brynjum ok góðum hjálmum. Þessir sóttu svá ákafliga heiðingja, at þeir hjuggu höfuð ok herðar, limi¹⁹ ok líkami, ok fundu þeir svá²⁰ hart viðrskipti Frankismanna. Þeir váru berir, en hinir herklæddir. Hinir hraustustu urðu hræddir, en inir hugnostu hamstola,²¹ ok drógu sik þá á bak ok ýldu svá sem vargar, ok skutu af hornbogum sínum, svá at þeir drápu af vápnhestum Frankismanna 300, ok váru þá margir fyrir því á fœti.

¹) er a. ²) [kristinna manna a. ³) lofa a. ⁴) tigna a. ⁵) sjáit a. ⁶) með tilf. a. ⁷) tilf. a. ⁸) tilf. a. ⁹) sem a. ¹⁰) [vil ek hér bíða lengr. Ok héldu þeir a. ¹¹) litlauss a. ¹²) mgl. a. ¹³) af a. ¹⁴) Arfanie a. ¹⁵) því at tilf. a. ¹⁶) tóku nú a. ¹⁷) [mgl. a. ¹⁸) viðrhjálpa a. ¹⁹) limu a. ²⁰) þá a. ²¹) hamstolnir a.

103. Þá varð[1] bardagi svá harðr, at hvárirtveggju gáfust sem máttu. Margir váru svívirðuliga af hestum riðnir, fyrir því at þessi bardagi at brotnum spjótum gékk allr með sverðahöggum. Þar mátti sjá Rollant [ríða or einum flokki ok jafnan in stœrstu högg gefandi.[2] Þar vann ok mikit at Hugi jarl ok Riker, ok þá mælti Oddgeir: Rollant, kvað hann, guð veit at þú ert mjök lofandi; ek munda eigi trúa þessu í gær, ef mér væri slíkt sagt frá þér. Ver aldri fjarri mér, því at[3] þú ert ungr í þessi sýslu. Já,[4] segir Rollant,[5] ef guð eflir mik, þá skal ek ömbuna þér þessa sýslu ríkuliga ok þína [þjónustu trúliga.[6] [Hugi ok Riker unnu þar mikinn sigr. Oddgeir hertugi ok Samson inn öflugi riddari kallaði[7] til sín fjóra sína félaga Estor, Bæring ok Otun, ok eitt ungmenni er hét Grelent. Hann var fœddr í Bretlandi ok [var skyldr Samsoni[8] konungi, þessi skemti[9] konungi í höll hans, þessi[10] var fóstrson keisarans or bernsku ok svaf jafnan í svefnhúsi konungs.[11] Engi var honum vildri söngari[12] né sá er betr kynni skáldskapar heiti, þessi gerði hit fyrsta kvæði í brezku máli. En í þessarri þörf er þá höfðu þeir gaf Rollant honum herklæði. Af [honum bar engi ungra riddara hans jafningja nema Rollant ok Otun.[13] Þá mælti Rollant til sinna manna: Hvat er nú ráð vildast? Séð[14] merki þat er þar stendr, er inn vándi Galinger á, ef vér mættim sundr dreifa þeirra[15] fylking ok þröng, þá munu [vér at vísu sigrast, en þeir[16] allir týnast. Þá svarar Grelent: Ráðum sem skjótast til þeirra, fyrir því at þeir hafa engi dugandi vápn, trú aldri at þeir standist oss. Já, segir Rollant, þú vart at vísu duganda drengs son. Ok eigi var honum vildri riddari. Nú sem inn ungi Grelent hafði jáð[17] því sem Rollant [hafði mælt,[18] þá lögðu þeir herklæddir at þeim[19] er berir váru. Þá [vildu öngir fyrir þeim[20] verða, ok sleizt þá þegar fylking Calidis, ok váru þeir[21] svá hræddir, at þeir vissu eigi hvat þeir skyldu at hafast. Grelent kom þá hleypandi at Caladis ok lagði hann í gegnum skjöldinn ok hann sjálfan, ok er hann skaut honum or söðlinum, þá brast spjótit, ok brá hann þegar sverðinu ok veitti honum [svá mikit[22] sár, at [aldri fannst þú[23] sá er grœða kynni. Þá kom Rollant hleypandi sem skjótast gat [hans hestr borit hann,[24] ok lét hann síga þat it harða spjót með merkinu ok lagði til Akarz or Amflor með svá miklu afli, at öll hans herklæði tœðu honum alls[25]

[1] var *a*. [2] [gefa hinu stœrstu högg *a*. [3] tilf. *a*. [4] Já, já *a*. [5] ok tilf. *a*. [6] [trúliga þjónustu *a*. [7] [Rollant kallaði þá *a*. [8] [náskyldr Salamon *a*. [9] Karlamagnúsi tilf. *a*. [10] ok hann *a*. [11] hans *a*. [12] söngvari *a*. [13] [öllum nýjum riddurum var engi honum vildri riddari nema Rollant. *a*. [14] Sjáit þér *a*. [15] þessa *a*. [16] [þeir at vísu deyja eða vér *a*. [17] játt *a*. [18] [mælti *a*. [19] hinum *a*. [20] [vildi engi fyrir *a*. [21] saal. *a*; þá *A*. [22] [þat *a*. [23] [engi fannst *a*. [24] [hann *a*. [25] mgl. *a*.

ekki, ok skaut honum jafnskjótt dauðum af hestinum. Því næst brá Rollant sverðinu ok fim félagar hans, ok feldu[1] þar niðr betr en sextugu[2] heiðingja, ok á ofan drápu þeir tvá konunga [í augliti[3] þeirra, ok lét þá engi þeirra lausan einn blóðdropa [af sér,[4] ok gerðu þeir[5] svá mikit af sér, at jafnan síðan váru þeir sœmdir meðan þeir lifðu. En Floriades ok Manuel héldu undan sem skjótast, hvártveggi harm ok hugsótt í brjósti berandi.

104. Sem Oddgeir misti Rollant ok vissi eigi hvar hann var kominn, þá hræddist hann, at hann mundi eigi optar sjá hann. Ok var þat eigi kynligt, at hann væri hræddr um hans hag, því at hann var fenginn í hans gæzlu, ok mælti þá til Hugons jarls: Herra, sagði hann, illa hefir[6] nú at borizt, ek veit eigi hvar systurson konungs er kominn. En í þessu liði er hér er fyrir oss heyri ek mikinn hörkul, ok at vísu sé ek þar Rollant undir hvítum hjálmi; nú bið ek yðr, at vér hjálpim þeim við sem skjótast. Þá svarar jarl: Þat skulum vér gjarna gera. Þá kom Oddgeir[7] þar sem Rollant var, ok mælti: Eigi hefir þú nú haldit þat sem vit rœddum,[8] ok ef guð hefði eigi gefit mér þessa huggan, at ek fynda þik heilan, þá segi ek þat guði, at aldri skylda[9] ek lengr bera skjöld né herklæði. Affrikamenn fyrirlétu þá þrjá höfðingja sína, en hinn helgi kross kom þeim stökk ok hræzlu á þá, at þeir hníptu allir af hugleysi. Almáttigr guð unni Karlamagnúsi konungi ok hans verkum[10] ok því hinu góða fólki, er hann var stjórnandi, fyrir því vildi hann [eigi, at þeir[11] týndist, heldr var hann verjandi þá ok sendi þeim þrjá riddara sína at hjálpa þeim ok vinum sínum, er honum var ást á, svá opinberliga, at allir sá þá ok kendu ok heyrðu rödd þeirra, ok einkannliga hinn helga Georgium, er foringi [(var) hinna tveggja.[12] Af þessum féngu kristnir menn mikla hugdirfð, en Affrikamenn hrukku[13] allir saman ok taka á flótta, en Frankismenn eptir drepandi þá sem vargar [er sauði elta.[14] Nú eru þeir er eptir lifa af þeim fim konungum allir undan haldandi, en 3[15] höfðingjar þeirra liggja höfuðlausir eptir, en kristnir menn drepa þá 100 ok þúsund fylgjandi þeim um hamra ok dali. En Eliadas[16] ok Pantalas systurson hans[17] váru aldri vanir undan at flýja, þessir váru inir mestu bardagamenn, þeir heyrðu hörkul ok stór högg Frankismanna, ok kómu þá Frankismenn at fylkingum þeirra. Þá mælti Eliadas[16] til ráðgjafa sinna: Kristnir menn eru [mikils metnaðar ok grimleiks,[18] ef

---

[1]) feldi a. [2]) sextigu a. [3]) [mgl. a. [4]) [mgl. a. [5]) þar tilf. a. [6]) saal. a; er A. [7]) at tilf. a. [8]) játuðum a. [9]) skal a. [10]) saal. a; verk A. [11]) [at eigi a. [12]) [þeirra var a. [13]) saal. a; rauskvazt A. [14]) [reka sauði a. [15]) 4 a. [16]) Kliadas a. [17]) ok tilf. a. [18]) [miklir metnaðarmenn ok grimmir a.

þeir finna oss nú raga ok huglausa, [ok ef Agulandus verðr þess víss ok sannfróðr, þá verðum vér aldri hans einka vinir né honum kærir.[1] En ek virði eigi eins falspenings allan metnað kristinna[2] manna. Frankismenn[3] kómu þá ok fylktu[4] ok váru eigi fleiri en 2 þúsundir ok 700, ok riðu þá fyrst fram or Frankismanna liði þeir er vildastir váru. Í þessum flokki var Rollant ok Oddgeir, Grelent ok Riker ok Hugon jarl ok tólf jafningjar. Þessir riðu með[5] svá þykkri fylking, at eigi komst vindrinn í milli[6] þeirra. En þeir váru fyrstir í fylking þessi[7] þrír helgir menn, ok ef Kliades bíðr þeirra, þá er undr ef hann iðrast eigi. Hann var inn vápndjarfasti maðr ok vildi at engum kosti flýja, en Frankismenn œptu þá sigróp keisarans,[8] ok gerðist þá inn mesti gnýr, ok hófu þeir harðan bardaga, svá at margir góðir menn féllu þeir[9] er guð kallaði af þessu lífi. Í þessum bardaga gáfust einkar vel Suðrmenn ok Saxar, [Bealvei ok Ardenei riddarar.[10] Þessir Affrikar eru kurteisir ok vel búnir, þeir sitja á góðum hestum ok úmœddum, þeir drápu vára menn 100 ok 3 af þeim er kosnir váru til tólf jafningja, ok váru tveir hertogar en eitt[11] konungr.

105. Þessi bardagi hófst með miklum gný ok hörðu vápnaskipti. Heiðingjar váru 50 þúsunda, en kristnir menn sjau hundrað ok tvær þúsundir, ok Grelent sparði eigi at veita heiðingjum þunga þjónustu ok hjálpa várum mönnum, ok sóttu þeir svá fast, at engi gat við [staðizt höggum[12] þeirra ok atreið, ok mælti þá hverr við annan: Gæfusamliga, segja þeir, er oss nú fallit; vér várum knapar ok þjónustusveinar, steikarar ok skósveinar, at sönnu samir oss at elska tiguliga Karlamagnús keisara[13] ok þjóna ástsamliga herra várum, er oss tók or þræla þjónustu ok frjálsaði ok gerði oss alla riddara. [Fyrr skulum vér allir láta líf várt en þat þola, at honum sé nökkur svívirðing ger eða hann sé rekinn or sínu ríki.[14] Sem Oddgeir heyrði rœðu þeirra, þá mælti hann hárri röddu: Sælum munni mæltuð þér þetta, ok ef guð lér mér at lifa til þess er ek kem í Franz, þá skal ek þiggja til handa yðr[15] þær inar ríku sœmdir, er hann hefir heitið yðr, því at engi sá maðr er þurfi verðr keisarans ok ber ek mál hans fram, at eigi heyrir[16] hann gjarna ok stéttir[17] bœn minni ok þurft hins. En ek vil vera merkismaðr yðarr, ok fylkið ér[18] nú umhverfis merkit. Þeir svöruðu allir ok mæltu: Þat viljum vér gjarnsamliga. Sem þessum riddorum kom í hug hversu fátœkir þeir kómu til Karlamagnús, ok nú váru þeir gervir riddarar,

---

[1]) [tilf a. [2]) Frankis a. [3]) kristnir menn a. [4]) liði sínu tilf. a. [5]) í a. [6]) vápna tilf. a. [7]) þessir tilf. a. [8]) mgl. a. [9]) þar a. [10]) [Bauœis ok Ardenœis a. [11]) einn a. [12]) [staðit höggvi a. [13]) konung a. [14]) [tilf. a. [15]) af keisaranum tilf. a. [16]) heyri a. [17]) stéttar a. [18]) mgl. a.

þá þökkuðu þeir honum með ástsamligum orðum ok fögrum kveðjum ok kváðust heldr vilja líf sitt láta en konungr yrði sigraðr fyrir Affrikamönnum. Því næst réðu[1] þeir til heiðingja ok tóku við þeim ok hjuggu þá mörg stór högg limi ok líkami. Fimtigi þúsunda váru þeirra guðs úvina, en kristnir menn tvær þúsundir ok 7 hundruð. Nú ef guð sýnir eigi sinn krapt kristnum mönnum, þá tapar Karlamagnús konungr sínum fóstrsonum.

106. Þá gerðist ógurligr gnýr, ok[2] var þá gefit mart þungt hálsslag, ok mundi eigi várr skaði bœttr verða, ef eigi kœmi Salomon með fim þúsundum riddara við[3] reistum spjótum ok blaköndum[4] merkjum ok ina beztu skjöldu fyrir brjósti. Þessi höfðingi er mikill fyrir sér, ok œptu þá Bretar ok hófu upp sigrarmerki[5] ins heilaga Miluns, er þar hvílir í þeirra landi, ok hófu þeir orrostu með hörðu tilræði. Þá máttu eigi leynast huglausir rósarar, er þar létu drepa sik fyrir[6] hugleysi, því at þeir inir[7] ungu menn, er nýdubbaðir váru til riddara váru svá öflugir ok sterkir ok skjótir í stórum höggum, ok féllu þá heiðingjar fjölmenniliga. Í fylking Rollants systursonar Karlamagnús konungs 2 þúsundir ok 7 hundruð, en í fylking Salomonis konungs váru fim þúsundir, ok féllu nökkurir af þeim í þessum bardaga. En í því kom Droim inn ríki hertugi ok með honum Peitumenn ok Gaskuniar með öruggum herklæðum ok sátu á inum beztum hestum, svá at í öllu liðinu váru eigi jafngóðir þeim. Affrikamenn sá þá at lið þeirra féll, ok sá þá inn þriðja bardagann at sér ríða, ok váru þeir þá betr en sjau þúsundir, ok hafði hverr þeirra góðar brynjur ok góðan hest.

107. Í því kómu þeir þrír höfðingjar fram, er guð sendi Karlamagnúsi konungi til hjálpar. Hverr þeirra var í líkneskju riddara, ok með þeim Turpin inn dýrligi erchibyskup, er bar í hendi sér inn helga kross. Þá tóku Affrikar at hvísla sín í millum: Vei verði þeim merkismanni, merki hans er svá hátt, at skýin styðjast af, þat er svá bjart, at sólar geislar eru eigi ljósari; þetta snýr hug várum, vér vinnum hér eigi af þeim nema dauða várn. Eliadas kunni þá ekki ráð, er hann sá at fylking hans slitnaði, ef hann sæi sér nökkura viðstöðu, þá héldi hann eigi undan, ok flýði hann nauðigr ok þó síðarst, ok deildi þá við guða sína ok kvað þá öngu nýtan allan krapt þeirra, reið þá hnefandi it digra spjót sitt. En Rollant ok Oddgeir ok Salomon fylktu liði sínu, ef þeir reka vel flótta heiðingja, þá munu þeir hefna sín. Hestarnir mœddust þá mjök, ok reið þá sendimaðr at segja keisarunum ok mælti: Ríðit herra ok viðr hjálpit yðrum mönnum, engi er vildri riddari en frændi

---

[1]) riðu a. [2]) tilf. a. [3]) með a. [4]) blakandi a. [5]) höfuðmerki a.
[6]) af a. [7]) Her mangler 1 Blad i a.

yðvarr Rollant. Þá svarar konungr: Almáttigr guð, segir hann, þér geri ek þakkir. Konungr fagnaði mjök ok skipaði fylking sína.

108. Nú skulum vér heyra hvat hertogi Girarðr sýsti þar fyrir hamrinum, sem herra Boz féll af hestinum fyrir inum drambláta Ulien, er með 20 þúsundum reið þann dag or her Agulandi. Hann hugði þat, at hann skyldi alla ættingja sína gera höfðingja fyrr en hann tœki eldast. En kristnir menn únýttu nökkut ætlan hans ok hugsoðu, at hann skyldi aldri optar hafa á hest stigit. Vei sé þeim er honum veittu lið, af þeim 20 þúsundum er hann hafði með sér lágu þar eptir sjau þúsundir, en þeir er undan flýðu með honum munu aldri optar í slíkan leik fýsast. Ok kom þá Ulien sem skjótast til hers Agulandi ok steig þegar af hesti sínum fyrir höfuðmerkinu, ok kom því næst fyrir konung ok bað hann miskunnar ok mælti: Herra, segir hann, þér gáfut mér alla Eyropam, en nú skal ek aldri þessu landi ráða.

109. Sem Agulandus skildi orð hans, þá mælti hann: Ulien frændi, segir hann, blýtt hefi ek orðum þínum. Jnn ljósi hjálmr þinn er allr moldugr, skjöldr þinn klofinn, at sönnu var ek heimskr, er ek trúða þér, fyrir sakir þínar lét ek lönd mín ok ríki, því at þú ok Mandeqvin rœntut mik syni mínum. Heima í Affrika kváðuzt þit vera inir beztu riddarar, en nú eru þit únýtir ok huglausir, vei sé mér, ef ek legg lengr mitt traust á ykkr. Ulien frændi, kvað Agulandus, ek vil þik sannfróðan gera, at sá er trúir kvenna ráðum eða huglausum mönnum, honum samir aldri miklu ríki at stjórna. En þú hefir lengi þjónat með kvenna lunderni, þú hefir lengi drukkit vín mitt ok tœmt fésjóða mína. Þá svarar Ulien: Herra, segir hann, hættit nú at deila ok látit fylking gera umhverfis yðr at varðveita líf yðvart ok verja, ok munu þér þá finna, hversu mikit þér vinnit. Vér mœttum Frankismönnum í brekku nökkurri, ok hlaut ek þar falla, svá at hjálmr minn stóð í moldunni til nasbjarga, ok fékk ek önga hjálp af neinum, nema ek þóttumst of síðla ná hesti mínum. En síðan er ek fékk hann ok ek keyrða hann með sporum, þá þótti mér mín hjálp œrin vera. Eigi munu vér Frankismönnum standast, því at af tuttugu þúsundum eru eigi fleiri undan komnir en fjórar þúsundir, því at þeir vilja aldri undan flýja. Ek sá þá í gær svá þykt ríða, at engi spörhaukr mátti fljúga í millum vápna þeirra; ef þeir koma hingat yfir hamarinn ok taka at eiga við vára menn, þá segi ek þeim þat, er heyra orð mín, at þér munuð dýrt kaupa tilkvámu þeirra. Því næst kom hleypandi einn riddari, ok stóð spjótskapt í gegnum hans söðulboga en járninu var hann í gegnum lagðr, ok var söðull hans fullr af blóði, ok fylgdu honum þrjár þúsundir, ok var engi svá hraustr, at eigi hefði hann sár í höfði eða á líkam

eða hesti, ok mælti foringi þeirra lágum orðum, því at hann var meginlauss: Herra, kvað hann, undarliga þikki mér, í gær féngu þér mér 50 þúsunda, ok var niðr höggvinn helmingrinn. Þá svarar Agulandus: Vinr, kvað hann, hvat heitir þú? Hann svarar: Ek em Eliadas son Sobrors konungs. Þá svarar Agulandus: Þú ert náskyldr frændi minn, vit faðir þinn erum systrungar, kantu nökkut at segja frá Madeqvin. Þá svarar Eliadas: Já herra, segir hann, hann er at vísu dauðr. Agulandus varð þegar reiðr fyrir sakir Eliadas, er hann var svá illa leikinn,[1] ok um Mandekuin. Þá svarar Eliadas: Herra, segir hann, hræzt eigi, slíka úgæfu vinna þér rósarar ok drambsmenn; þá er þeir drukku vín þitt ok kystu fríðar meyjar þínar, þá váru þeir hraustir riddarar. En Frankismenn halda ríki sitt af réttum föðurleifðum sínum, hvárgi okkarr getr af þeim sótt við 7 sinnum 100 þúsunda; þó at þér héfðit 100 riddara at móti tveim mönnum þeirra, þá efizt ekki í því, at þó koma þeir at berjast við yðr, Frankismenn eru eigi dáligir né huglausir, eigi ragir né hræddir, ok Karlamagnús konungr er inn vápndjarfasti ok inn hugprúðasti höfðingi. Nú eru fallnir þrír höfðingjar í þessum 3 bardögum inum fyrstum, ok eru þeir eigi at heldr frjálsir er eptir lifa. Þá gerðu margir af heiðingjum mikinn gný ok létu illa, þá kom ok keisarinn með fim fylkingum ok blésu 60 lúðra öllum einni röddu. Gullit ok stálit glóaði ok glitraði svá ljóst ok bjart, at tími dagsins lýstist af, ok var eigi lengra í milli fylkinga Frankismanna en eitt lásbogaskot, ok fannst engi svá digr ok drambsamr í hvárgu liði, at eigi skipti hug sínum ok hræddist. Agulandus var þá undir höfuðmerki sínu ok með honum fim konungar, er allir váru honum með eiðum handgengnir, ok engi sá er eigi hafði kórónu borit, ok lið þeirra fylkti umhverfis alt með svá miklum fjölda, at engi kunni telja. En keisarinn reið þá at þeim með fim fylkingum. Agolandus sýndi sínum mönnum her kristinna manna ok mælti: Þetta lið, segir hann, er eigi svá mikit slátr at oss nægist til dagverðar; ef þeir væri búnir oss til matar, þá mundi oss herfiliga getit vera. Eigi sýnist mér Karlamagnús konungr vitr höfðingi, er hann berst við mik með eigi meira lið, hér fyrir man hann fá mikil vandræði, hann skal bera járnrekendr um háls ok bendr; ef hann neitir eigi guði sínum ok kristni, þá skal höggva höfuð af honum. Hinn gamli Galingers sá mjök lengi á konung ok mælti hlæjandi at honum: Lítt þat ertu of skjótr; sendit nú eptir Uljen, Frankismenn mœttu honum í dag, aldri var hann svá mjök keyrðr né illa leikinn fyrr. Þá svarar Agulandus: Þú mælir of mart, fyrir því þó at þeir væri af inu harðasta stáli, þá mundu þeir aldri mér standast.

[1]) leikem *A*.

110. Sem Amustene leit Agulandum, þá kallar hann sonu sína ok mælti: Vándir knapar, kvað hann, dáligir flóttamenn! Magon ok Asperant konungar váru systursynir mínir, er drepnir váru af her várum, lítt kemr ykkr í hug þetta, þit eruð ragir ok öngu nýtir, ok þit létuð svívirða frændr mína í augliti mínu. Takit nú beint lúðr minn ok merki sem skjótast ok blásit fjórum sinnum, myklu er minn lúðr hvellari en Olivant, vér skulum til skipa stefna ok skjótt sigla til Affrika, ok ef Karlamagnús berst við Agulandum, þá sigrast hann at vísu ok hefnir harma sinna. Ek em enn ungr ok þit ungir, vér skulum eiga alla Affrikam, ok várir arfar æfinliga. Þá svöruðu þeir: þessi er inn bezti formáli ok hagligr at hafa. Nú lýkr inni 9 bok ok hefr upp ina 10.

111. Affrikamenn réðu þá til kristinna manna. En kristnir menn váru þá fjórar þúsundir ok 30 þúsunda, en aldri máttu menn[1] vera betr herklæddir en þeir váru. En Affrikamenn váru með öðrum hætti vápnaðir, þeir höfðu leðrpanzara[2] ok gyrðir stórum sverðum, báru boga ok öxar ok örvamæla.[3] Sem kristnir menn mœttu[4] þeim, þá gáfu þeir mörg stór högg, klufu höfuð ok herðar,[5] limi ok líkami, ok feldu svá marga, at allir vellirnir váru huldir[6] af líkum,[7] svá at eigi var annat til en ganga eðr ríða á líkum þeirra er dauðir váru. Affrikar er hrósoðu, at þeir skyldu reka Frankismenn af[8] ríki sínu, þá er þeir höfðu átt við Frankismenn, allir þeir er hyggnastir váru, fundu sik vorðna[9] fífl af sínum ráðum. Þá er Amustene vissi at liðit var saman komit, þá mælti hann til Agulandum: Herra, kvað hann, lýð[10] orðum mínum. Lið yðvart þrjár fylkingar er [sigrat ok yfirkomit[11] ok undan flýit kristnum mönnum, en ek á 2 sonu nýgerva riddara, en nú vil ek koma þeim í bardaga, ok ek sjálfr með þeim ok mitt lið. Þá svarar Agulandus: Þat vil ek gjarna. At vísu herra, sagði Amustene, ok er[12] þó betr en yðr væntir. Þá fylgdu honum 10 menn ofan frá höfuðmerkinu, ok váru þrír konungar kórónaðir. En [þá er þeir skildu[13] við Agulandum, þá hefði honum betra verit at láta drepa þá [en lofa[14] þeim í brott at fara. Þeir stefndu þegar í brott frá liðinu ok með þeim 20 þúsundir, ok skildust svá við Agulandum. Ok mundi Amustene eigi svá hafa skilizt við hann, ef hann væri tryggr maðr. Fyrir þessum[15] mundu Frankismenn mikit hafa látit, því at þeir höfðu betr en 20 þúsundir ins vildasta liðs. Þeir kómu til skipa ok gengu á þau með öllum[16]

---

[1]) *Her begynder atter a.* [2]) *ok línpanzara tilf. a.* [3]) örvamæli *a.* [4]) kómu mœtandi *a.* [5]) hjuggu *tilf. a.* [6]) *tilf. a.* [7]) þeirra *tilf. a.* [8]) or *a.* [9]) vera *a.* [10]) hlýðit *a.* [11]) [*saal. a;* sigraðar ok yfirkomnar *A.* [12]) *saal. a;* eigi *A.* [13]) [þeir skilduzt *a.* [14]) [heldr en lofat *a.* [15]) þeim *a.* [16]) hestum, vápnum ok *a.*

fjárhlutum, en öll önnur skipin brendu þeir ok í sundr hjuggu.
Nú ef Agulandus gætir sín eigi, þá mun hann aldri síðan augum[1]
sjá Affrikam.

112. En meðan Agulandus beið þeirra er frá honum fóru, þá
skundaði Girarðr ok kom í einn dal leyniliga ríðandi. En lið hans
var þúsund ok [7 hundrað,[2] ok fylkti hann þeim svá þykt, at vind-
rinn komst varla[3] í millum[4] þeirra, ok er kynligt ef hann iðrast eigi.
Sem Ulien leit þá, þá sprakk hann náliga af harmi ok mælti til
Agulandum: Herra, segir hann, hér ferr nú at oss eitt fólk, er ek
mœtta í dag, þeir drápu fyrir mér sjau þúsundir manna. Agulandus
svarar: Er eigi þetta lið Amustene er héðan fór?[5] Víst eigi, herra,
segir hann. Nú vitið at vísu, segir Ulien, at hverr er dauðr, er
eigi[6] verst sem bezt. Eptir þenna formála kom hræzla ok hugleysa
á Agulandum, ok mælti[7] at Ulien skyldi búinn[8] at gera hans vilja.
Hann gékk þegar reiðr ok óðr ok steig á hest sinn ok hafði með
sér 20 þúsundir undan höfuðmerkinu, ok mœtti þá herra Girarð.
En Amustene var þá ofan kominn á skip, ok týndi þeim öllum er
hann vildi eigi með sér hafa. Nú ef eigi gætir Agulandus sín, þá
hefir hann týnt sínum hlut í Affrika. En þau sjau 100 er Girarðr
fékk Booz ok Clares eru vel herklæddir. Ok er Ulien inn illgjarni
sá þá, þá hleypti hann þegar at þeim með svá harðri atreið, at
engi var sá í þeirra liði, er eigi hræddist dauða. En herra Booz
ok Clares tóku svá fagrliga við þeim, at í fyrstunni drápu þeir mik-
inn fjölda. En hvárt sem þeir vildu eða eigi, þá hlutu þeir fyrir[9]
at halda ok kómu þá í fylking Girarðs. Sem hann[10] leit systursonu
sína, þá reiddist hann, ok laust hann þá í reiði sinni ok kallaði þá
pútusonu. Aldri, kvað hann, váru þit synir Miluns hertuga, er þit
hræðizt svá mjök heiðingja. Oddgeir ok Rollant, Grelent ok Estor
ok Riker ok Marant sigruðust í dag í fjórum bardögum, svá at engi
þeirra er eptir váru þorði[11] í móti at standa. Várir menn váru
sárir, en heiðingjar svá margir drepnir ok sárir, at engi lifandi maðr
kunni[12] telja. Oddgeir ok Rollant ok þeirra félagar ráku saman í
einn hvirvil heiðingja, ok sem þeir vildu efla bardaga sinn, þá váru
þeir svá móðir, at þeir féngu nær ekki at hafzt, ok urðu þeir þá
aptr at snúa[13] í fylking Karlamagnús. Þá mælti Karlamagnús:
[Herra guð,[14] lát eigi lægjast þína helgu kristni, ok gef mér styrk,
at ek mega hefna þinna vina[15] á þessum heiðnum hundum. Sem
hann hafði þetta mælt, þá reið konungr[16] fram ok með honum fjórar

---

[1]) *mgl. a.* [2]) [hundrað ok 7 *a.* [3]) eigi *a.* [4]) vápna *tilf. a.* [5]) reið *a.*
[6]) *tilf. a.* [7]) þá *tilf. a.* [8]) vera *tilf. a.* [9]) undan *a.* [10]) hertugi Gir-
arð *a.* [11]) þorðu *a.* [12]) at *tilf. a.* [13]) snúazt *a.* [14]) [tilf. *a.* [15]) ovina *a.*
[16]) hann *a.*

þúsundir riddara, ok riðu í flokk heiðingja í móti Gundrun kerrumanni, [ok klauf Karlamagnús konungr hann í herðar niðr sem fúinn fausk.[1] En fyrr en hann kœmist þaðan, þá særðu þeir undir honum hestinn 15 kesjum, ok fyrr en Karlamagnús féngi þann hest er hann drap úvin sinn af, þá drápu þeir [10 þúsundir af Affrikanis,[2] ok hrukku allir[3] á bak aptr af hræzlu. Sem várir menn snerust aptr í fylking sína, þá dirfðust Affrikar, ok gerðist þá hart viðskipti ok hjuggu mörg högg[4] þau er harmandi váru, svá at mikill fjöldi féll, ok harmaði [hann þá[5] fall sinna manna, ok œpti hann þá hárri röddu ok bað þá sína riddara hefna sín í guðs nafni. Þá börðust vel Bealvæi[6] ok Saxar ok brezkir menn, [Rollant ok Oddgeir ok þeirra félagar[7] gáfust einkar vel. Keisarinn var fremstr í brjóstinu ok hafði Jouise[8] í hendi sér, engi hefir líf er eitt högg fær af honum. Þá féngu Frankismenn[9] svá mikinn skaða, at engi [kunni þat segja, ok hjuggu[10] bæði höfuð ok herðar, limi ok líkami, ok kom þá til Karlamagnús Oddgeir ok Nemes ok mæltu: Herra, kváðu þeir, lið várt er mjök fallit, vér höfum nú eigi [fleira liðs[11] en fimtán þúsundir manna, ok 9 af tólf jafningjum. Herrar, kvað Karlamagnús, skilt hefi ek orð yðor, en svá hjálpi mér guð, at myklu heldr vil ek deyja en undan flýja.

113. Karlamagnús konungr ok Nemes hertugi ok Oddgeir sá þá menn sína hugbleyðast, ok þá mælti páfinn: Herrar, kvað hann, hræðizt ekki, nú freistar guð yðvar; hann sá sik sjálfan [til dauða[12] dœmdan ok bar hann þat [þó einmóðliga,[13] gerit nú fyrir hans sakir þat[14] sem hann gerði fyrir yðrar sakir.[15] Allir er heyrðu orð hans, þá mæltu:[16] Aldri beiðumst vér fyrir [þessa tölu[17] at lifa, nema guð gefi oss sigr á heiðingjum. Herra, segir Karlamagnús, nú hafi þér sagt minn vilja, ok engi maðr skal önnur ráð nýta.[18] Turpin erkibyskup gaf þá upp páfanum inn helga kross ok mælti: Nú[19] skulu þér sjá, ef ek má nökkura hjálp veita. En páfinn játaði því þegar. Þá blés erkibyskup einum hvellum lúðri at eggja menn sína, ok heyrði Agulandus þá lúðrinn ok mælti til sinna manna: Nú hefi ek alt þat er mér líkar, Frankismenn[20] eru at fullu yfirkomnir, ok vilja þeir oss nú upp gefa vígvöllinn; sœkit nú fram

---

[1] [þessi var ráðgjafi heiðingja. Karlamagnús klauf hann ofan í mitt höfuðit allan herklæddan *a.* [2] [betr en 10 þúsundir heiðingja, svá at allir Affrikar æðruðust *a.* [3] 2 *a.* [4] *tilf. a.* [5] [þá Karlamagnús *a.* [6] Bealfij *a.* [7] [Oddgeir ok Grelent, Rollant ok Estor, Riker ok Marant *a.* [8] Jouís sverð sitt *a.* [9] kristnir menn *a.* [10] [lifandi maðr fær þat sagt, ok hjuggu þeir þá. [11] [meira lið *a.* [12] [*mgl. a.* [13] [vel *a.* [14] svá *a.* [15] hann sá sig sjálfan dœmdan ok þoldi fyrir oss dauða *tilf. a.* [16] þeir *tilf. a.* [17] [þenna dag *a.* [18] hafa *a.* [19] hefi ek alt þat er mér líkar *tilf. a.* [20] kristnir menn *a.*

at höfuðmerkinu. Þeir gerðu svá, ok hugðu at kristnir menn mundu[1] bila. Þá [dirfðist lið Affrikanorum,[2] ok hófst þá [inn harðasti bardagi.[3] Flugu þá spjót [sem í örvadrif sæi.[4] Frankismenn tóku[5] við þeim höggvandi með hvössum sverðum höfuð ok herðar. Þá [mælti Ulien ok œpti hárri röddu á sína menn:[6] Affrikamenn, segir hann, óttizt ekki, hefnit frænda yðvarra, feðra ok brœðra, er Frankismenn hafa drepit, ok[7] Jamund er yðr fóstraði; sœkit nú af þeim lönd ok ríki, at þér verðit ríkir ok fullsælir. Þá er hinir skildu orð hans, þá réðu þeir at harðara til kristinna manna. Girarðr ok hans synir ok systursynir[8] ruddu af sér með stórum höggum sem þeir máttu. En ef eigi miskunnar nú guð kristnum mönnum, þá munu dýrt kaupa huglausir menn hreysti þeirra, er vápndjarfir eru. Sem keisarinn reið í fylking heiðingja, þá blésu þeir hornum sínum ok lúðrum, ok gerðist þá ógurligr gnýr[9] ok mikill mannskaði í hvárutveggja liði. Oddgeir ok Nemes, Riker ok Hugi, ok Salomon er bar gullara keisarans, ok Bretar er honum fylgdu, Rollant ungi er bar Dýrumdala blóðgan [ok allir hans félagar vörðust harðla vel.[10] En allir váru þá uppgefnir, ef eigi hefði Karlamagnús keisari kallat á þá ok [mælir til þeirra:[11] Verit sköruliga, sagði hann, líkam minn ok sœmdir yðrar. Barðist Karlamagnús konungr þá svá hraustliga, at allir er sá högg hans [stóð mikil ógn[12] af, ok var honum ekki hóglífi gefit þann dag. Þá var drepinn undir honum hestr hans inn bezti, ok hann inn öflgasti maðr hljóp þegar upp ok brá Jovisse, er hann var kórónaðr með; sá er þat má ná til er at vísu[13] dauðr. Nú er konungr var á fœti staddr, þá varðist hann svá vaskliga, at engi þorði at honum at ganga, ok snerist þá umhverfis hann meiri maðr ok minni. Bæringr or Markun varð fyrstr víss,[14] at keisarinn var á fœti, ok stefndi þegar þangat ok hjó einn ríkan [höfðingja ok klauf hann ofan í tenn,[15] ok greip jafnskjótt hestinn með gullögðu beisli, ok þegar kom hann til keisarans ok steig af sínum hesti ok fékk konungi,[16] ok hélt í ístig hans meðan hann sté upp. Síðan ljóp hann á þann hest, er hann drap heiðingja af, ok kómu þá báðir í bardaga ok feldu mykinn fjölda af heiðingjum. Sem Frankis-

---

[1]) skyldu *a*. [2]) [dirfðust Affrikamenn *a*. [3]) [hin harðasta atganga *a*.
[4]) [í smá hluti sem örfadrif væri *a*. [5]) vel *tilf. a*. [6]) [œpti Ulien á sína menn 4 sinnum ok mælti *a*. [7]) *mgl. a*. [8]) ok fóstrsynir *tilf. a*.
[9]) börkull *a*. [10]) [af blóði heiðingja, ok þeir er honum fylgdu vörðu líf sitt ok líkami sem bezt féngu þeir. *a*. [11]) [mælti hárri röddu ástsamligum orðum: Nemit staðar allir, meiri maðr ok minni *a*. [12]) [féngu ógn ok hræzlu *a*. [13]) sönnu *a*. [14]) varr við *a*. [15]) [heiðingja ofan í hjálminn ok klauf hann í tenn, ok því næst í öðru höggi skaut hann honum af hestinum *a*. [16]) keisaranum *a*.

menn sá konung kominn aptr, þá urðu þeir [harðla fegnir hans kvámu.[1]

114. Heyrit guðs vinir þessa ina dýrligu sögu um Karlamagnús inn góða keisara. Heyrit ok hreysti ok kurteisi kristinna manna, elsku ok ástsemd dugandi manna, hugdirfð hirðmanna, ok um inn harða hertuga Girarð. Hann var son Bovins konungs ins ríka, aldri tók við tignarnafni vildri hertugi. Þá er herra Girarðr sá merki Uliens, þá kallar hann til sín Booz ok Clares, Ernarð ok Riker ok Milun: Dýrligir riddarar, segir hann, þyrmum oss eigi. Séð þann er þar sitr undir inum gula skildi, er í dag hljóp at oss ákafliga, en guð sé lofaðr, er vér gerðum honum góð skil um þá skuld er vér várum honum skyldugir. Nú býð ek yðr, at þér gerið þeim önga atreið með spjótum, nema vér skulum fylkja sem vér megum þykkvast,[2] ok héldu þá allir skjöldum sínum sem fastast fyrir brjóstum, svá búnir skulum vér ríða at þeim, ef þeir þora við taka. Girarðr ríðr nú með fylktu liði, hann hefir við sér þúsund ok fim 100 riddara, Booz ok Clares váru merkismenn þeirra. Ok kom þá Ulien ok við honum fjórar þúsundir, þeir höfðu stinna boga ok góð herklæði, skutu því næst skotum ok broddum ok köstuðu á þá. En þeir fundu eigi hvikara fyrir sér heldr hugdjarfa riddara, svá at aldri hafði einn hertugi vildri, ok þorðu þó öngir atreiðir at gera fyrir hertuga. Sem Ulien fann at Frankismenn vildu ekki at þeim fyrir ópi né heitan né fyrir skotum þeirra, þá stefndu þeir at höfuðmerki Agulandi. En áðr en hann hafði fest merki sitt, þá leit hann á hœgri hönd sér heiðingja undan flýjandi. Aldri kunni Ulien svá mikit at at gera, at þeir riðu or sinni fylking né vildu rjúfa sakir hans, ok var Girarðr ok lið hans svá nær komnir höfuðmerkinu, at tvau örskot máttu vel til ná, ok mælti þá Girarðr, at hans lið skyldi nema staðar. Þá kallar hann til sín sonu sína ok systursonu ok alla höfuðvini: Herrar, segir hann, víst hefir guð nú til vár sét, at vér höfum engan mann látit; kristnir menn hafa nú ráðit til Affrikamanna, ek heyri nú frameggjan þeirra; nú bið ek at vér hjálpim þeim við vaskliga. Þeir svöruðu: Þat viljum vér gera gjarna; vér erum vel herklæddir, en hundar þessir eru búnir margir allilla ok verr en vápnlausir; nú mun þat guð vilja ok inn helgi kross, at vér komim í viðrskipti heiðingja ok at vér gerim þá höfuðlausa. Því næst stigu þau 400 af hestum, allir þeir er hertugi kaus ok vildastir váru ok vaskastir, en hinir aðrir tóku við hestum þeirra, ok géngu þeir með þykkri fylking huldir skjöldum sínum, berandi hvassar hosur, gyrðir góðum sverðum. Sem Affrikar litu þá, þá

---

[1] [aldri fegnari síðan þeir kómu í heim *a*; *her mangle 2 Blade i a.*
[2] þykkias *A*.

mælti Agulandus: Þessir eru eigi várir menn; ef vér sigrumst eigi á þessum, er framan ganga at oss, þá drepa þeir oss, er nú ganga á bak oss. Agulandus var þá undir höfuðmerkinu, ok með honum tólf heiðnir konungar, en umhverfis hann var svá mikit lið, at engi kunni telja, ok váru þeir þá harðla hræddir um Amustenem ok ætlaðu hann of lengi dveljast. Í því bili kom Girarðr með fjórar þúsundir, þeir váru í fótsíðum brynjum ok skunduðu at heiðingjum höggvandi þá, ok ruddu svá veginn fyrir sér, at þeir áttu eigi örskot til höfuðmerkisins. En Karlamagnús konungr mátti þar lítt sínum hlut hrósa, né Nemes eða Oddgeir ok Rollant, ef eigi væri guð almáttigr, er í sínu valdi hefir alla hlut(i), honum sendandi þrjá sína riddara. En herra Girarð ok synir hans ok systursynir kómu þá at heiðingjum herklæddir af stáli ok járni, svá at ekki má á þeim vinna, hjuggu þeir höfuð ok herðar, brjóst ok búk, ok steyptu hverjum dauðum á annan ofan. Sem þeir fundu skaða sinn, þá flýðu þeir undan ok hinir eptir þeim, alt til þess er þeir kómu undir höfuðmerkit. Þá tóku Affrikar at rœða við Agulandum: Ef þessir menn komast at oss upp, þá mun oss lítit stoða til hjálpar stöðumerkit. Sem Agulandus sá þá, mundi hann or viti sínu hlaupa, því at menn hans flýðu at honum sjánda hverr at öðrum.

115. Affrikamenn fyrirlétu stað sinn görsamliga undan merkinu, síðan námu þeir staðar ok vörðust, ok váru þá höggvin mörg stór högg. En Karlamagnús var inn kurteisasti keisari, ok Rollant systurson hans ok Nemes inn hœverski riddari ok öll konunglig hirð. Frankismenn ljópu á heiðingja svá sem þeir kómu ofan í dalinn, ok gerðist þar þá harðr bardagi. Þeir hinir vasku menn or Orfanie skutu spjótum ok broddum ok gerðu mikinn mannskaða. Nema almáttigr guð sér nú til kristinna manna, þá mœttu þeir aldri svá hörmuligu slagi sem þá. Eliadas ok Pantalas félagi hans or Orphanie námu þá staðar ok vörðust undir berginu, ok hófst þá gnýr ok óp ok frameggjan með svá miklu mannspelli, at aldri sá manna augu meira. Sem þeir or Affrika sá þann inn mikla fjölda falla, feðr ok frændr, syni ok brœðr, þá mæltu þeir: Nú vaxa vandræði vár, ok ef vér hefnum eigi þeirra, þá erum vér svívirðir; sví sé þeim er nú höggr eigi í skjöldu þeirra. Ok gerðu þeir svá, klufu skjöldu þeirra. Sem Frankismenn ráku þá af sér með stórum höggum, þá féll þegar hræzla á þá or Orfanie, svá at bæði hvarf þeim afl ok hreysti, ok héldu undan ræddir ok huglausir, sem mest máttu þeir.

116. Sem Karlamagnús keisari sá Affrikamenn hvika ok Orphaniemenn laupa ok illa láta, þá œpti hann þegar á sína menn: Fylgjum þeim nú, kvað hann, ok höggum stórt, því nú flýja Frankismenn. Lögðu þeir þá ok hjuggu ok brutu spjótin í þeim, ok mátti

þá görla heyra undir höfuðmerkinu óp þeirra, ok hversu hverr þeirra féll á bak öðrum, ok létu þeir þá kenna þeirra 300 stálspjóta ok járnspjóta ok sverða, er aldri síðan féngu þeir lækna sik at græða, ok flýðu undan svá vandliga, at engi var eptir á vígvellinum.

117. Þegar því næst er þessir váru sigraðir, þá mættu þeir 30 þúsunda ins harðasta fólks. Höfðingi fyrir þeim var Moadas, son Aufira konungs, ok Abilant, son Monspira konungs, ok óku þeir þá aptr undir merkit, hvárt sem þeir vildu eðr eigi. En Fagum hét á þá ok vildi eigi flýja, ok mælti til sinna manna: Nú munum vér fá góð föng at hefna vina yðvarra ok þjóna guði. Sem Affrikar sá sína menn sigraða, þá fóru þeir ofan af berginu allir með bendum bogum 30 þúsunda, berandi hvöss spjót með nýbrýndum sverðum ok öxum ok stálpíkum. Höfðingjar þeirra Moadan ok Abilant (váru) svá digrir ok dramblátir, at þeir virðu engan mann eins halmstrás. Sem þeir fundu Frankismenn, þá ljópu þeir þegar á þá, en þeir tóku við þeim vaskliga, svá at þeir or Persialandi urðu mjök reiðir, ok váru þar mörg stór högg höggvin, ok féllu þar heiðingjar aðrir á aðra ofan, ok féllu svá þykt, at eigi kendi faðir son sinn. Oddgeir ok Nemes váru þar báðir feldir af hestum sínum, ok Salomon ok Rikir ok Bæringr. Sem Karlamagnús sá þat, þá líkaði honum illa, ok œpti hárri röddu: Herra guð, segir hann, hvat gerir þú? Ef þú tekr þessa frá mér, þá fæ ek aldri styrk né krapt, ok aldri skal ek optar skjöld í bardaga bera. Hann hélt í hendi Jouise konungligu sverði ok hjó á báðar hendr, ok nam eigi staðar fyrr en í miðri fylking heiðingja, ok hjó Abilant ofan í hjálminn, svá at stóð í tönnum hans, ok œpti hann þá sigraróp, svá at Frankismenn heyrðu, ok kómu þegar til hans betr en sjau þúsundir. Þá kom Rollant systurson hans ok Hugi ok Grelent á góðum hestum, ok slitu þeir þegar þröngina ok börðust með konungi. Sem Karlamagnús varð víss um kvámu þeirra, þá mælti hann: Gætit at vígvöllrinn sé vel haldinn af várri hendi. En þeir œptu þegar svá hvelt heróp, at þeir heyrðu er váru undir gullara keisarans. Jafnskjótt sem Fágun heyrði, þá mælti hann til sinna manna: Guð styrki oss, kvað hann, nú er Karlamagnús liðs þurfi, ok svá skal gera guð til sjánda.

118. Sem Fagun fann at konungr var liðs þurfi, þá mælti hann: Dýrligir drengir, segir hann, ríðum skyndiliga ok við hjálpum keisaranum. Þeir sögðust þat gjarna gera eptir hans vilja. Sem konungr kendi tilkvámu herra Faguns, þá mælti hann til sinna manna: Herrar, kvað hann, hvat erum vér gerandi? Ef þeir taka nú vára menn ok setja í járn, þá vil ek aldri optar koma í land mitt. Ok œpti hann þá sigrarmerki sitt ok mælti: Ríðum hraustliga at drepa

niðr merki þessu, þat er allíra mest. Þeir gerðu svá ok riðu í fylking þeirra betr en mikit kólfskot, ok vægðu þá Persar hvárt sem þeir vildu eðr eigi. Herra Fagon bar gullara konungs merki, hann hafði verit merkismaðr keisarans 3 vetr ok 30. Hann fylkti liði sínu þúsund riddara svá þykt, at langa leið mátti áðr ríða en á jörð félli eitt epli, þó at kastat væri í millum þeirra. Hann mælti þá ástsamliga til sinna manna: Dýrligir drengir, kvað hann, ek hefi alla yðr fóstrat ok tignat ok foringi verit hingat til úkunnigs staðar. Séð hér fyrir oss eitt hatat fólk; ömbunit mér nú vel minn góðvilja, mœtit heiðingjum með svá stórum höggum, at öll hugdirfð þeirra hverfi þeim, heyrit hversu mikinn gný ok óp þessir gera. Þeir svöruðu honum drengiliga: Ríðum herra, kváðu þeir, Affrikar skulu nú fá örlög sín svá skyndiliga, at þrjár þúsundir þeirra manna skulu opnir liggja gapandi munnum, en vér skulum yðra sœmd svá vel varðveita, at gott skal æ ok æ til at fregna.

119. Nú ríðr herra Fagun til bardagans, hann var ræðismaðr Karlamagnús konungs ok hafði lengi borit gullara hans ok flýði aldri or bardaga. Nú fylgir honum þúsund riddara, ok ætlar hann heiðingjum ógurlikt áræði, fámennr at mœta svá miklu fjölmenni, 30 þúsunda var lið Almacii. Þá kallaði Fagun til sín Remund, er höfðingi var yfir Ozakarent, raustr riddari ok vápndjarfr, hann var systurson Faguns, ok hafði hann mikit traust á honum, ok fékk honum þá höfuðmerkit ok mælti til sinna manna: Höggvit heiðingja ok ræðizt ekki. Þeir gerðu svá, riðu fram höggvandi þá ok stingandi með öllu afli. Engi Persiemanna var svá vel herklæddr, at eigi skalf af hræzlu. Ok kómu þeir þá fyrst at liði Moadas, ok flýði undan höfuðmerki Agulandi konungs yngri maðr ok ellri. Þá reið Fagun ræðismaðr ok konungs frændi fyrir liðinu inn hraustasti riddari; hann var vel ördrag fram fyrir öllum öðrum, vel herklæddr á góðum hesti, höfðingliga klæddr góðum stálhjálm, í þykkri brynju ok stinnan skjöld ok steindan við leóns líkneskju, berandi it-bezta spjót, ok reið þangat sem þykkvast var fylkt fyrir honum ok lagði til Moadas sonar Aufira konungs. Þessi var systurson Agulandi, son innar fríðu Angelien, hon var dróttning borgarinnar Balatim. Fagun lagði í gegnum hann ok skar lifr hans ok öll innyfli hans, svá spjótit stóð í gegnum inn eptra söðulbogann, ok skaut honum dauðum á jörð. Ok er hann snerist, þá brá hann sverðinu ok hjó í hjálm Matusalems konungs ok kastaði honum dauðum af hestinum, ok œpti hann þá hárri röddu sigrarmerki konungs. Ok er menn hans heyrðu, þá kómu þeir leypandi með svá miklum gný, at í fyrstu lögðu þeir til jarðar þrjár þúsundir heiðingja, er allir báðu sér Makun hjálpar.

120. Sem Affrikamenn sá Frankismenn komandi ok Moadas ok Abilant fallna, þá fundu þeir, at þeir máttu eigi lengr við standast, sneru þá undan sem skjótast á fjöll ok skóga. Ok er Karlamagnús konungr sá þat, þakkaði hann guði fagrliga þenna sigr. Því næst mælti hann til sinna manna: Raustir riddarar, segir hann, skundum ok höggum heiðna hunda. Ok hjuggu þeir þá svá kappsamliga, at 20 þúsundir flýðu þegar undan, allir á vígvellinum. Þar mátti heyra spjót bresta, brynjur bila, ok þrjár þúsundir Persiemanna féllu þar jafnskjótt sem flóttinn hófst, ok snerust þá flestir upp undir höfuðmerkit sér til nökkurrar viðrhjálpar.

121. Sem Ulien leit sína menn höggna, þá sprakk hann náliga af harmi, því hann mátti eigi til komast at duga þeim við né stöðva flótta þeirra, því at inir fremstu menn tóku nökkut við, þá hjó hann Eðvarð ok klauf hann ofan í tenn ok steypti dauðum á jörð. Ulien var inn vaskasti riddari, sem hann sá sik eigi hept geta Affrikamenn, þá mælti hann: Hinir vándu pútusynir ok illmenni, hvar er nú hælni yður, er þér keptuzt í höll Agulandi konungs, þá er þér drukkut vín hans, ok virðu þér Frankismenn ok allan þeirra styrk eigi eins falspennings. En þeir eru dugandi menn, sem þér megut sjá, aldri fái þér af þessu ríki þat sem vert sé eins pennings, nemit staðar undir höfuðmerkinu. En þeir stefndu leiðar sinnar, ok létust eigi sjá merkit, með svá ákafri reið at eigi beið faðir sonar síns né sonr föður síns. Sem Ulien sá Frankismenn drepa Affrikamenn meir en 100, þá tók hann spjót sitt með digru apaldrs skapti ok leypti sem skjótast at leggja í skjöld Rikirs, hann var son Antoiene ok systurson Nemes hertuga ok dótturson Bærings. En er Ulien mætti honum, þá klauf hann skjöld hans þegar. En Rikir var inn bezti riddari, brynja hans var örugg ok bilaði eigi, ok braut þá Ulien spjótskapt sitt fyrir ofan falinn. En Rikir hjó hann með svá miklu höggvi, at hann klauf hann ofan í gegnum, en sverðit nam eigi fyrr stað en í söðulboganum, ok steypti honum dauðum á jörð. Ok er Affrikar sá þetta, þá flýðu þeir undan um fjöll ok dala, ok var þá ekki at vitja höfuðmerkis. Sem Agulandus sá þetta, þá mundi hann náliga or viti laupa, ok mælti til sinna manna: Hvar eru nú, segir hann, ráðgjafar mínir, er mér réðu þat ráð at klanda þetta ríki? nú skyldu þeir hjálpa í þessarri þurft mér. Ok var engi svá hugdjarfr, at eigi réð honum undan at flýja, ok gerðist þá mikill gnýr hjá höfuðmerkinu. Þá lóðu kristnir menn Affrikanis hverjum ofan á annan, ok skundaði hverr er mátti at bjarga lífi sínu, ok flýðu sem ákafast gátu þeir. Undir höfuðmerkinu stóð bardagi lengst, ok minkaði þá mjök lið herra Girarðs, því at þar féll þúsund riddara hans manna. En Agulandus var þá svá mjök svívirðr, at 10 konungar hans váru fallnir ok niðr brotit drekamerki hans. Sem várir menn sá at höfuðmerki Agulandi var felt, þá vóx þeim hugdirfð ok áræði. En Karlamagnús barðist svá mjök, at nauðsyn rak hann af hestinum, ok hjó hann þá mörg mikil högg. Þá er Agulandus var sannfróðr at menn hans váru yfirkomnir, þá varð hann óttafullr ok beið hann eigi lengi, hann stefndi þá undan ræddr ok hamstoli ofan til Risoborgar. Þá œptu þeir sigraróp á bak honum, ok ef hann vill nú krefja skattsins, þá man hann fá makligan.

122. Karlamagnús nam þá staðar á vellinum, því hann hafði eigi megn til at reka flóttann, ok lið hans svá mart fallit, at eigi var fjórðungrinn eptir. Agulandus stefndi undan höfuðmerkinu, en kristnir menn ráku hann ok höfðu felt fyrir honum 10 hundrað þúsunda. Boz ok Clares feldu margan dramblátan til jarðar. En herra Girarðr reið til Risoborgar, en fyrr en hann kœmi þangat, þá var honum því mœtt, at flótti leiddi hann í eitt díki, er grafit var or fjalli skógsins, ok varð þá nauðigr aptr at hverfa. Þá kómu til hans Boz ok Clares, ok gerðust þá harðar atreiðir. Sem heiðingjar kómu illa vápnaðir at kristnum mönnum vel herklæddum, þá féllu svá margir af því inu hataða fólki, at engi lifandi maðr kunni frá segja.

123. Agulandus nam þá staðar á vígvellinum, ok snerust þá um hann menn hans ok vörðust. En Frankismenn drápu þá niðr svá mart, at varla varð talt. En inn gamli Antoiene dýrligr maðr drap hestinn undir Agulando, svá at hann skyldi öngan veg í brott mega komast. En Karlamagnús tók þá hvíld í landtjaldi sínu ok kallaði til sín Oddgeir ok Nemes, Fagun ok Rikir, Hugon ok Droim ok Salomon, ok mælti: Setið nú landtjald umhverfis merkit. Ok gerðu þeir svá. Þá kallaði Karlamagnús til sín Rollant ok Estor ok Grelent, ok með þeim þúsund manna inna vildustu riddara, ok mælti: Ríðit, segir hann, ok viðr hjálpit Girarð inum vaskasta riddara. Gjarna, sögðu þeir, aldri skulum vér honum bila. Karlamagnús konungr kallaði þá á Nemes ok Oddgeir, Droim ok Salomon, Fagon ok Rikir, ok mælti: Herrar, kvað hann, búit yðr sem skjótast yfir brekkuna, ok hjálpit herra Girarð. Fagon var merkismaðr þeirra. Þeir riðu þá skyndiliga um brekkuna. Sem Affrikar sá þá, þá ætluðu þeir undan at flýja, því þeim tjáði ekki við at taka. Frankismenn váru þá fjórar þúsundir, þeir er við kómu allir vel herklæddir, ok riðu þeir þá svá þykt, at þótt glófa væri kastat á millum þeirra, þá mundi maðr ganga lásbogaskot fyrr en á jörð félli glófinn. Sem Affrikar litu þá at sér ríðandi, þá fundu þeir, at hverr er beið fékk skjótan dauða, ok flýðu þá allir svá görsamliga, at eigi beið faðir sonar né sonr föður.

124. Sem Agulandus sá sína menn niðr höggna ok Frankismenn at sér ríðandi, þá mælti hann: Vesall em ek ok syndugr; ek hugðumst eignast mundu alla Franz ok skipa þessi ríki lendum mönnum mínum, en nú eru þeir niðr höggnir, ok eigi vænti ek mér nú lífs né brottkvámu; bjargi þeir nú lífi sínu er þat megu, en mér er ekki annat til en verjast sem bezt, því betr samir mér at deyja í hjá vinum mínum en flýja yfirkominn af þessum vígvelli. Hann hafði sér í hendi gott sverð, ok hjó hvern banahögg er hann mátti til þá. Nú var Agulandus bæði reiðr ok hryggr, er hestr hans var drepinn undir honum, ok sá menn sína drepna niðr, svá at engi varð eptir nema tólf konungar, er honum fylgdu[1] af Affrika. En honum maðr fannst engi harðari eðr sá er síðr kynni hræðast, en hans menn gátu eigi svá mikit hólpit honum, at þeir kœmi honum á hest, ok aldri féngu þeir honum svá mörg höggvápn, at eigi braut hann öll. Þá bjoggu þeir honum öxi er skaptit var af olifanthorni ok alt bundit með járnspöngum. Öxin var in bezta, því at engi stálhjálmr né tveföld brynja gat staðizt henni.[2] Ok er hann náði öxinni, þá var engi svá hugdjarfr, at síðan þyrði at honum at ganga, ok stóð hann þá lengi einn saman. Ok mælti þá Karlamagnús keisari, at engi skyldi sœkja hann með vápnum, ok sendi hann þá munk einn með þessum orðum: Ef hann vill Makun neita ok við kristni taka ok sönnum guði játast, þá mun hann sína daga marga góða finna. En hann kvezt við engum nýjum lögum vilja taka né guði sínum neita fyrir hræzlu sakar, ok tjáði ekki þess við hann at leita. Ok slógust þá Frankismenn umhverfis hann ok drápu inniliga alt lið hans, er þar var at verja hann. En hann varðist harðla hraustliga ok drap margan mann fyrir þeim. Ok þá kom ríðandi Klares at honum ok hjó þegar í sundr fyrir honum skjöldinn, en áðr en hann mætti nökkuru höggvi við koma, þá fal hann merki sitt í hjarta Agulandi. En Agulandus braut spjótit af sér. Ok þá hjó Clares hann ofan í hjálminn ok klauf hann þá ofan í brjóstit, ok féll hann þá á kné. En því næst kom Rollant ok hjó höfuð af honum. En allir aðrir þeir sem því kómu við, flýðu undan, ok vissi engi hvat af sér skyldi gera fyrir sakir harms ok hræzlu. En satt at segja, þá kómust eigi undan af þeim 10 riddarar, þeir er þar váru, svá drápu þeir görsamliga niðr. En öllum konum ok meyjum var friðr gefinn, ok féngu þeirra síðan at fyrirlátinni villu sinni kristnir riddarar.

125. Eptir þenna sigr sem Karlamagnús konungr hafði þá unnit, fór hann um alt Hispaniam ok Galiciam ok öll þau ríki er þar fylgja ok kristnaði alt fólk, en drap þat sem eigi vildi sönnum

---

[1] fylkdu A. [2] honum A.

guði játa, ok lét vígja kirkjur ok alt endrbœta þat sem þetta it vesla fólk hafði saurgat ok brotit, skipaði síðan þetta land sínum mönnum til stjórnar ok þeim sem á hans vald höfðu gengit. En eptir þenna bardagann inn mikla var svá aleytt öllum villumönnum í því landi, at engi mótstaða var honum veitt frá því sinni í Hispanialandi. Fór Karlamagnús konungr þá með spekt ok friði ok hvíldi lið sitt, en lét alla þá sem fallit höfðu flytja til heilagra staða undir bœnahald kennimanna. En þá er var lokit, er svá sagt, at Karlamagnús konungr fœri heim til Frakklands ok sat þá í náðum nökkura vetr eptir, þurfti þá ok mjök hans tilkvámu, því at þar hafði mart mikit til úspektar gert verit.

FIMTI PARTR KARLAMAGNUS SÖGU AF GUITALIN SAXA.

Svá[1] er sagt, at þessu næst eflir Karlamagnús konungr ferð sína til Spanialands, ok var í för með honum Rollant frændi hans ok inir beztu menn af[2] Frakklandi, ok dvaldist í þessi ferð 3 vetr. En síðan fór hann[3] til borgar þeirrar er Nobilis hét, ok mátti hvárki yfir geta komit[4] höfðingjann, þann er fyrir réð borginni, né borgina, ok sat hann þó lengi um hana. En [dróttinsdag einn er konungr var undan borðum genginn,[5] þá kómu 3 sendimenn af Frakklandi ok sögðu mikil tíðendi: Guitalin konungr inn drambláti[6] ok guðs úvin mikill, segja þeir, hann hefir herjat á lönd þín, ok hann hefir brenda Kolni ena helgu borg, ok hann lét drepa Pétr byskup[7] fyrir háðungar sakir við þik, [ok lét höfða[8] hann þér til úsœmdar.[9] En við þessi tíðendi úgladdist mjök Karlamagnús konungr ok mælti til Rollants frænda síns:[10] Aldri verðum vér glaðir áðr[11] þessar

---

[1]. *Denne Episode af Sagaen begynder i B saaledes:* Svá er sagt ok á fornum bókum ritat, at Karlamagnús keisari hefir ráðit fyrir Frakklandi, hann var son konungs þess er Pippin er nefndr. Hann var mikill orrostumaðr ok sótti í mörg lönd með herskildi. Svá er sagt, at hann var staddr nökkurt sinn þrjá vetr í herför einni á Hispanialandi, ok var þar með honum Rollant systurson hans ok Nemens hertogi ok allir enir beztu menn er í váru Franz. Síðan fór hann aptr til borgar þeirrar er Nobilis hét o. s. v. *I b begynder den saaledes:* Eptir þat er hinn frægasti herra Karlamagnús keisari hafði frelsat Hispaniam af valdi heiðinna þjóða, svá sem nú hefir um tíma sagt verit, fór hann aptr til þeirrar borgar er Nobilis hét o. s. v. [2] *Med dette Ord begynder Nederdelen af et Blad i „a“, hvis överste og störste Part er bortskaaren.* [3] aptr *tilf. a, B, b.*
[4] unnit *B, b.* [5] [svá bar at dróttinsdag einn, þá er konungr var mettr at náttverðar máli, *a, B, b.* [6] heiðinn konungr *tilf. a, B, b.* [7] ok lét taka hann frá stóli sínum *tilf. a, B.* [8] drepa *a.* [9] ok þínum mönnum *tilf. a;* [*mgl. B, b.* [10] hvat er nú til ráða. því at *tilf. B, b.* [11] áðr en *B, b;* fyrr en *a.*

skemdar ok skaða er[1] hefnt. Þá svarar Rollant: Kynlig er ætlan yður, vér höfum enn trautt hér verit mánuð;[2] ok þess þætti mér mest ván vera, at ek muna eigi héðan fara fyrir alt veraldar gull, þótt mér væri til boðit, áðr ek hefir[3] unna[4] þessa borg. Þá svarar konungr: Bleyðimaðr ertu frændi, segir konungr, ok af lítilli vizku ok áliti talar[5] þú mart. Ok laust glófa sínum á nasar honum, svá at or stukku [þrjár blóðrásir.[6] En Rollant mundi þess sárliga[7] hefnt hafa, ef konungr nyti eigi frændsemi þeirra eða tignar sinnar, ok sá mundi fyrir þat lífi sínu týna, ef annarr maðr hefði þat gert. Síðan[8] lét konungr blása í 30 þúsunda lúðra ok horna ok lét upp taka landtjöld sín ok [herbúðir ok hélt[9] heim til Frakklands. En Rollant ok [margir menn aðrir[10] sátu um borgina eptir. En Karlamagnús konungr létti eigi fyrr [en hann kemr í Kolni hina[11] helgu, en þat var at jólum, ok dvaldist hann þar um jólin í [miklum fagnaði[12] ok skemtan.

2. Þrettánda dag at aptni er konungr var mettr,[13] þá hét hann á höfðingja sína ok sagði þeim fyrirætlan[14] sína: Á morgin er dagr kemr, þá vil ek fara yfir Rín ok skemta mér með haukum mínum, segir hann, ok vil ek fara í ríki Saxa konungs ok taka mér þar gisla. Þá svarar Nemes hertugi máli konungs: Eigi er þat várt ráð, því at Guitalin[15] [konungi mun þat illa líka,[16] at þú farir í land hans. Þá svarar konungr: Þat hirði ek [aldri, hvárt honum fyrir þikkir í því eðr eigi;[17] vér skulum fara á morgin meðr hundum várum ok haukum, ok skulum taka trönur ok elftr, gæss ok allskonar fugla. En njósnarmaðr einn var í her[18] konungs heiðinn, ok fór um nótt er tungl kom upp or [her Karlamagnús konungs[19] ok yfir Rín, ok létti eigi fyrr en hann kom til landtjalda Guitalins konungs, ok æpti þá hárri röddu: Enn ríki konungr Saxa, segir hann, Maumet hjálpi þér![20] Ek kann[21] segja þér þau tíðendi, at þú mátt taka Karlamagnús konung, ef þú vill [, ok hefir hann hœlzt um,[22] at hann skyldi fara í ríki yðvart at úvilja yðrum ok taka veiði yðra,

[1]) sé *B, b*. [2]) 3 mánaði, *a, B, b* [3]) hafa *B*. [4]) unnit, *a, b*. [5]) mælir *a, B, b*. [6]) [þrir dropar blóðs *B, b*. [7]) greypiliga *b*. [8]) þá nótt dvaldist konungr þar, en er morginn kom *B, b*. [9]) [búðir. Síðan þeysti konungr her sinn *B, b*. [10]) [margr lýðr annarra manna *a*; mart annarra góðra manna, *B*. [11]) [för sinni en hann kom til Kolni ennar *a, B, b*. [12]) [mikilli gleði *a, B, b*. [13]) ok menn hans *tilf. a, B, b*. [14]) ætlan *a, B, b*. [15]) Gutclin *B*; Gvitelin *b, her og senere*. [16]) [konungi heiðinna manna mun þá illa þikkja *B, b*. [17]) *Her ender förste Side af Bladfragmentet i a;* [eigi, þó at honum fyrirþikki (mislíki *b*) í því *B, b*. [18]) herinum Karlamagnús *B, b*. [19]) [herinum *B, b*. [20]) ok öllu liði þínu *tilf. B, b*. [21]) man *B*; má *b*. [22]) [á morgin, því at hann hefir hœlt (heitit *b*) því, *B, b*.

ok svá enn fleira [ef hann má.¹ Ok er Guitalin konungr heyrði
þessi tíðendi, þá glotti hann at, ok svarar svá síðan: Eigi mun
Karlamagnús konungr gera þat þessa tólf mánuðu² at fara í veiði-
stöð mína at úleyfi mínu. Þá svarar njósnarmaðr: At vísu segi
ek þér konungr, at eigi mun [Karlamagnús rjúfa³ stefnu sem hann
hefir sagt. En er konungr⁴ vissi þat,⁵ þá kallaði hann á bróður
sinn, þann er hét Gioza, ok annan Maceram,⁶ hann var af landi því
er Macedoniam⁷ er kallat; hann kallar á⁸ son sinn, [sá er hét
Defred:⁹ Herklæðit yðr allir, segir hann, sem hvatligust, ok hafit
með yðr 30 þúsunda saxneskra manna allvel¹⁰ vápnaða, ok skulu
þér fara í skóg þann er Trabia¹¹ heitir ok leynast þar; en er¹²
Karlamagnús konungr kemr þar, þá skulu þér hann¹³ taka ok færa
mér bundinn.

3. Nú er at segja frá Karlamagnúsi konungi, at hann stóð¹⁴
upp í dagan ok fór til kirkju Pétrs postola ok hlýddi þar¹⁵ messu.
En er hon var sungin, þá bjóst hann, en í ferð með honum fór¹⁶
þúsund riddara vel vápnaðra,¹⁷ ok fór síðan yfir Rín. En er þeir
kómu yfir ána, þá stigu þeir af hestum sínum, ok tók hverr þeirra
hauk á hönd sér, ok gengu síðan ok [fleygðu haukum sínum,¹⁸ ok
tóku allskonar fugla er áðan váru nefndir: En heiðnir menn urðu
þegar varir við þá ok kómust á milli þeirra ok Rínar áðr¹⁹ þeir
vissi. En þá er leið at miðjum degi, þá varð Karlamagnúsi kon-
ungi litit til hægri handar sér, ok sá²⁰ fjölda heiðinna manna fara
or [skóginum, þeir er áðr váru nefndir.²¹ Þá mælti Karlamagnús
konungr til Nemes hertuga: Sér þú þetta it mikla lið, [þar ferr
Guitalin konungr Saxa enn heiðni,²² ok vill hann á hendr oss. Þá
svarar Nemes: [Eigi var sem ek segða²³ eigi²⁴ þetta áðr fyrir, ok
gerðir þú þá²⁵ mikla fíflsku, er þú fórt svá fámennr í þetta ríki.
En nú erum vér allir yfirkomnir nema guð [Maríu son²⁶ hjálpi oss;
[mikit er at mismunum um lið várt,²⁷ þeir eru 30 þúsunda, en vér
erum [með eina þúsund fyrir.²⁸ Þá²⁹ kom Guitalin konungr ok

¹) [af landi þínu, ef hann má ná B, b. ²) mánaði B, b. ³) [Karlamagnús
konungr ljúga (buga b), koma mun hann í B, b. ⁴) Gutelin B; Gvite-
lin b. ⁵) skýrt tilf. B, b. ⁶) mann Ceran B; Maderan b. ⁷) Madonie B, b.
⁸) ok B, b. ⁹) [þann er Desred var nefndr B, b. ¹⁰) alla yðr (vel b)
B, b. ¹¹) Trobat B, b. ¹²) ef B, b. ¹³) höndum tilf. B, b. ¹⁴) ríss B, b.
¹⁵) tíðum ok tilf. B, b. ¹⁶) váru B; mgl. b. ¹⁷) vápnaðir B, b. ¹⁸) [flugu
haukar þeirra B. ¹⁹) en tilf. B, b. ²⁰) hann þá tilf. B, b. ²¹) [skógum
þeim er áðr nefndum vér (var nefndr b) B, b. ²²) [er hér ferr með
Gutelin konungi B; er fylgir Gvitelin konungi, b. ²³) sagði þér B.
²⁴) [Sagða ek þér b. ²⁵) þar B; mgl. b. ²⁶) [mgl. B, b. ²⁷) [mikill
munr er liðs várs b. ²⁸) [þúsund B, a; med dette Ord begynder Bag-
siden af Bladfragmentet i a. ²⁹) er sagt at þar tilf. B.

mælti til Karlamagnús konungs: Ósynju komtu hér í mína veiðistöðu,[1] ok leysa skaltu fugla þá alla, er þú hefir tekit,[2] ok sjálfr skaltu á hönd mér ganga. [Karlamagnús konungr reiddist þá ok reið at Guitalin konungi[3] ok lagði spjóti til hans, ok hvárr[4] til annars. En í þeirri atlögu varð Guitalin konungr at ganga af hesti sínum, ok dugðu honum þá djöflar í því sinni, er hann fékk[5] eigi bana. Nemes hertugi reið fram at móti þeim manni, er nefndr er Amalun, hann var ættaðr[6] af borg þeirri er Turine hét, hann var ráðgjafi Guitalins konungs ok virkta vin hans. [Þar varð hörð atreið af hvárumtveggja,[7] en um síðir fór sem skyldi, at Amalun hneig[8] til jarðar ok var feldr dauðr af hesti sínum. En hvat þarf[9] [þat lengja[10] at í þeirri[11] var[12] konungr Saxa[13] yfirkominn, ef eigi kœmi [lið úsárt til með þúsund[14] riddara ok skutu undir hann skjótum hesti. Síðan kallaði Guitalin konungr á menn sína ok mælti: Sœkit fram frœknliga, segir hann, því at þá sýn sé ek á Karlamagnúsi konungi ok liði hans, at þeir munu brátt undan ganga, því at þeir hafa engan liðsafla við oss í þessu sinni;[15] en ef hann kemst nú undan, þá mun hann [ei ok ei skelkja at oss.[16] En þeir svöruðu allir sem eins manns munni: Aldri skulu vér hann undan láta ganga, því at oss sýnist sem vér hafim alt [lið hans oss í höndum.[17]

4. Nú er at segja frá Nemes hertoga, at hann heitr nú á Karlamagnús konung: [Herra, segir hann,[18] nú erum vér nauðugliga[19] staddir, ok þat er eigi sýnt, hve[20] vár viðrskipti fara ok heiðingja, því at mikill er [liðsmunr várr[21] ok þeirra, ok hafa yður ráð, konungr, miklu um valdit.[22] En ef þú hefðir vár ráð tekit, þá mundi sýnna um hag várn en svá sem nú er; en þó skal enn eigi illa um mælast, því at brátt mun guð bœta [várn hag,[23] ef hann vill. En nú sé ek eitt ráð konungr, segir Nemes, ok man þat vel duga, ef guð vill. Kastala nökkurn sé ek[24] upp frá oss, þann hafði[25] risi nökkurr forðum, en nú er þat mitt ráð, at vér [sœkim þangat

---

[1]) veiðistöð *B, b*. [2]) handtekit *a*; hér tekit *B, b*. [3]) [En síðan sneri Karlamagnús konungr hesti sínum ok reið at G. hvatliga, *a, B, b*. [4]) þeirra *tilf. a*. [5]) hafði *a, B, b*. [6]) æzkaðr *B*. [7]) [Ok kom þar hvártveggi í mót öðrum ok átti hart vápnaskipti *a*; þar reið hvárr þeirra at öðrum ok áttu þrátt vápnaskipti *B, b*. [8]) féll *a*. [9]) skal *a, B*. [10]) [um þat lengra *B*; hér um lengja *b*. [11]) *saal.* ogsaa *a, B, b*. [12]) mundi vera *B, b*. [13]) hinn heiðni *a, B*. [14]) [konungi lið margt 300 *B, b*. [15]) *saal. a, B, b*; landi *A*. [16]) [æ ok æ skelkja ok at oss hlæja *a*; æ ok æ hlæja ok skelkja *B, b*. [17]) [ráð þeirra í hendi *B, b*. [18]) [*tilf. a, B*. [19]) nauðliga *a*. [20]) hversu *a, B, b*. [21]) [mismunr (munr *b*) liðs várs *B, b*. [22]) ollat *a*. [23]) [várt mál *B, b*. [24]) [heiðinni *tilf. a*; standa í hlíðinni *tilf. B, b*. [25]) hefir gert *B, b*.

til ok farim á hæli undan,[1] ok nemum þar staðar ok verjumst þaðan sem drengir, ok göngum aldri á hönd heiðnum mönnum, meðan nökkurr várr stendr upp, ok til vista oss skulum vér hafa[2] hesta vára ok hauka, meðan[3] þeir vinnast. En áðr vér deyim af hungri,[4] þá skulum vér gera Söxum svá harða hríð, at æ ok æ skulu þeir minni til reka er undan komast. En Karlamagnúsi[5] sýndist þetta þjóðráð, ok fóru síðan [á hæli undan[6] til kastalans. Nú kvaddi Karlamagnús konungr sér hljóðs ok mælti [til höfðingja sinna, þeirra[7] er honum fylgdu: Góðir höfðingjar, segir hann, hversu höfum vér haldit liði váru? En þeir [sögðu konungi, at þeir höfðu[8] hvárki týnt mönnum né hestum, hundum né haukum. Þá svarar Karlamagnús konungr: [Mikinn bug hafa Saxar á oss unnit,[9] ok uggi ek, at þessa verði seint hefnt. Þá svarar Nemes hertugi: Fjölda sjám vér þeirra eptir oss fara,[10] er meir hræðast oss en vér þá; enda mun[11] þat eigi til [vamms vera[12] lagt, því at mikill [er munr liðs þeirra ok várs, ok er þat meiri ván, at vér vinnim oss lítit til afla á þessu landi, ok er þat meiri fíflska at sjá eigi efnitré sitt; því gæti[13] hverr vel til sín, meðan hagr hans [er í efnum,[14] því at minna er at gæta[15] ríkis en fá fyrir öndverðu, ok þat er sýnt,[16] at guð var í fulltingi [með Karlamagnúsi konungi þann dag, er engi týndist af hans mönnum, en hann drap fyrir Guitalin fjórar þúsundir.[17] Nú kemr Guitalin konungr[18] ok setti utan um kastalann landtjöld sín ok herbúðir, ok settist um kastalann. Síðan lét Guitalin konungr skera upp herör ok lét fara [um alt Saxland fjögurra vegna ífrá sér[19] ok stefndi [til sín[20] hverjum manni er vígr var ok vápnum mátti valda. Nú [sœkja inir heiðnu menn þegar at kastalanum með allskonar brögðum, er til máttu fást.[21] En þeir verja vel ok drengiliga er fyrir eru staddir, þeir kasta grjóti ok skjóta[22]

---

[1]) [farim þangat *B, b.* [2]) taka *a, B, b.* [3]) *Hermeð ender Bladfragm. í a, og nu fölger en Lacune af 1 Blnd.* [4]) sulti *B, b.* [5]) konungi *B, b.* [6]) [svá at sumir hlifðu en sumir vágu, til þess er þeir koma *B, b.* [7]) [síðan við höfðingja þá *B, b.* [8]) [svöruðu, at þeir hefði *B.* [9]) [mikil (mikla *b*) blygð hafa Saxar gert oss, er þeir hafa elta oss *B, b.* [10]) í dag *tilf. b.* [11]) oss *tilf. B.* [12]) [úmælis *B*; ámælis *b.* [13]) [var munr liðs várs, ok er þat, konungr, engi fíflska (engum manni minkan *b*), at maðr (hann *b*) kunni sjá efnitré sitt ok viti sjálfr hvat er hann má, því at ilt er at setjast aptar niðr en hann rís upp. Gæti ok *B, b.* [14]) [gengr vel *b.* [15]) fengins *tilf. b.* [16]) auðsýnt *b.* [17]) [þann dag, er Karlamagnús konungr týndi öngum riddara sínum, en hann feldi fyrir Gutelin konungi meir en fjórar þúsundir riddara. *B, b.* [18]) með her sinn *tilf. B.* [19]) [fjóra vega frá sér á (um. *b*) Saxland *B, b.* [20]) [þagat *B.* [21]) [er þar hörð atganga, er þeir gera enir heiðnu at kastalanum með allskonar brögðum, er þeir megu til finna; bæði með valslöngum ok margskonar vélum (öðrum vígvélum *b*) *B, b.* [22]) allskonar *tilf. B, b.*

skotvápnum ok fella heiðna menn þá er næst ganga kastalanum, svá at [umhverfis kastalann¹ ok svá langt út ífrá sem lengst mátti ör draga, þá var öll jörð [þakið af² líkum heiðinna manna. Nú leið at aptni, ok sá Guitalin konungr at mikit [mannfall var gert í liði þeirra,³ ok bað þá fara í landtjöld sín ok hvílast.

5. Nú er dauflikt þeim er í kastalanum eru, [ok þeir eru með öllu matlausir.⁴ Nú sjá [Saxar at skot⁵ þeirra ok vápn váru eigi verð eins pennings. Guitalin konungr var ráðamaðr mikill. Nú er þar⁶ úvígr herr heiðinna manna alt frá borgarhliði því er Turme⁷ hét, ok allr Saxa herr er þar kominn úvígr,⁸ ok ætla þeir at sitja Karlamagnúsi konungi mat [ok drykk. Þetta hafa þeir gert sex dœgr, at þeir hafa barizt nætr ok daga, ok svá var sókn sú hörð, er heiðnir menn gerðu ok áttu við þá, svá at hvárki höfðu þeir sex dœgr svefn né mat, því at engi var fœzla til.⁹ Nú váru Frankismenn hugsjúkir [mjök of ætlan sína, ok vissu eigi hvat ráðum þeir skyldu til taka eðr¹⁰ saman bera. Hestar þeirra gneggiuðu¹¹ ok gnöguðu beislin, svá at niðr féllu á jörð melin, haukar þeirra [gnullu leiðiliga,¹² ok gékk þeim þat nær en¹³ matleysi sjálfra sinna. En konungr varð um þetta allra úglaðastr, því at hann sá aumleik ok hryggleik á sínum mönnum, ok þóttist hann því [of mjök ollat hafa.¹⁴

6. Nú bar svá at einn dag, at Karlamagnús konungr var genginn upp í vígskörð at sjá til liðs heiðinna manna, ok kallaði á Guitalin konung Saxa, en allr herrinn gaf þegar hljóð. [Karlamagnús konungr tók þá leið til orða:¹⁵ Enn ríki konungr Saxa, hver er ætlan þín við oss, gef oss gang or kastala þessum, því at vér erum hér fámennir ok lítt¹⁶ við búnir orrostu; tak af oss gull ok silfr eða gisla í¹⁷ þessu sinni, ok eig at oss ömbunar ván,¹⁸ ef svá berr at¹⁹ þú þurfir slíks við, þótt þér þiki þat nú úlíkligt. En Guitalin konungr tók meinliga²⁰ orðum hans ok vann eið við Maumet [guð sinn,²¹ at hann skyldi þess [engan kost eiga, er hann beiddist,²² heldr skalt þú [vera dreginn með þínu inu hvíta skeggi or kastalanum²³ ok með

---

¹) [liðit firrist kastalann alt it næsta B; þeir hrökkva frá sem lifa b.
²) [þökt með blóði ok B, b. ³) [mannspell var gert á liði hans B.
⁴) [er þeir hafa eigi svá mikinn mat, at eins riddara fœzla sé B, b.
⁵) [heiðnir menn at valslöngur B, b. ⁶) ok þangat kominn B, b.
⁷) Turnit B; Turme b. ⁸) mgl. B, b. ⁹) [mgl. B, b. ¹⁰) [ok vissu ógerla hvat ráðum þeir skyldu B, b. ¹¹) fyrir hungrs sakir tilf. B, b.
¹²) [gnollroðu (gullu b) ok hundar gó B, b. ¹³) ok B; með b. ¹⁴) [of miklu af (því tilf. b) valda B, b. ¹⁵) [Hann tók til máls á þessa lund B, b. ¹⁶) eigi vel B, b. ¹⁷) at B, b. ¹⁸) annat sinni tilf. B; annan tíma tilf. b. ¹⁹) at at B; til at b. ²⁰) hermiliga B, b. ²¹) [goð sitt B, b. ²²) [enga ván eiga B, b. ²³) [út vera dreginn or kastalanum með því enu hvíta skeggi er þú dregr eptir B, b.

mér fara til Villifríslands ok þar vera kastaðr í ina mestu myrkvastofu ok ena verstu, er þar er til, ok í þeim stað [líf þitt láta[1] ok koma aldri til [ríkis þíns, ok skal ek þat undir mik skattgilda; 4 penninga þá er í landi yðru ganga þá skal hverr maðr gjalda at jólum, en öðru sinni at páskum 4 penninga, ok skaltu ekki fyrir hafa nema ilt eina.[2] [Þá svarar Karlamagnús konungr: þessi sætt er újafnlig ok ill. En svá hjálpi mér Pétr postuli, at fyrr skal ek hengdr vera við hátt tré en Frankismenn skuli vera þér skattgildir.[3] En er Karlamagnús konungr varð þess varr,[4] at Guitalin konungr vildi ekki [öðruvísi vera láta,[5] þá fór hann ofan [í kastalann ok mælti til sinna manna brosandi:[6] Herklæðizt þér sem skjótast,[7] því at ek sé upp í fjaldshlíð þessa muni fæst lið vera, ok fara þaðan[8] hvaðanæfa menn með vistum til konungs;[9] en oss væri nauðsyn, [ef vér mættim, af þeim at taka oss nökkut[10] til fœzlu, ok er þat betra at falla við drengskap en lifa með skemd ok vera yfirstignir.[11] Síðan dvaldu þeir ekki[12] ok riðu or kastalanum sjau 100 riddara [brynjaðra ok skjaldaðra,[13] ok stöðvoðu eigi fyrr [hesta sína,[14] en þeir kómu til landtjalda Guitalins konungs ok riðu upp á þau[15] ok drápu mikinn fjölda heiðingja ok tráðu undir fótum hesta þeirra fleira en 400, ok sóttu betr en 400 hesta klyfjaðra með mat ok vistum. En eptir þeim sótti fjöldi heiðinna manna, ok var þá engi annarr til en flýja til kastalans, ok [féngu þar harða sókn af heiðingjum. Þá verða (þeir) yfirstignir, ef eigi kœmi Karlamagnús konungr til þeirra með þau 300 er eptir váru í kastalanum. Síðan kómu þeir til kastalans með fengi sínum ok höfðu vel annazt ok váru kátir ok glaðir.[16] Í því bili kom Guitalin konungr af veiðum ok með honum 20 þúsundir riddara,[17] en hann úgladdist mjök við [úsigr sinna manna.[18] Nú it fyrsta vaxa vandræði Karlamagnús konungs, fyrir því at nú kemst hann eigi þaðan, nema hann njóti Rollants við ok liðs síns.[19]

---

[1]) [bíða dauða *B*; dauða þola *b*. [2]) [konungs ríkja þinna landa. Ek skal leggja þitt ríki undir mik ok gera (í *tilf. b*) skattgjald fjóra penninga, þá er á landi þínu ganga, þat skal maðr (mér *b*) gjalda of sinn (hvert sinn *b*) at jólum, en í annat sinn at páskum, ok skaltu eigi hafa (ok kunna þér enga *b*) aufusu fyrir þat nema illa eina *B*, *b*. [3]) [*mgl. B, b*. [4]) víss *B*. [5]) [annars kostar vera láta en svá sem hann sagði *B*. [6]) [or vígskörðum ok niðr í kastalann til sinna manna ok mælti við þá læjandi *B, b*. [7]) ok ríðit (ríðum *b*) út or kastalanum *tilf. B, b*. [8]) þar *B, b*. [9]) kastalans *B*. [10]) [at þer getið (ef vér gætim *b*) nökkut af þeim unnit oss *B, b*. [11]) yfirkominn *B*; yfirkomnir *b*. [12]) við *tilf. B, b*. [13]) [*mgl. B, b*. [14]) [lið sitt *B, b*. [15]) *saal. B, b*; þá *A*. [16]) [*mgl. B, b*. [17]) heiðingja *B*. [18]) [þessi tíðendi, at mönnum hans hafði svá illa til tekizt *B, b*. [19]) hans *B*.

7. [Nú mælir Karlamagnús konungr til sinna manna: Vel hefir guð oss hólpit í þessu sinni, ok eigum vér honum þat vel at þakka ok vera ávalt staðfastir í hans ást bæði dag ok nótt, ok nú hefir guð oss gefit fœzlu, ok skulu vér leita annarrar fœzlu áðr sjá sé farin. Nú vil ek þess guð biðja, at Rollant kœmi með her sinn, ok mundum vér þá komast héðan í brott,[1] því at hann er fjölmennr ok hefir lið [várt it frœknasta með sér. En hann liggr[2] nú um Nobilis borg ok vill vinna hana, [en hon er ein af inum stœrstum borgum er vér vitum,[3] ok ef hann vissi þessi tíðendi[4] er oss eru á hendi, þá mun[5] hann lítinn gaum gefa at henni, ok mun[6] hann heldr vár vitja. Þá svarar [sá maðr er Ermen hét:[7] Ek bjóðumst til at fara í þá sendiför, ef þér vilit konungr, því ek kann allar tungur at [skilja, ok engan mann mun ek hræðast, meðan ek sit heill á hesti mínum. En Karlamagnús konungr þakkaði honum vel ok mælti svá: Þat veit ek, ef þú getr framkomit ferð þessi, svá at oss mætti verða til gagns,[8] þá skal ek gera þik höfðingja [yfir kastala, ok skaltu ráða einn fyrir öllum tekjum, þeim er til liggja, ok heroðum.[9] Því næst bjóst Hermoen[10] til fararinnar ok herklæddist vel. En þeir létu hann síga út [í glugg nökkurn ok hest hans, er á var kastalanum. Ok er hann kom niðr á jörð, bjóst hann um vel ok fimliga, ok reið síðan[11] leiðar sinnar, ok urðu heiðingjar eigi fyrr varir við, en hann kom at herinum.

8. Einn maðr er nefndr Deklandore,[12] hann var ríkr maðr ok höfðingi mikill,[13] hann œpti hárri röddu [ok orti orða á Ermoen:[14] Hverr ertu, segir hann, [ertu þjófr eða hví ríðr þú svá óðliga ok um nætr? Hermoen svarar: Ek em einn af mönnum ins danska Gafers á verðhaldi í nótt, segir hann, ok hefir þú illa mælt, er þú hefir þýft mik, ok nýtr þú þess, er vit erum eins liðs báðir, ella munda ek gjalda þér; en nú gæt betr orða þinna í annat sinn, ok mun ek fyrirgefa þér þessa sök.[15] Ok fór hann síðan[16] leiðar

---

[1]) [mgl. B.   [2]) [it hvatasta, ok Rollant sitr B; fra Begyndelsen af de te Capitel hertil har b: Þá mælti keisarinn: Of fjarri er Rollant frændi minn nú, þar sem hann sitr   [3]) [mgl B, b.   [4]) vandræði B.   [5]) mundi B, b.   [6]) mundi B.   [7]) [máli konungs maðr sá er nefndr er Ermoen (Hermoin b) B, b   [8]) [tala. Þat veit ek, segir konungr, ef þú getr framkomizt (kemr þessi ferð fram b) svá at oss gagni B, b.   [9]) [mgl. B, b.   [10]) Ermoen B; Hermoin b.   [11]) [í gegnum glugg einn, er á var kastalanum, ok svá hest hans með honum. Síðan ferr hann B, b.   [12]) Elskandrat B; Esklandrat b.   [13]) í heiðinna manna landi (her b) tilf. B, b.   [14]) [á Ermoen B; at Hermoin b.   [15]) [er þú ríðr svá œsiliga á nóttum sem þjófar eða illmenni. Hann svarar honum; Ek er maðr ins danska Margamars, ok ek er einn af hans varðmönnum (njósnarmönnum b), ok hefir þú illa mælt, er þú hefir þjófat mik (þú kallaðir mik þjóf b). Ok veit ek þat víst, ef eigi værim vit báðir með einum höfðingja, þá skylda ek þat illa gjalda láta. B, b.   [16]) fram tilf. B.

sinnar. Ok er hann var [mjök svá kominn í gegnum lið[1] heiðingja, þá mœtti hann þar riddara. En sá hafði riðit hesti [lávarðar síns til vatns, þess er nefndr er Alfráðr enn danski, sá var þá beztr[2] í herinum Guitalins konungs. En er Hermoen sá þann hest, þá [girnti hann mjök hann at eiga, ok sagði at annattveggja skyldi vera, at hann skyldi falla eða ná þeim hesti,[3] ok reið fram harðliga at riddara þeim er á baki sat, ok hjó af honum [hönd aðra,[4] ljóp síðan á bak ok reið ákafliga[5] ok lét renna hest sinn lausan,[6] ok kom farandi [til árinnar Rín[7] ok leypti þegar út á[8] ok [komst því næst á land.[9] Hann reið þá nótt alla ok [létti eigi[10] fyrr en hann kom til borgarinnar Kolne. En at móti honum kom mikit fjölmenni, bæði Frankismenn ok brezkir.[11] Ok er þeir kendu ferð[12] hans, spurðu þeir[13] eptir Karlamagnúsi konungi. En hann [kvað honum illa tekizt[14] hafa ok úheppiliga, ok sitr hann nú í kastala einum ok hefir fátt lið, en umhverfis þann kastala[15] sitr Guitalin konungr með [her sínum.[16] En landslýðr varð við þessa sögu hryggr, en erkibyskup einna[17] úglaðastr. Þá mælti Ermoen við erkibyskup: Herra, segir hann, ger mér rit til Rollants af hendi Karlamagnús konungs, ok [seg at hann vill,[18] at hann komi til hans með öllu liði því er hann má fá, ok [seg svá á ritinu,[19] at eigi hafi konungi verit[20] meiri þörf[21] liðs en nú, [ok ger kunniga alla þá luti, er ek hefi yðr til sagt.[22] Erkibyskup [gerði sem hann beiddi.[23] Síðan fór hann sem skjótast í gegnum borg þá er Stampes heitir, ok létti eigi fyrr en hann kom til[24] Nobilis borgar, ok hafði hann sprengt 7 hesta en hélt[25] heilum sínum hesti. [Rollant var í landtjaldi sínu ok lék skáktafl. Hermoen gékk fyrir Rollant ok féll á kné[26] ok bar hon-

---

[1]) [or kominn herinum *B*. [2]) [lávarðs síns til brunns, sá var beztr hestr *B*, *b*. [3]) [hugsar hann þat, at annathvat skal hann ná hestinum eða hafa bana ella *B*, *b*; *her begynder atter „a" med Ordet* baða (d. e. bana?) ok reið fram harðliga. [4]) [höfuðit *B*, *b*. [5]) leiðar sinnar *B*, *b*. [6]) hjá sér *tilf. B*, *b*. [7]) Rínar *a*; [til Rín *B*; at Rín *b*. [8]) ána *tilf. a*, *B*, *b*. [9]) [létti eigi fyrr en hann kom yfir Rín *a*; [*mgl. B*, *b*. [10]) [dvaldist ekki (hvargi *B*) *a*, *B*, *b*. [11]) Grikir *B*. [12]) för *a*, *B*. [13]) allir þegar *B*. [14]) at farizt *a*. [15]) [sagði, at hann sat í kastala einum inni byrgðr, en utan um *B*, *b*. [16]) [öllum her Saxa *a*, *B*, *b*. [17]) var miklu *a*; þeirra varð miklu *B*, *b*. [18]) [set þat á *B*, *b*. [19]) riti þínu *a*, *B*; [lát þat fylgja *b*. [20]) orðit *a*, *B*, *b*. [21]) góðra drengja *tilf. a*. [22]) [*mgl. B*, *b*. [23]) [játti því ok gerði þegar rit sem skjótast ok innsiglaði síðan ok seldi Ermoen *a*; [gerði þat (bréfit *b*) skjótt ok fékk í hendr Hermoin *B*, *b*. [24]) borgar þeirrar er Orliens heitir ok þaðan til *tilf. a*. [25]) þó *tilf. a*, *B*, *b*. [26]) [Hann fann Rollant sitja í landtjaldi ok lék at skáktafli, en at móti honum lék sá maðr er hét Giugarðr (Giugart *B*; Gvibert *b*) af Valbrun. Hermoen steig af hesti sínum ok féll á kné fyrir Rollant, *a*, *B*, *b*.

um kveðju Karlamagnús konungs ok erkibyskups af Kolne [ok öllum höfðingjum er þar váru,¹ ok fékk Rollant ritit. En hann fékk² þegar ritit kapalín³ sínum ok bað hann⁴ ráða, [ok vil ek vita, hverju vér skulum um⁵ svara. Svá segir rit þetta,⁶ at Karlamagnús konungr hefir mikla nauðsyn tilkvámu yðvarrar ok liðs þíns, fyrir því at hann er nú nauðugliga staddr í kastala einum, ok sitr Guitalin konungr utan um hann með öllum⁷ her Saxa, ok er honum eigi brautkvámu auðit nema hann njóti [yðvar við,⁸ því hann er þar fámennr ok vistalauss. En er Rollant heyrði þessi tíðendi, þá [skiptust litir hans, ok var hann stundum bleikr sem bast, en stundum rauðr sem blóð. Síðan mælti hann til sinna manna: Jlla líkar mér nú, ef Karlamagnús konungr frændi minn verðr yfirstiginn af heiðnum mönnum, ok er þat eigi vel er vér erum honum nú svá fjarri staddir; herklæðumst⁹ skjótliga ok sækjum til borgarinnar, ok [gerir nú eigi at dvína við,¹⁰ skal nú annattveggja vera, at vér skulum vinna borg þessa eða ella [héðan aldri lífs¹¹ komast.

9. Síðan gerðu liðsmenn sem hann bauð, herklæddust fimliga ok settu gylta hjálma á höfuð sér, tóku í hönd sér skjöldu ok höggvápn, ok gerðu síðan atgöngu til borgarinnar, ina hörðustu er vera mátti. En áðr en aptann kœmi, þá sá þeir [eigi sinn kost annan¹² er borgina bygðu, [en ganga glaðir ok þó nauðgir á hönd Rollant.¹³ En um moruninn eptir, þá var blásit til húsþings,¹⁴ ok þeysti Rollant her sínum¹⁵ á fund Karlamagnús konungs, en setti sína menn til gæzlu [við borgina eptir,¹⁶ ok lagði undir sik alt ríki þat er [til lá, ok lét alt þat bœta at borginni, er þeir höfðu brotit.¹⁷ Síðan skar hann upp herörvar ok [sendi fjögurra vegna¹⁸ ífrá sér, ok stefndi til sín hverjum manni er vápnum mátti valda, ok vann eið

---

¹) [ok öllum höfðingjum þeim er með þér eru q. guðs ok sína *a*; [*mgl.* *B, b.* ²) seldi *a*; fékk í hönd *B, b.* ³) kapellan *a;* kapalini *B*; klerk *b.* ⁴) skjótt *tilf. a, B, b.* ⁵) *mgl. a.* ⁶) [ok uppborit bréf hefir þvílíkan framburð sem hér má heyra: Erkibyskup af Kolni sendir kveðju Rollant jarli systursyni Karlamagnús konungs ok öllum höfðingjum þeim er með þér eru, q. guðs ok sína. Svá hefi ek sannspurt *B, b.* ⁷) allan *a, B, b* ⁸) [þín við ok liðs þíns *a*; yðvars gengis *B.* ⁹) [gerðist hann svá stundum ásýnis sem dauðr maðr, en stundum sem blóð. Ok síðan kallar hann hárri röddu ok mælti svá: Jlla líkar mér nú, ef Karlamagnús frændi minn er svá nauðugliga staddr í kastala einum, ok er þat illa, er vér erum honum nú svá fjarri; herklæðizt nú *a*; [mælti Rollant: Herklæðizt nú *B.* ¹⁰) [skulum vér nú (skal nú *B*) eigi sofa við þetta mál, því at í þessarri sókn *a, B.* ¹¹) [eigi í brott *a*; héðan skal engi várr *B, b.* ¹²) vænna *tilf. a*; [þat líkast *B, b.* ¹³) [en ganga glaðir á hendr Rollant ok Frankismönnum, *a*; at gefast upp, ok gengu þeir glaðir á hönd Rollant *B, b.* ¹⁴) *saal. a, B, b*; þinghúss *A.* ¹⁵) sinn *a, B, b.* ¹⁶) [borginni *B.* ¹⁷) [Tilla heitir *B, b.* ¹⁸) [lét fara fjóra vega *B, b.*

[at ef nökkurr væri sá eptir, er hann krefði til þessarrar ferðar, þá skyldi dauða þola með Dýrumdala sjálfs síns sverði.[1] Síðan fóru þeir til Kolne[2] ok fundu [þar Romam ok Kemerem ok inn frœkna Oliver ok mörg hundrað riddara af liði Karlamagnús konungs.[3] En er Rollant fann þá þar, þá [varð hann við þat glaðr,[4] ok fór í páskaviku með [her sinn,[5] ok mœttu [þeir þá[6] höfðingja miklum, þeim er kominn var utan or löndum, heiðinn sem hundr, ok vildi þá fara á fund Guitalins konungs.[7] Hann hafði mikinn her, en hann er nefndr Perun,[8] hann var kallaðr þeirra manna hvatastr heiðinna er þá váru uppi. Þeir áttu við hann orrostu snarpa ok mikla, ok féll[9] hann ok alt lið hans, þat er honum fylgdi. Nú kemr til þeirra sjálfr páfinn er Milun heitir, ok Turpin erkibyskup af Reimsborg. Ok nú lætr Rollant þegar kveðja[10] húsþings. Ok þá er [menn hafa sezt í sæti sín,[11] þá stendr upp Turpin erkibyskup ok þakkar þeim liðveizlu, þá er þeir veita Karlamagnúsi konungi, ok mælti [við þá:[12] þess er engi ván, at vér komimst yfir Rín, því at hér er hvárki vöð né brúar [þær er vér megim yfir komast; en þó at þat væri, þá mundi Guitalin konungr mikinn her fyrir oss hafa, svá at oss mundi ekki þat stoða,[13] ok mundi hann svá mikit mannspell gera á liði váru, at oss mundi þat verða mikilgæft.[14] En nú er þat mitt ráð, at vér farim til borgar þeirrar er Garmasie[15] heitir; sú er mest[16] í öllu ríki Guitalins konungs, [ok væri þat mikit snildarverk ok gott bragð, ef vér gætim hana unnit. En ef oss sœkir[17] gæfa, þá mundu[18] vér mega koma Karlamagnúsi konungi at liði.[19] Þá svarar Rollant ok sagði, at honum sýndist þat þjóðráð[20] vera. Ok gerðu svá síðan ok sendu mann til Guitalins konungs.[21] En er hann kom fyrir konung, þá heilsaði hann honum ok sagði síðan þau tíðendi, at Rollant væri[22] á för til Garmasie borgar með [fjölda hers,[23] ok vill upp taka borgina, ok biðr þik til fara at verja, ef þú vill, ok hann vill, at þetta komi eigi á þik úvaran, ok þikkir honum ámælis vert at[24] slíkum hlutum. En við þessi tíðendi úgladdist mjök Guitalin

---

[1]) [sinn at því, ef nökkurr vill eptir sitja, þá skal sá dauða þola fyrir Dýrumdala sverði hans *a*; sinn, at allir þeir er kunnir verða at því at eptir sæti, þá skyldu þeir þola dauða af Dýrumdala *B, b*. [2]) Kolno *B*. [3]) [þar Freri, Erker ok Romam ok Oliver ok marga aðra riddara Karlamagnús konungs *a*; þann hertoga er þar var. *B, b*. [4]) *saal. rettet*, úglaðr *A*; feginn *a*; [gerði hann sik glaðan við þat *B, b*. [5]) [úvígan her *a*; mikinn her *B, b*. [6]) [*tilf. a, B, b*. [7]) ok (því þar *B*) var vinátta mikil með þeim *tilf. a, B, b*. [8]) Perus *b*. [9]) feldu *a, B, b*. [10]) blása til *B, b*. [11]) [allir eru komnir í sæti *B, b*. [12]) [á þessa lund til lýðsins *B*. [13]) í móti at rísa *tilf. a*. [14]) ógæft *a*; [*mgl. B, b*. [15]) Garmaise *B, b, her og siden*. [16]) hin bezta borg *B, b*. [17]) sœtti sú *B, b*. [18]) mundim *B*. [19]) vel at haldi *B*. [20]) vel ráðit *b*. [21]) [*mgl. a*. [22]) var *a, B, b*. [23]) [úflýjanda her *B, b*. [24]) stelast at *tilf. B, b*.

konungr, [svá at hann tjáði[1] eigi tanna,[2] ok heimtu til sín Sibilio dróttning ina kurteisustu konu, ok frétti hvat þá væri til ráða at taka. En hon svarar: Ver kátr ok glaðr ok kvíð engu, þú hefir sent eptir syni þínum ok Elmidan[3] bróður þínum, ok mun þik eigi lið skorta, þegar[4] þeir koma, ok mun engi svá djarfr[5] hvárki konungr né keisari, at í móti þér [mani þora[6] at standa. En konungr þakkaði henni vel ok gerðist [við þetta[7] einkar kátr ok glaðr.

10. Í því bili kom at farandi maðr er nefndr er Margamar, ok mælti við konung: Herra, segir hann, ek vil at þú vitir ætlan mína; ek ætla at fara til borgarinnar[8] með lið mitt, ef þat er yðvarr vili, ok skal ek halda borginni[9] fyrir Rollant ok svá [gæta vaða á ánni,[10] at engi Frankismanna megi yfir komast at[11] veita lið Karlamagnúsi konungi. Þá svarar konungr: Þetta ráð skal taka. Ok þakkaði honum vel. Síðan bjóst Margamar[12] ok [herklæddist ok alt lið hans, ok fóru eptir þat til borgarinnar. En í öðrum stað páfinn ok Rollant ok þeirra lið, ok taka[13] sér náttstað skamt frá borginni, ok mælti Rollant við menn sína [í dagan, at þeir skyldu búast ok sækja til borgarinnar.[14] Falteri[15] er maðr nefndr, hann var fæddr á landamæri því[16] er skilr [Saxland ok Frakkland;[17] hann var [í njósn[18] ok 100 riddara með honum af hendi konungs sonar þess er Defred[19] hét [ok Maceram[20] frænda Guitalins konungs.[21] En er hann[22] varð varr við ætlan þeirra, þá skundaði hann [ferð sinni til móts við konung sinn[23] ok sagði honum þessi tíðendi. Síðan fimuðust[24] inir heiðnu við[25] skjótt ok vurðu fyrri at bragði, ok fóru með fjölda hers á hendr [mönnum Rollants, þeim sem[26] um aptaninn höfðu yfir ána farit,[27] en þat var Reinir[28] hertugi ok með honum 20 hundruð[29] hans manna. Ok kómu heiðingjar á þá úvara ok tóku þá undir tjöldum[30] ok feldu af þeim 15 hundruð. Þeir gerðu ok 300 hrossklyfja af höfðum kristinna manna. Síðan færðu þeir þau[31] Guitalin konungi, ok sendu með þann mann er

---

[1]) téði a. [2]) [mgl. B, b. [3]) Helmidan B. [4]) er tilf. a, B. [5]) ríkr a, B. [6]) [þori a; muni þora B. [7]) [þaðan af a. [8]) Garmaiseborgar b. [9]) borgina B; hana b. [10]) [saal. B, b; geta varða hana a; varða hana A. [11]) né a. [12]) til farar tilf. a, B, b. [13]) [fór til borgarinnar, en Rollant tók B, b. [14]) [at þeir skyldu búast þá nótt alla, ok skyldu í dögun sækja at borginni a; at þeir skuli búast alla þá nótt, ok skulu vér í dagan sækja til borgar B, b. [15]) Valteri a; Kalki B; Falki b. [16]) þar a, B, b. [17]) [lönd Saxa ok Frankismanna B, b. [18]) [sendr á njósn B, b. [19]) Defre a; Desred B, b. [20]) Mazeran a. [21]) [mgl. B, b. [22]) Var kominn í liði (lið B, b) þeirra Rollants ok tilf. a, B, b. [23]) [aptr til konungs síns (konungs sonar B, b) a, B, b. [24]) bjuggust B, b. [25]) menn a, B. [26]) [kristinna manna, þeir er a. [27]) [Frankismönnum, þeim er til hurfu árinnar (er fóru til árinnar b) um aptaninn B, b. [28]) Remund a. [29]) þúsundir a, B, b. [30]) skjöldum B, b. [31]) þessa veiði B, b.

nefndr er Dorgant.¹ Ok hann kom fyrir konung ok mælti: Heill herra, segir hann, Maumet gæti yðvar, ver kátr ok glaðr, tíðendi hefi ek at segja yðr bæði góð ok mikil. Rollant er yfirstiginn, ok drepit höfum vér flest alt lið hans, ok hleypt honum út á Rín ok því liði er undan komst með honum. [þá svarar Guitalin konungr: Segir þú satt, Dorgant, eða lýgr þú? Já, já, segir hann, úvanr var ek at ljúga fyrr. Ok bað svá Maumet hjálpa sér sem hann sagði² satt. Ok vér höfum annan³ vitnjsburð, því at vér höfum hér 300 hesta klyfjaðra af höfðum kristinna manna. Ok er konungr nam trúnað á því,⁴ þá varð hann⁵ svá glaðr, at [mjök svá⁶ gékk hann af viti sínu, ok spurði ef þeir hefði nökkut [brotit at⁷ borginni.⁸ En hann [svaraði: Engan kost léðum⁹ vér þeim á því.¹⁰ Nú kallar konungr á Sibilio dróttningu [ok mælti: Nú máttu segja, at flestir allir Frankismenn eru nú fallnir ok yfirstignir ok Frakkland unnit til handa okkr ok sonum okkrum.¹¹ Þá svaraði dróttning: Trú eigi þú orðum riddara þíns, enn ríki konungr Saxa! Still gleði þinni, ok úgerla¹² veiztu hvat síðast¹³ kann verða í [viðrskiptum yðrum Karlamagnús konungs,¹⁴ því at liðsmenn segja opt [vilhalt ok segja¹⁵ þat er þeir vildu at væri, [en vitu eigi þat (er) verða mun,¹⁶ en hvatki¹⁷ er þeir segja, þá er Rollant heill¹⁸ ok páfinn ok erkibyskup ok margir aðrir góðir drengir ok frœknir höfðingjar.¹⁹ En Guitalin konungr reiddist henni mjök ok laust til hennar [svá hart, at hon tók blóð í serk sér,²⁰ [ok skaut henni út or landtjaldinu.²¹ Síðan lét hann söðla²² hest þann er beztr var í herinum, ok reið til kastala þess, er Karlamagnús konungr var í, ok kallaði hátt, bað konung Frankismanna lýða sér, [ok fékkst þegar hljóð:²³ Þau tíðendi [hefi ek (at) segja, at dauðir eru allir þínir inir beztu riddarar;²⁴ Rollant hleypti út á Rín ok flest lið²⁵ er honum fylgdi. [Nú ertu sjálfr yfirkominn, gef upp kastalann ok gakk nú oss til handa ok á vára miskunn, ok þat til jartegna um þetta mál, at vér höfum at sýna þér 300 hesta klyfjaðra af höfðum liðsmanna þinna.²⁶ En við þessi tíðendi urðu Frankismenn mjök daprir, en Karlamagnús konungr miklu úglaðastr, ok géngu upp allir í kastalann²⁷ ok leiddu²⁸

¹) Drogunt *B, b*. ²) segði *a*. ³) sannan *a*. ⁴) [*mgl. B, b*. ⁵) Guitelin konungr *B, b*. ⁶) náliga *a*; nær *B, b*. ⁷) af *a*. ⁸) [at borginni spilt *B, b*. ⁹) létum *a*. ¹⁰) [kvað þeim engan kost á því *B, b*. ¹¹) [Sibilia, kvað hann, nú máttu vita at Frankismenn eru yfirkomnir *B, b*. ¹²) varla *B*; eigi *b*. ¹³) síðar *B, b*. ¹⁴) [várum viðrskiptum *B*. ¹⁵) [*mgl. B, b*. ¹⁶) *fra* Still gleði *o. s. v. tilf. a, B, b; mgl. A*. ¹⁷) hvat *a*. ¹⁸) undankominn *a*. ¹⁹) [*mgl. B, b*. ²⁰) [*mgl. B, b*. ²¹) [*tilf. a, B, b*. ²²) sér *tilf. B, b*. ²³) [*mgl. B, b*. ²⁴) [eru (þér *tilf. B*) at segja, at dauðar eru allar hjálpir þínar *a, B, b*. ²⁵) alt lið hans *a, B, b*. ²⁶) [*mgl. B, b*. ²⁷) vígskörð *B, b*. ²⁸) eltu *a, B, b*.

í brott Guitalin konung [frá kastalanum[1] með örum. Þá mælti Nemes við konung: Ver eigi úglaðr, segir hann, því ekki tjár at syrgja eptir dauðan,[2] maðr skal eptir mann lifa ok rœkja sjálfan sik mest en minnast í [bœnum sálna framliðinna manna.[3] En vér skulum veita heiðingjum hefnd í móti, höggva stórt ok skilja höfuð þeirra frá bolum,[4] sem þeir gerðu við várt lið. Ok vel[5] segir mér hugr um skipti vár áðr skamt líði héðan, spyrja munum vér nökkur góð tíðendi frá Rollant.[6]

11. Nú er at segja frá Reinir.[7] Hann [er nú aptr kominn or[8] flótta ok hefir á sér mikil merki, ok er hann lagðr í gegnum með sverði. En at móti honum fór[9] Milun páfi ok heilsaði honum, ok sá þá[10] görla á honum, at hann hafði í bardaga verit, [ok öll hans herklæði váru höggvin af honum.[11] Síðan spurði páfinn at tíðendum. En Reinir svarar, at þeir menn er honum fylgdu váru 20 hundrað manna, vér várum farnir yfir Rín, en áðr vér vissim, þá kómu[12] at oss meir en 15 þúsundir heiðinna manna, ok áttum vér saman orrostu ok [vörðumst vér nökkura stund, en svá lauk at þeir feldu af oss fimtán 100 riddara, en vér hleyptum út á Rín, er eptir várum, ok kómumst við trauð ok nauð[13] undan. Oliver svarar: Rytta afgömul, segir hann, hvat skyldir þú hlaupa fyrir skjöldu fram sem þú værir ungr, eða hvat gékk þér til þess, er þú ljópt á vápn fyrir aðra menn? En nú höfum vér fyrir þínar sakir skömm ok skaða, ok [munum vér þikkjast trautt hæfir menn fyrr en vér getum hefnt þessa.[14]

12. Nú er at segja frá Rollant, at hann talar[15] við lið sitt: Upp sem harðast ok herklæðit yðr, segir hann, ok sœkit til borgarinnar, [ok dugi nú hverr sem drengr er til,[16] ok legg ek á gæfu ins helga Pétrs postula [ok giptu Karlamagnús konungs á borg þessa.[17] En áðr þeir géngi[18] til borgarinnar, þá stóð upp páfinn ok talaði fyrir herinum ok sagði mörg góð dœmi: Fyrst frá Moysi, hversu hann komst[19] yfir Pharaonem konung með guðs krapti; [hér með sagði hann frá Simone inum helga, er hann kom til lands þess er Kartago[20] heitir, ok hann taldi þat fyrir þeim hversu sú borg var

---

[1]) [mgl. B, b. [2]) andaðan a. [3]) [bœnahaldi um framliðna menn kristna a. [4]) bolnum, svú a. [5]) gott a. [6]) fra þá mælti Nemes við konung mgl. B, b. [7]) Remund a, saal. ogsaa senere. [8]) [komst undan Söxum með b. [9]) reið B, b. [10]) þat a; hann B. [11]) [mgl. B, b. [12]) kom a. [13]) [varð eigi för vár betri en þeir feldu af oss 15 hundruð manna, en þeir er undan kómust eru allir sárir. En síðan hleyptum vér á brott ok út á Rín ok kómumst við þat a. [14]) [þikja vera eigi hæfir oss fyrr at hressast fyrr en vér hefnum hans a; fra En Reinir svarar at þeir o. s. v. har B, b blot: En hann segir þau sem váru. [15]) mælir a, B. [16]) [mgl. B, b. [17]) [mgl. B, b. [18]) géngu B, b. [19]) kom B; sté b. [20]) Kartagine a.

unnin er Alle hét; ok hann taldi um þat, hversu drómundr einn var unninn, er heiðnir menn áttu, í Grikklands hafi. En nú góðir drengir, látit yðr þat hugkvæmt vera, hversu margar jartegnir guð hefir gerfar yfir vinum sínum,[1] ok [gangit nú úhræddir til orrostu.[2] Allir þeir er hér falla [leysu vér af öllum skriptbornum syndum,[3] en þér skulut ván eiga eilífrar sælu áðr blóð [sé kalt á jörðu.[4] Síðan géngu þeir at borginni blezaðir í nafni föður ok sonar ok anda heilags, ok veittu Frankismenn snarpliga atsókn þann dag [ok höfum (vér eigi) heyrt harðari sókn eins dags en þá,[5] en þó váru þeir Rollant ok Oliver auðkendir í öllum herinum, því at svá var þar sem þeir hjuggu til, sem ekki væri fyrir hvárt sem[6] var skjöldr eða brynja, ok á lítilli stundu brutu þeir borgarvegginn Rollant ok Olifer, svá at þar mátti aka vel inn sjau vögnum senn. En í því bili tóku borgarmenn at flýja ok gáfu upp borgina. En Frankismenn sóttu[7] borgina, en sumir reka flótta. Ok Margamar konungr flýði undan ok lagðr áðr í gegnum með sverði. Ok eru nú allir Saxar yfirkomnir er í borginni váru, ok sá lýðr er Roos[8] heitir, ok sá er nefndr er Komant, ok sá er Normam[9] heitir, þeir váru útlendir menn, ok sá lýðr er nefndr er [Hungro ok þarbungro,[10] ok þar váru Frísir. En þessi lýðr flýði allr undan. En engi maðr kunni hundruðum at telja þá er dauðir lágu þar eptir af heiðingjum.[11]

13. Nú er at segja frá Margamar, at hann kom[12] á fund Guitalins konungs, ok finnr hann í landtjaldi. En þegar er hann leit þá,[13] þá spurði hann tíðenda. En Margamar segir [mörg ok mikil,[14] Frankismenn hafa unnit Garmasieborg ok drepit fyrir oss útal þúsunda,[15] ok er Rollant í borginni, [ok varð oss at öðru en hann væri drepinn eðr druknaðr í Rín, sem oss var sagt.[16] Ok nú er hann[17] [var fullnumi[18] at tíðendum,[19] þá varð hann svá úglaðr, at nær [varð hann vitlauss,[20] [ok var þat illa er nökkut skorti at.[21]

---

[1]) [*mgl. B, b.* [2]) [at síðastu í sinni tölu eggjaði hann Frankismenn ok bað þá undir guðs trausti úhrædda fram ganga. *b.* [3]) [af váru liði, þá munu þeir leysa þá af öllum syndum, þeim er þeir hafa til skripta borit *a.* [4]) [yðvart sé kalt *a.* [5]) [*tilf. a.* [6]) fyrir *tilf. a.* [7]) í *tilf. a.* [8]) Ros *a.* [9]) Moram *a.* [10]) [Hungr ok þarbungr *a.* [11]) *fra* Allir þeir er hér falla *o. s. v. have B og b saal.*: Síðan géngu þeir at borginni ok veittu Frankismenn harða atsókn þann dag, ok á lítilli stundu höfðu þeir brotit borgarvegginn, svá at aka mátti í senn 4 (7 *b*) vögnum. En í því bili tóku heiðnir menn at flýja ok gáfu upp borgina. Margamar konungr flýði undan, ok var áðr lagðr með sverði. Ok nú eru þeir allir yfirkomnir er váru í borginni, kunni ok engi maðr þá hundruðum telja er þar lágu dauðir eptir. [12]) fór *a, B.* [13]) *mgl. a;* hann *B, b.* [14]) [mikil ok hörð *a; mgl. B, b.* [15]) hundraða *B;* manna *b.* [16]) [*mgl. B.* [17]) konungr *a.* [18]) fullnuminn *a.* [19]) [hafði heyrt tíðendi *b.* [20]) [gékk hann af vitinu *a, B, b.* [21]) á *a;* [*mgl. B, b.*

25

Nú kallar [Guitalin konungr á Sibilio dróttningu, ok hon svarar honum[1] fögrum orðum, ok gerði hon þat betr en vert var: Þú inn ríki konungr Saxa, ver kátr,[2] segir hon, þótt til annars sé[3] gert. Rollant er nú vaknaðr sem mik grunaði, en menn þínir drepnir ok mikit' unnit af landi þínu, ok er þó þat[4] ráð at láta eigi fyrir[5] drífast, því at eptir er enn it flesta lið þitt ok it bezta. Þá mælti við hann[6] höfðingi sá er Klandare[7] hét: Of málug gerist[8] dróttning um þetta mál ok œrit hlutsöm. Ek hefi sent til landa minna eptir liði, ok eigum vér ván þaðan sextigi þúsunda,[9] ok er þat it harðasta fólk[10] er í er veröldinni, ok þarf eigi Guitalin konungr at óttast Frankismenn,[11] ok munum vér aptr vinna[12] öll þau lönd, er nú eru af oss unnin ok mörg önnur af ríki Frakkakonungs. Ok em ek búinn at sœkja borgina til handa þér, ef þú vill, þegar lið mitt kemr. Ok eigi [mun Rollant[13] þora at bíða vár,[14] ok munu þeir[15] dragast í brott, þegar þeir spyrja [at vér erum hingat at leið.[16] Þá svarar Guitalin konungr: Halt vel heit þitt, ok haf fyrir þat vára vináttu[17] ok slíkt af löndum sem þú vilt.[18]

14. Í því bili kom farandi at bróðir Guitalins konungs,[19] ok með honum útal [þúsunda heiðinna manna,[20] ok er hann [góðr konungr ok réð fyrir mörgum stórlöndum.[21] Þessi enn ríki maðr hefir horn þat er Olivant heitir, ok aldri verðr betra [horn, þat[22] var tekit af villidýri því er aldri sefr. [Svá segir ífalaus bók at dýr þat hefir eitt horn, en þat er í miðju enni.[23] En þat fœðist í djúpum dölum á sumrum, en á vetrum á[24] inum hæstum fjöllum. En þat verðr 30 at aldri, ok[25] þá verpr þat horni sínu. En þat dýr heitir á latínu tungu unicornium en á norœnu einhyrningr. En þat hefir undir horninu þann stein er ágætastr er í heiminum, ok af þeim tólf er gör Celestis Jerusalem, [þat þýðist í norœnu himnesk Jerusalem.[26] Sá steinn heitir carbunculus, ok á þeim steini er mörg náttúra. En þess konar horn finnst á Jndialandi inu mikla, ok hitta þar veiðimenn ok þó sjaldan.[27] Nú ríðr Elmidan [at kastalanum[28] er

---

[1]) [Sibilia dróttning á konung, ok svarar hann henni blíðum ok *a*. [2]) ok glaðr *tilf. a*. [3]) um *tilf.* B, *b*. [4]) nú hitt *a*. [5]) yfir *a*, B, *b*. [6]) *mgl. a*. [7]) Klandore *a*. [8]) gerðist þú *a*. [9]) ok allir brynjaðir *tilf. a*. [10]) lið *a*. [11]) þegar er þat kemr *a* [12]) sœkja *a*. [13]) [ætlum vér Rollant svá djarfan at hann muni *a*. [14]) ok þat mun honum fyrir(!) betra *tilf. a*. [15]) *tilf. a*. [16]) [för vára *a*. [17]) þökk *a*. [18]) *Slutningen af Capitelet fra* þá mælti við hann *mgl.* B, *b*. [19]) af landi því er Leutice heitir *tilf. a*, B, *b*. [20]) [hermanna B, *b*. [21]) [*saal. a*; ríkr konungr ok ágætr. Si porte vn olifant unkes melur ne clinie bestie saluage qui nat soni de morte. Þetta mál viljum vér eigi villa, ok segir svá: *A*. [22]) [, horn þat *a*. [23]) [*tilf. a*. [24]) í *a*. [25]) *tilf. a*. [26]) [*tilf. a*. [27]) fra ok er hann góðr konungr ok réð *o. s. v. mgl.* B, *b*. [28]) [til kastala þess *a*, B, *b*.

Karlamagnús konungr var[1] í, ok hyggr at hvern veg [skjótast mætti unninn verða, ok ríðr um[2] ok þikkir lítils um vert. Síðan blés hann í horn sitt[3] Olifant svá fast, at öll jörð [þótti skjálfa af þyt hornsins.[4] Karlamagnús konungr heyrði [blástr hornsins[5] ok þótti ógurligt sem var. Nú mælir Karlamagnús konungr: [Deus optime adjuva nos semper. Guð[6] almáttigr hjálp oss ávalt. Ek undrumst [hljóð horns þessa,[7] er mikill dvergmáli fylgir ok öll jörð skelfr við, ok þat er horn Elmidans konungs bróður Guitalins konungs. Nemes hertugi svarar: Líkligt þikki[8] mér, at hann man kominn vera fjölmennr, ok munum vér skamt eiga til orrostu, ok man [hon verða lítil af várri hendi.[9]

15. [Nú er at segja frá Guitalin konungi, at hans maðr kemr til hans[10] er Dorgant heitir. Hann hefir farit á njósn, sem [áðr er hans vandi til,[11] ok segir honum þau tíðendi, at Rollant [sé yfir kominn Rín ok allr herr Frankismanna.[12] En er konungr [varð fullnumi at tíðendum þessum,[13] þá kallar hann bróður sinn til sín, ok spurði hann hvat til ráða væri at taka. Hann svarar: þat þikki[14] mér ráð at færa[15] yfir Rín alla gripi[16] ok gersimar, konur ok börn. Síðan var þat ráðs[17] tekit, ok því næst blésu þeir í þúsund horna ok lúðra, ok tóku upp landtjöld sín ok búðir, ok váru þá klyfjaðir hestar ok múlar ok [öll tamin dýr, ok fóru síðan.[18] En þeir er vörð héldu yfir kastala þeim, er Karlamagnús konungr var í, urðu brátt[19] varir við [þau tíðendi ok sögðu Karlamagnúsi konungi, at heiðingjar váru í brottu. En þeir vurðu því fegnir, sem ván var, ok vildu þá þegar inir yngstu riddarar fara eptir þeim ok drepa af slíkt er þeir mætti við komast.[20]

16. En [við þessa ráðagerð[21] kom[22] sá sendimaðr, er Karlamagnús konungr hafði sendan til Rollants þá er hann sat um Nobilisborg. [Konungr heilsaði honum fyrr er hann sá hann,[23] ok spurði hversu honum hefði farizt. þá svarar Ermoen: Vel hefir mér farizt,

---

[1]) sitr *B*; sat *b*. [2]) [hann skal vinna kastalann (ok ríðr umbergis *tilf. B, b.*) *a, B, b.* [3]) er þeir kalla *tilf. a, B, b.* [4]) [skalf 20 mílur hvern veg frá (bæði fjöll ok dalir *tilf. a) a, B, b.* [5]) [hljóð af horni þessu *a, B, b.* [6]) [Himneskr faðir *a.* [7]) [hornhljóð þetta *a.* [8]) þikir *a.* [9]) [sú vera lítil *a*; *fra* Nú mælir Karlamagnús konungr *o. s. v. mgl. B.* [10]) [Sá maðr kom nú til Guitalin konungs *a*; Nú er sá maðr með Gvitelin konungi *B, b.* [11]) [hann hefir fyrr verit vanr *a, B, b.* [12]) [ok allr herr Frankismanna var þá kominn yfir Rín, ok eru nú búnir til orrostu í móti yðr *a, B, b.* [13]) [varð þess víss *a*; heyrði þetta *B, b.* [14]) þikir *a.* [15]) vér færim *B, b.* [16]) vára *tilf. B, b.* [17]) ráð *a, B.* [18]) [fóru þeir leiðar sinnar *B, b.* [19]) *tilf. a, B, b.* [20]) [brottför heiðingja ok sögðu þau tíðendi Karlamagnúsi konungi *B, b.* [21]) [í því bili *a, B, b.* [22]) Hermion *tilf. b.* [23]) [þegar er (jafnskjótt sem *B, b*) Karlamagnús konungr sá hann, þá heilsaði hann honum (fyrri *tilf. a) a, B, b.*

segir hann, ok[1] þat einkar bezt er ek sé [yðr heila.[2] Milon páfi ok Rollant frændi yðvarr[3] ok allir höfðingjar [báðu yðr heila vera,[4] ok þat með at engi maðr sá er vápnum má valda[5] er[6] heima [alt frá Mundíufjalli ok til ins skozka sæs,[7] ok [þat er yðr komit[8] til liðs. Í gær snimma dags vann Rollant Garmasieborg yðr til handa, ok þar var ek þá staddr[9] með honum. Þá svarar Karlamagnús konungr: [Góðr drengr ertu, Hermoen, segir konungr, ok[10] með góðum tíðendum ferr þú. En seg mér þat, sem mér er forvitni [í at vita, hvat hefir Rollant unnit síðan?[11] Hermoen svarar: Þat er frá því at segja, at Rollant hefir [unnit Nobilisborg, ok feldi hann[12] höfðingja þann er fyrir réð borginni, ok hér hefi ek höfuð hans [yðr at sýna, er Rollant sendi yðr. Var ok náliga drepit hvert mannsbarn er í var borginni.[13] En er Karlamagnús konungr heyrði þessi tíðendi, þá þakkaði hann guði ok Petro postola ok hélt höndum [til himins[14] ok mælti: Dýrligr[15] drengr er Rollant, segir hann. Þá mælir Hermoen: Á morgin snimma [máttu vænta Rollants at heilum[16] tíðendum, ok hefi ek rekit yður[17] eyrendi, sem ek kunna bezt. [Guð launi þér, segir konungr, ok svá ek ið sama með góðu. Nú heitr hann á lið sitt ok mælir: Upp sem harðast góðir riddarar, segir hann, ok herklæðizt hvatliga ok lúkit upp kastala, ok sœkjum eptir heiðingjum, ok vinnum á þeim alt þat ilt[18] er vér megum. Síðan [gerðu þeir svá ok riðu út allir albrynjaðir ok leyptu eptir þeim[19] ok drápu af þeim mikinn fjölda. Þá tók Hermoen til orða: Þat[20] legg ek til, konungr, at reka eigi langt[21] flótta heiðingja, því at þat hendir opt, at þeir [snúast hart við,[22] en vér höfum of lítit lið í mót her heiðingja. Er ok þat satt er mælt er, at heilum vagni er bezt heim at aka. Nú er þat mitt ráð, at [þér gerit lítit at ok hverfit aptr at sinni, ok ríðit[23] í móti páfanum ok Rollant, ok er þat bezt fallit, at þú finnir þá úti heldr en þeir[24] þik inni byrgðan.

---

[1]) guð þakki yðr þat er þér spyrit af ok *tilf. a.*   [2]) [þik (yðr *b*) heilan *a, B, b.*   [3]) þinn *a, B.*   [4]) [ok allr herr sá er þeim fylgir, sendir yðr kveðju guðs ok sína ok allra heilagra manna *a*; sendu kveðju guðs ok sína *B, b.*   [5]) halda *a.*   [6]) sitr *B, b.*   [7]) *saal. ogsaa a*; [*mgl. B, b.*   [8]) [er þat (alt hér *tilf. B*) komit yðr *a, B, b.*   [9]) *Her mgl. 6 Blade i a.*   [10]) [*mgl. B, b.*   [11]) [á, hvat hefir Rollant sýst við Nobilis? *B, b.*   [12]) [unna borgina þér til handa, ok at várum vér þá er þat var sýst, ok feldum vér *B, b*   [13]) [þér at fœra, er Rollant sendi þér til sýnis *B, b.*   [14]) [sínum til himna *B.*   [15]) furðuligr *B*; furðu góðr *b.*   [16]) [skaltu konungr frétta Rollant at *B, b.*   [17]) þín *B*; þitt *b.*   [18]) [herklæðit yðr sem hvatligast, ok lúkit upp kastala dyr, ok laupum (hleypum *b*) eptir heiðingjum, ok vinnum af þeim þat *B, b.*   [19]) [var þat ráð (ráðs *b*) tekit ok hlupu (hleyptu *b*) eptir heiðingjum *B, b.*   [20]) ráð *tilf. B.*   [21]) allangt *B.*   [22]) [hrökkva hart við er eltir eru *B, b.*   [23]) [þú gerist lítilátr ok hverfir aptr at sinni, ok ríð *B.*   [24]) finni *tilf. B, b.*

Þá svarar Karlamagnús konungr: Hermoen, segir hann, haf heill ráðit,[1] ok þetta sama skal hafa.[2] Síðan reið konungr í móti Rollant frænda sínum ok mætti honum á velli nökkurum fögrum í fjallshlíð einni, ok varð þar mikill fagnafundr með þeim,[3] ok [þótti sem hverr hefði[4] annan or helju heimtan. [En allir höfðingjar ok ríkismenn ávítuðu Karlamagnús konung um þat, er hann hafði svá fámennr farit í Saxa veldi. Góðir riddarar, segir hann, guð sé lofaðr, eigi höfum vér týnt af váru fé þat er vert sé eins pennings, heldr hafa várir menn unnit af heiðnum mönnum þat er vert er 100 punda silfrs.[5] Síðan þakkar Karlamagnús konungr Rollant liðveizlu þá er hann hafði veitt honum [ok hans lið,[5] ok kvezt nauðugliga komizt mundu hafa or kastalanum, ef hann [hefði eigi þeirra við notit.[6] Ok þat er yðr at segja, at svá er Rín ill yfirferðar, at hvárki má á henni finna vöð[7] né skip, [þótt farit sé hundrað mílna með henni. En nú vil ek, segir konungr, at vér fáim ina högustu smiði bæði á tré ok stein, ok látum[8] gera brú yfir Rín, þá er vér mættim[9] yfir komast ok lið várt, ok mættim vér muna[10] Guitalin konungi þat er hann kúgaði[11] oss svá lengi í kastalanum. Þá svarar Rollant: Vel hefir þú mælt, ok þetta er mér at skapi, [því at eigi kómum vér til þess hingat at fara við svá búit í brott, heldr skulum vér sitja tólf mánuðr eðr lengr ok freista hvárt heiðingjar fýsast fyrr at leysast eðr vér.[5] Síðan váru smiðirnir til fengnir ok lögðu [ráð á allir inir vitrustu[12] menn, hversu þessa brú skyldi gera, ok ætluðu at [þeir skyldi[5] gera með steini[13] ok límí, ok ofan gera á henni átján kastala ok í hverjum 100 lásboga, ok ætluðu at [þeir skyldi[14] fella með því[15] heiðingja, ef þeir [sætti at.[16] Þá svarar Rollant: [Látum sem fyrst görfa verða brúna, eðr[17] hversu fjölmennr er Guitalin konungr. Karlamagnús konungr svarar: Hann hefir fjórar þúsundir ok 20, [at útöldu því liði[18] er hefir Elmidan bróðir hans ok aðrir konungar þeir er með honum eru, ok eru þeir inir verstu viðreignar ok hafa átt við mik [fjórar orrostur, ok hefir engi verit lítil.[19] Elmidan hefir ok horn þat er ekki sáttu né heyrðir slíkt fyrr jafngott; en þegar hann kemr til bardagans, þá blæss hann horni sínu [ok við þat[20] skjálfa fjöll ok brekkur, dalir ok skógar. En við þann blástr herðist mjök lið hans, [en hitt dignar

---

[1]) ráð *tilf. B.* [2]) nýta *B, b.* [3]) ok hljóp hverr á háls öðrum *tilf. B, b.* [4]) [þóttist hverr hafa *b.* [5]) [*mgl. B, b.* [6]) [nyti eigi þeirra at (hans við *b*) *B, b.* [7]) vað *B, b.* [8]) ok því vil ek, at vér leitim at smiðum ok látim *B, b.* [9]) auðvelliga *tilf. b.* [10]) launa *b.* [11]) hélt *B, b..* [12]) [til enir ríkustu *B.* [13]) grjóti *b.* [14]) [*mgl. b.* [15]) þeim *B, b.* [16]) [sóttu til brúarinnar *B, b.* [17]) [*mgl. B.* [18]) [fyrir utan þann her *B, b.* [19]) [stórar orrostur ok allar harðar *B*; margar orrostur, *b.* [20]) [svá hátt ok hvelt, at þar af *b.*

mjök er í móti er, ok verða margir felmsfullir,[1] en þat horn kalla þeir Olifant. Því trúi ek, segir Rollant, at þeir eru illir viðfangs.[2] En þá sögu hefir þú sagt mér frá horni þessu, at [sá mikli riddari er þenna grip á, verðr at mæla við mik nökkut, er vér finnumst í bardaga.[3] Ok [segir at honum þikkir betra at deyja en sjá eigi[4] hornit. Síðan þeysa þeir herinn allan upp með Rín, ok fóru svá 20 daga [at þeir géngu, ok eigi váru þeir herklæddir, svá höfðu þeir illar færðir.[5]

17. [Svá barst at einn dag,[6] at Turpin erkibyskup ok Olifer jarl váru fyrstir í för ok riðu með ánni Rín [ok höfðu lið sitt með sér, ok riðu 7 mílum framar en konungr[7] ok fundu í dal einum einsetumann, ok hafði hann vel búit um sik ok átti þar[8] kapellu eina. En heiðnir menn höfðu brotit[9] bygð hans alla, [þá er fyrr hafði verit, ok var honum þat skaði mikill.[10] Nú fór erkibyskup af [baki, ok þat lið er honum fylgdi, ok fóru til kapellunnar ok báðust þar fyrir. En síðan kvaddi erkibyskup heremitann[11] ok mælti svá: Almáttigr guð varðveiti þik. Einsetumaðrinn svarar á mót: Guð fagni yðr,[12] ok sé þér allir vel komnir, ok sýnist mér svá sem [hér sé[13] Frankismenn. En Olifer svarar honum: Vér erum hirðmenn Karlamagnús konungs. Heremita[14] svarar: Satt segir þú, ok þat veit ek, at Karlamagnús konungr vill fara yfir Rín, [en 100 mílna er enn at fara áðr brú megi finna, er yfir megi komast, en ek skal gerast við yðr sannsögull.[15] Ek var risinn upp í óttu í morgin, ok sá ek lítinn flokk rauðdýra fara yfir Rín, ok [eigi vættu þau lær sín né síður.[16] En Frankismenn urðu glaðir við þat ok leituðu síðan vaðanna. Turpin erkibyskup hóf upp höndina hægri ok [signdi sik[17] ok réð[18] fyrstr[19] út á ána. [Blezuð verði sú stund, er slíkr klerkr ok skörungr var fæddr. En síðan reið Oliver ok alt lið þeirra, ok komast allir yfir Rín ok lofuðu guð. Nú mælir erkibyskup: Vel hefir oss til tekizt, er nú höfum fundit vað þetta, er á ánni er, ok eigi vitu Saxar.[20] Þá sjá þeir Rollant fara til

---

[1]) [*tilf.* B, b. [2]) viðreignar B, b. [3]) [engi er annarr kostr en ek verð at finna þann í bardaganum, er horn þat á. B, b. [4]) [segir at honum þikki betri dauði sinn en þat hann geti eigi sótt B; heldr skal ek dauða þola af hans sverði, en ek geta eigi sótt b. [5]) [*mgl.* B; at þeir fundu engi vöð b. [6]) [Nú var þat þváttdag einn B, b. [7]) [*mgl.* B, b. [8]) sér B, b. [9]) brent upp B, b. [10]) [*mgl.* B, b. [11]) [hesti sínum ok gengr til kapellunnar, ok biðst þar fyrir, en síðan heilsaði Turpin einsetumanni B, b. [12]) þér vel B, b. [13]) [þér séð B; þér munut vera b. [14]) Einsetumaðr B, b. [15]) [ok má eigi komast fyrir því at hon er ill yfirfarar. En ek skal segja þér satt. B, b. [16]) [*saal.* B, b; veiztu eigi þau vað í sinni síðan A. [17]) [signaði B; signaði vatnit b. [18]) reið B. [19]) manna *tilf.* B, b. [20]) [ok komst vel yfir ok alt lið þeirra B, b.

árinnar með lið sitt, ok [fóru þegar yfir Rín ok þangat er Turpin erkibyskup ok Oliver váru, ok fögnuðu þeir honum vel.[1] Nú mælir erkibyskup við Rollant: Nú viljum vér [senda mann til Karlamagnús konungs ok segja honum þá vöxtu á sem nú eru, ok hann skundi til vár sem fyrst. Þá svarar Rollant: Því ráði munu vér hnekkja, ok eigi höfum vér yðr heyrt mæla jafnmikla fífisku;[2] vér skulum heldr, segir Rollant, bregða við sem skjótast ok vápnast ok ríða á hendr heiðingjum ok vinna á þeim [alt þat ilt[3] er vér megum, ok skal þat [spyrja, at vér skulum gera þeim harða atsókn. Síðan var þat ráð tekit, ok sneriat alt lið þeirra til hœgri handar.[4]

18. Nú er at segja frá heiðingjum, at synir Guitalins konungs risu upp um nótt ok herklæddust, ok lið þeirra, ok fara upp með Rín ok útal [þúsunda með þeim í skóga þá er skamt eru[5] frá Rín, ok leynast þar. Síðan sendu þeir frá sér njósnarmenn. [En þeir fóru á há fjöll ok í þröngva skóga,[6] ok varð þeim litit til hœgri handar,[7] ok sá þar mikinn fjölda manna ok vurðu þegar felmsfullir við bjartleik þann er var[8] af vápnum þeirra, ok [fóru þegar aptr ok sögðu þeim:[9] Vér várum á varðhaldi ok sám lið mikit við[10] Rín ok vel vápnat, ok þikkir oss vænt[11] at þat sé Frankismenn. Þá svarar konungr sá er nefndr er Alfráðr:[12] Þar segi þér frá Rollant ok hans liði. Nú skulum vér dveljast [í skógum þessum,[13] segir hann, ok láta[14] ekki vart verða við oss, því at ek veit ætlan þeirra, at þeir munu stefna it gegnsta[15] til Guitalins konungs, ok [munu þeir eiga[16] orrostu, en vér skulum [þá koma í opna skjöldu ok gera at þeim þat ilt er vér getum.[17] Nú ríða Frankismenn hvatliga [til þess er[18] þeir koma til landtjalda Guitalins konungs, ok koma á þá úvara ok ríða [upp á tjöld þeirra ok troða[19] undir rossa fótum. En er heiðnir menn vöknuðu, þá herklæddust þeir hvatliga ok [áttust við[20] orrostu. En [mikit skildi lið þeirra, ok[21] varð Rollant undan at flýja, en heiðnir menn[22] eptir ok drápu af Frankismönnum mikinn fjölda. En ávalt höfðu Frankismenn 10 fyrir einn. En er þeir

---

[1]) [fór þegar yfir jafnskjótt. *B, b*. [2]) [gera sendimenn til Karlamagnús konungs, segir erkibyskup. Nei *B, b*. [3]) [þat *B, b*. [4]) [spyrjast á hvert land sókn sú er vér skulum gera heiðingjum. Síðan var þat ráð tekit, ok fóru ofan með Rín á hendr heiðnum mönnum *B, b*. [5]) [100 (manna *b*) ok settust í skóg er skamt var *B, b*. [6]) [*mgl. B, b*. [7]) sér *tilf. B, b*. [8]) skein *b*. [9]) [sneru aptr þegar sem skyndiligast ok sögðu tíðendi sín *B, b*. [10]) fara ofan með *B, b*. [11]) líkligt *B, b*. [12]) Arfarz *B, b*. [13]) [skóginum *B*. [14]) látum *B, b*. [15]) beinasta *b*. [16]) [eiga þar (við hann *b*) *B, b*. [17]) [koma á opna skjöldu þeim *B*; koma þeim í opna skjöldu, *b*. [18]) [ok vita (létta *b*) eigi fyrr en *B*. [19]) [á landtjöld þeirra ok drepa mörg 100 *B, b*. [20]) [áttu við þá *B, b*. [21]) [með því at liðsmunr var mikill, þá *b*. [22]) sóttu *tilf. b*.

vildu vaðanna leita [á ánni,[1] þá höfðu synir Guitalins konungs komizt í millum þeirra ok Rínar.[2] Þá mælir erkibyskup: Betri væri sjá úfarin, segir hann, því at eigi ætla ek oss nú munu sigrast í þessi.[3] [Þá svarar Rollant ok Oliver: Svá mun sýnast þeim er bleyðimenn eru, ok sýnist oss enn einkar vænt um várt ráð, ok gerum af várri hendi sem góðir drengir, því at annattveggja er, at vér munum hér eptir liggja eðr lifa ok í brott komast. En[4] ek skal, segir Rollant, ríða at merkismanni þeirra ok fella niðr merkit, ef [ek kem því við.[5] Ok laust síðan hest sinn með sporum, ok reið þegar at þeim er merkit bar ok hjó [hann sundr í miðju[6] ok feldi hann dauðan [af hestinum.[7] Ok þá sneri Rollant aptr hesti sínum, fyrir því at hann sá Turpin erkibyskup illa staddan [. Ok í þeirri svipan féll af Frankismönnum hertugi sá er Mora hét, hann var ætkaðr af Loerenge. Nú ríðr Rollant[8] at einum höfðingja ok [veitti honum bana[9] með spjóti sínu. En í því bili kómu synir Guitalins konungs ok riðu at Rollant báðir, ok váru í för með þeim þúsund riddara. [Nú er Rollant staddr nauðugliga, en hann varðist svá, at engir kómu sári á hann ok eigi af hesti sínum. Ok þetta sjá höfðingjar Frankismanna, Turpin erkibyskup, Oliver jarl, Hermoen sendimaðr af Turonsborg, ok Morie af Blalenskuborg, ok inn frœkni Fremikin höfðingi, ok Guiart af Puer ok Odda hertuga, ok Albra frændi hans, Balduini enn flæmski, Joceram af Dormiens. Nú koma þeir allir saman átján höfðingjar kristinna manna, en at móti þeim átta hundruð heiðinna manna, ok hopa þeir undan á hæl, en lið þeirra ferr fyrir þeim ok verja sik svá ok lið sitt, ok komast nauðuliga yfir Rín at því sinni, ok liggja þó nökkurir af liði þeirra ok svá af heiðingjum it sama.[10]

19. Nú er at segja frá Karlamagnúsi konungi, at hann liggr lengi [á dögum[11] ok sefr. En [skutilsveinn hans kemr at honum ok vildi vekja hann ok mælti:[12] Mál er matar herra, ok rís upp

---

[1]) [er á váru Rín B. [2]) árinnar B, b. [3]) dag B, b. [4]) [mgl. B, b.
[5]) má B; ek má b. [6]) [sundr skjöld hans ok brynju B, b. [7]) [til jarðar, ok náðu í því (ok í þeirri svipan náðu þeir b) vaðinu B, b.
[8]) [í herinum. Nú ríðr enn R. B; í her heiðingja. Hann ríðr b.
[9]) [leggr í gegnum hann B, b. [10]) [en hann varðist svá, at engi kom sári á hann né honum (ok eigi heldr b) af hesti. Nú er Rollant nauðugliga staddr, ok heitr á lagsmenn sína, fyrst á Turpin erkibyskup. Nú koma þar 18 höfðingjar Frankismanna, ok aka (fara b) þeir nú undan á hæli (ok eigi váru þeir ámælis verðir tilf. b), eru at móti 700 heiðinna manna. En lið þeirra ferr fyrir þeim, ok verja þeir sik svá ok lið sitt, at engi þeirra kom sári á þá, ok kómust svá yfir Rín. B, b.
[11]) [um daginn B; áfram b. [12]) [skutilsveinar (skjaldsveinar b) ganga til hans ok vekja hann ok segja honum, at B, b.

[(ok) klæðst. En konungr segir sér vera þungt, ok[1] mart hefir mik dreymt um Rollant frænda minn. Mér þótti sem hann væri í skógi þeim er Ardene heitir, ok með honum fjórir[2] veiðimenn, ok þótti mér sem [honum hefði veizt villigöltr einn, ok hefða ek úsét slíkan áðr, ok svá var honum ok torvelt[3] mjök áðr hann gæti hann veiddan. [Í því bili þótti mér koma Guitalin konungr ok hafa Rollant brott með sér.[4] Síðan þótti mér sem þar kœmi Turpin erkibyskup, ok meðr honum 400 riddara, ok gæti[5] sóttan Rollant ok hest hans. Ok nú kalli þér Rollant til mín þegar, því at ek sá hann eigi síðan í gær.[6] Ok var þá leitat Rollants ok fannst hann eigi, ok var hann þá í brottu ok mart lið meðr honum. En í því bili kom farandi einn ungr riddari, hann var sárr mjök[7] ok af honum váru högnar allar hlífðir,[8] ok kom[9] fyrir Karlamagnús konung ok [sagði þá atburði er gerzt[10] höfðu: [Vér várum farnir yfir Rín í gær aptan, segir hann, ok áttu vér orrostu við Guitalin konung, ok fóru svá viðskipti vár, at vér vurðum at flýja, ok féllu af oss Bouin hertugi ok fjöldi annarra góðra drengja, ok svá er Rollant sárr mjök.[11] En Karlamagnús konungr varð við þetta úglaðr ok lét söðla sér hest ok reið þegar í móti Rollant, ok mart[12] manna með honum. En er þeir höfðu riðit um stund, þá mœttu þeir liði Rollants ok stöðvuðu eigi fyrr hesta[13] sína, en þeir fundu sjálfan Rollant, ok heilsuðu honum vel. Þá mælti Karlamagnús konungr við Rollant: Drambléti þitt ok hvatskeyti manna[14] þinna hafa[15] nú komit yðr í úfœru, ok opt verðr þat, at sá fellr er fang býðr, eða hvat ætluðu þér, hvárt Saxar mundu eigi þora at berjast við yðr eða gæta lands síns? Ok þat hefi ek spurt, at Guitalin konungr á sonu, ok eru þeir bæði hraustir ok ráðgir[16] ok vel at sér búnir, ok er nú þat á vápnum yðrum sýnt, herklæði yðr eru höggvin af yðr, en [eruð sjálfir[17] sárir. Þá svarar Rollant: Herra, segir hann, eigi skaltu gabba oss, þó at nú hafi eigi vel til tekizt at þessu sinni. [Úgörla veiztu nema vér hefnimst,[18] því at opt ríss sá upp er fellr. Nú fara þeir til landtjalda ok binda sár Rollants ok fá til lækni, ok eru þeir[19] mjök hugsjúkir um sár hans, hversu þau[20] skipast.

20. Nú er at segja frá sonum Guitalins konungs, at þeir koma fyrir föður sinn ok segja honum,[21] at þeir hafa drepit alla Frankis-

---

[1] [En hann svarar *B, b*. [2] .7 *b*. [3] [hann hefði ósét slíkan áðr, ok svá var honum starfsamt *B*; hann sótti einn hjört, ok varð honum starfsamt *b*. [4] [*tilf. B, b*. [5] gátu *B, b*. [6] í gjár *b*. [7] í gegnum *B*. [8] hlífar *B, b*. [9] hann kemr nú *B*. [10] [segir honum alla atburði þá sem vorðit *B, b*. [11] [*mgl. B, b*. [12] fjöldi *B, b*. [13] för *B, b*. [14] liðsmanna *B, b*. [15] hefir nú *B, b*. [16] ráðugir *B, b*. [17] [þér allir *B, b*. [18] [því at vera má at vér hefnim nökkurt sinn (þess í annan tíma *b*) *B, b*. [19] nú *B*. [20] muni *tilf. B*. [21] þau tíðendi *tilf. B, b*.

menn, þá er í her váru með Rollant, hann höfum vér særðan sjálfan til úlífis, ok nauðugliga komst[1] hann undan ok hljóp út á Rín, ok eigi þurfum vér hann at hræðast [. Þá svarar Guitalin konungr: Hafit fyrir mikla þökk ykkara hreysti.[2] Nú er Karlamagnús konungr mjök úglaðr.

21. Um morguninn reis [Karlamagnús konungr upp[3] ok gékk til Rollants ok sagði honum ætlan sína: Ek vil nú upp taka landtjöld vár ok fara heim til Frakklands til Reimsborgar eða Parisborgar, ok hafast þar við [nökkura stund,[4] því at mér er leitt at týna liði mínu. Þá svarar Rollant: Jlla lýkr[5] þú þá við mik, frændi. En þess bið ek þik í guðs nafni ok ins helga Petrs postula, at þú dvelist her nökkura stund,[6] ok vit hversu sár mín gróa,[7] ok förum til á morgun ok mælum[8] til brúargerðar, ok þat viljum vér, at þú látir niðr brjóta kastala þann inn forna er þú [vart haldinn[9] í um hríðar sakir, ok [bjóðum öllum höfðingjum kost á ok mönnum þínum ok[10] riddorum, at hverr leggi nökkut til [í starfa sínum til brúargerðar,[11] ok vil ek heita þeim,[12] at brátt mun [snúast áleiðis brúargerðin, ef allir eru vel á viljugir,[13] ok mun hon gör vera áðr mánaðr líði héðan, ok gott segir mér hugr um. Þá kallar Karlamagnús [á Rómverja[14] ok mælti: Þér skulut á morgun upp hefja brúargerð ok [ætla at öllu[15] djúpleik ok breiðleik vatnsins. En ef þér gerit eigi þetta, þá skulu þér týna ríki yðru, því er þér hafit haft.[16] En þeir fóru til ok brutu[17] kastala ok færðu hann ofan til árinnar á[18] vögnum ok tóku til at gera brúna. En heiðnir menn vörðu [ok máttu Frankismenn ekki at vinna fyrir þeim, en sumir váru særðir, en sumir váru drepnir, ok síðan ljópu[19] þeir frá. Þá lét Karlamagnús konungr annat lið til fara, ok var þat[20] kallat Alimans, ok margskonar annat[21] fólk með þeim. En eigi tókst þeim betr[22] en hinum, ok váru þeir bæði særðir ok sumir drepnir, ok fóru síðan á fund Karlamagnús konungs ok sögðu honum þau tíðendi, at þeir [gátu ekki gert,[23] ok báðu sér miskunnar af Karlamagnúsi

---

[1]) dróst *B, b*. [2]) [þessa tólf mánaði *B, b*. [3]) [hann upp snimma *B, b*. [4]) [*mgl. B, b*. [5]) skilr *B, b*. [6]) hríð *B, b*. [7]) skipast *B, b*. [8]) merkjum *B, b*. [9]) [sazt *B, b*. [10]) [bjóð öllum höfðingjum þínum *B, b*. [11]) [ok starfi til brúarinnar *B*. [12]) þér því *B*. [13]) [á leið komast, ok eru allir velviljaðir þínum vilja *B*; *fra* [í starfa sínum *o. s v.* brúarinnar, sumir starf, en sumir kostnað, ok er þat líkara, ef allir yðrir menn eru vel á viljaðir *b*. [14]) [til sín liðit (lið sitt *b*) *B, b*. [15]) [mæla *B, b*. [16]) af mér *B, b*. [17]) niðr *tilf. B, b*. [18]) með *B, b*. [19]) [öðrum megin árinnar, ok skutu mjök brúarmennina, ok máttu þeir ekki at vinna, fyrir því at margir váru sárir ok margir drepnir, ok síðan hurfu *B. b*. [20]) fólk *tilf. B, b*. [21]) *mgl. B, b* [22]) til *tilf. B, b*. [23]) [máttu ekki at sinni *B*; sögðust ekki fá at gert at sinni *b*.

konungi ok brautferðarleyfis. Ok þá nótt dvöldust þeir þar, en um morguninn eptir snemma fara þeir leiðar sinnar. Einn riddari hét Geyfrey,[1] hann fór til landtjalda Karlamagnús konungs ok sagði honum [at lýðr sá var í brott farinn at úleyfi konungs.[2] En konungi líkaði illa ok bað síðan Geyfrey [ríða eptir þeim ok láta þá fara til vár nauðga, ok haf[3] gullsprota minn til jartegna um þetta, at[4] ef þeir vilja eigi aptr fara, þá [skal hvárki börn né konur þeirra (taka) arf[5] á Frakklandi, ef ek kem aptr. Nú ferr[6] hann eptir þeim ok getr náð þeim í skógi einum fögrum, ok mælti við þá illa ok sýnir þeim jarteinir[7] ok biðr þá [aptr hverfa[8] sem skjótast. En þeir urðu mjök hræddir við ógnarorð[9] konungs ok fóru aptr þegar. En er þeir kómu fyrir konung, þá báðu þeir sér miskunnar,[10] en konungr veitti þeim þegar, því at hann var inn bezti bœna.[11] Nú kallar konungr á Balduina inn [flæmska mikinn höfðingja, ok Odda höfðingja ok Milun af Valres:[12] Góðir drengir, segir hann, þér skulut veita oss lið at brúargerð[13] með yðru[14] liði. Ok þeir játtuðu því þegar, er Karlamagnús konungr bað,[15] ok létu [þegar jafnskjótt[16] til fara menn sína. Ok jafnskjótt [börðu heiðingjar á þá ok drápu af honum[17] 5 hundruð. En þeir[18] flýðu undan til Karlamagnús konungs ok sögðu honum [deili á för sinni,[19] ok honum líkaði illa ok mælti svá: Mikit [er eins manns[20] gengi, ok þat veit ek víst, [at eigi mundu várir menn svá margir sárir ok drepnir, ef Rollant væri betr fœrr.[21] En nú er þat ráð mitt at létta brúargerðinni,[22] því at vér vinnum verra en ekki, ok eru [hvern dag várir menn[23] drepnir fyrir augum oss, ok komum vér engri hefnd á leið fyrir þat. En við þetta eyrendi glöddust [allar þjóðir þær[24] er váru með Karlamagnúsi konungi,[25] ok ætluðu at þeir mundu fá[26] heimför, því at þeir höfðu þar haft mörg vandræði ok stór.

[1]) Geffreyr *B*; Geofreyr *b*. [2]) [þau tíðendi, at lýðr sá er þú nefndir til brúargerðar er brott farinn at úleyfi þínu. *B, b*. [3]) [fara eptir þeim ok hafa .(fœra *b*) þá aptr nauðga, ok haf hér *B, b*. [4]) en *B, b*. [5]) [seg þeim þat, at hvárki þeir né þeirra börn skulu taka arf (né óðal *tilf. B*) *B, b*. [6]) ríðr *B, b*. [7]) jartegnir konungs *B, b*. [8]) [dragast aptr *B, b*. [9]) ógnir *B*. [10]) enn miskunnar sem fyrr *B, b*. [11]) herra *B*. [12]) [frœkna mikinn höfðingja ok hertogann af Burgis ok Milon *B, b*. [13]) þessi *tilf. B, b*. [14]) *saal. B, b*; öðru *A*. [15]) bauð *B, b*. [16]) [*mgl. B, b*. [17]) [létu heiðingjar á þeim brand (skutu heiðingjar á þá *b*) ok drápu af þeim *B, b*. [18]) er eptir váru *tilf. B, b*. [19]) [hvat fram fór *b*. [20]) [má eins góðs drengs *B, b*. [21]) [ef Rollant hefði betr fœrr verit, þá mundi brú sjá fyrr ger hafa verit en nú, ok eigi mundu menn várir svá margir sárir sem nú *B, b*. [22]) þessu verki *B, b*. [23]) [búmenn várir á hverjum degi *B*. [24]) [allir þeir *B*. [25]) [allir hans menn *b*. [26]) ná þá *B, b*.

22. Í því bili kómu þar farandi tveir ungir menn vænir, ok var annarr nefndr Elspalrað[1] en annarr Emalraað,[2] ok váru [ætkaðir af Spáni[3] ok báðir vel kristnir ok[4] félagar. Þeir géngu fyrir Karlamagnús konung ok heilsuðu honum ok mæltu við hann: Vit vitum at þú ert mjök hugsjúkr um brúargerð þessa; en nú viljum vit at þú hlýðir [okkarri rœðu,[5] konungr, því at vit kunnum [meira hagleik en aðrir menn, því at vit megum fara í vatni sem fiskar.[6] En ef vit fám fulla vináttu yðra, þá [munu vit við leita brúargerð þessa,[7] ok munum vit koma á leið, hvárt sem Söxum þikkir vel eða illa. Þá svarar Karlamagnús konungr: Ef svá má vera sem þit segið, þá mun ek gera ykkr svá ríka menn sem þit vilið, ok eigi skal ykkr skorta gull né silfr. Þá svarar Alsparáð:[8] Herra konungr, segir hann, lát leita at trésmiðum þeim er hagastir eru ok lát þá [fella mörk, marga viðu ok stóra,[9] ok lát fœra ofan til árinnar. Konungr lét [búast við eptir því sem þeir lögðu ráð til. Ok er viðirnir váru komnir,[10] þá fóru þeir til ok gerðu skip mikit, svá at þess skips [varð aldri maki gerr síðan Nóa örk var.[11] Þetta skip var fim hundruð feta langt, en 300 álna[12] breitt, ok[13] gerðu[14] fjölda kastala, ok í hverjum kastala settu þeir 100 riddara með öllum hervápnum.[15] Ok nú er þess mest ván, at ger verði brúin, [hvárt er heiðingjum þikkir vel eðr illa.[16] En skip þat var gert á [hálfum mánaði einum[17] ok allr tilbúnaðr, ok var þar 100 lásboga í hverjum kastala er var á skipinu, ok þar menn með er skjóta skulu [á þá.[18] En á hálfum þriðja degi[19] höfðu þeir gert tvá steinboga mikla ok sterka. Síðan gerðu þeir líkneskju[20] or marmarasteini [eptir Karlamagnúsi konungi, ok með inu bezta hans skrúði[21] skrýddu þeir hana, ok hon var hol innan ger, svá at standa mátti maðr í henni ok mæla þaðan slíkt sem hann vildi, ok sú líkneskja var svá lík Karlamagnúsi konungi, at [hvárki mátti[22] kenna frá öðru, [ef eigi vissi áðr skil á.[23] Svá var ok með vélum gert, at sá maðr er í var [líkneskinu mátti[24] taka í skegg sér[25] ok hrista, ok gullsprota hefir

---

[1]) Espaldar *B;* Espalrat *b.*   [2]) Einaldar *B;* Emalrat *b.*   [3]) [æzkaðir (ættaðir *b*) af Spanialandi *B, b*   [4]) váru þeir lagsmenn ok *tilf. B, b.*   [5]) [okkr *B.*   [6]) [mikinn hagleik, megum vit fara undir (í *b*) vatni *B, b.*   [7]) [megum vit taka til brúargerð(ar) þessar *B;* munum við til taka at gera brú þessa *b.*   [8]) Espalrað *B;* Espalrat *b.*   [9]) [ganga til skógar ok lát fella mörg tré ok stór *B, b.*   [10]) [svá gera sem þeir báðu (beiddu *b*). En er tréin váru komin, *B, b.*   [11]) [maki (jafningi *b*) varð aldri fyrr gerr í heiminum nema Nóa örk. *B, b.*   [12]) feta *B, b.*   [13]) þeir *tilf. B, b.*   [14]) þar á *tilf. b.*   [15]) herbúnaði ok skotvápnum *B, b.*   [16]) [*mgl. B, b.*   [17]) [einum hálfum mánaði *B, b.*   [18]) [af þeim *B, b.*   [19]) mánaði *B, b.*   [20]) líkneski *B.*   [21]) [ok með inum bezta konungs skrúða *B, b.*   [22]) [varla mátti hvárt *b.*   [23]) [*mgl. B, b.*   [24]) [líkneskjunni sá mátti ok *B, b.*   [25]) henni *B, b.*

hon í hendi sér ok dýr at Söxum ok hœtir[1] þeim. En sá er í líkneskjunni[2] er mælir illa við heiðingja sem vert er, ok kallar þá bikkjur ok pútusonu[3] ok biðr þá upp gefa landit ok á hönd ganga.[4] En líkneskjan var sett ofan á steinboga þann er vissi[5] at Söxum, ok skutu heiðingjar til[6] örum ok allskonar skotvápnum, ok beit ekki á sem ván var at. Þá mæltu heiðingjar: þetta er eigi maðr heldr[7] djöfull, er eigi bíta vápn.[8] Ok mælir hverr við annan [ok eru felmsfullir ok hræzlu:[9] Á leið mun Karlamagnús konungr koma brúargerð þessi, hvárt sem vér viljum eðr eigi, ok[10] gerir Guitalin konungr [fíflsku mikla,[11] er hann flýr eigi undan,[12] ok væri sá hans kostr beztr, at hann [gerði svá, ok allra vár.[13] Ok gerðu síðan sendimann til Guitalins konungs [með þessum eyrendum, báðu svá segja Guitalin konungi,[14] at eigi máttu þeir þar[15] banna Karlamagnúsi konungi brúargerðina. En [þessa för[16] fór Dorgant ok bar konungi þau tíðendi,[17] en við þetta varð Guitalin konungr mjök dapr.

23. Hann kallar þá til sín konung þann er Alkain hét, hann réð fyrir því landi er Almarie hét. Ok Guitalin konungr spurði hann at,[18] hvat tiltækiligast væri. Alkain svarar: Lítit er enn [fyrir góðum brögðum,[19] segir hann; þú skalt taka tvá konunga krónaða, ok skal hvárr þeirra hafa 400 riddara,[20] en ek skal vera inn þriði,[21] ok skal ek einn hafa [svá mikit[22] lið sem þit[23] báðir, ok skulu vér fara til Rínar ok banna Karlamagnúsi konungi brúargerð, ok ef [þeir fara[24] yfir Rín, þá skulum vér fella þá hundruðum. Þá svarar[25] Margamar konungr: Mart hefir þú nú rausat,[26] Alkain, ok eigi mun þat alt vel efnast,[27] er þú heitr nú Guitalin konungi, ok góðr drengr þikkist þú, er[28] þú drepr með [einu sverði 60[29] riddara Karlamagnús konungs. En ek get at þú munir ganga verða [nær en nú ertu, áðr þú getr sóttan[30] einn af riddorum hans, ok[31] með orðum þínum einum saman [þá er sem þú takir[32] þá Rollant ok Olifer ok sœkir borgina[33]

---

[1]) hótar b. [2]) mgl. B; henni b. [3]) portkonusyni B, b. [4]) Karlamagnúsi konungi tilf. B, b. [5]) horfði B, b. [6]) at henni með B; til hennar með b. [7]) er þetta tilf. B, b. [8]) járn B, b. [9]) [síðan ok váru þá mjök felmsfullir B. [10]) [man (manu b) hvárki hlífa oss borgir né kastalar ok tilf. B, b. [11]) [fífskliga B; fíflsliga b. [12]) ok leitar fyrir sér tilf. B, b. [13]) [tœki þat ráð B, b. [14]) [mgl. B; at segja honum b. [15]) þá B; mgl. b. [16]) [þá sendiför B. [17]) eyrendi B. [18]) ráða B, b. [19]) [fyrir góðu ráði B, b. [20]) með sér tilf. B, b. [21]) saal. B, b; fimti A. [22]) [jafnmargt B, b. [23]) hinir B, b. [24]) [nökkurir af Frankismönnum eru svá djarfir at fari B, b. [25]) honum tilf. B; hans máli b. [26]) mælt B, b. [27]) endast B, b. [28]) ef B, b. [29]) [þínum vápnum 40 B, b. [30]) [áðr nær en nú ertu, ef þú skalt drepit fá B, b. [31]) eigi tilf. B. [32]) [tekr þú B. [33]) borgir B; fra ok með orðum har b: ok eigi munu þeir bugast fyrir orðum þínum einum saman, eigi muntu taka Rollant né Oliver ok ekki sœkja borgir o. s. v.

Orliens ok Kolni ok aðrar stórborgir Karlamagnús konungs, ok þit Sibilia bæði saman þá er þit kyssizt[1] [fastast í[2] apaldrsgörðum, ok [skaltu þá einn öllu[3] ráða, ok meira virðir þú einn koss Sibiliu dróttningar en allan þinn riddaraskap. Þá svarar Alkain: Margamar, segir hann, þat veit trúa mín, at mart hefir þú nú [mælt úsatt ok sagt[4] á hendr mér. En Guitalin konungr setti þik til at gæta Garmasieborgar[5] ok margar þúsundir riddara með þér, ok hélztu[6] henni illa ok úgóðmannliga,[7] ok hugði Guitalin konungr at þú værir[8] konungr ok harðr höfðingi, en þú [reyndist ragr sem geit,[9] ok illa eru þau lönd komin,[10] er þú ert höfðingi yfir skipaðr.[11] En þat var fyrir [fim nóttum er[12] Frankismenn [drápu helming liðs þíns en eltu þik sem geit, ok alt[13] þat er þér fylgdi. En [borg þá[14] er þú rant frá byggja[15] nú kristnir menn,[16] ok aldri síðan [verðr hon[17] undir forráði Guitalins konungs. En nú fyrir sakir illmælis þíns, þá [skorumst ek á hólm við þik ok í móti þér,[18] því at þú hefir logit á mik ok[19] Sibiliu dróttningu, ok aldri [úsœmda ek hana.[20] Ok ef þú kant nökkut í riddaraskap, þá [dragst þú[21] eigi undan boði þessu. Ok þá sök gef ek þér aðra, at þú lézt vera konungr ok ertu [ekki til borinn ríkissins.[22]

24. Síðan [skildust þeir[23] ok ljópu til landtjalda sinna ok fóru í herklæði sín, ok [bjóst hvárrtveggi til hólmgöngu.[24] Þá kom[25] Guitalin konungr ok skildi þá ok bannaði þeim at berjast ok mælti við þá: [Únýtir ok œrir erut[26] þit, ok skemma vili [þit mik er þit[27] vilit sjálfir berjast mínir lagsmenn. En ek ætla at þit munit þurfa alls ykkars hvatleiks áðr hálfr mánuðr líði héðan, ok fyrir því at Karlamagnús inn ríki ok inn mátki gerir nú brú sína.[28] En liðsmenn svara: Eigi viljum vér því trúa, [at Frankismenn muni þora at koma í þitt veldi.[29] Þá mælti Guitalin konungr við Dorgant njósnarmann: Er þat satt, at Karlamagnús konungr gerir brú á[30]

---

[1]) faðmizt b. [2]) [í fögrum B. [3]) [þikist þú þú einn öllu mega B, b. [4]) [sagt úsatt B. [5]) Garmaisaborgar B, b. [6]) hélt þú B, b. [7]) údyggiliga B, b. [8]) réttr tilf. b. [9]) [ert regimaðr B, b. [10]) ok skipuð tilf. B, b. [11]) mgl. B, b. [12]) [fám dögum at B, b. [13]) [eltu þik ok drápu flest lið B, b. [14]) [borgir þær B, b. [15]) þær tilf. B. [16]) ok lið Karlamagnús konungs tilf. B. [17]) [verða þær B, b. [18]) [skora ek þik á hólm við mik, B, b. [19]) á tilf. B, b. [20]) Gutelin konung né konu hans B; [gerða ek Guitelin konungi þá vanvirðing at úsœma konu hans. b. [21]) drakstu B; dragstu b. [22]) [hvergi kominn til ríkis. B, b. [23]) [skildu þeir reiðir B, b. [24]) [bjuggust til bardaga B, b. [25]) þar tilf. B, b. [26]) [únýtt (illa b) gerit B, b. [27]) [saal. B, b; þér er þér A. [28]) yfir Rín B, b. [29]) [ok ekki mun hann (at hann mundi b) því á leið koma, ok eigi munu hans menn þora (at koma tilf. b) í veldi þitt B, b. [30]) yfir B, b.

Rín? En þá vann Dorgant eið, [at hann ló[1] ekki orð at konungi, [því hverr er þar kemr, segir hann, þá má[2] sjá bæði dag ok nótt Karlamagnús konung, hann stendr uppi á steinstólpa[3] ok hefir í hendi sér staf einn [ok mælir hart við steinsmiði sína, ok er þat it mesta undr, er vér vitum at öll skotvápn er vér skutum á hann, þá þótti honum enskis vert um, ok vér sám hann taka í skegg sér, ok hristi at oss ok mælti við oss illum orðum, ok hann heyrðum vér vinna eið at skeggi sínu, ok bað sik svá njóta skeggs síns ins hvíta, at þú skyldir eigi hafa af ríki þínu, áðr skamt væri liðit, þat er vert væri eins spora.[4] Þá svarar Guitalin konungr: Vér skulum fara til máls[5] við Karlamagnús konung ok vita [hvárt hann sé svá djarfr, at hann vill setja oss út af erfðalöndum várum en sjálfr setjast í rangliga vár ríki.[6]

25. Nú er at segja frá Guitalin konungi, at hann fór á fund Karlamagnús konungs, ok jafnskjótt sem hann sá[7] hann, þá mælir hann við Karlamagnús konung: [Sjálft guð þitt[8] steypi þér ok felli niðr ofrdramb [manna þinna ok sjálfs þíns.[9] En þess vil ek spyrja þik, Karlamagnús konungr, hví leitar þú [til vár[10] eða hverjar sakir gefr þú oss, [því at ekki ertu[11] borinn til ríkis þessa?[12] Þá svarar Karlamagnús konungr: Þat er satt[13] at segja, Guitalin konungr, at Saxland er mín föðurleifð, ok [á ek þat jafnheimilt[14] sem Kolno, því at Pippin faðir minn átti Saxland. Þá svarar Guitalin konungr: Fyrr en þú fáir[15] þat af mér, þá skaltu týna meira[16] en 10 þúsundum [af liði þínu,[17] ok [annattveggja skaltu týna slíku svá liði[18] áðr [brúin yrði[19] ger eðr fleira. En um annat skaltu svá vera skemdr, at aldri hendi slíkt fyrr [Frankismanna konung[20] sem þik skal henda, áðr lúki okkru viðrskipti. [Sentu mér hingat[21] Rollant frænda þinn til sýnis yfir Rín. En svá greiði Maumet fyrir mér, er mér þikkir mestu varða, ef ek má ná honum, þá skal ek setja hann í myrkvastofu ina verstu, þá er á Saxlandi[22] er, ok skal hann aldri koma[23] þaðan, meðan [ek lifi.[24] Ok ek [hygg þat,[25] at menn mínir hefði [hann mest knokat,[26] ef hann væri allhlutvandr um sik.

---

[1] [við Maumet ok bað hann svá hjálpa sér sem hann laug *B, b*. [2] [ok ef þér komit þar, segir hann, þá megi þér *B, b*. [3] steinboga *B, b*. [4] [*mgl. B, b*. [5] móts *B*. [6] [af honum, hví hann sé svá ranglátr, at hann vill sœkja (setjast *b*) á erfðaland várt. *B, b*. [7] leit *B, b*. [8] [þitt guð sjálfs *B*; sjálfs þíns guð *b*. [9] [þitt *B, b*. [10] [á land várt *b*. [11] [veiztu ok þat at þú ert ekki *B, b*. [12] ok ekki ætla ek þér þat *tilf. B, b*. [13] þér skjótt *B*. [14] [jafnheimilt er mér þat *B, b*. [15] fær *B*. [16] *tilf. B, b*. [17] [riddara þinna *B, b*. [18] virði *B*; [eigi skaltu minna liði tapa *b*. [19] [en brú þín sé *B, b*. [20] [Frakka konung *B, b*. [21] [Send oss, segir hann *B, b*. [22] landi váru *B, b*. [23] komast *B*. [24] [hann lifir *B, b*. [25] [hugða *B, b*. [26] [merkt hann nökkut *B, b*.

En ef yðr leiðist eigi[1] vár viðrskipti, þar er ek hefi drepit fjölda[2] manna [af brúargerð þessi,[3] ok mætti [þér þat vera mjök hugkvæmt, ok[4] dýrt skaltu kaupa Saxland áðr þú náir því af mér. [Ok þú inn mikilgjarni konungr, segir Guitalin, þitt guð fyrirfari þér, ok þeir Maumet guð várt báðir samt.[5] Ok þú ert [barn Örnolfs,[6] ok gat hann þik þá er hann [var kominn[7] af veiðum ok [vánum bráðara. En er þú vart borinn, þá vartu kastaðr fyrir kirkjudyrr ins helga Sendinis, ok vartu þar fundinn[8] sem ölmösubarn. En nú hafa djöflar svá[9] styrkt þik, at[10] þú ert kallaðr konungr Frankismanna. En nú væri þó,[11] ef illa skyldi,[12] at þú yndir því er þú hefir nú, ok þakkaðir[13] þat guði þínum 100 sinnum á hverjum degi, at þú haldir því, ok [at þú girnist eigi á jarðir várar eða annarra konunga, ok[14] fari sá fyrir níðingi[15] er fleira lætr [laust fyrir þér en[16] nú hefir þú. En þótt svá sé, at mér verði nökkut,[17] þá á ek eptir mik tvá sonu með Sibiliu dróttning, ok er hvárr öðrum frœknari, ok svá ilt sem [við mik er[18] at eiga, þá [skaltu þat sanna, at þeir sé hvárr meiri kappsmenn.[19] Ok eru þeir nú á för til mín með hundrað þúsunda riddara. Ok sá er enn[20] frændi minn, er heitir Estorgant, hann er föðurbróðir minn, hann hefir [þat lið[21] með sér er heitir [Ungres ok þat lið er heitir Almbrundens, en[22] lið þat er fleira en hundrað þúsunda, ok áðr en langt líði,[23] þá munum vér sýna yðr[24] þat.

26. En er Guitalin konungr þagnaði, þá stóð Karlamagnús konungr upp ok mælti: Þú[25] inn illi ok inn útrúi, þú hefir [illa mælt við mik[26] í dag ok úþokkat[27] mik mjök á marga vega. En þú veizt þat, ef þú vilt satt segja, at ek em son Pippins konungs ok borinn frá púsaðri[28] konu,[29] þeirri er konungborin var í allar ættir.[30] En Pippin faðir minn drap föður þinn [um sanna sök[31] ok lagði undir sik alt Saxaveldi. En síðan tók hann þik ok hafði með sér til Frakklands, ok tóktu við [trú ok játaðir þik[32] guði ok hafnaðir skurgoðum.[33] Síðan sendi hann þik til Saxlands ok fékk þér[34]

---

[1]) í seinna lagi *B*; [Ok under þikir mér þat, at yðr leiðist svá seint *b*. [2]) þinna *tilf. B.* [3]) [um brúargerð þessa *B, b.* [4]) [þat því vera uggandi, at *B, b.* [5]) [*mgl. B, b.* [6]) [launbarn Pippins *B, b.* [7]) [kom *B, b.* [8]) [vartu borinn vánu skjótara, ok þá vartu tekinn *B, b* [9]) síðan *tilf. B, b.* [10]) nú *tilf. B, b.* [11]) þá *B*; þat *b.* [12]) vera *tilf. B.* [13]) þú *tilf. B.* [14]) [beiðist eigi til eigna várra, en *B, b.* [15]) níðing *B, b.* [16]) [af við þik en þat er *B, b.* [17]) til meins *tilf. b.* [18]) [þér er við mik *B, b.* [19]) er þér enn verra við þá. *B, b.* [20]) einn *B.* [21]) [þann lýð *B, b.* [22]) [Hungres ok þann er Albrundres (Albrondes *b*) heita, ok *B, b.* [23]) sé liðit *B.* [24]) þér *B, b.* [25]) Gutelin konungr *B, b.* [26]) [talat við mik illa *B, b.* [27]) lastat *b.* [28]) saal. *b*; pausaðri *A, B.* [29]) hans *tilf. B, b.* [30]) sínar *tilf. B.* [31]) [*mgl. B, b.* [32]) [skírn ok gékkt á hendr *B, b.* [33]) öllum *tilf. B.* [34]) þar *tilf. B*; þat *tilf. b.*

konungs ríki fyrir at ráða.[1] En er þú komt þangat,[2] þá hafnaðir þú kristni ok gerðist[3] fjándans maðr, ok hefir þú nú illa [fyrir þér sét.[4] Ok nú skulum vér gera brú vára, hvárt [sem þér þikkir vel eðr illa.[5] Síðan kallaði hann[6] á riddara sína af Sendinis í[7] Franz, ok bað þá búast til bardaga sem skjótast,[8] ok skulum vér nú vinna Saxland[9] ok drepa alla heiðna menn, þá er vér megum ná. En Guitalin konungr svarar: At [keyptu skaltu komast áðr þat verði.[10] En ef ek mœti þér í bardaga, þá skal ek drepa þik með [þeim inum hvítum kömpum,[11] er þú berr eptir, ok gjalda þér svá föðurdráp.[12] Þá svarar Karlamagnús konungr: [Lítt hræðumst ek[13] hót þín ok lítit hefir þú enn til meins af mér hlotit. Á þat ofan vann Karlamagnús konungr eið við Sendinis í Franz, at annattveggja skyldi hann vinna Saxland[14] eðr liggja þar eptir.

27. Nú snýr Guitalin konungr til liðs síns ok lét blása til húsþings. Ok er [þat var sýst,[15] þá stóð hann upp á því þingi ok spurði menn sína ráðs.[16] En þeim þótti þat ráð, at [konungr léti[17] gera kastala mikinn ok sterkan við brúarsporð, ok skulum vér kalla kastala þann Ekvarð,[18] en þat nafn er svá at skilja[19] sem hann gæti alls ríkis Saxa konungs.[20] En er kastalinn var görr, þá setti hann þann mann at gæta kastalans, er Esklandart[21] hét, ok með honum 20 þúsundir hermanna.[22] En [er kastali sá var gerr, þá skutu þeir or honum ok feldu[23] mikinn fjölda af mönnum Karlamagnús konungs ok því liði er at brúargerð var, ok með vélum ok brögðum djöfuls þá léttu þeir eigi fyrr[24] en þeir höfðu [brotit ok klofit at endilöngu skip þat it mikla, ok drápu þar margan lýð í því sinni, ok varð Karlamagnús konungr at létta brúargörð,[25] hvárt sem hann vildi eðr eigi, ok var þá engi annarr á.[26] En Rollant lá [enn þá[27] sjúkr af[28] sárum þeim er hann fékk af heiðingjum, ok heyrði mikit brak ok háreysti til brúarmanna ok vápnagný, ok kallaði skutilsvein sinn ok spurði hví sætti[29] brak þat it mikla er heyra var til brúarmanna.[30]

---

[1]) mjök úfyrirsynju *tilf. b.* [2]) hér B, b. [3]) *saal.* B, b; gerðir A. [4]) [hagat fyrir þér B, b. [5]) [er þú vill eða eigi B, b. [6]) Karlamagnús konungr B, b. [7]) ok af B, b. [8]) hvatligast B, b. [9]) Saxa B. [10]) hendi B; [öðru man þér verða, b. [11]) [þá hinu hvítu kampa b. [12]) föðurdrápit B. [13]) [Allítt mun ek hræðast B, b. [14]) Saxa B, b. [15]) [liðit var samankomit b. [16]) ráða B, b. [17]) [*mgl.* B, b. [18]) Fereguarð B, b. [19]) þýða B, b. [20]) *mgl.* B, b. [21]) Esklandrat B, b, *her og senere.* [22]) albrynjaða *tilf.* B; alvápnaðra b. [23]) [þat váru miklir bogmenn, ok or kastala þeim þá feldu þeir B; þeir váru miklir bogmenn, ok feldu kastalamenn b. [24]) kastalamenn *tilf.* B, b. [25]) [klofit sundr drómund þann enn mikla eptir endilöngum, ok bönuðu mörgum manni í þat sinni, ok varð Karlamagnús konungr at leifa brúna B, b. [26]) til en sá B. [27]) [þá ena B, b. [28]) í B, b. [29]) gegni B; gegndi b. [30]) liðsmanna þeirra B, b.

En hann sagði at þat var af brúarmönnum, ok hon var brotin, ok betri væri hon úger, ok mörgum manni hefir af henni ilt staðit, ok nú flýr Karlamagnús konungr [ok sér nú engan annan¹ til. En er Rollant heyrði þetta, þá varð hann úglaðr við mjök ok kallaði á guð hárri röddu ok mælti svá: Þú guð er [aldri laugt ok inn sami ert, ok þú leystir oss frá helvíti, ok þú guð er² skapaðir Evo³ or rifi Adams, ok þat var satt at þau átu bannat epli. En eptir því [er þat var satt, þá dreptu Guitalin konung með öllu liði sínu, því at hann er hvern dag at at mýgja⁴ lögum þínum ok brjóta boðorð þín. En [þú dróttinn er styrkr ok staðfesta öllum þeim⁵ er þinn vilja gera ok halda lög þín bæði dag ok nótt. Nú mælir Rollant við menn sína: Nú verð ek upp at standa ok vápnast, ok hefi ek nú alls⁶ of lengi sofit. En menn hans svöruðu honum: Ger eigi [þat fyrir guðs sakir,⁷ því at þú fékt fyrir skömmu⁸ sár þau er vér ætluðum at banasár mundu vera, en nú eru þau komin í allgott efni, ok er þat várt ráð, at þú látir gæta til⁹ sem bezt kantu; því ávalt [munu vér nökkurn sigr vinna,¹⁰ meðan vér höldum þér heilum, en þá [er várt ráð alt fyrir borði,¹¹ ef þér verðr nakkvat.¹² Þá svarar Rollant: Þegit¹³ sem skjótast, [ok skal ekki yður orð hér um nýta, því at ek skal fara ok¹⁴ eigi dveljast, þótt hverr limr minn sé leystr frá öðrum, ok [þat segi ek yðr, at ek skal fara¹⁵ til brúarinnar ok vita [it sanna um gný þenna,¹⁶ ok vita vil ek, hvat lýð þat er er [oss bannar¹⁷ brúargörð þessa. En er Rollant ok hans lagsmenn¹⁸ váru herklæddir [ok gengnir¹⁹ frá landtjöldum sínum til brúarinnar, þá mœttu þeir²⁰ Baldvina bróður Rollants frœknum höfðingja ok vel at sér görfum.

28. [Terri er maðr nefndr, hann var ríkr hertugi, hann réð fyrir ríki því er Ardenais heitir. Hann dubbaði til riddara Baldvina unga í páskaviku ok annan Gillimer skozka, hann var kaupmaðr, ok inn þriðja Bova hertuga ok marga aðra með þeim.²¹ En er Rollant sá bróður sinn kominn, þá [rann hann á háls honum²² ok varð feginn mjök kvámu hans, ok sagði at Saxar höfðu átt við hann [orrostu mikla, ok hefi ek orðit sárr mjök ok hafa heiðingjar felt

---

¹) [undan, ok er nú ekki annat *B*.   ²) [*mgl. B*.   ³) Evam *b*.   ⁴) [at þat er satt, þá drekk þú nú Gutelin konungi ok öllum her hans, því at hann er hvern dag at at drekkja *B, b*.   ⁵) [styrk þá *B, b*.   ⁶) alt *B*.   ⁷) [svá *B*.   ⁸) [hefir fengit *B, b*.   ⁹) þeirra *tilf. B, b*.   ¹⁰) [muntu vega nökkurn sigr *B*.   ¹¹) [erum vér uppgefnir *b*.   ¹²) til meins *tilf. b*.   ¹³) Vápnit yðr *B, b*.   ¹⁴) [því at vér skulum *B, b*.   ¹⁵) [lægi þat við, ok fara skal ek *B, b*.   ¹⁶) [hvat it sanna er um þat, hvat veldr óliði (óhljóði *b*) þessu ok vápnagangi *B, b*.   ¹⁷) [bannar várum mönnum *B, b*.   ¹⁸) menn *B, b*.   ¹⁹) [gengu þeir *B, b*.   ²⁰) þar *tilf. B, b*.   ²¹) [*mgl. B, b*.   ²²) [mintist hann við hann *b*.

mart lið várt.[1] Þá svarar sá maðr til[2] er nefndr er Berarð ok mælti: [Um alla oss skal eitt líða,[3] því at til þess erum vér higat komnir at veita yðr slíkt[4] er vér [megum ok vér erum[5] tilfœrir. Þá mælti Baldvini: [6]Fýsir mik at sjá brú þessa, er svá [er mikit af sagt,[7] ok ef svá [berist at[8] vér komumst[9] yfir Rín, þá þœtti mér þat betra en þótt[10] mér væri gefin [byrðr mín[11] af gulli.

29. Nú [herklæðist alt lið þeirra ok fara í brynjur ok setja hjálma á höfuð sér ok gyrða sik sverðum. Því næst hljópu[12] þeir á hesta sína ok kómust yfir Rín. En þeir váru saman [átta hundrað[13] riddara, ok var þá [guð í[14] fulltingi með þeim, því at þeir týndu eigi til[15] eins penings. Síðan fóru þeir eptir[16] fjallshlíð nökkurri ok kómust[17] í skóg einn, en heiðingjar urðu eigi varir við þá fyrr en þeir œptu[18] heróp. Ok því næst reið fram Rollant at höfðingja[19] einum ok hjó af honum skjöld hans ok brynju, ok lagði[20] spjóti í gegnum hann ok [steypti honum dauðum til jarðar. En Baldvini bróðir hans hóf upp sverð sitt ok hjó í sundr annan heiðingja, svá í hjarta nam stað. Berarð drap inn þriðja. Ok í þeirri framreið drápu þeir svá heiðingja, at þeir urðu undan at flýja, en Frankismenn urðu at flýja undan blóði heiðingja alt þar sem viðskipti þeirra höfðu verit.[21] En síðan sótti Rollant til kastala þess er [var við brúarsporðinn, ok átti[22] við þá orrostu ok [feldi fyrir þeim þúsund manna,[23] ok var þá engi annarr til en Esklandart varð at flýja, ok var þó áðr lagðr í gegnum með sverði. En þeir eru í [eptirför Berað ok Bovi, ok með þeim sá maðr er Rigald er nefndr, hann var af því landi er Boillus hét, ok sá er Alimann enn frakneski hét. Svá er at segja, at Baldvini hefir sótt í eptirför Esklandart, ok var hann konungr kallaðr, ok sagði til hans: Þat er nú til, heiðingi, at bíða mín, ok guð verði þér reiðr, ef þú bíðr eigi; ok ef nökkurr

---

[1] [bardaga, ok hafði hann vorðit sárr mjök í þeirri orrostu ok (höfðu þeir *tilf. b*) felt margt af liði hans *B, b*. [2] *mgl. B, b*. [3] [Eitt skal yfir oss ganga *B, b*. [4] svá lið *tilf. B, b*. [5] [erum framast *B*. [6] þess *tilf. B, b*. [7] [miklar sögur ganga frá *B, b*. [8] [berr at, at *B*. [9] komimst *B*. [10] *mgl. B, b*. [11] [byrðingr *B*. [12] [herklæðast þeir, ok því næst hlaupa *B, b*. [13] 7 þúsundir *B, b*. [14] [at vísu guðs *B*. [15] því er (svá miklu at *b*) vert væri *B, b*. [16] fram með *B, b*. [17] kómu *B, b*. [18] á þá *tilf. B, b*. [19] heiðingja *B*. [20] síðan *tilf. B, b*. [21] [feldi hann dauðan af hesti. En Baldvini hjó af öðrum hjálminn, höfuð ok búk, svá at í hjarta nam staðar, ok þurfti sá eigi fleira. Ok í þeirri svipan drap sinn mann hverr þeirra, (ok þá urðu heiðingjar at flýja *tilf. B*). En Frankismenn urðu þá at flýja, er þeir mœttu almúga heiðinna manna. *B. b*. [22] [heiðnir menn höfðu gert við brúarsporð, ok áttu þeir (átti *b*) *B, b*. [23] [feldu (feldi *b*) þar ótal heiðingja *B, b*.

hugr er í þér, þá bíttu nú ok berst[1] við mik, því at mér er sagt, at þú sér konungr kallaðr, ok er mér á fýst mikil at vit [freistim riddaraskaps okkars.[2] En ek vil at þú vitir, at ek em bróðir Rollants ok nafn mitt er Baldvini, ok em ek systurson Karlamagnús konungs, ok ef þú [fellir mik, þá mantu taka mikil metorð[3] af Guitalin konungi. Þá svarar Esklandart konungr: Eigi em ek viðbúinn við þik at berjast at sinni, en þú ert kominn af góðu kyni ok hörðu[4] ok er æfar ilt við yðr at eiga [, ok er mér ekki um at halda í móti þér orrostu,[5] ok vil ek segja þér hvat til þess [kemr. Ek em í gegnum lagðr sverði,[6] en ef ek væra sáralauss, þá sáttu engan þann er á Maumet trúir fúsara til einvígis en mik.[7] En nú mun ek vera úmáttugr, því at ek hefi [týnt blóði mínu því[8] er ek hafða. Esklandart reið hesti þeim er [kominn var af Rabitalis[9] ok var inn fimasti, en Baldvini fór [svá nær at hann mundi særðan geta Esklandart,[10] en þó varð þat eigi. En þeir fóru svá til þess er þeir kómu fyrir Guitalin konung, þá féll Esklandart [fyrir fœtr Guitalin konungi. En þar sátu fyrir með konungi[11] 20 þúsundir. Síðan tók Baldvini hest [hans ok reið í braut með.[12] En eptir honum [sóttu fjöldi[13] heiðinna manna. Þá tók hann at heita á guð föður allrar skepnu ok mælti svá: Þú guð er skapaðir Adam ok Evo, ok þau átu bannat epli, en [bið ek[14] at þú gætir líkama míns í dag,[15] ok gef mér þá gæfu, at ek mega[16] sjá Karlamagnús konung ok Rollant bróður[17] minn. En er bestr hans heyrði vápnagný af liði heiðingja, þá ljóp hann svá snart[18] ok fimliga sem [broddr fljúgi,[19] ok fór síðan [um fjöll ok dali þá er í Saragarie heita, ok vánum bráðara þá komst hann or augsýn, ok sté þar af hesti sínum ok lét hann þar verpa mœði ok hvílast litla stund, ok síðan lagði hann söðul á hestinn ok ljóp á bak. Þá varð honum litit aptr ok sá fjölda heiðinna manna fara eptir sér. En Baldvini blótaði þeim ok bað guð steypa þeim ok svá þeirra feðginum. Ok nú er hann kominn[20] til

---

[1]) [eptirsókn brœðr Rollant ok Baldvini. Ok Baldvini kallar á Esklandrat: Þat er nú ráð, segir hann, at þú bíð mín ok bersktu, *B, b.* [2]) [reynim okkarn riddaraskap *B, b.* [3]) [feldir mik, þá mundir þú taka mikinn metnað *B.* [4]) hörðum mönnum *B.* [5]) [annat en gott, ok þér satt at segja, Baldvini, er mer nú ekki um at berjast við þik *B.* [6]) [berr. Ek em lagðr í gegnum með spjóti vangann (svangann *b*), ok er útkominn oddrinn at rygginum *B, b.* [7]) ek em *B.* [8]) [látit blóð þat *B, b.* [9]) [kynjaðr (kominn *b*) var af Arabialandi *B, b.* [10]) [ávalt svá nær, at búit var (jafnan *tilf. b*) við, at hann mundi koma sári á hann *B, b.* [11]) [af hesti sínum, ok sátu þá alls með honum *B, b.* [12]) [þann ok ríðr er heiðingi hafði áðr *B, b.* [13]) [ferr inn mesti herr *B*; sótti fjöldi, *b.* [14]) [nú bið ek þik guð *B*; ek bið þik *b.* [15]) svá sem þat var satt *tilf. B.* [16]) mættig enn *B*; mætti *b.* [17]) frænda *B.* [18]) hart *B, b.* [19]) [þá er broddr hleypr harðast af lásboga *B, b.* [20]) [*mgl. B, b.*

dala þeirra er heita Sorclandes,[1] ok fá þeir nú eigi áhent hann, því at hann hefir hest þann er skjótari[2] er en hjörtr. En síðan hverfa heiðingjar aptr.

30. Nú skal segja frá Sibiliu dróttningu. Hon var gengin [at sjást um,[3] þá mœtti hon unnasta sínum einum, þeim er Alkain hét, hann var son Ammirals jarls[4] af Babilon, ok[5] orti orða á hann vel ok sköruliga: Alkain, segir hon, illa gerðu þér þat, er þér létut einn mann taka hest af yðr, en nú gef ek [þér, ef þú vilt sœkja þar sem kominn er.[6] Alkain svarar: Ef þú vill gera þat er ek [bið þik,[7] dróttning, þá mun ek fœra þér hestinn ok svá þann er tók, [en þér er lítit fyrir því, þat er ást[8] þín ok vili góðr. En dróttning svarar: Verða ek kona in ragasta, ef ek banna þér at gera þat [er þú beiðist, ef[9] þú fœrir mér höfuð þess er[10] tók.[11] Þat mæli ek ok, segir hann, at ek verða allra riddara níðingr, ef ek efni eigi þat er ek hefi[12] heitit. [13]Alkain herklæddist þá hvatliga, [ok síðan var framleiddr hestr, sá er keyptr var af kaupmanni einum fyrir hundrað punda silfrs ok sjau ok 20 guðvefjarpellum ok 700 landspenninga þeirra er budi eru nefndir, ok enn margir hestar ok dýr þau er dromedarii heita klyfjuð með gulli,[14] en beisl var af landi því er Albasam[15] heitir; söðull var fenginn [af landi því er Affrika heitir;[16] söðulklæðit [var or Álfheimum,[17] ok vissi þat engi maðr hvat klæði í var.

31. Nú ljóp Alkain á hest sinn ok studdist hvárki við stigreip né söðul, ok hengdi síðan skjöld sinn á öxl sér, [ferbyrðing þykkan ok þungan.[18] Hann tók í hönd sér langskeptu[19] ok hafði bundit við spjótskapt sitt gullstúku[20] Sibiliu dróttningar ok hafði sér þat

---

[1]) Desoredlandes *B*; Desorelandes *b*. [2]) fimari *B*. [3]) [út, ok *B*. [4]) konungs *B*, *b*. [5]) hon *tilf. B*. [6]) [þeim er sœkja vill þar sem nú er kominn *B*; hann þeim er sœkja vill, hvar sem hann er kominn *b*. [7]) [beiðumst *B*. [8]) [þat er ást af þér *B*; fra [bið þik o. s. v. beiðumst af þér, en þat er ást þín ok *b*. [9]) [þá er *B*, *b*. [10]) hestinn *tilf. B*, *b*. [11]) þá segir Alkain *tilf. B*, *b*. [12]) þér *tilf. B*, *b*. [13]) Ok síðan œpti hann hárri röddu ok bað fœra sér vápn sín. Ok síðan fœrðu honum vápn fjórir jarla synir ok *tilf. B*, *b*. [14]) [ok fór í brynju ok setti hjálm á höfuð sér, þann er mjök lýsti af, ok hann gyrði sik sverði því, er öll umgerðin var gyld. En þá var leiddr fram hestr einn svartr, en sá var keyptr at girskum kaupmanni, ok þenna hafði Sibilia dróttning keypt sér sjálfri til handa fyrir 100 þúsúnda punda silfrs ok átta ok 20 guðvefjarpellum ok 700 landspenninga þeirra er bozeraz (bazerar *b*) heita, ok enn var til gefit 50 þeirra penninga er buklus (bukli *b*) heita, ok margir hestar ok dýr þau tvau er dromedarii heita ok klyfjaðir af gulli *B*, *b*. [15]) Albansani *B*. [16]) [or Albheimum *B*, *b*. [17]) [af Affrikalandi *B*, *b*. [18]) [ferbyrðings þykkvan *B*; ferbyrgðan at þykt *b*. [19]) spjót *b*. [20]) gullstauku *B*; gullstykki *b*.

fyrir merki parduerí,[1] ok fór í brott síðan leiðar sinnar litlu seinna en [broddr flýgr af lásboga.[2] En áðr hann hafði farit mílu lengd, þá [leifði hann eptir sik sakir ferðar meir en 20 þúsundir hesta, ok síðan kom hann farandi til dala þeirra er Sorclandes heita, ok fann þar[3] Baldvina. En þegar er Alkain sá hann, œpti hann hárri röddu ok mælti við Baldvina: Snú aptr þú hesti þínum, ef þú ert bróðir Rollants, því at þat heyrum vér nú,[4] at [engi sé jafngóðr riddari sem[5] þú. En Baldvini svarar:[6] Eigi em ek[7] viðbúinn, því at spjótskapt mitt er brotit,[8] segir hann, ok hefi ek ekki til at verja mik[9] nema sverð mitt. En nú bið ek þik [, at þú þoli(r) mér fresta[10] til þess [at ek mega betr við búast,[11] ok eig at mér öðru sinni,[12] ef svá gerast atburðir til. Þá svarar Alkain: Þess er engi ván, segir hann, því at ek skal fœra þik Sibiliu dróttningu yfirkominn annattveggja kvikan eðr dauðan. En svá er sem mælt er, at lítil er líðandi stund, ok meðan þeir rœddust þetta við, þá fór Baldvini undan á hæli, [unz hann kom til[13] þar er lagsmenn hans váru nökkurir. Þá mælti Alkain við Baldvina: [Vilir þú eigi upp gefa[14] vápn þín, þá fara hér nú eptir þér[15] fjórar þúsundir riddara, ok munu þeir skjótt gera um lífdaga þína ok þinna manna, ok aldri síðan skaltu sjá Karlamagnús konung né Rollant bróður þinn. Þá svarar Baldvini: Eigi er þat vel, segir hann, þar er ek bað þik [áðan eirðar,[16] en nú heitr þú mér bana, ok nú skýt ek til guðs míns máli. Þá svarar Alkain: Ef þú fellr eðr[17] flýr undan, þá týnir þú lofi[18] þínu. Þá svarar Baldvini: Frýr þú mér nú hugar, segir hann, [ek segi þér, at ek ríð nú undan eigi[19] svá langt, at þat sé lengd mín, þó at ek sé verr at vápnum búinn en þú. Ok þess vænti ek [sem mælt er, þrýtrat veganda vápn nema hugr bili,[20] ok þótt ek hafa týnt spjóti mínu, þá er sá ragr er sverð eitt hræðist, ef[21] annat kemr í móti. Í því bili sneri Baldvini[22] hesti sínum, ok riðust at tysvar, ok kom hvárgi öðrum af baki. En í inni þriðju atreið hjó Alkain til Baldvina ok misti hans, ok þá hjó Baldvini til Alkains[23] af honum hjálm hans [ok mikit af skildi[24] hans ok feldi hann af baki til jarðar. Ok áðr hann komst upp hafði Baldvini hest

---

[1]) *mgl. B, b.* [2]) [ör ferr af stinnum boga *B, b.* [3]) [fann (mœtir *b*) hann *B, b.* [4]) sagt *tilf. B, b.* [5]) [eigi sé betri riddari til en *B, b.* [6]) máli hans *tilf. B, b.* [7]) nú *tilf. B, b.* [8]) í sundr *B, b.* [9]) með *tilf. B, b.* [10]) [eins hlutar, at þú lér mér fresta á *B*; [at þú ljáir mér frest *b.* [11]) [er ek verð betr viðbúinn *B, b.* [12]) slíkt svá *tilf. B, b.* [13]) [til þess er hann kom *B, b.* [14]) [Ef þú gefr nú eigi þegar upp *B, b.* [15]) mér *B*; *mgl. b.* [16]) [griða áðr *B, b.* [17]) í því er þú *B, b.* [18]) lífi *B.* [19]) [en nú skal þat ok segja þér, at ek renn nú eigi undan þér *B, b.* [20]) [at fáist veganda vápn, ef hugr bilar eigi *B, b.* [21]) er *B.* [22]) aptr *tilf. B, b.* [23]) ok hjó *tilf. B, b.* [24]) [allan ok vel helming skjaldar *B, b.*

hans ok mælti [: Svá¹ góðan hest hefi ek nú sóttan, at² eigi vil ek hann láta fyrir alt veraldar gull. Ok í því bili reis Alkain [á fœtr³ ok bað þarfliga, at Baldvini féngi honum [hest sinn⁴ fyrir vináttu sakir, ok ef þú vill þat veita mér, þá gef ek þér konungdóm á Spanialandi, því at⁵ Sibilia dróttning á hest þenna, kona Guitalins konungs, er allra kvenna er vænst [er í heiminum eru.⁶ Ok fyrir sakir ástar við hana, þá vil ek heldr týna lífi mínu en [farit hafa svá úheppiliga at láta þann grip er beztr er í⁷ heiminum. Þá svarar Baldvini: Fari sá fyrir níðing er þat [rœkir, ok fyrir⁸ því at ek bað þik [eins hlutar, en þú neitaðir mér, ok fyrir því getr þú nú eigi⁹ þína bœn, at þú vildir eigi veita mér þat¹⁰ er ek bað þik. Ok ef þú nytir eigi Sibiliu dróttningar, þá skyldir þú nú týna lífi þínu, en ek vil, at þú segir [Sibilio dróttningu þat, at hon er sú kona í heimi, er ek ann mest fyrir sakir vænleiks hennar ok kurteisi.¹¹ Ok þar skildust þeir nú at sinni.

32. Nú ríðr Baldvini leiðar sinnar, ok hefir með sér hestinn dýra ok gyrðr sverði því er Alkain hefir átt, ok hann hafði gullstúku¹² Sibiliu dróttningar, þá er hon gaf Alkain til merkis sér. Ok reið hann þó lengi áðr hann sæi¹³ lagsmenn sína, ok þá kallaði hann¹⁴ ok bað þá bíða, fyrir því, segir hann, at hér ferr herr Saxa eptir oss ok skulum vér snúa¹⁵ í móti þeim, ef þér vilit sem ek, ok væntir mik, at vér munim sigrast á þeim. En ef þér vilit eigi aptr snúa, þá segi ek yðr vísan dauða.¹⁶ Þá svarar sá maðr er Berað¹⁷ hét ok mælti við Baldvina: Eigi skaltu svá mjök frýja oss hugar, þótt þú hafir unnit hest góðan af frœknleik þínum, ok guð gefi þér at njóta hans vel ok lengi. En ek sé þat at þú ætlar mik¹⁸ huglausan, en ek [hygg at öðru skuli verða;¹⁹ þá er ek sný aptr hesti mínum, þá skal ek [skjótt láta²⁰ hann eðr fá mér²¹ annan.²² Þá svarar ok sá maðr er nefndr er Rigald: Tökum oss hæli ok nemum [við um stundar sakir,²³ þótt²⁴ [liðsmunr sé várr ok Saxa.²⁵ En ef ek sé þat, at nökkurr yðvarr flýr,²⁶ þá skal ek brjóta spjótskapt mitt um lendar²⁷ þeim, ok þess bið ek guð, ef ek hefni eigi

¹) [síðan: *B, b.* ²) ok *B, b.* ³) [upp *B, b.* ⁴) hestinn *B, b.* ⁵) *tilf. B, b.* ⁶) [þeirra er fœzt hafa í heiminum *B, b.* ⁷) [ek skula svá heim koma úheppiliga, at ek hafa látit inn bezta hest er í sé *B, b.* ⁸) [hirðir, *b.* ⁹) [griða ok þú neitaðir, ok (fyrir því *b*) skaltu eigi þiggja *B, b.* ¹⁰) *mgl. B.* ¹¹) [henni tíðendi *B, b.* ¹²) stauku *B*; stúku *b.* ¹³) sá *B, b.* ¹⁴) þegar á þá *tilf. B, b.* ¹⁵) aptr *tilf. B, b* ¹⁶) yðvarn *tilf. B, b.* ¹⁷) Bernarð *B*; Berarð *b.* ¹⁸) heldr *tilf. B, b.* ¹⁹) [hugða þat at öðru skyldu reynast *B.* ²⁰) [brátt vinna *B.* ²¹) skjótt *B.* ²²) *fra* [hygg at öðru *o. s. v.* ek vil ætla at þat reynist eigi svá, því at þá er ek snýr aptr mínum hesti, skal ek eigi spara heiðingja, *b.* ²³) [stað *B, b.* ²⁴) mikill *tilf. B.* ²⁵) [vér sém færri en Saxar *b.* ²⁶) undan *tilf. B, b.* ²⁷) höfuð *B, b.*

þessa,[1] at ek sjá [eigi Karlamagnús konung.[2] Þá svarar Baldvini: Vel mælir þú ok drengiliga, ok látum oss þat [hugkvæmt vera,[3] at eitt sinn skal hverr deyja; en áðr þat hendi,[4] segir hann, þá seli hverr sik sem [dýrst getr hann.[5]

33. Í því bili kómu farandi fimtán kappar[6] vel vápnaðir. En Baldvini ok hans menn váru staddir á hæð nökkurri[7] ok höfðu þar tekit sér hæli, en þeir Baldvini váru sjau saman, en Saxar 15. Þá reið fram Berað[8] af Frankismanna liði ok hjó til manns þess er Lunarð[9] hét, hann var ættaðr[10] af landi því er Folie[11] hét, klauf hann í herðar niðr ok [steypti honum dauðum[12] til jarðar. Þar næst reið fram Rigald af Frankismönnum ok [feldi mikinn höfðingja, en sá er eigi nefndr. Nú reið fram Bovi af Frankismönnum ok[13] lagði spjóti [í gegnum þann mann er Goduel hét ok skaut honum dauðum á jörð, ok þar á ofan hjó hann bróður hans er Adoe hét.[14] En við þetta flýja heiðingjar, en Frankismenn reka flóttann til þess er þeir finna Alkain, ok [höfðu marga góða hesta ok aðra gripi aptr með sér, er þeir höfðu sótta. Nú hrósa Frankismenn[15] ferð sinni, því at þeir hafa mikinn sigr unnit á Söxum.[16]

34. Nú er at segja frá Margamar konungi, at hann kemr at farandi, þar sem Alkain var á fœti staddr, ok [fjöldi liðs[17] með honum. Hann [orti orða[18] á Alkain ok spurði hvar hestr hans væri, sá er Sibilia dróttning fékk [þér pardueri.[19] Alkain svaraði ok sagði it sannasta: Hest minn tók[20] frændi Karlamagnús konungs ok feldi mik til jarðar áðr, ok [tók síðan öll vápn þau[21] er ek hafða. Þá mælti Margamar: Öðru hézt þú Sibiliu dróttning fyrir kossa sína,[22] en því at þú mundir leifa[23] gjöf þá er hon gaf þér. Þá svarar Alkain: Margamar konungr, segir hann, gabba mik ekki, ek ræð þér heilt um þat. Hér er í skógi þessum[24] fjöldi Frankismanna, en þeir eru í[25] njósn ok munu þeir gera þína för enn ljótari en mína,

---

[1] *saal. B, b;* þeirra *A.* [2] [aldri Karlamagnús konung síðan *B, b.* [3] [í hug koma *b.* [4] sé *B.* [5] [dýrast *B, b.* [6] af Söxum *tilf. b.* [7] í fjallshlíð einni *tilf. B.* [8] Berarð *B, b.* [9] Pinarð *B, b.* [10] æzkaðr *B.* [11] Rofolis *B;* Rafalis *b.* [12] [feldi hann dauðan *B.* [13] [*mgl. B, b.* [14] [til manns þess er Dogoel (Godoel *b*) hét ok lagði í gegnum skjöld hans ok sjálfan hann, ok rak hann dauðan ofan af hesti sínum, ok á þat ofan brá hann sverði ok hjó banahögg bróðurson hans er Badak (Baldak *b*) hét. Nú hafa Frankismenn vel við orðit ok drepit nú 10 berserki, en 5 eru eptir *B, b.* [15] [hurfu þá aptr ok höfðu með sér hesta þá er þeir höfðu sótt ok mörg hervápn ok góða gripi. Nú megu Frankismenn hrósa *B, b.* [16] heiðingjum *B, b.* [17] [fjölmenni mikit *B, b.* [18] [kastar þegar orðum *b.* [19] [honum *B, b.* [20] Baldvini *tilf. b.* [21] [rænti mik öllum hervápnum þeim *B, b.* [22] þá er hon gaf þér, heldr *B, b.* [23] láta *B, b.* [24] mikill *tilf. B, b.* [25] á *b.*

ok munu þeir drepa [alt lið þitt.[1] Síðan tóku þeir Alkain ok settu hann á múl einn [þeygi góðan[2] ok fóru síðan til landtjalda[3] Guitalins konungs. Ok Sibilia dróttning var úti stödd ok sá för þeirra ok kallaði á Alkain: Alkain af Almarie, segir hon, hvar er nú sá maðr er þú hézt mér eða hestr sá er ek fékk þér. Þá svarar Alkain: Nú skaltu þat heyra. Ek elta hann[4] lengi ok bað ek hann bíða mín, en hann vildi þat eigi. En ek fór þá eptir honum í skógi,[5] ok [viltist hann mér,[6] ok mátti [eigi ek[7] finna hann. En hestr sá er þú fékt mér, [fékk ek skjaldsveini mínum, at hann skyldi brynna honum ok þvá ok kemba, því at hann var sveittr af blóði.[8] Þá svarar Sibilia dróttning: Þú skalt segja annat sannara, hvat þú hefir gert af hesti mínum,[9] ok get ek at hann[10] komi eigi aptr til vár, ok munt þú hafa verit [af baki riðinn,[11] því at sýnt er þat á hjálmi þínum, [hann var vel gyltr er þú fórt heiman, en nú er hann laugaðr í leiri ok moldu.[12] En ek þikkjumst vita at Baldvini hefir sóttan hestinn af þér, ok er nú betr niðr kominn en [í þínu valdi væri,[13] hafi hann nú ok njóti vel. Ok mæltist[14] síðan við ein saman: Ást mína alla [fel ek[15] á hendi þér, Baldvini. Síðan mælti hon við Alkain: Ekki er mér um þik, Alkain, ok únýtan dreng [kalla ek þik héðan af.[16] En Alkain fór þegar í brott, ok þótti, sem var, [sér verra líf en hel[17] fyrir sakir orða hennar[18] er hon mælti við hann.[19]

35. [Nú riðu Frankismenn til herbúða[20] Karlamagnús konungs, ok jafnskjótt sem[21] Rollant leit bróður sinn, þá ávítaði hann Baldvina mjök, ok spurði hvert hann hefði farit [ok hverr fékk þér[22] hest þann er þú ríðr, eðr hefir þú stolit honum? En eigi mun þurfa eptir at leita[23] hvert þú vart, [þú munt hafa sýnt[24] þik Sibiliu dróttningu, ok þat it sama skaltu dýrt kaupa. Þá svarar Baldvini: Ver eigi reiðr, bróðir, því at eigi munum vér optar koma til fundar

---

[1] [(þik ok *tilf. b*) hvert mannsbarn þat er með þér er. *B, b*. [2] [*mgl. B, b*. [3] *mgl. B*. [4] mann þann *B, b*. [5] skóg einn *B, b*. [6] [þar hvarf hann mér *b*. [7] [ek þá eigi *B, b*. [8] [þá hafði skjaldsveinn minn hann til brunns, ok bað ek hann þvá honum ok kemba, því at hann var alsveitugr *B, b*. [9] þeim er ek keypta at manni þeim er þebe heitir *B*. [10] sá hestr *B, b*. [11] [ofan feldan af honum *B, b*. [12] [ok nú er hann ekki nema leir ok mold, ok er nú laugaðr í sauri er áðr var í gulli *B*; eðr hví er hjálmr þinn nú laugaðr í moldu ok saur, er áðr var skínandi af gulli *b*. [13] [áðr *B*. [14] hon *tilf. b*. [15] [vilda ek fela *B*. [16] [tel ek þik vera nú *B, b*. [17] [eigi betra líf en dauði *B, b*. [18] þeirra *B, b*. [19] fyrir nóga verðskyldan *tilf. b*. [20] [Nú fóru Frankismenn heim til *B*. [21] [Eptir þann sigr er Baldvini ok hans kompánar höfðu unnit á Söxum ok nú var fyrir litlu frá sagt, riðu þeir heim til Karlamagnús konungs, ok þegar *b*. [22] [eða hverr á *B, b*. [23] spyrja *B, b*. [24] [ok hefir þú nú sýndan *B*.

við Sibiliu dróttning, ef yðr [er þat mótsett.¹ En í því bili kom Karlamagnús konungr ok fagnaði Baldvina² frænda sínum, ok bað með sér vera svá lengi sem hann [kynni sér þörf,³ ok spurði hvaðan hann var kominn [eða hverr hann hefði til riddara dubbat. En Baldvini svaraði: Teri af Ardena, segir hann, ok með mér var dubbaðr Berað son hans ok Gillimer inn skozki ok mart annarra manna. Ok hann sendi oss til þín at veita þér lið í mót yðrum úvinum.⁴

36. Nú hefst á nýja leik brúargerðin, ok ferr nú alþýða til at fœra steina meðr⁵ vögnum ok geta gert brúna á 20 dögum [í mót vilja heiðinna manna.⁶ Ok nú megu þeir fara yfir [Rín með liði sínu, ef þeir vilja.⁷ Stólpar allir er undir váru gerfir brúnni váru af inum besta marmarasteini, ok öll var hon með⁸ lím hlaðin. Nú býst Karlamagnús konungr yfir brúna at fara með öllu liði sínu. [Ok fara allir Frankismenn á mánadag með öllu liði sínu. Týsdaginn fór þat lið er kallat var Allamagne. Óðinsdag fór⁹ af því landi er Gasgon¹⁰ heitir, ok af¹¹ landi er heitir Equitanie, ok sá lýðr er Eflaman¹² heitir, ok sá lýðr er Efridon¹³ hét, ok jarlinn¹⁴ af Bretlandi með sitt lið. En þórsdag frá nóni til dróttinsdags fór [Karlamagnús konungr með lið sitt.¹⁵

37. Nú er at segja frá Karlamagnúsi konungi, at hann er yfirkominn Rín¹⁶ með alt lið sitt. En Guitalin konungr hefir [hönd at verki ok stefnir¹⁷ til sín öllum konungum í ríki sínu ok hertugum ok jarlum ok frjálslendingum.¹⁸ Ok þar er kominn til hans höfuðkonungr sá er Quinkuennas hét, hann réð fyrir landi því er Sarabla¹⁹ hét. Vápn hans váru með sjau litum, skjöldr hans er rauðr, en brynja blá, hjálmr hans [sem gull,²⁰ sverð²¹ svá skírt sem steinn sá er kristallus heitir, spjót hans var gert af inu bezta stáli, alt smelt²² með gulli. Hestr hans var ættaðr²³ af Villifríslandi, söðull ok beisl var²⁴ or Álfheimum,²⁵ ok söðulklæðit var af inu bezta guðvefjarpelli, ok af slíku svá²⁶ megu vér vita, at annarr búningr²⁷ hans mundi

---

¹) [fyrir þikkir (þokkast b) þat B, b. ²) vel B, b. ³) [vildi sjálfr B, b.
⁴) [mgl. B, b. ⁵) á B; í b. ⁶) [hvárt er heiðnir menn vilja eðr eigi B, b. ⁷) [þegar er þeir vilja með öllu liði sínu. B, b. ⁸) við B, b.
⁹) [Nú fara þeir mánadag yfir brúna frjálslendingar með lagsmönnum sínum. Týsdag ferr lýðr sá er æzkaðr (kominn b) er af Heauer (Bealfver b) ok (af því landi er Alamargie heitir. Oðinsdag fóru þeir tilf. b) B, b. ¹⁰) Gaskunia b. ¹¹) því tilf. B. ¹²) Eflamant B; Afflamania b. ¹³) Effrison B, b. ¹⁴) Aelin B, b. ¹⁵) [lið Karlamagnús konungs ok hann sjálfr B, b. ¹⁶) brúna B. ¹⁷) [stefnt B, b. ¹⁸) riddarum, ok eru þeir nú allir saman komnir tilf. B. b. ¹⁹) Serabba B; Sorabla b.
²⁰) [er gulr B, b. ²¹) hans tilf. B, b. ²²) mellt B. ²³) æzkaðr B.
²⁴) tekit tilf. B, b. ²⁵) Albheim B. ²⁶) mgl. B, b. ²⁷) búnaðr B.

vera göfugligr. [En allir undruðust er hann sá.[1] En þessi inn heiðni konungr þóttist vera yfirmaðr allra annarra, ok dró á sik þat ofdramb fyrir sakir ríkis síns ok fjölmennis, ok þó mest[2] fyrir[3] sakir Sibiliu dróttningar.[4] Ok jafnskjótt sem hann kom, þá reið hann[5] á hendr kristnum mönnum ok vildi ekki [ráð leitast[6] við Guitalin konung, [fyrir því at honum[7] þótti enskis um hann vert. En Berað son Teri[8] hélt vörð af[9] Frankismönnum. Ok jafnskjótt sem Quinkuennas sá Berað,[10] œpti hann á hann hárri röddu ok mælti: Son Teri[11] af Ardenai,[12] ef þú ert svá góðr riddari sem sagt er, þá ríð fram í móti mér ok leikum okkr,[13] ok freistum hvárr okkarr beri[14] af öðrum. En Berað heyrði Quinkuennam[15] mæla við sik af [miklum ofsa ok stœrð,[16] ok síðan reið hvárr þeirra [í móti[17] öðrum ok lustu hesta sína sporum, ok lagði Berað til Quinkuennas ok misti[18] er verr var. En Quinkuennas lagði sínu spjóti í skjöld Beraðs ok feldi hann af hesti sínum til jarðar. [En Kuinquennas tók þegar hest hans, ok verr Berað sik nú vel með sverði sínu, ok er nú á fœti staddr. Síðan mælti hann:[19] Ríð nær heiðingi, segir hann, því at [litla stund höfum vit saman átt okkat viðrskipti.[20] En Kuinquennas svarar: Eigi vil ek eiga við þik fleira at sinni, heldr vil ek ríða til landtjalda Guitalins konungs ok sýna Sibiliu dróttningu unnostu minni þenna hest, er ek tók af þér nauðgum, því at hon er [vænst kona í heimi.[21]

38. Nú ríðr Quinkuennas [í brott,[22] en sá maðr kallar á hann er Bovi heitir inn skegglausi, hann biðr Quinkuennas bíða sín. Quinkuennas [sást um,[23] ok á hœgri hönd sér sá hann eitt tré standa hátt, ok sneri þangat til ok festi þar við hest þann er hann hafði sóttan,[24] ok laust hest [sinn sporum[25] ok reið snart at Bova inum skegglausa ok feldi hann af baki til jarðar. Síðan tók hann [þann hest[26] ok reið í braut með. En við þessi tíðendi varð brátt varr Gillimer inn skozki, ok reið þegar[27] eptir heiðingjanum ok kallaði ok bað hann bíða sín. En Quinquennas [beið þegar.[28] Síðan reið

---

[1]) [Ok þeir undruðust hann allir er þar váru fyrir, ok létust aldri sét hafa slíkan mann at öllu sem sjá var. *B, b.* [2]) gerði hann þat *tilf. B.* [3]) ástar *tilf. b.* [4]) tók hann at dramba *tilf. b.* [5]) *tilf. B, b.* [6]) [áðr leita ráðs *B, b.* [7]) [ok *B, b.* [8]) Terius *B.* [9]) ú *B.* [10]) *tilf. B*; hann *b.* [11]) Teris *B*; Tari *b.* [12]) Ardenes *B*; Ardene *b.* [13]) um hríð með vápnum *tilf. B, b.* [14]) vápn *tilf. B*; sigr *b.* [15]) hann *B, b.* [16]) [móði miklum ok ofstopa *B, b.* [17]) [at *B.* [18]) hans *tilf. B, b.* [19]) [Síðan tók hann hest hans, en Berarð var þá á fœti, ok brá sverði sínu ok varði sik vel með því (ok fimliga *tilf. b*) ok mælti: *B, b.* [20]) [skamma lotu (hríð *b*) höfum vér (vit *b*) enn saman átt *B, b.* [21]) [kvenna fegrst undir himni *B, b.* [22]) [heimleiðis *b.* [23]) [lítr um sik *B, b.* [24]) nýsóttan *B, b.* [25]) [þann er hann reið með gullsporum *B, b.* [26]) [í beisltauma á hesti Bova *B, b.* [27]) ákafliga *tilf. B, b.* [28]) [gerir svá *B, b.*

hvárr þeirra at öðrum ok áttust hart við, ok mundi [Kuinquennas
þá yfirstiginn,[1] ef eigi kœmi honum liðveizla,[2] fimtán heiðnir menn
þeir er [veittu Quinkuennas. Ok skildi svá[3] með þeim ok reið
Kuinquennas í brott. En Gillimér reið [at þeim er ágætastr var af[4]
þeim er or skóginum kómu, ok lagði hann í gegnum með spjóti sínu
ok skaut[5] honum dauðum [á jörð, ok tók síðan þann sama hest ok
fékk Bova hinum skegglausa.[6] En hann tók við ok þakkaði honum
vel ok hleypr á bak,[7] ok ríðr þegar at einum heiðingja ok klauf[8]
hann í herðar niðr, ok síðan [fékk hann þann hest Berað. En
hann[9] ljóp á þann hest, ok riðu nú allir samt til herbúða[10] sinna
ok mœttu [fyrst manna[11] Baldvina. En hann orti orða á Berað ok
mælti: [Heill svá,[12] seg mér hvar er hestr þinn eða hvar vartu?
Þá svarar Gillimer inn skozki: Vér [várum á varðhaldi ok höfum
vér nú eigi hestinn, því at hann var[13] drepinn fyrir oss. Þá svarar
Berað: Fari sá fyrir níðing er því vill leyna þik; [því at svá ferr
þeim mönnum er í bardögum eru, at stundum láta þeir fengi sitt,
en stundum fá þeir;[14] ok þér satt at segja, þá hefi ek látit í dag hest
minn fyrir einum riddara, en sá heitir Kuinquennas, ok [hann hefir
hœlzt[15] mjök ástarþokka Sibiliu dróttningar. Þá[16] varð Baldvini
mjök hryggr ok mælti til Gillimers: Seg mér, man ek koma máli
við þenna mann? Víst segi ek þér þat, segir Gillimer, at þú munt
ná máli hans, þegar þú vilt. Baldvini svarar: Rollant bróðir minn
mun verða at freista hans. En síðan [talast hann við:[17] Vili eigi
guð þat, segir hann, at Rollant verði fyrr at bragði en ek.[18]

39. Nú er [þó fyrst[19] at segja frá Quinquennas. Hann ríðr
nú ákafliga til þess er hann kemr til landtjalda Guitalins konungs.
Hann [reið þegar í móti honum[20] ok mælti við hann: Þú góðr
riddari, ver [vel kominn með mér[21] svá lengi sem þú vilt, ok þér
skal ek gefa marga kastala ok borgir ok öll þau ríki er þar til liggja.
Kuinquennas svarar: [Mikla fíflsku mælir þú við mik konungr, ok
eigi vil ek,[22] þótt þú bjóðir mér 30 þúsunda[23] sistera fulla[24] af gulli

[1]) [þá heiðingi fyrir hafa gengit *B, b*. [2]) en þat váru *tilf. B, b*. [3]) [kómu
or skógi, ok þá seig í sundr (þá skildi *b*) *B, b*. [4]) [síðan at þeim er
honum þótti ágætsamligastr af (þótti fyrir *b*) *B, b*. [5]) hratt *B, b*.
[6]) [af hesti, ok hafði þenna hest með sér ok ríðr til Bova ens skegg-
lausa ok fékk honum þann hest *B, b*. [7]) þenna hest *B, b*. [8]) brá
sverði ok höggr til hans ok klýfr *B, b*. [9]) [tók hann hest hans ok
fœrði Berarði hertoga, en Berarð *B, b*. [10]) landtjalda *B, b*. [11]) [þar
fyrst *B, b*. [12]) [*mgl. B, b*. [13]) [höfum hann nú eigi, því at vér várum
á varðhaldi, ok var hestr sá *B, b*. [14]) [*tilf. B, b*. [15]) [hœldi *B*;
hœldist *b*. [16]) En við þessi tíðendi *B, b*. [17]) [mæltist hann við einn-
saman *B, b*. [18]) um þetta mál *tilf. B, b*. [19]) [*mgl. B*. [20]) [reis þegar
upp í móti honum ok hvarf til hans (mintist við hann *b*) *B, b*. [21]) [með
oss *B, b*. [22]) þat *tilf. B*. [23]) *mgl. B*. [24]) upp *tilf. B*.

at dveljast með þér, nema fyrir eins sakir, ef þú leyfir[1] mér ást Sibiliu dróttningar. Konungr svarar: Skamsamlig bœn er [sú at biðja[2] mik konu minnar, ok þat veit ek víst, ef annarr[3] hefði slíkt [undr mælt,[4] at ek skylda skjótt hann af lífi[5] taka, ok tak heldr þat sem ek bauð þér. Quinquennas svarar [ok kvezt þat með engu móti vilja þiggja.[6] Þá svarar Guitalin konungr: Eigi má ek þér henni heita. Þá stóðu[7] upp 400 manna ok féllu á kné fyrir Guitalin konung, ok[8] báðu þeir[9] allir, at hann skyldi veita Quinkuennas[10] [þessa sína bœn,[11] ok sögðu at því mundi vel ráðit, ok[12] hann er af inu bezta kyni er vér hafim spurt. Guitalin konungr mælti: Mikill skörungr ertu[13] ok góðr konungr, ger nú svá vel, [beið mik eigi[14] konu minnar.[15] Þá svarar Kuinquennas: Eigi fyrir alt [veraldar gull[16] vil ek hér dveljast, nema þú lofir mér ást Sibiliu dróttningar. En þá ljópu upp 400 riddara[17] ok báðu ins sama. En Guitalin konungr hugði at [þessu um stund[18] ok svarar síðan: [Ef þó biði þér svá[19] þrásamliga, þá játi[20] ek nú því, er [þér biðit ok[21] hann beiðist. Ok tók glófa sinn[22] ok fékk[23] honum með,[24] en Kuinquennas tók við[25] ok laut honum.[26]

40. Í því bili kom Sibilia dróttning af fuglaveiði, ok með henni mörg hundrað[27] riddara. En í móti henni gengu fimtán konungar[28] ok leiddu hana til landtjalda Guitalins konungs ok settu hana í [sæti sitt.[29] En Guitalin konungr lagði hendr um háls henni ok kysti hana, ok [leit við henni[30] einkar fagrt ok mælti: Sibilia dróttning, sagði hann, ek hefi fengit þér unnasta,[31] skörung þann er vér vitum eigi annan slíkan í heimi; en sá heitir Kuinkuennas[32] af því landi er Sarabla heitir, ok hann hefir gert í dag hreystibragð mikit[33] á hendr Frankismönnum ok[34] felda[35] tvá höfðingja af hestum sínum, ok [hafði higat báða.[36] Þá mælti Sibilia dróttning: Herra

---

[1] játir *B*; [Meðr engu móti vil ek hjá yðr dveljast, nema þú játir *b*. [2] [þat er þú biðr *B*, *b*. [3] maðr *tilf. B, b*. [4] [mælt við mik *B, b*. [5] lífdögum *B, b*. [6] [: þat vil ek með engu móti, ok eigi fyrir alt gull er á landi því er sem Nauin (Naum *b*) heitir. *B, b*. [7] hlupu *B*; hljópu *b*; *her er en stor Lacune i B*. [8] *Her beg. atter a*. [9] þess *a*. [10] Qvinqvenati *b*. [11] [þat er hann bað *a*. [12] ger þat konungr, því at *tilf. a*. [13] Qvinqvennas *tilf. b*. [14] [at þú beizt eigi *a*. [15] ok þigg heldr boð mitt *tilf. b*. [16] [ríki þitt *a, b*. [17] manna *a*. [18] [um stund at máli sínu *a*. [19] þess *a*; [Meðr því at þér biðit þessa *b*. [20] játa *a*. [21] [mgl. *b*. [22] gullsettan *tilf. b*. [23] gaf *a*. [24] í veð *b*. [25] þakksamliga *tilf. a*. [26] konungi ok þakkaði honum vel gjöfina *b*. [27] hundruð *a*; hundrat *b*. [28] riddarar *a*; kórónaðir *tilf. b*. [29] [sess sinn *b*. [30] [lét við hana *a, b*. [31] unnusta ok góðan *a*. [32] hann er konungr *tilf. a, b*. [33] hann reið *tilf. b*. [34] hann hefir *tilf. a*. [35] feldi *b*. [36] [hefir haft (flutt *b*) hingat hestana. *a, b*.

konungr, segir hon, vel[1] trúi ek at hann er konungr ok góðr[2] drengr, en þó[3] gæti hann sín vel [fyrir vápnum[4] Rollants ok Baldvina bróður hans ins unga riddara, er [þeir (kalla)[5] inn kurteisasta héðan[6] til ins rauða hafs. Þá svarar Quinkuennas: Dróttning, segir hann, mikla fíflsku[7] mælir þú. Ef ek fæ[8] þér eigi þessa tvá menn yfirkomna eða bundna, þá gef ek þér höfuð mitt, ok ger af slíkt sem [þér líkar.[9] Nú hefir Quinkuennas dvalizt með Guitalin konungi í miklu yfirlæti, ok eru þeir nú kátir mjök. En hvárt[10] sem þeir eru, þá er þó Sibilia dróttning úglöð[11] ok heitr á guð kristinna manna [, at hann[12] styrki Baldvina ok Berað,[13] at þeir[14] bani Quinkuennas áðr hann nái henni, en ef þeir komast eigi yfir þenna mann, þá hefir Karlamagnús konungr glatat sigri [sjálfs síns[15] ok alt Frakkland með honum.

41. Nú er at segja frá Rollant ok Baldvina bróður hans ok Berað, at þeir rísa upp [fyrir dag,[16] ok ríða með þeim þeir[17] er bezt váru at sér gerfir ok fara [í skóg einn[18] ok hafast þar við.[19] Nú býst ok Quinquennas í öðrum stað ok með honum 400 þúsunda riddara brynjaðra ok skjaldaðra. En nú er Rollant í skógum þeim er Klerovals heita, ok varð hann brátt varr við för heiðingja, ok vissi at fjöldi varð[20] liðs þeirra, ok kallaði á Baldvina ok Berað: Góðir riddarar, segir hann, [setit[21] ofmetnuð[22] Quinkuennas[23] ok Saxa. En [nú vil ek at þér takit ráð mitt:[24] ek mun fara á njósn með liði [mínu ok[25] sýna heiðingjum merki mitt, [en þér leynizt í skógi þessum.[24] En þat skulu þér vita, at ek gef Sibiliu dróttning Baldvina bróður mínum. En allir hlógu at [máli hans.[26]

42. Nú ríðr Rollant með liði sínu eptir sinni ætlan ok sýnir heiðingjum merki sitt. En þegar Quinkuennas [varð varr við þá, þá mælti hann til sinna[27] manna ok bað þá hvata ferð sinni, [en ef Maumet vill duga oss, þá munum vér nú sigrast í bardaga þessum.[24] Síðan laust hann hest sinn sporum, ok berr brátt saman með þeim. Nú kallar Quinkuennas[28] á Rollant ok mælti við hann: Hverr ertu,

---

[1]) því *a, b*. [2]) hraustr *a*. [3]) hversu (svá *b*) góðr drengr sem hann er, þá *a, b*. [4]) [við höggum *a, b*. [5]) [menn kalla *a*. [6]) ok alt *tilf. a, b*. [7]) fólsku *a*. [8]) fœri *b*. [9]) [þú vilt, ok haf leyfi til þess at taka hvern lim frá öðrum *a, b*. [10]) svá kátir (glaðir *b*) *a, b*. [11]) hrygg *b*. [12]) [ok Pétr postola, at þeir *a, b*. [13]) Berarð *a, b, her og senere*. [14]) *tilf. a, b*. [15]) [sínum *a, b*. [16]) [um morgininn *b*. [17]) þúsund riddara *b*. [18]) [til skógar nökkurs *a, b*. [19]) ok senda frá sér njósnarmenn *tilf. a, b*. [20]) var mikill *a*. [21]) þér *tilf. a*. [22]) ofmetnað *a*. [23]) [sjáit þér ofmetnað Qvinqvenatis *b*. [24]) [*tilf. a, b*. [25]) [því er mér þikir ráð, ok mun ek *a*. [26]) [því máli *a*; orðum hans *b*. [27]) [sá hann ok varð varr við, þá kallaði hann á menn sína, ok mælti at hann kvazt sjá mikit lið kristinna *a, b*. [28]) hann *a*.

riddari, er vörð heldr, hvárt ertu frjálsborinn maðr eðr eigi, eða þorir þú at berjast við mik. Rollant svarar: Ek em alinn í stað þeim er Nafari heitir, [faðir minn er Vafa, ek em ok¹ lítillar ættar at kyni ok frá fátækum mönnum kominn; ok inn fyrra dag, segir hann, dubbaði mik til riddara sá maðr er Bovi inn skegglausi heitir, en síðan sendu þeir mik² á varðhald³ ok báðu mik verða varan við, ef Saxar fœri á hendr kristnum mönnum. En nú [bið ek⁴ þik, at þú látir mik fara í friði aptr til minna lagsmanna at segja þeim þessi tíðendi. Þá svarar Quinkuennas: [Þá lát af vápn þín ok hest ok far síðan leiðar þinnar, en þau vápn skal ek gefa⁵ hestasveini mínum⁶ at jólum eðr páschum. Þá svarar Rollant: Þetta er [újafn leikr,⁷ þat veit [trú mín,⁸ ef í dag týni ek hesti mínum, þá er [mér eigi auðsýnt, at ek fá annan á morgin,⁹ ok svá it sama [vápn mín.¹⁰ Nú vil ek heldr freista [at þola¹¹ köld vápn í holdi mínu en¹² upp gefa at úreyndu mín vápn. Nú heyrir Quinkuennas at maðr sjá mælir digrbarkliga, [ok mælir¹³ síðan: Vita viljum yér þat, hvárt þú þorir við oss at berjast eðr eigi.¹⁴ Til vil ek hætta, segir Rollant, því ilt þikki mér at láta sverð mitt it gullmerkta [við svá gört sem enn er,¹⁵ ok áðr skaltu ljóta eitt högg eða tvau.

43. Nú laust hvárr þeirra hest sinn með sporum, ok lagði hvárr spjóti til annars [svá fast, at af brustu gimsteinar skjöldum þeirra allir¹⁶ er á váru. Ok er Rollant sá þat, at hann kom honum eigi af baki hesti sínum, þá gerðist hann við þat [reiðr mjök,¹⁷ ok brá sverði sínu Dýrumdala ok hjó í hjálm hans ok af steina alla, þá¹⁸ er á váru, ok þat af hjálmi sem nam, ok af út¹⁹ axlarbeinit, ok fauk þegar²⁰ til jarðar. En er Kuinquennas fann,²¹ at hann var sárr, þá varð hann við þat illa ok mælti: Ek sœri þik við þann guð er þú trúir á, [at þú segir mér satt, hvárt þú ert eptir því er þú sagðir, eða er öðruvís,²² ok vil ek vita við hvern ek hefi barizt. Rollant svarar: Fari sá fyrir níðing er leyna vill nafni sínu; menn kalla mik Rollant, segir hann, á Frakklandi,²³ en þér skulut hér

---

¹) [faðir minn heitir Vafafur, ok ek em a; em ek b. ²) hingat tilf. a. ³) þetta tilf. a. ⁴) [vil ek biðja a, b. ⁵) [Gef þú nú upp (Legg þú hér eptir b) vápn þín, ok mun ek gefa þau a, b. ⁶) annattveggja tilf. a, b. ⁷) [ilt mál a; illa talat b. ⁸) [ek fyrir trú mína a. ⁹) [þat einsýnt, at ek fá eigi a; þá er þat eigi sýnt at ek fá b. ¹⁰) [vápnum mínum a. ¹¹) [hversu mikit er (mér þikir b) at hafa a, b. ¹²) heldr en ek vilja a. ¹³) [ok hafði rödd mikla, ok svarar a, b. ¹⁴) því at heldr ertu köfurmálari en flestir allir (!) tilf. a. ¹⁵) [mgl. b. ¹⁶) [ok svá í skjöldu, at af spruttu allir gimsteinar a. ¹⁷) [úglaðr a, b. ¹⁸) ok gullbólur a, b. ¹⁹) mgl. a. ²⁰) þat b. ²¹) vissi þat a. ²²) [þá seg þú (at þú segir b) mér nafn þitt a, b. ²³) í Parisborg ok í þeirri borg er Orliens heitir tilf. a.

kalla[1] sem þér vilit, ek em frændi Karlamagnús konungs [ins ríka ok[2] ins skegghvíta, at því er þér segit.[3] Þá svarar Quinkuennas: Leiðiliga hefir þú mik gabbat, er þú [sagðir mér eigi[4] fyrr at þú værir Rollant, ok þú hefir þat sverð, [er hverr sem[5] sárr verðr af því [sverði fæst eigi læknir sá er[6] grœði.[7] Sé hér nú sverð mitt [, er ek gef upp, ok þat heit ek at í mót þér skal ek aldri berjast,[8] ok hirði ek eigi[9] um gabb hirðmanna.[10] En er Rollant heyrði þat, þá brosti hann at nökkut,[11] ok reið síðan fram[12] ok tók í nefbjörg á hjálmi hans ok steypti honum af hesti sínum alt til jarðar, ok leiddi hann síðan yfirkominn [af vígvelli eptir sér mjök nauðgan.[13]

44. Nú verða Saxar varir við at höfðingi þeirra er yfirstiginn[14] ok sœkja fram harðliga. En Frankismenn sóttu at móti or skógi, ok varð þar mikil orrosta meðal þeirra, sumir höggva en sumir hlífa Frankismönnum.[15] En þar kemr [sem jafnan,[16] at heiðingjar flýja [ok reka Frankismenn[17] flótta þann alt til landtjalda Guitalins konungs. En Sibilia dróttning var þenna sama dag [farin til baðs yfir Rín,[18] ok meðr henni 400 hirðmeyja. En er hon fór heim aptr, þá varð henni litit í fjallshlíð nökkura, ok sá þar falla [margan mann[19] en suma flýja, ok [sá Frankismenn elta heiðingja sem geitr,[20] ok þar kendi hon hest þann er hon hafði átt, ok [sá Baldvina at hann reið honum,[21] ok elti hann þar riddara einn ofan[22] at Rínar bakka, ok gaf honum stór högg með sverði sínu [ok feldi hann[23] dauðan á Rínar bakkann af hesti sínum. Þá mælti Sibilia dróttning: Ek sœri þik, góðr riddari, við guð þann er þú trúir á,[24] at þú segir mér nafn þitt. Baldvini svarar: Dróttning, segir hann, ek skal blíðliga segja þér, [nafn mitt er[25] Baldvini inn ungi riddari ok inn nýdubbaði, ek em bróðir Rollants ok búinn til þíns embættis, ef þú vill, ok gjarna vilda ek [til yðvar komast,[26] en áin er [ferliga

---

[1]) mik *tilf. b.* [2]) [*mgl. a.* [3]) *fra* ek em frændi *o. s. v. mgl. b.* [4]) [vildir eigi segja mér þat *a, b.* [5]) [at hverr er *a.* [6]) [þá fæst engi læknir er þat *a.* [7]) *fra* ok þú hefir *o. s. v.*: því at þú hefir þat sverð, er engi læknir má þat sár grœða, sem þat bítr *b.* [8]) [segir hann, þat gef ek nú upp, ok heit ek því, at í móti þér skal ek því aldri höggva *a, b.* [9]) svá mjök *tilf. a.* [10]) Gvitelin konungs *tilf. b.* [11]) svá *tilf. b.* [12]) at Quinquennas *tilf. a, b.* [13]) [með sér af vígvelli *a*; af vígvelli *b.* [14]) yfirkominn *a, b.* [15]) *saal. ogsaa a; mgl. b.* [16]) [um síðir *a, b.* [17]) [undan en Frankismenn sœkja eptir ok taka þar góða hesta ok góða gripi (marga dýrgripi *b*) ok reka síðan *a, b.* [18]) [gengin til baðs *a*; á skipi *tilf. b.* [19]) [lið hundruðum saman *a*; lið falla hundraðum, *b.* [20]) [Frankismenn eptir sœkja *a*; [*mgl. b.* [21]) [sat þar Baldvini á baki þeim hesti *a, b.* [22]) fram *b.* [23]) [en síðan feldi hann þann *a.* [24]) ok allir kristnir menn *tilf. a.* [25]) [ek heiti *a, b.* [26]) [ná til þín, ef ek mætta *a*; *fra* til þíns embættis *o. s. v.* at sœkja þinn fund, þegar ek mætta, *b.*

djúp ok úfœr.[1] Þá svarar Sibilia: Vinr góðr, segir hon, eigi er dælt higat at komast; en seg mér, ef þú sátt þokkamann minn Quinkvennas[2] enn frœkna, [ok þér[3] satt at segja þá hefir Guitalin konungr bóndi minn[4] gefit mik honum, en [mín ást verðr aldri fyrr fulliga til þín en þú hefir honum banat.[5] Þá svarar Baldvini: Frú, segir hann, ver kát ok glöð, [þat væntir mik, at (hann)[6] mun eigi beiðast at kyssa þik,[7] ok þat hygg ek, at [skilin sé ykkur ást,[8] fyrir því at [Rollant bróðir minn hefir hann geymdan í landtjaldi sínu, ok svá sterk járn á sínum fótum, at[9] engi er svá sterkr á öllu Saxlandi, at þau megi[10] brjóta. Sibilia dróttning svarar: [þat eru góð tíðendi, segir hon,[11] ok leita nú fyrir þér,[12] því at ek sé mikit fjölmenni eptir þér sœkja ok vilja þér glata, ef þeir megu.[13] Baldvini svarar: Ek hefi góðan hest,[14] dróttning, ok óttumst ek ekki, meðan ek em[15] á baki honum, ok þenna hest leifði mér Alkain unnasti þinn inn fyrra dag. Dróttning svarar: þat veit [trú mín,[16] at mér þikkir nú betr kominn[17] en áðr, ok [njótt þú[18] hans bæði vel ok lengi ok allrar minnar ástar á þat ofan. Þá svarar Baldvini: þat [vil ek[19] at svá sé, ok fyrir [þínar sakir em ek kátr ok glaðr ok margan riddara skal ek lífi ræna[20] ok sœkja borgir ok kastala,[21] ok hvergi fyrir einum flýja; ok er þat illa, ef annat spyrr þú en[22] nú segi ek þér. Sibilia svarar: Svá [miklu ann ek þér[23] betr, segir hon, ok far þú nú vel ok heill, ok varðveiti þik sá er skóp himin ok jörð. Því næst kómu þar Berað ok Bovi ok ávítuðu[24] Baldvina [um þat er hann var at[25] máli við Sibiliu, ok sögðu þat eigi ráð[26] at trúa heiðinni konu.

[1]) [ill yfirfarar ok djúp *a*; hér úfarandi *b*.   [2]) [nökkut Qvinqvenstem *b*.
[3]) [því at þat er þér *a*.   [4]) [því at Gvitelin konungr hefir *b*.   [5]) [(þat er *tilf. a*) þér satt at segja, Baldvini, þá mun ek þér aldri unna fyrr fullri ást fyrr en þú banar honum (fyrri unna fullri ást en þú hefir banat honum *b*) *a, b*.   [6]) [svá mun ganga 12 mánuðu ena næstu, at hann *a*.   [7]) um hina næstu 12 mánaði *tilf. b*.   [8]) [þegar sé öll ást skilin með ykkr *a*.   [9]) [í fyrstu atlögu tók Rollant bróðir minn hann ok hafði með sér til landtjalda sinna, ok veit ek þat víst at segja þér, at (hann) hefir járn á fótum sér, ok (ok þiki mér ván, at nú hafi hann járn á leggjum *b*) *a, b*.   [10]) upp *tilf. a*; af honum *tilf. b*.   [11]) ok óttumst ekki þá, ok ek vil ráða þér heilt *tilf. a*.   [12]) í brott *tilf. a*.
[13]) [þat eru góð tíðendi, segir dróttning, nú vil ek ráða þér heilt, forða þér, því at ek sér mikit fjölmenni sœkja eptir þér, ok vilja drepa þik *b*.   [14]) ok skjótan *tilf. a*.   [15]) sit *a, b*.   [16]) [ek við (fyrir *b*) trú mína *a, b*.   [17]) tilkominn *a*; niðrkominn *b*.   [18]) [vilda ek at þú nytir *a, b*.   [19]) þikki mér vel *a, b*.   [20]) [þá sök skal ek vera kátr ok glaðr, ok fyrir þínar sakir (þínu lofi *b*) skal ek fella fjölda (margan *b*) riddara *a, b*.   [21]) ok mörg önnur hreystibrögð gera (vinna *b*) *tilf. a, b*.
[22]) þat er *tilf. a*.   [23]) [mikit ann ek þér at *a*.   [24]) mjök *tilf. a*.
[25]) [fyrir þat er hann skyldi verit hafa á *a*.   [26]) ráð vera *a*.

45. Nú er at segja frá Rollant,[1] at hann kom heim til landtjalda sinna, ok gékk síðan til fundar Karlamagnús konungs ok mælir við hann: Ek hefi yðr, góðr frændi, at fœra gisla[2] [einn inn ágætasta[3] af þeim er eru í liði Guitalins konungs, en þessi heitir Quinkvennas af Sarabla, hann er einn unnasti Sibiliu dróttningar, hann er inn hvatasti maðr.[4] Þá svarar Karlamagnús konungr: Vér skulum þá fyrst skilja ást þeirra Sibiliu dróttningar, [en er vér höfum yfirstigit[5] Guitalin konung, þá [skal Sibiliu gipta[6] Baldvina, ok skal hann þá ráða fyrir Saxlandi. Nú er at segja frá heiðingjum, at þeir flýja[7] heim til landtjalda Guitalins konungs ok segja honum úfarar sínar. En konungr lék at skáktafli, [ok með honum son hans er Estamund[8] hét. En í mót þeim[9] lék sá maðr er Aspenon[10] hét. Herra konungr, segja þeir, létt[11] leik þínum fyrst, því at af [fjórum þúsundum hefir eigi aptr komit ein þúsund af þeim er með Quinkvennas fóru í morgin.[12] En Rollant tók Quinkvennas ok setti hann í járn. En [konungr varð mjök úglaðr við þessi tíðendi.[13] Í því bili kom dróttning at gangandi, ok jafnskjótt sem hon leit Guitalin konung, þá mælti hon svá: Gjöf mína vil ek hafa, segir hon, en þat er Quinkvennas af Sarabla inn frœknasti riddari.

46. Nú kemr Estorgant,[14] hann er fjölmennr ok illr viðreignar, hann er föðurbróðir Guitalins konungs. Hann[15] varð feginn kvámu hans ok ferr í mót honum. Hann spyrr, hve fjölmennr Karlamagnús konungr er.[16] Guitalin konungr [sagði hann fjölmennan ok illan viðreignar,[17] ok hann hefir öllu á leið komit því er hann vill.[18] Nú er ger brú yfir Rín, er [maðr hverr ferr yfir er vill í móti várum vilja,[19] ok þat mæla [þeir Oliver ok Rollant,[20] at ek skal eigi svá mikit af mínu ríki hafa, at vert sé [eins pennings.[21] Þá svarar[22] Estorgant: Allir eru þeir [dauðir er við mik[23] berjast, ok á morgin

---

[1]) sem hann hefir fangat Qvinqvenatem *tilf. b.* [2]) fanga *b.* [3]) [ok er þessi hinn ágætasti *a.* [4]) drengr *a.* [5]) [ok þegar er vér höfum drepit *a, b.* [6]) [skulum vér gipta Sibiliu *a, b.* [7]) snúast nú aptr or flótta ok *a.* [8]) Jatamund *a.* [9]) [en at móti honum *b.* [10]) Asperon *a*; Asphenon *b.* [11]) léttu heldr *a.* [12]) [þeim 4 þúsundum er í morgin fóru heiman með Q. (Qvinqvenate *b*), þá er ein þúsund aptr komin, ok allir mjök sárir þeir er lifa. *a, b.* [13]) (er Guitalin konungr heyrði þessa sögu, þá varð hann hinn úglaðasti *a.* [14]) sá maðr til Guitalins konungs er Estorgant heitir *a.* [15]) Konungr *b.* [16]) væri *a, b.* [17]) [svarar: Hann er fjölmennr ok illr viðreignar *a.* [18]) ok aldrigi varð fyrr gert *tilf. b.* [19]) [hverr maðr má yfir fara, hvárt sem vér viljum eðr eigi, ok hann hefir mikit unnit af landi váru, ok feldu (!) mörg 1000 af liði váru ok eru í landi váru at úvilja várum *a*; má þar nú fara yfir hverr maðr, hvárt er vér viljum eða eigi; hann hefir felt margar þúsundir af liði váru *b.* [20]) [þeir Oliver, *a*; menn hans *b.* [21]) [þvers fótar *a, b.* [22]) mælir *a.* [23]) [dœmdir til dauða er í móti mér (þér *b*) *a, b.*

áðr nón sé[1] skal ek sýna Karlamagnúsi meir en 100 þúsunda riddara[2] vel vápnaðra. Guitalin konungr gladdist mjök við fortölur hans ok kallar til sín Dorgant sendimann sinn ok mælti við hann: þú skalt fara [á fund[3] Karlamagnús ins ríka konungs, segir hann, ok seg[4] þat af minni hendi ok leyn eigi, at hann búist svá við, at hann skal halda orrostu við mik á morgin, ef hann er til fœrr, ella dragist hann í brott or mínu ríki[5] sem skjótast má hann. En Dorgant svarar: þat skal vera herra, segir hann [. Síðan fór hann[6] leiðar sinnar ok létti eigi fyrr en hann kom fyrir Karlamagnús konung[7] ok mælti: Skjótt er eyrendi mitt konungr, segir hann, ek em [sendr af hendi Guitalins konungs at segja þér, at hann stefnir yðr til orrostu í mót sér á morgin, ef þú telst fœrr til þess, elligar at þú haldir í brott af þessu landi með öllu liði þínu, ef þú treystist eigi í mót honum orrostu at halda. Seg mér skjótt hver boð[8] ek skal bera Guitalin konungi várum. þegi fól, segir Karlamagnús, hvat skaltu mér ráð kenna.[9] En ef guð vill,[10] sá er krossfestr var,[11] þá skulut þér illa leiknir vera áðr vér skilim.[12] þat man sýnt[13] vera, segir sendimaðr, áðr aptann komi,[14] hvárir betr berjast[15] várir menn eðr þínir.[16] En ef þú vissir [hvílíkt þat er lið[17] er Esklandart hefir, þá [mundu þér eigi orrostu eiga[18] við Guitalin konung; [hann hefir 60 þúsunda hermanna ok eru þeir enir verstu viðreignar. þegi fífl, segir Karlamagnús konungr, þar í móti skal ek láta Lumbarðamenn, ok munu þeir yfirstíga lið hans alt.[19] Enn mælir Dorgant: Góðr konungr, segir hann, takit vel orðum várum. Ef þér væri [kunnigt þat lið[20] er með sér hefir haft Estorgant föðurbróðir Guitalins konungs, þá mundi [þér þat œsiligt þikkja,[21] því at þat er at telja [40 hundraða[22] hermanna, ok jafnvel eru hestar þeirra brynjaðir sem þeir sjálfir, [ok munu þeir[23] fella lið þitt umhverfis þik

---

[1]) komit *tilf. a.* [2]) vænna ok *tilf. a, b.* [3]) [til *a, b.* [4]) honum *tilf. a, b.*
[5]) landi *a.* [6]) [fara skal ek sem þú mælir. Ok hljóp síðan á hest sinn ok fór *a, b.* [7]) ok alt lið hans *tilf. a.* [8]) [sendimaðr Guitalins konungs, ok hefi ek þau tíðendi at segja þér, at Guitalin konungr stefnir þér til orrostu (á morgin *tilf. b*) í móti sér. En ef þú þikist eigi fœrr til, þá sendi hann þau orð til þín, at þú dvelist ekki lengr í ríki hans, ef þú ert úfœrr til at halda orrostu í móti honum. Hitt menn þína ok tak ráð af þeim, ok seg mér hver tíðendi (andsvör *b*) *a, b.* [9]) heldr gerðist þú kávíss *tilf. a.* [10]) lofar þat *b.* [11]) segir hann *tilf. a.* [12]) skiljum *a*; skiljumst *b.* [13]) reynt *b.* [14]) þá mun sýnast *tilf. a.* [15]) muni *tilf. a.* [16]) þitt lið *a.* [17]) [konungr, deild á liði því enu mikla *a*; hversu mikit lið *b.* [18]) [mundir þú þat segja, ef þér væri þat fyrir augum, at halda eigi orrostu *a*; mundi þér í augu vaxa at halda orrostu *b.* [19]) [*tilf. a, b.* [20]) [kunnleiki á liði því *a.* [21]) [þat sýnast mikit *a*; ótti slá hjarta þitt, *b.* [22]) [4 þúsundir *a*; 40 þúsunda, *b.* [23]) [því at þeir munu *a.*

þér til sorga. Þegi, vitlauss maðr, segir konungr, lítit þikki mér til þess koma, þar í mót skal ek láta frjálslendinga mína ok[1] af Almanie, þeir kunnu vel berjast með sverðum.[2] Sendimaðr svarar: [Fólska mikil er mælt, konungr, ef annarr mælti,[3] ok lýð hvat ek segi þér, [er þik skiptir[4] miklu, þar er sá lýðr með Guitalin konungi, er [leoneskir menn heita,[5] þeir munu fella menn þína hundruðum saman.[6] Þegi, segir konungr, vitstolinn maðr ertu, er þú ætlar, at vér munum eigi fá menn í móti yðr.[7] Riddarar mínir af Norðmandi[8] skulu þar í móti vera, en ef þeir finnast [ok várir menn, þá munu þar sigr fá várir menn.[9] Herra, segir hann,[10] hvat skulu þeir Tyrkir gera, á Englandi eru [jafnan harðir menn[11] sem á Tyrklandi,[12] þeir eru saman sextigir þúsunda, ok öllum þeim er þeir mœta af yðrum mönnum þá eru fáir[13] lífdagar þeirra eptir.[14] Þegi afglapi, segir Karlamagnús konungr, týnt hefir þú viti þínu, í móti þeim skal ek láta brezka menn, þeir eru harðir ok ákafir í sóknum, [ef þeir mœta yðru liði, þá kemst eigi einn fótr í brott.[15] Herra konungr, segir hann, hvat skulu [þér af Söxum[16] gera, því at enga þjóð[17] vitu vér jafnvápnfima sem [þá, ok er þat lið 40 þúsunda manna frítt lið mjök.[18] Konungr svarar: Þegi, mállauss[19] maðr, þar í móti skulu Frankismenn, ok [kemr þat líkast við at þeir mœtist.[20] Herra, segir Dorgant, nú vil ek hafa leyfi at segja Guitalin konungi [yður andsvör.[21] Karlamagnús konungr mælir: [Lofum vér at vísu.[22]

47. Síðan fór hann ok létti eigi fyrr en hann kom fyrir Guitalin konung. Jafnskjótt sem [hann sá hann,[23] þá spurði hann hvárt hann [hefði fundit Karlamagnús konung. Já, segir[24] Dorgant, þat veit Maumet, segir hann, at [ek fann hann ok[25] hann bauð þér til orrostu snemma á morgin [þegar er dagr kemr, ok eru menn hans

---

[1]) *mgl.* a, b. [2]) sverðum þeim er kómu af Leoregia a; báðum höndum sem koma af Leoregna, b. [3]) [Fólsku mikla mælit þér konungr a. [4]) [því at þik skiptir þat máli a. [5]) [Leotenes er kallaðr, þeir eru menn stórlundaðir ok harðir í sóknum, þeir eru saman 40 þúsunda b. [6]) þér í augsýn b. [7]) þeim b. [8]) Normandi a. [9]) [þá munu þeir fá þeim illa höfn a; þá munu heiðingjar fá illa gisting b. [10]) Dorgant a; Drogant b. [11]) [menn harðir a. [12]) *fra á Englandi o. s. v.:* engi þjóð er þeim harðari b. [13]) farnir b. [14]) *mgl.* a, b. [15]) [*tilf.* a, b. [16]) [Saxar a, b. [17]) menn a, b. [18]) [þeir eru, þeir eru 60 hundruð manna, ok eigi skortir þar hervápn ok lið frítt a; þá, þeir eru saman 40 þúsunda, ok eigi vantar þá hervápn ok frítt lið, b. [19]) mannvitslauss b. [20]) [er þat rétt at þeir finnist, því at þeir eru nágrannar várir (kunningjar b) ok vanir stundum at eiga við Saxa (elta Saxa b) ef vel tekst til a, b. [21]) [þau tíðendi sem eru a; þau tíðendi sem ek er víss vorðinn b. [22]) [Leyfit honum at fara a. [23]) [Guitalin konungr sá Dorgant a. [24]) [hitti Karlamagnús konung son Pippins konungs. Þá svarar a, b. [25]) [*tilf.* a, b.

fúsari til bardaga en til víndrykkju, þá er þeir eru mest þyrstir, eða til matar þá er þeir eru hungraðir.[1] Þá svarar Estorgant: þeir eru allir til dauða dœmdir [ok feigir, er fýsast undir vár vápn at koma.[2] En ek skal [Rollant ok Oliver með mér hafa til Leons.[3] Þá svarar Sibilia dróttning: [Spámaðr ertu, segir hon, en áðr aptann komi, þá munu vér vita hvárir hrósa eiga[4] sínum lut, er þér komit af vígvelli.[5] En þá nótt [héldu Frankismenn vörð[6] í dölum þeim er Desorclandes[7] heita. En um morgun í óttu þá herklæddust þeir með blám[8] brynjum ok gyltum[9] hjálmum.[10] Síðan ljópu þeir á hesta sína ok riðu. En Dorgant sendimaðr[11] varð þegar varr við för[12] Frankismanna ok sagði Guitalin konungi. Konungr svarar:[13] Er þat satt Dorgant? Já, sagði hann, þat veit Maumet, at ek sá Milun páfa ok Rollant. Seg mér, segir hann,[14] hve fjölmennr er Karlamagnús konungr? Dorgant svarar: Þat veit Maumet, at hann er fjölmennr, en þó er [úvalt 100 várra manna um einn í þeirra liði.[15] Þá svarar Guitalin konungr: Þá þikki mér vel,[16] víst skal Karlamagnús [konungr varr verða við skeggit hvíta, hvat títt er um viðrskipti vár[17] áðr [vér lúkim[18] leik várum. Síðan kallar Guitalin konungr á Elmidan[19] bróður sinn: Þú skalt fara í skóg þann er hér er [með lið þitt.[20] En [ef Maumet ok Terogant vilja duga,[21] þá fám vér nökkura hamingju, þá skaltu þegar er[22] þú sér nökkurn bardagann eða[23] bilbug[24] á andskotum várum, þá vertu fullfimr til þess, at [þú gef[25] þeim nökkura bakslettu. En ef svá berr at, at þeir snúist á hendr þér,[26] þá skaltu blása Olivánt horni þínu, ok munu þá menn þínir gleðjast, ok munu vér þá vita at þú þarft vár við, ok væri þat mikit snildarverk, ef[27] vér kœmim þeim á kné. Elmidan ferr nú til dala þeirra er heita Dorgasane ok hélt þar vörð.[28] En Karlamagnús konungr ferr í öðrum stað, [ok í móti honum Guitalin konungr.[29] Hermoen hélt vörð af Frankismönnum, því at honum er[30] alt landsleg kunnikt. Hann kemr [fyrir Karlamagnús

[1]) [*tilf. a, b.* [2]) [*mgl. a.* [3]) Leoris *a*; [hafa í minn lut Rollant ok Oliver, *b*. [4]) *saal. a, b*; hvárt þú átt svá at hrósa *A*. [5]) [Reynt man þat vera annat kveld, þá er af vígvelli er farit, hvárir hrósa eiga sínum lut *b*. [6]) liði sínu *a*; [höfðu Frankismenn náttstað *b*. [7]) Desolklandres *a*; Desborlandes *b*. [8]) síðum *b*. [9]) blám *b*. [10]) ok góðum sverðum *tilf. a*; ok gyrðu sik með gyltum sverðum, setjandi fyrir sik góða skjöldu *tilf. b*. [11]) njósnarmaðr *a, b*. [12]) reið *b*. [13]) mælti *a*. [14]) Guitalin konungr *a, b*. [15]) [margr yðarr maðr um einn Frankismann *b* [16]) líkligt *b*. [17]) [hinn skegghvíti lúta fyrir oss *b*. [18]) [en lúki *a, b*. [19]) Helmidan *b*. [20]) [hjá ok lið þitt með þér *a, b*. [21]) oss *tilf. a*. [22]) várt lið kemr saman ok ef *tilf. a*. [23]) nökkurn *tilf. a*. [24]) [ef þú sér oss eiga bardaga, ok verði nökkurr bilbugr, *b*. [25]) [veita *b*. [26]) ok þarft þú nökkurs við *tilf. a, b*. [27]) at *a*. [28]) ok fara(!) fram ferð sinni *tilf. a*. [29]) [en Guitalin konungr ferr í öðrum stað í móti *a*. [30]) var *d*.

konung[1] ok segir honum ætlan Saxa. En jafnskjótt kallar Karlamagnús konungr[2] Baldvina ok Berað ok Bova inn skegglausa ok mælti: Nú mun sýnt[3] verða, góðir riddarar, segir hann, [hverir bezt duga[4] í þessum bardaga. En þeir svara:[5] þat skaltu vita, segja þeir, at aldri skulum vér yðr bregðast, meðan [lífit er með oss.[6]

48. [Nú herklæðist sjálfr Karlamagnús keisari ok Rollant frændi hans, ok stíga upp á ina beztu hesta sína.[7] þá var framleiddr hestr [Rollants Veleantis,[8] en þat var aldri gert nema í[9] nauðsynjum. Síðan mælti Rollant við Karlamagnús konung: Herra, segir hann, fylk liði váru, sem þér líkar, ok ætla til [þá sem fyrstir skulu[10] ganga í mót heiðingjum. þá svarar Karlamagnús konungr: Herlið[11] mitt skal fyrst fram ganga, en þar næst Flæmingjar ok Frísir, en því næst Norðmenn af landamæri. En [þú Rollant ok lið þitt þér skulut[12] ganga í mót Elmidan ok hans liði, en hann hefir horn þat er bezt er í heimi. þat þikkir mér gott, segir Rollant, at vit finnumst, en þó skilr mikit lið okkart.[13] Nú fylkir Karlamagnús konungr liði sínu öllu, fyrst[14] Rollant ok Olifer ok málamenn, þeir[15] eru í sjálfs hans fylkingu; [en í annarri[16] fylking af Norðmandi; sú var in þriðja er í var Berin af Burgunie; í enni fjórðu lýðrinn af Peitu; í enni fimtu herrinn af Gaskun ok af Angio;[17] sú[18] in sétta er gerðu brezkir; [sjaundi er gerðu af Normám;[19] átti lýðrinn af Puer; sú var in 9da er gerðu Flæmingjar; ina 10du gerðu Leonsmenn ok enskir; ina elliftu gerðu Frankismenn ok var einna[20] bezt; sú in tólfta er Rollant gerði með hirð sinni.

49. Nú hefir Karlamagnús konungr [skipat fylkingum sínum[21] ok merki yfir hverju 100 liði.[22] En Rollant ferr í skóg ok með honum 20 þúsundir ok váru skamt frá Rín. þar var brekka[23] fögr. Maðr hét[24] Marsen, hann hefir gert þar brunna[25] fagra, ok þat er sagt, at eigi hafi verit fegri[26] staðr í heimi, því at þar váru allskonar[27] grös er [góð váru.[28] [Aðalkelda ein var þar, grœnt var

---

[1]) [til landtjalda Karlamagnús konungs *a*. [2]) *á tilf. a*; til sín, *b*. [3]) reynt *b*. [4]) [hverr bezt verðr við *a*. [5]) allir senn *tilf. b*. [6]) [vér megum upp standa *a, b*. [7]) [En er Karlamagnús konungr varð fullnumi at því (vissi fullkomliga *b*), at Guitalin konungr bjóst til bardaga, þá herklæddist hann sjálfr ok Rollant, ok tóku þeir til hinna beztu hesta sinna ok svá til allra vápna sinna. *a, b*. [8]) [háns Velantif *a*; hinn bezti Rollants *b*. [9]) at *a, b*. [10]) [hverir fyrstu skulu fram *a, b*. [11]) Hirðlið *a, b*. [12]) [*saal. a, b*; Rollant ok hans lið skal *A*. [13]) [*tilf. a, b*. [14]) fremst *a*. [15]) sem *tilf. a*. [16]) [önnur *a*. [17]) Anglis *a*. [18]) var *tilf. a*. [19]) [hin sjaunda var Norðman *a*. [20]) sú þeirra *a*. [21]) [gert fylkingar *a*. [22]) *frá Nú fylkir Karlamagnús í foregaaende Capitel og hertil mgl. b*. [23]) nökkur *tilf. a*. [24]) hefir heitit *a*. [25]) búð *a*; bygð *b*. [26]) betri *a*. [27]) hverskonar *a*. [28]) [fögr eru ok góð *a*.

alt umhverfis hana, á því þikkir gulls litr vera.[1] Þangat váru iðuliga vanar at koma konur Saxa ok drukku af keldu þeirri ok létu svala sér. Þar[2] var komin Sibilia dróttning ok með henni mikill fjöldi kvenna at sjá [hvárir betr mætti[3] Frankismenn eða Saxar. Nú ríðr Karlamagnús konungr með[4] her sínum til [þeirrar hæðar,[5] er áðr nefndum vér, [ok breiddi í sundr merki sín. Karlamagnús konungr reið fyrst fram allra manna,[6] ok kallar á þann mann er nefndr er Fremund ok annan höfðingja er Hemars hét, inn 3[7] Jofrey af Manses ok jarlinn af Bandölum,[8] ok mælti við þá: Vel hefir guð oss hólpit jafnan,[9] segir hann, en oss væri [nú mikil þörf,[10] at hann héldi sinni hendi yfir oss.[11] En nú, segir hann, hvárt sem vér komum [eða eigi til,[12] þá skal [Frakkland jafnan[13] blezat um öll lönd önnur, ok kóróna mín er af gulli ger ok svá fögr,[14] at allr heimr verðr til hennar at hníga.[15] Ok þat sönnuðu allir Frankismenn ok báðu þess guð, at hann [skyldi geyma líf hans.[16]

50. Nú er at segja frá [Guitalin konungi, at hann kallar á bróður sinn Elmidan ok[17] Alfráð[18] af Danmörk ok á Gunafer bróður hans: [Sé, segir hann,[19] lið Karlamagnús konungs. Sjám vér, segja þeir. Ef Karlamagnús konungr fær mik tekit höndum, þá mun hann land várt eyða, [ok þikkjumst ek vita hvern dóm hann mun mér gera: hann mun höggva höfuðit af mér með sverði sínu er Jovis[20] heitir, en slíkan dóm enn sama skal ek honum dæma, ef ek ná honum.[21] Þá svöruðu Saxar: Dýrt skal hann kaupa áðr en þat verði, [ok fyrr skulu Frankismenn drepnir áðr en þat verði[21] sýst, ok er þat várt ráð [at sækja at þeim sem fastast,[22] ok látum ekki mannsbarn undan[23] komast, þat er tíðendi kunni[24] segja. Konungr svarar: Maumet ok Terogant blezi yðr [fyrir mál,[25] segir hann. Segun hét maðr, hann var ættaðr af Babilon [drambsmaðr mikill, hans ofstopi gengr umfram mannligt eðli.[26] [Hann berr merki

---

[1]) [kelda ein var þar grœn, ok alt var þar grœnt umhverfis. *b*. [2]) þangat *a, b*. [3]) [til orrostu ok at hyggja at (skynja *b*) hvárir betr berðist *a, b*. [4]) öllum *tilf. a*. [5]) [þess staðar *b*. [6]) sinna *tilf. a*. [7]) þriði er kallaðr var *a*. [8]) Jbansdölum *a*. [9]) hér til *a*; [hann ríðr fyrstr allra sinna manna ok stöðvar þá herinn, síðan talar hann fyrir liði sínu: Minnumst á þat, góðir riddarar, at guð hefir oss jafnan vel hjálpat *b*. [10]) [enn jafnmikil nauðsyn sem fyrr *a*. [11]) því at hann veit, at vér berjumst fyrir hans kristni ok hennar frelsi *tilf. b*. [12]) [til eða eigi *a*; aptr eða eigi *b*. [13]) [ávalt Frakkland hit góða *a, b*. [14]) ok skír *tilf. a*. [15]) *fra* ok kóróna *o. s. v. mgl. b*. [16]) [héldi lífi hans *a*; varðveitti hans líf *b*. [17]) [Elmidan ok Guitalin konungi, þeir kalla á *a*. [18]) Elfráð *b*. [19]) [þá mælti Guitalin konungr: Sjái þér *a*. [20]) Gaudiola *b*. [21]) [*tilf. a, b*. [22]) [sögðu Saxar, at ráða til þeirra sem harðast *a*. [23]) í brott *a, b*. [24]) at *tilf. a, b*. [25]) [*mgl. a, b*. [26]) [atgerfimaðr mikill ok dramblátr *a, b*.

Guitalins konungs,[1] þar er merktr á gullhani[2] svá fagr ok skírr, at 20 mílur [lýsti af á hvern veg, ef sólin skein á.[3]

51. Nú eru þeir saman komnir allir á vígvelli[4] Karlamagnús konungr ok [inn illi[5] Guitalin konungr.[6] Þar mátti þá heyra lúðragang[7] ok vápnabrak, er saman géngu Saxar ok Frankismenn. Karlamagnús konungr ríðr fyrst fram allra manna ok Baldvini frændi hans, en Berað[8] dvaldi[9] ekki eptir at sækja. Baldvini rauð þá[10] fyrst hönd á [einum höfðingja heiðinna manna, ok bar hann með spjóti sínu[11] af hesti ok feldi[12] dauðan til jarðar. Berað reið at öðrum, ok [fór sá slíka för sem inn fyrri.[13] Þá æpti Karlamagnús keisari hárri röddu ok mælti við þá: Ríðit fram frækniliga, [vér munum sigr fá, en Saxar munu[14] hafa lægra hlut, því at [fátt mun í móti standa oss, ok dugi nú hverr sem drengr er til. Guitalin konungr mælti þá[15] við lið sitt: Þat vitu þér, at Karlamagnús konungr hefir rangt at mæla, er hann vill berjast til föðurleifðar minnar ok vill taka af mér Saxland. Þá svöruðu liðsmenn hans: [Fyrr skal hverr várr falla um þveran annan en Karlamagnús konungr nálgist ríki þitt.[16] Þá mælti Esklandart konungr: [Látum oss þat í hug koma, at vér efnum þat er nú höfum vér mælt, ok[17] veri sá níðingr allra níðinga, er bleyðiorð vill bera fyrir Frankismönnum.[18] Ríðr síðan fram[19] at þeim manni er nefndr er Godefreyr, ríkum höfðingja, hann leggr til hans ok skaut[20] honum dauðum [til jarðar.[21] Margamar konungr[22] heiðingja ríðr fram at þeim manni[23] er nefndr er Eli, hann var af stað þeim er Verdun heitir, hann er þar dómandi. Margamar konungr feldi hann dauðan til jarðar. [Alfens hét einn ríkr höfðingi af heiðnu liði, hann feldi þann höfðingja af kristnum mönnum er Garner hét.[24] Nú er hörð orrosta ok þess mest at ván, at Frankismenn nái harðri [atsókn áðr unnit er[25] Saxland. Í því bili

---

[1] [tilf. a, b. [2] gullari, b. [3] [skín (lýsir b) af á hvern veg a, b. [4] einn vígvöll (völl b) a, b. [5] [mgl. a. [6] ok allr herr þeirra tilf. b. [7] lúðra-agn;̈ a; lúðrahljóm b. [8] Berarð a, b, her og ellers. [9] dvaldist a. [10] þar a. [11] [heiðnum manni, hann lagði á heiðingja einum með spjóti sínu ok bar hann a. [12] hann tilf. a, b. [13] [feldi þann af hesti sínum dauðan til jarðar a; veitti honum slíka þjónustu b. [14] [riddarar, segir hann, í orrostu þessi munu vér sigrast, en Guitalin konungr mun a, b. [15] [hann ferr með röngu (hefir rangt at mæla b) ok vill verja land mitt fyrir mér. Nú ríða Frankismenn fram harðliga ok eru fleiri saman en 100 þúsunda hermanna, en annán veg Guitalin konungr með sínu herliði (útal þúsundir tilf. a) ok mælti a, b. [16] [þess er engi ván at þat hendi at Karlamagnús konungr nálgist ríki þitt, ok heldr skal hverr várr falla um þveran annan en þat verði. a. [17] [tilf. a, b. [18] liði Frankismanna a. [19] ok lýstr hest sinn sporum ok tilf. a, b. [20] hratt a, b. [21] [af hesti sínum a. [22] í liði tilf. a. [23] Frankismanni a. [24] [tilf. a, b. [25] [sókn áðr en þeir fái unnit a.

kom fram [Segun merkismaðr Guitalins konungs, hann var höfðingi mikill, hann var auðkendr af vápnabúnaði þeim er hann hafði af öllum þeim útalligum fjölda.¹ Þessi maðr œpti hárri röddu ok kallaði: Hvar ertu Rollant [af Frakklandi, segir hann, bleyðimaðr ertu,² þitt guð steypi³ þér ok [lægi þitt ofdramb,⁴ ok illu heilli fórtu yfir Rín, ok⁵ hér skaltu eptir liggja. En Baldvini svarar: Úsatt verði⁶ mál þitt, heiðingi, segir hann. Ok laust hest sinn með sporum ok reið at heiðingja ok mælti: Ek em bróðir Rollants ok em ek [varnarmaðr⁷ allra þeirra⁸ er honum hallmæla, ok vil ek við þik berjast fúsliga fyrir lofi⁹ ins helga Pétrs postola, ok seg mér [nafn þitt.¹⁰ Segun¹¹ heiti ek, segir hann, ok em ek ættaðr af landi því er Trimonie¹² heitir, ok vil ek við engan mann berjast fyrr en [ek hefi leyfi af Guitalin konungi, ok fyrir þá sök at ek em merkismaðr Guitalins konungs,¹³ ok er þat inn mesti glœpr,¹⁴ ef vér skulum fyrir þá sök fella sœmd¹⁵ konungs, ok verða Saxar þá yfirkomnir ok margr lýðr annarr. En ef þér er mikil fýst á því,¹⁶ ok vill konungr lofa mér, þá [segi ek þér víst ván viðrnáms, ok áttu þá héðan ván engrar vægðar frá¹⁷ mér.¹⁸ En þat þikki mér eigi skamlaust, er þú [átt at ráða fyrir svá góðum hesti sem¹⁹ þú sitr á. En ef ek sœki eigi hestinn²⁰ af þér, þá em ek eigi verðr at bera kórónu á höfði mér eða merki konungs í hendi mér. Þá mælti Baldvini²¹ í millum tanna sér ok sór við inn helga Pétr postula: Ef ek mœti þér eigi áðr en þú tekr af mér hest minn, þá tel ek mik enskis virðan.²² Síðan laust hann hest sinn með sporum ok hleypti fram at Segun²³ ok lagði til hans spjóti sínu, þar sem hjá var þúsund manna, ok feldi hann²⁴ af hesti sínum til jarðar. Ok við þat úglöddust mjök heiðingjar, en [Frankismenn vurðu glaðir við.²⁵ Nú

---

¹) [riddari einn mikill höfðingi, hann er nefndr Segun. Hann var vápnaðr vel, hann hafði um sik brynju, þá er ger hafði verit í Álfheimum, annarr hringr í henni var af gulli en annarr af silfri, ok var ekki vápn þat er hana mátti bíta. Þessi maðr bar merki Guitalins konungs; bönd (föllin b) öll ok saumar váru gull eitt (gulldregin b), ok er þat svá breitt ok hátt, at þat tekr jörð. a, b. ²) [bleyðimaðr af Frakklandi, segir hann a. ³) fyrirfari b. ⁴) [legg af dramb þitt, b. ⁵) því at b. ⁶) er a. ⁷) vonarmaðr a. ⁸) [hans verndarmaðr fyrir öllum þeim b. ⁹) lof a. ¹⁰) [heiðingi nafn þitt ok leyn eigi a. ¹¹) Seginn b, her og forhen. ¹²) Termonie a; Tremonie b. ¹³) [konungr (Saxa tilf. b) lofi mér, en þat er fyrir þá sök at Guitalin konungr hefir fengit mér merki sitt at bera a, b. ¹⁴) úhœfa b. ¹⁵) merki Guitalins a; sœmd ok merki b. ¹⁶) at berjast við mik b. ¹⁷) af a. ¹⁸) [skaltu ván eiga af mér vægðarlausrar sóknar b. ¹⁹) [skalt ráða fyrir hesti þeim er a, b. ²⁰) hest þinn a; hann b. ²¹) sœmiligr drengr ertu, ok mælti tilf. a, b. ²²) (glófa tilf. a) verðan a, b. ²³) honum a, b. ²⁴) dauðan tilf. a. ²⁵) [allr herr Frankismanna gladdist a.

sá Margamar konungr á úfarir Seguns, ok ríðr[1] at einum Frankismanni ok feldi þann dauðan af hesti sínum ok tók síðan þann hest. En Guitalin konungr þakkaði honum fyrir[2] ok bað[3] [at svá skyldu[4] fleiri[5] fara.

52. Nú mælir Guitalin konungr við Karlamagnús konung: Hvar ertu, inn vándi konungr ok inn ágjarni, segir hann, en ef mér vill duga guð mitt Maumet, þá skaltu [illu heilli komast[6] yfir Rín. En ef ek má mœta þér á vígvelli,[7] þá skal ek draga þik með þeim[8] hvítum kömpum er þú berr eptir þér ok fœra þik til Leutice[9] borgar. Karlamagnús konungr[10] heyrði orð hans, hann kendi Guitalin konung af búnaði hans, ok hvárr þeirra[11] annan. Nú kemr svá at þeir ríðast at, ok lagði hvárr þeirra[12] til annars, ok misti Guitalin konungr,[13] en Karlamagnús konungr [lagði til Guitalins konungs ok feldi hann[14] til jarðar. [Ok í því bili kómu meir[15] en 10 þúsundir[16] ok skutu undir hann[17] hesti, ok réð fyrir því liði föðurbróðir hans.[18] Hann sat á hesti þeim er risi einn átti,[19] hann var fœddr [í bergi einu,[20] er úkunnikt var mönnum. En þat berg var[21] í fjalli nökkuru, ok ormr einn hafði fœtt[22] hestinn á spenum[23] sínum. Hann vildi eigi korn eta sem önnur hross, hann skyldi nýtt kjöt eta[24] ok þó hrátt. Víkingar sóttu [hann á upplönd[25] ok drápu þá alla er [hans geymdu,[26] síðan seldu þeir [þenna hest fyrir 20 kastala ok 20 borgir[27] með öllu því ríki er til lá. Hann[28] var öðrum megin hryggjar svartr en öðrum megin apalgrár; [höfuðfagr var hann, ok þótti sem blóms lit brygði yfir hann allan; toppr hans var svá síðr, at hann tók niðr undir hófskegg honum, þótti gulls litr á vera.[29] Þar sat á baki honum Estorgant frændi Guitalins konungs, ok lét mikit lið til koma. [Hann kom at farandi með liði sínu, þar sem Guitalin konungr var á fœti staddr, hann skaut hesti undir hann, ok[30] síðan mælti hann við konung: Nær [var nú komit miklum skaða.[31] En nú sver ek við Maumet, at þeir skulu dýrt kaupa Saxland. Síðan ríðr hann fram [snart sem broddr fljúgi,[32] ok feldi höfðingja

---

[1]) reið fram ákafliga *a, b*.   [2]) vel *b*.   [3]) sagði *a*.   [4]) skyldi *a*.   [5]) [svá fleiri *b*.   [6]) [farit hafa illu heilli *a, b*.   [7]) ok vili Maumet duga mér *tilf. b*.   [8]) hinum *tilf. a*.   [9]) Liozissa *a*; minnar *b*.   [10]) var í herinum ok *tilf. a*.   [11]) þekti *tilf. a*.   [12]) spjóti *tilf. a*.   [13]) sem betr var *tilf. a*.   [14]) [festi spjót sitt á honum ok feldi hann af hesti sínum *a, b*.   [15]) [En þá kómu fram fleiri *a*.   [16]) hans manna *tilf. b*.   [17]) öðrum *tilf. b*.   [18]) Guitalins konungs *a, b*.   [19]) hafði fœtt *a*; hafði sóttan *b*.   [20]) því *tilf. a*.   [21]) fjarri mönnum *tilf. a*; [*mgl. b*.   [22]) fœddan *a, b*.   [23]) spena *a*.   [24]) at fœzlu *tilf. a*.   [25]) [hestinn þagat sem hann var geymdr *b*.   [26]) [varðveittu hann *a, b*.   [27]) [hann við 20 köstölum ok 20 stórborgum *a*.   [28]) hestrinn *a, b*.   [29]) [*tilf. a*; tagl hans var svá sitt, at tók niðr yfir hófskegg, ok þótti gulls litr á vera, *b*.   [30]) [*tilf. a*.   [31]) [horfði (hafði *b*) nú miklum váða *a, b*.   [32]) [ok laust hest sinn með sporum *a, b*.

[þann er Veliantif[1] hét[2] dauðan til jarðar. En hvat er at lengja um þat, þrjá höfðingja[3] feldi hann í sinni framreið ok marga aðra er minna [kom til, ok váru þó œrit hraustir.[4] En við þat úgladdist mjök Karlamagnús konungr ok [hans menn.[5] En í því bili kom Baldvini með [liði sínu[6] ok eggjar[7] framgöngu, ok [vann eið við inn helga Sendinem, at hann[8] lézt sjá þá á heiðingjum at þeir mundu[9] flýja. Síðan reið hann fram at Estorgant, ok eigast þeir við [snarpa hríð,[10] ok léttir Baldvini eigi fyrr en hann laugar sverð sitt í hjartablóði hans ok [steypti honum dauðum á jörð.[11] Nú koma[12] synir Guitalins konungs fram Alfráð[13] ok Justamund,[14] ok í þeirri framgöngu féllu [20 Lumbarðar ok fjórir tigir þeirra manna er Noeas heita[15] af kristnum mönnum. Nú [hittast þeir[16] Karlamagnús konungr ok með honum Baldvini ok Berað, en í móti váru[17] synir Guitalins konungs. [Í þeirri féllu kristnir menn 100 ok 20 heiðingjar. En þat mátti sjá,[18] at varla mundi verða harðari atsókn[19] en þar var. Nú mæltu heiðingjar sín á meðal: Dugum oss nú ok rekum harma várra, því at eigi munu vér komast í betra fœri [en nú, er hér fátt kristinna manna.[20] Síðan riðu fram fimtigir riddara[21] at Baldvina einum, ok varð hann þá ofan at stíga,[22] hvárt sem hann vildi eðr eigi. Nú er Baldvini á fœti staddr, ok þarf hann nú[23] guðs hjálpar, [ok hann heitr á guð sér til miskunnar.[24] Síðan verst hann[25] drengiliga sem ván var,[26] ok mælti þá til Karlamagnús konungs: Ek em nú nauðuliga staddr [frændi, segir hann,[27] ok er þat vel fallit at gleyma mér eigi. En [Karlamagnús konungr dvaldi ekki för honum at hjálpa.[28] En [Baldvini leit þann mann er honum var engi[29] ást á, er[30] var Margamar konungr, hann[31] lagði til Baldvina með spjóti ok misti,[32] er betr var. En Baldvini tók í mót honum ok hjó til hans á ofanverðan hjálminn ok af þat sem tók, ok í sundr brynjuböndin, er af gulli váru ger, ok af[33] öxlina vinstri, ok létti

---

[1]) Velantif *a*. [2]) [hann *b*. [3]) mikla *tilf. a, b*. [4]) [háttar váru *b*. [5]) [lið hans alt, bæði Lumbarðar ok Garopines ok svá Frankismenn ávítuðu mjök Karlamagnús konung í umræðum sínum, er hann hélt þeim þar svá lengi *a, b*. [6]) [sitt lið *a*. [7]) þá *tilf. a*; herinn til *tilf. b*. [8]) [mgl. *b*. [9]) brátt undan *tilf. a, b*. [10]) [vápnaskipti *a, b*. [11]) [lagði sverði sínu í gegnum hann *a, b*. [12]) ríða *b*. [13]) Alfarð *b*. [14]) Testamunt ok Effraim konungr *a*; Estamund ok Abeffra Enmon konungr *b*. [15]) [60 *b*. [16]) [ríðr fram *b*. [17]) honum eru *a*; þeim kómu *b*. [18]) [Ok þat mundi sá segja er þar væri *b*. [19]) sókn *a, b*. [20]) [*tilf. a, b*. [21]) manna ok allir *a*. [22]) af hesti sínum *tilf. a, b*. [23]) sem fyrr *tilf. a*. [24]) [*tilf. a, b*. [25]) vel ok *tilf. a, b*. [26]) at *tilf. a, b*. [27]) [í millum margra heiðinna manna *a, b*. [28]) [þá er Karlamagnús konungr sá at frændi hans var staddr á millum heiðingja nauðugliga, þá dvaldi hann ekki för sína til hans *a, b*. [29]) lítil *a*. [30]) en þat *a*. [31]) [Margamar konungr *b*. [32]) hans *tilf. a, b*. [33]) í brott *a, b*.

eigi fyrr en hann skildist við hann dauðan. Síðan eignaðist[1] hann hest hans ok ljóp á bak honum, ok kallaði á heiðingja ok mælti við þá hörðum orðum,[2] ok var þá svá ólmr sem dýrit úarga.[3] En Guitalin konungr varð hryggr við fall Margamars konungs.[4] Síðan setti Guitalin konungr hornit[5] á munn sér ok blés með miklum ofrhuga, en þegar þeysti Elmidan bróðir Guitalins konungs her sínum[6] or skóginum ok blés [með sínu horni.[7]

53. [Við þenna hornblástr vaknaði Rollant,[8] ok hét á lið sitt ok mælti: Ríðum nú til bardaga sem harðast, ok veit ek þat víst, at Karlamagnús konungr þarf liðveizlu várrar. En þeir gerðu sem hann bað.[9] Nú it fyrsta hefst bardagi þeirra af nýju. Nú mælir Elmidan við þann mann er Buten[10] hét, hann [réð fyrir miklu ríki:[11] Hvárt þikki þér[12] ráð, at ek blása í horn mitt ok gleðja svá lið mitt.[13] En hann lét þat gott ráð vera. Síðan tók hann til at blása. En við þat skulfu öll [fjöll er í nánd váru.[14] En Rollant var í miðjum herinum ok heyrði ógurliga rödd hornsins[15] ok mælist við einn saman: Gæfu ins helga Sendinis[16] legg ek á [hornit,[17] ok væri þat snildarbragð mikit, ef ek næða horni því.[18] En þat lið er fagrt ok mikit [er með Elmidan er, en[19] ef ek freista mín eigi nú, þá hefi ek týnt lofi mínu.[20] Síðan reið hann á fund Elmidans, [þar sem hann blés horninu,[21] ok var Karlamagnús konungr fyrstr[22] í því liði ok sparði eigi at veita [stór högg ok[23] þiggja.[24] Nú kallar Elmidan á Rollant ok spurði: Hvar ertu, segir hann, jafningi[25] góðra manna, ok þat ætla ek, segir hann,[26] at þú hafir illu heilli farit yfir Rín, ok [bið ek eigi betra en vit mœtimst,[27] ok eigi hirta ek at lifa lengr [en ek fénga þik[28] yfirstigit.[29] Rollant heyrði orð hans úsœmilig við sik mælt ok ríðr fram at Elmidan [ok svarar[30] rœðu hans:

[1]) tók b. [2]) sem vert var tilf. a. [3]) er þat œðist at öðrum dýrum, ok mátti nú eigi í móti honum halda skjöldr eða brynja tilf. a; þá er þat er ólmast móti öðrum dýrum, mátti þá hvárki standa við honum skjöldr né brynja tilf. b. [4]) ok svá úglaðr, at mjök svá vissi hann ekki til sín, en þat var illa er nökkut skorti á tilf. a, b. [5]) horn a, b. [6]) sinn a, b. [7]) [í horn sitt Olivant b. [8]) [Við þenna hornblástr varð Rollant varr a; Rollant kennir blástrinn b. [9]) bauð b. [10]) Butrent b. [11]) [var ræðismaðr hans (konungs b) a, b. [12]) þat tilf. a. [13]) várt a, b. [14]) [lönd hinu (hin b) næstu a, b. [15]) horns þessa a. [16]) lávurðs míns tilf. a, b. [17]) horn þetta a. [18]) [at fá hornit þetta, því at þat er mikit snildarbragð b. [19]) [ok vel búit er fylgir Elmidan ok fagrt er at sjá til sverða þeirra brugðna, ok a. [20]) [ok vel búit er fylgdi Helmidan b. [21]) [þess er horninu blés a. [22]) allra manna tilf. a. [23]) svá at. tilf. a. [24]) [heiðingjum stúr högg, ok svá varð hann at þiggja bæði högg ok lög af þeim b. [25]) smal. ogsaa b; újafningi a. [26]) ef Maumet vill duga oss tilf. a. [27]) [eigi beidda ek betr, en ek mœtta þér einum b. [28]) hann a. [29]) [ef ek stiga eigi yfir þik, vili Maumet duga mér b. [30]) hlutaðist í a.

Heyrðu inn karpmálgi[1] riddari, segir hann, hvert er nafn þitt.[2] Hann svarar: Elmidan heiti ek, ok [vildi ek finna Rollant at[3] eiga við hann vápnaskipti, [ok hjálpi mér svá Maumet, at þess væri ek fúsastr at við fyndimst í þessum bardaga,[4] því at lítils þikki mér vert um frœknleik[5] annarra liðsmanna Karlamagnús konungs, ef ek kœma honum á kné.[6] Þá svarar Rollant: [Sýniligr ertu drengr[7] ok frœknligr, ok œrit fagrt er þitt horn, en[8] nú skal ek gerast úfólginn í skapi fyrir þér.[9] Ek em Rollant frændi Karlamagnús konungs, ok tel mik [engu nýtan,[10] ef ek komumst[11] eigi yfir þik. Nú ríðast [þar at Rollant ok Elmidan furðu fast,[12] ok þat ma segja lygilaust, at eigi er smátt höggvit. Heiðingi hjó til Rollants framan í skjöld hans, en guð gerði þá[13] sem optar miklar jarteinir[14] fyrir sakir Karlamagnús konungs ok Rollants, höggit snerist niðr með vinstri síðu Rollants[15] ok beit í sundr brynju hans ok tók af[16] þat er nam,[17] ok barg þá guð er [Rollant varð ekki sárr,[18] [en þó gékk Rollant eigi at heldr af hesti sínum.[19] Nú höggr Rollant [til heiðingja ok af bóluna skildi hans[20] ok allan búnaðinn er á var. Síðan lagði hann spjóti sínu[21] í gegnum hann[22] ok hratt honum ofan af hesti sínum. En heiðingjum[23] varð úsvift[24] við. Þá sótti Elmidan fast at Rollant ok hjó í hjálm hans ok af[25] allan búnaðinn er á var[26] ok í sundr hestinn fyrir framan söðulbogann, svá at Rollant steyptist ofan at höfði til jarðar, ok kom [þá enn[27] standandi niðr á jörð. Nú eru þeir báðir á fœti staddir, ok er Rollant einkar reiðr, sem ván var, ok hjó síðan [til heiðingja af honum allar hlífar,[28] ok fylgdi þar[29] með öxlin vinstri.[30] En Elmidau hélt með hœgri hendi[31] sverði sínu, [en á sverði hans váru merkt líkneski heiðinna goða þeirra er svá hétu, Makon ok Apollin ok Jubiter ok Terogant. Síðan mælti heiðingi:[32] Þú inn illi guð Makun [, segir hann, dugi þú[33]

---

1) kappmálgi *a.* 2) [spyrjandi hann at nafni *b.* 3) [fer ek at leita Rollants, því at ek vilda *a, b.* 4) [*mgl. b.* 5) riddaraskap *a, b.* 6) bug *a.* 7) [þat er satt at segja at sýniligr drengr ertu *a.* 8) œrit ertu ljóshugaðr ok œrit hefir framarliga til orða tekit. En *tilf. a.* 9) fra ef ek kœma honum *og hertil mgl. b.* 10) [einkis glófa verðan *a, b.* 11) stíg *b.* 12) [þeir at, ok eirir hvárgi öðrum *a, b.* 13) enn *tilf. a.* 14) jartegnir *b.* 15) *mgl. b.* 16) alt *tilf. a, b.* 17) hit gegnsta *tilf. a, b.* 18) [utan rifja gékk þat hit hvasseggjaða sverð *a*; er eigi tók líkam hans *b.* 19) [*tilf. a, b.* 20) [í móti til heiðingja í skjöld hans ok (tók *tilf. b*) af bóluna *a, b.* 21) til hans ok *tilf. a.* 22) skjöld hans *b.* 23) heiðingja *a*; heiðingjanum *b.* 24) ósvipt *a, b.* 25) tók af í því höggi *a.* 26) bæði gull ok silfr ok gimsteina *tilf. a, b.* 27) þó *b.* 28) [með Dýrumdala sverði sínu ok af heiðingja allar hlífar sínar *a, b.* 29) í brott *a.* 30) niðr til jarðar *tilf. b.* 31) á *tilf. a.* 32) [*tilf. a, b.* 33) [ok hinn drambláti Apollin, dugi þit (skömm fáit þit fyrir þat, er þér vilduð eigi duga *b*) , *b.*

líkam mínum, ek hefi nú týnt [þeim lim mínum,[1] er ek mátta illa án vera.[2] En þó at ek sé[3] einhendr, brigzlalaust er mér þat, [þó skal hann at hváru[4] þat högg af mér hljóta, er góðum drengjum[5] skal gilt þikkja. Síðan [hjó hann af Rollant allar hlífar ok veitti honum stórt sár. En Rollant gerði í móti þegar[6] ok veitti honum þat[7] er bráðast gerði um, ok[8] hjó af honum höfuð ok tók síðan horn ok sverð hans.[9] Þat veit ek, segir hann, ef þú værir kristinn, [sá væri dauði þinn[10] mjök harmandi. Síðan setti Rollant hornit á munn sér ok blés þrim[11] sinnum, en við þat varð varr allr lýðr[12] kristinn ok heiðinn, at Rollant hafði hornit ok [sigr unnit á Elmidan.[13] En Guitalin konungr [mælir þá til sinna manna:[14] Góðir riddarar, segir hann, ekki er hér at dveljast, ok leiti nú hverr fyrir sér at mínu lofi. Nú kómu fram 7[15] skjaldsveinar Rollants ok höfðu hest hans með at fara Veleantis.[16] En Guitalin konungr flýr undan, en Rollant rekr flóttann.

54. Nú verðr Baldvini varr við, at Guitalin konungr [flýr undan.[17] Hann kallar á hann þrim sinnum ok [biðr hann bíða sín.[18] En er Guitalin konungr heyrði orð hans, þá sneri hann aptr hesti sínum, ok ríðast[19] at ok leggjast[20] með spjótum, ok hratt hvárr[21] öðrum af hesti.[22] Nú eru þeir báðir á fœti staddir, ok er nú in harðasta atlaga. Nú koma at fleiri en 100 Frankismanna. En Baldvini [bað þá eigi nærri[23] koma, ok tók svá til orða sem gegnir orðskvið fornum: Einn skal við einn eiga nema sé deigr. Síðan mælti Baldvini við Guitalin konung: Þat er nú ráð, konungr, at [gefast í várt vald,[24] elligar mun ek veita þér bana.[25] Konungr sá at nauðigr var einn kostr, ok [gafst í vald Baldvina ok hans manna.[26]

[1]) [hendi minni b. [2]) ok hefir Rollant því valdit, segir hann tilf. a, b. [3]) nú tilf. a, b. [4]) [þá skal hann þó at vísu a. [5]) dreng a, b. [6]) [sótti hann fram at Rollant ok hjó af honum allar hlífar hans ok þat er sverð hans tók at því sinni, ok gaf hann honum banasár (sár b) mikit, því at af tók þat alt líkama hans, þat er numit hafði, svá at í jörðu nam staðar. En Rollant gerði it skjótasta ráð a, b. [7]) embætti tilf. b. [8]) því at hann a, b. [9]) þá mælti Rollant tilf. a, b. [10]) [at dauði þinn væri a; at þú værir b. [11]) þrysvar b. [12]) herrinn bæði a, b. [13]) [hafði sigrazt í þeirra viðskipti a, b. [14]) [hét á menn sína a. [15]) 4 b. [16]) Velantes a; Veliantif b. [17]) [ferr í flóttanum b. [18]) [mælti: þat er nú ráð at bíða mín, ok snú aptr hesti þínum. En ef þú vilt þat eigi, þá hefir þú týnt lofi (lífi b) þínu, ok muntu þá falla í liði flóttamanna (hneisuliga b) a, b. [19]) riðust a, b. [20]) lögðust a, b. [21]) þeirra tilf. a. [22]) baki a. [23]) [bauð þeim eigi nær at a, b. [24]) [gefa upp vápn þín a. [25]) fra ok tók svá til orða hertil: því at tveir skulum vit reyna okkar í milli, skal ek nú veita bana Gvitelin konungi b. [26]) [gaf upp vápn sín, ok er hann nú í valdi (haldi b) Baldvina ok liðs hans. a, b.

55.[1] Nú er at segja frá sonum Guitalins konungs. Þeir ríða nú undan[2] út á Rín ok koma til landtjalda þeirra er [faðir þeirra[3] hafði átt, en þat dugði þeim, at þeir höfðu skjóta hesta.[4] En við för þeirra varð[5] vör Sibilia dróttning ok spurði tíðenda. En þeir sögðu bæði mörg ok mikil, Guitalin [konung höndum tekinn, en Elmidan drepinn ok Margamar konung.[6] En við þessi tíðendi varð dróttning úglöð ok hrygg, svá[7] at hon vissi nær ekki til sín.[8] Síðan flýði Sibilia dróttning [út í lönd með sonum sínum.[9] En Baldvini fékk Guitalin konung í hönd[10] Rollant. Ok jafnskjótt sem [konungr sá Rollant,[11] þá laut hann honum ok mælti: Miskunna mér, Rollant, segir hann, fyrir sakir guðs þíns, at ek koma eigi fyrir Karlamagnús konung. Ok féll síðan til fóta honum. En Rollant svarar: Yfir

---

[1]) *Capitel 55 lyder i b saaledes:* Eptir þessa atburði alla saman, sem nú hefir verit af sagt um hríð, hleypa synir Gvitelin konungs hestum sínum út á Rín, því at þeir örvænta sér sigrs, síðan þeir sá föður sinn fanginn. Dugði þeim þat, at þeir höfðu hesta svá góða, at þeir máttu eigi verða teknir á skeiði. Léttu þeir eigi fyrr, en þeir kómu til landtjalda þeirra, er Gvitelin konungr hafði átt. Ok er Sibilia dróttning verðr vör við kvámu þeirra, spurði hon þá tíðenda. Þeir sögðu Gvitelin konung höndum tekinn, en Helmidan drepinn ok Margamar, ok svá farna flesta höfðingja. Við þessi tíðendi varð Sibilia úglöð ok þóttist hafa fengit mikinn mannskaða. Er þat af henni at segja, at hon flýr á útlönd með sonum sínum ok staðfestist þar. Nú er at víkja aptr til Baldvina, at hann ferr með Gvitelin konung þar til sem hann finnr Rollant, fékk hann honum þá konunginn til halds ok geymslu. En þegar er Gvitelin sá Rollant, þá mælti hann, framfallandi fyrir fœtr honum: Miskunna mér, Rollant, ger fyrir sakir guðs þíns, at ek koma eigi fyrir Karlamagnús konung. Rollant svarar: Yfir skaltu fara Rín; en þá er vér komum í París, munum vér tala við ráð várt, hvárt þú skalt lifa eðr deyja, því at þá mun þar koma fjölmenni mikit. Nú ríða Frankismenn til landtjalda sinna ok váru þar um náttina. Um morgininn bjöggust þeir heim til Frakklands með miklum veg ok sóma. Karlamagnús konungr lét kristna Saxland alt ok setti þar höfðingja til landgæzlu. Ok sem þeir kómu heim, var dœmt um mál Gvitelin konungs. Féll þar sá dómr á, at hann var settr í myrkvastofu ok settr fjöturr á fœtr honum, sá er varla máttu fjórir menn valda; hefði honum betra verit, at falla í orrostu en lifa við þetta. Í þeirri myrkvastofu lét hann líf sitt, vurðu þau hans æfilok en eigi betri, ok hefndi Karlamagnús konungr svá sinna meingerða. [2]) ok hleypa hestum sínum *tilf. a.*
[3]) [Guitalin konungr *a.* [4]) at eigi var þess ván, at þeir mætti teknir verða í eptirreið. *tilf. a.* [5]) brátt *tilf. a.* [6]) [konungr er höndum tekinn, Elmidan konungr drepinn ok Margamar konungr ok Estorgant frændi Guitalins konungs, ok flestir höfðingjar ok lið várt alt drepit *a.*
[7]) ok bar svá illa harminn *a.* [8]) En þat er víst at segja, at sá er þar var mátti heyra margar konur gráta, sumar bœndr sína en sumar brœðr, sumar sonu en sumar frændr *tilf. a.* [9]) [á útlönd með sonu sína *a.*
[10]) hendr *a.* [11]) [Guitalin konungr leit hann, *a.*

skaltu Rín;[1] en þá er vér komum til Parísar, þá skulum vér taka ráð várt, hvárt þú skalt lifa eðr deyja.[2] Nú ríða Frankismenn til landtjalda sinna, ok váru þar þá nótt, en um morguninn eptir [bundu þeir herfang[3] á hesta sína. Síðan setti Karlamagnús konungr höfðingja til landsgæzlu, þess er hann hafði þá unnit, ok lét þat alt kristna. Síðan er þat var sýst, þá þeystu þeir her sinn[4] til Frakklands með miklum veg. Síðan var dæmt um mál Guitalins konungs, ok féll sá dómr á, at hann var settr í myrkvastofu, ok fjöturr lagðr[5] á fœtr honum svá [þungr, at eigi féngu[6] fjórir menn hrœrt, [ok hefði honum betri kostr verit at láta líf sitt í orrostu en lifa við slíka hneisu[7] ok eiga dauða fyrir höndum. Í myrkvastofu þeirri lét hann líf sitt, ok vurðu þau æfilok hans ok eigi betri, ok var þat vel er guð hefndi svá úvinum sínum, [þeim er svá váru grimmir.[8]

[1] segir hann *tilf. a.*   [2] fyrir því at þar mun fjölment koma *tilf. a.*
[3] [þá láta þeir við kveða meir en 20 þúsundir horna ok lúðra ok bundu herfang alt *a.*   [4] heim *tilf. a.*   [5] fenginn *a.*   [6] [at eigi gátu *a.*
[7] [en honum hefði sá kostr verit betri, at hann hefði látit líf sitt í orrostu en lifa við þetta *a.*   [8] [*mgl. a.*

SETTI PARTR KARLAMAGNUS SÖGU AF OTVEL.

Svá[1] er sagt[2] at Karlamagnús konungr var í París í kastala þeim er Lemunt[3] heitir ok hélt þar jól sín vel ok [konungliga, ok var þar með honum 12 jafningjar[4] ok mikill fjöldi annarra manna, ok var þar margskonar skemtan ok mikil prýði.[5] Nú bar svá at í ræðu þeirra, at þeir sögðu at þeir skyldu fara í herför til Spanialands á hendr Marsilio konungi hinum heiðna at sumarmálum, þegar er hagar vaxa [ok hestar þeirra megu fœðast við gras.[6] Sama dag áðr en [aptansöngsmál líði,[7] þá mun Karlamagnús konungr heyra þau tíðendi, at hann mun týna 20 þúsundum ríddara fyrr en hann komi þessarri ferð á leið, er nú var um talat, nema guð dugi honum. Heiðíngi einn [af Syrlandi, sendimaðr þess konungs er nefndr er Garsia harðla riddaralegr maðr,[8] kom ríðandi œsiliga, ok létti eigi fyrr en hann kom til hallar Karlamagnús konungs; þá steig hann af hesti sínum ok gékk [upp í loptit til Karlamagnús konungs at finna hann,[9] ok síðan mætti hann Oddgeiri danska [ok Gauteri[10] ok Nemes hertuga. Þá orti hann þegar orða á þá ok mælti: Góðir höfðingjar, segir hann, sýnit mér lávarð yðvarn; ek em maðr þess konungs, er eigi þikkir meira [um yðr vert en[11] eins[12] spora. Þá svarar [Gauteri af Valvin:[13] Þegar þú kemr at hallardyrum, þá

---

[1]) *Herefter lægges Codex a til Grund, og Varianter tages af A.* [2]) *þessu næst tilf. A. Begyndelsen af dette Capitel lyder i b saaledes: At lyktaðu því stríði sem hinn völdugasti herra Karlamagnús keisari hélt í Saxlandi við Gvitelin konung ok hans menn, er nú hefir verit lesit um hríð, er þessu næst greinanda at Karlamagnús* [3]) Lemiunt *A*; Leminnt *b*. [4]) [gerði miklar veizlur, ok með honum váru 20 konungar ok tuttugu hertugar *A*. [5]) gleði *b*. [6]) grœn grös *b*; [hestum þeirra *A*. [7]) [aptansöngr sé liðinn *b*. [8]) [*mgl. b*. [9]) [til fundar við Karlamagnús konung *A, b*. [10]) [*mgl. A, b*. [11]) [til yðvar koma en verð *A, b*. [12]) úbúins *tilf b* [13]) [Oddgeir *A*; Nemes hertogi *b*.

muntu sjá konung várn sitja í hásæti í höll sinni með hvítt skegg sem dúfa, en á hœgri hönd honum sitr Rollant skrýddr guðvefjar-pelli, en á vinstri hönd honum sitr Oliver jarl, en út frá[1] 12 jafn-ingjar. Þá mælti heiðingi ok [sór við Maumet ok bað hann svá[2] hjálpa sér, at hann [kvazt mundu[3] kenna Karlamagnús konung eptir sögn[4] þeirra, ok mælti síðan: Illr eldr ok heitr logi brenni skegg hans [ok höku ok allan líkam.[5]

2. Nú fór heiðingi[6] leiðar sinnar ok létti eigi fyrr en hann [kom fyrir[7] Karlamagnús konung, ok mælti: Konungr, segir hann, ek em sendimaðr konungs þess, er ríkastr hefir verit í heiðni,[8] [en sá heitir Garsia.[9] Enga kveðju sendi hann þér, því at [eigi þótti honum þess vert.[10] Þú hefir gramit[11] at þér Maumet. En sá steypi þér ok þínu drambi, er ek trúi á, ok svá Rollant frænda þínum, er ek sé þér næstan sitja, ok þeirrar gæfu beiði[12] ek Maumet, at vit Rollant mœtimst[13] í bardaga, ok vænti ek þess, at [hann hljóti[14] hinn lægra hlut í okkru viðrskipti. Þá leit Rollant til Karlamagnús konungs ok brosti at máli hans [: Bróðir, segir hann,[15] þú mátt mæla slíkt er [þú vilt,[16] því at engi Frankismanna skal misþyrma þér í dag [, þóttu kunnir eigi at gæta orða þinna, ok veldr þat því, er þú ert kominn á vald ok á grið Karlamagnús konungs. Þá svarar konungr: Með því at þú ábyrgist orð hans, þá mun engi liðsmanna misþyrma honum. Þá mælti Rollant til[17] heiðingja: Í dag á 7[18] nátta fresti býð ek þér hólmgöngu.[19] Heiðingi svarar: Mikla fíflsku mælir þú, Rollant, því at ek hræðumst engan riddara [í heimi öllum[20] meðan ek held [á sverði mínu Kurerc,[21] er ek var dubbaðr til ridd-ara með.[22] Ok nú er yðr þat sannast at segja, at eigi eru enn 8 mánaðr síðan liðnir, er ek drap með þessu sverði [þúsund af yðru liði.[23] Þá svarar Rollant máli hans: Hvar [var þat? segir hann. Hann[24] svarar: Nú er kominn hinn 9 mánaðr síðan er Rómaborg [var eydd þíu hin góða borg, Karlamagnús konungr, er þú vart konungr kallaðr yfir,[25] ok drápu vér þar úta] þúsunda þinna manna, svá at eigi komst einn undan [til þess at bera þér þessi[26] tíðendi.

---

[1]) sitja *tilf. A. b.* [2]) [bað svá guð sitt Maumet *A, b.* [3]) [kvezt munu *A*; mundi *b.* [4]) sögusögn *A*; frásögn *b.* [5]) [*mgl. b.* [6]) sendimaðr *b.* [7]) [fann *A.* [8]) heimi *b.* [9]) [*mgl. A, b.* [10]) [þú ert þess úverðr *A.* [11]) grimt *A.* [12]) bið *A, b.* [13]) hittimst *A.* [14]) [þú hljótir *A, b.* [15]) [. Konungsmenn litu hverr til annars. Bróðir, segir konungr, *A.* [16]) [þér líkar *A, b.* [17]) [. Þá svarar Rollant ok mælir við *A.* [18]) átta *A.* [19]) einvígi *A.* [20]) [*saal. A*; undir heimi ok *a*; undir himni *b.* [21]) Kured *A.* [22]) [sverði mínu heilu *b.* [23]) [þúsund yðvarra manna *A.* [24]) [gerðir þú oss þann skaða? Heiðingi *A.* [25]) *saal. rettet, verit a*; [þín góða, konungr, var eydd *A*; var eydd *b.* [26]) [at bera *A, b.* [27]) *mgl. A.*

Ek hjó svá ákafliga með sverði mínu Kurere,[1] at[2] [svá miklum[3] þrota laust í [hönd mér,[4] at 9 daga síðan var ek [til enskis fœrr eða nýtr mjök svá.[5] Þá svöruðu Frankismenn ok sögðu [svá, at hann skyldi fyrir þat týna lífi sínu.[6] Estor Delangres var upp staðinn[7] ok hafði í hendi sér staf mikinn ferstrendan, [hann hrapaði[8] fram at heiðingja ok vildi ljósta hann. En Rollant var við staddr ok bannaði honum[9] þat ok mælti: Eigi skaltu misþyrma honum fyrir mínar sakir, því at hann er veðbróðir minn, ok vil ek eigi þola, at honum sé misþyrmt[10] fyrr en vit höfum reynt okkarn riddaraskap. [Látum hann mæla slíkt sem hann vill ok[11] honum kemr [á munn.[12] Einn riddari var í liði Karlamagnús konungs eigi [allungr sem margir váru, en þó var hann[13] fœðingi í borg hins helga Gileps, hann átti þar [arftökur, hann[14] reiddist við orð heiðingja ok gékk til hans[15] ok tók báðum höndum í hár honum ok feldi hann til jarðar, því at hann [kom honum á (ú)vart.[16] Heiðingi [brást við fimliga ok tók sverð sitt[17] alt gylt, hann lét sér hugkvæmt vera skömm þá[18] er hann hafði gert til hans, ok hjó til hans svá hvassliga,[19] at höfuðit féll á fœtr konungi. En Frankismenn sögðu at drepa skyldi heiðingja. En hann bjóst um fimliga[20] at verja sik ok [tók sér hæli[21] ok lypti[22] brúnum ok reisti[23] augun,[24] ok var svá til at sjá, sem dýrit úarga, þá er þat lætr allra grimligast ok ólmligast, ok síðan œpti hann hárri röddu ok bað svá Maumet hjálpa sér, [at hann hafði maðr gerzt,[25] ef nökkurr væri svá djarfr at á hendr honum vildi,[26] at hann skyldi fella af liði [þeirra fleira en 5 hundruð fyrr en hann væri feldr.[27] Síðan stóð upp Karlamagnús konungr ok mælti til heiðingja fögrum orðum ok bað hann gefa upp vápn sín með sœmd. Hann svarar: Eigi þikki mér [sú ætlan yðor vera við mik líklig,[28] at ek muna sverð mitt upp gefa.[29] Þá gékk Rollant til hans ok [mælti við hann:[30] Fá mér sverð þitt,

---

[1]) *mgl. A.* [2]) *saal. A;* með *a.* [3]) [þeim *A.* [4]) [hendr mínar *A.* [5]) [únýtr *A.* [6]) [hann sínu lífi skyldu fyrir týna *A.* [7]) *fra* Ek hjó svá ákafliga *hertil:* Síðan stóð upp einn maðr af hirð Karlamagnús *b.* [8]) hljóp *b.* [9]) [ok vildi ljósta til heiðingja. Rollant var fyrir honum ok bannaði *A.* [10]) *saal. A;* þyrmt *a;* misboðit *b.* [11]) [ok látit hann ná at rausa slíkt alt er *A.* [12]) [í hug *b.* [13]) [allroskinn, hann var *A.* [14]) *fra* riddari var í liði *hertil:* aldraðr riddari af konungsins hirð *b.* [15]) [arftöku mikla, hann gengr at heiðingja *A.* [16]) [hann varði enskis um *A.* [17]) [brá við harðliga ok tók sverð sitt þat er fyrr nefndum vér *A.* [18]) ina miklu *tilf. A.* [19]) snarliga *b.* [20]) kœnliga *b.* [21]) stöðu *b.* [22]) hleypti *b.* [23]) hvesti *b.* [24]) [*mgl. A.* [25]) [*mgl. b* [26]) [*mgl. A.* [27]) [hans meir en fim hundrat áðr en ek verða handtekinn *A.* [28]) góðgjarnlig *b.* [29]) [þér til þess ætla at ek skula upp gefa vápn mín. *A.* [30]) veðbróðir *tilf. b.*

ok ef þú þarft til at taka, þá skal þér þat vera innan handar.[1] Þá fékk hann Rollant sverðit, [ok lézt því[2] eigi týna vilja fyrir 7 stórborgir af ríki Karlamagnús konungs. Ok enn mælti hann: [þetta sverð skal ganga í millum bols[3] ok höfuðs þér. Þá svarar Rollant:[4] Mismæli er[5] þat, ef önnur verðr raun at,[6] ok er nú þat mitt ráð, at þú [segir eyrendi þitt ok[7] leggir niðr fíflsku þína. Þá svarar heiðingi: Nú [skaltu heyra ok hljóð gefa ok hlýða.[8]

3. Síðan stóð hann upp ok gékk fyrir Karlamagnús konung[9] ok mælti: [Herra, segir hann, ek skal gerast sannsögull við þik.[10] Ek em sendimaðr hins ríka [konungs, er Garsia heitir; hann[11] ræðr fyrir öllu Spanialandi, Alexandrie, ok Buzie, Hine[12] ok Sidonie,[13] hann ræðr ok fyrir [Persie ok Barbare,[14] ok ríki hans vinnst alt til [Semilie[15] ennar miklu.[16] En þau boð sendi [hann með mér til þín, at þú lát[17] af kristnum dómi, því at kristni yðor er eigi verð eins [lágs penings.[18] [En sá er eigi trúir því, þá gerir sá fíflsku mikla ok úvizku.[19] En ef Maumet, er fyrir öllum heimi ræðr, vill duga oss, þá muntu á morgin gerast[20] [hans maðr[21] ok alt þitt föruneyti, en síðan muntu fara til [Garsie konungs hins ríka,[22] ok mun hann gefa þér œrna fjárhluti ok nökkura staðfestu. Hann hefir ætlat þér Normandi[23] ok allar hafnir á Englandi, ok tekjur þær [ok fjárhluti þá[24] er til liggja,[25] en Rollant jarli systursyni þínum gefr hann Rusiam,[26] en Oliver jarl skal hafa alt[27] Eidauenie,[28] en at engum kosti máttu [nálgast eða fyrir ráða[29] Franz, fyrir því at hann hefir [gefit Franz[30] þeim manni, er Floriz heitir. Hann er son Alie [hins rauða konungs,[31] hann er af því landi er Polie[32] heitir, ok ræðr fyrir því landi er Barbariz[33] heitir; ok engi er honum kurteisari [eða jafngóðr riddari[34] í öllum heiðnum dómi, né svá vel lofaðr at öllum riddaraskap, eða svá vel kunni[35] at [berjast með sverði né allskonar hervápnum.[36] Hann skal hafa Franz skattalaust ok skylda um alla lífsdaga sína, ok hans erfingjar[37] eptir hann. Þá svarar Karlamagnús konungr máli hans: Eigi munum vér játa því[38]

---

[1] [bað hann fá sér sverð sitt ok kvezt mundu fá honum, þegar hann þyrfti. A. [2] [því at hann lézt A. [3] háls b. [4] [mgl. A. [5] þér tilf. A. [6] á A, b. [7] [tilf. A, b. [8] [skulu þér hlýða vel minni rœðu. A. [9] keisara A. [10] [Nú vil ek gerast sannsögull..A. [11] [Garsie konungs er A. [12] Tyri b. [13] Sodome A. [14] [Perse ok Barbarie A, b. [15] Semelie A. [16] [Familieborgar b. [17] [með mér Garmasia konungr, at þú skyldir láta A. [18] [glófa A; laufblaðs b. [19] [mgl. A. [20] verða A. [21] [undirmaðr Garsie konungs hins ríka b. [22] [hans b. [23] Norðmandi A; Norðmandiam b. [24] [allar A. [25] fra ok allar hafnir hertil: mgl. b. [26] Rusciam A; Ruziam b. [27] alla A. [28] Esklavenie b. [29] [eignast A. [30] [þat gefit A, b. [31] [konangs ins rauða A, b. [32] Folie A; Fulie b. [33] Barbarie A; Barbaria b. [34] [maðr A. [35] saal. ogsaa A, b. [36] [sverði at beita b. [37] erfingi A. [38] þessu A.

skipti, segir hann, eða hvat þikkir yðr ráð, góðir höfðingjar? segir hann. Þá [svarar alt herlið hans sem eins manns[1] munni: Herra, sögðu þeir, þat skulum vér aldri þola, at heiðingjar [eigi bólstað neinn[2] á Frakklandi; heldr skaltu at váru ráði stefna saman öllum landslýð[3] þínum, ok skulum vér fara, ef þú vilt, til [þess er vér finnum[4] mann þann hinn útrúa, ok ef vér finnum Garsiam[5] konung [í bardaga,[6] þá skal hann eigi höfuð sitt í brott bera ok engi hans manna. Þá svarar heiðingi: Nú [heyri ek[7] mikla dœlsku.[8] Margir [hœta nú Garsia konungi,[9] þeir er eigi munu þora at sjá hann, [ef þar kœmi.[10] En ef þér sjáit lið hans, þá mundi[11] sá yðvarr er bezt er hugaðr[12] heldr vilja vera hinum megin Norðmandi en þar [hjá þeim.[13] Þá svarar Nemes hertugi;[14] Heiðingi, segir hann, ef Karlamagnús konungr samnar liði sínu, hvar munum vér finnast[15] ok konungr yðvarr Garsias, eða mun hann þora at halda orrostu í móti Karlamagnúsi konungi? Þá svarar heiðingi: [Nú heyrða ek mikla fífisku mælta,[16] at hann[17] mundi eigi þora at [halda orrostu í móti Karlamagnúsi konungi[18] eða við yðr, þar sem vér erum saman[19] 100 þúsunda[20] ok allir vel vápnaðir [með brynjum ok allskonar herklæðum, ok fyrir hverju hundraði merki,[21] ok eru svá hugaðir at eigi flýja þeir orrostu fyrir sakir dauða. En vér höfum gert konungi várum[22] borg í Lumbarde[23] af viðum ok stórum steinum ok gefit nafn ok heitir hon Athilia;[24] hon er ger á millum [tveggja vatna,[25] svá at engi maðr má oss ilt[26] gera at úvilja várum, [ok eigi dýr taka né fiska, ok ekki kvikindi má þangat komast nema fugl fljúgandi.[27] [En ef Karlamagnús konungr kemr þar með skegg sitt it hvíta, þá mundi[28] hann freista[29] hversu marga vini hann ætti[30] þar at berjast fyrir sik.[31] En ek ræð þér, rytta afgömul, at þú farir eigi þangat, ok ver heldr heima [at gæta[32] Parisborgar ok annarra borga þinna ok svá kastala, svá at hvárki fljúgi þar í kráka né pía, ok eigi aðrir úhreinir fuglar, fyrir því at þat sé ek á þér, at aldri muntu orrostu halda [síðan né snildarbrögð gera.[33]

[1]) [svöruðu allir sem eins A. [2]) [eignist ne einn bólstað b. [3]) landsher A. [4]) [móts við b. [5]) Garsie b. [6]) [inn heiðna í orrostu A. [7]) orðaða tilf. A. [8]) [heyrða ek undarliga hluti mælta. b. [9]) [heita nú Garsie konungi bana b. [10]) [mgl. A; [í orrostu b. [11]) mun A. [12]) at sér gerr A, b. [13]) [mgl A, b. [14]) ok sór við skegg sitt tilf. A. [15]) þá hittast A. [16]) [þú spyrr sem einn úvitr maðr b. [17]) konungr várr A. [18]) [berjast við Karlamagnús konung A, b. [19]) at tölu A. [20]) ok 700 tilf. b. [21]) er merki borit b. [22]) [ok höfum vér gert honum A. [23]) Lumbardie A; Lungbardi b. [24]) Attelia A; Atelie b. [25]) [ánna A; tveggja vága b. [26]) mein b. [27]) [tilf. A. b. [28]) man b. [29]) reyna b. [30]) á b. [31]) [mgl. A. [32]) [ok gæt A, b. [33]) [héðan af b.

4. Nú er at segja frá Rollant, at hann gerðist svá úglaðr[1] fyrir sakir heiptarmála þeirra er Otvel mælti, at trautt[2] vissi hann, hvat hann skyldi at hafast. Ok síðan stóð hann upp ok gékk [fram 3 fet ok mælti við Otvel: Góðr maðr[3] ertu ok hefir þú hrósat mjök ok hœlt liði yðru fyrir Frankismönnum. En ek sver þess við þann[4] sama guð, er dauða þoldi á krossinum, ef þú værir eigi veðbróðir minn, at þú skyldir nú[5] dauða þola, ok ef ek mœti þér í bardaga, þá skal ek gefa þér þat slag með sverði mínu, at aldri síðan skaltu skemma dugandi[6] menn í[7] orðum þínum. Þá svarar Otvel:[8] Ek em hér nú, ef þú vilt berjast, þá fari sá fyrir níðing,[9] er fyrir þér flýr þvers fótar, ok á morgin býð ek þér [til hólmgöngu,[10] ok skal einn í móti einum, ef þú vilt þat. Ok þá svarar Rollant: Handsala þú mér[11] trú þína ok drengskap, at þat skal haldast. Otvel játar því ok sór við trú sína, at hann skyldi þat alt halda, ok [lögðu[12] við níðingsorð á hendr þeim er af brygði þeirri ætlan, ok[13] nefndu Karlamagnús konung til vitnis[14] ok alt lið hans, ok skildust[15] at því síðan. Þá mælti Karlamagnús konungr við Otvel: Heiðingi, segir hann, ek sœri þik við trú þína, at þú seg[16] mér hverrar kindar þú ert á þínu landi [.[17] Þá svarar Otvel: Ek em[17] son konungs þess er Galien hinn frœkni heitir, en hann hefir drepit svá mikinn fjölda manna með [höndum sínum,[18] sem eru í öllu ríki þínu. En Garsias[19] konungr er frændi minn, en [Fernaguli barbaris hann var föðurbróðir minn, sá hinn sami er réð fyrir Nazaret, en Rollant drap hann.[20] En á morgin ætla ek at hefna hans, ef Maumet vill duga mér. Þá svarar Karlamagnús konungr heiðingja: Helzti göfugligr ertu, ok mikill skaði er at[21] um svá fagran líkam, er eigi hefir tekit skírn. Síðan lét konungr kalla á Sandgrimar[22] skutilsvein sinn ok mælti: [Far hingat til mín ok[23] tak mann þenna ok leið til húsa Garnes,[24] ok lát hann þar vera í nótt, ok gef bónda fyrir mat hans 100 skillinga, en annat slíkt fyrir hest hans. Síðan [skaltu kalla[25] hingat Riker[26] ok [Valter af Leon[27] ok Oddgeir danska. [Ok er þeir kómu fyrir konung, þá mælti hann:[28] Þenna mann fæ ek yðr til gæzlu, ok varðveitit hann sem góðir riddarar skulu,[29] látit hann ekki skorta,

[1]) reiðr *b.* [2]) varla *b.* [3]) drengr *A;* [til heiðingja ok mælti: Flý brott heiðingi, óguðsmaðr *b.* [4]) inn *tilf. A.* [5]) saal. *A, b;* eigi *a.* [6]) dugandis *b.* [7]) með *A, b.* [8]) saal. *A;* Rollant *a;* heiðingi *b.* [9]) níðingi *A.* [10]) [einvígi *A;* til hólms *b.* [11]) upp á *tilf. b.* [12]) þeir nú *tilf. b.* [13]) [mgl. *A.* [14]) hér um *tilf. b.* [15]) skildu *A.* [16]) segir *A, b.* [17]) [eða hvert nafn þitt er? Hann svarar: Othuel heiti ek, ok em ek *A, b.* [18]) [sverði í orrostum *A.* [19]) Garsie *b.* [20]) [Feraguli er réð fyrir Nadared var föðurbróðir minn, er Rollant drap. *A.* [21]) mgl. *A.* [22]) Singram *A;* Langrimar *b.* [23]) [mgl. *A, b.* [24]) Garies *A.* [25]) [kalla mér *A.* [26]) Rikers *A.* [27]) [Valteris *A.* [28]) [tilf. *A, b.* [29]) mgl. *A, b.*

það er hann þarf. Síðan kom Otvel til herbergis, [ok skorti þar enga sœmd né blíðu¹ þá nótt.

5. Þat² er at segja frá Karlamagnúsi konungi, at jafnskjótt sem hann reis upp um morguninn, lét hann senda orð³ Rollant jarli, ok géngu þeir síðan til kirkju at biðja fyrir sér, ok hlýddu öllum tíðum. En ábóti sá er réð fyrir kirkju Ordines⁴ hann söng messu þann dag. En Karlamagnús konungr lét fylla gullker þat er hann átti bezt⁵ af þeim peningum, er Parensis⁶ heita, ok [ofraði því fé,⁷ ok [20 höfðingjar⁸ með honum. En Rollant ofraði⁹ Dýrumdala sverði sínu,¹⁰ ok leysti út síðan með 7 mörkum vegnum. En síðan er messu var lokit, þá géngu þeir til málstefnu. En jafnskjótt kom þar Otvel ok [orti orða þegar á¹¹ Karlamagnús konung ok spurði: Hvar er Rollant frændi þinn, er þú elskar umfram alla aðra menn? Ok hefi ek spurt, at [þínir menn hafa svá mikit traust á honum, at þeir óttast ekki meðan þeir halda honum heilum.¹² En ek em nú kominn¹³ at fremja [handsal okkat er var fyrir allri¹⁴ alþýðu.¹⁵ En nú þikki mér þat kynligt, [er hann er svá lausorðr, at ek sé hann eigi nú.¹⁶ En í því bili gékk fram Rollant í reiðum hug ok sór við helgan Pétr postula, at hann vill eigi heita lygimaðr fyrir alt veraldar gull, [ok sagði at eigi mundi hann fyrr létta en annarrhvárr þeirra lægi eptir á vígvelli.¹⁷ Þá svarar Otvel: Þat er ráð, segir hann, at vit herklæðimst sem skjótast, því at annat er at sýsla síðan. En ef þú missir mín á vígvelli, þá gef ek þér leyfi til at hengja mik við hæsta tré á Frakklandi. Þá svarar Oliver: [Helzti er heiðingi sjá fjölmálugr. Nú¹⁸ sér hann þat at orð hans spilla ekki¹⁹ fyrir honum, en [kynligt þikki mér,²⁰ ef honum ferr vel at. En því næst géngu fram 20²¹ hertugar, ok [þeir herklæddu Rollant ok fœrðu hann fyrst í brynju víða ok síða, Briktor²² er sá nefndr er þat gerði, hann var lærisveinn Goliants risa; Estut hét sá er festi brynjubönd um hann; en²³ á höfuð honum settu þeir skínanda hjálm, þann er átt hafði Goliant. Þann sótti Rollant í einvígi [, er hann feldi Gruant enn mikla bardagamann.²⁴ Síðan var fram borinn Dýrumdali. En ekki þurfum vér at gera rœður um [þat hvernin hann

---

¹) [ok var þar með mikilli sœmd (með friði ok góðum náðum b) A, b. ²) Nú A. ³) eptir A, b. ⁴) Ordinis A; hins heilaga Dionisii b. ⁵) mest A, b. ⁶) Pareses A, b. ⁷) [ofraði þat fé A. ⁸) [tólf jafningjar b. ⁹) offraði A. ¹⁰) saal. ogsaa A, b: ¹¹) [talar við b. ¹²) [þér hafit mikit traust á honum A. ¹³) búinn b. ¹⁴) [handsöl okkurr er vit höfðum fyrir. A. ¹⁵) [okkur handsöl fyrir allri hirð þinni. b. ¹⁶) [at ek sé hann hvergi, ok vissi ek eigi at hann væri svá lausorðr. A. ¹⁷) [mgl. A. ¹⁸) [Mikit raus er á heiðingja þessum, ok A. ¹⁹) um tilf. b. ²⁰) [móti þiki mér þat líkindum b. ²¹) 11 b. ²²) Brittor b. ²³) [herklæddu Rollant hervápnum sínum A. ²⁴) [af Gruant inum mikla orrostumanni A.

var,[1] því at allir vitu, at ekki var sverð jafngott í þann tíð [er þá var, en nú hálfu síðr.[2] Þá gyrði hann sik með því sverði. [En meðan hann býst bíðr heiðinginn á hesti.[3] Þá var fram borinn skjöldr hans mikill ok stinnr, [ok ferbyrðings þykkr var hann,[4] ok var hengdr á öxl honum steindr með allskonar steinum. Á [röndunni utan[5] váru merktar 4 heimsættir ok allskonar veðrátta, ok 12 mánaðir,[6] hvat hverr þeirra táknar; þar var merktr á himinn ok jörð, sól ok tungl, með miklum hagleik skrifat; þar var merkt á helvíti ok ógn písla, fuglar himins ok allskonar jarðar dýr. Mundriðar ok öll bönd skjaldarins váru af silki ok með gulli búin ok silfri. Síðan var honum spjót í hönd[7] fengit, ok var við[8] merki með allskonar litum, ok svá sítt at tók jörð.[9] En þá er hann var herklæddr, þá váru bundnir á fœtr honum sporar,[10] en þat embætti veitti honum Gerin. Ok því næst var fram leiddr hestr hans [, sá er mjök svá[11] var hverjum hesti fimari. Söðull hans var af steini þeim er cristallus heitir ok búinn allr með gull ok silfr. [En undirgjörð söðuls var af hinu bezta guðvefjarpelli. Brjóstgjörð ok stigreip ok söðulgjarðir þær váru af hinu bezta gulli ok silfri með miklum hagleik gervar.[12] Þá sté Rollant á bak, svá at hann studdist hvárki við stigreip né við söðulboga, ok hleypti á skeið ok freistaði frœknleiks hestsins[13] at öllum her ásjánda. En því næst [sneri hann honum[14] aptr til Karlamagnús konungs ok mælti við hann: Gef mér leyfi til einvígis við[15] Otvel, ok [veit ek víst, at ek mun yfir hann stíga[16] á hólmi. Karlamagnús konungr svarar máli hans ok gaf honum leyfi ok mælti: Sá gæti þín er skóp himin ok jörð. Síðan hóf konungr upp hönd sína ok signdi[17] Rollant. Ok þar næst fór hann leiðar sinnar, ok allr lýðr með honum, [meyjar ok börn eptir rosknum mönnum,[18] ok báðu honum eins allir, at guð skyldi gæta hans ok heilög[19] Maria. Allir hertugar þeir 20 leiddu hann til vígvallar á millum tveggja vatna, annat heitir Seme, en annat Marvar[20] hit mikla.[21]

6. Ok því næst gékk fram Otvel fyrir Karlamagnús konung ok bað hann ljá sér hervápn,[22] hjálm ok brynju, [spjót ok merki: sverð[23] hefi ek gott ok hest góðan, eigi veit ek betri gripi í öllum

---

[1]) [hann A. [2]) [saal. A; en nú var þat síðan a; í heiminum b. [3]) [tilf. A.
[4]) [mgl. A. [5]) [röndinni utanverðri A. [6]) mánuðr A. [7]) hendr A.
[8]) á A. [9]) fra [ok ferbyrðings þykkr hertil mgl. b. [10]) gullsporar A, b.
[11]) [brynjaðr, hann A. [12]) [mgl. A; fra [, sá er mjök svá hertil: Brúant, hann var allr brynjaðr. b. [13]) sins alls A. [14]) [veik hann A [15]) heiðingjann tilf. A, b. [16]) [kvezt vita, at hann stígi yfir hann A. [17]) sik ok tilf. A. [18]) [mgl. A. [19]) mær tilf. A. [20]) Marne A. [21]) fra Ok þar næst fór hann hertil: mgl. b. [22]) hervápna A. [23]) [saal. A, b; sverð ok merki þat a.

heimi, ok heit ek því, at ek skal yfir Rollant hafa stigit áðr en [dögurðarmál komi.¹ Ok þá svarar konungr: Heiðingi, segir hann, eigi mun þat eptir² ganga, þú mælir vilja þinn, en eigi veiztu hvat síðast [kann verða³ í viðrskiptum ykkrum.⁴ Í því bili gékk Belesent konungsdóttir or lopti sínu ok [margar meyjar⁵ með henni. En Karlamagnús konungr [bendi henni ok⁶ bað hana ganga til máls⁷ við sik. En hon var glæsiliga búin, svá at lýsti stræti alt af bjartleik hennar ok fegrð, ok síðan mælti konungr við hana: Tak þú riddara þenna ok meyjar þínar með þér, ok herklæðit hann, hann hefir [skorazt á hólm⁸ [í móti Rollant frænda mínum.⁹ En nú bið¹⁰ ek þess, at honum verði eigi [sein at þeim vápnum,¹¹ er hann þarf at hafa, ok [látit vera góð,¹² því at þat er [drengskapr hverjum manni.¹³ Vér skulum gera, segir hon, eptir [yðru boði.¹⁴ En því næst leiddu þær hann í lopt eitt eptir sér, ok klæddu¹⁵ hann þar fyrst með góðri brynju ok síðri, þeirri er átt hafði Samuel konungr. En Blandine¹⁶ hét sú¹⁷ er setti hjálm á höfuð honum, þann er átt hafði Galak¹⁸ konungr, hann var allr gyltr ok settr gimsteinum. Á [nefbjörg hans¹⁹ var merktr gullfugl. En konungsdóttir gyrði hann með sverði því at²⁰ átt hafði Akel konungr, [þat var hvast sem hárknífr, þat hét Koreþusum,²¹ ok er þess mest²² ván, at Rollant hljóti af þessu sverði sár, nema guð dugi honum. Síðan hengdu þær skjöld á öxl honum vel [gyltan, hvítan sem snjó,²³ ok með hinum dýrustum gimsteinum settan.²⁴ Þá féngu þær honum spjót þat er bezt var í her Karlamagnús konungs, ok þar með merki hvítt sem fönn²⁵ nýfallin. En þar var á merktr [gullfugl einn ok hélt gullormi í millum klóa sér.²⁶ Þá [batt Roset af Vinel spora á fœtr honum.²⁷ Ok síðan var hestr hans söðlaðr, ok hét sá Nigratus²⁸ hinn skjóti. En jafnskjótt sem hestrinn leit Otvel, þá gneggjaði hann, sem hann þœttist vita at Otvel mundi vilja ríða honum. Ok því næst hljóp hann á bak hesti sínum ok vildi freista fimleiks hans at öllum her ásjánda. Síðan [sneri hann aptr hesti sínum ok létti

---

¹) [dagverðarmál sé liðit b. ²) óskum þínum tilf. b. ³) [verðr A. ⁴) Rollants tilf. A. ⁵) [meyjar hennar A, b. ⁶) [mgl. b. ⁷) móts A. ⁸) [trúlofat sik b. ⁹) [við Rollant frænda þinn. A. ¹⁰) beiði A. ¹¹) [saal. A, b; seint til þeirra vápna a. ¹²) [vandit sem mest b. ¹³) [drengs bót at gera svá b. ¹⁴) [yðrum boðskap A. ¹⁵) herklæddu b. ¹⁶) Flandina A; Flandine b. ¹⁷) er festi brynjubönd hans, en Roser sú tilf. b. ¹⁸) Galaat b. ¹⁹) [nefbjörginni A. ²⁰) er A, b. ²¹) Kure A; [mgl. b. ²²) meiri A. ²³) [hvítan ok gyltan A; gullroðinn b ²⁴) saal. A, b; settr a. ²⁵) snjór b. ²⁶) [einn haukr með gull b. ²⁷) [váru sporar bundnir á fœtr honum, þat gerði Rosete af Junel A; váru sporar bundnir á fœtr honum, þeir er verðir váru 10 marka gulls b. ²⁸) Nagrados A; Nigradas b.

eigi fyrr en hann kom[1] til konungsdóttur ok þakkaði henni þat er hon hafði svá vel búit hann, ok bað hana leyfis at ríða til vígvallar: ok ef ek finn Rollant, þá á hann vísan dauða sinn af vápnum mínum.[2] Þá svarar konungsdóttir [kappsamliga ok eigi hyggiliga: Vel mælir þú, ok[3] ef þú verr þik eigi fyrir Rollant, þá er meiri ván, at þú haldir aldri orrostu síðan í móti úvinum þínum.[4] Ok því næst leiddu þeir Oddgeir danski ok Nemes hertugi Otvel til vígvallar í þann stað sem Rollant var fyrir á millum tveggja vatna, [svá at hvárgi þeirra[5] mátti undan flýja.

7. Karlamagnús konungr gékk upp í hin[6] hæstu vígskörð, ok 10 höfðingjar með honum ok [mikill fjöldi[7] annarra manna, ok varaði konungr alla alþýðu,[8] at engi skyldi vera nær staddr [við viðrskipti[9] þeirra Rollants ok[10] Otvels. En því næst kallaði Karlamagnús konungr á þá ok bað þá taka til at berjast. En Otvel lézt vera búinn. Þá mælti Rollant:[11] Ek bið þik ok sœri þik, at þú berist[12] eigi í móti réttu. Ek bið þik, segir Otvel, at því sama hófi, því at ek veit at lítil er ást í millum okkar.[13] Ok því næst [laust Rollant hest sinn sporum Bruant,[14] en Otvel sinn hest Nigratus.[15] En þeim þótti, er nær váru staddir, sem [lönd öll[16] skylfi [þau er í nánd váru atreið[17] þeirra. Ok síðan er þeir mættust, lagði hvárr til annars með spjóti sínu, en merki þeirra [breiddust á hvern veg ífrá[18] ok brotnaði spjótskapt[19] hvárstveggja, ok tóku síðan til [sverða sinna,[20] ok gaf hvárr öðrum stór högg [á gylta[21] skjöldu, ok brast þá hvárstveggja skjöldr. En því næst veittu viðnám hjálmar þeirra ok brynjur, ok lýsti[22] allan vígvöll af gulli ok dýrligum steinum, er hvárrtveggi[23] hjó af annars hlífum.[24] Þá mælti Karlamagnús konungr ok tók svá til orða: Nú sé ek mikla furðu, er heiðingi stendr svá lengi við Rollant. Þá svarar Belesent konungsdóttir: Þat veldr því at báðir eru vel herklæddir, ok þat annat at drengir góðir[25] hafa á[26] hizt. Ok því næst hjó Rollant til Otvels með Dýrumdala sverði sínu ofan í hjálm hans ok tók af nefbjörgina, en í öðru höggi hestinn[27] fyrir framan söðulbogann, ok varð þá heiðingi ofan at stíga hvárt sem[28] vildi eða eigi. Síðan

---

[1]) [lét hann hestinn kenna spora ok leypti aptr *A*. [2]) þínum mínum(!) *A*. [3]) [: Kappsamliga mælir þú ok eigi hyggiliga, *A*. [4]) *fra* ok bað hana leyfis *hertil mgl. b*. [5]) [þar sem hvárgi *A*. [6]) in *A*. [7]) [mart *A*. [8]) við *tilf. A*. [9]) [viðrskiptum *A*. [10]) ins mátka *tilf. A*. [11]) við Otvel *tilf. A*. [12]) berst *A*. [13]) *Fra Begyndelsen af dette Capitel hertil mgl. b*. [14]) *mgl. A*. [15]) Nigrados *A*; [lustu þeir hesta sína sporum *b*. [16]) [öll fjöll *A*; jörðin *b*. [17]) [af atreið *A, b*. [18]) [*saal. A*; á hvern veg *a*; *fra* en merki þeirra *o. s. v mgl. b*. [19]) *mgl. A*. [20]) (vápna ok brugðu sverðum sínum *A*. [21]) gylda *A*. [22]) þá *tilf. A*. [23]) hvárr *A*. [24]) [*mgl. b*. [25]) *mgl. A, b*. [26]) at *A*. [27]) í sundr *tilf. b*. [28]) hann *tilf. A*.

mælti Otvel til Rollants ok sór við Maumet ok kvað hann hafa gert [mikit údrengskapar verk,[1] er hann drap hest hans, ok kvað hann ekki eiga at honum at sœkja, [sagði svá at honum skyldi goldit áðr en dögurðarmál liði.[2] En síðan hjó Otvel til Rollants með sverði sínu ok nam nefbjörgina ok í sundr hestinn í miðju, svá at sér féll hvárr hlutr [til jarðar, ok nam sverðit í jörðu staðar,[3] ok var þá jafnskipt[4] með þeim, ok váru þá báðir á fœti staddir.[5] En síðan œpti Otvel hárri röddu ok kvað þat ekki barns högg, er hann hafði veitt honum.[6] En Karlamagnús konungr gaf gerla gaum at viðskiptum þeirra, ok mælir á þessa lund: Guð allsvaldandi, faðir allrar skepnu, ok heilög mær Maria varðveiti[7] Rollant í dag, svá at eigi gangi[8] Otvel yfir hann. Ok því næst hjó Rollant ofan í hjálm Otvels ok af fjórðunginn [hjálminum ok með[9] hit vinstra eyra, ok fékk þá Otvel mikit sár af sverði Rollants. En þat nam eigi staðar fyrr en í mundriða Otvels,[10] ok mundi Rollant þá yfir hann hafa stigit, ef hann væri eigi svá góðr riddari sem hann var. Nú er [þat satt at segja, at þar er harðr[11] atgangr.[12] Nú mælti Belesent konungs dóttir: Þessi er nauðugligr[13] bardagi, ok munu þeir nú eigi lengi við standa, en þat [er auðsýnt,[14] at hvártveggi þeirra er hinn frœknasti, ok [hvárgi þeirra er ámælisverðr.[15] Þá mælti konungr: Mjök em ek hugsjúkr um ráð Rollants, ok féll til jarðar ok bað [bœn sína til guðs:[16] Dróttinn þú ert[17] yfir allri skepnu þinni [ok allri kristni,[18] vertu hlífskjöldr[19] Rollants í dag ok lát upp [hefja kristinn dóm en niðr hefja heiðinn dóm,[20] ok snú þú þenna mann frá [heiðni ok frá eilífri kvöl heldr til kristni ok eilífrar[21] dýrðar.[22] En er konungr hafði lokit bœn sinni, þá gékk hann upp í vígskörð ok sá þaðan til þeirra.[23] Þá mælti Rollant við Otvel: Heiðingi, segir hann, gakk af hendi Maumets[24] ok trú á guð[25] Maríu son, þann er þoldi písl ok dauða á krossinum,[26] ok gerst maðr Karlamagnús konungs, ok mun hann gefa þér góðar gjafir, ok [hann mun gefa þér[27]

---

[1] [mikinn údrengskap A, b. [2] [ok þetta skal ek þér gjalda áðr dögurðarmál komi A; fra ok sór við Maumet hertil: Mikinn údrengskap gerðir þú nú, er þú drapt hest minn, því at hann var saklauss fyrir þér. b. [3] stað A. [4] saal. A; jafnskjótt a. [5] [mgl. b. [6] Rollant A, b. [7] varðveittu A. [8] stígi A; komist b. [9] [svá at þar með fylgði b. [10] skjaldarins b. [11] [þar allharðr A. [12] þeirra í millum tilf. b. [13] nauðuligr b. [14] [sé ek A, b. [15] [eigi ámælisverðr A. [16] [guð með tárum á þessa lund: A. [17] konungr tilf. b. [18] [mgl. A, b. [19] hlífiskjöldr A. [20] [hefjast kristinn dóm ok þitt heilagt nafn, en niðr lægjast útrú heiðinna manna A. [21] [villu til heilagrar trúar ok þinnar A. [22] fra ok snú þú þenna hertil mgl. b. [23] einvígis. Svá hafði hvárr þeirra höggvit af öðrum hlífar, at eigi eitt hit minsta höfðu þeir eptir á sínum líkam tilf. b. [24] Maumet A; Machons b. [25] Krist b. [26] fyrir várar sakir tilf. A. [27] [þar með A.

dóttur sína, ok munu vér Oliver[1] gerast[2] hefndarbrœðr, ok munum vér gera mörg snildarbrögð ok vinna borgir ok kastala, [heruð ok tún, hesta ok múla ok allskonar gripu.[3] Þá svarar Otvel: Verði sá níðingr er lærist at[4] þér, heldr ætla ek, at [ek sé[5] þinn meistari. Ætla ek áðr en vit skilim í dag, at ek skal[6] gefa þér[7] eitt högg með sverði mínu, [svá at hvárki skaltu kalla[8] já né nei. Nú reiðist Rollant mjök við hót Otvels ok hjó til hans ofan í hjálm hans með sverði sínu, svá at eldr stökk or, er stálin mœttust, ok af hjálmi hans þat er tók, ok snerist höggit til vinstri handar, ok sleit Rollant af honum brynjuna ofan[9] frá herðarblaði ok til bróklinda staðar. Ok varð hann ekki sárr[10] at heldr,[11] þótt höggit væri mikit, ok varð honum úsvipt við sem ván var, svá at mjök svá féll hann á kné, ok varð þá þyss[12] mikill í Frankismanna liði, ok sögðu [at þat var[13] riddara högg. En margir leyfðu[14] Otvel ok sögðu hann eigi ámælis verðan, en sumir kváðu hann [verðan ámælis ok[15] yfirkominn á vígvelli, [en þeir vissu eigi frœknleik hans ok snildarbrögð, því at hann var son Galiens konungs hins frœkna.[16] Síðan bjóst Otvel at hefna sín, ok er þess meiri ván, at Rollant vinni aldri stórborgir síðan, nema [guð dugi honum, ok því at eins at þá berist[17] betr at[18] en til var stefnt. Ok hjó Otvel þá til Rollants,[19] ok barg þá guð, [at sverð hans[20] brást flatt við, [ella mundi hann hafa unnit Rollant skaða í því sinni.[21] En þegar hjó hann annat högg til Rollants ok af honum allar hlífar, [hjálm ok skjöld, ok sundr slitin brynja[22] hans, svá at niðr féll á jörð,[23] ok varð Rollant sárr mjök. Síðan œpti hann[24] á Rollant ok sór við Maumet at hann hefði[25] hefnt [þeirrar skammar.[26]

8. Nú er hvárrtveggi [í úfœru, því[27] at allar hlífar váru af hvárumtveggja,[28] [ok eigi hafa þeir svá mikit eptir, at þeir megi hylja handarbök[29] sín. En nú falla Frankismenn í annat sinn til bœnar ok báðu Rollant hjálpar ok miskunnar af guði, fyrir því at þeir váru hugsjúkir mjök um hann. Þess báðu þeir guð, at hann skyldi sætta þá.[30] En í því bili kom fljúgandi dúfa hvít sem snjór

---

[1] jarl *tilf. A.* [2] allir *tilf. b.* [3] [ok þar með margskonar gripi *A; fra* ok vinna borgir *o. s. v. mgl. b.* [4] af *A, b.* [5] [vera *A.* [6] [*mgl. b.* [7] þat *A, b.* [8] [er þú skalt hvárki segja *A*; at þú segir þaðan af hvárki *b.* [9] alt *tilf. A.* [10] *Her begynder atter B.* [11] því sinni *A.* [12] rómr *B, b.* [13] [þat vera *A.* [14] lofuðu *A, B, b.* [15] [*mgl. A, B, b.* [16] [*mgl. B, b.* [17] beri *B.* [18] [betr verði *b.* [19] með sverði sínu Kurt *tilf. A.* [20] [er Rollant fékk eigi bana, sverð *A.* [21] [*mgl. B, b.* [22] [ok sundr sleit hann brynju *A.* [23] *fra* ok af honum *o. s. v. mgl. B, b.* [24] Otvel *A, B, b.* [25] *tilf. A, B, b.* [26] [skammar sinnar *A*; sín *B, b.* [27] [úfœrr fyrir þann skyld *A.* [28] þeim *b.* [29] handarhögg *A.* [30] [*mgl. B, b.*

at augsjánda[1] Rollant ok öllum herinum, ok var þar[2] hinn helgi andi í dúfu líki. Síðan mælti hon nökkur orð við Otvel: Gakk til Rollants[3] ok fylg því er hann ræðr[4] þér. Þá svarar Otvel: Eigi veit ek hvat [fyrir augum mínum[5] er, en[6] brugðit er ætlan minni ok athöfn, ok sýnist mér þat nú satt vera, er hingat til hefi ek hatat. En nú gef ek upp sverð mitt at vilja mínum en eigi fyrir hræzlu sakir, ok aldri skal ek [héðan í frá[7] berjast í móti þér, ok fyrir þínar sakir mun ek ráðast til Karlamagnús konungs ok hans félaga, ok hugða ek at þat mundi [mik aldri henda, ok sýnast mér þeir nú guðir[8] únýtir er ek hefi áðr á trúat,[9] ok svá allir þeir er þeim þjóna, ok heit ek nú [alls hugar[10] á þá enu helgu mey Maríu móður Krists mér til hjálpar framleiðis.[11] En Rollant heyrði orð hans ok mælti við hann hlæjandi: Er þér þat brjóstfast, segir hann. Þá svarar Otvel: [Víst er þat satt,[12] segir hann. En síðan lagði hvárr þeirra hönd[13] um háls öðrum ok hurfust til. Þá mælti Karlamagnús konungr: Guð sé lofaðr, [ok nú munum[14] vér sjá miklar [jarteignir guðs ok[15] heilagra manna. Svá sýnist mér sem þeir hafi gert sætt sín á millum. Farit nú sem skjótast at vita tíðendi, hversu[16] þeim hefir til tekizt. En þeir gerðu svá, ok fór hverr sem mátti [ok þóttist þá bezt hafa er fyrst mátti víss verða.[17] En Karlamagnús konungr var fyrstr[18] í þeirri ferð [ok 11 höfðingjar[19] með honum.[20] En jafnskjótt sem konungr leit Rollant frænda sinn, þá [mælti hann við hann ok spurði,[21] hversu [honum[22] hefði til tekizt.[23] Rollant svarar, [at þat var gert ok þat bezt er ek sé þik heilan:[24] Ek hefi átt [bardaga, segir hann, við Otvel enn bezta riddara, er ek hefi átt vápnaskipti við, ok aldri fann ek hans jafningja af heiðingja liði.[25] Ok nú sé guð lofaðr, at vit erum báðir á eitt sáttir, ok skal hann kristinn [gerast ok láta skírast. Ok vil ek heilt ráða þér, herra, tak vel við honum ok[26] sœm hann í öllum hlutum, [ok gott máttu af honum hljóta.[27] Gef honum þat sem hann beiðist. [Þat er upphaf at bœn minni,[28] gef honum dóttur þína Belisent með

¹) ásjánda b. ²) þat raunar b. ³) handa Rollant A. ⁴) býðr b. ⁵) mér A, B. ⁶) ok A; því at B; [því veldr. at b. ⁷) [héðan af A, B; síðan b. ⁸) saal. rettet; báðir a. ⁹) [mér aldri sýnast, ok sé ek nú at guð þau er ek hefi á trúat eru vettugi nýt nema brenna í eldi A. ¹⁰) [með öllu hjarta A. ¹¹) fra ok fyrir þínar sakir mun o. s. v. mgl. B, b. ¹²) [At vísu A, b. ¹³) hendr A, b. ¹⁴) [nú megum A, B. ¹⁵) [jarteinir guðs föður allsvaldanda ok hans A. ¹⁶) hve A, B. ¹⁷) [mgl. B, b. ¹⁸) fremstr B. ¹⁹) jafningjar A. ²⁰) [mgl. B, b. ²¹) [frétti hann A. ²²) þeim B. ²³) [þeir höfðu skilit b. ²⁴) [it bezta hefir mér til tekizt A; mgl. B, b. ²⁵) [vápnaskipti við Othuel inn frœknasta riddara er í heimi er, ok engi fæst hans jafningi hvárki í kristni né í heiðni um alla atgerfi til riddaraskapar. A. ²⁶) [verða ok skírn taka; ok haf ráð mitt konungr, A. ²⁷) [mgl. A. ²⁸) [þat er bœn hans í upphafi, at þú A; mgl. B, b.

mörgum stórborgum. Þá svarar konungr: Nú er þat sýst er ek [vilda, ok sú bœn fram komin er ek bað.¹ Ok því næst [váru af þeim tekin hervápn þau er eptir váru, ok² var framleiddr hestr Rollants, ok hljóp hann á bak honum fimliga sem hann væri úsárr. En Otvel sté³ á bak múl þeim er beztr var í öllum her Karlamagnús konungs ok fór til Parisborgar ok til kirkju heilagrar Marie at láta skírast. En Turpin erkibyskup skrýddist ok primsigndi Otvel ok leiddi hann til kirkju, [ok þá var hann skírðr.⁴ En svá mikill mannfjöldi var þar kominn at undrast Otvel, at þat var útal hundraða. En konungr sjálfr hélt honum [undir skírn⁵ ok [Otes ok Giraðr⁶ af Norðmandi.⁷ Nú er skírðr Otvel ok fyrirlátit⁸ lög heiðinna manna.⁹

9. En í því bili kom Belisent konungsdóttir gangandi or sal sínum. Ok er hon svá fögr í milli kvenna sem [blóm af rósi¹⁰ ok lilju er í milli annarra grasa. Hon heilsar konungi, en hann tók í ermastúku¹¹ hennar ok mælti við hana: Dóttir, segir hann, vel ertu látuð,¹² ok sá maðr er þik hefir eina nátt í sínu valdi, þá ætti eigi síðan bleyði¹³ honum í hug at koma, ok engi annarr údrengskapr, góðr skyldi hann síðan vera ok fullhugi, ok svá mun vera, ef þér vinnst líf svá langt, at þú verðir gipt.¹⁴ Þá mælti konungr við Otvel: Nú [hefir þú tekit við trú ok gengit af heiðni ok af hendi Makon ok Maumets. Nú¹⁵ gef ek þér Belisent dóttur mína [til unnustu, en til heimanfylgju henni gef ek þau lönd er svá heita: Vernilest ok Morie, Kaste ok Plazente, Melant ok Pame. Þú skalt vera höfuðsmaðr yfir öllu Lumbarðalandi.¹⁶ En Otvel þakkaði konungi gjöf þá ok féll til fóta honum ok gerðist hinn mjúkasti ok mælti svá: Herra konungr, segir hann, guð þakki [þér boð þitt, ok því neita¹⁷ ek eigi,¹⁸ ef mærin játar mér með góðum vilja. Konungsdóttir svarar Otvel: Leyst þikkjumst ek frá háska, ef ek em gipt þér, ok vil ek eigi góðum unnusta neita,¹⁹ ok aldri skal ást mín bregðast við þik né góðr vili. Þá svarar Otvel máli hennar: Þegar er ek finn góðan vilja þinn við mik, þá skal ek vinna mörg snildarbrögð fyrir þínar sakir, [bæði borgir ok kastala, heruð ok tún, frá borgarhliði því er Attilie heitir, ok skal ek fella með sverði mínu hundruðum heiðingja, ok eru þeir allir dœmdir, ef eigi vilja skírn

---

¹) [hefi lengi til beðit *A*.   ²) [*mgl. B, b*.   ³) steig *B, b*.   ⁴) [veitandi honum þar embætti heilagrar skírnar *b*.   ⁵) [til skírnar *B*.   ⁶) Girald *A*.   ⁷) [*mgl. B, b*.   ⁸) látit hefir hann *B*; hefir hann fyrirlitit *b*.   ⁹) ok þeirra villu tilf. *A*.   ¹⁰) [*saal. rettet*; rósa (rós *A*) af blómi *a, A*.   ¹¹) ermastúku *A*.   ¹²) *saal. A*; látin *a*.   ¹³) bleyðiorð *A*.   ¹⁴) *fra* Ok er hon svá fögr *o. s. v. mgl. B, b*.   ¹⁵) [verðr þú fulliga gerast minn maðr ok *A*; hefir þú skírn tekit ok því *B, b*.   ¹⁶) [*mgl. B, b*.   ¹⁷) niti *A*.   ¹⁸) [yðr fagra gjöf, ok hana vil ek gjarna þiggja *b*.   ¹⁹) nita *A*.

taka.¹ Ok enn mælti Otvel: Herra konungr, segir hann, [láttu varðveita unnustu mína² til þess er vér fám unnit [Lumbardi ok Attilie,³ þá er ek hefi drepit Garsia konung ok alt lið hans þat er eigi vill skírn taka né kristindóm. Ok lauk svá þeirri⁴ rœðu. Ok því næst fór Karlamagnús konungr í höll sína at matast, ok þá fór hverr til síns innis, ok skorti þar eigi mat né drykk enn vildasta, ok af enni léttustu⁵ sendingu mátti maðr vel saddr vera. Síðan drukku þeir at siðvenju ok fóru síðan at sofa þá nótt.⁶

10. Ok jafnskjótt sem dagaði fór Karlamagnús konungr til kirkju ok hlýddi óttusöng ok öllum tíðum. En því næst átti hann stefnu við hina göfgustu menn, hann settist í hásæti ok hafði í hendi gullstaf, en eptir [réttleika stafsins ganga lög hans, ok⁷ síðan mælti hann við alla alþýðu er þar var: Gefit hljóð ok hlýðit mér; ráðit mér heilt, vinir mínir, fyrir því at svá eiguð þér at gera með réttu. Hversu skulum vér hátta við Garsiam⁸ konung enn heiðna hund,⁹ er sezt hefir í ríki mitt at úvilja mínum, sem þér hafit heyrt, brotit kastala vára ok brent borgir ok tún ok lagt mikit undir sik af ríki váru ok Lumbardi,¹⁰ ok er þess meiri ván at niðr falli kristinndómr, ef [þessu heldr¹¹ fram, eða vili þér nú fara [á hendr þeim eða á¹² sumarmálum?¹³ Þá svöruðu Frankismenn ok kváðust vera búnir [hvær er hann vildi.¹⁴ En þar lauk rœðu þeirra, at allir [urðu á þat sáttir, at þeir skyldu búnir vera at innkvámu mánaðar þess er Aprilis heitir, ok játuðu því allir konungi.¹⁵ En meðan þetta skeið¹⁶ leið, þá hafði Karlamagnús konungr mikla sýslu á [ferð sinni,¹⁷ hann lét gera rit sín ok lét senda með sendimönnum sínum um alt ríki sitt ok bauð út almenningi,¹⁸ svá at engi [riddari sæti eptir¹⁹ né fótgangandi maðr.²⁰ En þeir er eigi máttu komast fyrir sakir sótta, þá skyldi hverr þeirra gefa 4 peninga til kirkju hins helga Dionisi byskups.

11. Nú er kominn Aprilis mánaðr, ok tekr þá veðrátta²¹ at batna, ok er Karlamagnús konungr þá í Paris ok [Rollant með honum ok²² þeir 12 jafningjar ok mikill fjöldi annarra manna, svá at engi

---

¹) [*mgl. A, B, b.* ²) [þat vil ek at hon bíði í yðvarri varðveizlu *A*. ³) [Attelie ok Romelle *A*. ⁴) þeirra *B*; þeirri sinni *A*. ⁵) beztu *A*. ⁶) næst *A*. ⁷) [réttleik hans skyldu lögin ganga *A*; *fra* Ok því næst fór Karlamagnús konung í höll *o. s. v. i foregaaende Capitel og hertil mgl. B, b.* ⁸) Garsie *overalt b.* ⁹) *mgl A, B, b.* ¹⁰) Lungbardi *A*. ¹¹) [hann heldr þessu *B, b.* ¹²) *saal. ogsaa B*; at *A*. ¹³) [með hernaði á hendr honum eða bíða til þess batnar veðrátta? *b.* ¹⁴) [nærgi sem konungr vildi fara *A*; þegar konungr vildi *b*; *mgl. B.* ¹⁵) [játuðu konungi at vera búnir at mánaði þeim er Aprilis heitir *A*. ¹⁶) *mgl. B.* ¹⁷) [um ferð sína *B, b.* ¹⁸) til þessa stríðs *tilf. A.* ¹⁹) [væri eptir hvárki riddari *A, b.* ²⁰) sá er vápnum mætti valda *tilf. b.* ²¹) veðráttu *B.* ²²) [*mgl. B, b.*

mátti[1] hundruðum telja. Nú bar svá at einn dag, at þeir váru gengnir upp í vígskörð ok sá [almenning fara til borgarinnar[2] af Almania ok Beuers[3] af [Leoregna, harðúðga menn,[4] ok þar kómu þá af öllum löndum [þeir menn[5] er Karlamagnús konungr hafði ríki[6] yfir; þar var svá mart, at engi mátti þúsundum telja [með sínum skjöldum fjórðungum steindum ok hestum góðum ok[7] allskonar hervápnum.[8] Enn fyrsta dag [Aprilis mánaðar[9] [er grös váru vaxin,[10] þá fór konungr or Paris til Sendinis, ok tók konungr leyfi at fara á hendr Garsia konungi. Þá grétu konur ok bölvuðu Garsia konungi ok báðu þess [guð, at Karlamagnús konungr skyldi fella Garsia konung í orrostu ok alt lið hans.[11]

12. Nú er Karlamagnús konungr búinn at fara til Lumbardi.[12] En Rollant er fyrstr í för[13] ok hans lið, Nemes hertugi var eptir lands at gæta. En Otvel lét eigi unnustu sína eptir dveljast,[14] henni var fenginn múll einn til reiðar, sá er beztr var ok[15] kominn af Ungara,[16] sá er litlu fór seinna en galeið á sjá. En 300 riddara váru í [för með henni,[17] ok váru allir vel at sér gervir.[18] Nú fóru þeir til Burguniam or Franz ok yfir Mundíufjall, ok héldu öllu liði sínu, ok kómu til borgar þeirrar [er Moria heitir. En hjá Vermerz[19] fóru þeir yfir vatn þat[20] á skipum, ok fóru þaðan yfir Mons[21] ok kómu þá í nánd borginni Attilia.[22] Þar sem hinn heiðni konungr Garsias var[23] undir fjalli því er Munton[24] heitir. Þar tóku þeir sér náttstað ok váru þar 4[25] nætr [ok hvíldu sik, fyrir því at þeir váru mœddir af ákafri rás,[26] ok létu hesta sína fitna ok læknuðu sjúka menn.[27] Karlamagnús konungr hafði[28] hönd at sýslu meðan, hann lét gera brú yfir vatn þat er þar var með[29] stórtrjám, ok lét niðr reka með stórum járnsleggjum, ok gerði þar á brú. [Nú er brúin ger ok má nú fara þar sem vill.[30] Enn sama dag er brú var ger [at aptni,[31] þá fór hverr heim til síns landtjalds at matast. En í því bili fór Rollant at herklæðast, svá at engi vissi nema Oliver ok Oddgeir danski. Þessir 3 herklæddust undir olifutré[32] einu, ok þá

---

[1]) kunni *A*. [2]) [at fjölmenni fór at borginni almenning *B*. [3]) Beauers *A*, *B*; Bealver *b*. [4]) [Leeregna ok Harðunga menn *A*; af landi Regna *B*; ok Leoregna *b*. [5]) [þeim *A*, *B*, *b*. [6]) stjórn *A*; vald *b*. [7]) [með *A*. [8]) [*mgl. B, b*. [9]) [Aprilis *B, b*. [10]) [*mgl. A, B, b*. [11]) [at guð skyldi steypa honum ok öllum hans her *A*; fra þá grétu konur *mgl. B, b*. [12]) Lungbardie *A*; Lungbardilands *B*; Lungbardalands *b*. [13]) þeirri ferð *A, B, b*. [14]) vera *A*; sitja *B, b*. [15]) í öllum her Karlamagnús konungs *A*. [16]) landi *tilf. A, B*. [17]) [föruneyti hennar *A*. [18]) fra sá er litlu fór seinna *mgl. B, b*. [19]) Vermies *A*. [20]) *mgl. A*. [21]) Monz *A*. [22]) [*mgl. B, b*. [23]) réð fyrir *A*; sat í *b*. [24]) Muntuon *A*; Mont *B, b*. [25]) 7 *B, b*. [26]) reið *A*. [27]) [*mgl. B*. [28]) lét hafa *A*. [29]) or *B, b*. [30]) [*mgl. A, B, b*. [31]) [*mgl. A, B, b*. [32]) olifatré *A*.

hlupu þeir á hesta sína ok riðu yfir brúna til borgarinnar, ok áðr en þeir kœmi aptr, þá mun sá er bezt er at sér gerr vilja heldr hafa heima setit ok þiggja tunnu fulla af silfri, [þá er 20 askar liggja í.[1]

13.[2] Svá er sagt at fyrir utan borg Attilie váru á varðhaldi [mílu leið frá borginni[3] 4 miklir riddarar at hreysti ok vel at sér gervir. Þeir eru vel vápnaðir [hverr eptir sínum vilja,[4] en vita skal nöfn þeirra: einn hét Balsamar konungr af borg þeirri er Minan heitir; annarr hét Kossables[5] konungr af Oneska kyni, hann heldr aldri orð sín né handsöl við engan[6] mann; enn þriði hét Askaner, hann er sterkr ok mikill atgervimaðr,[7] hann hefir drepit þúsund manna með sverði sínu; enn fjórði er nefndr Klares hinn glaðverski, engi er [jafnvænn í heiðinna manna liði,[8] ok engi á sá vápnaskipti við hann, at eigi hafi hinn verra hlut. Þessir 4 kappar riðu á hestum sínum frá borg ok [hœta mjök[9] Rollant ok Oliver ok sóru[10] við Maumet, en[11] þeir ríða svá lengi at þeir koma[12] til Frankismanna [liði sínu,[13] at Karlamagnús konungr skal[14] hvárki koma fyrir sik gulli né silfri, en þeir skulu skipa máli 12 jafningja Karlamagnús konungs eptir sínum vilja. Góðir höfðingjar, segir[15] Klares, með slíkum hlutum [vinnum vér[16] lítit. Ek heyri mjök lofaðan Rollant jarl, at engi maðr í heimi sé [þvílíkr at allri atgervi ok drengskap, ok engi maðr má bót fá sá er sárr verðr af sverði hans.[17] Nú bið ek þess Maumet ok Terogant, at ek mœta honum í bardaga ok mætta ek höggva eitt högg með sverði mínu ofan í hjálm hans. En abburðar harðr er hjálmr hans, ef eigi klýf ek höfuð hans í tenn niðr, því at ek hefi rétt mál,[18] ok ek hata[19] hann fyrir þat at hann drap Samson bróður minn at[20] Fansalon í bardaga, ok þar fyrir em ek hugsjúkr, ok deyja mun ek af sorg, nema ek hefna [bróður míns.[21] En Rollant mun þó [mér þat hafa[22] hugat.

14. Nú er at segja frá Frankismönnum Rollant ok félögum hans, þeir riðu fimliga[23] hjá skógi þeim er Forestant heitir. Þá [varð Rollant litit[24] til hœgri[25] handar sér, ok sá hann þá heiðingja,[26] ok síðan mælti hann við félaga sína: Þat er nú ráð at verða vel við ok drengiliga; ek sé [heiðingja á bergi þessu, er hér er hjá oss,

---

[1]) [en farit þessa ferð *A*; *fra ok þiggja mgl. B, b.* [2]) *Dette Capitel, 13, mgl. i B, b.* [3]) [*mgl. A.* [4]) [*mgl. A.* [5]) Korsabels *A.* [6]) neinn *A.* [7]) atgerfismaðr *A.* [8]) [jafngóðr riddari í öllum heiðingja fjölda *A.* [9]) [heitast mjök við *A.* [10]) svörðu *A.* [11]) ef *A.* [12]) komi *A.* [13]) [liðs *A.* [14]) skyldi *A.* [15]) hann *tilf. A.* [16]) [vinni þér *A.* [17]) [hans jafningi at riddaraskap ok allri atgerfi *A.* [18]) at mæla *A.* [19]) *saal. A;* hitta *a.* [20]) *saal. A;* af *a.* [21]) [hans *A.* [22]) [hafa mér þat *A.* [23]) leyniliga *B, b.* [24]) [*saal. B, b;* var Rollant liðit *a.* [25]) vinstri *B, b.* [26]) [sá Rollant hvar heiðingjar riðu *A.*

þeir eru saman 4, at því er mér sýnist, ok sé þess guð lofaðr.[1] Síðan réttu[2] þeir fram spjót sín ok riðu á hendr heiðingjum. Klares konungr[3] leit [við þeim[4] ok sá Frankismenn ok mælti: Góðir riddarar,[5] segir hann, ek sé fara 3 menn[6] í móti oss,[7] ok er þat rétt at 3 fari í móti þeim[8] at vita hvers þeir leita. Nú ríða [þeir fram í móti Frankismönnum[9] ok bar brátt saman fund[10] þeirra. En eigi hefi ek heyrt getit viðrœðu þeirra. Askaner konungr lagði spjóti at Rollant ok í gegnum skjöld hans [sundr í mundriða, en brynja hans var traust ok slitnaði eigi, heldr brast[11] í sundr spjótskapt Askaner. En Rollant lagði spjóti í gegnum hann sjálfan ok bar hann dauðan af hesti sínum [, svá langt sem spjótskapt hans vannst til.[12] Ok síðan mælti Rollant við heiðingja: Þú fórt í[13] allan dag hœtandi Rollant, en nú hefir þú fundit hann, ok lítt lofar þú hann.[14] Kossablin[15] konungr lagði spjóti til Oddgeirs danska á gullbúinn skjöld hans, ok [snerist til vinstri handar ok[16] kom eigi sári við[17] hann. En Oddgeir lagði í móti í [gegnum skjöld hans hinn spánverska, svá at út yddi um bak honum, ok feldi hann dauðan af hesti sínum til jarðar, en sálin til helvítis.[18] Síðan mælti hann: Fundit hefir þú Oddgeir danska, ok get ek þik lítt lofa handaverk hans.[19] Oliver átti vápnaskipti við Balsamar,[20] hann réð fyrir hinni miklu borg Niniue, hann var [afburðar riddari hvatr,[21] hann lagði harðliga í skjöld Olivers, [er á var markaðr gullleón,[22] hann bar af Oliver skjöldinn ok kom þó eigi sári á hann. Oliver lagði [til hans með spjóti í gegnum skjöldinn, ok dugði eigi brynjan, ok flaug í gegnum hann, ok féll hann dauðr til jarðar, en illar vættir tóku sál hans.[23] Nú sér Klares fall félaga sinna ok verðr illa við þat. [Hann kom ríðandi at, ok er þess meiri ván at hann hefni þeirra konunga 3 er fallnir váru á Oliver, ef þeir mœtast.[24] Nú ríðr Rollant í móti honum, en Klares lagði til hans með spjóti sínu ok feldi til jarðar bæði[25] Rollant ok hestinn. Síðan œpti hann hárri röddu

[1]) [fjóra heiðingja fara í mót oss *B*, *b*. [2]) settu *b*. [3]) hét konungr heiðinn er farit hafði á njósn, hann *b*. [4]) [um sik *B*, *b*. [5]) vinir *B*, *b*. [6]) Frankismenn *A*; riddara *B*, *b*. [7]) horfum við þeim rösklíga *tilf. b*. [8]) þrimr *b*. [9]) [þeir fram ok Frankismenn at móti þeim *A*; hvárir móti öðrum *B*, *b*. [10]) fundi *A*, *B*. [11]) [ok (svá at *b*) stökk *B*, *b*. [12]) [ok fleygði til jarðar *A*. [13]) *mgl. A*. [14]) [*mgl. B*, *b*. [15]) Korsablin *A*; Korsoblin *B, b*. [16]) [*mgl. B*, *b*. [17]) á *B*, *b*. [18]) [skjöld hans ok gegnum skjöldinn, svá í brjósti nam staðar, ok steypti honum dauðum á jörð *A*. [19]) [gegnum hann, ok bar hann dauðan af hesti (ok hratt honum dauðum á jörð *b*) *B*, *b*. [20]) Balsamon konung *b*. [21]) [abburðar hvatr riddari *A*; *fra* hann réð fyrir hinni *o. s. v. mgl. B, b*. [22]) [*mgl. A, B, b*. [23]) [í mót sínu spjóti í gegnum Balsamar konung, ok féll hann dauðr til jarðar *A*; í móti til hans með spjóti sínu ok í gegnum sjálfan hann steypandi honum dauðum til jarðar *B, b*. [24]) [*mgl. B, b*. [25]) senn *tilf. A*.

ok hélt upp merki sínu ok kvazt skyldu hefna félaga sinna. Síðan sneri hann undan til borgar, en Oddgeir danski var á leið[1] hans ok reið í móti honum, ok veitti stór högg ok mörg ok kom eigi sári við hann, ok áttu þeir á meðal sín hart vápnaskipti. En svá skildu[2] þeir, at Klares varð ofan at stíga af hesti sínum. En þá tók Oddgeir hest hans ok hafði til Rollants ok mælti: Hér er hestr, stíg á bak, ek gef þér hann. [Oliver sagði: Betri er sjá[3] en sá er þú lézt. Ok Rollant tók við ok hljóp á bak honum ok þakkaði honum[4] vel.[5] Nú er at segja frá Klares. Hann hljóp upp fimliga ok skaut fyrir sik skildi sínum ok varði sik vel ok drengiliga. En Rollant sótti at ok veitti honum stór högg, ok með honum Oddgeir ok Oliver. Nú sóttu[6] þeir hann ákafliga, ok hafði hann œrit at vinna þótt hann sæi við einum þeirra. þá [sá hann þat bragðligast ok skjótast til hjálpar at biðja sér griða, ok síðan[7] mælti hann við þá: Ek gef upp vápn mín ok geng ek á hönd yðr til griða [, ok þá megut þér sjá, at þér hafit unnit í dag mikit hreystibragð ok drýgt mikla dirfð.[8] Síðan tók Rollant við sverði hans, en því næst féngu þeir honum hest, ok þann hest hafði átt konungr af Nineue. Nú fóru þeir af vígvelli ok þóttust vel hafa annazt,[9] sem var, ok hafa þeir [í sínu valdi[10] Klares konung, ok ætla at [fœra hann Karlamagnúsi konungi.[11] En ek ætla þat áðr en þeir sé [eigi alllangt[12] þaðan komnir, at þeir munu fara aðra kaupför.[13]

15. Nú var eigi langt at bíða áðr en þeir [mœta þúsund riddara ok 100 ok sjau mönnum.[14] Nú heyra þeir hornblástr þeirra ok lúðra,[15] ok sjá merki þeirra [hjálma ok brynjur með skínundum gimsteinum skína.[16] En Rollant sá fyrst[17] ok mælti við Oddgeir danska ok Oliver á þessa lund: þat veit [sá dróttinn er sannr guð er,[18] at nú í dag skal ek hendr mínar verja ok vinna svá mikit ilt á heiðingjum, at þat skal á hvert land spyrjast, ok svá marga skal ek drepa með sverði mínu, at engi[19] skal telja mega. þá svarar Oliver: [Rollant, góðr félagi, segir hann,[20] þat hefi ek heyrt sagt af vitrum mönnum, at engi má varðveita sik frá öllum meinum, ok engi er svá vitr, at eigi gefist [yfir nökkut sinn, ok þá er maðr allra glaðastr er vandræði eru næst.[21] þá svarar Oddgeir máli hans: Satt er þat, segir hann, at nú er oss stofnat til vanda, ok er

---

[1]) veg B, b.   [2]) skildust A.   [3]) þessi hestr A.   [4]) Oddgeiri A.   [5]) [mgl. B; hann gerði svá b.   [6]) skjóta B.   [7]) [sá hann þat bezt ráð ok sér vænst at biðja griða, ok þá A; mgl. B. b.   [8]) [mgl. B, b.   [9]) unnit A.   [10]) [með sér A.   [11]) [fara með hann fyrir Karlamagnús konung A.   [12]) [langt A.   [13]) fra en því næst féngu mgl. B, b.   [14]) [máttu sjá þúsund riddara ok 100 ok sjau menn A; mœttu þúsund heiðingja B, b.   [15]) lúðraþyt A.   [16]) [mgl. A.   [17]) fyrstr A.   [18]) [sannr guð A.   [19]) eigi A.   [20]) [Góði félagi minn A.   [21]) [nökkut yfir A.

nú engi[1] annarr til en berjast við heiðingja, [því at þeir hafa nú tekit um oss, ok verðum nú[2] at fara í millum spjóta[3] þeirra, ok verðr nú hverr várr at drýgja drengskap við annan ok sýna gœzku sína ok láta eigi yfir drífast, meðan vér megum upp standa.[4] En nú höfum vér í váru valdi einn ríkan [konung ok hraustan,[5] þótt hann sé heiðinn, ok er þat mitt ráð at láta Klares konung [fara sjálfráðan[6] frá oss í friði,[7] [þat er lítill drengskapr þeim mönnum er drengir þikkjast at taka einn mann af, þar sem vér höfum alt ráð hans í hendi, en hann má oss þetta vel launa, ef vér þurfum hans.[8] Klares svarar máli Oddgeirs: þat veit ek,[9] segir hann, at þetta mál var af miklum drengskap mælt ok gœzku; tak laun fyrir [þat, þar sem[10] þér þikkir mestu skipta.[11] Nú játuðu[12] þeir því er Oddgeir vildi, ok fór þá Klares leiðar sinnar. Þá mælti Oddgeir við Rollant: þat veit ek, at reyndr drengr[13] ertu at öllum drengskap, bæði í orrostum[14] ok [svá at[15] öllum öðrum atgerðum, ok[16] svá Oliver hit sama, [en ek hefi or mörgum bardögum komizt; en nú sjám vér margan heiðingja, ok megum vér eigi við þat dyljast, at vér munum engrar hjálpar beiða[17] nema af sjálfum guði,[18] ok verði sá níðingr, er sjá lætr á sér bleyði. [Ok blésu þá í lúðra, ok hvatti þá hverr annan til[19] framgöngu.[20]

16. Þar hefst nú ákafr bardagi, ok [mundi þá[21] margr lífi týna. Rollant reið fram at heiðingja einum, þeim er miklu er svartari en baunalögr, ok feldi hann dauðan af hesti sínum til jarðar. Oliver drap Basan af Montfellens. En Oddgeir danski átti vápnaskipti við þann mann er Mauter hét, ok veiti honum bana á millum margra þúsunda heiðingja, [en aðra 3 drápu þeir[22] með spjótum sínum, en því næst brugðu þeir sverðum sínum[23] ok drápu hvern heiðingja at öðrum. En heiðingjar fundu Oliver vel at sér gervan, því at hann gerði[24] á lítilli stundu [svá víða[25] götu með Hataklér[26] sverði sínu, at vel máttu mœtast[27] 4 vagnar í senn.[28] En Oddgeir var eigi ámælis verðr, því at hann drap í hinni fyrstu framgöngu[29] 30 riddara[30] með Kurteini sverði sínu. En í því bili

---

[1]) fra Nú heyra þeir hornblástr o. s. v. og hertil har B, b: þá mælti Oddgeir: Engi er nú [2]) vér B, b. [3]) vápna B, b. [4]) [mgl. A. [5]) [höfðingja A. [6]) sjalfráða B, b. [7]) [lausan fara í friði fyrir oss A. [8]) [n gl. B, b. [9]) menn b. [10]) [þá er A; sem b. [11]) varða b. [12]) játtu A, b. [13]) mgl. A, B. [14]) orrostu A, B. [15]) í A. [16]) [mgl. B, b. [17]) bíða A. [18]) [mgl. B, b. [19]) mgl. A. [20]) [mgl. B, b. [21]) [mun þar A. [22]) [ok nú hafa þeir drepit aðra 3 A. [23]) fra [mundi þá margr o. s. v. mgl. B, b. [24]) ruddi A; ryðr B, b. [25]) breiða B, b. [26]) mgl. B, b. [27]) ganga B, b. [28]) [götu í gegnum lið þeirra með Hautocler sverði sínu. A. [29]) framreið A. [30]) heiðingja B, b.

kom ríðandi Karmel[1] af Sarabie,[2] hann var heiðinn sem hundr [ok réð fyrir öllum heiðingjum þeim er þar váru, vel vápnaðr, ok sat á hesti þeim er Nement hét,[3] hann œpti hárri röddu [ok mælti við menn sína á þessa lund: Hvat gerit þér,[4] Maumet verði yðr reiðr; hvat [skal ek segja Garsia konungi, hvat þér hafit unnit, en 3 menn hafa yfir komit yðr á vígvelli, ok eigi megu þér reisa rönd við þeim. En (ek) skal veita einum þeirra bana.[5] Ok því næst reið [hann fram í móti Oddgeiri ok lagði[6] í gegnum skjöld hans ok brynju ok veitti honum mikit sár ok feldi hann af hesti sínum til jarðar, hvárt sem hann vildi eða eigi. Þat sá Rollant ok varð úglaðr mjök ok reið at einum heiðingja ok varð honum at bana, [svá at engi mátti björg við koma.[7] Nú mælti Rollant: Jllr maðr, segir hann, guð himneskr verði þér reiðr, þú hefir nú skilit þess manns löguneyti við mik, at heldr vilda ek deyja en hefna hans eigi.[8] Nú ríðr fram sá maðr er Alfage heitir,[9] [hann er frændi konungsdóttur þeirrar er Esklauenie[10] hét. Þann dag hafði hon gefit honum í ástarþokka merki gullsaumat, ok hét hann henni at gera[11] mörg snildarbrögð. En ef guð Maríu son vill þola honum, sem hann muni[12] eigi, þá mun Rollant fella[13] hann hugsjúkan. Heiðingi[14] lagði til Olivers í gegnum skjöld hans, [en brynja hans var traust, ok hélt hann lífi sínu með guðs miskunn, feldi hann Oliver af hesti sínum, en þó særði hann hann eigi at heldr.[15] Oliver hljóp upp fimliga á bak Penne hesti sínum enum góða, [er átt hafði Kneri af Tabarie,[16] en síðan kallar hann á Rollant félaga sinn ok mælti: [Óttast ekki heiðingja, vit erum veðbrœðr,[17] aldri skal ek þik láta, meðan ek lifi.[18] [Nú taka illir heiðingjar á nýja leik at berjast, ok vaxa nú vandræði Frankismanna.[19]

17. Nú er at segja frá Oddgeiri,[20] at hann er staddr á fœti ok verst vel ok fimliga, [ok er mikill fjöldi um hann heiðinna manna.[21] En hann [hyggr þá at[22] sverði sínu Kurteine ok mælti:[23] Mikla

---

[1]) Karvel *B, b*. [2]) Barbarie *A*; Zarabie *B, b*. [3]) [*mgl. A*. [4]) [*mgl. A*. [5]) [hafi þér unnit, er þrír menn hafa yðr yfirkomit *A*; *fra* [ok réð fyrir öllum *hertil mgl. B, b*. [6]) [fram þessi inn drambláti heiðingi ok dúði spjót sitt ok lagði til Oddgeirs danska *A*. [7]) [*mgl. A*. [8]) [*mgl. B, b*. [9]) af Nubid *tilf. A*. [10]) Eslauenie *A*. [11]) vinna *A*. [12]) mun *A*. [13]) gera *A*. [14]) [hann *B, b*. [15]) [ok barg þá guð(s) miskunn, er hann varð eigi sárr, því í gegnum fiol(!) brynjuna, ok feldi hann til jarðar af hesti sínum *A*. [16]) [*mgl. A*; *fra* upp fimliga *hertil har B, b*: á bak vel ok fimliga. [17]) [Ver eigi óttafullr við heiðingja, fyrir því at *A*; Óttumst eigi heiðingja, meðan vit erum báðir heilir *b*. [18]) því at vit erum eiðbrœðr *b*. [19]) [*mgl. B, b*. [20]) danska *tilf. A*. [21]) [ok sér nú allan fjölda heiðingja umhverfis sik *A*; *mgl. B, b*. [22]) [*saal. A, B*; höggr þá með *a*. [23]) [mælti við sverð sitt Kurtein *b*.

elsku hefi ek haft[1] á þér, ok mjök vartu[2] lofaðr í hirð Karlamagnús konungs, en nú er [vænligt til þess[3] at vit munum[4] skiljast, en áðr en þat verði, þá skal ek freista þín. Síðan hjó hann [í höfuð heiðingja einum ok í sundr hjálm hans, svá at í tönnum nam staðar.[5] Ok síðan kallaði hann á Rollant,[6] en hann heyrði eigi, því at hann hafði svá mikit [á hendi,[7] at hann vissi eigi hvert hann skyldi fyrst snúast.[8] Oddgeir er nú á fœti ok verst vel ok drengiliga, en at honum sœkir margskonar[9] lýðr. Klares konungr sá[10] er þeir Oddgeir ok Rollant gáfu líf, hann sá Oddgeir nauðugliga staddan ok vel verjast með sverði sínu ok stór högg veita heiðingjum, hann[11] œpti á heiðingja ok bað þá [láta kyrran[12] Oddgeir danska. En síðan mælti hann við Oddgeir: Gef upp vápn þín[13] ok máttu treystast mér;[14] ef þú fylgir ráðum mínum, þá munu heiðnir menn eigi vera svá djarfir at þeir muni þora at misþyrma þér, þegar ek tek þik í mitt vald. Þá svarar höfðingi sá er Moables hét: Þú munt eigi duga honum né björg veita, Klares, [þú skalt nú[15] sjá hann dauðan ok hvern lim frá öðrum leystan. Klares varð illa við hót hans, ok drap hest sinn sporum ok dró sverð sitt or slíðrum, ok hjó til hins heiðna ok skildi höfuð hans við búk, svá at sér[16] féll hvárr hlutr til jarðar. [Þat ætla ek, segir Klares, at hann muni hafa frið fyrir þér í dag.[17] Þá gaf Oddgeir upp vápn sín í hönd Klares, því at [engi var annarr til.[18] En síðan lét Klares konungr leiða fram hest þann er beztr var í öllum herinum ok fékk þann Oddgeiri [at ríða á, ok kallaði á tuttugu heiðna menn er hann trúði bezt ok fékk Oddgeir þeim[19] í hendr, ok mælti: Góðir vinir, segir hann, farit með Oddgeir til unnustu minnar ok segit henni, at hon varðveiti hann ok fái honum hvat er hann beiðist nema sjálfa sik. Þeir fœrðu hann til borgar, en sár hans mœddu hann, svá at hann féll í úvit. En konungsdóttir Alfanis hinn vænsta[20] mær var farin[21] í eplagarð at láta svala sér, ok meyjar hennar með henni, þær er svá hétu Gaute ok Belamer.[22] Þær sá heiðingja fara [at borg,[23] ok mælti hver við aðra, ok orti konungsdóttir orða á þá: Góðir riddarar, segir hon, segit oss tíðendi, hverr er riddari þessi, hvárt er hann hertekinn í flótta eða bardaga. Þá svarar máli hennar enn gamli Amalunz: Fyrir

---

[1]) *mgl. A, B, b.* [2]) ertu *A, B, b.* [3]) [eigi úlíkt *A*; þat líkast *b.* [4]) munim *A*; mættim *B.* [5]) [heiðingja einn í sundr í miðju, ok féll sá dauðr á jörð *A.* [6]) sér til dugnaðar *tilf. b.* [7]) [at vinna *b.* [8]) *fra því at hann hafði hertil har A:* fyrir þyt ok vápnabraki. [9]) margskyns *A, B, b.* [10]) inn sami *tilf. A.* [11]) Clares *A, B.* [12]) [eigi sœkja at *b.* [13]) við sœmd *tilf. B, b.* [14]) *tilf. A, B;* for ok máttu treystast mér *har b:* því at ek skal þér trúr ok traustr. [15]) [segir hann, því nú skaltu í stað *A.* [16]) sinn veg *b.* [17]) [*mgl. B, b.* [18]) [þá var sá hinn líkasti *b.* [19]) [*tilf. A, B, b.* [20]) væna *A.* [21]) gengin *A.* [22]) Bealamer *A.* [23]) [til borgar *A.*

sakir Makons,[1] hví gabbar þú oss, vér erum svá hugsjúkir at eigi fýsir oss at hlæja. Þá svarar hon: Hverr hefir þat gert? Þeir svöruðu: Þetta fól ok [tvau önnur[2] hans makar hafa drepit fyrir oss [100 manna.[3] En Klares unnasti þinn sendi þér orð til þess, at þú [létir varðveita[4] þenna mann fyrir hans sakir. Þá [mælti mærin: Farit eptir hinum tveimr ok hafit til mín. Þá svarar heiðingi: Áðr mun sumar líða, en þeir verði[5] sóttir. Þá mælti mærin við Oddgeir: Vel ertu til vár kominn, ek heit þér góðu inni, eða hvert er nafn þitt, segir hon, eða hverrar kindar ertu? Hann svarar: Oddgeir danski heiti ek, en Karlámagnúsi konungi er kunnigt kyn mitt. Þá svarar konungsdóttir: Nú veit ek [skyn á þér,[6] þó hefi ek eigi þik fyrri[7] sét. Síðan leiddu meyjarnar hann á fagran völl undir olifutré.[8] Þá tóku [þær hest hans ok hervápn, ein þeirra tók hjálm, önnur sverð, þriðja brynju.[9] Síðan þvógu þær sár hans ok [gerðu honum rekkju, ok[10] gáfu honum sœt grös at eta, þau er guð setti í grasgarð þann er heitir Heilivágr. Hann sofnaði, er hann var móðr, en þá er hann vaknaði, þá var hann heill. Nú skulum vér létta um Oddgeir at rœða.[11]

18. Nú er at segja frá Rollant ok Oliver. Þeir eru nú í bardaga miklum, ok var þúsund manna í móti þeim, eigi eru[12] þeir ámælis verðir, þótt þeir flýi[13] undan. Nú fara þeir á hæli undan ok verja sik vel ok drengiliga. En heiðingjar sœkja eptir [þeim, en þó drepa þeir 14 mikla kappa.[14]

19. [Í annan stað[15] er at segja frá Otvel, at hann stendr[16] upp snemma ok spyrr at Rollant ok Oliver [ok at Oddgeir danska.[17] En er þeir finnast eigi, þá veit hann at þeir eru farnir á hendr heiðingjum. Hann herklæddist ok alt lið hans, 7 hundruð ungra manna, hverr þeirra mátti vera[18] konungs jafningi at ásjónu[19] ok atgervi. Ok því næst ríðr Otvel til[20] Karlámagnús konungs ok mælti: Sjá[21] fyrir liðinu ok sœkjum at heiðingjum; Rollant frændi þinn[22] heldr mik fyrir huglausan mann, hann hefir farit at heiðing-

---

[1]) [mgl. A. [2]) [aðrir tveir A. [3]) [meir en 100 þúsunda manna, ok þar með þrjá konunga ok marga höfðingja aðra. A. [4]) [látir vel geyma A. [5]) [svarar mærin: Fœrit mér hina báða. Þeir svöruðu, kváðu áðr mundu líða sum(ar)it en þeir yrði A. [6]) [hverrar kindar þú ert A. [7]) fyrr A. [8]) olifatré A. [9]) [þær sverð hans ok önnur hervápn ok þar með hest hans ok varðveittu. A. [10]) [mgl. A. [11]) fra En konungsdottir Alfanis, foreg. Side, mgl. B; b har derfor følgende: Tók sú fríða mær vel við Oddgeiri ok veitti lækning sárum hans, ok hvat annat er hann þurfti, eptir orðsending Klares. [12]) væri A. [13]) flýði A; hliði b. [14]) [mgl. A, B; harðfengiliga b. [15]) [Nú A, B. [16]) [þenna sama morgin stendr Otvel b. [17]) [mgl. A, B, b. [18]) heita A. [19]) vænleik A. [20]) á fund A. [21]) Ætla A. [22]) yðvarr A.

jum at mér úvitanda; en ef honum ferst [illa at, hverjum vill hann þat kenna? of mikit gerir hann til sjálfr, hann þikkist um alla berserki fram.[1] En ek sver[2] við þann guð er sannr er, at ef ek mœti heiðingjum í dag, þá skal ek svá stór högg veita þeim með sverði mínu, at eigi skulu þeir geta Rollants né hans harðleikni.[3] Þá lét Karlamagnús konungr blása í lúðr sinn,[4] ok því næst herklæddust Frankismenn ok fóru yfir brúna. Samson bar merki Karlamagnús konungs. Þar mátti sjá merki mörg, fyrir hverju hundraðsliði var merki.[5] [Þeir höfðu mikit traust hverr[6] af öðrum, ok eggjaði hverr annan til framgöngu at[7] heiðingjum. En riddarar Belesent konungsdóttur váru 7[8] hundruð.[9] Otvel laust hest sinn með sporum ok reið örvardrag fram frá[10] öllum mönnum sínum vel vápnaðr sem berserk[11] sómdi. Hann hafði yfir herklæðum sínum klæði þat er gert var af guðvefjarpelli, en sá er eigi alinn er kaupa mætti við verði, því at þat[12] hefir þesskonar náttúru, at hvárki mátti brenna þat eldr né logi; en sá er hefir eins penings verð af því, þótt hann væri sárr til úlífis, ok kœmi þat við líkama hans, þá mundi sá þegar heill vera. En dóttir Karlamagnús konungs hafði gefit honum merki, þat er átt hafði Gauter.[13] Nú fóru þeir leiðar sinnar ok mœttu[14] Rollant hjá fiskilœk nökkurum er þar var, ok ávítar Otvel hann[15] mjök, er hann hafði farit svá fámennr á hendr heiðingjum. Þá mælti Otvel við Rollant: Komtu nú af fiskaveiði,[16] segir hann, hvárt ætlar þú nú einn at eta[17] alla heiðingja? en ek hugða, at œrit mundi[18] vit hafa at [gnaga um þá[19] báðir. Snúum nú aptr ok hefnum þín á heiðingjum, [dœmdir[20] eru þeir allir[21] er þik eltu. Nú lítr Otvel til hœgri handar[22] ok sér mann þann er Enkubes[23] hét, mikinn höfðingja, en sá elti Oliver ok hafði særðan hest hans[24] 7 sárum: þessum manni fylgdi þúsund heiðingja. Hann[25] var þá mjök nauðugliga staddr ok þurfti þá hjálpar góðra manna. Otvel laust hest sinn með sporum ok [hristi spjót sitt ok lagði at Enkupes í gegnum skjöld hans í mundriða, ok dugði brynja hans eigi þat er vert væri eins penings, ok laugaði merki spjótsins í brjósti hans, ok feldi hann dauðan til jarðar at gatnamóti, en sálin til

---

[1]) [eigi vel, hverjum er þat kenna? ofmiklu veldr hann sjálfr um, hann þikkist meiri en neinn annarr. *A*. [2]) *þess tilf. A*. [3]) *harðleiks A*. [4]) *fra ok mælti: Sjá fyrir, foreg. Síde, mgl. B, b*. [5]) *borit tilf. B, b*. [6]) [Hverr þeirra hafði mikit traust *A*. [7]) *af A*. [8]) *fim A*. [9]) [*mgl. B, b*. [10]) *fyrir B*. [11]) *góðum riddara b*. [12]) *klæði tilf. A*. [13]) *fra Hann hafði yfir herkl. mgl. B, b*. [14]) *finna b*. [15]) *Rollant b* [16]) *fiski B, b*. [17]) *drepa b*. [18]) *mundim A; mundum B, b*. [19]) [*saal. A; ganga at þeim. a, B*. [20]) *dauðir A, B*. [21]) [*svá eru þeir nú sem dauðir b*. [22]) *sér tilf. A, B, b*. [23]) *Encubes A; Enkuber B, b* [24]) *til úlífis tilf. b*. [25]) *Oliver A, B, b*.

helvítis.[1] Estor delangres feldi höfðingja þann er hét Klater, ok síðan blésu þeir í lúðra sína [ok mæltu: Höggvit, höggvit, segir hann. Þeir gerðu svá,[2] ok dugði hverr sem mátti. Þar mátti heyra kný[3] ok brak af vápnum þeirra, ok svá sjá mikla orrostu hefjast, ok[4] mörg spjótsköpt bresta, skildir klofna, brynjur rifna, ok svá [marga heiðingja[5] hníga, svá at engi fékk talt. En Engiler jarl gékk aðra fylking inn en aðra út [í liði heiðingja, hann hafði spjótskapt brotit ok hafði sverð sitt í hendi sér alt blóðugt. Hann sá Damadors hinn heiðna, er réð fyrir Numielandi, hann átti vápnaskipti við hann ok feldi hann af hesti sínum ok tók hest hans höndum ok hafði í sínu valdi. Síðan hjó hann til hins heiðna í hans hinn skíra hjálm, svá at hann klauf höfuð hans í tenn niðr. En búkr hins heiðna féll til jarðar, en fjándr tóku sál hans.[6] Því næst reið fram Galderas er réð fyrir Tire enni miklu, hann var unnasti Gagato[7] dóttur Golias konungs, ok bar hann glófa hennar á spjóti sínu fyrir merki fyrir sakir ástarþokka hennar, ok þóttist vera yfirmaðr allra heiðingja. Hann [hristi spjót sitt ok lagði sjálfan sik á burt, hann[8] laust hest sinn sporum ok hjó til Engilers [í skjöld hans ok skar brynju hans[9] spannar á hvern veg, ok barg þá guð, er [eigi nam djúpara, en hvárki mátti halda honum stigreip né brjóstgjörð, þó at gylt væri,[10] at úvilja sínum féll hann[11] til jarðar. [Síðan kallaði Galderas á Gagate unnustu sína ok kvazt þat hafa gert fyrir ástarþokka hennar.[12] Engiler er nú á fæti staddr ok verst vel ok drengiliga, en skjöldr [hans af honum klofinn, ok mundi hann[13] náð hafa hesti sínum, ef eigi hefði komit fjöldi manns á hendr honum. Þá kom sá maðr at jarlinum er Talat[14] hét, ok með honum 70 riddara; hann hefir drepit [marga menn[15] síðan er hann var riddari, hann var tyrkneskr ok mikill drambsmaðr. Þeir skutu at Engiler spjótum ok örvum.[16] Nú er hann nauðugliga staddr, brynja hans slitin í 30 staða, ok er nú vánum betr, er hann er eigi særðr til úlífis, [en þat er sannast at segja, at hann verst svá vel,[17] at þeir kómu eigi sári við[18] hann. En mikill fjöldi heiðingja er um[19] hann, [en þó lét hann marga týna lífi sínu með sverði sínu. En í því bili[20] kom honum hjálp Jzoris[21]

---

[1]) [reið at Enkubes ok lagði til hans með spjóti sínu í gegnum skjöldinn ok brynjuna, svá í hjarta nam staðar, ok steypti honum dauðum til jarðar at gatnamóti. A. [2]) [mgl. A. [3]) gný A [4]) mgl. A. [5]) [saal. ogsaa A. [6]) [, hann átti vápnaskipti við þann mann er Adan hét, hann réð fyrir Munielandi, ok feldi Engeler af hesti dauðan til jarðar. A. [7]) Gagate A. [8]) [mgl. A. [9]) [í sundr skjöld hans ok brynju A. [10]) [hann varð eigi sárr, en A. [11]) af hesti tilf. A. [12]) [mgl. A. [13]) [var honum engi til hlífðar, en mundi A. [14]) Talad A. [15]) [margan mann A. [16]) örum A. [17]) [enda verst hann svá A. [18]) á A. [19]) umhverfis A. [20]) [ok lét þó margr sitt líf fyrir honum. En í þeirri A. [21]) Jsoriz A.

ok Valter, Dauid hinn longverski, Girarð af Orliens ok Liberes hertugi, ok er hverr þeirra búinn at hefna annars. þeir blésu í lúðra sína ok sóttu at þar sem Engiler var á fœti staddr. þeir sóttu hest hans fyrst ok léttu eigi fyrr en [hann kom á bak honum, ok reið þá Engiler með þeim, ok síðan fóru þeir leiðar sinnar allir.[1] En því næst áttu þeir vápnaskipti sín á milli Jsoriz ok Talot,[2] þeir [hjuggust svá hart til, at í sundr gékk hvár(s)tvcggja skjöldr at endilöngu, ok eldr fló or hjálmum þeirra ok brynjum, er stálin mœtast. En hvat er at lengja um þat, at hvárki mátti þeim halda söðull né stigreip, eigi brjóstgjörð né gagntök, alt brast í sundr, svá at hvártveggi varð ofan at stíga Jzoris ok Talot, hvárt sem þeir vildu, eða eigi.[3] Talot hljóp upp fimliga, en Jzoris á móti honum, ok hjó hvárr til annars af mikilli reiði ofan í gylta hjálma, ok mundi þá annarrtveggi[4] fyrir lúta, ef eigi væri þeir skildir. Valteri átti vápnaskipti við þann mann er nefndr er Amargunz[5] ok feldi hann dauðan til jarðar, en [öll tröll[6] tóku sál hans. Frankismenn verða nú vel við, kljúfa skjöldu, [höggva hjálma, slíta brynjur, ok falla heiðingjar hundruðum hverr ofan á annan, en þó falla nú hvárirtveggju,[7] ok er nú hinn frœknasti[8] bardagi. Nú er vígvöllr þaktr[9] blóði ok líkum heiðinna manna ok[10] kristinna.

20. Heiðingi einn tyrkneskr ættaðr af landi því er heitir Florient,[11] sá hét Drafanz, hann er or[12] borg þeirri er liggr fyrir utan Jndialand et mikla. Hann reið fram hjá Klares konungi ok tók í beisltauma hans: Herra konungr, segir hann, hvat hefst þú at, sér þú at Frankismenn ganga mjök á hendr oss? Nú veit þat Maumet, herra konungr Persie, heill svá, dugum þeim. þá svarar Klares konungr: [Nú skaltu[13] þat sjá, hvat ek [skal at hafast.[14] Nú kallar hann merki sitt, þat hét Nanant. En Arapa blés í lúðr sinn, sá hét Flovent, ok kómu þar til hans Persir ok sá lýðr er [kallaðr var Mors[15] ok 100 Rabita, ok var engi sá er eigi hefði spjót ok merki ok boga tyrkneskan,[16] en Frankismenn géngu í mót örvadrífu þeirra. Klares konungr átti vápnaskipti við Foladralemane[17] ok [lagði í gegnum skjöld hans ok brynju ok gegnum sjálfan hann ok[18] veitti honum bana á milli margra Frankismanna. Arapa[19] hjó til Girarðs af Orliens ok veitti honum bana [, en síðan hœldist hann[20] drápi

[1]) [þeir kómu honum á bak *A*. [2]) Talod *A*. [3]) [hjuggu svá með miklu afli, at hvárstveggja skjöldr klofnaði at endilöngu ok í sundr brynjur þeirra, ok sjálfir þeir féllu af hestum sínum til jarðar. *A*. [4]) hvártveggi *A*. [5]) Margunz *A*. [6]) [fjándr *A*. [7]) [*mgl. A*. [8]) mesti *A*. [9]) þakiðr *A*. [10]) svá *tilf. A*. [11]) Florent *A*. [12]) í *A*. [13]) [*tilf. A*. [14]) [höfumst at *A*. [15]) [Ros hét *A*. [16]) tyrkneska *A*. [17]) Drolafalemanne *A*. [18]) [*mgl. A*. [19]) Arrapans *A*. [20]) [í millum margra Frankismanna, ok hrósaði mjök *A*.

hans.¹ Otvel reið [á móti honum ok hafði sverð sitt í hendi² en í annarri skjöld.³ Arapa⁴ hjó til hans með miklum styrkleik ok í sundr skjöld hans, en sverð hans brast⁵ í hjálmi Otvels, ella mundi hann hafa drýgt vilja sinn. Otvel hjó til hans⁶ í mót ok klauf hann í herðar niðr, [búkrinn féll til jarðar or söðli, en tröll tóku sál hans.⁷ Ok síðan mælti Otvel við hann: Vit várum frændr,⁸ [en fyrir þenna⁹ djarfleik tóktu¹⁰ laun.¹¹ Nú er Klares konungr mjök hugsjúkr, hann sér menn sína hvervetna¹² falla hundruðum saman. Hann reið fram í lið Frankismanna ok drap í þeirri framreið Girarð¹³ af Gians¹⁴ ok aðra 2 höfðingja [Gunangsæis af Darfent ok Hugon, ok reið í gegnum lið Frankismanna,¹⁵ svá at ekki nam¹⁶ við,¹⁷ ok kom aptr til sinna manna úsárr. Þá blés hann í horn sitt at gleðja lið sitt, ok kom þá til hans þúsund manna. Síðan reið hann undan með því liði til borgarinnar, en Frankismenn eptir ok drápu þá er þeir máttu.¹⁸ Ok því næst [mætti Klares konungr liði Garsia höfuðkonungs,¹⁹ en þat váru 20 þúsundir, ok mun nú hefjast orrosta á nýja leik, [ef dagr vinnst. En nú er liðit aptansöngs mál.²⁰ Klares konungr lét nú upp setja merki sitt, ok tók þá at berjast [í annat sinn.²¹

21. Í því bili mætti hann Otvel ok mælti við hann: Hvat manna ertu, segir hann, [Maumet verði þér reiðr, svá mikit spell sem þú hefir gert í dag á várum mönnum;²² seg mér nafn þitt, ok skal ek þat kunnigt gera Garsia konungi. Þá svarar Otvel: Ef²³ þik forvitnar þat,²⁴ þá skal ek þér²⁵ kunnigt gera. Otvel heiti ek son Galiens hins frækna, [en móðir mín hét Dia,²⁶ ek hefi skírn tekit ok [látit af fíflsku,²⁷ ok trúi ek á Krist Maríu son, en Karlamagnús konungr hefir gefit mér Lumbardi²⁸ alt ok Belesent dóttur sína, ok aldri skal ek síðan elska heiðna menn um alla lífsdaga mína. Þá svarar Klares: Undarligt heyri ek nú, er þú hefir nú týnt trú þinni við Maumet ok látit lönd þín erfingjalaus, eða hvárt skal ek trúa þessum orðum,²⁹ er þú segir? Lát af þú fíflsku

---

¹) *Frá í gegnum skjöld hans í mundriða foregaaende Capitel, S 456, og hertil mgl. B. b.* ²) *sér tilf. A.* ³) hendi skjöld sinn. A. ⁴) Arapans A; [fram í móti honum (at þeim manni b) er Arapias hét, hann hafði sverð sitt í hendi ok B, b. ⁵) í sundr *tilf. A.* ⁶) Arapans A. ⁷) [*mgl. A; fra en sverð hans brast o. s. v. hertil har B, b:* ok sjálfan hann. ⁸) *saal. A, B, b;* brœðr *a.* ⁹) þinn A. ¹⁰) hefi ek þér goldit A. ¹¹) [*mgl. B, b.* ¹²) *mgl. A, B, b.* ¹³) Gerað A. ¹⁴) Geans A. ¹⁵) [*mgl. B.* ¹⁶) stóð b. ¹⁷) [ok stóð engi kempa við honum sakir harðleiks A. ¹⁸) náðu B, b. ¹⁹) [mættu Klares konungi lið Garsia konungs A. ²⁰) [*mgl. B, b.* ²¹) [í öðru sinni A; öðru sinni B, b. ²²) [*mgl. B, b.* ²³) Með því móti at A. ²⁴) um þat B; at vita nafn mitt A. ²⁵) þat *tilf. A, B, b.* ²⁶) [*mgl. B, b.* ²⁷) [kastat niðr villu b. ²⁸) Lungbardi A, B, b. ²⁹) eðr eigi *tilf. A.*

þinni ok bœt við Maumet afgerð þessa ok úvizku, er þú hefir honum neitat ok hans vinum, en ek mun [nú koma sætt á millum ykkar Garsia konungs,¹ ok skal ek gefa þér hálft Almarie ok hálft ríki mitt. Þá svarar Otvel: [því mun ek eigi játa, heldr bið ek hins, at bölvaðr verði² þinn félagskapr í sinn síðan, ok þess sver ek við trú mína, er ek á at gjalda Maríu syni, ef ek má taka þik³ höndum eða Garsiam konung, þá skal ek hengja ykkr [við inn hæsta gálga⁴ í dalnum Gatanie. Þá svarar Klares konungr: Nú mælir þú heimsku um hag þeirra manna er beztir eru í öllum heiðnum dómi, en útrúr ertu ok undirhyggjumaðr. En ek em búinn at eiga við þik hólmgöngu, ok sé þá einn í móti einum, ok mun ek fram ganga með sverði mínu hvasseggjuðu, ok þat læt ek fylgja, at eigi er skírn þín né kristinn dómr [betri, eða messur þær er prestar syngja, en vettugi,⁵ ok ekki megu þér í móti lögum mínum þat er vert sé fugls þess er skjór heitir, at⁶ meira má Makon en son Maríu. Otvel svarar: Meinvættir búa í þér, Klares, er þú jafnar saman Kristi Maríu syni ok Makon. [En ef þú vilt halda máli Makons, en ek skal gerast maðr Krists, ok eigu vit at því handsöl, at hvárgi bregði þeirri ætlan, ek skal verja guðs lög en þú Makons, þá gerstu kappi hans. Síðan rétti heiðingi fram hönd sína, en Otvel á móti, ok handsöluðust at því.⁷ Klares konungr fór til borgar ok lið hans. Otvel fór með sínum mönnum, ok tóku Frankismenn sér náttstað ok létu upp landtjöld sín ok búðir ok kyndu sér elda, ok báru þangat sjúka menn ok höfðu hendr at sárum þeirra, en grófu hina er dauðir váru. Otvel létti eigi fyrr en hann kom fyrir Karlamagnús konung. En konungr gékk í móti honum ok Belesent konungsdóttir, ok hélt hon í stigreip hans, meðan hann hljóp⁸ af hesti. [Hann settist niðr í millum þeirra, en hon strauk um bak honum ok síður, ok vildi vita ef hann væri nökkut sárr, ok⁹ því næst lagði hon hendr um háls honum ok kysti hann 3 sinnum. Þá mælti konungr: Góðr¹⁰ sonr, segir hann, væna unnustu áttu, guð sé lofaðr.¹¹ Otvel svarar: Svá er hennar vænleikr, [at heiðingjar skulu alldýrt kaupa áðr en¹²

---

¹) [koma þér í sætt við Garsiam konung A. ²) [þessu neita ek ferliga. Bölvaðr sé A. ³) ykkr A. ⁴) [tilf. A. ⁵) [ok messur þær er prestar syngja einnar baunar verðar A. ⁶) mgl. A. ⁷) [Ok ef þú vilt halda máli því, gerstu þá kappi Makuns en ek Krists, ok skal ek verja guðs lög en þú Makuns. Þeir handsöluðust með þessu móti sem nú var sagt. A; fra Undarligt heyri ek nú, S. 459, og hertil har B, b: Útrúr ertu ok undirhyggjufullr, en ek em búinn at eiga við þik hólmgöngu. Othuel mælti: Vit skulum eiga at því handsöl, at hvárgi brigði þessi (þessa b) ætlan, ek skal verja guðs lög en þú Makuns. Heiðingi rétti fram hönd sína, en Othvel at móti. ⁸) sté A. ⁹) [mgl. A. ¹⁰) Góði A. ¹¹) ok þú tilf. A. ¹²) [skulu hann ok dýrt kaupa heiðingjar áðr A.

sumar líði. En þá nótt héldu vörð af Karlamagnúsi konungi Hugon ok þeir af Almanie. Karlamagnús konungr lá úhræddr þá nótt. Heiðingjar héldu vörð [á sér ok blésu alla nótt í horn sín[1] til sólar upprásar.[2]

22. Klares konungr stóð upp [í dagan[3] ok herklæddi sik sem skjótast, [en Gauor af Melonis ok hinn mikli Arifinz, hann var 4 fótum hæri en risi, þeir herklæddu Klares. Þeir færðu honum[4] brynju víða ok síða, er honum var ger í Kvadare[5] borg, er stendr á sævarbakka[6] í dal nökkurum, [at sá er hefir þá brynju, þá þarf hann eigi at hræðast, svá er hon hörð, at ekki má vápn skeðja henni.[7] En þat ætla ek, [ef Otvel má nær koma honum, svá at hann nái með sverði sínu Kurit enu hvassa til hans, at ekki mun brynjan mega halda. Þeir settu hjálm á höfuð honum,[8] þann er átt hafði Priant konungr; hvárki var hann af járni gerr né stáli, af gulli né silfri, heldr var hann gerr af hörðum ormstönnum; þar váru á merktir [Jovis ok Terogant, Makon ok Maumet ok Jubiter í barns líki, þeir eru dróttnar heiðingja ok mest traust þeirra, ok ætla þeir þá munu hjálpa sér í nauðsynjum.[9] Síðan fá þeir honum skjöld, [hann var gerr af húðum einum trélaust, þar eru á 18 bólur af gulli.[10] Þá var honum fengit spjót, [ok merki við af rauðu gulli[11] ok guðvefjarpelli með miklum hagleik skrifat,[12] [en spjótskapt[13] af því tré er Segun[14] hét, af því tré [var Nóa örk[15] ger. Síðan var hann gyrðr með sverði sínu, því er Melde hét [hinn hvassi,[16] en[17] eigi vildi hann láta sverðit[18] fyrir þúsund marka[19] gulls. Síðan var hestr hans fram leiddr, sá er Turnifent hét, hann [fór litlu seinna en svala flýgr,[20] þá er hann kendi spora. Hann hljóp á bak hesti sínum fimliga. Ok því næst blés hann [horni sínu,[21] ok herklæddust þá allir heiðingjar, þeir er váru í borginni, ok því næst reið hann leiðar sinnar. Þá mælti Alfania konungsdóttir við hann: Maumet hjálpi þér. Heyr þú lávarðr Apollin, segir hon, vertu[22] hlífskjöldr þessa vinar þíns [í dag,[23] at allr lýðr lofi þik, sem vert er, enda skal ek gefa[24] þér 100 marka gulls. Nú fór Klares konungr [út af borginni, ok fylgdi honum fjölmenni mikit, Tarazis ok Persanis, Rabitar ok Tyrkir ok Affrikar.[25] Þeir létu búa vagn ok settu [þar á Maumet

---

[1]) [ok blésu í lúðra sína ok horn A. [2]) *Fra ok létu upp landtjöld, S. 460*, mgl. B, b. [3]) [snimma A. [4]) [fór í A. [5]) Kuaderare, þeirri A. [6]) saal. A; siuarbakka a. [7]) [mgl. A. [8]) [at Otvel sníði hana með sverði sínu Kurere, ef hann kemst með. Síðan setti hann hjálm á höfuð sér A. [9]) [Maumet ok Terogant A. [10]) [á honum váru 18 bólur með gull. A. [11]) [með rauðu merki A. [12]) gert A. [13]) [spjótskaptit var A. [14]) Sechim A. [15]) [sem Nóa örk var A. [16]) [mgl. A. [17]) er A. [18]) mgl. A. [19]) punda A. [20]) [var litlu seinni en svala á flug A. [21]) [í horn sitt A. [22]) ver A. [23]) [mgl. A. [24]) offra A. [25]) [leiðar sinnar A.

ok fœrðu hann yfir ána. Vagninn var af marmarasteini, ok bundu
þeir Maumet með festum, þær váru gervar af gulli ok silki, at hann
skyldi eigi falla or þeim vagni,[1] þótt hann yrði reiðr. [Síðan lágu
heiðingjar á bœn ok báðu mjúkliga, at hann skyldi gera jarteignir[2]
þann dag ok sýna mátt sinn. Þar offraði [hverr maðr hinn fátœk-
asti[3] bisund gulls. Klares konungr [var nú kominn til þess staðar
er hann sá lið Karlamagnús konungs umhverfis sik, ok sýndist hon-
um[4] ógurligt sem var, ok mæltist við einn saman: Maumet lávarðr,
segir hann, ógurligt lið er þetta, þessir menn munu gera hryggvan
Garsiam konung.[5]

23. Nú er Karlamagnús konungr risinn upp snemma um morg-
uninn ok hlýddi tíðum, en síðan[6] fór hann til vígvallar, ok Rollant
ok Oliver ok Otvel ok mikill fjöldi annarra manna með honum. En
jafnskjótt sem [Klares konungr leit þá,[7] þá œpti hann hárri röddu
ok mælti á þessa lund: Ertu hér kominn, Karlamagnús konungr hinn
skegghvíti. Þá svarar hann: Hér em ek kominn at vísu, eða hvat
viltu mér, [eða hví spyrr þú at mér?[8] Þá svarar Klares: Ek kann[9]
at segja þér þau tíðendi, at betra væri þér heima setit, [því at[10]
úsynju komtu hingat í þessu sinni. [Lengi hefir þú um þat setit at
niðra oss ok várum löndum, ok sitr þú í ríki váru at úvilja várum;
ok niðr hefir þú felt lög vár ok réttindi, en þat veit Maumet, þar
sem hann er í vagni[11] bundinn, at nú er kominn endadagr þinn, ok
aldri síðan muntu sjá Frakkland. Konungr várr hefir gefit kórónu
þína[12] ok konungdóm hinum bezta riddara er fœzt hefir[13] á jarð-
ríki, hann heitir Florient af Subalis,[14] hann skal bera kórónu ok
konungsnafn, [þat er[15] nú berr þú. Heiðingi, segir Karlamagnús kon-
ungr, mart berr á munn þér ok vel kantu at ljúga. [Þat mælir þú,
er þú vilt, en eigi veiztu hvat síðan kann verða í viðrskiptum várum
áðr en lýkr.[16] Ek sit á hesti mínum heill ok herfœrr, en þú hœtir
mér saklausum, en ek mun með guðs miskunn yfirkoma þik ok svá
konung yðvarn, ok ek sver þess við [trú mína,[17] at eigi skal ek
fyrr létta en þit erut [yfirstignir ok lönd yður unnin til handa mér.[18]

---

[1]) [hann yfir ána, ok var þar Maumet í vagninum, festar váru á honum
af gulli gerðar, at hann mætti eigi falla *A*. [2]) [Heiðingjar báðu mjúk-
liga, at guð þeirra Maumet skyldi gera jarteinir *A*. [3]) [inn fátœkasti
maðr *A*. [4]) [sá lið Karlamagnús konungs ok þótti *A*. [5]) *Dette Capitel, 22,
lyder i B, b kort saaledes:* Klares konungr stóð upp snemma í dagan ok
herklæddist sem skjótast ok fór or borginni, ok fylgdi honum fjölment
Saracenis (mikill fjöldi Saracinorum *b*). [6]) eptir þat *A*. [7]) [hann leit
Karlamagnús konung *A*. [8]) [*mgl. A*. [9]) hefi *A*. [10]) [ok *A*. [11]) [Ok
þat veit Maumet guð minn, er í vagni er *A*. [12]) *saal. A*; sína *a*.
[13]) hafi *A*. [14]) Subali *A*. [15]) [*saal. A*; at *a*. [16]) [*mgl. A*. [17]) [guð
minn *A*. [18]) [báðir yfirstignir *A*.

þá svarar Otvel: Heiðingi, segir hann, [létt köpuryrði þinni,[1] vér skulum verja konungs mál meðr vápnum.[2]

24. Nú klæða Frankismenn Otvel enn kurteisasta[3] riddara undir olifatré.[4] Rollant jarl færði honum brynju tvefalda, en Oliver setti hjálm á höfuð honum, þann er beztr var í [öllum her[5] Karlamagnús konungs. Síðan var framleiddr hestr hans Flore, ok hljóp hann á bak honum. Engiler jarl gyrði hann með sverði [því er Korenz hét,[6] Bovi hertugi batt gullspora á fætr honum. Síðan tók hann leyfi af konungi ok konungsdóttur at fara til vígvallar á móti Klares konungi, at [reyna hvárr þeirra meira má, guð allsvaldandi Maríu son[7] eða Maumet. Síðan var honum fengit í hönd spjótskapt[8] þat er bezt var í konungs liði, ok var með merki hvítt sem snjór, ok alt gullsaumat[9] ok með[10] miklum hagleik skrifat ok[11] með margskonar dýrum ok fuglum, ok lýsti af á hvern veg. Síðan leiddu hann til vígvallar[12] 12 jafningjar, Rollant ok Oliver, Gerin ok Geris, Otun ok Bæringr jarl,[13] Samson[14] ok Angsijs,[15] Jvi ok Jvori, Engiler jarl ok Girarð.[16]

25. Þá er Otvel kom til vígvallar, í þann sama stað er Klares var fyrir staddr, þá mælti hann til Klares: Nú em ek hér kominn at fylla þat handsal, er vit áttum okkar í millum, þú segir þat, at meira megi Makon en Kristr Maríu son, en ek [em nú búinn at úsanna þat[17] með guðs miskunn. Nú ræð ek þér heilt, játa þú guði Maríu syni, en neita Makon ok [öllum hans samfélögum.[18] Þá svarar Klares: Neita ek þessu ráði.[19] Síðan laust hann[20] hest sinn með sporum ok reið at Otvel, en Otvel á móti honum, ok lagði hvárr til annars [með spjóti, ok brast hvárstveggja spjótskapt í sundr, ok var þá engi annarr til en at taka til sverða.[21] Ok veitti þá hvárr öðrum stór högg á gylta[22] skjöldu, [ok má eigi telja hvert högg er hvárr þeirra veitti öðrum.[23] Nú lýsir vígvöll allan af [búnaði ok[24] dýrum steinum, er hvárr hjó af annars hlífum. Þá hjó Klares til Otvels ok veitti honum [högg mikit á skjöld hans ok særði hann miklu sári.[25] En Otvel [bjóst til at hefna sín, hann[26]

---

[1]) [létt af kögurorðum þínum A. [2]) tilf. A. [3]) kurteisa A. [4]) einu tilf. A. [5]) [liði A. [6]) [sínu Kurere A. [7]) [vita, hvárt megi (meira) guðs allsvaldanda máttr A. [8]) spjót A. [9]) saumat með gulli A. [10]) mgl. A. [11]) mgl. A. [12]) þeir tilf. A. [13]) mgl. A. [14]) hertugi tilf. A. [15]) Anxies A. [16]) Fra þá svarar hann: Hér em ek kominn, S. 462, har B og b blot: Nú herklæddu Frankismenn Otvel. [17]) [vil þat úsanna A. [18]) [máttu eigi betra ráð taka. A. [19]) Fra okkar í millum, þú segir o. s. v. mgl. B, b. [20]) Clares A, B. [21]) [svá fast, at spjótsköpt hvárstveggja brustu í sundr, því næst tóku þeir til sverða sinna. A. [22]) gylda hjálma ok stinna A. [23]) [mgl. A. [24]) [mgl. A. [25]) [mikit sár A; fra á gylta skjöldu mgl. B, b. [26]) [mgl. B, b.

hjó til Klares á[1] hjálm hans ok af þat sem tók, ok hit hœgra kinnarbeinit[2] ok með hökuna,[3] ok nam sverð hans í jörðu staðar. Síðan hrósaði[4] Otvel höggi[5] sínu, ok þá mælti Klares: Eigi skaltu svá brátt hrósa [viðrskipti þeirra eða okkru,[6] nú skaltu sjá minn vilja. Ok hjó þá til Otvels ok í gegnum skjöld hans ok brynju ok veitti honum mikit sár, [ok nam eigi sverð hans fyrr staðar en í söðulboga.[7] Nú er harðr bardagi þeirra á milli.[8] Þá hjó Otvel til Klares, [ok veitti honum þat embætti er hann mátti vel án vera, hann skildi höfuð hans við búkinn,[9] en sálin fór til helvítis.[10] En hinn enn heiðni konungr Garsia hafði sent 3 riddara [til vígvallar[11] at taka Otvel höndum, [einn hét Aganor, annarr Melones, þriði Alapin[12] hinn mikli.[13] Þeir sóttu at Otvel. En er Karlamagnús konungr sá þat, þá mælti hann: Góðir riddarar, segir hann, sœkit til Otvels ok veitit honum lið, ok skal nú engi heiðingi undan komast. Þá fór Rollant ok Oliver at veita Otvel lið. [Rollant átti vápnaskipti við Alapin hinn mikla ok veitti honum þegar bana. Oliver drap Aganor, en Ermoen feldi Melonem, ok skildust þeir við þá dauða. Þá mælti Karlamagnús konungr: Gangit[14] at borginni. Frankismenn veittu atsókn heiðingjum, en heiðingjar sneru undan, [en þeir höfðu verst er höggs biðu.[15] Síðan hittust þeir Garsia konungr ok Otvel. Þá mælti Garsia konungr: Hverr ertu, er svá [œsiliga ferr?[16] Hann svarar: Otvel heiti ek. Tak við kristni ok trú á guð Maríu son, [ok ræð ek þér heilt, ok gerst maðr Karlamagnús konungs, ok mun ek sætta þik við hann ok koma vel máli þínu, ok mun[17] guð taka við þér, þótt þú hafir lengi útrú fylgt.[18] Garsia konungr svarar: Eigi mun ek [þitt ráð taka at neita Maumet hjálpara várum ok skapara,[19] en þat þikkir mér kynligt, at þú hefir[20] brugðizt.[21] Otvel svarar: Þú skalt reyna [, hvárt Maumet má björg veita þér.[22] Síðan áttu þeir vápnaskipti í millum sín,[23] ok lauk svá at Garsia konungr [hné til jarðar,[24] en fátt komst undan heiðinna manna.

[1]) ofan í *A*. [2]) kinnarbein *A, B, b*. [3]) höku *A, B, b*. [4]) *saal. A, B, b.* offraði *a*. [5]) sverði *A*. [6]) [viðrskiptum okkrum *A*; *fra* Eigi skaltu svá *mgl. B, b*. [7]) [*mgl. A.* [8]) [*mgl. B, b.* [9]) bol *B*. [10]) [á hálsinn, svá at af flaug höfuðit (höfuðit fauk af bolnum *b*) *A, b*. [11]) [*tilf. A, B, b.* [12]) A'apis *A*. [13]) [*mgl. B, b.* [14]) [ok drápu þá fyrst er at Otvel sóttu, því næst bauð Karlamagnús konungr ganga *A*; því næst lét Karlamagnús konungr ganga *B, b*. [15]) [*mgl. B, b.* [16]) [sœkir œsiliga *A*. [17]) *tilf. A*. [18]) [*mgl. B, b.* [19]) [ráð af þér þiggja, *B, b*. [20]) mér *tilf. b*. [21]) [þik elska eðr þín ráð hafa *A*. [22]) [nú, hverja björg at (er *B*) Maumet veitir þér *A, B, b*. [23]) alt harðara en flestir hafi sét *tilf. A*. [24]) [féll *A*.

26. Nú er at ræða um Oddgeir danska. Hann gaf grið Alfanie konungsdóttur ok meyjum þeim er með henni váru, ok svá þeim er hann fluttu til borgarinnar, þá er heiðingjar tóku hann. Síðan fór hann til Karlamagnús konungs, ok fagnaði hann honum vel ok öll hirð hans. [En þá er því lauk, þá lét hann[1] efla til brullaups[2] ok stefndi til sín vistum af öllu Lumbardalandi,[3] ok gipti Otvel dóttur sína Belesent, ok þótti öllum þat vel ráðit. En [brullaup þat stóð með miklum kurt ok var[4] hálfan mánuð. Þar var allskonar drykkr [ok skemtan dýrlig, ok er sjaldsén slík[5] á Norðrlöndum. En er þat leið, þá fór Karlamagnús konungr heim til Frakklands, en Otvel dvaldist eptir, ok með honum [mikill fjöldi[6] góðra riddara.[7]

[1]) [Nú lét konungr *A*. [2]) bruðlaups *A*. [3]) Lungbarde *A*. [4]) [veizlan stóð *A*. [5]) [er sjaldsén er *A*. [6]) [konungsdóttir ok mart *A*. [7]) '*Dette Capitel lyder i B og b saaledes:* Síðan fór Oddgeir danski til Karlamagnús konungs. Þá lét konungr efla til bruðkaups (er Otuel gékk at eiga Belisent dóttur hans *tilf. b*), ok stóð þat með miklum prís. Ok at því liðnu fór konungr heim til Frakklands (með her sinn *tilf. b*), en Otvel dvaldist þar eptir, ok mikill fjöldi með honum góðra riddara.

SIAUNDI PARTR KARLAMAGNUS SÖGU AF JORSALAFED.

Hér hefr upp ok segir frá þeim atburðum, hversu Karlamagnús konungr sótti Jórsalaborg ok hina helgu gröf dróttins várs. Svá er sagt at hann var í París[1] at þessu sinni, ok átti þar stefnu við [alla konunga ok hertuga ok jarla,[2] er ríki héldu með[3] honum, [ok þar var alt göfugmenni hans.[4] En konungrinn settist á því móti undir olifatré[5] eitt, ok dróttningin nær[6] honum ok [allir höfðingjar[7] umhverfis hann. Þá spurði hann dróttningu at gamni sér:[8] Veiztu nökkurn annan konung í veröldunni, hann er jafnvel sami kóróna sem mér, eða jafnvel [sami sér með herváðum[9] sem ek. En [hon var bráðskeytt[10] ok svarar honum:[11] Konungr, segir hon, eigi skal maðr mjök lofa sik .... þann einn er [merkiligri þikkir[12] í millum sinna manna .... berr sína kórónu. En þegar konungr heyrði þat, ... henni[14] reiðr, ok mælti svá: Ek skal [leita við alla .... hvárt þat er satt [eða eigi;[16] en ef þeir sanna, þá mun .... ef þú hefir logit, þá [skal þér dýrkeypt vera[17] ok skaltu .... týna lífi þínu. [Konungr, segir dróttning, eigi skaltu .... fyrir þessa sök; ríkari kon........ hann at fé ok gulli e........ eigi er hann svá góðr ridd........ frækn í bardögum .... er hon sá konung svá reiða........ til fóta honum ok ....

[1] enni ríku borg á Frakklan........ stórmenni ok göfug........ A; alla riddara sína, B. .... A, B. .... olivotré b. [4] með B; hjá b. .... tilf. B. [9] [sami sér með hervá........ hervápnum .... [m] [dróttningu varð skjótt til máls,........ svarar skjótt ok eigi vitrliga b; her .... er B, b. [13] riddara, B, b. [14] mjök .... þess víss b) af hirðmönnum mínum, B, b. .... B, b. [18] [tilf B, b.

Miskunna þú mér fyrir guðs sakir; [þat veiztu, at ek em kona[1] þín, ok vil ek gera skírslur fyrir þat, [at ek mælta þetta eigi þér til úsœmdar né háðungar;[2] [ek fer upp í einn hávan turn ok hleyp ek þar niðr fyrir, ok skíri ek mik svá.[3] Nei, segir konungr,[4] eigi skal svá vera; nefn fyrir mér konung þann, [dróttning, er þú segir frá.[5] Dróttning svarar: Eigi má ek þann finna, [herra, segir hon.[5] Þá mælti konungr: Þat veit trúa mín, nú verðr þú segja, [ella er annarr verri.[6] Nú [sá hon, at eigi mundi undan mega komast at segja,[7] ok mælti: [Heyrt hefi ek getið konungs þess er Hugon heitir,[8] hann er keisari í Miklagarði, ok [alt til þess lands er heitir Capadocia;[9] engi er [jafnríkr eða jafnvænn[10] honum héðan til Antiochiaborgar[11] né svá fjölmennr nema þú einn.[12] Þá sór Karlamagnús konungr, at hann skyldi þat reyna, ok mælti til dróttningar: Mjök hefir þú mik reiðan gert, ok týnt hefir þú minni ástsemi.[13] En þann sama dag, er konungr hafði [borit kórónu sína ok[14] hlýtt tíðum, þá fór hann heim til hallar sinnar, ok Rollant systurson hans með honum, ok Oliver, [Nemes hertugi, Oddgeir danski, Villifer af Orenge, Bertram systurson Nemes hertuga, Turpin erkibyskup, Gerin ok Bæringr, Eimer jarl, Bernard af Bruskam ok mart annarra Frankismanna.[15] Ok leiddi konungr þá alla síðan á einmæli[16] ok sagði þeim ætlan sína: Ek hefi ætlat[17] ferð mína [til úkunnra staða at sœkja borgina Hierusalem ok[18] krossinn helga ok gröf dróttins várs, ok fer mér þat boðat í svefni þrysvar;[19] ok hér með vil ek sœkja á fund konungs þess, er [dróttning hefir mér frá[20] sagt. Skulum vér með oss hafa 700 úlfalda hlaðna [með gull ok silfr,[21] ok [vera þar[22] 7 vetr, ef þörf gerist.

2. Karlamagnús konungr lét búa lið sitt þat er með honum [fara], ok gaf þeim verit gull ok silfr, ok leifðu[23] þeir vápn [ok] píkstafi [í hendr sér[24] ok pílagríma búnað. Síðan bjuggu [......]a ok múla með allskonar gripum er góðir váru. [At[25]

---

[2] [er ek mælta, B: at ek mælta þetta eigi til minkanar [.....] [tilf. B. [4] keisarinn. B. [5] [tilf. B, b. [6] [eða týna [.....] elligar skaltu fá refsing í stað b. [7] [svarar hon hon[.....]vat við há, B, b. [8] [Konungr sá heitir Hugon inn [.....] öllum ríkjum þeim er þar liggja til, B, b. [10] [jafn[.....] [11] saal. B, b: Mundiufialls, A. [12] ok mantu vita [.....]gi tilf. B; ok munu þetta prófast sannindi sem [.....]tu, B, b. [14] [mgl. B, b. [15] [Villifer, Oddgeir, [16] eintal, B, b. [17] hugat b. [18] [út til [.....], B, b. [19] [hefir mér þat tysvar verit boðit [.....] mikit af B, b. [21] [af gulli ok silfri B. [.....] dveljast með honum, B, b. [23] létu, B, b. [.....]arkivet; mgl. B, b. [25] saal. B, b; Af, A.

SIAUNDI PARTR KARLAMAGNUS SÖGU AF JORSALAFED.

Hér hefr upp ok segir frá þeim atburðum, hversu Karlamagnús konungr sótti Jórsalaborg ok hina helgu gröf dróttins várs. Svá er sagt at hann var í París[1] at þessu sinni, ok átti þar stefnu við [alla konunga ok hertuga ok jarla,[2] er ríki héldu með[3] honum, [ok þar var alt göfugmenni hans.[4] En konungrinn settist á því móti undir olifatré[5] eitt, ok dróttningin nær[6] honum ok [allir höfðingjar[7] umhverfis hann. Þá spurði hann dróttningu at gamni sér:[8] Veiztu nökkurn annan konung í veröldunni, þann er jafnvel sami kórónu sem mér, eða jafnvel [sami sér í herklæðum[9] sem ek. En [hon var bráðskeytt[10] ok svarar honum úvitrliga:[11] Konungr, segir hon, eigi skal maðr mjök lofa sik sjálfr; veit ek þann einn er [merkiligri þikkir[12] í millum sinna manna[13] ok hærra berr sína kórónu. En þegar konungr heyrði þat, þá varð hann henni[14] reiðr, ok mælti svá: Ek skal [leita við alla hirð mína,[15] hvárt þat er satt [eða eigi;[16] en ef þeir sanna, þá mun ek trúa, en ef þú hefir logit, þá [skal þér dýrkeypt vera[17] ok skaltu þar fyrir týna lífi þínu. [Konungr, segir dróttning, eigi skaltu reiðr vera fyrir þessa sök; ríkari konungr er hann at fé ok gulli en þú, en eigi er hann svá góðr riddari eða svá frœkn í bardögum.[18] En er hon sá konung svá reiðan, þá féll hon til fóta honum ok mælti:

---

[1]) enni ríku borg á Frakklandi *tilf. B.* [2]) [alt stórmenni ok göfugmenni, *A*; alla riddara sína, *B.* [3]) af *B, b.* [4]) [*mgl. A, B.* [5]) olifotre, *B*; olivotré *b.* [6]) með *B*; hjá *b.* [7]) [alt stórmenni *A.* [8]) ok mælti svá *tilf. B.* [9]) [sami sér með hervápnum, *A*; sé undir hervápnum, *B, b.* [10]) [dróttningu varð skjótt til máls, *B, b.* [11]) úvarliga *A*; [dróttning svarar skjótt ok eigi vitrliga *b*; *her mangle 2 Blade i a.* [12]) [göfgari er *B, b.* [13]) riddara, *B, b.* [14]) mjök *B, b.* [15]) [láta vita þat (verða þess víss *b*) af hirðmönnum mínum, *B, b.* [16]) [er þú segir, *B.* [17]) [*tilf B, b.* [18]) [*tilf B, b.*

Miskunna þú mér fyrir guðs sakir; þat veiztu, at ek em kona[1] þín, ok vil ek gera skírslur fyrir þat, [at ek mælta þetta eigi þér til úsœmdar né háðungar;[2] [ek fer upp í einn hávan turn ok hleyp ek þar niðr fyrir, ok skíri ek mik svá.[3] Nei, segir konungr,[4] eigi skal svá vera; nefn fyrir mér konung þann, [dróttning, er þú segir frá.[5] Dróttning svarar: Eigi má ek þann finna, [herra, segir hon.[5] Þá mælti konungr: Þat veit trúa mín, nú verðr þú segja, [ella er annarr verri.[6] Nú [sá hon, at eigi mundi undan mega komast at segja,[7] ok mælti: [Heyrt hefi ek getið konungs þess er Hugon heitir,[8] hann er keisari í Miklagarði, ok [alt til þess lands er heitir Capadocia;[9] engi er [jafnríkr eða jafnvænn[10] honum héðan til Antiochiaborgar[11] né svá fjölmennr nema þú einn.[12] Þá sór Karlamagnús konungr, at hann skyldi þat reyna, ok mælti til dróttningar: Mjök hefir þú mik reiðan gert, ok týnt hefir þú minni ástsemi.[13] En þann sama dag, er konungr hafði [borit kórónu sína ok[14] hlýtt tíðum, þá fór hann heim til hallar sinnar, ok Rollant systurson hans með honum, ok Oliver, [Nemes hertugi, Oddgeir danski, Villifer af Orenge, Bertram systurson Nemes hertuga, Turpin erkibyskup, Gerin ok Bæringr, Eimer jarl, Bernard af Bruskam ok mart annarra Frankismanna.[15] Ok leiddi konungr þá alla síðan á einmæli[16] ok sagði þeim ætlan sína: Ek hefi ætlat[17] ferð mína [til úkunnra staða at sœkja borgina Hierusalem ok[18] krossinn helga ok gröf dróttins várs, ok [er mér þat boðat í svefni þrysvar;[19] ok hér með vil ek sœkja á fund konungs þess, er [dróttning hefir mér frá[20] sagt. Skulum vér með oss hafa 700 úlfalda hlaðna [með gull ok silfr,[21] ok [vera þar[22] 7 vetr, ef þörf gerist.

2. Karlamagnús konungr lét búa lið sitt þat er með honum skyldi fara, ok gaf þeim œrit gull ok silfr, ok leifðu[23] þeir vápn sín en tóku píkstafi [í hendr sér[24] ok pílagríma búnað. Síðan bjuggu þeir hesta sína ok múla með allskonar gripum er góðir váru. [At[25]

---

[1]) eiginkona *b*. [2]) [er ek mælta, *B*; at ek mælta þetta eigi til minkanar við yðr *b*. [3]) [*tilf. B*. [4]) keisarinn, *B*. [5]) [*tilf. B, b*. [6]) [eða týna lífi þínu ella, *B*; elligar skaltu fá refsing í stað *b*. [7]) [svarar hon honum, er hon sér hvat við lá, *B, b*. [8]) [Konungr sá heitir Hugon inn sterki, *B, b*. [9]) [yfir öllum ríkjum þeim er þar liggja til, *B, b*. [10]) [jafnvænn riddari, *B, b*. [11]) *saal. B, b*; Mundiufialls, *A*. [12]) ok mantu vita at þat er satt er ek segi *tilf. B*; ok munu þetta prúfast sannindi sem ek segi *tilf. b*. [13]) vináttu, *B, b*. [14]) [*mgl. B, b*. [15]) [Villifer, Oddgeir, Turpin erkibyskup, *B, b*. [16]) eintal, *B, b*. [17]) hugat *b*. [18]) [út til Jórsala at sœkja helga dóma, *B, b*. [19]) [hefir mér þat tysvar verit boðit í draumi, *B, b*. [20]) [mér er mikit af *B, b*. [21]) [af gulli ok silfri *B*. [22]) [(skulum vér mega *tilf. b*) dveljast með honum, *B, b*. [23]) létu, *B, b*. [24]) [ok skreppur, *Fragment i Rigsarkivet*; *mgl. B, b*. [25]) *saal. B, b*; Af, *A*.

Sendinis borg¹ tók Karlamagnús konungr kross ok allir hans riddarar; Turpin erkibyskup veitti þeim þat embætti. En síðan fóru þeir or borginni, en dróttning dvaldist eptir úglöð ok í illum hug. En [er Frankismenn kómu á völl einn farandi² mikinn ok sléttan,³ þá kallaði konungr á Bertram jarl inn frœkna ok mælti svá: Sé hversu [fagrt lið þetta er, er vér höfum af pílagrímum, 80 (þúsunda) manna ifalaust;⁴ máttugr skal⁵ sá vera ok vitr, er slíku liði [á at stjórna. Nú skunda þeir ferð sinni ok kómu til Burgun, ok leifðu Leoregua ok Beiferi, Lungbardi, 'Pul, Perse ok Tulke, en síðan kómu þeir til hafsins, ok héldu yfir hafit öllu liði sínu,⁶ ok kómu til Hierusalem ok tóku sér herbergi. En jafnskjótt gékk Karlamagnús konungr ok með honum tólf jafningjar til kirkju [þeirrar er Paternoster heitir.⁷ Í þeirri kirkju söng dróttinn várr sjálfr messu ok [tólf postular hans með honum. Þar standa tólf stólar, er postular dróttins sátu á, ok inn þrettándi sá er sjálfr hann sat á.⁸ En er Karlamagnús konungr hafði lokit bœn sinni, þá settist hann í⁹ þann stól, er dróttinn várr sat í, en þar umhverfis¹⁰ hann tólf jafningjar. Ok margskonar sá konungr þar skrifat á ræfri¹¹ kirkjunnar, píslir heilagra manna, sól ok tungl, himin ok jörð. [Þar kom því næst Gyðingr einn, ok þegar (er) hann sá konung, varð hann svá hræddr, at nær gékk hann af vitinu, ok snerist í brott ok fór til patriarcha, ok bað hann skyndiliga ganga til kirkju ok¹² skíra sik, kvezt hafa sét tólf höfðingja ok enn þrettánda þann er þó¹³ var ógurligastr, ok [veit ek víst,¹⁴ segir hann, at þar er guð sjálfr ok hans tólf postular. En er patriarcha heyrði þessi tíðendi, þá stefndi hann [til sín öllum¹⁵ lærðum mönnum í Jórsalaborg ok lét alla skrýðast, ok [gékk processionem til Karlamagnús konungs. En konungr reis¹⁶ upp ok laut honum ok [hvarf til¹⁷ patriarcha. Patriarchi spurði, [hverr hann væri, ok mælti svá: Þú ert inn fyrsti, er farit hefir til þessarrar

---

¹) kirkiu, *B*; [At kirkju hins heilaga Dionisii *b*.   ²) [síðan kómu þeir á völl einn, *B, b*.   ³) fagran, *B, b*.   ⁴) [mikit lið vér höfum ok fagrt, 80 þúsunda af pílagrímum, *B, b*.   ⁵) skyldi, *B, b*.   ⁶) [stjórnar. Síðan fóru þeir á veginn um öll lönd, sem fyrir lá, ok alt til hafs út, ok síðan yfir hafit ok héldu (heilu *tilf. b*) liði sínu um hafit, *B, b*.   ⁷) [*mgl. B, b*.   ⁸) [þagat fylgðu honum 12 jafningjar. Þar standa 13 stólar, ok sat dróttinn várr sjálfr á einum, en postolar hans 12 á öðrum, þeir sem at stóðu þeirri messu, er guð sjálfr söng. *b*.   ⁹) á *B, b*.   ¹⁰) umbergis *b*.   ¹¹) ráfri *B*; ráfvi *b*.   ¹²) [þá kom þar farandi Gyð. einn, ok sá hann konung, ok varð svá hræddr at nær mundi hann viti sínu týna (náliga hélt hann við vitfirring *b*), ok ljóp síðan til patriarka skyndiliga ok bað hann, *B, b*.   ¹³) þeirra, *B*.   ¹⁴) [þat hygg ek *B, b*.   ¹⁵) [saman *B, b*.   ¹⁶) [géngu síðan allir samt processionem til kirkju. Nú er þeir kómu þar, þá reis Karlamagnús, *B, b*.   ¹⁷) [mintist við *b*.

kirkju[1] [at úlofi mínu.[2] En konungr svarar: Ek em konungr ættaðr af Frakklandi, en nafn mitt er Karlamagnús, tólf konunga hefi ek undir mik lagða, en nú leita ek ins þrettánda; [en för mín var sú[3] hingat at sœkja helga dóma. Patriarcha svarar: Vel ertu hér kominn í friði góðum[4] ok fagnaði [heilagra manna;[5] sýniligr[6] drengr ertu, ok[7] þú hefir nú sezt í þat sæti, er dróttinn várr sat í, ok fyrir því skaltu[8] heita yfirkonungr allra annarra konunga jarðligra. Karlamagnús konungr þakkaði honum vel,[9] ok bað hann gefa sér helga dóma nökkura [at prýða land sitt með.[10] En patriarcha játtaði því[11] ok gaf honum armlegg ins helga Simeonis, ok höfuð Lazari, ok af blóði ins helga Stephani,[12] af klæði því er dróttinn hafði um höfuð sér, þá er hann var í gröf lagðr, ok einn af nöglum þeim er Kristr var krossfestr með, [ok hlut af kórónu hans,[13] ok kalek þann er dróttinn blezaði,[14] þá er hann söng messu í þeirri kirkju, [knif ok disk þann er hann hafði skíriþórsaptan, þá er hann mataðist með postulum sínum,[15] af skeggi ok hári sancti Petri apostoli, af mjólk heilagrar Marie [móður dróttins várs,[16] ok af serk hennar er hon hafði næst sér, ok skó þann er Gyðingar tóku,[17] þá er englar hófu[18] hana til himins; eigi féngu þeir fleira. Konungr varð harðla feginn [sem ván var, ok tók við glaðr ok gerði þakkir heilagri guðs móður Marie.[19] En þá gerðu þeir helgir dómar [stórar jarteinir[20] með guðs miskunn.[21] Þar var maðr sá borinn fram, er kryppill[22] hafði verit sjau vetr, ok varð þegar heill. En þá lét Karlamagnús konungr gera skrín[23] af þúsund marka gulls, ok lét binda með mörgum silfrböndum, en síðan fékk hann skrínit Turpini erkibyskup með at fara. Síðan lét Karlamagnús konungr gera kirkju, þá er landsfólkit kallar [sancte Marie Letanie.[24] En er kirkjan var gör ok konungr hafði dvalizt í borginni fjúra mánuðr, þá bað hann patriarcha leyfis at fara aptr til síns lands, ok bauð at gefa honum 100 [marka gulls ok silfrs.[25] En [patriarcha svaraði ok bað hann taka af sínu fé

---

1) [hvaðan hann kom at, ok ertu inn fyrsti maðr er þorat hefir at setiast í þetta sæti, *B, b*. 2) [án váru leyfi *b*. 3) [fór ek ok þess erendis, *B, b*. 4) guðs *b*; *mgl. B*. 5) [*mgl. B, b*. 6) sœmiligr *B, b*. 7) er *B*; *mgl. b*. 8) Karlamagnús konungr *tilf. B, b*. 9) orð sín *tilf. B, b*. 10) [*mgl. B, b*. 11) ok lét at bœn hans *tilf. B*. 12) protomartiris *tilf. B, b*. 13) [laufkórónu þeirri er Gyðingar settu á höfuð honum, þá er þeir píndu hann, *B*; *mgl. b*. 14) sinni hendi *tilf. B, b*. 15) [þann sama disk er hann mataðist af skíriþórsaptan (skírdags aptan *b*) með lærisveinum sínum, ok þann knif er hann sjálfr hélt í sinni hendi at matborði, *B, b*. 16) [guðs móður er dróttinn drakk af, *B, b*. 17) af fœti sancte Marie *tilf. B, b*. 18) báru *B, b*. 19) [*tilf. B, b*. 20) [mörg tákn *B*. 21) Fra En þá gerðu þeir *har b*: En fyrir þá helga dóma, er Karlamagnús hafði þegit, gerði guð margar jartegnir. 22) kryplingr, *B, b*. 23) dýrligt *tilf. B, b*. 24) saal. *B*; Leta·iam *b*; Scelantine *A*. 25) [úlfalda klyfiaða af gulli, *B, b*.

slíkt sem hann vildi:[1] En þat vilda ek, segir patriarcha, at þú [værir styrkr stólpi guðs kristni móti ágangi heiðinna manna. Konungr kvezt svá gera skyldu, sagðist ok fara skyldu á Hispanialand, þegar hann kœmi heim. Ok svá gerði hann, ok þar týndi hann Rollant ok Oliver ok öllum jafningjum.[2]

3. Nú kemr Karlamagnúsi konungi í hug, hvat kona hans hefir mælt. [Nú leitar hann þessa konungs, er svá var mjök lofaðr, ok vill at vísu finna hann.[3] En um morguninn þá fór konungr or borginni [ok alt lið hans til[4] Jherico ok tóku þar pálma; patriarcha fór með þeim, ok [var þá nótt með konungi, ok skorti ekki þat er þeir þurftu. En um morguninn í dagan stigu þeir á hesta sína ok fóru til Miklagarðs réttleiðis. Patriarcha tók leyfi heim at fara, ok hvarf hverr þeirra til annars ok skildust síðan. En hvervetna þar sem konungr fór, þá gerðust jartegnir fyrir sakir heilagra dóma: blindir fengu sýn, ganglausir gang, dumbir mál, öll vötn lágu þurr fyrir þeim hvar sem þeir fóru.[5]

4. Nú ferr Karlamagnús konungr ok léttir eigi fyrr[6] en hann kom til Miklagarðs. Hálfa mílu[7] frá borginni var grasgarðr konungs með allskonar grösum. Þar fann konungr 20 þúsundir riddara, [allir með guðvef skrýddir ok með ermins ok martes,[8] sumir [léku at[9] skáktafli, [sumir at kvátrutafli,[10] sumir báru gáshauka, sumir vali á höndum. Fjórar þúsundir meyja gerðu þar hringleik,[11] klæddar [með guðvefjarpellum,[12] hver annarri fegri,[13] ok hélt hver í hönd [annarri ok svá[14] sínum unnasta. Þá mælti Karlamagnús konungr við Rollant: Hér er mikit lið, hverr man kynna[15] oss til konungs? Þá kom riddari í mót konungi, ok spurði hann[16] hvar konungr þeirra væri. Konungr várr, segir hann, sitr undir guðvefjarpelli því er þar er yfir. Síðan ferr Karlamagnús konungr þangat ok fann

---

[1] [patriarchinn bauð honum sitt fé at móti ok mælti *B, b.* [2] [létir þér hugkœmt vera at fara á hendr heiðnum mönnum, þeim er niðr fella helga kristni. Konungr svarar honum: Þat skal (ek) gera, segir hann, ok strengði heit sitt síðan at fara þegar á Spanialand, er hann kemr heim or þessarri ferð. *B, b.* [3] [*mgl. B, b.* [4] [með alla sína menn; þeir fóru til borgar þeirrar, er heitír, *B, b* [5] [váru allir saman þá nótt. En um morguninn eptir er þeir fóru í brott, þá gerðu helgir dómar þar jarteinir, hvar sem þeir fóru, er þeir höfðu með at fara: blindir fengu sjón, ganglausir gang (haltir göngu *b*), dumbir mál, en hvat sem hverigum var til angrs áðr en þeir sóttu þessa helga dóma, (þá vurðu þegar heilir *tilf. b*), ok hvervetna þar sem konungr fór ok lið hans; þá lágu öll vötn þurr fyrir honum. *B, b.* [6] sinni ferð *tilf. B, b.* [7] at lengd *tilf. B, b.* [8] [alla guðvef skrýdda eða purpura, *B, b.* [9] [*saal. B, b*; með, *A.* [10] [*mgl B, b.* [11] til skemtanar *tilf. B, b.* [12] [af enu bezta silki ok enum dýrsta guðvef, *B, b.* [13] vænni *B, b.* [14] [*mgl. B, b.* [15] vísa, *B, b.* [16] Karlamagnús, *B.*

þar konung at arðri [sínum er hann arði. Arðr hans var allr af rauðu gulli görr, ok öll tæki¹ at þeim arðri;² eigi gékk hann [at þeim arðri sem aðrir menn,³ heldr sat hann á gullstóli ok [hafði gullvönd í hendi sér ok elti með öxn sín; en svá beint gékk sá arðr fram sem lína væri at borin.⁴ Síðan heilsaði Karlamagnús konungr konungi vel ok kurteisliga, [en konungrinn Hugon leit við honum, ok sá at hann var tiguligr maðr, ok spurði hvat manna hann væri eða hvaðan hann væri at kominn.⁵ En Karlamagnús konungr svarar: Ek heiti Karlamagnús, konungr af Frakklandi en keisari af Rómaborg; ek sótta⁶ Jórsalaborg, en nú em ek kominn þín at vitja. Þá svarar Hugon konungr: Sjau vetr eru síðan liðnir, er ek heyrða,⁷ at engi konungr væri jafnágætr [sem þú.⁸ Síðan bauð hann honum⁹ at vera þar tólf mánuðr, ok taka svá mikit fé sem þeir¹⁰ vildi, en nú mun ek leysa öxn mína fyrir þína kvámu, segir Hugon. Þá svarar Karlamagnús konungr: Sjá arðr er mikils fjár verðr, ok er ráð¹¹ at hann sé vel varðveittr. Hugon konungr svarar: Þó at hann lægi þar [sjau vetr,¹² þá mundi engi maðr mísþyrma honum. [Þá mælti Villifer af Orenge: Vildi guð, segir hann, at ek hefða arðrinn, ok vit Bertram, á Frakklandi, þá skyldim vit brjóta hann sundr allan með hömrum. En er þeir höfðu þetta við talazt, þá¹³ fór Hugon konungr heim til hallar sinnar, ok Karlamagnús konungr með honum ok alt lið hans. [En Hugon konungi fylgdu sjau þúsundir riddara, allir búnir með silki ok guðvefjarpelli; þeir¹⁴ tóku hesta þeirra ok leiddu til [herbergis síns.¹⁵ Sú höll var [harðla væn er Hugon konungr átti,¹⁶ ræfrit¹⁷ var alt skrifat með ymsum¹⁸ sögum; sú höll var kringlótt, ok einn stólpi í¹⁹ miðju, er hon stóð öll á, en um þann stólpa [váru 100 annarra stólpa,²⁰ allir gyltir, en á²¹ hverjum þeirra var barns líki gert af eiri, ok hver líkneskjan hafði Olivant²² horn í munni sér, [ok var hver líkneskja gylt.²³ Þeir stólpar váru allir holir innan, ok blés vindr²⁴ undir höllina [neðan, svá at upp kom²⁵ í stólpana, ok [var með svá miklum brögðum um búit, at börnin öll blésu²⁶ með

¹) tól b. ²) [tilf. B, b. ³) [eptir honum, B, b. ⁴) [var vel um (hann tilf. b) búit, B, b. ⁵) [saal. B, b; ok spurði konungr, hvaðan hann væri, A. ⁶) í þessarri ferð tilf. B, b. ⁷) þat ífrá sagt tilf. B, b. ⁸) [þér b. ⁹) með ölværð, tilf. B; blíðliga tilf. b. ¹⁰) hann B, b. ¹¹) þat ráð mitt B. ¹²) [12 mánuðr, B, b. ¹³) [tilf. B, b. ¹⁴) [ok þar fundu þeir 6 þúsundir riddara, (ok váru þeir allir búnir með silki ok guðvef tilf. b); allir géngu móti Karlamagnúsi konungi ok hans riddörum ok, B, b. ¹⁵) [inna (húsa b) sinna. B, b. ¹⁶) [saal. B, b; einkanlig, A. ¹⁷) ráfvit b. ¹⁸) allskonar, B, b. ¹⁹) undir B, b. ²⁰) [stóðu (stóð b) 100 smástólpa, B, b. ²¹) saal. B, b; af A. ²²) Olivans B, b. ²³) [tilf. B, b. ²⁴) tilf. B. ²⁵) [saal. B, b; upp A. ²⁶) [saal. B, b; blésu börnin A.

þeim[1] vindi á hverskonar lund er fagrt var, en hvert þeirra rétti fingr at öðru [hlæjandi beint[2] sem kvik væri. En [Karlamagnús konungr undraðist,[3] ok sannaði þá þat er kona hans hafði sagt. Þá[4] kom [ú vindr hvass[5] ok sneri höllinni sem [mylna ylti,[6] þá blésu börnin, ok hló hvert at öðru, en þeim þótti fagrt til at heyra [sem engla söngr væri.[7] [Öll glyggin[8] váru af cristallo, [en þó at hit versta veðr væri úti, var þó í henni sígott.[9] Karlamagnús konungr undraðist þat er höllin snerist, ok hann mátti eigi á fœtr standa né engi hans manna, ok hugði[10] þeim gervar görningar. [Hallar dyrr eru opnar, segja þeir, ok er þetta it mesta undr, er vér megum eigi í brott komast.[11] Þá kom til þeirra Hugon konungr, bað þá eigi hræðast, ok mun veðrit minka [í mót[12] kveldinu, ok svá var, ok stöðvaðist þá höllin vánu bráðara.

5. En þá [var náttverðr búinn ok borð framkomin.[13] Þá settist keisari í hásæti sitt, en Karlamagnús konungr næst honum, en á aðra hönd honum dróttning [ok dóttir keisara.[14] En Rollant ok tólf jafningjar sátu næst[15] Karlamagnúsi konungi. En [mærin var svá fögr sem blóm af rósi eða lilju.[16] Þangat leit Oliver opt, sem mærin sat, ok [tók at unna henni mikit[17] ok mælti: Vildi guð at ek hefða þik[18] á Frakklandi, þá mundi ek [mega hafa minn vilja af þér.[19] Allskonar [krásir váru þar á borði af dýrum ok af fuglum, þar váru hirtir ok villigeltir, trönur ok gæss, hœns ok páfuglar pipraðir, endr ok elptr ok allskyns villifygli. Þar var at drekka mjöðr ok vín ok piment, klare, buzar ok allskyns góðr drykkr. Allskonar skemtan var þar: Sinfonie ok hörpur, fiðlur ok gígjur ok allskonar strengleikr.[20] En er þeir[21] váru mettir, þá fór hverr til

---

1) sama *tilf. B, b.* 2) [*tilf. B, b.* 3) [er Karlamagnús konungr sá þessa list ok kurteisi, þá undraðist hann mjök, *B, b.* 4) Í því bili, *B, b.* 5) [vindr hvass af hafi *B, b.* 6) [mylnuhveli, *B, b.* 7) [*saal. B, b;* er inni váru, *A.* 8) [Allir gluggar *B, b.* 9) [*tilf. B; ikke b.* 10) hugðu *B, b.* 11) [ok mæltu þeir svá sín í milli: Hallar dyrr eru opnar, en vér megum eigi á fœtr standa. *B, b.* 12) [mjök at *B;* at *b.* 13) [*saal. B;* váru borð fram sett, *A;* váru borð sett, ok á borinn allra handa kostr, er dýrastr var til *b.* 14) [*mgl. B, b.* 15) út ífrá *b.* 16) [á aðra hönd dróttningar sat keisaradóttir, hon var svá fögr sem blóm á róse eða liljo *B;* á aðra hönd dróttningu sat dóttir keisara, hennar hörund var svá fagrt ásýndar sem samtemprat væri hinn blóðrauði blómi rósa ok hit snjóhvíta gras lilium *b.* 17) [feldi mikinn ástarhug til hennar *b.* 18) með mér *tilf. B, b.* 19) [vilja hafa vilja minn við þik *B;* fá þína elsku *b.* 20) [*saal. B;* fœzla var þar á borðum, sú er sjaldsén er víðast annars staðar, ok þar með drykkr. Allskonar skemtan var þar framin konungum til gleði *A;* allra handa góðr drykkr kom þar fram með hinum dýrmætasta kosti, allskyns leikar með söngfœrum máttu þar heyrast, simphonie, hörpur, fiðlur, gígjur ok hverskyns strengleikr *b.* 21) menn *B, b.*

síns innis,[1] en keisari tók í hönd Karlamagnúsi konungi ok leiddi hann [til svefnbúrs síns, ok tólf jafningja með honum.[2] En þat hús var hvelft[3] ok sett með dýrligum steinum ok skrifat,[4] en einn carbunculus lýsti þar, [ok er þat hans náttúra, at hann lýsir jafnt um nótt sem um dag;[5] þar váru [tólf sængr[6] af eiri ok in 13da í miðju, ok allar gyltar, í þeim hvílum váru allskyns klæði er góð váru. En er þeir höfðu lengi skemtat sér um kveldit, þá fór hverr í sína sæng.[7] En keisari bað þá hafa góða nótt ok fór eptir þat til [rekkju sinnar.[8]

6. En í því búri[9] var steinstólpi holr innan, en [keisarinn lét einn mann í þann stólpa at sjá ok heyra hjal ok athæfi Frankismanna; en sá maðr sá öll þeirra tíðendi um nóttina.[10] En er þeir váru í hvílu komnir, þá mæltu þeir sér gaman ok kerski,[11] sem siðr er til Frankismanna, ok undruðust mjök [þá bygð, báðu guð, at Karlamagnús konungr hefði unnit þat ríki með fræknleik sínum. Síðan bað Karlamagnús konungr, at hverr þeirra skyldi segja sína íþrótt. Þeir[12] báðu hann fyrstan segja sína íþrótt. [Þá mælti Karlamagnús konungr:[13] Taki keisarinn á morgun enn hvassasta[14] riddara í hirð sinni, segir hann, ok fœri hann í tvær brynjur ok[15] tvá hjálma á höfuð honum; fái honum hest þann er beztr er í hirðinni allan brynjaðan; fái mér síðan sverð sitt. [En ek skal[16] höggva í höfuð[17] þeim manni, ok kljúfa hann[18] ok hestinn brynjaðan í sundr, ok spjótskapts lengð höggva sverðinu[19] í jörð niðr, nema ek vilja aptr halda áðr.[20] Þá svarar[21] njósnarmaðr, er í var steinstólpanum:[22] Mikill ertu ok sterkligr, ok úvitrliga[23] gerði keisari, er hann veitti yðr þetta[24] herbergi, ok skal hann þetta vita áðr dagr kemr[25] á morgun. Þá tók Rollant at segja sína íþrótt: Taki keisari á morgin Olifant[26] horn sitt ok fái mér; en síðan skal ek

---

[1]) at sofa tilf. B; þar sem sofa skyldu b.   [2]) [í þat svefnbúr er hann var vanr at sofa sjálfr B, b.   [3]) gert ágæta vel B, b.   [4]) alt innan tilf. B, b.   [5]) [tilf. B, b.   [6]) [búnar 12 hvílur B, b.   [7]) hvílu B, b.   [8]) [síns herbergis, þar sem hann skyldi sofa b.   [9]) herbergi er þeir Karlamagnús hvíldu B. b.   [10]) [Hugon konungr bjó brögðum við þá ok setti í þann stólpa einn mann til njósnar, at heyra hvat er þeir talaði um nóttina sín í milli. B, b.   [11]) skemtan, B, b.   [12]) [þann umbúnað, sem þar var, ok báðu guð, at svá vel yrði, at Karlamagnús konungr gæti sótta þessa ina ríku borg í bardaga ok alla þá list ok kurteisi er þar var. En síðan bað konungr, at hverr þeirra skyldi taka einhvern hlut til íþróttar sér ok skemta sér at slíku. Þeir svara á þá leið: Vér viljum þat blíðliga gera til skemtanar þér, herra, ok öllum oss, ok B, b.   [13]) [tilf. B, b.   [14]) frœknasta B, b.   [15]) seti tilf. B, b.   [16]) [ok skal ek B, b.   [17]) hjálm B, b.   [18]) þann mann B.   [19]) mgl. B. b.   [20]) fyrr b; mgl. B.   [21]) heyrði B, b.   [22]) ok mælti tilf. B, b.   [23]) úhyggiliga B, b.   [24]) mgl. B, b.   [25]) komi B, b.   [26]) Olifans B; Olivans b.

ganga utan borgar ok blása svá hart, at öll borgarhlið skulu upp lúkast [ok aptr bæði,[1] ok allar hurðir með þær sem í borginni eru. En ef keisari [er svá djarfr at hann[2] kemr út, [skal ek þá blása af honum[3] hár ok skegg ok klæði öll. Þá svarar njósnarmaðr: þessi er útrúlig[4] íþrótt,[5] ok úvitrliga[6] gerði keisari, þá er hann veitti yðr [þetta[7] herbergi.[8]

7. Því næst segir Oliver sína íþrótt: Taki keisari á morgin dóttur sína ina vænu ok leiði hana í [landtjald mitt,[9] ok [leyfi mér at ek[10] rekkja hjá henni; en ef ek drýgi eigi vilja minn 100 sinnum með henni á einni nótt til vitnis hennar, þá á keisari vald á höfði mínu. Þat veit trúa mín, segir njósnarmaðr, at [þú ert fyrri móðr, ok[11] mikla fíflsku [mælir þú, ok týnt muntu hafa vináttu keisarans.[12] Þá [segir Bernarðr sína íþrótt:[13] Taki keisari á morgin þrjá hesta ina beztu í hirð sinni ok láti [renna þeim sem harðast,[14] en ek skal í mót renna ok hlaupa yfir tvá ok á inn þriðja, ok henda fjögur epli, meðan þeir renna skeið sitt; en ef [nökkut þeirra fellr niðr, þá skal keisari eiga höfuð mitt.[15] Þat veit [trú mín,[16] segir njósnarmaðr, þetta er fáheyrt[17] gabb, [segir hann, en í þessu er keisari ekki skemdr né niðraðr.[18]

8. Eptir þat hefr Villifer af Orenge sína íþrótt: Sé hér gullböll þenna[19] er hér liggr, hann er gerr[20] af gulli ok silfri, en opt ganga til 30 manna ok fá eigi upp lypt, svá er hann þungr; en á morgin mun ek upp lypta 'einni[21] hendi, síðan mun ek kasta honum á[22] borgarvegg [ok fella niðr fjóra[23] faðma á hvern veg. Njósnarmaðr svarar: Þat veit trúa mín, segir hann, [þú talar mikla bernsku.[24] Því næst segir Oddgeir[25] sína íþrótt: Á morgin er dagr kemr, mun ek ganga[26] ok feðma[27] stólpa þann er upp heldr höllinni, ok snúa hann í sundr ok fella niðr höllina. Þat veit trúa mín, segir njósnarmaðr, þú ert örviti,[28] láti guð þik því aldri[29] á leið koma; [úhyggiliga gerði keisari er hann veitti yðr herbergi.[30]

[1]) [mgl. B, b.   [2]) [tilf. B, b.   [3]) [þá man af honum blásast B, b.   [4]) úvitrlig B, b.   [5]) ok muntu vera gassi einn tilf. b.   [6]) úhyggiliga B.   [7]) mgl. B.   [8]) [nökkut gott b.   [9]) [tjald, B; eitt tjald b; vald, Fragment í Rigsarkiv.   [10]) [gefi mér leyfi (orlof b) til at B, b   [11]) [tilf. B; fyrri ertu móðr ok mærin yfirkomin ok b.   [12]) [mun keisara þú þikja mælt hafa B, b.   [13]) [saal. B, b; svarar Bernarðr A.   [14]) [hann renna hart, B; renna þeim hart b.   [15]) [einnhverr þeirra fellir niðr eplit, þá á keisari at ráða fyrir höfði mínu B; eitthvert fellr niðr, þá á keisari vald á höfði mínu b.   [16]) [menn b.   [17]) fagrt B, b.   [18]) [mgl. B, b.   [19]) inn mikla tilf. B, b.   [20]) saman blásinn B, b.   [21]) einn með annarri B; með annarri b.   [22]) at B, b.   [23]) [ok mun niðr falla fjóra B; svá at hann skal niðr falla um 40 b.   [24]) [at því man ek eigi trúa, at þat megi verða B, b.   [25]) danski tilf. B, b.   [26]) til tilf. B, b.   [27]) faðma B.   [28]) or viti þínu B; með öllu óðr ok ærr b.   [29]) tilf. B, b.   [30]) [mgl. B, b.

9. Síðan sagði Nemes hertugi enn gamli sína íþrótt: Taki keisari á morgin tvær brynjur ok fái mér í at fara, [en síðan mun ek laupa fjórum föðmum hærra en kastalinn er hár til,[1] en síðan skal ek setjast niðr [hjá keisaranum[1] fyrr en hann verði varr við, [ok þá skal ek skaka mik[1] svá at hverr hringr skal falla frá öðrum sem brent[3] hálmstrá. Þá svarar njósnarmaðr: 'Gamall ertu ok hvítr fyrir hærum, [ok harðla ertu harðholdr ok seigr í sinum.[4] Þá tók Bæringr at segja sína íþrótt: Taki keisari á morgin öll þau sverð er í eru borginni ok grafi niðr [hjöltin en[5] upp oddana, ok seti sem þykkast[6] má hann hjá kastalavegg; en síðan skal ek fara í[7] enn hæsta turn ok [falla ofan á þau,[8] svá at þau skulu í sundr bresta,[9] en ek skal úskaddr brott ganga. Þat veit trúa mín, segir njósnarmaðr, ef þú drýgir þessa íþrótt, þá ertu[10] af járni gerr eða stáli. Þá sagði Turpin erkibyskup[11] sína íþrótt: Í [morgin skal ek ganga til ár þeirrar er fellr hjá borginni,[12] ok skal ek vísa henni or stað sínum ok láta hana renna yfir [allan Miklagarð[13] ok fylla hvert hús; en keisari sjálfr skal vera svá hræddr,[14] at hann skal flýja upp í enn hæsta turn, ok skal hann aldri ofan koma,[15] nema því at eins at minn vili sé til. Þat veit trú mín, segir njósnarmaðr, [þú ert[16] óðr maðr, ok guð láti þik því aldri á leið koma; úhyggiliga[17] gerði keisari, er hann veitti yðr herbergi, [en á morgin skal keisari[18] alla yðr í brott reka.

10. Þá segir Ernaldr[19] sína íþrótt: Taki keisari á morgin 4 klyfjar blýs ok steypi því[20] vellanda [or kötlum ok í[21] ker; en síðan skal ek í fara ok sitja þar í til þess er [kólnat er blýit;[22] ok síðan skal ek upp rísa ok skaka mik, svá at af mér skal falla alt blýit, ok eigi skal svá mikit við[23] loða, at þat sé [vág[24] eins penings,[25] [en þó[26] skal ek í sitja frá morni ok til nóns.[27] Þetta er undarlig íþrótt, segir njósnarmaðr, aldri [heyrða ek getit jafnharðholds[28] manns[29] sem þessi er, ok af járni er hann görr, ef hann drýgir þessa íþrótt. Þá segir Eimer sína íþrótt: Ek hefi hött einn gervan

---

[1]) [tilf. B, b. [2]) [á kastalann B, b. [3]) brunnit b. [4]) [tilf. B, b. [5]) [hjaltirnar (hjöltin b) en hverfi B, b. [6]) saal. B; skjótast A; þéttast b. [7]) upp á B, b. [8]) [ok mun ek láta fallast ofan á sverðin, þar sem þeim er skipat undir, B, b. [9]) brotna, B, b. [10]) at vísu tilf. B, b. [11]) Med dette Ord begynder atter a. [12]) [saal. B, b; borgina skal ek ganga til ár þeirrar er Jber heitir, a, A. [13]) [borgina ok alla kastala B, b. [14]) óttafullr, A. [15]) kvikr, tilf. B, b. [16]) [at maðr sjá er B, b. [17]) úvitrliga, A. [18]) [enda skal hann á morgin A. [19]) saal. B, b; Berarð a; Gerin A. [20]) þeim A; mgl. B, b. [21]) [saal. B; í katla eða a, A; í b. [22]) [kalt er A. [23]) mik tilf. B, b. [24]) vert A. [25]) [veð(!) eins skakings B; vert eins skalungs(!) b. [26]) síðan B. [27]) [mgl. b. [28]) svá harðbölvaðs B. [29]) [vissa ek nökkurn mann svá harðholdaðan A.

af sæfiski; en þá er ek hefi hann á höfði mér á morgin at matmáli, þá skal ek ganga fyrir keisarann ok eta mat[1] frá honum ok drekka vín hans. Síðan skal ek ganga [at baki honum[2] ok ljósta hann hnefahögg, svú[3] at hann skal[4] steypast fram[5] á borðit, en síðan skal ek láta [hvern þeirra[6] berjast[7] við annan ok togast með skeggjum ok kömpum. Þat veit trú mín, segir njósnarmaðr, þessi maðr er[8] vitlauss, [ferliga gerði keisari, er hann veitti yðr herbergi.[9]

11. Þá segir Bertram sína íþrótt: Taki keisari á morgin fjóra skjöldu ok fái mér, en ek skal fara um alla dali ok skóga, ok [fljúga svá hátt ok æpa,[10] at heyri hvern veg[11] fjórar mílur, ok skulu þar or fljúga or öllum þeim skógum hirtir allir ok kollur ok allskonar dýr, ok svá fiskar or öllum vötnum. Þat veit trú mín, segir njósnarmaðr, hér er[12] mikit gabb, ok mjök mun [keisarinn við þessu reiðast, ef hann spyrr.[13] Þá tók Gerin[14] at segja sína íþrótt: Fái keisari mér [á morgin[15] spjót,[16] þat er manns byrðr sé ærin, en járn sé álnar langt,[17] en síðan leggi hann upp á [turn kastalans[18] tvá peninga silfrs;[19] en síðan skal ek ganga hálfa mílu frá borginni, [ok þá skal ek skjóta því sama spjóti til þar er peningarnir liggja, ok svá beint at annarr peningrinn skal niðr falla, en[20] sá skal hvergi hrærast, er eptir liggr; síðan skal ek svá tímliga renna, svá at ek skal taka spjótit á lopti áðr en niðr[21] komi. Þat veit trú mín, segir njósnarmaðr, at þetta gabb er vert annarra þriggja, ok í þessu er keisaranum engi svívirða[22] né skemd. En [þá er þeir höfðu lokit viðræðu sinni,[23] sofnuðu þeir.

12. [Síðan fór njósnarmaðr á fund keisarans. En jafnskjótt sem keisarinn leit hann, mælti hann: Seg mér, segir keisarinn, tíðendi þín, heyrðir þú nökkut Karlamagnús konung geta þess, at hann vildi[24] með oss dveljast? Þat veit guð, segir njósnarmaðr, at þess heyrða ek hann aldri geta, at hann vildi með þér dveljast,

---

[1]) hans *tilf. B, b.* [2]) [*tilf. A, B, b.* [3]) mikit *tilf. A.* [4]) þegar *tilf. B, b.* [5]) *tilf. B, b.* [6]) hans manna *tilf. B.* [7]) [menn hans berjast hvern *b.* [8]) óðr ok með öllu *tilf. b.* [9]) [*mgl. B, b.* [10]) [fleygja skjöldunum svá í lopt upp, ok þar með skal ek æpa svá hátt, *B, b.* [11]) frá mér brott *tilf. B, b.* [12]) œsi *tilf. B, b.* [13]) [keisara várum illa líka *B, b.* [14]) Geres *A.* [15]) [*tilf. A, B, b.* [16]) spjótskapt, *B, b.* [17]) í *tilf. B, b.* [18]) [kastalann *B, b.* [19]) hvárt er hann vill af gulli eða silfri *B, b.* [20]) [*saal. B, b;* síðan skal ek skjóta ok fella niðr annan peninginn, svá at *A, a.* [21]) á jörð *A, B, b.* [22]) svívirðing *A, B, b.* [23]) [eptir þetta tal er hverr þeirra hafði rœtt fyrir sína hönd, ok þetta geip allt jafnsaman, þá *B;* sem Frankismenn höfðu enda gert á þessu geipi, sem nú hefir sagt verit, þá *b.* [24]) [En þá er njósnarmaðr fann þat, þá fór hann á brott ok til þess er hann finnr keisarann. En þegar er konungr lítr hann, þá heilsaði hann honum ok mælti síðan: Seg mér tíðendi, segir hann, mælti Karlamagnús konungr, at hann mundi *B, b.*

heldr hafa þeir í alla nótt hætt at þér ok gabbat þik. Þá segir hann konungi [alla þeirra¹ rœðu ok athöfn,² ok gerðist keisari [mjök reiðr. Þat veit trú mín, segir Hugon keisari, at Karlamagnús konungr hefir lýst við mik mikla úvizku,³ þar er hann hefir hætt at mér, en ek tók við honum fyrir guðs sakir, ok gerða ek honum beinleika, en hann hefir hæddan mik. En ef eigi fremja þeir gabb sitt sem þeir sögðu,⁴ þá skal ek láta afhöfða⁵ þá með hvasseggjuðu sverði mínu. Þá sendi Hugon konungr eptir þúsund⁶ riddara⁷ at⁸ koma til sín í öllum herklæðum; en þeir kómu jafnskjótt [til hans.⁹

13. [Karlamagnús konungr kom þá frá kirkju ok hafði hlýtt messu ok öllum tíðum, ok með honum tólf jafningjar. En Karlamagnús konungr gékk¹⁰ fyrir þeim ok hafði í hendi [lauf af olifatré.¹¹ En Hugon keisari kom gangandi í mót honum ok [mælti við hann hörðum orðum: Mjök hafit þér mik gabbat í nótt, ok þú hæddir at mér ok launaðir mér svá minn beinleika.¹² En ef nú drýgit þér eigi íþróttir yðrar, þá skulut þér allir dauða þola. [En Karlamagnúsi konungi rann nökkut þessi rœða í skap ok leit til Frankismanna ok mælti við þá: Vér várum mjök drukknir í nótt af víni ok klare, ok ætla ek at njósn hafi verit haldin á oss. Ok því næst mælti Karlamagnús konungr við Hugon keisara: Vér gistum yðr í nótt ok drukkum vín yðvart. En þat er siðr Frankismanna or París ok Karteis, at þá mæla þeir mart, er menn fara at sofa, bæði vísdóm ok fólsku. En nú verð ek at vita af mínum mönnum, hvat þeir hafa rœtt, eða hverju vér verðum at svara yðr.¹³ Hugon kon-

¹) *saal. A*; þá *a*. ²) [alt tal þeirra *B, b*. ³) úvináttu *A*. ⁴) [œsiliga reiðr, ok mælti af móði miklum: Harðla mikla fífisku gerði Karlamagnús konungr, er hann hæddi at oss ok spottaði ok gerði svá mikla svívirðing til vár fyrir várn góðvilja, er vér tókum við honum ok hans félögum fyrir guðs sakir, ok veittum honum mikla sœmd. En þess sver ek, ef eigi fremja þeir þetta gabb, er þeir kalla sínar íþróttir, *B, b*. ⁵) höfða *A*. ⁶) 100 þús. *B, b*. ⁷) sinna *tilf. A*. ⁸) ok bað þá *B, b*. ⁹) [fyrir hann *A*; fra kómu jafnskjótt *B, b*: gerðu sem hann bauð. ¹⁰) [En eptir þá nótt vaknaði Karlamagnús konungr ok stóð upp ok gekk til kirkju ok 12 jafningjar með honum. En þá er hann hafði hlýtt messu ok öllum tíðum, fóru þeir brott frá kirkju ok gékk hann *B, b*. ¹¹) [sér kvist af olive. *A*. ¹²) [ásakaði hann um gabb þat er þeir höfðu veitt honum þá nótt, *A*; mælti við Karlamagnús konung, þegar er hann sá hann, mörgum orðum hörðum: Karlamagnús konungr, segir hann, hví gabbaðir þú mik í nótt ok hæddir at mér, ok launaðir mér svá beinleika? *B, b*. ¹³) [þá mælti Karlamagnús við keisara: Vér várum í gærkveld œrit drukknir, en ek vil segja þér, at þat er siðr Frankismanna, at vér mælum mart (á síðkveldum *tilf. b*), þá er vér förum at drekka, bæði vísdóm ok heimsku optsinnum (ok stundum kall ok gaman *tilf. b*). En nú ef þér erut oss reiðir, konungr, sem mér virðist at sé, þá verð ek vita af mínum mönnum hvat þeir hafa rœtt til yðvar. *B, b*.

ungr svarar: [Mjök hafit þér mik skemdan í orðum yðrum, ok launat mér svá góðan beinleika er vér gerðum til yðvar.[1] En [þá er þér erut skildir frá mér,[2] þá skulut þér aldri síðan svá annan mann hæða, svá skal yðr þetta[3] dýrkeypt verða áðr en nótt komi.

14. Karlamagnús konungr gékk þá undir olífatré, ok 12 jafningjar með honum, [til einmælis við þá, ok mælti: Góðir höfðingjar,[4] segir hann, skeifliga[5] hefir oss til tekizt, er vér skyldum svá druknir [verða[6] í nótt, er vér mæltum þat mart, er vel mátti kyrt[7] liggja.[8] Síðan lét hann fram bera helga dóma sína ok féll til bœnar, ok allir Frankismenn, ok báðu þess[9] guð, at hann skyldi rétta[10] mál þeirra, svá at eigi skyldi Hugon keisari yfir þá stíga, jafnreiðr sem hann varð[11] þeim. En [þá kom engill guðs sendr til Karlamagnús konungs ok mælti:[12] Gerst[13] eigi úglaðr; gabb þat er þér hélduð í nótt, þat var fólska mikil; en þau orð sendi guð, at þú gabbir aldri menn[14] síðan, fyrir því at þat var fólska mikil er þér mæltut. Farit til ok hefit upp íþróttir yðrar, ok eigi skal ein eptir liggja, ef þér vilit [fram flytja.[16] En Karlamagnús konungr var því feginn, sem ván var, ok [mælti við Frankismenn: Óttizt ekki, segir hann, guð mun greiða várt mál.[17]

15. Eptir þat géngu þeir fyrir Hugon keisara, ok mælti Karlamagnús konungr við hann: [Ek vil segja þér minn vilja, at eigi var þat tiguliga gört, at þá er þú fórt í nótt frá oss, þá settir þú njósnarmann á hendr oss at heyra til várrar rœðu, ok var þér sjálfum mest úsœmd í því. En vér munum eigi eta orð vár fyrir þér, at[18] halda því upp[19] er vér mæltum; gangi sá til fyrst, er þú kýss, at drýgja sína íþrótt. Hugon keisari svarar: [Þat er Oliver, hann hœldist[20] því, at hann mundi hvíla 100 sinnum á einni nótt

---

[1]) [saal. B, b; alls ekki hafit þér mik skemdan (mjök *tilf.* a) í orðum yðrum a, A. [2]) [áðr vér skilimst, A. [3]) gabb *tilf.* b. [4]) [Nú tekr hann til máls, er þeir koma þar: Góðir drengir, B, b. [5]) illa A. [6]) vera A. [7]) niðri A. [8]) [verit hafa fyrra kveld (í gærkveld b) at hafa þat mælt er vel mætti kyrt vera. B, b. [9]) allsvaldanda *tilf.* B, b. [10]) réttleiða B, b. [11]) var orðinn B. [12]) [í því bili kom engill af himni sendr af allmáttigum guði til fundar við Karlamagnús konung, ok tók í hönd honum ok reisti hann upp ok mælti á þessa lund: B, b. [13]) Gjörsk B; Ver b. [14]) né einn mann B; engan mann b. [15]) í guðs nafni *tilf.* B, b. [16]) [fremja b. [17]) [segir Frankismönnum þenna atburð. Þeir lofuðu almáttkan guð fyrir sína miskunn. B, b. [18]) ok freista at A. [19]) [Ekki var þat listuligt, sagði hann, er þér hélduð njósn á oss í gærkveld, ok er þér þat sjálfum mest skömm at setja menn til þess at lýða til (heyra b) hvat er drukknir menn mæla. En vér munum eigi eta svá einörð vára í því fyrir yðr, at halda því eigi upp. (En vér munum öllu því fram halda b) B, b. [20]) [Ek veit at Oliver hefir hœlt (hœlzt b) B, b.

með[1] dóttur minni, ok [var þat mikit fólskumál.[2] En ek fara fyrir
níðing, ef hann freistar eigi.[3] En ef [eitt sinn[4] skortir á, þá týnir
hann höfði[5] sínu, ok 12 jafningjar með honum. En Karlamagnús
konungr glotti[6] at máli hans ok svarar svá, at honum mundi mis-
líka, ef [hann tœki þat til.[7] Þann dag skemtu þeir sér alt til apt-
ans, ok skorti þá ekki þat er þeir beiddust. En er nátta tók, þá
lét Hugon konungr búa [tjald sitt[8] ok þangat leiða dóttur sína; ok
þat tjald[9] var alt búit[10] með hinum beztum guðvefjarpellum. Mærin
var væn ok blauthold[11] ok eigi úfegri at sjá en blóm af rósi eða
lilju. En [Oliver sté í hvílu til hennar ok hló.[12] En þá er mærin
leit hann, þá mælti hon kurteisliga til hans: Herra, segir hon, komtu
til þess af Frakklandi at skemma konur í Miklagarði? Oliver svarar:
Hræztu[13] eigi, unnusta; ef þú vilt mínum ráðum fylgja, þá skaltu
úskemd héðan fara. Oliver lá í hvílu hjá keisaradóttur ok snerist
til hennar ok kysti hana 100 sinnum. Þá mælti mærin við hann:
Ek bið þik fyrir guðs sakir, lát mik njóta gœzku þinnar, en gjalda
eigi úvizku[14] föður míns. En Oliver svarar henni: Ef þú kemr
mér undan ok sannar mál mitt, þá skaltu vera unnusta mín, ok skal
ek þér unna um allar konur fram. Mærin játtaði því, ok handsalaði
honum trú sína [ok kristinndóm at halda ok sanna hans mál með
honum,[15] ok lauk svá þeirri[16] rœðu.

16. En um morgininn eptir í sólar upprás, þá kom þar Hugon
keisari, ok kallaði á dóttur sína ok [spurði hana,[17] ef Oliver hefði
drýgt[18] þat er hann sagði. En hon svaraði ok kvað hann drýgt
hafa. En þá [þurfti eigi at spyrja,[19] at keisara [líkaði illa.[20] Hann
gékk þá til Karlamagnús konungs, þangat sem hann sat, ok mælti
svá: Drýgt hefir Oliver sína íþrótt, en nú vil ek[21] vita, hversu
öðrum tekst til.[22] Karlamagnús konungr svarar: Enn skaltu kjósa
[þann er þú vilt til taka. Þat er Villifer son Eimers jarls, taki
hann gullböll þann er hér liggr í búri váru. En ef hann kastar
honum eigi, svá sem hann sagði í nótt, þá skal hann týna lífi sínu,
ok þá kemr hinn efsti dagr yfir þá 12 jafningja. Ok því næst gékk

---

[1]) við *B*; hjá *b*. [2]) fíflskumál *B*. [3]) [kann hann ekki nær at ætla sér *b*.
[4]) [nökkut *A*. [5]) lífi *A*, *B*, *b*. [6]) brosti *B*, *b*. [7]) [þeir tœki slíkt til *B*;
þeir fremdi sínar íþróttir *b*. [8]) [til búr sitt *B*; svefnbúr sitt *b*. [9]) búr *B*;
hús *b*. [10]) tjaldat *B*, *b*. [11]) blautholduð *B*. [12]) [þangat var ok fylgt
Oliver til svefnbúrs, ok þar í rekkju er mærin var fyrir, ok skyldu þau
tvau ein byggja þat herbergi á þeirri nótt. En er Oliver steig í hennar
sæng, þá hló hann. *B*. [13]) reizt *B*, *b*. [14]) heimsku *A*. [15]) [at hon
skyldi (með honum halda ok *tilf. B*) hans mál sanna, *B*, *b*. [16]) þeirra
A, *B*, *b*. [17]) [frétti hana eptir, *B*, *b*. [18]) við hana *tilf. B*. [19]) eptir
tilf. B; [mætti ráða til líkinda *b*. [20]) [mundi illa líka. *B*, *b*. [21]) at
vísu *tilf. B*. [22]) um sína íþrótt *tilf. B*.

Villefer til gullballarins¹ ok lypti upp annarri hendi með miklum jarteignum, ok skaut á borgarvegg at öllum her ásjánda svá hart, at niðr féll [40 faðma á hvern veg² af borgarveggnum; þat var eigi af³ sterkleik, heldr af jarteignum guðs, er hann sýndi vinum sínum, ok [allra mest⁴ fyrir sakir Karlamagnús konungs. Nú líkar Hugon keisara illa, er borgarveggr hans er niðr brotinn, ok mælti við menn sína: Þetta er gabb úheppiligt, ok⁵ eru þetta gerningamenn [ok sjónhverfingar eru komnar⁶ í land várt ok ríki.⁷ Ok því næst mælti Karlamagnús konungr við Hugon konung: Viltu enn fleira af íþróttum várum,⁸ ok skal sá enn til ganga, sem þú vilt. Hugon konungr svarar:⁹ Þat [er Turpin erkibyskup, hann kvezt mundu snúa ánni or stað sínum¹⁰ ok láta hana renna í borg ok fylla öll hús; en sjálfr skylda ek svá hræddr verða, at ek skyldi undan flýja upp í enn hæsta turn.¹¹ Þá mælti Turpin við Karlamagnús konung: Bið bœn þína til guðs, at ek koma þessu á leið. Síðan gékk hann til [ok signdi vatnit.¹² En þar¹³ gerðust miklar jarteignir: sjá hin mikla á rann or stað sínum yfir akrlönd ok [eng ok fyldi öll hús. En borgarmenn tóku at at hyggja ok undrast.¹⁴ Hugon keisari varð svá hræddr, at hann flýði undan upp í enn hæsta turn at forða sér. Karlamagnús konungr var utan borgar á velli nökkurum undir tré einu, ok 12 jafningjar með honum ok þeirra lið, ok hlýddu til rœðu Hugons keisara, ok heyrðu, at hann óttaðist mjök vatn þat ok ætlaði sér bana ok sínu liði. Ok því næst mælti Hugon keisari [við Karlamagnús konung, er hann sá hvar hann var undir trénu:¹⁵

¹) [hverr er þú vilt at fyrst (þessu næst b) leysi af hendi sína íþrótt. Hugon konungr svarar: Þat er várr kosningr, at Villifer taki upp gullböll þann er hann kvaðst kasta mundu. Ok ef hann kastar honum eigi svá sem hann kvaðst í gærkveld, þá skal hann deyja ok týna höfði sínu með háðung ok skömm mikilli, ok at vísu sé ek ván þess, at þá kemr inn efsti dagr yfir þá alla 12 jafningja. En er Hugon konungr hafði þetta af kosit, þá fóru þeir allir saman til þess búrs (staðar b) er gullböllrinn var í, ok þegar er þeir kómu þar, þá gékk Villifer til ballarins B, b. ²) [fjóra tigu faðma lengd B; um 40 faðma b. ³) hans tilf. B, b. ⁴) [öllum þeim er við várum staddir B. ⁵) at vísu tilf. B, b. ⁶) [er komnir eru A, B, b. ⁷) ok vilja svikja af oss lönd vár ok ríki tilf. B, b. ⁸) várra manna, B, b. ⁹) Her ender A. ¹⁰) [sama sem Turpin erkibyskup sagði, at hann skyldi gera, þá er þat at vísu várr kosningr at láta eigi við líða. Hann sagðist mundu því á leið koma, at snúa á þeirri or stað sínum, er þar fellr skamt frá borginni B, b. ¹¹) en þér í nótt skulu(t) hafa vald á öllum várum varnaði tilf. B. ¹²) [árinnar ok signdi hana. B, b. ¹³) þegar hann hafði signat vatnit, þá B, b. ¹⁴) [engjar, en um síðir rann hon í borg ok fyldi hvert hús. En er borgarmenn sá þenna atburð, þá undruðust þeir ákafliga. B, b. ¹⁵) [tilf. B, b.

Karlamagnús konungr, segir hann, hver er ætlan þín við mik, er þér alhugat[1] at drekkja mér í vatni þessu? Ek vil gjarna gerast maðr þinn ok halda ríki af þér ok vera skattgildr undir þik, ok gefa þér alt fé mitt ok [svá gripi, er[2] þú kemr þessum vanda af oss. En Karlamagnús konungr mælti svá: Verðr er hverr miskunnar er hennar beiðist. Síðan bað Karlamagnús konungr guð þeirrar bœnar, at vatn skyldi aptr snúast [í sinn farveg, ok þegar jafnskjótt sem hann bað, þá veitti guð þat, at vatnit snerist aptr[3] til staðar síns, ok gerði þá guð mikla jarteign fyrir sakir Karlamagnús konungs.

17. [Nú er svá var máli komit,[4] þá fór Hugon konungr ofan or vígskörðum ok til Karlamagnús konungs, til trés þess er hann var undir. Hugon konungr mælti þá: Karlamagnús konungr, segir hann, ek veit at guð elskar þik ok heilagr andi er[5] með þér, en nú gerumst ek þinn maðr [til vitnis[6] alls hers, þess er hér er. Viltu sjá fleiri íþróttir várar daglengis?[7] segir Karlamagnús konungr. Nei, nei, segir hann,[8] [áðr skulu þessar 7 nætr[9] líða; ef allar væri þær drýgðar, þá mundi mik [þat æ ok æ[10] hryggja.[11] Karlamagnús konungr mælti þá: Nú hefir þú gerzt maðr minn at ásjándi allri hirð þinni; nú skulum vit gera veizlu okkra í dag ok bera kórónur[12] báðir saman. Hugon konungr svarar: Blíðliga vil ek bera mína kórónu [ok ganga processionem. Þú gengu konungar til kirkju.[13] Þá bar Karlamagnús konungr [sína hina[14] dýrliga kórónu á höfði sér. Hugon konungr bar sína kórónu miklu lægra, því at Karlamagnús konungr var fœti hærri[15] ok þrimr handargripum. En Frankismenn hugðu at görla, ok mælti hverr við annan: Rangt mælti dróttning vár um hag Karlamagnús konungs, [þá er hon sagði nökkurn konung jafnvel at sér sem hann, fyrir því at[16] engi er honum jafntiguligr á jarðríki, ok aldri komum vér á þat land, [at eigi hafim[17] vér lof af allri[18] þjóð. Dróttningin[19] bar ok þann dag sína kórónu ok leiddi með sér dóttur sína ena vænu mey. [En þar var hugr Olivers optast sem hon var;[20] en mærin vildi hann blíðliga þýðast, [ef hon þœttist mega[21] fyrir feðr sínum.

[1]) alvara *B, b*. [2]) [stórgripi ok þjóna til yðvar (þjóna yðr *b*) í öllum hlutum, ef *B, b*. [3]) [*tilf. B, b*. [4]) [*tilf. B*; eptir þat fór *b*. [5]) at vísu *tilf. B, b*. [6]) [at vitni *B, b*. [7]) í dag *b*. [8]) Hugon konungr *b*. [9]) [áðr skulu 7 vetr *B*; eigi meðan ek lifa *b*. [10]) [ei ok ei *B*. [11]) hryggvan gera *b*. [12]) okkrar *tilf. B, b*. [13]) [þér til sœmdar ok virðingar. *B, b* [14]) [*mgl. B, b*. [15]) (at vexti *mgl. B*) en Hugon konungr *tilf. B, b*. [16]) [*tilf. B, b*. [17]) [er eigi berim *B, b*. [18]) hverri *B, b*. [19]) dróttning keisara *B*. [20]) [Oliver hafði mikinn hug á henni *b*. [21]) [en hon þóttist eigi mega *B*; en þorði þó varla *b*.

18. [En þá er lokit er processione, þá géngu konungar til kirkju. En Turpin erkibyskup var þar œztr lærðra manna, ok hann söng messu þann dag, en konungar géngu til ofrs ok öll alþýða. En þá er tíðum var lokit, fóru konungar heim til hallar. En þá var matr búinn, ok settist þá alþýða til borða, ok skorti þá ekki þat er þeir beiddust til. Veiðimatr var þar mikill, hirtir ok villigeltir, trönur ok elptr ok páfuglar pipraðir, ok allskonar krásir, ok hinn bezti drykkr, vín, klare ok piment, ok allskonar leikar er tíðir ok tamir váru. Hugon keisari mælti þá við Karlamagnús konung: Taki Frankismenn svá mikit af mínum auðœfum sem þeir vilja mest. Þá svarar Karlamagnús konungr máli hans: Eigi skulu Frankismenn hafa af þínu þat er vert sé eins penings; þeir hafa svá gnógt áðr, at þeir megu eigi meira flytja eptir sér. Ok því næst váru borð ofan tekin.[1] En [hvat er um þat at lengja er[2] þar til kemr, at Karlamagnús konungr tekr[3] leyfi af Hugon konungi sér til heimfarar, en Hugon konungr gaf honum marga góða gripi, ok hvárr þeirra öðrum. En [Hugon konungr hélt í stigreip Karlamagnús konungs, meðan hann upp steig á hest sinn, ok svá héldu hans menn stigreipum Frankismanna, meðan þeir hlaupa[4] á bak, ok hvarf[5] þá hvárr þeirra til annars. Konungsdóttir gékk [til Olivers[6] ok mælti við hann: Ást mín ok góðr vili skal aldri bregðast við þik; en nú vil ek fara með þér til Frakklands. [En bók skilr eigi hvárt hon fœri með honum at því sinni.[7] Síðan fór Karlamagnús konungr leiðar sinnar, ok var glaðr í hug sínum, er hann hafði svá ríkan konung lagt undir sik orrostulaust. [En þeir fóru margar torfœrur ok hættligar brautir, áðr en þeir kœmi heim, ok urðu þeir margs vísir í þeirri för.[8]

19. Þá er Karlamagnús konungr kom til Paris ennar góðu borgar, þá var þar mikill fagnaðr landsfólki öllu af hans tilkvámu. En síðan gékk hann til kirkju ens helga Sendinis,[9] ok [ofraði þar kórónu dróttins várs ok nagla þeim er dróttinn várr var krossfestr með, ok marga aðra helga dóma, en suma skipti hann í[10] ríki sitt þangat sem honum þótti [ráð at.[11] [En dróttning bað sér miskunnar[12]

[1] [mgl. B. b. [2] [hvat þurfum vér at lengja þat, B. [3] [sem timi er til, tekr Karlamagnús keisari b. [4] [er Karlamagnús konungr var til ferðar búinn, þá hélt Hugon konungr í stigreip hans, meðan hann steig B, b. [5] mintist b. [6] [at Oliver b. [7] [Unnusta, segir hann, vel hefir þú mælt, ok at vísu skal ek alt þat halda, sem vit höfum mælt okkar í milli. B, b. [8] [mgl. B. b. [9] Dionisii b. [10] [ofraði þar helga dóma, en suma sendi hann víða annarstaðar um B, b. [11] [sœmiligast b. [12] [þat er ok sagt, at þegar leið er dróttning hans mátti við hann tala, þá bað hon sér miskunnar ok reiði af sér með mikilli blíðu ok lítilæti sem skyldugt var B, b.

fyrir mismæli sitt, en konungr var góðr bæna ok fyrirgaf henni [fyrir lof hins helga kross ok heilagra staða, er hann hafði vitjat, ok var síðan heima 4 mánuðr í bili.[1]

[1]) [orð sín ok lét renna reiði sínu við hana fyrir lof ins helga kross ok innar helgu grafar ok heilagra staða, er hann hafði sótta í þeirri ferð. Eptir þetta var Karlamagnús konungr heima 7 mánaði, at því sem sagt er. En síðan fór hann til Spanjalands á hendr Marsilio konungi, ok varð þar mart tíðenda í þeirri för, sem nökkut mun verða frásagt. En hér fellr nú niðr þessi saga (sem nú skal nökkut af segja. Ok endar svá þenna þátt at sinni. b) *B*, b.

ATTI PARTR KARLAMAGNUS SÖGU AF RUNZIVALS BARDAGA.

Eptir þessa hluti liðna bjó Karlamagnús konungr ferð sína til Spanialands, sem hann hafði heitit, þá er hann fór til Jórsala, ok fóru með honum 12 jafningjar ok alt hans et bezta lið, er til var í hans ríki. Karlamagnús konungr var 7 vetr alla samfasta[1] á Spanialandi, ok lagði undir sik alt [með sjá,[2] svá at hvárki borg né kastali var sá, at eigi hefði hann undir sik lagt; né heruð eða tún, nema [Saraguze er[3] stendr á fjalli einu. [Þar réð[4] fyrir Marsilius konungr hinn heiðni, sá er eigi elskaði guð, heldr trúði hann [á Maumet ok Apollin, en þeir munu svíkja hann.[5]

2. Þat var einn dag, at Marsilius konungr var genginn undir [olifutré einu í skugga[6] ok settist á marmarastein upp, ok umhverfis hann[7] 100 þúsunda manna.[8] En hann kallaði hertoga sína ok jarla til sín [ok mælti:[9] Góðir höfðingjar, segir hann, hvat synd hefir oss komit; Karlamagnús konungr er kominn [at fyrirfara oss, ok veit ek at hann vill orrostu við oss halda.[10] [En þér kostit ok gerit svá vel, at þér leggit ráð á með mér sem vitrir menn, ok hjálpit mér frá skemd ok dauða, sem yðr byrjar at gera.[11] En engi heiðingi [svarar honum orði nema Blankandin af kastala Valsundi.[12] Hann var hinn vitrasti maðr, hvítr af hæru, ok er vel lofaðr at riddaraskap ok heilráðr sínum dróttni. Hann mælti við

---

[1]) Svá er sagt í þessarri bók, at Karlama nús konungr var 7 vetr *B, b*.
[2]) [*saal. B, b*; hit næsta, *a*. [3]) [borg sú er Saraguze heitir, hon *B, b*.
[4]) [Í þeirri borg sat *B, b*. [5]) [með skemd á úvizku ok (ok úvizku á *b*) heiðin goð Maumet (Machon ok Terogant *b*) *B, b*. [6]) [skugga eins olifotrés *B, b* [7]) meir en *tilf. B, b*. [8]) hermanna hans *B, b*. [9]) [en er þeir kómu þar, þá tók hann til máls á þessa leið *B*. [10]) [til þess at eiga við oss orrostu, ok ætlar at fyrirkoma oss *b*. [11]) [*tilf. B, b*.
[12]) [varð til at svara hans máli Maðr hét Blankandin, hann var mikill höfðingi ok ríkr, hann var or kastala þeim er Valsundi heitir *B, b*

konung:[1] Óttast ekki, send orð Karlamagnúsi konungi enum drambláta, [dýrt embætti ok fasta vináttu;[2] gef honum leóna,[3] björnu ok hunda stóra ok vali,[4] 7 hundruð úlfalda ok þúsund gáshauka mútaða, ok 4 hundruð[5] múla hlaðna af gulli ok silfri, ok vagna hlaðna með dýrum gripum, ok [má þar[6] þá vera svá mörg þúsund, at Karlamagnús konungr má gefa af því fé[7] öllum riddörum sínum mála. Nú hefir hann hér verit 7 vetr í samt, ok átti[8] hann nú at fara til Frakklands, [þar er hann í hóglífi miklu.[9] En þú skalt sœkja á fund hans þangat at Michaels messu ok taka við kristni, ok gerast maðr hans með góðum vilja ok halda af honum Spanialand alt. En ef hann vill hafa gisla af oss, þá skal[10] senda honum 20 [eða 10[11] at festa vináttu vára, son þinn [einnhvern ok svá minn,[12] ok er betr[13] at þeir sé drepnir, en ef[14] vér týnim Spanialandi ok öllu ríki váru ok eign, [fyrir því at nú er at komit.[15] Heiðingjar[16] svöruðu: Þetta er þjóðráð.[17] Þá mælti Blankandin: [Ef svá er gert, þá[18] legg ek höfuð mitt í veð, at Karlamagnús konungr mun fara til Frakklands með allan her sinn, ok mun hverr hans manna fara til síns heimilis. Karlamagnús konungr mun vera at Eis kapellu sinni ok gera veizlu sína. [Stundir munu líða áðr, en Karlamagnús konungr mun eigi spyrja[19] tíðendi af oss, fyrir því at vér skulum eigi þangat sœkja, en Karlamagnús konungr mun þessu reiðast ok láta drepa gisla sína, ok er [betra at þeir týni lífi sínu, en vér týnim hinu góða Spanialandi.[20] Heiðingjar svöruðu: Þetta er þjóðráð. Ok lauk svá þeirri stefnu.[21]

3. [Eptir þessa ráðagerð þá kallaði Marsilius konungr til sín vini sína þá sem nú man ek nefna: Klargis af Balagued, Estomariz ok Eudropiz félaga hans, Priamus, Greland, Batiel[22] ok frænda hans Mattheu, Joel ok Mabriant ok Blankandin,[23] ok mælti við Blankandin formann þeirra, at hefja þat mál er konungr vill láta fram flytja

---

[1]) er hann sá at engi varð annarr til at svara honum *tilf. B*. [2]) [ok bjóð honum þitt embætti ok þjónostu ok þína fasta vingan *B, b*. [3]) leons *B, b*. [4]) palafrey *B; mgl. b*. [5]) 7 hundruð *B, b*. [6]) þat *B*. [7]) *tilf. B*; [má Karlamagnús þar af gefa *b* [8]) girnist *B, b*. [9]) [því at honum þikir nú mál at taka á sik hóglífi *b*. [10]) at vísu svá vera, ok skal *tilf. B*. [11]) [*mgl. B, b*. [12]) [einnhverr ok svá minn skal fara, *B, b*. [13]) betra *B, b*. [14]) *mgl. B, b*. [15]) [svá sem nú horfir til *b*. [16]) Höfðingjarnir *B, b*. [17]) hit bezta ráð *b*. [18]) [þess sver ek, ef svá er gert, sem nú höfum vér talat vár í milli, ok þar *B, b*. [19]) [Síðan man líða dœgr ok dagr, ok man Karlamagnús spyrja engi *B; fra* ok mun hverr hans manna *'har b:* ok sitja þar með náðum um tíma, svá at hann man spyrja engi [20]) [þat lítill skaði hjá því, sem vér týnim váru ríki *b*. [21]) at þetta var afráðit *tilf. B*; at þetta ráð var staðfest *b*. [22]) Batuel *b*. [23]) [*saal. B, b*; Marsilius konungr kallaði þá til sín 10 hina illgjörnustu menn *a*.

[til Karlamagnús konungs.[1] Þessir váru [10 enir illgjörnustu[1] ok mestir undirhyggjumenn af öllu liði hans.[2] Ok síðan mælti Marsilius konungr við þá: þér skulut fara sendiför mína til Karlamagnús konungs, hann sitr nú um borgina Acordies; þér skulut bera í höndum yðrum[3] kvistu af olifutré, þat táknar frið ok mjúklæti; ok ef þér megit koma [sætt várri[4] á leið, þá skulu þér þiggja af mér gull ok silfr, lönd ok klæði.[5] [Heiðingjar svöruðu: Vel hefir þú mælt, en vér skulum[6] betr gera. Marsilius konungr mælti: Biðit[7] Karlamagnús konung miskunna mér,[8] ok segit honum ífalaust, at ek vil hans maðr gerast, ok á hans fund sœkja, áðr en þessi mánuðr líði við þúsund hinna beztu minna manna, ok[9] taka kristin lög ok drýgja hans vilja.[10] [Blankandin svaraði: Gott muntu af því hljóta.[11] Konungr lét þá fram leiða 10 múla hvíta, beislin váru af[12] gulli en söðlar af silfri. En síðan steig hverr þeirra á bak sínum múl,[13] ok fóru leið sína til Karlamagnús konungs, [ok eigi mun hann mega við sjá, svá at eigi blekki þeir hann nökkut.[14]

4. Karlamagnús keisari hafði þann tíð[15] unnit borgina Acordies[16] ok niðr felt[17] borgarveggi, ok tók þar mikla fjárhluti, gull ok silfr ok dýrlig klæði, [ok var engi sá í borginni,[18] at eigi væri drepinn eða kristinn görr.[19] En þann sama dag sem sendimenn Marsili konungs kómu til fundar við Karlamagnús konung, þá sat hann í grasgarði einum ok skemti sér, ok haus [vinir með honum, Rollant ok Oliver, Samson ok Auxiens ok Hotun inn sterki ok Bæringr, Nemes inn góði hertógi ok Rikarðr jarl, Guinelun, Engiler, en hvar er þeir váru var fjöldi annarra manna; þar váru 15 þúsundir Frankismanna,[20] ok sátu allir undir guðvefjarpellum at svala sér ok léku at skáktafli, en sumir at kvátrutafli,[21] bæði ungir ok gamlir; [ok var önnur hver taflan af gulli en önnur hver af brendu silfri, svá hit sama váru ok reitirnir á taflborðinu, at annarr hverr var gyltr en annarr hverr var þaktr af hvítu silfri.[22] Sumir ríða á burt til skemtanar sér, sumir skylmdust. En Karlamagnús keisari

---

[1]) [tilf. B. [2]) saal. B; þeirra a; fra Blankandin, ok mælti við Blankandin hertil mgl. b. [3]) yðr B, b. [4]) [sendiför minni B; þessi ferð b. [5]) ríki b. [6]) þó tilf. B. [7]) saal. B, b; bið a. [8]) [þér skulut biðja mér miskunnar af Karlamagnúsi konungi b. [9]) munum vér allir tilf. B, b. [10]) í hvern stað tilf. B, b. [11]) [mgl. B, b. [12]) rauðu tilf. b. [13]) saal. B, b; hesti a. [14]) [en (með þeim ráðum sem þeir fara þá tilf. B) er mikil ván, at hann muni eigi geta við sét, at þeir blekki hann eigi (at hann geti eigi sét við þeirra vélum b) B, b. [15]) tíma B. [16]) Cordes B, b. [17]) brotna B, b. [18]) borg Sarraguzin né annarstaðar B. [19]) [en hverr sá maðr er borgina bygði, varð annathvárt at þola dauða eðr taka kristni b. [20]) saal. B, b; [virktamenn Rollant ok Oliver ok 12 jafningjar með honum ok mikill fjöldi annarra, a. [21]) kvattro B. [22]) [mgl. B, b.

sat í skugga undir tré einu. Ok því næst kómu þar[1] sendimenn Marsili konungs, ok stigu þegar af múlum[2] sínum ok gengu fyrir Karlamagnús konung, þar sem hann sat. Blankandin tók fyrst til máls ok heilsaði Karlamagnúsi konungi kurteisliga: Herra konungr, segir hann, guð gæti þín, sá er skóp himin ok jörð ok á kross var festr at leysa oss frá kvölum helvítis, honum eigum vér at þjóna en engum öðrum. Þau orð sendi þér Marsilius konungr, at hann vill þinn fund sœkja ok kristinn gerast, ef þú vilt. Hann skal gefa þér gull ok silfr eptir þínum vilja, hann skal gefa þér leóna[3] ok björnu, hunda, hesta skjóta, er mjök er at lofa, [7 hundruð úlfalda, þúsund gáshauka, vagna hlaðna af góðum gripum ok dýrum klæðum, 4 hundruð múla klyfjaðra af gulli ok silfri, ok máttu þar af gefa mála öllum hirðmönnum þínum ok riddörum.[4] Nú hefir þú hér verit 7 vetr, ok er þér nú mál at fara aptr til Frakklands,[5] ok þangat skal konungr várr sœkja yðvarn fund, ok láta skírast ok gerast maðr þinn, ok halda af þér Spanialand alt ok vera þér skattgildr um alla [lífsdaga þína.[6] En er hann [hafði svá ráðit[7] fram sitt erendi, ok er hann[8] lauk sínu máli, þá svaraði Karlamagnús keisari máli hans á þá leið: Guð sé þess lofaðr, segir hann, [at svá sé sem þú segir; ef[9] Marsilius konungr gerir svá sem nú hefir þú tjáð um hríð, þá beiðumst ek enskis[10] framar.[11] Þá hneigði Karlamagnús konungr [höfði sínu[12] litla stund ok hugði at, en síðan [hélt hann upp höfði sínu,[13] ok var einkar tiguligr í andliti, ok var eigi bráðskeyttr[14] til máls, þat var siðr hans at mæla tómliga. Þá andsvaraði hann máli[15] sendimanna á þessa lund: Viti þér, segir hann, at Marsilius konungr yðvarr er [fjándi minn sem mestr má vera,[16] hversu má ek því trúa, at hann muni þat[17] halda, er [þér hafit mér sagt?[18] Blankandin svaraði: Með gíslum mínum[19] munum vér þat sanna héðan í frá til Michaels messu, þá kemr Marsilius konungr til þín at taka við kristni. Þá mælti Karlamagnús konungr: [Enn má[20] guð hjálpa honum, ef hann vill þat gera. Nú líðr á kveldit; en er sól hafði sezt, þá lét Karlamagnús konungr fœra til stalls múla þeirra sendimanna. Síðan létu þeir upp reisa landtjöld, ok því næst váru sendimenn þangat leiddir ok 12[21] menn til settir at þjóna þeim, en

---

[1]) fram farandi B. [2]) hestum B, b. [3]) leons B. [4]) [mgl. B; fra hann skal gefa þér leóna o. s. v. mgl. b. [5]) Frans, B, b. [6]) [lífdaga sína B, b. [7]) rekit B. [8]) [mgl. b. [9]) saal. B, b; en a. [10]) saal. B; ekki a. [11]) [vel er, ef Marsilius svá gerir sem nú hefir þú sagt b. [12]) [saal. ogsaa B; höfuð sitt b. [13]) höfuð sitt, B. [14]) bráðskeytr B. [15]) [rétti hann sik upp, andsvarandi orðum b. [16]) [hinn mesti minn úvinr b. [17]) því B; þat b. [18]) [hann hefir mér játtat b. [19]) mgl. B, b. [20]) [þá man b. [21]) saal. B, b; 4 a.

þá skorti enskiskonar mat né drykk. En er þeir váru **mettir**, **þá** fóru þeir [í rekkju sína¹ ok sváfu alt til dags.

5. En er nóttin leið, þá reis Karlamagnús keisari upp í **dagan** ok hlýddi óttusöng ok messu ok öllum tíðum, ok þá kallaði **Karlamagnús** konungr á göfugmenni sitt, fyrir því at Frankismanna **ráði** vill hann fylgja. En síðan [um morguninn er Karlamagnús **keisari** gékk undir borð eitt² ok settist í hásæti sitt ok kallaði til sín baróna sína, þá kómu³ 12 jafningjar, þeir er Karlamagnús **konungr** hafði mikla elsku á, ok meir en þúsund annarra Frankismanna, Guinelun jarl var ok þar, er svikin hóf; ok þá tóku þeir ætlan **sína**, en sú laukst illa [er verr var.⁴ En [er þeir váru allir saman á þessarri stefnu,⁵ þá tók Karlamagnús konungr til máls á þá leið: Góðir höfðingjar, segir hann, [leggit ráð fyrir mik ok sjálfa⁶ yðr. Marsilius konungr lét hingat fara sendimenn sína, sem þér vitit, **ok** býðr hann mér mikla fjárhluti, [mörg león, hesta góða, 400 úlfalda klyfjaða (af gulli) af Arabialandi (ok) 100 múla, vill hann ok **gefa** mér 50 vagna hlaðna af gersemum,⁷ ok hann vill sœkja á minn fund til Frakklands, ok hann vill halda af mér Spanialand ok þjóna mér um alla [lífsdaga sína,⁸ ok hann vill fá mér til þess gisla, **at** þetta skal haldast, en eigi veit ek hvat honum er í hug. Karlamagnús lauk rœðu sinni. Frankismenn svöruðu: þar er [at at hyggja.⁹ Þá stóð Rollant upp ok mælti svá:¹⁰ [Úsynju trúir þú Marsilio konungi. Nú eru 7 vetr liðnir síðan er vér kómum til þessa lands, ok hefi ek mörg vandræði þolat í þínu embætti. Ek sótta til handa þér Nobilisborg ok Morinde, Valterne ok Pine, Balauigie, Rudile, Sibili, Port ok Aulert er stendr á landamæri. En Marsilius konungr hefir opt sýnt svik ok lausyrði við þik. Þá sendi hann til þín fyrir skömmu 12 baróna sína, at því hófi sem nú sendi hann, ok hafði hverr þeirra í hendi sér kvist af olifutré, ok báru þeir slík tíðendi sem þessir sögðu í gærkveld, at konungr þeirra vildi kristnast, þú áttir þá ráð við Frankismenn, en þeir réðu þér únjalt. Þú sendir þá 2 jarla þína til Marsili konungs Basan ok Basilies, en hann gerði sem illr svikari ok lét þá týna lífi sínu. Halt fram hernaði þínum, herra, segir Rollant, ok far með öllu liði þínu til Saragucie, en síðan sitjum vér um borgina, ok léttum eigi fyrr en vér nám borginni, ok hefnum svá várra manna, þeirra er

---

¹) [í rekkjur sínar *B*; at sofa *b*.   ²) *mgl. B*.   ³) kom Rollant ok Olifer ok *B*; [gékk hann til borðs ok settist í hásæti sitt; þar váru þá með konungi *b*.   ⁴) [sem ván var at *B*; *fra* ok þá tóku *mgl. b*.   ⁵) [sem menn váru mettir ok borð váru ofan tekin *b*.   ⁶) [ráðit mér heil ráð ok svá sjálfum *b*.   ⁷) [*mgl. B, b*.   ⁸) [sína daga *B, b*.   ⁹) [at hyggjanda *B, b*.   ¹⁰) í móti *B*.

svikarinn lét þá drepa. Karlamagnús keisari hné niðr höfði sínu ok strauk skegg sitt ok kampa, ok svaraði engu orði.[1] Frankismenn þögðu þá allir nema Guinelun jarl, hann reis upp ok gékk fyrir Karlamagnús konung ok tók til orða: Góðr keisari,[2] segir hann, eigi skaltu trúa úvitrs manns ráði, [hvárki mínu né annarra, nema þér sé gagn at. En alls þó[3] hefir Marsilius konungr þér orð sent, at hann vill kristinn gerast ok þinn maðr, en sá maðr er [því neitar, hann hirðir[4] eigi, hvat dauða vér þolim. [En ofgert ráð er eigi rétt at á leið komist, léttum fíflsku ok tökum heil ráð.[5] En eptir þær rœður Guineluns jarls, þá gékk Nemes fram fyrir konung Karlamagnús, [en eigi var betri maðr, honum í allri hirð Karlamagnús konungs.[6] Hann tók til máls: [Karlamagnús konungr, segir hann, heyrir þú andsvör Guineluns jarls; þat væri einkar vel, ef haldast mætti þat er hann hefir talat.[7] En nú er Marsilius konungr yfirkominn at ríki sínu, þú hefir nú unnit af honum kastala ok borgir, heruð ok tún, ok mjök svá alt ríki hans undir þik lagt, ok [er hann várkunnigr sér er hann biðr vægðar, ok væri þat mikil úsœmd, ef hann skyldi eigi þjóna til þinnar tignar.[8] Nú skaltu gera fyrir guðs sakir ok yðvarrar tignar at miskunna honum, send nú einn til hans af barónum þínum. Nú [vill hann gera trygð[9] með gíslum til þín, sem hann hefir játað til yðvar,[10] þá er þat vel, ok er þat[11] ráð, at [eigi hefist sjá herr. Fleiri[12] Frankismenn svöruðu: Vel hefir þú rœtt, hertogi, segja þeir.

6. Ok þá mælti keisarinn: Hvern munum vér þangat senda? [Nemes svaraði: Ek fer, ef þú vilt, konungr, segir hann, ef þú fær mér glófa ok staf. En keisarinn leit við honum ok mælti: þú ert vitr maðr, en með þetta skegg ok kampa er ek hefi þá segi ek þér svá, at eigi ferr þú svá langt frá mér þessa 12 mánuðr ena næstu, fyrir því at þat er mér ofgeigr, ef þér verðr nökkut til meins. Far ok sitt, segir hann, engi maðr býðr þér til þeirrar sendifarar. En hvat um þat at tala, segir hann, hvern viljum vér nú þangat

---

[1]) [ok hefir Marsilius konungr opt svik ok lausyrði við þik lýst; halt fram hernaði þínum, herra, segir Rollant, ok far með öllu liði þínu til Saraguze *B*; þat megit þér minnast, at Marsilius konungr hefir opt haft svik ok lausyrði við yðr, því haldit fram hernaði yðrum sem þér hafit áðr ætlat, því at Marsilius man enn um svik búa sem fyrr. *b*. [2]) herra *B*, *b*. [3]) [ok því *B*; því *b*. [4]) [vill at vér nítim (þér nítit *b*) því, þá hirðir hann *B*, *b*. [5]) [*mgl. B*, *b*. [6]) [*mgl. B*, *b*. [7]) [þessi orð er Guinelun jarl hefir talat, væri harðla vel haldandi, ef þau mætti standa *b*. [8]) [því biðr hann yðr nú vægðar, at hann sér hvar hann er at kominn *b*. [9]) [vill hann þetta gera trygt *B*. [10]) [ef hann vill senda yðr gísla ok gera svá trygg sín boð við yðr *b*. [11]) þá *B*, *b*. [12]) [eigi hefist þessi herr meir. *B*; setja aptr her þenna. *b*.

senda? Rollant svaraði máli hans: Búinn em ek þeirrar farar, ef þú vilt konungr. Þá svaraði Oliver máli hans: Eigi skal svá vera, þú ert of bráðskeytr í skapi, ok ætla ek, at þú munir heldr sundr fœra sætt vára; en ef konungr vill, þá em ek búinn at fara þessa för. Þá mælti Karlamagnús konungr: Hvárgi ykkarr skal koma á þá stigu, ok engi yðvarr 12 jafningja. Þá gékk Turpin erkibyskup fyrir konung ok mælti: Fá mér (staf ok glófa ok) jartegnir, ok skal ek fara til Marsili konungs, ok mun ek segja honum nökkut þat sem mér er at skapi, ok mun ek brátt verða varr við hvat honum er í hug. Karlamagnús konungr svaraði honum ok mælti: Eigi kemr þú þar þessa 12 mánuðr ena næstu, rœð ekki um fleira, nema ek beiða þik. Góðir höfðingjar, segir Karlamagnús konungr,[1] kjósit [einn af barónum[2] vel kynjaðan ok vel at sér gervan, þann er gersamliga segi Marsilio konungi mína orðsending ok greiði vel mína sendiför, ok sé vel at sér gerr í bardaga.[3] Rollant svaraði: Þat[4] er Guinelun jarl stjúpfaðir minn. [Frankismenn svöruðu: Engan vitum vér jafnvel tilfallinn né jafnvitran honum, nú sýnist oss þat it vænsta ráð, ef konungr vill, at hann fari.[5] Þá mælti Karlamagnús konungr: Guinelun jarl, segir hann, gakk fram þá ok tak við staf mínum ok glófa, því at þat vilja Frankismenn, at þú farir þessa sendiför. Þá svaraði Guinelun jarl:[6] Því hefir Rollant upp komit, [ok aldri mun ek honum þat fyrirgefa, ok aldri síðan skal hann hafa mína vináttu. En nú segi ek í sundr öllum sættum ok gerðum okkar á milli, ok svá Oliver hit sama ok allra 12 jafningja, fyrir því at þeir halda öllu máli með honum. En ef ek kem aptr af sendiför þessi, þá skal ek hefna minna harma. Þá svaraði Karlamagnús konungr: Til hótsamr ertu, en nú verðr þú víst at fara. Guinelun jarl svaraði: Sé ek nú, herra, segir hann, at þat er yðvarr vili, at ek fara þessa för, en eigi mun ek aptr koma heldr en Basili er fór ok hans bróðir Basan. Karlamagnús konungr mælti: Nú skaltu fara. Guinelun jarl svaraði: Nú verð ek at fara til Saraguze, en eigi mun sá aptr koma, er þangat ferr. Ok enn mælti hann: Jllu heilli sáttu Rollant ok hans dramblæti, fyrir því at (hann) mun fyrirfara öllu þínu ríki. Já, já, segir hann, eða hvárt veiztu at systir þín er eiginkona mín? ok áttu eigi at senda mik forsending sakir barna þeirra er vit eigum. Ek vil nú því lýsa, at ek leifi

---

[1]) *Fra* [*Nemes svaraði foreg. Side hertil mgl. B.* [2]) [einnhvern barún *B.* [3]) *Fra Begyndelsen af dette Capitel og hertil har b:* Þá mælti konungr: Hvern vilit þér til kjósa at fara þessa sendiferð, þann sem bæði sé vel borinn ok sœmiligr höfðingi ok kunni vel at flytja mitt örindi fyrir Marsilio konungi? [4]) Þar *b*; þar til *B.* [5]) [*mgl. B, b.* [6]) við R. (? reiði) *tilf. a.*

Baldvina syni mínum alla erfð mína. Þá mælti Karlamagnús konungr: Til blauthugaðr ertu, Guinelun, ok œrit svá kvíðinn. Guinelun jarl svaraði engu orði ok varð mjök hugsjúkr, ok þegar gékk hann fram til Rollant stjúpsonar síns ok kastaði skikkju sinni á gólfit niðr ok stóð fyrir honum. En allir 12 jafningjar hugðu at honum sem vandligast, því at maðrinn var hinn vænsti. Hann mælti þá við Rollant: Þú svikarinn, segir hann, hví œrist þú, kvikar meinvættir búa í þér; Frankismenn bera ráð um þat, at þeir hati þik, þú einn veldr því, er þér erut hér svá lengi, ok hvern dag kemr þú at þeim vandræðum ok erfiði, ok upp verða þeir vápn sín at bera at þarflausu fyrir þínar sakir; illu heilli sáttu Karlamagnús konung, fyrir þitt dramb ok ofsa ok þitt úgott hugskot kemr (þú) mér í brott frá mínum herra Karlamagnúsi konungi ok mörgum öðrum góðum manni. Nú hefir þú því upp komit, at ek skal fara til Marsili konungs hins heiðna hunds, ok veit trúa mín, ef ek kem aptr or þessarri ferð, þat er þinn skaði, sá er þér skal vinna til dauðadags.

Þá er hann hafði svá lengi talat hart, þá svaraði Rollant ok mælti svá: Nú seg þú þinn vilja, en ekki tek ek hót þín; en jafnvitr maðr sem þú ert á vel at fara sendiför konunga á milli, ok þat sama segi ek þér, at ek vil gjarna fara þessa sendiför fyrir þik, ef Karlamagnús konungr frændi minn vill lofa mér. Guinelun jarl svaraði: Eigi legg ek þat á þik; alls þó hefir Karlamagnús konungr þat lagt á mik fyrir öndverðu, þá mun ek fara sendiför hans til Saraguze; en sá er ferr mun eigi aptr koma, veit ek at hann mun láta drepa mik, sem hann lét drepa Basan ok Basilides. En ef mér verðr auðit aptr at fara, þá er víst, at (ek) mun gera þeim nökkura fólsku, er mik dœmdu til þessarrar farar. En er Rollant heyrði þessi orð Guineluns jarls, þá þagnaði hann ok hló nökkut at. En er Guinelun jarl sá þat, at Rollant hló at honum, þá þótti honum afburðar illa, svá at mjök svá vissi hann eigi hvat hann gerði, en þó mælti hann við konung: Hér em ek, segir hann, fá mér nú staf ok glófa, en síðan mun ek fara til Saraguze. En ef guð sendir mik aptr hingat, þá skal ek reka harma minna. Karlamagnús svaraði: Helzti ertu hœtinn. Nú ef þú ferr til Saraguze, þá seg þau tíðendi Marsilio konungi hinum heiðna, at hann taki við kristni ok gerist minn maðr at fullu svikalaust, ok sœki á minn fund ok mína miskunn, ok haldi af mér hálft Spanialand, en Rollant skal hafa hálft. En ef hann vill eigi þat, þá seg þú honum, at ek mun bráðliga koma til Saraguze, ok eigi þaðan fara fyrr en ek hefi unnit borgina. En síðan skal hann fara með mér í böndum til Frakklands, þar sem hann skal dœmdr vera ok dauða þola. En, Guinelun jarl, (þú) skalt fá honum í hèndr brèf þetta ok þenna staf ok glófa, er ek sel þér. En (er) Guinelun jarl skyldi taka við ritinu, þá féll þat or hendi honum. En 12 jafningjar hugðu at ok hlógu. En Guinelun jarl laut niðr ok tók upp brèfit, ok þótti æfar illa ok svá mikil skömm at vera, at hann vildi eigi þar víst staddr vera fyrir alt veraldar gull, ok mælti síðan þessum orðum: Guð sjálfr hefni þeim; er þessum vandræðum kómu at mér. Frankismenn svöruðu ok mæltu svá: Dróttinn allsvaldandi guð er veit alla hluti, hverju má þetta gegna? Þetta býsnar tjón ok sorg. Guinelun svaraði ok mælti: Þér munut heyra tíðendi, segir hann. En síðan mælti hann við Karlamagnús konung: Herra, segir hann, gef mér leyfi, at ek fara í brott sem ek ótast, allls þó em ek nú skyldaðr til þessarrar farar, þá vil ek eigi lengr hér dveljast. Karlamagnús konungr svarar honum: Guð greiði ferð þína, ok far sem þú vilt.[1]

7. Nú fór Guinelun jarl til landtjalda sinna, [ok bjuggust[2] með honum 400[3] hans manna, ok vildu honum allir fylgja [ok eigi fyrir mikit gull við hann skiljast. Honum líkaði nú afar illa sem ván var við Frankismenn, ok var hann í œsi miklum fjándskap til þeirra.[4] Hann klæddist[5] síðan með hinum beztum herklæðum [er vera mátti, gullsporar váru bundnir á fœtr honum, ok var hann gyrðr með sverði sínu, því er (hét) Muraglais.[6] En síðan er hann var til ferðar búinn, þá sté hann[7] á bak hesti sínum þeim er hét Taskabrun;[8] [söðull var af silfri, er hann sat í, en söðulklæði var af hinu dýrasta pelli; í stigreip hans hélt sá maðr er Guinimus hét, hann var frændi hans skyldr. Nú er maðrinn einkar tiguligr ok frœknligr at sjá í sínum búnaði, ok eigi úþessligr í yfirbragði at hann muni yfir brögðum búa.[9] Menn hans mæltu við hann: Lát oss fara með þér,[10] Guinelun jarl, sögðu þeir. Guinelun jarl mælti: Eigi vill guð þat, betra er at ek[11] deyja einn, en svá margr góðr

---

[1]) [at aldri man ek honum þat fyrirgefa, ok sé ek nú herra, at þér vilit at ek fari. Nú ef þú ferr til Saraguze, þá seg Marsilio þau tíðendi, at hann taki við kristni ok gerist minn maðr ok sœki á minn fund ok haldi af mér hálft Spanialand, en hálft Rollant. En ef hann vill þat eigi, þá man ek vinna landit. Guinelun skal fá í hendr honum brèf þetta ok staf ok glófa er ek sel þér. *B*; at ek skal honum jafnan muna. Þá svarar Karlamagnús: Nú skaltu fara til Saraguz, ok seg svá Marsilio konungi, at ek vil þau boð þiggja sem sendimenn hans sögðu mér af honum; en ef hann vill þat eigi halda, þá man ek vinna borg hans, þá er hann sitr í. Tak nú hér brèf þat er ek sendir honum, ok þar með fær ek þér staf minn ok glófa. *b*. [2]) [at búast ok *B*; ok bjóst til ferðar ok *b*. [3]) 7 þúsund *B, b*. [4]) [fyrir þessa sök feldi Guinelun mikinn fjándskap til Frankismanna. *b*. [5]) herklæddist *B, b*. [6]) saal. Fragment í Rigsarkivet; Mirágginais *a*. [7]) [ok sté *B, b*. [8]) Teskabrun *B, b*. [9]) [mgl. *B, b*. [10]) sral. *B, b*; honum, *a*. [11]) tilf. *B, b*.

drengr sé drepinn. [Gerit svá vel, mínir menn, ef þér heyrit sagt í frá, at ek sé drepinn, þá verðit þér at minnast sálu minnar í bœnahaldi yðru, ok segit góða kveðju Pinabel frænda mínum ok Baldvina syni mínum, ok verðit honum at liðveizlu sem þér megit. En því næst fór Guinelun jarl leiðar sinnar, ok skildust nú við svá búit. En menn hans urðu við þann skilnað úglaðir mjök ok kunnu forkunnar illa brottför hans, ok mælti hverr þeirra við annan: Jlla hefir oss nú til tekizt, ef vér skulum nú svá týna herra várum ok lánardróttni. Mjök erum vér hér til virðir af Karlamagnúsi konungi fyrir sakir lávarðs várs Guineluns jarls, en við þann eigum vér litla vináttu at lýsa, er skildi vára vináttu, mikla úvináttu gerði hann við várn herra Guinelun jarl, ok er hann svikinn í trygðum.[1]

8. Frá því er nú at segja, at sendimenn hins heiðna konungs váru undir olifutré einu ok bjuggust í brott. Guinelun jarl réðst í ferð með þeim.[2] En [Blankandin er nefndr var foringi þeirra, hann reið síðar, ok Guinelun jarl með honum, ok urðu margtalaðir um daginn. þar kom þeirra rœðu, at[3] Blankandin mælti við Guinelun jarl á þá leið: Mikill atferðarmaðr er Karlamagnús konungr, hann hefir lagt undir sik alt Rómaríki, Púl ok Calebre, [Constancie ok Nobile,[4] Saxland ok England ok Jrland, hann er nú ok gamall, svá at [ekki má á[5] skorta[6] þrjú hundruð vetra. Guinelun jarl svaraði: Lið hans er svá[7] gott ok frœknt, ok er hann svá dýrligr höfðingi, at slíkr konungr verðr aldri eptir hann hvárki áðr né síðan. Blankandin svaraði: Frankismenn eru[8] vel at sér gervir, [ok virðist mér sem þeir leggi slík ráð fyrir hann, ok þiki[9] mér sem þeir gangi yfir allar þjóðir. Guinelun jarl svaraði: Eigi valda því hinir góðu Frankismenn, en öllu því er ilt er þá [veldr því Rollant einn,[10] ok [hér máttu nökkut svá marka hans skaplyndi,[11] eptir því sem nú mun ek segja þér.[12] þat var í gær, segir hann, er Karlamagnús konungr sat undir tré[13] einu ok fjölment um hann harðla mjök, þá kom þar farandi Rollant frændi hans ok hafði í hendi sér afburðar [epli eitt mikit,[14] ok mælti við Karlamagnús konung: Herra keisari, segir hann, tak hér epli þetta, ek heit þér [allar kórónur af[15] konungum þeim er í móti þér standa. Slíkr er ofmetnaðr hans, hvern dag vill hann ilt gera; en ef ilt kœmi[16] at honum, þá myndim vér

---

[1]) [Ok því næst fór Guinelun jarl leiðar sinnar. *B, b.* [2]) ok riðu síðan veg sinn *tilf. b.* [3]) [*mgl. B, b.* [4]) Constantz Nobile *B*; Constantinobile *b.* [5]) [ekki man at *B.* [6]) [hann man hafa *b.* [7]) afburðar *b.* [8]) furðu *tilf. b.* [9]) [en þeir leggja slík ráð fyrir hann, ok virðist *B, b.* [10]) [kemr Rollant einn því upp, *B, b.* [11]) gaplyndi(!) *B.* [12]) [þar til marks um vil ek segja þér þann hlut sem til bar. *b.* [13]) olifotré *B, b* [14]) [mikit epli eitt, *B, b.* [15]) [öllum kórónum af *B*; kórónum af höfði öllum *b.* [16]) kemr *B.*

allir í friði [vera. Blankandin mælti: Maðr lætzt Rollant vera,[1] en hann vill hvern konung undir sik kúga, ok mun honum eitthvert sinn illa til takast [. Guinelun jarl svaraði þá enn: Þat[2] vildi Rollant, at [eigi kœmist sætt á leið[3] í þessu sinni, ok vildi hann leggja undir sik Spanjaland. Síðan vildi[4] hann fara til Babilonar ok drepa Amiral konung, [ef hann vill eigi[5] skírast láta; ok eigi ætlar hann at létta áðr en hann hefir yfirstigit[6] allar þjóðir. [Hvat er um þat at lengja um þeirra rœður, þar kom um síðir, at þeir urðu báðir á eitt sáttir.[7] Nú handsala þeir sín á millum Blankandin ok Guinelun jarl at svíkja Rollant í trygðum, ok [at þeir skyldu honum at bana verða.[8]

9. Eptir þat fóru þeir leiðar sinnar, ok léttu eigi fyrr en þeir kómu til borgarinnar Saraguze, ok fundu þar Marsilium konung. En þegar jafnskjótt sem þeir kómu þar, þá bar Guinelun jarl fram sín erindi, en allir heiðingjar [hlýddu honum ámeðan.[9] Blankandin gékk þá fram fyrir Marsilium konung ok hélt í hönd Guinelun jarls, ok tók til máls á þá leið: Herra konungr, segir hann, Maumet [ok Apollin ok Jubiter[10] gæti þín. Vér[11] bárum sendiboð þín til Karlamagnús konungs, en hann varð þeim tíðendum feginn ok gerði guði þakkir, ok sendi til þín þenna enn góða mann. Hann er [jarl at tign[12] ok vel at sér gerr, ok máttu nú vita sönn tíðendi af honum. Marsilius konungr svaraði: Segi hann nú þá, en vér skulum hlýða. Guinelun jarl hóf þá mál sitt vitrliga mjök: Konungr, segir hann, Karlamagnús keisari sendir þér kveðju ok þau boð, at þú [játir Krists nafni, en neita Makon ok Maumet, en hann vill fá þér fyrir at ráða[13] hálft Spanjaland, en Rollant hálft. En ef þú vilt eigi játa þessarri sætt, þá mun hann taka af þér borgina Saraguzie með liði sínu, ok síðan skaltu fara[14] í böndum til Frakklands, ok þar skaltu [bana taka[15] með skömm ok háðung. Marsilius konungr reiddist mjök við[16] orð hans, hann [hélt á staf einum[17] í hendi sér [ok vildi ljósta hann,[18] en því kom hann eigi fram, því at [honum var bannat.[19] En Guinelun jarl brá sverði sínu ok vildi verða fyrr at bragði ok mælti fyrir munni sér: Eigi skal Karlamagnús konungr þat spyrja, at ek [skal[20] einn hér deyja,[21] hafa skal ek hinn hæsta[22] áðr en

---

[1]) [sitja B, b. [2]) [ok þat B, b. [3]) [engi kœmist sætt á (með konungunum tilf. b) B, b. [4]) vill B, b. [5]) [utan hann vili b. [6]) undir sik okat b. [7]) [mgl. B, b. [8]) [ráða honum bana b. [9]) [gáfu honum hljóð meðan b. [10]) [mgl. B, b. [11]) kompánar tilf. b. [12]) [jarl ok tiginn B; einn tiginn jarl b. [13]) [látir kristnast ok haldir af honum B, b. [14]) með honum tilf. B, b. [15]) [þola dauða b. [16]) tilf. B, b. [17]) [hafði staf einn b. [18]) [ljóp upp ok vildi þegar ljósta Guinelun jarl B, b. [19]) [menn hans stöðvaðu þat b. [20]) skolag B. [21]) [deyi einn hér b. [22]) af þeim fyrir mik tilf. B, b.

ek falla. En heiðingjar báðu skilja þá. Marsilius konungr varð þá reiðr mjök, [en menn hans ávítuðu hann[1] fyrir þat bráðskeyti[2] er hann sýndi í þessu máli,[3] [ok lét hann at orðum þeirra[4] ok settist aptr í[5] stól sinn.

10. Þá tók sá maðr til máls er Laugalif hét, ungr[6] maðr ok vitr ok kærr konungi: Herra konungr, segir hann, illa hefir þú gert, er þú skyldir[7] ljósta hinn frankneska[8] mann, vel máttir þú heyra orð hans. Guinelun jarl svaraði: Hann verðr at þola, [hvárt sem[9] hann vill, en at vísu mun ek eigi af láta fyrir hræzlu dauðans ok eigi fyrir alt veraldar gull[10] [at bera[11] sendiboð Karlamagnús konungs. Hann kastaði þá af sér safalaskinnum, er hann hafði yfir sér, en verit var af guðvefjarpelli af Alexandria. En Blankandin tók upp skikkjuna. Guinelun jarl hélt sverði sínu brugðnu [í hendi[12] sér. Þá mæltu heiðingjar sín á millum: Hann er hvatr riddari, segja þeir. Guinelun jarl þokaði at konungi ok mælti við hann hárri röddu: [Við sannmæli reiðist þú, segir hann, nú ef þér líkar illa, haf þú svá gert.[13] Þau boð sendi þér Karlamagnús konungr, at þú takir við kristni ok gerist hans maðr, hann vill gefa þér Spanialand hálft, en hálft Rollant frænda sínum; [þar hefir þú ramyrkjan ok újafngjarnan lagsmann.[14] En ef þú vilt eigi þessu sáttmáli taka,[15] þá mun Karlamagnús konungr fara til Saraguze ok brjóta alla borgina, en þik sjálfan í bönd fœra, ok [hvárki skaltu hafa palafrey[16] né hest eða múl, heldr skaltu vera settr á einn klyfjahest ok hafðr til Frakklands,[17] ok þar skaltu dóm þola ok týna höfði þínu. [Karlamagnús konungr sendi þér þetta rit ok tak hér við.[18] Marsilius konungr var góðr klerkr ok kunni vel á heiðnar bœkr, hann tók við bréfinu ok braut síðan innsiglit þat er fyrir var. En er hann las ritit, þá feldi hann tár ok [dró skegg sitt, hann reis upp síðan ok kallaði[19] hárri röddu: Heyrit þér, góðir riddarar,[20] hve mikla fjándsemi Karlamagnús konungr hefir[21] við oss. Nú minnist hann á dráp þeirra Basans ok Basilius,[22] er ek lét [drepa fyrir háðungar sakir honum,[23] en ef ek vil sáttr vera við hann, þá á[24] ek senda honum Langalif föðurbróður minn, er [því olli er þeir váru drepnir.[25] En ef ek sendi hann eigi, þá verðr ekki af okkarri

---

[1]) [tilf. B, b. [2]) bráðlyndi b. [3]) ok lét hann at þeirra máli tilf. a. [4]) [hann stöðvaðist fyrir þeirra orð b. [5]) á B, b. [6]) hann var ríkr B, b. [7]) vildir B, b. [8]) frœknasta B, b. [9]) [hversu B; sem b. [10]) á þessu landi tilf. B. [11]) [skal ek niðr fella b. [12]) [fyrir B, b. [13]) [mgl. B, b. [14]) [mgl. B, b. [15]) játa b. [16]) vala frey a. [17]) [hafðr (skaltu ríða b) til Frakklands á einum klyfjahesti B, b. [18]) trú með(!) B; [Síðan fékk hann honum bréf þat, er Karlamagnús sendi honum b. [19]) [œpti B, b. [20]) höfðingjar B, b. [21]) nú lýst tilf. b. [22]) Basilii b. [23]) [afhöfða honum til háðungar B, b. [24]) skal B, b. [25]) [voldi þeirra dauða b.

sætt. En engi heiðingi[1] svarar honum[2] orði. Þá mælti Langalif: Herra konungr, segir hann, Guinelun jarl hefir mikla fíflsku[3] mælta við þik, ok er hann dauða verðr; fá mér hann í hendr, ok muu ek refsa honum stórmæli sitt.[4] En er Guinelun jarl heyrði þetta,[5] þá brá hann sverði sínu ok bjóst at verja sik.

11. En Marsilius konungr lét brenna ritit[6] fyrir sakir reiði sinnar, ok mælti síðan við heiðingja: Bíðit hér, segir hann, en ek vil ganga á einmæli[7] við hina beztu menn mína. Langalif fór með honum ok Falsaron bróðir hans, Adalin[8] ok [Nufulun, Malpriant,[9] Valdabrun, Klimberis[10] ok Klargis, Bargis, [ok Blankandin;[11] hann mælti við Marsilium konung: Lát kalla hingat Guinelun jarl, hann hefir handfest[12] mér at fylgja [mér ok[13] váru máli. Langalif[14] svaraði: Far þú eptir honum, ef þú vilt. En hann fór ok kom til hans, ok tók í hönd honum [ok reisti hann upp ok mælti við hann fögrum orðum,[15] ok leiddi hann fyrir konung. Þá mælti Marsilius konungr við Guinelun jarl: Góði vinr, segir hann, ek hefi mjök mælt í móti þér, ok [lýsta ek mikla fíflsku við þik,[16] er ek vilda ljósta þik, en ek skal nú bœta þat við þik með góðan[17] vilja. Ek gef þér skikkju mína, er í gær[18] var ger, hon er verð 100 punda silfrs. Síðan létu þeir um[19] hann skikkjuna. Þá setti [hann Guinelun jarl[20] niðr hjá sér. Þá mælti konungr við Guinelun jarl: [Ek skal yfirbœta minn bráðan vilja, svá at þú skalt sœmdr vera. Guinelun jarl svaraði: Því neita ek eigi, ok guð launi þér góðvilja þinn, yfirbœtr eru hvers beztar. Þá mælti Marsilius konungr við Guinelun jarl:[21] Þat skaltu vita, segir hann, at ek skal sœma þik í öllum hlutum, ok skulum vit bera okkur ráð saman, ok verum vinir þú ok vér. Kynligt þikir mér um hag Karlamagnús konungs, ek ætla, at hann sé vel 200 vetra gamall, ok [hefir hann víðförull gerzt ok[22] mörg konunga ríki undir sik lagt ok þá sjálfa yfirstigit.[23] Guinelun jarl svaraði: Karlamagnús keisari er vel at sér gerr um alla hluti, ok mikit lið hefir guð honum léð at stjórna, ok engi

[1]) höfðingi *B, b*. [2]) einu *B*; þar til né einu *b*. [3]) ok úvizku *tilf. B*. [4]) [velja honum makligan dauða fyrir sín stóryrði *b*. [5]) þessi orð Langalif *B, b*. [6]) í eldi *tilf. b*. [7]) eintal *B, b*. [8]) Abalin *b*. [9]) [Nufalon, Malbruant *B, b*. [10]) Blumboris *B*; Klunboris *b*. [11]) [Blankandin var ok þangat kallaðr *B, b*. [12]) þat fest *B*. [13]) [*mgl. B, b*. [14]) konungr *B, b*. [15]) [*mgl. B, b*. [16]) [heimskan gerða ek mik *b*. [17]) góðum *b*. [18]) dag *B, b*. [19]) yfir *B, b*. [20]) [konungr hann *B, b*. [21]) [*mgl. B*. [22]) [*saal. B*; er hann víðförull um *a*. [23]) *fra* [Ek skal yfirbœta *har b*: Ek vil, at þú sér í ráðagerð með oss, ok skal ek þá gera til þín sómasamliga; mér þikir undarligt um Karlamagnús, svá gamall sem hann er, ok svá víða sem hann hefir farit ok lagt undir sik marga konunga ok þeirra ríki, at hann þikist aldri nógt hafa, viljandi æ ok æ auka sitt vald ok yfirboð *b*.

maðr á honum at hallmæla, ok engi maðr má hans gœzku tjá[1] né tína, ok heldr vil ek dauða þola en missa eða týna hans vináttu. En svá lengi sem Rollant lifir, þá mun Karlamagnús konungr aldri um kyrt sitja, svá at hann mun eigi herja á lönd annarra konunga. En þat er víst at segja, at Rollants jafningja veit ek eigi[2] á jarðríki, ok svá Oliver hit sama. En þeir 12 jafningjar skulu[3] lands gæta, þegar er Karlamagnús konungr ferr[4] til Frakklands, en þeir eru svá miklir atgervimenn, at Karlamagnús konungr [óttast ekki vætta,[5] meðan þeir eru lífs.

12. Marsilius konungr mælti þá við Guinelun jarl: Ek hefi vænt lið ok vel búit, 400 þúsunda riddara; nú spyr ek þik eptir, hvárt ek má halda orrostu [í móti Karlamagnúsi konungi. Guinelun jarl svaraði: Með engu móti at þessu sinni, en ef þú átt orrostu,[6] þá mun þat þinn skaði verða, því at ekki megu heiðnir menn í móti [kristnum mönnum.[7] Gef heldr konungi fjárhluti ok fá honum gisla, ok mun hann fara til Franz,[8] en Rollant mun eptir dveljast lands at gæta. En síðan skaltu fara á hendr þeim ok eiga við þá orrostu, ok er[9] meiri ván, at þú sigrist á þeim. En ef svá ferr, þá mun lægjast ríki Karlamagnús konungs, ok mun hann aldri síðan kórónu bera á höfði sér. Síðan mun Spanialand í friði standa. Marsilius konungr þakkaði honum vel sitt ráð. Hann bað síðan opna féhirzlur sínar, ok svá var gert. Þá gaf hann Guinelun jarli marga góða gripi, þá er eigi [má nú[10] telja. Ok enn spurði hann:[11] Munum vér á [þessa lund yfirstíga[12] Rollant? Já, já, segir hann, ek skal segja þér, hversu þú skalt hátta.[13] Ef Rollant er eptir lands at gæta, sem ek sagða þér, ok með honum 20 þúsundir,[14] þá skaltu senda á hendr þeim 100 þúsunda riddara, en öllum þeim muntu týna. Sentu enn til annarrar orrostu svá[15] marga riddara, [en öllum þeim muntu týna.[16] En í[17] þriðja sinn muntu sjálfr fara með almenning,[18] ok þess[19] meiri ván, at Rollant[20] lúti þá í þeirri atlögu. Marsilius konungr svaraði máli Guineluns jarls ok mælti: Þetta sýnist mér þjóðráð[21] vera. En nú skaltu þess eið sverja, at þú skalt halda þetta,[22] er vit höfum rœtt, en þar í móti skal ek þér trú mína festa [at drepa Rollant, þó at ek falla í bardaga. Guinelun svaraði: Þat skal at þínum vilja vera,[23] segir hann. En síðan

---

[1]) alla telja B, b. [2]) engan b. [3]) hér eptir vera ok tilf. b. [4]) heim tilf. b.
[5]) [uggir ekki at sér B, b. [6]) [við hann at þessu sinni. Guinelun jarl svaraði: Víst eigi B. [7]) [Frankismönnum b. [8]) Frakklands B, b.
[9]) þess tilf. B, b. [10]) [er auðvelt at b. [11]) Marsilius konungr B, b.
[12]) [þessu landi mega yfirstíga (sigra b) B, b. [13]) breyta b. [14]) riddara tilf. b. [15]) nökkura aðra tilf. B. [16]) [mgl. B; ok munu þeir flestir falla b. [17]) it B, b. [18]) alt lið þitt b. [19]) er tilf. B, b. [20]) ok 12 jafningjar tilf. b. [21]) apakligt ráð b. [22]) þat stöðugt b. [23]) [tilf. B, b.

32

var fram borin bók mikil, en hon var lögð á hvítan skjöld. Á
þeirri bók váru lög Maumets ok Terogants. Síðan fór Guinelun jarl
at þessi hinni sömu bók, at svíkja Rollant á þessa lund sem þeir
höfðu [ráð til sett.[1] En[2] í móti sóru allir heiðnir menn at eiga
orrostu við Rollant ok verða honum at bana. [Er þetta hinn mesti
harmr, er Rollant skyldi eigi verða varr við þetta, ok at hann varð
eigi fyrri at bragði.[3]

13. Valdibrun stóð þá upp ok þakkaði Guinelun jarli ráð sín
[ok gaf honum sverð sitt. En á því sverði var merkt ásjóna Ma-
kons. Síðan mælti hann við Guinelun jarl: þetta sverð gef ek þér
til vináttu með góðum vilja, ok[4] til þess at þú verðir oss at liðveizlu
at drepa Rollant ok hans lið. En síðan [hurfust þeir til.[5] þá reis
upp [Klimboris, hann var[6] höfðingi mikill heiðinna manna;[7] hann
mælti: Guinelun jarl, segir hann, ek gef þér hjálm minn, þann er
aldri sáttu betra, [til vináttu, ok þar með bið ek þik, at þú kynnir
oss til þess, at Rollant (muni) dveljast eptir lands at gæta; ef þat
verðr, þá skulum vér lægja ofdramb hans ok ofmetnað. Guinelun
jarl svaraði: Ef þat verðr, þá væri vel.[8] Bamundi[9] dróttning mælti
við Guinelun jarl: Vel er konungi [við þik;[10] ok gott hyggr hann
þér ok öll hirð hans. En ek vil senda konu þinni 2 nisti, [þar er
í steinar margir, matistis ok naguntis;[11] þau eru meira verð en alt
gull í Rómaborg, ok aldri sá Karlamagnús konungr önnur jafngóð,
svá víða sem hann stóð,[12] [ok hverja 12 mánuðr skaltu góða gripu
af mér þiggja. Guinelun jarl mælti: Ef vér lifum, þá skulum vér
launa þér ok þínum mönnum. En[13] síðan tók hann við nistunum
ok lét í hirzlur sínar ok þakkaði dróttningu gjafir sínar. Ok því
næst mælti Marsilius konungr við[14] Valdenisis, hann var féhirzlu-
maðr[15] konungs, hann var hinn ellzti maðr á Spanialandi, Marsilius
konungr spurði hann, hvárt búnir væri fjárhlutir, þeir er [senda
skyldi[16] Karlamagnúsi konungi. Hann kvað búna vera. þá lét
hann fram bera fjárhluti,[17] ok fékk Marsilius konungr í hendr Guine-
lun jarli, til þess at fœra Karlamagnúsi konungi til heilla sátta, en
[þar bjuggu[18] undir svik reyndar. þá mælti Marsilius konungr við
Guinelun jarl: Nú skaltu heim fara, segir hann, til Karlamagnús
konungs ok fœra honum fjárhluti, en ek skal hverja 12 mánuðr gefa
þér 10[19] múla hlaðna af gulli ok dýrligum gimsteinum ok góðum

[1]) [áðr talat *B, b.* [2]) þar *tilf. B, b.* [3]) [*mgl. B, b.* [4]) [ek gef þér sverð
mitt til fullrar vináttu með góðan (góðum *b*) vilja *B, b.* [5]) [mintist
hverr við annan *b.* [6]) [*mgl. B, b.* [7]) hann hét Falsaron *tilf. b.* [8]) [*mgl.
B, b.* [9]) Haimbunde *B, b.* [10]) [til þín *b.* [11]) [*mgl. B, b.* [12]) fór *B, b.*
[13]) [*mgl. B, b.* [14]) einn höfðingja, þann er hét *tilf. B, b.* [15]) féhirðir *b.*
[16]) [ek skal senda *B, b.* [17]) svá mikinn fjárlut sem konungr kvað á *b.*
[18]) [þó váru *B.* [19]) 12 *B*; 20 *b.*

gersimum. Ok enn mælti hann: Tak hér nú, segir hann, við lyklum borgar ok þeim [hinum mikla¹ fjárhlut, ok fær Karlamagnúsi konungi til vináttu várrar sannrar ok fastrar. Ger svá vel, [at þú komir² því á leið, at Rollant sé eptir lands at gæta, [en síðan mun ek eiga við hann orrostu. Guinelun jarl mælti: þat þiki mér til seint á leið komast, en eigi mun ek afláta fyrr en ek kem því á leið.³ Nú skiljast þeir við svá búit, ok fór Guinelun jarl leiðar sinnar.

14. En Karlamagnús konungr var þá kominn til borgar þeirrar er Valterne heitir, þar kom Guinelun jarl á fund hans þessu sinni. En sú borg hafði þá 7 vetr eydd verit. Um morguninn eptir fór Karlamagnús konungr til kirkju at hlýða tíðum. Ok er [þeim var lokit,⁴ þá gékk hann til matborðs,⁵ ok með honum Rollant ok Oliver, Nemes hertogi ok fjöldi annarra höfðingja. þá kom⁶ farandi Guinelun jarl ok bar upp sín mál fyrir Karlamagnús konung. Hann hóf [svá sitt⁷ mál: Herra konungr, segir hann, heill sértu ok alt lið yðvart. Nú hefi ek þessarri sendiför á leið komit, sem þér báðut mik at fara, ok hér hefi ek nú at færa þér mikla fjárhluti, ok hér eru nú komnir lyklar⁸ Saraguze, ok Marsilius konungr sendi þér góða kveðju með [ástsemi ok mikilli vingan,⁹ ok 20¹⁰ gisla mun hann þér senda, ok láttu [þeirra vel gæta.¹¹ En þau tíðendi kann ek þér at segja frá Langalif, at hinn fyrra dag flýði hann undan¹² kristni¹³ til sjávar með 100 þúsunda manna; hann gékk þar á skip ok [alt lið hans,¹⁴ síðan tók hann stormr¹⁵ í hafi, ok druknaði¹⁶ þar hvert mannsbarn. En ef hann hefði eigi undan flýit, þá mundi hann nú hér kominn. En þau tíðendi kann ek þér at segja frá¹⁷ konungi, at hann vill kristnast ok þínum vilja¹⁸ fylgja í [hvern stað.¹⁹ En er Guinelun jarl lauk sínu máli, þá tók Karlamagnús konungr til máls ok svaraði: Guð sé²⁰ lofaðr, segir hann, at svá sé; [ef þú hefir vel þínu erendi til lykta leitt, þá²¹ skal þér gott af því standa. Síðan váru upptekin landtjöld ok herbúðir Karlamagnús konungs. Síðan fóru þeir leiðar sinnar ok léttu eigi fyrr en þeir kómu til Runzivals ok tóku sér þar²² náttstað. En nú er [öðru máli fram at fara, heiðingjar²³ bjuggu lið sitt 400 þúsunda ok ætluðu at koma á úvart Frankismönnum, [ok er þat harmr mikill, er Frankismenn vitu eigi at þessi svik bjuggu undir.²⁴

¹) [mínum *B*. ²) [ok kom *B*. ³) [tilf. *B, b*. ⁴) [lokit var at syngja *B*. ⁵) drykkjuborðs *B*; borðs *b*. ⁶) þar tilf. *B, b*. ⁷) [saal. *B, b*; upp sín *a*. ⁸) luklar af *B, b*. ⁹) [ástsemd *B*; mgl. *b*. ¹⁰) 30 *b*. ¹¹) [vel til þeirra gera *b*. ¹²) fyrir sakir tilf. *B*. ¹³) kristniboði *b*. ¹⁴) [tilf. *B, b*. ¹⁵) storm *B*; storm mikinn *b*. ¹⁶) dó *B*. ¹⁷) Marsilio tilf. *b*. ¹⁸) ráðum *B, b*. ¹⁹) [öllum hlutum *b*. ²⁰) þess tilf. *B, b*. ²¹) [en þú hefir vel þinni sendiför til komit, (þetta örindi rekit *b*) ok *B, b*. ²²) tilf. *B, b*. ²³) [at segja af heiðingjum, þeir *b*. ²⁴) [mgl. *B, b*.

15. Um morguninn eptir lét Karlamagnús konungr blása til húsþings ok átti [við þá ráð, hverir eptir skyldu vera[1] lands at gæta. Guinelun jarl var [bráðr í andliti ok[2] í andsvörum, ok sagði svá at Rollant væri bezt tilfallinn [bæði fyrir sakir hvatleiks ok atgervi. En Karlamagnús konungr leit til hans reiðuliga ok grimmliga ok kunni honum aufúsu litla[3] sinna orða ok mælti við hann: Af viti þínu ertu genginn ok meinvættir búa í þér. En ef Rollant dvelst eptir,[4] hverr skal þá vera forsjónarmaðr[5] várs liðs? Guinelun jarl svaraði: Þat er Oddgeir danski, segir hann, [engi er hvatari riddari í allri[6] hirð þinni. [En er Rollant heyrði þessi orð, þá varð hann reiðr mjök, ok mælti svá við Guinelun jarl: Mikla vináttu á ek at dæma við þik, því at þú veldr því er ek em eptir lands at gæta; en (ef) svá verðr, þá mun engi svá djarfr, at þora muni á hendr oss at sækja, ok eigi mun Karlamagnús konungr láta múl né hest ok ekki þat er fémætt sé. Guinelun jarl svaraði: Vitum vér at þat er satt, segir hann.[7] Þá mælti Rollant: Karlamagnús konungr, segir hann, gef mér boga þann er þú hefir í hendi þér, en ek heit því í mót, at eigi skal boginn falla or hendi mér fyrir hræzlu sakir, sem glófinn féll or hendi Guinelun jarli, þá er hann fór sendiför þína [til Marsili konungs í[8] næsta sinni. En við þat [drap Karlamagnús konungr niðr höfði sínu,[9] ok líkaði honum svá illa þat er Rollant skyldi eptir dveljast, at hann feldi tár. Þá gékk Nemes hertogi fyrir Karlamagnús konung ok mælti við hann: Herra konungr, segir hann, gef Rollant bogann, [er hann beiðist.[10] En Karlamagnús konungr lét at bæn hans, ok fékk Rollant bogann. En hann tók við feginsamliga ok þakkaði konungi gjöf sína. En eigi [heyrða ek[11] þess getit, at boginn félli or hendi honum. Þá mælti Karlamagnús konungr við Rollant: Sé ek nú, at þat er dæmt á hönd[12] þér at vera eptir lands at gæta. Nú skaltu hafa með þér hálft lið várt, [þá erum vér allir óttalausir.[13] Rollant svaraði: Þat skal eigi vera, sagði hann, 20 þúsundir manna skulu eptir vera, þat skal alt vera valit lið, [ok hverr[14] öðrum frœknari. En þér, herra, skulut heim fara ok óttast ekki vætta um várt lið.[15]

16. Ok því næst gékk Rollant á hól einn ok vápnaði sik, ok fleygði[16] á sik brynju sinni ok setti hjálm á höfuð sér ok gyrði sik með sverði sínu, því er Dýrumdali hét, hann hengdi á öxl[17] sér

---
[1]) [þá ráð við sína menn; hvern er eptir skyldi setja (hverir eptir skyldu sitja b) *B. b.*   [2]) [skjótr *B. b.*   [3]) *saal. rettet*; mikla *a.*   [4]) [. Karlamagnús konungr sagði: *B*; þá svarar Karlamagnús konungr: *b.*   [5]) forsjómaðr *B, b.*   [6]) [hann er hvatasti riddari í *B, b.*   [7]) [*mgl. B. b.*   [8]) [*mgl. B. b.*
[9]) [varð konungr hljóðr *b.*   [10]) [ef hann beiðir *B, b.*   [11]) [er *b.*
[12]) hendr *B, b.*   [13]) [*mgl. B. b.*   [14]) [svá at hverr sé *B, b.*   [15]) lif *B. b.*
[16]) steypti *B. b.*   [17]) hlið *B.*

skjöld sinn ok tók í hönd sér spjót sitt, ok þar við bundit hvítt merki svá sem fönn nýfallin,[1] ok var svá sítt at tók jörð. En er hann var [með þessum búnaði,[2] þá var maðrinn [einkar tiguligr at sjá ok œsi[3] hvatligr. Síðan sté hann á bak hesti sínum, er hét Velantif,[4] ok vill nú reyna vini sína, hverir honum vilja fylgja til liðveizlu. Þá mæla Frankismenn [sem einum munni[5] sín í millum: Fari sá fyrir níðing, segja þeir, er [bregðast vill þér.[6] Þá gékk fram Oliver jarl ok Turpin erkibyskup, Gerin hinn ríki ok Geris,[7] Hatun[8] hinn sterki ok Bæringr,[9] Samson hertogi ok Angsis[10] hinn ágjarni, Jve ok Jvore, ágætir menn báðir, Engiler af [Gaskon hinn frakkneski,[11] Girarð hinn gamli, Valtere[12] jarl. Nú eru þessir allir höfðingjar settir eptir með Rollant [til landgæzlu,[13] ok 20 þúsundir hermanna með þeim. [En þá mælti Rollant við Valtara: Farðu[14] á varðhald, ok með þér þúsund riddara,[15] ok gæt[16] allra vega ok stiga, at heiðingjar komi [eigi at oss[17] á úvart, fyrir því at ilt er at trúa þeim. En hann fór ok mœtti þegar Amalre konungi af Balverne[18] ok barðist við hann. Nú er[19] Rollant ok Oliver ok 12 jafningjar [at Runzival ok lið þeirra,[20] ok man þeim skamt til bardaga. [Ok er eigi lengra frá at segja,[21] en því næst fór Karlamagnús konungr heim til Frakklands.[22]

17. En Karlamagnús konungr reið heim til Frakklands með [her sínum[23] há fjöll ok myrkva dali ok furðuliga þröngva,[24] svá at 15 mílur valskar mátti heyra [vápnagný af liði[25] þeirra. En við skilnað þeirra[26] var engi svá harðr,[27] at vatni mátti[28] halda fyrir sakir elsku, er [þeir höfðu á Rollant.[29] En Karlamagnús konungr [þeirra var allra[30] úglaðastr, fyrir því at hann grunaði, at [Guinelun jarl mundi vera í svikum[31] við Rollant systurson hans ok alla þá er eptir váru.[32] Hertogi Nemes reið [hit næsta honum, ok spurði hann hví hann lét svá úglaðliga. En Karlamagnús konungr

---

[1]) væri *tilf. B. b.* [2]) [herklæddr *B. b.* [3]) [alltiguligr at sjá ok *B*; bæði tiguligr ok *b*. [4]) Velientif (Veliantif *b*) allra hesta beztr *B, b*. [5]) [*tilf. B, b.* [6]) [Rollant bregðst *B, b*. [7]) Gerel *B*; Geres *b*. [8]) Hotun *B*. [9]) jarl *tilf. B. b.* [10]) Auxiel *B*; Auxies *b*. [11]) [Gaskonia *B. b.* [12]) Valturi *B. b.* [13]) [lands at gæta *B, b*. [14]) þú skalt fara *b*. [15]) hermanna *b*. [16]) gætit *b*. [17]) [oss eigi *b*. [18]) Bealverner *b*. [19]) eru *b*. [20]) [eptir í Runzival með lið sitt *b*. [21]) [*mgl. b*. [22]) *Fra* [En þá mælti Rollant *tilf. B, b*; *mgl. a*. [23]) [allan sinn her, hann reið um *b*. [24]) þröngva (þunga *b*) vegu *B, b*. [25]) [vápnagang, hestagnegg ok lúðraþyt af liði *B*; gný af vápnum þeirra ok gnegg hesta þeirra ok þyt af lúðrum *b*. [26]) Karlamagnús Rollants ok allra þeirra 12 jafningja *tilf. B*. [27]) harðbrjóstaðr *B, b*. [28]) mætti *B, b*. [29]) [hverr (þeirra *tilf. b*) hafði á öðrum *B, b*. [30]) [var allra þeirra *B, b*. [31]) [svik mundu bruggð *B, b*. [32]) með honum *tilf. b*.

svaraði: Rangt gerir sá er þess spyrr; svá mikinn hryggleik hefi ek, at ek má ekki at hafast. Í nótt bar fyrir mik, at engill guðs kom til mín[1] ok braut í sundr spjótskapt mitt í millum handa mér, ok af því veit ek, at svikinn er Rollant systurson minn. En ef ek týni honum, þá sæ[2] ek eigi þess bætr, meðan ek lifi, því at slík kempa fæðist engi til riddaraskapar[3] í veröld síðan. Nú þikkist ek vita, at þeir Marsilius konungr ok Guinelun jarl hafa ráðit svik við hann sín í milli ok alla aðra þá er eptir sátu með honum lands at gæta, ok til þess hefir Guinelun jarl þegit góðar gjafir í gulli ok silfri, guðvef ok silkiklæðum, [í góðum múlum ok hestum ok stórum kamelum ok leónum ok mörgum dýrum gripum. En eigi þarf at lengja þetta mál framar at umtali keisarans, at hann fór[4] veg sinn sem áðr ok vildi eigi aptr hverfa, fyrir því at hann duldist þó við í öðru lagi, þó at hann grunaði nökkut hjá fram, [ok ætlaði hann eigi,[5] at Guinelun jarl, er verit hafði hinn kærasti vin hans ok námágr mundi sá mannhundr vilja gerast at svíkja hann svá. Nú var Karlamagnús af slíku úglaðr sem ván var [, at honum var ýmist í skapi.[6] En hvat má þat [undra, at guð vildi þeim svá láta[7] skilnaðar auðit verða, Karlamagnúsi ok Rollant frænda hans ok þeim öllum 12 jafningjum ok liði þeirra öllu.[8]]

18. Í annan stað er þar til at taka, at Marsilius konungr hinn heiðni samnar saman sínum her, konungum ok jörlum, hertugum, barúnum ok allskonar ríkismönnum, [svá (at) á 3 dögum váru þeir[9] 400 þúsunda manna. Var þá blásit [í trumbur[10] ok tabur, ok þá[11] lét hann upphefja [skurgoð sín[12] á hina hæstu turna, ok var engi svá ágætr riddari [þar, at eigi legði ofr sitt þar til, ok hétu því allir, at þeir skyldi eiga bardaga við Rollant ok hans lið. Systurson hins heiðna konungs gékk fyrstr fram allra manna

---

[1]) [í þessarri ferð löngum (jafnan *b*) næstr konunginum, ok eitthvert sinn er þeir töluðust með, spurði Nemes (hann *b*) konunginn, hví hann væri svá úglaðr. Konungrinn svaraði heldr stutt: Rangt gerir þú nú, Nemes, at (er *b*) þú spyrr þess, fyrir því at svá mikill er minn hryggleikr, at ek má nær ekki at hafast. Ek segi þér at (þat með *b*) sönnu, at fyrir sakir Guinelun jarls er alt Frakkland erfingjalaust; því at þat bar fyrir mik í nótt, at engill guðs birtist mér í draumi *B, b.* [2]) bíð *B, b.* [3]) ok alls röskleiks *tilf. b.* [4]) [góða múla ok hesta, stóra kamela ok leónes ok marga aðra góða gripi. En alt eins, hvat sem keisarinn talar hér um, þá ríðr hann *b.* [5]) [*mgl. b.* [6]) [at, því at honum sveif ýmsu í skap *b.* [7]) [undrast, þó at guð vildi þvíliks *b.* [8]) *fra* meðan ek lifi *o. s. v. tilf. B, b; mgl. a.* [9]) [ok svá kom þar saman mart úgrynni, at varla varð talit, en þó segja þat sumir menn (sumar bækr *b*) at eigi muni færra vera en *B, b.* [10]) [trumbur barðar *b.* [11]) síðan *B, b.* [12]) [skurðgoð öll *B, b.*

ok[1] kallaði á móðurbróður sinn ok mælti við hann: Herra konungr, segir hann, ek hefi lengi [þjónat þér ok mörg vandræði ok válk þolat fyrir þínar sakir[2] bæði í einvígum ok í orrostum, en nú bið ek [þik einnar gjafar, þat er háls[3] Rollants, því at ek skal drepa hann með hvasseggjuðu sverði mínu, ef Maumet vill duga oss,[4] ok [máttu æ ok æ hafa frið ok grið um alla lífsdaga þína síðan. En konungr þakkaði honum[5] ok fékk honum glófa sinn í veð, at þau orð skyldi standast, sem hann mælti.[6] [Systurson Marsili konungs hafði glófa sinn[7] í hendi sér ok mælti við móðurbróður sinn: Góða gjöf hefir þú gefit mér í dag, frændi. Nú [bið ek þik, at þú selir mér 12 jafningja af liði þínu, þar í móti skal ganga Rollant ok þeir 12 jafningjar.[8] En jafnskjótt stóð upp einn[9] sá er kallaðr var Falsaron at nafni, hann var bróðir Marsili konungs. Hann mælti við [frænda sinn: Vit skulum fara at finna orrostu þessa,[10] fyrir því at ek veit, at þeir eru allir dæmdir til dauða, er fyrir eru.[11]

19. Þá gengr fram konungr einn,[12] sá hét Kossablin, hann var hreystimaðr mikill [at hug ok fullr gerninga. Sá hefir mælt at drengmanna lögum, at fyrir alt veraldar gull vill hann eigi vera kallaðr regimaðr. Meira ferr hann á fœti en hinn fimasti hestr. Hann œpti hárri röddu: Ek skal bera líkam minn í móti Rollant, ok ef ek finn hann, þá skal ek yfirstíga hann.[13] Einn frjáls-

---

[1] [í öllum þeim fjölda, at eigi offraði þar til miklum gæðum ok hétu (því með *tilf. b*) at eiga bardaga við Rollant ok hans lið. Nú er þat víst at vita, at í þeim mikla her mundi mörg rösk kempa (margr röskr riddari *b*) vera, ok margr mundi fúss þessar ferðar at skemta sér ok reyna sinn riddaraskap ok afla sér svá frægðar ok ágætis ok fjárluta. En eigi man svá laust fyrir liggja, sem þeir hyggja, áðr en þeir fá (fái *b*) aptr annit Spanialand ok drepit Rollant ok þá 12 jafningja ok þeirra lið. Svá segist at áðr þeir hófu upp ferð sína, þá gékk fram systurson Marsilii konungs hins heiðna fyrstr allra manna, hann hét Adalroth, hann *B, b*. [2] [saal. *B, b*; þolat vandræði ok embætti af þér *a*. [3] [þik einnar bœnar, þat er at þú gefir mer höfuð *B*; yðr, at þér gefit mér eina gjöf, en þat er höfuð *b*. [4] mér *B, b*. [5] [mantu þá jafnan í friði vera þaðan af fyrir Frankismönnum um alla lífdaga þína. En er hann hafði svá mælt, þá þakkaði konungr honum mikiliga sín orð *B, b*. [6] því at þat reiknaðu þeir svá sem handlag *tilf. B, b*. [7] [Adalroth hélt nú glófann *B, b*. [8] [bið ek með, at þú játtir mér 12 jafningjum (vil ek, at þú fáir mér 12 höfðingja af liði þínu móti 12 jafningjum *b*). Konungr sagði at svá skyldi vera *B, b*. [9] maðr (höfðingi *b*) mikill *tilf. B, b*. [10] [Adalroth: Vit skulum fremja báðir þessa orrostu, ok duga sem drengir *B, b*. [11] verða okkrum vápnum (sverðum *b*) *B, b*. [12] heiðinn *B, b*. [13] [upp á sinn líkama ok mjök fjölkunnigr, hann mælti hárri röddu svá segjandi: Fyrir alt veraldar gull vil ek eigi regimaðr heita. Ek skal bera minn líkam, segir hann, til Runzivals, ok ef ek finn Rollant jarl, þá skal ek sýna honum dauða sinn ok þeim 12 jafningjum, því at ek em svá fimr ok frœkinn, at sá er engi hestr, at ek taki eigi á skeiði. *B, b*.

lendingr[1] af því landi er heitir Balaguer,[2] hann hefir líkam vel skapaðan, andlit fagrt ok ljóst ok brjóst[3] harðligt, ok sitr á hesti sínum ok [herðir sik mjök at bera[4] vápn sín, ok er mjök lofaðr at[5] hreysti sinni, ok ef hann væri kristinn maðr, þá [ætti hann œrit ríki.[6] Hann [er kominn fyrir Marsilium konung til þess at fara[7] at leita Rollants. En ef ek finn hann, segir hann, þá eru fáir[8] lífdagar hans síðan, ok Olivers ok allra þeirra 12 jafningja. Frankismenn skulu deyja við skömm mikla ok úgleði, en Karlamagnús konungr hinn mikli er œrr[9] ok úviti,[10] ok gefr [oss upp lönd vár af Spanie, ok skulum vit eignast Frakkland.[11] Marsilius konungr stóð upp ok þakkaði honum orð sín. Einn ríkr höfðingi af landi því er heitir Eyirana,[12] [eigi er meiri illskumaðr[13] til á öllu Spanialandi, ok œpti hann[14] hárri röddu ok mælti [mikla fólsku: Til Runzivals vil ek fara með mínu liði, þat er eigi færra en 20 þúsundir manna með skjöldum ok spjótum, en[15] ef ek finn Rollant, þá segi ek honum [örugt bana sinn ok Olivers ok allra 12 jafningja.[16] Frankismenn munu[17] deyja, en Frakkland [mun vera[18] erfingjalaust, ok engi dagr mun sá vera,[19] at eigi mun Karlamagnús konungr harma sik. Nú er á annan veg jarl einn, sá er [kallaðr var Turgis af Turkulus,[20] á kristnum mönnum vill hann ilt vinna, þat er hann má. Hann [hefir mælt við Marsilium konung á þessa lund:[21] Hirð eigi at óttast, konungr, fyrir því at mátkari er Maumet goð várt en Pétr postoli at Rómi;[22] en ef þú trúir vel á hann, þá muntu sigr [vega í orrostu þessarri.[23] En ek skal fara til Runzivals[24] ok bera mitt sverð í móti Dýrumdala sverði [Rollants jarls,[25] ok [skaltu þú spyrja hvárr okkarr beri hærra skjöld.[26] Frankismenn munu deyja, ef þeir bjóðast[27] í móti oss, en Karlamagnús konungr mun lifa með skömm ok úgleði,[28] ok berr aldri síðan kórónu á höfði sér. Nú stendr upp sá höfðingi er kallaðr er Eskrement[29] at nafni, ættaðr af því landi

---

[1]) gildr (mikill *b*) kappi *B*, *b*.   [2]) hann er eigi nefndr *tilf B*; sá er nefndr Malpriant *tilf. b.*   [3]) mgl *B*, *b*.   [4]) [berr harðmannliga *B*, *b*.   [5]) af *B*, *b*.   [6]) [fyndist varla hans líki *b*.   [7]) [kom enn fyrir Marsilium konung ok mælti til hans: Ek ætla til Runzivals *B*, *b*.   [8]) farnir *B*, *b*.   [9]) *saal. B*, *b*; aur *a*.   [10]) galinn *B*; örviti *b*.   [11]) [í várt vald Spaniam (Spanialand *b*) ok Frakkland, ok þar með skulu mér (vér *b*) eignast alt hans ríki *B*, *b*.   [12]) Bursana *B*; Burlana, *b*.   [13]) höfðingi *B*.   [14]) [hann hét Modan, sá œpti *b*.   [15]) [*tilf. B*, *b*.   [16]) [dauða sinn vísan ok öllum 12 jafningjum *B*, *b*.   [17]) skulu *b*.   [18]) [verðr *B*, *b*.   [19]) koma *B*, *b*.   [20]) [Turgilser nefndr, en kallaðr Kurkulus af Turtulasa *B*; er nefndr Kurkulus af Turkulosa *b*.   [21]) [gékk fram fyrir M. konung ok mælti *B*, *b*.   [22]) Róm *B*, *b*.   [23]) [hafa ok af bera Karlamagnúsi *B*, *b*.   [24]) *saal. B*, *b*; R. *a*.   [25]) [*saal. B*, *b*; hans, *a*.   [26]) [man þá sjá mega, hvárr undan öðrum gengr *B*, *b*.   [27]) berjast *B*, *b*.   [28]) mikinn harm *B*.   [29]) Eskarmeth *B*; Eskremet *b*.

er Valterne[1] heitir, ríkr maðr er sá ok heiðinn sem hundr. Sá mælti við Marsilium konung: [Til Runzivals skal ek fara ok steypa niðr ofdrambi[2] Rollants ok Olivers ok þeirra 12 jafningja, því at þeir eru [dœmdir til dauða, er í móti oss standa, ok hefir Karlamagnús konungr þar fengit mikinn brest eptir góðan dreng.[3]

20. [Nú er at segja frá heiðingja þeim er Estorgant heitir, en annarr lagsmaðr hans hét Estormariz, þeir eru hinir verstu menn, svikarar ok undirhyggjumenn.[4] Marsilius konungr mælti við þá: Gangit fram góðir höfðingjar, segir hann, [til Runzivals at mínu boði ok hjálpit við váru liði. Þeir svara báðir senn sem eins munni: Vit skulum at vísu fara eptir yðrum vilja[5] á móti Rollant ok Oliver ok öllum þeim 12 jafningjum. Sverð vár[6] eru [glöð ok blá[7] ok vel bítandi, en vér[8] skulum [lita sverð var[9] í blóði Frankismanna. Þeir skulu deyja,[10] en Karlamagnús konungr [mun úgleðjast,[11] ok land várt, þat er helgat er skurgoðum várum, þat skulum vér sœkja til handa oss.[12] Far þú [konungr, hafa skaltu þat örugt, ok[13] keisarann sjálfan yfirkominn skulum vér fœra þér.[14] Þá [kom rennandi fram sá höfðingi er Margare hét frá Sibiliborg, hann ræðr fyrir því landi er Katamaria heitir. En engi heiðinn maðr er jafngóðr riddari sem hann né fríðari, engi kona sér hann, sú at eigi fýsi til hans, hvárt sem henni er gott í skapi eðr ilt, þá lystir hana at hlæja. En í þeim mikla her þá œpti hann fram um þá alla:[15] [Óttast ekki herra.[16] Ek skal fara [til Runzivals[16] at drepa Rollant ok [Oliver ok[16] alla þá 12 jafningja. Sé hér sverð mitt, er [Amiral höfuðkonungr gaf mér,[17] þat skal rauðlitat verða í blóði Frankismanna.

1) Valterna *B*; Malterna *b*. 2) [*saal. B, b*; Ek skal steypa niðr obdramb(!) *a*. 3) [allir dœmdir til dauða, ok fær Karlamagnús þá mikinn brest eptir góða drengi. *B, b*. 4) [Tveir höfðingjar váru þeir með Marsilio konungi, er annarr hét Estorgant en annarr Estormaris, eigi váru til verri menn í liði konungs en þeir, fullir af undirhyggju ok svikum *B, b*. 5) [*tilf. B, b*. 6) okkur *B, b*. 7) [góð *B, b*. 8) vit (mit *B*) *b*. 9) [rjóða þau *B, b*. 10) með skömm (svívirðing *b*) *B, b*. 11) [þeirra man fá úgleði *B, b*. 12) þér *B*; yðr *b; a tilf. her:* þeir svöruðu. 13) [frjáls, herra, örugt hefir þú traust af oss, en *B, b*. 14) ok með þessu endaðu þeir sína rœðu *tilf. B, b*. 15) [kemr höfðingi einn sá er Margariz hét fyrir Marsilium konung, hann var af þeirri borg er Sibilia (Sibil *b*) er nefnd, en hann réð fyrir landi því er kallast Katamaria. Engi maðr var honum betri (Engi var honum betri riddari *b*) á öllu Spanialandi, hann var allra manna vænastr ok listuligastr, ok þat til marks um vænleik hans, at allar ríkar (ríkis *b*) konur unnu honum sakir fríðleika hans ok kurteisi, ok engi kona sá hann svá, at eigi fýsti (til hans, ok hvárt sem hon vildi eðr eigi, þá fýsti hana þó *tilf. B*) at liggja hjá honum. Sjá maðr œpti hárri röddu ok mælti við Marsilium konung á þessa lund *B, b*. 16) [*tilf. B, b*. 17) [mér gaf Ammiral konungr á því landi er Danubius heitir *B, b*.

svá at Karlamagnús [hinn gamli ok hinn skegghvíti man[1] aldri síðan orrostu halda í móti oss.[2] En áðr en 12 mánaðir líði héðan í frá þessu skulum vér sofna[3] í kastala þeim, er hinn helgi Dionisius hvílir í á Frakklandi. [En konungrinn laut honum ok þakkaði honum orð sín.[4] Gernublus hét einn ágætr maðr or borg þeirri er Valniger[5] heitir, hann má meiri byrði bera[6] en 7 úlfaldar,[7] þá er þeir eru klyfjaðir. Á því landi [er hann er fœddr[8] má eigi sól skína né korn vaxa eða regn ofan koma né blóm springa. Engir eru þar steinar [ok ekki nema svartir, djöflar eru þar margir.[9] Hann mælti við konung:[10] Ek skal fara til [móts við Rollant ok eignast Dýrumdala með[11] sverði mínu. Nú eru hér taldir 12 jafningjar[12] heiðinna manna í móti 12 jafningjum kristinna manna. Alt þat lið er þar var herklæddi sik með allskonar vápnum, ok þeystu úvígan her út af [Spanie á hendr Rollant ok hans liði.[13]

21. Nú [verðr at rœða um þá er fyrir eru staddir. Oliver stóð[14] á hæð einni ok [leit á hœgri hlið sér ok sá ofrfjölda[15] heiðinna manna, ok mælti[16] við Rollant lagsmann sinn: Ek sé, Rollant lagsmaðr, marga drengi fara frá[17] Spanialandi með blám brynjum ok hvítum[18] skjöldum (ok) rauðum[19] merkjum, [ok er þat[20] eptir því sem Guinelun jarl hefir fyrirætlat.[21] En Rollant stöðvaði hann ok lézt eigi vilja heyra slík orð.[22] Ok enn mælti Oliver: Heiðnir menn hafa mikinn styrk, en vér höfum [lítinn her[23] í móti þeim. Nú blás þú horni þínu, ok mun Karlamagnús konungr heyra ok snúa aptr [her sínum.[24] Þá svarar Rollant: Þá gerða ek sem fól, ef Frakkland hit góða [skyldi týna[25] lofi sínu fyrir mínar sakir, heldr skal ek veita stór högg með Dýrumdala sverði mínu ok gera blóðugt alt frá oddinum ok[26] til hjaltanna, ok skulu heiðingjar falla með skömm ok mikla úsœmd, því at þeir eru allir dœmdir til dauða. Ok enn mælti Oliver:[27] Lagsmaðr,[28] blás horni þínu [, er Olivant

---

[1] [saal. B, b; konungr skal deyja af ok a. [2] þér B, b. [3] sofa B, b. [4] [Ok lauk hann svá sinni rœðu, en Marsilius konungr þakkaði honum fagrliga sín orð. Þá stóð upp sá maðr er B, b. [5] Valterne b. [6] einn tilf. B, b. [7] múlar B, b. [8] [tilf. B, b. [9] [nema svartir, fult or þar af úhreinum öndum B, b. [10] Heyrðu mik herra tilf. B, b. [11] [Runzivals ok eignast sverð Rollants Dýrumdala, en drepa sjálfan hann með þessu B, b. [12] höfðingjar B, b. [13] [Spanialandi til Runzivals, ok fari þeir nú leiðar sinnar (látum þá nú fara leið sína, en tölum nökkut um Rollant ok hans kompána b) B, b. [14] [skal víkja rœðunni til Rollants ok hans kumpána. Þat er sagt, at þeir Oliver væri staddir B; þat er sagt, at Rollant ok Oliver váru staddir b. [15] [sá á hœgri hönd sér (sá at sér b) fara úflýjanda her B, b. [16] Oliver tilf. b; hann B. [17] af B, b. [18] rauðum B, b. [19] hvítum B, b. [20] [tilf. B, b. [21] ráð fyrir gert B, b. [22] optar tilf. B, b. [23] [lið lítit B, b. [24] [liði sínu B, b. [25] [týndi B, b. [26] mgl. B. b. [27] í annat sinn tilf. B. [28] félagi B, b.

heitir,[1] ok mun Karlamagnús konungr snúa aptr her sínum [ok veita oss lið.[2] Rollant svarar: Aldri skal [frændi minn[3] vera ámæltr fyrir mínar sakir, né engi maðr annarr á Frakklandi, heldr skal ek veita stór högg ok þiggja, fyrir því at [þeir eru allir til dauða dœmdir.[4] Enn mælti Oliver í þriðja sinni: Rollant blás horni þínu, ok mun Karlamagnús konungr snúa aptr her sínum ok [mœta oss á úkunnu landi.[5] En Rollant svarar: Vili eigi guð þat [né sancta Maria móðir hans,[6] at ek skula svá hræddr vera fyrir heiðnum mönnum, at Frakkland [skuli týna[7] lofi sínu fyrir [yðrum sökum.[8] Þá svarar Oliver: Eigi er þat ámælis vert, at maðr ætli [sér hóf ok[9] liði[10] sínu, því at ek sé svá [mikinn fjölda[11] heiðinna manna, at [fjöll öll ok dalir eru þökt, ok allir dalir fullir.[12] Af því vilda ek at þú blésir horni þínu oss til liðveizlu at[13] Karlamagnúsi konungi. [14]Rollant er hraustr, en Oliver er vitr, báðir eru þeir œrit[15] góðir riddarar, ok eigi fyrir dauða sakir vilja þeir flýja orrostu.[16]

22. [Nú rœðast þessir 2 jarlar[17] við.[18] Sér þú, Rollant, segir Oliver, at herr þessi er oss nær kominn, ok máttu nú sjá[19] úgleði á liði váru fyrir sakir ofrfjölda[20] er í móti er. [Rollant svarar hermiliga ok mælti:[21] Heill svá, Oliver, [mæltu eigi slíkt, ilt verði rögu hjarta í drengmanns brjósti.[22] Nú sá Rollant at bardagi mundi verða mikill, ok kallaði [á sína menn af Frakklandi:[23] Góðir vinir, segir hann, Karlamagnús konungr hefir sett oss hér til[24] lands at gæta ok kaus[25] af enu bezta liði sínu, en [maðr skal[26] mikil vandræði þola fyrir [sakir dróttins síns[27] bæði heitt ok kalt, ef vel skal vera, ok týna [bæði af holdi sínu[28] ok blóði. Nú [stingi þér með spjótum yðrum, en ek mun höggva með Dýrumdala sverði mínu, svá at þat skulu allir Frankismenn vita, at ágætr drengr átti þat. Nú er á annan veg Turpin erkibyskup á hesti sínum ok mælti við Frankismenn: Karlamagnús konungr setti yðr hér til lands at gæta með Rollant, ok eigut þér at þola vel dauða fyrir sakir dróttins yðvars bæði (ok) at halda helga kristni. Orrostu skulut þér nú halda,

---

[1]) [Olivant B, b. [2]) [higat b; mgl. B. [3]) [Karlamagnús konungr B, b. [4]) [ek veit, at heiðnir menn eru dœmdir til dráps B, b. [5]) [veita oss lið B, b. [6]) [ok heilög Maria B, b. [7]) [týni B, b. [8]) [mik B; mínar sakir b. [9]) [saal. B, b; fyrir a. [10]) lífi b. [11]) [mart (mikit b) ofrefli B, b. [12]) [allir dalir ok öll fjöll eru þökt (ok fullir mgl. b) af úvígum her B, b. [13]) af B, b. [14]) Nú er svá rétt at mæla, at tilf. B; Nú má þat sannliga segja, at tilf. b. [15]) hölzti B; helzt til b. [16]) or orrostu, þó at liðs munr sé mikill B, b. [17]) félagar B. [18]) [mgl. b. [19]) mikla tilf. B, b. [20]) liðsfjölda þess B, b. [21]) [tilf. B, b. [22]) [mæl ekki slíkt, hraustr drengr B, b. [23]) [á sína lagsmenn Frankismenn alla B; saman alla Frankismenn b. [24]) eptir b; mgl. B. [25]) oss tilf. B, b. [26]) [vér munum B, b. [27]) [guðs sakir B; guðs nafni b. [28]) [sínu bæði holdi B; holdi váru b.

fyrir því at þér sjáit mikinn her heiðinna manna fyrir augum yðrum. Nú fallit á kné ok heitit fagrliga á guð, en ek skal hjálpa sálum yðrum, ef þér fallit, at þér skulut vera helgir martiris, ok þér skulut eignast nafn í hinni góðu paradísu. En Frankismenn stigu af hestum sínum ok lögðust til jarðar. En erkibyskup hóf upp hönd sína ok signdi þá ok bauð þeim í réttri skript at þeir skyldu berjast. Nú stóðu upp Frankismenn ok fœrðust á fœtr ok vápnuðust með góðum herklæðum ok váru búnir til bardaga.[1] Nú [rœðir Oliver við Rollant:[2] Sýnt er nú, segir hann, at Guinelun jarl hefir nú selt oss með[3] verði [í[4] gulli ok silfri ok góðum gripum.[5] Nú ætti Karlamagnús konungr þess vel at hefna, ef vér megum eigi.[6] [Til borgarhliðs af[7] Spanie er kominn[8] Rollant á [hesti sínum Velantif brynjuðum, með vápnum þeim er honum samir vel at bera,[9] ok mælir hermiliga við alla heiðna menn, en blíðliga ok hœgliga við [sína menn: Vér skulum[10] fram ganga, fyrir því at þessir menn sœkja bana sinn, er [á oss vilja leita.[11] Blásit í horn yðor ok hveti[12] hverr yðvarr annan til framgöngu. Svá mælir Oliver hit sama, ok við þessi orð gleðjast mjök Frankismenn, ok ríðr hverr sem [mest má[13] til bardaga.

23. [Systurson Marsili konungs hins heiðna, sá er kallaðr er af þeim Altoter at nafni, hann ríðr nú fram fyrstr[14] ok mælti illum orðum við Frankismenn: Hví erut þér svá djarfir,[15] at þér þorit at

---

[1] [gangit fram sem djarfligast, leggit með spjótum ok höggvit með sverðum, svá at þat tali dugandi menn, at ágætis (ágætir *b*) drengir áttu þau sverð. Nú þó (at) vér fallim fyrir várs herra náð (ok því *tilf. B*) skolum vér þola vel dauða várn at vér verndum heilaga kristni. Nú sjáit þér her heiðinna manna fyrir augum yðr (nær oss kominn *b*) ok munu vér skjótt eiga orrostu (bardaga við þá *b*), ok föllum nú (því skulum vér falla *b*) á kné ok berjum (berja *b*) á brjóst oss ok biðjum (biðja svá *b*) miskunnar almáttkan guð. En ek heit yðr, at guð man frjálsa yðrar sálu(r) (sálir *b*) ok laða til sinnar dýrðar, þá er yðr liggr mest við. En er Rollant lauk rœðu sinni, stigu Frankismenn niðr af hestum sínum fallandi á kné, biðjandi guð lítilátliga miskunnar. Síðan risu þeir upp ok klæddust góðum herklæðum, ok eru nú búnir til bardaga, fylktu þeir síðan liði sínu ok settu upp merki sín fyrir hverju hundraði liði, ok hvatti (eggjaði *b*) hverr annan til framgöngu *B, b*. [2] [mælti Rollant við Oliver *B, b*. [3] við *B, b*. [4] miklu *B*. [5] [ok tekit í móti mikit gull ok silfr ok góð klæði *b*. [6] sjálfir *tilf. B, b*. [7] á *B*. [8] [Sat *b*. [9] [vel brynjaðum vápnhesti, var hann ok sjálfr svá vel vápnaðr sem honum heyrði *B, b*. [10] [Frankismenn: Góðir félagar, segir hann, vér skulum djarfliga *B, b*. [11] [á hendr oss vilja *B*; við oss vilja stríða *b*. [12] hreysti *B*; treysti *b*. [13] [ákafast *B, b*. [14] [Heiðingjar grimmast nú harðla mjök upp á kristna menn ok ríða fram geysi snart. Var þar fyrstr Adalroth, systurson Marsilii konungs *B, b*. [15] vándir þorparar *tilf. B, b*.

berjast við oss? Fífl[1] var Karlamagnús konungr, fyrir því at hann setti yðr hér eptir,[2] fyrir yðrar sakir skal Frakkland týna lofi sínu. En Rollant reiddist mjök við illyrði hans ok reið í móti honum ákafliga ok hjó til hans með sverði sínu ok klauf í sundr skjöld hans ok brynju[3] [ok festi blóðrefil sinn[4] í brjósti honum ok [steypti honum dauðum af hesti sínum, ok mælti við hann síðan: Jllr heiðingi, segir hann, fórtu allan dag hœtandi, en eigi er Karlamagnús konungr fífl, ok eigi skal Frakkland týna lofi sínu fyrir várar sakir. Sœkit fram frœknliga, Frankismenn, því at vér eigum höggit. Hertugi einn heiðinna manna er Falsaron hét, hann var bróðir Marsili konungs hins heiðna,[5] hann réð fyrir því landi er þeir áttu Datan ok Abiron, [þeir váru svá illir,[6] at jörð opnaðist undir þeim [ok svalg þá báða,[7] ok fóru þeir[8] til helvítis. [Falsaron var maðr illr kosti, þvers fótar var í milli augna honum[9], hann ugladdist mjök við þat er hann sá fall[10] systursonar síns. Síðan reið hann fram or fylkingu [ok lagði líkam sinn í ábyrgð,[11] en Oliver jarl reið harðliga á móti honum ok hjó til hans með sverði sínu ok feldi hann til jarðar, [svá at aldri síðan sá hann sól,[12] ok mælti við hann síðan: Jllr heiðingi, segir hann, lítils váru verð hót þín. [13]Sœkit fram Frankismenn, vér skulum hafa [hinn hærra hlut.[14] En þeir blésu í lúðra sína ok glöddust við orð þau. Einn heiðinn konungr hét [Kossables, hann réð fyrir því landi er Barbare heitir,[15] hann ríðr fram ok mælir við heiðna menn: Sigrast munum vér í orrostu þessi, því at [hér (er) fátt kristinna manna. Turpin erkibyskup heyrði orð hans, ok reið hann í móti honum ok lagði til hans með spjóti sínu, reif í sundr brynju hans ok bar hann spjótskapts lengd dauðan af hesti sínum, ok mælti við hann síðan: Ekki stoðar þér ofryrði, því at Frankismenn hafa drepit þik, ok svá munu þeir alt lið yðvart.[16]

---

[1]) Œrr *B, b.* [2]) *tilf B. b.* [3]) slitnaði fyrir því höggi brynja hans *B.*
[4]) [en blóðrefilinn festi *B, b.* [5]) [steyptist hann af hesti sínum dauðr á jörð. Rollant mælti: Eigi týnir Frakkland enn lofi sínu fyrir várar sakir, (illi heiðingi, segir hann *tilf. B*). Rollant eggjar sína menn: Fram rösklíga, Frankismenn, segir hann, vér eigum hit fyrsta högg. Þá reið fram Falsaron bróðir Marsilii konungs *B, b.* [6]) [er svá váru illir *B, b.* [7]) [*tilf. B, b.* [8]) svá kvikir *tilf. b.* [9]) [Sjá maðr var mikill vexti en illr kosti, hann var þvers fótar milli augna *B, b.* [10]) Adalroths *tilf. B, b.* [11]) [ok lagði sjálfan sik í veð *B*; *mgl. b.* [12]) [*tilf. B, b.* [13]) Síðan eggjar hann herinn ok mælti *tilf. B, b.* [14]) [betra lut or orrostu þessi *B, b.* [15]) [Kossablin *B, b.* [16]) [ek sér fyrir úfarar kristinna manna. Rollant reiddist við orð hans ok reið (rendi *b*) í mót honum ok lagði spjóti sínu í gegnum hann, ok féll hann dauðr á jörð, ekki hjálpaði honum (hjálpaðu honum þá lítt *b*) stóryrði hans síðan (Rollant jarl drap hann *tilf. B*) *B, b.*

Nú eru fallnir 3 [höfðingjar enir mestu af liði heiðinna manna, er kurust í móti Rollant ok þeim¹ 12 jafningjum.

24. Nú ríðr fram [Geris hinn frakkneski at höfðingja einum, ok klýfr hann í sundr skjöld hans, ok særði hann til bana sjálfan ok steypti honum dauðum til jarðar, en fjándi tók sál hans sá er heitir Satanas. Nú² ríðr fram Gerir³ af Frankismanna liði í móti frjálslendingi einum heiðinna manna, ok hjó til hans með sverði sínu ok feldi hann dauðan af baki⁴ ok kallaði síðan hátt á liðsmenn sína: Sœkit fram frœknliga ok blásit í lúðra yðra, því at vér munum sigrast í bardaga þessum. Samson hertugi reið fram í móti [heiðingja einum⁵ ok hjó til hans [ok klauf í sundr skjöld hans ok feldi hann dauðan af hesti sínum. Þá mælti Turpin erkibyskup: Slíkt er drengmanns högg.⁶ [Nú ríðr fram Angsis⁷ af Frankismanna liði, en at móti [Turgis af Turtuloso,⁸ ok hófu í milli sín hart vápnaskipti, ok fór svá viðrskipti þeirra,⁹ at [Turgis hafði hinn lægra hlut.¹⁰ Ok því næst reið fram Engiler [af Frankismanna liði, en á móti reið Eskrement af Valternalandi,¹¹ ok hjó hvárr þeirra til annars, ok [hafði heiðingi hinn lægra hlut í þeirra viðrskipti.¹² Síðan reið fram [Valteri í móti Estorgant¹³ heiðingja einum ok hjó til hans ok¹⁴ í sundr brynju hans, ok feldi hann dauðan af hesti sínum ok mælti við hann síðan: Eigi fær þú þann lækni [af Spanie¹⁵ er þik grœði. Bæringr reið fram ok á móti honum Estormant,¹⁶ ok feldi Bæringr hann dauðan af hesti sínum í millum margra þúsunda heiðinna manna. Nú eru fallnir 10 [jarlar af heiðnum mönnum,¹⁷ en 2 lifa eptir, þat er Gernublus ok jarlinn Margariz; [hann var afburðar góðr riddari,

---

¹) [kappar af þeim 12 sem ætlaðir váru móti *B, b*. ²) [hinn ríki Gerin af Frankismönnum móti einum heiðingja, sá hét Donreg (Amreg *b*), hann hjó í sundr skjöld ok reif brynju hans, en drap sjálfan hann, (ok því féll hann dauðr til jarðar *tilf. B*). þar næst *B, b*. ³) Geres jarl *B, b*. ⁴) hesti sínum á jörð *B, b*. ⁵) [einum hertuga höfðingja(!) *B*. ⁶) [meðr sverði sínu ok feldi hann af hesti sínum, ok dugði honum eigi gullsm(e)ittr (gullbúinn *b*) hjálmr né gullagðr (gullroðinn *b*) skjöldr (ok því festi blóðrefilinn í brjósti, svá at var dauðr *tilf. B*) *B, b*. ⁷) *saal. rettet;* Engiler *a*; Auxiel (Auxies *b*) hinn ágjarni *B, b*, ⁸) [Turgils af Turtulosa *B*; Kurkulus af Turknsiola *b*. ⁹) sem skyldi *tilf. B*. ¹⁰) [heiðingi fékk bana *b*. ¹¹) [jarl af Bordal, en í móti honum af heiðingja liði reið Eskremet *B, b*. ¹²) [særðst mjök, en þó lendir svá máli, at Eskremet bar lægra lut or þeirra viðskipti *B*; særðst mjök, en þó at síðarstu varð Eskremet dauðr at hníga af sínum hesti *b*. ¹³) [*saal. rettet;* Estorgant í móti *a*. ¹⁴) [af Frankismönnum Hatun sterki, ok honum móti Estorgant af heiðingja liði, ok höggr Hatun til hins heiðna með sverði sínu ok klauf í sundr skjöld hans ok reif *B, b*. ¹⁵) [á öllu Spania *B*; á Spanialandi *b*. ¹⁶) Estormaris *B, b*. ¹⁷) [höfðingjar af þeim 12 er nefndir váru *B, b*.

bæði vænn ok sterkr, fimr ok léttlátr.[1] Hann[2] ríðr fram í móti Oliver ok lagði spjóti í gegnum skjöld hans ok brynju, ok barg þá guð er eigi tók brjóst hans, því at þá brast spjótskapt Margariz, ok kom hann þó[3] Oliver eigi af hesti sínum.

25. Nú er [orrosta hörð ok áköf.[4] Rollant jarl ferr sem león, veitir stór högg ok þiggr[5] ok hefir í hendi sér sverð sitt Dýrumdala, ok [hjó til Gernublus jarls ok í sundr[6] hjálm hans gullroðinn ok allan settan gimsteinum, höfuð hans ok búk, svá at í söðli nam staðar, ok mælti [við hann: Slík högg[7] vinna yðr seint sigr. Rollant ferr nú í [miðjum herinum[8] ríðandi ok kastar heiðnum mönnum dauðum hverjum ofan á annan, ok hefir blóðgar hendr alt upp til axlar.[9] En Oliver seinkar[10] eigi at fylgja honum, ok engi þeirra 12 jafningja (er) ámælis verðr. [þá mælti Turpin erkibyskup: Guð hjálpi váru liði, segir hann, lítit er þat í svá miklum her.[11] Oliver [reið fram ok laust til heiðingja eins, þess er hét Massaron, í höfuð honum með staf, þeim er eptir var af spjótskapti hans, svá[12] at bæði augu flugu or höfði honum, ok svá heilinn út um þunnvangann.[13] Þá mælti Rollant við Oliver: Hvat gerir þú lagsmaðr,[14] segir hann, járn ok stál skal maðr hafa í orrostum en eigi berjast með stöfum.[15] Drag sverð þitt or slíðrum [er Hatukleif heitir ok berst með því.[16] Oliver svarar: Eigi gaf ek mér tóm til at bregða sverðinu, svá var mér títt[17] til at ljósta hann.[18] Ok síðan brá hann[19] sverðinu ok hjó til heiðingja þess er Justin[20] hét, ok klauf hann í sundr[21] hjálm hans höfuð ok búk, alt til þess er í söðli nam staðar.[22] Þá mælti Rollant: [Slík högg vinna yðr lítinn sigr, ok[23] fyrir sakir slíkra höggva [munum fá[24] metnað af Karlamagnúsi konungi. Ok blésu [þeir síðan[25] í lúðra sína ok glöddu svá lið sitt. Jarlinn Gerin[26] ok lagsmaðr hans Geris sátu á hestum sínum ok hjuggu báðir til heiðingja eins er hét Timund,[27] annarr hjó [skjöld hans en annarr í[28] brynju, ok fálu sverð sín í brjósti honum, ok

---

[1]) *saal. rettet;* réttlátr *a*; lítilátr *B*; [*mgl. b*. [2]) Ok er Margariz sér þat at þeirra menn falla hverr eptir annan (sér fall sinna mann *b*), þá verðr hann harðla reiðr ok *B, b*. [3]) *mgl. B, b*. [4]) [þeirra (þessi *b*) orrosta bæði hörð ok löng (ok ströng *tilf. B*), ok falla þeir fyrstir er fremstir stóðu *B, b*. [5]) bæði *tilf. B*. [6]) [ríðr í móti Gernublo, ok er þeir finnast, þá höggr Rollant til hans ok klauf *B, b*. [7]) [síðan við þá heiðingjana: Slíkir *B, b*. [8]) [miðjan herinn *B*. [9]) axla *b*. [10]) seinaði *B*; frestaði *b*. [11]) [*mgl. B, b*. [12]) [hefir nú í hendi spjótskaptsbrot ok laust til heiðingja eins með þeim stubba, svá hart *B, b*. [13]) vangann *B, b*. [14]) félagi *B, b*. [15]) stöngum *b*; stöfum eða stöngum *B*. [16]) [*tilf. B, b*. [17]) ant *B, b*. [18]) þenna fjánda *B, b*. [19]) Oliver *B, b*. [20]) Justinus *B, b*. [21]) skjöld hans, ok í öðru höggi *tilf. B, b*. [22]) undir honum *tilf. B, b*. [23]) [*mgl. B, b*. [24]) [höfum (fám *b*) mikinn *B, b*. [25]) [*tilf. B, b*. [26]) Bæringr *B. b*. [27]) Timodes *B, b*. [28]) [af honum skjöld, en annarr *B, b*.

feldu hann dauðan til jarðar [. en fjándr tóku sál hans. Turpin erkibyskup drap Sikoras, síðan tóku fjándr við honum ok fóru (með) hann til helvítis. Þá mælti erkibyskup: Sjá maðr hefir misgert við oss, ok er honum þat makliga goldit.[1] Nú er orrosta hörð ok áköf, ok ýmsir [höggva ok ýmsir verja,[2] svá ok ávalt eru þeir framast[3] Rollant ok Oliver ok Turpin erkibyskup, ok [allir 12 jafningjar er fylgdu þeim, svá engum þarf at ámæla.[4]

26. [Nú eru miklar jarteignir ok mikill göfugleikr ok margr kynligleikr á Frakklandi, alt frá miðjum degi var svá myrkt sem um nótt, ok ekki má sól skína, ok flestir menn ætla sér bana. En þat er ritat í sögunni af hinum helga Dionisio, at þat væri alt fyrir sakir Rollants, er svá mörg góð verk vann ok svá góðr riddari var, at engi maðr kom honum or söðli sínum. Jarlinn Rollant var svá góðr riddari, at hans er hvervetna getit, ok Oliver ok allra 12 jafningja.[5] Heiðnir menn eru nú svá margir dauðir, at af 100 þúsunda komst eigi undan nema einn, þat var Margariz, eigi var hann ámælis verðr, því at hann hefir miklar jarteignir á sér [sjálfr, til Spanialands hefir hann snúizt ok sagt Marsilio konungi þau tíðendi er váru. Jarlinn einn Margariz er undan kominn,[6] spjótskapt hans er brotit ok brynja í sundr rifin, skjöldr brotinn en hjálmr klofinn, ok 4 sverðum var' hann í gegnum lagðr. Góðr drengr væri hann, ef hann væri kristinn.[7]

[1]) [mgl. B, b. [2]) [saal. B, b; falla er fylgdu þeim a. [3]) framastir b.
[4]) [12 jafningjar allir eru með þessum í fylgd; svá berjast þeir rösliga, at engi þarf öðrum at ámæla, ok at engu æþrast þeir bibi(!) dauða R. B; 12 jafningjar, allir Frankismenn berjast djarfliga, svá at engi má þeim með réttu ámæla, ok engan lut óttast þeir, meðan Rollant er á lífi b. [5]) [Svá er sagt, at í þeim tíma er Rollant jarl barðist með sínum félögum, þat er at skilja 12 jafningjum ok öðrum liðsmönnum í Runzival, bar þat til á Frakklandi, at eigi gerði minna myrkr (at svá gerði myrkt b) um miðjan dag en (sem b) um nótt, ok hélzt þat til kvelds, ok eigi gerði sól skina, ok flestir ætluðu sér bana sakir þeirra undra er yfir váru komin, ok svá segist at þat var vitrat af hinum blezaða Dionisio, at þessi undr urðu fyrir framför Rollants ok hans kumpána, er féllu með honum, því at Rollant var svá góðr riddari ok ágætr fyrir mörg hæversku (gœzku b) verk, er guð vann fyrir hans hendr, at engi guðs kempa hefir þvílík (kappi hefir þvílíkr b) verit til hreysti ok hugar með sverð ok skjöld sem hann, því at engi jarðneskr (jarðligr b) maðr kunni svá brandi beita ok í söðli sitja, ok því man hans getit, meðan heimrinn stendr, ok eigi síðr Olivers hans kæra félaga ok allra 12 jafningja B. b. [6]) sem áðr var getit tilf. B. [7]) [spjótskapt hans var brotit ok skjöldr hans kloflnn, brostinn hjálmr hans en brynja slitin, ok fjórum sverðum var hann í gegnum lagðr, góðr riddari ef kristinn væri. Hann kemr svá búinn fyrir Marsilium konung, ok segir honum þau tíðendi, sem fram höfðu farit í millum kristinna manna ok heiðingja b.

27. Nú [er upphaf annarrar orrostu. Marsilius konungr hefir 10 fylki með sér, en önnur[1] 10 sendir hann til bardaga [í annat sinn.[2] Nú sjá Frankismenn þetta lið, ok mælir þá [Turpin erkibyskup við þá: Góðir riddarar,[3] gangit fram djarfliga, þér skulut bera kórónu í paradísu. Frankismenn svöruðu: Hér skulum vér í sama stað dauða þola heldr en hit góða Frakkland skuli týna lofi[4] sínu. Nú finnast þeir í annat sinn heiðingjar ok kristnir menn. Einn höfðingi[5] sá er kallaðr er Klibanus hann hefir þat mælt, at hann skal fyrir engum manni flýja, hvárki fyrir heiðnum né kristnum. Hann bazt[6] í handsölum við Guinelun jarl, at [þeir skyldu[7] svíkja Rollant ok Oliver ok þá 12 jafningja ok taka kórónu af höfði Karlamagnúsi konungi. Klibanus sitr á hesti sínum, er [hann kallar Amus, hann er fimari en svala, þá er hon flýgr sem skjótast. Hann lagði spjóti til Engiler ok lagði í brjóst honum, ok bar hann dauðan af hesti sínum svá langt sem spjótskapt hans vannst til.[8] Frankismenn mæltu: [Mikill skaði er þar[9] eptir góðan dreng. Þá mælti Rollant við Oliver: [Sér þú, fóstbróðir,[10] fall Engilers jarls, vér höfum engan betra dreng eptir með oss.[11] Oliver svarar: Guð láti mik hefna hans á þeim hinum illa heiðingja. Hann [reið fram[12] ok hafði í hendi sér Hatakle[13] sverð sitt alblóðugt, ok hjó hann til [Klibanus, ok hjó hann sundr í miðju[14] ok hest hans, ok snerist síðan á annan veg ok hjó höfuð af hertuga þeim er Alfien[15] hét. Þá mælti Rollant við hann: Reiðr ertu nú, lagsmaðr, segir hann, fyrir sakir slíkra höggva virðir Karlamagnús konungr oss mikils. Síðan mælti hann við sína menn: Blásit í lúðra yðra ok sækit fram djarfliga.

28. [Á annan veg var heiðingi einn, sá er kallaðr var Valdebros, hann var vanr at standa upp í móti Marsilio konungi ok binda gullspora[16] á fœtr honum, hann er höfðingi yfir 400 drómunda.

[1]) [skal svá segja frá Marsilio konungi, at hann (sem Marsilius konungr hefir heyrt þessi tíðendi, verðr hann mjök úglaðr, en ferr þó til ok *b*) skiptir herliði sínu í tvá staði, ok hefir hann sjálfr 10 fylkingar, en aðrar *B, b.* [2]) [móti Rollant *b*; *mgl. B.* [3]) [Rollant: Góðir riddarar, segir hann, hafit örugt hjarta (með yðr *tilf. B*) ok *B, b.* [4]) *saal. B, b*; lifi *a.* [5]) Saragiz af landi því er Saraguz heitir *B*; höfðingi í liði heiðinna manna *b.* [6]) hafði bundizt *b.* [7]) [*mgl. B, b.* [8]) [kallaðr var Amus (Amer hét *b*), hann var fimari með hestum en trana með fuglum, þá er hon flýgr sem hraðast (snarast *b*). Engiler jarl ríðr fram í móti honum, en Klibanus lagði spjóti í gegnum skjöld hans svá hart, at rifnaði brynja hans, ok því gékk spjútit í gegnum hann, ok féll hann dauðr til jarðar. *B, b.* [9]) [Mikinn skaða bíðu vér nú *B, b.* [10]) [Sáttu, kumpánn *B, b.* [11]) en hann var *tilf. B, b.* [12]) [snerist á annan veg *B, b.* [13]) Aakleif *B*; Hatukleif *b.* [14]) [Klibanum, ok kom í höfuð honum ok klauf hann í tvá hluti *B, b.* [15]) Alfiter *B, b.* [16]) [Valdebrun er sá maðr nefndr, er mikinn skaða gerði á kristnum mönnum, hann gékk næst Marsilio konungi ok batt spora *B, b.*

Hann eignaðist [Jórsalaborg ok templum Salamonis með svikum[1] ok drap patriarkann inni fyrir altari. Hann [hafði bundizt[2] í handsölum við Guinelun jarl at svíkja Rollant ok Oliver ok alla 12 jafningja. Hann sitr nú á hesti sínum, þeim er heitir [Gradamunt, hann er tímari en valr. Hann leggr spjóti á Samson hertuga á Frakklandi ok bar hann spjótskapts lengd af hesti sínum ok kastar honum dauðum á jörð niðr. Frankismenn mæltu: Mikill skaði er þar eptir góðan dreng. Nú sá Rollant fall Samsons hertuga, ok keyrði hest sinn með sporum ok reið síðan harðliga fram ok hjó til hins heiðna Valdebruns ok klauf í sundr höfuð hans ok hestinn í miðju ok kastaði honum dauðum á jörð niðr. Þá mæltu heiðingjar: Þetta er furðu högg mikit. Rollant jarl svarar: Eigi er mér vel við yðr, fyrir því at vér höfum rétt at mæla, en þér rangt. Af Affrikalandi var einn ríkr konungr, son þess konungs er hét Malkus, klæði hans váru öll búin með gull ok lýsti af sem af sólu. Hann sitr á hesti sínum þeim er hét Salpdunt, ekki dýr er þat at renna mætti í köpp við hann. Hann hjó til Angsæis ok í sundr hans hjálm, ok særði hann banasári ok feldi hann til jarðar ok skildist við hann dauðan.[3]

29. [Nú sér Turpin erkibyskup fall hans, slíkr vígslumaðr söng aldri messur sem hann var. Hann mælti við hinn heiðna:[4] Guð almáttigr verði þér reiðr;[5] þann mann hefir þú hér feldan, er ek vil heldr dauða þola en hefna hans eigi. Ok hjó til [hins heiðna af mikilli reiði ok í sundr í tvá hluti, svá at í söðli nam staðar,[6] ok hratt honum dauðum af hesti sínum. Nú ríðr fram heiðingi einn sá er hét Grandonis,[7] hann var son konungs af Kappadocie, er Kapuel hét, hann sat á hesti sínum þeim er Marmore hét, hann var skjótari[8] en fugl fljúgandi. Hann reið fram ok lagði til Gerins af

---

[1] [Jerusalem með svikum ok saurgaði mustari Salomonis *B, b.* [2] [bazt *B;* batt sik *b.* [3] [Gradamund (Gvadamund *b*), hann var jafnskjótr með hestum sem valr með fuglum, ok Valdibrun ríðr fram djarfliga ok leggr spjóti til Samsons hertoga svá snart, at hann kastaði honum dauðum á jörð (dauðum niðr á sandinn *b*) af hestinum. Nú sá Rollant fall hertogans, ok sneri skjótliga þar at sem Valdibrun sat á sínum flugskjóta hesti. Hann hjó þegar til hans ok klauf hans höfuð ok búk ok sundr hest hans í miðju, svá at sér féll hvárr hlutrinn. Af Affrika var einn heiðinn maðr, sá er Affrikanus hét, sonr konungs þess er Malkus hét, hann sat á hesti sínum, er kallaðr var Kapandr, hverju dýri skjótari, hans klæði váru búin við (með *b*) gull ok lýsti af þeim sem af sólu. Sjá ríðr fram hart ok höggr til Anxiel (Anxies *b*), ok klýfr í sundr skjöld hans ok særir hann banasári, ok skilst svá við hann dauðan. *B, b.* [4] [þessu nær var staddr Valtari jarl, ok mælti hann á þessa lund: *B. b.* [5] heiðingi *tilf. B, b.* [6] [heiðingjans ok veitti honum banasár *B, b.* [7] Grandonies *B, b.* [8] á rás *tilf. b.*

miklu afli ok festi sverð sitt í brjósti honum ok feldi hann dauðan af hesti sínum, ok þegar í [sama stað¹ lagsmann hans Geris, ok hinn þriðja Bæring [jarl af Sanitun, ok hinn fjórða jarlinn er hét Ankore, hann réð fyrir borg þeirri er Valenta hét.² Nú glöddust mjök heiðnir menn ok blésu allir í lúðra sína. Rollant sat á hesti sínum ok hafði³ sverð sitt Dýrumdala í hendi sér [blóðgan, ok mælti við hinn heiðna:⁴ Guð hefni þér, ok ek skal hefna þér, ef ek má. Grandonis var góðr riddari, sterkr ok fimr ok fullhugi.⁵ Nú kemr⁶ Rollant í móti honum [með sverði sínu brugðnu, ok váru báðar eggjar blóðgar, en Grand(on)is sneri undan. En í því bili hjó Rollant eptir honum ok klauf höfuð hans,⁷ svá at í tönnum nam staðar, ok annat högg hjó hann upp á öxlina, svá at allan [búnaðinn beit ok búk hans⁸ niðr í gegnum ok hestinn brynjaðan sundr í miðju, svá at sér féll hvárr hlutrinn.⁹ Nú úglöddust mjök heiðingjar. Frankismenn mæltu: Vel¹⁰ höggr höfðingi várr. Nú er orrosta hörð ok áköf, ok falla [höfðingjar ok¹¹ heiðingjar hundruðum. Rollant reið í gegnum lið þeirra ok hjó á báðar hendr, svá at ekki mátti¹² við standa, ok mælti við þá síðan: Nú [skulum vér freista, hversu mikit fjándi á eða má í móti Pétri postula.¹³ Sœkit nú fram Frankismenn, ok veitit stór högg. Þar mátti nú sjá [skjöldu klofna, brynjur höggnar, branda blóðga ok¹⁴ spjótsköpt brotin. Nú mæltu heiðingjar: Frankismenn eru harðir ok illir viðreignar, ok verðum vér nú undan at [leita ok flýja¹⁵ heim til Spanialands at segja Marsilio konungi tíðendi. Nú féllu heiðingjar hverr at öðrum. Nú hefir Rollant ok Oliver ok þeir 12 jafningjar ok þeirra lið sigrazt¹⁶ í 2 orrostum þeim er 10 fylki¹⁷ heiðinna manna váru í hvárri.¹⁸

30. [Marsilius konungr¹⁹ efler nú til hinnar þriðju orrostu ok ríðr nú af Spania með mikinn her bæði spanskra ok blámanna. Nú koma saman kristnir menn ok heiðnir, ok hefr nú [Turpin erkibyskup²⁰ fyrstr orrostu þessa. Hann ríðr fram hesti þeim er [sendr

---

¹) [öðru feldi hann B, b.   ²) [ok hinn fjórða jarlinn af Satiri, ok hinn fimta (fjórða B) jarlinn Anchora af borginni Valencia B, b.   ³) tilf. B, b.   ⁴) [alblóðugt. Hann mælti þá af miklum móði B, b.   ⁵) hugsnjallr B, b.   ⁶) snýr B, b.   ⁷) [ok höggr til hans með sverði sínu. Ok þá hugði Grandonies undan at leita (snúa b), en Rollant hjó eptir honum, ok kom höggit í höfuðit ok klofnaði hausinn B, b.   ⁸) [beit búkinn B, b.   ⁹) til jarðar, er betr var tilf. B, b.   ¹⁰) Stórt B, b.   ¹¹) [mgl. B, b.   ¹²) nam B; má b.   ¹³) [skulu þér reyna, hvat er yðr má Maumet ok önnur skurgoð (skurðgoð b) móti guði ok mönnum hans (hans postulum b). Ok enn mælti hann: B, b.   ¹⁴) [tilf. B, b.   ¹⁵) [flýja at hinum bezta kosti ok B.   ¹⁶) sigr B; borit sigr b.   ¹⁷) fylkingar B, b.   ¹⁸) hvárritveggjum B.   ¹⁹) [Flóttamenn, þeir er flýðu or Runzival, kómu fyrir Marsilium konung ok sögðu honum sínar úfarar, hann b.   ²⁰) [Valtari jarl B, b.

var (or)¹ Danmörk, hann er skjótari hverju dýri. [Hann reið at
þeim manni er Ambles hét, ok hjó til hans ok klauf² í sundr skjöld
hans gullsmeltan³ ok gimsteinum settan ok í sundr búk hans [undir
herðarblaðit ok út at öðru, ok hratt hann honum or söðlinum.⁴ Nú
mæltu Frankismenn: Hér er drengs högg mikit, [vel er sá staðr
kominn er erkibyskup hefir. Ok blésu í lúðr sinn þann er Karla-
magnús konungr átti, er kallaðr var Mundide,⁵ ok eggjast síðan til
framgöngu. Nú mælti Rollant við Oliver: [Afburðar góðr riddari
er erkibyskup, hann berst vel með spjóti ok 'sverði, segir hann,
vildi guð at margir væri slíkir; förum nú ok dugum honum. En í
þeirri framgöngu falla mjök kristnir menn, svá at eigi var eptir af
þeim meir en 7 hundruð⁶ vígra manna. Þá mælir Marsilius kon-
ungr ok' heitr á skurgoð sín Makon ok Maumet ok bað þá [duga
sér:⁷ Karlamagnús konungr við skegg hit hvíta ok hans menn hafa
[mikit unnit á hendr⁸ oss ok várum mönnum. En ef⁹ Rollant fellr,
þá eignumst vér lönd ok ríki, en ef þat er eigi, þá höfum vér týnt
löndum ok ríki.¹⁰ Illir heiðingjar [taka nú á nýja leik at berjast,¹¹
leggja með spjótum, höggva með sverðum, kljúfa hjálma, en höggva
brynjur. [Þar mátti sjá marga góða drengi ok týna lífi sínu.¹²
En Rollant sá úfarir sinna manna, ok reið þá¹³ (í) miðjan her heið-
inna manna, [ok hjó á báðar hendr sér ok drap í þeirri framreið
40 manna.¹⁴ En Oliver snerist á annan veg ok [vann á heiðnum
mönnum þat alt sem hann mátti.¹⁵ Nú kallaði Rollant á Oliver:
[Far hingat ok ver með mér,¹⁶ því at nú er sá dagr kominn at
[okkr skortir liðveizlu Karlamagnús konungs. Þá mælti hann við
Turpin erkibyskup: Þat hefir fundit verit á fornum bókum, at vér
skulum falla undir veldi heiðinna manna. Þá mælti (Rollant við)
Oliver: Nú með því at vér höfum eigi meira lið en hálft hundrað
manna, þá látum heiðna menn at keyptu komast áðr en þeir nái

---

¹) [honum var sendr or *B*, *b*. ²) [Jarl höggr til heiðingja eins, þess er
Abison hét, hann hjó *B*, *b*. ³) gullsmeittan *B*, *b*. ⁴) [ok skildist við
hann dauðan *B*, *b*. ⁵) [vildu guð, at slíkir væri margir. Ok blésu fast
í lúðra sína *B*, *b*. ⁶) [Röskr riddari er Valtari, svá at varla fœðist
fimari maðr með spjót (skjöld *b*) ok sverð, ok dugum honum drengi-
liga. Ok svá gera þeir. En þó falla nú (þá falla *b*) mjök Frankis-
menn, svá at eigi er meir eptir en 100 *B*, *b*. ⁷) [dugnaðar, því at *B*, *b*.
⁸) [mikinn sigr unnit jafnan á *B*, *b*. ⁹) svá vel verðr at *tilf. B*, *b*.
¹⁰) þegnum *B*, *b*. ¹¹) [eggjast nú á fast at berjast af kappi *B*, *b*.
¹²) [svá at margr góðr riddari kristinna manna týnir bæði lífi ok
limum *B*, *b*. ¹³) fram hvatliga *B*, *b*. ¹⁴) [*mgl. B*, *b*. ¹⁵) (hafði sverð
sitt Hatukleif brugðit í hendi ok *tilf. B*) feldi nú margan heiðingja.
B, *b*. ¹⁶) [Góði félagi, segir hann, far hingat ok verjumst hér báðir
saman *B*, *b*.

oss.¹ Nú vil ek blása horni mínu, ok mun Karlamagnús konungr heyra ok sœkja til vár með liði sínu. Þá svarar Oliver:² Ámæli muntu fá mikit; þá er ek bað þik blása,³ vildir þú eigi, en nú hefir þú báðar hendr blóðgar. Þá svarar Rollant: því valda [stór högg ok þó mörg⁴ högg. Nú er orrosta hörð ok vil ek því blása horni mínu. Oliver svarar: Eigi skal þat at mínu ráði, ok þat [veit ek víst, ef ek fynda Auðu systur mína, at þú skyldir aldri síðan hvíla á millum armleggja henni.⁵ Þá mælti Rollant: Mjök ertu reiðr, lagsmaðr. Oliver svarar: Þat er [sakir sjálfs þíns; drengmannligt hjarta með vizku þat er eigi fíflsligt; meira er verðr mundangleikr en ofmetnaðr;⁶ ok eru Frankismenn dauðir fyrir þínar sakir, ok mun Karlamagnús konungr aldri hafa [af þér þjónun⁷ síðan. En ef ek hefða ráðit, þá⁸ mundi Karlamagnús konungr hér kominn, ok mundi Marsilius konungr annat tveggja drepinn eða höndum tekinn. [Nú hefir einræði þitt valdit þessu, því at slíkr maðr⁹ mun aldri fœðast héðan til dómadags. Ok snerist þá hvárr frá öðrum ok kómust við mjök.

31. Nú [heyrir Turpin erkibyskup viðrrœðu¹⁰ þeirra ok mælir við þá á þessa lund: Góðir vinir mínir, hirðit eigi þit reiðir at vera, fyrir því at nú er sá dagr kominn, at vér skulum dauða þola,¹¹ ok mun oss ekki hornblástr stoða, fyrir því at þat var ofseint gert, en þó er [hinn betri¹² at þú blásir, ok mun Karlamagnús konungr heyra ok [koma at¹³ hefna vár¹⁴ á Marsilio konungi ok hans liði. Síðan mun hann samna saman líkum várum ok láta [þau fara til¹⁵ heilagra staða, at eigi eti oss vargar eða [hundar eða villidýr.¹⁶ Þá svarar Rollant: Vel hefir þú mælt, [byskup, ok vitrliga rœtt.¹⁷

---

¹) [okkr vantar (vit missum *b*) liðveizlu af Karlamagnúsi konungi; heitum nú á guð ok hans helga menn, at sjá fjándaflokkr stígi eigi yfir sœmd keisarans. Ok enn mælti Rollant (við Oliver *mgl. b*): Þat er fundit á fornum bókum, at vér munum falla á (undir *b*) valdi heiðinna manna, en nú er eigi meira lið eptir en hálft hundrað manna, en heiðnir menn kringja um oss, ok þó skulu þeir enn at keyptu komast *B, b*. ²) *saal. B. b*: Turpin erkibyskup *a*. ³) í fyrstu *tilf. B. b*. ⁴) [mörg stór högg *B, b*. ⁵) [vil ek satt segja (segja þér með sannindum *b*), at ef ek finn Auðu systur mína, at aldri síðan skaltu sofa milli hennar armleggja *B, b*. ⁶) [fyrir sakir þín(s) sjálfs ok drengmanligs hjarta, er þú hefir lengi borit með vizku ok frœknleika, en þó hefir nú ofmjök kapp þitt fyrirkomit oss *B*; eigi fyrir sakleysi, segir hann, því at sjálfs þíns ofrkapp ok drengmannligt hjarta hefir oss fyrirkomit *b*. ⁷) [tœnað (liðveizlu *b*) af þeim *B, b*. ⁸) skyldir þú blásit hafa þegar í fyrstu ok áðr vér hófum þetta stríð, ok *tilf. B, b*. ⁹) [Slíkr maðr sem þú ert *B, b*. ¹⁰) [ríðr Valtari jarl til *B, b*. ¹¹) fyrir guðs skyld *tilf. B, b*. ¹²) [betr *B, b*. ¹³) [man *B*; snúa aptr ok *b*. ¹⁴) ef hann kemr *tilf. B*. ¹⁵) [fœra til kirkju ok *B, b*. ¹⁶) [ill kvikindi *b*. ¹⁷) [herra *B, b*.

Nú setti Rollant horn[1] á munn sér ok [lét í rödd sína ok blés harðliga, svá at 15 frakkneskar[2] mílur mátti heyra. Ok þegar heyrði Karlamagnús konungr ok lið hans alt, ok [segir svá:[3] Bardaga eiga[4] várir menn nú. En Guinelun jarl mælti í móti: [Fíflsku mælir þú nú, konungr, segir hann.[5] Rollant blæss í hornit í annat sinn svá ákafliga, at blóð flaut[6] af munni honum [ok heili brast út af þunnvanga honum. Þá mælti Karlamagnús konungr: Eigi mundi Rollant svá opt blása nema nauðsyn ylli. En þá er hann heyrði, þá fór hann út af borgarveggnum. Nemes hertugi fylgdi honum. Þá mælti konungr: Eigi mundi Rollant blása, ef hann væri eigi[7] í bardaga. Þá svarar Guinelun jarl: Auðtryggr ertu, [þótt þú sér gamall ok hvítr af hærum, þá mælir þú sem börn, fyrir því at þú veizt hreysti Rollants ok ofmetnað,[8] ok er þat [furða mikil,[9] at guð vill þola honum þat er hann tók Nobilisborg fyrir utan leyfi þitt ok elti [út alla heiðna menn er í váru borginni,[10] lét suma blinda,[11] suma [hengja, suma lét hann til höggs leiða,[12] ok [var engi sá maðr, at þyrði at berjast á móti honum, ok[13] allan dag mun hann fara ríðandi ok blásandi [at sinni skemtan eptir einum hera heldr en sakir nökkurs ótta.[14] Nú setr Rollant hornit á munn sér blóðgan allan hit þriðja sinni, ok blés þá ákafligast.[15] Þá mælti Karlamagnús konungr: Langa rödd hefir horn þetta. Nemes hertugi svarar: Þat veldr því at drengr blæss. Nú [máttu víst vita, konungr, at þeir eru í bardaga ok á Rollant þá skamt eptir úlifat. Nú hefir Karlamagnús konungr látit blása í lúðra sína ok lætr sína menn búast. Þeir gerðu sem hann bauð. Síðan lét Karlamagnús konungr taka Guinelun jarl ok fékk (í) hendr höfuðsteikara sínum, ok bað hann svá varðveita hann sem illan dróttins svikara. Hann tók við honum ok lét setja hann á klyfjahesta sína ok hverfa höfuð til hala, ok lét berja hann með svipum ok hnefum, með stöngum ok stöfum, ok lét svá færa hann til myrkvastofu. Síðan reið hann frá borg ok

---

[1] hornit Olivant *B, b*. [2] [blés svá hátt ok hvelt, at 12 valskar *B, b*. [3] [mæla sín á milli *B, b*. [4] heyja *B, b*. [5] [Undarliga tali þér. (ok þvert frá því sem er *tilf. b*) *B, b*. [6] féll *B, b*. [7] [En jafnskjótt heyrði (þat *tilf. b*) Karlamagnús konungr ok þeir Nemes hertogi. Þá mælti keisarinn: Eigi mundi Rollant frændi várr (minn *b*) blása, nema hann þyrfti liðs við, ok man hann vera nauðuliga staddr *B, b*. [8] [herra, segir hann, ok er þess ván. Þú ert maðr gamall, en kunnig má þér vera (mætti yðr þó vera kunnig *b*) hreysti Rollants ok ofmetnaðr. *B, b*. [9] [*saal. B, b*; fyrir þá sök *a*. [10] [brott þaðan alla heiðingja *B, b*. [11] brenna *B, b*. [12] [höggva *B, b*. [13] [*mgl. b*. [14] [*tilf. B, b*. [15] svá ákaft ok langt, at menn undraðust svá langan hornblástr *B, b*.

á brott með miklum her, ok ætlaði at verða Rollant at liðveizlu ef hann mætti, ef Rollant lifði þá er þeir fyndist.[1]

32. Nú verðr at rœða um þá at Runzival. Rollant mælti [til Olivers:[2] Sýnt er þat nú, segir hann, at kristnir menn eru fallnir,[3] ok samir oss[4] at láta hér líf hjá þeim. Nú ríðr Rollant fram í [millum margra[5] heiðinna manna, ok drap einn ágætan mann af þeim, sá hét Fabrin, ok fjóra menn ok 20 aðra, ok feldi hann hvern ofan á annan, ok mælti við þá síðan: Flýit undan, illir hundar, ella skulut þér allir hér dauða þola. Nú sá Marsilius konungr mikit fall heiðinna manna ok reið síðan fram ákatliga á hesti sínum þeim er hét Guenun[6] ok lagði spjóti sínu til þess manns er hét [Begun, ágæts manns,[7] ok klauf í sundr skjöld hans ok brynju,[8] ok bar hann dauðan af hesti sínum svá langt sem spjótskapt hans vannst til, ok kastaði honum dauðum á jörð. Rollant jarl var eigi fjarri staddr ok mælti við konung hinn heiðna: Guð verði þér reiðr, heiðingi, þann hefir þú hér drepit, er þú skalt dýrt kaupa, ok högg skaltu þola [með sverði því er þú kant at nefna.[9] Ok hjó af honum hina hœgri hönd hans, en í því bili veik Marsilius konungr undan, ella þurfti hann eigi fleiri. En síðan hjó hann[10] höfuð af syni hans þeim er nefndr er Jurfalon.[11] Þá œptu heiðingjar allir í senn ok hét á goð sín, ok mælti hverr við annan: Flýjum undan, sögðu þeir, flýjum undan, Rollant hefir yfirkomit oss alla. Nú [hefir Marsilius konungr týnt hœgri hendi sinni ok syni sínum, ok snýr nú undan[12] heim til Spanialands, ok með honum þúsund manna, ok var engi sá er eigi hefði eitt sár eða tvau.

33. Nú hefir [Marsilio konungi þungt veitt, hann hefir[13] látit hœgri hönd sína ok alla sœmdina, drepinn son hans, ok mikinn mannskaða hefir hann allskonar[14] fengit. En nú var eptir[15] af heiðinna manna liði sá höfðingi er Langalif hét, hann réð fyrir [60 þúsunda[16] blámanna, hann réð fyrir þeim löndum er Kartagia heita ok

---

[1]) [megnum vér víst vita, at Rollant er í bardaga. Keisarinn lét þá blása í lúðra sína, ok búast menn (bað menn búast b) ok herklæðast fljótt ok fimliga. En Guinelun jarl var settr eptir undir geymslu höfuðsteikara keisarans, svá sem vándr dróttins svikari, því at Karlamagnús konungr gerði svá ráð fyrir. En hann reið nú brott (með alt meginliðit tilf. b) ok ætlaði nú til liðveizlu við Rollant ok hans kumpána B. b. [2]) [við Oliver B, b. [3]) fyrir várar sakir tilf. B. b. [4]) okkr vel B, b. [5]) [í miðjan her B, b. [6]) Burmon B; Benion b. [7]) Gesson, hann var hertogi af Blasma ok Begon B, b. [8]) spilti brynju hans B, b. [9]) [af sverði mínu ok þú kant nefna, er Dýrumdali heitir B; af sverði mínu Durumdala b. [10]) Rollant B, b. [11]) Mezalun B; Virzalin b. [12]) [flýr Marsilius konungr B, b. [13]) [hann makliga kaupferð rekit b. [14]) allskostar B. b. [15]) í Runzival tilf. b. [16]) [þúsund B, b.

Affrika, Etiopia ok Gamaria. þau eru bannsett lönd ok alt þat er á þeim er. þeir hafa stór andlit ok leiðiligar brýnn; þeir ríða fram harðliga ok blása í lúðra sína. þá mælti Rollant við Oliver: Nú veit ek þat, segir hann, at hér [fara banar várir;[1] [nú verði sá ragr er eigi selr[2] sik sem dýrast, ok látum þat segja blámenn, þá er þeir koma [til Spanialands,[3] at þeir mœttu Rollant ok hans liði. Nú sá Rollant þetta lið blámanna, [ok var hundrað hlutum svartara en aðrir menn.[4] Langalif [sat á hesti sínum ok reið[5] at Oliver ok lagði spjóti sínu í millum herða honum, svá at [inn gékk í brjóst honum,[6] ok mælti við hann síðan: Úsynju [komtu hingat[7] lands at gæta, ok aldri síðan hefir hann af þér hjálp. Nú vissi Oliver at hann hafði banasár fengit, hann hafði í hendi sér Atakle[8] sverð sitt, hann hjó til Langalifs ok í sundr hjálm hans ok höfuð, svá at í tönnum nam staðar, ok steypti honum dauðum af hesti sínum, ok mælti[9] við hann: Aldri skaltu bera heim tíðendi til þíns lands, hvat þú hefir hér gert. Oliver reið fram á millum heiðinna manna sem dýrit úarga [ferr ólmligast millum annarra dýra,[10] ok hjó sem ákafligast á báðar hendr. Nú [ríðr Rollant fram í móti Oliver, en Oliver á móti,[11] ok var[12] svá blindr [fyrir blóðrás[13] at hann sá ekki,[14] ok hjó til Rollants með sverði sínu ok klauf í sundr hjálm hans, en særði hann eigi. Rollant spurði: [Góði vin ok félagi, hví gerðir þú þetta?[15] Oliver svarar: Guð sjái þik, góðr vin, en eigi sá ek þik; nú fyrirgef þú mér. Rollant svarar: Ek skal gjarna fyrirgefa þér, ok guð fyrirgefi þér. Nú [veit Oliver at hann mun eigi lengi lifa, þá sté hann af baki[16] hesti sínum ok sneriſt í austr, ok féll á kné ok [barði á brjóst sér ok bað guð miskunnar ok mælti: Guð himneskr, hjálpa þú mér ok fyrirgef mér mínar syndir. Ok enn mælti hann: Blezaðr vertu[17] Karlamagnús konungr ok Frakkland it góða ok Rollant jarl félagi minn [fyrir alla menn í[18] veröldu. Ok lagðist síðan til jarðar ok andaðist. [En er Rollant sá þat, at andaðr var vinr hans góðr, ok þegar er hann sá þat, þá[19]

---

[1]) [ferr bani várr *B, b.*   [2]) [ok því gerum svá vel, at hverr seli *b.*
[3]) [heim *B, b.*   [4]) [er 100 lutum er svartara en aðrir menn *B*; er mörgum hlutum var svartara en annat fólk *b.*   [5]) [keyrir hest sinn sporum ok ríðr fram *b.*   [6]) [út kom um brjóstit *B, b.*   [7]) [setti Karlamagnús konungr þik hér *B, b.*   [8]) Hatukleif *B, b.*   [9]) Oliver *tilf. B, b.*
[10]) [*saal. B, b;* er olmligat(!) *a.*   [11]) [reið Rollant móti Oliver, en Oliver móti Rollant *B*; riðust þeir móti Rollant ok Oliver *b.*   [12]) hann *tilf. B, b.*   [13]) [*tilf. B, b.*   [14]) vætta *tilf. B, b.*   [15]) [*saal. B, b;* því hann gerði svá *a.*   [16]) [sér (finnr *b*) Oliver at dauði sigr at honum, ok sté hann niðr af *B, b.*   [17]) [*saal. B, b;* bað fyrir sér til guðs ok mælti: Blezaðr sértu guð ok *a.*   [18]) [*saal. B, b:* Ok mæltist við einn saman: Engi er þinn jafningi, Rollant, í allri *a.*   [19]) [Rollant sá nú, at andaðr var Oliver hans góði félagi, ok af því *B, b.*

féll á hann úmáttr, en hann var svá [fast bundinn¹ í stigreipum, at hann mátti eigi ofan falla af hestinum.

34. Nú eru allir Frankismenn fallnir nema Rollant ok [Turpin ok Valteri systurson hans ok son þess manns er Dragon hét, er kallaðr var Dragon gamli ok hinn skegghvíti.² Hann kallaði á Rollant: Far hingat, segir hann, ok dugi mér, ek varð enn aldri [hræddr í bardaga, þar sem þú vart hjá mér.³ Nú er spjótskapt mitt í sundr brotit ok skjöldr minn klofinn, mörgum spjótum em ek í gegnum lagðr, ok þat skulu heiðnir menn segja, at þeir hafa⁴ mik dýrt keypt. Nú tekr Rollant af nýju at berjast,⁵ ok þá mæltu heiðnir menn: Látum þá eigi undan komast, segja þeir, Rollant er yfirkominn,⁶ en [Turpin erkibyskup er vitr,⁷ Valteri er frœkn ok lítilátr.⁸ [Þessir 3⁹ feldu á lítilli stundu þúsund riddara.¹⁰ [Nú er Valteri fallinn, ok er Turpin erkibyskup sá þat, þá sótti hann til Rollants, ok váru þeir þá báðir saman. Þá mælti Turpin erkibyskup: Bíðum Karlamagnús konungs, ef vér megum. Litlu síðar¹¹ heyrðu þeir blásit í þúsund lúðra, ok kendu at þar var Karlamagnús konungr ok Frankismenn. Nú mæltu heiðingjar: Karlamagnús konungr er á för, ok heyrum vér nú lúðra þeirra, ok flýjum undan sem skjótast. Nú ef Rollant lifir, þá mun hann af nýju taka til at berjast, ok höfum vér þá týnt öllu liði váru ok landinu Spanie. Síðan riðu [400 enna¹² frœknustu manna af liði heiðingja í móti Rollant. Hann sat fyrir¹³ á hesti sínum ok hafði þá œrit at vinna, þótt hann sæi við einum þeirra. Hann hafði í hendi sér sverð sitt Dýrumdala. [Turpin erkibyskup¹⁴ fylgdi honum, ok mælti þá hvárr við annan: Höfumst hér við báðir saman, segja þeir, ok bíðum Karlamagnús konungs. [En ef þat verðr eigi ok vit deyjum, segja þeir, þá munum vit laun af guði taka.¹⁵ Nú hafa þeir tekit sér stað ok vilja eigi skiljast, [nema dauði skili þá. Nú hjuggu þeir á báðar hendr sér Rollant ok Turpin erkibyskup með sverðum sínum ok drápu þá 20 heiðingja. Þá mælti Turpin: Verði sá níðingr er nú flýr frá öðrum.¹⁶ Þá mæltu heiðnir menn: Úsynju kómum vér hér,¹⁷ segja þeir; nú heyrum vér lúðra Karlamagnús konungs, ok ef vér bíðum þeirra, þá komumst vér eigi í brott, Rollant er svá hraustr ok sterkr, at [engi maðr kemst yfir hann á jarðríki, ok flýjum undan, segja þeir.¹⁸ Í þess-

---

¹) [fastr *B, b.* ²) [Valtari jarl *B, b.* ³) [óttafullr (óttandi *b*) þar sem þú vart (staddr *tilf. B*) í bardaga *B, b.* ⁴) hafi *B, b.* ⁵) ok þeir (svá *b*) Valtari *tilf. B. b.* ⁶) óvanfœrr *B.* ⁷) [*mgl. B.* ⁸) *fra* Rollant er yfirkominn *mgl. b.* ⁹) [Ok nu(!) *B*; Rollant ok Valtari *b.* ¹⁰) manna *b.* ¹¹) [Ok eptir þat *B, b.* ¹²) 700 hinna *B, b.* ¹³) *mgl. B, b.* ¹⁴) [En Valtari *B, b.* ¹⁵) [*mgl. B, b.* ¹⁶) [*mgl. B, b.* ¹⁷) í þenna stað *b.* ¹⁸) [vér fám hann aldri yfirkomit, því skulum vér nú undan flýja *b.*

arri sókn hafa þeir klofit skjöld [hans ok brynju[1] ok feldan hest hans, ok flýja heiðingjar undan ok mæla svá: Rollant hefir yfirkomit oss alla.

35. Rollant er nú á fœti staddr, ok er nú úglaðr. En [Turpin erkibyskup[2] rann til hans sem skjótast ok tók af honum skjöld hans ok brynju ok hjálm ok skar af honum silkikyrtil, ok sneri honum í móti vindi at kœla hann, ok mælti síðan: Heilagr guð himneskr sé lofaðr í því, er vér höfum sigr í orrostu þessi, þú Rollant ok vér með þér. Úglaðliga[3] má ek þess biðja þik, góðr félagi, segir Rollant, at þú leyfir mér at ganga í valinn at leita félaga minna,[4] er ek hafða mikla[5] elsku á, [ok þú leysir þá, sem guð hefir þér vald til gefit.[6] Nú fór Rollant at leita félaga sinna, ok fann [þá alla jafningja nema Oliver. Hann lagði þá fyrir erkibyskup.[7] Ok enn ferr hann at leita Olivers, ok fann hann [um (síðir)[8] undir bakka einum ok tók hann upp í fang sér ok kysti hann dauðan ok mælti: Oliver minn góði vinr, [þú vart son ens ríka hertuga Reiners er réð fyrir sjau löndum.[9] Spjótskapt kunnir þú at brjóta ok skjöldu í sundr at kljúfa, brynjur sundr at rífa ok ofmetnaði niðr at steypa, góðum manni fylgd at veita ok góð[10] ráð at ráða. Fyrir þær sakir vartu borinn[11] í heim þenna. Nú verðr þér engi betri riddari lifandi á jarðríki. Nú sá [erkibyskup, at Rollant hafði svá mikla úgleði at hann lá í úmætti,[12] þá tók hann hornit Olivant ok fór[13] til vatns rennanda er þar var, en hann var svá ústyrkr[14] af sárum ok blóðrás, at hann mátti hvergi komast,[15] ok féll niðr, ok [lét þá líf sitt ok fór til guðs.[16] Nú réttir Rollant við ok [sá Turpin erkibyskup liggja á vellinum fyrir[17] sér. Rollant hélt upp höndum sínum til himins ok bað honum[18] miskunnar ok mælti [svá: Þú hefir nú verit lengi berserkr góðr í móti heiðnum mönnum. Ok enn mælti Rollant:[19] Koma skyldi Karlamagnús konungr ok sjá skaða sinn,[20] er heiðnir menn hafa gert [honum. Marsilius konungr hefir sent á móti oss 30 sinnum[21] 9 heiðingja í móti hverjum várum.[22] Þá sá Rollant [Turpin erkibyskup[23] liggja fyrir[24] sér á vellinum. Hann mælti

---

[1]) [hans (Rollants *b*) ok rifit brynju hans *B, b*. [2]) [Valtari jarl *B, b*.
[3]) Úglaðr *B, b*. [4]) 12 *tilf. B, b*. [5]) mesta *B, b*. [6]) [*mgl. B, b*. [7]) [þá í valnum ok lagsmann Jvora, hann fann Gerel ok Gerin, Bœring ok Hatun, Engiler ok Geirarð af Roseleun, ok fœrir lík þeirra öll saman í einn stað *B*; alla 12 jafningja nema Oliver, ok fœrir lík þeirra allra saman í einn stað *b*. [8]) [liggjanda *B, b*. [9]) [*mgl. B, b*. [10]) heil *b*.
[11]) fœddr *B, b*. [12]) [Valtari, at Rollant lá í úmætti (hné í úmátt *b*) *B, b*.
[13]) vildi fara *B, b*. [14]) ústerkr *b*. [15]) fara *B*; ganga *b*. [16]) [andaðist *B, b*. [17]) [fœrist á fœtr ok sá Valtara liggja dauðan á vellinum hjá *B, b*. [18]) guð *B*; sér guð *b*. [19]) [*mgl. B, b*. [20]) þann *B, b*. [21]) sinna *B*.
[22]) manni *tilf. B*. [23]) [Valtara jarl *B*. [24]) dauðan hjá *B*.

þá: Göfugr höfðingi ertu erkibyskup,[1] segir hann, ok góðr drengr ok lítilátr [í móti guði,[2] ok síðan er postular dróttins váru, þá var engi maðr ákafari at halda guðs lögum en þú. Nú bið ek [þess guð, at hann láti opit himiríki fyrir þér á dómsdegi.[3] Nú fann Rollant, at honum var nær andláti, [heilinn rann út um þunnvanga honum,[4] hann bað þá guð [senda sér Gabriel engil sinn,[5] ok snerist til Spanialands ok gékk á hæð eina, þar sem lágu 4[6] marmarasteinar ok viðr var vaxinn, ok settist niðr, ok sé[7] á hann úmáttr.

36. Frá því er at segja, at einn heiðingi lá í valnum, hann sá Rollant ok lét sem hann væri dauðr, ok þó var hann heill. Hann hugði at um för Rollants, ok sá at hann lá í úviti. Hann stóð upp ok rann[8] sem skjótast ok mælti við Rollant: Yfir er stiginn systursonr Karlamagnús konuugs. Hann tók sverðit Dýrumdala í hönd sér, ok mælti: þetta sverð skal ek bera til Arabia. Ok tók horn hans í hönd sér ok skók skegg hans. Nú rétti Rollant við[9] af úmætti þeim ok lauk upp augu sín ok sá til hans ok mælti: þat ætla ek, segir hann, at þú sér eigi af várum mönnum. Ok tók Olivant hornit or hendi honum ok laust til hans sem harðast mátti hann ok rak í höfuð honum, svá at bæði augu flugu út [um hausinn,[10] ok feldi hann dauðan til jarðar. Jllr heiðingi, segir hann, hví vartu svá djarfr, at þú þorðir at ráða á mik [kvikan hvárki með réttu né með röngu, ok engi maðr er sá, er þat spyrr til þín, at eigi mun þik fól kalla.[11] Nú kennir Rollant [at dauði ferr at honum,[12] þá gékk hann til bergs þess er næri honum var ok hjó sverðinu[13] í bergit, ok vildi brjóta í sundr, ef hann mætti, [en hann mátti eigi.[14] Þá mælti hann: Gott sverð ertu Dýrumdali, [ok í mörgum orrostum hefi ek þik hafðan,[15] en nú er mér skamt til dauða, ok verðr mér nú at þér héðan af ekki gagn, ok nú vilda ek at guð veitti mér, at engi bæri sá þik í hendi, at einn yrði hræddr fyrir einum. Ok enn hjó hann í bergit ok fékk eigi brotit, ok mælti enn síðan: Gott sverð ertu Dýrumdali,[16] ok mörg lönd hefi ek unnit, þau er Karlamagnús (er) keisari[17] yfir. [Guð af himni sendi honum

[1] Valtari *B, b*.   [2] [ok góðrar siðsemdar fyrir guði ok mönnum *B*; *fra* [honum Marsilius konungr hefir sent *har b*: á liði hans, en þó höfum vér margan mann drepit af Marsilio konungi. Eptir þat snörist Rollant til Valtara, þar sem hann lá hjá honum dauðr á jörðunni, ok mælti svá til hans: Góðr höfðingi vartu ok sœmiligs siðferðis bæði fyrir guði ok mönnum.   [3] [at guð fagni þinni sál, þá er þér liggr mest við *B, b*.   [4] [*mgl. B. b*.   [5] [allsvaldanda senda heilaga engla móti sálu sinni *B, b*.   [6] 3 *B, b*.   [7] seig *b*.   [8] þangat *tilf. B, b*.   [9] *tilf. B, b*.   [10] [or hausinum *B, b*.   [11] [ok allir munu þik fól kalla, þeir sem spyrja til þinna gerða *B, b*.   [12] [dauða fara at sér *B. b*.   [13] Dýrumdala niðr *tilf. B, b*.   [14] [en þat gékk honum eigi *b*; *mgl. B*.   [15] reyndan *b*.   [16] [*tilf. B, b*.   [17] konungr *B, b*.

sverð þetta með englum sínum, ok bað at hann skyldi senda jarlinum af Katanie.[1] En ek hefi fengit síðan með þér þessi ríki: Miklagarð, [Angio, Livonie, Peitu, Bretanie, Provenz, Montanie, Lumbardie, Romanie, Bealvarie, Flasanie,[2] Jrland ok England [er Karlamagnús konungr kallar búr sitt,[3] ok hefi ek fyrir því mikla úgleði, ef illr maðr skal bera þik, því at þú ert bæði góðr ok heilagr, í hjöltum þínum er tönn Pétrs postula, ok af blóði hins helga Blasi byskups, ok af hári hins helga Dionisi byskups. Þat væri [eigi rétt,[4] at þú værir á millum heiðinna manna, heldr [skyldir þú vera í millum góðra manna ok kristinna manna ok skynsamra.[5] Rollant mintist nú á marga stóra hluti ok ágæta, þá er hann hafði aflat til handa Karlamagnúsi konungi frænda sínum, en þó vildi hann eigi gleyma [sik sjálfan.[6] Hann iðraðist synda[7] sinna ok bað [sér miskunnar til almáttigs guðs,[8] ok mælti á þessa lund: Þú sannr faðir himneskr, er aldri laugt[9] ok Lazarum reistir af dauða, ok þú er leystir Danielem spámann af mörgum dýrum hinum úörgum or[10] Babilon, leystu sál mína or kvölum helvítis ok af syndum mínum, þeim er ek[11] gerða frá[12] œskualdri mínum alt til þessa dags. [Hann hélt upp hœgri hendi sinni til himna ok glófa sínum með til jarteigna, ok á þeirri sömu stundu (lét hann) önd sína. En jafnskjótt sendi guð engla sína Michael, Gabriel, Raphael, ok leiddu þeir sál hans til paradísar.[13]

[1]) [mgl. B, b. [2]) [ok Rómaríki, Angiam, Provinciam ok Alemaniam, Peitu ok Brittaniam, Eqvitaniam, Lungbardi ok Bealver B, b. [3]) [tilf. B, b. [4]) [rangt B, b. [5]) [skyldu þik geyma góðir kristnir menn ok skynsamir b. [6]) [sjálfum sér B, b. [7]) misverka B, b. [8]) [guð sér miskunnar B, b. [9]) né ljúga mant tilf. B, b. [10]) í B, b. [11]) tilf. b; mgl. a, B. [12]) af B, b. [13]) [Hann tók þá hendinni niðr á brjóstit ok hélt hörundit með þvílíkum orðum þrysvar hinum sömum: Jn ista carne videbo deum salvatorem meum, þat norrœnast svá, í þessu sama holdi man ek sjá guð grœðara minn. Eptir þat tekr hann upp báðum höndunum til augnanna svá mælandi: Et isti oculi conspecturi, ok þessi augu munu fagnaðinn fá með gnði. Ok þat fyldist skjótt sem hann vænti. Ok í annan tíma talar hann svá: Meðr þinni (miskunnar tilf. b) gjöf, dróttinn minn (Jesu tilf. b) lít ek nú þegar þá luti, er eigi sá (manns tilf. b) auga, ok eigi heyrði eyra, ok eigi sté (upp tilf. b) í manns hjarta. En síðan gerir hann bœn til guðs fyrir öllum sínum brœðrum, er fallit höfðu í Runzival, ok sofnar í friði guðs (af þessum heimi tilf. b) á Kalendis dag Julii. En meðr því at vér höfum grein gert á lífláti Rollants jarls, skolu vér sýna þessu næst, hversu satt at hann segir psalmista (satt David segir b) í sinni bók af dauða heilagra (manna tilf. b) ok ranglátra, mjök úlíkt sem hvárum heyrir (úlíkt ok þó hvárum tilheyriligt b). J fyrra stað segir hann svá til valdra manna: Preciosa est in conspectu domini mors sanctorum eius. Þat þýðist svá, í dróttins augliti er dýrligr dauði hans heilagra manna. Í síðari grein (síðara stað b) segir

37. [Litlu síðar[1] kom Karlamagnús konungr til Runzivals, ok reið [aldrigi svá alnar langt eða þvers fótar, at eigi fyndi hann dauðan heiðinn mann eða kristinn. Nú œpti hann hárri röddu: Hvar ertu Rollant ok Oliver eða Turpin erkibyskup? Hvar eru þeir 12 jafningjar, er ek setta hér eptir til lands at gæta, ok ek unna þeim öllum vel.[2] Karlamagnús konungr sleit klæði sín [ok skók skegg sitt[3] ok féll af hesti sínum fyrir úgleði sakir. Nú var þar engi maðr sá er [eigi feldi tár fyrir sakir sinna vina.[4] Nemes hertugi

svá Davíþ til vándra manna (segir hann svá *b*): Mors peccatorum pessima, syndugra manna dauði er hinn versti, segir hann. Fyrir þenna spámanns orskurð (þetta spámannsins orð *b*) verðr ljóst, at andlát Rollants jarls er dýrligt í augliti dróttins, því at hann öðlaðist fagnað ljóssins; en dauði heiðingja verðr hinn versti, því at þeir eru leiddir herteknir með taumum djöfulsins, sem enn verðr ljósara, ef (þessi *tilf. b*) frásögn fylgir.

Sú bók er heitir Speculum historiale váttar þat, at virðuligr herra Turpin erkibyskup Reinsborgar var eigi í þeim bardaga, sem gerðist í Runzival, heldr með Karlamagnúsi konungi, þó at sumar norrœnubœkr segi öðruvís af þvísa (þessu *b*) efni. Því váttar þat fyrr nefnd bók, at á sama dag, sem orrostan var í Runzival, söng Turpin erkibyskup sálumessu á þeirri fegrstu eng, er Karlamagnús hafði sett sín landtjöld, úvitandi með öllu hvat háskasamligt fram fór móti hans frændum ok ástvinum. Ok sem erkibyskup stendr í messuembættinu er hann upptekinn (upphafinn *b*) í andarsýn, ok lítr í loptinu hvar fara stórir flokkar háleitra hersveita (hirðsveita *b*) meðr söng ok sœtum hljóðum, meðr birti ok blóma miklum, svá at byskupinum gefr á at sjá ok heyra, þar til at sú himneska hirð firrist svá mjök jarðríki, at honum hverfr at sýn (hverfr sýnin *b*) upp í loptit. Hann hugleiðir með sér, hvat þessi sýn man (hafa *tilf. B*) merkja, ok litlu síðar sér hann ferð (sýn *b*) aðra mjök ólíka hinni fyrri. Í þessarri ferð eru svartir dólgar harðleitir ok helvízkir ásýndum, þeir eru margir saman ok hafa nökkut (mikit *b*) meðferðar, þat er þeir þysja at öllum megum sem djöflar (eru vanir *tilf. b*) at agni dauðans. Turpin erkibyskup verpr orðum á þá ok segir svá: Hvat dragi þér eðr starfit? Þeir svara: Vér flytjum félaga várn konung inn heiðna til ættleifðar sinnar í helvítis herað, en Michael stýrir þeirri ferð, er leiðir lúðrþeytara yðvarn upp í himnana. Af þessarri birting vissi erkibyskupinn sönn tíðendi (or Runzival *tilf. b*) ok sagði keisaranum hvat guð hafði sýnt honum. Ok litlu síðar kemr (þar *tilf. b*) Baldvini bróðir Rollants á mœddum hesti, váttandi sömu tíðendi sem fyrr váru greind, hvaðan af vér munum frá venda, því at nú er vitni borit, at englar guðs fylgja völdum mönnum guðs til eilífra fagnaða. *B, b.*

[1] Þegar eptir andlát Rollants *B, b.* [2] [eigi svá þvers fótar lengd, at eigi væri dauðir menn, annathvárt kristnir eðr heiðnir. (Nú œpti konungr hárri röddu ok kallar á Rollant ok Oliver ok alla 12 jafningja *tilf. B*) *B, b.* [3] [*tilf. B, b.* [4] [vatni mætti halda sakir frændaláts eðr vina, sumir sakir sona sinna, sumir fyrir missu höfðingja ok annarra ríkismanna *B, b.*

hafði af því máli vel sem öllum öðrum, ok hann gékk nær konungi ok mælti: Statt upp, segir hann, ok sjá fram fyrir þik 2 mílna lengd, ok muntu sjá[1] jóreyk af heiðinna manna liði, þeirra er hér eru.[2] Nú væri þat drengiligra[3] at [hefua frænda sinna[4] en at syrgja eptir dauða. Karlamagnús konungr svarar svá: Fjarri eru þeir nú. En þó vil ek biðja yðr at þér [séð í fylgd með mér.[5] Síðan setti hann 3 jarla at gæta valsins, þá er svá hétu Begūn ok Hatun ok Melun,[6] ok [10 hundruð[7] riddara með þeim. Síðan lét konungr blása í lúðra sína ok reið ákafliga eptir heiðnum mönnum ok nálgast[8] brátt. En þá er [aptnaði at þeim,[9] þá sté Karlamagnús konungr af hesti sínum ok féll til jarðar, ok bað guð,[10] at dagr skyldi lengjast en nótt skemmast. En jafnskjótt sem hann bað, þá kom engill guðs af himni ok [mælti við hann: Guð hefir játat þér bœn þína,[11] ok mun hann gefa þér œrit [sólarljós ok daga.[12] Ríð þú nú ákafliga eptir heiðnum mönnum [ok hefn þinna manna á þessu hinu illa fólki.[13] Þá er Karlamagnús konungr heyrði þessi orð, þá gladdist hann ok hljóp á hest sinn. Nú flýja heiðingjar [til Spanialands,[14] en Frankismenn ríða eptir þeim harðliga ok feldu heiðingja á báðar hendr sér. Nú koma þeir at vatni einu [miklu enir heiðnu menn, ok hétu[15] á guð sín til hjálpar sér, þann er Terogant hét ok Apollo ok Maumet, ok hlupu síðan á vatnit ok sukku til grunna, ok sumir[16] flutu dauðir til lands, en sumir[17] váru drepnir er eptir váru. Nú œptu Frankismenn ok [kváðu þá dýrt hafa keypt Rollant ok lið hans.[18] Nú [kemr Karlamagnús konungr at (ok sér)[19] at drepnir eru allir heiðnir menn, ok mælir við sína menn: Stígit af hestum yðrum, [oflangt er oss aptr í nótt,[20] tökum nú herbergi [náttlangt ok hvílumst allir samt til dags. Frankismenn svara: Vel tali þér herra. Þeir gerðu svá, ok váru þeir þar þá nótt.[21]

38. Konungr fór eigi af herklæðum sínum, hann setti skjöld sinn at höfði sér ok var í brynju ok gyrðr sverði því hinu góða er Jouis heitir, þat var með 30 litum[22] á hverjum degi, [ok hann hefir einn nagla er dróttinn var krossfestr með í hjöltum sverðsins, var

---

[1]) mikinn *tilf. B, b.*   [2]) hafa verit *B, b.*   [3]) saal. *B, b*; drengiligt *a*.
[4]) [sœkja eptir þeim ok hefna sinna manna, er þeir hafa drepit *b*.
[5]) [veitit mér fullting (til at reka minna harma á þeim *tilf. b*) *B, b.*
[6]) Milun *B, b.*   [7]) [þúsund *B, b.*   [8]) þá *tilf. B, b.*   [9]) [tók at kvelda *B, b.*
[10]) (bœn sína *tilf. B*) til guðs *B, b.*   [11]) [sagði, at guð hefði (hafði *b*) heyrða bœn hans *B, b.*   [12]) [dags ljós *B, b.*   [13]) [*tilf. B, b.*   [14]) [undan *B, b.*   [15]) [hétu nú heiðnir menn *B, b.*   [16]) *tilf. B, b.*   [17]) þeir *B, b.*
[18]) [mæltu: Dýrt hafi þér keypt (keyptan *b*) Rollant ok hans félaga *B, b.*   [19]) [sér Karlamagnús *B, b.*   [20]) [*mgl. B, b.*   [21]) [*tilf. B, b.*
[22]) lita *B, b.*

hinn efsti hlutr af spjóti *dróttins er hann var særðr með.¹ Eptir
þat [fór hann at sofa við mikla úgleði sem þreyttr maðr.² En engill
guðs kom til hans ok sat undir höfði honum alla nótt. Síðan dreymdi
hann, at hann þóttist sjá [ókyrrleik mikinn³ í lopti, hvassviðri
mikit, [regn ok snjó ok ákafligr lógi.⁴ Ok því næst [féll sú furða
á hans menn, svá at þeir hræddust ok œptu allir hárri röddu ok
kalla⁵ á Karlamagnús konung sér til hjálpar, ok í ofanfalli⁶ því
lömdust vápn þeirra. Ok því næst sýndist⁷ Karlamagnúsi konungi
margir vargar ok dýrin úörgu, ok margr fugl sá er gammr⁸ heitir
ok allskonar dýr ógurlig, ok þótti honum sem þeir⁹ vildi eta hans
menn, en hann þóttist vilja duga liði sínu. Jafnskjótt kom hit úarga
dýr [eitt, hljóp at honum¹⁰ ok fékk báða leggi hans í munn sér ok
lét sem þat vildi [fást með hann eða eta hans menn,¹¹ ok vissi hann
eigi hvárt¹² þeirra féll. Ok vaknaði konungr enn eigi. Nú berr
fyrir hann hinn þriðja draum. Hann þóttist heima vera á Frakk-
landi í höll sinni, honum þótti svá sem hann hefði fjötra á [fótum
sér,¹³ ok hann sá fara¹⁴ 30 manna til [borgar þeirrar er Ardena
heitir,¹⁵ ok rœddi hverr þeirra við annan, ok sögðu svá: Karla-
magnús konungr er yfirkominn ok er aldri síðan verðr at bera
kórónu á Frakklandi.

39. Nú eptir þetta þá vaknaði konungr ok hugði at draumum
sínum ok þóttu¹⁶ vera ógurligir sem var.¹⁷ Síðan búa þeir hesta
sína menn hans, ok er þeir váru búnir, þá riðu þeir til Runzivals,
ok er þeir kómu þar, þá kanna þeir valinn ok fundu Rollant liggja
í millum fagra steina 4,¹⁸ ok lá sverð hans undir höfði honum, ok
hélt hann hœgri hendi sinni um meðalkafla en (f) hinni vinstri hendi
hafði hann horn sitt Olivant. En er Karlamagnús konungr sá þessi
tíðendi, þá sté hann [af baki¹⁹ ok gékk til systursonar²⁰ síns með
miklum hryggleik ok kysti hann dauðan, ok féll til jarðar ok mælti
síðan: Blezaðr sértu²¹ Rollant, dauðr sem lifandi [ok kvikr,²² yfir
alla riddara jarðliga,²³ því at þinn jafningi mun aldri fást²⁴ á jarð-

---

¹) [nagli sá er dróttinn várr var krossfestr með var undir hjöltum sverð-
sins, ok af spjóti því er guð var særðr með, ok af þessum guðs krapti
(ok fyrir þessu háleitu píslarteikn grœðarans b) hafði Karlamagnús sigr
í hverjum bardaga. *B, b*. ²) [sofnar keisarinn (Karlamagnús b) við
ofmikinn harm *B, b*. ³) [mjök kynliga luti *B, b*. ⁴) [meðr eldingum
stórum ok áköfum loga. *B, b*. ⁵) [sýndist keisaranum, sem eldingarnar
félli yfir menn hans, ok heyrðist honum svá sem þeir œpti hárri röddu
ok kallaði *B, b*. ⁶) *saal. B, b*; fannfalli *a*. ⁷) sýndust *B, b*. ⁸) gamr *B*.
⁹) þau *B, b*. ¹⁰) [*tilf. B, b*. ¹¹) [eta hann *B, b*. ¹²) hvárr *B, b*.
¹³) [báðum fótum *B, b*. ¹⁴) *tilf. B, b*. ¹⁵) [borgarinnar *B, b*. ¹⁶) honum
tilf. B. ¹⁷) váru *B, b*. ¹⁸) þriggja *b*. ¹⁹) [niðr af hesti *B, b*. ²⁰) frænda
B, b. ²¹) sérðu *B*; vertu *b*. ²²) [*mgl. B, b*. ²³) þá er verit hafa frá
fyrsta degi hejms ok hingat til *tilf. B, b*. ²⁴) finnast (fœðast *b*) síðan *B. b*.

ríki, því at þú ert bæði vinr guðs ok[1] manna. Nú féll konungr í úmátt, ok ætluðu hans menn, at hann væri dauðr, en hann var lifandi. En Nemes hertugi var nær staddr ok [sá, hann rann til vatns rennanda skyndiliga ok tók vatnit[2] ok kastaði í andlit konunginum ok mælti við hann síðan: Statt upp, herra konungr, segir hann, engi ann öðrum svá vel dauðum, at eigi skuli hann[3] sjálfan sik mest rœkja lifanda. Þá [er Nemes mælti þetta, þá lét konungr at orðum hans ok reistist upp á fœtr,[4] ok mælti við hinn sterkasta riddara sinn, at hann skyldi taka sverð Rollants ok fœra honum. Riddarinn fór ok fékk eigi náð. Þá sendi hann annan riddara, ok var þá eigi lausara.[5] Síðan sendi hann 5 riddara, at sínum fingri skyldi halda hverr þeirra, ok [var þá eigi lausara.[6] Þá mælti Karlamagnús konungr, at [engi maðr mundi þat skjótt gert fá at ná sverði af Rollant, þá er hann lifði, ef nú fáit þér eigi náð af honum dauðum.[7] Ok eptir þat féll [á hann úmáttr.[8] Nemes hertugi bað hann [hafa hreysti við ok mælti svá: Maðr skal æ eptir mann lifa ok rœkja sjálfan sik mest, því at svá hefir guð boðit at vera skyldi. Karlamagnús konungr[9] hlýddi ráði hans ok varp af sér úgleði, ok spurði hversu þeir mundu ná sverðinu af Rollant. Þat sýnist mér nú ráð [at biðja almátkan guð, at hann verði við þeim um þetta mál, en þat þikkjumst ek vita fyrir, at eigi verðr sverðit Rollants laust, nema jafngóðr drengr (taki til hjaltanna) sem hann var.[10] Þá tók Karlamagnús konungr at biðja fyrir sér langa stund. En er hann lauk bœn sinni, þá reis hann upp ok gékk þangat sem Rollant lá ok tók til sverðsins, ok [lá þá laust fyrir[11] honum. Nú vissi konungr, at þat var satt er Nemes hertugi hafði sagt honum. Hann tók hjöltin af sverðinu [fyrir sakir helgra dóma þeirra er í váru,[12] en hann kastaði brandinum út á vatn fjarri landi, því at hann vissi at engum sómdi[13] at bera síðan eptir Rollant. Síðan gékk hann í valinn ok [leitaði kristinna manna ok fann þá 12 jafningja, ok var hverr lagðr hjá öðrum, ok þat vissi hann at Rollant hafði þat gert.[14]

---

1) góðra *tilf. B, b.* 2) [tók kalt *b.* 3) maðr *B, b.* 4) [reis konungr upp *B, b.* 5) en áðr *tilf. B, b.* 6) [hugðu at vísu, at þá mundi laust (hugðust fyrir víst þá mundu ná *b*), en þat var (varð *b*) þó eigi *B, b.* 7) [eigi mundi sverðit nást af Rollant lifanda, er nú fæst eigi af dauðum. mikit er at missa slíks (slíkan *b*) frænda. *B, b.* 8) [konungrinn enn í úmátt *B, b.* 9) [hreysta sik. Hann *B, b.* 10) [segir hertoginn, at vér heitum á almátkan guð, at sverðit náist, því at eigi man jafnröskr maðr taka til hjaltanna sem Rollant var. *B, b.* 11) [lá (lék þat *b*) þá laust í hendi *B, b.* 12) [sakir þess at helgir dómar váru þar í *B, b.* 13) samdi *B*; stóð *b.* 14) [kannaði ok fann hvar þeir lágu 12 jafningjar, hverr (fann lík þeirra 12 jafningja, hvern *b*) hjá öðrum, ok þóttist vita at Rollant mundi þat sýst hafa *B, b.*

40. Síðan lét Karlamagnús konungr taka lík þeirra 12 jafningja ok [sveipa með góðum líkblæjum,[1] ok þá er þat var gert með mikilli vegsemd, þá .var [hann íhuga[2] mjök um aðra sína menn, þá er fallnir váru, ok þótti honum [ævar illa,[3] er hann mátti eigi [skilt geta[4] lík sinna manna frá heiðinna manna líkum. [Síðan rœðir Karlamagnús um við Nemes hertoga ok alla menn sína, hversu hann skyldi sinna manna lík kent fá í valnum.[5] Nemes hertugi svarar [honum vel ok vitrliga ok vegmannliga, ok mælti á þessa leið:[6] Þar er til ráða at taka [nú sem optar, er mikill vandi er á, sem er guð allsvaldandi, er bezt kann ok vill. Nú er þat várt ráð þetta sinni, at heita á guð almátkan af öllum hug,[7] at hann gefi oss skilning [á þessum hlut.[8] Þetta þótti Karlamagnúsi konungi þjóðráð[9] vera, sem var, ok vakti hann þar þá alla nótt, [ok alt lið hans með honum, ok lágu á bænum[10] ok báðu þess almátkan guð, at hann [skuli lýsa fyrir þeim, hverir hvárir væri, kristnir menn þeir er fallnir eru, eða þeir hinir illu heiðingjar er hér hafa barizt í móti þeim.[11] En um morguninn eptir, þá er þeir [váru í öðru sinni tilkomnir at kanna[12] valinn, þá hafði almáttigr guð svá heyrða[13] bœn þeirra, at sú grein var þá ger í millum kristinna manna ok heiðinna,[14] at runnar váru vaxnir yfir líkum heiðingja, en kristinna manna lík [váru öll[15] úhulin, svá sem [þá er þeir váru[16] nýfallnir. Síðan lét Karlamagnús konungr gera margar grafir ok stórar í þeim sama stað er valrinn [hafði fallit,[17] ok lét þar síðan hylja lík sinna manna með moldu, ok lét þar náliga leiða[18] hvern sem var,[19] nema Rollant ok þá 12 jafningja. Ok hina næstu nótt eptir sögðu þeir konunginum guðs englar í draumi, at hverr þeirra var hólpinn er fallit hafði af liði Karlamagnús konungs. Síðan lét konungr gera barir[20] stórar ok vel búnar ok [lét leggja á[21] lík þeirra Rollants, ok 12 jafningja ok höfðingja þá er þar féllu, ok lét hann leggja þeirra lík 12 á börur, ok fór hann síðan ok alt lið hans með honum með mikilli prýði ok vegsemd, ok höfðu á brott með sér þessi 12 lík, ok fóru til þess er þeir kómu[22]

---

[1] [klæða líkklæðum *B, b*. [2] [keisarinn íhugafullr *B, b*. [3] [afar illa *B*; þat móti skapi *b* [4] [skilja *b*. [5] [*tilf. B, b*. [6] [svá *B, b*. [7] [sem þér erut, herra; en þat er mitt ráð, at heita á allsvaldanda guð (þann er bezt vill *tilf. B*) *B, b*. [8] [þessa hlutar *B, b*. [9] gott ráð *B, b*. [10] [*tilf. B, b*. [11] [skyldi (vildi *b*) þeim birta, hvárir væri kristnir menn eðr heiðnir, þeir sem fallnir váru *B, b*. [12] [könnuðu *B*; kannaðu *b*. [13] birta *B, b*. [14] í valnum *tilf. B, b*. [15] [lágu þá enn *B, b*. [16] [þeir væri *B, b*. [17] [var fallinn *B, b*. [18] grafa *b*. [19] lá *B, b*. [20] barar *B*; 12 barir *b*. [21] *tilf. B, b*. [22] [leggja lík Rollants á ok þeirra 12 höfðingja, sem þar höfðu fallit, barar váru 12. Keisarinn hafði sik nú í veg með öllu liði sínu með miklum veg ok prýði, ok fóru nú með líkamina *B*; leggja þar á lík Rollants ok annarra 12 jafningja. Hann hefir sik nú í veg með öllu liði sínu með mikinn veg ok sóma, fór nú með líkamina *b*.

til borgar þeirrar er Arsis¹ heitir. Sú er höfuðborg á landi því er Proventa² heitir. Þar váru kennimenn margir ok góðir ok göfgir, ok géngu í móti þessum líkum með mikilli dýrð ok vegsemd. Þar váru [sungnar sálumessur³ at öllum musterum í borginni. Þar lét Karlamagnús konungr offra at þeim messum er þar váru súngnar [með raust mikilli ok stórmenzku; þat er sagt, at þar var offrat 12 hundruð⁴ marka vegins silfrs áðr en lík þeirra væri hulin moldu. [ok svá lét hann moldskeyta⁵ miklar jarðir til þess staðar, er þeir hvíla at 12 jafningjar, ok proventur stórar lagði hann þar til, þær er þar fylgja ávalt⁶ síðan. Eptir þat fór Karlamagnús konungr heim til⁷ sinnar góðu borgar Paris með öllu liði sínu, ok [hafði mikinn hryggleik í hug sínum,⁸ þó at fáir fyndi þat á honum.

41. Þá er Karlamagnús konungr hafði heima [verit um hríðar sakir,⁹ ok er hann var hvíldr af þessarri ferð, þá lét hann skera upp herör um öll sín lönd ok ríki, ok [lét saman stefna öllum höfðingjum í sínu ríki, ok hverjum manni þeim er vígr var ok vápn mátti bera, þá skyldi til hans koma til heilla ráða hvat er gera skyldi af Guinelun jarli, er sveik Rollant ok þær 20 þúsundir manna er féllu með honum at Runzival. En er þetta lið var saman komit í einn stað, þá var þetta tjáð ok talat af vitrum mönnum ok síðan upp borit fyrir alla alþýðu. Þá þótti öllum mönnum vant at dœma um slíka hluti, ok váru engir orskurðir þessu máli veittir, ok þar kemr enn sem jafnan, at Nemes hertugi verðr upp at standa á þessu móti enu fjölmennu, ok talaði síðan langt erendi ok einkar snjalt. Hann lýkr svá sínu máli, at þat var hans ráð, at Guinelun jarl skyldi deyja hinum leiðiligstum dauða ok hinum versta, þeim er til mátti fást. Þetta sama ráð sýndist Karlamagnúsi konungi þjóðráð ok allri alþýðu. Síðan var Guinelun jarl tekinn or myrkvastofu, þar sem hann hafði áðr varðveittr verit í fjötrum, síðan er Rollant ok lagsmenn hans höfðu farit til Runzivals. Síðan var Guinelun jarl¹⁰

¹) Arsers *b*. ²) Provincia *B, b*. ³) [veittar (gervar *b*) sœmiligar sálutíðir ok fagrar messur (sálumessur *b*) *B, b*. ⁴) [12 hundruðum *B, b*. ⁵) [keisarinn (hann *b*) lagði ok *B, b*. ⁶) jafnan *B, b*. ⁷) Frakklands ok kom til *tilf. B, b*. ⁸) [bar mikinn harm í sínu brjósti eptir sinn frænda Rollant *B, b*. ⁹) [dvalizt nökkura hríð. *B. b*. ¹⁰) [boðaði til sín öllum höfðingjum sínum ok vinum, ok hverr sá maðr er vápn mátti bera (vápnum mátti valda *b*) skyldi til hans koma. Ok er þessi lýðr var saman kominn, spurði keisarinn alla vitrastu menn ráða (ráðs *b*) um. hvat gera skyldi við Guenelun jarl, er sveik Rollant ok 12 jafningja ok 20 þúsundir riddara með þeim, er féllu at Runzival. En mönnum sýndist vant at dœma um slíka luti, ok varð af því engi orskurðr veittr (þar um *tilf. b*). Þá stóð upp Nemes hertogi ok talaði langt eyrendi ok snjalt, en svá lauk hann sínu máli, at hann sagði at þat var hans (at hann kallaði þat sitt *b*) ráð, at Guenelun jarli væri dœmdr hinn

bundinn í millum tveggja hrossa útamra, ok drógu þau hann víða um Frakkland, [til þess er svá lauk hans ævi¹ at ekki bein var fast við annat á líkama hans, ok [váru þau eigi harðari en makligt var.² Eptir þat [lét Karlamagnús konungr frelsa sitt ríki ok styrkja ok setja í sín lönd menn til stjórnar ok forráða, en ryðja³ í brott sínum fjándmönnum⁴ ok andskotum.⁵ Svá segist at Karlamagnús keisari ætti⁶ síðan margar orrostur ok sigraðist í fám, en hélt þó ríki sínu [öllu til dauðadags.⁷ Ok lýkr [svá þessum⁸ þætti.

  leiðiligsti dauði ok hinn versti. Ok þetta sýndist keisaranum (Karla-
magnúsi konungi *b*) ráð ok öllum öðrum þeim sem þar váru. Var síðan
Guenelun jarl tekinn or myrkvastofu, þeirri sem hann var varðveittr í,
meðan keisarinn fór til Runzivals eptir líkama Rollants ok þeirra kump-
ána ok B. *b*.

¹) [þar til *b*. ²) [var þvílíkr hans dauði, sem nú mátti heyra ok makligt var *B*; var hans dauði þvílíkr, sem nú mátti heyra, háðuligr ok honum makligr *b*. ³) [friðaði konungr (keisarinn *b*) ríki sitt ok skipaði höfð-
ingjum sínum til stjórnar ok forráða, en ruddi *B*, *b*. ⁴) *Her ender a.*
⁵) úvinum *b*. ⁶) átti *b*. ⁷) [alt til ellidaga *b*. ⁸) [hér Runzivals *b*.

NIUNDI PARTR KARLAMAGNUS SÖGU AF VILHJALMI KORNEIS.

Þat er [sagt, þá er Karlamagnús konungr hafði drepit einn ríkan konung ok unnit eina ríka borg ok sterka (at)[1] þessi konungr átti eptir unga konu ok fríða ok[2] tvá sonu unga ok vænliga. Þá var með Karlamagnúsi sá maðr er Vilhjálmr [korneiss hét,[3] hann var hinn ágætasti maðr ok af hinum beztum ættum.[4] Er þat af honum sagt, at engi kappi hafi verit meiri með Karlamagnúsi keisara,[5] nema Rollant frændi hans. Vilhjálmr var svá mikill ok sterkr ok góðr riddari, at [aldri varð hans maki.[6] Karlamagnús elskaði hann mjök, ok nú[7] skipaði hann honum þetta ríki, er hann hafði[8] nýliga fengit, hann gaf honum [konuna þá er áðr var frá sagt, ok alt ríki[9] ok konungs nafn með. Ok eptir þat fór hann heim til Frakklands með sæmd ok sigri. En Vilhjálmr stýrði sínu ríki með mikilli tign ok vinsæld.[10] Nú er þat einn dag, at Vilhjálmr hefir lagt höfuð sitt í kné [sinni frú,[11] ok seig á hann úmegins höfgi. En hon hafði hendr at ok greiddi lokka hans, ok sá hon í höfði hans[12] eina hæru, ok hratt hon höfði hans frá sér ok mælti [eigi vitrliga:[13] Hussun þér gömlum, segir hon. En hann vaknaði við, ok heyrði þat er hon hafði mælt ok sagði: Þat má vera, at [þú hrindir því nú[14] frá þér, er þú mant brátt grátandi aptr biðja. Ok spratt upp. Þá mælti hon: Herra minn, segir hon, þetta var gamanmál. Vilhjálmr mælti: Á þessi sömu stundu skal ek fyrirláta þik

---

[1] [nú at segja þessu næst af Karlamagnúsi keisara, at í einni orrostu, þeirri sem hann átti, hafði hann drepit einn ríkan konung ok unnit þá hina sterku borg ok ágætu, sem hann stýrði. *b*. [2] með henni *tilf. b*. [3] [hét ok kallaðr korneis *b*. [4] mönnum *b*. [5] konungi *b*. [6] [varla var hans jafningi *b*. [7] því *b*. [8] þá *tilf. b*. [9] [dróttninguna þá er konungrinn hafði átta *b*. [10] sómasemd *b*. [11] [dróttningnni *b*. [12] honum *b*. [13] [úvitrliga *b*. [14] [þar hrindir þú nú því höfði *b*.

ok þína sonu ok alt þetta ríki, því at ek skal héðan af guði þjóna.
Þá mælti hon: Ger eigi svá, herra minn. Hann bað fá sér vápn
sín ok setti hjálm á höfuð sér ok gyrði sik sverði. Þá tók frúin
at gráta. Vilhjálmr mælti: Grát eigi nú, segir hann, uni þér við
sonu þína ok sit í ríki þínu; send orð Karlamagnúsi keisara,[1] at
hann sendi hingat Reinald bróður þinn at gæta ríkis með þér, enga
ván áttu mín til ríkis héðan af. Hann bað taka hest sinn, kysti
hann[2] síðan konu sína ok skuldalið, ok [síðan sté hann á bak[3] ok
bað engan um sik forvitnast. Ok sátu nú allir með hrygð eptir,
ok nú spyrst ekki til hans lengi.[4] Hann kom um síðir til klaustrs
suðr í lönd við skóg einn, ok var honum [herbergi búit[5] af forráðs-
mönnum staðarins. Ábótinn spyrr [hann at nafni, ok segist hann[6]
vera útlendr maðr. [Ok er nótt var liðin,[7] segir hann ábóta, at
hann vildi[8] þar staðfestast. Ábóti kvaðst hyggja, at hann mundi
vera kappi mikill, [ok nú sömdu þeir þetta,[9] at hann mundi þar
staðfestast. Váru vápn hans fest upp í mustari,[10] en hann tók
munkaklæði. Meðr því, segir Vilhjálmr, at ek hefir mart móti gört
guði, þá bjóðumst ek til allrar þjónustu staðarins.[11] Ábóti kvaðst[12]
þiggja mundu. [Var Vilhjálmr þar at[13] umsýslu, ok er hann hafði
verit þar um hríð, fann hann at þeir[14] höfðu meira hug á veraldar
plóg[15] en á réttri regluskipan. Ok Vilhjálmr rœddi[16] þetta við ábóta,
en hann reiddist[17] ok kvað hann djarfan vera. Ok fór svá fram
[nökkura vetr.[18] En jafnan er gestir kómu, var Vilhjálmr einn
saman, fátt rœddu brœðr um [þat, ok ætluðu þeir at vera mundi
fyrir illgerða sakir[19] hans.

2. Einn vetr er dró at jólum mælti ábóti til brœðra, at vista-
fátt væri at staðnum. Tvær leiðir váru til kaupstaðar, önnur löng,
en önnur [stutt ok góð,[20] ok lágu á þeirri illvirkjar, en stundin var
lítil. Þá mælti Vilhjálmr: Búinn em ek, ef þér vilit mik senda.
Brœðr sögðu þat vel fallit. Ábóti svarar: Hví er[21] þat eigi vel,
at þú farir? Vilhjálmr mælti: Lofa munu þér, at ek fari leið hvára
sem [mér líkar?[22] Ábóti kvaðst þat lofa munu. Lofi þér, segir
Vilhjálmr, at ek ver[23] eign staðarins? Þat lofag[24] eigi, segir ábóti.
Vilhjálmr mælti: Skal ek[25] standa hjá, ef ek er rœntr? Eigi skaltu
vígi verja, segir ábóti. Þá mælti Vilhjálmr: Lofar þú mér,[26] ef á

---

[1]) konungi *b.*   [2]) *mgl. b.*   [3]) [sté á hest eptir þat *b.*   [4]) langa hríð *b.*
[5]) [þar fengit herbergi nökkut *b.*   [6]) [hvaðan hann væri, en hann segist *b.*
[7]) [Um morgininn eptir *b.*   [8]) vill *b.*   [9]) [þeir sömdu þetta með sér *b.*
[10]) musteri *b.*   [11]) við staðinn *b.*   [12]) þat *tilf. b.*   [13]) [Tók Vilhjálmr þá
við *b.*   [14]) munkar *b.*   [15]) plógi *b.*   [16]) talaði *b.*   [17]) við *tilf. b.*
[18]) [nökkur ár *b.*   [19]) [þetta, ok ætluðu þat vera fyrir sakir illgerða *b.*
[20]) [skemri ok betri *b.*   [21]). man *b.*   [22]) [ek vil *b*   [23]) verja *b.*   [24]) lofa
ek *b,*   [25]) þá *tilf. b.*   [26]) at taka í móti *tilf. b.*

mik er ráðit ok dreginn or klæðum, eða¹ skal ek fatlauss á brott ganga? Ábóti svarar: Auðsét er þat á þessi [orð ok² eptirleitan þinni, at þú hefir verit ofsamaðr. Lofa ek, at þú lát³ eigi rænast skyrtunni, en öðrum klæðum skaltu rænast láta. Vilhjálmr mælti: Bið gullsmið þinn gera mér brókabelti ok búa gulli. Ok svá var gert. Síðan var honum fenginn leiðtogi. Þeir höfðu tvá asna ok fara hina lengri leið, þeir kómu til kaupstaðarins ok kaupa⁴ malt ok hveiti; en er þeir váru búnir, þá var skamt til jóla, svá at þeir máttu eigi heim komast at jólum, ef þeir færi [hina lengri leið.⁵ Ok er þeir kómu þar sem leiðir skildust, þá mælti Vilhjálmr: Nú munu vit fara hina skemri leið. Leiðtoginn svarar: Nú finn ek, at þú ert œrr, er þú vill [bæði tapa þér ok mér ok öllu því er vit förum með.⁶ Vilhjálmr mælti: Þat frá ek í kaupstaðnum, at illvirkjar eru á brottu. Þeir snöru hina skemri leið ok fóru um nóttina ok um daginn, ok urðu við ekki varir, ok fóru svá alt þar til at atfangadag⁷ jóla sjá⁸ þeir til klaustrans, ok þóttust or háska komnir. Vilhjálmr gékk fyrir ok var í kufli [ok uppi hattrinn,⁹ ok hafði staf í hendi sér, en sá er honum fylgdi gékk eptir ok keyrði asnana. Ok er Vilhjálm varði sízt,¹⁰ hleypr sjá er eptir fór upp á hann, ok segir at illvirkjar hlaupa eptir þeim. Vilhjálmr mælti: Gakk fyrir til klaustrans, en ek man bíða þeirra. Þar koma 12 menn albrynjaðir, ok spurðu hverr sú væri hrottinn? Hann nefnir sik ok spyrr, hverr formaðr [þeirra var?¹¹ Hann nefndist Dartiburt:¹² Ok vilju vér hafa fé þat, er þú ferr með. Vilhjálmr mælti: Þat er staðar eign, ok getit [fyrir guðs skyld frið,¹³ þá man yðr vel takast, ella man yðr skamt til ills.¹⁴ Þá hljóp einn þeirra at honum ok laust með flötu sverði um herðar honum. Þá mælti Vilhjálmr: Hin dýra dróttning María, gæt mín [við freistni, at ek megi standast.¹⁵ Síðan taka þeir af honum alt þat fé sem hann fór með, ok snúa brott síðan.¹⁶ Ábóti stóð úti ok bræðr hans¹⁷ ok sá á. En er illvirkjar ætluðu brott at hverfa, þá mælti Vilhjálmr: Þér erut kynligir menn, takit vistir, er fær hvervetna, en takit eigi dýra gripi, sem þér megit hér sjá. Þeir mæltu: Þú ert víst fól, ok mjök toga tröll tungu or höfði þér. Snúa þeir¹⁸ at honum síðan ok ráða á hann. Vilhjálmr mælti: Gerit [nú eigi svá illa við mik,¹⁹ kneppit mik eigi, kippit heldr upp kuflinum ok takit þar góðan grip. Brókabeltit var spent utan at brókunum. Tekr þá einn²⁰ ok slítr af honum

---

¹⁾ tilf. b.   ²⁾ [mgl. b.   ³⁾ látir b.   ⁴⁾ þar tilf. b.   ⁵⁾ [hinn lengra veginn b.
⁶⁾ [saal. b; tapa þér B.   ⁷⁾ atfangsdag b.   ⁸⁾ sá b.   ⁹⁾ [mgl. b.
¹⁰⁾ minnst b.   ¹¹⁾ [tilf. b.   ¹²⁾ Darziburt b.   ¹³⁾ [því frið fyrir guðs skyld b.   ¹⁴⁾ tilf. b.   ¹⁵⁾ [svá at ek megi standast þessa freistni b.
¹⁶⁾ eptir þat b.   ¹⁷⁾ mgl. b.   ¹⁸⁾ nú b.   ¹⁹⁾ [vel ok b.   ²⁰⁾ til einn þeirra b.

brókabeltit, ok mælti: Satt er þat, at þetta er hin mesta gersimi. Ok síðan rak hann um höfuð honum. Þá varð Vilhjálmr reiðr; hann hafði ekki vápn, hann hleypr þá at öðrum asnanum ok sparn á fœti sínum, svá at [þegar féll.[1] Vilhjálmr rífr af[2] bóginn ok hleypr at þeim sem næstr honum var ok laust hann til heljar, ok þegar annan. Þeir snúa[3] undan sem eptir eru ok þegar[4] í skóginn. Þá gengr Vilhjálmr at asnanum ok mælti: Mikla illsku hefir ek drýgt við þessa guðs skepnu, er kvalin er fyrir mínar sakir. Hann leggr þá við bóginn, þar sem verit hafði, ok biðr til guðs. En er hann lauk[5] bœninni, reis asninn heill upp. Hann fór nú heim til klaustrs, ok var þá mið nótt, [þá váru[6] byrgðar dyrr, ok brýtr hann upp hurðir ok sá engan mann. Abóti ok munkar höfðu byrgt sik ok hugðu, at þessi maðr mundi vera tröll. Vilhjálmr biðr þá sýna sik, en er hann finnr þá, hýðir hann hvern þar sem [hann finnr.[7] Hann fann ábóta í kirkju fyrir altari ok hýddi hann þar, ok mælti: Aumr maðr er sá, er yðr þjónar, þér erut dáðlausir[8] ok ástlausir við guð, ok fœrit[9] þessa ráðning til nytja yðr. Síðan hvarf hann í brott,[10] ok spurði engi maðr til hans.[11]

3. Þá er Karlamagnús konungr spurði brautreið Vilhjálms, varð hann úglaðr, ok setti til [gisla, at hann féngi upp spurt, ok verðr[12] engi víss, [dofnar yfir. Síð ok snemma spyrr hann eptir, ef hann féngi hann upp spurt, ok verðr þat eigi.[13] Harmar [hann þat[14] nú mjök, er kappar hans eru frá honum, Rollant fallinn ok þeir 12 jafningjar, Oddgeir danski á brott ok Othuel, [en hann sjálfr afgamall, Vilhjálmr horfinn. Þá[15] samnast saman úvinir hans ok ætla at hefna sín [ok sinna frænda.[16] Fyrir þessum her gerðist höfðingi Madul konungr, hann var bróðir Marsili konungs, er barðist við Rollant at Runzival; hann dregr saman her mikinn ok fór sunnan of[17] lönd, hann braut borgir en brendi kastala, ok drap menn[18] fyrir Karlamagnúsi konungi.[19] Karlamagnús var þá orðinn svá ríkr, at þessum megin hafs hnigu til hans allir konungar. Ok nú er hann heyrir þessa hersögu, þá sendir hann orð öllum konungum ok hertugum ok jörlum, [ok öllum[20] þeim er ríki héldu af honum. En í annan stað sendir hann menn at leita Vilhjálms bæði á sjó ok á landi, ok geta þeir hann aldri[21] uppspurt hvárki lífs né liðinn. Samnast nú at konungi lið mart, ok stefnir hann her sínum[22] í móti heiðingjum, ok hefir þó miklu minna lið [en þeir.[23]

[1] [hann féll þegar b. [2] honum tilf. b. [3] saal. b; sneru B. [4] hlaupa b.
[5] hafði lokit b. [6] [váru þar b. [7] [kominn var b. [8] við menn tilf. b.
[9] því fœrit nú b. [10] þaðan tilf. b. [11] langa hríð tilf. b. [12] [gislingar, ef hann féngi hann upp spurt, ok verðr þess b. [13] [mgl. b. [14] konungrinn b.
[15] [Vilhjálmr horfinn, en hann sjálfr mjök gamall. Fyrir þessa sök b.
[16] [mgl. b. [17] um b. [18] mart fólk b. [19] keisara b. [20] [mgl. b.
[21] hvergi b. [22] þessum b. [23] [mgl. b.

4. [Þat er upphaf at minni sögu,[1] at karl bjó ok átti sér konu, [þat var suðr í löndum,[2] hann hét Grimaldus, þat var við skóg [eigi langt[3] frá öðrum mönnum. Hann var meiri vexti en aðrir menn, skeggjaðr mjök ok kallaðr heldr blauthugaðr. Hann var vellauðigr at fé, hann átti [mart góðra[4] hesta ok gnótt vápna, hann var vanr sjálfr at halda hjörð sinni til skógar. Ok einn dag er hann var á skóginum, kom at honum maðr, sá var í kufli, ok var höfði hærri en Grimaldus. [Sá maðr[5] mælti: Hverjum er hér at heilsa, segir hann, svá virðuligum? Grimaldus vatt upp[6] skeggi ok sagði nafn sitt, ok spurði móti, hverr hann kveddi.[7] Hann svarar: Víss mantu þess verða síðar, en eigi er mér lofat í dag at segja,[8] en ek er nágranni þinn, ok er skamt í milli bygða okkarra, en[9] hvat er tíðenda í landi? segir kuflmaðr. [Ill eru tíðendi, segir Grimaldus, hræzla[10] á öllu fólki, Karlamagnús konungr er með miklum ótta,[11] bregðast honum höfðingjar, ok þikkir líkligt, at hann muni fara[12] úsigr, ok er[13] falls ván á fornu tré. Hann þreyr eptir Vilhjálm korneis [ok spyrr hann aldri upp,[14] en vér erum kvaddir í flokk þenna, ok þikkir mönnum nú ekki gott at fara. Kuflmaðr mælti: Nauðsyn er á at fara, en þó sé ek, at þér er mjök afhent at fara, en sœmd munu þeir hljóta [er fara.[15] Grimaldus mælti: Þat mæla[16] sumir menn, at konungr[17] þori eigi at berjast, ok þat veit ek, at mér vex mjök í augu at berjast ok skilja[18] við konu mína. Þá mælti kuflmaðr: [Þat skipti megu vit gera; bú[19] mik at berjast fyrir þik, en þú ger mér góðar búsifjar; [ok fúss em ek til þessar farar, svá[20] at varla má ek sofa fyrir. Grimaldus mælti: [Þat vil[21] ek gjarna, því at ek vil[22] lifa lengr. Kuflmaðr mælti: Hefir þú góða hesta [? Hann svarar: Góða, segir hann. Kuflmaðr mælti: Hefir þú[23] góð vápn? Góð[24] þikki mér, segir Grimaldus. Kuflmaðr mælti: Al nú hestinn á korni hálfan mánað, ok hittumst í ákveðinn dag. Ok svá gerði Grimaldus, ok í ákveðinn[25] tíma hittast[26] þeir. Þá mælti kuflmaðr: Nú man ek leysa líf þitt, en þú seg þetta engum manni. Síðan hleypr hann at honum ok bregðr honum á lopt, ok [nú spyrr hann,[27] hvat er[28] títt um konunginn? Grimaldus svarar: Nú ætlar hann til bardaga. Þá sagði kuflmaðr: Viltu hit

---

[1] [Nú er þat greinanda þessu næst b. [2] [mgl. b. [3] [einn langt í brott b. [4] [marga góða b. [5] [Kuflmaðr b. [6] við tilf. b. [7] svá vegliga tilf. b. [8] þér nafn mitt tilf. b. [9] eða b. [10] [Hræzla mikil er b. [11] því at tilf. b. [12] fá b. [13] þar tilf. b. [14] [því at hann getr hann hvergi upp spurt b. [15] [sem í þessarri ferð eru. b. [16] tala b. [17] Karlamagnús b. [18] skiljast b. [19] [Vit megum gera skipti með okkr, bú þú b. [20] [því at svá fúss em ek til þeirrar ferðar b. [21] [þau skipti tek b. [22] enn tilf. b. [23] [eða b. [24] Svá b. [25] nefndan b. [26] finnast b. [27] [mælti b. [28] nú tilf. b.

sama kaup okkart? Já, já, segir hann.[1] Hann gengr þá at hestinum, ok spyrndi á fœti sínum, ok stakaði hann ekki.[2] Síðan kippir hann söðlinum, ok hélt söðulreiðit. Ok þá mælti hann: þetta er góðr hestr. Síðan lét hann á sik[3] svart skegg, hann setti [hjálm á höfuð sér,[4] ok var ekki bert [á hans andliti[5] nema augun, hann gyrði sik sverði ok tók spjót í hönd sér ok steig á bak, ok var maðr hinn vígligsti. Þá mælti Grimaldus: Vel væri fengit, ef slíkir fœri allir til konungs. Hann kemr[6] nú til hers Karlamagnús konungs, ok ferr í þá fylking, sem Grimaldo var skipat. Keisarinn á þá þing við lið sitt, ok stóð upp á þinginu ok mælti:[7] Kunnigr er góðum mönnum skaði sá ok manna missir, er vér höfum fengit af heiðingjum, ok hefir guð því svá vel skipat, at annarr hefir jafnan upp risit í stað annars, en Rollant höfum vér svá mist, at vér munum aldri bœtr bíða. Nú er ok[8] Vilhjálmr á brottu, er gildastr var[9] af mínum köppum, ok nú er sú ván þrotin, at hann muni aptr koma, því at hans er hvervetna leitat ok spyrst ekki til hans. Nú munum vér [berjast við heiðingja, ok snúm móti þeim sem harðast,[10] ok minnumst[11] á þat, at Kristr lér [oss jafnan hærra lut.[12] Ok ef nökkurr er [sá, at[13] mér kunni at segja til Vilhjálms,[14] sá skal bera af mínum fundi byrði [sína gulls,[15] ok sá er skaða veitir Madul konungi, sá skal þiggja af mér jarls nafn ok dóttur mína, en ef hann er áðr jarl eða hertogi, þá skal hann vera konungr. Dugit[16] drengiliga, ok[17] bíðit annathvárt bót eðr bana. Ok þá fékk konunginum [mikils ok[18] feldi tár. Sleit nú þingit ok var blásit í lúðra, ok bjó hverr sik [sem bezt mátti.[19] Grimaldus var fremstr á hesti ok eggjaði mjök sína sveit til framgöngu. Þat undraðust menn, at[20] hann lét svá framgjarnliga, því at hann var [ekki kallaðr framgjarn maðr.[21] Hann snaraði fram[22] sína sveit í þá fylking, er sjálfr konungrinn var fyrir. Þriðjungi meira höfðu heiðingjar lið. Grimaldus var miklu[23] meiri en aðrir menn, ok[24] hjálm hans bar upp or[25] flokkinum. En í móti merki Karlamagnús konungs lét heiðni konungr bera[26] sitt merki; fyrir [Karlamagnúsi konungi[27] fóru 9 kappar, þeir sem ruddu stig fyrir honum. Grimaldus var í öndverðri fylkingu, ok er saman kómu fylkingar, þá varð orrosta mikil; ok þá laust Grimaldus hest sinn sporum, [en hann hljóp við ok[28] fram, svá at tveggja vegna hrökk

[1]) Grimaldus b. [2]) við tilf. b. [3]) saal. b; líma B. [4]) [á sik góðan hjálm b. [5]) [tilf. b. [6]) riðr b. [7]) svá tilf. b. [8]) tilf. b. [9]) einn tilf. b. [10]) [fara til móts við heiðingja ok berjast við þá b. [11]) enn tilf. b. [12]) [hefir oss hærra hlut gefit b. [13]) maðr hér er b. [14]) með sannindum tilf. b. [15]) [tilf. b. [16]) því dugit nú b. [17]) tilf. b. [18]) [svá mikils, at hann b. [19]) [tilf. b. [20]) er b. [21]) [kallaðr ekki fullhugi b. [22]) með tilf. b. [23]) því b. [24]) at b. [25]) öllum tilf. b. [26]) fram tilf. b. [27]) [keisaranum b. [28]) [ok hleypti b.

undan. Hann reið fram hjá konungi svá hart ok nær, at hestrinn stakaði,[1] en konungrinn hallaðist[2] á ba'i ok leit til hans, ok sá hvárr í augu öðrum. Grimaldus nam ekki staðar ok reið svá fram í fylking heiðingja, ok konungrinn brosti. Grimaldus hjó á tvær hendr ok gékk alt fram[3] undir merki hins heiðna konungs ok drap merkismann[4] ok 7[5] riddara aðra, þá er beztir[6] váru.[7] Ok síðan átti hann vápnaskipti við konunginn heiðna, ok lagði þá hvárr til annars, konungrinn lagði til Grimaldum sterkliga, ok[8] brast í sundr spjótskaptit, [ok þá lagði Grimaldus til konungs ok gegnum skjöldinn ok tvöfalda brynjuna, ok gékk utan rifja, er verr var, en spjótskaptit brast í sundr. En svá sátu þeir fast í sínum söðlum, at hvárgi gékk af sínum hesti.[9] Ok þá víkr konungrinn frá ok höggr riddara einn,[10] ok felr sverðit í brjósti honum ok höggr[11] hestinn í sundr. En Grimaldus hafði riðit fram lengra ok drepit tvá riddara, ok nú ríðr hverr móti öðrum. [Ok er Grimaldus sér skaða sinna manna, víkr hann aptr ok þar at, sem heiðni konungr var fyrir, ok höggr þegar til hans á háls honum,[12] svá at af tók höfuðit, ok hendi á lopti, ok kallar[13] at þeir sé yfirkomnir hinir heiðnu. Ok því næst taka þeir at flýja, en konungr[14] rekr flóttann. Síðan víkr hann aptr, ok er hann kemr til valsins, þá er á brott höfuð [þess heiðna konungs,[15] en bolrinn[16] eptir. Hann lætr bera bolinn í landtjald sitt ok segist enda munu orð sín. Margir riddarar kómu þar [ok færðu[17] konungi höfuð, ok sögðu þat fylgt hafa þeima bol, en konungr hlýðir ekki á þeirra orð ok kveðst[18] munu kenna þann mann er drap konunginn.

5. En nú er [frá því at segja,[19] at þeir finnast kuflmaðr ok Grimaldus. En er hann sér höfuðit, [þá spurði hann:[20] Hví hafðir þú þetta höfuð hingat. Kuflmaðr mælti: Hér fyrir skaltu fá mikinn sóma. Tak nú vápn þín ok ríð á konungs fund ok bið hann gera þik jarl, ok[21] unn konu þinni, ok ver búinn at fylgja mér, þá er ek kem [út eptir þér.[22] Nú stígr hann á hestinn[23] ok ríðr [í herinn ok til konungs[24] ok mælti: Guð signi yðr, herra: kenni þér höfuð þetta, er átt hefir Madul konungr. Karlamagnús konungr leit á

---

[1]) undir honum *tilf. b.* [2]) við *tilf. b.* [3]) *saal. b*; undan *B.* [4]) hans *tilf. b.* [5]) 6 *b.* [6]) frœknastir *b.* [7]) af liði heiðingja *tilf. b.* [8]) svá at *b.* [9]) [en svá sátu þeir í sínum söðlum fast, at hvárgi gékk af baki. þá lagði Grimaldus til konungs gegnum skjöldinn ok tvífalda brynjuna, ok gékk utan rifja, er verr var. *b.* [10]) af Frankismönnum *tilf. b.* [11]) tók *b.* [12]) [Grimaldus höggr þegar, sem þeir mœttust, á háls hins heiðna konungs *b.* [13]) hátt *tilf. b.* [14]) Karlamagnús *b.* [15]) [konungsins heiðna *b.* [16]) búkrinn lá *b.* [17]) [fœrandi *b.* [18]) segist *b.* [19]) [þar til at taka *b.* [20]) [bliknar hann fast ok mælti *b.* [21]) en *b.* [22]) [til þín: haf með þér höfuð þetta. *b.* [23]) hest sinn *b.* [24]) [á konungs fund *b.*

höfuðit ok setti við bolinn ok mælti: þetta höfuð á hér at fylgja, eðr hverr er þessi riddari? Ek heitir Grimaldus, segir hann, ok drap niðr höfði. Konungr mælti: Eitt sinn sá ek hest þenna[1] ok góðan riddara á baki, en[2] hvar er sá nú? Grimaldus svarar: Aldri settist annarr riddari[3] á þenna hest en ek, ok engi kom annarr[4] í þenna söðul. En ek beiðumst þess af yðr, sem þér hétuð. Konungr mælti: Vitu þér nú at ek eldumst,[5] ok mjök[6] sígr elli í augu mér, ef þú ert sá,[7] er ek stakaði fyrir, [ok laust tvá kappa.[8] Ok fyrir lygi þína skaltu ríða á brott viðr riddara minn einn, eðr segja mér ella, hverr þetta þrekvirki vann. þat hugðag[9] um hríð, at ek mundi kenna Vilhjálm. þá svarar Grimaldus: Sama beiðumst ek, en eigi dóttur þinnar, því at ek er kvángaðr áðr. Konungr bað hann ganga fyrir sik ok leit á hann[10] ok mælti: Hræddr var ek, þá er mér litust[11] þessi augu augu Vilhjálms. Seg nú,[12] hverr þér fékk höfuðit. Hann svarar: Ek tók á lopti, þá er [af fauk[13] bolnum. Konungr þagnaði um stund[14] ok mælti síðan: Verða[15] má at sá þikkist verðr [at ráða,[16] er þér seldi[17] höfuðit, eða hvers beiðist þú af mér. Grimaldus mælti: Jarls nafns ok þeirrar tignar er þar[18] á at fylgja. Konungr svarar: [Ek skal gera þik jarl[19] ytir einni borg. Síðan lét konungr taka upp landtjöld sín, ok ferr nú heim með ágætum sigri. Hann gaf Grimaldo jarls nafn, ok var úríkastr[20] jarla hans.

6. Nökkurum vetrum síðar bar þat til eina nótt, at Grimaldum dreymir, at maðr kom at honum, ok þóttist hann kenna kuflmann. Sá biðr jarlinn upp standa ok fara til konungs[21] ok segja honum, at þit skulut fara í þann sama skóg, er mit[22] fundumst, ok í landsuðr, þar sem þykkastr er skógrinn, þar munu þér[23] finna lítinn stíg, ok er þú kemr[24] or skóginum, þá man vera slétta græn undir fjallshlíð ok skógr umhverfis, ok gnípa mikil gengr[25] af fjallgarðinum ok dalr undir ok [í dalnum einn[26] hellisskúti, þar munu þér[27] finna lík mitt undir,[28] þar hefig[29] búit hálfan þriðja tug vetra. En ek vil, at Karlamagnús láti gera kirkju,[30] ok fái þar til menn at þjóna, þá ertu frjáls allra skulda við mik. Síðan hvarf hann á brott, en Grimaldus vaknaði ok segir konu sinni drauminn. Hon mælti: Rís upp skyndiliga ok seg konungi, úhæft er at dvelja, segir hon. þú

---

[1]) fyrr *tilf. b.* [2]) eðr *b.* [3]) maðr *b.* [4]) *tilf. b.* [5]) mjök *tilf. b.* [6]) fast *b.* [7]) maðr *tilf. b.* [8]) [*mgl. b.* [9]) hugða ek *b.* [10]) um stund *tilf. b.* [11]) sýndust *b.* [12]) mér *b.* [13]) [þat fauk af *b.* [14]) tíma *b.* [15]) vera *b.* [16]) því at ráða, sem ek hefir þar um heitit *b.* [17]) fékk *b.* [18]) því *b.* [19]) [Gera man ek þik jarl víst *b.* [20]) minzt háttar *b.* [21]) Karlamagnús *tilf. b.* [22]) vit *b.* [23]) þit *b.* [24]) fram *tilf. b.* [25]) saal. *b*; gékk *B.* [26]) [*tilf b.* [27]) þit *b.* [28]) *mgl. b.* [29]) hefir ek *b.* [30]) í þeim stað *tilf. b.*

eggjar úvarliga, ef ek ber rangt upp fyrir konung,[1] segir hann, [ok man ek þá[2] rekinn af ríki. Hann sofnar í annat sinn, ok kemr at honum hinn sami maðr mjök reiðuligr ok mælti: Lítt minnist þú þess, at ek hefi þér gott gört, ok hér fyrir týnir þú lífinu, ef þú ferr eigi. Hann vaknar ok segir konu sinni. Hon biðr hann eigi dyljast við. Hann reiddist orðum[3] hennar, ok sofnar it þriðja sinn. ok sýndist honum þessi maðr þegar,[4] ok var þá allreiðuligr, [ok laust[5] með sprota sínum í höfuð honum, ok mælti: Rís upp nú, vesæll maðr, ok er nú verra en fyrr, skaltu nú ok hafa nökkut fyrir þitt þrálæti, auga þitt annat skal út springa. Síðan hvarf hann í brott. [Ok síðan ríss hann[6] upp skyndiliga ok ríðr með sína menn á konungs fund, ok segir honum greiniliga allan þenna fyrirburð.[7] En konungr bregðr við skjótt, ok fara þeir eptir fyrirsögn[8] jarls, ok fundu þar sem [til var[9] vísat einn mann nýandaðan, ok horfði í austr. Þar var ilmr dýrligr, svá at hverr er þar var hugðist kominn[10] í paradisum. Keisarinn kendi þar sinn kæra vin Vilhjálm korneis ok varð harðla feginn, lét hann þar grafa líkama hans í jörð með miklum veg. Hann lét þar kirkju reisa ok lagði [þar til[11] jarðir miklar ok mörg önnur gœði. Síðan tók hann af Grimaldo jarls nafn ok setti hann ráðsmann[12] at þessum stað, ok þjónaði hann þar guði ok hans kona, meðan þau lifðu,[13] ok margir aðrir. En Karlamagnús konungr[14] fór heim í Frakkland með sínum mönnum.[15]

[1]) konunginum b. [2]) [þá man ek vera b. [3]) við orð b. [4]) enn b. [5]) [hann sló b. [6]) [En jarl ríss b. [7]) atburð b. [8]) forsögn b. [9]) [þeim var til b. [10]) vera tilf. b. [11]) [til þeirrar kirkju b. [12]) ráðamann b. [13]) bæði tilf. b. [14]) keisari b. [15]) ok stýrði sínu ríki með mikilli virðing ok sómasemd. Hann settist þá í þeim hálfum Frakklands, er Lotharingia heitir. tilf. b.

TIUNDI PARTR KARLAMAGNUS SÖGU UM KRAPTAVERK OK JARTEGNIR.

Meðr engu móti er þat gleymanda eðr niðrfellanda, sem skrifat finnst í sannligum letrum af þeirri sœmd ok virðing, sem várr dróttinn Jesus Kristr veitti þessum frægðarfulla keisara Karlamagnúsi þegar hér í heimi fyrir þá armœðu sem hann þoldi fyrir hans kristni alla sína daga, heldr er þat skrifanda ok senniliga[1] segjanda, þó at þat sé eigi glöggliga greint, á hverjum tímum keisarans ríkis þessa hluti hefir til borit sem nú skal segja. Þann tíma sem stýrði guðs kristni herra Leo pávi hinn mikli á dögum Constantini Miklagarðs konungs, föður Leonis, ok á tímum Johannis patriarche í Jórsölum, tók virðuligr herra Karolus keisara nafn yfir Romania. Sturlaðist mjök þar fyrir konungrinn í Miklagarði, at Romani höfðu tekit sér nýjan keisara, því at ævinliga þar til hafði hvergi verit í kristninni[2] keisaradóms sæti[3] nema í Constantinopoli, þar til er Romani fœrðu sik undan oki Grekorum ok gáfu Karlamagnúsi Frakka konungi fyrstum keisara nafn. En alla þá sturlan sem Karolo [fluttist eða veittist af[4] Miklagarðs konungi bar hann með heilagri þolinmœði, ok þat lagði[5] hann yfir, at síðan er honum var sagt, at Miklagarðs konungr óttaðist nökkut at nývorðinn keisari mundi vilja leggja undir sik hans ríki, gerir Karlamagnús sína sendiboða með blíðum bréfum ok stöddum friði, svá at alla þá hrœring, sem áðr var, læknaði hann með sínni góðvild, setti sætt millim londanna [með sönnum friði.[6] En hversu guði líkaði,[7] at Karlamagnús hafði keisari gerzt má lýsast[8] í því sem eptir ferr. Nærri þeim tíma, sem þetta fór fram í Roma, géngu heiðnir menn [enir vestu[9] með stórum herskap á várs dróttins jörð í Jórsölum með svá

---

[1]) sanliga *b.* [2]) í kristnum sið *b.* [3]) stöðugt *tilf. b.* [4]) [*saal. b;* flutt er eptir *B.* [5]) *saal. b;* sagði *B.* [6]) [*saal. b;* ok var þat öllum friðum *B.* [7]) virðist *b.* [8]) *saal. b;* þar saz *B.* [9]) [enn um sinn *b.*

[miklu megni[1] framar en fyrr, at þeir höfðu náliga fangat[2] landit ok jafnvel Jerusalem, svá at Johannes patriarcha mátti eigi viðhaldast ok flýði hingat yfir hafit til Miklagarðs. Fylgdu honum margir ágætir menn, en tveir af þeim eru nefndir, Johannes prestr af Neopoli ok David erchiprestr af Jórsölum. En því leitar patriarcha til Constantinopolin, at sá Constantinus, er þá ríkti hafði þá[3] 7 sinnum frelsat Jórsalaland af heiðnum mönnum,[4] ok því þikkir herra Jóni þar[5] enn vænast til uppreistar. Er hann tekinn ágæta vel af Garðskonunginum, en þá[6] minkar því[7] mjök þeirra fagnað, hversu hörmulig tíðendi váru at tala, því at svá sem konungrinn veit framar hvat fram hefir farit, skilr hann görla, at heiðingjar hafa þrífaldan styrk um þat fram sem fyrr, bæði [af fjölda manna[8] ok vígvélum, því fær honum mikils áhuga, hvat[9] líkast er fram at fara. Víkr hann nú þangat til trausts sem bezt sœmdi,[10] biðjandi várn dróttin fulltings ok tillögu. Því berr fyrir hann, eina nátt sem hann sefr, at frammi fyrir sænginni stendr[11] maðr ágætliga fagr, hann klappar á sængr[12] pílárinn, sem í þat mark, at konungr skyldi vaka ok heyra hvat er hann segir; því næst kastar hann blíðum orðum á konunginn svá talandi:[13] Constantine, vel gerðir þú, leitar[14] guðs fulltings í þinni þjáning;[15] er ek nú ok sendr at segja guðs[16] vilja. Þú skalt kalla Karolum Frakkakonung með þér at frelsa jörðina, því at hann er umfram aðra menn vígðr ok valinn af guði brjóst ok brynja fyrir heilagri kristni. Eptir svá talat leiðir hann fram fyrir konunginn einn forkunnlegan riddara, hann er með hníganda yfirbragði ok þó yfirbæriliga ljóss á sitt hörund, augu hafði hann svá fögr sem þá er leiptrar af bjartri stjörnu, skegg hefir hann hvítt ok sítt á bringu niðri,[17] hár á höfði hans glóar fagrt með skínandi hæru, dubbaðr er hann bæði til handa ok fóta, uppi er hann skrýddr með snjóhvítri hringabrynju, en niðr með björtum brynhosum, skjöld hefir hann rauðan á hlið, ok gyrðr sverði með hjölt[18] ok meðalkafla svá vænan, sem þat bæri purpuralit; stórliga sterkligr var þessi maðr, með miklum vexti til hæðar ok allra lima, því var hans spjótskapt bæði hátt ok digrt, ok út af spjótsoddinum sér konungr optar en um sinn at flýgr bjartr eldslogi; annarri hendi heldr hann á[19] gullroðnum hjálmi, en stendr fyrir konunginum með beru höfði. Hinn ungi maðr talar þá til konungsins: Sé hérna, þenna valdi guð ok vígði, ok virð með sjálfum þér, hvat hann man mega

---

[1]) [*saal.* b; miklum megin *B*. [2]) fangit *b*. [3]) *mgl. b*. [4]) *tilf. b*. [5]) *saal. b;* þat *B*. [6]) þó *b*. [7]) þat *b*. [8]) [at fjölmenni *b*. [9]) *saal. b;* hvar *B*. [10]) samdi *b*. [11]) ungr *tilf. b*. [12]) sængar *b*. [13]) *tilf. b*. [14]) er þú leitaðir *b*. [15]) þröngving *b*. [16]) þér hans *b*. [17]) niðr *b*. [18]) hjalt *b*. [19]) *saal. b;* at *B*.

með síns herra fulltingi. Ok án dvöl er sýnin brott tekin, en konungrinn vaknaði ok veit gerla hvat hann skal gera; því þakkar hann guði þessa vitran ok kynnir hana herra Jóni. Því eru[1] nú samin öll ráð, at þeir skuli[2] skrifa til Karlamagnúsi keisara.[3] Biðr fyrst[4] herra Jón, at konungrinn sjálfr muni samsetja bréfit ok skrifa sinni hendi upp á þann málshátt, sem hann vissi vel gagna Romanis. Konungrinn gerir svá, setr í fyrstu alt í[5] fögrum skilningi ok samblandinni hrygð, hversu gröf lausnara várs ok hin heilaga borg Hierusalem er haldin af heiðnum dómi, ok sjálfr patriarchinn á flótta kominn. Sem þess háttar efni er alt úti undir kveðjusending ok nafni Johannis, leggr konungr með undir sínu nafni við enda bréfsins alla þá vitran, sem áðr er lesin, ok eptir þat leggr hann til eina klausu ok fim versa með latínu:[6] Fagna þú í dróttni ok staðfestz í hans lofi, haf þik frammi eptir hans boði, því at jartegnir orðum œðri hefir hann sett fram fyrir þik; veri guð með þér ok sœmi þik makligri tign, gyrðandi lendar þínar með réttlætis linda, ok prýði höfuð þitt með eilífri kórónu. Svá er lyktat bréfit ok innsiglat, valdir síðan legatar til at bera þat Karolo konungi. Eru þeir legatar fyrrnefndir sira Jón Neopolites ok David Jerosolimites ok aðrir tveir með þeim Jsaach ok Samuel, báðir ebreskir. Þeir verða vel reiðfara, létta eigi fyrr en þeir finna Karolum konung í sjálfri Paris á Frakklandi. Ok sem hann hefir þat[7] uppbrotit ok yfirlesit, tárast hans háleit góðfýsi einkanliga fyrir gröf dróttins ok aðra merkisstaði hans hérvistar. Ferr hann svá með bréfit, at hann býðr Turpin erchibyskupi at skýra þat fyrir öllum lýð, á þá[8] tungu sem hverjum [má verða[9] skiljanligust. En er Franzeisa fólk heyrir þá hörmung, stendr alt um konunginn óp ok kall með einni bœn, at hann rétti sína hönd ok steypi guðs úvinum. Þurfti þar ok eigi mikils við, því at [konunginum var viljugra en nökkurum öðrum[10] gott at gera.

2. Síðan sendir hann boð um alt sitt ríki með almenning, at hverr skal sik búa, sá er vápn má bera, en sá er sik dregr undan þessarri herferð, skal vera með sonum sínum sem þrælborinn maðr,[11] ok verða sekr við krúnuna fjórum skærum[12] peningum á hverju ári. Svá mikill herr kom hér saman með riddaraligri mekt ok almúga, at þvílíkan styrk hafði Karolus aldri fengit fyrr í nökkurri för. Svá mikil guðs miskunn gengr með þeim um torbreytan[13] veg lands ok lagar, at engrar mótbáru getr bókin, fyrr en þeir koma yfir haftt ok upp í Jórsalaland. Verðr þá fyrir þeim skógr mikill, var

---

[1]) *saal. b*; er *B*. [2]) skulu *b*. [3]) konungi *b*. [4]) *mgl. b*. [5]) með *b*.
[6]) þat alt saman má svá norrœna *tilf. b*. [7]) bréfit *b*. [8]) *saal. b*; hverja *B*.
[9]) [yrði *b*. [10]) [konungrinn var viljugri en nökkurr annarr *b*. [11]) *saal. b*; væri *B*. [12]) *saal. b*; sketum *B*. [13]) torbreyttan *b*.

þat meinlig mörk með mörgum dýrum grimmum, sem eru gammar ok birnir, leones ok tigres ok önnur fleiri. Herrinn hefir engan vissan leiðsagara um skóginn, [ok hugsar konungr,[1] at þeim muni af taka sama dags. En þat ferr eigi svá, því at yfir mörkina er eigi miðr[2] en tvær dagleiðir. Náttar nú at þeim ok villast myrkrum,[3] ok býðr konungr at setja [landtjöld sín,[4] segir þá at hann vill eigi rekast í myrkrum. En herrinn liggr umbergis undir berum himni. Konungr vakir um náttina ok syngr psalma sína. Ok þann tíma sem hann las[5] capitulum: Legem ponc, ok þenna versa: Deduc me in semita mandatorum tuorum, klakar einn fugl undir tjaldstrénu,[6] þar rétt upp[7] yfir sem konungr liggr undir niðri. Hans rödd er svá hvell, at heyrir um allan herinn, ok hverr maðr vaknar við. Konungr heldr fram lestri sínum alt þar til sem[8] líðandi psalmabókinni segir hann þenna versa: Educ de custodia [mandatorum tuorum[9] animam meam ad confitendum nomini tuo. Sem hér [er komit, stendr[10] mjök lýst af degi, tekr nú fuglinn til annat sinn ok œpir hátt, sem hann veki allan herinn; heyrist nú hans rödd með skýrum orðum móti fugla náttúru. Hann segir svá tvisvar til konungs: Franseis, hvat segir[11] þú. Við þetta klæðist konungrinn. Ok sem herrinn er búinn, sjá þeir allir, at sjá[12] litli fugl, sem klakat hafði, býðr sik til leiðsögu, flöktir hann fyrir forntroðinn stig, ok þar eptir ferr allr herrinn at boði konungs, þar til er þeir kómu[13] á skýran þjóðveg. Eru þeir þá greiddir sem þurfti. En svá segja pílagrímar, at eptir þessa umferð Karlamagnús konungs sé fuglasöngr á þeirri mörk með skiljanligum orðum. Eigi greinir bókin hvílíkan styrk Grikkja[14] konungr hafði[15] til með honum at frjálsa Jórsalaland, en þat er vitat, at svá harðan herskjöld bar Karlamagnús yfir landit, at hann hratt heiðingjum[16] frá herfangi til helvítis, drap ok deyddi þann suma lýð, svá at erfðajörð[17] almáttigs guðs skipar hann aptr í bezta punct er verit hafði. Í þeirri ferð vitjar hann Hierusalem með [lítilæti dýrkandi[18] guð, þaðan snýr hann norðr um haf til Miklagarðs. Í[19] því má þat vel skiljast, at Grikkir[20] hafi verit í sömu herferð,[21] því at eigi mundi Karlamagnús konungr úboðinn fara til Miklagarðs; var þar herra patriarchinn[22] fyrir. Leggjum vér þat fyrir lið at greina, hversu borgin þaut með hátíðligri gleði í þvílíks manns tilkvámu ok öllum fagnaði. Ok eptir nökkura daga sýnir sá blezaðr herra sína

[1]) [því konungr hugsar *b*. [2]) minnr *b*. [3]) vegarins *b*. [4]) landtjald sitt *b*.
[5]) les *b*. [6]) *saal. b*; tjaldstreen *B*. [7]) uppi *b*. [8]) í *tilf. b*. [9]) [*mgl. b*.
[10]) [stendr, er *b*. [11]) sefir (!) *b*. [12]) sá *b*. [13]) koma *b*. [14]) Girkja *b*.
[15]) lagði *b*. [16]) *saal. b*; höfðingjum *B*. [17]) erfðarjörð *b*. [18]) [lítillætis dýrkan við *b*. [19]) Ok *b*. [20]) Girkir *her og senere b*. [21]) herför *b*.
[22]) patriarcha *b*.

hœversku, biðjandi herra patriarchann gefa sér orlof til heimferðar. Sem þat er gert, hefir Grikkja konungr stóran viðbúnað at leiða konunginn út, því at fram á eitt pláz er sett[1] fyrir hann svá mikil þessa heims dýrð, með gull ok dýra steina, klæðakyn ok allra handa hluta, sem elskarar[2] þessarrar veraldar [mundu vilja[3] girnast lífi framar. En því [gerði hann[4] svá, at Grikkjum var [hann úkunnigr,[5] sem brátt prófast; því at þegar í stað sem gjafirnar váru[6] framlátnar, víkr keisarinn[7] frá þegjandi ok kallar sitt stórmenni sem á ráðagerð, svá til orðs[8] takandi: Hvat leggi þér til ráða, góðir höfðingjar, hvárt mér[9] skulum þiggja þessar gjafir? Þeir váru fljótir í andsvörum, því at þeir kunnu vel konungs skaplyndi, þó at hann spyrði þá at: Þat er várt ráð, segja þeir, at mœða sú er vér frömdum fyrir guðs ást at eins, bíði hans sjálfs en eigi dauðligs manns. Við þessa tillögu varð keisarinn harðla feginn, fyrirbjóðandi sínum mönnum at sjá þetta glys. Hér af angrast Grikkja konungr ok öll hans hirð, ef útleiðsla keisarans vill ekki þiggja, ok hér kemr með ráði stöddu, at hann verðr þröngdr til með sœring[10] í nafni dróttins, at hann þiggi einshverja gratiam. Velr þá konungr þat sem honum sómdi bezt, at honum veittist heilagr dómr nökkurr af píningartáknum dróttins. Sem þat er játat með fagnaði, skipar patriarca þriggja daga föstu öllum Franzeisum; þar í móti eru[11] kosnir 12 virðuligir menn af Grikkjum at standa ok styrkja þjónostuna, ok þeir skyldu fasta með Franzeisum.

3. Á þriðja degi föstunnar gerir Karolus játning sína fyrir heimoligum skriptafeðr sínum Ebrono[12] byskupi. Ok sem dagrinn kemr, skriptast allir virðingamenn í höfuðkirkju staðarins. Eru þá settir tvennir kórar at syngja letanias, svá at aldri falli lofit, meðan þjónostan gerist. Höfuðsmaðr fyrir embættinu, at taka út helgan dóm af sinni hirðslu, var dýrligr faðir Daniel byskup Neapolitanus,[13] ok sem hann lýkr upp þá techam,[14] sem þyrnikrúna[15] dróttins várs var geymd í, gengr svá mikill ilmr um musterit, at allir nærverandis menn hugðu sik vera í paradiso; þar með fór þat ljós, at allir þóttust hafa fengit himneskan klæðnað fyrir þá birti er á stóð. Sem lausnari várr hefir svá byrjat sér til sœmdar, fellr Karlamagnús flatr til jarðar, biðjandi várn herra at hann muni endrnýja stórmerki sinnar pínu, ok án dvöl eptir hans bœn kemr dögg af himni niðr yfir þyrnitréit, svá at þat vöknar alt ok klöknar í augabragði til nývorðins ávaxtar, svá at þegar í stað blómgast þat með fögrum

---

[1]) fram *tilf. b.* [2]) elskari *b.* [3]) [mundi *b.* [4]) [gerðist hér *b.* [5]) [úkunnr Karlamagnús keisari *b.* [6]) eru *b.* [7]) hann *b.* [8]) orða *b.* [9]) vér *b.* [10]) sœringum *b.* [11]) váru *b.* [12]) Ebroino *b.* [13]) Neopolitanus *b.* [14]) thecam *b.* [15]) þyrnikóróna *b.*

flúrum. Tók þá byskup Daniel tilsamdan tesaur ok snífir þau nýu flúrin[1] niðr í þat tréker, fagrliga fóðrat innan, sem Karlamagnús hafði látit til búa. En meðan byskupinn fremr[2] þat blezaða verk, er þat greinanda, hversu dróttins dýrð fór þá æ ok æ vaxandi. Sem blómin spruttu, kom sá ilmr at nýju, at allir sjúkir menn urðu heilir í kirkjunni; var sá[3] millum annarra, at um 20 ár[4] ok fjóra mánaði var mállauss blindr ok daufr, en nú græðir dróttinn hann svá at heilu, at við fyrsta ilm, sem krúnan tókst út, fékk hann [fagra sýn; en þá er blómin spruttu, fékk hann[5] málit; en þá er byskupinn bar járn á, þá hann glöggva heyrn. Því er dásamanda eigi lítt, hverr paradisus þá var[6] á jarðríki, er svá geislaði guðs miskunn. Ok er byskupinn hefir sniðit flúrin niðr í kerit, fær hann þat sama Karolo konungi; hann hefir til reiðu drifhvítan dúk eðr glófa ok lætr flúrin[7] þar í koma; fær hann byskupinum aptr kerit, því at nú skal hann þiggja af snið[8] þyrnisins. En hann heldr meðan á öðrum glófanum með flúrunum, góðfúss í guði sem tárin váttuðu. Ok sem þyrnigjöfin réttist at keisaranum, hefir hann til reiðu annan glófann, en vill þann rýma láta undan, sem með flúrunum var, ok hyggst at fá hann Ebrono[9] byskupi skriptafeðr sínum. Nú ferr svá í millum þeirra, at hvárgi sér annars gerð fyrir tárum; konungr lætr lausan glófann, en erchibyskupinn tekr eigi með, ok eigi því heldr fellr hann til jarðar, heldr stendr hann í lopti um eina stund dags. Prófast þat vel þann tíma sem konungr réttir annan glófann at erchibyskupinum, því at nú sér hann ok báðir þeir fyrra glófann, hversu [guð almáttigr[10] heldr hann[11] upp. Þessu næst er þat greinanda,[12] at svá sem konungr lætr flúrin or glófanum niðr í þá hirðslu, sem fyrir[13] var búin, snúast þau með himneskri dýrð ok blezan upp í mannam, þat köllum vér himnamjöl. Dýrð sé várum herra Jesu Kristo, er fyrir manna augum sýnir svá miklar jartegnir í lífligum ávexti; því at í fyrra stað greinir bókin, at þá er byskup sneið flúrin, blómguðust þau meir ok meir í staðinn, en nú þetta annat með allskyns heilsugjöfum, at þau snörust í mannam, sem áðr var[14] sagt. Sem hér stendr, kemr gnýr mikill [yfir fólkit ok[15] musterit, því at almúgi staðarins er á ferð kominn sem með herópi fram at kirkjunni ok þessu orðtaki: Hér er nú páskadagrinn, hér er upprisa dróttins, því at sá ilmr er héðan gengr út, hefir inn leitat í hvert hús ok hreysi um allan staðinn, með þeirri heilsugjöf at 300 manna sjúkra renna nú kátir at lofa guð. Enn þiggr Karla-

---

[1]) flúr b. [2]) framdi b. [3]) einn tilf. b. [4]) ok 3 ár b. [5]) [tilf. b. [6]) varð hér b. [7]) flúrit b. [8]) sjálfs tilf. b. [9]) Ebroino b. [10]) [guðs almætti b. [11]) honum b. [12]) dýrðarverk dróttins segjanda b. [13]) tilf. b. [14]) er b. [15]) [undir b.

magnús blezaðr fleiri gjafir dróttins, því at nú lýkr Daniel upp þat alabastrum, er í geymdist nagli dróttinligrar pínu,[1] þann sama offrar hann keisaranum, þar með part af krossi dróttins, reifalinda hans, [þar til sveitadúk hans[2] ok serk várrar frú[3] guðs móður Marie, ok handlegg Simeonis er bar várn dróttin. Nú kann vera, at nökkurum skýrum manni þikki ísjávert, hví bókin setr, at hin dýrustu tákn lausnara várs herra[4] væri geymd í Miklagarði, en eigi í Jórsalalandi. En þar er opinber skynsemi til, at heilagir dómar dróttins væri fluttir undan ágangi ok úfriði heiðinna þjóða. Leystist[5] svá Karolus af Grecia, at margr mátti guð lofa fyrir hans þarkvámu, því at sá drakk nú kátr, er áðr syrgði í kör. En hversu margar jartegnir urðu í hans veg, er eigi várt at rita, því at í einum kastala er hann dvaldist um 6 mánaði urðu heilir 50 manna, ok einn reistr af dauða. En er hann kemr heim í Frans, velr hann sem optar til frábærra sæmda þann stað er heitir Aqvisgranum, þat kalla sumir menn Achis eðr Tachin. Í þenna stað flytr hann helga dóma.[6] Urðu þá enn at nýju svá miklar heilsugjafir þar í staðnum, sem bókin greinir nökkut af, en sumt segir hon útalit, blindir menn ok riðusjúkir váru í sínum fjölda úreiknaðir, óðir menn 12, líkþráir menn 8, kararmenn 15, haltir menn 14, handlami 50, hryggknýttir 50 ok tveir, brotfeldir 20,[7] at frátöldum þeim er umbergis sátu af nálægum stöðum. Nú með því at várr dróttinn[8] lýsti svá kristni sína fyrir þessa helga dóma, skipaði svá heilagr faðir Leo pávi með vild[9] Karoli konungs ok samþykt Achillei Alexandrini byskups ok Theophili Antioceni, ok margra annarra byskupa, ábóta ok lærðra manna, at á síðasta Jdus dag Junii mánaðar á hverju ári skyldi [einkanliga ok hátíðliga[10] sæmd veitast þessum helgum dómum. Styrkti svá dróttinn þessa setning, at á sama byskupaþingi reis maðr af dauða. Víkja svá bækr til, at Karolus konungr miðlaði ríki sínu af þessum guðs ástgjöfum, sem segir í Maríu jartegnum, at hann gaf serk várrar frú[11] í Carnotum, en himnamjölit er mér[12] gátum, gaf hann vin sínum Dionisio í Sendenis, ok hyggja margir þat vera tilkomit af því manna, er dróttinn gaf Jsraelitis. Í Achis reisti Karlamagnús virðuliga Maríu kirkju, er hann kallaði Mariam rotundam, þat musteri er [undarliga með frábærum hætti[13] smíðat, kringlótt í sínum vexti með forkunnligum[14] hagleik.

4. Svá segir Speculum Historiale, at á dögum þessa Karoli blómgaðist [í kristninni[15] virðuligr byskup Sallinus at nafni, þeirrar

---

[1]) píningar b. [2]) [tilf. b. [3]) frúr b. [4]) mgl. b. [5]) Leysti b. [6]) dómana b. [7]) 60 b. [8]) Jesus tilf. b. [9]) ráði b. [10]) [einkanlig ok hátíðlig b. [11]) frúr b. [12]) vér b. [13]) [frábærliga b. [14]) undarligum b. [15]) [mgl. b.

borgar er Ambianis[1] heitir. Þá borg reisti forðum Antonius keisari, öðru nafni Pius, ok gaf henni[2] nafn af þeirri móðu er féll í nánd, ok kallaði hana Lambon. En síðan sem Gracianus son Valentiniani tók ríki, setti hann sitt öndvegi í þeirri borg, gefandi henni nafn annat af þeirri grein at rennandi vötn umkringdu staðinn, ok því kallaði hann hana Ambianis. Í þessarri borg var Sallinus byskup, kraptamaðr mikill, svá at hann gaf blindum sjón,[3] heyrn daufum, en tungu mállausum. Honum samtíða var í Ambianis sá konungr er hét Hisperich, hann lézt vera kristinn maðr, en var einn Arianita reyndar, sem í því prófaðist, at hann tók upp eina nýjung, er hann hugði kristna menn eigi skyldu við sjá, at maðr skyldi játast at[4] trúa á guð einn, en þat kvað hann þarfleysu at játa þrjár persónur [vera guð[5] í heilagri þrenningu, föður ok son ok heilagan anda, ok þetta segir hann Sallino byskupi [sínum munni munu[6] samþykkja. En er þat flyzt af orðum hans,[7] segir byskupinn[8] því síðr samþykkja skulu, at ef hann náir því letri, sem þar er um gert, skal hann skera þat í sundr ok brenna í eldi, því at guðs maðr sá, at fundning[9] þessi reis af gömlu grunni[10] villunnar, því at Arianite starfa þat at minka várn græðara Jesum, ok kalla hann lægra í náttúru en guð föður ok helgan anda, ok[11] vildi hann vansignaðr konungr, at úgreindar væri þrjár persónur, at eigi sýndist guðs son makligr jafnri sœmd sem faðir ok heilagr andi.

En hversu afskaplig villa þat er, gerði ljóst byskup einn Amphilotus at nafni Jconiensis kristni, hann var á dögum þeirra feðga Theodosii ok Archadii konunga. Þessi byskup var skörungr mikill ok klerkr geysi[12] góðr, því at hann samsetti með latínu líf ok jartegnir hins heilaga Basilii Cesariensis episcopi. Mikit hatr ok heilagt hafði hann til Arianitas,[13] svá at þeirra uppgang vildi hann mýgja eptir megni, ok þess eyrendis er lesit at hann fœri á fund Theodosii keisara, at hann lögtœki fyrir alt Rómverja vald, at engi stórþing né breiðar stefnur héldi þess háttar villumenn, því at byskupinn flytr, at þeirra samkvámur eru eigi annat en meingerðir við guð. En sakir þess at með konunginum var þat í tvennu lagi, rétt trúa ok mikil hyggendi,[14] sýndist honum í fyrstu sem þetta væri grimdarkyn at bægja[15] þeim svá mjök, veittist eigi þat er beðit var, ok því snýr byskupinn brott þegjandi ok býst þegar til brottreiðar[16] af hans[17] garði. Sem hann er búinn, gengr hann í þat herbergi sem báðir samt konungarnir eru fyrir, ok þar kominn hneigir hann Theo-

---

[1]) Ambionis *her og senere b*. [2]) *saal. b*; hans *B*. [3]) sýn *b*. [4]) *mgl. b*. [5]) [*mgl. b*. [6]) [muni [ljúft] at *b*. [7]) konungs *b*. [8]) hann *b*. [9]) funding *b*. [10]) föður *tilf. b*. [11]) því *tilf. b*. [12]) *mgl. b*. [13]) Arianita *b*. [14]) hógværð *b*. [15]) *saal. b*; hegia *B*. [16]) brottferðar *b*. [17]) konungs *b*.

dosio konungi með allri hæversku, en lætr eigi sem hann sjái Archadium, snúandi svá til ferðar. Theodosius hugsar þat vorðit fyrir vangeymni byskupsins, ok kallar eptir honum, hví hann gengr svá. Byskupinn víkr aptr í sömu¹ sporum, ok spyrr hvat honum mislíkar. Konungr segir þá, at hann heilsaði eigi né kysti son hans. Byskupinn svarar: Ek sœmdi yðr, ok þat vinnr honum þörf, því at [þú ert² faðir hans. Konungr kvað³ þann engan sœma sik, sem eigi virðir Archadium [konung með verðugri⁴ tign eptir hans skipan. Byskupinn lætr nú upp ganga hljóðin: Já, já, segir hann, [ef þér⁵ dauðligum manni þikkir minkan í, at son þinn er eigi tignaðr konungligri tign sem sjálfr þú, hversu man þá [fara eðr⁶ líka eilífum guði feðr, ef hans eingetinn son, honum samjafn í allri dýrð, skal missa sinnar virðingar í vantrú Arianorum. Við svá háleita skynsemd þagnar keisarinn,⁷ því at í eigit brjóst skildi hann, hversu röksemdin var rétt; gerir síðan boð um alt sitt ríki, at guðs úvinir Ariani skulu engar vegtyllur hafa, ok hvat annat í hverri grein sem byskupinn hafði flutt þeim til minkanar.

En nú þessu næst skal aptr snúa til Sallinum byskups, því at honum stóð á aðra hönd Amphilotus byskup at fyrirlíta ok fóttroða Arianos með sínum góðum lifnaði. Hafði Sallinus byskup heita góðfýsi at lýsa andir kristinna manna með sínu predicanarembætti, ok því fór hann víða lands um heruð at afla guði almátkum fagran ávöxt. Hvar af svá er lesit, at⁸ fyrsta páskadag var hann í þeim stað er Valent heitir, þat er konungsgarðr ok eign Karlamagnús konungs. Ok fyrir þá sök at konungr sat þar eigi utan á vísum⁹ tímum, skipar hann staðarins vald þeim riddara er Abbon hét. Þessi Abbon gerir aðra skipan út af sér, ok fær þeim manni forráð staðarins er Geirarð hét. Í þessum konungsgarði var vegligt musteri hins heilaga Martini, ok þar söng Sallinus messu á sjálfan páskadaginn. En af honum er þat einkanliga segjanda, at þann skrúða sem [hann bar í¹⁰ guðs embætti, fágaði hann umfram aðra hluti,¹¹ því at hann var bæði drifhvítr ok dreginn með gull, einkanliga þat cingulum sem byskupsins tign heyrir til at bera var alt ofit með rautt gull ok sett dýrum gimsteinum. Svá dýran skrúða bar hann með sér í hverja ferð, ok með þeim syngr hann á páskadaginn. En þó at þar kœmi saman margir í einn stað, váru eigi allir með einum hug, sem [síðar prófaðist;¹² því at optliga berr svá til, at af því sem góðr batnar til betra, spillist vándr til áfellis hins verra. Sem úti er messan ok byskup afskrýðist, gengr til hans ræðismaðr

---

¹) sömum b. ²) [þér erut b. ³) segir b. ⁴) [með konungligri b. ⁵) [af því b. ⁶) [mgl. b. ⁷) konungrinn b. ⁸) á tilf. b. ⁹) vissum b. ¹⁰) saal. b; herberge B. ¹¹) byskupa b. ¹²) [síðan prófast b.

staðarins Geirarð,[1] er vér fyrr[2] nefudum, ok býðr honum í sitt boð um daginn. Byskupinn þekkist[3] þat gjarna, gengr til herbergis með honum, ok lætr þangat flytja varnað sinn allan ok svá skrúða sinn til geymslu. En þetta páskaboð snýst í grát ok hryggiligan harm, með þeim hætti at húsbóndinn á sér son er heitir Vinigarð, hann var grimmr maðr ok fullr með þessa heims metnað,[4] hann hefir hugleitt hversu fagr var skrúði byskups, ok [er hann var[5] kominn undir þeirra vald, því ferr hann til við föður sinn ok dregr hann í þá guðs reiði, at hann leiðir[6] hjá sér, hvat[7] þeir byskup eigast við, ok eigi ferr betr en svá, at hvárr þeirra feðga hrindr öðrum í logann sjálfan, því at bóndinn samþykkir glœpinum, en Vinigarð fangar byskupinn niðr í eina dýflizu, þagat steytist[8] með honum einn hans þjónn hinn kærasti alt af barndómi. Í þetta starf hefir bóndason einn þræl með sér, er hét Vingar. Er nú ráðit til skrúðans ok nógu mikit til unnit, var hann skutlaðr[9] ok skorinn, en með þann væna kaleik er þar fylgdi með rauttu[10] gull fellir bóndason niðr fyrir afl, at þar með búist söðull[11] hans bæði at spöngum ok fögrum rósum.[12] Sem svá er komit, vill hann örugt um búa, at byskupinn megi hann eigi úfrægja, því sendir hann þrælinn at drepa byskupinn, ok sá aumr úvinarins þræll ferr sem boðit er.[13] En þá er hann sér byskupinn, fallast honum hendr. Guðs maðr skilr þegar fyrir yfirbragð mannsins ok vápnaburð, hvert hans eyrendi var, ok því býðr hann sik fram í nafni dróttins, biðr hann ekki óttast at gera boð síns herra, ok þat sama ferr fram, at þeir krúnast báðir á sömu stundu. Eru nú þessu næst önnur ráð með bóndasyni ok hans bölvaða þræli, hvar þeir skuli[14] grafa líkama þeirra, því at fullkomit morð á manndráp vill hann eignast. Þat verðr statt með þeim, at í því stóra byrgi, sem nautahjörð[15] föður hans stóð inni um nætr, skulu þeir gera gröf, ok þar í velta byskupsins líkam ok þeirra beggja. Þat[16] fullgera þeir án [dvöl eðr nökkuru nývirki[17] til ásýndar. En þat er guðligri tign mikit lof, hversu þegar byrjaði hon sœmd ok sælu þessarra sinna vina fyrir dauðligum[18] manna augum. Þat í fyrstu, at einn graðungr af hjörðinni tekr þann verknað upp á sik, at verja þat rúm[19] í tröðinni, sem guðs váttar lágu undir, því at horn sín ok harðfengi let hann úspart, ef nökkurr af hans kompánum vildi þar standa[20] sína náttúru viðr gefa. Svá ok, ef nökkut kynni[21] falla eðr fjúka niðr á daginn yfir legstaðinn, þat

---

[1]) Geirardus *b.* [2]) *mgl. b.* [3]) þektist *b.* [4]) metnaði *b.* [5]) [at hann er *b.* [6]) leiði *b.* [7]) er *tilf. b.* [8]) steyptist *b.* [9]) skurlaðr *b.* [10]) rauða *b.* [11]) stannsöðull *b.* [12]) doppum *b.* [13]) var *b.* [14]) skulu *b.* [15]) nauthjörð *b.* [16]) sama *tilf. b.* [17]) [öllu nýmerki *b.* [18]) dauðligra *b.* [19]) *saal. b*; enn *B.* [20]) en *tilf. b.* [21]) kunni *b.*

sem honum gazt eigi at, sem hann kom or haga síð á[1] kveldum, fékkst hann um löngum náttum[2] með fótum ok hornum at gera hreint. Hér með fór þat, sem enn er[3] dýrligra, at himneskr stólpi stendr upp hverja nótt or byrginu, svá skínandi at um langan veg mátti[4] sjást. Hvar fyrir svá gerðist[5] nökkura nátt í þorpi því er Berenticum heitir, at húsfreyja sú er þar bjó gengr[6] um bœjarsýslu ok sér fram til staðarins þann himneska ljóma, sem hon skilr ok[7] með jartegnum vera; því sœkir hon í sömu stundu[8] fram [til staðarins[9] ok undir stólpann. En er hon kemr framan at byrgisdyrum,[10] lízt henni sem þar brynni inni tveir lampar með frábærri birti, sem áðr var greint; dásamar hon þetta mjök með undran, hverfr heim aptr ok hefir engi orð um. Heldr hon vörð aðra nóttina ok[11] fleiri til, ok sér hon æ sama ljós, þar til at hon þorir eigi fyrir guði lengr at þegja, ok því ferr hon fyrir kennimenn kirkjunnar tjándi þeim þenna hlut.

5. Nú er at taka til sögu, þar er sitr Karlamagnús keisari,[12] má þar fljótt um renna, at þrjár nætr í samt birtist honum af guðs hálfu allr þessi æventýr, sem nú var lesinn, með staddri grein hverir drápu byskupinn ok úmannliga myrðu. Fyrir þá sök at guðs boði lyptir hann[13] sinni ferð til Valention, gengr hann at hit gegsta ok lætr grípa Geirarð, son hans Vinegarð ok þrælinn Vingar, bjóðandi með kúgan lífs ok lima, at þeir segi til legstaðar Sallini byskups. Svá sem þat er gert, býðr konungr blinda þá alla, ok af þeim feðgum báðum lætr hann sníða getnaðarlimina. Síðan lætr konungr upp taka helga dómana ok leggja í vagn með allri virkt, lætr síðan þar fyrir setja marga uxa[14] ok stóra, ok hyggst at aka brott af staðnum. En þess er eigi[15] kostr, því at vagninn er bláfastr, svá at hvergi bifast. Konungr skilr þá enn guðs vilja, sem hann var jafnan vanr, lætr frú leiða alla yxn utan tvá eina, ok án mannligri leiðslu skulu þeir draga vagninn í guðs forsjá. Þeir gera ok sinn veg harðla greiðan rétt hit[16] beinasta upp í bœinn fram fyrir kirkju hins heilaga Martini, þar er Sallinus byskup söng síðustu messu. Því sér konungr vilja guðs, at þar greptist[17] hinn heilagi Sallinus byskup, ok þat gerist með allri virðing. Síðan offrar hann Sallino byskupi þriðjunginn konungsgarðsins með[18] öllu því gózsi föstu ok lausu, sem þar til lá. Þat bar til í hans þarvist, at ein kona kom [fyrir hann[19] með [þeirri kæru[20] við bróður sinn, at í arfskiptum

[1] um *b*. [2] nátta *b*. [3] var *b*. [4] hann *tilf. b*. [5] gerist *b*. [6] gékk *b*. [7] þegar *b*. [8] stund *b*. [9] [í staðinn *b*. [10] byrgisdurum *b*. [11] enn *tilf. b*. [12] konungr *b*. [13] sjálfr *tilf. b*. [14] yxn *b*. [15] engi *b*. [16] *saal. b*; hvat *B*. [17] greptrist *b*. [18] ok *b*. [19] [til hans *b*. [20] [þá ákæru *b*.

þeirra hafi hann eigi réttvíss verit ok dregit undir sik hennar hlut. Konungr býðr manninum til andsvara. Byrjar þá konan enn sitt mál ok segist mishaldin. En hér á móti koma þau andsvör, at hann setr þvert nei fyrir málstaðinn, segir hana ljúga ok fást[1] í rógi fyrir höfðingjum, býðr þar á ofan sœri sitt til undanfœrslu. Sem þau akast þannin[2] á, segir konungr svá: Meðr því at ykkar er langt í milli, ok sakir fjarska er þit várut í, kemr eigi váttum til, [man sá[3] vitni [bera ykkar í milli,[4] er veit hvárt ykkart sannara hefir.[5] Er þat vár skipan, at þú maðr skalt fara til Marteins[6] kirkju ok vinna eið fyrir[7] líkama Sallini byskups, at þú standir á réttu, sem nú hefir þú flutt. Hann játtar því gjarna ok gengr glaðr í musterit at þeim blezaða byskupi ok vinnr eiðinn. Ok svá búit[8] sem hann er úti, kemr sú guðs reiði yfir hann, at sá meinsœrismaðr springr í sundr í miðju, svá at iðrin velta í ljós, fylgdi [hér síðan með[9] bráðr dauði. Vann þessi hlutr svá mikit, at dýrð byskupsins birtist því framar, réttlátir menn lofuðu guð því meir, en ranglátir hræddust því framar glœpi sína, einkanliga þeir sem sekir váru blóðs ok bana [þessa dýrðarmanns. Af Girarði er þat at segja,[10] at í sínu eiginherbergi lagðist hann í sút grátligrar [pínu ok[11] iðranar. En [son hans[12] var því djarfari, at hann sótti[13] til Martinus[14] kirkju at biðja byskupinn forláts[15] ok heilsubótar. En er hann kom í kirkjuna, brá henni svá við, sem hon mundi hristast öll í sundr af ógurligum skjálfta, svá at manndráparinn lagði á flótta ok sótti[16] þat klaustr, sem eignat var Amando byskupi; skilr svá við hans mál, at þar lagðist hann í kör í[17] dagliga kvöl fyrir sína glœpsku. En af þrælnum Vingar er þat lesit, at hann flýði til Marteins kirkju, biðjandi byskupinn mjúkrar miskunnar fyrir sinn glœp, játtandi með tárum ok framfalli, at hann þóttist nauðigr gert hafa þat guðs reiðisverk. Lauk svá hans máli, at sá signaðr byskup gaf honum í friðarmark annat augat með glöggri sýn. En Vingar lagði þar í móti svá mikla elsku, at hann kveðst engum dauðligum manni skyldu þjóna þaðan frá, heldr einum saman Sallino byskupi, er honum hafði svá mikla miskunn sýnda.[18]

[1]) seka *b*. [2]) þann veg *b*. [3]) [*tilf. b.* [4]) [um bera *b*. [5]) segir *b*.
[6]) Martini *b*. [7]) yfir *b*. [8]) brátt *b*. [9]) [þar síðan *b*. [10]) [; þat dýrðarverk af Geirardo er svá lesit *b*. [11]) [*mgl. b.* [12]) [*saal. b*; sem hann *B*. [13]) kom *b*. [14]) Marteins *b*. [15]) fyrirláts *b*. [16]) í *tilf. b.* [17]) ok *b*.
[18]) veitta. Her *indskyder b et Jertegn, som ikke findes i B, og ender midt i dette*: Til þess at mönnum verði því ljósara, hversu várri frú sancte Marie virðist þat verk Karlamagnús keisara, er hann lét smíða henni kirkju í Tachin, skal segja, hversu hon blezuð vildi vanda vígslugerð á því sama musteri. Tvenn er undirstaða þessa efnis, sú önnur, at í fyrrum tímum hafði verit einn ágætr byskup í greindum stað, Seruas

6. Þat váttar heilög bók, at Adrianus pávi hafi þat privilegíum veitt Karlamagnúsi keisara fyrstum um alt Franz ok Saxland, at hann skyldi kjósa alla formenn heilagrar kristni til sœmdar heilags anda, ok þat skýrir sú sama bók, at hvárki fyrr né síðar var kirkjan svá hreinferðug í sínum formönnum sem á dögum Karlamagnús, því at hvárki florena né fagrmæli spilti nökkurn tíma hans kosningi. Líða svá langir tímar, at hverr keisari eptir annan hélt hit sama privilegium, þar til er Gregorius septimus tók þat heim aptr undir Róma kirkju, fann þat at veraldligt vald sá þá meir til fémútu en ráðvendis ok guðhræzlu, hafa ok aldri síðan veraldligir höfðingjar haldit kirkjunnar völd. Má ok af slíku marka, hversu sá blezaði keisari Karlamagnús var ráðvandr ok réttvíss, at hinn hæsti herra í kristninni skipaði í hans vald ok forsjó svá mikla stjórn yfir kirkjunnar frelsi, at hann skyldi um alt sitt ríki velja lærða menn í hverja stétt ok stöðu, sem hennar valdi til heyrði. Nú svá sem sá mildi herra Karlamagnús keisari gerðist mjök hnignandi í góðri elli, tekr hann stríðan sjúkleik í þeim stað er heitir Aqvisgranum, svá at hann er leiddr at dauða, ok sem hann er nærri andláti gerðist sá lutr sem nú skal segja.

7. Turpin erkibyskup varð langlífari en allir aðrir kappar Karlamagnús konungs, sem hann váttar sjálfr í sínum letrum. Hann var staddr á framferðartíma keisarans í þeirri borg ríkisins, er Vienna heitir, ok sem hann gerir sína bœn innan kirkju einn morgin snemma fyrir altara, lesandi annan psalm í fimta dags nocturne Deus in adiutorium meum intende, sígr á hann höfgi, sem hann hefir byrjat, ok sér því næst í andarsýn, hvar fram fór mikill flokkr helvízkra anda, ok allra síðarst drattar einn blámaðr mjök drjúgliga svá sem stjórnari ferðarinnar. At þessum víkr Turpin erkibyskup, talar svá: Hvert skulu þér fara, segir hann. Blámaðr svarar: Vér gerumst fram í Lotharingiam til Aqvisgranum, þess erendis at taka sál Karlamagnús konungs ok hafa með oss til helvítis. Erkibyskup segir: Ek sœri yðr fyrir nafn hæsta guðs, at þér farit þessa leið aptr ok segit mér frá erendislokum. Blámaðr játtar því. Ok líðr lítil stund, svá at hann hefir varla lesit meðan psalminn Deus in adiutorium, áðr úhreinir andar koma aptr farandi sama veg mjök daprir ok niðrleitir. Erki-

<small>at nafni, mikill kraptamaðr ok sannheilagr eptir lífit, greptraðr í þeim stað er Mastr heitir 3 mílur út af Tachin; ok 30 vetrum frá hans andláti er algert þat ágæta hús í Tachin, er nýsmíðat skal vera guðs móður kirkja, ok því greiðist til frásagnar með þvílíkri annarri undirstöðu. Svá birtist einum byskupi, at sæl guðs móðir gékk framm fyrir son sinn Jesum Kristum í himinríki, svá mælandi: Son minn, hús er mér reist ok algert harðla vegligt í Tachin, ok þess staðar byskup hugsar vígja, ok því vilda ek, at sú vígsla gerð yrði einkar sœmiliga....</small>

byskupi þikkir þat vel, þótt heldr sé þeir úglaðir, ok víkr þegar at sama blámanni sem fyrr, er síðarst gékk, ok talar svá: Hversu fór yðr, segir hann, eða hver urðu erendislok. Hann svarar: Jlla hefir oss at farit, því at vér höfum engan lut fengit. Fór þat þó öðruvís en vér ætluðum um hríð, sakir þess at oss var í fyrstu boðinn nökkurr jafnaðr, at vér kumpánar ok þeir aðrir, er þagat kómu til mótsins, skyldum vega skilvísliga, hvárt meira væri gott eðr ilt með Karlamagnúsi konungi, ok þótti öllum (um) hríð nökkut í landsýn, þar til at þar skýzt at fram einn höfuðlauss maðr vestan af Galicia, ok dragsast meðr svá mikinn grjót ok trjá harka, at ek þikkist á æfi minni aldri slíkt sét hafa. Þetta alt rekr hann niðr í skálina Karlamagnús, svá at þegar stendr á jörðu; en þat mátti engan hlut, er vér áttum til mótsins; ok því sám vér, at við aflsmun var at etja ok oss görði aflfátt,[1] fórum því skjótt í brott ok erum nú hér komnir. Eptir þetta hverfr erkibyskupinn aptr til sjálfs síns, þakkandi várum herra almáttigum guði fyrir þat er Karlamagnús konungr var undan þeginn öllu djöfla valdi ok samlagaðr hans vinum í sjálfu himinríki. Sagði Turpin erkibyskup andlát keisarans fyrir þessa vitran sínum borgarmönnum í Vienna, svá skilríkliga sem hann hefði nálægr verit. En hvat er ætlanda hverr þessi maðr var, er fjándr kölluðu höfuðlausan mann, utan auðsýnt er at hinn sæli Jacobus þoldi hálshögg af sverði Herodis konungs, en birtist nú í fulltingi síns vinar Karlamagnús með kirkna uppsmíði, hvaðan þat gefr vel skilja, at sá sem kirkju eflir ok upp reisir, smíðar sjálfum (sér) himinríki.

8. Frægasti herra Karlamagnús keisari hvíldist til guðs í góðri elli kalendas februarii. Váru við hans andlát ok líktylgju allir dýrastu menn veraldarinnar, fremsti byskup hinn rómverski virðuligr herra Leo pávi, ok meðr honum vildastu höfðingjar af sjálfri Róma, hér næst erkibyskupar ok ljóðbyskupar, síðan ábótar ok hverskyns valdsmenn með útöluligum lýð, er öllum áttum dreif til Aqvisgranum, þegar er spurðist hinn hættari krankdómr keisarans. Því gerist í greindum stað svá sœmilig útferð þessa ens andaða manns, sem fyrr er úheyrt í öllum Franz, sakir þess at þat blezaða hold, er sik hafði engan tíma sparat í guðligu stríði, var svá mikillar virðingar í herra pávans augliti ok allra annarra nærverandis manna (ok) höfðingja, at þeir þora eigi líkamann meðr moldu hylja eðr nökkut minsta dupt á bera, utan heldr prýða hann konungligu skrúði ok setja upp á gulligan stól, svá réttan sem hann sé lifandi dómari, kórónu með skærasta gulli setja þeir á hans höfuð, ok láta ganga af krúnunni tvær gullfestar á bakit undir stólsbrúðurnar, at þær skulu halda höfðinu réttu, at eigi lúti líkaminn, heilagan textum fjögurra guðspjalla

[1] *saal. rettet;* iatfaz *B.*

skrifaðan gullstöfum láta þeir í hans hœgri hönd, en vinstri hönd leggja þeir til letrsins í þá mynd sem hann pungteri lögbókina, er hann sitr út at dœma; annan veg móti hans ásjánu láta þeir standa hans virðuligan herskrúða, gerandi síðan leiðit svá vaxit sem þessum umbúnaði til heyrir, mjök hátt ok formerat sem einn bogi, svá sterkliga lukt öllum megin, at hvergi mátti manns hönd nærri koma við. Síðan (var) leiðit gullagt utan ok viðskilit með allri virkt, er gerast mátti, sem einkanliga var makligt svá ágætum herra, því at textinn heilagra guðspjalla vátta(r) skýrt, hversu fast hann fylgdi lögum guðs í sínu lífi, með því at herra pávinn dœmir honum framförnum þá bók heyra, sem helgust má finnast ok œzt er í allri kirkjunni. Lesit hefir verit um stund af hinum ágætasta herra Karlamagnúsi keisara ok hans köppum, góðum mönnum til gleði, en nú munu vér þessu næst þann enda gera á þessu máli, at sá maðr hafi þökk af guði er skrifaði eða skrifa lét, ok sá er sagði, ok allir þeir er til hlýddu, ok lýkst svá nú Karlamagnús saga með þessu efni.

ANHANG.

Fragmenter af 3 Pergamentshaandskrifter af Karlamagnus Saga, fundne i det norske Rigsarkiv.

1.

. . . . *(Jfr. ovenfor S. 488[15]—489[3])* hesta oc mula .vij.h. camela. clyfiaða af gulli af arabia lande. hann vill oc gefa mer .l. vagna laðna af gersimum. hann vill sœkia fund minn til fraclandz oc vill hallda af mer spanialand oc þiona mer um alla lifdaga sina. oc vill fa mer til þess gísla at þat scal halldaz. en eigi væit ec huat hanum er i hug. Frankis menn svara at at þui væri hyggianda. Rollant reis þa upp oc mællti imote konungi oc sagðe sua. Vsyniom truir þu Marsilio konungi .vij. vetr ero liðnir siþan er ver komum til þessa landz oc hefi ek morg vandreþi þolat i þinu æmbætte. Ec sotta til handa þer Nobles oc Morinde. Valterne. Piue. Balague. Crudele. Sibilie. Pórt. oc Páilart. er stendr at landamære. En Marsilius konungr hefir opt suic oc lavsyrðe lyst við þic. hann sende til þin fyr scommo .xv. baruna sina at þui hofi sem nu sendi hann. oc hafðe huerr þæira kuist i hendi af olivo tre. oc baru þæir slic tiþendi sem þeir sogðo i gerkuelld. at konungr. þæira villde cristnasc. þu attir þa rað við frankis menn. oc þeir reþu usniallt rað. þu sendir þa .ij. iarla þina til Marsili konungs. Basan oc basilies. hann gerðe þa sem illr svikare oc lét hann þa lifi tyna. Nu halt þu fram hernaþi þinum. oc far með ollu liþi þinu til saraguze oc siþium þar um borgina. oc hættum eigi fyrr en ver nám borgina oc hefnum sua þeira varra felaga. er svikarinn' let þá drepa. Karlamagnus konungr hneig þa niðr hafðe sino oc stravk þa scegg sitt. en beindi campa. oc svaraði engu orþi. Frankis menn þavg . . . . *(S. 489[26]—490[22])* konungrinn læit til hans oc mællti. þu ert vitr maðr. en þetta scegg oc kampar sem ec hefi. segir sua.

eigi ferr þu þessa .xij. mañ sua langt fra mer. far oc sitt engi maðr byðr þer til þæirar sendifarar. huern vilium ver þangat senda segir konungr. Buinn em ek þæirar ferþar segir Rollant. ef þu vill konungr. Eigi scal sua vera segir oliver. þu ert of braðr i scapi. oc ætla ec at þu munir helldr isundr fœra sætt vára. en saman koma. En æf konungr vill þa em ek buinn at fara þa sendefor. Huargi yckar scal coma a þa stigu. oc engi yðarr .xij. iafningia. þa geck Turpin erkibyskup fram firir konung oc mællti. Fa mer staf oc glofa oc jartægnir ek vil fara til Marsili konungs oc man ek segia hanum nocquot af þui er mer er iscapi oc man ec bratt varr verða við huat hanum er i hug. Karlamagnus konungr svaraði. Eigi kemr þu þar þessa .xii. mañ. oc rœþ ecki um næma ec bæiþa þik. Goþir hofðengiar segir kmk. kiosit œinn huern af bárunum væl kyniaðan. oc vel at ser gervan. þan er gersamlega segi Marsilio min orð oc se vel at ser gerr i bardaga. Rollant sagði. þar er Guinelun jarl stiupfaðer minn. Frankis menn svara. Engi vitum ver betr til fallinn ne iafnvitran hanum. ef konungr vill at hann fari. Karlamagnus konungr mællti þa. Guinelun jarl gack fram þa oc tak við staf oc glofa. þat vilia frankis menn at þu farir þessa sendifor. þa sagði Guinelun jarl. þui hæfir Rollant up comit oc alldrigi man ec hanum þat firi gefa. oc alldrigi siþan . . . . *(S. 491⁴⁰—492²³)*¹ oc man ec eigi fara þaðan aðr ec hefi uñnit borgina. en siþan scal hann i bondom fara. við mer til fraclandz. oc þar scal hann dœmðr vera oc dauþa þola. En þu scalt fa hanum rit þetta i hond oc þenna staf oc glofa. Oc þa er Guinelun jarl scyllde við taca brefinu þa fell or hændi hanum. en .xij. j. hugþu at oc hlogu. Oc er Guinelun jarl laut niðr oc tok up ritið þa þotti hanum sua mikil scom ivera at hann villde eigi þar staddr verþa fyr allt værulldar gull. oc mællti sua. Guþ hæfni þæim er þessum vandreþum cómu at mer. Frankis menn sogðo þa. Drottin guð allzvalldandi huerio ma þetta gegna. þetta bysnar sorg oc tión. Guineluns .j. þer munuð heyra tiþendi þau. Karlamagnus konungr segir hann. gef mer leyfi. æf ec scal fara. þa vil ec eigi dveliaz lengr. konungrinn svarar. Guþ greiþi ferþ þina.

Svik Guineluns jarls við Rollant oc þa xij iafningia.

Nv er at segia fra Guinelun jarli at hann fór til landtiallda sina. at buasc oc við hanum .vij.h. hans manna. oc villdu allir með hanum fara. hann hærclæddiz enum beztum herclæðum er til varu. gullsporar varu bundnir afœtr hanum hann var gyrðr með sverþi sino muraglais. oc steig abac hesti sinum er hét tescabrunn. . . . .

¹) *Jfr. Facsimilet 1.*

. . . . *(S. 493⁲⁹—494¹⁹)* Karlamagnus konungr sat i ger undir tre æinu oc fiolment um hann. þa com Rollant oc hafðe ihendi ser abburðar mikit æpli æitt. herra segir hann tak her. ec hæit þer allar koronur af konungum þæim er imote þer standa. slicr er ofmetnaðr hans. huern dag vill hann illt gera. en æf illt kœmi at hanum þa myndim ver allir ifriþi sitia. Blankandin mællti. Maðr læzk Rollant vera en hann vill þo huern konung undir sic kuga. oc man hanum illa til takaz ein huerio sinni. Guinelun jarl svaraði. þat villde Rollant at eigi kœmisk sætt þessi alæiþis. oc villde hann leggia undir sic spanialand. siþan villde hann til babiloniam oc drepa Ammiral konung æf hann vill eigi skiraz oc eigi vill hann letta aðr hann hæfir yfir stigit allar þioðer. Huat er um þat at lengia annars en þæir verþa baðer a eitt sattir. Oc nu handsala þæir Guinelun jarl oc Blankandin sin imilli. at svikia Rollant itrygþum. oc verþa hanum at bana. Nu foru þæir læið sina. oc lettu eigi fyrr en þæir comu til saraguze. oc funnu þar Marsilium konung. Guinelun jarl bar þa fram œrendi sin. en allir hæiðengiar lyddu hanum. Blankandin geck þa fyr Marsilium konung. oc helt i hond Guinelun jarls oc tok til máls . . . .

2.

. . . . *(Følgende Fragment begynder i den store Lacune ovenfor S. 286¹⁶)* æigi at girarðr var kominn. þa mællti konvngr við oddgeir ok nemes ok iarlinn flæmska ok bæring hinn bretzka. Ek se heiðingia sitia her a hestvm sinvm fyrir oss a brekkvnni. riðit til þeira ok vitið ef þeir se sendimenn eða þeir se komnir at niosna um her varn. þa bivgguz þeir til at læypa at þeim. rettv fram skiolldv fyrir sik ok letu siga merki fyrir sik ok helldu með avllu afli þav hin digrv spiot til lags. en herra Girarð uarð þa varr við fyrst ok kallaði hann þa Boz ok Klares systur sonv sina oc sonu sina ernarð ok reiner. herrar kuað hann. nv er tign váár komin at þiona almatkvm guði ok hefna hans a hæiðingivm. Ef þer mættið þersa .iiij. af riða hestvnvm. þa væri yðr þat hinn mesti riddara skapr ok æinkenilig frægð . . . .

. . . . ngia milvn hinn riki hofðingi ok gundelbof frisa konvngr. þar matti sia *(Her begynder Texten ovenfor S. 286¹⁷—²⁷)* merki með ymsym(!) litvm hvitar brynivr skira hialma. hin villduztv sverð með gvllhiolltvm. Enn nu uiti at uisv agvlandvs ok iamvnd að alldri vinna þeir ualland meðan þersir eru lifandi at veria. J þriðiv fylking vorv .xv. þusvndir. Fyrir þersum uoru hafðir lampart ur ferre borg ok nemes or bealver ok hinn hravsti riker. J þersi fy(l)king uoru með avllu goð herklæði. Enn miok hvgðiz Agvlandvs þa avka

sitt riki ok er hann fluttiz utan vm affrica haf at uinna alla franz. En hann lifir alldri sva længi at hann se þaðan .i. penningt(!) takandi. sua man her avll hans ván falla giorsamlega at hann mun bavlfa þeim er þetta oráúð gaf honvm. J .iiij. tylking vorv .xx. þvsvndir . . . . . .
. . . . *(S. 304*[20]*—*[29]*)* [græ]nazta gras ok drapv þeir fyrir oss betr en þvsvnd manna vndan havfut merkinv. Sem iamvnd skilði orð hans. læit hann til hans með grimmvm avgvm ok mællti. þegi segir hann hinn savrgi ok hinn syndvgi maðr. þv veiz æigi hvat þv mæler. Ek fekk havfutmerki mitt i giæzlv tveggia konvnga ok .x. þvsvnda riddara. þa svaraði hinn heiðni. alla hafa kristnir menn þa drepit ok rakv oss vndan havfvtmerkinv ok tokv þat undan varo valldi. þa tok jamvnd at hryggiaz ok kallaði til sín salathiel konvng ok Rodan hinn harða. Herrar qvað hann. Ver erum nv svivirðir ok sviknir .iiij. gvðar vaarir erv brott teknir fra . . . .
. . . . *(S. 305*[14]*—*[23]*)* Oddgeir læitaði hans ok þvi næst mætir hann honum ok hio þegar til hans i skiavlldinn með sva micklv hðggi at avll herklæði hans tiæðv honvm æigi þat er vert væri æins glofa ok skaut honvm davðvm af hestinum fiarri a vollinn ok kiærði Jamvnd fall hans með micklum harmsgrááti. Eptir þetta kom læypandi herra Nemes hertogi yfir bealfer vel ok virðvliga herklæddr a mozeli hinvm villdazta vapnhesti sinvm. Engi hestr þers hins mickla fiavlða kvnni siðr at mæðaz en hann ok eingi riddari var sa er siðr kvnni ræðaz enn hertvginn Nemes. ok er hann reið að f. . . . . . .
. . . . *(S. 306*[10]*—*[19]*)* milli herða ok hellt bloðgv sverði sínv i hendi ser. ok er hann læit Karlamagnus þa mællti hann. Gvð signi þig Karlamagnus keisara hinn rika. konvngr svaraði. Gvð fagni þer riddari. Enn æigi kenni ek þik ok seg mer nafn þitt. hann svarar. Menn kalla mik valltera or salastius borg. herra Girá. boð son sendi yðr guðs Q. ok hans systvr synir herra boz ok clares ok ver havfvm soott hofvð merki heiðingja. Sira Vallteri segir konungr lifir enn sa hinn ravsti maðr. Guð veit segir hann at sva er hann heill sem fiskr ok katr sem kið sva at eingi hans manna hoggr stærri havgg en hann. þa mællti konvngrinn. hvar er . . . .
. . . . *(S. 307*[6]*—*[14]*)* þeim ok mællti. Enn megv þer i goðvm tima segir hann hefna uina yðarra. Nu riðu þeir ofan fyrir brekkvna ok glitraði gull ok stál moti solskininv ok gerðiz þa mikill molldræykr vndan fotvm hesta þeira. þa mælltu heiðingiar. Eingi maðr sagði oss sannara en balaam sendimaðr. alldri verðr þetta land soott af varri hendi. Enn ef iamvnd hefði sent i dagan eptir feðr sínvm. þa væri nv allt valland i hans valldi ok nv uerðr þat alldri sótt. Nv samir hverivm at inna hesti sinum er goðan áá: Sem hinir komv at þar sem bardaginn var þa matti þar . . . . . .

. . . . (*S.* 322¹⁹—²²) þa ætla þeir nær at sækia. Enn ef þeir verða rekner. þa erv þeir hvndvm skiotari. yfir þersvm var annar havfðingi chalides hinn riki. ena þriðiv fylking varðveitti Eliadas. hans lið uar uel [herkl]æðt. þersir erv .xl. þusunda hinir mestv met . . . . (*S.* 322²⁴—³⁰) [an]dvarpandi sakir systvr svna sinna mikinn harm hafandi er með hestvm vorv svndr dregnir i avgliti hans. Enn ef amvstene villdi lysa sinvm hvg eptir þi sem var. þa ætlar hann að visu affrica monnvm hefndina. J þersi fylking vorv aller vel herklæddir ok havfðv marga tyrkneska boga með hinv villdazta skoti. Enn ef æigi hialpar nv . . . . (*S.* 323¹⁰—¹³) með allzkonar goðvm mat ok drykk ok fengv hina hogværuztu huilld.

Keisarenn villdi þa æigi lengr dueliaz ok sendi hann þa eptir einvm erkibyskupi ok let vigia vatn ok bað dreifa yfir allt liðit . . . . (*S.* 323¹⁷—²¹) [gan]ga. En vant er að telia hversv morgum hagleik þetta landtialld var gért þviat eingi lifandi maðr hafði sééð annat þvilikt .iiij. karbvnevli steinar vorv i landtialldinv i knoppvnvm ok lystv þeir. ok birtv allan dalinn vmhuerfis. þar vorv fuglar iafnan syngiandi. Enn vm kvelldvm að nattverði ok fyrir ok eptir er þeir leku allzkyns . . . .

. . . . (*S.* 459³—¹⁰) skiolld hans enn suerð hans brast i sundr i hialmi hans ella mvndi hann hafa drygt vilia sinn. Otvel hio til hans i mot ok klauf hann i herðar niðr. bvkr fell til iarðar or savðli enn troll tokv sal hans. Siþan mællti Otvel. Við vorvm frændr. enn fyrir þenna diarflæik hefi ek þer golldit lavn. Nv er Clares konvngr miog hvgsivkr. hann seer menn sina falla hundrvðvm saman. hann ræið framm i lið frankis manna. Enn i frammreið drap hann Girarð af gi . . . . (*S.* 460⁵—¹¹) felagskapr i sinn siðan ok þess sver ek við trv mina er ek a at giallda mariv syni ef ek ma taka þik hondum eða Garsiam konung þa skal ek hengia ykkr i dalnvm gatanie. þa svarar Clares konvngr. þa segir þv hæimskv vm hag þæira manna er beztir erv i avllvm heiðnvm domi. enn otrvr ertv ok vndirhyggiv maðr. enn ek em bvinn at æiga við þik holmgongv ok se þa æinn moti æinvm. ok mvn . . . . (*S.* 461¹—⁷) nott helldv vorð af Karlamagnvsi konvngi hvgon ok þeir af alimanie. Karlamagnvs konvngr la værddr þa nott. heiþingiar helldv vorð a scer ok blesv alla nott i sin horn til solar vppraasar.

Clares konvngr stoð vpp i dagun ok herklæddi sik sem skiotaz enn ganor af melonis ok hinn mickli arafinnz. hann er .iiij. fetvm hæri enn risi. þeir herklæddv Clares. þeir fær . . . .
. . . . *S. 461³⁰—462³* segir hon. Ver hlif skiolldr i dag þersa vinar þins at allr lyðr lofi þig sem uert er. enda skal ek offra þer .c. marka gvllz. Nv for Clares konvngr vt af borginni ok fylgði honvm fiolmenni mikit tarazins ok persanis rabitar ok tyrkir ok affricar. þeir letv bva vagn ok settv þar a mavmet ok færðv hann yfir áána. Vagninn var af marmara steini ok bundu þeir mavmet festvm þær vorv gerfar af gvlli ok silki at hann skylldi . . . .

. . . . *S. 472³—¹¹* konvngr vndraði ok sannaði þat er kona hans hafði mællt þa kom vindr af hafi hvass ok sneri hǫllinni sem mylna velltr. þa toku bornin at blasa ok hlo hvert at avðrv. Enn þeim þotti sva fagrt til at hæyra sem engla sǫngr væri. Oll glyggin voro af kristallo. Enn þo at hið versta ueðr væri vti þa var þar þo sigott. Karlamagnvs konvngr vndraðiz þat er havllin sneriz ok matti æigi a fætr standa ok eingi hans manna ok hvgðv at þeim væri gerningar giorfar. hallar dyrr erv opnar segia þeir ok er þetta hið mesta vndr er ver megvm æigi a brott komaz. Enn siðan kom inn . . . .
. . . . *S. 473¹⁶—475.¹⁶* at hverr þeira skylldi segia sina ið[rott. þeir baðv]¹ hann fyrstan segia sina iþrott. T[aki keisari i mor]gin hinn hvassazta riddara i hirð si[nni segir hann ok færi] hann i tvær bryniur ok tva hialm[a a hofvð honvm.] fai honvm hest þann er beztr er i h[irðinni allan] bryniaðan. fai mer siðan sverð [sitt ok skal ek] hǫggva i hofvt þeim manni ok kliv[fa hann ok hest]enn bryniaðan i svndr ok spiotz sk[aptz længð] hoggva sverðinv i iðrð niðr nema [ek vilia ap]tr hallda aðr. þa segir niosnar maðr er [i steinstol]panvm var. Mikill ertv ok sterkligr ok [vvitrli]ga giorði keisari er hann væitti yðr herb[ergi ok skal hann] þetta fyrr vita enn dagr kemr a m[orgin. þa] tok Rollant at segia sina iþrott. Taki keisari a morgin olivant horn sitt ok fai mer. enn siðan skal ek ganga utan borgar ok blasa sua hart at avll borgar hlið skolo vpp lvkaz ok aptr ok allar hvrðir með þær sem i borginni eru. Enn ef keisari er sva diarfr at hann kemr vt. þa skal af honvm blasa haar ok skegg ok klæði oll. þa segir niosnar maðr. þessi er otrvleg iþrott. ok vvitrlega giorði kæisari er hann veitti yðr herbergi.

¹) *Hvad her staar mellem* [ ] *er bortklippet af Pergamentet.*

(þ)vi¹ næst hof Oliver vpp sina iþrott. Taki keisari a morgin dottvr sina hina vænv ok læiði hana i tialld ok læyfi mer at ek rekkia hia henni. ef ek drygi æigi .c. sinnvm vi . . . .
. . . . [m]ins. þat uæit trv min segir niosnar[maðr þetta er] fa hæyrt gabb segir hann. en i þersv [er keisari ek]ki skemdr ne niðraðr. [Eptir þat] hefr villifer af [oren]ge sina iðrott. Se þer gvllbavll [þenna] er her liggr. hann er gorr af gvlli ok [silfri enn o]pt ganga til .xxx. manna ok fa æigi vpp [lypt sva e]r hann þvngr. en a morgin man ek [vpp lypta] æinni hendi siðan mvn ek kasta [honvm a borgar] vegg ok fella niðr .iiij. faðma áá [hvern veg. þat] væit trv min segir niosnar maðr. þvi trvi ek [æigi ok keisari] fari fyrir niðing ef hann freistar æigi [ok skal hann þetta vita] aðr þv ser klæddr a morgin. þvi næst segir Oddgeir sina iðrott. A morgin er dagr kemr mun ek ganga ok feðma stolpa þenna er vpp helldr hollinni ok snva hann i sundr ok fella niðr hǫllina. þat væit trv min segir niosnar maðr. þu ert ǫrviti lati guð þik þvi alldr(!) a læið koma. ohyggiliga gerði keisari er hann væitti yðr herbergi.

(S)iðan sagði Nemes hertvgi hinn gamli sina iðrott. Taki keisari a morgin .ij. brynivr i at fara. En siðan skal(!) setiaz niðr hia kæisara fyrr enn hann verði varr við sva at hverr hringr skal falla fra ǫrvm sem brent halmstra. þat væit trv min segir niosnar maðr. Gamall ertv ok hvitr af hærv. þa tok bæringr² at segia sina iþrott. Taki keisari a morgin avll þav sverð er i erv borginni ok grafi niðr hiǫlltin en seti vpp oddana sem þykkaz ma hann hia kastala vegg. enn siþan skal ek fara a hinn hæsta tvrn ok falla ofan a þav sva at þau skvlv svndr bresta enn ek skal vskaddr brott ganga. þat veit trv min segir niosnar maðr. ef þv drygir þessa iþrott þa ertv giǫrr af iarni eða stali. þa sagði Tvrpin erkibyskup sina iþrott. J borgina skal ek ganga til aar þæirar er hæitir iber ok skal ek visa henni or stað sinvm ok lata hana renna yfir mickla garð ok fyl . . . . .

3.

. . . . S. 467¹⁴—468²⁹ þu nu minne uinattu. Ok þann sama dag sem konungr hafdi lytt tiþum. ok hann hafdi borit smankoronam. þa for hann til hallar sinnar ok Rollant systurson hans með honum. Oliver ok villifer af ringe Nemes hertogi. Odgeir danski. gerin ok bæringr. turpin erkibyskup ok eimer iarll. Bernardr af bruscan. ok bertram hinn hardi. ok .m. Frankis manna vid honum. ok kallar konungr þa alla a einmæli. ok segir þeim sina ætlan. Ek

---

¹) *De store malede Initialer ere ikke blevne tilskrevne i det dem levnede aabne Rum i Haandskriftet.* ²) *Jvf. Facsimilet 2.*

hefe ætlat mina ferd til jorsala at sækia helga doma. kross hinn
helga ok grof drottins. ok hefir mer þat verit tysvar i dravmi boþit.
Vil ek ok sækia fvnd konungs þess er mer er mikit fra sagt. Ok
skulum ver hafa med oss .vij.c. ulfallda hladna af gulli ok silfri. ok
skulum mer dueliaz þar uid honum .vij. vetr ef þorf giorez. Nu byr
hann sitt lid ok gaf þeim ærit gull ok silfr. þeir leifdu uopn sin ok
toko pikstafe ok skreppur ok pilagrima bunat. At sendenis kirkiv
tok Karlamagnus konungr kross ok allir hans riddarar. Turpin erki-
byskup ueitti honum þat embætti en siþan foro þeir or borginne. En
drotning dualdiz hardla uglod. Siþan komo þeir a uoll einn mikinn
ok fagran. Ok þa kalladi Karlamagnus konungr a bertram frekna ok
mælti. se her hverssu mikit lid ver hofvm ok fagrt .xxx.m. af pila-
grimum. mattugr skylldi sa uera ok uitr er sliku lidi stiornar. Siþan
forv þeir a veginn of oll lond sem firir la ok allt ut til hafsins. ok
sva ut ifir hafft ok helldu ollu sino lidi til þess er þeir komo til
hierusalem borgar. ok toku ser þar herbergi.

Fra Karlamagnusi konungi.

Nv gekk Karlamagnus konungr ok .xij. jafningiar vid honum
til kirkiu þeirar er heitir pater noster. j þeire somo song drottinn
sealfr messu med sinum .xij. postolum. þar standa .xij. stalar(!) ok
hinn þrettande er drottinn varr sat i en .xij. postolar hans i odrum.
En er Karlamagnus konungr hafdi lokit bæn sinni. þa settiz hann i
þann stoll(!) er gud seafr(!) sát j. ok vmhverfis .xij. jafningiar. Marg
skonar sa konungr þar skrifat a ræfri kirkiunnar. pinslir heilagra
manna. sol ok tungl. himin ok jord. þa kom þar farandi gydingr
einn. ok sa konung ok vard sua ræddr at nær tyndi hann sino uite.
ok liop sidan til patriarcha skyndiliga ok bad hann skira sik. ok sagdi
sua at(!) hefþi set .xij. hofþingia ok hinn .xiij. þann er þeira er ogur-
ligaztr. ok þat hygg ek at þar se gud almattigr ok hans .xij. posto-
lar. En er patriarcha heyrde þetta. þa stefndi hann til sin lærdvm
monnvm ok let alla skrydaz. ok gengu sidan allir samt processionem
til kirkiu. Nu er þeir koma þar stod Karlamagnus konungr. ok hvarf
til patriarcha. Patriarcha spyrr hvaþan hann se at kominn eþa hvat
manna hann uære. ok ert þu hinn fyrsti madr er þorat hefir at . . . . .
. . . . S. 471[20]—472[24] [all]an uid hǫmrum. En er þeir
hofdu þetta uid talaz þa for kesari(!) hugon heim til sinnar hallar.
ok vid honum karlamagnus konungr ok allt hans lid. ok þar fvnnu
þeir .vi.m. riddara ok uoro allir bunir med guduef ok sylki(!). En
þeir riddarar allir gengo a mote karlamagnusi ok hans riddarum ok
toku med hestum þeira ok leiddu til stalla. Su holl var hardla uel
ger er hvgon konungr atti. Ræfrit allt var skrifat med allz skonar
sogum. hon var kringlott ok einn postr undir midiu. er hon oll stod

a. en vm þann post þa stodu .c. smastolpa ok uoru allir gylldir. en a hverium þeira stolpa var barns likneski st(e)ypt af eire. ok hver þessi likneskia hafdi olivans horn a mvnni ser. ok voru gylldar allar. þeir stolpar u.ro allir holir innan ok blæss uindr vndir hollina neþan sua at upp kom istolpana ok likneskiornar ok var þar med sua miklum brogþum vm buit at hornin oll blæsu a hversskonar lunder(!) er fogr uar. ok hvert þeira retti fingr at odru rett sem kuik ueri. En er karlamagnus konungr sa þessa list ok kurteise vndra(d)iz hann miok. ok sannadi þat er kona hans hafdi mælt. J þi bili kom uindr hvass af hafi ok snyre hollinne sem mylnu huæle. þa toko bornin at blasa ok lo hvert at odro. en þeim þotti sua fagrt til at heyra sem engla songr ueie. þat fylgdi ok of þa holl at oll glyggin uoro ger af þeim steine er kristhallus heitir. En þo at hit versta vedr ueri vti þa var þo æfar gott i hollinni. þat vndradiz karlamagnus konungr miok er hollin sneriz ok engi frankis manna matti a fætr standa. ok hvgþu þeir at þeim uere giorningar gervar. ok mæltu sua sin a mille. hallar dyrr ero opnar en ver megvm eigi afætr standa. Siþan kom hugi konungr til þeira ok bad þa eigi ræþaz. ok sagdi minka mundo vedrit miok at kuelldi. ok sannadiz þat firir þi at uono bradara stoduadiz hollinn. Siþan var natt uerdr fram borinn ok bord upp tekin. ok settiz hvgon keisari i sitt hasæte. En karlamagnus konungr nest honum. ok a adra hond honum drottning ok keisara dottir. En Rollant ok þeir .xij. jafningiar satu næst karlamagnusi konungi. En mærin var jafnt at sea sem blom a rose eþa lilio. En þann veg leit oliver opt sinnvm sem hon var. ok tok at vnna henne ok sagdi sua. Villde gud at ek hefdi þik a franklandi med mer. ok munda ek vilia hafa minn allan vilia vid þic. Allz skonar krasir uoru þar a bordum af dyrum ok af fuglum. þar uoru hirtir ok uilligelltir tronor ok gæss hæns ok pafuglar pipradir. endr ok elptr. ok allz skyns uillifygli. þar var at drekka miodr ok vin. piment ok klare. cuzar ok mure ok allz skyns godr drykkr . . . .
. . . . S. 473[20]—474[10] hofud honum. ok þann hest fae honum er baztr er i hyrdinne(!) bryniaþan. fae hann mer siþan sitt suerd. ok skal ek hoggua i hofud þeim manni. ok skal ek klivfa hann i .ij. lute ok hestinn bryniaþan. ok spiotz skaptz lengd i jordina nidr vtan ek uile aptr hallda. þa(!) niosnar madr sa er i stolpanvm sat ok mælti. Mikill ertu ok mattugr ok vndarliga sterkr. ok vhyggiliga gerþi konungr er hann ueitte ydr herberge. ok skal hann þetta vita adr dagr komi a myrgin. Rollant segir sua sina iþrott. Taki konungr a morgin horn sit oliuant ok fae mer en siþan skal ek ganga utan borgar ok blasa sua hartt. at oll borgar lid skolv upp lu(k)az ok hurdir i borginne. ok aptr bædi. En ef konungr er sua diarfr at

hann kome ut. þa man af honum blasaz har hans ok skegg ok ǫll klædi hans. þa mælti niosnar maðr. þessi er uhyggilig iþrott. ok vvitrliga gerdi konungr er hann veitti ydr her(!). Nu segir Oliuer sina iþrott. Taki konungr a morgin dottvr sina ok leidi hana i tialld hia mer. en ef eigi drygi ek .c. sinnvm vilia minn uid hana a einne nott til uitnis hennar seafrar(!). þa a . . . .
. . . . S. 475⁶—²⁰ þat ueit tru min. sagde [niosn]ar madr. gamall madr ertu ok huitr firir hæru. ok hard[holldr] ertu ok seigr i sinum. þa tok Bæringr at segia [sina iþrott]. Taki konungr a morgin oll þau suerd. er i ero borginne. ok grafi [nidr h]ialltirnar. en hverfi upp oddana. ok seti sem þykkaz [ma hanu] hia kastala uegginvm. En siþan skal ek fara upp a hinn hæ[sta tur]n. ok man ek lata fallaz ofan a sverþin þar sem þeim [er und]ir skipat. sua at þau skolo sundr brotna en ek skal v[skadd]r a brot ganga. þat ueit trv min sagde hiosnar madr. ef þu [drygir] þessa iþrott þa ert þu at foruisu giorr af iarne [eþa sta]li. Turpin erkibyskup segir sina iþrott. J morgin skal ek ganga [til ar] þeirar er fellr i hia borginne. ok kalla hana or sinvm [stad] ok lata hana renna ifir borgina. ok ifir allan mikla gard [ok fylla] hvert hvs. en keisarinn man verþa sua ræddr [at hann] man fara upp j hinn hæsta turn. ok alldri fara kuikr [ofan er] fara er nema ek lofe. Niosnar madr mælti. þessi er [odr madr] ok lati gud hann alldri þi aleid koma. Ok a morgin . . . .
. . . . S. 476¹⁷—477¹ huartt er hann uil tua penninga af gulli eþa sylfri(!) eigi . . . . hvart er. Siþan skal ek ganga halfa milo fra borginne. [ok skiota] þi sama spiote þar til sem penningarnir liggia. ok sua [beint] at annarr penningrin skal nidr falla en annarr hvergi hreraz [er] eptir liggr. Siþan skal ek sua fimliga renna at ek taka [spiotit] a lopti. adr en a jord komi. þa mælti niosnar madr. þetta er gabb [vert] annarra þriggia. ok j þesso er keisara vorum engin svivirþ[ing].

Eptir þetta tal er þeir hofdu rætt firir sina hon[d] ok þetta geip allt jafn saman. þa sofnodu [þeir]. En siþan niosnar madr fann þat. þa ferr hann a brot ok þa[r til er] hann finnr herra sinn. Ok þegar sem konungr leit hann þa h[eilsadi] hann honum ok mælti. Seg mer tiþinde. Mælti karlamagnus konungr [at hann] mundi med oss dueliaz. Niosnar (madr) mælti. þat ueit g[ud at þess]a heyrda ek hann alldri geta. helldr hafa þeir i nott a[lla oss] gabbat ok mest seafan(!) þik. Slikit(!) spott ok [gabb] hafa þeir til þin gert. at slikt heyrda ek eigi of all . . . .
. . . . S. 478²—¹⁸ er ver gerþum til yduar. Ok þat segi ek þer at adr en ver skilivmz þa skulu þer alldregin sua gabba

neinn mann siþan. en þetta skal ydr dyrkeypt uerþa adr en nottinn
kome. Siþan gek karlamagnus konungr vndir eitt oliuotre ok .xij.
jafningiar vid honum. hann tekr til mals. Goþir hofþingiar. skeifliga
hefir oss til tekiz. er ver skulum drvknir hafa uorþit sua miok hit
fyrr kuelld. ok mælt þat er uel mætti kyrt verda. Siþan let hann
fram bera helga doma sina. ok fell til bænar ok allir frankis menn.
ok baþu þess allzualldanda gud at hann skylldi retta þeira mal. at
eigi stigi hugi keisari ifir þa sua reidr sem[1] hann var vorþinn.

Miraculum.

J þi bili kom engill guds af himne. sendr af almatkum gudi
til fundar vid karlamagnus konung. ok tok i hond honum ok reisti
hann upp ok mælti vid hann a þessa leid. Ver eigi ugladr. þat uil
gud at þu gabbir alldri siþan ne einn mann. firir þi at þat var folska
micil er þer mæltut. En nu fari þer i guds nafni ok hefit upp
jþrottir ydrar. ok eigi skal ne einn eptir liggia ef þer uilit frammi
lata. Nu varþ karlamagnus konungr akafliga fegin . . . .

[1] *Jfr. Facsimilet 3.*

RETTELSER.

S. 34	L. 27	[her	læs	Her
- 44	- 18	spótit	-	spjótit
- 45	- 20-21	konunga	-	konungs
- 48	- 23	brokkari	-	Brocklafer; *her er uden Tvivl Rettelsen* brokkari *(Traver) urigtig, da* Brocklafer *vel er Hestens Navn, jvf.* Broiefert *i franske Kilder.*
- 123	- 34	gnægri	-	gnœgri
- 174	- 5	röddn	-	röddu
- 198	- 19	lögunant	-	lögunaut
- 211	- 26	lei nir	-	leiknir
- 212	- 35-36	Sinahis	-	Sinapis
- -	- 37	pans	-	hans
- 227	- 34	þét	-	þér
- -	- 36	vir	-	vit
- 269	- 6	þú fundu	-	þá fundu
- 323	- 38	fjórir fontinn	-	fjórir erkibyskupar fontinn
- 457	- 33	honum hjálp	-	honum (at) hjálp
- 474	- 33	vald, *Fragment i Rigsarkiv; denne Variant falder bort, thi i Fragm. staar* tialld, *s. S. 562[1].*
- 506	- 33	fult or þar	læs	fult er þar
- 520	- 8	sínnm	-	sínum
- 541	- 23	londanna	-	landanna

oc man er ǫ̇ p hafan are
in t' seðr. oc þar scal h o
þetta i hond oc þetta sta
sell oc hændi hanu̇ en re
up rað þa þotti þm sn
þærallðar ȧll. oc ml sua
f rankof inn sogðo þa. ðiru
song oc rion. Gunnelinf. l
leini. æþec scal þara. þ
N er ar segia ï. G. j.
ar bualc oc við h m
dir enu bextu hercleðu
þ h̊gviede in s̊þnis mnc̈a

bæring r
rigin alc
ingiltm

se þ ṽ vekm
þi biti kom
rok i hond
s̄ e uglaðr
man þ þu æ
s iguðf naptr
lic ep f ule

NOTICE

SUR

LA SAGA DE CHARLEMAGNE.

Notice sur la saga de Charlemagne.

Au treizième siècle en Norvège comme ailleurs en Europe on se hâta de s'emparer des trésors de la littérature française ou anglo-normande. Dans ce pays c'est surtout au soin du roi Haakon Haakonson, surnommé le vieux, qu'on en doit la connaissance. Ce roi (mort en 1263), lui-même lettré et prenant un vif intérêt à la littérature historique (les sagas) de son pays, paraît avoir embrassé avec beaucoup d'ardeur la littérature poétique de la France, témoin la quantité considérable des traductions faites par son ordre. Ces traducteurs se sont peu souciés de la forme des chansons françaises, ils les ont transformées en prose, ils en ont fait des sagas. Voici la liste de quelques-unes de ces sagas dont l'existence est due à des originaux français: *Elis saga* (roman de Julien de Saint-Giles et son fils Elye, v. Hist. littér. de la France XVIII p. 751), *Strengleikar* (Lais de Marie de France) publ. à Christiania 1850, *Tristans saga* (roman de Tristan, l'original français est incomplet), *Ivents saga* (roman du Chevalier au Lion), *Möttuls saga* (Fabliau du Mantel mautaillé). La plus grande partie de ces romans n'existe qu'en manuscrit, et quoique la publication en soit d'un intérêt inférieur pour les Français, nous croyons pourtant que sous certains rapports ces sagas demandent aussi l'attention du public français. Il y en a probablement plusieurs dont les originaux ont péri, du moins il nous a été impossible de trouver dans les catalogues de manuscrits ou de livres imprimés français le roman de Mirmant (Mirmants saga), celui de Conrade (Konraðs saga), celui de Clarus (Clarus saga) etc., bien que ces romans, selon toute apparence, soient d'origine française. Les sagas norvégiennes et les chansons françaises semblent avoir un rapport assez intime entre elles, et la reproduction en prose du texte français étant souvent plus exacte que les remaniements verbeux des Allemands, il ne serait pas impossible d'y pouvoir quelquefois trouver l'explication d'une expression rare et inconnue dans le français d'aujourd'hui.

Le roman de Charlemagne et ses champions (Karlamagnus saga ok kappa hans) que nous venons de publier, tire son origine pour la plupart des chansons de gestes françaises. La saga a été composée probablement dans la première moitié du treizième siècle, et elle a subi un remaniement à la fin du même siècle, il nous reste des manuscrits de l'un et de l'autre texte. Dans la préface nous tâchons de montrer la différence de ces deux textes et le rapport de la saga à une traduction danoise faite sur l'original norvégien au quinzième siècle, laquelle traduction a été traduite encore en islandais au dix-septième siècle, et c'est cette dernière traduction d'une traduction qui jusqu'ici a été citée comme la saga de Charlemagne. Puis nous cherchons dans la préface, tant qu'il nous a été possible, d'indiquer les sources des différentes parties de la saga, et nous donnons enfin une description des manuscrits qui nous ont fourni le texte de cette édition.

Lightning Source UK Ltd.
Milton Keynes UK
UKHW030612171219
355533UK00007B/891/P